名家作品精选集

梁遇春精选集

梁遇春 著

民主与建设出版社

·北京·

© 民主与建设出版社，2021

图书在版编目（CIP）数据

梁遇春作品精选集 / 梁遇春著 . -- 北京：民主与
建设出版社，2021.8（2024.1 重印）
（名家作品精选集 / 王茹茹主编；7）
ISBN 978-7-5139-3651-4

Ⅰ . ①梁… Ⅱ . ①梁… Ⅲ . ①散文集－中国－现代
Ⅳ . ① I266

中国版本图书馆 CIP 数据核字 (2021) 第 139247 号

梁遇春作品精选集
LIANGYUCHUN ZUOPIN JINGXUANJI

著　　者	梁遇春	
主　　编	王茹茹	
责任编辑	韩增标	
封面设计	玥婷设计	
出版发行	民主与建设出版社有限责任公司	
电　　话	（010）59417747　59419778	
社　　址	北京市海淀区西三环中路 10 号望海楼 E 座 7 层	
邮　　编	100142	
印　　刷	三河市天润建兴印务有限公司	
版　　次	2021 年 8 月第 1 版	
印　　次	2024 年 1 月第 2 次印刷	
开　　本	880 毫米 × 1230 毫米　1 / 32	
印　　张	6.5	
字　　数	130 千字	
书　　号	ISBN 978-7-5139-3651-4	
定　　价	298.00 元（全 10 册）	

注：如有印、装质量问题，请与出版社联系。

目 录

春醪集

泪与笑

春醪集

序

那是三年前的一个夏天，我正在北大一院图书馆里，很无聊地翻阅《洛阳伽蓝记》，偶然看到底下这一段：

刘白堕善酿酒，饮之香美，经月不醒。青州刺史毛鸿宾赍酒之藩，路逢劫贼，饮之即醉，皆被擒获。游侠语曰："不畏张弓拔刀，但畏白堕春醪。"

我读了这几句话，想出许多感慨来。我觉得我们年青人都是偷饮了春醪，所以醉中做出许多好梦，但是正当我们梦得有趣时候，命运之神同刺史的部下一样匆匆地把我们带上衰老同坟墓之途。这的确是很可惋惜的一件事情。但是我又想世界既然是如是安排好了，我们还是陶醉在人生里，幻出些红霞般的好梦罢，何苦睁着眼睛，垂头叹气地过日子呢？所以在这急景流年的人生里，我愿意高举盛到杯缘的春醪畅饮。

惭愧得很。我没有"醉里挑灯看剑"的豪情，醉中只是说几句梦话。这本集子就是我这四年来醉梦的生涯所留下惟一的影子。我知道这几十篇东西是还没有成熟的作品，不过有些同醉的人们看着或者会为之莞尔，我最大的希望也就是如此。

再过几十年，当酒醒帘幕低垂，擦着惺忪睡眼时节，我的心境又会变成怎么样子，我想只有上帝知道罢。我现在是不想知道的。我面前还有大半杯未喝进去的春醪。

十八年五月二十三日午夜于真茹。

讲　演

"你是来找我同去听讲演吗？"

"不错，去不去？"

"吓！我不是个'智识欲'极旺的青年，这么大风——就是无风，我也不愿意去的。我想你也不一定是非听不可，尽可在我这儿谈一会。我虽然不是什么名人，然而我的嘴却是还在。刚才我正在想着讲演的意义，你来了，我无妨把我所胡思乱想的讲给你听，讲得自然不对，不过我们在这里买点东西吃，喝喝茶，比去在那人丛里钻个空位总好点吧。"

来客看见主人今天这么带劲地谈着，同往常那副冷淡待人的态度大不相同，心中就想在这里解闷也不错，不觉就把皮帽围巾都解去了。那房主人正忙着叫听差买栗子花生，泡茶。打发清楚后，他又继续着说：

"近来我很爱胡思乱想，但是越想越不明白一切事情的道理。真合着那位坐在望平街高塔中，做《平等阁笔记》的主笔所谓世界中不只'无奇不有'，实在是'无有不奇'。carlyle 这老头子在 saitor resartus 中'自然的超自然主义'（natural supernaturalism）一章里头，讲自然律本身就是一个不可解的神秘，所以这老头子就觉得对于宇宙中一切物事都糊涂了。我现在也有点觉得什么事情我都不知道。比如你是知道我怕上课的，自然不会爱听讲演。然而你经过好几次失败之后，一点也不失望，还是常来找我去听讲演，这就是一个 haeckel 的《宇宙之谜》

所没有载的一个不可思议的事。哦！现在又要上课了，我想起来真有点害怕。吓！真是一年不如一年了，从前我们最高学府是没有点名的，我们很可以自由地在家里躺在床上，或者坐在炉边念书。自从那位数学教授来当注册部主任以后，我们就非天天上班不行。一个文学士是坐硬板凳坐了三千多个钟头换来的。就是打瞌睡，坐着睡那么久，也不是件容易事了。

"怕三千多个钟头坐得不够，还要跑去三院大礼堂，师大风雨操场去坐，这真是天下第一奇事了。所以讲演有人去听这事，我抓着头发想了好久，总不明白。若说到'民国讲演史'那是更有趣了。自从杜威先生来华以后，讲演这件事同新思潮同时流行起来。杜先生曾到敝处过，那时我还在中学读书，也曾亲耳听过，亲眼看过。印象现在已模糊了，大概只记得他说一大阵什么自治，砖头，打球，……后来我们校长以'君子不重则不威'一句话来发挥杜先生的意思。

"那时翻译是我们那里一个教会学堂叫作格致小学的英文先生，我们那时一面听讲，一面看那洁白的桌布，校长的新马褂，教育厅长的脸孔，杜先生的衣服……我不知道当时杜先生知道不知道 how we think。跟着罗素来了，恍惚有人说他讲的数理哲学不大好懂。罗素去了，杜里舒又来。中国近来，文化进步得真快，讲演得真热闹，杜里舒博士在中国讲演，有十册演讲录。中间有在法政专门学校讲的细胞构造，在体育师范讲的历史哲学，在某女子中学讲的新心理学总而言之普照十方，凡我青年，无不蒙庇。所以中国人民近来常识才有这么发达。泰戈尔来京时，我也到真光去听。他的声音是狠美妙。可惜我们（至少我个人）都只了解他的音乐，而对于他的意义倒有点模糊了。

"自杜先生来华后，我们国内名人的讲演也不少。我有一个同学他差不多是没有一回没去听的，所以我送他一个'听讲博士'的绰号；他的'智识欲'真同火焰山一样的热烈。他当没有讲演听的时候只好打呵欠，他这样下去，还怕不博学得同哥德、斯忒林堡一样。据他说近来很多团体因为学校太迟开课发起好几个讲演会，他自然都去听了。他听有'中国工会问题'，'一个新实在论的人生观'，'中外戏剧的比较'，'中国宪法问题'，'二十世纪初叶的教育'我问他他们讲的什么，他说我听得太多也记不清了，我家里有一本簿子上面贴有一切在副刊记的讲演辞，你一看就明白了。

"他怕人家记得不对，每回要亲身去听，又恐怕自己听不清楚，又把人家记的收集来，这种精益求精的精神，是值得我们模仿的，不过我很替他们担心。讲演者费了半月工夫，迟睡早起，茶饭无心，预备好一篇演稿来讲。我们坐洋车赶去听，只恐太迟了，老是催车夫走快，车夫固然是汗流浃背，我们也心如小鹿乱撞。好，到了，又要往人群里东瞧西看，找位子，招呼朋友，忙了一阵，才鸦雀无声地听讲了。听的时候又要把我们所知道的关于工会，宪法，人生观，戏剧，教育的智识整理好来吸收这新意思。讲完了，人又波涛浪涌地挤出来。若使在这当儿，把所听的也挤出来，那就糟糕了。

"我总有一种偏见：以为这种 public-lecture-mania 是一种 yankee-disease。他们同我们是很要好的，所以我们不知不觉就染了他们的习惯。他们是一种开会，听讲，说笑话的民族。加拿大文学家 stepken leacock 在他的 my discovery of england 里曾说过美国学生把教授的讲演看得非常重要，而英国牛津大学学生就不把 lecture 当作一回事，他又称赞牛津大学学生程度之好。真的我也总怀一种怪意思，因为怕挨骂所以从来不告人，今日无妨同你一讲。请你别告诉人。我想真要得智识，求点学问，不只那东鳞西爪吉光片羽的讲演不济事，就是上堂听讲也无大意思。教授尽可把要讲的印出来，也免得我们天天冒风雪上堂。真真要读书只好在床上，炉旁，烟雾中，酒瓶边，这才能领略出味道来。所以历来真文豪都是爱逃学的。至于 swift 的厌课程，gibbon 在自传里骂教授，那又是绅士们所不齿的，……"

他讲到这里，人也倦了，就停一下，看桌子上栗子花生也吃完，茶也冷了。他的朋友就很快地讲：

"我们学理科的是非上堂不行的。"

"一行只管一行，我原是只讲学文科的。不要离题跑野马，还是谈讲演吧，我前二天看 mac dougall 的《群众心理》，他说我们有一种本能叫作'爱群本能'（gregarious instinct），他说多数人不是为看戏而去戏院，是要去人多地方而去戏院。干脆一句话，人是爱向人丛里钻的。你看他的话对不对？"他忽然跳起，抓着帽和围巾就走，一面说道：

"糟！我还有一位朋友，他也要去三院瞧热闹，我跑来这儿谈天，把他在家里倒等得慌了。"

十五年十一月十九日于北大西斋。

寄给一个失恋人的信（一）

秋心：

在我这种懒散心情之下，居然呵开冻砚，拿起那已经有一星期没有动的笔，来写这封长信；无非是因为你是要半年才有封信。现在信来了，我若使又迟延好久才复，或者一搁起来就忘记去了；将来恐怕真成个音信渺茫，生死莫知了。

来信你告诉我你起先对她怎样钟情想由同她互爱中得点人生的慰藉，她本来是何等的温柔，后来又如何变成铁石心人，同你现在衰颓的生活，悲观的态度。整整写了二十张十二行的信纸，我看了非常高兴。我知道你绝对不会想因为我自己没有爱人，所以看别人丢了爱人，就现出卑鄙的笑容来。若使你对我能够有这样的见解，你就不写这封悱恻动人的长信给我了。我真有可以高兴的理由。在这万分寂寞一个人坐在炉边的时候，几千里外来了一封八年前老朋友的信，痛快地暴露他心中最深一层的秘密，推心置腹般娓娓细谈他失败的情史，使我觉得世界上还有一个人这样爱我，信我，来向我找些同情同热泪，真好像一片洁白耀目的光线，射进我这精神上之牢狱。最叫我满意是由你这信我知道现在的秋心还是八年前的秋心。八年的时光，流水行云般过去了。

现在我们虽然还是少年，然而最好的青春已过去一大半了。所以我总是爱想到从前的事情。八年前我们一块游玩的情境，自然直率的谈话是常浮现在我梦境中间，尤其在讲堂上睁开眼睛所做的梦的中间。你现在写信来哭诉你的怨情简直同八年前你含着一泡眼泪咽着声音讲给我听你父亲怎样骂你的神气一样。但是我那时能够用手巾来擦干你的眼泪，现在呢？我只好仗我这枝秃笔来替那陪你呜咽，抚你肩膀低声的安慰。秋心，我们虽然八年没有见一面，半年一通讯，你小孩时候雪白的脸，桃红的颊同你眉目间那一股英武的气概却长存在我记忆里头，我们天天在校园踏着桃花瓣的散步，树荫底下石阶上面坐着唧唧哝哝的谈天，回想起来真是亚当没有吃果前乐园的生活。当我读关于美少年的文学，我就记起我八年前的游伴。

无论是述 narcissus 的故事，shakespeare 百余首的十四行诗，gray 给 bonstetten 的信，keats 的 endymion，wilde 的 dorian gray 都引起我无限的愁思而怀着久不写信给我的秋心。十年前的我也不像现在这么无精打采的形相，那时我性情也温和得多，面上也充满有青春的光彩，你还记着我们那一回修学旅行吧？因为我是生长在城市，不会爬山，你是无是不在我旁边，拉着我的手走上那崎岖光滑的山路。你一面走一面又讲好多故事，来打散我恐惧的心情。我那一回出疹子，你瞒着你的家人，到我家里，瞧个机会不给我家人看见跑到我床边来。你喘气也喘不过来似讲的："好容易同你谈几句话！我来了五趟，不是给你祖母拦住，就是被你父亲拉着，说一大阵什么染后会变麻子……"这件事我想一定是深印在你心中。忆起你那时的殷勤情谊更觉得现在我天天碰着的人的冷酷，也更使我留恋那已经不可再得的春风里的生活。提起往事，徒然加你的惆怅，还是谈别的吧。

来信中很含着"既有今日，何必当初"的意思。这差不多是失恋人的口号，也是失恋人心中最苦痛的观念。我很反对这种论调，我反对，并不是因为我想打破你的烦恼同愁怨。一个人的情调应当任它自然地发展，旁人更不当来用话去压制它的生长，使他堕到一种莫名其妙的烦闷网子里去。真真同情于朋友忧愁的人，绝不会残忍地去扑灭他朋友怀在心中的幽情。他一定是用他的情感的共鸣使他朋友得点真同情的好处，我总觉"既有今日，何必当初"这句话对"过去"未免太藐视了。我是个恋着"过去"的骸骨同化石的人，我深切感到"过去"在人生的意义，尽管你讲什么，"从前种种譬如昨日死，以后种种譬如今日生"同 let bygones be bygones；"从前"是不会死的。不算形质上看不见，它的精神却还是一样地存在。"过去"也不至于烟消火灭般过去了；它总留下深刻的足迹。理想主义者看宇宙一切过程都是向一个目的走去的，换句话就是世界上物事都是发展一个基本的意义的。

　　他们把"过去"包在"现在"中间一齐望"将来"的路上走，所以 emerson 讲"只要我们能够得到'现在'，把'过去'拿去给狗子罢了。"这可算是诗人的幻觉。这么漂亮的肥皂泡子不是人人都会吹的。我们老爱一部一部地观察人生，好像舍不得这样猪八戒吃人参果般用一个大抽象概念解释过去。所以我要深深地领略人生的味的人们，非把"过去"当作有它独立的价值不可，千万不要只看做"现在"的工具。由我们生来不带乐观性的人看来，"将来"总未免太渺茫了，"现在"不过一刹那，好像一个没有存在的东西似的，所以只有"过去"是这不断时间之流中站得住的岩石。我们只好紧紧抱着它，才免得受漂流无依的苦痛，"过去"是个美术化的东西，因为它同我们隔远看不见了，它另外有一种缥缈不实之美。好像一块风景近看瞧不出好来，到远处一望，就成个美不胜收的好景了。为的是已经物质上不存在，只在我们心境中憬憧着，所以"过去"又带了神秘的色彩。对于我们含有 melancholy 性质的人们，"过去"更是个无价之宝。howthorne 在他《古屋之苔》书中说："我对我往事的记忆，一个也不能丢了。

就是错误同烦恼，我也爱把它们记着。一切的回忆同样地都是我精神的食料。现在把它们都忘丢，就是同我没有活在世间过一样。"不过"过去"是很容易被人忽略去的。而一般失恋人的苦恼都是由忘记"过去"，太重"现在"的结果。实在讲起来失恋人所失丢的只是一小部分现在的爱情。他们从前已经过去的爱情是存在"时间"的宝库中，绝对不会丢失的。在这短促的人生，我们最大的需求同目的是爱，过去的爱同现在的爱是一样重要的。因为现在的爱丢了就把从前之爱看得一个大也不值，这就有点近视眼了。只要从前你们曾经真挚地互爱过，这个记忆已很值得好好保存起来，作这千灾百难人生的慰藉，所以我意思是，"今日"是"今日"，"当初"依然是"当初"，不要因为有了今日这结果，把"当初"一切看作都是镜花水月白费了心思的。爱人的目的是爱情，为了目前小波浪忽然舍得将几年来两人辛辛苦苦织好的爱情之网用剪子铰得粉碎，这未免是不知道怎样去多领略点人生之味的人们的态度了。秋心我劝你将这网子仔细保护着，当你感到寂寞或孤栖的时候，把这网子慢慢张开在你心眼的前面，深深地去享受它的美丽，好像吃过青果后回甘一般，那也不枉你们从前的一场要好了。

照你信的口气，好像你是天下最不幸的人，秋心你只知道情人的失恋是可悲哀，你还不晓得夫妇中间失恋的痛苦。你现在失恋的情况总还带三分 romantic 的色彩，她虽然是不爱你了，但是能够这样忽然间由情人一变变做陌路之人，倒是件痛快的事——其痛快不下给一个运刀如飞杀人不眨眼的刽子手杀下头一样。最苦的是那一种结婚后二人爱情渐渐不知不觉间淡下去。心中总是感到从前的梦的有点不能实现，而一方面对"爱情"也有些麻木不仁起来。这种肺病的失恋是等于受凌迟刑。挨这种苦的人，精神天天痿瘁下去，生活力也一层一层沉到零的地位。这种精神的死亡才是天地间惟一的惨剧。也就因为这种惨剧旁人看不出来，有时连自己都不大明白，所以比别的要惨苦得多。你现在虽然失恋但是你还有一肚子的怨望，还想用很多力写长信去告诉你的惟一老朋友，可见你精神仍是活泼泼跳动着。对于人生还觉得有趣味——不管詈骂运命，或是赞美人生——总不算个不幸的人。秋心你想我这话有点道理吗？

秋心，你同我谈失恋，真是"流泪眼逢流泪眼"了。我也是个失恋的人，不过我是对我自己的失恋，不是对于在我外面的她的失恋。我这失恋既然是对于自己，所以不显明，旁人也不知道。因此也是更难过的苦痛。无志的呜咽比号啕叫是更悲哀得多了。我想你现在总是白天魂不守舍地胡思乱想，晚上睁着眼睛看黑暗在那里怔怔发呆，这么下去一定会变成神经衰弱的病。我近来无聊得很，专爱想些不相干的事。我打算以后将我所想的报告给你，你无事时把我所想出的无聊思想拿来想一番，这样总比你现在毫无头绪的乱想，少费心力点罢。有空时也希望你想到哪里笔到哪里般常写信给我。两个伶仃孤苦的人何妨互相给点安慰呢！

驭聪，十六年阳元宵写于北大西斋。

醉中梦话（一）

生平不常喝酒，从来没有醉过。并非自夸量大，实是因为胆小，哪敢多灌黄汤。梦却夜夜都做。梦里未必说话，醉中梦话云者，装糊涂，假痴聋，免得"文责自负"云尔。

一、笑

吴老头说文学家都是疯子，我想哲学家多半是傻子，不懂得人生的味道。举个例吧：鼎鼎大名的霍布士（hobbes）说过笑全是由我们的骄傲来的。这种傻话实在只有哲学家才会讲的。或者是因为英国国民性阴鸷不会笑，所以有这样哲学家。有人说英国人勉强笑的样子同哭一样。实在我们现在中国人何尝不是这样呢？前星期日同两个同学在中央公园喝茶，坐了四五个钟头，听不到一点痛快的笑声，只看见好多皮笑肉不笑，肉笑心不笑的呆脸。戏场尚如是，别的地方更不用说了。我们的人生态度是不进不退，既不高兴地笑，也不号啕地哭，总是这么呆着，是谓之曰"中庸"。

有很多人以为捧腹大笑有损于上流人的威严，而是件粗鄙的事，所以有"咽欢装泪"摆出孤哀子神气。可是真真把人生的意义细细咀嚼过的人是晓得笑的价值的。carlyle 是个有名宣扬劳工福音的人，一个勇敢的战士，他却说一个人若使有真真地笑过一回，这人绝不是坏人。的确只有对生活觉得有丰溢的趣味，心地坦白，精神健康的人才会真真地笑，而真真地曲背弯腰把眼泪都挤出笑后，精神会觉得提高，心情忽然恢复小孩似的天真烂漫。常常发笑的人对于生活是同情的，他看出人类共同的弱点，事实与理想的不同，他哈哈地笑了。他并不是觉得自己比别人高明（所谓骄傲）才笑，他只看得有趣，因此禁不住笑着。会笑的人思想是雪一般白的，不容易有什么狂性，夸大狂同书狂。james m. barrie 在他有名的 peter pan 里述有一个天真烂漫的小姑娘问那晚上由窗户飞进来的仙童，神仙是怎样生来的，他答道当世界上头一个小孩第一次大笑时候，他的笑声化作一千片，每片在空中跳舞着，后来片片全变做神仙了，这是神仙的起源。这种仙人实是比我们由丹房熏焦了白日飞升的漂亮得多了。

什么是人呢？希腊一个哲学家说人是两个足没有毛的动物。后来一位同他开玩笑的朋友把一个鸡拔去毛，放在他面前，问他这是不是人。有人说人是理性的动物。但什么是理性呢？这太玄了，我们不懂。又有一个哲学家说人是能够煮东西的动物。我自己煮饭会焦，炒菜不烂，所以觉得这话也不大对。法国一个学者说人是会笑的动物。这话就入木三分了。hazlitt 也说人是惟一会笑会哭的动物。所以笑者，其为人之本欤？

自从我国"文艺复兴"（这四字真典雅堂皇）以后，许多人都来提倡血泪文学，写实文学，唯美派总之没有人提倡无害的笑。现在文坛上，常见一大丛带着桂冠的诗人，把他"灰色的灵魂"，不是献给爱人，就送与 satan。近来又有人主张幽默，播扬嘴角微笑。微笑自然是好的。"拈花微笑"，这是何等境界。emerson 并且说微笑比大笑还好。不过平淡无奇的乡老般的大笑都办不到，忽谈起艺术的微笑，这未免是拿了一双老年四楞象牙镶金的筷子与刘姥姥了。我要借 maxim gorky 的话评中国的现状了。他说："你能够对人引出一种充满生活快乐，同时提高精神的笑么？看，人已经忘却好的有益的笑了！"

在我们这个空气沉闷的国度里，触目都是贫乏同困痛，更要保持这笑声，来维持我们的精神，使不至于麻木沉到失望深渊里。当 charlotte bronte 失了两个亲爱的姊妹，忧愁不堪时候，她写她那含最多日光同笑声的 "shirley"。cowper 烦闷得快疯了时候，他整晚吃吃地笑在床上做他的杰作《痴汉骑马》歌，(john gilpin)。gorky 身尝忧患，屡次同游民为伍的，所以他也特别懂得笑的价值。

近来有好几个民众故事集出版，这是再好没有的事。希望大家不要摆出什么民俗学者的脸孔，一定拿放在解剖桌去分剖，何妨就跟着民众笑一下，然礼失而求之于野，亦可以浩叹矣。

二、做文章同用力气

从前自认"舍大道而不由"的胡适之先生近来也有些上了康庄大道，言语稳重了好多。在《现代评论》一百十九期写给"浩徐"的信里，胡先生说："我总想对国内有志作好文章的少年们说两句忠告的话，第一，做文章是要用力气的。"这句话大概总是天经地义吧，可是我觉得这种话未免太正而不邪些。仿佛有一个英国人（名字却记不清了）说 when the author has a happy time in writing a book，then the reader enjoys a happy time in reading it（句子也记不清了，大概是这样吧。）真的，一个作家抓着头发，皱着眉头，费九牛二虎之力作出来东西，有时倒卖力气不讨好，反不如随随便便懒惰汉的文章之淡妆粗衣那么动人。所以有好多信札日记，写时不大用心，而后世看来倒另有一种风韵。

pepys 用他自己的暗号写日记，自然不想印出给人看的，他每晚背着他那法国太太写几句，更谈不上什么用力气了，然而我们看他日记中间所记的同女仆调情，怎么买个新表时时刻刻拿出玩弄，早上躺在床上同他夫人谈天是如何有趣味，我们却以为这本起居注比那日记体的小说都高明。charles lamb 的信何等脍炙人口，cowper 的信多么自然轻妙，dobson 叫他做 a humorist in a nightcap（着睡帽的滑稽家），这类"信手拈来，都成妙谛"的文字都是不用力气的，所以能够清丽可人，好似不吃人间烟火。有名的 samuel johnson 的文章字句都极堂皇，却不是第一流的散文，而他说的话，给 boswell 记下的，句句都是漂亮的，显明地表现出他的人格，可见有时冲口出来的比苦心构造的还高一筹。

coleridge 是一个有名会说话的人，但是我每回念他那生硬的文章，老想哭起来，大概也是因为他说话不比做文章费力气罢。walter pater 一篇文章改了几十遍，力气是花到家了，音调也铿锵可听，却带了矫揉造作的痕迹，反不如因为没钱逼着非写文章不可的 goldsmith 的自然的美了。goldsmith 作文是不大费力气的。harrison 却说他的《威克斐牧师传》是 the high-water mark of english。实在说起来，文章中一个要紧的成分是自然（ease），我们中国近来白话文最缺乏的东西是风韵（charm）。胡先生以为近来青年大多是随笔乱写，我却想近来好多文章是太费力气，故意说俏皮话，拼命堆砌。sir a. helps 说做文章的最大毛病是可省的地方，不知道省。他说把一篇不好文章拿来，将所有的 noun，verb，adjective，都删去一大部分，一切 adverb

全不要，结果是一篇不十分坏的文章。若使我是胡先生，我一定劝年轻作家少费些力气，自然点吧，因为越是费力气，常反得不到 ease 同 charm 了。

若使因为年轻人力气太足，非用不可，那么用来去求 ease 同 charm 也行，同近来很时髦 essayist（随笔家），lucas 等学 lamb 一样。可是卖力气的理想目的是使人家看不出卖力气的痕迹。我们理想中的用气力做出的文章是天衣无缝，看不出是雕琢的，所以一瞧就知道是篇用力气做的文章，是坏的文章，没有去学的必要，真真值得读的文章却反是那些好像不用气力做的。对于胡先生的第二句忠告，（第二，在现时的作品里，应该拣选那些用气力做的文章做样子，不可挑那些一时游戏的作品，）我们因此也不得不取个怀疑态度了。

胡先生说"不可挑那些一时游戏的作品"，使我忆起一段文场佳话。专会瞎扯的 leigh hunt 有一回由 macaulay 介绍，投稿到 the edinburgh review，碰个大钉子，原稿退还，主笔先生请他另写点绅士样子的文章（something gentleman-like），不要那么随便谈天。胡适之先生到底也免不了有些高眉（high-browed）长脸孔（long-faced）了，还好胡子早刮去了，所以文章里还留有些笑脸。

三、抄两句爵士说的话

近来平安映演笠顿爵士（lord lytton）的《邦沛之末日》（last days of pompei）我很想去看，但是怕夜深寒重，又感冒起来。一个人在北京是没有病的资格的。因为不敢病，连这名片也牺牲不看了。可是爵士这名字总盘旋在脑中。今天忽然记起他说的两句话，虽然说不清是在哪一本书会过，但这是他说的，我却记得千真万确，可以人格担保。他说："你要想得新意思吧？请去读旧书；你要找旧的见解吧？请你看新出版的。"（do you want to get at new ideas? read old books; do you want to find old ideas? read new ones,）我想这对于现在一般犯"时代狂"的人是一服清凉散。我特地引这两句话的意思也不过如是，并非对国故党欲有所建功的，恐怕神经过敏者随便株连，所以郑重地声明一下。

十六年清明前两日，于北京。

"还我头来"及其他

关云长兵败麦城，虽然首级给人拿去招安，可是英灵不散，吾舌尚存，还到玉泉山，向和尚诉冤，大喊什么"还我头来!"这是多么惊心动魄的事，万想不到我现在也来发出同样阴惨的呼声。

但是我并非爱做古人的鹦鹉，实在有不得已的苦衷，在所谓最高学府里头，上堂，吃饭，睡觉，匆匆地过了五年，到底学到了什么，自己实在很怀疑。然而一同同学们和别的大学中学的学生接近，常感觉到他们是全知的——人们（差不多要写作上帝了）。他们多数对于一切大大小小长长短短的问题，都有一定的意见，说起来滔滔不绝，这是何等可羡慕的事。他们知道宗教是应当"非"的，孔丘是要打倒的，东方文化根本要不得，文学是苏俄最高明，小中大学都非专教白话文不可，文学是进化的（因为胡适先生有一篇文学进化论），行为派心理学是惟一的心理学，哲学是要立在科学上面的，新的一定是好，一切旧的总该打倒，以至恋爱问题女子解放问题……他们头头是道，十八般武艺无一不知。鲁拙的我看着不免有无限的羡慕同妒忌。

更使我赞美的是他们的态度，观察点总是大同小异——简直是全同无异。有时我精神疲倦，不注意些，就分不出是谁在那儿说话。我从前老想大学生是有思想的人，各个性格不同，意见难免分歧，现在一看这种融融泄泄的空气，才明白我是杞人忧天。不过凡庸的我有时试把他们所说的话，拿来仔细想一下，总觉头绪纷纷，不是我一个人的力几秒钟的时间所能了解。有时尝尽艰难，打破我这愚拙的网，将一个问题，从头到尾，好好想一下，结果却常是找不出自己十分满意解决的方法，只好归咎到自己能力的薄弱了。有时学他们所说的，照样向旁人说一下，因此倒得到些恭维的话，说我思想进步。荣誉虽然得到，心中却觉惭愧，怕的是这样下去，满口只会说别人懂（?）自己不懂的话。随和是做人最好的态度，为了他人，失了自己，也是有牺牲精神的人做的事；不过这么一来，自己的头一部一部消灭了，那岂不是个伤心的事情吗？

由赞美到妒忌，由妒忌到诽谤是很短的路。人非圣贤，谁能无过，我有时也免不了随意乱骂了。一回我同朋友谈天，我引美国 cabell 说的话来泄心中的积愤，我朋友或者猜出我老羞成怒的动机，看我一眼，我也只好住口了。现在他不在这儿，何妨将 cabell 话译出，泄当时未泄的气。cabell 在他那本怪书，名字叫作《不朽》beyond life 中间说：

"印刷发明后，思想传布是这么方便，人们不要麻烦费心思，就可得到很有用的意见。从那时候起很少人高兴去用脑力，伤害自己的脑。"

cabell 在现在美国，还高谈 romance，提倡吃酒，本来是个狂生，他的话自然是无足重轻的，只好借来发点牢骚不平罢！

以上所说的是自己有愿意把头弄掉，去换几个时髦的字眼的危险。此外在我们青年旁边想用快刀阔斧来取我们的头者又大有人在。思想界的权威者无往而不用其权威来做他的文力统一。从前晨报副刊登载青年必读书十种时候，我曾经摇过头。所以摇头者，一方面表示不满意，一方面也可使自己相信我的头还没有被斩。这十种既是青年所必读，那么不去读的就不好算做青年了。年纪青青就失掉了做青年的资格，这岂不是等于不得保首级。回想二三十年前英国也有这种开书单的风气。但是 lord avebury 在他《人生乐趣》(the pleasure of life) 里所开的书单的题目不过是"百本书目表"(list of loo books)。

此外 lord acton, shorter 等所开者，标题皆用此。彼等以爵士之尊，说话尚且这么谦虚，不用什么"必读"等命令式字眼，真使我不得不佩服西人客气的精神了。想不到后来每下愈况，梁启超先生开个书单，就说没有念过他所开的书的人不是中国人，那种办法完全是青天白日当街杀人刽子手的行为了。胡适先生在《现代评论》曾说他治哲学史的方法是惟一无二的路，凡同他不同的都会失败。我从前曾想抱尝试的精神，怀疑的态度，去读哲学，因为胡先生说过真理不是绝对的，中间很有商量余地，所以打算舍胡先生的大道而不由，另找个羊肠小道来。现在给胡先生这么当头棒喝，只好摆开梦想，摇一下头——看还在没有。总之在旁边窥伺我们的头者，大有人在，所以我暑假间赶紧离开学府，万里奔波，回家来好好保养这六斤四的头。

所以"还我头来"是我的口号，我以后也只愿说几句自己确实明白了解的话，不去高攀，谈什么问题主义，免得跌重。说的话自然平淡凡庸或者反因为它的平淡凡庸而深深地表现出我的性格，因为平淡凡庸的话只有我这鲁拙的人，才能够说出的。无论如何总不至于失掉了头。

末了，让我抄几句 arnauld 在 port-royal logic 里面的话，来做结束罢。

"我们太容易将理智只当做求科学智识的工具，实在我们应该用科学来做完成我们理智的工具；思想的正确是比我们由最有根据的科学所得来一切的智识都要紧得多。”

中国普通一般自命为名士才子之流，到了风景清幽地方，一定照例他说若使能够在此读书，才是不辜负此生。由这点就可看出他们是不能真真鉴赏山水的美处。读书是一件乐事，游山玩水也是一件乐事。若使当读书时候，一心想什么飞瀑松声绝崖远眺，我们相信他读书趣味一定不浓厚，同样地若使当看到好风景时候，不将一己投到自然怀中，热烈领会生存之美，却来排名士架子，说出不冷不热的套话，我们也知道他实在不能够吸收自然无限的美。我一想到这事，每每记起英国大诗人chaucer 的几行诗（这几行是我深信能懂的，其余文字太古了，实在不知道清楚）。他说：

“when that the monthe of may is comen，and that i here the foules synge，and that the floures gynnen for to sprynge，farurl my boke and my devocon.” legende of good women.

大意是当五月来的时候，我听到鸟唱，花也渐渐为春天开，我就向我的书籍同宗教告别了。要有这样的热诚才能得真正的趣味。徐旭生先生说中国人缺乏 enthusiasm，这句话真值得一百圈。实在中国人不止对重要事没有 enthusiasm，就是关于游戏也是取一种逢场作戏随便玩玩的态度，对于一切娱乐事情总没有什么无限的兴味。闭口消遣，开口销愁，全失丢人生的乐趣，因为人生乐趣多存在对于一切零碎事物普通游戏感觉无穷的趣味。要常常使生活活泼生姿，一定要对极微末的娱乐也全心一意地看重，热烈地将一己忘掉在里头。比如要谈天，那么就老老实实说心中自己的话，不把通常流俗的意见，你说过来，我答过去地敷衍。这样子谈天也有真趣，不至像刻板文章，然而多数人谈天总是一副皮面话，听得真使人难过。关于说到这点的文章，我最爱读兰姆（lamb）的 mrs. battle's opinions on whist。那是一篇游戏的福音，可惜文字太妙了，不敢动笔翻译。再抄一句直腿者流的话来说明我的鄙见罢。a-c. berson 在 from a college wirdcw 里说：

"一个人对于游戏的态度愈是郑重，游戏就越会有趣。"

因为我们对于一切都是有些麻木，所以每回游玩山水，只好借几句陈语来遮饰我们心理的空虚。为维持面子的缘故，渐渐造成虚伪的习惯，所以智识阶级特别多伪君子，也因为他们对面子特别看重。他们既然对自然对人情不能够深切地欣赏，只好将快乐全放在淫欲虚荣权力钱财……这方面。这总是不知生活术的结果。

有人说，我们向文学求我们自己所缺的东西，这自然是主张浪漫派人的说法，可是也有些道理。我们若使不是麻木不仁，对于自己缺点总特别深切地感觉。所以对没有缺点的人常有过量的赞美，而对于有同一缺点的人，反不能加以原谅。turgeniev 自己意志薄弱，是 hamlet 一流人物，他的小说描写当时俄国智识阶级意志薄弱也特别动人。hazlitt 自己脾气极坏，可是对心性慈悲什么事也不计较的 goldsmith 却啧啧称美。朋友的结合，因为二人同心一意虽多，而因为性质正相反也不少。为的各有缺点各有优点，并且这个所没有的那个有，那个自己惭愧所少的，这个又有，所以互相吸引力特别重。心思精密的管仲同性情宽大的鲍叔，友谊特别重；拘谨守礼的 addison 和放荡不羁的 steele，厚重老成的 southey，和吃大烟什么也不管的 coleridge 也都是性情相背，居然成历史上有名友谊的榜样。老先生们自己道德一塌糊涂，却口口声声说道德，或者也是因为自己缺乏，所以特别觉得重要。我相信天下没有那么多伪君子，无非是无意中行为同口说的矛盾罢了。

我相信真真了解下层社会情形的作家，不会费笔墨去写他们物质生活的艰苦，却去描写他们生活的单调，精神奴化的经过，命定的思想，思想的迟钝，失望的麻木，或者反抗的精神，蔑视一切的勇气，穷里寻欢，泪中求笑的心情。不过这种细密精致的地方，不是亲身尝过的人像 dostoievski，gorki 不能够说出，出身纨绔的青年文学家，还是扯开仁人君子的假面，讲几句真话罢！

因为人是人，所以我们总觉人比事情要紧，在小说里描状个人性格的比专述事情的印象会深得多。这是一件非常明显的事，然而近来所看的短篇小说多是叙一两段情史，用几十个风花雪月字眼，真使人失望。希望新文豪少顾些结构，多注意点性格。tolstoy 的《伊凡伊列支之死》，conrod 的 lord jim 都是没有多少事实的小说，也都是有名的杰作。

十六年七月六日，于福州。

人死观

恍惚前二三年有许多学者热烈地讨论人生观这个问题，后来忽然又都搁笔不说，大概是因为问题已经解决了罢！到底他们的判决词是怎么样，我当时也有些概念，可惜近来心中总是给一个莫名其妙不可思议的烦闷罩着，把学者们拼命争得的真理也忘记了。这么一来，我对于学者们只可面红耳热地认做不足教的蠢货；可是对于我自己也要找些安慰的话，使这彷徨无依黑云包着的空虚的心不至于再加些追悔的负担。人生观中间的一个重要问题不是人生的目的么？可是我们生下来并不是自己情愿的，或者还是万不得已的，所以小孩一落地免不了娇啼几下。

既然不是出自我们自己意志要生下来的，我们又怎么能够知道人生的目的呢？湘鄂的土豪劣绅给人拿去游街，他自己是毫无目的，并且他也未必想去明白游街的意义。小河是不得不流自然而然地流着，它自身却什么意义都没有，虽然它也曾带瓣落花到汪洋无边的海里，也曾带爱人的眼泪到他的爱人的眼前。勃浪宁把我们比做大匠轮上滚成的花瓶。我客厅里有一个假康熙彩的大花瓶，我对它发呆地问它的意义几百回，它总是呆呆地站着，说不出一句话来。但是我却知道花瓶的目的同用处。人生的意义，或者只有上帝才晓得吧！还有些半疯不疯的哲学家高唱"人生本无意义，让我们自己做些意义。"梦是随人爱怎么做就怎么做的，不过我想梦最终脱不了是一个梦罢，黄粱不会老煮不熟的。

生不是由我们自己发动的，死却常常是我们自己去找的。自然在世界上多数人是"寿终正寝"的，可是自杀的也不少，或者是因为生活的压迫，也有是怕现在的快乐不能够继续下去而想借死来消灭将来的不幸，像一对夫妇感情极好却双双服毒同尽的（在嫖客娼妓中间更多），这些人都是以口问心，以心问口商量好去找死的。所以死对他们是有意义的，而且他们是看出些死的意义的人。我们既然在人生观这个迷园里走了许久，何妨到人死观来瞧一瞧呢？可惜"君子见其生不忍见其死"，所以学者既不摇旗呐喊在前高唱各种人死观的论调，青年们也无从追随奔走在后。"天下兴亡，匹夫有责"，因此我做这部人死观，无非出自抛砖引玉的野心，希望能够动学者的心，对人死观也在切实研究之后，下个放之四海而皆准的判断。

若使生同死是我们的父母——不，我们不这样说，我们要征服自然——若使生同死是我们的子女，那么死一定会努着嘴抱怨我们偏心，只知道"生"不管"死"，一心一意都花在生上面。真的，不止我们平常时都是想着生。hazlitt 死时候说"好吧！我有过快乐的一生"（"well．1've had a happy iife．"）他并没想死是怎么一回事。charlotte bronte 临终时候还对她的丈夫说："呵，我现在是不会死的，我会不会吗？上帝不至于分开我们，我们是这么快乐。"

（"oh！lam not going to die，am i？he will not seperate us，we have bee n so happy．"）这真是不到黄河心不死。为什么我们这么留恋着生，不肯把死的神秘想一下呢？并且有时就是正在冥想死的伟大，何曾是确实把死的实质拿来咀嚼，无非还是向生方面着想，看一下死对于生的权威。做官做不大，发财发不多，打战打败仗，于是乎叹一口气说："千古英雄同一死！"和"自古皆有死，莫不饮恨而吞声，任他生前何等威风赫赫，死后也是一样的寂寞"。这些话并不是真的对于死有什么了解，实在是怀着嫉妒，心惦着生，说风凉话，解一解怨气。在这里生对死，是借他人之纸笔，发自己之牢骚。死是在那里给人利用做抓爆栗子的猫脚爪，生却嬉皮涎脸地站在旁边受用。让我翻一段 sir w. raleigh 在《世界史》（the history of the world）里的话来代表普通人对于死的观念罢。

"只有死才能够使人了解自己，指示给骄傲人看他也不过是个普通人，使他厌恶过去的快乐；他证明富人是个穷光蛋，除壅塞在他口里的沙砾外，什么东西对他都没有意义；当他举起他的镜在绝色美人面前，他们看见承认自己的毛病同腐朽。呵！能够动人，公平同有力的死呀，谁也不能劝服的你能够说服；谁也不敢想做的事，你做了；全世界所谄媚的人，你把他掷在世界以外，看不起他：你曾把人们的一切伟大，骄傲，残忍，雄心集在一块，用小小两个字'躺在这里'盖尽一切。"

death alone can make man know himself, show the proud and insolent that he is but object, and can make him hate his forepassed happiness; the rich man be proved a naked beggar, which hath interest in nothing but the gravel that fills his mouth; and when he holds his glass before the eves of the most beautiful, they see and acknowledge their own deformity and rottenness. o eloquent, just and mighty death whom none could advise, thou hast persuaded what none hath presumed, thou hast cast out of the world and despised: thou hast drawn together all the extravagant greatness, all the pride, cruelty and ambition of man, and covered all over with two narrow words："hicjacet."

这里所说的是平常人对于死的意见，不过用伊利沙伯时代文体来写壮丽点，但是我们若使把它细看一番，就知道里头只含了对生之无常同生之无意义的感慨，而对着死国里的消息并没有丝毫透露出来。所以倒不如叫作生之哀辞，比死之冥想还好些。一般人口头里所说关于死的思想，剥蕉抽茧看起来，中间只包了生的意志，那里是老老实实的人死观呢。

庸人不足论，让我们来看一看沉着声音，两眼渺茫地望着青天的宗教家的话。他们在生之后编了一本"续编"。天堂地狱也不过如此如此。生与死给他们看来好似河岸的风景同水中反映的影景一样，不过映在水中的经过绿水特别具一种缥缈空灵之美。不管他们说的来生是不是镜花水月，但是他们所说死后的情形太似生时，使我们心中有些疑惑。因为若使死真是不过一种演不断的剧中一会的闭幕，等会笛鸣幕开，仍然续演，那么死对于我们绝对不会有这么神秘似的，而幽明之隔，也不至于到现在还没有一线的消息。科学家对死这问题，含糊说了两句不负责任的话，而科学家却常常仍旧安身立命于宗教上面。而宗教家对死又是不敢正视，只用着生的现象反映在他们西洋镜，做成八宝楼台。说来说去还在执着人生观，用遁辞来敷衍人死观。

还有好多人一说到死就只想将死时候的苦痛。george gissing 在他的《草堂随笔》（the private papers of henry ryrcroft.）说生之停止不能够使他恐怖，在床上久病却使他想起会害怕。当该萨 caesar 被暗杀前一夕，有人问那种死法最好，他说"要最仓猝迅速的！"（that which should bemost sudden！）疾病苦痛是生的一部分，同死的实质满不相干。以上这两位小窃军阀说的话还是人生观，并不能对死有什么真了解。

为什么人死观老是不能成立呢？为什么谁一说到死就想起生，由是眼睛注着生噜噜苏苏说一阵遁辞，而不抓着死来考究一下呢？约翰生 johnson 曾对 boswell 说："我们一生只在想离开死的思想。"（"the whole of life is but keeping away the thought of death."）死是这么一个可怕着摸不到的东西，我们总是设法回避它，或者将生死两个意义混起，做成一种骗自己的幻觉。可是我相信死绝对不是这么简单乏味的东西。andreyev 是窥得点死的意义的人。他写 lazarus 来象征死的可怕，写《七个缢死的人》（the seven that were hanged）来表示死对于人心理的影响。虽然这两篇东西我们看着都会害怕，它们中间都有一段新奇耀目的美。christina rossetti, edgar allan poe, ambrose bierce 同 lord dunsang 对着死的本质也有相当的了解，所以他们著作里面说到死常常有种凄凉灰白色的美。有人解释 andreyev，说他身旁四面都被围墙围着，而在好多墙之外有一个一切墙的墙——那就是死。

我相信在这一切墙的墙外面有无限的风光，那里有说不出的好境，想不来的情调。我们对生既然觉得二十四分的单调同乏味，为什么不勇敢地放下一切对生留恋的心思，深深地默想死的滋味。压下一切懦弱无用的恐怖，来对死的本体睇着细看一番。我平常看到骸骨总觉有一种不可名言的痛快，它是这么光着，毫无所怕地站在你面前。我真想抱着他来探一探它的神秘，或者我身里的骨，会同他有共鸣的现象，能够得到一种新的发现。骸骨不过是死宫的门，已经给我们这种无量的欢悦，我们为什么不漫步到宫里，看那千奇万怪的建筑呢。最少我们能够因此遁了生之无聊 ennui 的压迫，de quincy 只将"猝死"、

"暗杀"……当作艺术看，就现出了一片瑰奇伟丽的境界。何况我们把整个死来默想着呢？来，让我们这会死的凡人来客观地细玩死的滋味：我们来想死后灵魂不灭，老是这么活下去，没有了期的烦恼；再让我们来细味死后什么都完了，就归到没有了的可哀；永生同灭绝是一个极有趣味的 dilemma，我们尽可和死亲昵着，赞美这个 dilemma 做得这么完美无疵，何必提到死就两对牙齿打战呢？人生观这把戏，我们玩得可厌了，换个花头吧，大家来建设个好好的人死观。

在 carlyle 的 the life of john sterling 中有一封 sterling 在病快死时候写给 carlyle 的信，中间说：

"它（死）是很奇怪的东西，但是还没有旁观者所觉得的可悲的百分之一。"

"it is all very strange, but not noe hundrdeth part so sad as it seems to the standers-by."

十六年八月三日于福州 sweet home。

查理斯·兰姆评传

"它在柔美风韵之外，还带有一种描写不出奇异的美；甜蜜的，迷人的，最引人发笑的，然而是这样动人的情绪又会使人心酸"——hawthorne-marble faun.

传说火葬之后，心还不会烧化的雪莱，曾悱恻地唱："我堕在人生荆棘上面！我流血了！"人生路上到处都长着荆棘，这是无可讳言的事实。但是我们要怎么样才能够避免常常被刺，就是万不得已皮肤给那尖硬的木针抓破了，我们要去那里找止血的灵药呢？一切恋着人生的人，对这问题都觉有细想的必要。查理斯·兰姆是解决这个问题最好的导师。george eliot 在那使她失丢青春的长篇小说 romola 里面说"生命没有给人一种它自己医不好的创伤"。兰姆的一生是证明这句话最好的例，而且由他的作品，我们可以学到很多精妙的生活术。

查理斯·兰姆——coleridge 叫他做"心地温和"的查理斯——在一七七五年二月十八日生于伦敦。他父亲是一个性情慈爱诸事随便的律师，samuel salt 的像仆人不是仆人，说书记又非书记式的雇员。他父亲约翰·兰姆做人忠厚慷慨，很得他主人的信任。兰姆的幼年就住在这个律师所住的寺院里，八岁进基督学校 christ hospital 受古典教育，到十五岁就离开学校去做事来持家了。基督学校的房子本来也是中古时代一个修道院，所以他十四年都是在寺院中过去的。他那本来易感沉闷的心情，再受这寺院中寂静恬适的空气的影响，更使他耽于思索不爱干事了。他在学校时候与浪漫派诗人和批评家 s. t. coleridge 订交，他们的交谊继续五十年，没有一些破裂。兰姆这几年学校生活可以说是他环境最好的时期。他十五岁就在南海公司做书记，过两年转到东印度公司会计课办事，在那里过记账生活三十三年，才得养老金回家过闲暇时光。

不止他中年这么劳苦，他年青时候还遇着了极不幸的事。当他二十一岁时候，他同一位名叫 ann simmons 姑娘发生爱情，后来失恋了，他得了疯病，在疯人院过了六个礼拜。他出院没有多久，比他长十岁的姊姊玛利·兰姆一天忽然发狂起来，拿桌上餐刀要刺一女仆，当她母亲来劝止时候，她母亲被误杀了。玛利自然立刻关在疯人院了。后来玛利虽然经法庭判做无罪，但是对于玛利将来生活问题，兰姆却有许多踌躇。玛利在她母亲死后没有多久就渐渐地好了，若使把她接回家中住，老父是不答应的，把一个精神健全，不过一年有几天神经会错乱的人关在疯人院里，兰姆觉得是太残酷了。并且玛利是个极聪明知理的女子，同他非常友爱，所以只有在外面另赁房子一个办法。不过兰姆以前入仅敷出，虽然有位哥哥，可是这个大哥自私自利只注意自己的脚痛，别的什么也不管，而且坚持将玛利永久关在疯人院里。兰姆在这万分困难之下，下定决心，将玛利由疯人院领出，保证他自己一生都看护她。

他恐怕结婚会使他对于玛利照顾不周到，他自定终身不娶。一个二十一岁青年已背上这么重负担，有这么凄惨的事情占在记忆中间，也可谓极悲哀的人生了。不久他父亲死了。以后他天天忙着公司办事，回家陪伴姊姊，有时还要做些文章，得点钱，来勉强维持家用。玛利有时疯病复发，当有些预征时候，他携着她的手，含一泡眼泪送入疯人院去，他一人回到家里痴痴地愁闷。在这许多困苦中间，兰姆全靠着他的美妙乐天的心灵同几个知心朋友 wordsworth，coleridge，hazlttt，manning，rickman，earton burney，carey 等的安慰来支持着。他虽然厌恶工作，可是当他得年金后，因为工作已成种习惯，所以他又有无聊空虚的愁苦了。又加以他好友 coleridge 的死，他晚年生活更形黯淡。在一八三四年五月二十日他就死了。他姊姊则在半知觉状态之下，还活十三年。这是和他的计划相反的，因为他希望他能够比他姊姊后死，免得她一个人在世上过凄凉的生活。他所有的著作都是忙里偷闲做的。

　　人生的内容是这样子纷纭错杂、毫无头绪，除了大天才像莎士比亚这般人外多半都只看人生的一方面。有的理想主义者不看人生，只在那里做他的好梦，天天过云雾里生活，emerson 是个好例。也有明知人生里充满了缺陷同丑恶，却掉过头来专向太阳照到的地方注目，满口歌颂自然人生的美，努力去忘记一切他所不愿意有的事情，十九世纪末叶英国有名散文家 john brown 医生属于这一类。还有一种人整个心给人世各种龌龊事扰乱了，对于一切虚伪，残酷，麻木，无耻攻击同厌恶得太厉害了，仿佛世上只有毒蛇猛兽，所有歌鸟吟虫全忘记了。斯夫特主教同近代小说家 butler 都是这一类人。他们用显微镜来观察人生的斑点，弄得只看见缺陷，所以斯夫特只好疯了。以上三种人，第一种痴人说梦，根本上就不知道人生是怎么一回事；第二种人躲避人生，没有胆量正正地面对人生，既缺乏勇气，而且这样同人生捉迷藏，也抓不到人生真正乐趣。

　　若使不愿意看人生缺陷同丑恶，而人生缺陷同丑恶偏排在眼前，那又要怎么好呢？第三种人诅咒人生，当他漫骂时候，把一切快乐都一笔勾销了。只有真真地跑到生活里面，把一切事都用宽大通达的眼光来细细咀嚼一番，好的自然赞美，缺陷里头也要去找出美点出来；或者用法子来解释，使这缺陷不令人讨厌，这种态度才能够使我们在人生途上受最少的苦痛，也是止血的妙方。要得这种态度，最重要的是广大无边的同情心。那是能够对于人们所有举动都明白其所以然；因为同是人类，只要我们能够虚心，各种人们动作，我们全能找出可原谅的地方。因为我们自己也有做各种错事的可能，所以更有原谅他人的必要。真正的同情是会体贴别人的苦衷，设身处地去想一下，不是仅仅容忍就算了。用这样眼光去观察世态，自然只有欣欢的同情，真挚的怜悯，博大的宽容，而只觉得一切的可爱，自己生活也增加了无限的趣味了。兰姆是有这精神的一个人。有一回一个朋友问他恨不恨某人，他答道："我怎么能恨他呢？我不是认得他？我从来不能恨我认识过的人。"

他年青的时候曾在一篇叫作《伦敦人》上面说："平常当我在家觉得烦腻或者愁倦，我跑到伦敦的热闹大街上，任情观察，等到我的双颊给眼泪淌湿，因为对着伦敦无时不有像哑剧各幕的动人拥挤的景况的同情。"在一篇杂感上他又说："在大家全厌弃的坏人的性格上发现出好点来，这是件非常高兴的事，只要找出一些同普通人相同的地方就够了。从我知道他爱吃南野的羊肉起，我对 wilks 也没有十分坏的意见。"兰姆不求坏人别有什么过人地方，然后才去原谅，只要有带些人性，他的心立刻软下去。他到处体贴人情，没有时候忘记自己也是个会做错事说错话的人，所以他无论看什么，心中总是春气盎然，什么地方都生同情，都觉有趣味，所以无往而不自得。这种执着人生，看清人生然后抱着人生接吻的精神，和中国文人逢场作戏，游戏人间的态度，外表有些仿佛，实在骨子里有天壤之隔。

中国文人没有挫折时，已经装出好多身世凄凉的架子，只要稍稍磨折，就哼哼地怨天尤人，将人生打得粉碎，仅仅剩个空虚的骄傲同无聊的睥睨。哪里有兰姆这样看遍人生的全圆，千灾百难底下，始终保持着颠扑不破的和人生和谐的精神，同那世故所不能损害毫毛的包括一切的同情心。这种大勇主义是值得赞美，值得一学的。

兰姆既然有这么广大的同情心，所以普通生活零星事件都供给他极好的冥想对象，他没有通常文学家习气，一定要在王公大人，惊心动魄事情里面，或者良辰美景，旖旎风光时节，要不然也由自己的天外奇思，空中楼阁里找出文学材料，他相信天天在他面前经过的事情，只要费心去吟味一下，总可想出很有意思的东西来。所以他文章的题目是五花八门的，通常事故，由伦敦叫花子，洗烟囱小孩，烧猪，肥女人，饕餮者，穷亲戚，新年一直到莎士比亚的悲剧，de foe 的二流作品，sidney 的十四行诗，hogarth 的讥笑世俗的画，自天才是不是疯子问题说到彩票该废不废问题。无论什么题目，他只要把他的笔点缀一下，我们好像看见新东西一样。不管是多么乏味事情，他总会说得津津有味，使你听得入迷。

a. c. benson 说得最好："查理斯·兰姆将生活中最平常材料浪漫地描写着，指示出无论是多么简单普通经验也充满了情感同滑稽，平常生活的美丽同庄严是他的题目。"在他书信里也可看出他对普通生活经验的玩味同爱好。他说："一个小心观察生活的人用不着自己去铸什么东西，'自然'已经将一切东西替我们浪漫化了。"

（给 bernard barton 的信）在他答 wordsworth 请他到乡下去逛的信上，他说："我一生在伦敦过活，等到现在我对伦敦结得许多深厚的地方感情，同你山中人爱好呆板的自然一样，straed 同 fleet 二条大街灯光明亮的店铺；数不尽的商业，商人，顾客，马车，货车，戏院；covent 公园里面包含的嘈杂同罪恶，窑子，更夫，醉汉闹事，车声；只要你晚上醒来，整夜伦敦是热闹的；在 fleet 街的绝不会无聊；群众，一直到泥耙尘埃，射在屋顶道路的太阳，印刷铺，旧书摊，商量价的顾客，咖啡店，饭馆透出菜汤的气，哑剧——伦敦自己就是个大哑剧院，大假装舞蹈会——一切这些东西全影响我的心，给我趣味，然而不能使我觉得看够了。这些好看奇怪的东西使我晚上徘徊在拥挤的街上，我常常在五光十色的大街中看这么多生活，高兴得流泪。"

他还说："我告诉你伦敦所有的大街傍道全是纯金铺的，最少我懂得一种点金术，能够点伦敦的泥成金——一种爱在人群中过活的心。"兰姆真有点泥成金的艺术，无论生活怎样压着他，心情多么烦恼，他总能够随便找些东西来，用他精细微妙灵敏多感的心灵去抽出有趣味的点来，他嗤嗤地笑了。十八世纪的散文家多半说人的笑脸可爱，兰姆却觉天下可爱东西非常多，他爱看洗烟囱小孩洁白的齿，伦敦街头墙角鹑衣百结，光怪陆离的叫花子，以至伦敦街声他以为比什么音乐都好听。总而言之由他眼里看来什么东西全包含无限的意义，根本上还是因为他能有普遍的同情。他这点同诗人 wordsworth 很相像，他们同相信真真的浪漫情调不一定在夺目惊心的事情，而俗人俗事里布满了数不尽可歌可叹的悲欢情感。

他不把几个抽象观念来抹杀人生，或者将人生的神奇化作腐朽，他从容不迫地好象毫不关心说这个，谈那个，可是自然而然写出一件东西在最可爱情形底下的状况。就是 walter pater

在《查理斯·兰姆评传》所说 thegayest，happiest attitude of things。因此兰姆只觉到处有趣味，可赏玩，并且绝不至于变做灰色的厌世者，始终能够天真地在这碧野青天的世界歌颂上帝给我享受不尽同我们自己做出鉴赏不完的种种物事。他是这么爱人群的，leigh hunt 在自传里说"他宁愿同一班他所不爱的人在一块，不肯自己孤独地在一边"，当他姊姊又到疯人院，家中换个新女仆，他写信给 betnard barton，提到旧女仆，他感叹着说："责骂同吵闹中间包含有熟识的成分，一种共同的利益——定要认得的人才行——所以责骂同吵闹是属于怨，怨这个东西同亲爱是一家出来的。"一个人爱普通生活到连吵架也信做是人类温情的另一表现，普通生活在他面前简直变成做天国生活了。

hazlitt 在《时代精神》（the spirit of the age）评兰姆一段里说："兰姆不高兴一切新面孔，新书，新房子，新风俗，……他的情感回注在'过去'，但是过去也要带着人的或地方的色彩，才会深深的感动他……他是怎么样能干地将衰老的花花公子用笔来渲染得香喷喷地；怎么样高兴地记下已经冷了四十年的情史。"兰姆实在恋着过去的骸骨，这种性情有两个原因，一来因为他爱一切人类的温情。事情虽然已经过去，而中间存着的情绪还可供我们回忆。并且他太爱人生了，虽然事已烟消火灭了，他舍不得就这么算了，免不了时时记起，拿来摩弄一番。他性情又耽好冥想，怕碰事实，所以新的东西有种使他害怕的能力。他喜欢坐在炉边和他姊姊谈幼年事情，顶怕到新地方，住新房，由这样对照，他更爱躲在过去的翼底下。

在《伊里亚随笔》第一篇《南海公司》里他说："活的账同活的会计使我麻烦，我不会算账，但是你们这些死了大本的数簿——是这么重，现在三个衰颓退化的书记要抬离开那神圣地方都不行——连着那么多古老奇怪的花纹同装饰的神秘的红行——那种三排的总数目，带着无用的圈圈——我们宗教信仰浓厚的祖宗无论什么流水账，数单开头非有不可的祷告话——那种值钱的牛皮书面，使我们相信这是天国书库的书的皮面——这许多全是有味可敬的好看东西。"由这段可以看出他避新向旧的情绪。

他不止喜欢追念过去，而且因为一件事情他经历过那不管这事情有益有害，既然同他发生关系了，好似是他的朋友，若使他能够再活一生，他还愿一切事情完全按旧的秩序递演下去。他在《除夕》那一篇中说："我现在几乎不愿意我一生所逢的任一不幸事会没有发生过，我不欲改换这些事情也同我不欲更改一本结构精密小说的布局一样，我想当我心被亚历斯的美丽的发同更美丽的眼迷醉时候，我将我最黄金的七年光阴憔悴地空费过去这回事比干脆没有碰过这么热情的恋爱是好得多。我宁愿我失丢那老都伯骗去的遗产，不愿意现在有二千镑钱而心中没有这位老奸臣滑的影子。"他爱旧书，旧房子，老朋友，旧瓷器，尤其好说过去的戏子，从前的剧场情形，同他小孩子时候逛的地方。他曾有一首有名的诗说一班旧日的熟人。

一班旧日的熟人

我曾有一些游侣，我曾有一班好伴，
在我孩提的时候，在我就学的时光；
一班旧日的熟人，现在完全失散。
我曾经狂笑，我曾经欢宴，
与一班心腹的朋友在深夜坐饮；

一班旧日的熟人，现在完全失散。

我曾爱着一个绝代的美人：

她的门为我而关，她，我一定不能再见——

一班旧日的熟人，现在完全失散。

我有一个朋友，一个最好的朋友，

我曾鲁莽地背弃他像个忘恩之人；

背弃了他，想到一班旧日的熟人。

我徘徊在幼年欢乐之场像个幽灵，

我不得不走遍大地的荒原，

为了去找一班旧日的熟人。

我的心腹的朋友，你比我的兄弟更强，

你为什么不生在我的家中？

假使我们可以谈到旧日的熟人——

他们有的怎样弃我，有的怎样死亡，

有的被人夺去；所有的朋友都已分离；

一班旧日的熟人，现在完全失散。

　　他说他像个幽灵徘徊在幼年欢乐之场。实在由这种高兴把旧事重提的人看来，现在只是一刹那，将来是渺茫的，只有过去是安安稳稳地存在记忆，绝不会失丢的宝藏。这也是他在这不断时流中所以坚决地抓着过去的原因。

　　兰姆一生逢着好多不顺意的事，可是他能用飘逸的想头，轻快的字句把很沉重的苦痛拨开了。什么事情他都取一种特别观察点，所以可给普通人许多愁闷怨恨的事情，他随随便便地不当做一回事地过去了。他有一回编一本剧叫作《h 先生》，第一晚开演时候，就受观众的攻击，他第二天写信给 sarah stoddart 说："《h 先生》昨晚开演，失败了，玛利心里很难过。我知道你听见这个消息一定会替我们难过。可是不要紧。我们决心不被这事情弄得心灰意懒。我想开始戒烟，那么我们快要富足起来了。一个吞云吐雾的人，自然只会写乌烟瘴气的喜剧。"他天天从早到晚在公司办事，但是在《牛津游记》上他说我虽然是个书记，这不过是我一时兴致，一个文人早上须要休息，最好休息的法子是机械式地记棉花，生丝，印花布的价钱，这样工作之后去念书会特别有劲，并且你心中忽然有什么意思，尽可以拿桌上纸条或者封面记下，做将来思索材料。他的哥哥是个自私的人，收入很好，却天天去买古画，过舒服生活，全不管兰姆的穷苦。兰姆对这事不止没有一毫怨尤，并且看他哥哥天天兴高采烈样子，他心中也欢喜起来了。

在《我的亲戚》一篇文中他说："这事情使我快活，当我早上到公司时候，在一个风和日美五月的早上，碰着他（指兰姆哥哥）由对面走来，满脸春风，喜气盈洋。这种高兴样子是指示他心中预期买到看中了的古画。当这种时候他常常拉着我，教训一番。说我这种天天有事非干不可的人比他快活——要我相信他觉得无聊难过——希望他自己没有这么多闲暇——又向西走到市场去，口里唱着调子——心里自信我会信他的话——我却是无歌无调地继续向公司走。"这种一点私见不存，只以客观态度温和眼光来批评事情，注意可以发噱之点，用来做微笑的资料，真是处世最好的精神。在《查克孙上尉》一篇里，他将这种对付不好环境的好法子具体地描写出。查克孙一贫如洗，却无时不排阔架子，这样子就将贫穷的苦恼全忘丢了。

兰姆说："他（查克孙上尉）是个变戏法者，他布一层雾在你面前——你没有时间去找出他的毛病。他要向你说'请给我那个银糖钳'，实在排在你面前只有一个小匙，而且仅仅是镀银的。在你还没有看清楚他的错误之前，他又来扰乱你的思想，把一个茶锅叫作茶瓮，或者将凳子说做沙发。富人请你看他的家具，穷人用法子使你不注意他的寒尘东西；他既不是这样，也不是那样，单单自己认他身边一切东西全是好的，使你莫名其妙到底在茅屋里看的是什么。什么也没有，他仿佛什么都有样子。他心中有好多财产。"当他母亲死后一个礼拜，他写信给 coleridge 说：　"我练成了一种习惯不把外界事情看重——对这盲目的现在不满意，我努力去得一种宽大的胸怀；这种胸怀支持我的精神。"

他姊姊疯好了，他写信给 coleridge 说："我决定在这塞满了烦恼的剧，尽量得那可得到的瞬间的快乐。"他又说"我的箴言是'只要一些，就须满足，心中却希望能得到更多'"。我们从这几段话可以看出兰姆快乐入世的精神。他既不是以鄙视一切快乐自雄的 stoic，也不是沾沾自喜歌颂那卑鄙庸懦的满足的人，他带一副止血的灵药，在荆棘上跳跃奔驰，享受这人生道上一切风光，他不鄙视人生，所以人生也始终爱抚他。所以处这使别人能够碎心的情况之下，他居然天天现着笑脸，说他的双关话，同朋友开开玩笑过去了。英国现在大批评家 agustine birrell 说："兰姆自己知道他的神经衰弱，同他免不了要受的可怕的一生挫折，他严重地拿零碎东西做他的躲难所，有意装傻，免得过于兴奋变成个疯子了。"他从二十一岁，以后经过千涛百浪，神经老是健全，这就是他这种高明超达的生活术的成功。

兰姆虽然使一双特别的眼睛看世界上各种事情，他的道德观念却非常重。他用非常诚恳态度采取道德观念，什么事情一定要寻根到底赤裸裸地来审察，绝不容有丝毫伪君子成分在他心中。也是因为他对道德态度是忠实，所以他又常主张我们有时应当取一种无道德态度，把道德观念撇开一边不管，自由地来品评艺术同生活。伪君子们对道德没有真真情感，只有一副架子，记着几句口头禅，无处不说他的套语，一时不肯放松将道德存起来，这是等于做贼心虚，更用心保持他好人的外表，偷汉寡妇偏会说贞节一样。只有自己问心无愧的人才敢有时放了道德的严肃面孔，同大家痛快地毫无拘管地说笑。

在他那《莎士比亚同时戏剧家评选》里他说："霸占近代舞台的乏味无聊抹杀一切的道德观念把戏中可赞美的热烈情感排斥去尽了一种清教徒式的感情迟钝，一种傻子低能的老实渐渐盘绕我们胸中，将旧日戏剧作家给我们的强烈的情感同真真有肉有血生气勃勃的道德赶走了，……我们现在什么都是虚伪的顺从。"所以他爱看十八世纪几个喜剧家 congreve, farquhar wycherley 等描写社会的喜剧。他曾说："真理是非常宝贵的，所以我们不要乱用真理。"因为他宝贵道德，他才这么不乱任用道德观念，把它当作不值一句钱的东西乱花。兰姆不怎么尊重传统道德观念，他的观念近乎尼采，他相信有力气做去就是善，柔弱无能对付了事，处处用盾牌的是恶，这话似乎有些言之过甚，不过实在是如此。我们读兰姆不觉得念查拉撒斯图拉如此说地针针见血，那是因为兰姆用他的诙谐同古怪的文体盖住了好多惊人的意见。在他《两种人类》那篇上，他赞美一个靠借钱为生，心地洁白的朋友。

这位朋友豪爽英迈，天天东拉西借，压根儿就没有你我之分，有钱就用，用完再借，由兰姆看起来他这种痛快情怀比个规规矩矩的人高明得多。他那篇最得所谓英国第一批评家 hazlitt 击节叹赏的文章《战太太对于纸牌的意见》用使人捧腹大笑的笔墨说他这种做得痛快就是对的理论。他觉得叫花子非常高尚，平常人都困在各种虚荣高低之内，唯有叫花子超出一切比较之外，不受什么时髦礼节习惯的支配，赤条条无牵挂，所以他把叫花子尊称做"宇宙间唯一的自由人"。英国习惯每餐都要先感谢上帝，兰姆想我们要感谢上帝地方多得很，有 milton 可念也是个要感谢的事情，何必专限在饭前，再加上那时候馋涎三尺，哪里有心去谢恩，所食东西又是煮得讲究，不是仅仅作维持生命用，谢上帝给我们奢侈纵我们口欲，确实是不大对的。所以他又用滑稽来主张废止。他在《傻子日》里说："我从来没有一个交谊长久或者靠得住的朋友，而不带几分傻气的，……心中一点傻气都没有的人，心里必有一大堆比傻还坏的东西。"这两句话可以包括他的伦理观念。兰姆最怕拉长面孔，说道德的，我们却噜地说他的道德观念，实在对不起他，还是赶快谈别的罢。

法国十六世纪散文大家，近世小品文鼻祖 montaigne 在他小品文集（essays）序上说："我想在这本书里描写这个简单普通的真我，不用人言，说假话，弄巧计，因为我所写的是我自己。我的毛病要纤毫毕露地说出来，习惯允许我能够坦白说到那里，我就写这自然的我到那地步。"兰姆是 montaigne 的嫡系作家。他文章里十分之八九是说他自己，他老实地亲信地告诉我们他怎么样不能了解音乐，他的常识是何等的缺乏，他多么怕死，怕鬼，甚至于他怎样怕自己会做贼偷公司的钱，他也毫不遮饰地说出。他曾说他的文章用不着序，因为序是作者同读者对谈，而他的文章在这个意义底下全是序。

他谈自己七零八杂事情所以能够这么娓娓动听，那是靠着他能够在说闲话时节，将他全性格透露出来，使我们看见真真的兰姆。谁不愿意听别人心中流露出的真话，何况讲的人又是个和蔼可亲温文忠厚的兰姆。他外面又假放好多笔名同杜撰的事，这不过一层薄雾，因为兰姆到底是害羞的人，文章常用七古八怪的别号，这么一反照，更显出他那真挚诚恳的态度了。兰姆最赞美懒惰，他曾说人类本来状况是游手好闲的，亚当堕落后才有所谓工作。他又说："实在在一个人所能做的最好的事情是什么也不干，次一等才是——好工作。"他那一篇《衰老的人》是个赞美懒惰的福音。比起 stevenson 的《懒惰汉的辩词》更妙得多，我们读起来一个爱闲暇怕工作的兰姆活现眼前。

兰姆著作不大多，最重要是那投稿给《伦敦杂志》，借伊里亚 elia 名字发表的絮语文五十余篇，后来集做两卷，就是现在通行的《伊里亚小品文》（the essays of elia）同《伊里亚小品文续编》（the last essays of elia）。伊里亚是南海公司一个意大利书记，兰姆借他名字来发表，他的文体是模仿十七世纪 fuller，browne 同别的伊里利伯时代作家，所以非常古雅蕴藉。此外他编一本莎士比亚同时代戏剧作家选集，还加上批评，这本书关于十九世纪对伊利沙伯时代文学兴趣之复燃，大有关系。他的批评，吉光片羽，字字珠玑，虽然只有几十页，但是一本重要文献。

他选这本书的目的，是将伊利沙伯时代人的道德观念呈现在读者面前，所以他的选本一直到现在还是风行的。他还有批评莎士比亚悲剧同 hogarth 的画的文章。此外他同玛利将莎士比亚剧编作散文古事，尽力保存原来精神。他对伊利沙伯朝文学既然有深刻的研究，所以这本《莎氏乐府本事》，还能充满了剧中所有的情调色彩，这是它能够流行的原因。兰姆做不少的诗同一两编戏剧，那都是不重要的。他的书信却是英国书信文学中的杰作，其价值不下于 cowper southey，cray fitzerald 的书牍，他那种缠绵深情同灵敏心怀在那几百封信里表现得非常清楚。他好几篇好文章《两种人类》，《新同旧的教师》，《衰老的人》等差不多全由他信脱胎出来。他写信给 southey 说："我从来没有根据系统判断事情，总是执着个体来理论，"这两句话可以做他一切著作的注脚。

兰姆传以 ainger 做得最好，ainget 说：他是个利己主义者——但是一个没有一点虚荣同自满的利己主义者——一个剥去了嫉妒同恶脾气的利己主义者。这真是兰姆一生最好的考语。

近代专研究兰姆，学兰姆的文笔的 lucus 说"兰姆重新建设生活，当他改建时节，把生活弄得尊严内容丰富起来了。"

十七年一月，北大西斋。

文学与人生

在普通当作教本用的文学概论批评原理这类书里，开章明义常说文学是一面反映人生最好的镜子，由文学我们可以更明白地认识人生。编文学概论这种人的最大目的在于平妥无疵，所以他的话老是不生不死似是而非的，念他书的人也半信半疑，考试一过早把这些套话丢到九霄云外了；因此这般作者居然能够无损于人，有益于己地写他那不冷不热的文章。可是这两句话却特别有效力，凡是看过一本半册文学概论的人都大声地嚷着由文学里我们可以特别明白地认识人生。言下之意自然是人在世界上所最应当注意的事情无过于认清人生，文学既是认识人生惟一的路子，那么文学在各种学术里面自然坐了第一把交椅，学文学的人自然。

这并不是念文学的人虚荣心特别重，那个学历史的人不说人类思想行动不管古今中外全属历史范围；那个研究哲学的学生不睥睨地说在人生根本问题未解决以前，宇宙神秘还是个大谜时节，一切思想行动都找不到根据。法科学生说人是政治动物；想做医生的说，生命是人最重要东西；最不爱丢文的体育家也忽然引起拉丁说健全的思想存在健全的身体里。中国是农业国家这句老话是学农业的人的招牌，然而工业学校出身者又在旁微笑着说"现在是工业世界"。学地质的说没有地球，安有我们。数学家说远些把 protagoras 抬出说数是宇宙的本质，讲近些引起罗素数理哲学。就是温良恭俭让的国学先生们也说要读书必先识字，要识字就非跑到什么《说文》戴东原书里去过活不可；与世无涉，志于青云的天文学者啧啧赞美宇宙的伟大，可怜地球的微小，人世上各种物事自然是不肯去看的。孔德排起学术进化表来，把他所创设的社会学放在最高地位。拉提琴的人说音乐是人类精神的最高表现。

　　总而言之，统而言之，这块精神世界的地盘你争我夺，谁也睁着眼睛说"请看今日之域中，究是谁家之天下。"然而对这种事也用不着悲观。风流文雅的王子不是在几千年前说过"文人相轻，自古已然"。可惜这种文力统一的梦始终不能实现，恐怕是永久不能实现。所以还是打开天窗说亮话罢。若使有学文学的伙计们说这是长他人意气，灭自己威风，则只有负荆谢罪，一个办法；或者拉一个死鬼来挨骂。在 conrad 自己认为最显露地表现出他性格的书，《人生与文学》（notes on life and letters）里，他说："文学的创造不过是人类动作的一部分，若使文学家不完全承认别的更显明的动作的地位，他的著作是没有价值的。这个条件，文学家，——特别在年青时节——很常忘记，而倾向于将文学创造算做比人类一切别的创作的东西都高明。一大堆诗文有时固然可以发出神圣的光芒，但是在人类各种努力的总和中占不得什么特别重要的位置。"conrad 虽然是个对于文学有狂热的人，因为他是水手出身，没有进过文学讲堂，所以说话还保存些老舟子的直爽口吻。

　　文学到底同人生关系怎么样？文学能够不能够，丝毫毕露地映出人生来呢？大概有人会说浪漫派捕风捉影。在空中建起八宝楼台，痴人说梦，自然不能同实际人生发生关系。写实派脚踏实地，靠客观的观察，来描写，自然是能够把生活画在纸上。但是天下实在没有比这个再错的话。文学无非叙述人的精神经验（述得确实不确实又是一个问题），色欲利心固然是人性一部分，而向渺茫处飞翔的意志也是构成我们生活的一个重要成分。梦虽然不是事实，然而总是我们做的梦，所以也是人生的重要部分。天下不少远望着星空，虽然走着的是泥泞道路的人，我们不能因为他满身尘土，就否认他是爱慕闪闪星光的人。我们只能说梦是与别东西不同，而不能否认它的存在，写梦的人自然可以算是写人生的人。hugo 说过"你说诗人是在云里的，可是雷电也是在云里的。"世上没有人否认雷电的存在，多半人却把诗人的话，当作镜花水月。

当什么声音都没有的深夜里，清冷的月色照着旷野同山头，独在山脚下徘徊的人们免不了会可怜月亮的凄凉寂寞，望着眠在山上的孤光，自然而然想月亮对于山谷是有特别情感的。这实是人们普通的情绪，在我们生活中占有重要位置的。keats 用他易感的心灵，把这情绪具体化利用希腊神话里月亮同牧羊人爱情故事，歌咏成他第一首长诗 endymion。好多追踪理想的人一生都在梦里过去，他们的生活是梦的，所以只有渺茫灿烂的文字才能表现出他们的生活。wordsworth 说他少时常感觉到自己同宇宙是分不开的整个，所以他有时要把墙摸一下，来使他自己相信有外界物质的存在；普通人所认为虚无乡，在另一班看来到是唯一的实在。无论多么实事求是抓着现在的人晚上也会做梦的。我们一生中一半光阴是做梦，而且还有白天也做梦的。浪漫派所写的人生最少也是人生的大部分，人们却偏说是无中生有，这也是无可奈何的事。但是我们虽然承认浪漫文学不是镜里自己生出来的影子，是反映外面东西，我们对它照得精确不，却大大怀疑。

可是所谓写实派又何曾是一点不差的描摹人生，作者的个人情调杂在里面绝不会比浪漫作家少。法国大批评家 amiel 说，"所谓更客观的作品不过是一个客观性比别人多些的心灵的表现，就是说他在事物面前能够比别人更忘记自己；但是他的作品始终是一个心灵的表现。"曼殊斐儿的丈夫 middleton murruy 在他的《文体问题》（the problem of style）里说，"法国的写实主义者无论怎样拼命去压下他自己的性格，还是不得不表现出他的性格。只要你真是个艺术家，你绝不能做一个没有性格的文学艺术家。"真的，不止浪漫派作家每人都有一个特别世界排在你眼前，写实主义者也是用他的艺术不知不觉间将人生的一部分拿来放大着写。让我们拣三个艺术差不多，所写的人物也差不多的近代三个写实派健将 maupassant, chekhov, bennett 来比较。

chekhov 有俄国的 maupassant 这个外号，bennett 在他《一个文学家的自传》（the truth alout an auther）里说他曾把 maupassant 当作上帝一样崇拜，他的杰作是读了 maupassant 的《一生》（une vie）引起的。他们三个既然于文艺上有这么深的关系，若使写实文学真能超客观地映出人生，那么这三位文豪的著作应当有同样的色调，可是细心地看他们的作品，就发现他们有三个完全不同的世界。

maupassant 冷笑地站在一边袖手旁观，毫无同情，所以他的世界是冰冷的；chekhov 的世界虽然也是灰色，但是他却是有同情的，而他的作品也比较的温暖些，有时怜悯的眼泪也由这隔江观火的世态旁观者眼中流下。bennett 描写制陶的五镇人物更是怀着满腔热血，不管是怎么客观地形容，乌托邦的思想不时还露出马脚来。由此也可见写实派绝不能脱开主观的，所以三面的镜子，现出三个不同的世界。或者有人说他们各表现出人生的一面，然而当念他们书时节我们真真觉得整个人生是这么一回事；他们自己也相信人生本相这样子的。说了一大阵，最少总可证明文学这面镜子是凸凹靠不住的，而不能把人生丝毫不苟地反照在上面。许多厌倦人生的人们，居然可以在文学里找出一块避难所来安慰，也是因为文学里的人生同他们所害怕的人生不同的缘故。

假设文学能够诚实地映出人生，我们还是不容易由文学里知道人生。纸上谈兵无非是秀才造反。tennyson 有一首诗 the lady of shalott 很可以解释这一点。诗里说一个住在孤岛之贵女，她天天织布，布机杼前面安一个镜，照出河岸上一切游人旅客；她天天由镜子看到岛外的世界，孤单地将所看见的小女，武士，牧人，僧侣，织进她的布里。她不敢回头直接去看，因为她听到一个预言说她一停着去赏玩河岸的风光，她一定会受罚。在月亮当头时她由镜里看见一对新婚伴侣沿着河岸散步，她悲伤地说"我对这些影子真觉得厌倦了。"在晴朗的清晨一个盔甲光辉夺目的武士骑着骄马走过河旁，她不能自主地转过对着镜子走，去望一望。镜子立刻碎了，她走到岛旁，看见一个孤舟，在黄昏的时节她坐在舟上，任河水把她飘荡去，口里唱着哀歌慢慢地死了。tenny-son 自己说他这诗是象征理想碰着现实的灭亡。

她由镜里看人生，虽然是影像分明，总有些雾里看花，一定要离开镜子，走到窗旁，才尝出人生真正的味道。文学最完美时候不过像这面镜子，可是人生到底是要我们自己到窗子向外一望才能明白的。有好多人我们不愿见他们跟他们谈天，可是书里无论怎样穷凶极恶，奸巧利诈的小人，我们却看得津津有味，差不多舍不得同他们分离，仿佛老朋友一样。读 ohello 的人对 iago 的死，虽然心里是高兴的，一定有些惆怅，因为不能再看他弄诡计了。读 dickens 书，我记不清 oliver twist，david copperfield nicholas nickleby 的性格，而慈幼院的女管事；uriah heep 同 nicholas nickleby 的叔父是坏得有趣的人物，我们读时，又恨他们，又爱看他们。但是若使真真在世界上碰见他们，我们真要避之惟恐不及。在莎士比亚以前流行英国的神话剧中，最受观众欢迎的是魔鬼，然而谁真见了魔鬼不会飞奔躲去。

　　文学同人生中间永久有一层不可穿破的隔膜。大作家往往因为对于人生太有兴趣，不大去念文学书，或者也就是因为他不怎么给文学迷住，或者不甚受文学影响，所以眼睛还是雪亮的，能够看清人生的庐山真面目。莎士比亚只懂一些拉丁，希腊文程度更糟，然而他确是看透人生的大文豪。ben jonson 博学广览，做戏曲时常常掉书袋，很以他自己的学问自雄，而他对人生的了解是绝比不上莎士比亚。walter scott 天天打猎，招呼朋友，washington irvings 奇怪他那里找到时间写他那又多又长的小说，自然更谈不上读书，可是谁敢说 scott 没有猜透人生的哑谜。thackeray 怀疑小说家不读旁人做的小说，因茶点店伙计是爱吃饭而不喜欢茶点的。stevenson 在《给青年少女》（virginibus puerisque）里说"书是人生的没有血肉的代替者"。医学中一大个难关是在不能知道人身体实在情形。

　　我们只能解剖死人，死人身里的情形同活人自然大不相同。所以人身里真真状况是不能由解剖来知道的。人生是活人，文学不过可以算死人的肢体，stevenson 这句无意说的话刚刚合式可以应用到我们这个比喻。所以真真跑到人生里面的人，就是自己作品也无非因为一时情感顺笔写去，来表现出他当时的心境，写完也就算了，后来不再加什么雕琢功夫。甚至于有些是想发财，才去干文学的，莎士比亚就是个好例。他在伦敦编剧发财了，回到故乡作富家翁，把什么戏剧早已丢在字纸篮中了。所以现在教授学者们对于他剧本的文字要争得头破血流，也全因为他没有把自己作品看得是个宝贝，好好保存着。他对人生太有趣味，对文学自然觉得是隔靴搔痒。就是 steele，goldsmith 也都是因为天天给这光怪陆离的人生迷住，高兴地喝酒，赌钱，穿漂亮衣服，看一看他们身旁五花八门的生活，他们简直没有心去推敲字句，注意布局。文法的错误也有，前后矛盾地方更多。他们是人生舞台上的健将，而不是文学的家奴。

热情的奔腾，辛酸的眼泪充满了他们的字里行间。但是文学的技巧，修辞的把戏他们是不去用的。虽然有时因为情感的关系文字个变非常动人。browning 对于人生也是有具体的了解，同强度的趣味，他的诗却是一做完就不改的，只求能够把他那古怪的意思达到一些，别的就不大管了。弄得他的诗念起来令人头昏脑痛。有一回人家找他解释他自己的诗，这老头子自己也不懂了。总而言之，他们知道人生内容的复杂，文学表现人生能力微少。所以整个人浸于人生之中，对文学的热心赶不上他们对人生那种欣欢的同情。只有那班不大同现实接触，住在乡下，过完全象牙塔生活的人，或者他们的心给一个另外的世界锁住，才会做文学的忠实信徒，把文学做一生的惟一目的，始终在这朦胧境里过活，他们的灵魂早已脱离这个世界到他们自己织成的幻境去了。hawthorne 与早年的 tennyson 全带了这种色彩。一定要对现实不大注意，被艺术迷惑了的人才会把文学看得这么重要，由这点也可以看出文学同人生是怎样地隔膜了。

以上只说文学不是人生的镜子，我们不容易由文学里看清人生。王尔德却说人生是文学的镜子，我们日常生活思想所受艺术的支配比艺术受人生的支配还大。但是王尔德的话以少引为妙，恐怕人家会拿个唯美主义者的招牌送来，而我现在衣钮上却还没有带一朵凋谢的玫瑰花。并且他这种意思在《扯谎的退步》里说得漂亮明白，用不着再来学舌。还是说些文学对着人生的影响罢。

法朗士说"书籍是西方的鸦片"。这话真不错，文学的麻醉能力的确不少，鸦片的影响是使人懒洋洋地，天天在幻想中糊涂地销磨去，什么事情也不想干。文学也是一样地叫人把心搁在虚无缥缈间，看着理想的境界，有的沉醉在里面，有的心中怀个希望想去实现，然而想象的事总是不可捉摸的，自然无从实现，打算把梦变做事实也无非是在梦后继续做些希望的梦罢！因此对于现实各种的需求减少了，一切做事能力也软弱下去了。憧憬地度过时光无时不在企求什么东西似的，无时不是任一去不复的光阴偷偷地过去。为的是他已经在书里尝过人所不应当尝的强度咸酸苦甜各种味道，他对于现实只觉乏味无聊，不值一顾。读 romeoand juliet 后反不想做爱情的事，非常悲哀时节念些挽歌到可以将你酸情安慰。读 bacon 的论文集时候，他那种教人怎样能够于政治上得到权力的话使人厌倦世俗的富贵。不管是为人生的文学也好，为艺术的文学也好，写实派，神秘派，象征派，唯美派文学里的世界是比外面的世界有味得多。

只要踏进一步，就免不了喜欢住在这趣味无穷的国土里，渐渐地忘记了书外还有一个宇宙。本来真干事的人不讲话，口说莲花的多半除嘴外没有别的能力。天下最常讲爱情者无过于文学家，但是古往今来为爱情而牺牲生命的文学家，几乎找不出来。turgeniev 深深懂得念文学的青年光会说爱情，而不能够心中真真地燃起火来，就是点着，也不过是暂时的，所以在他的小说里他再三替他的主人翁说没有给爱情弄得整夜睡不着。要做一件事，就不宜把它拿来瞎想，不然想来想去，越想越有味，做事的雄心力气都化了。老年人所以万念俱灰全在看事太透，青年人所会英气勃勃，靠着他的盲目本能。carlyle 觉得静默之妙，做了一篇读起来音调雄壮的文章来赞美，这个矛盾地方不知道这位气吞一世的文豪想到没有。理想同现实是两个隔绝的世界，谁也不能够同时候在这两个地方住。荷马诗里说有一个岛，中有仙女（siren）她唱出歌来，水手听到迷醉了，不能不向这岛驶去，忘记回家了。

又说有一个地方出产一种莲花，人闻到这香味，吃些花粉，就不想回到故乡去，愿意老在那里滞着。这仙女同莲花可以说都是文学象征。还没有涉世过仅仅由文学里看些人生的人一同社会接触免不了有些悲观。好人坏人全没有书里写的那么有趣，到处是硬板板地单调无聊。然而当尝尽人海波涛后，或者又回到文学，去找人生最后的安慰。就是在心灰意懒时期文学也可以给他一种鼓舞，提醒他天下不只是这么一个糟糕的世界，使他不会对人性生了彻底的藐视。法朗士说若使世界上一切实情，我们都知道清楚，谁也不愿意活着了。文学可以说是一层薄雾，盖着人生，叫人看起不会太失望了。不管作家书里所谓人生是不是真的，他们那种对人生的态度是值得赞美模仿的。我们读文学是看他们的伟大精神，或者他们的看错人生处正是他们的好处，那么我们也何妨跟他走错呢，marcus aurelius 的宇宙万事先定论多数人不能相信，但是他的坚忍质朴逆来顺受而自得其乐的态度使他的冥想录做许多人精神的指导同安慰。我们这样所得到的大作家伦理的见解比仅为满足好奇心计那种理智方面的明白人生真相却胜万万倍了。

十七年二月于北大西斋。

寄给一个失恋人的信（二）

秋心：

在我心境万分沉闷的时候，接到你由艳阳的南方来的信，虽然只是潦草几行，所说的又是凄凉酸楚的话，然而我眉开眼笑起来了。我不是因为有个烦恼伴侣，所以高兴。真真尝过愁绪的人，是不愿意他的朋友也挨这刺心的苦痛。那个躺在床上呻吟的病人，会愿意他的家人来同病相怜呢？何况每人有自各的情绪，天下绝找不出同样烦闷的人们。可是你的信，使我回忆到我们的过去生活；从前那种天真活泼充满生机的日子却从时光宝库里发出灿烂的阳光，我这彷徨怅惘的胸怀也反照得生气勃勃了。

你信里很有流水年华，春花秋谢的感想。这是人们普遍都感到的。我还记得去年读 arnold bennett 的 the old wives' tale 最后几页的情形。那是在个静悄悄的冬夜，电灯早已暗了，烛光闪着照那已熄的火炉。书中是说一个老妇人在她丈夫死去那夜的悲哀。"最感动她心的是他曾经年青过，渐渐的老了，现在是死了。他一生就是这么一回事。青春同壮年总是这么结局。什么事情都是这么结局。" bennett 到底是写实派第一流人物，简简单单几句话把老寡妇的心事写得使我们不能不相信。我当时看完了那末章，觉有个说不出的失望，痴痴的坐着默想，除了渺茫，惨淡，单调，无味，……几个零碎感想外，又没有什么别的意思。以后有时把这些话来咀嚼一下，又生出赞美这青春同逝水一般流去了的想头。

假使世上真有驻颜的术，不老的丹，oscar wilde 的 dorian gray 的梦真能实现，每人都有无穷的青春，那时我们的苦痛比现在恐怕会好得多些，另外有"青春的悲哀"了。本来青春的美就在它那种蜻蜓点水燕子拍绿波的同我们一接近就跑去这一点。看着青春的易逝，才觉得青春的可贵，因此也更想能够在这一去不返的瞬间里得到无穷的快乐。所以在青春时节我们特别有生气，一颗心仿佛是清早的花园，张大了瓣吸收朝露。青春的美大部分就存在着这种努力享乐惟恐不及生命力的跳跃。若使每人前面全现一条不尽的花草缤纷的青春的路，大家都知道青春是常住的，没有误了青春的可怕，谁天天也懒洋洋起来了。青春给我们一抓到，它的美就失丢了，同肥皂泡子相像，只好让它在空中飞翔，将青天红楼全缩映在圆球外面，可是我们的手一碰，立刻变为乌有了。

就说是对这呆板不变的青春，我们仍然能够有些赞赏，不断单调的享乐也会把人弄烦腻了，天下没整天吃糖口胃不觉难受的人了。而且把青春变成家常事故，它的浪漫缥缈的美丽也全不见了。本来人活着精神物质方面非动不可，所以在对将来抱着无限希望同捶心跌脚追悔往事，或者回忆从前黄金时代这两个心境里，生命力是不停地奔驰，生活也觉得丰富，而使精神往来享受现在是不啻叫血管不流一般地自杀政策，将生命的花弄枯萎了。不同外河相通的小池终免不了变成秽水，不同别人生同情的心总是枯涸无聊。

没有得到爱的少年对爱情是毛病的，做黄金好梦的恋人是充满了欢欣，失恋人同结婚不得意的人在极端失望里爆发出一线对爱情依依不舍的爱恋，和凤凰烧死后又振翼复活再度幼年的时光一样。只有结婚后觉得满意的人是最苦痛的，他们达到日日企望的地方，却只觉空虚渐渐的涨大，说不出所以然来，也想不来一个比他们现状再好的境界，对人生自然生淡了，一切的力气免不了麻痹下去。人生最怕的是得意，使人精神废弛，一切灰心的事情无过于不散的筵席。你还记得前年暑假我们一块划船谈 wordsworth 诗的快乐罢？那时候你不是极赞美他那首 yarrow unvisited 说我们应当不要走到尽头，高声地唱：

> twill soothe us in our sorrow
>
> that earth has something yet to show,
>
> the bonny holms of yarrow!

青春之所以可爱也就在它给少年以希望，赠老年以惆怅。（安慰人的能力同希望差不多，比心满意足，登高山洒几滴亚历山大的泪的空虚是好几万倍了。）好多人埋怨青春骗了我们，先允许我们一个乐园，后来毫不践言只送些眼泪同长叹。然而这正是青春的好处，它这样子供给我们活气，不至于陷于颓偿了的无为。希望的妙处全包含在它始终是希望这样事里面，若使个希望都化做铁硬的事实，那样什么趣味一笔勾消了的世界还有谁愿意住吗？所以年青人可以唱恋爱的歌，失恋人同死了爱人的人也做得出很好失望（希望的又一变相，骨子里差不多的东西）同悼亡的诗，只有那在所谓甜蜜家庭两人互相妥协着的人们心灵是化作灰烬。keats 在情诗中歌颂死同日本人无缘无故地相约情死全是看清楚此中奥妙后的表现。他们只怕青春的长留着，所以用死来划断这青春黄金的线。

这般情感锐敏的人若生在青春常驻的世界，他们的受难真不是言语所能说。这些话不是我有意要慰解你才说的，这的确我自己这么相信。春花秋谢，谁看着免不了嗟叹。然而假设花老是这么娇红欲滴的开着春天永久不离大地，这种雕刻似的死板板的美景更会令人悲伤。因为变更是宇宙的原则，也可算做赏美中一般重要成分。并且春天既然是老滞在人间，我们也跟着失丢了每年一度欢迎春来热烈的快乐。由美神经灵敏人看来，残春也别有它的好处，甚至比艳春更美，为的是里面带种衰颓的色调，互相同春景对照着，十分地显出那将死春光的欣欣生意。夕阳所以"无限好"，全靠着"近黄昏"。让瞥眼过去的青春长留个不灭的影子在心中，好像 pompeii 废墟，劫后余烬，有人却觉得比完整建筑还好。若使青春的失丢，真是件惨事，倚着拐杖的老头也不会那么笑嘻嘻地说他们的往事了。

文艺杂话

"美就是真，真就是美，"这是开茨那首有名《咏一个希腊古瓮》诗最后的一句。凡是谈起开茨，免不了会提到这名句，这句话也真是能够简洁地表现出开茨的精神。但是一位有名的批评家在牛津大学诗学讲堂上却说开茨这首五十行诗，前四十几行玲珑精巧，没有一个字不妙，可惜最后加上那人人都知道的二行名句。

"beauty is truth, truth is beauty," —that is all

ye know on earth, and all ye need to know。

并不是这两句本身不好，不过和前面连接不起，所以虽然是一对好句，却变作全诗之累了。他这话说得真有些道理。只要细心把这首百读不厌的诗吟咏几遍之后，谁也会觉得这诗由开头一直下来，都是充满了簇新的想象，微妙的思想，没有一句陈腐的套语，和惯用的描写，但是读到最后两句时，逃不了感到一种说不出的失望，觉得这么灿烂稀奇的描写同幻想，就只能得这么一个结论吗？念的回数愈多，愈相信这两句的不合式。开茨是个批评观念非常发达的人，用字锻句，丝毫不苟，那几篇 obe 更是他呕心血做的，为什么这下会这么大意呢？我只好想出下面这个解释来。

开茨确是英国唯美主义的先锋，他对美有无限的尊重，这或者是他崇拜希腊精神的结果。所以这句"美就是真，真就是美，"确是他心爱的主张。为的要发表他的主义，他情愿把一首美玉无瑕的诗，牺牲了——实在他当时只注意到自己这种新意见，也没有心再去关照全诗的结构了。开茨是个咒骂理智的人，在《蛇女》（lamia）那首长诗里他说："that but a moment's thought is passion's passing bell"然而他这回到甘心让诗的精神来跪在哲学前面，做个唯理智之命是从的奴隶。由这里也可以看到自己的主张太把持着心灵时候，所做的文学总有委曲求全的色彩。所以我对于古往今来那班带有使命的文学，常抱些无谓的杞忧。

凡是爱念 wordsworth 的人一定记得他那五六首关于露茜（lucy）的诗。那种以极简单明了的话表出一种刻骨镂心的情，说时候又极有艺术裁制（restraint）的能力，仅仅轻描淡写，已经将死了爱人的悲哀的焦点露出，谁念着也会动心。可是这老头子虽然有这么好描写深情的天才，在他那本页数既多，字印得又小的全集里，我们却找不出十首歌颂爱情的诗。有一回 aubrey de vere 问他为什么他不多做些情诗，他回答，"若使我多做些情诗，我写时候，心中一定会有强度的热情，这是我主张所不许可的。"我们知道 wordsworth 主张诗中间所含的情调要经过一回冷静心境的溶解，所以他反对心中只充满些强烈的情绪时所做的情诗。固然因为他照着这种说法写诗，他那好多赞美自然的佳句，意味才会那么隽永，值得细细咀嚼，那种回甘的妙处真是无穷。但是因此我们也失丢了许多一往情深词句挚朴的好情诗。wordsworth 这种学究的态度真是自害不浅，使我们深深地觉到创造绝对自由的需要。

说到这里，我们自然而然联想到托尔斯泰。托翁写实本领非常高明，他描状的人物情境都能有使人不得不相信的妙处。但是他始终想把文学当传布思想的工具，有时硬将上帝板板的主张放在绝妙的写实作品中间，使读者在万分高兴时节，顿然感到失望。所以 saintsbury 说他没有一篇完全无瑕的作品。我记得从前读托翁一篇小说，中间述一个豪爽英迈的强盗在森林中杀人劫货，后来被一个教士感化了，变成个平平常常的好人了。当这教士头一次碰着这强盗时节，"咱是个强盗，"强盗拉住了缰说，"我大道上骑马，到处杀人；我杀得人越多，我唱的歌越是高兴。"谁念了这段，不会神往于驰骋风沙中，飞舞着刀，唱着调儿的绿林好汉，而看出这种人生活里的美处。托翁有那种天才，把强盗的心境说得这么动人，可惜他又带进来个教士，将这篇像十七八世纪西班牙英法述流氓小说的好作品，变做十九，二十世纪传单化的文学了。但是不管托翁怎样蹂躏自己的天才，他的小说还是不朽的东西，仍然有能力吸引住成千成万的读者，这也可以见文学的能力到底是埋在心的最深处，决非主张等等所能毁灭，充其量不过是减些光辉，使读者在无限赞美中，有一种说不出的惆怅罢。

十七年四月十日北大西斋。

醉中梦话（二）

一、"才子佳人信有之"

才子佳人，是一句不时髦的老话。说来也可怜得很，自从五四以后，这四个字就渐渐倒霉起来，到现在是连受人攻击的资格也失掉了。侥幸才子佳人这两位宝贝却并没有灭亡，不过摇身一变，化作一对新时代的新人物：文学家和安琪儿。才子是那口里说"钟情自在我辈"，能用彩笔做出相思曲和定情诗的文人。文学家是那在心弦上深深地印着她的倩影，口里哼着我被爱神的箭伤了，笔下写出长长短短高高低低的情诗的才子。至于佳人即是安琪儿，这事连小学生都知道了，用不着我来赘言。总而言之，统而言之，昔日的才子和当今的文学家都是既能做出哀感顽艳的情诗，自己又是一个一往情深的多情种子。我却觉得人们没有这么万能，"自然"好像总爱用分工的原则，有些人她给了一个嘴，口说莲花。

可是别无所能，什么事情也不会干，当然不会做个情感真挚的爱人，这就是昔日之才子，当今的文学家。真真干事的人不说话，只有那不能做事的孱弱先生才会袖着手大发牢骚。真真的爱人在快乐时节和情人拈花微笑，两人静默着；失恋时候，或者自杀，或者胡涂地每天混过去，或者到处瞎闹，或者……但是绝没有闲情逸致，摇着头做出情诗来。人们总以为英国的拜伦，雪莱，济慈是中国式的才子，又多情，又多才。我却觉得拜伦是一个只会摆那多情的臭架子的纨绔公子。雪莱只是在理想界中憧憬着，根本就和现实世界没有接触，多次的结婚离婚无非是要表现出他敢于反抗社会庸俗的意见。济慈只想尝遍人生各种的意味，他爱爱情，因为爱情可以给我们很大的刺激，内里包含有咸酸苦辣诸味，他何曾真爱他的爱人呢？最会做巧妙情诗的 robert herrick 有一次做首坦白的自叙诗，题目是 upon himself 中间有几段，让我抄下来罢！

> i could never love in deed.
>
> never see mine own heart bleed.
>
> never crucify mylife.
>
> or for widow, maid, or wife.
>
> ……
>
> i could never break my sleep,
>
> fold my arms, sob, sigh, or weep.
>
> never beg, or humbly woo
>
> with oaths and lies, (as others do)
>
> ……
>
> but have hitherto lived free
>
> as the air that circles me
>
> and kept credit with my heart,
>
> neither broke in the whole, or part.

herrick 这么坦白地说他绝不会有什么恋爱，也不会挨求恋和失恋的痛苦，这倒是他心中的话。但是那个爱念 herrick 的年青人不会觉得他是赞颂爱情的绝妙诗人？等到看着这首冷酷的自剖，免不了会有万分的惊愕。然而，这正是 herrick 一贯的地方。若使 herrick 不是这么无情的人，他绝不能够做出那好几百首艳丽的短短情歌。爱伦·坡（edgar allan poe）说，"真挚的情感有种质朴的气味（homeliness），那是不能拿来作诗材用的。"风花雪月的诗人实在不能够闭着嘴去当一个充满了真挚情感的爱人。欧美小说里情场中的英雄，很少是文学家；情人多半是不能作诗的，屠格涅夫最爱写大学生和文学家的恋史，可是他小说中的主人翁多半是意志薄弱的情人，常带着"得不足喜，失不足忧"的态度。这都是洋鬼子比我们观察得更周到的地方。不过这样地把文学家的兼职取消，未免有点"焚琴煮鹤"，区区也很觉得怅然。

文学家不但不知道什么是爱情，而且也不懂得死的意义。所以最爱谈自杀的是文学家，而天下敢去自杀的文学家却是凤毛麟角。最近上海自杀了不少人，多半都有绝命书留下来，可是没有一篇写得很文学的，很动听的；可见黄浦江里面水鬼中并没有文豪在内。这件事对于文坛固然是很好的消息，但是也可见文学家只是种不生不死半生半死的才子了。不过古今中外的舆论是操在文学家的手里，小小的舞台上自己拼命喝自己的采，弄得大家头晕脑眩，胡里胡涂地跟着喝彩，才子们便自觉得是超人了。

二、滑稽（humour）和愁闷

整天笑嘻嘻的人是不会讲什么笑话的，就是偶然讲句把，也是那不会引人捧腹，值不得传述的陈旧笑谈。这的确是上帝的公平地方，一个人既然满脸春风，两窝酒靥老挂在颊边，为社会增不少融融泄泄的气象，又要他妙口生莲，吐出轻妙的诙谐，这未免太苦人所难了，所以上帝体贴他们。把诙谐这工作放在那班愁闷人肩上，让笑嘻嘻的先生光是笑嘻嘻而已。那班愁闷的人们不论日夜，总是口里喃喃，心里郁郁，给世界一种倒霉的空气，自然也该说几句叫人听着会捧腹的话，或者轻轻地吐出几句妙语，使人们嘴角微微的笑起来，以便将功折罪，抵消他们脸上的神情所给人的阴惨的印象。因此古往今来世上大诙谐家都是万分愁闷的人。

英国从前有个很出名的丑角，他的名字我不幸忘记了，就把他叫作密斯忒 x 罢，密斯忒 x 平常总是无缘无故地皱眉蹙额，他自己也是莫名其妙，不过每日老是心中一团不高兴。他弄得自己没有法子办，跑到内科医生那里问有什么医法没有。那内科医生诊察了半天，最后对他说："我劝你常去看那丑角密斯忒 x 的戏，看了几回之后，我包管你会好。"密斯忒 x 听了这话，啼也不好，笑也不好，只得低着头走出诊察室。

听说做"寻金记"和"马戏"主角的贾波林也是很忧郁的。这是必然的，否则，他绝不能够演出那趣味深长的滑稽剧。英国十九世纪浪漫派诗人 coleddge 曾说：我是以眼泪来换人们的笑容。他是个谈锋极好的人，每天晚上滔滔不绝地讨论玄学诗体以及其他一切的问题，他说话又深刻又清楚，无论谁都会忘了疲倦，整夜坐在旁边听他娓娓地清谈。他虽然能够给人们这么多快乐，他自己的心境却常是枯燥烦恼到了极点。写"心爱的猫儿溺死在金鱼缸里"和"痴汉骑马歌"的 cray 和 cowper 也都是愁闷之神的牺牲者。cowper 后来愁闷得疯死了，cray 也是几乎没有一封信不是说愁说恨的。晋朝人讲究谈吐，喜欢诙谐，可是晋朝人最爱讲达观，达观不过是愁闷不堪，无可奈何时的解嘲说法。杀犯当临刑时节，常常唱出滑稽的歌曲，人们失望到不能再失望了，就咬着牙齿无端地狂笑，觉得天下什么事情都是好笑的。这些事都可以证明滑稽和愁闷的确有很大的关系。

诙谐是由于看出事情的矛盾。萧伯纳说过，"天下充满了矛盾的事情，只是我们没有去思索，所以看不见了。"普通人，尤其那笑嘻嘻的人们与物无忤地天天过去，无忧无虑无欢无喜。他们没有把天下事情放在口里咀嚼一番，所以也不知道到底是什么味道，草草一生就算了。只有那班愁闷的人们，无往而不不自得，好像上帝和全人类联盟起来，和他捣乱似的。他背着手噙着眼泪走遍四方，只觉到处都是灰色的。他免不了拼命地思索，神游物外地观察，来遣闷消愁。哈哈！他看出世上一切物事的矛盾，他抿着嘴唇微笑，写出那趣味隽永的滑稽文章，用古怪笔墨把地上的矛盾穷形尽相地描写出来。我们读了他们的文章，看出埋伏在宇宙里的大矛盾，一面也感到洞明了事实真相的痛快，一面也只得无可奈何地笑起来了。没有那深深的烦闷，他们绝不能瞧到这许多很显明的矛盾事情，也绝不会得到诙谐的情绪和沁人心脾的滑稽辞句。滑稽和愁闷居然有因果的关系，这个大矛盾也值得愁闷人们的思索。

因为诙谐是从对于事情取种怀疑态度，然后看出矛盾来，所以怀疑主义者多半是用诙谐的风格来行文，因为他承认矛盾是宇宙的根本原理。voltaire，montaigne 和当代的法朗士，罗素的书里都有无限滑稽的情绪。

法国的戏剧家 baumarchais 说："我不得不老是狂笑着，怕的是笑声一停，我就会哭起来了。"这或者也是愁闷人所以滑稽的原因。

三、"九天阊阖开宫殿，万国衣冠拜冕旒"的文学史

记得五年前，当我大发哲学迷时候，天天和 c 君谈那玄而又玄自己也弄不清楚的哲学问题。那时 c 君正看罗素著的《哲学概论》，罗素是反对学生读哲学史的，以为应该直接念洛克，休谟，康德等原作，不该隔靴搔痒来念博而不专的哲学史。c 君看得高兴，就写一封十张八行的长信同我讨论这事情，他仿佛也是赞成罗素的主张。后来 c 君转到法科去，我在英文系的讲堂坐了四年，那本红笔画得不成书的 thilly 哲学史也送给一位朋友了，提起来真不胜有沧桑之感。从前麻麻胡胡读的洛克，笛卡儿，斯宾诺莎，康德的书，现在全忘记了，可是我现在对哲学史还是厌恶，以为是无用的东西。由我看来，文学史是和哲学史同样没用的。文学史的唯一用处只在赞扬本国文字的优美，和本国文人的言行的纯洁……总之，满书都是甜蜜蜜的。所以我用王右丞的颂圣诗两句，来形容普通文学史的态度。

普通文学史的第一章总是说本国的文字是多么好，比世界上任一国的文字都好，克鲁泡特金那样子具有世界眼光的人，编起俄国文学史（russian literature itsideals & realitics）来，还是免不了这个俗套。这是狭窄的爱国主义者的拿手好戏，中国到现在还没有一本像样的文学史，也可以说是一件幸事。第一口蜜喝完了，接着就是历代文人的行状。隐恶扬善，把几百个生龙活虎的文学家描写成一堆模糊不清毫无个性的圣贤。把所有做教本用的美国文学史都念完，恐怕也不知道大文豪霍桑曾替美国一个声名狼藉的总统捧场过，做一本传记，对他多方颂

扬，使他能够被选。歌德，惠德曼，王尔德的同性爱是文学史素来所不提的。莎士比亚的偷鹿文学史家总想法替他掩饰辩护。文学史里只赞扬拜伦助希腊独立的慷慨情怀，没有说到他待 leigh hunt 的刻薄。

　　这些劣点虽然不是这几位文学家的全人格的表现，用不着放大地来注意，但是要认识他们的真面目，这些零星罪过也非看到不可，并且我觉得这比他们小孩时候的聪明和在小学堂里得奖这些无聊事总来得重要好多。然而仁慈爱国的普通文学史家的眼睛只看到光明那面，弄得念文学史的人一开头对于各文学家的性格就有错误的认识。谁念过普通英国文学史会想到 wordsworth 是个脾气极坏，态度极粗鲁的人呢？可是据他的朋友们说，他很常和人吵架，谈到政治，总是捶桌子。而且不高兴人们谈"自然"，好像这是他的家产样子。然而，文学史中只说他爱在明媚的湖边散步。中国近来介绍外国文学的文章多半是采用文学史这类的笔法。用一大堆颂扬的字眼，恭维一阵，真可以说是新"应制"体。弄得看的人只觉得飘飘然，随便同情地跟着啧啧称善。这种一味奉承的批评文字对于读者会养成一种只知盲目地赞美大作品的作品习惯，丝毫不敢加以好坏的区别。屈服于权威的座前已是我们的国粹，新文学家用不着再抬出许多沾尘不染的洋圣人来做我们盲目崇拜的偶像。

　　我以为最好的办法是在每本文学史里叙述各作家的性格那段底下留着一页或者半页的空白，让读者将自己由作品中所猜出的作者性格和由不属于正统的批评家处所听到的话拿来填这空白。这样子历代的文豪或者可以恢复些人气，免得像从前绣像小说头几页的图画，个个都是一副同样的脸孔。

四、这篇是顺笔写去，信口开河，所以没有题目

英国近代批评家 bailey 教授在他那本《密尔敦评传》里主张英国人应当四十岁才开始读圣经。他说，英国现代的教育制度是叫小孩子天天念圣经，念得不耐烦了，对圣经自然起一种恶感，后来也不去看一看里面到底有什么真理隐藏着没有。要等人们经过了世变，对人生起了许多疑问，在这到处都是无情的世界里想找同情和热泪的时候，那时才第一次打开圣经来读，一定会觉得一字一珠，舍不得放下。这是这位老教授的话。圣经我是没有从头到底读过的，而且自己年纪和四十岁也相隔得太远，所以无法来证实这句话。不过我觉得 bailey 这话是很有道理的，无论什么东西，若使我们太熟悉了，太常见了，它们对我们的印象反不深刻起来。我们简直会把它们忘记，更不会跑去拿来仔细研究一番。谁能够说出他母亲面貌的特点在哪里，哪个生长在西湖的人会天天热烈地欣赏六桥三竺的风光。婚姻制度的流弊也在这里。

richard king 说："为爱情而牺牲生命并不是件难事，最难的是能够永久在早餐时节对妻子保持种亲爱的笑容。"记得 hazlitt 对于英国十八世纪歌咏自然的诗人 cowper 的批评是，"他是由那剪得整整齐齐的篱笆里，去欣赏自然……他戴双很时髦的手套，和'自然'握手。"可是正因为 cowper 是个城里生长的人，一生对于"自然"没有亲昵地接触过，所以当他偶然看到自然的美，免不了感到惊奇，感觉也特别灵敏。他和"自然"老是保持着一种初恋的热情，并没有和"自然"结过婚，跟着把"自然"看得冷淡起来。在乡下生长，却居然能做歌咏自然

的诗人，恐怕只有 burns，其他赞美田舍风光的作家总是由乌烟瘴气的城里移住乡间的人们。dosoivsky 的一枝笔把龌龊卑鄙的人们的心理描摹得穷形尽相，但是我听说他却有洁癖，做小说时候，桌布上不容许有一个小污点。

神秘派诗人总是用极显明的文字，简单的句法来表明他们神秘的思想。因为他们相信宇宙是整个的，只有一个共同的神秘，埋伏在万物万事里面。william blake 所谓由一粒沙可以洞观全宇宙也是这个意思。他们以为宇宙是很简单的，可是越简单，那神秘也更见其奥妙。越是能够用浅显文字指示出那神秘，那神秘也越远离人们理智能力的范围，因为我们已经用尽了理智，才能够那么明白地说出那神秘；而这个最后的神秘既然不是缘于我们的胡涂，自然也不是理智所能解决了。诗文的风格（style）奇奇怪怪的人们多半是思想上非常平稳。chesterton 顶喜欢用似非而是打筋斗的句子，但是他的思想却是四平八稳的天主教思想。勃浪宁的相貌象位商人，衣服也是平妥得很，他的诗是古怪得使我念着就会淌眼泪。tennyson 长发披肩，衣服松松地带有成千成万的皱纹，但是他那 in memoriam 却是清醒流利，一点也不胡涂费解。约翰生说 goldsmith 做事无处不是个傻子，拿起笔就变成聪明不过的文人了。

这么老写下去，离题愈离愈远，而且根本就是没有题目，真是如何是好，还是就这么收住罢！

写完了上面这一大段，自己拿来念一遍，觉得似乎有些意思。然而我素来和我自己写的文章是"相视而笑，莫逆于心"的。这也是无可奈何之事也。

五、两段抄袭，三句牢骚

steele 说："学来的做坏最叫人恶心。"

second－handvice，sure，of all si most nauseous from "the characters of a rake and a conquet"

dostoivsky 的《罪与罚》里有底下这一段话：

拉朱密兴拼命地喊："你们以为我是攻击他们说瞎话吗？一点也不对！我爱他们说瞎话。这是人类独有的权利。从错误你们可以走到真理那里去！因为我会说错话，做错事，所以我才是一个人！你要得到真理，一定要错了十四回，或者是要错了一百十四回才成。而且做错了事真是有趣味；但是我们应当能够自己做出错事来！说瞎话，可是要说你自己的瞎话，那么我要把你爱得抱着接吻。随着自己的意思做错了比跟着旁人做对了，还要好得多。自己弄错了，你还是一个人；随人做对了，你连一只鸟也不如。我们终究可以抓到真理，它是逃不掉的，生命却是会拘挛麻木的。"因此，我觉得打麻将比打扑克高明，逛窑子的人比到跳舞场的人高明，姑嫂吵架是天地间最有意义百听不倦的吵架——自然比当代浪漫主义文学家和自然主义文学家的笔墨官司好得万万倍了。

"醉中梦话"是我二年前在《语丝》上几篇杂感的总题目。匆匆地过了二年，我喝酒依旧，做梦依旧，这仿佛应当有些感慨才是。然而我的心境却枯燥得连微哂一声都找不出。从前那篇"醉中梦话"还有几句无聊口号，现在抄在下面：

"生平不大喝酒，从来没有醉过，并非自夸量大，实在因为胆小，那敢多灌黄汤。梦是夜夜都做，梦中未必说话，'醉中梦话'云者，装胡涂假痴聋，免得'文责自负'。"

十八年二十月十日于真茹。

谈"流浪汉"

当人生观论战已经闹个满城风雨，大家都谈厌烦了不想再去提起时候，我一天忽然写一篇短文，叫作《人死观》。这件事实在有些反动嫌疑，而且该捱思想落后的罪名，后来仔细一想，的确很追悔。前几年北平有许多人讨论 gentleman 这字应该要怎么样子翻译才好，现在是几乎谁也不说这件事了，我却又来喋喋，谈那和"君子"gentleman 正相反的"流浪汉"vagabond，将来恐怕免不了自悔。但是想写文章时候，哪能够顾到那么多呢？

gentleman 这字虽然难翻，可是还不及 vagabond 这字那样古怪，简直找不出适当的中国字眼来。普通的英汉字典都把它翻做"走江湖者""流氓""无赖之徒""游手好闲者"……但是我觉得都失丢这个字的原意。vagabond 既不像走江湖的卖艺为生，也不是流氓那种一味敲诈，"无赖之徒""游手好闲者"都带有贬骂的意思，vagabond 却是种可爱的人儿。在此无可奈何时候，我只好暂用"流浪汉"三字来翻，自然也不是十分合式的。我以为 gentleman，vagabond 这些字所以这么刁钻古怪，是因为它们被人们活用得太久了，原来的意义早已消失，于是每个人用这个字时候都添些自己的意思，这字的涵义越大，更加好活用了。因此在中国寻不出一个能够引起那么多的联想的字来。

本来 gentleman，vagabond 这二个字和财产都有关系的，一个是拥有财产，丰衣足食的公子，一个是毫无恒产，四处飘零的穷光蛋。因为有钱，自然能够受良好的教育，行动举止也温文尔雅，谈吐也就蕴藉不俗，更不至于跟人铢锱必较，言语冲撞了。gentleman 这字的意义就由世家子弟一变变做斯文君子，所以现在我们不管一个人出身的贵贱，财产的有无，只要他的态度是温和，做人很正直，我们都把他当作 gentleman。一班穷酸的人们被人冤枉时节，也可以答辩道："我虽然穷，却是个gentleman。"vagabond 这个字意义的演化也经过了同样的历程。本来只指那班什么财产也没有，天天随便混过去的人们。他们既没有一定的职业，有时或者也干些流氓的勾当。但是他们整天随遇而安，倒也无忧无虑，他们过惯了放松的生活，所以就是手边有些钱，也是胡里胡涂地用光，对人们当然是很慷慨的。

他们没有身家之虑，做事也就痛痛快快，并不像富人那种畏首畏尾，瞻前顾后。酒是大杯地喝下去，话是随便地顺口开河，有时也胡诌些有趣味的谎语。他们万事不关怀，天天笑呵呵，规矩的人们背后说他们没有责任心。他们与世无忤，既不会桌上排着一斗黄豆，一斗黑豆，打算盘似的整天数自己的好心思和坏心思，也不会皱着眉头，弄出连环巧计来陷害人们。他们的行为是胡涂的，他们的心肠是好的。他们是大个顽皮小孩，可是也带了小孩的天真。他们脑里存了不少奇奇怪怪的幻想，满脸春风，老是笑眯眯的，一些机心也没有。我们现在把凡是带有这种心情的人们都叫作 vagabond，就是他们是王侯将相的子孙，生平没有离开家乡过也不碍事。他们和中国古代的侠客有些相像，可是他们又不像侠客那样朴刀横腰，给夸大狂迷住，一脸凶气，走遍天下专为打不平。他们对于伦理观念，没有那么死板地痴痴执着。我不得已只好翻做"流浪汉"，流浪是指流浪的心情，所以我所赞美的流浪汉或者同守深闺的小姐一样，终身未出乡里一步。

英国十九世纪末叶诗人和小品文作家斯密士 alexander smith 对于流浪汉是无限地颂扬。他有一段描写流浪汉的文章，说得很妙。他说："流浪汉对于许多事情的确有他的特别意见。比如他从小是同密尼表妹一起养大，心里很爱她，而她小孩时候对于他的感情也是跟着年龄热烈起来，他俩结合后大概也可以好好地过活，他一定把她娶来，并没有考虑到他们收入将来能够不能够允许他请人们来家里吃饭或者时髦地招待朋友。这自然是太鲁莽了。可是对于流浪汉你是没法子说服他。他自己有他一套再古怪不过的逻辑（他自己却以为是很自然的推论），他以为他是为自己娶亲的，并不是为招待他的朋友的缘故；他把得到一个女人的真心同纯洁的胸怀比袋里多一两镑钱看得重得多。规矩的人们不爱流浪汉。那班膝下有还未出嫁姑娘的母亲特别怕他——并不是因他为子不孝，或者将来不能够做个善良的丈夫，或者对朋友不忠，但是他的手不像别人的手，总不会把钱牢牢地握着。他对于外表丝毫也不讲究。

他结交朋友，不因为他们有华屋美酒，却是爱他们的性情，他们的好心肠，他们讲笑话听笑话的本领，以及许多别人看不出的好处。因此他的朋友是不拘一类的，在富人的宴会里却反不常见到他的踪迹。我相信他这种流浪态度使他得到许多好处。他对于人生的希奇古怪的地方都有接触过。他对于人性晓得便透彻，好像一个人走到乡下，有时舍开大路，去凭吊荒墟古冢，有时在小村逆旅休息，路上碰到人们也攀谈起来，这种人对于乡下自然比那在坐四轮马车里骄傲地跑过大道的知道得多。我们因为这无理的骄傲，失丢了不少见识。一点流浪汉的习气都没有的人是没有什么价值的。"斯密士说到流浪汉的成家立业的法子，可见现在所谓的流浪汉并不限于那无家可归，脚跟如蓬转的人们。斯密士所说的只是一面，让我再由另一个观察点——流浪汉和 gentleman 的比较——来论流浪汉，这样子一些一些凑起来或者能够将流浪汉的性格描摹得很完全，而且流浪汉的性格复杂万分（汉既以流浪名，自不是安分守己，方正简单的人们），绝不能一气说清。

英国文学里分析 gentleman 的性格最明晰深入的文章，公推是那位叛教分子纽门 g. h. newman 的《大学教育的范围同性质》。纽门说："说一个人他从来没有给别人以苦痛，这句话几乎可以做'君子'的定义……'君子'总是从事于除去许多障碍，使同他接近的人们能够自然地随意行动；'君子'对于他人行动是取赞同合作态度，自己却不愿开首主动……真正的'君子'极力避免使同他在一块的人们心里感到不快或者颤震，以及一切意见的冲突或者感情的碰撞，一切拘束，猜疑，沉闷，怨恨；他最关心的是使每个人都很随便安逸像在自己家里一样。"这样小心翼翼的君子我们当然很愿意和他们结交，但是若使天下人都是这么我让你，你体贴我，扭扭捏捏地，谁也都是捧着同情等着去附和别人的举动，可是谁也不好意思打头阵；你将就我，我将就你，大家天天只有个互相将就的目的，此外是毫无成见的，这种的世界和平固然很和平，可惜是死国的和平。迫得我们不得不去欢迎那豪爽英迈，勇往直前的流浪汉。

他对于自己一时兴到想干的事趣味太浓厚了，只知道口里吹着调子，放手做去，既不去打算这事对人是有益是无益，会成功还是容易失败，自然也没有虑及别人的心灵会不会被他搅乱，而且"君子"们袖手旁观，本是无可无不可的，大概总会穿着白手套轻轻地鼓掌。流浪汉干的事情不一定对社会有益，造福于人群，可是他那股天不怕，地不怕，不计得失，不论是非的英气总可以使这麻木的世界呈现些须生气，给"君子"们以赞助的材料，免得"君子"们整天掩着手打呵欠（流浪汉才会痛快地打呵欠，"君子"们总是像林黛玉那样子抿着嘴儿）找不出话讲，我承认偷情的少女，再嫁的寡妇都是造福于社会的，因为没有她们，那班贞洁的小姐，守节的孀妇就失去了谈天的材料，也无从来赞美自己了。并且流浪汉整天瞎闹过去，不仅目中无人，简直把自己都忘却了。真正的流浪汉所以不会引起人们的厌恶，因为他已经做到无人无我的境地，那一刹那间的冲动是他惟一的指导，他自己爱笑，也喜欢看别人的笑容，别的他什么也不管了。

"君子"们处处为他人着想，弄得不好，反使别人怪难受，倒不如流浪汉的有饭大家吃，有酒大家喝，有话大家说，先无彼此之分，人家自然会觉得很舒服，就是有冲撞地方，也可以原谅，而且由这种天真的冲撞更可以见流浪汉的毫无机心。真是像中国旧文人所爱说文章天成，妙手偶得之，流浪汉任性顺情，万事随缘，丝毫没有想到他人，人们却反觉得他是最好的伴侣，在他面前最能够失去世俗的拘束，自由地行动。许多人爱留连在乌烟瘴气的酒肆小茶店里，不愿意去高攀坐在王公大人们客厅的沙发上，一班公子哥儿喜欢跟马夫下流人整天打伙，不肯到他那客气温和的亲戚家里走走，都是这种道理。纽门又说："君子知道得很清楚，人类理智的强处同弱处，范围同限制。若使他是个不信宗教的人，他是太精明太雅量了，绝不会去嘲笑或者反宗教；他太智慧了，不会武断地或者热狂地反教。他对于虔敬同信仰有相当的尊敬；有些制度他虽然不肯赞同，可是他还以为这些制度是可敬的良好的或者有用的；他礼遇牧师，自己仅仅是不谈宗教的神秘，没有去攻击否认。

他是信教自由的赞助者，这并不只是因为他的哲学教他对于各种宗教一视同仁，一半也是由于他的性情温和近于女性，凡是有文化的人们都是这样。"这种人修养功夫的确很到家，可谓火候已到，丝毫没有火气，但是同时也失去活气，因为他所磨炼去的火是 prometheus 由上天偷来做人们灵魂用的火。十八世纪第一画家 reynolds 是位脾气顶好的人，他的密友约翰生（就是那位麻脸的胖子）一天对他说："reynolds 你对于谁也不恨，我却爱那善于恨人的人。"约翰生伟大的脑袋蕴蓄有许多对于人生微妙的观察，他通常冲口而出的牢骚都是入木三分的慧话。恨人恨得好（a good hater）真是一种艺术，而且是人人不可不讲究的。我相信不会热烈地恨人的人也是不知道怎地热烈地爱人。流浪汉是知道如何恨人，如何爱人。他对于宗教不是拼命地相信，就是尽力地嘲笑。donne, herrick, cellini 都是流浪汉气味十足的人们，他们对于宗教都有狂热；voltaire, nietzsche 这班流浪汉就用尽俏皮的辞句，热嘲冷讽，掉尽枪花，来讥骂宗教。

在人生这幕悲剧的喜剧或者喜剧的悲剧里，我们实在应该旗帜分明地对于一切不是打倒，就是拥护，否则到处妥协，灰色地独自蹒跚于战场之上，未免太单调了，太寂寞了。我们既然知道人类理智的能力是有限的，那么又何必自作聪明，僭居上帝的地位，盲目地对于一切主张都持个大人听小孩说梦话态度，保存一种白痴的无情脸孔，暗地里自夸自己的眼力不差，晓得可怜同原谅人们低弱的理智。真真对于人类理智力的薄弱有同情的人是自己也加入跟着人们胡闹，大家一起乱来，对人们自然会有无限同情。和人们结伙走上错路，大家当然能够不言而喻地互相了解。

当浊酒三杯过后，大家拍桌高歌，莫名其妙地相视而笑，莫逆于心，那时人们才有真正的同情，对于人们的弱点有愿意的谅解，并不像"君子"们的同情后面常带有我佛如来怜悯众生的冷笑。我最怕那人生的旁观者，所以我对于厚厚的约翰生传会不倦地温读，听人提到 addison 的旁观报就会皱眉，虽然我也承认他的文章是珠圆玉润，修短适中，但是我怕他那像死尸一般的冰冷。纽门自己说"君子"的性情温和近于女性（the gentleness and effeminacy of feeling），流浪汉虽然没有这类在台上走 s 式步伐的旖旎风光，他却具有男性的健全。他敢赤身露体地和生命肉搏，打个你死我活。不管流浪汉的结果如何，他的生活是有力的，充满趣味的，他没有白过一生，他尝尽人生的各种味道，然后再高兴地去死的国土里遨游。这样在人生中的趣味无穷翻身打滚的态度，已经值得我们羡慕，绝不是女性的"君子"所能晓得的。

耶稣说过："凡想要保全生命的，必丧掉生命。凡丧掉生命的，必救活生命。"流浪汉无时不是只顾目前的痛快，早把生命的安全置之度外，可是他却无时不尽量地享受生之乐。守己安分的人们天天守着生命，战战兢兢，只怕失丢了生命，反把生命真正的快乐完全忽略，到了盖棺论定，自己才知道白宝贵了一生的生命，却毫无受到生命的好处，可惜太迟了，连追悔的时候都没有。他们对于生命好似守财虏的念念不忘于金钱，不过守财虏还有夜夜关起门来，低着头数血汗换来的钱财的快乐，爱惜生命的人们对于自己的生命，只有刻刻不忘的担心，连这种沾沾自喜的心情也没有，守财虏为了金钱缘故还肯牺牲了生命，比那什么想头也消失了，光会顾惜自己皮肤的人们到底是高一等，所以上帝也给他那份应得的快乐。用句罗素的老话，流浪汉对于自己生命不取占有冲动，是被创造冲动的势力鼓舞着。实在说起来，宇宙间万事万物流动不息，那里真有常住的东西。walter pater 在他的《文艺复兴研究》的结论曾将这个意思说得非常美妙，可惜写得太好了，不敢翻译。尤其生命是瞬刻之间，变幻万千的，不跳动的心是属于死人的。

所以除非顺着生命的趋势，高兴地什么也不去管往前奔，人们绝不能够享受人生。近代小品文家 jackson 在他那篇论"流浪汉"文里说："流浪汉如入生命的波涛汹涌的狂潮里生活。"他不把生命紧紧地拿着，（普通人将生命握得太紧，反把生命弄僵化死了）却做生命海中的弄潮儿，伸开他的柔软身体，跟着波儿上下，他感觉到处处触着生命，他身内的热血也起共鸣。最能够表现流浪汉这种的精神是美国放口高歌，不拘韵脚的惠提曼 walt whitman 他那本诗集《草之叶》leaves of grass 里句句诗都露出流浪汉的本色，真可说是流浪汉的圣经。流浪汉生活所以那么有味，一半也由于他们的生活是很危险的。踢足球，当兵，爬悬崖峭壁所以会那么饶有趣味，危险性也是一个主因。

在这个单调寡趣，平淡无奇的人生里凡有血性的人们常常觉到不耐烦，听到旷野的呼声，原人时代啸游山林，到处狩猎的自由化做我们的本能，潜伏在黑礼服的里面，因此我们时时想出外涉险，得个更充满的不羁生活。万顷波涛的大海谁也知道覆灭过无千无数的大船，可是年年都有许多盎格罗-萨格逊的小孩恋着海上危险的生涯，宁愿抛弃家庭的安逸，违背父母的劝谕，跑去过碧海苍天中辛苦的水手生涯。海所以会有那么大的魔力就是因为它是世上最危险的地方，而身心健全的好汉那个不爱冒险，爱慕海洋的生活，不仅是一"海上夫人"而已也。所以海洋能够有小说家们像 marryat, cooper, loti, conrad, 等等去描写它，而他们的名著又能够博多数人的同情。蔼理斯曾把人生比做跳舞，若使世界真可说是个跳舞场，那么流浪汉是醉眼矇眬，狂欢地跳二人旋转舞的人们。规矩的先生们却坐在小桌边无精打采地喝无聊的咖啡，空对着似水的流年惆怅。

流浪汉在无限量地享受当前生活之外，他还有丰富的幻想做他的伴侣。dickens 的《块肉余生述》里面的 micawber 在极穷困的环境中不断地说"我们快交好运了"，这确是流浪汉的本色。他总是乐观的，走的老是蔷薇的路。他相信前途一定会光明，他的将来果然会应了他的预测，因为他一生中是没有一天不是欣欣向荣的；就是悲哀时节，他还是肯定人生，痛痛快快地哭一阵后，他的泪珠已滋养大了希望的根苗。他信得过自己，所以他在事情还没有做出之前，就先口说莲花，说完了，另一个新的冲动又来了，他也忘却自己讲的话，那事情就始终没有干好。这种言行不能一致，孔夫子早已反对在前，可是这类英气勃勃的矛盾是多么可爱！蔼理斯在他名著《生命的跳舞》里说："我们天天变更，世界也是天天变更，这是顺着自然的路，所以我们表面的矛盾有时就全体来看却是个深一层的一致。"（他的话大概是这样，一时记不清楚。）流浪汉跟着自然一团豪兴。

想到那里就说到那里，他的生活是多么有力。行为不一定是天下一切主意的唯一归宿，有些微妙的主张只待说出已是值得赞美了，做出来或者反见累赘。神话同童话里的世界那个不爱，虽然谁也知道这是不能实现的。流浪汉的快语在惨淡的人生上布一层彩色的虹，这就很值得我们谢谢了。并且有许多事情起先自己以为不能胜任，若使说出话来，因此不得不努力去干，倒会出乎意料地成功；倘然开头先怕将来不好，连半句话也不敢露，一碰到障碍，就随它去，那么我们的作事能力不是一天天退化了。一定要言先乎事，做我们努力的刺激，生活才有兴味，才有发展。就是有时失败，富有同情的人们定会原谅，尖酸刻薄人们的同情是得不到的，并且是不值一文的。我们的行为全借幻想来提高，所以 masefield 说"缺乏幻想能力的人民是会灭亡的"。幻想同矛盾是良好生活的经纬，流浪汉心里想出七古八怪的主意，干出离奇矛盾的事情。什么传统正道也束缚他不住，他真可说是自由的骄子，在他的眼睛里，世界变做天国，因为他过的是天国里的生活。

若使我们翻开文学史来细看，许多大文学家全带有流浪汉气味。shake-speare 偷过人家的鹿，ben jonson, marlowe 等都是 mermaid tavern 这家酒店的老主顾，goldsmith 吴市吹箫，靠着他的口笛遍游大陆，steele 整天忙着躲债，charles lamb, leigh hunt 颠头颠脑，吃大烟的 coleridge, de quincey 更不用讲了，拜伦，雪莱，济茨那是谁也晓得的。就是 wordsworth 那么道学先生神气，他在法国时候，也有过一个私生女，他有一首有名的十四行诗就是说这个女孩。目光如炬专说精神生活的塔果尔，小孩时候最爱的是逃学。browning 带着人家的闺秀偷跑，mrs. browning 违着父亲淫奔，前数年不是有位好事先生考究出 dickens 年轻时许多不轨的举动，其他如 swinburne, stevenson 以及《黄书》杂志那班唯美派作家那是更不用说了。

为什么偏是流浪汉才会写出许多不朽的书，让后来"君子"式的大学生整天整夜按部就班地念呢？头一下因为流浪汉敢做敢说，不晓得掩饰求媚，委曲求全，所以他的话真挚动人。

有时加上些瞒天大谎，那谎却是那样子大胆子地杜撰的，一般拘谨人和假君子所绝对不敢说的，谎言因此有谎言的真实在，这真实是扯谎者的气魄所逼成的。而且文学是个性的结晶，个性越显明，越能够坦白地表现出来，那作品就更有价值。流浪汉是具有出类拔萃的个性的人物，他们的思想同行事全有他们的特别性格的色彩，他们豪爽直截的性情使他们能够把这种怪异的性格跃跃地呈现于纸上。斯密士说得不错"天才是个流浪汉"，希腊哲学家讲过知道自己最难，所以在世界文学里写得好的自传很少，可是世界中所流传几本不朽的自传全是流浪汉写的。cellini 杀人不眨眼，并且敢明明白白地记下，他那回忆录（memoirs）过了几千年还没有失去光辉。

augustine 少年时放荡异常，他的忏悔录却同托尔斯泰（他在莫斯科纵欲的事迹也是不可告人的）的忏悔录，卢骚的忏悔录同垂不朽。富兰克林也是有名的流浪汉，不管他怎样假装做正人君子，他那浪子的骨头总常常露出，只要一念 cobbett 攻击他的文章就知道他是个多么古怪一个人。de quincey 的《英国一个吃鸦片人的忏悔录》，这个名字已经可以告诉我们那内容了。做《罗马衰亡史》的 gibbon，他年轻时候爱同教授捣乱，他那本薄薄的自传也是个愉快的读物。jeffries 一心全在自然的美上面，除开游荡山林外，什么也不注意，他那《心史》是本冰雪聪明，微妙无比的自白。记得从前美国一位有钱老太太希望她的儿子成个文学家，写信去请教一位文豪，这位文豪回信说："每年给他几千镑，让他自己鬼混去罢。"这实在是培养创造精神的无上办法。我希望想写些有生气的文章的大学生不死滞在文科讲堂里，走出来当一当流浪汉罢。最近半年北大的停课对于中国将来文坛大有裨益，因为整天没有事只好逛市场跑前门的文科学生免不了染些流浪汉气息。这种千载一时的机会，希望我那些未毕业的同学们好好地利用，免贻后悔。

前几年才死去的一位英国小说家 conrad 在他的散文集《人生与文学》内，谈到一位有流浪汉气的作家 luffmann，说起有许多小女读他的书以后，写信去向他问好，不禁醋海生波，顾影自怜地（虽然他是老舟子出身）叹道："我平生也写过几本故事（我不愿意无聊地假假自谦），既属纪实，又很有趣。可是没有女人用温柔的话写信给我。为什么呢？只是因为我没有他那种流浪汉气。家庭中可爱的专制魔王对于这班无法无天的人物偏动起怜惜的心肠。"流浪汉确是个可爱的人儿，他具有完全男性，情怀潇洒，磊落大方，那个怀春的女儿见他不会倾心。俗语说"痴心女子负心汉"。就是因为负心汉全是处处花草颠连的浪子，什么事情都不放在心头，他那痛快淋漓的气概自然会叫那老被人拘在深闺里的女孩儿一见心倾，后来无论他怎地负心总是痴心地等待着。中古的贵女爱骑士，中国从前的美人爱英雄总是如花少女对于风尘中飘荡人的一往情深的表现。

红拂的夜奔李靖，乌江军帐里的虞姬，随着范蠡飘荡五湖的西施这些例子也不知道有多少。清朝上海窑子爱娈马夫，现在电影明星娈汽车夫，姨太太跟马弁偷情也是同样的道理。总之流浪汉天生一种叫人看着不得不爱的情调，他那种古怪莫测的行径刚中女人爱慕热情的易感心灵。岂只女人的心见着流浪汉会熔，我们不是有许多瞎闹胡乱用钱行事乖张的朋友，常常向我们借钱捣乱，可是我们始终恋着他们率直的态度，对他们总是怜爱帮忙。天下最大的流浪汉是基督教里的魔鬼。可是那个人心里不喜欢魔鬼。在莎士比亚以前英国神话剧盛行时候，丑角式的魔鬼一上场，大家都忙着拍手欢迎，魔鬼的一举一动看客必定跟着捧腹大笑。robert lynd 在他的小品文集《橘树》里《论魔鬼》那篇中说"《失乐园》诗所说的撒但在我们想象中简直等于儿童故事里面伟大英猛的海盗。"凡是儿童都爱海盗，许多人念了密尔敦史诗觉得诡谲的撒旦比板板的上帝来得有趣得多。魔鬼的堪爱地方太多了，不是随便说得完，留得将来为文细论。

清末有几位王公贝勒常在夏天下午换上叫花子的打扮，偷跑到什刹海路旁口唱莲花向路人求乞，黄昏时候才解下百衲衣回王府去。我在北京住了几年，心中很羡慕旗人知道享乐人生，这事也是一个证明。大热天气里躺在柳荫底下，顺口唱些歌儿，自在地饱看来往的男男女女；放下朝服，着半件轻轻的破衫，尝一尝暂时流浪汉生活的滋味，这是多么知道享受人生。戏子的生活也是很有流浪汉的色彩，粉墨登场，去博人们的笑和泪，自己仿佛也变做戏中人物，清末宗室有几位很常上台串演，这也是他们会寻乐地方。白浪滔天半生奔走天下，最后入艺者之家，做一个门弟子，他自己不胜感慨，我却以为这真是浪人应得的涅槃。不管中外，戏子女优必定是人们所喜欢的人物，全靠着他们是社会中最显明的流浪汉。dickens 的小说所以会那么出名，每回出版新书时候，要先通知警察到书店门口守卫，免得购书的人争先恐后打起架来，也是因为他书内大角色全是流浪汉，pickwick 俱乐部那四位会员和他们周游中所遇的人们，《双城记》中的 carton 等等全是第一等的流浪汉。《儒林外史》的杜少卿，《水浒》的鲁智深，《红楼梦》的柳二郎，《老残游记》的补残老是深深地刻在读者的心上，变成模范的流浪汉。

流浪汉自己一生快活，并且凭空地布下快乐的空气，叫人们看到他们也会高兴起来，说不出地喜欢他们，难怪有人说

"自然创造我们时候，我们个个都是流浪汉，是这俗世把我们弄成个讲究体面的规矩人"。在这点我要学着卢骚，高呼"返于自然"。无论如何，在这麻木不仁的中国，流浪汉精神是一服极好的兴奋剂，最需要的强心针。就是把什么国家，什么民族一笔勾销，我们也希望能够过个有趣味的一生，不像现在这样天天同不好不坏，不进不退的先生们敷衍。写到这里，忽然记起东坡一首《西江月》，觉得很能道出流浪汉的三昧，就抄出做个结论吧！

照野弥弥浅浪，
横空隐隐层霄，
障泥未解玉骢骄，
我欲醉眠芳草。
可惜一溪风月，
莫教蹋碎琼瑶，
解鞍敧枕绿杨桥，
杜宇一声春晓。

"顷在黄州，春夜行蕲水中，过酒家，饮酒醉。乘月至一溪桥上，解鞍曲肱，醉卧少休。及觉已晓，乱山攒拥，流水锵锵，疑非尘世也。书此语桥柱上。"

十八年除夕之前二日于福州

"春朝"一刻值千金

(懒惰汉的懒惰想头之一)

十年来，求师访友，足迹走遍天涯，回想起来给我最大益处的却是"迟起"，因为我现在脑子里所有些聪明的想头，灵活的意思多半是早上懒洋洋地赖在床上想出来的。我真应该写几句话赞美它一番，同时还可以告诉有志的人们一点迟起艺术的门径。谈起艺术，我虽然是门外汉，不过对于迟起这门艺术倒可说是一位行家，因为我既具有明察秋毫的批评能力，又带了甘苦备尝的实践精神。我天天总是在可能范围之内，尽量地滞在床上——是我们的神庙——看着射在被上的日光，暗笑四围人们无谓的匆忙，回味前夜的痴梦——那是比做梦还有意思的事，——细想迟起的好处，唯我独尊地躺着，东倒西倾的小房立刻变作一座快乐的皇宫。

诗人画家为着要追求自己的幻梦，实现自己的痴愿，宁可牺牲一切物质的快乐，受尽亲朋的诟骂，他们从艺术里能够得到无穷的安慰，那是他们真实的世界，外面的世界对于他们反变成一个空虚。迟起艺术家也具有同等的精神。区区虽然不是一个迟起大师，但是对于本行艺术的确有无限的热忱——艺术家的狂热。所以让我拿自己做个例子罢。当我是个小孩时候，我的生活由家庭替我安排，毫无艺术的自觉，早上六点就起来了。后来到北方念书去，北方的天气是培养迟起最好的沃土，许多同学又都是程度很高的迟起艺术专家，于是绝好的环境同朋辈的切磋使我领略到迟起的深味，我的忠于艺术的热度也一天一天地增高。暑假年假回家时期，总在全家人吃完了早饭之后，我才敢动起床的念头。老父常常对我说清晨新鲜空气的好处，母亲有时提到重温稀饭的麻烦，慈爱的祖母也屡次向我姑母说"早起三日当一工"（我的姑母老是起得很早的），我虽然万分不愿意失丢大人们的欢心，但是为着忠于艺术的缘故，居然甘心得罪老人家。

后来老人家知道我是无可救药的，反动了怜惜的心肠，他们早上九点钟时候走过我的房门前还是用着足尖；人们温情地放纵我们的弱点是最容易刺动我们麻木的良心，但是我总舍不得违弃了心爱的艺术，所以还是懊悔地照样地高卧。在大学里，有几位道貌岸然的教授对于迟到学生总是白眼相待，我不幸得很，老做他们白眼的鹄的，也曾好几次下个决心早起，免得一进教室的门，就受两句冷讽，可是一年一年地过去，我足足受了四年的白眼待遇，里头的苦处是别人想不出来的。有一年寒假住在亲戚家里，他们晚饭的时间是很早的，所以一醒来，腹里就咕隆地响着，我却按下饥肠，故意想出许多有趣事情，使自己忘却了肚饿，有时饿出汗来，还是坚持着非到十时是不起来的。对于艺术我是多么忠实，情愿牺牲。枵腹作诗的爱伦·坡，真可说是我的同志。后来人世谋生，自然会忽略了艺术的追求；不过我还是尽量地保留一向的热诚，虽然已经是够堕落了。想起我个人因为迟起所受的许多说不出的苦痛，我深深相信迟起是一门艺术，因为只有艺术才会这样带累人，也只有艺术家才肯这样不变初衷地往前牺牲一切。

但是从迟起我也得到不少的安慰，总够补偿我种种的苦痛。迟起给我最大的好处是我没有一天不是很快乐地开头的。我天天起来总是心满意足的，觉得我们住的世界无日不是春天，无处不是乐园。当我神怡气舒地躺着时候，我常常记起勃浪宁的诗："上帝在上，万物各得其所。"（鱼游水里，鸟栖树枝，我卧床上。）人生是短促的，可是若使我们有过光荣的青春，我们的一生就不能算是虚度，我们的残年很可以傍着火炉，晒着太阳在回忆里过日子。

同样地一天的光阴是很短促的，可是若使我们有过光荣的早上（一半时间花在床上的早晨！）我们这一天就不能说是白丢了，我们其余时间可以用在追忆清早的幸福，我们青年时期若使是欢欣的结晶，我们的余生一定不会很凄凉的，青春的快乐是有影子留下的，那影子好似带了魔力，惨淡的老年给它一照，也呈出和蔼慈祥的光辉。我们一天里也是一样的，人们不是常说：一件事情好好地开头，就是已经成功一半了；那么赏心悦意的早晨是一天快乐的先导。迟起不单是使我天天快活地开头，还叫我们每夜高兴地结束这个日子；我们夜夜去睡时候，心里就预料到明早迟起的快乐——预料中的快乐是比当时的享受，味还长得多——这样子我们一天的始终都是给生机活泼的快乐空气围住，这个可爱的升景象却是迟起一手做成的。

迟起不仅是能够给我们这甜蜜的空气，它还能够打破我们结结实实的苦闷。人生最大的愁忧是生活的单调。悲剧是很热闹的，怪有趣的，只有那不生不死的机械式生活才是最无聊赖的。迟起真是唯一的救济方法。你若使感到生活的沉闷，那么请你多睡半点钟（最好是一点钟），你起来一定觉得许多要干的事情没有时间做了，那么是非忙不可——"忙"是进到快乐宫的金钥，尤其那自己找来的忙碌。忙是人们体力发泄最好的法子，亚里士多德不是说过人的快乐是生于能力变成效率的畅适。我常常在办公时间五分钟以前起床，那时候洗脸拭牙进早餐，都要限最快的速度完成，全变做最浪漫的举动，当牙膏四溅，脸水横飞，一手拿着头梳，对着镜子，一面吃面包时节，谁会说人生是没有趣味呢？而且当时只怕过了时间，心中充满了冒险的情绪。这些暗地晓得不碍事的冒险兴奋是顶可爱的东西，尤其是对于我们这班不敢真真履险的懦夫。

我喜欢北方的狂风，因为当我们衔着黄沙往前进的时候，我们仿佛是斩将先登，冲锋陷阵的健儿，跟自然的大力肉搏，这是多么可歌可泣的壮举，同时除开耳孔鼻孔塞点沙土外，丝毫危险也没有，不管那时是怎地像煞有介事样子。冒险的嗜好那个人没有，不过我们胆小，不愿白丢了生命，仁爱的上帝，因此给我们地蔽天的刮风，做我们安稳冒险的材料。住在江南的可怜虫，找不到这一天赐的机会，只得英雄做时势，迟些起来，自己创造机会。

就是放假期间，十时半起床，早餐后抽完了烟，已经十一时过了，一想到今天打算做的事情一件也没有动手，赶紧忙着起来——天下里还有比无事忙更有趣味的事吗？若使你因为迟起挨到人家的闲话，那最少也可以打破你日常一波不兴无声无臭的生活。我想凡是尝过生活的深味的人一定会说痛苦比单调灰色生活强得多，因为痛苦是活的，灰色的生活却是死的象征。迟起本身好似是很懒惰的，但是它能够给我们最大的活气，使我们的生活跳动生姿；世上最懒惰不过的人们是那般黎明即起，老早把事做好，坐着呆呆地打呵欠的人们。迟起所有的这许多安慰，除开艺术，我们哪里还找得出来呢？许多人现在还不明白迟起的好处，这也可以证明迟起是一种艺术，因为只有艺术人们才会这样地不去睬它。

现在春天到了，"春宵苦短日高起"，五六点钟醒来，就可以看见太阳，我们可以醉也似的躺着，一直躺了好几个钟头，静听流莺的巧啭，细看花影的慢移，这真是迟起的绝好时光。能让我们天天多躺一会儿罢，别辜负了这一刻千金的"春朝"。

《懒惰汉的懒惰想头》是当代英国小品文家 jerome k. jerome（杰罗姆·凯·杰罗姆）的文集名字（i dle thoughts of an idle fellow），集里所说的都是拉闲扯散，瞎三道四的废话，可是自带有幽默的深味，好似对于人生有比一般人更微妙的认识同玩味——这或者只是因为我自己也是懒惰汉，官官相卫，惺惺惜惺惺，那么也好，就随它去罢。"春宵一刻值千金"这句老话，是谁也知道的，我觉得换一个字，就可以做我的题目。连小小二句题目，都要东抄西袭凑合成的，不肯费心机自己去做一个，这也可以见我的懒惰了。

在副题目底下加了"之一"两字，自然是指明我还要继续写些这类无聊的小品文字，但是什么时候会写第二篇，那是连上帝都不敢预言的。我是那么懒惰，有时晚上想好了意思，第二天起得太早，心中一懊悔，什么好意思都忘却了。

"失掉了悲哀"的悲哀

那是三年前的春天，我正在上海一个公园里散步，忽然听到有个很熟的声音向我招呼。我看见一位神采飘逸的青年站在我的面前，微笑着叫我的名字问道："你记得青吗？"我真不认得他就是我从前大学预科时候的好友，因为我绝不会想到过了十年青还是这么年青样子，时间对于他会这样地不留痕迹。在这十年里我同他一面也没有会过，起先通过几封信，后来各人有各人的生活，彼此的环境又不能十分互相明了，来往的信里渐渐多谈时局天气，少说别话了，我那几句无谓的牢骚，接连写了几遍，自己觉得太无谓，不好意思再重复，却又找不出别的新鲜话来，因此信一天一天地稀少，以至于完全断绝音问已经有七年了。青的眼睛还是那么不停地动着，他颊上依旧泛着红霞，他脸上毫无风霜的颜色，还脱不了从前那种没有成熟的小孩神气。有一点却是新添的，他那渺茫的微笑是从前所没有的，而且是故意装出放在面上的，我对着这个微笑感到一些不快。

"青，"我说，"真奇怪！我们别离时候，你才十八岁，由十八到二十八，那是人们老得最快的时期，因为那是他由黄金的幻梦觉醒起来，碰到倔强的现实的时期。你却是丝毫没有受环境的影响，还是这样充满着青春的光荣，同十年前的你真是一点差别也找不出。我想这十年里你过的日子一定是很快乐的。对不对？"他对着我还是保持着那渺茫的微笑，过了一会，漠然地问道：“你这几年怎么样呢？”我叹口气道，“别说了。许多的志愿，无数的心期全在这几年里消磨尽了。要着要维持生活，延长生命，整天忙着，因此却反失掉了生命的意义，多少想干的事情始终不能实行，有时自己想到这种无聊赖的生活，这样暗送去绝好的时光，心里的确万分难过。这几年里接二连三遇到不幸的事情，我是已经挣扎得累了。我近来的生活真是满布着悲剧的情绪。”青忽然兴奋地插着说，“一个人能够有悲剧的情绪，感到各种的悲哀，他就不能够算做一个可怜人了。”他正要往下说，眼皮稍稍一抬，迟疑样子，就停住不讲，又鼓着嘴唇现出笑容了。

青从前是最直爽痛快不过的人，尤其和我，是什么话都谈的，我们常常谈到天亮，有时稍稍一睡，第二天课也不上，又唧唧哝哝谈起来。谈的是什么，现在也记不清了，那个人能够记得他睡在母亲怀中时节所做的甜梦。所以我当时很不高兴他这吞吞吐吐的神情，我说：“青，十年里你到底学会些世故，所以对着我也是柳暗花明地只说半截话。小孩子的确有些长进。”青平常是最性急的人，现在对于我这句激他的话，却毫不在怀地一句不答，仿佛渺茫地一笑之后完事了。过了好久，他慢腾腾地说道：“讲些给你听听玩，也不要紧，不讲固然也是可以的。我们分手后，我不是转到南方一个大学去吗？大学毕业后，我同人们一样，做些事情，吃吃饭，我过去的生活是很普通的，用不着细说。实在讲起来，那个人生活不是很普通的呢？人们总是有时狂笑，有时流些清泪，有时得意，有时失望，此外无非工作，娱乐，有家眷的回家看看小孩，独自得空时找朋友谈天。

此外今天喜欢这个，明日或者还喜欢他，或者高兴别人，今年有一两人爱我们，明年他们也许仍然爱我们，也许爱了别人，或者他们死了，那就是不能再爱谁，再受谁的爱了。一代一代递演下去，当时自己都觉得是宇宙的中心，后来他忘却了宇宙，宇宙也忘却他了。人们生活脱不了这些东西，在这些东西以外也没有别的什么。这些东西的纷纭错杂就演出喜剧同悲剧，给人们快乐同悲哀。但是不幸得很（或者是侥幸得很），我是个对于喜剧同悲剧全失掉了感觉性的人。

这并不是因为我麻木不仁了，不，我懂得人们一切的快乐同悲哀，但是我自己却失掉了快乐，也失掉了悲哀，因为我是个失掉了价值观念的人，人们一定要对于人生有个肯定以后，才能够有悲欢哀乐。不觉得活着有什么好处的人，死对于他当然不是件哀伤的事；若使他对于死也没有什么爱慕，那么死也不是什么赏心的乐事，一个人活在世上总须有些目的，然后生活才会有趣味，或者是甜味，或者是苦味；他的目的是终身的志愿也好，是目前的享福也好，所谓高尚的或者所谓卑下的，总之他无论如何，他非是有些希冀，他的生活是不能够有什么色彩的。人们的目的是靠人们的价值观念而定的。倘若他看不出什么是好，什么是坏，他什么肯定也不能够说了，他当然不能够有任何目的，任何希冀了。"

他说到这里，向我凄然冷笑一声，我忽然觉得他那笑是有些像我想象中恶鬼的狞笑。他又接着说："你记得吗？当我们在大学预科时候，有一天晚上你在一本文学批评书上面碰到一句 spenser 的诗——he could not rest, but did his stout heart eat。你不晓得怎么解释，跑来问我什么叫作 to eat one's heart，我当时模糊地答道，就是吃自己的心。现在我可能告诉你什么叫作'吃自己的心'了。把自己心里各种爱好和厌恶的情感，一个一个用理智去怀疑，将无数的价值观念，一条一条打破，这就等于把自己的心一口一口地咬烂嚼化，等到最后对于这个当刽子手的理智也起怀疑，那就是他整个心吃完了的时候，剩下来的只是一个玲珑的空洞。

他的心既然吃进去，变做大便同小便，他怎地能够感到人世的喜怒同哀乐呢？这就是 to eat one's heart。把自己心吃进去和心死是不同的。心死了，心还在胸内，不过不动就是了，然而人们还会觉得有重压在身内，所以一切穷凶极恶的人对于生活还是有苦乐的反应。只有那班吃自己心的人是失掉了悲哀的。我听说悲哀是最可爱的东西，只有对于生活有极强烈的胃口的人才会坠涕泣血，滴滴的眼泪都是人生的甘露。若使生活不是可留恋的，值得我们一顾的，我们也用不着这么哀悼生活的失败了。所以在悲哀时候，我们暗暗地是赞美生活；惋惜生活，就是肯定生活的价值。有人说人生是梦，莎士比亚说世界是个舞台，人生像一幕戏。

但是梦同戏都是人生中的一部分；他们只在人生中去寻一种东西来象征人生，可见他们对于人生是多么感到趣味，无法跳出圈外，在人生以外，找一个东西来做比喻，所以他们都是肯定人生的人。我却是不知道应该去肯定或者去否定，也不知道世界里有什么'应该'没有。我怀疑一切价值的存在，我又不敢说价值观念绝对是错的。总之我失掉了一切行动的南针，我当然忘记了什么叫作希望，我不会有遂意的事，也不会有失意的事，我早已没有主意了。所以我总是这么年青，我的心已经同我躯壳脱离关系，不至于来捣乱了。我失掉我的心，可是没有地方去找，因为是自己吃进去的。我记得在四年前我才把我的心吃得干净，开始吃的时候很可口，去掉一个价值观念，觉得人轻一点，后来心一部一部蚕食去，胸里常觉空虚的难受，但是胃口又一天一天增强，吃得越快，弄得全吃掉了，最后一口是顶有味的。莎士比亚不是说过：last taste is the sweetest。现在却没有心吃了。哈！哈！哈！哈！"

他简直放下那渺茫微笑的面具，老实地狞狞笑着。他的脸色青白，他的目光发亮。我脸上现出惊慌的颜色，他看见了立刻镇静下去，低声地说："王尔德在他那《牢狱歌》里说过：'从来没有流泪的人现在流泪了。'我却是从来爱流泪的人现在不流泪了。你还是好好保存你的悲哀，常常洒些愉快的泪，我实在不愿意你也像我这样失掉了悲哀，狼吞虎咽地把自己的心吃得精光。哈！哈！我们今天会到很好，我能够明白地回答你十年前的一个英文疑句。我们吃饭去罢！"

我们同到一个馆子，我似醉如痴地吃了一顿饭，青是不大说话，只讲几句很无聊的套语。我们走出馆子时候，他给我他旅馆的地址。我整夜没有睡好，第二天清早就去找他，可是旅馆里账房说并没有这么一个人。我以为他或者用的不是真姓名，我偷偷地到各间房间门口看一看，也找不出他的影子，我坐在旅馆门口等了整天，注视来往的客人，也没有见到青。我怅惘地漫步回家，从此以后就没有再遇到青了。他还是那么年青吗？我常有这么一个疑问。我有时想，他或者是不会死的，老是活着，狞笑地活着，渺茫微笑地活着。

泪与笑

序 一

秋心之死，第一回给我丧友的经验。以前听得长者说，写得出的文章大抵都是可有可无的，我们所可以文字表现者只是某一种情意，固然不很粗浅但也不很深切的部分，今日我始有感于此言。在恋爱上头我不觉如此，一响自己作文也是兴会多佳，那大概都是作诗，现在我要来在亡友的遗著前面写一点文章，屡次提起笔来又搁起，自审有所道不出。人世最平常的大概是友情，最有意思我想也是友情，友情也最难言罢，这里是一篇散文，技巧俱已疏忽，人生至此，没有少年的意气，没有情人的欢乐，剩下的倒是几句真情实话，说又如何说得真切。不说也没有什么不可，那么说得自己觉得空虚，可有可无的几句话，又何所惆怅呢，惟吾友在天之灵最共叹息。

古人词多有伤春的佳句，致慨于春去之无可奈何，我们读了为之爱好，但那到底是诗人的善感，过了春天就有夏天，花开便要花落，原是一定的事，在日常过日子上，若说有美趣都是美趣，我们可以"随时爱景光"，这就是说我是不大有伤感的人。秋心这位朋友，正好比一个春光，绿暗红嫣，什么都在那里拼命，我们见面的时候，他总是燕语呢喃，翩翩风度，而却又一口气要把世上的话说尽的样子，我就不免于想到辛稼轩的一句词，"倩谁唤流莺声住"，我说不出所以然来暗地叹息。我爱惜如此人才。世上的春天无可悼惜，只有人才之间，这样的一个春天，那才是一去不复返，能不感到摧残。最可怜，这一个春的怀抱，洪水要来淹没他，他一定还把着生命的桨，更作一个春的挣扎，因为他知道他的美丽。他确确切切有他的怀抱，到了最后一刻，他自然也最是慷慨，这叫作"无可奈何花落去"。孔子曰，"朝闻道，夕死可矣。"我们对于一个闻道之友，只有表示一个敬意，同时大概还喜欢把他的生平当作谈天的资料，会怎么讲就怎么讲，能够说到他是怎样完成了他，便好像自己做了一件得意的工作。秋心今年才二十七岁，他是"赍志以殁"，若何可言，哀矣。

若从秋心在散文方面的发展来讲，我好像很有话可说。等到话要说时，实在又没有几句。他并没有多大的成绩，他的成绩不大看得见，只有几个相知者知道他酝酿了一个好气势而已。但是，即此一册小书，读者多少也可以接触此君的才华罢。近三年来，我同秋心常常见面，差不多总是我催他作文，我知道他的文思如星珠串天，处处闪眼，然而没有一个线索，稍纵即逝，他不能同一面镜子一样，把什么都收藏得起来。他有所作，也必让我先睹为快，我捧着他的文章，不由得起一种欢欣，我想我们新的散文在我的这位朋友手下将有一树好花开。

据我的私见，我们的新文学，散文方面的发达，有应有尽有的可能，过去文学许多长处，都可在这里收纳，同时又是别开生面的，当前问题完全在人才二字，这一个好时代倒是给了我们充分的自由，虽然也最得耐勤劳，安寂寞。我说秋心的散文是我们新文学当中的六朝文，这是一个自然的生长，我们所欣羡不来学不来的，在他写给朋友的书简里，或者更见他的特色，玲珑多态，繁华足媚，其芜杂亦相当，其深厚也正是六朝文章所特有，秋心年龄尚青，所以容易有喜巧之处，幼稚亦自所不免，如今都只是为我们对他的英灵被以光辉。他死后两周，我们大家开会追悼，我有挽他一联，文曰，"此人只好彩笔成梦，为君应是昙华招魂，"即今思之尚不失为我所献于秋心之死一份美丽的礼物，我不能画花，不然我可以将这一册小小的遗著为我的朋友画一幅美丽的封面，那画题却好像是潦草的坟这一个意思而已。

二十一年十二月八日，废名。

序 二

　　驭聪的一生过得很平凡，纵使不是这样的短，恐怕也不会有甚么希奇的花样出来，然而，在与驭聪熟悉的人，却始终觉得这个人太奇特了。他有一篇文章题目叫作《观火》，我们觉得他本身就像一团火，虽然如此，但他不能真实的成一团火，只是把这一团火来旁观——他在人生里翻斤斗，出入无定，忽悲忽喜。十年都市的生活，把这位"好孩子"的洁白心灵染上世故人情的颜色，他无法摆脱现实，躲藏这里头又没有片刻的安宁，他旁观自己，旁观他人，他真有所得，他立刻又放下了，他旁皇无已，他没有"入定"一般的见道，他的所得却是比不平凡的人多得多了。

　　他的情感也是属于平凡的人的，但也没有比这个再亲切的。初次见他的人也许感到有一点冷气，但只要你是知道他，他会慢慢自己点着，烧热来应付你们，我觉得他对人生最有趣味而不敢自己直接冒昧来尝试——这解释了他对朋友的态度。

　　他会忽然鸣金收军，你不要气馁，他迟早总会降服了你，这当中使你感到未曾有过的温情，他的法门极多，却无一不是从内心出来，他的话言是整块成堆的，透明的而不是平面的，真够搅乱了你的胸怀，他走后，这印象留下，延长下去很久，驭聪的朋友们有谁不觉得受他牵引，纠缠你的心曲而无法开交呢？他耽于书卷比谁都利害一点，他不受任何前辈先生的意见支配，他苦讨冥搜，他自己就是"象罔"，这确是最能得古人精髓的人应有的本色，可惜大多数人都失去了这本色，我们随便拿他一篇文章来看，立刻就能知道学究的话没有进过他的门限，他口上没有提过学问这两个字，这样他得了正法眼藏，但是有的到了这境界的人转到学究那边去了，自己关住了，他能守能攻，无征不克，他的趣味的驳杂配得上称獭祭鱼，所以甚么东西都可在他的脑海里来往自如，一有逗留，一副对联，半章诗句都能引起他无数的感想与附会，扯到无穷远去，与他亲密的人领会这错中错，原谅他，佩服他，引起的同感非常曲折深邃，这的确不是非深知他的人所能知道的。

说到他的文章，时常有晦涩生硬的地方，正是在这里头包藏了他的深情蜜意，不，密意是说深入的意思，这是好孩子的话——我们又像见着一个从未见过的生气蓬勃的哲人——他把自己所见所思的，吞吞吐吐地说出，不把他当作他在给你 confidence 的人，不会看懂，因为他就不曾想过做甚么文章，所以他的文章是朋友们的宝藏，神气十分像他的话匣子开起来的时候，可惜毕竟是文章，终有一个结束，总不如他本人来得生动，来得滔滔不绝，谁能想到滔滔不绝的生命之流会在他身上中断了，这一切停住了，他到另一世界去了，在这边留下一个不可弥补的偌大的空虚，在深夜我想起他的谈笑丰姿，想起他撇下的家庭，这是一件不能令人相信的事，这是一件惨不堪言的事。

驭聪昔日常常说青年时候死去在他人的记忆里永远是年青的，想不到他自己应了这一句话，我们虽然不敢一定要挽留他在这悲苦的世上颓老下去，但在这崎岖的人生道上忽然失去这样的一个同伴，在记忆里的他清新的面孔，不断给我无涯际的痛心，惆怅至于无穷期……

这样的一个人仅仅留下几十篇文章，结集起来算是朋友们对他做的一件事，此外再也役有甚么可以尽力的，我苦于无话可说，不料在他死后仅仅一年余，居然也能写出这篇充满理智的文字，这也是人间世可悲痛的事。

刘国平

序　三

秋心的这本集子，在去年秋天曾经由废名兄带到上海来，要我们给它找一个出版家，而且"派定"我作一篇序文。但结果到今年春问这原稿还是寄回北平去了，而我的序文也就始终没有写，曾日月之几何，如今只落得个物在人亡了。他的死实不仅是在友谊上一个可悲的损失而已。

回忆我们在大学的时候，虽则是同级，同系，又同宿舍，可是除了熟悉彼此的面孔和知道彼此的姓名外，我们之间并没有什么来往。有时在外面碰着，不知怎的彼此都仿佛有点不好意思似的望一望就过去，很少点头招呼过，更不用说谈过什么话了。那时他所给与我的印象只是一个年少翩翩颇有富贵气象的公子哥儿罢了。到了毕业的那一年，因为借书的关系我才开始和他发生交涉。记得我第一次招呼他和他攀话时他的脸上简直有点绯红哩。后来渐渐地熟了，我才知道他是一个最爽快最热忱不过的人，厥后来沪，他在真茹（那时有人嘲笑地称他为"口含烟斗的白面教授"，其实他只是一个助教而已）而我则住在租界的中心，他乡遇故知，自然格外觉得亲热。虽则相距颇远，我们每星期总是要来往一次的。

他是一个健谈的人，每次见面真是如他自己所谈的"口谈手谈"。有时读了什么得意的文章，或写了什么得意的文章，总是很高兴地翻出来给我看，桌子上大抵堆满了他所翻开的书本，而我当时却几乎是"束书不观"的。他于书可以说是无所不读，而且他的理解和心得是很足以使姝姝自悦的我自愧弗如了。往往在对谈之际，自己自一个思想在脑子里模糊得不能明白地表达因而口头上吞吞吐吐觉得很窘的时候，他大抵能够猜出我的意思而给我点破一下或竟直截地代我说了出来。那一年余的友谊生活在我实在是平生快事。但不久他便北平去了。他之往北平，据他自己说，主要地是因为在暨南"无事干，白拿钱，自己深觉无味"，可是到了那儿事情可又太烦了；除了在北大图书馆办公室作事外他还要教课，而教课却是他深以为苦的。那时他的一封来信中便有一段说到这个：

昔 cowper 因友人荐彼为议院中书记，但要试验一下，彼一面怕考试，一面又觉友人盛意难却，想到没有法子，顿萌短见，拿根绳子上吊去了，后来被女房东救活。弟现常有 cowper 同类之心情。做教员是现在中国智识阶级惟一路子，弟又这样畏讲台如猛虎，这个事实的悲哀，既无 poetical halo 围在四旁，像精神的悲哀那样，还可以慰情，只是死板板地压在心上，真是无话可说。

以后频频的来信往往总不免诉说牢愁——也许可以说是"寻愁觅恨"罢。然而以他的气质和学养，他却始终保持着他的潇洒的情趣，这也是可以从他所有的来信中看得出来。去秋废名兄自北平来，告诉我说他年来样子上虽则老了一点，却还是生气勃勃的。这不能不叫眼前所摆的只是些铁板的事实而始终苦于不能超脱的我感着惭愧，羡慕和佩服。不过我读到他后来在《骆驼草》上发表的一些文章，虽则在文字上是比以前精炼的多而且在思想上也更为邃密些，然而却似乎开始染上了一种阴沉的情调，很少以前那样发扬的爽朗的青春气象了。尤其是最近在《新月》上看到他的一篇遗稿《又是一年春草绿》，我真叹息那不应该是像他那样一个青年人写的，为什么这样凄凉呢！如果我们把他的这篇文章拿来和《春醪集》中的《"春朝"一刻值千金》或《谈"流浪汉"》对读，恐怕这三年的间隔应当抵上三十年罢。难道他的灵魂已经预感到死的阴影了？如今这个集子终于快要出版了。在所谓学问文章上，自知不足以论秋心，只好把数月前在某杂志上发表过我所作以纪念他的一篇小文略为删改附在这里，聊以表示"挂剑"之意而已。

石民　一九三二年，十二月二十日。

泪与笑

匆匆过了二十多年，我自然是常常哭，也常常笑，别人的啼笑也看过无数回了。可是我生平不怕看见泪，自己的热泪也好，别人的呜咽也好；对于几种笑我却会惊心动魄，吓得连呼吸都不敢大声，这些怪异的笑声，有时还是我亲口发出的。当一位极亲密的朋友忽然说出一句冷酷无情冰一般的冷话来，而且他自己还不知道他说的会使人心寒，这时候我们只好哈哈哈莫名其妙地笑了，因为若使不笑，叫我们怎么样好呢？我们这个强笑或者是出于看到他真正的性格和我们先前所认为的他的性格的矛盾，或者是我们要勉强这么一笑来表示我们是不会被他的话所震动，我们自己另有一个超乎一切的生活，他的话是不能损坏我们于毫发的，或者……但是那时节我们只觉到不好不这么大笑一声，所以才笑，实在也没有闲暇去仔细分析自己了。

当我们心里有说不出的苦痛缠着，正要向人细诉，那时我们平时尊敬的人却用个极无聊的理由（甚至于最卑鄙的）来解释我们这穿过心灵的悲哀，看到这深深一层的隔膜，我们除开无聊赖地破涕为笑，还有什么别的办法吗？有时候我们倒霉起来，整天从早到晚做的事没有一件不是失败的，到晚上疲累非常，懊恼万分，悔也不是，哭也不是，也只好咽下眼泪，空心地笑着。我们一生忙碌，把不可再得的光阴消磨在马蹄轮铁，以及无谓敷衍之间，整天打算，可是自己不晓得为什么这么费心机，为了要活着用尽苦心来延长这生命，却又不觉得活着到底有何好处，自己并没有享受生活过，总之黑漆一团活着，夜阑人静，回头一想，那能够不吃吃地笑，笑里感到无限的生的悲哀。

就说我们淡于生死了，对于现世界的厌烦同人事的憎恶还会像毒蛇般蜿蜒走到面前，缠着身上，我们真可说倦于一切，可惜我们也没有爱恋上死神，觉得也不值得花那么大劲去求死，在此不生不死心境里，只见伤感重重来袭，偶然挣些力气，来叹几口气，叹完气免不了失笑，那笑是多么酸苦的。这几种笑声发自我们的口里，自己听到，心中生个不可言喻的恐怖，或者又引起另一个鬼似的狞笑。若使是由他人口里传出，只要我们探讨出它们的源泉，我们也会惺惺惺惺而心酸，同时害怕得全身打战。此外失望人的傻笑，挨了骂的下人对主子的赔笑，趾高气扬的热官对于贫贱故交的冷笑，老处女在他人结婚席上所呈的干笑，生离永别时节的苦笑——这些笑全是"自然"跟我们为难，把我们弄得没有办法，我们承认失败了的表现，是我们心灵的堡垒下面刺目的降幡。莎士比亚的妙句"对着悲哀微笑"（smiling at grief）说尽此中的苦况。拜伦在他的杰作 don juan 里有二句：

"of all tales' tis the saddest ——and more sad,
because it makes us smile."

这两句是我愁闷无聊时所喜欢反复吟诵的，因为真能传出"笑"的悲剧的情调。

泪却是肯定人生的表示。因为生活是可留恋的，过去的是春天的日子，所以才有伤逝的清泪。若使生活本身就不值得我们的一顾，我们哪里会有惋惜的情怀呢？当一个中年妇人死了丈夫的时候，她号啕地大哭，她想到她儿子这么早失去了父亲，没有人指导，免不了伤心流泪，可是她隐隐地对于这个儿子有无穷的慈爱和希望。她的儿子又死了，她或者会一声不响地料理丧事，或者发疯狂笑起来，因为她已厌倦于人生，她微弱的心已经麻木死了。我每回看到人们流泪，不管是失恋的刺痛，或者丧亲的悲哀，我总觉人世真是值得一活的。眼泪真是人生的甘露。当我是小孩的时候，常常觉得心里有说不出的难过，故意去臆造些伤心事情，想到有味时候，有时会不觉流下泪来，那时就感到说不出的快乐。现在却再寻不到这种无根的泪痕了。

哪个有心人不爱看悲剧，亚里士多德所说的净化的确不错。我们精神所纠结郁积的悲痛随着台上的凄惨情节发出来，哭泣之后我们有形容不出的快感，好似精神上吸到新鲜空气一样，我们的心灵忽然间呈非常健康的状态。果戈里的著作人们都说是笑里有泪，实在正是因为后面有看不见的泪，所以他的小说会那么诙谐百出，对生活处处有回甘的快乐。中国的诗词说高兴赏心的事总不大感人，谈愁语恨却是易工，也由于那些怨词悲调是泪的结晶，有时会逗我们洒些同情的泪，所以亡国的李后主，感伤的李义山始终是我们爱读的作家。天下最爱哭的人莫过于怀春的少女和在情海中翻身的青年，可是他们的生活是最有力，色彩最浓，最不虚过的生活。人到老了，生活力渐渐消磨尽了，泪泉也枯了，剩下的只是无可无不可的那种行将就木的心境和好像慈祥实在是生的疲劳所产生的微笑——我所怕的微笑。

十八世纪初期浪漫诗人格雷在他的 on a distant prospect of eton college 诗里说：

> 流下也就忘记了的泪珠，
> 那是照耀心胸的阳光。
> the tear forget as soon as shed,
> the sunshine of the breast.

　　这些热泪只有青年才会有，它是同青春的幻梦同时消灭的；泪尽了，个个人心里都像苏东坡所说的"存亡惯见浑无泪"那样的冷淡了，坟墓的影已染着我们的残年。

天真与经验

天真和经验好像是水火不相容的东西。我们常以为只有什么经验也没有的小孩子才会天真，他那位饱历沧桑的爸爸是得到经验，而失掉天真了。可是，天真和经验实在并没有这样子不共戴天，它们俩倒很常是聚首一堂。英国最伟大的神秘诗人勃来克著有两部诗集：《天真的歌》（songs of innocence）同《经验的歌》（songs of experience）。在天真的歌里，他无忧无虑地信口唱出晶莹甜蜜的诗句，他简直是天真的化身，好像不晓得世上是有龌龊的事情的。然而在经验的歌里，他把人情的深处用简单的辞句表现出来，真是找不出一个比他更有世故的人了，他将伦敦城里扫烟囱小孩子的穷苦，娼妓的厄运说得辛酸凄迷，可说是看尽人间世的烦恼。可是他始终仍然是那么天真，他还是常常亲眼看见天使；当他的工作没有做得满意时候，他就同他的妻子双双跪下，向上帝祈祷。

他快死的前几天，那时他结婚已经有四十五年了，一天他看着他的妻子，忽然拿起铅笔叫道："别动！在我眼里你一向是一个天使；我要把你画下，"他就立刻画出她的相貌。这是多么天真的举动。尖酸刻毒的斯惠夫特写信给他那两位知心的女人时候，的确是十足的孩子气，谁去念 the journal to stella 这部书信集，也不会想到写这信的人就是 gullivers travels 的作者。斯蒂芬生在他的小品文集《贻青年少女》中（virginibus puerisque），说了许多世故老人的话，尤其是对于婚姻，讲有好些叫年青的爱人们听着会灰心的冷话。但是他却没有失丢了他的童心，他能够用小孩子的心情去叙述海盗的故事，他又能借小孩子的口气，著出一部《小孩的诗园》（achild's garden of verses），里面充满着天真的空气，是一本儿童文学的杰作。可见确然吃了知识的果，还是可以在乐园里逍遥到老。我们大家并不是个个人都像亚当先生那么不幸。

也许有人会说，这班诗人们的天真是装出来的，最少总有点做作的痕迹，不能像小孩子的天真那么浑脱自然，毫无机心。但是，我觉得小孩子的天真是靠不住的，好像个很脆的东西，经不起现实的接触。并且当他们才发现出人情的险诈同世路的崎岖时候，他们会非常震惊，因此神经过敏地以为世上除开计较得失利害外是没有别的东西的，柔嫩的心或者就这么麻木下去，变成个所谓值得父兄赞美的少年老成人了。他们从前的天真是出于无知，值不得什么赞美的，更值不得我们欣羡。桌子是个一无所知的东西，它既不晓得骗人，更不会去骗人，为什么我们不去颂扬桌子的天真呢？小孩子的天真跟桌子的天真并没有多大的分别。至于那班已坠世网的人们的天真就大不同了。

他们阅历尽人世间的纷扰，经过了许多得失哀乐，因为看穿了鸡虫得失的无谓，又知道在太阳底下是难逢笑口的，所以肯将一切利害的观念丢开，来任口说去，任性做去，任情去欣赏自然界的快乐。他们以为这样子痛快地活着才是值得的。他们把机心看作是无谓的虚耗，自然而然会走到忘机的境界了。他们的天真可说是被经验锻炼过了，仿佛像在八卦炉里蹲过，做成了火眼金睛的孙悟空。人世的波涛再也不能将他们的天真卷去，他们真是"世路如今已惯，此心到处悠然"，这种悠然的心境既然成为习惯，习惯又成天然，所以他们的天真也是浑脱一气，没有刀笔的痕迹的。这个建在理智上面的天真绝非无知的天真所可比拟的，从无知的天真走到这个超然物外的天真，这就全靠着个人的生活艺术了。

忽然记起我自己去年的生活了，那时我同 g 常作长夜之谈。有一晚电灯灭后，蜡烛上时，我们搓着睡眼，重新燃起一斗烟来，就谈着年青人所最爱谈的题目——理想的女人。我们不约而同地说道最可爱的女子是像卖解，女优，歌女等这班风尘人物里面的痴心人。她们流落半生，看透了一切世态，学会了万般敷衍的办法，跟人们好似是绝不会有情的，可是若使她们真真爱上了一个情人，她们的爱情比一般的女子是强万万倍的。她们不像没有跟男子接触过的女子那样盲目，口是心非的甜言蜜语骗不了她们，暗地皱眉的热烈接吻瞒不过她们的慧眼，她们一定要得到了个一往情深的爱人，才肯来永不移情地心心相托。

她们对于爱人所以会这么苛求，全因为她们自己是恳挚万分。至于那班没有经验的女子，她们常常只听到几句无聊的卿卿我我，就以为是了不得了；她们的爱情轻易地结下，将来也就轻易地勾销，这那里可以算做生生死死的深情。不出闺门的女子只有无知，很难有颠扑不破的天真，同由世故的熔炉里铸炼出来的热情。数十年来我们把女子关在深闺里，不给她们一个得到经验的机会，既然没有经验来锻炼，她们当然不容易有个强毅的性格，我们又来怪她们的杨花水性，说了许多混话，这真是太冤枉了。我们把无知误解做天真，不晓得从经验里突围而出的天真才是可贵的，因此上造了这九州大错，这又要怪谁呢？

没有尝过穷苦的人们是不懂得安逸的好处的，没有感到人生的寂寞的人们是不能了解爱的价值的，同样地未曾有过经验的孺子是不知道天真之可贵的。小孩子一味天真，糊糊涂涂地过日，对于天真并未曾加以认识，所以不能做出天真的诗歌来，笨大的爸爸们尝遍了各种滋味，然后再洗涤俗虑，用锻炼过后的赤子之心来写诗歌，却做出最可喜的儿童文学，在这点上就可以看出人世的经验对于我们是最有益的东西了。老年人所以会和蔼可亲也是因为他们受过了经验的洗礼。必定要对于人世上万物万事全看淡了，然后对于一二件东西的留恋才会倍见真挚动人。宋诗里常有这种意境。欧阳永叔的"棋罢不知人换世，酒阑无奈客思家"同苏长公的"存亡惯见浑无泪，乡井难忘尚有心"全能够表现出这种依依的心情。虽然把人世存亡全置之度外，漠然不动于衷。但是对于客子的思家同自己的乡愁仍然是有些牵情。这种惆怅的情怀是多么清新可喜，我们读起来觉得比处处留情的才子们的滥情是高明得多，这全因为他们的情绪受过了一次蒸馏。从经验里出来的天真会那么带着诗情也是为着同样的缘故。

蔼里斯在他的杰作《性的心理的研究》第六卷里说道："就说我们承认看着裸体会激动了热情，这个激动还是好的，因为它引起我们的一种良好习惯，自制。为着恐怕有些东西对于我们会有引诱的能力，就赶紧跑到沙漠去住，这也可说是一种可怜的道德了。我们应当知道在文化当中故意去创造出一个沙漠来包围自己，这种举动是比别的要更坏得多了。我们无法去丢热情，即使我们有这个决心；何尔巴哈说得好，理智是教人这样拣择正当的热情，教育是教人们怎样把正当的热情种植培养在人心里面。观看裸体有一个精神上的价值，那可以教我们学会去欣赏我们没有占有着的东西，这个教训是一切良好的社会生活的重要预备训练：小孩子应当学到看见花，而不想去采它；男人应当学到看见着一个女人的美，而不想占有她。"我们所说的天真常是躲在沙漠里，远隔人世的引诱这类的天真。经验陶冶后的天真是见花不采，看到美丽的女人，不动枕席之念的天真。

　　人世是这么百怪千奇，人命是这样他生未卜，这个千载一时的看世界机会实在不容错过，绝不可误解了天真意味，把好好的人儿囚禁起来，使他草草地过了一生，并没有尝到做人的意味，而且也不懂得天真的真意了。这种活埋的办法绝非上帝造人的本意，上帝是总有一天会跟这班刽子手算账的。我们还是别当刽子手好罢，何苦手上染着女人小孩子的血呢！

途 中

今天是个潇洒的秋天，飘着零雨，我坐在电车里，看到沿途店里的伙计们差不多都是懒洋洋地在那里谈天，看报，喝茶——喝茶的尤其多，因为今天实在有点冷起来了。还有些只是倚着柜头，望望天色。总之纷纷扰扰的十里洋场顿然现出闲暇悠然的气概，高楼大厦的商店好像都化做三间两舍的隐庐，里面那班平常替老板挣钱，向主顾陪笑的伙计们也居然感到了生活余裕的乐处，正在拉闲扯散地过日，仿佛全是古之隐君子了。路上的行人也只是稀稀的几个，连坐在电车里面上银行去办事的洋鬼子们也燃着烟斗，无聊赖地看报上的广告，平时的燥气全消，这大概是那件雨衣的效力罢！到了北站，换上去西乡的公共汽车，雨中的秋之田野是别有一种风味的。外面的细雨是看不见的，看得见的只是车窗上不断地来临的小雨点，同河面上错杂得可喜的纤纤雨脚。此外还有粉般的小雨点从破了的玻璃窗进来，栖止在我的脸上。

我虽然有些寒战，但是受了雨水的洗礼，精神变成格外地清醒。已撄世网，醉生梦死久矣的我真不容易有这么清醒，这么气爽。再看外面的景色，既没有像春天那娇艳得使人们感到它的不能久留，也不像冬天那样树枯草死，好似世界是快毁灭了，却只是静默默地，一层轻轻的雨雾若隐若现地盖着，把大地美化了许多，我不禁微吟着乡前辈姜白石的诗句，真是"人生难得秋前雨"。忽然想到今天早上她皱着眉头说道："这样凄风苦雨的天气，你也得跑那么远的路程，这真可厌呀！"我暗暗地微笑。她那里晓得我正在凭窗赏玩沿途的风光呢？她或者以为我现在必定是哭丧着脸，像个到刑场的死囚，万不会想到我正流连着这叶尚未凋，草已添黄的秋景。同情是难得的，就是错误的同情也是无妨，所以我就让她老是这样可怜着我的仆仆风尘罢；并且有时我有什么逆意的事情，脸上露出不豫的颜色，可以借路中的辛苦来遮掩，免得她一再追究，最后说出真话，使她凭添了无数的愁绪。

其实我是个最喜欢在十丈红尘里奔走道路的人。我现在每天在路上的时间差不多总在两点钟以上，这是已经有好几月了，我却一点也不生厌，天天走上电车，老是好像开始蜜月旅行一样。电车上和道路上的人们彼此多半是不相识的，所以大家都不大拿出假面孔来，比不得讲堂里，宴会上，衙门里的人们那样彼此拼命地一味敷衍。公园，影戏院，游戏场，馆子里面的来客个个都是眉花眼笑的，最少也装出那么样子，墓地，法庭，医院，药店的主顾全是眉头皱了几十纹的，这两下都未免太单调了，使我们感到人世的平庸无味，车子里面和路上的人们却具有万般色相，你坐在车里，只要你睁大眼睛不停地观察了三十分钟，你差不多可以在所见的人们脸上看出人世一切的苦乐感觉同人心的种种情调。

你坐在位子上默默地鉴赏，同车的客人们老实地让你从他们的形色举止上去推测他们的生平同当下的心境，外面的行人一一现你眼前，你尽可恣意瞧着，他们并不会晓得，而且他们是这么不断地接连走过，你很可以拿他们来彼此比较，这种普通人的行列的确是比什么赛会都有趣得多，路上源源不绝的行人可说是上帝设计的赛会，当然胜过了我们佳节时红红绿绿的玩意儿了。并且在路途中我们的心境是最宜于静观的，最能吸收外界的刺激的。我们通常总是有事干，正经事也好，歪事也好，我们的注意免不了特别集中在一点上，只有路途中，尤其走熟了的长路，在未到目的地以前，我们的方寸是悠然的，不专注于一物，却是无所不留神的，在匆匆忙忙的一生里，我们此时才得好好地看一看人生的真况。所以无论从那一方面说起，途中是认识人生最方便的地方。

车中，船上同人行道可说是人生博览会的三张入场券，可惜许多人把它们当作废纸，空走了一生的路。我们有一句古话："读万卷书，行万里路"，所谓行万里路自然是指走遍名山大川，通都大邑，但是我觉换一个解释也是可以。一条的路你来往走了几万遍，凑成了万里这个数目，只要你真用了你的眼睛，你就可以算是懂得人生的人了。俗语说道："秀才不出门，能知天下事"，我们不幸未得入泮，只好多走些路，来见见世面罢！对于人生有了清澈的观照，世上的荣辱祸福不足以扰乱内心的恬静，我们的心灵因此可以获到永久的自由，可见个个的路都是到自由的路，并不限于罗素先生所钦定的：所怕的就是面壁参禅，目不窥路的人们，他们自甘沦落，不肯上路，的确是无法可办。读书是间接地去了解人生，走路是直接地去了解人生，一落言诠，便非真谛，所以我觉得万卷书可以搁开不念，万里路非放步走去不可。

了解自然，便是非走路不可。但是我觉得有意的旅行倒不如通常的走路那样能与自然更见亲密。旅行的人们心中只惦着他的目的地，精神是紧张的。实在不宜于裕然地接受自然的美景。并且天下的风光是活的，并不拘于一谷一溪，一洞一岩，旅行的人们所看的却多半是这些名闻四海的死景，人人莫名其妙地照例赞美的胜地。旅行的人们也只得依样葫芦一番，做了万古不移的传统的奴隶。这又何苦呢？并且只有自己发现出的美景对着我们才会有贴心的亲切感觉，才会感动了整个心灵，而这些好景却大抵是得之偶然的，绝不能强求。所以有时因公外出，在火车中所瞥见的田舍风光会深印在我们的心坎里，而花了盘川，告了病假去赏玩的名胜倒只是如烟如雾地浮动在记忆的海里。今年的春天同秋天，我都去了一趟杭州，每天不是坐在划子里听着舟子的调度，就是跑山，恭敬地聆着车夫的命令，一本薄薄的指南隐隐地含有无上的威权，等到把所谓胜景一一领略过了，重上火车，我的心好似去了重担。当我再继续过着我通常的机械生活，天天自由地东瞧西看，再也不怕受了舟子，车夫，游侣的责备，再也没有什么应该非看不可的东西，我真快乐得几乎发狂。

　　西冷的景色自然是渐渐消失得无影无迹，可惜消失得太慢，起先还做了我几个噩梦的背境。当我梦到无私的车夫，带我走着崎岖难行的宝石山或者光滑不能住足的往龙井的石路，不管我怎样求免，总是要迫我去看烟霞洞的烟霞同龙井的龙角。谢谢上帝，西湖已经不再浮现在我的梦中了。而我生平所最赏心的许多美景是从到西乡的公共汽车的玻璃窗得来的。我坐在车里，任它一上一下，一左一右地跳荡，看着老看不完的十八世纪长篇小说，有时闭着书随便望一望外面天气，忽然觉得青翠迎人，遍地散着香花，晴天现出不可描摹的蓝色。

　　我顿然感到春天已到大地，这时我真是神魂飞在九霄云外了。再去细看一下，好景早已过去，剩下的是闸北污秽的街道，明天再走到原地，一切虽然仍旧，总觉得有所不足，与昨天是不同的，于是乎那天的景色永留在我的心里。甜蜜的东西看得太久了也会厌烦，真真的好景都该这样一瞬即逝，永不重来。婚姻制度的最大毛病也就是在于日夕聚首：将一切好处都因为太熟而化成坏处了。此外在热狂的夏天，风雪载途的冬季我也常常出乎意料地获到不可名言的妙境，滋润着我的心田。会心不远，真是陆放翁所谓的"何处楼台无月明"。自己培养有一个易感的心境，那么走路的确是了解自然的捷径。

"行"不单是可以使我们清澈地了解人生同自然，它自身又是带有诗意的，最浪漫不过的。雨雪霏霏，杨柳依依，这些境界只有行人才有福享受的。许多奇情逸事也都是靠着几个人的漫游而产生的。《西游记》，《镜花缘》，《老残游记》，gervantes 的《吉诃德先生》（don quixote），swift 的《海外轩渠录》（gullivers travels）bunyar 的《天路历程》（pil-grims progress），cowper 的痴汉骑马歌（john gilpin），dickens 的 pickwick papers byron 的 childe harold's pilgrimage，fielding 的 joseph andrews，gogols 的 dead souls 等不可一世的杰作没有一个不是以"行"为骨子的，所说的全是途中的一切，我觉得文学的浪漫题材在爱情以外，就要数到"行"了。陆放翁是个豪爽不羁的诗人，而他最出色的杰作却是那些纪行的七言。我们随便抄下两首，来代我们说出"行"的浪漫性罢！

剑南道中遇微雨

衣上征尘杂酒痕，远游无处不销魂，
此身合是诗人未，细雨骑驴入剑门。

南定楼遇急雨

行遍梁州到益州，今年又作度泸游，

> 江山重复争供眼，风雨纵横乱入楼，
>
> 人语朱离逢峒獠，棹歌欸乃下吴州，
>
> 天涯住稳归心懒，登览茫然却欲愁。

因为"行"是这么会勾起含有诗意的情绪的，所以我们从"行"可以得到极愉快的精神快乐，因此"行"是解闷销愁的最好法子，将濒自杀的失恋人常常能够从漫游得到安慰，我们有时心境染了凄迷的色调，散步一下，也可以解去不少的忧愁。howthorne 同 edgar allen poe 最爱描状一个心里感到空虚的悲哀的人不停地在城里的各条街道上回复地走了又走，以冀对于心灵的饥饿能够暂时忘却。dostoivsky 的《罪与罚》里面的 raskolinkov 犯了杀人罪之后，也是无目的到处乱走，仿佛走了一下，会减轻了他心中的重压。甚至于有些人对于"行"具有绝大的趣味，把别的趣味一齐压下了，stevenson 的《流浪汉之歌》就表现出这样的一个人物，他在最后一段里说道："财富我不要，希望，爱情，知己的朋友，我也不要；我所要的只是上面的青天同脚下的道路。"

wealth i ask not, hope nor love,

nor a friend to know me;

all i ask, the heaven above

and the road belov me.

walt whitman 也是一个歌颂行路的诗人，他的《大路之歌》真是"行"的绝妙赞美诗，我就引他开头的雄浑诗句来做这段的结束罢！

afoot and light-hearted i take to the open road,

healthy, free, the world before me,

the long brown path before me leading wherever i choose.

　　我们从摇篮到坟墓也不过是一条道路，当我们正寝以前，我们可说是老在途中。途中自然有许多的苦辛，然而四围的风光和同路的旅人都是极有趣的，值得我们跋涉这程路来细细鉴赏。除开这条悠长的道路外，我们并没有别的目的地，走完了这段征程，我们也走出了这个世界，重回到起点的地方了。科学家说我们就归于毁灭了，再也不能重走上这段路途，主张灵魂不灭的人们以为来日方长，这条路我们还能够一再重走了几千万遍。将来的事，谁去管它，也许这条路有一天也归于毁灭。我们还是今天有路今天走罢，最要紧的是不要闭着眼睛，朦朦一生，始终没有看到了世界。

十八年十一月五日。

论智识贩卖所的伙计

> "每门学问的天生仇敌是那门的教授。"
>
> ——威廉·詹姆士

智识贩卖所的伙计大约可分三种：第一种是著书立说，多半不大甘心于老在这个没有多大出息的店里混饭，想到衙门中显显身手的大学教授；第二种是安分守己，一声不则，随缘消岁月的中学教员；第三种是整天在店里当苦工，每月十几块工钱有时还要给教育厅长先挪去，用做招待星期讲演的学者（那就是比他们高两级的著书立说的教授）的小学教员。他们的苦乐虽也各各不同，他们却带有个共同的色彩。好像钱庄里的伙计总是现出一副势利面孔，旅馆里的茶房没有一个不是带有不道德的神气，理发匠老是爱修饰，做了下流社会里的花花公子，以及个个汽车夫都使我们感到他们家里必定有个姘头。同样地，教书匠具有一种独有的色彩，那正同杀手脸上的横肉一样，做了他们终身的烙印。

糖饼店里的伙计必定不喜欢食糖饼，布店的伙计穿的常是那价廉物不美的料子，"卖扇婆婆手遮日"是世界里最普通的事情，所以智识贩卖所的伙计是最不喜欢知识，失掉了求知欲望的人们。这也难怪他们，整天弄着那些东西，靠着那些东西来自己吃饭，养活妻子，不管你高兴不高兴，每天总得把这些东西照例说了几十分钟或者几点钟，今年教书复明年，春恨秋愁无暇管，他们怎么不会讨厌知识呢？就说是个绝代佳人，这样子天天在一块，一连十几年老是同你卿卿我我，也会使你觉得腻了。所以对于智识，他们失丢了孩童都具有的那种好奇心。他们向来是不大买书的，充其量不过把图书馆的大本书籍搬十几本回家，搁在书架上，让灰尘蠹鱼同蜘蛛来尝味，他们自己也忘却曾经借了图书馆的书，有时甚至于把这些书籍的名字开在黑板上，说这是他们班上学生必须参考的书，害得老实的学生们到图书馆找书找不到，还急得要死；不过等到他们自己高据在讲台之上的时节，也早忘却了当年情事，同样慷慨地腾出家里的书架替学校书库省些地方了。

他们天天把这些智识排在摊上，在他们眼里这些智识好像是当混沌初开，乾坤始定之时，就已存在人间了，他们简直没有想到这些智识是古时富有好奇心的学者不惜万千艰苦，虎穴探子般从"自然"里夺来的。他们既看不到古昔学者的热狂，对于智识本身又因为太熟悉了生出厌倦的心情，所以他们老觉得知识是冷冰冰的，绝不会自己还想去探求这些冻手的东西了。学生的好奇心也是他们所不能了解的，所以在求真理这出的捉迷藏戏里他们不能做学生们的真正领袖，带着他们狂欢地瞎跑，有时还免不了浇些冷水，截住了青年们的兴头，愿上帝赦着他们罢，阿门。然而他们一度也做过学生，也怀过热烈的梦想，许身于文艺或者科学之神，曾几何时，热血沸腾的心儿停着不动，换来了这个二目无光的冷淡脸孔，隐在白垩后面，并且不能原谅年青人的狂热，可见亲自经验是天下里最没用的事，不然人们也不会一代一代老兜同一的愚蠢圈子了。

他们最喜欢那些把笔记写得整整齐齐，伏贴贴地听讲的学生，最恨的是信口胡问的后生小子，他们立刻露出不豫的颜色，仿佛这有违乎敬师之道。法郎士在《伊壁鸠鲁斯园》里有一段讥笑学者的文字，可以说是这班伙计们的最好写真。他说："跟学者们稍稍接触一下就够使我们看到他们是人类里最没有好奇心的。前几年偶然在欧洲某大城里，我去参观那里的博物院在一个保管的学者领导之下，他把里面所搜集的化石很骄傲地，很愉快他讲述给我听。他给我许多很有价值的知识，一直讲到鲜新世的岩层。但是我们走到那个发现了人类最初遗痕的地层的陈列柜旁边，他的头忽然转向别的地方去了；对于我的问题他答道这是在他所管的陈列柜之外。我知道鲁莽了。谁也不该向一个学者问到不在他所管的陈列柜之内的宇宙秘密。他对于它们没有感到兴趣。"叫他们去鼓舞起学生求知的兴趣，真是等于找个失恋过的人去向年青人说出恋爱的福音，那的确是再滑稽也没有的事。不过我们忽略过去，没有下一个仔细的观察，否则我们用不着看陆克，贾波林的片子，只须走到学校里去，想一想他们干的实在是怎么一回事，再看一看他们那种慎重其事的样子，我们必定要笑得肚子痛起来了。

他们不只不肯自备斧斤去求智识，你们若使把什么新知识呈献他们面前，他们是连睬也不睬的，这还算好呢，也许还要恶骂你们一阵，说是不懂得天高地厚，信口胡谈。原来他们对于任何一门智识都组织有一个四平八稳的系统，整天在那里按章分段，提纲挈领地多大大小小的系统来。你看他们的教科书，那是他们的圣经，是前有总论，后有结论的。他们费尽苦心把前人所发现的智识编成这样一个天罗地网，练就了这个法宝，预备他们终身之用，子孙百世之业。若使你点破了这法宝，使他们变成为无棒可弄的猴子，那不是窘极的事吗？从前人们嘲笑烦琐学派的学者说道：当他们看到自然界里有一种现象同亚里士多德书中所说的相反，他们宁可相信自己的眼看错了，却不肯说亚里士多德所讲的话是不对的。知识贩卖所的伙计对于他们的系统所取的盲从固执的态度也是一样的。听说美国某大学有一位经济思想史的教授，他所教的经济思潮是截至一八九〇年为止的，此后所发表的经济学说他是毫不置问的，仿佛一八九〇年后宇宙已经毁灭了，这是因为他是在那年升做教授了，他也是在那年把他的思想铸成了一篇只字不能移的讲义了。

记得从前在北平时候，有一位同乡在一个专门学校电气科读书，他常对我说他先生所定的教科书都是在外国已经绝版了的，这是因为当这几位教授十几年前在美国过青灯黄卷生涯时是用这几本书，他们不敢忘本，所以仍然捧着这本书走上十几年后中国的大学讲台。前年我听到我这位同乡毕业后也在一个专门学校教书，我暗想这本教科书恐怕要三代同堂了。这一半是惯性使然。

在这贩卖所里跑走几年之后，多半已经暮气沉沉，更哪里找得到一股精力，翻个斛斗，将所知道的智识拿来受过新陈代谢的洗礼呢！一半是由于自卫本能，他们觉得他们这一套的智识是他们的惟一壁垒，若使有一方树起降幡，欢迎新知识进来，他们只怕将来喧宾夺主，他们所懂的东西要全军覆没了，那么甚至于影响到他们在店里的地位。人们一碰到有切身利害的事情时，多半是只瞧利害，不顾是非的，这已变成为一种不自觉的习惯。学术界的权威者对于新学说总是不厌极端诋毁，他们有时还是不自知有什么卑下的动机，只觉得对于新的东西有一种说不出的厌恶，也是因为这是不自觉的。惟其是不自觉的，所以是更可怕的。总之，他们已经同知识的活气告别了，只抱个死沉沉的空架子，他们对于新发现是麻木不仁了，只知道倚老卖老做一日和尚撞一日钟。白垩使他们的血管变硬了，这又哪里是他们自己的罪过呢?

笛卡儿哲学的出发点是"我怀疑所以我存在",智识贩卖所的伙计们的哲学的出发点是"我肯定,所以我存在"。他们是以肯定为生的,从走上讲台一直到铃声响时,他们所说的全是十二分肯定的话,学生以为他们该是无所不知的,他们亦以全知全能自豪。"人之患在好为人师"。所谓好为人师就是喜欢摆出我是什么都懂得的神气,对着别人说出十三分肯定的话。这种虚荣的根性是谁也有的,这班伙计们却天天都有机会来发挥这个低能的习气,难怪他们都染上了夸大狂,不可一世地以正统正宗自命,觉得普天之下只有一条道理,那又是在他掌握之中的。这个色彩差不多是自三家村教读先生以至于教思想史的教授所共有的。

怀疑的精神早已风流云散,月去星移了,剩下来的是一片惨淡无光,阴气森森的真理。schiller 说过:"只有错误才是活的,智识却是死的。"那么难怪智识贩卖所里的伙计是这么死沉沉的。他们以贩卖智识这块招牌到处招摇,却先将知识的源泉——怀疑的精神——一笔勾销,这是看见母鸡生了金鸡子,就把母鸡杀死的办法。他们不止自乞这么武断一切,并且把学生心中一些存疑的神圣火焰也弄熄了,这简直是屠杀婴儿。人们天天嚷道天才没有出世,其实是有许多天才遭了这班伙计们的毒箭。我不相信学了文学概论,小说作法等课的人们还能够写出好小说来。英国一位诗人说道,我们一生的光阴常消磨在两件事情上面,第一是在学校里学到许多无谓的东西,第二是走出校门后把这些东西一一设法弃掉。最可惜的就是许多人刚把这些垃圾弃尽,还我海阔天空时候,却寿终正寝了。

因此,我所最敬重的是那班常常告假,不大到店里来的伙计们。他们的害处大概比较会少点罢!

观 火

独自坐在火炉旁边，静静地凝视面前瞬息万变的火焰，细听炉里呼呼的声音，心中是不专注在任何事物上面的，只是痴痴地望着炉火，说是怀一种惆怅的情绪，固然可以，说是感到了所有的希望全已幻灭，因而反现出恬然自安的心境，亦无不可。但是既未曾达到身如槁木，心如死灰的地步，免不了有许多零碎的思想来往心中，那些又都是和"火"有关的，所以把它们集在"观火"这个题目底下。

火的确是最可爱的东西。它是单身汉的最好伴侣。寂寞的小房里面，什么东西都是这么寂静的，无生气的，现出呆板板的神气，惟一有活气的东西就是这个无聊赖地走来走去的自己。虽然是个甘于寂寞的人，可是也总觉得有点儿怪难过。这时若使有一炉活火，壁炉也好，站着有如庙里菩萨的铁炉也好，红泥小火炉也好，你就会感到宇宙并不是那么荒凉了。火焰的万千形态正好和你心中古怪的想象携手同舞，倘然你心中是枯干到生不出什么黄金幻梦，那么体态轻盈的火焰可以给你许多暗示，使你自然而然地想入非非。她好像但丁《神曲》里的引路神，拉着你的手，带你去进荒诞的国土。人们只怕不会做梦，光剩下一颗枯焦的心儿，一片片逐渐剥落。倘然还具有梦想的学力，不管做的是狰狞凶狠的噩梦，还是融融春光的甜梦，那么这些梦好比会化雨的云儿，迟早总能滋润你的心田。

看书会使你做起梦来，听你的密友细诉衷曲也会使你做梦，晨晴，雨声月光，舞影，鸟鸣，波纹，桨声，山色，暮霭……
都能勾起你的轻梦，但是我觉得火是最易点着轻梦的东西。我
只要一走到火旁，立刻感到现实世界的重压——消失，自己浸
在梦的空气之中。有许多回我拿着一本心爱的书到火旁慢读，
不一会儿，把书搁在一边，却不转睛地尽望着火。那时我觉得
心爱的书还不如火这么可喜。它是一部活书。对着它真好像看
着一位大作家一字字地写下他的杰作，我们站在一旁跟着读去。
火是一部无始无终，百读不厌的书，你那回看到两个形状相同
的火焰呢！拜伦说："看到海而不发出赞美词的人必定是个傻
子。"我是个沧海曾经的人，对于海却总是漠然地，这或者是
因为我会晕船的缘故罢！我总不愿自认为傻子。但是我每回看
到火，心中常想唱出赞美歌来。若使我们真有个来生，那么我
只愿下世能够做一个波斯人，他们是真真的智者，他们晓得
拜火。

记得希腊有一位哲学家——大概是 zeno 罢——跳到火山的
口里去，这种死法真是痛快，在希腊神话里，火神（hephaestus
or vulcan）是个跛子，他又是一个大艺术家。天上的宫殿同盔
甲都是他一手包办的。当我靠在炉旁时候，我常常期望有一个
黑脸的跛子从烟里冲出，而且我相信这位艺术家是没有留了长
头发同打一个大领结的。在《现代丛书》（modern library）的
广告里，我常碰到一个很奇妙的书名，那是唐南遮（d'annvn-
zio）的长篇小说《生命的火焰》（the flane of life）。唐南遮的著
作我一字都未曾读过，这本书也是从来没有看过的，可是我极
喜欢这个书名，《生命的火焰》这个名字是多么含有诗意，真
是简洁他说出人生的真相。生命的确是像一朵火焰，来去无踪，
无时不是动着，忽然扬焰高飞，忽然销沉将熄，最后烟消火灭，

留下一点残灰，这一朵火焰就再也燃不起来了。我们的生活也该像火焰这样无拘无束，顺着自己的意志狂奔，才会有生气，有趣味。

我们的精神真该如火焰一般地飘忽莫定，只受里面的热力的指挥，冲倒习俗、成见、道德种种的藩篱，一直恣意干去，任情飞舞，才会迸出火花，幻出五色的焰。否则阴沉沉地，若存若亡地草草一世，也辜负了创世主叫我们投生的一番好意了。我们生活内一切值得宝贵的东西又都可以用火来打比。热情如沸的恋爱，创造艺术的灵悟，虔诚的信仰，求知的欲望，都可以拿火来做象征。heraclitus 真是绝等聪明的哲学家，他主张火是宇宙万物之源。难怪得二千多年后的柏格森诸人对着他仍然是推崇备至。火是这么可以做人生的象征的，所以许多民间的传说都把人的灵魂当作一团火。爱尔兰人相信一妇人若使梦见一点火花落在她口里或者怀中，那么她一定会怀孕，因为这是小孩的灵魂。希腊神话里，prometheus 做好了人后，亲身到天上去偷些火下来，也是这种的意思。有些诗人心中有满腔的热情，灵魂之火太大了，倒把他自己燃烧成灰烬，短命的济慈就是一个好例子。可惜我们心里的火都太小了，有时甚至于使我们心灵感到寒战，怎么好呢？

我家乡有一句土谚："火烧屋好看，难为东家。"火烧屋的确是天下一个奇观。无数的火舌越梁穿瓦，沿窗冲天地飞翔，弄得满天通红了，仿佛地球被掷到熔炉里去了，所以没有人看了心中不会起种奇特的感觉，据说尼罗王因为要看大火，故意把一个大城全烧了，他可说是知道享福的人，比我们那班做酒池肉林的暴君高明得多。我每次听到美国那里的大森林着火了，燃烧得一两个月，我就怨自己命坏，没有在哥伦比亚大学当学生。不然一定要告个病假，去观光一下。

许多人没有烟瘾，抽了烟也不觉得什么特别的舒服，却很喜观抽烟，违了父母兄弟的劝告，常常抽烟，就是身上只剩一角小洋了，还要拿去买一盒烟抽，他们大概也是因为爱同火接近的缘故罢！最少，我自己是这样的。所以我爱抽烟斗，因为一斗的火是比纸烟头一点儿的火有味得多。有时没有钱买烟，那么拿一匣的洋火，一根根擦燃，也很可以解这火瘾。

离开北方已经快两年了，在南边虽然冬天里也生起火来，但是不像北方那样一冬没有熄过地烧着，所以我现在同火也没有像在北方时那么亲热了。回想到从前在北平时一块儿烤火的几位朋友，不免引起惆怅的心情，这篇文字就算做寄给他们的一封信罢！

十九年元旦试笔

破　晓

今天破晓酒醒时候，我忽然忆起前晚上他向我提过"空持罗带，回首恨依依"这两句词。仿佛前宵酒后曾有许多感触。宿酒尚未全醒的我，就闭着眼睛暗暗地追踪那时思想的痕迹。底下所写下来的就是还逗留在心中的一些零碎。也许有人会拿心理分析的眼光含讥地来解剖这些杂感，认为是变态的，甚至于低能的，心理的表现；可是我总是十分喜欢它们。因为我爱自己，爱这个自己厌恶着的自己，所以我爱我自己心里流出，笔下写出的文字，尤其爱自己醒时流泪醉时歌这两种情怀凑合成的东西。而且以善于写信给学生家长，而荣膺大学校长的许多美国大学校长，和单知道立身处世，势利是图的佛兰克林式的人物，虽然都是神经健全，最合于常态心理的人们，却难免得使甘于堕落的有志之士恶心。

"空持罗带，回首恨依依"，这真是我们这一班人天天尝着的滋味。无数黄金的希望失掉了，只剩下希望的影子，做此刻惘怅的资料，此刻又弄出许多幻梦，几乎是明知道不能实现的幻梦，那又是将来回首时许多感慨之所系。于是乎，天天在心里建起七宝楼台，天天又看到前天架起的灿烂的建筑物消失在云雾里，化作命运的狞笑，仿佛《亚俪丝异乡游记》里所说的空中里一个猫的笑脸。可是我们心里又晓得命运是自己，某一位文豪早已说过，"性格是命运"了！不管我们怎样似乎坦白地向朋友们，向自己痛骂自己的无能和懦弱，可是对于这个几十年来寸步不离，形影相依的自己怎能说没有怜惜，所以只好抓着空气，捏成一个莫名其妙的命运，把天下地上的一切可杀不可留的事情全归诿在他（照希腊神话说，应当称为她们）的身上，自己清风朗月般在旁学泼妇的骂街。屠格涅夫在他的某一篇小说里不是说过：desiny makes every man, and everyman makes his own destiny.（命运定于一切人，然而一切人能够定他自己的命运。）

屠格涅夫，这位旅居巴黎，后来害了谁也不知道的病死去的老文人，从前我对他很赞美，后来却有些失恋了。他是一个意志薄弱的人，他最爱用微酸的笔调来描绘意志薄弱的人，我却也是个意志薄弱的人，也常在玩弄或者吐唾自己这种心性，所以我对于他的小说深有同感，然而太相近了，书上的字，自己心里的意思，颠来倒去无非意志薄弱这个概念，也未免太单调，所以我已经和他久违了。

他在年青时候曾跟一个农奴的女儿发生一段爱情，好像还产有一位千金，后来却各自西东了，他小说里也常写这一类飞鸿踏雪泥式的恋爱，我不幸得很或者幸得很却未曾有过这么一回事，所以有时倒觉得这个题材很可喜，这也是我近来又翻翻几本破旧尘封的他的小说集的动机。这几天偷闲读屠格涅夫，无意中却有个大发现，我对于他的敬慕也从新燃起来了。屠格涅夫所深恶的人是那班成功的人，他觉得他们都是很无味的庸人，而那班从娘胎里带来一种一事无成的性格的人们却多少总带些诗的情调。他在小说里凡是说到得意的人们时，常现出藐视的微笑和嘲侃的口吻。这真是他独到的地方，他用歌颂英雄的心情来歌颂弱者，使弱者变为他书里惟一的英雄，我觉得他这种态度是比单描写弱者性格，和同情于弱者的作家是更别致，更有趣得多。实在说起来，值得我们可怜的绝不是一败涂地的，却是事事马到功成的所谓幸运人们。

人们做事情怎么会成功呢？他必定先要暂时跟人世间一切别的事物绝缘，专心致志去干目前的勾当。那么，他进行得愈顺利，他对于其他千奇百怪的东西越离得远，渐渐对于这许多有意思的玩意儿感觉迟钝了，最后逃不了个完全麻木。若使当他干事情时，他还是那样子处处关心，事事牵情，一曝十寒地做去，他当然不能够有什么大成就，可是他保存了他的趣味，他没有变成个只能对于一个刺激生出反应的残缺的人。有一位批评家说第一流诗人是不做诗的，这是极有道理的话。他们从一切目前的东西和心里的想象得到无限诗料，自己完全浸在诗的空气里，鉴赏之不暇，那里还有找韵脚和配轻重音的时间呢？人们在刺心的悲哀里时是不会做悲歌的，tennyson 的 in memoriam 是在他朋友死后三年才动笔的。一生都沉醉于诗情中的绝代诗人自然不能写出一句的诗来。感觉钝迟是成功的代价，许多扬名显亲的大人物所以常是体广身胖，头肥脑满，也是出于心灵的空虚，无忧无虑麻木地过日。归根说起来，他们就是那么一堆肉而已。

人们对于自己的功绩常是带上一重放大镜。他不单是只看到这个东西，瞧不见春天的花草和街上的美女，他简直是攒到他的对象里面去了。也可说他太走近他的对象，冷不防地给他的对象一口吞下。近代人是成功的科学家，可是我们此刻个个都做了机械的奴隶，这件事聪明的 samuel butler 六十年前已经屈指算出，在他的杰作《虚无乡》（erewhon）里慨然言之矣。崇拜偶像的上古人自己做出偶像来跟自己打麻烦，我们这班聪明的，知道科学的人们都觉得那班老实人真可笑，然而我们费尽心机发明出机械，此刻它们反脸无情，踏着铁轮来蹂躏我们了。后之视今，犹今之视昔，真不知道将来的人们对于我们的机械会作何感想，这是假设机械没有将人类弄得覆灭，人生这幕喜剧的悲剧还继续演着的话。总之，人生是多方面的，成功的人将自己的十分之九杀死，为的是要让那一方面尽量发展，结果是尾大不掉，虽生犹死，失掉了人性，变做世上一两件极微小的事物的祭品了。

世界里什么事一达到圆满的地位就是死刑的宣告。人们一切的痴望也是如此，心愿当真实现时一定不如蕴在心头时那么可喜。一件美的东西的告成就是一个幻觉的破灭，一场好梦的勾销。若使我们在世上无往而不如意，恐怕我们会烦闷得自杀了。逍遥自在的神仙的确是比监狱中终身监禁的犯人还苦得多。闭在黑暗房里的囚犯还能做些梦消遣，神仙们什么事一想立刻就成功，简直没有做梦的可能了。所以失败是幻梦的保守者，惆怅是梦的结晶，是最愉快的，洒下甘露的情绪。我们做人无非为着多做些依依的心怀，才能逃开现实的压迫，剩些青春的想头，来滋润这将干枯的心灵。成功的人们劳碌一生最后的收获是一个空虚，一种极无聊赖的感觉，厌倦于一切的胸怀，在这本无目的的人生里，若使我们一定要找一个目的来磨折自己，那么最好的目的是制作"空持罗带，回首恨依依"的心境。

救火夫

三年前一个夏天的晚上，我正坐在院子里乘凉，忽然听到接连不断的警钟声音，跟着响三下警炮，我们都知道城里什么地方的屋子又着火了。我的父亲跑到街上去打听，我也奔出去瞧热闹。远远来了一阵嘈杂的呼喊，不久就有四五个赤膊工人个个手里提一只灯笼，拼命喊道，"救"，"救"，……从我们面前飞也似的过去，后面有六七个工人拖一辆很大的铁水龙同样快地跑着，当然也是赤膊的。

他们只在腰间系一条短裤，此外棕黑色的皮肤下面处处有蓝色的浮筋跳动着，他们小腿的肉的颤动和灯笼里闪铄欲灭的烛光有一种极相协的和谐，他们的足掌打起无数的尘土，可是他们越跑越带劲，好像他们每回举步时，从脚下的"地"都得到一些新力量。水龙隆隆的声音杂着他们尽情的呐喊，他们在满面汗珠之下现出同情和快乐的脸色。那一架庞大的铁水龙我从前在救火会曾经看见过，总以为最少也要十七八个人用两根杠子才抬得走，万想不到六七个人居然能够牵着它飞奔。他们只顾到口里喊"救"，那么不在乎地拖着这笨重的家伙望前直奔，他们的脚步和水龙的轮子那么一致飞动，真好像铁面无情的水龙也被他们的狂热所传染，自己用力跟着跑了。一霎眼他们都过去了，一会儿只剩些隐约的喊声。我的心却充满了惊异，愁闷的心境顿然化为晴朗，真可说拨云雾而见天日了。那时的情景就不灭地印在我的心中。

从那时起，我这三年来老抱一种自己知道绝不会实现的宏愿，我想当一个救火夫。他们真是世上最快乐的人们，当他们心中只惦着赶快去救人这个念头，其他万虑皆空，一面善用他们活泼泼的躯干，跑过十里长街，像救自己的妻子一样去救素来不识面的人们，他们的生命是多么有目的，多么矫健生姿。我相信生命是一块顽铁，除非在同情的熔炉里烧得通红的，用人间世的灾难做锤子来使他迸出火花来，他总是那么冷冰冰，死沉沉地，惆怅地徘徊于人生路上的我们天天都是在极剧烈的麻木里过去——一种甚至于不能得自己同情的苦痛。

可是我们的迟疑不前成了天性，几乎将我们活动的能力一笔勾销，我们的惯性把我们弄成残废的人们了。不敢上人生的舞场和同伴们狂欢地跳舞，却躲在帘子后面呜咽，这正是我们这般弱者的态度。在席卷一切的大火中奔走，在快陷下的屋梁上攀缘，不顾死生，争为先登的救火夫们安得不打动我们的心弦。他们具有坚定不拔的目的，他们一心一意想营救难中的人们，凡是难中人们的命运他们都视如自己地亲切地感到，他们尝到无数人心中的哀乐，那般人们的生命同他们的生命息息相关，他们忘记了自己，将一切火热里的人们都算做他们自己，凡是带有人的脸孔全可以算做他们自己，这样子他们生活的内容丰富到极点，又非常澄净清明，他们才是真真活着的人们。

他们无条件地同一切人们联合起来，为着人类，向残酷的自然反抗。这虽然是个个人应当做的事，并没有什么了不得，然而一看到普通人们那样子任自然力蹂躏同类，甚至于认贼作父，利用自然力来残杀人类，我们就不能不觉得那是一种义举了。他们以微小之躯，为着爱的力量的缘故，胆敢和自然中最可畏的东西肉搏，站在最前面的战线，这时候我们看见宇宙里最悲壮雄伟的戏剧在我们面前开演了：人和自然的斗争，也就是希腊史诗所歌咏的人神之争（因为在希腊神话里，神都是自然的化身）。我每次走过上海静安寺路救火会门口，看见门上刻有 we fight fire 三字，我总觉得凛然起敬。

我爱狂风暴浪中把着舵神色不变的舟子，我对于始终住在霍乱流行极盛的城里，履行他的职务的约翰·勃朗医生（dr. john brown）怀一种虔敬的心情，（虽然他那和蔼可亲的散文使我觉得他是个脾气最好的人，）然而专以杀微弱的人类为务的英雄却勾不起我丝毫的欣羡，有时简直还有些鄙视。发现细菌的巴斯德（pasteur），发明矿中安全灯的某一位科学家，（他的名字我不幸忘记了）以及许多为人类服务的人们，像林肯，威尔逊之流，他们现在天天受我们的讴歌，实际上他们和救火夫具有同样的精神，也可说救火夫和他们是同样地伟大，最少在动机方面是一样的，然而我却很少听到人们赞美救火夫，可是救火夫并不是一眼瞧着受难的人类，一眼顾到自己身前身后的那般伟人，所以他们虽然没有人们献上甜蜜蜜的媚辞，却很泰然地干他们冒火打救的伟业，这也正是他们的胜过大人物们的地方。

有一位愤世的朋友每次听到我赞美救火夫时，总是怒气汹汹的说道，这个胡涂的世界早就该烧个干干净净，山穷水尽，现在偶然天公作美，放下一些火来，再用些风来助火势，想在这片龌龊的地上锄出一小块洁白的土来。偏有那不知趣的，好事的救火夫焦头烂额地来浇下冷水，这真未免于太杀风景了，而且人们的悲哀已经是达到饱和度了，烧了屋子和救了屋子对于人们实在并没有多大关系，这是指那般有知觉的人而说。至于那般天赋与铜心铁肝，毫不知苦痛是何滋味的人们，他们既然麻木了，多烧几间房子又何妨呢！总之，天下本无事，庸人自扰之，足下的歌功颂德更是庸人之尤所干的事情了。这真是"人生一世浪自苦。盛衰桃杏开落闲。

我这位朋友是最富于同情心的人，但是顶喜欢说冷酷的话，这里面恐怕要用些心理分析的功夫罢！然而，不管我们对于个个的人有多少的厌恶，人类全体合起来总是我们爱恋的对象。这是当代一位没有忘却现实的哲学家 george santayana 讲的话。

这话是极有道理的，人们受了遗传和环境的影响，染上了许多坏习气，所以个个人都具些讨厌的性质，但是当我们抽象地想到人类的，我们忘记了各人特有的弱点，只注目在人们真美善的地方，想用最完美的法子使人性向着健全壮丽的方面发展，于是彩虹般的好梦现在当前，我们怎能不爱人类哩！英国十九世纪末叶诗人 frederich locker lampson 在他的《自传》(my confidences) 说道："一个思想灵活的人最善于发现他身边的人们的潜伏的良好气质，他是更容易感到满足的，想象力不发达的人们是最快就觉得旁人的可厌，的确是最喜欢埋怨他们朋友的知识上同别方面的短处。"

总之，当救火夫在烟雾里冲锋突围的时候，他们只晓得天下有应当受他们的援救的人类，绝没有想到着火的屋里住有个杀千刀，杀万刀的该死狗才。天下最大的快乐无过于无顾忌地尽量使用己身隐藏的力量，这个意思亚里士多德在二千年前已经娓娓长谈过了。救火夫一时激于舍身救人的意气，举重若轻地拖着水龙疾驰，履险若夷地攀登危楼，他们忘记了困难危险，因此危险困难就失丢了它们一大半的力量，也不能同他们捣乱了。他们慈爱的精神同活泼的肉体真得到尽量的发展，他们奔走于惨淡的大街时，他们脚下踏的是天堂的乐土，难怪他们能够越跑越有力，能够使旁观的我得到一付清心剂。就说他们所救的人们是不值得救的，他们这派的气概总是可敬佩的。天下有无数女人捧着极纯净的爱情，送给极卑鄙的男子，可是那雪白的热情不会沾了尘污，永远是我们所欣羡不置的。

救火夫不单是从他们这神圣的工作得到无限的快乐，他们从同拖水龙，同提灯笼的伴侣又获到强度的喜悦。他们那时把肯牺牲自己，去营救别人的人们都认为比兄弟还要亲密的同志。不管村俏老少，无论贤愚智不肖，凡是努力于扑灭烈火的人们，他们都看作生平的知己，因为是他们最得意事的伙计们。他们有时在火场上初次相见，就可以相视而笑，莫逆于心，"乐莫乐兮新相知"，他们的生活是多有趣呀！个个人雪亮的心儿在这一场野火里互相认识，这是多么值得干的事情。懦怯无能的我在高楼上玩物丧志地读着无谓的书的时候，偶然听到警钟，望见远处一片漫天的火光，我是多么神往于随着火舌狂跳的壮士，回看自己枯瘦的影子，我是多么心痛，痛惜我虚度了青春同壮年。

我们都是上帝所派定的救火夫，因为凡是生到人世来都具有救人的责任，我们现在时时刻刻听着不断的警钟，有时还看见人们呐喊着望前奔，然而我们有的正忙于挣钱积钱，想做面团团，心硬硬，人蠢蠢的富家翁，有的正阴谋权位，有的正搂着女人欢娱，有的正缘着河岸，自命清高地在那儿伤春悲秋，都是失职的救火夫。有些神经灵敏的人听到警钟，也都还觉得难过，可是又顾惜着自己的皮肤，只好拿些棉花塞在耳里，闭起门来，过象牙塔里的生活。若使我们城里的救火夫这样懒惰，拿公事来做儿戏，那么我们会多么愤激地辱骂他们，可是我们这个大规模的失职却几乎变成当然的事情了。天下事总是如是莫测其高深的，宇宙总是这么颠倒地安排着，难怪波斯诗人喊起"打倒这胡涂世界"的口号。

她走了

她走了，走出这古城，也许就这样子永远走出我的生命了。她本是我生命源泉的中心里的一朵小花，她的根总是种在我生命的深处，然而此后我也许再也见不到那隐有说不出的哀怨的脸容了。这也可说我的生命的大部分已经从我生命里消逝了。

两年前我的懦怯使我将这朵花从心上轻轻摘下，（世上一切残酷大胆的事情总是懦怯弄出来的，许多自杀的弱者，都是因为起先不顾惜生命了，生命果然是安稳地保存着，但是自己又不得不把它扔掉。弱者只怕失败，终免不了一个失败，天天兜着这个圈子，兜的回数愈多，也愈离不开这圈子!）——两年前我的懦怯使我将这朵小花从心上摘下，花叶上沾着几滴我的心血，它的根当还在我心里，我的血就天天从这折断处涌出，化成脓了。所以这两年来我的心里的贫血症是一年深一年了。今天这朵小花，上面还濡染着我的血，却要随着江水——清流乎？浊流乎？天知道！——流去，我就这么无能为力地站在岸上，这么心里狂涌出鲜红的血。

"谁道人生无再少，门前流水尚能西。"但是我凄惨地相信西来的弱水绝不是东去的逝波。否则，我愿意立刻化作牛矢满面的石板在溪旁等候那万万年后的某一天。

她走之前，我向她扯了多少瞒天的大谎呀！但是我的鲜血都把它们染成为真实了。还没有涌上心头时是个谎话，一经心血的洗礼，却变作真实的真实了。我现在认为这是我心血惟一的用处。若使她知道个个谎都是从我心房里榨出，不像那信口开河的真话，她一定不让我这样不断地扯谎着。我将我生命的精华搜集在一起，全放在这些谎话里面，掷在她的脚旁，于是乎我现在剩下来的只是这堆渣滓，这个永远是渣滓的自己。我好比一根火柴，跟着她已经擦出一朵神奇的火花了，此后的岁月只消磨于躺在地板上做根腐朽的木屑罢了！人们践踏又何妨呢？"推枰犹恋全输局"，我已经把我的一生推在一旁了，而且丝毫也不留恋着。

她劝我此后还是少抽烟，少喝酒，早些睡觉，我听着我心里欢喜得正如破晓的枝头弄舌的黄雀，我不是高兴她这么挂念着我，那是用不着证明的，也是言语所不能证明的，我狂欢的理由是我看出她以为我生命还未全行枯萎，尚有留恋自己生命的可能，所以她进言的时期还没有完全过去；否则，她还用得着说这些话吗？我捧着这血迹模糊的心求上帝，希望她永久保留有这个幻觉。我此后不敢不多喝酒，多抽烟，迟些睡觉，表示我的生命力尚未全尽，还有心情来扮个颓丧者，因此使她的幻觉不全是幻觉。虽然我也许不能再见她的倩影了，但是我却有些迷信，只怕她靠着直觉能够看到数千里外的我的生活情形。

她走之前，她老是默默地听我的忏情的话，她怎能说什么呢？我怎能不说呢？但是她的含意难伸的形容向我诉出这十几年来她辛酸的经验，悲哀已爬到她的眉梢同她的眼睛里去了，她不用得着言语吗？她那轻脆的笑声是她沉痛心弦上弹出的绝调，她那欲泪的神情传尽人世间的苦痛，她使我凛然起敬，我觉得无限的惭愧，只好滤些清净的心血，凝成几句的谎言。天使般的你呀！我深深地明白你会原宥，我从你的原宥我得到我这个人惟一的价值。你对我说，"女子多半都是心地极偏狭的，顶不会容人的，我却是心地最宽大的。"你这句自白做了我黑暗的心灵的闪光。

我真的认识得你吗？真走到你心窝的隐处吗？我绝不这样自问着，我知道在我不敢讲的那个字的立场里，那个字就是惟一的认识。心心相契的人们那里用得着知道彼此的姓名和家世。

你走了，我生命的弦戛然一声全断了，你听见了没有？

（写这篇东西时，开头是用"她"字，但是有几次总误写作"你"字，后来就任情地写"你"字了。仿佛这些话迟早免不了被你瞧见，命运的手支配着我的手来写这篇文字，我又有什么办法哩！）

苦　笑

你走了，我却没有送你。我那天不是对你说过，我不去送你吗？送你只添了你的伤心，我的伤心，不送许倒可以使你在匆忙之中暂时遗忘了你所永不能遗忘的我，也可以使我存了一点儿濒于绝望的希望，那时你也许还没有离开这古城。我现在一走出家门，就尽我的眼力望着来往街上远远近近的女子，看一看里面有没有你。

在我眼里，天下女子可分两大类，一是"你"，一是"非你"。一切的女子，不管村俏老少，对于我都失掉了意义，她们唯一的特征就在于"不是你"这一点，此外我看不出她们有甚么分别。在 fichte 的哲学里，世界是分做 ego 和 non-ego 两部分；在我的宇宙里，只有 you 和 non-you 两部分。我憎恶一切人，我憎恶自己，因为这一切都不是你，都是我所不愿意碰到的，所以，我虽然睁着眼睛，我却是个盲人，我甚么也不能看见，因为凡是"不是你"的东西，都是我所不肯瞧的。

我现在极喜欢在街上流荡，因为心里老想着也许会遇到你的影子，我现在觉得再有一瞥，我就可在回忆里度过一生了。在我最后见到你以前，我已经觉得一瞥就可以做成我的永生了，但是见了你之后，我仍然觉得还差了一瞥，仍然深信再一瞥就够了。你总是这么可爱，这么像孙悟空用绳子拿着银角大王的心肝一样，抓着我的心儿。我对于你，只有无穷的刻刻的愿望，我早已失掉我的理性了。

你走之后，我变得和气得多了，我对于人生总是这么嘻嘻哈哈敷衍着，对于知己的朋友总是这么露骨地乱谈着，我的心已随你的衣缘飘到南方去了，剩下来的空壳怎么会不空心地笑着呢？然而，狂笑乱谈后心灵的沉寂，随和凑趣后的凄凉，这只有你知道呀！我深信你是饱受过人世间苦辛的人，你已具有看透人生的眼力了。所以你对于人生取这么通俗的态度，这么用客套来敷衍我。你是深于忧患的，你知道客套是一切灵魂相接触的缓冲地，所以你拿这许多客套来应酬我，希冀我能够因此忘记我的悲哀，和我们以前的种种。你的装成无情，正是你的多情；你的冷酷，正是你的仁爱；你真是客套得使我太感到你的热情了。

今晚我醉了，醉得几乎不知道我自己的姓名，但是一杯一杯的酒使我从不大和我相干的事情里逃出来，使我认识了有许多东西实在不属于我的。比如我的衣服，那是如是容易破烂的，此如我的脸孔，那是如是容易变得更消瘦，换一个样子，但是在每杯斟到杯缘的酒杯底我一再见到你的笑容，你的苦笑，那好像一个人站在悬崖边际，将跳下前一刹那的微笑。一杯一杯干下去，你的苦笑一下一下沈到我心里。我也现出苦笑的脸孔了，也参到你的人生妙诀了。做人就是这样子苦笑地站着，随着地球向太空无目的地狂奔，此外无别的意义。你从生活里得到这么一个教训，你还它以暗淡的冷笑，我现在也是这样了。

你的心死了，死得跟通常所谓成功的人的心一样地麻木；我的心死了，死得恍惚世界已返于原始的黑暗了。两个死的心再连在一起有甚么意义呢？苦痛使我们灰心，这真是"哀莫大于心死"。所以我们是已失掉了生的意志和爱的能力了，"希望"早葬在坟墓之中了，就说将来会实现也不过是僵尸而已矣。年纪总算青青，就这么万劫不复地结束，彼此也难免觉得惆怅吧！这么人不知鬼不觉地从生命的行列退出，当个若有若无的人，脸上还涌着红潮的你怎能甘心呢？因此你有时还发出挣扎的呻吟，那是已坠陷阱的走兽最后的呼声。我却只有望着烟斗的烟雾凝想，想到以前可能，此刻绝难办到的事情。

今晚有一只虫，惭愧得很我不知道它叫作甚么，在我耳边细吟，也许你也听到这类虫的声音罢！此刻我们居在地上听着，几百年后我们在地下听着，那有甚么碍事呢？虫声总是这么可喜的。也许你此时还听不到虫声，却望着白浪滔天的大海微叹，你看见海上的波涛没有？来时多么雄壮，一会儿却消失得无影无踪，你我的事情也不过中海里的微波罢，也许上帝正凭栏远眺水平线上的苍茫山色，没有注意到我们的一起一伏，那时我们又何必如此夜郎自大，狂诉自个的悲哀呢？

你走后，我夜夜真是睡得太熟了，夜里绝不醒来，而且未曾梦见过你一次，岂单是没有梦见你，简直什么梦都没有了。看看钟，已经快十点了，就擦一擦眼睛，躺在床上，立刻睡着，死尸一样地睡了九个钟头，这是我每夜的情形。你才走后，我偶然还涉遐思，但是渺茫地忆念一会儿，我立刻喝住自己，叫自己不要胡用心力，因为"想你"是罪过，可说是对你犯一种罪。不该想而想，想我所不配想的人，这样行为在中古时代叫作"渎神"，在有皇冕的国家叫作"大不敬"。

从前读 bury 的《思想自由史》对于他开章那几句话已经很有些怀疑，他说思想总是自由的，所以我们普通所谓思想自由实在是指言论自由。其实思想何曾自由呢！天下个个人都有许多念头是自己不许自己去想的，我的不敢想你也是如此。然而，"不想你"也是罪过，对于自己的罪过。叫我自己不想你，去拿别的东西来敷衍自己的方寸，那真是等于命令自己将心儿从身里抓出，掷到垃圾堆中。所以为着面面俱圆起见，我只好什么也不想，让世上事物的浮光掠影随便出入我的灵台，我的心就这么毫不自动地凄冷地呆着。失掉了生活力的心怎能够弄出幻梦呢，因此我夜夜都尝了死的意味，过个未寿终先入土的生活，那是爱伦·坡所喜欢的题材，那个有人说死在街头的爱伦·坡呀！那脸容是悲剧的结晶的爱伦·坡呀！

可是，我心里却也不是空无一物，里面有一座小坟。"小影心头葬"，你的影子已深埋在我心里的隐处了。上面当然也盖一座石坟，两旁的石头照例刻上"春秋多佳日，山水有清音"这副对联，坟上免不了栽几棵松柏。这是我现在的"心境"，的的确确的心境，并不是境由心造的。负上莫名其妙的重担，拖个微弱的身躯，蹒跚地在这沙漠上走着，这是世人共同的状态；但是心里还有一座石坟镇压得血脉不流，这可是我的专利。天天过坟墓中人的生活，心里却又有一座坟墓，正如广东人雕的象牙球，球里有球，多么玲珑呀！吾友沉海说过："诉自己的悲哀，求人们给以同情，是等于叫花子露出胸前的创伤，请过路人施舍。"旨哉斯言！但是我对于我心里这个新家颇有沾沾自喜的意思，认为这是我生命换来的艺术品，所以像 coleridge 诗里的古舟子那样牵着过路人，硬对他们说自己凄苦的心曲，甚至于不管他们是赴结婚喜宴的客人。

石坟上松柏的阴森影子遮住我一切年少的心情，"春秋多佳日，山水有清音"，这二句诗冷嘲地守在那儿。十年前第一次到乡下扫墓，见到这两句对于死人嘲侃的话，我模糊地感到后死者对于泉下同胞的残酷。自然是这么可爱，人生是这么好玩，良辰美景，红袖青衫，枕石漱流，逍遥山水，这哪里是安慰那不能动弹的骷髅的话，简直是无缘无故的侮辱。现在我这座小坟上撒但刻了这十个字，那是十朵有尖刺的蔷薇，这般娇艳，这般该毒地刺人。所以我觉得这一座坟是很美的，因为天下美的东西都是使人们看着心酸的。

我没有那种欣欢的情绪，去"长歌当哭"，更不会轻盈地捧着含些朝露的花儿自觉忧愁得很动人怜爱地由人群走向坟前，我也用不着拿扇子去扇干那湿土，当然也不是一个背个铁锄，想去偷坟的解剖学教授，我只是一个默默无言的守坟苍头而已。

猫　狗

惭愧得很，我不单是怕狗，而且怕猫，其实我对于六合之内一切的动物都有些害怕。

怕狗这个情绪是许多人所能了解的，生出同情的。我的怕狗几乎可说是出自天性。记得从前到初等小学上课时候，就常因为恶狗当道，立刻退却，兜个大圈于，走了许多平时不敢走的僻路，结果是迟到同半天的心跳。十几年来踽踽地蹀躞于这荒凉的世界上。童心差不多完全消失了，而怕狗的心情仍然如旧，这不知道是不是可庆的事。

怕狗，当然是怕它咬，尤其怕被疯狗咬。但是既会无端地咬起人来，那条狗当然是疯的。猛狗是可怕的，然而听说疯狗常常现出驯良的神气，尾巴低垂夹在两腿之间。并且狗是随时可以疯起来的。所以天下的狗都是可怕的。若使一个人给疯狗咬了，据说过几天他肚子里会发出怪声，好像有小疯狗在里叫着。这真是惊心动魄极了，最少对于神经衰弱的我是够恐怖了。

我虽然怕它，却万分鄙视它，厌恶它。缠着姨太太脚后跟的哈巴狗是用不着提的。就说那驰骋森林中的猎狗和守夜拒贼的看门狗罢！见着生客就狺狺着声势逼人，看到主子立刻伏贴贴地低首求欢，甚至于把前面两脚拱起来，别的禽兽绝没有像它这么奴性十足，总脱不了"走狗"的气味。西洋人爱狗已经是不对了，他们还有一句俗语"若使你爱我，请也爱我的狗罢"，（love me, love my dog.）这真是岂有此理。人没有权利叫朋友这么滥情。不过西洋人里面也有一两人很聪明的。歌德在《浮士德》里说那个可怕的 mephistopheles 第一次走进浮士德的书房，是化为一条狗。因此我加倍爱念那部诗剧。

可是拿狗来比猫，可又变成个不大可怕的东西了。狗只能咬你的身体，猫却会蚕食你的灵魂，这当然是迷信，但是也很有来由。我第一次怕起猫来是念了爱伦·坡的短篇小说《黑猫》。里面叙述一个人打死一只黑猫，此后遇了许多不幸事情而他每次在不幸事情发生的地点都看到那只猫的幻形，狞笑着。后来有一时期我喜欢念外国鬼怪故事，知道了女巫都是会变猫的，当赴撒旦狂舞会时候，个个女巫用一种油涂在身上，念念有词，就化成一只猫从屋顶飞跳去了。

中国人所谓狐狸猫，也是同样变幻多端，善迷人心灵的畜生，你看，猫的脚踏地无声，猫的眼睛总是似有意识的，它永远是那么偷偷地潜行，行到你身旁，行到你心里。《亚俪斯游记》里不是说有一只猫现形于空中，微笑着。一会儿猫的面部不见了，光剩一个笑脸在空中。这真能道出猫的神情，它始终这么神秘，这么阴谋着，这么留一个抓不到的影子在人们心里。欧洲人相信一只猫有十条命，仿佛中国也有同样的话，这也可以证明它的精神的深刻矫健了。我每次看见猫，总怕它会发出一种魔力，把我的心染上一层颜色，留个永不会退去的痕迹。碰到狗，我们一躲避开，什么事都没有了，遇见猫却不能这么容易预防。它根本不伤害你的身体，却要占住你的灵魂，使你失丢了人性，变成一个莫名其妙的东西，这些事真是可怕得使我不敢去设想，每想起来，总会打寒噤。

上海是一条狗，当你站在黄浦滩闭目一想，你也许会觉得横在面前是一条恶狗。狗可以代表现实的黑暗，在上海这现实的黑暗使你步步惊心，真仿佛一条疯狗跟在背后一样。北平却是一只猫。它代表灵魂的堕落。北平这地方有一种霉气，使人们百事废弛，最好什么也不想，也不干了，只是这么蹲着呆呆地过日子。真是一只大猫将个个人的灵魂都打上黑印，万劫不复了。

　　若使我们睁大眼睛，我们可以看出世界是给猫狗平分了。现实的黑暗和灵魂的堕落霸占了一切。我愿意这片大地是个绝无人烟的荒凉世界，我又愿意我从来就未曾来到世界过。这当然只是个黄金的幻梦。

这么一回事

我每次跟天真烂漫的小学生，中学生接触时候，总觉得悲从中来。他们是这么思虑单纯的，这么纵情嘻笑的，好象已把整个世界搂在怀里了。我呢？无聊的世故跟我结不解之缘，久已不发出痛彻心脾的大笑矣。我的心好比已经摸过柏树油的，永远不能清爽。

我每次和晒日黄，缩袖打瞌睡的老头子谈话，也觉得欲泣无泪。"两个极端是相遇的"。他们正如经过无数狂风怒涛的小舟，篷扯碎了，船也翻了，可是剩下来在水面的一两块板却老在海上飘游，一直等到消磨的无影无踪。他们就是自己生命的残留物。他们失掉青春和壮年的火气，情愿忘却一切和被一切忘却了，就是这样若有若无地寄在人间，这到也是个忘忧之方。真是难得糊涂。既不能满意地活它一场，就让它变为几点残露随风而逝罢！

可是，既然如是赞美生命力的销沉，何不于风清月朗之辰，亲自把生命送到门口呢？换一句话说，何不投笔而起，吃安眠药，跳海，当兵去，一了百了，免得世人多听儿声呻吟，岂不于人于己两得呢？前几天一位朋友拉到某馆子里高楼把酒，酒酣起舞弄清影时候，凭阑望天上的半轮明月，下面蚁封似的世界，忽然想跨阑而下，让星群在上面啧啧赞美，嫦娥大概会拿着手帕捂着嘴儿笑，给下面这班蚂蚁看一出好看的戏，自己就立刻变做不是自己，这真是人天同庆，无损于己（自己已经没有了，还从那里去损伤他呢？）有益于人。不说别的，报馆访员就可以多一段新闻，hysteria 的女子可以暂忘却烦闷，没有爱人的大学生可以畅谈自杀来销愁。

但是既然有个终南捷径可以逃出人生，又何妨在人生里鬼混呢！

但是……

但是……

……

昨天忽然想起苏格拉底是常在市场里蹓跶的，我件件不如这位古圣贤，难道连这一件也不如吗？于是乎振衣而起，赶紧到市场人群里乱闯。果然参出一些妙谛，没有虚行。市场里最花红柳绿的地方当然要推布店了。里面的顾客也复杂得有趣，从目不识丁的简朴老妇人到读过二十、三十、四五十，以至整整八十单位的女学生。可是她们对于布店都有一种深切之感。她们一进门来，有的自在地坐下细细鉴赏，有的慢步巡视，有的和女伴或不幸的男伴随便谈天，有的皱着眉头冥想，真是宾至如归。虽说男女同学已经有年，而且成绩卓著，但是我觉得她们走进课堂时总没有走进布店时态度那么自然。唉吓！我却是无论走进任何地方，态度都是不自然的。

乡友镜君从前说过："人在世界上是个没有人招待的来客。"这真是千古达者之言。牢骚搁起，言归正传。天下没有一个女人买布时会没有主张的。她们胸有成竹，罗列了无数批评标准，对于每种布疋绸缎都有个永劫不拔的主张，她们的主张仿佛也有古典派浪漫派之分，前者是爱素淡宜人的，后者是喜欢艳丽迷离的。至于高兴穿肉色的衣料和虎豹纹的衣料，那大概是写实派罢。但是她们意见也常有更改，应当说进步。然而她们总是坚持自己当时的意见，绝不犹豫的。这也不足奇，男人选妻子岂不也是如此吗？许多男人因为别人都说那个女子漂亮，于是就心火因君特地燃了。天下没有一个男人不爱女子，也好象没有一个女子不爱衣服一样。刘备说过："妻子是衣服。"千古权奸之言，当然是没有错的。

布店是堕落的地方。亚当夏娃堕落后才想起穿衣。有了衣服，就有廉耻，就有礼教，真是："圣人不死，大盗不止。"人生本来只有吃饭一问题，这两位元始宗亲无端为我们加上穿衣一项，天下从此多事了。

动物里都是雄的弄得很美丽来引诱雌的。在我们却是女性在生育之外还慨然背上这个责任。女性始终花叶招展，男性永远是这么黑漆一团。我们真该感谢这勇于为世界增光的永久女性。

这也是一篇 sartor resartus 罢！

无情的多情和多情的无情

情人们常常觉得他俩的恋爱是空前绝后的壮举，跟一切芸芸众生的男欢女爱绝不相同。这恐怕也只是恋爱这场黄金好梦进而的幻影罢。其实通常情侣正同博士论文一样地平淡无奇。为着要得博士而写的论文同为着要结婚而发生的恋爱大概是一样没有内容吧。通常的恋爱约略可以分做两类：无情的多情和多情的无情。

一双情侣见面时就倾吐出无限缠绵的语，接吻了无数万次，欢喜得淌下眼泪，分手时依依难舍，回家后不停地吟味过去的欣欢——这是正打得火热的时候。后来时过境迁，两人不得不含着满泡眼泪离散了，彼此各自有两个世界，旧的印象逐渐模糊了，新的引诱却不断地现在当前。经过了一段若即若离的时期，终于跟另一爱人又演出旧戏了。此后也许会重演好几次。或者两人始终保持当初恋爱的形式，彼此的情却都显出离心力，向外发展，暗把种种盛意搁在另一个人身上了。这般人好象天天都在爱的旋涡里，却没有弄清真是爱哪一个人，他们外表上是多情，处处花草颠连，实在是无情，心里总只是微温的。

他们寻找的是自己的享乐，以"自己"为中心，不知不觉间做出许多残酷的事，甚至于后来还去赏鉴一手包办的悲剧，玩弄那种微酸的凄凉情调，拿所谓痛心的事情来解闷销愁。天下有许多的眼泪流下来时有种快感，这般人却顶喜欢尝这个精美的甜味。他们爱上了爱情，为爱情而恋爱，所以一切都可以牺牲，只求始终能尝到爱的滋味而已。他们是拿打牌的精神蹂进情场，"玩玩吧"是他们的信条。他们有时也假装诚恳，那无非因为可以更玩得有趣些。他们有时甚至于自己也糊涂了，以为真是以全生命来恋爱，其实他们的下意识是了然的。他们好比上场演戏，虽然兴高采烈时忘了自己，居然觉得真是所扮的脚色了，可心中明知台后有个可以洗去脂粉，脱下戏衫的化装室。他们拿人生最可贵的东西：爱情来玩弄，跟人生开玩笑，真是聪明得近乎大傻子了。这般人我们无以名之，名之为无情的多情人，也就是洋鬼子所谓 sentimental 了。

上面这种情侣可以说是走一程花草缤纷的大路，另一种情侣却是探求奇怪瑰丽的胜境，不辞跋涉崎岖长途，缘着悬岩峭壁屏息而行，总是不懈本志，从无限苦辛里得到更纯净的快乐。他们常拿难题来试彼此的挚情，他们有时现出冷酷的颜色。他们觉得心心既相印了，又何必弄出许多虚文呢？他们心里的热情把他们的思想毫发毕露地照出，他们的感情强烈得清晰有如理智。

天下这般情人也是神情清爽，绝不慌张的，他们始终是朝一个方向走去，永久抱着同一的觉悟，他们的目标既是如皎日之高悬，像大山一样稳固，他们的步伐怎么会乱呢？他们已从默然相对无言里深深了解彼此的心曲，他们哪里用得着绝不能明白传达我们意思的言语呢？他们已经各自在心里矢誓，当然不作无谓的殷勤话儿了。他们把整个人生搁在爱情里，爱存则存，爱亡则亡，他们怎么会拿爱情做人生的装饰品呢？他们自己变为爱情的化身，绝不能再分身跳出圈外来玩味爱情。聪明乖巧的人们也许会嘲笑他们态度太严重了，几十个夏冬急水般的流年何必如是死板板地过去呢；但是他们觉得爱情比人生还重要，可以情死，绝不可为着贪生而断情。他们注全力于精神，所以忽于形迹，所以好似无情，其实深情，真是所谓"多情却似总无情"。我们把这类恋爱叫做多情的无情，也就是洋鬼子所谓 passionate 了。

但是多情的无情有时渐渐化做无情的无情了。这种人起先因为全借心中白热的情绪，忽略外表，有时却因为外面惯于冷淡，心里也不知不觉地淡然了。人本来是弱者，专靠自己心中的魄力，不知道自己魄力的脆弱，就常因太自信了而反坍台。好比那深信具有坐怀不乱这副本领的人，随便冒险，深入女性的阵里，结果常是冷不防地陷落了。拿宗教来做比喻吧。宗教总是有许多方式，但是有一般人觉得我们既然虔信不已，又何必这许多无谓的虚文缛节呢，于是就将这道传统的玩意儿一笔勾销，但是精神老是依着自己，外面无所附着，有时就有支持不起之势，信心因此慢慢衰颓了。天下许多无谓的东西所以值得保存，就因为它是无谓的，可以做个表现各种情绪的工具。老是扯成满月形的统不久会断了，必定有弛张的时候。睁着眼睛望太阳反见不到太阳，眼睛倒弄晕眩了，必定斜着看才。老子所谓"无"之为用，也就是在这类地方。

拿无情的多情来细味一下吧。乔治·桑（george sand）在她的小说里曾经隐约地替自己辩护道："我从来绝没有同时爱着两个人。我绝没有，甚至于在思想里属于两个人，无论在什么时候。这自然是指当我的情热继续着。当我不再爱一个男人的时候，我并没有骗他，我同他完全绝交了。不错，我也曾设誓，在我狂热时候，永远爱他；我设誓时也是极诚意的。每次我恋爱，总是这么热烈地，完全地，我相信那是我生平第一次，也是最后一次的真恋爱。"乔治·桑的爱人多极了，这是谁都知道的事情，但是我们不能说她不诚恳。乔治·桑是个伟大的爱人，几千年来像她这样的人不过几个，自然不能当做常例看，但是通常牵情的人们的确有他可爱的地方。他们是最含有诗意的人们，至少他们天天总弄得欢欣地过日子。

　　假使他们没有制造出事实的悲剧，大家都了然这种飞鸿踏雪泥式的恋爱，将人生渲染上一层生气勃勃，清醒活泼的恋爱情调，情人们永久是像朋友那样可分可合，不拿契约来束缚水银般转动自如的爱情，不处在委曲求全的地位，那么整个世界会青春得多了。唯美派说从一而终的人们是出于感觉迟钝，这句话像唯美派其他的话一样，也有相当的道理。许多情侣多半是始于恋爱，百终于莫名其妙的妥协。他们忠于彼此的婚后生活并不是出于他们恋爱的真挚持久。却是因为恋爱这个念头已经根本枯萎了。法朗士说过："当一个人恋爱的日子已经结束，这个人大可不必活在世上。

　　高尔基也说："若使没有一个人热烈地爱你，你为什么还活在世上呢？"然而许多应该早下野，退出世界舞台的人却总是恋栈，情愿无聊赖地多过几年那总有一天结束的生活，却不肯急流勇退，平安地躺在地下，免得世上多一个麻木的人。"生的意志"使人世变成个血肉模糊的战场。它又使人世这么阴森森地见不到阳光。在悲剧里，一个人失败了，死了，他就立刻退场，但是在这幕大悲剧里许多虽生犹死的人们却老占着场面，挡住少女的笑涡。许多夫妇过一种死水般的生活，他们意志消沉得不想再走上恋爱舞场，这种的忠实有什么可赞美呢？他们简直是冷冰的，连微温情调都没有了，而所谓 passionate 的人们一失足，就掉进这个陷阱了。爱情的火是跳动的，需要新的燃料，否则很容易被人世的冷风一下子吹熄了。中国文学里的情人多半是属于第一类的，说得肉麻点，可以叫做卿卿我我式的爱情，外国文学里的情人多半是属于第二类的，可以叫做生生死死的爱情。这当有许多例外，中国有尾生这类痴情的人，外国有屠格涅夫、拜伦描写的玩弄爱情滋味的人。

毋忘草

butler 和 stevenson 都主张我们应当衣袋里放一本小簿子，心里一涌出什么巧妙的念头，就把它抓住记下，免得将来逃个无影无踪。我一向不大赞成这个办法，一则因为我总觉得文章是"妙手偶得之"的事情，不可刻意雕出。那大概免不了三分"匠"意。二则，既然记忆力那么坏，有了得意的意思又会忘却，那么一定也会忘记带那本子了，或者带了本子，没有带笔，结果还是一个忘却，到不如安分些，让这些念头出入自由罢。这些都是壮年时候的心境。

近来人事纷扰，感慨比从前多，也忘得更快，最可恨的是不全忘去，留个影子，叫你想不出全部来觉得怪难过的。并且在人海的波涛里浮沉着，有时颇顾惜自己的心境，想留下来，做这个徒然走过的路程的标志。因此打算每夜把日间所胡思乱想的多多少少写下一点儿，能够写多久，那是连上帝同魔鬼都不知道的。

老子用极恬美的文字著了《道德经》，但是他在最后一章里却说："信言不美，美言不信。"大有一笔勾销前八十章的样子。这是抓到哲学核心的智者的态度。若使他没有看透这点，他也不会写出这五千言了。天下事讲来讲去讲到彻底时正同没有讲一样，只有知道讲出来是没有意义的人才会讲那么多话。又讲得那么好。montaigne, voltaire, pascal, hume 说了许多的话，却是全没有结论，也全因为他们心里是雪亮的，晓得万千种话一灯青，说不出什么大道理来，所以他们会那样滔滔不绝，头头是道。天下许多事情都是翻筋斗，未翻之前是这么站着，既翻之后还是这么站着，然而中间却有这么一个筋斗！

镜君屡向我引起庄子的"道隐于小成，言隐于荣华"，又屡向我盛称庄生文章的奇伟瑰丽，他的确很懂得庄子。

我现在深知道"忆念"这两个字的意思，也许因为此刻正是穷秋时节罢。忆念是没有目的，没有希望的，只是在日常生活里很容易触物伤情，想到千里外此时有个人不知道作什么生。有时遇到极微细的，跟那人绝不相关的情境，也会忽然联想起那个穿梭般出入我的意识的她，我简直认为这念头是来得无端。忆念后又怎么样呢？没有怎么样，我还是这么一个人。那么又何必忆念呢？但是当我想不去忆念她时，我这想头就是忆念着她了。当我忘却了这个想头，我又自然地忆念起来了。我可以闭着眼睛不看外界的东西，但是我的心眼总是清烔烔的，总是睁着她的倩影。在欢场里忆起她时，我感到我的心境真是静悄悄得像老人了。在苦痛时忆起她时，我觉得无限的安详，仿佛以为我已捱尽一切了。总之，我时时的心境都经过这么一种洗礼，不管当时的情绪为何、那色调是绝对一致的，也可以说她的影子永离不开我了。

"人间别久不成悲"，难道已浑然好像没有这么一回事吗？不，绝不！初别的时候心里总难免万千心绪起伏着，就构成一个光怪陆离的悲哀。当一个人的悲哀变成灰色时，他整个人溶在悲哀里面去了，惆怅的情绪既为他日常心境，他当然不会再有什么悲从中来了。

黑　暗

　　我们这班圆颅趾方的动物应当怎样分类呢？若使照颜色来分做黄种，黑种，白种，红种等等，那的确是难免于肤浅。若使打开族谱，分做什么，aryan，semitic 等等，也是不彻底的，因为五万年前本一家。再加上人们对于他国女子的倾倒，常常为着要得到异乡情调，宁其冒许多麻烦，娶个和自己语言文字以及头发眼睛的颜色绝不相同的女人，所以世界上的人们早已打成一片，无法来根据皮肤颜色和人类系统来分类了。德国讽刺家 saphir 说："天下人可以分做两种——有钱的人们和没有钱的人民。

　　这真是个好办法！但是他接着说道："然而，没有钱的人们不能算做人——他们不是魔鬼——可怜的魔鬼，就是天使，有耐心的，安于贫穷的天使。"所以这位出语伤人的滑稽家的分类法也就根本推翻了。charles lamb 说："照我们能建设的最好的理论，人类是两种人构成的，'向人借钱的人们'同'借钱给人的人们'。"可是他真是太乐观了，他忘记了天下尚有一大堆毫无心肝的那班洁身自好的君子。他们怕人们向他们借钱，于是先立定主意永不向人们借钱，这样子人们也不好意思来启齿了；也许他们怕自己会向人们借钱，弄到亏空，于是先下个决心不借钱给别人，这样子自断自己借钱的路，当然会节俭了，总之，他们的心被钱压硬了，再也发不出同情的或豪放的跳动。钱虽然是万能，在这方面却不能做个良好的分类工具。我们只好向人们精神方面去找个分类标准。

夸大狂是人们的一种本性，个个人都喜欢用他自命特别具有的性质来做分类的标准。基督教徒认为世人只可以分做基督教徒和异教徒；道学家觉得人们最大的区别是名教中人和名教罪人；爱国主义者相信天下人可以黑白分明地归于爱国者和卖国贼这两类；"钟情自在我辈"的名士心里只把人们斫成两部分，一面是餐风饮露的名士，一面是令人作呕的俗物。这种唯我独尊的分类法完全出自主观，因为要把自己说的光荣些，就随便竖起一面纸糊的大旗，又糊好一面小旗偷偷地插在对面，于是乎拿起号角，向天下人宣布道这是世上的真正局面，一切芸芸苍生不是这边的好汉，就是那面的喽啰，自己就飞扬跋扈地站在大旗下傻笑着。这已经是够下流了。

但是若使没有别的结果，只不过令人冷笑，那到也是无妨的；最可怕的却是站在大旗下的人们总觉得自己是正宗，是配得站在世界上做人的，对面那班小鬼都是魔道，应该退出世界舞台的。因此认为自己该享到许多特权，那班敌人是该排斥，压迫，毁灭的。所以基督教徒就在中古时代演出教会审判那幕惨凄的悲剧；道学家几千年来在中国把人们弄得这么奄奄一息，毫无"异端"的精神；爱国主义者吃了野心家的迷醉剂，推波助澜地做成欧战；而名士们一向是靠欺骗奸滑为生，一面骂俗物，一面做俗物的寄生虫，养成中国历来文人只图小便宜的习气。这几个招牌变成他们的符咒，借此横行天下，发泄人类残酷的兽性。我们绝不能再拿这类招牌来惹祸了。

在上帝创造世界之后，宇宙是黑漆一团的，而世界的末日也一定是归于原始的黑暗，所以这个宇宙不过是两个黑暗中间的一星火花。但是这个世界仍然是充满了黑暗，黑暗可说是人生核心；人生的态度也就是在乎怎样去处理这个黑暗。然而，世上有许多人根本不能认识黑暗，他们对于人生是绝无态度的，只有对于世人通常姿态的一种出于本能的模仿而已，他们没有尝到人生的本质，黑暗，所以他们是始终没有看清人生的；永远是影子般浮沉世上。他们的哀乐都比别人轻，他们生活的内容也浅陋得很，他们真可说虽生之日犹死之年。可是，他们占了世人的大部分，这也是几千年来天下所以如是纷纷的原因之一。

他们并非完全过着天鹅绒的生活，他们也遇过人生的坎坷，或者终身在人生的臼子里面被人磨舂着，但是他们不能了解什么叫做黑暗。天下有许多只会感到苦痛，而绝不知悲哀的人们。当苦难压住他们时候，他们本能地发出哀号，正如被打的猫狗那么嚷着一样。苦难一走开，他们又恢复日常无意识的生活状态了，一张折做两半的纸还没有那么容易失掉那折痕。有时甚至当苦痛还继续着时候，他们已经因为和苦痛相熟，而变麻木了。过去是立刻忘记了，将来是他们所不会推测的，现在的深刻意义又是他们所无法明白的，所以他们免不了莫名其妙的过日子。悲哀当然是没有的，但是也失丢了生命，充实的生命。他们没有高举生命之杯，痛饮一番，他们只是尝一尝杯缘的酒痕。有时在极悲哀的环境里，他们会如日常地白痴地笑着，但是他们也不晓得什么是人生最快意的时候。

他们始终没有走到生命里面去，只是生命向前的一个无聊的过客。他们在世上空尝了许多无谓的苦痛同比苦痛更无谓的微温快乐，他们其实不懂得生命是怎么一回事。真是深负上天好生之德。有人以为志行高洁的理想主义者应当不知道世上一切龌龊的事体，应当不懂得世上有黑暗这个东西。这是再错不过的见解。只有深知黑暗的人们才会热烈地赞美光明。没有饿过的人不大晓得食饱的快乐，没有经过性的苦闷的小孩子很难了解性生活的意义。奥古斯丁，托尔斯泰都是走遍世上污秽的地方，才产生了后来一尘不沾的洁白情绪。不觉得黑暗的可怕，也就看不见光明的价值了。孙悟空没有在八卦炉中烧了六十四天，也无从得到那对洞观万物的火眼金睛了。所以天下最贞洁高尚的女性是娼妓。她们的一生埋在黑暗里面，但是有时谁也没有她们那么恋着光明。

她们受尽人们的揶揄，历遍人间凄凉的情境，尝到一切辛酸的味道，若使她们的心还卓然自立，那么这颗心一定是满着同情和怜悯。她们抓到黑暗的核心，知道侮辱她们的人们也早受这个黑暗残杀着，她们怎么不会满心都是怜悯呢，当 dequincey 流落伦敦，徬徨无依的时候，街上下等的娼妓是他惟一的朋友，最纯洁的朋友，当朵斯妥夫斯基的《罪与罚》里主要人物 raskonikov 为着杀了人，万种情绪交哄胸中时候，妓女 sonia 是惟一能够安慰他的人，和他同跪在床前念圣经，劝他自首。只有濯污泥者才能够纤尘不染。从黑暗里看到光明的人正同新罗曼主义者一样，他们受过写实主义的洗礼，认出人们心苗里的罗曼根源，这才是真真的罗曼主义。在这个糊涂世界里，我们非是先一笔勾销，再重新一一估定价值过不可，否则囫囵吞枣地随便加以可否，是猪八戒吃人参果的办法。没有夜，那里有晨曦的光荣。正是风雨如晦时候，鸡鸣不已才会那么有意义，那么有内容。不知黑暗，心地柔和的人们像未锻炼过的生铁，绝不能成光芒十丈的利剑。

但是了解黑暗也不是容易的事，想知道黑暗的人最少总得有个光明的心地。生来就盲目的，绝对不知道光明和黑暗的分别，因此也可说不能了解黑暗了。说到这里，我们很可以应用柏拉图的穴居人的比喻。他们老住在穴中，从来没有看到阳光，也不觉得自己是在阴森森的窟里。当他们才走出来的时候，他们羞光，一受到光明的洗礼，反头晕目眩起来，这是可以解说历来人们对于新时代的恐怖，总是恋着旧时代的骸骨，因为那是和人们平常麻木的心境相宜的。但是当他们已惯于阳光了，他们一回去，就立刻深觉得窟里的黑暗凄惨。人世的黑暗也正和这个窟穴一样，你必定瞧到了光明，才能晓得那是多么可怕的。诗人们所以觉得世界特别可悲伤的，也是出于他们天天都浴在洁白的阳光里。而绝不能了解人世光明方面的无聊小说家是无法了解黑暗，虽然他们拼命写许多所谓黑幕小说。

这类小说专讲怎样去利用人世的黑暗，却没有说到黑暗的本质。他们说的是技术，最可鄙的技术，并没尝到人世黑暗的悲哀。所以他们除开刻板的几句世俗道德家的话外，绝无同情之可言。不晓得悲哀的人怎么会有同情呢？"人心险诈"这个黑暗是值得细味的，至于人心怎样子险诈，以及我们在世上该用那种险诈手段才能达到目的，这些无聊的世故是不值得探讨的。然而那班所谓深知黑暗的人们却只知道玩弄这些小技，完全没有看到黑暗的真意义了。俄国文学家 dostoiefsky, gogol chekhov 等才配得上说是知道黑暗的人。他们也都是光明的歌颂者。当我们还无法来结实地来把人们分类时候，就将世人分做知道黑暗的和不知道黑暗的，也未始不是个好办法罢！最少我这十几年来在世网里挣扎着的时候对于人们总是用这点来分类，而且觉得这个标准可以指示出他们许多其他的性质。

一个"心力克"的微笑

写下题目，不禁微笑，笑我自己毕竟不是个道地的"心力克"（cynic）。心里蕴蓄有无限世故，却不肯轻易出口，混然和俗，有如孺子，这才是真正的世故。至于稍稍有些人生经验，便喜欢排出世故架子的人们，还好真有世故的人们不肯笑人，否则一定会被笑得怪难为情，老羞成怒，世故的架子完全坍台了。最高的艺术使人们不觉得它有斧斤痕迹，最有世故的人们使人们不觉得他是曾经沧海。他有时静如处女，有时动如走兔，却总不象有世故的样子，更不会无端谈起世故来。我现在自命为"心力克"，却肯文以载道，愿天下有心人无心人都晓得"心力克"的心境是怎么样，而且向大众说我有微笑，这真是太富于同情心，太天真纯朴了。

怎么好算做一个"心力克"呢？因此，我对于自己居然也取"心力克"的态度，而微笑了。这种矛盾其实也不足奇。嵇叔夜的"家诫"对于人情世故体贴入微极了，可是他又写出那种被人们逆鳞的几封绝交书。叔本华的"箴言"揣摩机心，真足以坏人心术，他自己为人却那么痴心，而且又如是悲观，颇有退出人生行列之意，当然用不着去研究如何在五浊世界里躲难偷主了。予何人斯，拿出这班巨人来自比，岂不蒙其他"心力克"同志们的微笑。区区之意不过说明这种矛盾是古已有之，并不新奇。而且觉得天下只有矛盾的言论是真挚的，是有生气的，简直可以说才算得一贯。矛盾就是一贯，能够欣赏这个矛盾的人们于天地间一切矛盾就都能彻悟了。

好好一个人，为什么要当"心力克"呢？这里真有许多苦衷。

看透了人们的假面目，这是件平常事，但是看到了人们的真面目是那么无聊，那么乏味，那么不是他们假面目的好玩，这却怎么好呢？对于人世种种失却幻觉了，所谓 disillusion，可是同时又不觉得这个 disillusion 是件了不得的聪明举动：却以为人到了一定年纪，不是上智和下愚却多少总有些这种感觉，换句话说；对于 disillusion 也 disillusion 了，这欲怎么好呢？年青时白天晚上都在那儿做蔷薇色的佳梦，现在不但没有做梦的心情，连一切带劲的念头也消失了，真是六根清净，妄念俱灭，然而得到的不是涅槃，而是麻木，麻木到自己到觉悠然，这怎么好呢？喜怒爱憎之感一天一天钝下去了，眼看许多人在那儿弄得津津有味，又仿佛觉得他们也知道这是串戏，不过既已登台，只好信口唱下去，自己呢，没有冷淡到能够做清闲的观客，隔江观火，又不能把自己哄住，投身到里面去胡闹一场，双脚踏着两船旁，这时倦于自己，倦于人生，这怎么好呢？惘帐的情绪，凄然的心境，以及冥想自杀，高谈人生，这实在都是少年的盛事；有人说道，天下最鬼气森森的诗是血气方旺的年青写出的，这是真话。他们还没有跟生活接触过，那里晓得人生是这么可悲，于是逗一时的勇气，故意刻画出一个血淋淋的人生，以慰自己罗曼的情调。人生的可哀，没有涉猎过的人是臆测不出的，否则他们也不肯去涉猎了，等到尝过苦味，你就噤若寒蝉，谈虎色变，绝不会无缘无故去冲破自己的伤痕。那时你走上了人生这条机械的路子，要离开要更大的力量，是已受生活打击过的人所无法办到的，所以只好掩泪吞声活下去了，有时挣扎着显出微笑。可是一面兜这一步一步陷下去的圈子，一面又如观止水地看清普天下种种迫害我们的东西，而最大的迫害却是自己的无能，否则拨云雾而见天日，抖擞精神，打个滚九万里风云脚下生，岂不适意哉？然而我们又知道就说你一个人在人生舞台上演一大套热闹的戏，无非使后台地上多些剩脂残粉，破碎衣冠。而且后台的情况始终在你心眼前，装个欢乐的形容，无非更增抑郁而已。也许这种心境是我们最大的无能，也许因为我们无能，所以做出这个心境来慰藉自己。总之，人生路上长亭更短亭，我们一时停足，一时迈步，望苍茫的黄昏里走去，眼花了，头晕了，脚酸了，我们暂在途中打盹，也就长眠了，后面的人只见我们越走越远身体越小，消失于尘埃里了。路有尽头吗，干吗要个尽头呢？走这条路有意义吗，什么叫做意义呢？人生的意义若在人生之中，那么这是人生，不足以解释人生；人生的意义若在人生之外，那么又何必走此一程呢？当此无可如何之时我们只好当"心力克"，借微笑以自遣也。

瞥眼看过去，许多才智之士在那里翻觔斗，也着实会令人叫好。比如，有人排架子，有人排有架子的架子，有人又排不屑计较架子有无的架子，有人排天真的架子，有人排既已世故了，何妨自认为世故的坦白架子，许多架子合在一起，就把人生这个大虚空筑成八层楼台了，我们在那上面有的战战兢兢走着，有的昂头阔步走着，终免不了摔下来，另一个人来当那条架子了。阿迭生拿桥来比人生，勃兰德斯在一篇叫做《人生》的文章里拿梯子来比人生，中间都含有摔下的意思，我觉得不如我这架子之说那么周到，因为还说出人生的本素。上面说得太简短了，当然未尽所欲言，举一反三，在乎读者，不佞太忙了，因为还得去微笑。

善　言

曾子说："人之将死，其言也善。"真的，人们糊里糊涂过了一生，到将瞑目时候，常常冲口说出一两句极通达的、含有诗意的妙话。歌德以为小孩初生下来时的呱呱一声是天上人间至妙的声音，我看弥留的模糊吃语有时会同样地值得领味。前天买了一本梁巨川先生遗笔，夜里灯下读去，看到绝命书最后一句话是"不完亦完"，掩卷之后大有"为之掩卷"之意。

宇宙这样子"大江流日夜"地不断地演进下去，真是永无完期，就说宇宙毁灭了，那也不过是它的演进里一个过程罢。仔细看起来，宇宙里万事万物无一不是永逝不回，岂单是少女的红颜而已。人们都说花有重开日，人无再少年，可是今年欣欣向荣的万朵娇红绝不是去年那一万朵。若使只要今年的花儿同去年的一样热闹，就可以算去年的花是青春长存，那么世上岂不是无时无刻都有那么多的少年少女，又何取乎惋惜。此刻的宇宙再过多少年后会完全换个面目，那么这个宇宙岂不是毁灭了吗？所谓有生长也就是灭亡的意思，因为已非那么一回事了。十岁的我与现在的我是全异其趣的，那么我也可以说已经夭折了。宗教家斤斤于世界末日之说，实在世界任一日都是末日。入世的圣人虽然看得透这两面道理，却只微笑他说"生生之谓易"，这也是中国人晓得凑趣的地方。但是我却觉得把死死这方面也揭破，看清这里面的玲珑玩意儿，却更妙得多。晓得了我们天天都是死过去了，那么也懒得去干自杀这件麻烦的勾当了。那时我们做人就达到了吃鸡蛋的禅师和喝酒的鲁智深的地步了。多么大方呀，向普天下善男信女唱个大喏！

这些话并不是劝人们袖手不做事业，天下真真做出事情的人们都是知其不可而为之。诸葛亮心里恐怕是雪亮的，也晓得他总弄不出玩意来，然而他却肯"鞠躬尽瘁，死而后已"。这叫做"做人"若使你觉无事此静坐是最值得干的事情，那也何妨做了一生的因是子，就是没有面壁也是可以的。总之，天下事不完亦完，完亦不完，顺着自己的心情在这个梦梦的世界去建筑起一个梦的宫殿罢，的确一天也该运些砖头。明眼人无往而不自得，就是因为他知道天下事无一值得执着的，可是高僧也喜欢拿一串数珠，否则他们就是草草此生了。

kissing the fire （吻火）

回想起志摩先生，我记得最清楚的是他那双银灰色的眸子。其实他的眸子当然不是银灰色的，可是我每次看见他那种惊奇的眼神，好象正在猜人生的谜，又好象正在一叶一叶揭开宇宙的神秘，我就觉得他的眼睛真带了一些银灰色。他的眼睛又有点像希腊雕像那两片光滑的，仿佛含有无穷情调的眼睛，我所说银灰色的感觉也就是这个意思罢。

他好像时时刻刻都在惊奇着。人世的悲欢，自然的美景，以及日常的琐事，他都觉得是很古怪的，从来没有看见过的，完全出乎意料之外的。所以他天天都是那么有兴致（custo），就是说出悲哀的话时候，也不是垂头丧气，厌倦于一切了，却是发现了一朵"恶之华"，在那儿惊奇着。

三年前，在上海的时候，有一天晚上，他拿着一根纸烟向一位朋友点燃的纸烟取火，他说道："kissing the fire"，这句话真可以代表他对于人生的态度。人世的经验好比是一团火，许多人都是敬鬼神而远之，隔江观火，拿出冷酷的心境去估量一切，不敢投身到轰轰烈烈的火焰里去，因此过个暗淡的生活，简直没有一点的光辉，数十年的光阴就在计算怎么样才会不上当里面消逝去了，结果上了个大当。他却肯亲自吻着这团生龙活虎般的烈火，火光一照，化腐臭为神奇，遍地开满了春花，难怪他天天惊异着，难怪他的眼睛跟希腊雕像的眼睛相似，希腊人的生活就像他这样吻着人生的火，歌唱出人生的神奇。这一回在半空中他对于人世的火焰作最后的一吻了。

第二度的青春

人们到了相当年纪，大概不会再有春愁。就说偶然还涉遐思，也不好意思出口了。

乡愁，那是许多人所逃不了的。有些人天生一副怀乡病者的心境，天天惦念着他精神上的故乡。就是住在家乡里，仍然忽忽如有所失，像个海外飘零的客子。就说把他们送到乐园去，他们还是不胜惆怅，总是希冀企望着，想回到一个他所不知道的地方。这些人想象出许多虚幻的境界，那是宗教家的伊甸园，哲学家的伊比鸠鲁斯花园，诗人的 elysium el dorado, arcadia 理想主义者的乌托邦，来慰藉他们彷徨的心灵；可是若使把他们放在他们所追求的天国里，他们也许又皱起眉头，拿着笔描写出另个理想世界了。思想无非是情感的具体表现，他们这些世外桃源只是他们不安心境的寄托。全是因为它们是不能实现的，所以才能够传达出他们这种没个为欢处的情怀；一旦不幸，理想变为事实，它们应刻就不配做他们这些情绪的象征了。说起来，真是可悲，然而也怪有趣。总之，这一班人大好年华都消磨于缱绻一个莫须有之乡，也从这里面得到他人所尝不到的无限乐趣。登楼远望云山外的云山，淌下的眼泪流到笑涡里去，这是他们的生活。吾友莫须有先生就是这么一个人，久不见他了，却常忆起他那泪痕里的微笑。

可是，人们到了相当年纪，（又是这么一句话）对于自己的事情感到厌倦，觉得太空虚了，不值一想，这时连这一缕乡愁也将化为云烟了。其实人们一走出情场，失掉绮梦，对于自己种种的幻觉都消灭了，当下看出自己是个多么渺小无聊的汉子，正好像脱下戏衫的优伶，从缥缈世界坠到铁硬的事实世界，砰的一声把自己惊醒了。这时睁开眼睛，看到天上恒河沙数的群星，一佛一世界，回想自己风尘下过千万人已尝过，将来还有无数万人来尝的庸俗生活，对于自己怎能不灰心呢？当此"屏除丝竹入中年"时候，怎么好呢？

可是，人们到了相当年纪，免不了儿女累人，三更儿哭，可以搅你的清梦，一声爸爸，可以动你的心弦。烦恼自然多起来了，但是天下的乐趣都是烦恼带来的，烦恼使人不得不希望，希望却是一服包医百病的良方。做了只怕不愁，一生在艰苦的环境下面挣扎着，结果常是"穷"而不"愁"，所谓潦倒也就是麻木的意思。做人做到艳阳天气勾不起你的幽怨，故乡土物打不动你莼鲈之思，真是几乎无路可走了。还好有个父愁。

虽然知道自己的一生是个失败，仿佛也看出天下无所谓成功的事情，已猜透成功等于失败这个哑谜了，居然清瘦地站在宇宙之外，默然与世无涉了；可是对于自己孩子们总有个莫名其妙的希望，大有我们自己既然如是塌台，难道他们也会这样吗的意思。只有没有道理的希望是真实的，永远有生气的，做父亲的人们明知小孩变成顽皮大人是种可伤的事情，却非常希望他们赶快长大。已看穿人性的腐朽同宇宙的乏味了，可是还希望他们来日有个花一般的生涯。为着他们，希望许多绝不可能的事情变为可能，为着他们，肯把自己重新掷到过去的幻觉里去，于是乎从他们的生活里去度自己第二次的青春，又是一场哀乐。为着儿女的恋爱而担心，去揣摩内中的甘苦，宛如又蹍进情场。有时把儿女的痴梦拿来细味，自己不知不觉也走梦里去了，孩提的想头和希望都占着做父亲者的心窝，虽然这些事他们从前曾经热烈地执着过，后来又颓然扔开了。人们下半生的心境又恢复到前半生那样了，有时从父愁里也产生出春愁和乡愁。

记得去年快有儿子时候，我的父亲从南方写信来说道："你现也快做父亲了，有了孩子，一切要耐忍些。"我年来常常记起这几句话，感到这几句叮咛包括了整个人生。

又是一年春草绿

一年四季，我最怕的却是春天。夏的沉闷，秋的枯燥，冬的寂寞，我都能够忍受，有时还感到片刻的欣欢。灼热的阳光，惟悴的霜林，浓密的乌云，这些东西跟满目疮痍的人世是这么相称，真可算做这出永远演不完的悲剧的绝好背景。当个演员，同时又当个观客的我虽然心酸，看到这么美妙的艺术，有时也免不了陶然色喜，传出灵魂上的笑涡了。坐在炉边，听到呼呼的北风，一页一页翻阅一些畸零人的书信或日记，我的心境大概有点像人们所谓春的情调罢。可是一看到阶前草绿，窗外花红，我就感到宇宙的不调和，好像在弥留病人的榻旁听到少女的轻脆的笑声，不，简直好像参加婚礼时候听到凄楚的丧钟。

这到底是恶魔的调侃呢，还是垂泪的慈母拿几件新奇的玩物来哄临终的孩子呢？每当大地春回的时候，我常想起《哈姆雷特》里面那位姑娘戴着鲜花圈子，唱着歌儿，沉到水里去了。这真是莫大的悲剧呀，比哈姆雷特的命运还来得可伤，叫人们啼笑皆非，只好朦胧地徜徉于迷途之上，在谜的空气里度过鲜血染着鲜花的一生了。坟墓旁年年开遍了春花，宇宙永远是这样二元，两者错综起来，就构成了这个杂乱下劣的人世了。其实不单自然界是这样子安排颠倒遇颠连，人事也无非如此白莲与污泥相接，在卑鄙坏恶的人群里偏有些雪白晶清的魂，可是旷世的伟人又是三寸名心未死，落个白玉之玷了。天下有了伪君子，我们虽然亲眼看见美德，也不敢贸然去相信了；可是极无聊，极不堪的下流种子有时却磊落大方，一鸣惊人，情愿把自己牺牲了。席勒说："只有错误才是活的，真理只好算做个死东西罢了。"可见连抽象的境界里都不会有个称心如意的事情了。"可哀惟有人间世"，大概就是为着这个原因罢。

我是个常带笑脸的人，虽然心绪凄其的时候居多。可是我的笑并不是百无聊赖时的苦笑，假使人生单使我们觉得无可奈何，"独闭空斋画大圈"，那么这个世界也不值得一笑了。我的笑也不是世故老人的冷笑，忙忙扰扰的哀乐虽然尝过了不少，鬼鬼祟祟的把戏虽然也窥破了一二，我却总不拿这类下流的伎俩放在眼里，以为不值得尊称为世故的对象，所以不管我多么焦头烂额，立在这片瓦砾场中，我向来不屑对于这些加之以冷笑。我的笑也不是哀莫大于心死以后的狞笑。我现在最感到苦痛的就是我的心太活跃了，不知怎的，无论到哪儿去，总有些触目伤心，凄然泪下的意思，大有失恋与伤逝冶于一炉的光景，怎么还会狞笑呢。我的辛酸心境并不是年青人常有的那种累带诗意的感伤情调，那是生命之杯盛满后溅出来的泡花，那是无上的快乐呀，释迦牟尼佛所以会那么陶然，也就是为着他具了那个清风朗月的慈悲境界罢。走入人生迷园而不能自拔的我怎么会有这种的闲情逸致呢！我的辛酸心境也不是像丁尼生所说的"天下最沉痛的事情莫过于回忆起欣欢的日子"。

这位诗人自己却又说道："曾经亲爱过，后来永诀了，总比绝没有亲爱过好多了。"我是没有过这么一度的鸟语花香，我的生涯好比没有绿洲的空旷沙漠，好比没有棕榈的热带国土，直是挂着蛛网，未曾听过管弦声的一所空屋。我的辛酸心境更不是像近代仕女们脸上故意贴上的"黑点"，朋友们看到我微笑着道出许多伤心话，总是不能见谅，以为这些娓娓酸语无非拿来点缀风光，更增生活的妩媚罢了。"知己从来不易知"，其实我们也用不着这样苛求，谁敢说真知道了自己呢，否则希腊人也不必在神庙里刻上"知道你自己"那句话了，可是我就没有走过芳花缤纷的蔷薇的路，我只看见枯树同落叶；狂欢的宴席上排了一个白森森的人头固然可以叫古代的波斯人感到人生的悠忽而更见沈醉，骷髅搂着如花的少女跳固然可以使荒山上月光里的撒旦摇着头上的两角哈哈大笑，但是八百里的荆棘岭总不能算做愉快的旅程罢；梅花落后，雪月空明，当然是个好境界，可是牛山濯濯的峭壁上一年到底只有一阵一阵的狂风瞎吹着，那就会叫人思之欲泣了。这些话虽然言之过甚，缩小来看，也可以映出我这个无可为欢处的心境了。

在这个无时无地都有哭声回响着的世界里年年偏有这么一个春天；在这个满天澄蓝，泼地草绿的季节，毒蛇却也换了一套春装睡眼矇眬地来跟人们作伴了，禁闭于层冰底下的秽气也随着春水的绿波传到情侣的身旁了。这些矛盾恐怕就是数千年来贤哲所追求的宇宙本质罢！蕞尔的我大概也分了一份上帝这笔礼物罢。笑涡里贮着泪珠儿的我活在这个乌云里夹着闪电，早上彩霞暮雨凄凄的宇宙里，天人合一，也可以说是无憾了，何必再去寻找那个无根的解释呢。"满眼春风百事非"，这般就是这般。

春　雨

　　整天的春雨，接着是整天的春阴，这真是世上最愉快的事情了。我向来厌恶晴朗的日子，尤其是骄阳的春天；在这个悲惨的地球上忽然来了这么一个欣欢的气象，简直像无聊赖的主人宴饮生客时拿出来的那副古怪笑脸，完全显出宇宙里的白痴成分。在所谓大好的春光之下，人们都到公园大街或者名胜地方去招摇过市，像猩猩那样嘻嘻笑着，真是得意忘形，弄到变成为四不像了。可是阴霾四布或者急雨滂沱的时候，就是最沾沾自喜的财主也会感到苦闷，因此也略带了一些人的气味，不像好天气时候那样望着阳光，盛气凌人地大踏步走着，颇有上帝在上，我得其所的意思。至于懂得人世哀怨的人们，黯淡的日子可说是他们惟一光荣的时光。苍穹替他们流泪，乌云替他们皱眉，他们觉到四围都是同情的空气仿佛一个堕落的女子躺在母亲怀中，看见慈母一滴滴的热泪溅到自己的泪痕，真是润遍了枯萎的心田。斗室中默坐着，忆念十载相违的密友，已经走去的情人，想起生平种种的坎坷，一身经历的苦楚，倾听窗外檐前凄清的滴沥，仰观波涛浪涌，似无止期的雨云，这时一切的荆棘都化做洁净的白莲花了，好比中古时代那班圣者被残杀后所显的神迹。

　　"最难风雨故人来"，阴森森的天气使我们更感到人世温情的可爱，替从苦雨凄风中来的朋友倒上一杯热茶时候，我们很有放下屠刀，立地成佛子的心境。"风雨如晦，鸡鸣不已"，人类真是只有从悲哀里滚出来才能得到解脱，千锤百炼，腰间才有这一把明晃晃的钢刀，"今日把似君，谁为不平事。""山雨欲来风满楼"，这很可以象征我们孑立人间，尝尽辛酸，远望来日大难的气概，真好像思乡的客子拍着阑干，看到郭外的牛羊，想起故里的田园，怀念着宿草新坟里当年的竹马之交，泪眼里仿佛模糊辨出龙钟的父老蹒跚走着，或者只瞧见几根靠在破壁上的拐杖的影子。

所谓生活术恐怕就在于怎么样当这么一个临风的征人罢。无论是风雨横来，无论是澄江一练，始终好像惦记着一个花一般的家乡，那可说就是生平理想的结晶，蕴在心头的诗情，也就是明哲保身的最后壁垒了；可是同时还能够认清眼底的江山，把住自己的步骤，不管这个异地的人们是多么残酷，不管这个他乡的水土是多么不惯，却能够清瘦地站着戛戛然好似狂风中的老树。能够忍受，却没有麻木，能够多情，却不流于感伤，仿佛楼前的春雨，悄悄下着，遮住耀目的阳光，却滋润了百草同千花。檐前的燕子躲在巢中，对着如丝如梦的细雨呢喃，真有点像也向我道出此中的消息。

可是春雨有时也凶猛得可以，风驰电掣，从高山倾泻下来也似的，万紫千红，都付诸流水，看起来好像是煞风景的，也许是那有怀抱罢。生平性急，一二知交常常焦急万分地苦口劝我，可是暗室扪心，自信绝不是追逐事功的人，不过对于纷纷扰扰的劳生却常感到厌倦，所谓性急无非是疲累的反响罢。有时我却极有耐心，好像废殿上的玻璃瓦，一任他风吹雨打，霜蚀日晒，总是那样子痴痴地望着空旷的青天。

我又好像能够在没字碑面前坐下，慢慢地去冥想这块石板的深意，简直是个蒲团已碎，呆然跌坐着的老僧，想赶快将世事了结，可以抽身到紫竹林中去逍遥，跟把世事撇在一边，大隐隐于市，就站在热闹场中来仰观天上的白云，这两种心境原来是不相矛盾的。我虽然还没有，而且绝不会跳出入海的波澜，但是拳拳之意自己也略知一二，大概摆动于焦躁与倦怠之间，总以无可奈何天为中心罢。所以我虽然爱细雨，我也爱大刀阔斧的急雨，纷至沓来，洗去阳光，同时也洗去云雾，使我们想起也许此后永无风恬日美的光阴了，也许老是一阵一阵的暴雨，将人世哀乐的踪迹都漂到大海里去，白浪一翻，什么渣滓也看不出了。焦躁同倦怠的心境在此都得到涅槃的妙悟，整个世界就像客走后，撤下筵席洗得顶干净，排在厨房架子上的杯盘当个主妇的创造主看着大概也会微笑罢，觉得一天的工作总算告终了。最少我常常臆想这个还了本来面目的大地。

可是最妙的境界恐怕是尺牍里面那句烂调，所谓"春雨缠绵"罢。一连下了十几天的霉雨，好像再也不会晴了，可是时时刻刻都有晴朗的可能。有时天上现出一大片的澄蓝，雨脚也慢慢收束了，忽然间又重新点滴凄清起来，那种捉摸不到，万分别扭的神情真可以做这个哑谜一般的人生的象征。记得十几年前每当连朝春雨的时候，常常剪纸作和尚形状，把他倒贴在水缸旁边，意思是叫老天不要再下雨了，虽然看到院子里雨脚下一粒一粒新生的水泡我总觉到无限的欣欢，尤其当急急走过檐前，脖子上溅几滴雨水的时候。

可是那时我对于春雨的情趣是不知不觉之间领略到的，并没有凝神去寻找，等到知道怎么样去欣赏恬适的雨声时候，我却老在干燥的此地做客，单是夏天回去，看看无聊的骤雨，过一过雨瘾罢了。因此"小楼一夜听春雨"的快乐当面错过，从我指尖上滑走了，盛年时候好梦无多，到现在彩云已散，一片白茫茫，生活不着边际，如堕五里雾中，对于春雨的怅惘只好算做内中的一小节罢，可是仿佛这一点很可以代表我整个的悲哀情绪。但是我始终喜欢冥想春雨，也许因为我对于自己的愁绪很有顾惜爱抚的意思；我常常把陶诗改过来，向自己说道："衣沾不足惜，但愿恨无违。"我会爱凝恨也似的缠绵春雨，大概也因为自己有这种的境罢。

gies lytton strachey，1880-1932

你们不要说我没有说什么新话，那些旧材料我却重新安排过了。我们打网球的时候，虽然双方同打一个球，但是总有一个人能把那球打到一个较巧妙的地点去。——pascal

今年一月二十一日英国那位瘦棱棱的，脸上有一大片红胡子的近代传记学大师齐尔兹·栗董·斯特剌奇病死了。他向来喜欢刻划人们弥留时的心境，这回他自己也是寄余命于寸阴了；不知道当时他灵台上有什么往事的影子徘徊着。

也许他会记起三十年前的事情，那时他正在剑桥大学三一学院里念书，假期中某一天的黄昏他同几位常吵架的朋友——将来执欧洲经济学界的牛耳，同一代舞星 lopokova 结婚的 j. m. keynes，将来竖起新批评家的旗帜，替人们所匿笑的涡卷派同未来派画家辩护的 clive bell，将来用细腻的笔调写出带有神秘色彩的小说的 e. m. forster——到英国博物院邻近已故的批评家 sir leslie stephen 家里，跟那两位年轻俏丽，耽于缥缈幻想的小姐——将来提倡描写意识之流的女小说家 virginia woolf 同她爱好艺术的姐姐——在花园里把世上的传统同眼前的权威都扯成粉碎，各自凭着理智的白光去发挥自己新奇的意思，年青的好梦同狂情正罩着这班临凤吐蕚也似地的大学生。也许他会记起十年前的事情，《维多利亚女王传》刚刚出版，像这么严重的题材他居然能用轻盈诙谐的文笔写去，脱下女王的服装，画出一个没主意，心地真挚的老太婆，难怪她的孙子看了之后也深为感动，立刻写信请他到宫里去赴宴，他却回了一封措辞委婉的短简，敬谢陛下的恩典，可是不幸得很——他已买好船票了，打算到意大利去旅行，所以还是请陛下原谅罢。也许记起他一些零碎的事情，记起他在大学里写下的一两行情诗，记起父亲辉煌夺目的军服，记起他母亲正在交际场中雍容闲暇的态度，记起他姊姊写小说时候的姿势，也许记起一些琐事，觉得很可以做他生活的象征。

日常琐事的确是近代新传记派这位开山老祖的一件法宝。他曾经说历史的材料好比一片大海，我们只好划船到海上去，这儿那儿放下一个小桶，从深处汲出一些具有特性的标本来，拿到太阳光底下用一种仔细的好奇心去研究一番。他所最反对的是通常那种两厚册的传记，以为无非是用沉闷的恭维口吻把能够找到的材料乱七八糟堆在一起，作者绝没有费了什么熔铸的苦心。他以为保存相当的简洁——凡是多余的全要排斥，只把有意义的搜罗进来——是写传记的人们第一个责任。其次就是维持自己精神上的自由；他的义务不是去恭维，都是把他所认为事实的真相暴露出来。这两点可说是他这种新传记的神髓。我们现在先来谈这个理论消极方面的意义罢。

写传记的动机起先是完全为着纪念去世的人们，因此难免有一味地歌功颂德的毛病；后来作者对于人们的性格渐渐感到趣味，而且觉得大人物的缺点正是他近于人情的地方，百尺竿头差此一步，贤者到底不是冷若冰霜的完人，我们对于他也可以有同情了，boswell 的 samuel johnson 传，moore 的 byron 传，lock hart 的 scott 传都是颇能画出 cromwell 的黑痣的忠实记述。不幸得很，十九世纪中来了一位怪杰，就是标出崇拜英雄的 carlyle，他说：人类的历史就是伟人的历史，我们应当找出这些伟人，把他们身上的尘土洗去，将他们放在适当的柱础上头。经他这么一鼓吹，供奉偶像那出老把戏又演出来了，结果是此人只应天上有，尘寰中的读者对于这些同荷马史诗里古英雄差不多的人物绝不能有贴切的同情，也无从得到深刻的了解了。原来也是血肉之躯，经作者一烘染，好象从娘胎坠地时就是这么一个馨香的木乃伊，充其量也不过是呆呆地站在柱础上的雕像罢。

斯特剌奇正象 maurois 所说的，却是个英雄破坏者，一个打倒偶像的人。他用轻描淡写的冷讽吹散伟人头上的光轮，同时却使我们好象跟他们握手言欢了，从友谊上领略出他们真正的好处。从前的传记还有一个大缺点，就是作者常站在道学的立场上来说话。他不但隐恶扬善，而且将别人的生平拿来迁就自己伦理上的主张，结果把一个生龙活虎的人物化为几个干燥无味的道德概念，既然失掉了描状性格的意义，而且不能博得读者的信仰，因为稍微经些世变的人都会知道天下事绝没有这样黑白分明，人们的动机也不会这样简单得可笑。dean stanley 所著的 arnold 传虽然充满老友的同情，却患了这个削足入履的毛病，终成白玉之玷，h. i' a, fausset 的 keats 评传也带了这种色彩，一个云中鹤也似的浪漫派诗人给他用一两个伦理的公式就分析完了。

其实这种抬出道德的观念来做天平是维多利亚时代作家的习气，macaulay, matthew arnold 以及 walter bagehot 的短篇评传都是采取将诗人，小说家，政治家装在玻璃瓶里，外面贴上一个纸条的办法。有的人不拿出道德家的面孔，却摆起历史家的架子来，每说到一个人，就牵连到时代精神，前因后果，以及并世的贤豪，于是越说越多，离题越远，好几千页里我们只稍稍看到主人公的影子而已。

这种传记给我们一个非常详细的背境，使我们能够看见所描状的人物在当时当地特别的空气里活动着，假使处处能够顾到跟主要人物的关系，同时背面敷粉，烘托出一个有厚薄的人形，那也是个很好的办法。carlyle 的 frederick the great 传，spedding 的 bacon 传，masson 的 milton 传都是良好的例子。可是这样很容易变成一部无聊的时代史，充量只能算做这类传记惟一的特色了。还有些作家并没有这些先见，不过想编一部内容丰富的传记，于是把能够抓到手的事实搁进去，有时还自夸这才算做科学的，客观的态度，可是读者掩卷之后只有个驳杂的印象，目迷五色，始终理不出一个头绪来，通常那种两巨册的 life and letters 大概要属于这一类罢。

斯特刺奇的方法跟这些却截然不同，他先把他所能找到的一切文献搜集起来，下一番扒罗剔括的工夫，选出比较重要的，可以映出性格的材料，然后再从一个客观的立场来批评，来分析这些砂砾里淘出的散金，最后他对于所要描写的人物的性格得到一个栩栩有生气的明了概念了，他就拿这个概念来做标准，到原来的材料里去找出几个最能照亮这个概念的铁事同言论，末了用微酸的笔调将这几段百炼成钢的意思综合地，演绎地娓娓说出，成了一本薄薄的小书，我们读起来只觉得巧妙有趣的故事象雨点滴到荷池上那么自然地纷至沓来，同时也正跟莲叶上的小水珠滚成一粒大圆珠一样，这些零碎的话儿一刹那里变得成个灵活生姿的画像了，简直是天衣无缝，浑然一体，谁会想到作者经过无穷的推敲，费了不尽的苦心呢？他所写的传记没有含了道学的气味，这大概因为他对于人们的性格太感到趣味了。

而且真真彻底地抓到一个人灵魂的核心时候，对于那个人所有的行动都能寻出原始的动机，生出无限的同情和原谅，将自己也掷到里头去了，怎么还会去扮个局外人，袖着手来下个无聊的是非判断呢。carlyle 在他论 burns 那篇文章里主张我们应当从作品本身上去找个标准来批评那篇作品，拿作者有没有完美地表现了所要表现的意思做个批评的指南针，却不该先立下放之四海而皆准的抽象主张，把每篇作品都拿来称一称，那是不懂得文学的有机性的傻人们干的傻事。当代批评家 spingarn 所主张的表现主义也是同样的意思。斯特剌奇对于所描状的人物可说持了同一的批评态度，他只注意这些不世的英才没有充分发挥他们特有的性格，却不去理世俗的人们对于那些言行该下一个什么判词。

这种尊重个人性格自由的开展的宽容态度也就是历来真懂得人性，具有博爱精神的教育家所提倡的，从 montaigne 一直到 betrand russell 都是如此；这样兼容并包的气概可说是怀疑主义者的物权，我们这位写传记的天才就从他的怀疑癖性里得到这个纯粹观照的乐趣了。他又反对那班迷醉于时代精神的人们那样把人完全当做时间怒潮上的微波，却以为人这个动物太重要了，不该只当做过去的现象看待。他相信人们的性格有个永久的价值，不应当跟瞬刻的光阴混在一起，因此仿佛也染上了时间性，弄到随逝波而俱亡。其实他何尝注意时代精神呢，不过他总忘不了中心的人物，所以当他谈到那时的潮流的时候，他所留心的是这些跟个人性格互相影响的地方，结果还是利用做阐明性格的工具。他撇开这许多方便的法门，拈起一枝笔来素描，写传记自然要变成一件非常费劲的勾当了，怪不得他说把别人生活写得好也许同自己生活过得好一样地困难。我们现在来欣赏一下他在世上五十二年里辛苦写成的几部书的内容罢。

他第一部出版的书是《法国文学的界石》（landmarks in french literature），属于《家庭大学丛书》，所以照老例篇幅只能有二百五十六页。这书是于一九一二年与世人见面的，当时他已经三十二岁了。文学批评本来不是他的专长处，他真是太喜欢研究人物了，每说到微妙的性格就有滔滔的谈锋，无穷的隽语，可是一叙述文学潮流的演进兴致立刻差得多了。所以这本书不能算做第一流的文学史，远不如 saintsbury 的 a short history of french literature 同 dowden 的 history of french literature，他们对于各代的风格感到浓厚的趣味，探讨起来有说不尽的欣欢，因此就是干燥得像韵律这类的问题经他们一陈述，读起来也会觉得是怪好玩的。

可是这本素人编的文学史也有特别的好处，通常这类书多半偏重于作品；对于作家除生死年月同入学经过外也许就不赞一词，因为未曾念过多少作品的读者有时象听楚人说梦，给一大堆书名弄糊涂了，这本古怪的文学史却不大谈这些内行的话，单是粗枝大叶地将个个文学家刻划出来，所以我们念完后关于法国文学的演变虽然没有什么心得，可是心里印上了几个鲜明的画像，此后永远忘不了那个徘徊歧路，同时具有科学家和中古僧侣精神的 pascal，那个住在日内瓦湖畔，总是快死去样子，可是每天不断地写出万分刻毒的文章的老头子 voltaire，以及带有近世感伤色彩，却生于唯理主义盛行的时代，一生里到处碰钉子的 rousseau。所以这本文学史简直可说是一部文苑传，从此我们也可以窥见作者才气的趋向。还有从作者叙述各时代文学所用的篇幅，我们也可以猜出作者的偏好。

假使我们将这本小史同 maurice baring 编的 french literature

一比较，他这本书十七世纪文学占全书三分之一，十八世纪文学占全书四分之一，十九世纪只占全书七分之一，baring 的书十七世纪不过占四分之一，十八世只六分之一，十九世纪却占三分之一了，这个比例分明告诉我们斯特剌奇是同情于古典主义的，他苦口婆心向英国同胞解释 corneille，racine，le fontaine 的好处。为着替三一律辩护，他不惜把伊利沙伯时代戏剧的方式说得漏洞丛生，他详论 boussett 同 fontenelles 整本书里却没有提起 zola 的名字！这种主张最少可以使迷醉于浪漫派同写实主义的人们喝了一服清凉散。假使本来不大念法国作品的读者想懂得一点法国文学的演进，那么这本书恐怕要算做最可口的入门，因为作者绝没有排出那种拒人于千里之外的学究架子，却好像一位亲密的老师炉旁灯下闲谈着。

《法国文学的界石》不大博得当代的好评，七年后《维多利亚时代的名人》（eminent victorians）出版了，那却是一鸣惊人的著作，的确也值得这样子轰动文坛。在序里一劈头他就说维多利亚时代的历史是没有法子写的，因为我们知道得太多了。他以为无知是历史家第一个必要的条件，无知使事实变成简单明了了，无知会恬然地将事实选择过，省略去，那是连最高的艺术都做不到的。接着他就说他对于这个题目取袭击的手段，忽然间向隐晦的所在射去一线灯光，这样子也许反能够给读者几个凸凹分明的观念。他又说英国传记近来有点倒霉了，总是那种信手写成的两厚册，恐怕是经理葬事的人们安埋后随便写出的罢！后来就举出我们开头所述的那两要点，说他这本书的目的是不动心地，公平地，没有更深的用意地将一些他所认识的事实暴露出来。这样子一笔抹杀时下的作品，坦然标出崭新的旗帜，的确是很大胆的举动，可是这本书里面四篇的短传是写得那么斩钉截铁，好像一个大雕刻家运着斧斤毫不犹豫地塑出不朽的形相，可是又那么冰雪聪明，处处有好意的冷笑，我们也不觉那个序言说得太过分了。

他所要描状的维多利亚时代的名人是宗教家 cardinal manning，教育家 dr. arnold，慈善家 florence nightingale 同一代的名将 general gordon。他一面写出这四位人英的气魄，诚恳同威信，一面却隐隐在那儿嘲笑那位宗教家的虚荣心，那位教育家的胡涂，那位慈善家的坏脾气，那位将军的怪僻。他并没有说出他们有这些缺点，他也没说出他们有那些优点，他光把他们生平的事实用最简单的方法排列起来，用一种不负责任的诙谐同讥讽口吻使读者对于他们的性格恍然大悟。诙谐同讥讽最大的用处是在于有无限大的暗示能力，平常要千言万语才能说尽的意思，有时轻轻一句冷刺或者几个好笑的字眼就弄得非常清楚了，而且表现得非常恰好。

英国文学家常具有诙谐的天才，法国文学家却是以讥讽见长（德国人文章总是那么又长又笨，大概就是因为缺乏这两个成分罢），斯特剌奇是沉溺于法国作家的英国人，所以很得了此中三昧，笔尖儿刚刚触到纸面也似地悄悄写去，读起来禁不住轻松地微笑一声，同时却感到隐隐约约有许多意思在我们心头浮动着。斯特剌奇将一大半材料搁在一边不管，只选出几个来调理，说到这几段时，也不肯尽情讲去，却吞吞吐吐地于不言中泄露出他人的秘密，若使用字的经济，真像斯宾塞所说的，见文章理想的境界，那么我们谈的这个作者该归到第一流里去了。他真可说惜墨如金。其实只有像他这样会射暗箭，会说反话，会从干燥的叙述里射出飘忽的鬼火，才可以这样子三言两语结束了一件大事。

他这个笔致用来批评维多利亚时代的名人真是特别合适，因为维多利亚时代的大人物向来是那么严重（难怪这时代的批评家 matthew arnold 一开口就说文学该具有 high seriousess），那么像煞有介事样子，虽然跟我们一样地近人情，却自己以为他们的生活完全受过精神上规律的支配，因此难免不自觉里有好似虚伪的地方，责备别人也嫌于太严厉。斯特刺奇扯下他们的假面孔，初看好像是唐突古人，其实使他们现出本来的面目，那是连他们自己都不大晓得的，因此使他们伟大的性格活跃起来了，不像先前那么死板板地滞在菩萨龛里，这么一说他真可算是"找出这些伟人，把他们身上的尘土洗去，将他们放在适当的——不，绝不是柱础上头——却是地面上"。崇拜英雄是傻子干的事情，凭空地来破坏英雄也有点无聊，把英雄那种超人的油漆刮去，指示给我们看一个人间世里的伟大性格，这才是真爱事实的人干的事情，也可以说是科学的态度。

三年后，《维多利亚女王传》出版了，这本书大概是他的绝唱罢。谁看到这个题目都不会想那是一本很有趣味的书，必定以为天威咫尺，说些不着边际的颂辞完了。就是欣赏过前一本书的人们也料不到会来了一个更妙的作品，心里想对于这位君临英国六十年的女王，斯特刺奇总不便肆口攻击罢。可是他正是个喜欢在独木桥上翻觔斗的人，越是不容易下手的题目，他做得越起劲，简直是马戏场中在高张的绳于上轻步跳着的好汉。

他从维多利亚是个小姑娘，跟她那个严厉的母亲 the duchess of kent 同她那个慈爱的保姆 fraulein lehzen 过活，和有时到她那个一世英才的外祖父 king leopold 家里去说起，叙述她怎么样同她的表兄弟 prince albert 结婚，这位女王的丈夫怎么样听了一位聪明忠厚，却是极有手段的医生 stocknar 的劝告，从一个爱玄想的人变成为一个专心国务的人，以及他对于女王的影响，使一个骄傲的公主变成为贤惠的妻子了，可是他自己总是有些怀乡病者的苦痛，在王宫里面忙碌一生却没有一个真正快乐的时光，此外还描写历任首任的性格，老成持重的 lord melbourne 怎么样匡扶这位年青的女王，整天陪着她，怀个老父的心情；别扭古怪的 lord palmerston 怎么样跟她闹意见，什么事都安排妥贴，木已成舟后才来请训，以及怎样靠着人民的拥护一意孤行自己的政策；精灵乖巧的 disralie 怎么样得她欢心，假装做万分恭敬，其实渐渐独揽大权了，而且花样翻新地来讨好，当女王印行一本日记之后，他召见时常说："we, authors" 使女王俨然有文豪之意；还有呆板板的 giadstone 怎么样因为太恭敬了，反而招女王的厌恶，最后说到她末年时儿孙绕膝，她的儿子已经五十岁了，宴会迟到看见妈妈时还是怕得出汗，退到柱子后不敢声张，一直讲到女王于英国威力四震，可是来日大难方兴未艾时悠然死去了。这是一段多么复杂的历史，不说别的，女王在世的光阴就有八十一年，可是斯特刺奇用不到三百页的篇幅居然游刃有余地说完了，而且还有许多空时间在那儿弄游戏的笔墨，那种紧缩的本领的确堪惊。他用极简洁的文字达到写实的好处，将无数的事情用各人的性格连串起来，把女王郡王同重臣像普通的人物一样写出骨子里是怎么一回事，还是跟"维多利亚时代的名人"一样用滑稽同讥讽的口吻来替他们洗礼，破开那些硬板板的璞，剖出一块一块晶莹玉来。有一点却是这本书胜过前本书的地方，前本书多少带些试验的色彩，朝气自然比较足些，可是锋芒未免太露，有时几乎因为方法而牺牲内容了，这本书却是更成熟的作品，态度稳健得多，而出色的地方并不下于前一本，也许因为镇静些，反显得更为动眼。这本书叙述维多利亚同她丈夫一生的事迹以及许多白发政治家的遭遇，不动感情地一一道出，我们读起来好像游了一趟 pompei 的废墟或者埃及的金字塔，或者读了莫伯桑的《一生》同 bennett 的《炉边谈》(old wive's tales)，对于人生的飘忽，和世界的常存，真有无限的感慨，仿佛念了不少的传记，自己也涉猎过不少的生涯了，的确是种黄昏的情调。可是翻开书来细看，作者简直没有说出这些伤感的话，这也是他所以不可及的地方。

过了七年半，斯特刺奇第三部的名著《elizabeth and essex: a tragic history》出版了。这是一段旖旎温柔的故事，叙述年青英武的 essex 还不到二十岁时候得到五十三岁的女王伊利沙伯的宠幸，夏夜里两人独自斗牌，有时一直斗到天亮，仿佛是一对爱侣，不幸得很，两人的性情刚刚相反，女王遇事总是踌躇莫决，永远在犹豫之中，有时还加上莫名其妙的阴谋，essex 却总是趋于极端，慷慨悲歌，随着一时的豪气干去，因此两人常有冲突；几番的翻脸，几番的和好，最终 essex 逼得无路可走，想挟兵攻政府，希冀能够打倒当时的执政者 burghley，再得到女王的优遇，事情没有弄好，当女王六十七岁的时候，这位三十四岁的幸臣终于走上断头台了。

这是多么绚烂夺目的题材，再加上远征归来的 walter raleigh，沉默不言，城府同大海一样深的 burghley 精明强干，替 essex 买死力气的 anthony bacon，同他那位弟弟，起先受 essex 的恩惠，后来为着自己的名利却来落井下石，判决 esses 命运的近代第一个哲学家 franc is bacen，这一班人也袍笏登场，自然是一出顶有意思的悲剧，所以才出版时候批评界对这本书有热烈的欢迎。可是假使我们仔细念起来，我们就会觉得这本书的气味跟前两部很不相同，也可以说远不如了。在前两本，尤其在《维多利亚女王传》里，我们不但赞美那些犀利的辞藻，而且觉得这些合起来的确给我们一个具体的性格，我们不但认出那些性格各自有其中心点，而且看清他们一切的行动的确是由这中心点出发的，又来得非常自然，绝没有牵强附会的痕迹。

　　在这部情史里，文字的俊美虽然仍旧，描写的逼真虽然如前，但是总不能叫我们十分相信，仿佛看出作者是在那儿做文章，把朦胧的影子故意弄得黑白分明，因此总觉得美中不足。这当然要归咎于原来材料不多，作者没有选择的余地，臆造的马脚就露出来了。可是斯特刺奇的不宜于写这类文字恐怕也是个大原因罢。有人以为他带有浪漫的情调，这话是一点不错的，可是正因如此，所以他不宜于写恋爱的故事。讥讽可算他文体的灵魂，当他描写他一半赞美，一半非难的时候，讥讽跟同情混在一起来合作，结果画出一个面面周到，生气勃勃的形象，真像某位博物学家所谓的，最美丽的生物是宇宙得到最大的平衡时造出来的。他这种笔墨好比两支水力相等的河流碰在一起，翻出水花冲天的白浪。这个浪漫的故事可惜太合他的脾胃了，因此他也不免忘情，信笔写去，失掉那个"黄金的中庸之道"，记得柏拉图说到道德时，拿四匹马来比情感，拿马夫来比理智。

　　以为驾驭得住就是上智之所为。斯特刺奇的同情正象狂奔的骏马，他的调侃情趣却是拉着缰的御者，前这两本书里仿佛马跟马夫弄得很好，正在安详地溜蹄着，这回却有些昂走疾驰了，可是里面有几个其他的角色倒写得很有分寸，比如痴心于宗教的西班牙王，philip，essex 同 bacon 的母亲都是浓淡适宜的小像。斯特刺奇写次要人物有时比主要人物还写得好，这仿佛指出虽然他是个这么用苦心的艺术家，可是有一部分的才力还是他所不自觉的，也许因为他没有那么费劲，反而有一种自然的情趣罢。《维多利亚时代名人》里面所描写的几个次要人物，比如老泪纵横，执笔著自辩辞的 j. h. newman 狡计百出，跟 manning 联盟的 cardinal talbot，以及给 nightingale 逼得左右为人难的老实大臣 sidney herbert，顽梗固执，终于置戈登将军于死地的 gladstone，都是不朽的小品。我们现在就要说到他的零篇传记了。

他于一九〇六同一九一九之间写了十几篇短文，后来合成一本集子，叫做《书与人物》（books and character：french and english），里面有一半是文学批评，其他一半是小传。那些文学批评文字跟他的《法国文学的界石》差不多，不过讲的是英国作家，仿佛还没有像他谈法国文人时说得那么微妙。那些小传里有三篇可以说是他最成熟的作品。一篇述文坛骁将的 voltaire 跟当代贤王 frederickthe great 两人要好同吵架的经过，一篇述法王外妾，谈锋压倒四座，才华不可一世的盲妇人 madame de duffand 的生平，一篇述生于名门，后来流浪于波斯东方等国沙漠之间，当个骆驼背上的女英雄 lady hester stanhope 的经历。

这三篇都是分析一些畸人的心境，他冷静地剥蕉抽茧般一层一层揭起来，我们一面惊叹他手术的灵巧，一面感到写得非常真实，那些古怪人的确非他写不出来，他这个探幽寻胜的心情也是当用到这班人身上时才最为合式。去年他新出一本集子，包含他最近十年写的短文章，一共还不到二十篇，据说最近几年他身体很不健康，但是惨淡的经营恐怕也是他作品不多的一个大原因，这本集子叫做《小照》（portraitsin miniature），可是有一小半还是文学批评。

里面有几篇精致的小传，像叙述第一个发明近代茅厕的伊利沙伯朝诗人 sir john harrington，终身不幸的 muggleton，写出简短诙谐的传记的 aubrey，敢跟 voltaire 打官司的 dr. colbatca，英国书信第一能手 horace walpole，老年时钟情的少女 maryberry，都赶得上前一部集子那三篇杰作，而且文字来得更锋利，更经济了。最后一篇文章叫做《英国历史家》（englishhistorians），里面分六部，讨论六位史家（hume，gibbon，macaulay，carlyle，froude，creighton），虽然不大精深，却告诉我们他对于史学所取的态度，比如在论 macaulay 里，他说：历史家必具的条件是什么呢：分明是这三个——能够吸收事实，能够叙述事实，自己能有一个立脚点。在论 macaulay 的文体时候，他说这个历史家的文字那么纯钢也似的，毫无柔美的好处，大概因为他终身是个单身汉罢。这类的嘲侃是斯特刺奇最好的武器，多么爽快，多么有同情，又带了嫋嫋不绝之音。他最后这本集子在这方面特别见长，可惜这是他的天鹅之歌了。

我们现在要说到他的风格了。他是个醉心于古典主义的人，所以他有一回演讲 pope 时候，将这个具有古典主义形式的作家说得花天乱坠，那种浪漫的态度简直超出古典派严格的律例了。他以为古典主义的方法是在于去选择，去忽略，去统一，为的是可以产生个非常真实的中心印象。他讨论 moliere 古典派的作风时候说到这位伟大法国人的方法是抓到性格上两三个显著的特点，然后用他全副的艺术将这些不能磨灭地印到我们心上去。他自己著书也是采用这种取舍极严的古典派方法，可是他所描写的人物都是很古怪离奇的，有些变态的，最少总不是古典派所爱的那种伟丽或素朴的形象。而且他自己的心境也是很浪漫的，却从谨严的古典派方式吐出，越显得灿烂光华了，使人想起用纯粹的理智来写情诗的 john donne 同将干燥的冥想写得热烈到像悲剧情绪的 pascal。

斯特刺奇极注重客观的事实，可是他每写一篇东西总先有一个观点，（那当然也是从事实里提炼出来的，可是提炼的标准要不要算做主观呢？）因为他有一个观点，所以他所拿出来的事实是组成一片的，人们看了不能不相信，因为他的观点是提炼出来的，他的综合，他的演绎都是非常大胆的，否则他也不敢凭着自己心里的意思来热嘲冷讽了。

他是同情非常丰富的人，无论什么人经他一说，我们总觉得那个人有趣，就是做了什么坏事，也是可恕的了，可是他无时不在那儿嘲笑，差不多每句话都带了一条刺，这大概因为只有热肠人才会说冷话；否则已经淡于广切了，那里还用得着毁骂呢？他所画的人物给我们一个整个的印象，可是他文章里绝没有轮廓分明地勾出一个人形，只是东一笔，西一笔零碎凑成，真像他批评 sir thomas browne 的时候所说的，用一大群庞杂的色彩，分开来看是不调和的，非常古怪的，甚至于荒谬的，构成一幅印象派的杰作。他是个学问很有根底的人，而且非常渊博，可是他的书一清如水，绝没有旧书的陈味，这真是化腐臭为神奇。他就在这许多矛盾里找解脱，而且找到战胜的工具，这是他难能可贵的一点。其实这也是不足怪的，写传记本来就是件矛盾的事情，假使把一个人物的真性格完全写出，字里行间却丝毫没有杂了作者的个性，那么这是一个死的东西，只好算做文件罢，假使作者的个性在书里传露出来，使成为有血肉的活东西，恐怕又不是那么一回事了，还好人生同宇宙都是个大矛盾，所以也不必去追究了。

跋（叶公超）

读驭聪的文章每令人想起中世纪时拉丁赞美诗里一句答唱：medin vita in morte sumus。"死"似乎是我们亡友生时最亲切的题目，是他最爱玩味的意境。但他所意识到的"死"却不是那天早上在晨光晃耀之下八名绿衣的杠夫把他抬了出去的那回事，那场不了自了的结局原没多大想头，虽然我想他也知道是终不免于一次的，他所意识到的乃是人生希望的幻灭，无数黄金的希望只剩下几片稀薄的影子，正如他自己在《破晓》里所说："天天在心里建起七宝楼台，天天又看到前天架起的灿烂的建筑物消失在云雾里，化作命运的狞笑，仿佛《亚俪丝异乡游记》里所说的空中一个猫的笑脸"。读者也许因此就把他看做一个悲观者，或相信命运说者，我却不这样想，至少我觉得无需拿这些费解的名词来附会他。从他这集子里我们就可以看出他是个生气蓬勃的青年，他所要求于自己的只是一个有理解的生存，所以他处处才感觉矛盾。这感觉似乎就是他的生力所在。无论写的是什么，他的理智总是清醒沉着的，尤其在他那想象汹涌流转的时候。

他自己也曾说过："在上帝创造世界之前，宇宙是黑漆一团的，而世界的末日也一定是归于原始的黑暗，所以这个宇宙不过是两个黑暗中间的一星火花但是了解黑暗也不是容易的事，想知道黑暗的人最少总得有个光明的心地。生来就盲目的绝对不知道光明与黑暗的分别，因此也可以说不能了解黑暗。"惟其心地这样明白，所以他才能意识到"所谓生长也就是灭亡的意思。"这点他在《善言》，《坟》，《黑暗》里说得最透彻，这里也无需我再来重复。他对于人生似乎正在积极的探求着意义，而寿命却只容他领悟到这生长的意思，不过单就这一点的真实已足够我们想念他的了。驭聪平日看书极其驳杂，大致以哲学与文学方面的较多。有一次他对我说，他看书像 hazlitt 一样，往往等不及看完一部便又看开别部了，惟有 lamb 与 hazlitt 的全集却始终不忍释手。在这集子里我们也可以看出他确是受了 lamb 与 hazlitt 的影响，尤其是 lamb 那种悲剧的幽默（tragic humour）。以他的环境而论，似乎不该流入这种情调，至少与他相熟的人恐不免有这样想的。我想这倒不难解释。

所谓"环境"，或"生活"实在是没有定义的东西，因为我们与外界的接触往往产生含有极端复杂的经验，这些经验所引起的反应更是莫测深浅的问题。幼稚的心理学至少可以令我们相信它这一点点的虚心。wordsworth 的 low living and high thinking 当然是很可能的，不过也只是一种可能的化合，反之固未尝不可，但亦未必必然。这话，读者要明白，全是活人闲着为理论而说的，其实驭聪的生活何尝真是 high living。他的文章可以说是他对于人生的一种讨论，所谓人生当然是只限于他经验里所意识到的那部分。

经验有从实际生活中得来的，有从书本子得来的；前者是无组织的，后者乃经过一种主观情感所组织的。在一个作家的生活中大概这两种经验是互相影响着。它们如何的互相影响即是一个作家如何组织他的经验的问题。关于这点，似乎没有详论之必要。我要简略的说明这些，因为我感觉驭聪对于人生的态度多半是从书里经验来的，换言之，他从书本里所感觉到的经验似乎比他实际生活中的经验更来得深刻，因此便占了优胜。

这种经验的活动也曾产生过伟大的作家，虽然驭聪未必就因此而伟大。所以，我觉得他的文章与他的生活环境并不冲突；他从平淡温饱的生活里写出一种悲剧的幽默的情调本是不希奇的事。

驭聪作文往往兴到笔流，故文字上也不免偶有草率的痕迹，唯写《吻火》，《春雨》，和最后这篇论文却很用了些工夫。《吻火》是悼徐志摩的。写的时候大概悼徐志摩的热潮已经冷下去了。我记得他的初稿有二三千字长，我说写得仿佛太过火一点，他自己也觉得不甚满意，遂又重写了两遍。后来拿给废名看，废名说这是他最完美的文字，有炉火纯青的意味。他听了颇为之所动，当晚写信给我说"以后执笔当以此为最低标准。"lytton strachey 这篇论文是他的绝笔。他最后那一年很用心的去看了许多近代传记作品，尤注意 strachey 和 maurois 二人的方法，因为他自己也想于首写一本长篇的传记。strachey 死后，他又重把他的作品细读一遍，然后才写成这篇，前后大致用了三四个月的工夫。悼 strachey 的文章长篇的我在英法文的刊物上也看过四五篇，（大概只有这多吧，）我觉得驭聪这篇确比它们都来得峭核，文字也生动得多。我希望将来有人把它译成英文，给那边 strachey 的朋友看看也好。

驭聪的翻译共有二三十种。我听说他所译注的《小品文选》及《英国诗歌选》都已成为中学生的普通读物。我是不爱多看翻译的人，他的也只看过这两种，觉得它们倒很对得起原著人。他的遗稿中尚有半本 lord jim 的翻译及零星随录数十则，其余的他都带走了。

二十二年除夕叶公超谨跋

名家作品精选集

庐隐精选集

庐隐 著

民主与建设出版社

·北京·

© 民主与建设出版社，2021

图书在版编目（CIP）数据

庐隐作品精选集 / 庐隐著 . –– 北京：民主与建设
出版社，2021.8（2024.1 重印）
（名家作品精选集 / 王茹茹主编；4）
ISBN 978-7-5139-3651-4

Ⅰ . ①庐… Ⅱ . ①庐… Ⅲ . ①散文集－中国－现代
Ⅳ . ① I266

中国版本图书馆 CIP 数据核字 (2021) 第 139244 号

庐隐作品精选集
LUYIN ZUOPIN JINGXUANJI

著　　者	庐　隐	
主　　编	王茹茹	
责任编辑	韩增标	
封面设计	玥婷设计	
出版发行	民主与建设出版社有限责任公司	
电　　话	（010）59417747　59419778	
社　　址	北京市海淀区西三环中路 10 号望海楼 E 座 7 层	
邮　　编	100142	
印　　刷	三河市天润建兴印务有限公司	
版　　次	2021 年 8 月第 1 版	
印　　次	2024 年 1 月第 2 次印刷	
开　　本	880 毫米 ×1230 毫米　　1 / 32	
印　　张	6.5	
字　　数	130 千字	
书　　号	ISBN 978-7-5139-3651-4	
定　　价	298.00 元（全 10 册）	

注：如有印、装质量问题，请与出版社联系。

目 录

海滨故人

悄问何处是归程

海滨故人

一

呵！多美丽的图画！斜阳红得像血般，照在碧绿的海波上，露出紫蔷薇般的颜色来，那白杨和苍松的荫影之下，她们的旅行队正停在那里，五个青年的女郎，要算是此地的熟客了，她们住在靠海的村子里；只要早晨披白绡的安琪儿，在天空微笑时，她们便各人拿着书跳舞般跑了来。黄昏红裳的哥儿回去时，她们也必定要到。

她们倒是什么来历呢？有一个名字叫露沙，她在她们五人里，是最活泼的一个，她总喜欢穿白纱的裙子，用云母石作枕头，仰面睡在草地上默默凝思。她在城里念书，现在正是暑假期中，约了她的好朋友——玲玉、莲裳、云青、宗莹住在海边避暑，每天两次来赏鉴海景。她们五个人的相貌和脾气都有极显著的区别。露沙是个很清瘦的面庞和体格，但却十分刚强，她们给她的赞语是"短小精悍"。她的脾气很爽快，但心思极深，对于世界的谜仿佛已经识破，对人们交接，总是诙谐的。玲玉是富于情感，而体格极瘦弱，她常常喜欢人们的赞美和温存。她认定的世界的伟大和神秘，只是爱的作用；她喜欢笑，更喜欢哭，她和云青最要好。云青是个智理比感情更强的人。有时她不耐烦了，不能十分温慰玲玉，玲玉一定要背人偷拭泪，有时竟至放声痛哭了。莲裳为人最周到，无论和什么人都交际得来，而且到处都被人欢迎，她和云青很好。宗莹在她们里头，是最娇艳的一个，她极喜欢艳妆，也喜欢向人夸耀她的美和她的学识，她常常说过分的话。露沙和她很好，但露沙也极反对她思想的近俗，不过觉得她人很温和，待人很好，时时地牺牲了自己的偏见，来附和她。她们样样不同的朋友，而能比一切同学亲热，就在她们都是很有抱负的人，和那醉生梦死的不同。所以她们就在一切同学的中间，筑起高垒来隔绝了。

有一天朝霞罩在白云上的时候，她们五个人又来了。露沙睡在海崖上，宗莹蹲在她的身旁，莲裳、玲玉、云青站在海边听怒涛狂歌，看碧波闪映，宗莹和露沙低低地谈笑，远远忽见一缕白烟从海里腾起。玲玉说："船来了！"大家因都站起来观看，渐渐看见烟筒了。看见船身了，不到五分钟整个的船都可以看得清楚。船上许多水手都对她们望着，直到走到极远才止。她们因又团团坐下，说海上的故事。

开始露沙述她幼年时，随她的父母到外省做官去，也是坐的这样的海船。有一天因为心里烦闷极了，不住声地啼哭，哥哥拿许多糖果哄她，也止不住哭声，妈妈用责罚来禁止她的哭声，也是无效。这时她父亲正在作公文，被她搅得急起来，因把她抱起来要往海里抛。她这时惧怕那油碧碧的海水，才止住哭声。

宗莹插言道："露沙小时的历史，多着呢，我都知道。因我妈妈和她家认识，露沙生的那天，我妈妈也在那里。"玲玉说：

"你既知道，讲给我们听听好不好？"宗莹看着露沙微笑，意思是探她许可与否，露沙说："小时的事情我一概不记得，你说说也好，叫我也知道知道。"

于是宗莹开始说了："露沙出世的时候，亲友们都庆贺她的命运，因为露沙的母亲已经生过四个哥儿了。当孕着露沙的时候，只盼望是个女儿。这时露沙正好出世。她母亲对这嫩弱的花蕊，十分爱护，但同时意外的事情发生了，不免妨碍露沙的幸运，就是生露沙的那一天，她的外祖母死了。并且曾经派人来接她的母亲，为了露沙的出世，终没去成，事后每每思量，当露沙闭目恬适睡在她臂膀上时，她便想到母亲的死，晶莹的泪点往往滴在露沙的颊上。后来她忽感到露沙的出世有些不祥，把思量母亲的热情，变成憎厌露沙的心了！

"还有不幸的，是她母亲因悲抑的结果，使露沙没有乳汁吃，稚嫩的哀哭声，便从此不断了。有一天夜里，露沙哭得最凶，连她的小哥哥都吵醒了。她母亲又急又痛，止不住倚着床沿垂泪，她父亲也叹息道："这孩子真讨厌！明天雇个奶妈，把她打发远点，免得你这么受罪！"她母亲点点头，但没说什么。

"过了几天，露沙已不在她母亲怀抱里了，那个新奶妈，是乡下来的，她梳着奇异像蝉翼般的头，两道细缝的小眼，上唇撅起来，露着牙龈。露沙初次见她，似乎很惊怕，只躲在娘怀里不肯仰起头来。后来那奶妈拿了许多糖果和玩物，才勉强把她哄去。但到了夜里，她依旧要找娘去，奶妈只把她搂在怀里，轻轻拍着，唱催眠歌儿，才把她哄睡了。

"露沙因为小时吃了母亲优抑的乳汁，身体十分孱弱，况且那奶妈又非常的粗心，她有时哭了，奶妈竟不理她，这时她的小灵魂，感到世界的孤寂和冷刻了。她身体健康更一天不如一天。到三岁了她还不能走路和说话，并且头上还生了许多疮疥。这可怜的小生命，更没有人注意她了。

"在那一年的春天，鸟儿全都轻唱着，花儿全都含笑着，露沙的小哥哥都在绿草地上玩耍，那时露沙得极重的热病，关闭在一间厢房里。当她病势沉重的时候，她母亲绝望了，又恐怕传染，她走到露沙的小床前，看着她瘦弱的面庞说："唉！怎变成这样了！……奶妈！我这里孩子多，不如把她抱到你家里去治吧！能好再抱回来，不好就算了！"奶妈也正想回去看看她的小黑，当时就收拾起来，到第二天早晨，奶妈抱着露沙走了。她母亲不免伤心流泪。露沙搬到奶妈家里的第二天，她母亲又生了个小妹妹，从此露沙不但不在她母亲的怀里，并且也不在她母亲的心里了。

"奶妈的家，离城有二十里路，是个环山绕水的村落，她的屋子，是用茅草和黄泥筑成的，一共四间，屋子前面有一座竹篱笆，篱笆外有一道小溪，溪的隔岸，是一片田地，碧绿的麦秀，被风吹着如波纹般涌漾。奶妈的丈夫是个农夫，天天都在田地里做工；家里有一个纺车，奶妈的大女儿银姊，天天用它纺线；奶妈的小女儿小黑和露沙同岁。露沙到了奶妈家里，病渐渐减轻，不到半个月已经完全好了，便是头上的疮也结了痂，从前那黄瘦的面孔，现在变成红黑了。

"露沙住在奶妈家里，整整过了半年，她忘了她的父母，以为奶妈便是她的亲娘，银姊和小黑是她的亲姊姊。朝霞幻成的画景，成了她灵魂的安慰者，斜阳影里唱歌的牧童，是她的良友，她这时精神身体都十分焕发。

露沙回家的时候，已经四岁了。到六岁的时候，就随着她的父母做官去，以后的事情我就不知道了。"

宗莹说到这里止住了。露沙只是怔怔地回想，云青忽喊道："你看那海水都放金光了，太阳已经到了正午，我们回去吃饭吧!"她们随着松荫走了一程已经到家了。

在这一个暑假里，寂寞的松林，和无言的海流，被这五个女孩子点染得十分热闹，她们对着白浪低吟，对着激潮高歌，对着朝霞微笑，有时竟对着海月垂泪。不久暑假将尽了，那天夜里正是月望的时候，她们黄昏时拿着箫笛等来了。露沙说："明天我们就要进城去，这海上的风景，只有这一次的赏受了。今晚我们一定要看日落和月出……这海边上虽有几家人家，但和我们也混熟了，纵晚点回去也不要紧，今天总要尽兴才是。"大家都极同意。

西方红灼灼的光闪烁着，海水染成紫色，太阳足有一个脸盆大，起初盖着黄色的云，有时露出两道红来，仿佛大神怒睁两眼，向人间狠视般，但没有几分钟那两道红线化成一道，那彩霞和彗星般散在西北角上，那火盆般的太阳已到了水平线上，一霎眼那太阳已如狮子滚绣球般，打个转身沉向海底去了。天上立刻露出淡灰色来，只在西方还有些五彩余辉闪烁着。

海风吹拂在宗莹的散发上，如柳丝轻舞，她倚着松柯低声唱道：

我欲登芙蓉之高峰兮，

白云阻其去路。

我欲挈绿萝之俊藤兮；

惧颓岩而踟蹰。

伤烟波之荡荡兮；

伊人何处？

叩海神久不应兮；

唯漫歌以代哭！

接着歌声，又是一阵箫韵，其声嘤嘤似蜂鸣群芳丛里，其韵溶溶似落花轻逐流水，渐提渐高激起有如孤鸿哀唳碧空，但一折之后又渐转和缓恰似水渗滩底呜咽不绝，最后音响渐杳，歌声又起道：

"临碧海对寒素兮，

何烦纤之萦心！

浪滔滔波荡荡兮，

伤孤舟之无依！

伤孤舟之无依兮，

愁绵绵而永系！"

大家都被了歌声的催眠，沉思无言，便是那作歌的宗莹，也只有微叹的余音，还在空中荡漾罢了。

二

她们搬进学校了。暑假里浪漫的生活，只能在梦里梦见，在回想中想见。这几天她们都是无精打采的。露沙每天只在图书馆，一张长方桌前坐着，拿着一支笔，痴痴地出神，看见同学走过来时，她便将人家慢慢分析起来。同学中有一个叫松文的从她面前走过，手里正拿着信，含笑的看着，露沙等她走后，便把她从印象中提出，层层地分析。过了半点钟，便抽去笔套，在一册小本子上写道：

"一个很体面的女郎，她时时向人微笑，多美丽呵！只有含露的荼蘼能比拟她。但是最真诚和甜美的笑容，必定当她读到情人来信时才可以看见！这时不正像含露的荼蘼了，并且像斜阳熏醉的玫瑰，又柔媚又艳丽呢！"她写到这里又有一个同学从她面前走过。她放下她的小本子，换了宗旨不写那美丽含笑的松文了！她将那个后来的同学照样分析起来。这个同学姓郦，在她一级中年纪最大——大约将近四十岁了——她拿着一堆书，皱着眉走过去。露沙望着她的背影出神。不禁长叹一声，又拿起笔来写道："她是四十岁的母亲了，——她的儿已经十岁——当她拿着先生发的讲义——二百余页的讲义，细细地理解时，她不由得想起她的儿来了。"她那时皱紧眉头，合上两眼，任那眼泪把讲义湿透，也仍不能止住她的伤心。

先生们常说："她是最可佩服的学生。"我也只得这么想，不然她那紧皱的眉峰，便不时惹起我的悲哀：我必定要想到："人多么傻呵！因为不相干的什么知识——甚至于一张破纸文凭，把精神的快活完全牺牲了……"当当一阵吃饭钟响，她才放下笔，从图书馆出来，她一天的生活大约如是，同学们都说她有神经病，有几个刻薄的同学给她起个绰号，叫"著作家"，她每逢听见人们嘲笑她的时候，只是微笑说："算了吧！著作家谈何容易？"说完这话，便头也不回地跑到图书馆去了。

宗莹最喜欢和同学谈情。她每天除上课之外，便坐在讲堂里，和同学们说："人生的乐趣，就是情。"她们同级里有两个人，一个叫作兰香，一个叫作孤云，她们两人最要好，然而也最爱打架。她们好的时候，手挽着手，头偎着头，低低地谈笑。或商量两个人做一样衣服，用什么样花边，或者做一样的鞋，打一样的别针，使无论什么人一见她们，就知道她们是顶要好的朋友。有时预算星期六回家，谁到谁家去，她们说到快意的时候，竟手舞足蹈，合唱起来。这时宗莹必定要拉着玲玉说："你看她们多快乐呵！真是人若没有感情，就不能生活了。情是滋润草木的甘露，要想开美丽的花，必定用要情汁来灌溉。"玲玉也悄悄地谈论着，我们级里谁最有情，谁有真情，宗莹笑着答她道："我看你最多情，——最没情就是露沙了。她永远不相信人，我们对她说情，她便要笑我们。其实她的见地实在不对。"玲玉便怀疑着笑说道："真的吗？……我不相信露沙无情，你看她多喜欢笑，多喜欢哭呀。没情的人，感情就不应当这么易动。"宗莹听了这话，沉思一回，又道："露沙这人真奇怪呀！……有时候她闹起来，比谁都活泼，及至静起来，便谁也不理的躲起来了。"

她们一天到晚，只要有闲的时候，便如此的谈论，同学们给她们起了绰号，叫"情迷"，她们也笑纳不拒。

云青整天理讲义，记日记。云青的姊妹最多，她们家庭里因组织了一个娱乐会。云青全份的精神都集中在这里，下课的时候，除理讲义，抄笔录和记日记外，就是做简章和写信。她性情极圆和，无论对于什么事，都不肯吃亏，而且是出名的拘谨。同级里每回开级友会，或是爱国运动，她虽热心帮忙，但叫她出头露面，她一定不答应。她唯一的推辞只说："家里不肯。"同学们能原谅她的，就说她家庭太顽固，她太可怜；不能原谅她，就冷笑着说："真正是个薛宝钗。"她有时听见这种的嘲笑，便呆呆坐在那里。露沙若问她出什么神？她便悲抑着说："我只想求人了解真不容易！"露沙早听惯看惯她这种语调态度，也只冷冷地答道："何必求人了解？老实说便是自己有时也不了解自己呢！"云青听了露沙的话，就立刻安适了，仍旧埋头做她的工作。

莲裳和他们四人不同级，她学的是音乐，她每日除了练琴室里弹琴，便是操场上唱歌。她无忧无虑，好像不解人间有烦恼事，她每逢听见云青露沙谈人无味一类的话，她必插嘴截住她们的话说："哎呀！你们真讨厌。竟说这些没意思的话，有什么用处呢？来吧！来吧！操场玩去吧！"她跑到操场里，跳上秋千架，随风上下翻舞，必弄得一身汗她才下来，她的目的，只是快乐。她最憎厌学哲理的人，所以她和露沙她们不能常常在一处，只有假期中，她们偶然聚会几次罢了。

她们在学校里的生活很平淡，差不多没有什么意外的事情发现。到了第三个年头，学校里因为爱国运动，常常罢课。露沙打算到上海读书。开学的时候，同学们都来了，只短一个露沙，云青、玲玉、宗莹都感十分怅惘，云青更抑抑不能耐，当日就写了一封信给露沙道：

露沙：

赐书及宗莹书，读悉，一是离愁别恨，思之痛，言之更痛，露沙！千丝万缕，从何诉说？知惜别之不免，悔欢聚之多事矣！悠悠不决之学潮，至兹告一结束，今日已始行补课，同堂相见，问及露沙，上海去也。局外人已不胜为吾四人憾，况身受者乎？吾不欲听其问，更不忍笔之于此以增露沙愁也！所幸吾侪之以志行相契，他日共事社会，不难旧雨重逢，再作昔日之游，话别情，倾积愫，且喜所期不负，则理想中乐趣，正今日离愁别恨有以成之；又何惜今日之一别，以致永久之乐乎？云素欲作积极语，以是自慰，亦勉以是为露沙慰，知露沙离群之痛，总难恝然于心。姑以是作无聊之极想，当耐味之榆柑可也。

今日校中之开学式，一种萧条气象，令人难受，露沙！所谓"别时容易见时难"。吾终不能如太上之忘情，奈何！得暇多来信，余言续详，顺颂康健

云青

云青写完信，意绪兀自懒散，在这学潮后，杂乱无章的生活里，只有沉闷烦纡，那守时刻司打钟的仆人，一天照样打十二回钟，但课堂里零零落落，只有三四个人上堂。教员走上来，四面找人，但窗外一个人影都没有。院子里只有垂杨对那孤寂的学生教员，微微点头。玲玉、宗莹和云青三个人，只是在操场里闲谈。这时正是秋凉时候，天空如洗，黄花满地，西风爽辣。一群群雁子都往南飞，更觉生趣索然。她们起初不过谈些解决学潮的方法，已觉前途的可怕，后来她们又谈到露沙了，玲玉说："露沙走了，与她的前途未始不好。只是想到人生聚散，如此易易，太没意思了，现在我们都是做学生的时代，肩上没有重大的责任，尚且要受种种环境支配，将来投身社会，岂不更成了机械吗？……"云青说："人生有限的精力，清磨完了就结束了，看透了倒不值得愁前虑后呢？"宗莹这时正在葡萄架下，看累累酸子，忽接言道："人生都是苦恼，但能不想就可以不苦了！"云青说："也只有做如此想。"她们说着都觉倦了，因一齐回到讲堂去。宗莹的桌上忽放着一封信，是露沙寄来的，她忙忙撕开念道：

　　人寿究竟有几何？穷愁潦倒过一生；未免不
值得！我已决定日内北上，以后的事情还讲不到，
且把眼前的快乐享受了再说。

　　宗莹！云青！玲玉！从此不必求那永不开口
的月姊——

　　传我们心弦之音了！呵！再见！

　　宗莹喜欢得跳起来，玲玉、云青也尽展愁眉，她们并且忙跑去通知莲裳，预备欢迎露沙。

　　露沙到的那天，她们都到火车站接她。把她的东西交给底下人拿回去。她们五个人一齐走到公园里。在公园里吃过晚饭，便在社稷坛散步，她们谈到暑假分别时曾叮嘱到月望时，两地看月传心曲，谁想不到三个月，依旧同地赏月了！在这种极乐的环境里，她们依旧恢复她们天真活泼的本性了。

　　她们谈到人生聚散的无定。露沙感触极深，因述说她小时的朋友的一段故事：

　　"我从九岁开始念书，启蒙的先生是我姑母，我的书房，就在她寝室的套间里。我的书桌是红漆的，上面只有一个墨盒，一管笔，一本书，桌子面前一张木头椅子。姑母每天早晨教我一课书，教完之后，她便把书房的门倒锁起来，在门后头放着一把水壶，念渴了就喝白开水，她走了以后，我把我的书打开。忽听见院子里妹妹唱歌，哥哥学猫叫，我就慢慢爬到桌上站在那里，从窗眼往外看。妹妹笑，我也由不得要笑；哥哥追猫，

我心里也像帮忙一块追似的。我这样站着两点钟也不觉倦，但只听见姑母的脚步声，就赶紧爬下来，很规矩地坐在那里，姑母一进门，正颜厉色地向我道：'过来背书。'我哪里背得出，便认也不曾认得。姑母怒极，喝道：'过来！'我不禁哀哀地哭了。她拿着皮鞭抽了几鞭，然后狠狠地说：'十二点再背不出，不用想吃饭呵！'我这时恨极这本破书了。但为要吃午饭，也不能不拼命地念，侥幸背出来了，混了一顿午饭吃。但是念了一年，一本《三字经》还不曾念完。姑母恨极了，告诉了母亲，把我狠狠责罚了一顿，从此不教我念书了。我好像被赦的死囚，高兴极了。"

有一天我正在同妹妹做小衣服玩，忽听见母亲叫我说："露沙！你一天在家里不念书，竟顽皮，把妹妹都引坏了。我现在送你上学校去，你若不改，被人赶出来，我就不要你了。"我听了这话，又怕又伤心，不禁放声大哭。后来哥哥把我抱上车，送我到东城一个教会学堂里。我才迈进校长室，心里便狂跳起来。在我的小生命里，是第一次看见蓝眼睛、高鼻子的外国人，况且这校长满脸威严。我哥哥和她说："这小孩是我的妹妹，她很顽皮，请你不用客气地管束她。那是我们全家所感激的。"那校长对我看了半天说："哦！小孩子！你应当听话，在我的学校里，要守规矩，不然我这里有皮鞭，它能责罚你。"她说着话，把手向墙上一捺。就听见"琅琅！"一阵铃响，不久就走进一个中国女人来，年纪二十八九，这个人比校长温和得多，她走进来和校长鞠了个躬，并不说话，只听见校长叫她道："魏教习！这个女孩是到这里读书的，你把她带去安置了吧！"那个魏教习就拉着我的手说："小孩子！跟我来！"我站着不动。两眼望着我的哥哥，好似求救似的。我哥哥也似了解我的意思，因安慰我说："你好好在这里念书，我过几天来看你。"我知道无望了，只得勉勉强强跟着魏教习到里边去。

这学校的学生，都是些乡下孩子，她们有的穿着打补钉的蓝布褂子，有的头上扎着红头绳，见了我都不住眼地打量，我心里又彷徨，又凄楚。在这满眼生疏的新环境里，觉得好似不系之舟，前途命运真不可定呵，迷糊中不知走了多少路，只见魏教习领我走到楼下东边一所房子前站住了。用手轻轻敲了几下门，那门便"呀"的一声开了。一个女郎戴着蔚蓝眼镜，两颊娇红，眉长入鬓，身上穿着一件月白色的长衫，微笑着对魏教习鞠了躬说："这就是那新来的小学生吗？"魏教习点点头说："我把她交给你，一切的事情都要你留心照应。"说完又回头对我说："这里的规矩，小学生初到学校，应受大学生的保护和管束。她的名字叫秦美玉，你应当叫她姐姐，好好听她的话，不知道的事情都可以请教她。"说完站起身走了。那秦美玉拉着我的手说："你多大了？你姓什么？叫什么？……这学校的规矩很厉害，外国人是不容情的，你应当事事小心。"她正说着，已有人将我的铺盖和衣物拿进来了。我这时忽觉得诧异，怎么这屋子里面没有床铺呵？后来又看她把墙壁上的木门推开了。里头放着许多被褥，另外还有一个墙橱，便是放衣服的地方。她告诉我这屋里住五个人，都在这木板上睡觉，此外，有一张长

方桌子，也是五个人公用的地方。我从来没看见过这种简陋的
生活，仿佛到了一个特别的所在，事事都觉得不惯。并且那些
大学生，又都正颜厉色地指挥我打水扫地，我在家从来没做过，
况且年龄又大幼弱，怎么能做得来。不过又不敢不做，到烦难
的时候，只有痛哭，那些同学又都来看我，有的说："这孩子真
没出息！"有的说："管管她就好了。"那些没有同情的刺心话，
真使我又羞又急，后来还是秦美玉有些不过意，抚着我的头说：
"好孩子！别想家，跟我玩去。"我擦干了眼泪，跟她走出来。
院子里有秋千架，有荡木，许多学生在那里玩耍，其中有一个
学生，和我差不多大，穿着藕荷色的洋纱长衫，对我含笑地望，
我也觉得她和别的同学不同，很和气可近的，我不知不觉和她
熟识了，我就别过秦美玉和她牵着手，走到后院来。那里有一
棵白杨树。底下放着一块捣衣石，我们并肩坐在那里。这时正
是黄昏的时候，柔媚的晚霞，缀成幔天红罩，金光闪射，正映
在我们两人的头上，她忽然问我道："你会唱圣诗吗？"我摇头
说"不会"，她低头沉思半晌说："我会唱好几首，我教你一首
好不好？"我点头道："好！"她便轻轻柔柔地唱了一首，歌词
我已记不得了。只是那爽脆的声韵，恰似娇莺低吟，春燕轻歌，
到如今还深刻脑海。我们正在玩得有味，忽听一阵铃响，她告
诉我吃晚饭了。我们依着次序，走进膳堂，那膳堂在地窖里，
很大的一间房子，两旁都开着窗户，从窗户外望，平地上所种
的杜鹃花正开得灿烂娇艳，迎着残阳，真觉爽心动目。屋子中
间排着十几张长方桌，桌的两旁放着木头板凳，桌上当中放着

一个绿盆，盛着白木头筷子和黑色粗碗，此外排着八碗茄子煮白水，每两人共吃一碗。在桌子东头，放着一簸箩棒子面的窝窝头，黄腾腾好似金子的颜色，这又是我从来没吃过的，秦美玉替我拿了两块放在面前。我拿起来咬了一口，有点甜味，但是嚼在嘴里，粗糙非常，至于那碗茄子，更不知道是什么味道，又涩又苦，想来既没有油，盐又放多了，我肚子其实很饿，但我拿起筷子勉强吃了两口，实在咽不下，心里一急，那眼泪点点滴滴都流在窝窝头上了。那些同学见我这种情形，有的诽笑我，有的谈论我，我仿佛听见她们说："小姐的派头倒十足，但为什么不吃小厨房的饭呢？"我那时不知道这学校的饭是分等第的，有钱的吃小厨房饭，没钱就吃大厨房的饭，我只疑疑惑惑不知道她们说什么，只怔怔地看着饭菜垂泪。直等大家都吃完，才一齐散了出来。我自从这一顿饭后，心里更觉得难受了，这一夜翻来覆去，无论如何睡不着，看那清碧的月光，从树梢上移到我屋子的窗棂上，又移到我的枕上，直至月光充满了全屋，我还不曾入梦，只听见那四个同学呼声雷动，更感焦躁，那眼泪又不由自主地流下来了。直到天快亮，这才迷迷糊糊睡了一觉。

　　第二天的饭菜，依旧是不能下箸。那个小朋友知道这消息，到吃饭的时候，特把她家里送来的菜，拨了一半给我，我才吃了一顿饱饭，这种苦楚直挨了两个星期，才略觉习惯些。我因为这个小朋友待我极好，因此更加亲热。直到我家里搬到天津去，我才离开这学校，我的小朋友也回通州去了。以后我已经十三岁了，我的小朋友十二岁，我们一齐都进公立某小学校，后来她因为想学医到别处去。我们五六年不见，想不到前年她又到北京来，我们因又得欢聚，不过现在她又走了——听说她已和人结婚——很不得志，得了肺病，将来能否再见，就说不定了。

"你们说人生聚散有一定吗?"露沙说完，兀自不住声地叹息。这时公园游人已渐渐散尽，大家都有倦意。因趁着光慢慢散步出园来，一同雇车回学校去。

露沙自从上海回来后，宗莹和云青、玲玉，都觉格外高兴。这时候她们下课后，工作的时候很少，总是四个人拉着手，在芳草地上，轻歌快谈。说到快意时，便哈天扑地地狂笑，说到凄楚时便长吁短叹，其实都脱不了孩子气，什么是人生! 什么是究竟! 不过嘴里说说，真的苦趣还一点没尝到呢!

三

光阴快极了，不觉又过了半年，不解事的露沙、玲玉、云青、宗莹、莲裳，不幸接二连三都卷入愁海了。

第一个不幸的便是露沙，当她幼年时饱受冷刻环境的熏染，养成孤僻倔强的脾气，而她天性又极富于感情，所以她竟是个智情不调和的人。当她认识那青年梓青时，正在学潮激烈的当儿。天上飘着鹅毛片般的白雪，空中风声凛冽，她奔波道途，一心只顾怎么开会，怎么发宣言，和那些青年聚在一起，讨论这一项，解决那一层，她初不曾预料到这一点的，因而生出绝大的果来。

梓青是个沉默孤高的青年，他的议论最彻底，在会议的席上，他不大喜欢说话，但他的论文极多，露沙最喜欢读他的作品，在心流的沟里，她和他不知不觉已打通了，因此不断地通信，从泛泛的交谊，变为同道的深契。这时露沙的生趣勃勃，把从前的冷淡态度，融化许多，她每天除上课外，便是到图书馆看书，看到有心得，她或者作短文，和梓青讨论；或者写信去探梓青的见解，在这个时期里，她的思想最有进步，并且她又开拓研究哲学，把从前懵懵懂懂的态度都改了。

有一天正上哲学课，她拿着一枝铅笔记先生口述的话。那时先生正讲人生观的问题，中间有一句说："人生到底做什么?"她听了这话，忽然思潮激涌，停了手里的笔，更听不见先生继续讲些什么，只怔怔地盘算，"人生到底做什么?……牵来牵去，忽想到恋爱的问题上去，——青年男女，好像是一朵含苞未放的玫瑰花，美丽的颜色足以安慰自己，诱惑别人，芬芳的气息，足以满足自己，迷恋别人。但是等到花残了，叶枯了，人家弃置，自己憎厌，花木不能躲时间空间的支配，人类也是如此，那么人生到底做什么?……其实又有什么可做? 恋爱不也是一样吗? 青春时互相爱恋，爱恋以后怎么样? ……不是和演剧般，到结局无论悲喜，总是空的呵! 并且爱恋的花，常常衬着苦恼的叶子，如何跳出这可怕的圈套，清净一辈子呢? ……"她越想越玄，后来弄得不得主意，吃饭也不正经吃，有时只端着饭碗拿着筷子出神，睡觉也不正经睡，半夜三更坐了起来发怔，甚至于痛哭了。

这一天下午，露沙又正犯着这哲学病，忽然梓青来了一封信，里头有几句话说："枯寂的人生真未免太单调了! ……唉! 什么时候才得甘露的润泽，在我空漠的心田，开朵灿烂的花呢? ……恐怕只有膜拜'爱神'，求她的怜悯了!"这话和她的思想，正犯了冲突。交战了一天，仍无结果。到了这一天夜里，她勉勉强强写了梓青的回信，那话处处露着彷徨矛盾的痕迹。到第二天早起重新看看，自己觉得不妥。因又撕了，结果只写了几个字道："来信收到了，人生不过尔尔，苦也罢，乐也罢，几十年全都完了，管他呢! 且随遇而安吧!"

　　活泼泼的露沙，从此憔悴了！消沉了！对于人间时而信，时而疑，神经越加敏锐，闲步到中央公园，看见鸭子在铁栏里游泳，她便想到，人生和鸭子一样地不自由，一样地愚钝；人生到底做什么？听见鹦鹉叫，她便想到人们和鹦鹉一样，刻板地说那几句话，一样的不能跳出那笼子的束缚；看见花落叶残便想到人的末路——死——仿佛天地间只有愁云满布，悲雾迷漫，无一不足引起她对世界的悲观，弄得精神衰颓。

　　露沙的命运是如此。云青的悲剧同时开演了，云青向来对于世界是极乐观的。她目的想作一个完美的教育家，她愿意到乡村的地方——绿山碧水——的所在，召集些乡村的孩子，好好地培植她们，完成甜美的果树，对于露沙那种自寻苦恼的态度，每每表示反对。

　　这天下午她们都在校园葡萄架下闲谈，同级张君，拿了一封信来，递给露沙，她们都围拢来问："这是谁的信，我们看得吗？"露沙说："这是蔚然的信，有什么看不得的。"她说着因把信撕开，抽出来念道：

露沙君：

　　不见数月了！我近来很忙。没有写信给你，抱歉得很！你近状如何？念书有得吗？我最近心绪十分恶劣，事事都感到无聊的痛苦，一身一心都觉无所着落，好像黑夜中，独驾扁舟，漂泊于四无涯际，深不见底的大海汪洋里，彷徨到底点了呵！日前所云事，曾否进行，有效否，极盼望早得结果，慰我不定的心。别的再谈。

蔚　然

宗莹说，"这个人不就是我们上次在公园遇见的吗？……他真有趣，抱着一大捆讲义，睡在椅子上看，……他托你什么事？……露沙！"

露沙沉吟不语，宗莹又追问了一句，露沙说："不相干的事，我们说我们的吧！时候不早，我们也得看点书才对。"这时玲玉和云青正在那唧唧哝哝商量星期六照相的事，宗莹招呼了她们，一齐来到讲堂。玲玉到图书室找书预备作论文，她本要云青陪她去，被露沙拦住说："宗莹也要找书，你们俩何不同去。"玲玉才舍了云青，和宗莹去了。

露沙叫云青道："你来！我有话和你讲。"云青答应着一同出来，她们就在柳荫下，一张凳子上坐下了。露沙说："蔚然的信你看了觉得怎样？"云青怀疑着道："什么怎么样？我不懂你的意思！"露沙说："其实也没有什么！……我说了想你也不至于恼我吧？"云青说："什么事？你快说就是了。"露沙说："他信里说他十分苦闷，你猜为什么？……就是精神无处寄托，打算找个志同道合的女朋友，安慰他灵魂的枯寂！他对于你十分信任，从前和我说过好几次，要我先容，我怕碰钉子，直到如今不曾说过，今天他又来信，苦苦追问，我才说了，我想他的人格，你总信得过，做个朋友，当然不是大问题是不是？"云青听了这话，一时没说什么，沉思了半天说："朋友原来不成问题，……但是不知道我父亲的意思怎样？等我回去问问再说吧！"……露沙想了想答道："也好吧！但希望快点！"她们谈到这里，听见玲玉在讲堂叫她们，便不再往下说，就回到讲堂去。

露沙帮着玲玉找出《汉书·艺文志》来，混了些时，玲玉和宗莹都伏案作文章，云青拿着一本《唐诗》，怔怔凝思，露沙叉着手站在玻璃窗口，听柳树上的夏蝉不住声地嘶叫，心里只觉闷闷地，无精打采地坐在书案前，书也懒看，字也懒写。孤云正从外头进来，抚着露沙的肩说，"怎么又犯毛病啦，眼泪汪汪是什么意思呵！"露沙满腔烦闷悲凉，经她一语道破，更禁不住，爽性伏在桌上呜咽起来，玲玉、宗莹和云青都急忙围拢来，安慰她，玲玉再三问她为什么难受，她只是摇头，她实在说不出具体的事情来。这一下午她们四个人都沉闷无言，各人叹息各人的，这种的情形，绝不是头一次了。

冬天到了，操场里和校园中没有她们四人的影子了，这时她们的生活只在图书馆或讲堂里，但是图书馆是看书的地方，她们不能谈心，讲堂人又太多，到不得已时，她们就躲在枟沐室里，那里有顶大的洋炉子，她们围炉而谈，毫无妨碍。

最近两个星期，露沙对于宗莹的态度，很觉怀疑。宗莹向来是笑容满面，喜欢谈说的；现在却不然了，镇日坐在讲堂，手里拿着笔在一张破纸上，画来画去，有时忽向玲玉说："做人真苦呵！"露沙觉得她这种形态，绝对不是无因。这一天的第二课正好教员请假，露沙因约了宗莹到枟沐室谈心，露沙说："你有什么为难的事吗？"她沉吟了半天说："你怎么知道？"露沙说："自然知道，……你自己不觉得，其实诚于中形于外，无论谁都瞒不了呢！"宗莹低头无言，过了些时，她才对露沙说："我告诉你，但请你守秘密。"露沙说："那自然啦，你说吧！"

　　我前几个星期回家，我母亲对我说有个青年，要向我求婚，据父亲和母亲的意思，都很欢喜他，他的相貌很漂亮，学问也很好，但只一件他是个官僚。我的志趣你是知道的，和官僚结婚多讨厌呵！而且他的交际极广，难保没有不规则的行动，所以我始终不能决定。我父亲似乎很生气，他说："现在的女孩子，眼里哪有父母呵，好吧！我也不能强迫你，不过我觉得这是个好机会，我作父亲的有对你留意的责任，你若自己错过了，那就不能怨人，……据我看那青年，实在是不可多得的人才，将来至少也有科长的希望……我被他这一番话说得真觉难堪，我当时一夜不曾合眼，我心里只恨为什么这么倒霉，若果始终要为父母牺牲，我何必念书进学校。只过我六七年前小姐式的生活，早晨睡到十一二点起来，看看不相干的闲书，作两首谰调的诗，满肚皮佳人才子的思想，三从四德的观念，那么父母之命，媒妁之言，我自然遵守，也没有什么苦恼了！现在既然进了学校，有了知识，叫我屈伏在这种顽固不化的威势下，怎么办得到！我牺牲一个人不要紧，其奈良心上过不去，你说难不难？……"宗莹说到伤心时，泪珠儿便不断地滴下来。露沙倒弄得没有主意了，只得想法安慰她说："你不用着急，天下没有不爱子女的父母，他绝不忍十分难为你……"

宗莹垂泪说："为难的事还多呢！岂止这一件。你知道师旭常常写信给我吗？"露沙诧异道："师旭！是不是那个很胖的青年？"宗莹道："是的。"……"他头一封信怎么写的？"露沙如此地问。宗莹道："他提出一个问题和我讨论，叫我一定须答复，而且还寄来一篇论文叫我看完交回，这是使我不能不回信的原因。"露沙听完，点头叹道："现在的社交，第一步就是以讨论学问为名，那招牌实在是堂皇得很，等你真真和他讨论学问时，他便再进一层，和你讨论人生问题，从人生问题里便渲染上许多愤慨悲抑的感情话，打动了你，然后恋爱问题就可以应运而生了。……简直是作戏，所幸当局的人总是一往情深，不然岂不味同嚼蜡！"宗莹说："什么事不是如此？……做人只得模糊些罢了。"

她们正谈着，玲玉来了，她对她们做出娇痴的样子来，似笑似恼地说："啊哟！两个人像煞有介事，……也不理人家。"说着歪着头看她们笑。宗莹说："来！来！……我顶爱你！"一边说，一边走，过来拉着她的手。她就坐在宗莹的旁边，将头靠在她的胸前说："你真爱我吗？……真的吗？"……"怎么不真！"宗莹应着便轻轻在她手上吻了一吻。露沙冷冷地笑道："果然名不虚传，情迷碰到一起就有这些做作！"玲玉插嘴道："咦！世界上你顶没有爱，一点都不爱人家。"露沙现出很悲凉的形状道："自爱还来不及，说得爱人家吗？"玲玉有些恼了，两颊绯红说："露沙顶忍心，我要哭了！我要哭了！"说着当真眼圈红了，露沙说："得啦！得啦！和你闹着玩呵！……我纵无情，但对于你总是爱的，好不好？"玲玉虽是哈哈地笑，眼泪却随着笑声滚了下来。正好云青找到她们处来，玲玉不容她开口，拉着她就走，说，"走吧！去吧！露沙一点不爱人家，还是你好，你永远爱我！"云青只迟疑地说："走吗？……真是的！"又回头对她们笑道："这是怎么回事？……你们不走吗……"宗莹说："你先走好了，我们等等就来。"玲玉走后，宗莹说："玲玉真多情，……我那亲戚若果能娶她，真是福气！"露沙道："真的！你那亲戚现在怎么样？你这话已对玲玉说过吗？"宗莹说："我那亲戚不久就从美国回来了，玲玉方面我约略说过，大约很有希望吧！""哦！听说你那亲戚从前曾和另外一个女子订婚，有这事吗？"露沙又接着问。宗莹叹道："可不是吗？现在正在离婚，那边执意不肯，将来麻烦的日子有呢！"露沙说："这恐怕还不成大问题，……只是玲玉和你的亲戚有否发生感情的可能，倒是个大问题呢？……听说现在玲玉家里正在介绍一个姓胡的，到底也不知什么结果。"宗莹道："慢慢地再说吧！现在已经下堂了。底下一课文学史，我们去听听吧！"她们就走向讲堂去。

她们四个人先后走到成人的世界去了。从前的无忧无愁的环境，一天一天消失。感情的花，已如荼如火地开着，灿烂温馨的色香，使她们迷恋，使她们尝到甜蜜的爱的滋味，同时使她们了解苦恼的意义。

这一年暑假，露沙回到上海去，玲玉回到苏州去，云青和宗莹仍留在北京。她们临别的末一天晚上，约齐了住在学校里，

把两张木床合并起来，预备四个人联床谈心。在傍晚的时候，
她们在残阳的余辉下，唱着离别的歌儿道：

> 潭水桃花，故人千里，
> 离歧默默情深悬，
> 两地思量共此心！
> 何时重与联襟？
> 愿化春波送君来去，
> 天涯海角相寻。

歌调苍凉，她们的声音越来越低，直至无声，露沙叹道：
"十年读书，得来只是烦恼与悲愁，究竟知识误我，我误知
识？"云青道："真是无聊！记得我小的时候，看见别人读书，
十分羡慕，心想我若能有了知识，不知怎样的快乐，若果知道
越有知识，越与世界不相容，我就不当读书自苦了。"宗莹道：
"谁说不是呢？就拿我个人的生活说吧！我幼年的时候，没有兄
弟姊妹，父母十分溺爱，也不许进学校，只请了一个位老学究，
教我读《毛诗》、《左传》，闲时学作几首诗。一天也不出门，
什么是世界我也不知道，觉得除依赖父母过我无忧无虑的生活
外，没有一点别的思想，那时在别人或者看我很可惜，甚至于
觉得我很可怜，其实我自己倒一点不觉得。后来我有一个亲戚，
时常讲些学校的生活，及各种常识给我听，不知不觉中把我引
到烦恼的路上去，从此觉得自己的生活，样样不对不舒服，千

方百计和父母要求进学校。进了学校，人生观完全变了。不容于亲戚，不容于父母，一天一天觉得自己孤独，什么悲愁，什么无聊，逐件发明了。……岂不是知识误我吗？"她们三人的谈话，使玲玉受了极深的刺激，呆呆地站在秋千架旁，一语不发。云青无意中望见，因撇了露沙、宗莹走过来，拊在她的肩上说："你怎样了？……有什么不舒服吗？"玲玉仍是默默无言，摇摇头回过脸去，那眼泪便扑簌簌滚了下来。她们三人打断了话头，拉着她到栉沐室里，替她拭干了泪痕，谈些诙谐的话，才渐渐恢复了原状。

到了晚上，她们四人睡在床上，不住地讲这样说那样，弄到四点多钟才睡着了。第二天下午露沙和玲玉乘京浦的晚车离开北京，宗莹和云青送到车站。当火车头转动时，玲玉已忍不住呜咽起来。露沙生性古怪，她遇到伤心的时候，总是先笑，笑够了，事情过了，她又慢慢回想着独自垂泪。宗莹虽喜言情，但她却不好哭。云青对于什么事，好像都不足动心的样子，这时对着渐去渐远的露沙、玲玉，只是怔怔呆望，直到火车出了正阳门，连影子都不见了，她才微微叹着气回去了。

在这分别的期中，云青有一天接到露沙的一封信说：

云青：

人间譬如一个荷花缸，人类譬如缸里的小虫，无论怎样聪明，也逃不出人间的束缚。回想临别的那天晚上，我们所说的理想生活——海边修一座精致的房子，我和宗莹开了对海的窗户，写伟大的作品；你和玲玉到临海的村里，教那天真的孩子念书，晚上回来，便在海边的草地上吃饭，谈故事，多少快乐——但是我恐怕这话，永久是理想的呵！你知道宗莹已深陷于爱情的漩涡里，玲玉也有爱剑卿的趋势。虽然这都是她们俩的事，至于我们呢？蔚然对于你陷溺极深，我到上海后，见过他几次，觉得他比从前沉闷多了，每每仰天长叹，好像有无限隐忧似的。我屡次问他，虽不曾明说什么，但对于你的渴慕仍不时流露出来。云青！你究竟怎么对付他呢？你向来是理智胜于感情的，其实这也是她们不到的观察，对于蔚然的诚挚，能始终不为所动吗？况且你对于蔚然的人格曾表示相信，那么你所以拒绝他的，岂另有苦衷吗？……

按说我的为人，在学校里，同学都批评我极冷淡寡情，其实人间的虫子，要想作太上的忘情，只是矫情罢了！不过有的人喜欢用情——即世上所谓的多情——有的不喜欢用情，一旦若是用了，更要比多情的深挚得多呢！我相信你不是无情，只是深情，你说是不是？

你前封信曾问我梓青的事，在事实上我没有和他发生爱情的可能，但爱情是没有条件的。外来的桎梏，正未必能防范得住呢。以后的结果，实不可预料，只看上帝的意旨如何罢了。

露沙

云青接到这封信，受了极大的刺激，用了两天两夜的思维，仍不能决定，她只得打电话叫宗莹来商量。宗莹问她对于蔚然本身有无问题，云青答道："我向来没有和男子们交接，我觉得男子可以相信的很少，至于蔚然的人格，我始终信仰，不过我向来理智强于感情，这事的结果，若是很顺当的，那么倒也没什么，若果我父母以为不应当……或者亲戚们有闲话，那我宁可自苦一辈子，报答他的情义，叫我勉强屈就是做不到的。"

宗莹听完这话，沉想些时说："我想你本身若是没有问题，那么就可以示意蔚然，叫他托人对你父母提出，岂不妥当吗？"云青懒懒道："大约也只有这么办了，……唉！真无聊……"她们商量妥当，宗莹也就回去了。

傍晚的时候，兰馨来找云青，谈话之间，便提到露沙。兰馨说："我前几天听见人说，露沙和梓青已发生恋爱了，但梓青已经结婚了，这事将来怎么办呢？"

云青怔怔地看着墙上的风景画出神，歇了半天说："这或者是人们的谣传吧！……我看露沙不至于这么糊涂！"

"咦！你也不要说这话，……固然露沙是极明白，不至于上当，但梓青的婚姻是父母强迫的，本没有爱情可言，他纵对于露沙要求情爱，按真理说并不算大不道；不过社会上一般未免要说闲话罢了。……露沙最近有信吗？"

"有信，对于这事，她也曾说过，但她的主张，怕不至于就会随随便便和梓青结婚吧？她向来主张精神生活的，就是将来发生结婚的事情，也总得有相当的机会。"

"其实她近年来，在社会上已很有发展的机会，还是不结婚好，不然埋没了未免可惜……你写信还是劝她努力吧！"

她们正谈着，一阵电话铃响，原来是孤云找兰馨说话，因打断了她们的话头，兰馨接了电话。孤云要约她公园玩去，她于是辞了云青到公园去。

云青等她走后，便独自坐在廊子底下，默默沉思，觉得："人生真是有限，像露沙那种看得破的人，也不能自拔！宗莹更不用说了……便是自己也不免宛转因物！"云青正在遐想的时候，只见听差走进来说有客来找老爷，云青因急急回避了，到屋里看了几页书，倦上来就收拾睡下。

第二天早晨。云青才起来，她的父亲就叫她去说话，她走进父亲的书房，只见她父亲皱着眉道："你认得赵蔚然吗?"云青听了这话，顿时心跳血涨，嗫嚅半天说："听见过这人的名字。"她父亲点头道："昨天伊秋先生来，还提起他，我觉得这个人太懦弱了，而且相貌也不魁武，"一边说着，一边看着云青，云青只是低头无言。后来她父亲又道："我对于你的希望很大，你应当努力预备些英文，将来有机会，到外国走走才是。"说到这里，才慢慢站起来走了。

云青怔怔望着窗外柳丝出神，觉有无限怅惘的情绪，萦绕心田，因到书案前，伸纸染毫写信给露沙道：

露沙：

前信甫发，接书一慰，因连日心绪无聊，未能即复，抱歉之至！来书以处世多磨，苦海无涯为言，知露沙感喟之深，子固生性豪爽者，读到"雄心壮志早随流水去"之句，令人不忍为设地深思也。"不享物质之幸福，亦不愿受物质之支配。"诚然！但求精神之愉快，闭门读书，固亦云唯一之希望，然岂易言乎？

宗莹与师旭定婚有期矣，闻宗莹因此事，与家庭冲突，曾陪却不少眼泪。究竟何苦来？所谓"有情人都成眷属"亦不过霎时之幻影耳。百年容易，眼见白杨萧萧，荒冢累累，谁能逃此大限？此诚"天下本无事庸人自扰之也。"渠结婚佳期闻在中秋，未知确否，果确，则一时之兴尚望露沙能北来，共与其盛，未知如愿否？

玲玉事仍未能解决，而两方爱情则与日俱增，可怜！有限之精神，怎经如许消磨，玲玉为此事殊苦，不知冥冥之运命将何以处之也！嗟！嗟！造化弄人！

最后一段，欲不言而不得不言，此即蔚然之事，云自幼即受礼教之熏染。及长已成习惯，纵新文化之狂浪，汩没吾顶，亦难洗前此之遗毒，况父母对云又非恶意，云又安忍与抗乎？乃近闻外来传言，又多误会，以为家庭强制，实则云之自身愿为家庭牺牲，付能委责家庭。愿露沙有以正之！至于蔚然处，亦望露沙随时开导，云诚不愿陷人滋深，且愿终始以友谊相重，其他问题都非所愿闻，否则只得从此休矣！

思绪不宁，言失其序，不幸！不幸！不知无常之天道，

伊于胡底也，此祝健康！

云青

云青写完信后，就到姑妈家找表姊妹们谈话去了。

四

露沙由京回到上海以后，和玲玉虽隔得不远，仍是相见苦稀，每天除陪了母亲兄嫂姊妹谈话，就是独坐书斋，看书念诗。这一天十时左右，邮差送信来，一共有五六封，有一封是梓青的信，内中道：

露沙吾友：

又一星期不接你的信了！我到家以来，只觉无聊。回想前些日子在京时，我到学校去找你，虽没有一次不是相对无言，但精神上已觉有无限的安慰，现在并此而不能，怅惘何极！

上次你的信说，有时想到将来离开了学校生活，而踏进恶浊的社会生活，不禁万事灰心，我现虽未出校，已无事不灰心了！平时有说有笑，只是把灰心的事搁起，什么读书，什么事业，只是于无可奈何中聊以自遣，何尝有真乐趣！——我心的苦，知者无人——然亦未始并不幸中之幸，免得他们更和我格格不入了。

我于无意中得交着你，又无意于短时间中交情深刻这步田地！这是我最满意的事，唉！露沙！这的确是我们一线的生机！有无上的价值！

　　说到"人生不幸"，我是以为然而不敢深思的，我们所想望的生活，并不是乌托邦，不可能的生活，都是人生应得的生活；若使我们能够得到应得的生活，虽不能使我们完全满意，聊且满意，于不幸的人生中，我们也就勉强自足了！露沙！我连这一层都不敢想到，更何敢提及根本的"人生不幸"！

　　你近来身体怎样，务望自重，有工夫多来信吧！此祝快乐！

　　　　　　　　　　　　　　　　　　梓青书

　　露沙接到信后，只感到万种凄伤，把那信翻来覆去，看了无数遍，直到能背诵了，她还是不忍收起——这实在是她的常态，她生平喜思量，每逢接到朋友们的来信，总是这种情形——她闷闷不语，最后竟滴下泪来。本想即刻写回信，恰巧蔚然来找，露沙才勉强拭干眼泪，出来相见。

　　这时已是黄昏了，西方的艳阳余辉，正射在玻璃窗上，由玻璃窗反折过来，正照在蔚然的脸上，微红而黑的两颊边，似有泪痕。露沙很奇异地问道："现在怎么样？"蔚然凄然说："不知道为什么，这几天心绪恶劣，要想到西湖，或苏州跑一趟，又苦于走不开，人生真是干燥极了！"露沙只叹了一声，彼此缄默约有五分钟，蔚然才问露沙道："云青有信吗？……我写了三封信去，她都没有回我，不知道怎样，你若写信时，替我问问吧！"露沙说："云青前几天有信来，她曾叫我劝你另外打主意，她恐怕终究叫你失望……她那个人做事十分慎重，很可佩服，不过太把自己牺牲了！……你对她到底怎样呢？"蔚然道："我对于她当然是始终如一，不过这事也并不是勉强得来的，她若不肯，当然作罢，但请她不要以此介介，始终保持从前的友谊好了。"露沙说："是呀！这话我也和她谈过，但是她说为避嫌疑起见，她只得暂时和你疏远，便是书信也拟暂时隔绝，等到你婚事已定后，再和你继续前此友谊……我想云青的心也算苦了，她对于你绝非无情，不过她为了父母的意见，宁可牺牲她的一生幸福……说到这里，我又想起今年春假，云青、玲玉、宗莹、莲裳，我们五个人，在天津住着。有一天夜里，正是月色花影互相厮并，红浪碧波，掩映斗媚。那时候我们坐在日本的神坛的草地上，密谈衷心，也曾提起这话，云青曾说对于你无论如何，终觉抱歉，因为她固执的缘故，不知使你精神上受多少创痕，……但是她也绝非木石，所以如此的原因，不愿受人皆议罢了。后来玲玉就说：这也没有什么訾议，现在比不得从前，婚姻自由本是正理，有什么忌讳呢？云青当时似乎很受了感动，就道：好吧！我现在也不多管了。叫他去进行，能成也罢，不成也罢！我只能顺事之自然，至于最后的奋斗，我没有如此大魄力——而且闹起来，与家庭及个人都觉得说来不好听……当日我们的谈话虽仅此而上，但她的态度可算得很明了。我想你如果有决心非她不可，你便可稍缓以待时机。"蔚然点头道："暂且不提好了。"

蔚然走后，玲玉恰好从苏州来，邀露沙明天陪她到吴漆去接剑卿去。露沙就留她住在家里，晚饭后闲谈些时，便睡下了。第二天早晨才五点多钟玲玉就从睡中惊醒，悄悄下了床梳好了头。这时露沙也起来了，她们都收拾好了，已经到六点半。因乘车到火车站，距开车才有十分钟忙忙买了车票，幸喜车上还有坐位。玲玉脸向车窗坐着，早晨艳阳射在她那淡紫色的衣裙上，娇美无比，衬着她那似笑非笑的双靥好像浓绿丛中的紫罗兰。露沙对她怔怔望着，好像在那里猜谜似的。玲玉回头问道："你想什么？你这种神情，衬着一身雪般的罗衣，直像那宝塔上的女石像呢！"露沙笑道："算了吧！知道你今天兴头十足，何必打趣我呢？"玲玉被露沙说得不好意思了。仍回过头去，佯为不理。

半点钟过去了，火车已停在吴淞车站。她们下了车，到泊船码头打听，那只美国来的船，还有两三个钟头才进口。她们便在海边的长堤上坐下，那堤上长满了碧绿的青草。海涛怒啸，绿浪澎湃，但四面寂寥。除了草底的鸣蛩，抑抑悲歌外，再没有其他的音响和怒浪骇涛相应和了。

两点多钟以后，她们又回到码头上。只见许多接客的人，已挤满了，再往海面一看，远远的一只海船，开着慢车冉冉而来。玲玉叫道："船到了！船到了！"她们往前挤了半天。才站了一个地位，又等半天，那船才拢了岸。鼓掌的欢声和呼唤的笑声，立刻充溢空际。玲玉只怔怔向船上望着，望来望去终不见剑卿的影子，十分彷徨。只等到许多人都下了船，才见剑卿提着小皮包，急急下船来。玲玉走向前去，轻轻叫道："陈先生！"剑卿忙放下提包，握着玲玉的手道："哦！玲玉！我真快活极了！你几时来的？那一位是你的朋友吗？……"玲玉说：

"是的！让我给你介绍介绍，"因回过头对露沙道："这位是陈剑卿先生。"又向陈先生道："这位是露沙女士。"彼此相见过，便到火车站上等车。玲玉问道："陈先生的行李都安置了吗？"剑卿道："已都托付一个朋友了，我们便可一直到上海畅谈竟日呢！"玲玉默默无言，低头含笑，把一块绢帕叠来叠去。露沙只听剑卿缕述欧美的风俗人情。不久到了上海，露沙托故走了，玲玉和剑卿到半淞园去。到了晚上，玲玉仍回到露沙家时，住了一夜，第二天早上就回苏州。

过了几天，玲玉寄来一封信，邀露沙北上。这时候已经是八月的天气，风凉露冷，黄花遍地，她们乘八月初三早车北上。在路上玲玉告诉露沙，这次剑卿向她求婚，已经不能再坚执了。现在已双方求家庭的通过，露沙因问她剑卿离婚的手续已办没有。玲玉说："据剑卿说，已不成问题，因为那个女子已经有信应允他。不过她的家人故意为难，但婚姻本是两方同意的结合，岂容第三者出来勉强，并且那个女子已经到英国留学去了。……不过我总觉得有些对不住那个女子罢了！"露沙沉吟道："你倒没什么对不住她：不过剑卿据什么条件一定要和这女子离婚呢？"玲玉道："因为他们定婚的时候，并不是直接的，其间曾经第三者的介绍，而那个介绍人又不忠实，后来被剑卿知道了，当时气得要死，立刻写信回家，要求家里替他离婚，而他的家庭很顽固，去信责备了他一顿，他想来想去没有办法，只有自己出马，当时写了一封信给那个女子，陈说利害。那个女子倒也明白，很爽快就答应了他，并且写了一封信给她的家人，意思是说，婚姻大事，本应由两个男女，自己做主，父母所不能强逼，现在剑卿既觉得和她不对，当然中他离异等语。不过她的家人，十分不快，一定不肯把订婚的凭证退还，所以前此剑卿向我求婚，我都不肯答应。……但是这次他再三地哀求，我真无法了，只得答应了他。好在我们都有事业的安慰，对于这些事都可随便。"露沙点头道："人世的祸福正不可定，能游嬉人间也未尝不是上策呢？"

玲玉同露沙到北京之后，就在中学里担任些钟点，这时她们已经都毕业了。云青、宗莹、露沙、玲玉都在北京，只有莲裳到天津女学校教书去了。莲裳在天津认识了一个姓张的青年，不久他们便发生了恋爱，在今年十月十号结婚，她们因约齐一同到天津去参与盛典。

莲裳随遇而安的天性，所以无论处什么环境，她都觉得很快活。结婚这一天，她穿着天边彩霞织就的裙衫，披着秋天白云网成的软绡，手里捧着满蓄着爱情的玫瑰花，低眉凝容，站在礼堂的中间。男女来宾有的啧啧赞好，有的批评她的衣饰。只有玲玉、宗莹、云青、露沙四个人，站在莲裳的身旁，默默无言。仿佛莲裳是胜利者的所有品，现在已被胜利者从她们手里夺去一般，从此以后，往事便都不堪回忆！海滨的联袂情影，现在已少了一个。月夜的花魂不能再听见她们五个人一齐的歌声。她们越思量越伤心，露沙更觉不能支持，不到婚礼完她便悄悄地走了，回到旅馆里伤感了半天，直至玲玉她们回来了，她兀自泪痕不干，到第二天清早便都回到北京了。

从天津回来以后，露沙的态度，再见消沉了。终日闷闷不语，玲玉和云青常常劝她到公园散心去，露沙只是摇头拒绝。人们每提到宗莹，她便泪盈眼帘，凄楚万状！有一天晚上，月色如水，幽景绝胜，云青打电话邀她家里谈话，她勉强打起精神，坐了车子，不到一刻钟就到了。这时云青正在她家土山上一块云母石上坐着，露沙因也上了山，并肩坐在那块长方石上。云青说："今夜月色真好，本打算约玲玉、宗莹我们四个人，清谈竟夜，可恨剑卿和师旭把她们俩伴住了不能来——想想朋友真没交头，起初情感浓挚，真是相依为命，到了结果，一个一个都风流云散了，回想往事，只恨多余！怪不得我妹妹常笑我傻。我真是太相信人了！"露沙说："世界上的事情，本来不过尔尔，相信人，结果固然不免孤零之苦，就是不相信人，何尝不是依然感到世界的孤寂呢？总而言之，求安慰于善变化的人类，终是不可靠的，我们还是早些觉悟，求慰于自己吧！"露沙说完不禁心酸，对月征望，云青也觉得十分凄楚，歇了半天，才叹道："从前玲玉老对我说：同性的爱和异性的爱是没有分别的，那时我曾驳她这话不对，她还气得哭了，现在怎么样呢？"露沙说："何止玲玉如此？便是宗莹最近还有信对我说：'十年以后同退隐于西子湖畔'呢！那一句是可能的话，若果都相信她们的话，我们的后路只有失望而自杀罢了！"

她们直谈到夜深更静，仍不想睡。后来云青的母亲出来招呼她们去睡，她们才勉强进去睡了。

露沙从失望的经验里，得到更孤僻的念头，便是对于最信仰的梓青，也觉淡漠多了。这一天正是星期六，七点多钟的时候，梓青打电话来邀她看电影，她竟拒绝不去，梓青觉得她的态度就得很奇怪。当时没说什么，第二天来了一封信道：

露沙！

我在世界上永远是孤零的呵！人类真正太惨刻了！任我流涸了泪泉，任我粉碎了心肝，也没有一个人肯为我叫一声可怜！更没有人为我洒一滴半滴的同情之泪！便是我向日视为一线的光明，眼见得也是暗淡无光了！唉！露沙！若果你肯明明白白告诉我说："前头没有路了！"那么我决不再向前多走一步，任这一钱不值的躯壳，随万丈飞瀑而去也好；并颓岩而同堕于千仞之深渊也好；到那时我一切顾不得了。就是残苛的人类，打着得胜鼓宣布凯旋，我也只得任他了……唉！心乱不能更续，顺祝康健！

梓青

露沙看完这封信，心里就像万弩齐发，痛不可忍，伏在枕上呜咽悲哭，一面自恨自己太怯弱了！人世的谜始终打不破，一面又觉得对不住梓青，使他伤感到这步田地，智情交战，苦苦不休，但她天性本富于感情，至于平日故为旷达的主张，只不过一种无可如何的呻吟。到了这种关头，自然仍要为情所胜了，况她生平主张精神的生活。她有一次给莲裳一封信，里头有一段说：

"许多聪明人，都劝我说：'以你的地位和能力，在社会上很有发展的机会，为什么作茧自束呢？'这话出于好意者的口里，我当然是感激他，但是一方我却不能不怪他，太不谅人了！……如果人类生活在世界上，只有吃饭穿衣服两件事，那么我早就葬身狂浪怒涛里了，岂有今日？……我觉得宛转因物，为世所称倒不如行我所适，永垂骂名呢？干枯的世界，除了精神上，不可制止情的慰安外，还有别的可滋生趣吗？……"

露沙的志趣，既然是如此，那么对于梓青十二分恳挚的态度，能不动心吗？当时拭干了泪痕，忙写了一封信，安慰梓青道：

梓青！

你的来信，使我不忍卒读！我自己已是世界上最不幸的人了！何忍再拉你同入漩涡？所以我几次三番，想使你觉悟，舍了这九死一生的前途，另找生路，谁知你竟误会我的意思，说出那些痛心话来！唉！我真无以对你呵！

我也知世界最可宝贵，就是能彼此谅解的知己，我在世上混了二十余年，不遇见你，固然是遗憾千古，既遇见你，也未尝不是凤孽呢？……其实我生平是讲精神生活的，形迹的关系有无，都不成问题，不过世人太苛毒了！对于我们这种的行径，排斥不遗余力，以为这便是大逆不道，含沙射影，使人难堪，而我们又都是好强的人，谁能忍此？因而我的态度常常若离若即，并非对你信不过，谁知竟使你增无限苦楚。唉！我除向你诚恳地求恕外，还有什么话可说！愿你自己保重吧！何苦自戕过甚呢？祝你精神愉快！

露沙

梓青接到信后，又到学校去会露沙，见面时，露沙忽触起前情，不禁心酸，泪水几滴了下来，但怕梓青看见，故意转过脸去，忍了半天，才慢慢抬起头来。梓青见了这种神情，也觉十分凄楚，因此相对默默，一刻钟里一句话也没有。后来还是露沙问道："你才从家里来吗？这几天蔚然有信没有？"梓青答道："我今天一早就出门找人去了，此刻从于农那里来，蔚然有信给于农，我这里有两三个礼拜没接到他的信了。"露沙又问道："蔚然的信说些什么？"梓青道："听于农说，蔚然前两个星期，接到云青的信，拒绝他的要求后，苦闷到极点了，每天只是拼命地喝酒。醉后必痛哭，事情更是不能做，而他的家里，因为只有他一个独子，很希望早些结婚，因催促他向他方面进行，究竟怎么样还说不定呢！不过他精神的创伤也就够了。……云青那方面，你不能再想法疏通吗？"

"这事真有些难办，云青又何尝不苦痛？但她宁愿眼泪向心里流，也绝不肯和父母说一句硬话。至于她的父母又不会十分了解她，以为她既不提起，自然并不是非蔚然不嫁。那么拿一般的眼光，来衡量蔚然这种没有权术的人，自难入他们的眼，又怎么知道云青对他的人格十分信仰呢？我见这事，蔚然能放下，仍是放下吧！人寿几何？容得多少磨折？"

梓青听见露沙的一席话，点头道："其实云青也太懦弱了！她若肯稍微奋斗一点，这事自可成功……如果她是坚持不肯，我想还劝蔚然另外想法子吧！不然怎么了呢？"说到这里，便停顿住了，后来梓青又向露沙说："……你的信我还没复你，……都是我对不住你，请你不要再想吧！"说到这里眼圈又红了。露沙说："不必再提了，总之不是冤家不对头！……你明天若有工夫，打电话给我，我们或者出去玩，免得闷着难受。"梓青道："好！我明天打电话给你，现在不早了，我就走吧。"说着站起来走了。露沙送他到门口，又回学校看书去了。

宗莹本来打算在中秋节结婚，因为预备来不及，现在改在年底了。而师旭信仿佛是急不可待，每日下午都在宗莹家里直谈到晚上十点，才肯回去，有时和宗莹携手于公园的苍松荫下，有时联舞于北京饭店跳舞场里，早把露沙和云青诸人丢在脑后了。有时遇到，宗莹必缕缕述说某某夫人请宴会，某某先生请看电影，简直忙极了，把昔日所谈的求学著书的话，一概收起。露沙见了她这种情形，更觉格格不入。有时觉得实在忍不住了，因苦笑对宗莹说："我希望你在快乐的时候，不要忘了你的前途吧！"宗莹听了这话，似乎很能感动她。但她确不肯认她自己的行动是改了前态，她必定说："我每天下午还要念两点钟英文呢！"露沙不愿多说，不过对于宗莹的情感，一天淡似一天，从前一刻不离的态度，现在竟弄到两三个星期不见面，纵见了面也是相对默默，甚至于更引起露沙的伤感。

宗莹结婚的上一天晚上，露沙在她家里住下，宗莹自己绣了一对枕头，还差一点不曾完工，露沙本不喜欢作这种琐碎的事，但因为宗莹的缘故，努力替她绣了两个玫瑰花瓣。这一夜她们家里的人忙极了，并且还来了许多亲戚，来看她试妆的，露沙嫌烦，一个人坐在她父亲的书房，替她作枕头。后来她父亲走了进来，和她谈话之间，曾叹道："宗莹真没福气呵！我替她找一个很好的丈夫她不要，唉！若果你们学校的人，有和那个姓祝的结婚，真是幸福！不但学问好，而且手腕极灵敏，将来一定可以大阔的。……他待宗莹也不算薄了，谁知宗莹竟看不上他！"露沙不好回答什么，只是含笑唯诺而已。等了些时她父亲出去了，宗莹打发老妈子来请露沙吃饭。露沙放下针线，随老妈子到了堂房，许多艳装丽服的女客，早都坐在那里，露沙对大家微微点头招呼了，便和宗莹坐一处。这时宗莹收拾得额覆鬓发，凸凹如水上波纹，耳垂明珰，灿烂与灯光争耀，身上穿着玫瑰紫的缎袍，手上戴着订婚的钻石戒指，锐光四射。露沙对她不住地端相，觉得宗莹变了一个人。从前在学校时，仿佛是水上沙鸥，活泼清爽。今天却像笼里鹦鹉，毫无生气，板板地坐在那里，任人凝视，任人取笑，她只低眉默默，陪着那些钗光鬓影的女客们吃完饭。她母亲来替她把结婚时要穿的礼服，一齐换上。祖宗神位前面点起香烛，铺上一块大红毡子。叫人扶着宗莹向上叩了三个头。后来她的姑母们，又把她父母请出来，宗莹也照样叩了三个头。其余别的亲戚们也都依次拜过。又把她扶到屋里坐着。露沙看了这种情形，好像宗莹明天就是另外一个人了，从前的宗莹已经告一结束，又见她的父母都凄凄悲伤，更禁不住心酸，但人前不好落泪，仍旧独自跑到书房去，痛痛快快流了半天眼泪。后来客人都散了，宗莹来找她去睡觉。她走进屋子，一言不发，忙忙脱了外头衣服，上床脸向里睡下。宗莹此时也觉得有些凄惶，也是一言不发地睡下，其实各有各的心事，这一夜何曾睡得着。第二天天才朦胧，露沙回过脸来，看见宗莹已醒。她似醉非醉，似哭非哭地道："宗莹！从此大事定了！"说着涕泪交流。宗莹也觉得从此大事定了的一句话，十分伤心，不免伏枕呜咽。唇来还是露沙怕宗莹的母亲忌讳，忙忙劝住宗莹。到七点钟大家全都起来了，忙忙地收拾这个，寻找那个，乱个不休。到十二点钟，迎亲的军乐已经来了，那种悲壮的声调，更觉得人肝肠裂碎。露沙等宗莹都装饰好了，握着她的手说："宗莹！愿你前途如意！我现在回去了，礼堂上没有什么意思，我打算不去，等过两天我再来看你吧！"宗莹只低低应了一声，眼圈已经红润了，露沙不敢回头，一直走了。

露沙回到家里，恹恹似病，饮食不进，闷闷睡了两天。有一天早起家里忽来一纸电报，说她母亲病重，叫她即刻回去。露沙拿着电报，又急又怕，全身的血脉，差不多都凝住了，只觉寒战难禁。打算立刻就走，但火车已开过了，只得等第二天的早车。但这一下半天的光阴，真比一年还难挨。盼来盼去，太阳总不离树梢头，再一想这两天一夜的旅程，不独凄寂难当，更怕赶不上与慈母一面，疑怕到这里，心头阵阵酸楚，早知如此，今年就不当北来？

好容易到了黄昏。宗莹和云青都闻信来安慰她，不过人到真正忧伤的时候，安慰决不生效果，并且相形之下，更触起自己的伤心来。

夜深了，她们都回去，露沙独自睡在床上，思前想后，记得她这次离家时，母亲十分不愿意，临走的那天早起，还亲自替她收拾东西，叮嘱她早些回来，——如果有意外之变，将怎样？她越思量越凄楚！整整哭了一夜，第二天早起，匆匆上了火车。莲裳这时也在北京，她到车站送她，莲裳憬然的神情，使露沙陡怀起，距此两年前，那天正是夜月如水的时候，她到莲裳家里，问候她母亲的病，谁知那时她母亲正断了气。莲裳投在她怀里，哀哀地哭道："我从今以后没有母亲了！"呵！那时的凄苦，已足使她泪落声咽。今若不幸，也遭此境遇，将怎么办？觉得自己的身世真是可怜，七岁时死了父亲，全靠阿母保育教养。有缺憾的生命树，才能长成到如今，现在不幸的消息，又临到头上。……若果再没有母亲，伶仃的身世，还有什么勇气和生命的阻碍争斗呢？她越想越可怕，禁不住握着莲裳的手、呜咽痛哭。莲裳见景伤情，也不免怀母陪泪，但她还极诚挚地安慰她说："你不要伤心，伯母的病或者等你到家已经好了，也说不定……并且这一路上，你独自一个，更须自己保重，倘若急出病来，岂不更使伯母悬心吗？"露沙这时却不过莲裳的情，遂极力忍住悲声。

后来云青和永诚表妹都来了。露沙见了她们，更由不得伤心，想每回南旋的时候，虽说和她们总不免有惜别的意思，但因抱着极大的希望——依依于阿母时下，同兄嫂妹妹等围绕于阿母膝前如何的快活，自然便把离愁淡忘了，旅程也不觉凄苦了。但这一次回去，她总觉得前途极可怕，恨不得立时飞到阿母面前。而那可恨的火车，偏偏迟迟不开，等了好久，才听铃响，送客的人纷纷下车，宗莹、莲裳她们也都和她握手言别，她更觉自己伶仃得可怜，不免又流下泪来。

在车上只是昏昏恍恍，好容易盼到天黑，又盼天亮，念到阿母病重，就如堕身深渊，浑身起栗，泪落不止。

不久车子到了江边，她独自下了车，只觉浑身疲软，飘飘忽忽上了渡船。在江里时，江风尖利，她的神志略觉清爽，但望着那奔腾的江浪，只觉到自己前途的孤零和惊怕，唉！上帝！若果这时明白指示她母亲已经不在人间了，她一定要借着这海浪缀成的天梯，去寻她母亲去……

过了江，上了沪宁车，再有六七个钟头到家了，心里似乎有些希望，但是惊惧的程度，更加甚了，她想她到家时，或者阿母已经不能说话了，她心里要怎样的难受？……但她又想上帝或不至如此绝人——病是很平常的事，何至于一病不起呢？

那天的车偏偏又误点了，到上海已经十二点半钟，她急急坐上车奔回家去。离家门不远了，而急迫和忧疑的程度，也逐层加增，只有极力嘘气，使她的呼吸不至奎塞。车子将转弯了，家门可以遥遥望见，母亲所住的屋子，楼窗紧闭，灯火全熄，再一看那两扇黑门上，糊着雪白的丧纸。她这时一惊，只见眼前一黑，便昏晕在车上了，过了五分钟才清醒过来。等不得开门，她已失声痛哭了。等到哥哥出来开门时，麻衣如雪，涕泪交下，她无力地扑在灵前，哀哀唤母，但是桐棺三寸，已隔人天。露沙在灵前。哭了一夜，第二天更不支，竟寒热交作卧病一星期，才渐渐好了。

露沙在母亲的灵前守了一个月，每天对着阿母的遗照痛哭，朋友们来函劝慰，更提起她的伤心。她想她自己现在更没牵挂了，把从前朋友们写的信，都从书箱里拿出来，一封封看过，然后点起一把火烧了。觉得眼前空明，心底干净。并且决心任造物的播弄，对于身体毫不保重，生死的关头，已经打破。有一天夜里她梦见她的母亲来了，仿佛记起她母亲已死，痛哭起来，自己从梦中惊醒。掀开帐子一看，星月依稀，四境凄寂，悄悄下了床，把电灯燃起，对着母亲的照相又痛哭了一场。然后含泪写了一封信给梓青道：

梓青！

可怜无父之儿复抱丧母之恨，苍天何极，绝人至此——清夜挑灯，血泪沾襟矣！

人生朝露，而忧患偏多，自念身世，怆怀无限，阿母死后，益少生趣。沙非敢与造物者抗，似雨后梨花，不禁摧残，后此作何结局，殊不可知耳！

目下丧事已楚，友辈频速北上，沙亦不愿久居此地，盖触景伤情，悲愁益不胜也！梓青来函，责以大义，高谊可感。唯沙经此折磨，灰冷之心，有无复燃之望，实不敢必。此后惟飘泊天涯，消沉以终身，谁复有心与利禄征逐，随世俗浮沉哉，望梓青勿复念我，好自努力可也。

沙已决明旦行矣。申江云树，不堪回首，嗟乎？冥冥天道，安可论哉？……

露沙写完信后，天已发亮。因把行李略略检楚，她的哥哥妹妹都到车站送她。临行凄凉，较昔更甚，大家洒泪而别。露沙到京时，云青曾到车站接她，并且告诉她，宗莹结婚后不到一个月，便患重病，现在住在医院里。露沙觉得人生真太无聊了！黄金时代已过，现在好像秋后草木，只有飘零罢了？

玲玉这时在上海，来信说半年以内就要结婚，露沙接信后，不像前此对于宗莹、莲裳那种动心了，只是淡淡写了一封贺她成功的信。这时露沙昔日的朋友，一个个都星散了。北京只剩了一个云青和久病的宗莹，至于孤云和兰馨，虽也在北京，但露沙轻易不和她们见面，所以她最近的生活，除了每天到学校里上课外，回来只有昏睡。她这时住在舅舅家里，表妹们看见她这样，都觉得很可忧的。想尽种种方法，来安慰她，不但不能止她的愁，而且每一提起，她更要痛哭。她的表妹知道她和梓青极好，恐怕能安慰她的只是他了，因给梓青写了一封信道：

梓青先生：

我很冒昧给你写信，你一定很奇怪吧？你知道我表姊近来的状况怎样吗？她自从我姑母死后，更比从前沉默了！每天的枕头上的泪痕，总是不干的，我们再三地劝慰，终无益于事，而她的身体本来不好，哪经得起此种的殷忧呢？你是她很好的朋友，能不能想个法子安慰她？我盼望你早些北来，或者可稍煞她的悲怀！

我们一家人，都为她担忧，因为她向来对于人世，多抱悲观，今更经此大故，难保没有意外的事情发生。……要说起她，也实在可怜，她自幼所遇见的事，已经很使她感觉世界的冷苛，现在母亲又弃她而去，一个人四海飘泊，再有勇气的人，也不禁要志馁心灰呵！你有方法转移她的人生观吗？盼望得很，再谈吧！此祝康乐！

露沙的表妹上

露沙这一天早起，觉得头脑十分沉闷，因走到院子里站了半晌，才要到屋里去梳头，听差的忽进来告诉她说，有一个姓朱的来访。她想了半天，不知道是谁，走到客厅，看见一个女子，面上微麻，但神情眼熟得很，好像见过似的，凝视了半天，才骇然问道："你是心悟吗？我们三年多不见了！……你从哪里来？前些日子竹荪有信来，说你去年出天花，很危险，现在都康全了？"心悟惝然道："人事真不可料，我想不到活到二十几岁，还免不了出这场天灾，我早想写信给你，但我自病后心情灰冷，每逢提笔写信，就要触动我的伤感。人们都以为我病好了，来称贺我！其实能在那时死了，比这样活着强得多呢！"露沙说："灾病是人生难免的，好了自然值得称贺，你为什么说出这种短气的话来？"心悟被露沙这么一问，仿佛受了极大的刺激般，低头哽咽，歇了半天，她才说："我这病已经断送了我梦想的前途，还有什么生趣？"露沙不明白她的意思，只为不过她一时的感触，不愿多说，因用别的话叉开，谈了些江浙的风俗，心悟也就走了。

　　过了几天，兰馨来谈，忽问露沙说："你知道你朋友朱心悟已经解除婚约了吗？"露沙惊道："这是怎么一回事，怪道那天她那样情形呢！"兰馨因问什么情形，露沙把当日的谈话告诉她。兰馨叹道："做人真是苦多乐少，像心悟那样好的人，竟落到这步田地？真算可怜！心悟前年和一个青年叫王文义的订婚，两个人感情极好，已经结婚有期，不幸心悟忽然出起天花来，病势十分沉重，直病了四个多月才好。好了之后脸上便落了许多麻点，其实这也算不得什么，偏偏心悟古怪心肠，她说：'男子娶妻，没一个不讲究容貌的，王文义当日再三向她求婚，也不过因爱她的貌，现在貌既残缺，还有什么可说，王文义纵不好意思，提出退婚的话，而他的家人已经有闲话了。与其结婚后使王文义不满意，倒不如先自己退婚呢！'心悟这种的主张发表后，她的哥哥曾劝止她，无奈她执意不肯，无法只得照她的话办了。王文义起初也不肯答应，后来经不起家人的劝告，也就答应了。离婚之后心悟虽然达到目的，但从此她便存心逃世，现在她哥哥姊妹们都极力劝她。将来怎么样，还说不定呢！"兰馨说完了，露沙道："怎么年来竟是这些使人伤心的消息呵！心悟从前和我在中学同校时，是个极活泼勇进的人，现在只落得这种结果，唉！前途茫茫，怎能不使人望而生畏！"不久兰馨走了。露沙正要去看心悟，邮差忽送来一封信，是梓青寄的。她拆开看道：

露沙！露沙！

你真忍决心自戕吗？固然世界上的人都是残忍的，但是你要想到被造物所播弄的，不止你一个人呵，你纵不爱惜自己，也当为那同病的人，稍留余地！你若绝决而去，那同病者岂不更感孤零吗？

露沙！我唯有自恨自伤，没有能力使你减少悲怀，但是你曾应许我做你唯一的知己，那么你到极悲痛的时候，也应为我设想，若果你竟自绝其生路，我的良心当受何种酷责？唉！露沙！在形式上，我固没有资格来把你孤寂的生活，变热闹了。而在精神上，我极诚恳地求你容纳我，把我火热的心魂，伴着你萧条空漠的心田，使她开出灿烂生趣的花，我纵因此而受任何苦楚，都不觉悔的。露沙！你应允我吧！

我到京已两日，但事忙不能立时来会你，明天下午我一定到你家里来，请你不要出去。别的面谈，祝你快活！

梓青

露沙看过信后，不免又伤感了一番，但觉得梓青待她十分诚恳，心里安慰许多，第二天梓青来看她，又劝她好些话，并拉她到公园散步，露沙十分感激他，因对梓青道："我此后的几月，只是为你而生！"梓青极受感动，一方面觉得露沙引自己为知己，是极荣幸的，但一方面想到那不如意的婚姻，又万感丛集，明知若无这层阻碍，向露沙求婚，一定可操左券，现在竟不能。有一次他曾向露沙微露要和他妻子离婚的意思，露沙凄然劝道："身为女子，已经不幸！若再被人离弃，还有生路吗？况且因为我的缘故，我更何心？所谓我虽不杀伯仁，伯仁由我而死，不但我自己的良心无以自容，就是你也有些过不去，……不过我们相知相谅，到这步田地，申言绝交，自然是矫情。好在我生平主张精神生活，我们虽无形式的结合，而两心相印，已可得到不少安慰。况且我是劫后余灰，绝无心情，因结婚而委身他人，若果天不绝我们，我们能因相爱之故，在人类海里，翻起一堆巨浪，也就足以自豪了！"梓青听了这话，虽极相信露沙是出于真诚，但总觉得是美中不足，仍不免时时怅惘。

　　过了几个月，蔚然从上海寄来一张红帖，说他已与某女士订婚了，这帖子一共是两张，一张是请她转寄给云青的，云青接到帖子以后，曾作了一首诗贺蔚然道：

　　　　燕语莺歌，
　　　　不是赞美春光娇好，
　　　　是贺你们好事成功了！
　　　　祝你们前途如花之灿烂！
　　　　谢你们释了我的重担！

云青自得到蔚然订婚消息后，转比从前觉得安适了，每天努力读书，闲的时候，就陪着母亲谈话，或教弟妹识字，一切的交游都谢绝了，便是露沙也不常见。有时到医院看看宗莹的病，宗莹病后，不但身体孱弱，精神更加萎靡，她曾对露沙说："我病若好了，一定极力行乐，人寿几何？并且像我这场大病，不死也是侥幸！还有什么心和世奋斗呢？"露沙见她这种消沉，虽有凄楚，也没什么话可说。

过了半年宗莹病虽好了，但已生了一个小孩子，更不能出来服务了，这时云青全家要回南。云青在北京读书，本可不回去，但因她的弟妹都在外国求学，母亲在家无人侍奉，所以她决计回去。当临走的前一天，露沙约她在公园话别。她们到公园时才七点钟，露沙拣了海棠荫下的一个茶座，邀云青坐下。这时园里游人稀少，晨气清新，一个小女娃，披着满肩柔发，穿着一件洋式水红色的衣服，露出两个雪白的膝盖，沿着荷池，跑来跑去，后来蹲在草地上，采了一大堆狗尾巴草，随身坐在碧绿的草上，低头凝神编玩意。露沙对着她怔怔出神，云青也仰头向天上之行云望着，如此静默了好久，云青才说："今天兰馨原也说来的，怎么还不见到？"露沙说："时候还早，再等些时大概就来了。……我们先谈我们的吧！"云青道："我这次回去以后，不知我们什么时候再见呢？"露沙说："我总希望你暑假后再来！不然你一个人回到孤僻的家乡，固然可以远世虑，但生气未免太消沉了！"云青凄然道："反正做人是消磨岁月，北京的政局如此，学校的生活也是不安定，而且世途多难，我们又不惯与人征逐，倒不如回到乡下，还可以享一点清闲之福。闭门读书也未尝不是人生乐事！"她说到这里，忽然顿住，想了一想又问露沙道："你此后的计划怎样?"露沙道："我想这一年以内，大约还是不离北京，一方面仍理我教员的生涯，一方面还想念点书，一年以后若有机会，打算到瑞士走走；总而言之，我现在是赤条条无牵挂了。做得好呢，无妨继续下去，不好呢，到无路可走的时候，碧玉宫中，就是我的归局了。"云青听了这话，露出很悲凉的神气叹道："真想不到人事变幻到如此地步，两年前我们都是活泼极的小孩子，现在嫁的嫁，走的走，再想一同在海边上游乐，真是做梦。现在莲裳、玲玉、宗莹都已有结果，我们前途茫茫，还不知如何呢? ……我大约总是为家庭牺牲了。"露沙插言道："还不至如是吧！你纵有这心，你家人也未必容你如此。"云青道："那倒不成问题，只要我不点头，他们也不能把我怎样。"露沙道："人生行乐罢了，也何必过于自苦！"云青道："我并不是自苦……不过我既已经过一番磨折，对于情爱的路途，已觉可怕，还有什么兴趣再另外作起? ……昨天我到叔叔家里，他曾劝我研究佛经，我觉得很好，将来回家乡后，一切交游都把它谢绝，只一心一意读书自娱，至于外面的事，一概不愿闻问。若果你们到南方的时候，有兴来找我，我们便可在堤边垂钓，月下吹箫，享受清雅的乐趣，若有兴致，做些诗歌，不求人知，只图自娱。至于对社会的贡献，也只看机会许我否，一时尚且不能决定。"

她们正谈到这里，兰馨来了，大家又重新入座，兰馨说:

"我今天早起有些头昏，所以来迟！你们谈些什么？"云青说："反正不过说些牢骚悲抑的话。"兰馨道："本来世界上就没有不牢骚的人，何怪人们爱说牢骚话！……但是我比你们更牢骚呢！你知道吗？我昨天又和孤云生了一大场气。孤云的脾气可算古怪透了。幸亏是我的性子，能处处俯就她，才能维持这三年半的交谊，若是遇见露沙，恐怕早就和她绝交了！"云青道："你们昨天到底为什么事生气呢？"兰馨叹道："提起来又可笑又可气，昨天我有一个亲戚，从南边来，我请他到馆子吃饭。我就打电话邀孤云来，因为我这亲戚，和孤云家里也有来往，并且孤云上次回南时也曾会过他，所以我就邀她来。谁知她在电话里冷冷地道：'我一个人不高兴跑那么远去。'其实她家住在东城，到西城也并不远，不过半点钟就到了！——我就说：'那么我来找你一同去吧！'她也就答应了。后来我巴巴从西城跑到东城，陪她一齐来，我待她也就没什么对不住她了。谁知我到了她家，她仍是做出十分不耐烦的样子说：'这怪热的天我真懒出去。'我说：'今天还不大热，好在路并不十分远，一刻就到了。'她听了这话才和我一同走了。到了饭馆，她只低头看她的小说，问她吃什么菜，她皱着眉头道：'随便你们挑吧。'那么我就挑了。吃完饭后，我们约好一齐到公园去。到了公园我们正在谈笑，她忽然板起脸来说：'我不耐烦在这里老坐着，我要回去，你们在这里畅谈吧！'说完就立刻嚷着'洋车！洋车！'我那亲戚看见她这副神气，很不好过，就说：'时候也不早了，我们一齐回去吧。'孤云说：'不必！你们谈得这么高兴，何必也回去呢？'我当时心里十分难过，觉得很对不住我那亲戚，使人家如此难堪！……一面又觉得我真不值！我自和她交往以来，不知赔却多少小心！在我不过觉得朋友要好，就当全始全终……并且我的脾气，和人好了，就不愿和人坏，她一点不肯原谅我，我想想真是痛心！当时我不好发作，只得忍气吞声，把她招呼上车，别了我那亲戚，回学校去。这一夜我简直不曾睡觉，想起来就觉伤心，"她说到这里，又对露沙说："我真信你说的话，求人谅解是不容易的事！我为她不知精神受多少痛楚呢！"

云青道："想不到孤云竟怪僻到这步田地。"露沙道："其实这种朋友绝交了也罢！……一个人最难堪的是强不合而为合，你们这种的勉强维持，两方都感苦痛，究竟何苦来？"

兰馨沉思半天道："我从此也要学露沙了！……不管人们怎么样，我只求我心之所适，再不轻易交朋友了。云青走后可谈的人，除了你（向露沙说）也没有别人，我倒要关起门来，求慰安于文字中。与人们交接，真是苦多乐少呢！"云青道："世事本来是如此，无论什么事，想到究竟都是没意思的。"

她们说到这里，看看时候已不早，因一齐到来今雨轩吃饭。饭后云青回家，收拾行装，露沙、兰馨和她约好了，第二天下午三点钟车站见面，也就回去了。

云青走后，露沙更觉得无聊，幸喜这时梓青尚在北京，到苦闷时，或者打电话约他来谈，或者一同出去看电影。这时学校已放了暑假，露沙更闲了，和梓青见面的机会很多，外面好造谣言的人，就说她和梓青不久要结婚，并且说露沙的前途很危险，这话传到露沙耳里，十分不快，因写一封信给梓青说：

梓青！

吾辈夙以坦白自勉，结果竟为人所疑，黑白倒置，能无怅怅！其实此未始非我辈自苦，何必过尊重不负责任之人言，使彼喜含毒喷人者，得逞其伎俩，弄其狡狯哉？

沙履世未久，而怀惧已深！觉人心险恶，甚于蛇蝎！地球虽大，竟无我辈容身之地，欲求自全，只有去此浊世，同归于极乐世界耳！唉！伤哉！

沙连日心绪恶劣，盖人言啧啧，受之难堪！不知梓青亦有所闻否？世途多艰，吾辈将奈何？沙怯懦胜人，何况刺激频仍，脆弱之心房，有不堪更受惊震之忧矣！梓青其何以慰我？临楮凄惶，不尽欲言，顺祝康健！

露沙上

梓青接到信后，除了极力安慰露沙外，亦无法制止人言。过了几个月，梓青因友人之约，将要离开北京，但是他不愿抛下露沙一个人，所以当未曾应招之前，和露沙商量了好几次。露沙最初听见他要走，不免觉得怅怅，当时和梓青默对至半点钟之久，也不曾说出一句话来。后来回到家里，独自沉沉想了一夜，觉得若不叫梓青去，与他将来发展的机会，未免有碍，而且也对不起社会，想到这里，一种激壮之情潮涌于心。第二天梓青来，露沙对他说："你到南边去的事情，你就决定了吧！我觉得这个机会，很可以施展你生平的抱负，……至于我们暂时的分别，很算不了什么，况我们的爱情也当有所寄托，若徒徒相守，不但日久生厌，而且也不是我们的凤心。"梓青听了这话，仍是犹疑不决道："再说吧！能不去我还是不去。"露沙道："你若不去，你就未免太不谅解我了！"说着凄然欲泣，梓青这才说："我去就是了！你不要难受吧！"露沙这才转悲为喜，和他谈些别后怎样消遣，并约年假时梓青到北京来。他们直谈到日暮才别。

云青回家以后曾来信告诉露沙，她近来生活十分清静，并且已开始研究佛经了，出世之想较前更甚，将来当买田造庐于山清水秀的地方，侍奉老母，教导弟妹，十分快乐。露沙听见这个消息，也很觉得喜慰，不过想到云青所以能达到这种的目的，因为她有母亲，得把全副的心情，都寄托在母亲的爱里，若果也像自己这样漂零的身世，……便怎么样？她想到这里不禁又伤感起来。

有一天露沙正在书房，看《茶花女遗事》，忽接到云青的来信，里头附着一篇小说。露沙打开一看，见题目是《消沉的夜》其内容是：——

"只见惨绿色的光华，充满着寂寞的小园，西北角的榕树上，宿着啼血的杜鹃，凄凄哀鸣，树荫下坐着个年约二十三四的女郎，凝神仰首。那时正是暮春时节，落花乱瓣，在清光下飞舞，微风吹皱了一池的碧水。那女郎沉默了半晌，忽轻轻叹了一口气，把身上的花瓣轻轻拂拭了，走到池旁，照见自己削瘦的容颜，不觉吃了一惊，暗暗叹道：'原来已憔悴到这步田地！'她如悲如怨，倚着池旁的树干出神，迷忽间，仿佛看见一个似曾相识的青年，对她苦笑，似乎说：'我赤裸裸的心，已经被你拿去了，现在你竟耍弄了我！唉！'"那女郎这时心里一痛，睁眼一看，原来不是什么青年，只是那两竿翠竹，临风摇摆罢了。

这时月色已到中天，春寒兀自威凌逼人，她便慢慢踱进屋里去了，屋里的月光，一样的清凉如水，她便拥衣睡下。朦胧之间，只见一个女子，身披白绢，含笑对她招手，她便跟了去。走到一所楼房前，楼下屋窗内，灯光亮极，她细看屋里，有一个青年的女子，背灯而坐，手里正拿着一本书，侧首凝神，好像听她旁边坐着的男子讲什么似的，她看那男子面容极熟，就是那个瘦削身材的青年，她不免将耳头靠在窗上细听。只听那男子说："……我早应当告诉你，我和那个女子交情的始末。她行止很端庄，性情很温和，若果不是因为她家庭的固执，我们一定可以结婚了。……不过现在已是过去的事，我述说爱她的事实，你当不至怒我吧！"那青年说到这里，回头望着那女子，只见那女子含笑无言……歇了半晌那女子才说："我倒不怒你向我述说爱她的事实，我只怒你为什么不始终爱她呢？"那青年似露着悲凉的神情说："事实上我固然不能永远爱她，但在我的心里，却始终没有忘了她呢！……"她听到这里，忽然想起那人，便是从前向她求婚的人，他所说女子，就是自己，不觉想起往事，心里不免凄楚，因掩面悲泣。忽见刚才引她来的白衣女郎，又来叫她道："已往的事，悲伤无益，但你要知道许多青年男女的幸福，都被这戴紫金冠的魔鬼剥夺了！你看那不是他又来了！"她忙忙向那白衣女郎手指的地方看去，果见有一个青面獠牙的恶鬼，戴着金碧辉煌的紫金冠。那金冠上有四个大字是"礼教胜利"。她看到这里，心里一惊就醒了，原来是个梦，而自己正睡在床上，那消沉的夜已经将要完结了，东方已经发出清白色了。

露沙看完云青这篇小说，知道她对蔚然仍未能忘情，不禁为她伤感，闷闷枯坐无心读书。后来兰馨来了，才把这事忘怀。兰馨告诉她年假要回南，问露沙去不去，露沙本和梓青约好，叫梓青年假北来，最近梓青有一封信说他事情大忙，一时放不下，希望露沙南来，因此露沙就答应兰馨，和她一同南去。

到南方后，露沙回家。到父母的坟上祭扫一番，和兄妹盘桓几天，就到苏州看玲玉。玲玉的小家庭收拾得很好，露沙在她家里住了一星期。后来梓青来找她，因又回到上海。

有一天下午，露沙和梓青在静安寺路一带散步，梓青对露沙说："我有一件事要和你商量，不知肯答应我不?"露沙说："你先说来再商量好了。"梓青说："我们的事业，正在发轫之始，必要每个同志集全力去作，才有成熟的希望，而我这半年试验的结果，觉得能实心踏地做事的时候很少，这最大的原因，就是因为悬怀于你……所以我想，我们总得想一个解决我们根本问题的方法，然后才能谈到前途的事业。"露沙听了这话，呻吟无言，……最后只说了一句："我们从长计议吧！"梓青也不往下说去，不久他们回去了。

过了几个月，云青忽接到露沙一封信道：

云青！

别后音书苦稀，只缘心绪无聊，握管益增怅惘耳。前接来函，借悉云青乡居清适，欣慰无状！沙自客腊南旋，依旧愁怨日多，欢乐时少，盖飘萍无根，正未知来日作何结局也！时晤锌青，亦郁悒不胜；唯沙生性爽宕，明知世路险峻，前途多难，而不甘踯躅歧路，抑郁瘦死。前与梓青计划竟日，幸已得解决之策，今为云青陈之。

囊在京华沙不曾与云青言乎？梓青与沙之情爱，成熟已久，若环境顺适，早赋于飞矣，乃终因世俗之梗，凤愿莫遂！沙与梓青非不能铲除礼教之束缚，树神圣情爱之旗帜，特人类残苛已极，其毒焰足逼人至死！是可惧耳！

日前曾与梓青，同至吾辈昔游之地，碧浪滔滔，风响凄凄，景色犹是，而人事已非，怅望旧游，都作雨后梨花之飘零，不禁酸泪沾襟矣！

吾辈于海滨徘徊竟日，终相得一佳地，左绕白玉之洞，右临清溪之流，中构小屋数间，足为吾辈退休之所，目下已备价购妥，只待鸠工造庐，建成之日，即吾辈努力事业之始。以年来国事蜩螗，固为有心人所同悲。但吾辈则志不斯，唯欲于此中留一爱情之纪念品，以慰此干枯之人生，如果克成，当携手言旋，同逍遥于海滨精庐；如终失败，则于月光临照之夜，同赴碧流，随三间大夫游耳。今行有期矣，悠悠之命运，诚难预期，设吾辈卒不归，则当留此庐以飨故人中之失意者。

宗莹、玲玉、莲裳诸友，不另作书，幸云青为我达之。此牍或即沙之绝笔，盖事若不成，沙亦无心更劳楮墨以伤子之心也！临书凄楚，不知所云，诸维珍重不宣！

露沙书

云青接到信后，不知是悲是愁，但觉世界上事情的结局，都极惨淡，那眼泪便不禁夺眶而出。当时就把露沙的信，抄了三份，寄给玲玉、宗莹、莲裳。过了一年，玲玉邀云青到西湖避暑。秋天的时候，她们便绕道到从前旧游的海滨，果然看见有一所很精致的房子，门额上写着"海滨故人"四个字，不禁触景伤情，想起露沙已一年不通音信了，到底也不知道是成是败，屋迩人远，徒深驰想，若果竟不归来，留下这所房子，任人凭吊，也就太觉多事了！

她们在屋前屋后徘徊了半天，直到海上云雾罩满，天空星光闪烁，才洒泪而归。临去的一霎，云青兀自叹道："海滨故人！也不知何时才赋归来呵！"

（选自1923年10月10日、12月10日《小说月报》第14卷第10、12号）

悄问何处是归程

窗外的春光

几天不曾见太阳的影子，沉闷包围了她的心。今早从梦中醒来，睁开眼，一线耀眼的阳光已映射在她红色的壁上，连忙披衣起来，走到窗前，把洒着花影的素幔拉开。前几天种的素心兰，已经开了几朵，淡绿色的瓣儿，衬了一颗朱红色的花心，风致真特别，即所谓"冰洁花丛艳小莲，红心一缕更嫣然"了。同时一股沁人心脾的幽香，喷鼻醒脑，平板的周遭，立刻涌起波动，春神的薄翼，似乎已扇动了全世界凝滞的灵魂。

说不出是喜悦，还是惆怅，但是一颗心灵涨得满满的，——莫非是满园春色关不住，——不，这连她自己都不能相信；然而仅仅是为了一些过去的眷恋，而使这颗心不能安定吧！本来人生如梦，在她过去的生活中，有多少梦影已经模糊了，就是从前曾使她惆怅过，甚至于流泪的那种情绪，现在也差不多消逝净尽，就是不曾消逝的而在她心头的意义上，也已经变了色调，那就是说从前以为严重了不得的事，现在看来，也许仅仅只是一些幼稚的可笑罢了！

兰花的清香，又是一阵浓厚地包袭过来，几只蜜蜂嗡嗡地在花旁兜着圈子，她深切地意识到，窗外已充满了春光；同时二十年前的一个梦影，从那深埋的心底复活了。

一个仅仅十零岁的孩子，由于脾气的古怪，不被家人们了解，于是把她送到一所囚牢似的教会学校去寄宿。那学校的校长是美国人，——一个五十岁的老处女，对于孩子们管得异常严厉，整月整年不许孩子走出那所筑建庄严的楼房外去。四围的环境又是异样的枯燥，院子是一片沙土地；在角落里时时可以发现被孩子们踏陷的深坑，坑里纵横着人体的骨骼，没有树也没有花，所以也永远听不见鸟儿的歌曲。

春风有时也许可怜孩子们的寂寞吧！在那洒过春雨的土地上，吹出一些青草来——有一种名叫"辣辣棍棍"的，那草根有些甜辣的味儿，孩子们常常伏在地上，寻找这种草根，放在口里细细地嚼咀；这可算是春给她们特别的恩惠了！

那个孤零的孩子，处在这种阴森冷漠的环境里，更是倔强，没有朋友，在她那小小的心灵中，虽然还不曾认识什么是世界，也不会给这个世界一个估价，不过她总觉得自己所处的这个世界，是有些乏味；她追求另一个世界。在一个春风吹得最起劲的时候，她的心也燃烧着更热烈的希冀。但是这所囚牢似的学校，那一对黑漆的大门仍然严严地关着，就连从门缝看看外面的世界，也只是一个梦想。于是在下课后，她独自跑到地窖里去，那是一个更森严可怕的地方，四围是石板作的墙，房顶也是冷冰冰的大石板，走进去便有一股冷气袭上来，可是在她的心里，总觉得比那死气沉沉的校舍，多少有些神秘性吧。最能引诱她的当然还是那几扇矮小的窗子，因为窗子外就是一座花园。这一天她忽然看见窗前一丛蝴蝶兰和金钟罩，已经盛开了，这算给了她一个大诱惑，自从发现了这窗外的春光后，这个孤零的孩子，在她生命上，也开了一朵光明的花，她每天像一只猫儿般，只要有工夫，便蜷伏在那地窖的窗子上，默然地幻想着窗外神秘的世界。

她没有哲学家那种富有根据的想象，也没有科学家那种理智的头脑，她小小的心，只是被一种天所赋予的热情紧咬着。她觉得自己所坐着的这个地窖，就是所谓人间吧——一切都是冷硬淡漠，而那窗子外的世界却不一样了。那里一切都是美丽的，和谐的，自由的吧！她欣羡着那外面的神秘世界，于是那小小的灵魂，每每跟着春风，一同飞翔了。她觉得自己变成一只蝴蝶，在那盛开着美丽的花丛中翱翔着，有时她觉得自己是一只小鸟，直扑天空，伏在柔软的白云间甜睡着。她整日支着颐不动不响地尽量陶醉，直到夕阳逃到山背后，大地垂下黑幕时，她才怏怏地离开那灵魂的休憩地，回到陌生的校舍里去。

她每日每日照例地到地窖里来，——一直过完了整个春天。忽然她看见蝴蝶兰残了，金钟罩也倒了头，只剩下一丛深碧的叶子，苍茂地在薰风里撼动着，那时她竟莫名其妙地流下眼泪来。这孩子真古怪得可以，十零岁的孩子前途正远大着呢，这春老花残，绿肥红瘦，怎能惹起她那么深切的悲感呢？但是孩子从小就是这样古怪，因此她被家人所摒弃，同时也被社会所摒弃。在她的童年里，便只能在梦境里寻求安慰和快乐，一直到她否认现实世界的一切，她终成了一个疏狂孤介的人。在她三十年的岁月里，只有这些片段的梦境，维系着她的生命。

阳光渐渐地已移到那素心兰上，这目前的窗外春光，撩拨起她童年的眷恋，她深深地叹息了："唉，多缺陷的现实的世界呵！在这春神努力地创造美丽的刹那间，你也想遮饰起你的丑恶吗？人类假使连这些梦影般的安慰也没有，我真不知道人们怎能延续他们的生命哟！"

但愿这窗外的春光，永驻人间吧！她这样虔诚地默祝着，素心兰像是解意般地向她点着头。

夏的歌颂

出汗不见得是很坏的生活吧，全身感到一种特别的轻松。尤其是出了汗去洗澡，更有无穷的舒畅，仅仅为了这一点，我也要歌颂夏天。

其久被压迫，而要挣扎过——而且要很坦然地过去，这也不是毫无意义的生活吧，——春天是使人柔困，四肢瘫软，好像受了酒精的毒，再无法振作；秋天呢，又太高爽，轻松使人忘记了世界上有骆驼——说到骆驼，谁也忘不了它那高峰凹谷之间的重载，和那慢腾腾、不尤不怨地往前走的姿势吧！冬天虽然是风雪严厉，但头脑尚不受压轧。只有夏天，它是无隙不入地压迫你。你每一个毛孔，每一根神经，都受着重大的压轧；同时还有臭虫蚊子苍蝇助虐的四面夹攻，这种极度紧张的夏日生活，正是训练人类变成更坚强而有力量的生物。因此我又不得不歌颂夏天！

二十世纪的人类，正度着夏天的生活——纵然有少数阶级，他们是超越天然，而过着四季如春享乐的生活，但这太暂时了，时代的轮子，不久就要把这特殊的阶级碎为齑粉！——夏天的生活是极度紧张而严重，人类必要努力地挣扎过，尤其是我们中国不论士农工商军，哪一个不是喘着气，出着汗，与紧张压迫的生活拼命呢？脆弱的人群中，也许有诅咒，但我却以为只有虔敬地承受，我们尽量地出汗，我们尽量地发泄我们生命之力，最后我们的汗液，便是甘霖的源泉，这炎威逼人的夏天，将被这无尽的甘霖所毁灭，世界变得清明爽朗。

夏天是人类生活中，最雄伟壮烈的一个阶段，因此，我永远地歌颂它。

夜的奇迹

宇宙僵卧在夜的暗影之下，我悄悄地逃到这黝黑的林丛，——群星无言，孤月沉默，只有山隙中的流泉潺潺溅溅的悲鸣，仿佛孤独的夜莺在哀泣。

山巅古寺危立在白云间，刺心的钟磬，断续的穿过寒林，我如受弹伤的猛虎，奋力地跃起，由山麓窜到山巅，我追寻完整的生命，我追寻自由的灵魂，但是夜的暗影，如厚幔般围裹住，一切都显示着不可挽救的悲哀。吁！我如何爱惜这被苦难剥蚀将尽的尸骸？我发狂似的奔回林丛，脱去身上血迹斑斓的征衣，我向群星忏悔。我向悲涛哭诉！

这时流云停止了前进，群星忘记了闪烁，山泉也止住了鸣咽，一切一切都沉入死寂！

我绕过丛林，不期来到碧海之滨，呵！神秘的宇宙，在这里我发现了夜的奇迹！

黝黑的夜幔轻轻地拉开，群星吐着清幽的亮光，孤月也踯躅于云间，白色的海浪吻着翡翠的岛屿，五彩缤纷的花丛中隐约见美丽的仙女在歌舞。她们显示着生命的活跃与神妙！

我惊奇，我迷惘，夜的暗影下，何来如此的奇迹！

我伫立海滨，注视那岛屿上的美景，忽然从海里涌起一股凶浪，将岛屿全个淹没，一切一切又都沉入在死寂！

我依然回到黝黑的林丛，——群星无言，孤月沉默，只有山隙中的流泉潺潺溅溅的悲鸣，仿佛孤独的夜莺在哀泣。

吁！宇宙布满了罗网，任我百般挣扎，努力地追寻，而完整的生命只如昙花一现，最后依然消逝于恶浪，埋葬于尘海之心，自由的灵魂，永远是夜的奇迹！——在色相的人间，只有污秽与残骸，吁！我如何爱惜这被苦难剥蚀将尽的尸骸——总有一天，我将焚毁于自己郁怒的灵焰，抛这不值一钱的脓血之躯，因此而释放我可怜的灵魂！

这时我将摘下北斗，抛向阴霾满布的尘海。

我将永远歌颂这夜的奇迹！

月夜孤舟

发发弗弗的飘风，午后吹得更起劲，游人都带着倦意寻觅归程。马路上人迹寥落，但黄昏时风已渐息，柳枝轻轻款摆，翠碧的景山巅上，斜辉散霞，紫罗兰的云幔，横铺在西方的天际。他们在松阴下，迈上轻舟，慢摇兰桨，荡向碧玉似的河心去。

全船的人都悄默地看远山群岫，轻吐云烟，听舟底的细水潺湲，渐渐的四境包溶于模糊的轮廓里，远景地更清幽了。

他们的小舟，沿着河岸慢慢地前进。这时淡蓝的云幕上，满缀着金星，皎月盈盈下窥，河上没有第二只游船，只剩下他们那一叶的孤舟，吻着碧流，悄悄地前进。

这孤舟上的人们——有寻春的骄子，有漂泊的归客，——在咿呀的桨声中，夹杂着欢情的低吟和凄意的叹息。把舵的阮君在清辉下，辨认着孤舟的方向，森帮着摇桨，这时他们的确负有伟大的使命，可以使人们得到安全，也可以使人们沉溺于死的深渊。森努力拨开牵绊的水藻，舟已到河心。这时月白光清，银波雪浪动了沙的豪兴，她扣着船舷唱道：

十里银河堆雪浪，

四顾何茫茫？

这一叶孤舟轻荡，

荡向那天河深处，

只恐玉宇琼楼高处不胜寒！

……

我欲叩苍穹，

问何处是隔绝人天的离恨宫？

奈雾锁云封！

奈雾锁云封！

绵绵恨……几时终！

这凄凉的歌声使独坐船尾的鬈悒然了，她呆望天涯，悄数陨堕的生命之花；而今呵，不敢对冷月逼视，不敢向苍天伸诉，这深抑的幽怨，使得她低默饮泣。

自然，在这展布天衣缺陷的人间，谁曾看见过不谢的好花？只要在静默中掀起心幕，摧毁和焚炙的伤痕斑斑可认。这时全船的人，都觉灵弦凄紧。虞斜倚船舷，仿佛万千愁恨，都要向清流洗涤，都要向河底深埋。

天真的丽，他神经更脆弱，他凝视着含泪的鬈，狂痴的沙，仿佛将有不可思议的暴风雨来临，要摧毁世间的一切；尤其要捣碎雨后憔悴的梨花，他颤抖着稚弱的心，他发愁，他叹息，这时的四境实在太凄凉了！

沙呢！她原是漂泊的归客，并且归来后依旧漂泊，她对着这凉云淡雾中的月影波光，只觉幽怨凄楚，她几次问青天，但苍天冥冥依旧无言！这孤舟夜泛，这冷月只影，都似曾相识——但细听没有灵隐深处的钟磬声，细认也没有雷峰塔痕，在她毁灭而不曾毁灭尽的生命中，这的确是一个深深的伤痕。

八年前的一个月夜，是她悄送掉童心的纯洁，接受人间的绮情柔意，她和青在月影下，双影厮并，她那时如依人的小鸟，如迷醉的荼蘼，她傲视冷月，她窃笑行云。

但今夜呵！一样的月影波光，然而她和青已隔绝人天，让月儿蹂躏这寞落的心。她扎挣残喘，要向月姊问青的消息，但月姊只是阴森的惨笑，只是傲然的凌视，——指示她的孤独。唉！她枉将凄音冲破行云，枉将哀调深渗海底，——天意永远是不可思议！

沙低声默泣，全船的人都罩在绮丽的哀愁中。这时船已穿过玉桥，两岸灯光，映射波中，似乎万蛇舞动，金彩飞腾，沙凄然道："这到底是梦境，还是人间？"

颦道："人间便是梦境，何必问哪一件是梦，哪一件非梦！"

"呵！人间便是梦境，但不幸的人类，为什么永远没有快活的梦？……这惨愁，为什么没有焚化的可能？"

大家都默然无言，只有阮君依然努力把舵，森不住地摇桨，这船又从河心荡向河岸，"夜深了，归去罢！"森仿佛有些倦了，于是将船儿泊在岸旁。他们都离开这美妙的月影波光，在黑夜中摸索他们的归程。

月儿斜倚翡翠云屏，柳丝细拂这归去的人们，——这月夜孤舟又是一番梦痕！

美丽的姑娘

他捧着女王的花冠，向人间寻觅你——美丽的姑娘！

他如深夜被约的情郎，悄悄躲在云幔之后，觑视着堂前的华烛高烧，欢宴将散。红莓似的醉颜，朗星般的双眸，左右流盼。但是，那些都是伤害青春的女魔，不是他所要寻觅的你——美丽的姑娘！

他如一个流浪的歌者，手拿着铜钹铁板，来到三街六巷，慢慢地唱着醉人心魄的曲调，那正是他的诡计，他想利用这迷醉的歌声寻觅你，他从早唱到夜，惊动多少娇媚的女郎。她们如中了邪魔般，将他围困在街心，但是那些都是粉饰青春的野蔷薇，不是他所要寻觅的你——美丽的姑娘！

他如一个隐姓埋名的侠客，他披着白羽织成的英雄氅，腰间挂着莫邪宝剑；他骑着嘶风啮雪的神驹，在一天的黄昏里，来到这古道荒林。四壁的山色青青，曲折的流泉冲激着沙石，发出悲壮的音韵，茅屋顶上萦绕着淡淡的炊烟和行云。他立马于万山巅。

陡然看见你独立于群山前，——披着红色的轻衫，散着满头发光的丝发，注视着遥远的青天，噢！你象征了神秘的宇宙，你美化了人间。——美丽的姑娘！

他将女王的花冠扯碎了，他将腰间的宝剑，划开胸膛，他掏出赤血淋漓的心，拜献于你的足前。只有这宝贵的礼物，可以献纳。支配宇宙的女神，我所要寻觅的你——美丽的姑娘！

那女王的花冠，它永远被丢弃于人间！

我愿秋常驻人间

提到秋，谁都不免有一种凄迷哀凉的色调，浮上心头；更试翻古往今来的骚人、墨客，在他们的歌咏中，也都把秋染上凄迷哀凉的色调，如李白的《秋思》："……天秋木叶下，月冷莎鸡悲。坐愁群芳歇，白露凋华滋。"柳永的《雪梅香辞》："景萧索，危楼独立面晴空，动悲秋情绪，当时宋玉应同。"周密的《声声慢》："……对西风休赋登楼，怎去得，怕凄凉时节，团扇悲秋。"

这种凄迷哀凉的色调，便是美的元素，这种美的元素只有"秋"才有。也只有在"秋"的季节中，人们才体验得出，因为一个人在感官被极度的刺激和压轧的时候，常会使心头麻木。故在盛夏闷热时，或在严冬苦寒中，心灵永远如虫类的蛰伏。

等到一声秋风吹到人间，也正等于一声春雷，震动大地，把一些僵木的灵魂如虫类般地唤醒了。

灵魂既经苏醒，灵的感官便与世界万汇相接触了。于是见到阶前落叶萧萧下，而联想到不尽长江滚滚来，更因其特别自由敏感的神经，而感到不尽的长江是千古常存，而倏忽的生命，譬诸昙花一现。于是悲来填膺，愁绪横生。

这就是提到秋，谁都不免有一种凄迷哀凉的色调，浮上心头的原因了。

其实秋是具有极丰富的色彩，极活泼的精神的，它的一切现象，并不像敏感的诗人墨客所体验的那种凄迷哀凉。

当霜薄风清的秋晨，漫步郊野，你便可以看见如火般的颜色染在枫林、柿丛和浓紫的颜色泼满了山巅天际，简直是一个气魄伟大的画家的大手笔，任意趣之所之，勾抹涂染，自有其雄伟的丰姿，又岂是纤细的春景所能望其项背？

至于秋风的犀利，可以洗尽积垢，秋月的明澈，可以照烛幽微，秋是又犀利又潇洒，不拘不束的一位艺术家的象征。这种色调，实可以苏醒现代困闷人群的灵魂，因此我愿秋常驻人间！

星　夜

　　在璀璨的明灯下，华筵间，我只有悄悄地逃逝了，逃逝到无灯光，无月彩的天幕下。丛林危立如鬼影，星光闪烁如幽萤，不必伤繁华如梦，——只这一天寒星，这一地冷雾，已使我万念成灰，心事如冰！

　　唉！天！运命之神！我深知道我应受的摆布和颠连，我具有的是夜莺的眼，不断的在密菁中寻觅，我看见幽灵的狞羡，我看见黑暗中的灵光！

　　唉！天！运命之神！我深知道我应受的摆布与颠连，我具有的是杜鹃的舌，不断的哀啼于花荫。枝不残，血不干，这艰辛的旅途便不曾走完！

　　唉！天！运命之神！我深知道我应受的摆布与颠连，我具有的是深刻惨凄的心情，不断的追求伤毁者的呻吟与悲哭——这便是我生命的燃料，虽因此而灵毁成灰，亦无所怨！

　　唉！天！运命之神！我深知道我应受的摆布与颠连，我具有的是血迹狼藉的心和身，纵使有一天血化成青烟。这既往的鳞伤，料也难掩埋！咳！因之我不能慰人以柔情，更不能予人以幸福，只有这辛辣的心锥时时刺醒人们绮丽的春梦，将一天欢爱变成永世的咒诅！自然这也许是不可避免的报复！

在璀璨的明灯下，华筵间，我只有悄悄逃逝了！逃逝到无灯光，无月彩的天幕下。丛林无光如鬼影，星光闪烁如幽萤，我徘徊黑暗中，我踯躅星夜下，我恍如亡命者，我恍如逃囚，暂时脱下铁锁和镣铐。不必伤繁华如梦——只这一天寒星，这一地冷雾，已使我万念成灰，心事如冰！

东京小品——咖啡店

橙黄色的火云包笼着繁闹的东京市，烈炎飞腾似的太阳，从早晨到黄昏，一直光顾着我的住房；而我的脆弱的神经，仿佛是林丛里的飞萤，喜欢忧郁的青葱，怕那太厉害的阳光，只要太阳来统领了世界，我就变成了冬令的蛰虫，了无生气。这时只有烦躁疲弱无聊占据了我的全意识界；永不见如春波般的灵感荡漾，……呵！压迫下的呻吟，不时打破木然的沉闷。

有时勉强振作，拿一本小说在地席上睡下，打算潜心读两行，但是看不到几句，上下眼皮便不由自主地合拢了。这样昏昏沉沉挨到黄昏，太阳似乎已经使尽了威风，渐渐地偃旗息鼓回去，海风也凑趣般吹了来，我的麻木的灵魂，陡然惊觉了，"呵！好一个苦闷的时间，好像换过了一个世纪！"在自叹自伤的声音里，我从地席上爬了起来，走到楼下自来水管前，把头脸用冷水冲洗以后，一层遮住心灵的云翳遂向苍茫的暮色飞去，眼前现出鲜明的天地河山，久已凝闭的云海也慢慢掀起波浪，于是过去的印象和未来的幻影，便一种种地在心幕上开映起来。

忽然一阵非常刺耳的东洋音乐不住地送来耳边，使听神经起了一阵痉挛。唉！这是多么奇异的音调，不像幽谷里多灵韵的风声，不像丛林里清脆婉转的鸣鸟之声，也不像碧海青崖旁的激越澎湃之声……而只是为衣食而奋斗的劳苦挣扎之声，虽然有时声带颤动得非常婉妙，使街上的行人不知不觉停止了脚步，但这只是好奇，也许还含着些不自然的压迫，发出无告的呻吟，使那些久受生之困厄的人们同样的叹息。

这奇异的声音正是从我隔壁的咖啡店里一个粉面朱唇的女郎樱口里发出来的。——那所咖啡店是一座狭小的日本式楼房改造成的，在三四天以前，我就看见一张红纸的广告贴在墙上，上面写着本咖啡店择日开张，从那天起，有时看见泥水匠人来洗刷门面，几个年轻精壮的男人布置壁饰和桌椅，一直忙到今天早晨，果然开张了。当我才起来，推开玻璃窗向下看的时候，就见这所咖啡店的门口，两旁放着两张红白夹色纸糊的三角架子，上面各支着一个满缀纸花的华丽的花圈，在门楣上斜插着一枝姿势活泼鲜红色的枫树，沿墙根列着几种松柏和桂花的盆栽，右边临街的窗子垂着淡红色的窗帘，衬着那深咖啡色的墙，真有一种说不出的鲜明艳丽。

在那两个花圈的下端，各缀着一张彩色的广告纸，上面除写着本店即日开张，欢迎主顾以外，还有一条写着"本店用女招待"字样。——我看到这里，不禁回想到西长安街一带的饭馆门口那些红绿纸写的雇用女招待的广告了。呵！原来东方的女儿都有招徕主顾的神通！

我正出神地想着，忽听见叮叮当当的响声，不免寻声看去，只见街心有两个年轻的日本男人，身上披着红红绿绿仿佛袈裟式的半臂，头上顶着像是凉伞似的一个圆东西，手里拿着铙钹，像戏台上的小丑一般，在街心连敲带唱，扭扭捏捏，怪样难描，原来这就是活动的广告。

他们虽然这样辛苦经营，然而从清晨到中午还不见一个顾客光临，门前除却他们自己做出热闹声外，其余依然是冷清清的。

黄昏到了，美丽的阳光斜映在咖啡店的墙隅，淡红色的窗帘被晚凉的海风吹得飘了起来，隐约可见房里有三个年轻的女人盘膝跪在地席上，对着一面大菱花镜，细细地擦脸，涂粉，画眉，点胭脂，然后袒开前胸，又厚厚的涂了一层，远远看过去真是"肤如凝脂，领如蝤蛴"，然而近看时就不免有石灰墙和泥塑美人之感了。其中有一个是梳着两条辫子的，比较最年轻也最漂亮，在打扮头脸之后，换了一身藕荷色的衣服，腰里拴一条橙黄色白花的腰带，背上驮着一个包袱似的东西，然后款摆着柳条似的腰肢，慢慢下楼来，站在咖啡店的门口，向着来往的行人"巧笑倩兮，美目盼兮，"大施其外交手段。果然没有经过多久，就进去两个穿和服木屐的男人。从此冷清清的咖啡店里骤然笙箫并奏，笑语杂作起来。有时那个穿藕荷色衣服的雏儿唱着时髦的爱情曲儿，灯红酒绿，直闹到深夜兀自不散。而我呢，一双眼的上眼皮和下眼皮简直分不开来，也顾不得看个水落石出。总而言之，想钱的钱到手，赏心的开了心，圆满因果，如是而已，只应合十念一声"善哉！"好了，何必神经过敏，发些牢骚，自讨苦趣呢！

庙 会

正是秋雨之后，天空的雨点虽然停了，而阴云兀自密布太虚。夜晚时的西方的天，被东京市内的万家灯火照得起了一层乌灰的绛红色。晚饭后，我们照例要到左近的森林中去散步。这时地上的雨水还不曾干，我们各人都换上破旧的皮鞋，拿着雨伞，踏着泥滑的石子路走去。不久就到了那高矗入云的松林里。林木中间有一座土地庙，平常时都是很清静的闭着山门，今夜却见庙门大开，门口挂着两盏大纸灯笼。上面写着几个蓝色的字——天主社——庙里面灯火照耀如同白昼，正殿上搭起一个简单的戏台，有几个戴着假面具穿着彩衣的男人——那面具有的像龟精鳖怪，有的像判官小鬼，大约有四五个人，忽坐忽立，指手划脚地在那里扮演，可惜我们语言不通，始终不明白他们演的是什么戏文。看来看去，总感不到什么趣味，于是又到别处去随喜。在一间日本式的房子前，围着高才及肩的矮矮的木栅栏，里面设着个神龛，供奉的大约就是土地爷了。可是我找了许久，也没找见土地爷的法身，只有一个圆形铜制的牌子悬在中间，那上面似乎还刻着几个字，离得远，我也认不出是否写着本土地神位，——反正是一位神明的象征罢了。在那佛龛前面正中的地方悬着一个幡旌似的东西，飘带低低下垂。我们正在仔细揣摩赏鉴的时候，只见一位年纪五十上下的老者走到神龛面前，将那幡旌似的飘带用力扯动，使那上面的铜铃发出零丁之声，然后从钱袋里掏出一个铜钱——不知是十钱的还是五钱的，只见他便向佛龛内一甩，顿时发出铿锵的声响，他合掌向神前三击之后，闭眼凝神，躬身膜拜，约过一分钟，又合掌连击三声，这才慢步离开神龛，心安意得地走去了。

自从这位老者走后，接二连三来了许多人，男的女的，老的少的，——还有尚在娘怀抱里的婴孩也跟着母亲向神前祈祷求福，凡来顶礼的人都向佛龛中舍钱布施。还有一个年纪二十多岁的女人，身上穿着白色的围裙，手中捧着一个木质的饭屉，满满装着白米，向神座前贡献。礼毕，那位道袍秃顶的执事僧将饭屉接过去，那位善心的女施主便满面欣慰地退出。

我们看了这些善男信女礼佛的神气，不由得也满心紧张起来，似乎冥冥之中真有若干神明，他们的权威足以支配昏昧的人群，所以在人生的道途上，只要能逢山开路，见庙烧香，便可获福无穷了。不然，自己劳苦得来的银钱柴米，怎么便肯轻轻易易双手奉给僧道享受呢？神秘的宇宙！不可解释的人心！

我正在发呆思量的时候，不提防同来的建扯了我的衣襟一下，我不禁"呀！"了一声，出窍的魂灵儿这才复了原位，我便问道："怎么？"建含笑道："你在想什么？好像进了梦境，莫非神经病发作了吗？"我被他说得也好笑起来，便一同离开神龛到后面去观光。吓！那地方更是非常热闹，有许多倩装艳服，然而脚着木屐的日本女人，在那里购买零食的也有，吃冰激凌的也有。其中还有几个西装的少女，脚上穿着长筒丝袜和皮鞋，——据说这是日本的新女性，也在人丛里挤来挤去，说不定是来参礼的，还是也和我们一样来看热闹的。总之，这个小小的土地庙里，在这个时候是包罗万象的。不过倘使佛有眼睛，瞧见我满脸狐疑，一定要瞪我几眼吧。

迷信——具有伟大的威权，尤其是当一个人在倒霉不得意的时候，或者在心灵失却依据徘徊歧路的时候，神明便成人心的主宰了。我有时也曾经历过这种无归宿而想象归宿的滋味，然而这在我只像电光一瞥，不能坚持久远的。

说到这里，使我想起童年的时候——我在北平一个教会学校读书，那一个秋天，正遇着耶稣教徒的复兴会，——期间是一来复。在这一来复中，每日三次大祈祷，将平日所做亏心欺人的罪恶向耶稣基督忏悔，如是，以前的一切罪恶便从此洗涤尽净，——哪怕你是个杀人放火的强盗，只要能悔罪便可得救，虽然是苦了倒霉钉在十字架的耶稣，然而那是上帝的旨意，叫他来舍身救世的，这是耶稣的光荣，人们的福音。——这种无私的教理，当时很能打动我弱小的心弦，我觉得耶稣太伟大了，而且法力无边，凡是人类的困苦艰难，只要求他，便一切都好了。所以当我被他们强迫的跪在礼拜堂里向上帝祈祷时，——

我是无情无绪的正要到梦乡去逛逛，恰巧我们的校长朱老太太颤颤巍巍走到我面前也一同跪下，并且抚着我的肩说："呵！可怜的小羊，上帝正是我们的牧羊人，你快些到他的面前去罢，他是仁爱的伟大的呵！"我听了她那热烈诚挚的声音，竟莫名其妙的怕起来了，好像受了催眠术，觉得真有这么一个上帝，在睁着眼看我呢，于是我就在那些因忏悔而痛哭的人们的哭声中流下泪来了。朱老太太更紧紧地把我搂在怀里说道："不要伤心，上帝是爱你的。只要你虔心地相信他，他无时无刻不在你的左右……"最后她又问我："你信上帝吗？……好像相信我口袋中有一块手巾吗？"我简直不懂这话的意思，不过这时我的心有些空虚，想到母亲因为我太顽皮送我到这个学校来寄宿，自然她是不喜欢我的，倘使有个上帝爱我也不错，于是就回答道："朱校长，我愿意相信上帝在我旁边。"她听了我肯皈依上帝，简直喜欢得跳了起来，一面笑着一面擦着眼泪……从此我便成了耶稣教徒了。不过那年以后，我便离开那个学校，起初还是满心不忘上帝，又过了几年，我脑中上帝的印象便和童年的天真一同失去了。最后我成了个无神论者了。

但是在今晚这样热闹的庙会中，虔信诚心的善男信女使我不知不觉生出无限的感慨，同时又勾起既往迷信上帝的一段事实，觉得大千世界的无量众生，都只是些怯弱可怜的不能自造命运的生物罢了。

在我们回来时，路上依然不少往庙会里去的人，不知不觉又联想到故国的土地庙了，唉！……

邻 居

别了，繁华的闹市！当我们离开我们从前的住室门口的时候，恰恰是早晨七点钟。那耀眼的朝阳正照在电车线上，发出灿烂的金光，使人想象到不可忍受的闷热。而我们是搭上市外的电车，驰向那屋舍渐稀的郊野去；渐渐看见陂陀起伏的山上，林木葱茏，绿影婆娑，丛竹上满缀着清晨的露珠，兀自向人闪动。一阵阵的野花香扑到脸上来，使人心神爽快。经过三十分钟，便到我们的目的地。

在许多整饬的矮墙里，几株姣艳的玫瑰迎风袅娜，经过这一带碧绿的矮墙南折，便看见那一座郁郁葱葱的松柏林，穿过树林，就是那些小巧精洁的日本式的房屋掩映于万绿丛中。微风吹拂，树影摩荡，明窗净几间，帘幔低垂，一种幽深静默的趣味，顿使人忘记这正是炎威犹存的残夏呢。

我们沿着鹅卵石垒成的马路前进，走约百余步，便见斜刺里有一条窄窄的草径，两旁长满了红蓼白荻和狗尾草，草叶上朝露未干，沾衣皆湿。草底鸣虫唧唧，清脆可听。草径尽头一带竹篱，上面攀缘着牵牛茑萝，繁花如锦，清香醉人。就在竹篱内，有一所小小精舍，便是我们的新家了。淡黄色木质的墙壁门窗和米黄色的地席，都是纤尘不染。我们将很简单的家具稍稍布置以后，便很安然地坐下谈天。似乎一个月以来奔波匆忙的心身，此刻才算是安定了。

但我们是怎么的没有受过操持家务的训练呵！虽是一个很简单的厨房，而在我这一切生疏的人看来，真够严重了。怎样煮饭——一碗米应放多少水，煮肉应当放些什么浇料呵！一切都不懂，只好凭想象力一件件地去尝试。这其中最大的难题是到后院井边去提水，老大的铅桶，满满一桶水真够累人的。我正在提着那亮晶晶发光的水桶不知所措的时候，忽见邻院门口走来一个身躯胖大，满面和气的日本女人，——那正是我们头一次拜访的邻居胖太太——我们不知道她姓什么，可是我们赠送她这个绰号，总是很合适的吧。

她走到我们面前，向我们咕哩咕噜说了几句日本话，我们是又聋又哑的外国人，简直一句也不懂，只有瞪着眼向她呆笑。后来她接过我手里的水桶，到井边满满地汲了一桶水，放在我们的新厨房里。她看见我们那些新买来的锅呀、碗呀，上面都微微沾了一点灰尘，她便自动地替我们一件一件洗干净了，又一件件安置得妥妥帖帖，然后她鞠着躬说声サセテナラ（再见）走了。

据说这位和气的邻居，对中国人特别有感情，她曾经帮中国人做过六七年的事，并且，她曾嫁过一个中国男人，……不过人们谈到她的历史的时候，都带着一种猜度的神气，自然这似乎是一个比较神秘的人儿呢，但无论如何，她是我们的好邻居呵！

她自从认识我们以后，没事便时常过来串门。她来的时候，多半是先到厨房，遇见一堆用过的锅碗放在地板上，或水桶里的水完了，她就不用吩咐地替我们洗碗打水。有时她还拿着些泡菜、辣椒粉之类零星物件送给我们。这种出乎我们意外的热诚，不禁使我有些赧然。

当我没有到日本以前，在天津大阪公司买船票时，为了一张八折的优待券，——那是由北平日本公使馆发出来的——同那个留着小胡子的卖票员捣了许久的麻烦。最后还是拿到天津日本领事馆的公函，他们这才照办了。而买票后找钱的时候，只不过一角钱，那位含着狡狯面相的卖票员竟让我们等了半点多钟。当时我曾赌气牺牲这一角钱，头也不回地离开那里。他们这才似乎有些过不去，连忙喊住我们，从桌子的抽屉里拿出一角钱给我们。这样尖酸刻薄的行为，无处不表现岛国细民的小气。真给我一个永世不会忘记的坏印象。

及至我们上了长城丸（日本船名）时，那两个日本茶房也似乎带着些欺侮人的神气。比如开饭的时候，他们总先给日本人开，然后才轮到中国人。至于那些同渡的日本人，有几个男人嘴脸之间时时表现着夜郎自大的气概，——自然也由于我国人太不争气的缘故。——那些日本女人呢，个个对于男人低首下心，柔顺如一只小羊。这虽然惹不起我们对她们的愤慨，却使我们有些伤心，"世界上最没有个性的女性呵，你们为什么情愿做男子的奴隶和傀儡呢！"我不禁大声地喊着，可惜她们不懂我的话，大约以为我是个疯子吧。

总之我对于日本人从来没有好感，豺狼虎豹怎样凶狠恶毒，你们是想象得出来的，而我也同样地想象那些日本人呢。

但是不久我便到了东京，并且在东京住了两个礼拜了。我就觉得我太没出息——心眼儿太窄狭，日本人——在我们中国横行的日本人，当然有些可恨，然而在东京我曾遇见过极和蔼忠诚的日本人，他们对我们客气，有礼貌，而且极热心地帮忙，的确的，他们对待一个异国人，实在比我们更有理智更富于同情些。至于做生意的人，无论大小买卖，都是言不二价，童叟无欺，——现在又遇到我们的邻居胖太太，那种慈和忠实的行为，更使我惭愧我的小心眼了。

我们的可爱的邻居，每天当我们煮饭的时候，她就出现在我们的厨房门口。

"奥（太太）要水吗？"柔和而熟悉的声音每次都激起我对她的感愧。她是怎样无私的人儿呢！有一天晚上，我从街上回来，穿着一件淡青色的绸衫，因为时间已晏，忙着煮饭，也顾不得换衣服，同时又怕弄脏了绸衫，我就找了一块白包袱权作围裙，胡乱地扎在身上，当然这是有些不舒服的。正在这时候，我们的邻居来了。她见了我这种怪样，连忙跑到她自己房里，拿出一件她穿着过于窄小的白围裙送给我，她说："我现在胖了，不能穿这围裙，送给你很好。"她说时，就亲自替我穿上，前后端详了一阵，含笑学着中国话道："很好！很好！"

她胖大的身影，穿过遮住前面房屋的树丛，渐渐地看不见了。而我手里拿着炒菜的勺子，竟怔怔的如同失了魂。唉！我接受了她的礼物，竟忘记向她道谢，只因我接受了她的比衣服更宝贵的仁爱，将我惊吓住了；我深自忏悔，我知道世界上的人类除了一部分为利欲所沉溺的以外，都有着丰富的同情和纯洁的友谊，人类的大部分毕竟是可爱的呵！

我们的邻居，她再也想不到她在一些琐碎的小事中给了我偌大的启示吧。愿以我的至诚向她祝福！

沐 浴

说到人，有时真是个怪神秘的动物，总喜欢遮遮掩掩，不大愿意露真相；尤其是女人，无时无刻不戴假面具，不管老少肥瘠，脸上需要脂粉的涂抹，身上需要衣服的装扮，所以要想赏鉴人体美，是很不容易的。

有些艺术团体，因为画图需要模特儿，不但要花钱，而且还找不到好的，——多半是些贫穷的妇女，看白花花的洋钱面上，才不惜向人间现示色相，而她们那种不自然的姿势和被物质压迫的苦相，常常给看的人一种恶感，什么人体美，简直是怪肉麻的丑相。

至于那些上流社会的小姐太太们，若是要想从她们里面发现人体美，只有从细纱软绸中隐约的曲线里去想象了。在西洋有时还可以看见半裸体的舞女，然而那个也还有些人工的装点，说不上赤裸裸的。至于我们礼教森严的中国，那就更不用提了。明明是曲线丰富的女人身体，而束腰扎胸，把个人弄得成了泥塑木雕的偶像了。所以我从来也不曾梦想赏鉴各式各样的人体美。

但是，当我来到东京的第二天，那时正是炎热的盛夏，全身被汗水沸湿，加之在船上闷了好几天，这时要是不洗澡，简直不能忍受下去。然而说到洗澡，不由得我蹙起双眉，为难起来。

洗澡，本是平常已极的事情，何至于如此严重？然而日本人的习惯有些别致。男人女人对于身体的秘密性简直没有。在大街上，可以看见穿着极薄极短的衫裤的男人和赤足的女人。有时从玻璃窗内可以看见赤身露体的女人，若无其事似的，向街上过路的人们注视。

他们的洗澡堂，男女都在一处，虽然当中有一堵板壁隔断了，然而许多女人脱得赤条条的在一个汤池里沐浴，这在我却真是有生以来破题儿第一遭的经验。这不能不算是一个大难关吧。

"去洗澡吧，天气真热！"我首先焦急着这么提议。好吧，拿了澡布，大家预备走的时候，我不由得又踌躇起来。

"呵，陈先生，难道日本就没有单间的洗澡房吗？"我向领导我们的陈先生问了。

"有，可是必须到大旅馆去开个房间，那里有西式盆汤，不过每次总要三四元呢。"

"三四元！"我惊奇地喊着，"这除非是资本家，我们哪里洗得起。算了，还是去洗公共盆汤吧。"

陈先生在我决定去向以后，便用安慰似的口吻向我道："不要紧的，我们初来时也觉着不惯，现在也好了。而且非常便宜，每人只用五分钱。"

我们一路谈着，没有多远就到了。他们进了左边门的男汤池去。我呢，也只得推开女汤池这边的门，呵，真是奇观，十几个女人，都是一丝不挂的在屋里。我一面脱鞋，一面踌躇，但是既到了这里，又不能作唐明皇光着眼看杨太真沐浴，只得勉强脱了上身的衣服，然后慢慢地脱衬裙袜子，……先后总费了五分钟，这才都脱完了。急忙拿着一块极大的洗澡手巾，连遮带掩地跳进温热的汤池里，深深地沉在里面，只露出一个头来。差不多泡了一刻钟，这才出来，找定了一个角落，用肥皂乱擦了一遍，又跳到池子里洗了洗。就算完事大吉。等到把衣服穿起时，我不禁嘘了一口长气，严紧的心脉才渐渐地舒畅了。于是悠然自得地慢慢穿袜子。同时抬眼看着那些浴罢微带娇慵的女人们，她们是多么自然的，对着亮晶晶的壁镜理发擦脸，抹粉涂脂，这时候她们依然是一丝不挂；并且她们忽而起立，忽而坐下，忽而一条腿竖起来半跪着，各式各样的姿势，无不运用自如。我在旁边竟得饱览无余。这时我觉得人体美有时候真值得歌颂，——那细腻的皮肤，丰美的曲线，圆润的足趾，无处不表现着天然的艺术。不过有几个鸡皮鹤发的老太婆，满身都是瘪皱的，那还是披上一件衣服遮丑好些。

我一面赏鉴，一面已将袜子穿好，总不好意思再坐着呆着。只得拿了手巾和换下来的衣服，离开这现示女人色相的地方了。

在回家的路上，我的神经似乎有些兴奋，我想到人间种种的束缚，种种的虚伪，据说这些是历来的圣人给我们的礼赐——尤其严重的是男女之大防，然而日本人似乎是个例外。究竟谁是更幸福些呢？

樱花树头

春天到了，人人都兴高采烈盼望看樱花，尤其是一个初到日本留学的青年，他们更是渴慕着名闻世界的蓬莱樱花，那红艳如天际火云，灿烂如黄昏晚霞的色泽真足使人迷恋呢。

在一个黄昏里，那位丰姿翩翩的青年，抱着书包，懒洋洋地走回寓所，正在门口脱鞋的时候，只见那位房东西川老太婆接了出来，行了一叩首的敬礼后便说道："陈样（日本对人之尊称）回来了，楼上有位客人在等候你呢！"那位青年陈样应了一声，便匆匆跑上楼去，果见有一人坐在矮几旁翻《东方杂志》呢，听见陈样的脚步声便回过头叫道：

"老陈！今天回来得怎么这样晚呀？"

"老张，你几时来的？我今天因为和一个朋友打了两盘球，所以回来迟些。有什么事？我们有好久不见了。"

那位老张是个矮胖子，说话有点土腔，他用劲地说道：

"没有……什么大事，……只是……现在天气很，——好！樱花有的都开了，昨天一个日本朋友——提起来，你大概也认得——就是长泽一郎，他家里有两棵大樱花已开得很好……他请我们明天一早到他家里去看花，你去不？"

"哦，这么一回事呀！那当然奉陪。"

老张跟着又嘻嘻笑道："他家还有……很好看的漂亮姑娘呢！"

"你这个东西，真太不正经了。"老陈说。

"怎么太不正经呀！"老张满脸正色地说。

"得了！得了！那是人家的女眷，你开什么玩笑，不怕长泽一郎恼你！"老陈又说。

老张露着轻薄的神色笑道：

"日本的女儿，生来就是替男人开……心的呀！在他们德川时代，哪一个将军不是把酒与女人看成两件消遣品呢？你不要发痴了，要想替日本女人树贞节坊，那真是太开玩笑了！"

老陈一面蹙眉一面摇头道："咳！这是怎么说，老张简直愈变愈下流了……正经地说吧，明天我们怎么样去法？"

老张眯着眼想了想道："明早七点钟我来找你同去好了。"

"好吧！"老陈道："你今天在这里吃晚饭吧！"

"不！"老张站起来说："我还要去……看一个朋友，……不打搅你了，明天会吧？"

"明天会！"老陈把老张送到门口回来，吃了晚饭，看了几页书，又写了两封家信就去睡了。

第二天七点钟时，老张果然跑来了。他们穿好衣服便一同到长泽一郎家里去，走到门口已看见两棵大樱花树，高出墙头，那上面花蕊异常稠密，现在只开了一小部分，但是已经很动人了。他们敲了两下门，长泽一郎已迎了出来，请他们在一间六铺席的客堂里坐下。不久，有一个十四五岁的女郎托着一个花漆的茶盘，里面放着三盏新茶，中间还有一把细瓷的小巧茶壶放在他们围坐着的那张小矮几上，一面恭恭敬敬地说了一声："诸位请用茶。"那声音娇柔极了，不禁使老陈抬起头来，只见那女孩头上盘着松松的坠马髻，一张长圆形的脸上，安置着一个端正小巧的鼻子，鼻梁两旁一双日本人特有的水秀细长的眼睛，两片如花瓣的唇含着驯良的微笑——老陈心里暗暗地想道：这个女孩倒不错，只因初次见面不好意思有什么表示。但是老张却张大了眼睛，看着那女孩嘻嘻地笑道："呵！这位贵娘的相貌真漂亮！"

长泽一郎道："多谢张样夸奖，这是我的小舍妹，今年才十四岁，年纪还小呢，她还有一个阿姊比她大四岁……"长泽一郎得意扬扬地夸说她的妹子，同时又看了陈样一眼，向老张笑了笑。老张便向他挤眉弄眼地暗传消息。

长泽一郎敬过茶后便站起来道："我们可以到外面去看樱花吧！"

他们三个一同到了长泽一郎的小花园里，那是一个颇小而布置得有趣的花园：有玫瑰茶花的小花畦，在花畦旁还有几块假山石。长泽一郎同老张走到假山后面去了。这里只剩下老陈。他站在樱花树下，仰着头向上看时，只听见一阵推开玻璃窗的声音，跟着楼窗旁露出一个十八九岁少女的艳影。她身上穿着一件淡绿色大花朵的和服，腰间系了一根藕荷色的带子，背上背着一个绣花包袱，那面庞儿和适才看见的那个小女孩有些相像，但是比她更艳丽些。有一枝樱花正伸在玻璃窗旁，那女郎便伸出纤细而白嫩的手摘了一朵半开的樱花，放在鼻旁嗅了嗅，同时低头向老陈嫣然一笑。这真使老陈受宠若惊，连忙低下头装作没理会般。但是觉得那一刹那的印象竟一时抹不掉，不由自主地又抬起头来，而那个拈花微笑的女孩似乎害羞了，别转头去吃吃地笑，这些做作更使老陈灵魂儿飞上半天去了，不过老陈是一个很有操守的青年，而且他去年暑假才同他的爱人结婚，——这一个诱惑其势来得太凶，使老陈不敢兜揽，赶紧悬崖勒马，离开这个危险的处所，去找老张他们。

走到假山后，正见他们两人坐在一张长凳上，见他来了，长泽一郎连忙站起来让座，一面含笑说道："陈样看过樱花了吗？觉得怎么样？"

老陈应道："果然很美丽，尤其远看更好，不过没有梅花香味浓厚。"

"是的，樱花的好看只在它那如荼如火的富丽，再过几天我们可以到上野公园去看，那里樱花非常多，要是都开了，倒很有看头呢。"长泽一郎非常热烈地说着。

"那么很好，哪一天先生有工夫，我们再来相约吧。我们打搅了一早晨，现在可要告别了。"

"陈样事情很忙吧！那么我们再会吧！"

"再会！"老张老陈说着就离开了长泽一郎家里。在路上的时候，老张嬉皮笑脸地向老陈说道：

"名花美人两争艳，到底是哪一个更动心些呢？"老陈被他这一奚落不觉红了脸道："你满嘴里胡说些什么？"

"得了！别装腔吧！适才我们走出门的时候，还看见人家美目流盼地在送你呢？你念过词没有——'若问行人去哪边，眉眼盈盈处'。真算是为你们写真了。"

老陈急得连颈都红了道："你真是无中生有，越说越离奇，我现在还要到图书馆去，没工夫和你斗口，改日闲了，再同你慢慢地算账呢！"

"好吧！改天我也正要和你谈谈呢，那么这就分手——好好的当心你的桃花运！"老张狡狯地笑着往另一条路上去了。老陈就到图书馆里看了两点多钟的书，在外面吃过午饭后才回到寓所，正好他的妻子的信到了，他非常高兴拆开读后，便急急地写回信，写到正中，忽然间停住笔，早晨那一出剧景又浮上在心头，但是最后他只归罪于老张的爱开玩笑，一切都只是偶然的值不得什么。这么一想，他的心才安定下来，把其余的半封信读完，又看了些时候的书，就把这天混过去了。第二天是星期一，老早便起来到学校去，走到半路的时候，他忽然想起他到学校去的那条路是要经过长泽一郎的门口的，当他走到长泽一郎家的围墙时，那两棵樱花树枝在温暖的春风里微微向他点头，似乎在说"早安呵，先生！"这不禁使他站住了。正在这时候，那楼窗上又露出一张熟识的女郎笑靥来，那女郎向他微微点着头，同时伸手折了一枝盛开的樱花含笑地扔了下来，正掉在老陈的脚旁，老陈踌躇了一下，便捡了起来说了一声"谢谢"，又急急地走了。隐隐还听见女郎关玻璃窗的声音，老陈一路走一路捉摸，这果真是偶然吗？但是怎么这样巧，有意吗？太唐突人了。不过老张曾说过日本女人是特别驯良，是特别没有身份的，也许是有意吧？管她呢，有意也罢，无意也罢，纵使"小"姑居处本无郎，而"使君自有妇"……或者是我神经过敏，那倒冤枉了人家，不过魔由自招，我明天以后换条路走好了。

过了三四天，老张又来找他，一进门便嚷道：

"老陈！你真是红鸾星照命呵！恭喜恭喜！"

"喂！老张，你真没来由，我哪里又有什么红鸾星照命，你不知道我已经结过婚吗？"

"自然！你结婚的时候还请我喝过喜酒，我无论如何不会把这件事忘了，可是谁叫你长得这么漂亮，人家一定要打你的主意，再三央告我做个媒，你想我受人之托怎好不忠人之事呢！"

"难道你不会告诉他我已经结过婚了吗？"老陈焦急地说。

"唉！我怎么没说过啊，不过人家说你们中国人有的是三房四妾，结过婚，再结一个又有什么要紧。只要分开两处住，不是也很好的吗？"老张说了这一番话，老陈更有些不耐烦了，便道："老张，你这个人的思想竟是越来越落伍，这个三妻四妾的风气还应当保持到我们这种时代来吗？难道你还主张不要爱情的婚姻吗？你知道爱情是要有专一的美德的啊！"

"老陈，你慢慢的，先别急得脸红筋暴，做媒只管做，允不允还在你。其实我早就知道这事一定是碰钉子的，不过我要你相信我一向的话——日本女人是太没个性，没身份的，你总以为我刻薄。就拿你这回事说吧，长泽一郎为什么要请你看樱花，就是想叫你和他的妹妹见面。他很知道青年人是最易动情的，所以他让他妹妹向你卖尽风情，要使这婚事易于成功……"

"哦！原来如此啊！怪道呢！……"

"你现在明白了吧！"老张插言道："日本人家里只要有女儿，他便逢人就宣传这个女儿怎样漂亮，怎样贤惠，好像买卖人宣传他的货品一样，惟恐销不出去。尤其是他们觉得嫁给中国留学生是一个最好的机会，因为留学生家里多半有钱，而且将来回国后很容易得到相当的地位，并且中国女人也比较自由舒服。有了这些优点，他情愿把女儿给中国人做姜，而不愿为本国人的妻。所以留学生不和日本女人发生关系的可以说是很难得，而他们对于女人的贞操又根本没有这个观念。日本女人的性的解放在世界上可算首屈一指了，并且和她们发生关系之后，只要不生小孩，你便可以一点责任不负地走开，而那个女孩依然可以光明正大地嫁人。其实呢，讲到贞操本应男女两方面共同遵守才公平。如像我们中国人，专责备女人的贞操而男子眠花宿柳养情妇都不足为怪，倘使哪个女孩失去处女的贞洁便终身要为人所轻视，再休想抬头，这种残酷的不平等的习惯当然应当打破。不过像日本女人那样毫没有处女神圣的情感和尊严，也是太可怕的。唷！我是来做媒的，谁知道打开话匣子便不知说到哪里去了。怎么样，你是绝对否认的，是不是？"

"当然否认！那还成问题吗？"

"那么我的喜酒是喝不成了。好吧，让我给他一个回话，免得人家盼望着。"

"对了！你快些去吧！"

老张走后，老陈独自睡在地席上看着玻璃窗上静默的阳光，不禁把这件出乎意料的滑稽剧从头到尾想了一遍，心头不免有些不痛快。女权的学说尽管像海潮般涌了起来，其实只是为人类的历史装些好看的幌子，谁曾受到实惠？——尤其是日本女人，到如今还只幽囚在十八层的地狱里呵！难怪社会永远呈露着畸形的病态了！……

那个怯弱的女人

我们隔壁的那所房子，已经空了六七天了。当我们每天打开窗子晒阳光时，总有意无意地往隔壁看看。有时我们并且讨论到未来的邻居，自然我们希望有中国人来住，似乎可以壮些胆子，同时也热闹些。

在一天的下午，我们正坐在窗前读小说，忽见一个将近三十岁的男子经过我们的窗口，到后边去找那位古铜色面容而身体胖大的女仆说道：

"哦！大婶，那所房子每月要多少房租啊？"

"先生！你说是那临街的第二家吗？每月十六元。"

"是的，十六元，倒不贵，房主人在这里住吗？"

"你看那所有着绿顶白色墙的房子，便是房主人的家；不过他们现在都出去了。让我引你去看看吧！"

那个男人同着女仆看过以后，便回去了。那女仆经过我们的窗口，我不觉好奇地问道：

"方才租房子的那个男人是谁？日本人吗？"

"哦！是中国人，姓柯……他们夫妇两个。……"

"他们已决定搬来吗？"

"是的，他们明天下午就搬来了。"

我不禁向建微笑道："是中国人多好呵？真的，从前在国内时，我不觉得中国人可爱，可是到了这里，我真渴望多看见几个中国人！……"

"对了！我也有这个感想；不知怎么的他们那副轻视的狡猾的眼光，使人看了再也不会舒服。"

"但是，建，那个中国人的样子，也不很可爱呢，尤其是他那撅起的一张嘴唇，和两颊上的横肉，使我有点害怕。倘使是那位温和的陈先生搬来住，又是多么好！建，我真感觉得此地的朋友太少了，是不是？"

"不错！我们这里简直没什么朋友，不过慢慢的自然就会有的，比如隔壁那家将来一定可以成为我们的朋友！……"

"建，不知他的太太是哪一种人？我希望她和我们谈得来。"

"对了！不知道他的太太又是什么样子？不过明天下午就可以见到了。"

说到这里，建依旧用心看他的小说；我呢，只是望着前面绿森森的丛林，幻想这未来的邻居。但是那些太没有事实的根据了，至终也不曾有一个明了的模型在我脑子里。

第二天的下午，他们果然搬来了，汽车夫扛着沉重的箱笼，喘着放在地席上，发出些许的呼声。此外还有两个男人说话和布置东西的声音。但是还不曾听见有女人的声音，我悄悄从竹篱缝里望过去，只看见那个姓柯的男人，身上穿了一件灰色的绒布衬衫，鼻梁上架了一副罗克式的眼镜，额前的头发蓬蓬的盖到眼皮，他不时用手往上梳掠，那嘴唇依然撅着，两颊上一道道的横肉，依然惹人害怕。

"建，奇怪，怎么他的太太还不来呢？"我转回房里对建这样说。建正在看书，似乎不很注意我的话，只"哦"了声道："还没来吗？"

我见建的神气是不愿意我打搅他，便独自走开了。借口晒太阳，我便坐到窗口，正对着隔壁那面的竹篱笆。我只怔怔地盼望柯太太快来。不久，居然看见门前走进一个二十多岁的少妇；穿着一件紫色底子上面有花条的短旗袍，脚上穿的是一双黑色高跟皮鞋，剪了发，向两边分梳着。身子很矮小，样子也长得平常，不过比柯先生要算强点。她手里提了一个白花布的包袱，走了进来。她的影子在我眼前撩过去以后，陡然有个很强烈的印象粘在我的脑膜上，一时也抹不掉。——这便是她那双不自然的脚峰，和她那种移动呆板直撅的步法，仿佛是一个装着高脚走路的，木硬无生气。这真够使人不痛快。同时在她那脸上，近俗而简单的表情里，证明她只是一个平凡得可以的女人，很难引起谁对她发生什么好感，我这时真是非常的扫兴！

建，他现在放了书走过来了。他含笑说：

"隐，你在思索什么？……隔壁的那个女人来了吗？"

"来是来了，但是呵……"

"但是怎么样？是不是样子很难惹？还是过分的俗不可耐呢？"

我摇头应道："难惹倒不见得，也许还是一个老好人。然而离我的想象太远了，我相信我永不会喜欢她的。真的！建，你相信吗？我有一种可以自傲的本领，我能在见任何人的第一面时，便已料定那人和我将来的友谊是怎样的。我举不出什么了不起的理由；不过最后事实总可以证明我的直觉是对的。"

建听了我的话，不回答什么，只笑笑，仍回到他自己的屋子里去了。

我的心怏怏的，有一点思乡病。我想只要我能回到那些说得来的朋友面前，便满足了。我不需要更多认识什么新朋友，邻居与我何干？我再也不愿关心这新来的一对，仿佛那房子还是空着呢！

　　几天平平安安的日子过去了。大家倒能各自满意。忽然有一天，大约是星期一吧，我因为星期日去看朋友，回来很迟；半夜里肚子疼起来，星期一早晨便没有起床。建为了要买些东西，到市内去了。家里只剩我独自一个，静悄悄地正是好睡。陡然一个大闹声，把我从梦里惊醒，竟自出了一身冷汗。我正在心跳着呢，那闹声又起来了。先是砰磅砰磅地响，仿佛两个东西在扑跌；后来就听见一个人被捶击的声音，同时有女人尖锐的哭喊声：

　　"哎唷！你打死人了！打死人了！"

　　呀！这是怎样可怕的一个暴动呢？我的心更跳得急，汗珠儿沿着两颊流下来，全身打颤。我想，"打人……打死人了！"唉！这是多么严重的事情？然而我没有胆量目击这个野蛮的举动。但隔壁女人的哭喊声更加凄厉了。怎么办呢？我听出是那个柯先生在打他矮小的妻子。不问谁是有理，但是女人总打不过男人；我不觉有些愤怒了，大声叫道："野蛮的东西！住手！在这里打女人，太不顾国家体面了呀！……"但是他们的打闹哭喊声竟压过我这微弱的呼喊。我正在想从被里跳起来的时候，建正好回来了。我便叫道："隔壁在打架，你快去看看吧！"建一面踌躇，一面自言自语道："这算是干什么的呢？"我不理他，又接着催道："你快去呀！你听，那女人又在哭喊打死人了！……"建被我再三催促，只得应道："我到后面找那个女仆一同去吧！我也是奈何不了他们。"

　　不久就听见那个老女仆的声音道："柯样！这是为什么？不

能，不能，你不可以这样打你的太太！"捶击的声音停了，只有那女人呜咽悲凉的高声哭着。后来仿佛听见建在劝解柯先生，——叫柯先生到外面散散步去。——他们两人走了。那女人依然不住声地哭。这时那女仆走到我们这边来了，她满面不平地道："柯样不对！……他的太太真可怜！……你们中国也是随便打自己的妻子吗？"

"不！"我含羞地说道："这不是中国上等人能做出来的行为，他大约是疯子吧！"老女仆叹息着走了。

隔壁的哭声依然继续着，使得我又烦躁又苦闷。掀开棉被，坐起来，披上一件大衣，把头发拢拢，就跑到隔壁去。只见那位柯太太睡在四铺地席的屋里，身上盖着一床红绿道的花棉被，两泪交流的哭着。我坐在她身旁劝道："柯太太，不要伤心了！你们夫妻间有什么不了的事呢？"

"哎唷！黄样，你不知道，我真是一个苦命的人呵！我的历史太悲惨了，你们是写小说的人，请你们替我写写。哎！我是被人骗了哟！"

她无头无尾地说了这一套，我简直如堕入五里雾中，只怔怔地望着她，后来我就问她道：

"难道你家里没有人吗？怎么他们不给你做主？"

"唉！黄样，我家里有父亲，母亲，还有哥哥嫂嫂，人是很多的。不过这其中有一个缘故，就是我小的时候我父亲替我定下了亲，那是我们县里一个土财主的独子。他有钱，又是独子，所以他的父母不免太纵容了他，从小就不好生读书，到大了更是吃喝嫖赌不成材料。那时候我正在中学读书，知识一天一天开了。渐渐对于这种婚姻不满意。到我中学毕业的时候，我就打算到外面来升学。同时我非常不满意我的婚姻，要请求取消婚约。而我父亲认为这个婚姻对于我是很幸福的，就极力反对。后来我的两个堂房侄儿，他们都是受过新思潮洗礼的，对于我这种提议倒非常表同情。并且答应帮助我，不久他们到日本来留学，我也就随后来了。那时日本的生活，比现在低得多，所以他们每月帮我三四十块钱，我倒也能安心读书。

"但是不久我的两个侄儿都不在东京了。一个回国服务，一个到九州进学校去了。只剩下我一个人在东京。那时我是住在女生寄宿舍里。当我侄儿临走的时候，他便托付了一位同乡照应我，就是柯先生，所以我们便常常见面，并且我有什么疑难事，总是去请教他，请他帮忙。而他也非常殷勤地照顾我。唉！黄样！你想我一个天真烂漫的女孩，哪里有什么经验？哪里猜到人心是那样险诈？……

"在我们认识了几个月之后，一天，他到寄宿舍来看我，并且约我到井之头公园去玩。我想同个朋友出去逛逛公园，也是很平常的事，没有理由拒绝人家，所以我就和他同去了。我们在井之头公园的森林里的长椅上坐下，那里是非常寂静，没有什么游人来往，而柯先生就在这种时候开始向我表示他对我的爱情。——唉！说的那些肉麻话，到现在想来，真要脸红。但在那个时候，我纯洁的童心里是分别不出什么的，只觉得承他这样的热爱，是应当有所还报的。当他要求和我接吻时，我就对他说：'我一个人跑到日本来读书，现在学业还没有成就，哪能提到婚姻上去？即使要提到这个问题，也还要我慢慢想一想；就是你，也应当仔细思索思索。'他听了这话，就说道：'我们认识已经半年了，我认为对你已十分了解，难道你还不了解我吗？……'那时他仍然要求和我接吻，我说你一定要吻就吻我的手吧；而他还是坚持不肯。唉，你想我一个弱女子，怎么强得过他，最后是被他占了胜利，从此以后，他向我追求得更加厉害。又过了几天，他约我到日光去看瀑布，我就问他：'当天可以回来吗？'他说：'可以的。'因此我毫不迟疑的便同他去了。谁知在日光玩到将近黄昏时，他还是不肯回来，看看天都快黑了，他才说：'现在已没有火车了，我们只好在这里过夜吧！'我当时不免埋怨他，但他却做出种种哀求可怜的样子，并且说：'倘使我再拒绝他的爱，他立即跳下瀑布去。'唉！这些恐吓欺骗的话，当时我都认为是爱情的保障，后来我就说：'我就算答应你，也应当经过正当的手续呵！'他于是就发表他对于婚姻制度的意见，极力毁诋婚姻制度的坏习，结局他就提议我们只要两情相爱，随时可以共同生活。我就说：'倘使你将来负了我呢？'他听了这话立即发誓赌咒，并且还要到铁铺里去买两把钢刀，各人拿一把，倘使将来谁背叛了爱情，就用这刀取掉谁的生命。我见这种信誓旦旦的热烈情形，简直不能再有所反对了，我就说：'只要你是真心爱我，那倒用不着耍刀弄枪的，不必买了吧！'他说，'只要你允许了我，我就一切遵命。'

　　"这一夜我们就找了一家旅馆住下，在那里我们私自结了婚。我处女的尊严和未来的光明，就在沉醉的一霎那中失掉了。

"唉！黄样……"

柯太太述说到这里，又禁不住哭了。她呜咽着说："从那夜以后，我便在泪中过日子了！因为当我同他从日光回来的时候，他仍叫我回女生寄宿舍去，我就反对他说：'那不能够，我们既已结了婚，我就不能再回寄宿舍去过那含愧疚心的生活。'他听了这话，就变了脸说：'你知道我只是一个学生，虽然每月有七八十元的官费，但我还须供给我兄弟的费用。'在这种情形之下，我不免气愤道：'柯泰南，你是个男子汉，娶了妻子能不负养活的责任吗？当时求婚的时候，你不是说我以后的一切事都由你负责吗？'他被我问得无言可答，便拿起帽子走了，一去三四天不回来，后来由他的朋友出来调停，才约定在他没有毕业的时候，我们的家庭经济由两方彼此分担——在那时节我侄儿还每月寄钱来，所以我也就应允了。在这种条件之下，我们便组织了家庭。唉！这只是变形的人间地狱呵，在我们私自结婚的三个月后，我家里知道这事，就写信给我，叫我和柯泰南非履行结婚的手续不可。同时又寄了一笔款作为结婚时的费用；由我的侄儿亲自来和柯办交涉。柯被迫无法，才勉强行过结婚礼。在这事发生以后，他对我更坏了。先是骂，后来便打起来了。哎！我头一个小孩怎么死的呵？就是因为在我怀孕八个月的时候，他把我打掉了的。现在我又已怀孕两个月了，他又是这样将我毒打。你看我手臂上的伤痕！"

柯太太说到这里，果然将那紫红的手臂伸给我看。我禁不住一阵心酸，也陪她哭起来。而她还在继续地说道："唉！还有多少的苦楚，我实在没心肠细说。你们看了今天的情形，也可以推想到的。总之，柯泰南的心太毒，到现在我才明白了，他并不是真心想同我结婚，只不过拿我耍耍罢了！"

"既是这样，你何以不自己想办法呢？"我这样对她说了。

她哭道："可怜我自己一个钱也没有！"

我就更进一步地对她说道："你是不是真觉得这种生活再不能维持下去？"

她说："你想他这种狠毒，我又怎么能和他相处到老？"

"那么，我可要说一句不客气的话了，"我说，"你既是在国内受过相当的教育，自谋生计当然也不是绝对不可能，你就应当为了你自身的幸福，和中国女权的前途，具绝大的勇气，和这恶魔的环境奋斗，干脆找个出路。"

她似乎被我的话感动了，她说："是的，我也这样想过，我还有一个堂房的姊姊，她在京都，我想明天先到京都去，然后再和柯泰南慢慢地说话！"

我握住她的手道："对了！你这个办法很好！在现在的时代，一个受教育有自活能力的女人，再去忍受从前那种无可奈何的侮辱，那真太没出息了。我想你也不是没有思想的女人，纵使离婚又有什么关系？倘使你是决定了，有什么用着我帮忙的地方，我当尽力！……"

说到这里，建和柯泰南由外面散步回来了。我不便再说下去，就告辞走了。

这一天下午，我看见柯太太独自出去了，直到深夜才回来。第二天我趁柯泰南不在家时，走过去看她，果然看见地席上摆着捆好的行李和箱笼，我就问道："你吃了饭吗？"

她说："吃过了，早晨剩的一碗粥，我随便吃了几口。唉！气得我也不想吃什么！"

我说："你也用不着自己戕贼身体，好好地实行你的主张便了。你几时走？"

她正伏在桌上写行李上的小牌子，听见我问她，便抬头答道："我打算明天乘早车走！"

"你有路费吗？"我问她。

"有了，从这里到京都用不了多少钱，我身上还有十来块钱。"

"希望你此后好好努力自己的事业，开辟一个新前途，并希望我们能常通消息。"我对她说到这里，只见有一个男人来找她，——那是柯泰南的朋友，他听见他们夫妻决裂，特来慰问的。我知道再在那里不便，就辞了回来。

第二天我同建去看一个朋友，回来的时候，已经下午七点了。走过隔壁房子的门外，忽听有四五个人在谈话，而那个捆好了行李，决定今早到京都去的柯太太，也还是谈话会中之一员。我不免低声对建说："奇怪，她今天怎么又不走了？"

建说："一定他们又讲和了！"

"我可不能相信有这样的事！并不是两个小孩子吵一顿嘴，隔了会儿又好了！"我反对建的话。但是建冷笑道："女孩儿有什么胆量？有什么独立性？并且说实在话，男人离婚再结婚还可以找到很好的女子，女人要是离婚再嫁可就难了！"

建的话何尝不是实情，不过当时我总不服气，我说："从前也许是这样，可是现在的时代不是从前的时代呵！纵使一辈子独身，也没有什么关系，总强似受这种的活罪。哼！我不瞒你说，要是我，宁愿给人家去当一个佣人，却不甘心受他的这种凌辱而求得一碗饭吃。"

"你是一个例外；倘使她也像你这么有志气，也不至于被人那样欺负了。"

"得了，不说吧！"我拦住建的话道："我们且去听听他们开的什么谈判。"

似乎是柯先生的声音，说道："要叫我想办法，第一种就是我们干脆离婚。第二种就是她暂时回国去；每月生活费，由我寄日金二十元，直到她分娩两个月以后为止。至于以后的问题，到那时候再从长计议。第三种就是仍旧维持现在的样子，同住下去，不过有一个条件，我的经济状况只是如此，我不能有丰富的供给，因此她不许找我麻烦。这三种办法随她选一种好了。"

但是没有听见柯太太回答什么，都是另外诸个男人的声音，说道："离婚这种办法，我认为你们还不到这地步。照我的意思，还是第二种比较稳当些。因为现在你们的感情虽不好，也许将来会好，所以暂时隔离，未尝没有益处，不知柯太太的意思以为怎样？……"

"你们既然这样说，我就先回国好了。只是盘费至少要一百多块钱才能到家，这要他替我筹出来。"

这是柯太太的声音，我不禁"唉"了一声。建接着说："是不是女人没有独立性？她现在是让步了，也许将来更让一步，依旧含着苦痛生活下去呢！……"

我也不敢多说什么了，因为我也实在不敢相信柯太太做得出非常的举动来，我只得自己解嘲道："管她三七二十一，真是吹皱一池春水，干卿底事？……我们去睡了吧。"

他们的谈判直到夜深才散。第二天我见着柯太太，我真有些气不过，不免讥讽她道："怎么昨天没有走成呢？柯太太，我还认为你已到了京都呢！"她被我这么一问，不免红着脸说："我已定规月底走！……"

"哦，月底走！对了，一切的事情都是慢慢的预备，是不是？"她真羞得抬不起头来，我心想饶了她吧，这只是一个怯弱的女人罢了。

果然建的话真应验了，已经过了两个多月，她还依然没走。

"唉！这种女性！"我最后发出这样叹息了，建却含着胜利的笑……

柳岛之一瞥

　　我到东京以后，每天除了上日文课以外，其余的时间多半花在漫游上。并不是一定自命作家，到处采风问俗，只是为了满足我的好奇心；同时又因为我最近的三四年里，困守在旧都的灰城中，生活太单调，难得有东来的机会，来了自然要尽量地享受了。

　　人间有许多秘密的生活，我常抱有采取各种秘密的野心。但据我想象最秘密而且最足以引起我好奇心的，莫过于娼妓的生活。自然这是因为我没有逛妓女的资格，在那些惯于章台走马的王孙公子们看来，那又算得什么呢？

　　在国内时，我就常常梦想：哪一天化装成男子，到妓馆去看看她们轻颦浅笑的态度和纸迷金醉的生活，也许可以从那里发现些新的人生。不过，我的身材太矮小，装男子不够格，又因为中国社会太顽固，不幸被人们发现，不一定疑神疑鬼地加上些什么不堪的推测。我存了这个怀惧，绝对不敢轻试。——在日本的漫游中，我又想起这些有趣的探求来。有一天早晨，正是星期日，补习日文的先生有事不来上课，我同建坐在六铺席的书房间，秋天可爱的太阳，晒在我们微感凉意的身上；我们非常舒适地看着窗外的风景。在这个时候，那位喜欢游逛的陆先生从后面房子里出来，他两手插在磨光了的斜纹布的裤袋里，拖着木屐，走近我们书屋的窗户外，向我们用日语问了早安，并且说道："今天天气太好了，你们又打算到哪里去玩吗？"

"对了，我们很想出去，不过这附近的几处名胜，我们都走遍了，最好再发现些新的；陆样，请你替我们作领导，好不好？"建回答说。

陆样"哦"了一声，随即仰起头来，向那经验丰富的脑子里，搜寻所谓好玩的地方。而我忽然心里一动，便提议道："陆样，你带我们去看看日本娼妓生活吧！"

"好呀！"他说，"不过她们非到四点钟以后是不做生意的，现在去太早了。"

"那不要紧，我们先到郊外散步，回来吃午饭，等到三点钟再由家里出发，不就正合适了吗？"我说。建听见我这话，他似乎有些诧异，他不说什么，只悄悄地瞟了我一眼。我不禁说道："怎么，建，你觉得我去不好吗？"建还不曾回答。而陆样先说道："那有什么关系，你们写小说的人，什么地方都应当去看看才好。"建微笑道："我并没有反对什么，她自己神经过敏了！"我们听了这话也只好一笑算了。

午饭后，我换了一件西式的短裙和薄绸的上衣。外面罩上一件西式的夹大衣，我不愿意使她们认出我是中国人。日本近代的新妇女，多半是穿西装的。我这样一打扮，她们绝对看不出我本来的面目。同时，陆样也穿上他那件蓝地白花点的和服，更可以混充日本人了。据陆样说日本上等的官妓，多半是在新宿这一带，但她们那里门禁森严，女人不容易进去。不如到柳岛去。那里虽是下等娼妓的聚合所，但要看她们生活的黑暗面，还是那里看得逼真些。我们都同意到柳岛去。我的手表上的短针正指在三点钟的时候，我们就从家里出发，到市外电车站搭车，——柳岛离我们的住所很远，我们坐了一段市外电车，到新宿又换了两次的市内电车才到柳岛。那地方似乎是东京最冷落的所在，当电车停在最后一站——柳岛驿——的时候，我们便下了车。当前有一座白石的桥梁，我们经过石桥，沿着荒凉的河边前进，远远看见几根高矗云霄的烟筒，据说那便是纱厂。在河边接连都是些简陋的房屋，多半是工人们的住家。那时候时间还早，工人们都不曾下工。街上冷冷落落的只有几个下女般的妇人，在街市上来往地走着。我虽仔细留心，但也不曾看见过一个与众不同的女人。我们由河岸转弯，来到一条比较热闹的街市，除了几家店铺和水果摊外，我们又看见几家门额上挂着"待合室"牌子的房屋。那些房屋的门都开着，由外面看进去，都有一面高大的穿衣镜，但是里面静静的不见人影。我不懂什么叫作"待合室"，便去问陆样。他说，这种"待合室"专为一般嫖客，在外面钓上了妓女之后，便邀着到那里去开房间。我们正在谈论着，忽见对面走来一个姿容妖艳的女人，脸上涂着极厚的，鲜红的嘴唇，细弯的眉梢，头上梳的是蟠龙髻；穿着一件藕荷色绣着凤鸟的和服，前胸袒露着，同头项一样的僵白，真仿佛是大理石雕刻的假人，一些也没有肉色的鲜活。

她用手提着衣襟的下幅，姗姗地走来。陆样忙道："你们看，这便是妓女了。"我便问他怎么看得出来。他说："你们看见她用手提着衣襟吗？她穿的是结婚时的礼服，因为她们天天要和人结婚，所以天天都要穿这种礼服，这就是她们的标识了。"

"这倒新鲜!"我和建不约而同地这样说了。

穿过这条街，便来到那座"龟江神社"的石牌楼前面。陆样告诉我们这座神社是妓女们烧香的地方，同时也是她和嫖客勾诱的场合。我们走到里面，果见正当中有一座庙，神龛前还点着红蜡和高香，有几个艳装的女人在那里虔诚顶礼呢。庙的四面布置成一个花园的形式，有紫藤花架，有花池，也有石鼓形的石凳。我们坐在石凳上休息，见来往的行人渐渐多起来，不久工厂放哨了，工人们三五成群从这里走过。太阳也已下了山，天色变成淡灰，我们就到附近中国料理店吃了两碗荞麦面，那时候已快七点半了。陆样说："正是时候了，我们去看吧。"我不知为什么有些胆怯起来，我说："她们看见了我，不会和我麻烦吗？"陆样说："不要紧，我们不到里面去，只在门口看看也就够了。"我虽不很满意这种办法，可是我也真没胆子冲进去，只好照陆样的提议做了。我们绕了好几条街，好容易才找到目的地，一共约有五六条街吧，都是一式的白木日本式的楼房，陆样和建在前面开路，我像怕猫的老鼠般，悄悄怯怯地跟在他俩的后面。才走进那胡同，就看见许多阶级的男人，——有穿洋服的绅士，有穿和服的浪游者；还有穿制服的学生和穿短衫的小贩。人人脸上流溢着欲望的光焰，含笑地走来走去。

我正不明白那些妓人都躲在什么地方，这时我已来到第一家的门口了。那纸隔扇的木门还关着。但再一仔细看，每一个门上都有两块长方形的空隙处，就在那里露出一个白石灰般的脸，和血红的唇的女人的头。谁能知道这时她们眼里是射的哪种光？她们门口的电灯特别的阴暗，陡然在那淡弱的光线下，看见了她们故意做出的娇媚和淫荡的表情的脸；禁不住我的寒毛根根竖了起来。我不相信这是所谓人间，我仿佛曾经经历过一个可怕的梦境：我觉得被两个鬼卒牵到地狱里来。在一处满是脓血腥臭的院子里，摆列着无数株艳丽的名花，这些花的后面，都藏着一个缺鼻烂眼，全身毒疮溃烂的女人。她们流着泪向我望着，似乎要向我诉说什么；我吓得闭了眼不敢抬头。忽然那两个鬼卒，又把我带出这个院子！在我回头再看时，那无数株名花不见踪影，只有成群男的女的骷髅，僵立在那里。"呀！"我因为惊怕发出惨厉的呼号，建连忙回头问道："隐，你怎么了？……快看，那个男人被她拖进去了。"这时我神志已渐清楚，果然向建手所指的那个门看去，只见一个穿西服的男人，用手摸着那空隙处露出来的脸，便听那女人低声喊道："请，哥哥……洋哥哥来玩玩吧！"那个男人一笑，木门开了一条缝，一只纤细的女人的手伸了出来，把那个男人拖了进去。于是木门关上，那个空隙处的纸帘也放下来了，里面的电灯也灭了。……

我们离开这条胡同，又进了第二条胡同，一片"请呵，哥哥来玩玩"的声音在空气中震荡。假使我是个男人，也许要觉得这娇媚的呼声里藏着可以满足我欲望的快乐，因此而魂不守舍地跟着她们这声音进去的吧。但是实际我是个女人，竟使那些娇媚的呼声变了色彩。我仿佛听见她们在哭诉她们的屈辱和悲惨的命运。自然这不过是我的神经作用。其实呢，她们是在媚笑，是在挑逗，引动男人迷荡的心。最后她们得到所要求的代价了。男人们如梦初醒地走出那座木门，她们重新在那里招徕第二个主顾。我们已走过五条胡同了。当我们来到第六条胡同口的时候，看见第二家门口走出一个穿短衫的小贩。他手里提着一根白木棍，笑眯眯的，似乎还在那里回味什么迷人的经过似的。他走过我们身边时，向我看了一眼，脸上露出惊诧的表情，我连忙低头走开。但是最后我还逃不了挨骂。当我走到一个没人照顾的半老妓女的门口时，她正伸着头在叫"来呵！可爱的哥哥，让我们快乐快乐吧！"一面她伸出手来要拉陆样的衣袖。我不禁"呀"了一声，——当然我是怕陆样真被她拖进去，那真太没意思了。可是她被我这一声惊叫，也吓了一跳，等到仔细认清我是个女人时，她竟恼羞成怒地骂起我来。好在我的日本文不好，也听不清她到底说些什么，我只叫建快走。我逃出了这条胡同，便问陆样道："她到底说些什么？"陆样道："她说你是个摩登女人，不守妇女清规，也跑到这个地方来逛，并且说你有胆子进去吗？"这一番话，说来她还是存着忠厚呢！我当然不愿怪她，不过这一来我可不敢再到里边去了。而陆样和建似乎还想再看看。他们说："没关系，我们既来了，就要看个清楚。"可是我极力反对，他们只好随我回来了。在归途上，我问陆样对于这一次漫游的感想，他说："当我头一次看到这种生活时，的确心里有些不舒服；不过看过几次之后，也就没有什么了。"建他是初次看，自然没有陆样那种镇静，不过他也不像我那样神经过敏。我从那里回来以后，差不多一个月里头每一闭眼就看见那些可怕的灰白脸，听见含着罪恶的"哥哥！来玩"的声音。这虽然只是一瞥，但在心幕上已经留下不可磨灭的印象了！

井之头公园

自从我们搬到市外以来，天气渐渐凉快了。当那些将要枯黄的毛豆叶子，和白色的小野菊，一丛丛由草堆里钻出头来，还有小朵的黄色紫色的野花，在凉劲的秋风中抖颤，景象是最容易勾起人们的秋思，使人兴"帘卷西风人比黄花瘦"的感慨。

这种心情是包含着怅惘，同时也有兴奋，很难平心静气地躲在单调的书房里工作。而且窗外蔚蓝色的天空，和淡金色的秋阳，还有夹了桂花香的冷风，这一切都含着极强的挑拨人们心弦的力量，我们很难勉强继续死板的工作了。吃过午饭以后，建便提议到附近吉祥寺的公园去看风景；在三点十分的时候，我们已到了那里。从电车轨道绕过，就是一条石子大马路，前面有一座高耸的木牌坊，上面写着几个很大的汉字："井之头恩赐公园"。过了牌坊，便见马路旁树木浓密，绿荫沉沉，陡然有一种幽秘的意味萦缠着我们的心情，使人想象到深山的古林中，一个披着黄金色柔发赤足娇丽而拖着丝质白色的长袍的仙女，举着短笛在白毛如雪的羊群中远眺沉思。或是孤独的诗人，抱着满腔的诗思，徘徊于这浓绿森翠的帷幔下歌颂自然。我们自己漫步其中，简直不能相信这仅仅是一个人间的公园而已。

走过这一带的森林，前面露出一条鹅卵石堆成的斜坡路，旁边植着修剪整齐的冬青树，阵阵的青草香从风里吹过来。我们慢慢地散着步，只觉心神爽疏，尘虑都消。下了斜坡，陡见面前立着一所小巧的日本式茶馆，里面陈设着白色的坐垫和红漆的矮几，两旁柜台上摆着水果及各种的零食。

"呵，这个地方多么眼熟呀！"我不禁失声喊了出来。于是潜伏于心底的印象，如蛰虫经过春雷的震撼惊醒起来。唉，这时我简直被那种感怀往事的情绪所激动了，我的双眼怔住了，胸膈间充塞着怅惘，心脉紧急地搏动着，眼前分明的现出那些曾被流年蹂躏过的往事。

唉！往事！只是不堪回首的往事哟！

那一群骄傲于幸福的少女们，正憧憬于未来的希望中，享乐于眼前的风光里；当她将由学校毕业的那一年夏天，曾随着她们的师长，带着欢乐的心情渡过日本海，来访蓬莱的名胜。那时候恰是暮春的天气，温和的杨柳风，和到处花开如锦的景色，更使她们乐游忘倦了。当她们由上野公园看过樱花的残妆后，便回到东京市内，第二天清晨便乘电车到井之头公园里来，为了奔走的疲倦也曾到这所小茶馆休息过——大家团团围着矮几坐下，酌着日本的清茶，嚼着各式的甜点心；有几个在高谈阔论，有几个在低歌婉转；她们真如初出谷的雏莺，只觉到处都是生机。的确，她们是被按在幸福之神的两臂中，充满了青春的爱娇和快乐活泼的心情；这是多么值得艳羡的人生呵！

但是，谁能相信今天在这里低徊感叹的我，也正是当年幸福者之一呢！哦，流年，残刻的流年哟！它带走了我的青春，它蹂躏了我的欢乐，而今旧地重游，当年的幸福都变成可诅咒的回忆了！

唉！这仅仅是七年后的今天呀，这短短的七年中，我走的是什么样的人生的路？我迎接的是哪一种神明？唉！我攀援过陡峭的崖壁，我曾被陨坠于险恶的幽谷；虽是恶作剧的运命之神，他又将我由死地救活，使我更忍受由心头滴血的痛苦，他要我吮干自己的血，如像喝玫瑰酒汁般。幸福之神，他遗弃我，正像遗弃他的仇人一样。这时我禁不住流出辛酸的泪滴，连忙躲开这激动情感的地方，向前面野草丛中，花径不扫的密松林里走去。忽然听见一阵悲恻的唏嘘，我仿佛望到张着黑翅的秋神，徘徊于密叶背后；立时那些枝柯，都抖颤起来，草底下的促织和纺车儿也都凄凄切切奏着哀乐；我也禁不住全身发冷，不敢再向前去，便在路旁的长木凳上坐了。我用凝涩的眼光，向密遮的矮树丛隙睁视，不时看见那潺湲的碧水，经过一阵秋风后，水面上涌起一层细微的波纹来，两个少女乘着一只小划子在波心摇着划桨，低低地唱着歌。我看到这里，又无端伤感起来，觉得喉头梗塞，不知不觉叹道："故国不堪回首呵！"同时那北海的绿漪清波便浮现在眼前。那些携了情侣的男男女女，恐怕也正摇着划桨指点眼前倩丽的秋景，低语款款吧！况且又是菊茂蟹肥的时候，长安市上正不少欢乐的宴聚；这被摒弃在异国的漂泊者，当然再也没有人想起她了。不过她却晨夕常怀着祖国，希望得些国内的好消息呢。并且她的神经又是怎样的过敏呵，她竟会想到树叶凋落的北平市，凄风吹着，冷雨洒着那些穷苦无告的同胞，正向阴暗的苍穹哭号。唉！破碎紊乱的祖国呵，北海的风光能掩盖那凄凉的气象吗？来今雨轩的灯红酒绿能够安慰忧惧的人心吗？这一切我都深深地怀念着呵！

连环不断的忧思占据了我整个的心灵，眼底的景色我竟无心享受了。我忙忙辞别了曾经二度拜访过的井之头公园。虽然如少女酡颜的枫叶，我还不曾看过，而它所给我灵魂的礼赠已经太多了；真的，太多了哟！

烈士夫人

异国的生涯，使我时时感到陌生和漂泊。自从迁到市外以来，陈样和我们隔得太远，就连这唯一的朋友也很难有见面的机会。我同建只好终日幽囚在几张席子的日本式的房屋里读书写文章——当然这也是我们的本分生活，一向所企求的，还有什么不满足，不过人总是群居的动物，不能长久过这种单调的生活而不感到不满意。

在一天早饭后，我们正在那临着草原的窗子前站着，——这一带的风景本不坏，远远有滴翠的群峰，稍近有万株矗立的松柯，草原上虽仅仅长些蓼荻同野菊，但色彩也极鲜明，不过天天看，也感不到什么趣味。我们正发出无聊的叹息时，忽见从松林后面转出一位中年以上的女人。她穿着黑色白花纹的和服，拖着木屐往我们的住所的方向走来，渐渐近了，我们认出正是那位嫁给中国人的柯太太。唉！这真仿佛是那稀有而陡然发现的空谷足音，使我们惊喜了，我同建含笑地向她点头。

来到我们屋门口，她脱了木屐上来了，我们请她在矮几旁的垫子上坐下，她温和地说：

"怎么，你们住得惯吗？"

"还算好，只是太寂寞些。"我有些怅然地说。

"真的，"建接着说："这四周都是日本人，我们和他们言语不通，很难发生什么关系。"

柯太太似乎很了解我们的苦闷，在她沉思以后，便替我们出了以下的一条计策。她说："我方才想起在这后面西川方里住着一位老太婆，她从前曾嫁给一个四川人，她对于中国人非常好，并且她会煮中国菜，也懂得几句中国话。她原是在一个中国人家里帮忙，现在她因身体不好，暂且在这里休息。我可以去找她来，替你们介绍，以后有事情仅可请她帮忙。"

"那真好极了，就是又要麻烦柯太太了！"我说。

"哦，那没有什么，黄样太客气了。"柯太太一面谦逊着，一面站起来，穿了她的木屐，绕过我们的小院子，往后面那所屋里去。我同建很高兴地把坐垫放好，我又到厨房打开瓦斯管，烧上一壶开水。一切都安派好了，恰好柯太太领着那位老太婆进来——她是一个古铜色面孔而满嘴装着金牙的硕胖的老女人，在那些外表上自然引不起任何人的美感，不过当她慈和同情的眼神射在我们身上时，便不知不觉想同她亲近起来。我们请她坐下，她非常谦恭地伏在席上向我们问候。我们虽不能直接了解她的言辞，但那种态度已够使我们清楚她的和蔼与厚意了。我们请柯太太当翻译随意地谈着。

在这一次的会见之后，我们的厨房里和院子中便时常看见她那硕大而和蔼的身影。当然，我对于煮饭洗衣服是特别的生手，所以饭锅里发出焦臭的气味，和不曾拧干的衣服，从晒竿上往下流水等一类的事情是常有的；每当这种时候，全亏了那位老太婆来解围。

那一天上午因为忙着读一本新买来的《日语文法》，煮饭的时候完全"心不在焉"，直到焦臭的气味一阵阵冲到鼻管时，我才连忙放下书，然而一锅的白米饭，除了表面还有几颗淡黄色的米粒可以辨认，其余的简直成了焦炭。我正在不知所措的时候，那位老太婆也为着这种浓重的焦臭气味赶了来。她不说什么，立刻先把瓦斯管关闭，然后把饭锅里的饭完全倾在铅筒里，把锅拿到井边刷洗干净；这才重新放上米，小心地烧起来。

直到我们开始吃的时候，她才含笑地走了。

我们在异国陌生的环境里，居然遇到这样热肠无私的好人，使我们忘记了国籍，以及一切的不和谐，常想同她亲近。她的住室只和我们隔着一个小院子。当我们来到小院子里汲水时，便能看见她站在后窗前向我们微笑；有时她也来帮我，抬那笨重的铅筒；有时闲了，她便请我们到她房里去坐，于是她从橱里拿出各式各种的糖食来请我们吃，并教我们那些糖食的名词；我们也教她些中国话。就在这种情形之下，大家渐渐也能各抒所怀了。

在一个星期六的下午，建同我都不到学校去。天气有些阴，阵阵初秋的凉风吹动院子里的小松树，发出竦竦的响声。我们觉得有些烦闷，但又不想出去，我便提议到附近点心铺里买些食品，请那位老太婆来吃茶，既可解闷，又应酬了她。建也赞成这个提议。

不久我们三个人已团团围坐在地席上的一张小矮几旁，喝着中国的香片茶。谈话的时候，我们便问到她的身世，——我们自从和她相识以来，虽然已经一个多月了，而我们还不知道她的姓名，平常只以"ォバサン"（伯母之意）相称。当这个问题发出以后，她宁静的心不知不觉受了撩拨，在她充满青春余辉的眸子中宣示了她一向深藏的秘密。

"我姓斋滕，名叫半子，"她这样地告诉我们以后，忽然由地席上站了起来，一面向我鞠躬道："请二位稍等一等，我去取些东西给你们看。"她匆匆地去了。建同我都不约而同地感到一种新奇的期待，我们互相沉默地猜想着等候她。约莫过了十分钟她回来了，手里拿着一个淡灰色棉绸的小包，放在我们的小茶几上。于是我们重新围着矮几坐下，她珍重地将那棉绸包袱打开，只见里面有许多张的照片，她先拣了一张四寸半身的照像递给我们看，一面叹息着道："这是我二十三年前的小照，光阴比流水还快，唉，现在已这般老了。你们看我那时是多么有生机？实在的，我那时有着青春的娇媚——虽然现在是老了！"我听了她的话，心里也不免充满无限的惘惘，默然地看着她青春时的小照。我仿佛看见可怕的流光的锤子，在捣毁一切青春的艺术。现在的她和从前的她简直相差太远了，除了脸的轮廓还依稀保有旧时的样子，其余的一切都已经被流光伤害了。那照片中的她，是一个细弱的身材，明媚的目睛，温柔的表情，的确可以使一般青年沉醉的，我正在呆呆地痴想时，她又另递给我一张两人的合影；除了年轻的她以外，身旁边站着一个英姿焕发的中国青年。

"这位是谁？"建很质直地问她。

"哦，那位吗？就是我已死去的丈夫呵！"她答着话时，两颊上露出可怕的惨白色，同时她的眼圈红着。我同建不敢多向她看，连忙想用别的话混过去，但是她握着我的手，悲切地说道："唉，他是你们贵国一个可钦佩的好青年呢，他抱着绝大的志愿，最后他是做了黄花岗七十二个烈士中的一个，——他死的时候仅仅二十四岁呢，也正是我们同居后的第三年……"

老太婆说到这些事上，似乎受不住悲伤回忆的压迫，她低

下头抚着那些相片，同时又在那些相片堆里找出一张六寸的照
片递给我们看道："你看这个小孩怎样？"我拿过照片一看，只
见是个十五六岁的男孩，穿着学生装，含笑地站在那里，一双
英敏的眼眸很和那位烈士相像，因此我一点不迟疑地说道："这
就是你们的少爷吗？"她点头微笑道："是的，他很有他父亲的
气概咧。"

"他现在多大了，在什么地方住，怎么我们不曾见过呢？"

"唉！"她叹了一口气道："他今年二十一岁了，已经进了
大学，但是，"说到这里，她的眼皮垂下来了，鼻端不住地掀
动，似乎正在那里咽她的辛酸泪液。这使我觉得窘迫了，连忙
装着拿开水对茶，走出去了！建也明白我的用意，站起来到外
面屋子里去拿点心。过了些时，我们才重新坐下，请她喝茶，
吃糖果，她向我们叹口气道："我相信你们是很同情我的，所以
我情愿将我的历史告诉你们：

"我家里的环境，一向都不很宽裕，所以在我十八岁的时
候，我便到东京来找点职业做。后来遇到一个朋友，他介绍我
在一个中国人的家里当使女，每月有十五块钱的工资，同时吃
饭住房子都不成问题。这是对于我很合宜的，所以就答应下来。
及至到了那里，才知道那是两个中国学生合租的贷家，他们没
有家眷，每天到大学里去听讲，下午才回来。事情很简单，这
更使我觉得满意，于是就这样答应下来。我从此每天为他们收
拾房间，煮饭洗衣服，此外有的是空闲的时间，我便自己把从
前在高等学校所读过的书温习温习，有时也看些杂志，遇到不

明白的地方，常去请求那两位中国学生替我解释。他们对于我的勤勉，似乎都很为感动，在星期日没有什么事情的时候，便和我谈论日本的妇女问题，等等。这两个青年中有一位姓余的，他是四川人，对我更觉亲切。渐渐的我们两人中间就发生了恋爱，不久便在东京私自结了婚。我们自从结婚后，的确过着很甜蜜的生活；所使我们觉得美中不满足的，就是我的家族不承认这个婚姻，因此我们只能过着秘密的结婚生活。两年后我便怀了孕，而余君便在那一年的暑假回国。回国以后，正碰到中国革命党预备起事的时期，他为了爱祖国，不顾一切地加入工作，所以暑假后他就不曾回日本来。过了半年多，便接到黄花岗七十二烈士遭难的消息，而他的噩耗也同时传了来。唉！可怜我的小孩，也就在他死的那一个月中诞生了。唉！这个可怜的一生下来就没有父亲的小孩，叫我怎样安排？而且我的家族既不承认我和余君的婚姻，那么这个小孩简直就算是个私生子，绝不容我把他养在身边。我没有办法，恰好我的妹子和妹夫来看我，见了这种为难，就把孩子带回去作为她的孩子了。从此以后，我的孩子便姓了我妹夫的姓，与我断绝母子关系；而我呢，仍在外面帮人家做事，不知不觉已过了二十多年。……"

"呵，原来她还是烈士夫人呢！"建悄悄地对我说。

"可不是吗？……但她的境遇也就够可怜了。"我说。

建和我都不免为她叹息，她似乎很感激我们对她的同情，紧紧握着我的手，好久才说道："你们真好呵！"一面含笑将绸包收起告辞走了。

　　过了两个月，天气渐渐冷了，每天自己做饭洗碗够使人麻烦的，我便和建商议请那位烈士夫人帮帮我们。但我们经济很穷，只能每月出一半的价钱，不知道她肯不肯就近帮帮忙，因此我便去找柯太太请她代我们接洽。

　　那时柯太太正坐在回廊晒太阳，见我们来了，便让我们也坐在那里谈话，于是我便把来意告诉她。柯太太笑了笑道："这正太不巧，……不然的话那个老太婆为人极忠厚，绝不会不帮你们的。不过现在她正预备嫁人，恐怕没有工夫吧！"

　　"呀，嫁人吗？"我不禁陡然地惊叫起来道："这真是想不到的事，她现在将近五十岁的人，怎么忽然间又思起凡来呢？"

　　柯太太听了这话也不禁笑了起来，但同时又叹了一口气道："自然，她也有她的苦痛，照我看来，以为她既已守了二十多年寡，断不至再嫁了。不过，她从前的结婚始终是不曾公布的，她娘家父母仍然认为她没有结婚，并且余先生家里她势不能回去。而她的年纪渐渐老上来，孤孤单单一个无依无靠的人，将来死了都找不到归宿，所以她现在决定嫁了。"

　　"嫁给什么人？"建问。

　　"一个日本老商人，今年有五十岁吧！"

　　"倒也是个办法！"建含笑地说。

　　他这句话不知为什么惹得我们全笑起来。我们谈到这里，便告辞回去。在路上恰好遇见那位烈士夫人，据说她本月就要结婚，但她脸上依然憔悴颓败，再也看不出将要结婚的喜悦来。

　　真的，人们都传说，"她是为了找死所而结婚呢！"呵！妇女们原来还有这种特别的苦痛！……

灵魂的伤痕

　　我没有事情的时候，往往喜欢独坐深思，这时我便让我自己站在高高的地方，——暂且和那旅馆作别，不轩敞的屋子——矮小的身体——和深闭的窗子——两只懒睁开的眼睛——我远远地望着，觉得也有可留恋的地方，所以我虽然和他是暂别，也不忍离他太远，不过在比较光亮的地方，玩耍些时，也就回来了。

　　有一次我又和我的旅馆分别了，我站在月亮光底下，月亮光的澄澈便照见了我的全灵魂。这时自己很骄傲的，心想我在那矮小旅馆里，住得真够了，我的腰向来没伸直过，我的头向来没抬起来过，我就没看见完全的我，到底是什么样子，今天夜里我可以伸腰了！我可以抬头了！我可以看见我自己了！月亮就仿佛是反光镜，我站在他的面前，我是透明的，我细细看着月亮中透明，自己十分的得意。后来我忽发现在我的心房的那里，有一个和豆子般的黑点，我不禁吓了一跳，不禁用手去摩，谁知不动还好，越动着这个黑点越大，并且觉得微微发痛了！黑点的扩张竟把月亮遮了一半，在那黑点的圈子里，不很清楚的影片一张一张地过去了，我把我所看见的记下来：——

眼前一所学校门口挂着一个木牌，写的是："京都市立高等女学校"。我走进门来，觉得太阳光很强，天气有些燥热，外围的气压，使得我异常沉闷，我到讲堂里看她们上课，有的做刺绣，有的做裁缝，有的做算学，她们十分的忙碌，我十分的不耐烦，我便悄悄地出了课堂的门，独自站在院子里，想藉着松林里吹来的风，和绿草送过来的草花香，医医我心头的燥闷。不久下堂了，许多学生站在石阶上，和我同进去的参观的同学也出来了，我们正和她们站个面对面，她们对我们做好奇的观望，我们也不转眼地看着她们。在她们中间，有一个穿着紫色衣裙的学生，走过来和我们谈话，然而她用的是日本语言，我们一句也不能领悟，石阶上她的同学们都拍着手笑了。她羞红了两颊，低头不语，后来竟用手巾拭起泪来，我们满心罩住疑云，狭窄的心，也几乎迸出急泪来！

我们彼此忙忙地过了些时，她忽然蹲在地下，用一块石头子，在土地上写道："我是中国厦门人"。这几个字打到大家眼睛里的时候，都不禁发出一声惊喜，又含着悲哀的叹声来！

那时候我站在那学生的对面，心里似喜似悲的情绪，又勾起我无穷的深思。我想，我这次离开我自己的家乡，到此地来，不是孤寂的，我有许多同伴，我，不是漂泊天涯的客子，我为什么见了她——听说是同乡，我就受了偌大的刺激呢？……但是想是如此想，无奈理性制不住感情。当她告诉我，她在这里，好像海边一只雁那么孤单，我竟为她哭了。她说她想说北京话，而不能说，使她的心急得碎了，我更为她止不住泪了！她又说她的父母现在住在台湾，她自幼就看见台湾不幸的民族的苦况，……她知道在那里永没有发展的机会，所以她才留学到此地来，……但她不时思念祖国，好像想她的母亲一样，她更想到北京去，只恨没有能力，见了我们增无限的凄楚！她伤心得哭肿了眼睛，我看着她那黯淡的面容，莹莹的泪光；我实在觉得十分刺心，我亦不忍往下看了，也忍不住往下听了！我一个人走开了，无意中来到一株姿势苍老的松树底下来。在那树荫下，有一块平滑的白石头，石头旁边有一株血般的红的杜鹃花，正迎风作势；我就坐在石上，对花出神；无奈兴奋的情绪，正好像开了机关的车轮，不绝地旋转。我想到她孤身作客——她也许有很好的朋友，但是不自然的藩篱，已从天地开始，就布置了人间，她和她们能否相容，谁敢回答呵！

她说她父亲现在台湾，使我不禁更想到台湾，我的朋友招治，——她是一个台湾人——曾和我说："进了台湾的海口，便失了天赋的自由：若果是有血气的台湾人，一定要为应得的自由而奋起，不至像夜般的消沉！"唉！这话能够细想吗？我没有看见台湾人的血，但是我却看见眼前和血一般的杜鹃花了；我没有听见台湾人的悲啼，我却听见天边的孤雁嘹栗的哀鸣了！

呵！人心是肉做的。谁禁得起铁锤打，热炎焚呢？我听见我心血的奔腾了，我感到我鼻管的酸辣了！我也觉得热泪是缘两颊流下来了！

天赋我思想的能力，我不能使他不想；天赋我沸腾的热血，我不能使他不沸；天赋我泪泉我不能使他不流！

呵！热血沸了！

泪泉涌了！

我不怕人们的冷嘲，也不怕泪泉有干枯的时候。

呵！热血不住地沸吧！

泪泉不竭地流吧！

万事都一瞥过去了，只灵魂的伤痕，深深地印着！

秋光中的西湖

我像是负重的骆驼般，终日不知所谓地向前奔走着。突然心血来潮，觉得这种不能喘气的生涯，不容再继续了，因此便决定到西湖去，略事休息。

在匆忙中上了沪杭甬的火车，同行的有朱、王二女士和建，我们相对默然地坐着。不久车身蠕蠕而动了，我不禁叹了一口气道："居然离开了上海。"

"这有什么奇怪，想去便去了！"建似乎不以我多感慨的态度为然。

查票的人来了，建从洋服的小袋里掏出了四张来回票，同时还带出一张小纸头来，我捡起来，看见上面写着："到杭州：第一大吃而特吃，大玩而特玩……"真滑稽，这种大计划也值得大书而特书，我这样说着递给朱、王二女士看，她们也不禁哈哈大笑了。

来到嘉兴时，天已大黑。我们肚子都有些饿了，但火车上的大菜既贵又不好吃，我便提议吃茶叶蛋，便想叫茶房去买，他好像觉得我们太吝啬，坐二等车至少应当吃一碗火腿炒饭，所以他冷笑道："要到三等车里才买得到。"说着他便一溜烟跑了。

"这家伙真可恶！"建愤怒地说着，最后他只得自己跑到三等车去买了来。吃茶叶蛋我是拿手，一口气吃了四个半，还觉得肚子里空无所有，不过当我伸手拿第五个蛋时，被建一把夺了去，一面埋怨道："你这个人真不懂事，吃那么许多，等些时又要闹胃痛了。"

这一来只好咽一口唾沫算了。王女士却向我笑道："看你个子很瘦小，吃起东西来倒很凶！"其实我只能吃茶叶蛋，别的东西倒不可一概而论呢！——我很想这样辩护，但一转念，到底觉得无谓，所以也只有淡淡的一笑，算是我默认了。

车子进杭州城站时，已经十一点半了，街上的店铺多半都关了门，几盏暗淡的电灯，放出微弱的黄光，但从火车上下来的人，却吵成一片，挤成一堆，此外还有那些客栈的招揽生意的茶房，把我们围得水泄不通，不知花了多少力气，才打出重围叫了黄包车到湖滨去。

车子走过那石砌的马路时，一些熟悉的记忆浮上我的观念里来。一年前我同建曾在这幽秀的湖山中作过寓公，转眼之间早又是一年多了，人事只管不停地变化，而湖山呢，依然如故，清澈的湖波，和笼雾的峰峦似笑我奔波无谓吧！

我们本决意住清泰第二旅馆，但是到那里一问，已经没有房间了，只好到湖滨旅馆去。

深夜时我独自凭着望湖的碧栏，看夜幕沉沉中的西湖。天上堆叠着不少的雨云，星点像怕羞的女郎，踯躅于流云间，其光隐约可辨。十二点敲过许久了，我才回到房里睡下。

晨光从白色的窗幔中射进来，我连忙叫醒建，同时我披了大衣开了房门。一阵沁肌透骨的秋风，从桐叶梢头穿过，飒飒的响声中落下了几片枯叶，天空高旷清碧，昨夜的雨云早已躲得无影无踪了。秋光中的西湖，是那样冷静，幽默，湖上的青山，如同深纽的玉色，桂花的残香，充溢于清晨的气流中。这时我忘记我是一只骆驼，我身上负有人生的重担。我这时是一只紫燕，我翱翔在清隆的天空中，我听见神祇的赞美歌，我觉到灵魂的所在地，……这样的，被释放不知多少时候，总之我觉得被释放的那一霎那，我是从灵宫的深处流出最惊喜的泪滴了。

建悄悄地走到我的身后，低声说道："快些洗了脸，去访我们的故居吧！"

多怅惘呵，他惊破了我的幻梦，但同时又被他引起了怀旧的情绪，连忙洗了脸，等不得吃早点便向湖滨路崇仁里的故居走去。到了弄堂门口，看见新建的一间白木的汽车房，这是我们走后唯一的新鲜东西。此外一切都不曾改变，墙上贴着一张招租的帖子，一看是四号吉房招租……"呀！这正是我们的故居，刚好又空起来了，喂，隐！我们再搬回来住吧！"

"事实办不到……除非我们发了一笔财……"我说。

这时我们已到那半开着的门前了，建轻轻推门进去。小小的院落，依然是石缝里长着几根青草，几扇红色的木门半掩着。我们在客厅里站了些时，便又到楼上去看了一遍，这虽然只是最后几间空房，但那里面的气氛，引起我们既往的种种情绪，最使我们觉到怅然的是陈君的死。那时他每星期六多半来找我们玩，有时也打小牌，他总是摸着光头懊恼地说道："又打错了！"这一切影像仍逼真地现在目前，但是陈君已作了古人，我们在这空洞的房子里，沉默了约有三分钟，才怅然地离去。走到弄堂门的时候，正遇到一个面熟的娘姨——那正是我们邻居刘君的女仆，她很殷勤地要我们到刘家坐坐。我们难却她的盛意，随她进去。刘君才起床，他的夫人替小孩子穿衣服。我们这两个不速之客够使他们惊诧了。谈了一些别后的事情，抽过一支烟后，我们告辞出来。到了旅馆里，吃过鸡丝面，王、朱两位女士已在湖滨叫小划子，我们讲定今天一天玩水，所以和船夫讲定到夜给他一块钱，他居然很高兴地答应了。我们买了一些菱角和瓜子带到划子上去吃。船夫是一个五十多岁的忠厚老头子，他洒然地划着。温和的秋阳照着我——使全身的筋肉都变成松缓，懒洋洋地靠在长方形有藤椅背上。看着划桨所激起的波纹，好像万道银蛇蜿蜒不息。这时船已在三潭印月前面，白云庵那里停住了。我们上了岸，走进那座香烟阒然的古庙，一个老和尚坐在那里向阳。菩萨案前摆了一个签筒，我先抱起来摇了一阵，得了一个上上签，于是朱、王二女士同建也都每人摇出一根来。我们大家拿了签条嘻嘻哈哈笑了一阵，便拜别了那四个怒目咧嘴的大金刚，仍旧坐上船向前泛去。

船身微微地撼动，仿佛睡在儿时的摇篮里，而我们的同伴朱女士，她不住地叫头疼。建像是天真般的同情地道："对了，我也最喜欢头疼，随便到哪里去，一吃力就头疼，尤其是昨夜太劳碌了不曾睡好。"

"就是这话了，"朱女士说："并且，我会晕车！"

"晕车真难过……真的呢！"建故作正经地同情她，我同王女士禁不住大笑，建只低着头，强忍住他的笑容，这使我更要大笑。船泛到湖心亭，我们在那里站了些时，有些感到疲倦了，王女士提议去吃饭。建讲："到了实行我'大吃而特吃'的计划的时候了。"

我说："如要大吃特吃，就到'楼外楼'去吧，那是这西湖上有名的饭馆，去年我们曾在这里遇到宋美龄呢！"

"哦，原来如此，那我们就去吧！"王女士说。

果然名不虚传，门外停了不少辆的汽车，还有几个丘八先生点缀这永不带有战争气氛的湖边。幸喜我们运气好，仅有唯一的一张空桌，我们四个人各霸一方，但是我们为了大家吃得痛快，互不牵掣起见，各人叫各人的菜，同时也各人出各人的钱，结果我同建叫了五只湖蟹，一尾湖鱼，一碗鸭掌汤，一盘虾子冬笋；她们二位女士所叫的菜也和我们大同小异。但其中要推王女士是个吃喝能手，她吃起湖蟹来，起码四五只，而且吃得又快又干净。再衬着她那位最不会吃湖蟹的朋友朱女士，才吃到一个的时候，便叫起头疼来。

"那么你不要吃了，让我包办吧！"王女士笑嘻嘻地说。

"好吧！你就包办，……我想吃些辣椒，不然我简直吃不下饭去。"朱女士说。

"对了，我也这样，我们两人真是事事相同，可以说百分之九九一样，只有一分不一样……"建一本正经地说。

"究竟不同是哪一分呢！"王女士问。

"你真笨伯，这点都不知道，一个是男人，一个是女人呵！"建说。

这时朱女士正捧着一碗饭待吃，听了这话笑得几乎把饭碗摔到地上去。

"简直是一群疯子。"我心里悄悄地想着，但是我很骄傲，我们到现在还有疯的兴趣。于是把我们久已抛置的童年心情，从坟墓里重新复活，这不能说这不是奇迹罢！

黄昏的时候，我们的船荡到艺术学院的门口，我同建去找一个朋友，但是他已到上海去了。我们嗅了一阵桂花的香风后，依然上船。这时凉风阵阵地拂着我们的肌肤，朱女士最怕冷，裹紧大衣，仍然不觉得暖，同时东方的天边已变成灰黯的色彩，虽然西方还漾着几道火色的红霞，而落日已堕到山边，只在我们一霎眼的工夫，已经滚下山去了。远山被烟雾整个的掩蔽着，一望苍茫。小划子轻泛着平静的秋波，我们好像驾着云雾，冉冉地已来到湖滨。上岸时，湖滨已是灯火明耀，我们的灵魂跳出模糊的梦境。虽说这马路上依然是可以漫步无碍，但心情却已变了。回到旅馆吃了晚饭后，我们便商量玩山的计划：上山一定要坐山兜，所以叫了轿班的头老，说定游玩的地点和价目。

这本是小问题，但是我们却充分讨论了很久：第一因为山兜的价钱太贵，我同朱女士有些犹疑；可是建同王女士坚持要坐，结果是我们失败了，只得让他们得意扬扬地吩咐轿班第二天早晨七点钟来。

今日是十月九日——正是阴历重九后一日，所以登高的人很多，我们上了山兜，出涌金门，先到净慈观去看浮木井——那是济颠和尚的灵迹。但是在我看来不过一口平凡的井而已，所闻木头浮在当中的话，始终是半信半疑。

出了净慈观又往前走，路渐荒芜，虽然满地不少黄色的野花，半红的枫叶，但那透骨的秋风，唱出飒飒瑟瑟的悲调，不禁使我又悲又喜。像我这样劳碌的生命，居然能够抽出空闲的时间来听秋蝉最后的哀调，看枫叶鲜艳的色彩，领略丹桂清绝的残香，——灵魂绝对的解放，这真是万千之喜。但是再一深念，国家危难，人生如寄，此景此色只是增加人们的哀痛，又不禁悲从中来了……我尽管思绪如麻，而那抬山兜的夫子，不断地向前进行，渐渐地已来到半山之中。这时我从兜子后面往下一看，但见层崖叠壁，山径崎岖，不敢胡思乱想了。捏着一把汗，好容易来到山顶，才吁了一口长气，在一座古庙里歇下了。

同时有一队小学生也兴致勃勃地奔上山来，他们每人手里拿了一包水果一点吃的东西，都在庙堂前面院子里的雕栏上坐着边唱边吃。我们上了楼，坐在回廊上的藤椅上，和尚泡了上好的龙井茶来，又端了一碟瓜子。我们坐在藤椅上，东望西湖，漾着滟滟光波；南望钱塘，孤帆飞逝，激起白沫般的银浪。把四围无限的景色，都收罗眼底。我们正在默然出神的时候，忽听朱女士说道："适才上山我真吓死了，若果摔下去简直骨头都要碎的，等会儿我情愿走下去。"

"对了，我也是害怕，回头我们两人走下去罢，让她们俩坐轿！"建说。

"好的，"朱女士欣然地说。

我知道建又在使促狭，我不禁望着他好笑。他格外装得活像说道："真的，我越想越可怕，那样陡峭的石级，而且又很滑，万一夫子脚一软那还了得，……"建补充的话和他那种强装正经的神气，只惹得我同王女士笑得流泪。一个四十多岁的和尚，他悄然坐在大殿里，看见我们这一群疯子，不知他作何感想，但见他默默无言只光着眼睛望着前面的山景。也许他也正忍俊不禁，所以只好用他那眼观鼻，鼻观心的苦功罢！我们笑了一阵，喝了两遍茶才又乘山兜下山。朱女士果然实行她步行的计划，但是和她表同情的建，却趁朱女士回头看山景的一刹那，悄悄躲在轿子里去了。

"喂！你怎么又坐上去了？"朱女士说。

"呀！我这时忽然想开了，所以就不怕摔，……并且我还有一首诗奉劝朱女士不要怕，也坐上去罢！"

"到底是诗人，……快些念来我们听听罢！"我打趣他。

"当然，当然，"他说着便高声念道："坐轿上高山，头后脚在先。请君莫要怕，不会成神仙。"

这首诗又使得我们哄然大笑。但是朱女士却因此一劝，她才不怕摔，又坐上山兜了。中午的时候我们在龙井的前面斋堂里吃了一顿素菜。那个和尚说得一口漂亮的北京话，我因问他是不是北方人。他说："是的，才从北方游方驻扎此地。"这和尚似乎还文雅，他的庙堂里挂了不少名人的字画，同时他还问我在什么地方读书，我对他说家里蹲大学，他似解似不解的诺诺连声地应着，而建的一口茶已喷了一地。这简直是太大煞风景，我连忙给了他三块钱的香火资，跑下楼去。这时日影已经西斜了，不能再流连风景。不过黄昏的山色特别富丽，彩霞如垂幔般的垂在西方的天际，青翠的岗峦笼罩着一层干绡似的烟雾，新月已从东山冉冉上升，远远如弓形的白堤和明净的西湖都笼在沉沉暮霭中。我们的心灵浸醉于自然的美景里，永远不想回到热闹的城市去。但是轿夫们不懂得我们的心事，只顾奔他们的归程。"嗬咿"一声山兜停了下来，我们翱翔着的灵魂，重新被摔到满是陷阱的人间。于是疲乏无聊，一切的情感围困了我们。

晚饭后草草收拾了行装，预备第二天回上海。这秋光中的西湖又成了灵魂上的一点印痕，生命的一页残史了。

可怜被解放的灵魂眼看着它垂头丧气地又进了牢囚。

亡　命

　　夜半听见藤萝架上沙沙的雨滴声，我曾掀开帐幔向窗外张望，藤萝叶子在黑暗里摆动，仿佛幢幢的鬼影。天容如墨，四境寂寥，心里有些悚然，连忙放下帐幔，翻身向里面睡，床头的挂钟滴答滴答响个不住。心绪如怒潮般的涌掀。从新翻转身来，窗外的雨滴声越发凄紧，依然睡不着。头部微微有些涨闷，眼睛发酸，心里烦躁极了。只得起来，拧亮了电灯，枕旁有临时放的一本《三侠五义》，翻起来看了，但见一行行如黑点般的闪过，一点没有领会到书里的意思。

　　忽听门外有人走路的脚步声，心房由不得怦怦乱跳，莫非是来逮捕我的吗？……今午庚曾告诉我：市党部有十五起人，告我是反革命，将要逮捕我，承庚的好意叫我出去躲一躲。这真仿佛晴天里一个霹雳，不过我又仔细地想了一想，似乎像我这么一个微小的人儿，值不得加上这么一个尊严的罪名，所以我对庚说："也许是人们开玩笑吧？我想不要紧，因为我从没有做过这种活动。……"

　　但是庚很诚挚地对我说："现在正是一切都在摇动的时候，我看还是走一步好，只当出去玩一趟。"

　　我说："也好吧！就出去走一趟……不过真冤！"

庚叹息道:"好汉不吃眼前亏,……况且熬到有被逮捕的资格也就不错。"

庚这种解嘲的话,使得我们都不自然地惨笑了。当时我就决定第二天早晨到天津去,夜里收拾了一个小藤箱,但是心乱如麻,不知带些什么东西才好,直弄到十二点钟才睡下,正朦胧间,就被雨点惊醒。

真是门外的声音,越来越大,还似乎有人在窃窃耳语。我这时连忙起来,悄悄地把那小藤箱提在手里,只要听见打门,我就从后门逃到我舅舅家里去暂避,我按定乱跳的心,把耳朵向外静静地听着。过了些时,还没有人叫门,而且说话的声音似乎远了,我的心渐渐地平定了,吁了一口气,把小藤箱仍然放在地下,拧了电灯,打算再睡,可是东方已经发白了。要赶六点半的那一趟车,自然睡不成,因轻轻开了房门,把老妈子叫了起来,替我预备脸水,我一面洗脸,一面盘算,我到天津去住在什么地方呢?那里虽也有朋友,但是预先没有写信去通知他们,怎好贸然去搅扰人家?住旅馆?一个人孤孤凄凄……想到这里心绪更乱,怔怔地站了许久,这时候已五点半了。没有办法,到天津再说罢!提着藤箱无精打采地走吧!回头看见罗纱帐里小宝儿,正睡得浓酣,不忍去惊醒她,只悄悄在她额上吻了一吻,心里由不得一阵怅惘,虽然只是暂别,但是她醒来时不见了妈妈……今夜又不见妈妈回来和她同睡,她弱小的灵魂,一定要受重大的打击了。我不禁流泪了,同时我诅咒人类的偏狭,在互相排挤的中间,不知发生多少悲惨的事实。唉!

我真愤恨！不由得把藤箱向地下一摔，似乎这样一来，我也总算得了胜利：因为我至少也欺负死几个蚂蚁吧！

车子已经叫来了，我把藤箱放在车上，我年老的姑妈对于这严重亡命，更感觉得情形紧张，她握住我的手，含着眼泪说："这实在是想不到的祸事！但愿你此去平安……并且多方请人疏通，得早些回来！……都要留心！……"我点了点头，要想说话觉得喉头哽咽，连忙跳上车子，不敢抬头向姑妈看，幸喜车夫已经拉起车子如飞地走了。这时候只有五点三刻，街上的行人很少，清凉寂静，我一夜不曾睡的困倦，这时都被晨气驱散了，脑子里种种思想，又都一幕一幕地涌出来。车子走到十字路口的时候，我忽然转了一念，亡命为什么一定要到天津去，北京地方大得很，谁又准知道我住在哪里？于是我决定无论如何我不离开北京，因告诉车夫，叫他拉我到西长安街去，不久我就在西长安街一家医院门口下车了。——这医院的院长，是我的乡亲，那里房屋很多，——我到医院里，因为时间尚早，我那乡亲还没有来，我只得在会客厅里等着。九点钟的时候，他才来了。我将一切情形和盘托出，请他借我一间房子暂住，从此我就充起病人来了！

这个医院，是临街的三层高楼，在楼上窗子里，可以看见大马路的车马奔驰，并且可以听见隆隆呜呜的车轮和汽笛声。我生性最怕热闹，因在西北角上，选了一间离街较远的屋子，但是推开后窗，依然可以看见大马路上的一切，并且这窗子是朝东的，早晨的太阳正耀人眼目地照射着。天气又非常闷热，我忙把这面窗关上，又加上黑色的帐幔，屋子里的光线立刻微弱了，心神的压迫也似乎轻松些。我坐在一张椅子上，看医院里的佣人，替我换床上的褥单和枕头布，他走后我便睡下了。头顶上的白云一朵朵的向西北飘去，形状变化离奇：有时候像一头伏虎，有时像一条卧龙。……

我因昨夜失眠，今天精神极坏，本想在这隔绝一切的屋子里用一点功，或者写一篇稿子，谁知躺下后，就瘫软得无法起来。而且头昏目眩，似睡非睡地迷沉了一天，到夜晚的时候，街上的声音也比较少点，我起来把前后的窗门都开了。屋里的空气，立刻流通起来，一阵阵的温风，吹拂在我的脸上，神思清楚多了。仰头看见头顶上的天空，好像经海水洗过似的，非常碧清，在那上面缀着成千成万钻石般的星星，我在那繁星之中，找到其中最小的一个，代表我自己，但是同时我又觉得我不止那么一点。我虽然不愿意，但是这黑夜中最光芒，最惹人注意的一颗星……但是事实上，我也不是那最无光，最小的一颗，因为藏在井底的一群蛙，它们都张着阔口向我呱呱地叫，似乎说："你防备着吧！我们都在注意你呢！……你虽然在千万的繁星之中，是最不足轻重的一个，但是我们不敢希冀那第一等的大星的地位，只要我们能取得你的地位，我们已经很够了！"……于是乎我明白了，在这种世界上，我应当由一颗最小而弱的星的地位，悄悄逃出，去作一朵轻巧的云，来去无心，到毫不着迹的时候，便是我得救的时候了。

这思想真太渺茫，不知不觉已走入梦境，梦中我觉得我已真是一朵轻巧的云了。我飘然停在半天空，下面是一片大海，这时一点风都没有，海面上的波纹，轻轻地漾着，清凉的月光，照在这波浪上，闪出奇异的银花，我正想低下（头）来，吻着那可爱的海的时候，忽然从海底跳出一条鳄鱼来，立时鼓起海浪，仿佛山崩地塌般的掀动，澎湃起来，我吓极了。幸喜我这时已是不着迹的行云了！我轻轻浮起，无心地歇在一座山上，那山上正开着五色灿烂的山花，一阵的清香，又引诱我要去和它们接近。忽砰的一声，一个猎人的枪弹，直射在树梢头，那股凶猛的烟焰，把我冲散了。渐渐不是白云了。睁眼一看，依然是个着迹的人类，无精打采地睡在病院的钢丝床上。唉！我明白了！到如今我还只是一个着迹而微弱的人类哟！

我怅惘，我暗暗撕碎了不值一笑的雄心，我捣碎了希望的花蕊，眼前的一切，只是烦闷可怜！

马路上隆隆轧轧的车声，人声，又将我从天空拖到地狱似的人间，在这时候，我没有办法安慰我自己，只想睡去，或者梦里，还有不可捉摸的乐园，任我休养我的沉疴。无奈辗转反侧，再也不能入梦。正在苦闷万分的时候，听见有人敲门，我应道："谁？请进来吧！"门呀的一声开了，我的朋友莉走了进来，她一看见我的脸色，不禁惊叫道："呵！隐，怎么你真病了吧？……脸色青黄得好不怕人！"

"也许是要病了，但是我知道不是身体上的病，你知道我的心是伤上加伤……我如何支持得住呢？……"

"唉！何必呢？什么事看开点就好了，莫非你作了亡命，就使你这样伤心吗？……其实呢，这正足以骄傲，至少你是被人注意了，我们昨天和庚说笑话说你真熬出来了，居然成了时代的大人物了。"

莉说完笑了笑，我呢，也只得报之以苦笑："真的，我不明白，我为什么这样脆弱？常常觉得这个世界上的阴霾太浓重了，如果再压下去，我将要在浓重的阴霾下咽气了。"我这样对莉说。

莉听了我的话也不由得叹了一口气，一时竟想不出说什么话来安慰我才好，那神气彷徨得使我也不忍。我转过脸去，看着窗外，好久好久莉才找到一些话，一些使人咽着眼泪苦笑的话了。她说："这年头可不就是那回事吗？咱们看戏吧，有的是呢，将来也许反叛又成了英雄，……好好地挣扎着干吧！"

"看吧……自然有的是毁裂破碎的悲剧呢！……不过我已经觉得倦了！……"实在的情形，我近来对于什么事，都觉得非常的无聊。在我心里最大的痛苦，是我猜不透人类的心，我所想望的光明，永远只是我自己的想望，不能在第二个人心里，掘出和我同样的想望。本来浅薄的人类，谁不愿意作个被人尊敬爱慕的英雄呢？于是不惜使千万人的枯骨，堆积起来，做成一个高台，将自己高高举起，使万众瞻仰。唉！我没有人们那种魄力，只有深藏在幽秘的芦苇里，听那些磷火悲切的申诉，将我伤了又伤的心，重新一刀刀地宰割了。

今天莉也很不快活，大概是受了我的影响，我们在没话可说的时候，彼此只有对坐默视着，其实呢，我们的悲苦，早已充满了我们的心灵，但是我们不愿意说什么，因为这浅近的语言，实在形容不出我们心头的痛苦。黄昏将近了，莉替我掩上了西边的窗，因为斜阳正射在我的眼上。她走了，屋里格外冷寂，几次走下床来，想在露台上看一看，但是刚走到露台口时，心里一惊，又忙退了回来，仿佛街上来来往往的行人，都将不存善意的眼光投射着我，要拿我开心呢。我忙忙退回，坐在一张藤椅上，我真感到人们对我太冷酷了，我仿佛是孤岛上一只失群的羊，任我咩咩地喊破了喉咙，也没有一个人给我一个同情的应和，并用沿着孤岛的四围的怒浪正伸着巨爪，想伺隙将我拖下海去。

我心里又凄楚，又愤恨，为什么我永远是被摧残的呢？……但是我同时要咒诅我自己太无能了，既是没有人来同情你就该痛快地离开这社会，去寻找较好的社会。现在呢，是又不满意这个社会，却又要留恋着这个社会，多么没出息呵！唉，好愚钝的人类！人们都在酣睡的时候，只有你一个人唱着神曲有什么用呢？你应当大胆敲响他们的门，使他们由噩梦中清醒，然后你的神曲唱得才有意义啊！

我想到这里，我不知不觉流起泪来，这眼泪有忏悔，有彻悟，还有惭愧，种种的意味呢！最后我感谢颠簸的命运，……这不值一笑的亡命，使我发现了应走的新道路。

我深切地祝福使我下次的亡命，比这次有意义，便是绑到天桥吃枪子，也要值得。这一次真是太可耻了，简直不明白为什么，要从家里逃出来，唉，天呵，太滑稽了！

　　不知不觉在医院又过了一夜，外面一无消息，中午时莉又来看我，她笑道："没事了，回去吧！原来他们所以要逮捕你，是为了要你的地盘，现在你既经退出，他们也就不注意你的个人了，这正是匹夫无罪，怀璧其罪……"

　　在傍晚的时候，我收拾了桌上乱堆的书籍，重新提起我的小藤箱，惘然地走出了医院的大门。我站在石阶上看来往不绝的行人，我好像和他们隔绝了许久。正在瞭望的时候，远远两个穿西装的青年，向我站的地方走来，举手含笑向我招呼道："隐！你上什么地方？……昨天听人说你到天津去了呵！"

　　"是的。"我想接下去说今天才回来，但是脸上有些发热，莉又在旁边向我笑，我只得赶忙跳上洋车走了。到了家里，走进我那小别三天的屋子，有说不出来的一种情绪兜上心来……

最后的命运

　　突如其来的怅惘，不知何时潜踪，来到她的心房，她默默无语，她凄凄似悲。那时正是微雨晴后，斜阳正艳，葡萄叶上滚着圆珠，荼蘼花儿含着余泪，凉飙呜咽正苦，好似和她表深刻的同情！

　　碧草舒齐地铺着，松荫沉沉地覆着；她含羞凝眸，望着他低声说："这就是最后的命运吗？"他看着她微笑道："这命运不好吗?"她沉默不答。

松涛慷慨激烈地唱着,似祝她和他婚事的成功。

这深刻的印象,永远留在她和他的脑里,有时变成温柔的安琪儿,安慰她干枯的生命;有时变成幽闷的微菌,满布在她的全身血管里,使她怅惘!使她烦闷!

她想:人们驾着一叶扁舟,来到世上,东边漂泊,西边流荡,没有着落固然是苦,但有了结束,也何尝不感到平庸的无聊呢?

爱情如幻灯,远望时光华灿烂,使人沉醉,使人迷恋,一旦着迷,便觉味同嚼蜡,但是她不解,当他求婚时,为什么不由得就答应了他呢?她深憾自己的情弱,易动!回想到独立苍冥的晨光里,东望滚滚江流,觉得此心赤裸裸毫无牵扯,呵!这是如何的壮美呵!

现在呢!柔韧的密网缠着,如饮醇醪,沉醉着,迷惘着!上帝呵!这便是人们最后的命运吗?

她凄楚着,沉思着,不觉得把雨后的美景轻轻放过,黄昏的灰色幕,罩住世界的万有,一切都消沉在寂静里,她不久就被睡魔引入胜境了!

几句实话

　　一个终朝在风尘中奔波倦了的人，居然能得到与名山为伍、清波作伴的机会，难道说不是获天之福吗？不错，我是该满意了！——回想起从前在北平充一个小教员，每天起早困晚，吃条害咳嗽还不算，晚上改削那山积般的文卷真够人烦。而今呵，多么幸运！住在山清水秀的西子湖边，推窗可以直窥湖心；风云变化，烟波起伏，都能尽览无余。至于夕阳晚照，渔樵归休，游侣行歌互答，又是怎样美妙的环境呢！

　　但是冤枉，这两个月以来，我过的，却不是这种生活。最大的原因，湖色山光，填不满我的饥肠辘辘。为了吃饭，我与一支笔杆儿结了不解缘，一时一刻离不开它。如是，自然没有心情、时间去领略自然之美了。——所以我这才明白，吟风弄月，充风流名士，那只有资产阶级配享受，贫寒如我，那只好算了吧，算了吧！

　　那么，我现在过的又是什么生活呢？——每天早晨起来，好歹吃上两碗白米粥，花生米嚼得喷鼻香，惯会和穷人捣乱的肚子算是有了交代。于是往太师椅上一坐，打开抽屉，东京带回来的漂亮稿纸，还有一大堆，这很够我造谣言发牢骚用的了。于是由那暂充笔筒用的绿瓷花瓶里，请出那三寸小毛锥，开宗明义第一件事，是瞪着眼，东张西望，搜寻一个好题目。——
这真有点不易，至少要懂点心理学，才好捉摸到编辑先生的脾
味；不然题目不对眼，恼了编辑先生，一声"狗屁"，也许把
它扔在字纸篓里换火柴去。好容易找到又新鲜又时髦的题目了，
那么写吧。一行，两行，三行，……一直写满了一张稿纸。差
不多六百字，这要是运气好，就能换到块把大洋。如是来上十
几页，这个月的开销不愁了。想到这里，脸上充满了欣慰之色。
但是且慢高兴！昨天刮了一顿西北风，天气骤然冷下来，回头
看看床上，只有一床棉被，不够暖。无论如何，要添做一床才
过得去。

　　再说厨房里的老叶，今早来报告：柴快没了；煤只剩了几
块；米也该叫了。这一道催命符真凶，立刻把我的文思赶跑了。
脑子里塞满了债主自私的刻薄的面相，和一切未来的不
幸。……不能写了，放下笔吧！不成，那更是饥荒！勉强的东
拉西凑吧。夜深了，头昏眼花，膀子疼，腰杆酸，"哎呀"真
不行了，明天再说吧！数数稿纸，只写了四张半，每张六百字，
再除去空白，整整还不到两千五百字。棉被还是没着落，窗外
的北风，仍然虎吼狼啸，更觉单衾欠暖。然而真困，还是睡下
吧。把一件大衣盖在被上，幸喜睡魔光顾得快，倒下头来便梦
入黑酣。我正在好睡，忽听扑冬一声，把我惊醒。翻身爬起来
一看：原来是小花猫把热水瓶打倒了。这个家伙真可恨，好容
易花一块多钱买了一只热水瓶，还没有用上几天，就被它毁了，
真叫作"活该"！我气哼哼地把小花猫摔了出去，再躺下睡，

这一来可睡不着了。忽见隔床上的他，从睡梦里跳起有半尺高，一连跳了五六下，我连忙叫醒他说："你梦见什么了，怎么睡梦里跳起来？"他"哎哟"了一声道："真累死我了！我梦见爬了多少座高高低低的山峰，此刻还觉得一身酸痛！"

"唉！不用说了，你白天翻了多少书？……大概是累狠了！"他说："是了。我今天差不多写了五千字吧！"

"明天还是少写点好。"我说。

"不过今天已经十五了，房钱电灯钱都还没有着落，少写行吗？"

我听了这话不能再勉强安慰他了。大半夜，我只是为这些问题盘算，直到天色发白时，我才又睡着了。

八点半了，他把我喊醒。我一睁眼看太阳光已晒在窗子上，我知道时候不早了。连忙起来，胡乱吃了粥，就打算继续写下去，但是当我坐在太师椅上时，我觉得我的头部，比压了一块铅板还重，眼睛发花，耳朵发聋。不写吧，真怕到月底没法交代；写吧，没有灵感不用说，头疼得也真支不住。但是生活的压迫，使我到底屈服了。一手抱着将要爆裂的头，一手不停地写下去。

连我自己都不知道我在纸上画的是什么？——"苦闷可以产生好文艺"，在无可如何之时，我便拿它来自慰！来解嘲！

这时他由街上回来，看见我那狼狈相，便说道："你又头疼了吧，快不要写，去歇歇呀！——我译的小说稿已经寄去了，月底一定可以领到稿费。我想这篇稿子译得不错，大约总可以卖到十五块钱，屉子里还有五块，凑合着也就过去了。"

"唉！只要能凑合着过去，我还愁什么？但是上个月我们寄出去三四万字的稿子，到现在只收回十几块钱，谁晓得月底又是怎样呢？只好多写些，希望还多点，也许可以碰到一两处给钱的就好了！"

他平常是喜说喜笑，这一来也只有皱了一双眉头道："你本来身体就不好，所以才辞去教员不干，到这里休养。谁想到卖文章度日，竟有这些说不出的压轧的苦楚！早知道这样，打死我也不想充什么诗人艺术家了。……怎么人家菊池宽就那么走红运，住洋房坐汽车，在飞机上打麻雀！……"

"人家是日本人呵！……其实又何止菊池宽，外国的作家比我们舒服得多着呢！所以人家才有歌德，有莎士比亚，有拜伦，有易卜生等等的大艺术家出现。至于我们中国，艺术家就非得同时又充政治家，或教育家等，才能生活，谁要打算把整个的生命献给艺术，那只有等着挨饿吧！在这种怪现象之下，想使中国产生大艺术家，不是做梦吗？唉！吃饭是人生的大问题，——非天才要吃饭，天才也要吃饭，为了吃饭去奋斗，绝大多数的天才都不免要被埋葬；何况本来只有两三分天才的作家，最后恐怕要变成白痴了……"我像煞有些愤慨似的发着牢骚，同时我的头部更加不舒服起来。他叫我不要乱思胡想，立刻要我去睡觉。我呢，也真支不住了，睡去吧！正在有些昏迷的时候，邮差送信来了。我拆开一看，正是从北平一个朋友寄来的，他说："听说你近状很窘，还是回来教书吧！文艺家那么容易做？尤其在我们贵国！……"

不错，从今天起，我要烧掉和我缔了盟约的那一支造谣言的毛锥子，规规矩矩去为人之师，混碗饱饭吃，等到哪天发了横财，我再来充天才作家吧！正是"放下毛锥，立地得救"。哈哈！善哉！

月下的回忆

晚凉的时候，困倦的睡魔都退避了，我们便乘兴登大连的南山，在南山之巅，可以看见大连全市。我们出发的时候，已经是暮色苍茫，看不见娇媚的夕阳影子了。登山的时候，眼前模糊，只隐约能辨人影；漱玉穿着高底皮鞋，几次要摔倒，都被淡如扶住，因此每人都存了戒心，不敢大意了。

到了山巅，大连全市的电灯，如中宵的繁星般，密密层层满布太空，淡如说是钻石缀成的大衣，披在淡装的素娥身上；漱玉说比得不确，不如说我们乘了云梯，到了清虚上界，下望诸星，吐豪光千丈的情景为逼真些。

他们两人的争论，无形中引动我们的幻想，子豪仰天吟道："举首问明月，不知天上今夕是何年？"她的吟声未竭，大家的心灵都被打动了，互相问道："今天是阴历几时？有月亮吗？"有的说十五；有的说十七；有的说十六，漱玉高声道："不用争了。今日是十六，不信看我的日记本去!"子豪说:"既是十六，月亮应当还是圆的，怎么这时候还没有看见出来呢?"淡如说:"你看那两个山峰的中间一片红润;不是月亮将要出来的预兆吗?"我们集中目力，都望那边看去了，果见那红光越来越红，半边灼灼的天，像是着了火，我们静悄悄地望了些时，那月儿已露出一角来了;颜色和丹沙一般红，渐渐大了也渐渐淡了，约有五分钟的时候，全个团团的月儿，已经高高站在南山之巅，下窥芸芸众生了。我们都拍着手，表示欢迎的意思;子豪说:"是我们多情欢迎明月?还是明月多情，见我们深夜登山来欢迎我们呢?"这个问题提出来后，大家议论的声音，立刻破了深山的寂静和夜的消沉，那酣眠高枝的鹧鸪也吓得飞起来了。

淡如最喜欢在清澈的月下，妩媚的花前，作苍凉的声音读诗吟词，这时又在那里高唱南唐李后主的《虞美人》，诵到"故国不堪回首月明中"声调更加凄楚;这声调随着空气震荡，更轻轻浸进我的心灵深处;对着现在玄妙笼月的南山的大连，不禁更回想到三日前所看见污浊充满的大连，不能不生一种深刻的回忆了!

在一个广场上，有无数的儿童，拿着几个球在那里横穿竖冲地乱跑，不久铃声响了，一个一个和一群蜜蜂般的涌进学校门去了;当他们往里走的时候，我脑膜上已经张好了白幕，专等照这形形式式的电影;顽皮没有礼貌的行动，憔悴带黄色的面庞，受压迫含抑闷的眼光，一色色都从我面前过去了，印入心幕了。

进了课堂，里头坐着五十多个学生，一个三十多岁，有一点胡须的男教员，正在那里讲历史，"支那之部"四个字端端正正写在黑板上；我心里忽然一动，我想大连是谁的地方啊？用的可是日本的教科书——教书的又是日本教员——这本来没有什么，教育和学问是没有国界的，除了政治的臭味——它是不许藩篱这边的人和藩篱那边的人握手以外，人们的心都和电流一般相通的——这个很自然……

"这是哪里来的，不是日本人吗？"靠着我站在这边的两个小学生在那窃窃私语，遂打断我的思路，只留心听他们的谈话。过了些时，那个较小的学生说："这是支那北京来的，你没有看见先生在揭示板写的告白吗？"我听了这口气真奇怪，分明是日本人的口气，原来大连人已受了软化了吗？不久，我们出了这课堂，孩子们的谈论听不见了。

那一天晚上，我们住的房子里，灯光格外明亮；在灯光之下有一个瘦长脸的男子，在那里指手划脚演说："诸君！诸君！你们知道用吗啡焙成的果子，给人吃了，比那百万雄兵的毒还要大吗？教育是好名词，然而这种含毒质的教育，正和吗啡果相同……你们知道吗？大连的孩子谁也不晓得有中华民国呵！他们已经中了吗啡果的毒了！

"中了毒无论怎样，终久是要发作的，你看那一条街上是西岗子，一连有一千余家的暗娼，是谁开的？原来是保护治安的警察老爷和暗探老爷们勾通地棍办的，警察老爷和暗探老爷，都是吃了吗啡果子的大连公学校的卒业生呵！"

他说到那里，两个拳头不住在桌上乱击，口里不住地诅咒，眼泪不竭地涌出，一颗赤心几乎从嘴里跳了出来！歇了一歇他又说：——

"我有一个朋友，在一天下午，从西岗子路过；就见那灰色的墙根底下每一家的门口，都有一个邪形鸠面的男子蹲在那里，看见他走过去的时候，由第一个人起，连续着打起呼啸来；这种奇异的暗号，真是使人惊吓，好像一群恶魔要捕人的神气；更奇怪的，打过这呼啸以后立刻各家的门又都开了：有妖态荡气的妇人，向外探头；我那个朋友，看见她们那种样子，已明白她们要强留客人的意思，只得低下头，急急走过；经过她们门前，有的捉他的衣袖，有的和他调笑，幸亏他穿的是西装，她们不知道他到底是什么来历不敢过于造次，他才得脱了虎口。当他才走出胡同口的时候，从胡同的那一头，来了一个穿着黄灰色短衣裤的工人；他们依样的做那呼啸的暗号，他回头一看，那人已被东首第二家的一个高颧骨的妇人拖进去了！"

唉！这不是吗啡果的种子，开的沉沦的花吗？

我正在回忆从前的种种，忽漱玉在我肩上击了一下说："好好的月亮不看，却在这漆黑树影底下发什么怔。"

漱玉的话打断我的回忆，现在我不再想什么了，东西张望，只怕辜负了眼前的美景！

远远的海水放出寒栗的光芒来；我寄我的深愁于流水，我将我的苦闷付清光；只是那多事的月亮，无论如何把我尘浊的影子，清清楚楚反射在那块白石头上；我对着她，好像怜她，又好像恼她；怜她无故受尽了苦痛的磨折，恨她为什么自己要着迹，若没这有形的她，也没有这影子的她了；无形无迹，又何至被有形有迹的世界折磨呢？……连累得我的灵魂受苦恼……

夜深了！月儿的影子偏了，我们又从来处去了。

代三百万灾民请命

连日翻开报，都看到黄河水涨，势将成灾的消息，心头不禁为之惴栗，但愿能幸免于万一，哪知前日报上竟载着黄河决口灾情惨重，沿河村落，竟成泽国，灾民不下三百万，于是各慈善团体，开紧急会议，筹思所以赈济之策。这本是大慰人心的消息，不但是那些嗷嗷待哺的饥民，要额手称庆，念一声"南无阿弥陀佛，善哉，善哉"了，就是我们小民，满心头也充塞着见死不救何以为人的气概，不能不多少减衣省食，蓄积三五元去救助他们。

但是再一看过去的种种事实，我们又不能为了这个赈济的消息，就放心得下。这是什么缘故呢？唉！说起来只是装我们贵国人的幌子。即拿来"九一八"以来，民众对于前方抗敌的健儿，所捐助的款项来说吧，据传说共收到民众捐款在两千万元以上，而前方实际上只收到一百余万元，日来正闹着什么对经手人的检举，及清查账目这一类的事，同时又听见说有一部分人，本是住在人家后楼或亭子间的穷光蛋，只因为充了什么会的一员后，不到两三个月，居然租起洋房坐起汽车，讨起小老婆来了。呜呼，这是什么钱，竟忍心往腰包里放，真所谓此可为，天下事孰不可为了！

如果这次对灾民的捐助，不能有一妥善的办法，仍只是为一部分人充实腰包，不但灾民无从得救，就是我们这些捐钱的小百姓，也不愿永远作冤大头，把那辛苦的血汗钱，不明不白地供给他们作讨小老婆，吃黑饭的开销，结果必致因噎废食，没有人肯捐钱了，那些灾民的前途，还堪设想吗？因此我们又不能不代三百万灾民请命，请办赈济的大人先生们，破格地克己点吧！

醉后

——最是恼人拼酒，欲浇愁偏惹愁！回看血泪相和流——

我是世界上最怯弱的一个，我虽然硬着头皮说"我的泪泉干了，再不愿向人间流一滴半滴眼泪"，因此我曾博得"英雄"的称许，在那强振作的当儿，何尝不是气概轩昂……

北京城重到了，黄褐色的飞尘下，掩抑着琥珀墙、琉璃瓦的房屋，疲骡瘦马，拉着笨重的煤车，一步一颠地在那坑陷不平的土道上，努力地走着；似曾相识的人们，坐着人力车，风驰电掣般跑过去了……一切不曾改观。可是疲惫的归燕呵，在那堆浪涌波的灵海里，都觉到十三分的凄惶呢！

车子走过顺城根，看见三四匹矮驴，摇动着它们项下琅琅的金铃，傲然向我冷笑，似笑我转战多年的败军，还鼓得起从前的兴致吗……

正是一个旖旎美妙的春天，学校里放了三天春假，我和涵、盐、琪四个人，披着残月孤星和迷蒙的晨雾奔顺城根来，雇好矮驴，跨上驴背，轻扬竹鞭，得得声紧，西山的路上骤见热闹。这时道旁笼烟含雾的垂柳枝，从我们的头上拂过，娇鸟轻啭歌喉，朝阳美意酣畅，驴儿们驮着这欣悦的青春主人，奔那如花如梦的前程：是何等的兴高采烈……而今怎堪回首！归来的疲燕，裹着满身漂泊的悲哀，无情的瘦驴！请你不要逼视吧！

强抑灵波，防它捣碎了灵海，及至到了旧游的故地，暗淡白墙，陈迹依稀可寻，但沧桑几经的归客，不免被这荆棘般的陈迹，刺破那不曾复元的旧伤，强将泪液咽下，努力地咽下。我曾被人称许我是"英雄"哟！

我静静在那里忏悔，我的怯弱，为什么总打不破小我的关头，我记得：我曾想象我是"英雄"的气概，手里拿着明晃晃的雌雄剑，独自站在喜玛拉雅的高峰上，傲然地下视人寰。仿佛说：我是为一切的不平，而牺牲我自己的，我是为一切的罪恶，而挥舞我的双剑的呵！"英雄"，伟大的英雄，这是多么可崇拜的，又是多么可欣慰的呢！

但是怯弱的人们，是经不起撩拨的，我的英雄梦正浓酣的时候，波姊来叩我的门，同时我久闭的心门，也为她开了。为什么四年不见，她便如此的憔悴和消瘦？她惝然地说："你还是你呵！"她这一句话，好像是利刃，又好像是百宝匙；她掀开我秘密的心幕，她打开我勉强锁住的泪泉，与一切的烦恼，但是我为了要证实是英雄，到底不曾哭出来。

我们彼此矜持着，默然坐夜来了。于是我说："波，我们喝它一醉吧，何苦如此扎挣，酒可以蒙盖我们的脸面！"波点头道："我早预备陪你一醉。"于是我们如同疯了一般，一杯，一杯，接连着向唇边送，好像鲸吞鲵饮，也不知道什么时候，把一小坛子的酒吃光了，可是我还举着杯"酒来！酒来！"叫个不休！波握住我拿杯子的手说："隐！你醉了，不要喝了吧！"我被她一提醒，才知道我自己的身子，已经像驾云般支持不住，伏在她的膝上。唉！我一身的筋肉松弛了，我矜持的心解放了。风寒雪虐的春申江头，涵撒手归真的印影，我更想起萱儿还不曾断奶，便离开她的乳母，扶她父亲的灵柩归去。当她抱着牛奶瓶，婉转哀啼时，我仿佛是受绞刑的荼毒；更加着吴淞江的寒潮凄风，每在我独伴灵帏时，撕碎我抖颤的心。……一向茹苦含辛的扎挣自己，然而醉后，便没有扎挣的力量了，我将我泪泉的水闸开放了，干枯的泪池，立刻波涛汹涌，我尽量地哭，哭那已经摧毁的如梦前程，哭那满尝辛苦的命运，唉！真痛恨呵，我一年以来，不曾这样哭过。但是苦了我的波姊，她也是苦海里浮沉的战将，我们可算是一对"天涯沦落人"。她呜咽着说："隐！你不要哭了，你现在是做客，看人家忌讳！你扎挣着吧！你若果要哭，我们到空郊野外哭去，我陪你到陶然亭哭去。那里是我埋愁葬恨的地方，你也可以借他人酒杯，浇自己块垒，在那里我们可尽量地哭，把天地哭毁灭也好，只求今天你咽下这眼泪去罢！"惭愧！我不知英雄气概抛向哪里去了，恐怕要从喜玛拉雅峰，直堕入冰涯愁海里去，我仍然不住地哭，那可怜双鬓如雪的姨母，也不住为她不幸的甥女，老泪频挥，她颤抖着叹息着，于是全屋里的人，都悄默地垂着泪！可怜的萱儿，她对这半疯半醉的母亲，小心儿怯怯地惊颤着，小眼儿怔怔地呆望着。呵！无辜的稚子，母亲对不住你，在别人面前，纵然不英雄些，还没有多大羞愧，只有在萱儿面前不英雄，使她天真未凿的心灵里，了解伤心，甚至于陪着流泪，我未免太忍心，而且太罪过了。后来萱儿投在我的怀里，轻轻地将小嘴，吻着泪痕被颊的母亲，她忽然哭了！唉！我诅咒我自己，我愤恨酒，她使我怯弱，使我任性，更使我羞对我的萱儿！我决定止住我的泪液，我领着萱儿走到屋里，只见满屋子月华如水，清光幽韵，又逗起我无限的凄楚，在月姊的清光下，我们的陈迹太多了！我们曾向她诚默地祈祷过；也曾向她悄悄地赌誓过，但如今，月姊照着这漂泊的只影，她呢——人间天上。我如饿虎般的愤怒，紧紧掩上窗纱，我搂着萱儿悄悄地躲在床上，我真不敢想象月姊怎样奚落我。不久萱儿睡着了，我仿佛也进了梦乡，只觉得身上满披着缟素，独自站在波涛起伏的海边，四顾辽阔，没有岸际，没有船只，天上又是蒙着一层浓雾，一切阴森森的。我正在彷徨惊惧的时候，忽见海里涌起一座山来，削壁玲珑，峰崖峻崎，一个女子披着淡蓝色的轻绡，向我微笑点头唱道：

独立苍茫愁何多？

抚景伤漂泊！

繁华如梦，

姹紫嫣红转眼过！

何事伤漂泊！

我听那女子唱完了，正要向她问明来历，忽听霹雳一声，如海倒山倾，吓了我一身冷汗，睁眼一看，波姊正拿着醒酒汤，叫我喝。我恰一转身，不提防把那碗汤碰泼了一地，碗也打得粉碎，我们都不禁笑了。波姊说："下回不要喝酒吧，简直闹得满城风雨！……我早想到见了你，必有一番把戏，但想不到闹得这样凶！还是扎挣着装英雄吧！"

"波姊！放心吧！我不见你，也没有泪，今天我把整个儿的我，在你面前赤裸裸地贡献了，以后自然要装英雄！"波姊拍着我的肩说："天快亮了，月亮都斜了，还不好好睡一觉，病了又是白受罪！睡吧！明天起大家努力着装英雄吧！"

春的警钟

不知那一夜，东风逃出它美丽的皇宫，独驾祥云，在夜的暗影下，窥伺人间。

那时宇宙的一切正偃息于冷凝之中，东风展开它的翅儿向人间轻轻扇动，圣洁的冰凌化成柔波，平静的湖水唱出潺潺的恋歌！

不知那一夜，花神离开了她庄严的宝座，独驾祥云，在夜的暗影下，窥伺人间。

那时宇宙的一切正抱着冷凝枯萎的悲伤，花神用她挽回春光的手段，剪裁绫罗，将宇宙装饰得嫣红柔绿，胜似天上宫阙，她悄立万花丛中，赞叹这失而复得的青春！

不知那一夜，司钟的女神，悄悄地来到人间！

那时人们正饮罢毒酒，沉醉于生之梦中，她站在白云端里敲响了春的警钟。这些迷惘的灵魂，都从梦里惊醒，呆立于尘海之心，——风正跳舞，花正含笑，然而人类却失去了青春！

他们的心已被冰凌刺穿，他们的血已积成了巨澜，时时鼓起腥风吹向人间！

但是司钟的女神，仍不住声地敲响她的警钟，并且高叫道：

青春！青春！你们要捉住你们的青春！

它有美丽的翅儿，善于逃遁，

在你们踟蹰的时候，它已逃去无踪！

青春！青春！你们要捉住你们的青春！

世界受了这样的警告，人心撩乱到无法医治。

然而，不知那一夜，东风已经逃回它美丽的皇宫。

不知那一夜，花神也躲避了悲惨的人间！

不知那一夜，司钟的女神，也不再敲响她的警钟！

　　青春已成不可挽回的运命，宇宙从此归复于萧杀沉闷！

秋　声

　　我曾酣睡于温柔芬芳的花心，周围环绕着旖旎的花魂和美丽的梦影；我曾翱翔于星月之宫，我歌唱生命的神秘，那时候正是芳草如茵，人醉青春！

　　不知几何年月，我为游戏来到人间，我想在这里创造更美丽的梦境，更和谐的人生。谁知不幸，我走的是崎岖的路程，那里没有花没有树，只有墙颓瓦碎的古老禅林，一切法相，也只剩了剥蚀的残身！

　　我踯躅于憧憧的鬼影之中，眷怀着绮丽的旧梦，忽然吹来一阵歌声，嘹栗而凄清，它似一把神秘的钥匙，掘起我心深处的伤痛。

　　我如荒山的一颗陨星，从前是有着可贵的光耀，而今已消失无踪！

　　我如深秋里的一片枯叶，从前虽有着可爱的青葱，而今只飘零随风！

　　可怕的秋声！世间竟有幸福的人，他们正期望着你的来临，但，请你千万莫向寒窗悲吟，那里面正昏睡着被苦难压迫的病人，他的一切都埋没于华年的匆匆，而今是更荷着一切的悲愁，正奔赴那死的途程。这阵阵的悲吟怕要唤起他葬埋了的心魂，徘徊于哀伤的荒冢！

呵！秋声！你吹破青春的忧境，你唤醒长埋的心魂——这原是运命的播弄，我何敢怒你的残忍！

玫瑰的刺

当然一个对于世界看得像剧景般的人，他最大的努力就是怎样使这剧景来得丰富与多变化，想使他安于任何一件事，或一个地方，都有些勉强。我的不安于现在，可说是从娘胎里带来的，而且无时无刻不想把这种个性表现在各种生活上，——我从小就喜欢飘萍浪迹般的生活，无论在什么地方住上半年就觉得发腻，总得想法子换个地方才好，当我中学毕业时虽然还只有十多岁的年龄，而我已开始撇开温和安适的家庭去过那流浪的生活了。记得每次辞别母亲和家人，独自提着简单的行李奔那茫茫的旅途时，她们是那样的觉得惘然惜别，而我呢，满心充塞着接受新刺激的兴奋，同时并存着一肩行李两袖清风，来去飘然的情怀。所以在一年之中我至少总想换一两个地方——除非是万不得已时才不。

但人间究竟太少如意事，我虽然这样喜欢变化而在过去的三四年中，我为了生活的压迫，曾经俯首帖耳在古城中度过。

这三四年的生活，说来太惨，除了吃条，改墨卷，做留声机器以外，没有更新鲜的事了。并且天天如是，月月如是，年年如是。唉！在这种极度的沉闷中，我真耐不住了。于是决心闯开藩篱，打破羁勒，还我天马行空的本色，狭小的人间世界，我不但不留意了，也再不为它的职权所屈服了。所以在过去的一年中，我是浪迹湖海——看过太平洋的汹涛怒浪，走过繁嚣拥挤的东京，流连过西湖的绿漪清波。这些地方以西湖最合我散荡的脾味，所以毫不勉强地在那里住了七个多月，可惜我还是不能就那样安适下去，就是这七个月中我也曾搬了两次家。

第一次住在湖滨——那里的房屋是上海式的鸽子笼，而一般人或美其名叫洋房。我们初搬到洋房时，站在临湖的窗前，看着湖中的烟波，山上的云霞，曾感到神奇变化的趣味，等到三个月住下来，顿觉得湖山无色，烟波平常，一切一切都只是那样简单沉闷，这个使我立刻想到逃亡。后来花了两天工夫，跑遍沿湖的地方，最终在一条大街的弄堂里，发现了一所颇为幽静的洋房；这地方很使我满意，房前有一片苍翠如玉的桑田，桑田背后漾着一湾流水。这水环绕着几亩禾麦离离的麦畦；在热闹的城市中，竟能物色到这种类似村野的地方：早听鸡鸣，夜闻犬吠，使人不禁有世外桃源之想。况且进了那所房子的大门，就看见翠森森一片竹林，在微风里摇掩作态；五色缤纷的指甲花，美人蕉，金针菜，和牵牛，木槿都历历落落布满园中；在万花丛里有一条三合土的马路，路旁种了十余株的葡萄，路尽头便是那又宽敞又整洁的回廊。那地方有八间整齐的洋房，绿阴阴的窗纱，映了竹林的青碧，顿觉清凉爽快。这确是我几年来过烦了死板和繁嚣的生活，而想找得的一个休息灵魂的所在。尤其使我高兴的是门额上书着"吾庐"两个字；高人雅士原不敢希冀，但有了正切合我脾味的这个所在，谁管得着是你的"吾庐"，或他的"吾庐"？暂时不妨算是我的"吾庐"，我就暂且隐居在这里，何尝不算幸运呢？

在"吾庐"也仅仅住了一个多月，而在这一个多月中，曾有不少值得记忆的片段，这些片段正像是长在美丽芬芳的玫瑰树上的刺，当然有些使接触到它的人们，感到微微的痛楚呢！

捉　贼

当我们初到一个地方——一个陌生的地方，容易感到兴趣，但也最容易感到一种莫名其妙的疑惧，好像对于一个初次见面的朋友，多少总有些猜不透的感想。

当天我们搬到"吾庐"来——天气正是三伏，太阳比火伞还要灼人，大地生物都蒸闷得抬不起头来。我们站在回廊下看那些劳动的朋友们，把东西搬进来，他们真够受，喉咙里像是冒了火，口张着直喘气，额角上的青筋变成红紫色，一根根地隆起来。汗水淋着他们红褐色的脸，他们来往搬运了足足有二十多趟，才算完事。他们走后，我同建又帮着叶妈收拾了大半天，不知不觉已近黄昏了，——这时候天气更蒸闷，云片呆板着纹丝不动，像一个严肃无情的哲人面孔。树木也都静静地立着，便是那最容易被风吹动，发出飒飒声音的竹叶，也都是死一般的沉寂。气压非常低，正像铅块般罩在大地上。这时候真不能再工作，那些搬来的东西虽只是安排了个大体，但谁真也不想再动一下。我们坐在回廊的石栏杆上，挥动大芭蕉叶，但汗依然不干。

吃过晚饭时，天空慢慢发生了变化。不知从哪里来了一股不合作的气流，这一冲才冲破了天空的沉闷。一阵风过，竹叶也开始歌唱起来，哗哗飒飒的声响，充满了小小的庭园。忽然一个巨大的响声，从围墙那里发出来，我们连忙跑去看，原来前几天连着下雨，土墙都霉烂了。这时经过大风，便爽性倒塌了。——墙的用处虽然不大，但总强似没有。那么这倒了半边的墙，多少让我们有点窘；墙外面是隔壁农人家里的场院，那里堆了不少的干草，柳荫下还拴着一头耕田的黄牛。"呵，这里多么空旷，今夜要提防窃贼呢！"我看到之后不由对建和自己发出这样的警告。建也有同感，他皱紧眉头说："也许不要紧，因为这墙外不是大街，只是农人的家，他们都有房产职业，必不致作贼。再说我们也是穷光蛋……不过倘使把厨房里的锅和碗都偷去，也就够麻烦的。""是呵，我也有点怕。"我说。

"今夜我们留心些睡，明天我去找房东喊他派人来修理好了。"建在思索之后，这样对我说，这事情就这样解决了，大家都安然回到屋子里去。

"新地方总有些不着不落的，"我独自低语着。恰巧一眼又看到窗外黑黝黝的竹林，和院子中低矮而浓密的冬青树，这样幽怪的场所，——陡然使我想到一个眼露凶焰，在暗陬里窥望着我们的贼，正躲藏在那里。"哎呀！"我竟失声地叫了出来。建和同搬来的陈太太都急忙跑来问是见了什么？

我不禁脸红，本来什么都没见，只是心虚疑神疑鬼罢了，但偏像是见了什么。这简直是神经病吗？承认了究竟有点不风光。只好撒谎说是一只猫的影子从我面前闪过，不提防就吓得叫起来了。这算掩饰过了，不过这时更不敢独自个坐在屋里，只往有人的地方钻。

晚上睡觉的时候，也是抱着满肚子鬼胎的，不住把眼往黑漆的角落里望，很怕果真是见到什么。但越怕越要看，而越看也越害怕。最上的方法还是闭上眼，努力地把思想用到别的方面去，这才渐渐地睡熟了。

在梦中也免不了梦到小贼和鬼怪一类可怕的东西。

恍惚中似有一只巨大的手，从脑后扑来，撼动我的头部。"糟了！"我喊着。心想这一来恐怕要活不成，我拼命地喊叫"救命！"但口里却发不出声音来，莫非声带已被那只大手掐断了吗？想到这里真想痛哭。隐隐听见有人在叫我的名字，我用力地睁开两眼一看，原来是建慌张地站在我的面前，他的手正撼动着我的头部——这就是我梦中所见到的大手。但时候已是深夜，他为什么不睡却站在这里，而且电灯也不开，我正怀疑着，只听他低声说：

"外面恐怕来了贼!"

"真的吗,你怎么晓得?"我问。

"我听见有人从瓦上走过的声音,像是到我们的厨房里去了。""呀!原来真有人来偷我们的碗吗?"我自心里这么想着,但我说不出话来。只怔怔地看着建,停了一会儿,他说:

"我到外面看看去。"

"捉贼去吗?这是危险的事,你一个人不行,把陈喊起来吧!"我说。——陈是我们的朋友,他和夫人也住在我们的新居里,他是有枪阶级,这年头枪是好东西,尤其捉贼更要借重他。建很赞同我的提议,然而他有些着慌,本打算打开寝室的门,走过堂屋去找陈!而在慌忙中,门总打不开。窗外的竹林飒飒的只是响,颓墙上的碎瓦片又不住哗哗地往下落,深夜寂静中偏有这些恼人心曲的声响,使我更加怕起来。但为了建的缘故,我只得大着胆子走向门边帮他开门;其实那门很容易开,我微微用力一拧,便行了,不知建为什么总打不开,这使得我们都有些觉得可笑。他走到陈的住房门口敲门,陈由梦中惊醒问道:"什么事呀!"

"你快点起来吧!"陈听了这话,便不再问什么,连忙开了房门,同时他把枪放在衣袋里。

"我们到院子里看看去,适才我听见些声响!"建说。

"好,什么东西,敢到这里来捣乱!"陈愤然地说。

陈的马靴走在地板上,震天价响,我听见他们打开堂屋的门走出去了。我两眼望见黑黝黝的窗外不禁怕起来,倘使贼趁他俩到外面去时，他便从前面溜进来，那怎么好？想到这里就打算先把房门关上，但两条腿简直软到举不起。于是我便作出蠢得令人发笑的事情来，我把夹被蒙住头，似乎这样便可以不怕什么了。

担着心，焦急地等待他们回来，时间也许只有五分钟，而我却闷出了一身大汗，直到建进来，我才把头从被里伸出来。

"怎么样，看见贼了吗？"我问。

"没有！"建说。

"你不是说听见有人走路的声音吗？"我问。

"真的，我的确是听见的。也许我们出去时，他就从缺墙那里逃去了！"建说。

"不是你做梦吧？"我有些怀疑，但他更板起面孔，一本正经地说道："没有的话，我明明听见的，我足足听了两三分钟，才叫你醒来的。"

"园子里到处都看过了吗？莫非躲在竹林子里吗？"我说。

"绝对没有，我同陈到处都看过了，竹林里我们看过两次，什么都没有看到，除了一只黑猫！"建说。

"没有就是了！……不然捉住他又怎样对付呢？"我说。

"你真傻，这有什么难办，送到公安局去好了！"建说。

"来偷我们的贼，也就太可怜，我们有什么可偷？偷不到还要被捉到公安局去，不是太冤了吗？"我说。

"世界上只有小贼才是贼，至于大贼偷名偷利，甚至于把国家都偷卖了，那都是人们所崇拜的大人物，公安局的人连正眼都不敢觑他一觑呢!"建说。

"你几时又发明了这样的真理!"

建不禁笑了,我也笑了,捉贼的一幕,就这样下了台。

池　旁

这所新房子里,原来还有一个小小的池塘,在竹林的前面的墙角边,今天下午我们才发现了。池塘中的水似乎不深,但用竹篙子试了试以后,才晓得虽不深,也有八九尺,倘若不小心掉下去,也有淹死的可能呢!

沿着池塘的边缘,石缝中,有几只螃蟹在爬着,据叶妈说里面也有三四寸长的小鱼——当她在那里洗衣服时,看见它们在游泳着。这些花园,池塘,竹林,在我们住惯了弄堂房子的人们从来只看见三合土如豆腐干大小的天井的,自然更感到新鲜有生机了。黄昏时我同建便坐在池塘的石凳上闲谈。

正在这时候门口的电铃响了一阵,我跑去开门,进来了两位朋友,一个瘦长脸上面有几点痘瘢的是万先生,另外一位也是瘦长脸,但没有痘瘢,面色比较近褐色的是时先生。

万先生是新近从日本回国,十足的日本人的气派,见了我们便打着日语道"シバラクデシタ"意思是久违了,我们也就像煞有介事地说了一声"イラッシセイ"意思是欢迎他们来,

但说过之后，自己觉得有点肉麻，为什么好好的中国人见了中国人，偏要说外国话？平常听见洋学士洋博士们和人谈话，动不动夹上三两句洋文，便觉得头疼，想不到自己今天也破了例，洋话到底是现代的时髦东西咧！

说到那位时先生虽不曾到过外洋，但究竟也是二十世纪的新青年，因此说话时夹上两三个英文名词，也是当然的了。

我们请他们也坐在池塘旁的石凳上。

——这时我的思想仍旧跑到说洋话的问题上面去：据我浅薄的经验，我永不曾听见过外国人互相间谈话曾引用句把中文的，为什么我们中国人讲中国话一定要夹上洋文呢？莫非中国文字不足表达彼此间的意思吗？——尤其是洋学士大学生们——当然我也知道他们的程度是强煞一般民众，不过在从前闭关时代，就不见得有一个人懂洋文，那又怎么办呢？就是现在土货到底多过舶来品，然则这些人永远不能互相传达思想了，可是事实又不尽然——难道说，说洋话仅仅是为了学时髦吗？"时髦"这个名词究竟太误人了，也许有那么一天，学者们竟为了"时髦"废除国语而讲洋文，……那个局面可就糟了！简直是人不杀你你自杀，自己往死里钻呵！……

我只呆想着这些问题，倒忘记招呼客人，还是建提醒说："天气真热，让叶妈剖个西瓜来吃吧？"

我到里面吩咐叶妈拿西瓜，同时又拿了烟来。客人们吸着烟，很悠闲地说东谈西，万先生很欣赏这所房子，他说这里风景清幽，大有乡村味道，很合宜于一个小说家，或一个诗人住的。时先生便插言道：

"很好，这里住的正是一位小说家，和一位诗人！"

我们对于时先生的话，没有谦谢，只是笑了一笑。

万先生却因此想到谈讲的题目，他问我：

"女士近来有什么新创作吗？我很想拜读！"

"天气太热，很难沉住心写东西，大约有一个多月，我不曾提笔写一个字。听说万先生近来翻译些东西，是哪一个人的作品？"我这样反问他。

"我最近在译日本女作家林芙美子的《放浪记》，这是一篇轰动日本现代文坛的新著作，"……万先生继续着谈到这一位女作家的生平……

"真的，这位女作家的生活是太丰富了，她当过下女，当过女学生，也当过戏子，并且嫁过几次男人。……我将来想写一篇关于她的生活的文章，一定很有趣味！"

叶妈捧着一大盘子的西瓜来了，万先生暂时截断他的话，大家吃着西瓜，渐渐天色便灰黯起来。建将回廊下的电灯开了，隐隐的灯光穿过竹林，竹叶的碎影，筛在我们的襟袖上，大家更舍不得离开这地方。池塘旁的青蛙也很凑趣，它们断断续续地唱起歌来。万先生又继续他的谈话：

"林芙美子的样子、神气，和不拘的态度都很像你。"他对我这样说。

"真的吗？可惜我在日本的时候没有去看看她，……我觉得一个人的样子和神气都能相像，是太不容易碰到的事情，现在居然有，……我倘使将来有机会再到日本去，一定请你介绍我见见她。……"

"她也很想见你。"万先生说。

"怎么她也想见我？……"我有些怀疑地问他。

"是的，因为我曾经和她谈过你，并且告诉她你在东京，当时她就要我替她介绍，但我在广岛，所以就没有来看你。"

谈话到了这里，似乎应当换个题目了，在大家沉默几分钟之后，我为了有些事情须料理便暂时走开。他们依然在那里谈论着，当我再回到池塘旁时，他们正在低声断续地谈着。

"喂，当心，拥护女权的健将来了！"建对我笑着说。

"你们又在排揎女子什么了？"

"没有什么，我们绝不敢……"时先生含笑说。

"哼，没有什么吗？你们掩饰的神色，我很看得出，正像说'此地无银三十两'，不是辩解，只是口供罢了！"

这话惹得他们全哈哈地笑起来，万先生和时先生竟有些不大好意思，在他们脸上泛了点微红。

"我们只是讨论女性应当怎样才可爱？"万先生说。

"那为什么不讨论男性应当怎样才可爱呢？"我不平地反驳他们。

"本来也可以这样说，"万先生说。

"不见得吧！你们果真存心这样公平也就不会发生以上的问题！"我说。

"不过是这样，女性天生是占在被爱的地位上，这实在是女性特有的幸福，并不是我们故意侮辱女性！"时先生说。

"好了，从古到今女子只是个玩物，等于装饰品一类的东西，……这是天意，天意是无论如何要遵从的；不过你们要注意在周公制礼作乐之前，男女确是平等的呢！"

"其实这都不成问题，我们不过说说玩笑罢了！"万先生说。

他们脸上，似乎都有些不自然的表情，我也觉得不好深说下去，无论如何，今天我总是个主人，对于一个客人，多少要存些礼貌。——我们正当辞穷境窘的时候，叶妈总算凑了趣，她来喊我们去吃饭。

一阵暴风雨

吃过午饭后建出去看朋友。

万先生陈太太和我都在客厅里坐着。不久时先生也来了，今天那两位小姐还要来——我们就在这里等候她们。

始终听不见门上的电铃响，时先生和我们都在猜想她们大概不来了。忽然沉默的陈太太叫道："客人来了！客人来了！"万先生抢先地迎了出去，一个面生的女客提着一个手提箱，气冲冲地走了进来：

"这里有没有一位张先生？"

"有，但是他出去了。"

"什么时候回来？"

"那我们不清楚！……您贵姓？"万先生问她。

"我吗？姓张。"

"是张先生的亲眷吗？从那里来？"

"是的，我从上海来！"

万先生殷勤地递了一杯茶给她，她的眼光四处地溜着，神气不善，我有些怀疑她的来路，因悄悄地走了出来，并向万先生和时先生丢了一个眼色。他们很机警，在我走后他们也跟了出来。

"你们看这个女人，是什么路道？"我问。

"来路有点不善，我觉得，……你同张先生很熟，大约总有点猜得出吧！"

张先生是我一个很好的朋友，他最近也搬到此地来住。他是一个好心的人，不过年轻的时候，有些浪漫，我曾听他说，当他在上海读书的时候，曾被一个咖啡店的侍女引诱过，——那时他住在学校附近的一所房子的三层楼上。有一天他到咖啡店里去吃点心，有一个女招待很注意他，——不过那个女招待样子既不漂亮，脸上还有历历落落的痘瘢，这当然不能引起他的好感。吃过点心后他仍回到家里去。

过了一天，他正在房里看书，只见走进一个女子——这突如其来的不速之客当然使他不由得吃惊，不过在他细认之后，就看出那女子正是咖啡店里注意他的侍女。

"哦，贵姓张吗？……请将今天的报借我看看。"

张先生把报递给她，她看过之后，仍旧坐着不动。

当然张先生不能叫她走，便和她谈东说西地说了一阵，直到天黑了她才辞去。

第二天黄昏时，她又来找张先生，她诉说她悲苦的身世，张先生是个热心肠的人，虽不爱她，却不能不同情她没有父母的一个孤苦女儿，——但天知道这是什么运命，这一天夜里，她便住在张先生的房里。

这样容易的便发生关系，张先生不能不怀疑是上了当，因此第三天就赶紧搬到他亲戚家里去了。

几个月之后，那个女子便来找他，在亲戚家里会晤这样一个咖啡店的侍女，究竟不风光，因此他们一同散步到徐家汇那条清静的路上去。

"你知道，我现在已经发觉生理上起了变化。"她说。

"什么生理上起了变化？我不懂你的意思！"但张先生心里也有点着慌，莫非说，就仅仅那夜的接触，便惹了祸吗？……

"怎么你不懂，老实告诉你吧，我已经怀了孕。"

"哦！"张先生怔住了。

"现在我不能回到咖啡店去，我又没有地方住，你得给我想想法子。"她说。

张先生心里不禁怦怦地跳动，可怜，这又算什么事呢？从来就没想和这种女人发生关系，更谈不到和她结婚，就不论彼此的地位，我对她就没有爱，但竟因她的诱引，最后竟得替她负责！……

张先生低头沉思着，一句话也说不出。

"你怎么不响？……我预备明天就搬出咖啡店，你究竟怎么对付我？"

"你不必急，我们去找间房子吧！"

总算房子找到了，把她安置好，又从各处筹了一笔款给了她，张先生便起身到镇江去做事。

两个月以后她来信报告说已经生了一个女孩。

这使张先生有点觉得怪，怎么这么快？不到六个月便生了一个女孩，……但究竟年轻，不懂得孩子到底可否六个月生出？因脸皮薄，又不好对旁人讲。

张先生从镇江回来时曾去看她，并且告诉她将要回到北方的家里去。

"你不能回去，要走也得给我一个保障！"那女子沉思后毅然绝然地说。

"什么保障？"张先生慌忙地问。

"就是我们正式结了婚你再走！"那女子很强硬地要求。

"那无论如何办不到！我已经订过婚。"张先生说。

"订过婚也没有关系，现在的人就是娶两个妻子并不是奇事，而且我已经是这个光景，怎能另嫁别人？"

"无论你的话对不对，我也得回去求得家庭的许可才是！"

"好吧，我也不忍使你为难，不过至少你得写一张婚书给我，不然你是走不得的。"

张先生本已定第二天就走，船票已经买好，想不到竟发生这些纠葛。"好吧！"张先生说："你一定要我写，我就写一张！"

于是他在一张粗糙的信笺上写了：

"为订婚事，张某与某女士感情尚称融洽，订为婚姻，俟张某在社会上有相当地位时，再正式结婚……"

这么一张不成格式的婚书总算救了张先生的急。

张先生回到北方去后，才晓得那个孩子并不是他的；过了两个月孩子因为生病死了，张先生的责任问题，很自然的解除了。从那时起张先生便和那女子断绝了关系，不知怎么今天她又找了张先生来。……

我同万先生和时先生正谈讲着，那位女客竟毫不客气地走了进来。

"张先生究竟什么时候回来？"

万先生道："那说不定，这里是一个姓陈的军官的房子，我们都是客人。……"

"军官吗，军官我也不怕！"那女子神经过敏地愤怒起来。

"哦，我并没有说你怕军官，事实是如此，我只把事实告诉你……你不是找张先生吗？……但这里也不是张先生的房子，他也只是借住的客人！"万先生有些不高兴地说。

那女客没有办法又回到客厅里去，万先生和时先生也跟了进去。

"我从早晨六点钟从上海上车到此刻还没有吃东西，叫娘姨替我买碗面吃。"她说。

"她真越来越不客气，大有家主妇的神气，"万先生自心里想，但不好拒绝她，便喊娘姨来。可是娘姨的眼光是雪亮的，这种奇怪的女客没得主人的命令，她们是不轻易受支配的。

一个新来的湖南娘姨走了进来。

"万先生喊我什么事？"她说。

"你去给买一碗面来，这位女客要吃！"

"我是新来的，不晓得哪里有面卖。而且我正哄着小妹妹呢，你叫别个去吧！"她说完头也不回地走了。万先生无故地碰了一个钉子，正在没办法的时候，门口响着马靴的声音，军官陈先生回来了。

这位陈军官是现代的军人，他虽穿着满身戎装，但人却很温文客气。

"好了，陈先生回来了，您有什么事尽可同陈先生说，他是这里的主人……"万先生对那个女子说。

"陈先生，您同张先生是朋友吧？"她问。

"不错，我们是朋友，"陈先生说。

"那就好办了，唉，张先生太不漂亮了，为什么躲着不见我！"女子愤然地说。

"女士同张先生也是朋友吗？几时认识的？"陈先生问。

"我们呀也可以说是朋友，但实际上我们的关系要在朋友以上哩！"

"那么究竟是哪种关系呢？……怎么我从来没听张先生说

过。"

"这个你自己去问张先生，自然会明白的。"

"那且不管他，只是女士找张先生有什么事？……张先生也是初搬到这里暂住，有时他也许不回来，……我看女士无论有什么事告诉我，我可以替你转达，好吧？"

"不，我就在这里等他，今天不回来明天总要回来了！"女子悻然地说。

"但是女士在这里究竟不便当呵。"

"也没有什么不便当，我今夜就在这里坐一夜，再不然就在院子里站一夜也不要紧！"

"女士固然可以这么做，可是我不好这样答应，不但对不起女士，也对不起张先生的。我想女士还是把气放平些，先到旅馆里去，倘使张先生回来了，我叫他去看你，有什么问题你们尽可从长计议，这样不是两得其便吗？"陈先生委婉地说。

"但是我一个孤身女子住旅馆总不便当，而且我们上海也有许多亲戚朋友，说来不好听。"陈先生听见那女子推辞的话，不禁冷笑了一声，正在这时候门外又走进两位女客，正是我们所期待的芝小姐与蔺小姐了。她们走进来看了这位面生的女客，大家都怔住不响。

"我想女士还是先到旅馆去吧，一个女子住旅馆并不算稀奇的事，你看这两位小姐不也是住在旅馆里吗？"陈先生指着芝小姐和蔺小姐说。

"不过她们是两个人呵！"她说。

"住旅馆有什么要紧，我在上海时还不是一个人住旅馆，像我们这种离家在外求学的人，不住旅馆又住在什么地方？没有关系的……"

"是呵，难道说她们两位住得，女士就住不得？……而且我这里还有熟识的旅馆可以送女士去。"

最后女子屈服了："好吧，我就到旅馆去。"她说。"不过倘张先生不到旅馆来见我，我明天还是要来的。"她说。

"我想张先生再不会不见你的，放心好了！"陈先生说。

陈先生同着这位女客走了，一阵暴风雨也就消散了。

"你们猜要发生什么结果？"菡小姐说。

"不过破费几个钱，把那张婚书拿回来就完，还有什么大不了的事？"万先生说。

"对了，我看她的目的也不过要敲一笔竹杠而已。"

——这小庭园里一切都恢复了原状，正如暴风雨过后的晴天一样恬适清爽。

她这几天我正在期待着一个朋友的来临，果然在一天的黄昏时她来了。

——我们不是初见，但她今夜的风度更使我心醉，一个脸色润泽而体态温柔的少妇，牵着一只西洋种的雄狗，款步走进来时，使我沉入美丽的梦幻里。如钩的新月，推开鱼鳞般的云，下窥人寰，在竹林的罅隙间透出一股清光，竹叶的碎影筛在白色的窗幔上，这一切正是大自然所渲染出最优美的色与光。

我站在回廊的石阶旁边迎接她，我们很亲切地行过握手礼。

她说："我早就想来看你，但这几天我有些伤风，所以没有来。"

那只披着深黄色厚裘的聪明的小狗，这时正跟在它主人的身旁，不住地嗅着。

Coming 这是小狗的名字，当它陡然抛开女主人跑向圆角的草丛时，女主人便这样的叫唤它。真灵，它果然应声跳着窜着来了。我们就在廊下的藤椅上坐下。

成群的萤火虫，从竹林子里飞出来，像是万点星光，闪过蔚蓝色的太空，青蛙开始在池旁歌唱了。"这里景致真好！"她赞美着。

"以后你来玩，好不？"我说。

"当然很好，只是我不久便打算到北平去！"

"做什么去？……游历吗？"

"也可以算作游历……许多人都夸说北平有一种静穆的美，而且又是中国文化的中心地点，所以我很想到北平去看看，同时我也想在那边读点书。"

"打算进什么学校？"

"我想到艺术学院学漫画。"

"漫画是二十世纪的时髦东西咧！"我说。

"不，我并不是为了时髦才学漫画，我只为了方便经济……你知道像我这样无产阶级的人，学油画无论如何是学不起，……其实我也很爱音乐，但是这些都要有些资本……所以我到如今颇后悔当初走错了路，我不应当学贵族们用来消遣的艺术。"

"你天生是一个爱好艺术，富于艺术趣味的人，为什么不当学艺术？"

"但是一切的艺术都是专为富人的，所以你不能忘记经济的势力。"

"的确这是个很重要的前提。"

我们谈话陡然停顿了，她望着那一片碧森森的翠竹沉思，我的思想也走入了别一个区域。

真的，我对她有一种莫名其妙的同情与好感，也许是因为把她介绍给我的那一位朋友，给我的印象太好。——那时我还在北平，有一天忽然接到一封挂号信，信的字迹和署名对我都似乎是太陌生，我费很久的思索，才记起来，——是一年前所结识一位姓黎名伯谦的朋友——一个富有艺术趣味的青年，真想不到他此时会给我写信，我在下课的十分钟休息时间中，忙忙把信看了。里面有这样的一段：

"我替你介绍一个同志的好朋友，她对于艺术有十分的修养，并且其人风度潇洒，为近今女界中不多见的人才，倘使你们会了面一定要相见恨晚了，她很景慕北平的文风之盛，也许不久会到北平去。……"

我平生就喜欢风度潇洒的人，怎么能立刻见到她才好，在那时我脑子里便自行构造了一种模型。但是我等了好久，她到底不曾到北平来，暑假时我也离开北平了。

去年冬天，我从日本回来时，住在东亚旅馆里，在一天夜里，有三位朋友来看我，——一个男的两个女的，其中就有一个是我久已渴慕着要见的她。

——一个年轻而风度飘逸的少女，坐在我对面的沙发上，身上穿了一件淡咖啡色西式的大衣，衣领敞开的地方，露出玫瑰红的绸衫，左边的衣襟上，斜插着一朵白玫瑰。在这些色彩调和的衣饰中，衬托着一张微圆的润泽的面孔，一双明亮的眼瞳温和地看着我，……这是怎样使人不易消灭的印象呵，但是我们不曾谈过什么深切的话，不久他们就告辞走了。

春天，我搬到西湖来，在一个温暖的黄昏里，我同建在湖滨散着步，见对面走来一对年轻的男女——细认之后原来正是她同她的爱人，我们匆匆招呼着，已被来来往往的人影把我们隔断了。

从此我们又彼此不通消息，直到一个月以前，她同爱人由南方度过蜜月再回杭州来，我们才第二次正式的会面。他们打算在杭州常住，因此我们便得到时常会面的机会。——

"你预备几时到北平去呢？"在我们彼此沉默很久之后我又这样问她。

"大约在一个星期之后吧。"

"时间不多了，此次分别后又不知什么时候再能聚会……希望你在离开杭州以前再到我这里来一次吧！"

"好，我一定来的，你下半年仍住在杭州吗？这里真是一个好地方，不过住太久了也没有什么意思，到底嫌太平静单调，你觉得怎样？"

"不错，我也就这样的感觉着了。所以我下半年大约要到上海去，同时也是解决我的经济问题！"

"唉，经济问题——这是个太可怕的问题呢，我总算尝够了它的残酷，受够了它的虐待……你大约不明白我过去的生活吧！"

"怎么？你过去的生活……当然我没有听你讲过，但是最近我却听到一些关于你的消息！"

"什么消息？"

"但是我总有些怀疑那情形是真的，……他们说你在和你的爱人结婚以前，曾经和人订过婚！"

"唉，我知道你所听见不仅仅是这一点，其实说这些话的人恐怕也不见得十分明白我的过去，老实说吧，我不但订过婚而且还结过婚呢！"

她坦白的回答，使我有些吃惊，同时还觉得有点对她抱愧，我何尝不是听说她已结过婚，但我竟拿普通女子的心理来揣度她，其实一个女子结了婚，因对方的不满意离了婚再结婚难道说不是正义吗？为什么要避讳——平日自己觉得思想颇彻底，到头来还是这样掩掩遮遮的，多可羞，我不禁红着脸，不敢对她瞧了。

"这些事情，我早想对你讲，——你知道这个世界上，有同情心的人不多呢，尤其像你这样了解我的更少，所以我含辛茹苦的生活只有向你倾吐了。"

说实在的，她的态度非常诚恳，但为了我自己的内疚，听

了她的话，我更觉忸怩不安起来。我只握紧她的手，含着一包
不知什么情绪的眼泪看着她。——这时冷月的清辉正射着她幽
静的面容，她把目光注视在一丛纯白的玉簪花上，叹了一口气
说：

"在我还是童年的时代，而我已经是只有一个弱小的妹子的
孤儿了。这时候我同妹妹都寄养在叔父的家里，当我在初小毕
业的那一年. 我弱小的妹妹，也因为孤苦的哀伤而死于肺病。
从此我更是天地间第一个孤零的生命了。但是叔父待我很亲切，
使我能继续在高小及中学求学，直到我升入中学三年级的那一
年，叔父为了一位父执的介绍将我许婚给一个大学生，——他
年轻老实，家里也还有几个钱，这在叔父和堂兄们的眼里当然
是一段美满的姻缘。结婚时我仅仅十七岁。但是不幸，我生就
是个性顽强的孩子，嫁了这样一个人人说好的夫婿，而偏感到
刻骨的苦痛。婚后十几天，我已决心要同他离异，可是说良心
话，他待我真好，爱惜我像一只驯柔的小鸟，因此他忽视了我
独立的人格。我穿一件衣服，甚至走一步路都要受他的干涉和
保护，——确然只是出于爱的一念，这也许是很多女人所愿意
的，可是我就深憾碰到了这样一位丈夫。他给了我很大的苦头
吃，所以我们蜜月时期还没有完，便实行分居了。分居以后我
的叔父和堂兄们曾毫不同情地诘责我；但是那又有什么效果？
最后我毅然提出离婚的要求，经过了很久的麻烦，离婚到底成
了事实。叔父和堂兄宣告和我脱离关系。唉，这是多么严重的
局面！不过'个性'的威权，助我得了最后的胜利，我甘心开

始过无告，但是独立的生活。

"我自幼喜欢艺术，那时更想把全生命寄托在艺术上。于是我便提着简单的行装来到杭州艺术大学读书，在这一段艰辛的生活里，我可算是饱受到经济的压迫。我曾经两天不吃饭，有时弄到几个钱也只买一些番薯充充饥。这种不容易挣扎的岁月，我足足挨了两个多月。后来幸喜遇见了那位好心的女教授，她含泪安慰我，并且允许每月津贴我十块钱的生活费，嘱我努力艺术……这总算有了活路。

"那时候我天天作日记，我写我艰辛的生活，写我伤惨的怀抱，直到我和某君结婚后才不写了。前几天我收拾书箱把那日记翻来看了两页，我还禁不住要落泪，只恨我的文字不好，不能拿给世上同病的人看。……"

"不过真的艺术品是用不着人工雕饰的，我想你还是把它发表了吧！"

"不，暂且我不想发表它，因为自始至终都是些悲苦的哀调，那些爱热闹的人们不免要讥责我呢！"

"当然各人的口味不同，一种作品出版后很难博得人人的欢心。不过我以为在这个世界上究竟是欢乐的事情太少，哪一个人的生命史上没有几页暗淡的呢？……将来我希望你能给我看看！"

她没有许可，也不曾拒绝，只是无言地叹了一口气。

那只小狗从老远的草堆中窜了出来，嗅着它主人的手似乎在安慰她。

"我真欢喜这只狗!"她说。

"是的,有的狗很灵……"

"这只狗就像一个聪明的小孩般地惹人爱,它懂得清洁,从来不在房里遗屎撒尿,适才你不是看见它跑到草堆里去吗?那就是去撒尿。……"

"原来这样乖!"

她不住用手抚摸小狗的背。我从来对于这些小生物不生好感,并且我最厌恶是狗,每逢看见外国女人抱着一只大狼狗坐在汽车上我便有些讨厌。但今天为了她,我竟改了平日对狗的态度,好意地摸了它的头部,它真也知趣,两眼雪亮地望着我摆尾。

这时月光已移到院子正中来,时间已经不早了,几只青蛙在墙阴跳踉。她站起身整了整衣服道:

"我回去了,一两天再会吧!"

她的车子还等在门口,我送她上了车便折回来,走到院子里见了那如水的月光、散淡的花影恍若梦境。

时先生的帽子

我们的客厅,有时很像法国的"沙龙"。常来拜访的客人有著作家,诗人,也有雄辩家,每天三四点钟的时候,总可以听见门上的电铃断续地响着。在这样的响声中,走进各式各类的客人，带着各式各类的情感同消息。——炎夏不宜于工作，有了这些破除沉闷空气的来宾总算不坏。

这一天恰巧是星期日，那么来的人就更多了。因为陈先生的缘故，也常有几个雄赳赳的武装同志光临。他们虽不谈文艺，但很有几个现代的军人，颇能欣赏文艺；这一来，谈话的趣味更浓厚了。

"我很想写一篇军人的生活"我说。

"啊，说到军人的生活，真是又紧张又丰富的。我也觉得很有写的价值，只可惜我们没有艺术的训练！"一位高身材的上校说。

"喂，你们军队里收不收女兵？"我问。

"怎么？你想从军吗？……不过你的体格不够……前些日子有一位女同志曾再三要求到军队里来，最初当然不能通过；后来经过多方面的商榷，才允许让她来检查体格，但结果是失败了。而且她的身体真不坏，个子比你高得多呢！可是和男子比起来还是不行！"另一位脸上微有痘瘢的中尉说。

"这样看来，我是没有希望写军队生活一类的小说了。"我很扫兴地说。

"我看也不尽然，当兵你固然没有希望，但做看护妇是可以的。"陈先生说。

"好，将来你去打仗的时候，就收我做看护队队员吧！"

"你何必一定要写军队生活……我看你就替我的帽子作一篇小传吧！"时先生忽然举起他的陈旧的草帽向我笑着说。

"怎么，你的帽子有什么样的历史吗？"

"唉，你们作文学的人，难道还观察不出我这帽子有点特别吗？"我听了这话，不禁把时先生的帽子拿来仔细地看了又看——帽子是细草编就的，花纹是四棱形，没有什么出奇处，但是颜色有些近于古铜，很明显地告诉我，这帽子所经过风吹日晒的日子至少在五年以上，再翻过帽子里来看，那就更不得了，黝黑的垢腻，把白色的布质完全掩盖住。

"呵，你从哪个古物陈列所里买得这顶帽子？"我说。

"哈，哈，哈，哈，"时先生大笑道："那也不至于就成了古物吧？你们文学家真会虚张声势；老实说吧，这帽子在我头上盘旋的时候，不多不少，整整六个年头。"

"你真太经济了，一顶草帽竟戴上六个年头！"建说。

"不，我并不是经济，只是这顶帽子曾经伴着我，经过最甜和最苦的日子，所以我不忍弃了它。"

"哦，原来如此，那么请你的帽子说说它的汗马功劳吧！"我说。

"好吧，我来替它说，可是有一个条件：我说完你一定要替我写一写。"

"那也要看值不值写！"

"密司黄你就答应他，我晓得那里面一定有一段有趣的浪漫史，……"陈先生含笑说。

"既然如此我就答应你。……请你开始述说吧！"

那几位武装同志，都挺直着身子坐在旁边笑眯眯地等待时先生的陈述；

"自从我被命定成了一顶帽子，我就被陈列在上海大马路的一家铺子的玻璃橱里。在我的四周有很多的同伴，它们个个都争奇斗艳地在引诱过往的游人。果然有西装少年，长衫阔少，都停住脚，有的对它们看一看，便走开了。有的摸一摸也就放下了。有的像是对它们亲切些，把它们拿下来摸着看着最后放在头上试了试，但很少能终得人们的欢心，最后依然把它们放在橱里，毫不留恋地去了。我看了这个情形心里很悲哀，不知哪一天才有好主顾呢？正在这时候，只见从外面走进一个身穿夏布大褂的青年来，他站在橱旁把所有的同伴看了又看，试了又试，最后他竟看上了我，他欣然地把我戴在头上，从此我便跟着这位青年去了。

"第一次他把我带到他的家里，放在他的书桌上，他拿起一根香烟，燃了自来火吸着，他像是在沉思什么，不久他便拿出一张美丽的绿色信笺写了一封信给他的女友琼。他约她今晚在夏令配克看电影。我晓得今天晚上该我出风头了，我不禁喜欢的跳了起来，不小心几乎掉在地上，幸喜我的主人把我挡住，我才得安然无恙地伏在桌上。

"晚饭后我的主人一切都料理停当——皮鞋擦得雪亮，衣服穿得整整齐齐，又对着镜把头发梳了又梳，然后把我戴在头上，意气扬扬地出门去了。

"到电影场时他买了两张头等的入场券，看看时间还早，他便不忙到里面去，只在门口徘徊着。九点钟到了，来看电影的人接连不断往里走，但还没有看见那位琼女士的仙踪。眼看场里的电灯全熄了，那位琼女士才姗姗地来了。他们在电影场虽然没有谈说什么，可是我也知道主人很爱这位琼女士，因为主人常常侧转头向琼女士好意地注视着。从这一次后，我常常同着主人会琼女士在公园里、电影场，有时也在大菜间里。

"不久秋天到了，一阵阵的凉风吹着，主人便对我起了憎嫌，暂且把我放在帽盒里。在我们分别的一段时间中，我不能知道主人又经过些什么变化。

"第二年的夏天来时，我又恢复了和主人的亲切关系，但是主人那时候似乎遇见了什么不幸的事，他总不大出门，只在书房里呆坐着，有时还听见他低声的叹息。唉！究竟为了什么呢？我真怀疑，便整天守着他，打算探出他的秘密。有一天夜里，全家的人都睡了。只有主人对着窗外的月儿出神。后来他从屉子里拿出一张如红色的片子来。……

某月某日某君和琼女士结婚。

"'呵，这就是了！'我不禁独自低语着：'怪不得主人那样不高兴呢，原来那位美丽的琼女士竟被别人占有了。'这时主人看着片子，竟至滴下泪来。多可怜那失恋的人儿。

"过了几天我看见主人收拾了书籍衣物，像是要长行的神气。'到哪里去呢？'我怀疑着：'为什么要离开自己的家乡呢？'可怜的主人近来更忧郁更憔悴了。

"在一天东方才有些发亮的时候，主人就起来，坐在什物杂乱的书案旁，在一张白色的信笺上写道：

'唉！我走了，走到天之涯地之角去，琼既然是不能给我幸福，我在这里只增加苦恼，反不如远去的好。幸福往往只给走运的人，我呢！正是爱情上失败的俘虏。……'

"主人写了这张不知给什么人的信，他将信压在砚石下就匆匆拿着简单的行李走了。从此我同着主人过飘流的生活，在南洋的小岛上整整住了三年，主人似乎把从前的伤心事渐渐淡忘了，今年便又回到这里……"

时先生陈述到这里便停住了，所有在座的人们不禁望望时先生憔悴的面靥，同时也看看那顶值得留存的帽子，大家的心灵上，都微微觉得曾闪过一道暗淡的火花。

夜深了，这时来宾全兴尽告辞，时先生也怅然地拿着他的帽子，穿过那条长甬道去了。……

吹牛的妙用

吹牛是一种夸大狂，在道德家看来，也许认为是缺点，可是在处事接物上却是一种刮刮叫的妙用。假使你这一生缺少了吹牛的本领，别说好饭碗找不到，便连黄包车夫也不放你在眼里的。

西洋人究竟近乎白痴，什么事都只讲究脚踏实地去做，这样费力气的勾当，我们聪明的中国人，简直连牙齿都要笑掉了。西洋人什么事都讲究按部就班地慢慢来，从来没有平地登天的捷径，而我们中国人专门走捷径，而走捷径的第一个法门，就是善吹牛。

吹牛是一件不可看轻的艺术，就如修辞学上不可缺少"张喻"一类的东西一样，像李太白什么"黄河之水天上来"，又是什么"白发三千丈",这在修辞学上就叫作"张喻",而在不懂修辞学的人看来,就觉得李太白在吹牛了。

而且实际上说来,吹牛对于一个人的确有极大的妙用。人类这个东西,就有这么奇怪,无论什么事,你若老老实实地把实话告诉他,不但不能激起他共鸣的情绪,而且还要轻蔑你冷笑你,假使你见了那摸不清你根底的人,你不管你家里早饭的米是当了被褥换来的,你只要大言不惭地说"某部长是我父亲的好朋友,某政客是我拜把子的叔公,我认得某某巨商,我的太太同某军阀的第五位太太是干姊妹"吹起这一套法螺来,那摸不清你的人,便帖帖服服地向你合十顶礼,说不定碰得巧还恭而且敬地请你大吃一顿筵席呢!

吹牛有了如许的好处,于是无论哪一类的人,都各尽其力地大吹其牛了。但是且慢!吹牛也要认清对手方面的,不然的话必难打动他或她的心弦,那么就失掉吹牛的功效了。比如说你见了一个仰慕文人的无名作家或学生时,而你自己要自充老前辈时,你不用说别的,只要说胡适是我极熟的朋友,郁达夫是我最好的知己,最妙你再转弯抹角地去探听一些关于胡适、郁达夫琐碎的佚事,比如说胡适最喜听什么,郁达夫最讨厌什么,于是便可以亲亲切切地叫着"适之怎样怎样,达夫怎样怎样",这样一来,你便也就成了胡适、郁达夫同等的人物,而被人所尊敬了。

如果你遇见一个好虚荣的女子呢,你就可以说你周游过列国,到过土耳其、南非洲,并且还是自费去的,这样一来就可以证明你不但学识、阅历丰富,而且还是个资产阶级。于是乎你的恋爱便立刻成功了。

你如遇见商贾、官僚、政客、军阀，都不妨察言观色，投其所好，大吹而特吹之。总而言之，好色者以色吹之，好利者以利吹之，好名者以名吹之，好权势者以权势吹之，此所谓以毒攻毒之法，无往而不利。

或曰吹牛妙用虽大，但也要善吹，否则揭穿西洋镜，便没有戏可唱了。

这当然是实话，并且吹牛也要有相当的训练，第一要不红脸，你虽从来没有著过一本半本的书，但不妨咬紧牙根说："我的著作等身，只可恨被一把野火烧掉了！"你家里因为要请几个漂亮的客人吃饭，现买了一副碗碟，你便可以说："这些东西十年前就有了"，以表示你并不因为请客受窘。假如你荷包里只剩下一块大洋，朋友要邀你坐下来入圈，你就可以说："我的钱都放在银行里，今天竟匀不出工夫去取！"假如哪天你的太太感觉你没多大出息时，你就可以说张家大小姐说我的诗作的好，王家少奶奶说我脸子漂亮而有丈夫气，这样一来太太便立刻加倍地爱你了。

这一些吹牛经，说不胜说，但神而明之，存乎其人！

恋爱不是游戏

没有在浮沉的人海中，翻过筋斗的和尚，不能算善知识；没有受过恋爱洗礼的人生，不能算真人生。

和尚最大的努力，是否认现世而求未来的涅槃，但他若不曾了解现世，他又怎能勘破现世，而跳出三界外呢？

而恋爱是人类生活的中心，孟子说："食色，性也。"所谓恋爱正是天赋之本能；如一生不了解恋爱的人，他又何能了解整个的人生？

所以凡事都从学习而知而能，只有恋爱用不着学习，只要到了相当的年龄，碰到合适的机会，他和她便会莫名其妙地恋爱起来。

恋爱人人都会，可是不见得人人都懂，世俗大半以性欲伪充恋爱，以游戏的态度处置恋爱，于是我们时刻可看到因恋爱而不幸的记载。

实在的恋爱绝不是游戏，也绝不是堕落的人生所能体验出其价值的，它具有引人向上的鞭策力，它也具有伟大无私的至上情操，它更是美丽的象征。

在一双男女正纯洁热爱着的时候，他和她内心充实着惊人的力量；他们的灵魂是从万有的束缚中，得到了自由，不怕威胁，不为利诱，他们是超越了现实，而创造他们理想的乐园。

不幸物欲充塞的现世界，这种恋爱的光辉，有如萤火之微弱，而且"恋爱"有时适成为无知男女堕落之阶，使维纳斯不禁深深地叹息："自从世界人群趋向灭亡之途，恋爱变成了游戏，哀哉！"

男人和女人

一个男人，正阴谋着要去会他的情人。于是满脸柔情地走到太太的面前，坐在太太所坐的沙发椅背上，开始他的忏悔："琼，在这个世界上只有你能谅解我——第一你知道我是一个天才，琼多幸福呀，作了天才者的妻！这不是你时常对我的赞扬吗？"

太太受催眠了，在她那感情多于意志的情怀中，漾起爱情至高的浪涛，男人早已抓住这个机会，接着说道："天才的丈夫，虽然可爱，但有时也很讨厌，因为他不平凡，所以平凡的家庭生活，绝不能充实他深奥的心灵，因此必须另有几个情人；但是琼你要放心，我是一天都离不得你的，我也永不会同你离婚，总之你是我的永远的太太，你明白吗？我只为要完成伟大的作品，我不能不恋爱，这一点你一定能谅解我，放心我的，将来我有所成就，都是你的赐予，琼，你够多伟大呀！尤其是在我的生命中。"

太太简直为这技巧的情感所屈服了，含笑地送他出门——送他去同情人幽会，她站在门口，看着那天才的丈夫，神光奕奕地走向前去，她觉得伟大，骄傲，幸福，真是哪世修来这样一个天才的丈夫！

太太回到房里，独自坐着，渐渐感觉得自己的周围，空虚冷寂，再一想到天才的丈夫，现在正抱在另一个女人的怀里："这简直是侮辱，不对，这样子妥协下去，总是不对的。"太太陡然如是觉悟了，于是"娜拉"那个新典型的女人，逼真地出现在她心头："娜拉的见解不错，抛弃这傀儡家庭，另找出路是真理！"太太急步跑上楼，从床底下拖出一只小提箱来，把一些换洗的衣服装进去。正在这个时候，门砰的一声响，那个天才的丈夫回来了，看见太太的气色不大对，连忙跑过来搂着太太认罪道："琼！恕我，为了我们两个天真的孩子您恕我吧！"

太太看了这天才的丈夫，柔驯得像一只绵羊，什么心肠都软了，于是自解道："娜拉究竟只是易先生的理想人物呀！"跟着箱子恢复了它原有的地位，一切又都安然了！

男人就这样永远获得成功，女人也就这样万劫不复地沉沦了！

屈伸自如

昼长无聊，偶翻十三经至孔老先生："天下有道则见，无道则隐"及"邦有道如矢，邦无道如失。"不禁掩卷而长叹道："傻子哉，孔老先生也！"怪不得有陈蔡之厄，周游列国，卒不见用！苟能学今之大人先生，又何往而不利？

然则今之大人先生处世之道如何？无他，能"屈伸自如"耳。何谓屈伸自如？即见人之势与财强于我者，则恭敬如儿孙对父祖，卑颜屈膝舔痔拍马，尽其能事而为之，如是则可仗人势，狐假虎威，昂首扬眉，摆摆摇摇，像煞有介事，渐渐而求之，不难为人上之人矣！

至于见无势无财之人，则傲之，骄之，虎吓之，吹法螺，装腔而作势，威风凛凛，气派十足，使其人不敢仰目而视，足恭听令，因之其气焰蒸蒸焉，灼灼焉，不可一世矣。

"屈伸自如"既有如是之宏功伟业，吾人宁可不鞠躬受教，以自取于灭亡耶？

然操此术者，亦有所谓秘诀者在，即忘记自己是个人，既非人则何恤乎人格？故不要人格是第一秘诀，试看古往今来，愚忠愚孝的傻子，修德立品的呆子，都是太看重自我和人格了，所以弄得"杀身成仁"徒贻笑于今日之大人先生，真真何苦来哉！

时至今日，世变非常，立身之道岂可不变？苟不知应付之术，包管索尔于枯鱼之肆，反之则可以大做其官，大发其财了！

穷小子们觉悟罢，不要被孔老先生所误，什么立功、立德、立言，这都是隔壁账，还是练习其"屈伸自如"之本事，与今之大人先生抗衡于二十世纪之世界，岂不妙哉！

名家作品精选集

戴望舒精选集

戴望舒 著

民主与建设出版社

·北京·

©民主与建设出版社，2021

图书在版编目（CIP）数据

戴望舒作品精选集 / 戴望舒著 . -- 北京：民主与
建设出版社，2021.8（2024.1 重印）
（名家作品精选集 / 王茹茹主编；1）
ISBN 978-7-5139-3651-4

Ⅰ . ①戴… Ⅱ . ①戴… Ⅲ . ①中国文学－现代文学－
作品综合集 Ⅳ . ① I216.2

中国版本图书馆 CIP 数据核字 (2021) 第 139241 号

戴望舒作品精选集
DAIWANGSHU ZUOPIN JINGXUANJI

著　　者	戴望舒
主　　编	王茹茹
责任编辑	韩增标
封面设计	玥婷设计
出版发行	民主与建设出版社有限责任公司
电　　话	（010）59417747　59419778
社　　址	北京市海淀区西三环中路 10 号望海楼 E 座 7 层
邮　　编	100142
印　　刷	三河市天润建兴印务有限公司
版　　次	2021 年 8 月第 1 版
印　　次	2024 年 1 月第 2 次印刷
开　　本	880 毫米 × 1230 毫米　　1 / 32
印　　张	6.5
字　　数	130 千字
书　　号	ISBN 978-7-5139-3651-4
定　　价	298.00 元（全 10 册）

注：如有印、装质量问题，请与出版社联系。

目 录

诗 作

散　文

日　记

诗　作

御街行

满帘红雨春将老，说不尽，阳春好。问君何处是春归，何处

春归遍查？一庭绿意，玉阶伫立，似觉春还早。

天涯路断蘼芜草，留不住，春去了。雨丝风片尽连天，愁思

撩来多少？残莺无奈，声声啼断，与我堪同调。

夜 坐

思吗？
思也无聊！
梦吗？
梦又魂消！
如此中秋月夜，
在我当作可怜宵。

独自对银灯，
悲思从衷起。
无奈若个人儿，
盈盈隔秋水。
亲爱的啊！
你也相忆否？

夕阳下

晚云在暮天上散锦，
溪水在残日里流金；
我瘦长的影子飘在地上，
像山间古树底寂寞的幽灵。

远山啼哭得紫了，
哀悼着白日底长终；
落叶却飞舞欢迎
幽夜底衣角，那一片清风。

荒冢里流出幽古的芬芳，
在老树枝头把蝙蝠迷上，
它们缠绵琐细的私语，
在晚烟中低低地回荡。

幽夜偷偷从天摸来，
我独自还恋恋地徘徊；
在这寂寞的心间，我是
消隐了忧愁，消隐了欢快。

寒风中闻雀声

枯枝在寒风里悲叹，
死叶在大道上萎残；
雀儿在高唱薤露歌，
一半儿是自伤自感。

大道上寂寞凄清，
高楼上悄悄无声，
只那孤岑的雀儿
伴着孤岑的少年人。

寒风已吹老了树叶，
更吹老少年的华鬓，
又复在他底愁怀里，
将一丝的温馨吹尽。

唱啊，我同情的雀儿，
唱破我芬芳的梦境；
吹罢，你无情的风儿，
吹断了我飘摇的微命。

自家伤感

怀着热望来相见，

冀希从头细说，

偏你冷冷无言；

我只合踏着残叶

远去了，自家伤感。

希望今又成虚，

且消受终天长怨。

看风里的蜘蛛，

又可怜地飘断

这一缕零丝残绪。

生　涯

泪珠儿已抛残，
只剩了悲思。
无情的百合啊，
你明丽的花枝。
你太娟好，太轻盈，
使我难吻你娇唇。

人间伴我的是孤苦，
白昼给我的是寂寥；
只有那甜甜的梦儿，
慰我在深宵：
我希望长睡沉沉，
长在那梦里温存。

可是清晨我醒来
在枕边找到了悲哀：
欢乐只是一幻梦，
孤苦却待我生挨！

我暗把泪珠哽咽，

我又生活了一天。

泪珠儿已抛残，

悲思偏无尽，

啊，我生命底慰安！

我屏营待你垂悯：

在这世间寂寂，

朝朝只有呜咽。

流浪人的夜歌

残月是已死的美人，
在山头哭泣嘤嘤，
哭她细弱的魂灵。

怪枭在幽谷悲鸣，
饥狼在嘲笑声声
在那残碑断碣的荒坟。

此地是黑暗的占领，
恐怖在统治人群，
幽夜茫茫地不明。

来到此地泪盈盈，
我是颠连漂泊的孤身，
我要与残月同沉。

Fragments

不要说爱还是恨，
这问题我不要分明：
当我们提壶痛饮时，
可先问是酸酒是芳醇？

愿她温温的眼波
荡醒我心头的春草：
谁希望有花儿果儿？
但愿在春天里活几朝。

凝泪出门

昏昏的灯，
溟溟的雨，
沉沉的未晓天；
凄凉的情绪，
将我的愁怀占住。

凄绝的寂静中，
你还酣睡未醒；
我无奈踯躅徘徊，
独自凝泪出门：
啊，我已够伤心。

清冷的街灯，
照着车儿前进；
在我的胸怀里，
我是失去了欢欣，
愁苦已来临。

可 知

可知怎的旧时的欢乐
到回忆都变作悲哀，
在月暗灯昏时候
重重地兜上心来，
啊，我的欢爱！

为了如今唯有愁和苦，
朝朝的难遣难排，
恐惧以后无欢日，
愈觉得旧时难再，
啊，我的欢爱！
可是只要你能爱我深，
只要你深情不改，
这今日的悲哀，
会变作来朝的欢快，
啊，我的欢爱！

否则悲苦难排解，

幽暗重重向我来，
我将含怨沉沉睡，
睡在那碧草青苔，
啊，我的欢爱！

静　夜

像侵晓蔷薇底蓓蕾
含着晶耀的香露，
你盈盈地低泣，低着头，
你在我心头开了烦忧路。

你哭泣嘤嘤地不停，
我，心头反复地不宁：
这烦忧是从何处生
使你坠泪，又使我伤心？

停了泪儿啊，请莫悲伤，
且把那原因细讲，
在这幽夜沉寂又微凉，
人静了，这正是时光。

山 行

见了你朝霞的颜色，
便感到我落月的沉哀，
却似晓天的云片，
烦怨飘上我心来。

可是不听你啼鸟的娇音，
我就要像流水地呜咽，
却似凝露的山花，
我不禁地泪珠盈睫。

我们行在微茫的山径，
让梦香吹上了征衣，
和那朝霞，和那啼鸟，
和你不尽的缠绵意。

残花的泪

寂寞的古园中，
明月照幽素，
一枝凄艳的残花
对着蝴蝶泣诉：

我的娇丽已残，
我的芳时已过，
今宵我流着香泪，
明朝会萎谢尘土。

我的旖艳与温馨，
我的生命与青春
都已为你所有，
都已为你消受尽！

你旧日的蜜意柔情，
如今已抛向何处？
看见我憔悴的颜色，

你啊，你默默无语！

你会把我孤凉地抛下，
独自蹁跹地飞去，
又飞到别枝春花上，
依依地将她恋住。

明朝晓日来时
小鸟将为我唱薤露歌；
你啊，你不会眷顾旧情
到此地来凭吊我！

十四行

微雨飘落在你披散的鬓边，
像小珠碎落在青色的海带草间
或是死鱼漂翻在浪波上
闪出神秘又凄切的幽光，

诱着又带着我青色的灵魂
到爱和死的王国中睡眠，
那里有金色的空气和紫色的太阳，
那里可怜的生物将欢乐的眼泪流到胸膛；

就像一只黑色的衰老的瘦猫，
在幽光中我憔悴又伸着懒腰，
流出我一切虚伪和真诚的骄傲，

然后，又跟着它踉跄在轻雾朦胧，
像淡红的酒沫漂在琥珀盅，
我将有情的眼藏在幽暗的记忆中。

不要这样盈盈地相看

不要这样盈盈地相看，
把你伤感的头儿垂倒，
静，听啊，远远地，在林里，
在死叶上的希望又醒了。

是一个昔日的希望，
它沉睡在林里已多年；
是一个缠绵烦琐的希望，
它早在遗忘里沉湮。

不要这样盈盈地相看，
把你伤感的头儿垂倒，
这一个昔日的希望，
它已被你惊醒了。

这是缠绵烦琐的希望，
如今已被你惊起了，

它又要依依地前来
将你与我烦扰。

不要这样盈盈地相看，
把你感伤的头儿垂倒，
静，听啊，远远地，从林里，
惊醒的昔日的希望来了。

回了心儿吧

回了心儿吧，Machèreennemie，
我从今不更来无端地烦恼你。

你看我啊，你看我伤碎的心，
我惨白的脸，我哭红的眼睛！

回来啊，来一抚我伤痕
用盈盈的微笑或轻轻的一吻。

Aimeunpeu！我把无主的灵魂付你：
这是我无上的愿望和最大的冀希。

回了心儿吧，我这样向你泣诉，
Unpeud' amour, pourmoi, c' estdéjàtrop！

Spleen

我如今已厌看蔷薇色，
一任她娇红披满枝。

心头的春花已不更开，
幽黑的烦忧已到我欢乐之梦中来。

我底唇已枯，我底眼已枯，
我呼吸着火焰，我听见幽灵低诉。

去吧，欺人的美梦，欺人的幻象，
天上的花枝，世人安能痴想！

我颓唐地在挨度这迟迟的朝夕，
我是个疲倦的人儿，我等待着安息。

Mandoline

从水上飘起的，春夜的 Mandoline，
你咽怨的亡魂，孤冷又缠绵，
你在哭你的旧时情？

你徘徊到我的窗边，
寻不到昔日的芬芳，
你惆怅地哭泣到花间。

你凄婉地又重进我的纱窗，
还想寻些坠鬟的珠屑——
啊，你又失望地咽泪去他方。

你依依地又来到我耳边低泣，
啼着那颓唐哀怨之音；
然后，懒懒的，到梦水间消歇。

雨　巷

撑着油纸伞，独自
彷徨在悠长，悠长
又寂寥的雨巷，
我希望逢着
一个丁香一样地
结着愁怨的姑娘。

她是有
丁香一样的颜色，
丁香一样的芬芳，
丁香一样的忧愁，
在雨中哀怨，
哀怨又彷徨。

她彷徨在这寂寥的雨巷，
撑着油纸伞
像我一样，
像我一样地

默默行看，
冷漠，凄清，又惆怅

她静默地走近
走近，又投出
太息一般的眼光，
她飘过
像梦一般地，
像梦一般地凄婉迷茫。

像梦中飘过
一枝丁香地，
我身旁飘过这女郎；
她静默地远了，远了，
到了颓圮的篱墙，
走近这雨巷。

在雨的哀曲里，
消了她的颜色，
散了她的芬芳，
消散了，甚至她的
太息般的眼光，
她丁香般的惆怅。

撑着油纸伞，独自

彷徨在悠长，悠长

又寂寥的雨巷，

我希望飘过

一个丁香一样地

结着愁怨的姑娘。

断 指

在一口老旧的，满积着灰尘的书橱中，
我保存着一个浸在酒精瓶中的断指；
每当无聊地去翻寻古籍的时候，
它就含愁地向我诉说一个使我悲哀的记忆。

它是被截下来的，从我一个已牺牲了的朋友底手上，
它是惨白的，枯瘦的，和我的友人一样，
时常萦系着我的，而且是很分明的，
是他将这断指交给我的时候的情景：

"为我保存着这可笑又可怜的恋爱的纪念吧，望舒，
在零落的生涯中，它是只能增加我的不幸的了。"
他的话是舒缓的，沉着的，像一个叹息，
而他的眼中似乎是含着泪水，虽然微笑是在脸上。

关于他的"可怜又可笑的爱情"我是一些也不知道。
我知道的只是他是在一个工人家庭里被捕去的，
随后是酷刑吧，随后是惨苦的牢狱吧，

随后是死刑吧，那等待着我们大家的死刑吧。

关于他"可笑又可怜的爱情"我是一些也不知道。

他从未对我谈起过，即使在喝醉了酒时；

但是我猜想这一定是一段悲哀的故事，他隐藏着，

他想使它跟着截断的手指一同被遗忘了。

这断指上还染着油墨底痕迹，

是赤色的，是可爱的，光辉的赤色的，

它很灿烂地在这截断的手指上，

正如他责备别人底懦怯的目光在我们底心头一样。

这断指常带了轻微又黏着的悲哀给我，

但是它在我又是一件很有用的珍品，

每当为了一件琐事而颓丧的时候，我会说：

"好，让我拿出那个玻璃瓶来吧。"

古神祠前

古神祠前逝去的
暗暗的水上，
印着我多少的
思量底轻轻的脚迹，
比长脚的水蜘蛛，
更轻更快的脚迹。

从苍翠的槐树叶上，
它轻轻地跃到
饱和了古愁的钟声的水上，
它掠过涟漪，踏过荇藻，
跨着小小的，小小的
轻快的步子走。
然后，踌躇着，
生出了翼翅……
它飞上去了，
这小小的蜉蝣，
不，是蝴蝶，它翩翩飞舞，

在芦苇间，在红蓼花上；

它高升上去了，

化作一只云雀，

把清音撒到地上……

现在它是鹏鸟了。

在浮动的白云间，

在苍茫的青天上，

它展开翼翅慢慢地，

作九万里的翱翔，

前生和来世的逍遥游。

它盘旋着，孤独地，

在迢遥的云山上，

在人间世的边际，

长久地，固执到可怜。

终于，绝望地，

它疾飞回到我心头，

在那儿忧愁地蛰伏。

我的记忆

我的记忆是忠实于我的，

忠实得甚于我最好的友人。

它存在在燃着的烟卷上，

它存在在绘着百合花的笔杆上，

它存在在破旧的粉盒上，

它存在在颓垣的木莓上，

它存在在喝了一半的酒瓶上，

在撕碎的往日的诗稿上，在压干的花片上，

在凄暗的灯上，在平静的水上，

在一切有灵魂没有灵魂的东西上，

它在到处生存着，像我在这世界一样。

它是胆小的，它怕着人们的喧嚣，

但在寂寥时，它便对我来作密切的拜访。

它的声音是低微的，

但是它的话是很长，很长，

很多，很琐碎，而且永远不肯休：

它的话是古旧的，老是讲着同样的故事，

它的音调是和谐的，老是唱着同样的曲子，

有时它还模仿着爱娇的少女的声音，

它的声音是没有气力的，

而且还夹着眼泪，夹着太息。

它的拜访是没有一定的，

在任何时间，在任何地点，

甚至当我已上床，朦胧地想睡了；

人们会说它没有礼貌，

但是我们是老朋友。

它是琐琐地永远不肯休止的，

除非我凄凄地哭了，或是沉沉地睡了；

但是我是永远不讨厌它，

因为它是忠实于我的。

路上的小语

——给我吧，姑娘，那朵簪在你发上的
小小的青色的花，
它是会使我想起你的温柔来的。

——它是到处都可以找到的，
那边，你看，在树林下，在泉边，
而它又只会给你悲哀的记忆的。

——给我吧，姑娘，你的像花一样地燃着的，
像红宝石一般晶耀着的嘴唇，
它会给我蜜的味，酒的味。
——不，它只有青色的橄榄的味，
和未熟的苹果的味，
而且是不给说谎的孩子的。

——给我吧，姑娘，那在你衫子下的
你的火一样的，十八岁的心，
那里是盛着天青色的爱情的。

——它是我的，是不给任何人的，

除非别人愿意把他自己的真诚的

来作一个交换，永恒地。

林下的小语

走进幽暗的树林里

人们在心头感到了寒冷，

亲爱的，在心头你也感到寒冷吗？

当你拥在我怀里

而且把你的唇黏着我的时候？

不要微笑，亲爱的，

啼泣一些是温柔的，

啼泣吧，亲爱的，啼泣在我的膝上，

在我的胸头，在我的颈边。

啼泣不是一个短促的欢乐。

"追随我到世界的尽头"，

你固执地这样说着吗？

你说得多傻！你去追随天风吧！

我呢，我是比天风更轻，更轻，

是你永远追随不到的。

哦，不要请求我的心了！

它是我的，是只属于我的。
什么是我们的恋爱的纪念吗？
拿去吧，亲爱的，拿去吧，
这沉哀，这绛色的沉哀。

夜 是

夜是清爽而温暖；
飘过的风带着青春和爱的香味，
我的头是靠在你裸着的膝上，
你想笑，而我却哭了。

温柔的是缢死在你的发上，
它是那么长，那么细，那么香，
但是我是怕着，那飘过的风
要把我们的青春带去。

我们只是被年海的波涛
挟着漂去的可怜的印 Epaves，
不要讲古旧的 Romance 和理想的梦国了，
纵然你有柔情，我有眼泪。

我是怕着：那飘过的风
已把我们的青春和别人的一同带去了；
爱呵，你起来找一下吧，
它可曾把我们的爱情带去。

独自的时候

房里曾充满过清朗的笑声，
正如花园里充满过蔷薇，
人在满积着的梦的灰尘中抽烟，
沉想着消逝了的音乐。

在心头飘来飘去的是什么啊，
像白云一样地无定，像白云一样地沉郁？
而且要对它说话也是徒然的，
正如人徒然地向白云说话一样。

幽暗的房里耀着的只有光泽的木器，
独语着的烟斗也黯然缄默，
人在尘雾的空间描摩着惨白的裸体
和烧着人的火一样的眼睛。

为自己悲哀和为别人悲哀是一样的事，
虽然自己的梦是和别人的不同的，
但是我知道今天我是流过眼泪，
而从外边，寂静是悄悄地进来。

秋 天

再过几日秋天是要来了，
默坐着，抽着陶器的烟斗；
我已隐隐地听见它的歌吹
从江水的船帆上。

它是在奏着管弦乐：
这个使我想起做过的好梦；
从前认它为好友是错了，
因为它带来了忧愁给我。

林间的猎角声是好听的，
在死叶上的漫步也是乐事，
但是，独身汉的心地我是很清楚的，
今天，我是没有闲雅的兴致。

我对它没有爱，也没有恐惧，
我知道它所带来的东西的重量，
我是微笑着，安坐在我的窗前，
当浮云带着恐吓的口气来说：
秋天要来了，望舒先生！

对于天的怀乡病

怀乡病，怀乡病，

这或许是一切有一张有些忧郁的脸，

一颗悲哀的心，

而且老是缄默着，

还抽着一支烟斗的

人们的生涯吧。

怀乡病，哦，我呵，

我也许是这类人之一，

我呢，我渴望着回返

到那个天，到那个如此青的天

在那里我可以生活又死灭，

像在母亲的怀里，

一个孩子笑着和哭着一样。

我呵，我真是一个怀乡病者，

是对于天的，对于那如此青的天的，

在那里我可以安安地睡着，

没有半边头风，没有不眠之夜，

没有心的一切的烦恼，

这心，它，已不是属于我的，

而有人已把它抛弃了，

像人们抛弃了敝屣一样。

印 象

是飘落深谷去的
幽微的铃声吧，
是航到烟水去的
小小的渔船吧，
如果是青色的真珠；
它已堕到古井的暗水里。

林梢闪着的颓唐的残阳，
它轻轻地敛去了
跟着脸上浅浅的微笑。

从一个寂寞的地方起来的，
迢遥的，寂寞的呜咽，
又徐徐回到寂寞的地方，寂寞地。

到我这里来

到我这里来，假如你还存在着，
全裸着，披散了你的发丝：
我将对你说那只有我们两人懂得的话。

我将对你说为什么蔷薇有金色的花瓣，
为什么你有温柔而馥郁的梦，
为什么锦葵会从我们的窗间探首进来。

人们不知道的一切我们都会深深了解，
除了我的手的颤动和你的心的奔跳；
不要怕我发着异样的光的眼睛，
向我来：你将在我的臂间找到舒适的卧榻。

可是，啊，你是不存在着了，
虽则你的记忆还使我温柔地颤动，
而我是徒然地等待着你，每一个傍晚，
在菩提树下，沉思地，抽着烟。

祭 日

今天是亡魂的祭日，

我想起了我的死去了六年的友人。

或许他已老一点了，怅惜他爱娇的妻，

他哭泣着的女儿，他剪断了的青春。

他一定是瘦了，过着漂泊的生涯，在幽冥中，

但他的忠诚的目光是永远保留着的，

而我还听到他往昔的熟稔有劲的声音，

"快乐吗，老戴?"（快乐，唔，我现在已没

有了。）

他不会忘记了我：这我是很知道的，

因为他还来找我，每月一二次，在我梦里，

他老是饶舌的，虽则他已归于永恒的沉寂，

而他带着忧郁的微笑的长谈使我悲哀。

我已不知道他的妻和女儿到哪里去了，

我不敢想起她们，我甚至不敢问他，在梦里，

当然她们不会过着幸福的生涯的，

像我一样，像我们大家一样。

快乐一点吧，因为今天是亡魂的祭日；
我已为你预备了在我算是丰盛了的晚餐，
你可以找到我园里的鲜果，
和那你所嗜好的陈威士忌酒。
我们的友谊是永远地柔和的，
而我将和你谈着幽冥中的快乐和悲哀。

烦　忧

说是寂寞的秋的惆郁，
说是辽远的海的怀念。
假如有人问我烦忧的原故，
我不敢说出你的名字。

我不敢说出你的名字，
假如有人问我烦忧的原故：
说是辽远的海的怀念，
说是寂寞的秋的惆郁。

百合子

百合子是怀乡病的可怜的患者，
因为她的家是在灿烂的樱花丛里的；
我们徒然有百尺的高楼和沉迷的香夜，
但温煦的阳光和朴素的木屋总常在她缅想中。

她度着寂寂的悠长的生涯，
她盈盈的眼睛茫然地望着远处；
人们说她冷漠的是错了，
因为她沉思的眼里是有着火焰。

她将使我为她而憔悴吗？
或许是的，但是谁能知道？
有时她向我微笑着，
而这忧郁的微笑使我也坠入怀乡病里。

她是冷漠的吗？不。
因为我们的眼睛是秘密地交谈着；
而她是醉一样地合上了她的眼睛的，
如果我轻轻地吻着她花一样的嘴唇。

流　水

在寂寞的黄昏里，
我听见流水嘹亮的言语：

"穿过暗黑的，暗黑的林，
流到那边去！
到升出赤色的太阳的海去！

"你，被践踏的草和被弃的花，
一同去，跟着我们的流一同去。

"冲过横在路头的顽强的石，
溅起来，溅起浪花来，
从它上面冲过去！

"泻过草地，泻过绿色的草地，
没有踌躇或是休止，
把握住你的意志。

"我们是各处的水流的集体，

从山间，从乡村，

从城市的沟渠……

我们是力的力。

"决了堤防，破了闸！

阻拦我们吗？

你会看见你的毁灭……"

在一个寂寂的黄昏里，

我看见一切的流水，

在同一个方向中，

奔流到太阳的家乡去。

我们的小母亲

机械将完全地改变了，在未来的日子——

不是那可怖的汗和血的榨床，

不是驱向贫和死的恶魔的大车。

它将成为可爱的，温柔的，

而且仁慈的，我们的小母亲，

一个爱着自己的多数的孩子的，

用有力的，热爱的手臂，

紧抱着我们，抚爱着我们的

我们这一类人的小母亲。

是啊，我们将没有了恐慌，没有了憎恨，

我们将热烈地爱它，用我们多数的心。

我们不会觉得它是一个静默的铁的神秘，

在我们，它是有一颗充着慈爱的血的心的，

一个人间的孩子们的母亲。

于是，我们将劳动着，相爱着，

在我们的小母亲的怀里，

在我们的小母亲的怀里，

我们将互相了解，

更深切地互相了解……

而我们将骄傲地自庆着，

是啊，骄傲地，有一个

完全为我们的幸福操作着

慈爱地抚育着我们的小母亲，

我们的有力的铁的小母亲！

八重子

八重子是永远地忧郁着的，
我怕她会郁瘦了她的青春。
是的，我为她的健康挂虑着，
尤其是为她的沉思的眸子。

发的香味是簪着辽远的恋情，
辽远到要使人流泪；
但是要使她欢喜，我只能微笑，
只能像幸福者一样地微笑。

因为我要使她忘记她的孤寂，
忘记萦系着她的渺茫的乡思，
我要使她忘记她在走着
无尽的，寂寞的凄凉的路。

而且在她的唇上，我要为她祝福，
为我的永远忧郁着的八重子，
我愿她永远有着意中人的脸，
春花的脸和初恋的心。

梦都子

——致霞村

她有太多的蜜饯的心——
在她的手上，在她的唇上；
然后跟着口红，跟着指爪，
印在老绅士的颊上，
刻在醉少年的肩上。

我们是她年轻的爸爸，诚然
但也害怕我们的女儿到怀里来撒娇，
因为在蜜饯的心以外，
她还有蜜饯的乳房，
而在撒娇之后，她还会放肆。

你的衬衣上已有了贯矢的心，
而我的指上又有了纸捻的约指，
如果我爱惜我的秀发，
那么你又该受那心愿的忤逆。

我的素描

辽远的国土的怀念者，
我，我是寂寞的生物。

假若把我自己描画出来，
那是一幅单纯的静物写生。

我是青春和衰老的集合体，
我有健康的身体和病的心。

在朋友间我有爽直的声名，
在恋爱上我是一个低能儿。

因为当一个少女开始爱我的时候，
我先就要栗然地惶恐。
我怕着温存的眼睛，
像怕初春青空的朝阳。

我是高大的，我有光辉的眼；

我用爽朗的声音恣意谈笑。

但在悒郁的时候，我是沉默的，
悒郁着，用我二十四岁的整个的心。

老之将至

我怕自己将慢慢地慢慢地老去，
随着那迟迟寂寂的时间，
而那每一个迟迟寂寂的时间，
是将重重地载着无量的怅惜的。

而在我坚而冷的圈椅中，在日暮，
我将看见，在我昏花的眼前
飘过那些模糊的暗淡的影子：
一片娇柔的微笑，一只纤纤的手，
几双燃着火焰的眼睛，
或是几点耀着珠光的眼泪。

是的，我将记不清楚了：
在我耳边低声软语着
"在最适当的地方放你的嘴唇"的，
是那樱花一般的樱子吗？
那是茹丽苕吗，飘着懒倦的眼
望着她已卸了的锦缎的鞋子？……

这些，我将都记不清楚了，
因为我老了。
我说，我是担忧着怕老去，
怕这些记忆凋残了，
一片一片地，像花一样，
只留着垂枯的枝条，孤独地。

秋天的梦

迢遥的牧女的羊铃，
摇落了轻的树叶。

秋天的梦是轻的，
那是窈窕的牧女之恋。

于是我的梦是静静地来了，
但却载着沉重的昔日。

唔，现在，我是有一些寒冷，
一些寒冷和一些忧郁。

前 夜

——一夜的纪念，呈呐鸥兄

在比志步尔启碇的前夜，
托密的衣袖变作了手帕，
她把眼泪和着唇脂拭在上面，
要为他壮行色，更加一点粉香。
明天会有太淡的烟和太淡的酒，
和磨不损的太坚固的时间，
而现在，她知道应该有怎样的忍耐：
托密已经醉了，而且疲倦得可怜。

这个的橙花香味的南方的少年，
他不知道明天只能看见天和海——
或许在"家，甜蜜的家"里他会康健些，
但是他的温柔的亲戚却要更瘦，更瘦。

我的恋人

我将对你说我的恋人，

我的恋人是一个羞涩的人，

她是羞涩的，有着桃色的脸，

桃色的嘴唇和一颗天青色的心。

她有黑色的大眼睛，

那不敢凝看我的黑色的大眼睛——

不是不敢，那是因为她是羞涩的；

而当我依在她胸头的时候，

你可以说她的眼睛是变换了颜色，

天青的颜色，她的心的颜色。

她有纤纤的手，

它会在我烦忧的时候安抚我，

她有清朗而爱娇的声音，

那是只向我说着温柔的，

温柔到销熔了我的心的话的。

她是一个静娴的少女，

她知道如何爱一个爱她的人，

但是我永远不能对你说她的名字，

因为她是一个羞涩的恋人。

村　姑

村里的姑娘静静地走着，
提着她的蚀着青苔的水桶；
溅出来的冷水滴在她的跣足上，
而她的心是在泉边的柳树下。

这姑娘会静静地走到她的旧屋去，
那在一棵百年的冬青树荫下的旧屋，
而当她想到在泉边吻她的少年，
她会微笑着，抿起了她的嘴唇。

她将走到那古旧的木屋边，
她将在那里惊散了一群在啄食的瓦雀，
她将静静地走到厨房里，
又静静地把水桶放在干刍边。

她将帮助她的母亲造饭，
而从田间回来的父亲将坐在门槛上抽烟，
她将给猪圈里的猪喂食，

又将可爱的鸡赶进它们的窠里去。

在暮色中吃晚饭的时候，
她的父亲会谈着今年的收成，
他或许会说到他的女儿的婚嫁，
而她便将羞怯地低下头去。
她的母亲或许会说她的懒惰，
（她打水的迟延便是一个好例子，）
但是她不会听到这些话，
因为她在想着那有点鲁莽的少年。

昨 晚

我知道昨晚在我们出门的时候，

我们的房里一定有一次热闹的宴会，

那些常被我的宾客们当作没有灵魂的东西，

不用说，都是这宴会的佳客：

这事情我也能容易地觉出，

否则这房里决不会零乱，

不会这样氤氲着烟酒的气味。

它们现在是已经安分守己了，

但是扶着残醉的洋娃娃却眨着眼睛，

我知道她还会撒痴撒娇：

她的头发是那样地蓬乱，而舞衣又那样地皱，

一定的，昨晚她已被亲过了嘴。

那年老的时钟显然已喝得太多了，

他还渴睡着，而把他的职司忘记；

拖鞋已换了方向，易了地位，

他不安静地躺在床前，而横出榻下。

粉盒和香水瓶自然是最漂亮的娇客，

因为她们是从巴黎来的，

而且准跳过那时行的"黑底舞";
还有那个龙钟的瓷佛,他的年岁比我们还大,
他听过我祖母的声音,又受过我父系的爱抚,
他是慈爱的长者,他必然居过首席。
(他有着一颗什么心会和那些后生小子和谐?)
比较安静的恐怕只有那桌上的烟灰盅,
他是昨天刚在大路上来的,他是生客。

还有许许多多的有伟大的灵魂的小东西,
它们现在都已敛迹,而且又装得那样规矩,
它们现在是那样安静,但或许昨晚最会胡闹。
对于这些事物的放肆我倒并不嗔怪,
我不会发脾气,因为像我们一样,
它们在有一些的时候也应得狂欢痛快。
但是我不懂得它们为什么会胆小害怕我们,
我们不是严厉的主人,我们愿意它们同来!
这些我们已有过了许多证明,
如果去问我的荷兰烟斗,它便会讲给你听。

野 宴

对岸青叶荫下的野餐，
只有百里香和野菊做伴；
河水已洗涤了碍人的礼仪，
白云遂成为飘动的天幕。

那里有木叶一般绿的薄荷酒，
和你所爱的芬芳的腊味，
但是这里有更可口的芦笋
和更新鲜的乳酪。

我的爱软的草的小姐，
你是知味的美食家：
先尝这开胃的饮料，
然后再试那丰盛的名菜。

三顶礼

引起寂寂的旅愁的，
翻着软浪的暗暗的海，
我的恋人的发，
受我怀念的顶礼。

恋之色的夜合花，
佻挞的夜合花，
我的恋人的眼，
受我沉醉的顶礼。

给我苦痛的螫的，
苦痛的但是欢乐的螫的，
你小小的红翅的蜜蜂，
我的恋人的唇，
受我怨恨的顶礼。

二 月

春天已在野菊的头上逡巡着了，
春天已在斑鸠的羽上逡巡着了，
春天已在青溪的藻上逡巡着了，
绿荫的林遂成为恋的众香国。

于是原野将听倦了谎话的交换，
而不载重的无邪的小草
将醉着温软的皓体的甜香；

于是，在暮色冥冥里，
我将听了最后一个游女的惋叹，
拈着一枝蒲公英缓缓地归去。

小 病

从竹帘里漏进来的泥土的香，
在浅春的风里它几乎凝住了；
小病的人嘴里感到了莴苣的脆嫩，
于是遂有了家乡小园的神往。

小园里阳光是常在芸苔的花上吧，
细风是常在细腰蜂的翅上吧，
病人吃的莱菔的叶子许被虫蛀了，
而雨后的韭菜却许已有甜味的嫩芽了。

现在，我是害怕那使我脱发的饕餮了，
就是那滑腻的海鳗般美味的小食也得斋戒，
因为小病的身子在浅春的风里是软弱的，
况且我又神往于家园阳光下的莴苣。

款 步（一）

这里是爱我们的苍翠的松树，
它曾经遮过你的羞涩和我的胆怯，
我们的这个同谋者是有一个好记性的，
现在，它还向我们说着旧话，但并不揶揄。

还有那多嘴的深草间的小溪，
我不知道它今天为什么缄默：
我不看见它，或许它已换一条路走了，
饶舌着，施施然绕着小村而去了。

这边是来做夏天的客人的闲花野草，
它们是穿着新装，像在婚筵里，
而且在微风里对我们作有礼貌的礼敬，
好像我们就是新婚夫妇。

我的小恋人，今天我不对你说草木的恋爱，
却让我们的眼睛静静地说我们自己的，
而且我要用我的舌头封住你的小嘴唇了，
如果你再说，我已闻到你的愿望的气味。

款 步（二）

答应我绕过这些木栅，
去坐在江边的游椅上。
啮着沙岸的永远的波浪，
总会从你投出着的素足
撼动你抿紧的嘴唇的。
而这里，鲜红并寂静得
与你的嘴唇一样的枫林间，
虽然残秋的风还未来到，
但我已经从你的缄默里，
觉出了它的寒冷。

过 时

说我是一个在怅惜着，
怅惜着好往日的少年吧，
我唱着我的崭新的小曲，
而你却揶揄：多么"过时"！

是呀，过时了，我的"单恋女"
都已经变作妇人或是母亲，
而我，我还可怜地年轻——
年轻？不吧，有点靠不住。

是呀，年轻是有点靠不住，
说我是有一点老了吧！
你只看我拿手杖的姿态
它会告诉你一切，而我的眼睛亦然。
老实说，我是一个年轻的老人了：
对于秋草秋风是太年轻了，
而对于春月春花却又太老。

有　赠

谁曾为我束起许多花枝
灿烂过又憔悴了的花枝
谁曾为我穿起许多泪珠
又倾落到梦里去的泪珠？

我认识你充满了怨恨的眼睛，
我知道你愿意缄在幽暗中的话语，
你引我到了一个梦中，
我却又在另一个梦中忘了你。

我的梦和我的遗忘中的人，
哦，受过我暗自祝福的人，
终日有意地灌溉着蔷薇，
我却无心地让寂寞的兰花愁谢。

游子谣

海上微风起来的时候，
暗水上开遍青色的蔷薇。
——游子的家园呢？

篱门是蜘蛛的家，
土墙是薜荔的家，
枝繁叶茂的果树是鸟雀的家。

游子却连乡愁也没有，
他沉浮在鲸鱼海蟒间：
让家园寂寞的花自开自落吧。

因为海上有青色的蔷薇，
游子要萦系他冷落的家园吗？
还有比蔷薇更清丽的旅伴呢。

清丽的小旅伴是更甜蜜的家园，
游子的乡愁在那里徘徊踯躅。
唔，永远沉浮在鲸鱼海蟒间吧。

秋　蝇

木叶的红色，

木叶的黄色，

木叶的土灰色：

窗外的下午！

用一双无数的眼睛，

衰弱的苍蝇望得昏眩。

这样窒息的下午啊！

它无奈地搔着头搔着肚子。

木叶，木叶，木叶，

无边木叶萧萧下。

玻璃窗是寒冷的冰片了，

太阳只有苍茫的色泽。

巡回地散一次步吧！

它觉得它的脚软。

红色，黄色，土灰色，

昏眩的万花筒的图案啊！

迢遥的声音，古旧的，
大伽蓝的钟磬？天末的风？
苍蝇有点僵木，
这样沉重的翼翅啊！

飘下地，飘上天的木叶旋转着，
红色，黄色，土灰色的错杂的回轮。

无数的眼睛渐渐模糊，昏黑，
什么东西压到轻绡的翅上，
身子像木叶一般地轻，
载在巨鸟的翎翮上吗？

夜行者

这里他来了：夜行者！
冷清清的街上有沉着的跫音，
从黑茫茫的雾，
到黑茫茫的雾。

夜的最熟稔的朋友，
他知道它的一切琐碎，
那么熟稔，在它的熏陶中
他染了它一切最古怪的脾气。

夜行者是最古怪的人。
你看他走在黑夜里：
戴着黑色的毡帽，
迈着夜一样静的步子。

微　辞

园子里蝶褪了粉蜂褪了黄，
则木叶下的安息是允许的吧，
然而好弄玩的女孩子是不肯休止的，
"你瞧我的眼睛，"她说，"它们恨你!"
女孩子有恨人的眼睛，我知道，
她还有不洁的指爪，
但是一点恬静和一点懒是需要的，
只瞧那新叶下静静的蜂蝶。

魔道者使用曼陀罗根或是枸杞，
而人却像花一般地顺从时序，
夜来香娇妍地开了一个整夜，
朝来送入温室一时能重鲜吗？

园子都已恬静，
蜂蝶睡在新叶下，
迟迟的永昼中，
无厌的女孩子也该休止。

少年行

是簪花的老人呢，
灰暗的篱笆披着茑萝；

旧曲在颤动的枝叶间死了，
新蜕的蝉用单调的生命赓续。

结客寻欢都成了后悔，
还要学少年的行踪吗？

平静的天，平静的阳光下，
烂熟的果子平静地落下来了。

旅　思

故乡芦花开的时候，
旅人的鞋跟染着征泥，
黏住了鞋跟，黏住了心的征泥，
几时经可爱的手拂拭？

栈石星饭的岁月，
骤山骤水的行程：
只有寂静中的促织声，
给旅人尝一点家乡的风味。

不 寐

在沉静的音波中，
每个爱娇的影子
在眩晕的脑里
作瞬间的散步；

只有短促的瞬间，
然后列成桃色的队伍，
月移花影地淡然消融：
飞机上的阅兵式。

掌心抵着炎热的前额，
腕上有急促的温息；
是那一宵的觉醒啊？
这种透过皮肤的温息。

让沉静的最高的音波，
来震破脆弱的耳膜吧。
窒息的白色帐子，墙……
什么地方去喘一口气呢？

深闭的园子

五月的园子，
已花繁叶满了，
浓荫里却静无鸟喧。

小径已铺满苔藓，
而篱门的锁也锈了——
主人却在迢遥的太阳下。

在迢遥的太阳下，
也有璀璨的园林吗？

陌生人在篱边探首，
空想着天外的主人。

灯

士为知己者用，
故承恩的灯
遂做了恋的同谋人：
作憧憬之雾的
青色的灯，
作色情之屏的
桃色的灯。

因为我们知道爱灯，
如仁者乐山，智者乐水，
为供它的法眼的鉴赏
我们展开秘藏的风俗画：
灯却不笑人的疯魔。

在灯的友爱的光里，
人走进了美容院；
千手千眼的技师，
替人匀着最宜雅的脂粉，

于是我们便目不暇给。

太阳只发着学究的教训，
而灯光却作着亲切的密语，
至于交头接耳的暗黑，
就是饕餮者的施主了。

寻梦者

梦会开出花来的，
梦会开出娇妍的花来的：
去求无价的珍宝吧。

在青色的大海里，
在青色的大海的底里，
深藏着金色的贝一枚。

你去攀九年的冰山吧，
你去航九年的翰海吧，
然后你逢到那金色的贝。

它有天上的云雨声，
它有海上的风涛声。
它会使你的心沉醉。

把它在海水里养九年，
把它在天水里养九年，

然后，它在一个暗夜里开绽了。

当你鬓发斑斑了的时候，
当你眼睛蒙眬了的时候，
金色的贝吐出桃色的珠。

把桃色的珠放在你怀里，
把桃色的珠放在你枕边，
于是一个梦静静地升上来了。

你的梦开出花来了，
你的梦开出娇妍的花来了，
在你已衰老了的时候。

乐园鸟

飞着，飞着，春，夏，秋，冬，

昼，夜，没有休止，

华羽的乐园鸟，

这是幸福的云游呢，

还是永恒的苦役？

渴的时候也饮露，

饥的时候也饮露，

华羽的乐园鸟，

这是神仙的佳肴呢，

还是为了对于天的乡思？

是从乐园里来的呢，

还是到乐园里去的？

华羽的乐园鸟，

在茫茫的青空中，

也觉得你的路途寂寞吗？

假使你是从乐园里来的，

可以对我们说吗？

华羽的乐园鸟，

自从亚当、夏娃被逐后，

那天上的花园已荒芜到怎样了？

见勿忘我花

为你开的

为我开的勿忘我花，

为了你的怀念，

为了我的怀念，

它在陌生的太阳下，

陌生的树林间，

谦卑地，悒郁地开着。

在僻静的一隅，

它为你向我说话，

它为我向你说话；

它重数我们用凝望

远方潮润的眼睛，

在沉默中所说的话，

而它的语言又是

像我们的眼一样沉默。

开着吧，永远开着吧，

挂虑我们的小小的青色的花。

微 笑

轻岚从远山飘开，
水蜘蛛在静水上徘徊；
说吧：无限意，无限意。

有人微笑，
一颗心开出花来，
有人微笑，
许多脸儿忧郁起来。

做定情之花带的点缀吧，
做迢遥之旅愁的凭借吧。

霜　花

九月的霜花，
十月的霜花，
雾的娇女，
开到我鬓边来。

装点着秋叶，
你装点了单调的死。
雾的娇女，
来替我簪你素艳的花。

你还有珍珠的眼泪吗？
太阳已不复重燃死灰了。
我静观我鬓丝的零落，
于是我迎来你所装点的秋。

古意答客问

孤心逐浮云之炫烨的卷舒，

惯看青空的眼喜侵阈的青芜。

你问我的欢乐何在？

——窗头明月枕边书。

侵晨看岚踯躅于山巅，

入夜听风琐语于花间。

你问我的灵魂安息于何处？

——看那袅绕地、袅绕地升上去的炊烟。

渴饮露，饥餐英；

鹿守我的梦，鸟祝我的醒。

你问我可有人间世的挂虑？

——听那消沉下去的百代之过客的跫音。

灯

灯守着我，劬劳地，
凝看我眸子中
有穿着古旧的节日衣衫的
欢乐儿童，
忧伤稚子，
像木马栏似的
转着，转着，永恒地……

而火焰的春阳下的树木般的
小小的爆烈声，
摇着我，摇着我，
柔和地。

美丽的节日萎谢了，
木马栏独自转着转着……
灯徒然怀着母亲的劬劳，
孩子们的彩衣已褪了颜色。
已矣哉！

采撷黑色大眼睛的凝视

去织最绮丽的梦网！

手指所触的地方：

火凝作冰焰，

花幻为枯枝。

灯守着我。让它守着我！

曦阳普照，蜥蜴不复浴其光，

帝王长卧，鱼烛永恒地高烧

在他森森的陵寝。

这里，一滴一滴地，

寂静坠落，坠落，坠落。

秋夜思

谁家动刀尺？
心也需要秋衣。

听鲛人的召唤，
听木叶的呼吸！
风从每一条脉络进来，
窃听心的枯裂之音。

诗人云：心即是琴。
谁听过那古旧的阳春白雪？
为真知的死者的慰藉，
有人已将它悬在树梢，
为天籁之凭托——
但曾一度谛听的飘逝之音。

而断裂的吴丝蜀桐，
仅使人从弦柱间思忆华年。

小 曲

啼倦的鸟藏喙在彩翎间，
音的小灵魂向何处翩跹？
老去的花一瓣瓣委尘土，
香的小灵魂在何处流连？

它们不能在地狱里，不能，
这那么好，那么好的灵魂！
那么是在天堂，在乐园里？
摇摇头，圣彼得可也否认。

没有人知道在哪里，没有，
诗人却微笑而三缄其口：
有什么东西在调和氤氲，
在他的心的永恒的宇宙。

赠克木

我不懂别人为什么给那些星辰
取一些它们不需要的名称，
它们闲游在太空，无牵无挂，
不了解我们，也不求闻达。

记着天狼，海王，大熊……这一大堆，
还有它们的成分，它们的方位，
你绞干了脑汁，胀破了头，
弄了一辈子，还是个未知的宇宙。

星来星去，宇宙运行，
春秋代序，人死人生，
太阳无量数，太空无限大，
我们只是倏忽渺小的夏虫井蛙。
不痴不聋，不做阿家翁，
为人之大道全在懵懂，
最好不求甚解，单是望望，
看天，看星，看月，看太阳。

也看山，看水，看云，看风，

看春夏秋冬之不同，

还看人世的痴愚，人世的怆惚：

静默地看着，乐在其中。

乐在其中，乐在空与时以外，

我和欢乐都超越过一切的境界，

自己成一个宇宙，有它的日月星，

来供你钻究，让你皓首穷经。

或是我将变一颗奇异的彗星，

在太空中欲止即止，欲行即行，

让人算不出轨迹，瞧不透道理，

然后把太阳敲成碎火，把地球撞成泥。

眼

在你的眼睛的微光下，
迢遥的潮汐升涨：
玉的珠贝，
青铜的海藻……
千万尾飞鱼的翅，
剪碎分而复合的，
顽强的渊深的水。

无渚涯的水，
暗青色的水！
在什么经纬度上的海中，
我投身又沉溺在
以太阳之灵照射的诸太阳间，
以月亮之灵映光的诸月亮间，
以星辰之灵闪烁的诸星辰间？
于是我是彗星，
有我的手，
有我的眼，

并尤其有我的心。

我晞曝于你的眼睛的

苍茫朦胧的微光中，

并在你上面，

在你的太空的镜子中

鉴照我自己的

透明而畏寒的

火的影子，

死去或冰冻的火的影子。

我伸长，我转着，

我永恒地转着，

在你的永恒的周围

并在你之中……

我是从天上奔流到海，

从海奔流到天上的江河，

我是你每一条动脉，

每一条静脉，

每一个微血管中的血液，

我是你的睫毛

（它们也同样在你的

眼睛的镜子里顾影），

是的，你的睫毛，你的睫毛，

而我是你，

因而我是我。

夜 蛾

绕着蜡烛的圆光，
夜蛾作可怜的循环舞，
这些众香国的谪仙不想起
已死的虫，未死的叶。

说这是小睡中的亲人，
飞越关山，飞越云树，
来慰藉我们的不幸，
或者是怀念我们的死者，
被记忆所逼，离开了寂寂的夜台来。

我却明白它们就是我自己，
因为它们用彩色的大绒翅
遮覆住我的影子，让它留在幽暗里。
这只是为了一念，不是梦，
就像那一天我化成凤。

寂　寞

园中野草渐离离，
托根于我旧时的脚印，
给他们披青春的彩衣：
星下的盘桓从兹消隐。

日子过去，寂寞永存，
寄魂于离离的野草，
像那些可怜的灵魂，
长得如我一般高。

我今不复到园中去，
寂寞已如我一般高：
我夜坐听风，昼眠听雨，
悟得月如何缺，天如何老。

我思想

我思想，故我是蝴蝶……

万年后小花的轻呼

透过无梦无醒的云雾，

来震撼我斑斓的彩翼。

元日祝福

新的年岁带给我们新的希望。
祝福！我们的土地，
血染的土地，焦裂的土地，
更坚强的生命将从而滋长。

新的年岁带给我们新的力量。
祝福！我们的人民，
坚苦的人民，英勇的人民，
苦难会带来自由解放。

白蝴蝶

给什么智慧给我，
小小的白蝴蝶，
翻开了空白之页，
合上了空白之页？

翻开的书页：
寂寞；
合上的书页：
寂寞。

狼和羔羊

（寓言诗）

一只小羔羊，

饮水清溪旁。

忽然有一头饿狼，

觅食来到这地方。

他看见羔羊容易欺，

就板起脸儿发脾气：

"你好胆大妄为，

搅浑了我的饮水！

我一定得责罚你，

不容你作歹为非！"

羔羊回答道："陛下容禀：

请陛下暂息雷霆，

小臣是在下流饮水，

陛下在上流，水怎样会弄秽？

陛下贤明聪慧，

一定明白小臣没有弄浑溪水。"

饥狼闻言说道："别嘴强，

我说你弄浑就弄浑。

你这东西实在可恶，

去年你还骂过我。"

"去年我怎样会对陛下有不敬之辞？

那时我还没有出世，

我是今年三月才出胎，

现在还是在吃奶。"

"不是你，一定是你的哥哥。"

"我没有弟兄。"

"真可恶。"

"不要嘴强，我不管你，

不是你哥哥，一定是你的亲戚。

你们这些家伙全不是好东西，

还有看羊人和狗，全合在一起，

整天跟我为难，从来不放手，

别人对我说，一定得报仇。"

说时迟，那时快，

狼心起，把人害，

一跳过去把羊擒，

咬住就向树林行，

也不再三问五审，

把羔羊送给五脏神。

寓言曰：一朝权在手，黑白原不分，

何患无辞说，加以大罪名。

不管你分辩声明，

请戴红帽子一顶。

让你遭殃失意，

我且饱了肚皮。

生产的山

（寓言诗）

话说有一座山，

大声嚷着要生产；

听到这样的声音，

大家都赶来看个分明，

以为它要像圣玛丽一样，

没有父亲，把耶稣生养，

将要生产一个巨镇大城，

像成都、昆明或是重庆；

谁知道嚷了半天，

哎呀，我的天！

山崩地裂鬼神诉，

它却养出了一只吃米的老鼠！

寓言曰：

这个故事虽可笑，

却包括教训两道：

第一：要生产不要说大话，

第二：不要养吃米的耗子害人家！

致萤火

萤火，萤火，
你来照我。

照我，照这沾露的草，
照这泥土，照到你老。

我躺在这里，让一颗芽
穿过我的躯体，我的心，
长成树，开花；

让一片青色的薛苔，
那么轻，那么轻
把我全身遮盖，

像一双小手纤纤，
当往日我在昼眠，
把一条薄被
在我身上轻披。

我躺在这里

咀嚼着太阳的香味；

在什么别的天地，

云雀在青空中高飞。

萤火，萤火，

给一缕细细的光线——

够担得起记忆，

够把沉哀来吞咽！

狱中题壁

如果我死在这里，
朋友啊，不要悲伤，
我会永远地生存
在你们的心上。

我们之中的一个死了，
在日本占领地的牢里，
他怀着的深深仇恨，
你们应该永远地记忆。

当你们回来，从泥土
掘起他伤损的肢体，
用你们胜利的欢呼
把他的灵魂高高扬起，
然后把他的白骨放在山峰，
曝着太阳，沐着飘风：
在那暗黑潮湿的土牢，
这曾是他唯一的美梦。

我用残损的手掌

我用残损的手掌

摸索这广大的土地：

这一角已变成灰烬，

那一角只是血和泥；

这一片湖该是我的家乡，

（春天，堤上繁花如锦幛，

嫩柳枝折断有奇异的芬芳，）

我触到荇藻和水的微凉；

这长白山的雪峰冷到彻骨，

这黄河的水夹泥沙在指间滑出；

江南的水田，你当年新生的禾草

是那么细，那么软……现在只有蓬蒿；

岭南的荔枝花寂寞地憔悴，

尽那边，我蘸着南海没有渔船的苦水……

无形的手掌掠过无限的江山，

手指沾了血和灰，手掌黏了阴暗，

只有那辽远的一角依然完整，

温暖，明朗，坚固而蓬勃生春。

在那上面，我用残损的手掌轻抚，

像恋人的柔发，婴孩手中乳。

我把全部的力量运在手掌

贴在上面，寄予爱和一切希望，

因为只有那里是太阳，是春，

将驱逐阴暗，带来苏生，

因为只有那里我们不像牲口一样活，

蝼蚁一样死……那里，永恒的中国！

心　愿

几时可以开颜笑笑，
把肚子吃一个饱，
到树林子去散一会儿步，
然后回来安逸地睡一觉？
只有把敌人打倒。

几时可以再看见朋友们，
跟他们游山，玩水，谈心，
喝杯咖啡，抽一支烟，
念念诗，坐上大半天？
只有送敌人入殓。

几时可以一家团聚，
拍拍妻子，抱抱儿女，
烧个好菜，看本电影，
回来围炉谈笑到更深？
只有将敌人杀尽。

只有起来打击敌人，

自由和幸福才会临降，

否则这些全是白日梦

和没有现实的游想。

等 待（一）

我等待了两年，
你们还是这样遥远啊！
我等待了两年，
我的眼睛已经望倦啊！

说六个月可以回来啦，
我却等待了两年啊，
我已经这样衰败啦，
谁知道还能够活几天啊。

我守望着你们的脚步，
在熟稔的贫困和死亡间，
当你们再来，带着幸福，
会在泥土中看见我张大的眼。

等　待（二）

你们走了，留下我在这里等，
看血污的铺石上徘徊着鬼影，
饥饿的眼睛凝望着铁栅，
勇敢的胸膛迎着白刃，
耻辱黏住每一颗赤心，
在那里，炽烈地燃烧着悲愤。

把我遗忘在这里，让我见见
屈辱的极度，沉痛的界限，
做个证人，做你们的耳、你们的眼，
尤其做你们的心，受苦难，磨炼，
仿佛是大地的一块，让铁蹄蹂践，
仿佛是你们的一滴血，遗在你们后面。

没有眼泪没有语言的等待：
生和死那么紧地相贴相挨，
而在两者间，颀长的岁月在那里挤，
结伴儿走路，好像难兄难弟。

冢地只两步远近，我知道

安然占六尺黄土，盖六尺青草；

可是这儿也没有什么大不同，

在这阴湿，窒息的窄笼：

做白虱的巢穴，做泔脚缸，

让脚气慢慢延伸到小腹上，

做柔道的呆对手，剑术的靶子，

从口鼻一齐喝水，然后给踩肚子，

膝头压在尖钉上，砖头垫在脚踵上，

听鞭子在皮骨上舞，做飞机在梁上荡……

多少人从此就没有回来，

然而活着的却耐心地等待。

让我在这里等待，

耐心地等待你们回来：

做你们的耳目，我曾经生活，

做你们的心，我永远不屈服。

过旧居

（初稿）

静掩的窗子隔住尘封的幸福，
寂寞的温暖饱和着辽远的炊烟——
陌生的声音还是解冻的呼唤？……
挹泪的过客在往昔生活了一瞬间。

过旧居

这样迟迟的日影，

这样温暖的寂静，

这片午炊的香味，

对我是多么熟稔。

这带露台，这扇窗，

后面有幸福的窥望，

还有几架书，两张床，

一瓶花……这已是天堂。

我没有忘记：这是家，

妻如玉，女儿如花，

清晨的呼唤和灯下的闲话，

想一想，会叫人发傻，

单听他们亲昵地叫，

就够人整天地骄傲，

出门时挺起胸，伸直腰，

工作时也抬头微笑。

现在……可不是我回家午餐？……
桌上一定摆上了盘和碗，
亲手调的羹，亲手煮的饭，
想起了就会嘴馋。

这条路我曾经走了多少回！
多少回？……过去都压缩成一堆，
叫人不能分辨，日子是那么相类，
同样幸福的日子，这些孪生姊妹！

我可糊涂啦，是不是今天
出门时我忘记说"再见"？
还是这事情发生在许多年前，
其中间隔着许多变迁？

可是这带露台，这扇窗，
那里却这样静，没有声响，
没有可爱的影子，娇小的叫嚷，
只是寂寞，寂寞，伴着阳光。

而我的脚步为什么又这样累？

是否我肩上压着苦难的年岁，

压着沉哀，透渗到骨髓，

使我眼睛蒙眬，心头消失了光辉？

为什么辛酸的感觉这样新鲜？

好像伤没有收口，苦味在舌间。

是一个归途的游想把我欺骗，

还是灾难的日月真横亘其间？

我不明白，是否一切都没改动，

却是我自己做了白日梦，

而一切都在那里，原封不动：

欢笑没有冰凝，幸福没有尘封？

或是那些真实的岁月，年代，

走得太快一点，赶上了现在，

回过头来瞧瞧，匆忙又退回来，

再陪我走几步，给我瞬间的欢快？

…………

有人开了窗，

有人开了门，

走到露台上——

一个陌生人。

生活，生活，漫漫无尽的苦路！
咽泪吞声，听自己疲倦的脚步：
遮断了魂梦的不仅是海和天，云和树，
无名的过客在往昔做了瞬间的踌躇。

断 章

四月蒂带来崭新的叶子给老树，
给我的只是年岁的挂虑，
海啊，一片白帆漂去！

示长女

记得那些幸福的日子！

女儿，记在你幼小的心灵：

你童年点缀着海鸟的彩翎，

贝壳的珠色，潮汐的清音，

山岚的苍翠，繁花的绣锦，

和爱你的父母的温存。

我们曾有一个安乐的家，

环绕着淙淙的泉水声，

冬天曝着太阳，夏天笼着清荫，

白天有朋友，晚上有恬静，

岁月在窗外流，不来打搅

屋里终年长驻的欢欣，

如果人家窥见我们在灯下谈笑，

就会觉得单为了这也值得过一生。

我们曾有一个临海的园子，

它给我们滋养的番茄和金笋，

你爸爸读倦了书去垦地，

你妈妈在太阳荫里缝纫，

你呢，你在草地上追彩蝶，

然后在温柔的怀里寻温柔的梦境。

人人说我们最快活，

也许因为我们生活过得蠢，

也许因为你妈妈温柔又美丽，

也许因为你爸爸诗句最清新。

可是，女儿，这幸福是短暂的，

一霎时都被云锁烟埋；

你记得我们的小园临大海，

从那里你们一去就不再回来，

从此我对着那迢遥的天涯，

松树下常常徘徊到暮霭。

那些绚烂的日子，像彩蝶，

现在枉费你摸索追寻，

我仿佛看见你从这间房

到那间，用小手挥逐阴影，

然后，缅想着天外的父亲，

把疲倦的头搁在小小的绣枕。

可是，记着那些幸福的日子，

女儿，记在你幼小的心灵：

你爸爸仍旧会来，像往日，

守护你的梦，守护你的醒。

在天晴了的时候

在天晴了的时候，
该到小径中去走走：
给雨润过的泥路，
一定是凉爽又温柔；
炫耀着新绿的小草，
已一下子洗净了尘垢；
不再胆怯的小白菊，
慢慢地抬起它们的头，
试试寒，试试暖，
然后一瓣瓣地绽透；
抖去水珠的凤蝶儿
在木叶间自在闲游，
把它的饰彩的智慧书页
曝着阳光一开一收。

到小径中去走走吧，
在天晴了的时候：

赤着脚，携着手，
踏过新泥，涉过溪流。

新阳推开了阴霾了，
溪水在温风中晕皱，
看山间移动的暗绿——
云的脚迹——它也在闲游。

赠　内

空白的诗帖，
幸福的年岁；
因为我苦涩的诗节，
只为灾难竖里程碑。
即使清丽的词华
也会消失它的光鲜，
恰如你鬓边憔悴的花
映着明媚的朱颜。

不如寂寂地过一世，
受着你光彩的薰沐，
一旦为后人说起时，
但叫人说往昔某人最幸福。

口 号

盟军的轰炸机来了，

看他们勇敢地飞翔，

向他们表示沉默的欢快，

但却永远不要惊慌。

看敌人四处钻，发抖：

盟军的轰炸机来了，

也许我们会碎骨粉身，

但总比死在敌人手上好。

我们需要冷静，坚忍，

离开兵营，工厂，船坞：

盟军的轰炸机来了，

叫敌人踏上死路。

苦难的岁月不会再迟延，

解放的好日子就快到，

你看带着这消息的

盟军的轰炸机来了。

断 篇

我用无形的手掌摸索广大的土地：
这一角已破碎，那一角是和着血的泥，
那辽远的地方依然还完整，硬坚，
我依稀听到从那里传来雄壮的声音。

辽远的声音啊，虽然低沉，我仍听到，
听到你的呼召，也听到我的心的奔跳，
这两个声音，他们在相互和应，招邀……
啊！在这血染的岛上，我是否要等到老？

偶 成

如果生命的春天重到，

古旧的凝冰都"哗哗"地解冻，

那时我会再看见灿烂的微笑，

再听见明朗的呼唤——这些迢遥的梦。

这些好东西都决不会消失，

因为一切好东西都永远存在，

它们只是像冰一样凝结，

而有一天会像花一样重开。

无　题

我和世界之间是墙，
墙和我之间是灯，
灯和我之间是书，
书和我之间是——隔膜！

散　文

夜 莺

在神秘的银月的光辉中，树叶儿啁啾地似在私语，偈偶地似在潜行；这时候的世界，好似一个不能解答的谜语，处处都含着幽奇和神秘的意味。

有一只可爱的夜莺在密荫深处高唱，一时那林中充满了她婉转的歌声。

我们慢慢地走到饶有诗意的树荫下来，悠然听了会儿鸟声，望了会儿月色。我们同时说："多美丽的诗境！"于是我们便坐下来说夜莺的故事。

"你听她的歌声是多悲凉！"我的一位朋友先说了，"她是那伟大的太阳的使女：每天在日暮的时候，她看见日儿的残光现着惨红的颜色，一丝丝的向辽远的西方消逝了，悲思便充满了她幽微的心窍，所以她要整夜的悲啼着……"

"这是不对的，"还有位朋友说，"夜莺实是月儿的爱人：你可不听见她的情歌是怎地缠绵？她赞美着月儿，月儿便用清辉将她拥抱着。从她的歌声，你可听不出她灵魂是沉醉着？"

我们正想再听一会儿夜莺的啼声，想要她启示我们的怀疑，但是她拍着翅儿飞去了，却将神秘作为她的礼物留给我们。

我的旅伴

——西班牙旅行记之一

从法国入西班牙境，海道除外，通常总取两条道路：一条是经东北的蒲港（Port—Bou），一条是经西北的伊隆（Irún）。从里昂出发，比较是经由蒲港的那条路近一点，可是，因为可以经过法国第四大城鲍尔陀（Bordeaux），可以穿过"平静而美丽"的伐斯各尼亚（Vasconia），可以到蒲尔哥斯（Burgos）去瞻览世界闻名的大伽蓝，可以到伐略道里兹（Válladolid）去寻访赛尔房德思（Cervantes）的故居，可以在"绅士的"阿维拉（Avila）小作勾留，我便舍近而求远，取了从伊隆入西班牙境的那条路程。

一九三四年八月二十二日下午五时，带着简单的行囊，我到了里昂的贝拉式车站。择定了车厢，安放好了行李，坐定了位子之后，开车的时候便很近了。送行的只有友人罗大刚一人，颇有点冷清清的气象，可是久居异乡，随遇而安，离开这一个国土而到那一个国土，也就像迁一家旅舍一样，并不使我起什么怅惘之思，而况在我前面还有一个在我梦想中已变成那样神秘的西班牙在等待着我。因此，旅客们的喧骚声，开车的哨子声，汽笛声，车轮徐徐的转动声，大刚的清爽的 Bonvoyage 声，在我听来便好像是一阕快乐的前奏曲了。

火车已开出站了，扬起的帽子，挥动的素巾，都已消隐在远处了。我还是凭着车窗望着，惊讶着自己又在这永远伴着我的旅途上了。车窗外的风景转着圈子，展开去，像是一轴无尽的山水长卷：苍茫的云树，青翠的牧场，起伏的山峦，绵亘的耕地，这些都在我眼前飘忽过去，但并没有引起我的注意。我的心神是在更远的地方。这样地，一个小站，两个小站过去了，而我却还在窗前伫立着，出着神，一直到一个奇怪的声音把我从梦想中拉出来。

一个奇怪的声音在我的车厢中响着，好像是婴孩的啼声，又好像是妇女的哭声。它从我的脚边发出来；接着，又有什么东西踏在我脚上。我惊奇地回头过去：四张微笑着的脸儿。我向我的脚边望去：一只黄色的小狗。于是我离开了窗口，茫然地在座位上坐了下去。

"这使你惊奇吗，先生？"坐在我旁边的一位中年人说，接着便像一个很熟的朋友似的溜溜地对我说起来，"我们在河沿上鸟铺前经过，于是这个小东西就使我女人看了中意了。女人的怪癖！你说它可爱吗，这头小狗？我呢，我还是喜欢猫。哦，猫！它只有两个礼拜呢，这小东西。我们还为它买了牛奶。"他向坐在他旁边的妻子看了一眼，"你说，先生，这可不是自讨麻烦吗——嘟嘟，别那么乱嚷乱跑——它可弄脏了你的鞋子吗，先生？"

"没有，先生，"我说，"倒是很好玩的呢，这只小狗。"

"可不是吗？我说人人见了它会欢喜的，"我隔座的女人说，"而且人们会觉得不寂寞一点。"

是的，不寂寞。这头小小的生物用它的尖锐的唤声充满了这在辘辘的车轮声中摇荡里的小小的车厢，像利刃一般地刺到我耳中。

这时，这一对夫妇忙着照顾他们新买来的小狗，给它预备牛奶，我们刚才开始的对话，便因而中止了。趁着这个机会，我便去观察一下我的旅伴们。

坐在我旁边的中年人大约有三十五六岁，养着一撮小胡子，胖胖的脸儿发着红光，好像刚喝过了酒，额上有几条皱纹，眼睛却炯炯有光，像一个少年人。灰色条纹的裤子。上衣因为车厢中闷热已脱去了，露出了白色短袖的 Lacoste 式丝衬衫。从他的音调中，可以听出他是马赛人或都隆一带的人。他的言语服饰举止，都显露出他是一个小 rentier，一个十足的法国小资产阶级者。坐在他右手的他的妻子，看上去有三十岁光景。染成金黄色的棕色的头发，栗色的大眼睛，上了黑膏的睫毛，敷着发黄色的胭脂的颊儿，染成红色的指甲，葵黄色的衫子，鳄鱼皮的鞋子。在年轻的时候，她一定曾经美丽过，所以就是现在已经发胖起来，衰老下去，她还没有忘记了她的爱装饰的老习惯。依然还保持着她的往日的是她的腿胫。在栗色的丝袜下，它们描着圆润的轮廓。

坐在我对面的胖子有四十多岁，脸儿很红润，胡须剃得光光的，满面笑容。他在把上衣脱去了，使劲地用一份报纸当扇子挥摇着。在他的脚边，放着一瓶酒，只剩了大半瓶，大约在上车后已喝过了。他头上的搁篮上，又是两瓶酒。我想他之所以能够这样白白胖胖欣然自得，大概就是这种葡萄酒的作用。从他的神气看来，我猜想是开铺子的（后来知道他是做酒生意的）。薄薄的嘴唇证明他是一个好说话的人，可是自从我离开窗口以后，我还没有听到他说过话。大约还没有到时候。恐怕一开口就不会停。

坐在这位胖先生旁边，缩在一隅，好像想避开别人的注意而反引起别人的注意似的，是一个不算难看的二十来岁的女人。穿着黑色的衣衫，老在那儿发呆，好像流过眼泪的有点红肿的眼睛，老是望着一个地方。她也没有带什么行李，大约只作一个短程的旅行，不久就要下车的。

在我把我的同车厢中的人观察了一遍之后，那位有点发胖的太太已经把她的小狗喂过了牛乳，抱在膝上了。

"你瞧它多乖！"她向那现在已不呜呜地叫唤的小狗望了一眼，好像对自己又好像对别人地说。

"呃，这是'新地'种，"坐在我对面的胖先生开始发言了，"你别瞧它现在那么安静，以后它脾气就会坏的，变得很凶。你们将来瞧着吧，在十六七个月之后。呃，你们住在乡下吗？我的意思是说，你们住在巡警之力所不及的僻静的地方吗？"

"为什么？"两夫妇同声说。

"为什么? 为什么? 为了这是'新地'种, 是看家的好狗。难道你们不知道吗? 它会很快地长在起来, 长得高高的, 它的耳朵, 也渐渐地会拖得更长, 垂下去。它会变得很凶猛。在夜里, 你们把它放在门口, 你们便可以敞开了大门高枕无忧地睡觉。"

"啊!" 那妇人喊了一声, 把那只小狗一下放在她丈夫的膝上。

"为什么, 太太?" 那胖子说, "能够高枕无忧, 这还不好吗? 而且'新地'种是很不错的。"

"我不要这个。我们住在城里很热闹的街上, 我们用不到一头守夜狗。我所要的是一只好玩的小狗, 一只可以在出去散步时随手牵着的小狗, 一只会使人感到不大寂寞一点的小狗。" 那女人回答, 接着就去埋怨她的丈夫了: "你为什么会这样粗涂! 我不是已对你说过好多次了吗, 我要买一头小狗玩玩?"

"我知道什么呢?" 那丈夫像一个牺牲者似的回答, "这都是你自己不好, 也不问一问伙计, 而且那时离开车的时间又很近了。是你自己指定了买的, 我只不过付钱罢了。" 接着对那胖先生说, "我根本就不喜欢狗。对于狗这一门, 我是完全外行。我还是喜欢猫。关于猫, 我还懂得一点, 暹罗种, 昂高拉种; 狗呢, 我一点也不在行。有什么办法呢!" 他耸了一耸肩, 不说下去了。

"啊, 太太, 我懂了。你所要的是那种小种狗。" 那胖先生说, 接着他更卖弄出他的关于狗种的渊博的知识来: "可是小种狗也有许多种，Dandie‐dinmont，KingCharles，Skye‐terrier，Pékinois， loulou， Biehondemalt， Japonais， Bouledogue，teerieranglaisàpoilsdurs，以及其他等等，说也说不清楚。你所要的是哪一种样子的呢？像用刀切出来的方方 iEiE 的那种小狗呢，还是长长的毛一直披到地上又遮住了脸儿的那一种？"

"不是，是那种头很大，脸上起皱，身体很胖的有点儿像小猪的那种。以前我们街上有一家人家就养了这样一只，一副蠢劲儿，怪好玩的。"

"啊啊！那叫 Boaledogue，有小种的，也有大种的。我个人不大喜欢它，正就因为它那副蠢劲儿。我个人倒喜欢 KingChaffs 或是 Japonais。"说到这里，他转过脸来对我说："呃，先生，你是日本人吗？"

"不，"我说，"中国人。"

"啊！"他接下去说，"其实 Pékinois 也不错，我的妹夫就养着一条。这种狗是出产在你们国里的，是吗？"

我含糊地答应了他一声，怕他再和我说下去，便拿出了小提箱中的高谛艾（Th. Gautier）的《西班牙旅行记》来翻看。可是那位胖先生倒并没有说下去，却拿起了放在脚边的酒瓶倾瓶来喝。同时，在那一对夫妻之间，便你一句我一句地争论起来了。

快九点钟了。我到餐车中去吃饭。在吃得醺醺然地回来的时候，车厢中只剩了胖先生一个人在那儿吃夹肉面包喝葡萄酒。买狗的夫妇和黑衣的少妇都已下车去了。我问胖先生是到哪里去的。他回答我是鲍尔陀。我们于是商量定，关上了车厢的门，放下窗幔，熄了灯，各占一张长椅而卧，免得上车来的人占据了我们的座位，使我们不得安睡。商量既定，我们便都挺直了身子躺在长椅上。不到十几分钟，我便听到胖先生的呼呼的鼾声了。

鲍尔陀一日

——西班牙旅行记之二

清晨五点钟。受着对座客人的"早安"的敬礼，我在辘辘的车声中醒来了。这位胖先生是先我而醒的，一只手拿着酒瓶，另一只手拿着一块饼干，大约已把我当作一个奇怪的动物似的注视了好久了。

"鲍尔陀快到了巴?"我问。

"一小时之后就到了。您昨夜睡得好吗?"

"多谢，在火车中睡觉是再舒适也没有了。它摇着你，摇着你，使人们好像在摇篮中似的。"说着我便向车窗口望出去。

风景已改变了。现在已不是起伏的山峦，广阔的牧场，苍翠的树林了，在我眼前展开着的是一望无际的葡萄已经成熟了，我仿佛看见了暗绿色的葡萄叶，攀在支柱上的藤蔓，和发着宝石的光彩的葡萄。

"你瞧见这些葡萄田吗?"那胖先生说，接着，也不管我听与不听，他又像昨天谈狗经似的对我谈起酒经来了，"你要晓得，我们鲍尔陀是法国著名产葡萄酒的地方，说起'鲍尔陀酒'，世界上是没有一处人不知道的。这是我们法国的命脉——也是我的命脉。这也有两个意义：第一，正如你所见到的一样，我是一天也不能离开葡萄酒的；"他喝了一口酒，放下了瓶子接下去说，"第二呢，我是做酒生意的，我在鲍尔陀开着一个小小的酒庄。葡萄酒双倍地维持着我的生活，所以也难怪我对于酒发着颂词了。喝啤酒的人会有一个混浊而阴险的头脑，像德国人一样；喝烧酒（Liqueur）的人会变成一种中酒精毒的疯狂的人；而喝了葡萄酒的人却永远是爽直的、喜乐的、满足的，最大的毛病是多说话而已，但多说话并不是一件缺德的事。……"

"鲍尔陀葡萄酒的种类很多吧？"我趁空羼进去问了一句。

"这真是说也说不清呢。一般说来，是红酒白酒，在稍为在行一点的人却以葡萄的产地来分，如'美道克'（Médoc），'海岸'（CØtcs），'沙滩'（Graves），'沙田'（Pains），'梭代尔纳'（Sauternes）等等。这是大致的分法，但每一种也因酒的品质和制造者的不同而分了许多种类，'美道克'葡萄酒有'拉斐特堡'（Chateau—Lafite），'拉都堡'（Chateau—Latour），'莱奥维尔'Léoville）等类；'海岸'有'圣爱米略奈'（St. Emilionais），李布尔奈'（Liboumais），'弗龙沙代'（Fronsada-is）等类；'沙田'葡萄酒和'沙滩'酒品质比较差一点，但也不乏名酒；享受到世界名誉的是'梭代尔纳'的白酒，那里的产酒区如鲍麦（Bommes），巴尔沙克（Barsac），泊莱涅克（Preignac），法尔格（Fargues）等，都出好酒，特别以'伊甘堡'（Chateau—Yquem）为最著名。因为他们对于葡萄酒的品质十分注意，就是采葡萄制酒的时候，至少也分三次采，每次都只采成熟了的葡萄……而且每一个制造者都有着他们世袭的秘法，就是我们也无从知晓。总之，"在说了这一番关于鲍尔陀酒的类别之后，他下着这样的结论，"如果你到了鲍尔陀之后，我第一要奉劝的便是请你去尝一尝鲍尔陀的好酒，这才可以说不枉到过鲍尔陀。……"

"对不起，"一半也是害怕他再滔滔不绝地说下去，我站起身来说，"我得去洗一个脸呢，我们回头谈吧。"

回到车厢中的时候，火车离鲍尔陀已只有十几分钟的路程了。胖先生在车厢外的走廊上笑眯眯地望着车窗外的葡萄田，好像在那些累累的葡萄上看到了他自己的满溢的生命一样。我也不去要搅他，整理好行囊，便依着车窗闲望了。

这时在我的心头伏着的是一种莫名其妙的不安。这种不安是读了高谛艾的《西班牙旅行记》而引起的，对到鲍尔陀站时，高谛艾这样写着他的印象：

下车来的时候，你就受到一大群的侩役的攻击，他们分配着你的行了，合起二十个人来扛一双靴子：这还一点也不算稀奇；最奇怪的是那些由客栈老板埋伏着截拦旅客的牢什子。这一批浑蛋逼着嗓子闹得天翻地覆地倾泻出一大串颂词和咒骂来：一个人抓住你的胳膊，另一个人攀住你的腿，这个人拉住你的衣服的后襟，那个人拉住你的大氅的纽子："先生，到囊特旅馆里去吧，那里好极啦！"——"先生不要到那里去，那是一个臭虫的旅馆，臭虫旅馆这才是它的真正的店号。"那对敌的客店的代表急忙这样说——"罗昂旅馆！""法兰西旅馆！"那一大群人跟在你后面嚷着——"先生，他们是永远也不洗他们的砂锅的，他们用臭猪油烧菜，他们的房间里漏得像下雨，你会被他们剥削、抢盗、谋杀。"每一个人都设法使你讨厌那些他们对敌的客栈，而这一大批跟班只在你断然踏进了一家旅馆的时候才离开你。那时他们自己之间便口角起来，相互拔出皮鞭头来，你骂我强盗，我骂你贼，以及其他类似的咒骂，接着他们又急急忙忙地追另一个猎物。

到了鲍尔陀的圣约翰站，匆匆地和胖先生告了别之后，我便是在这样的心境中下了火车。我下了火车：没有脚偕来抢拿我的小皮箱；我走出了车站；没有旅馆接客来拽我的衣裾。这才使我安心下来，心里想着现在的鲍尔陀的确比一八四〇年的鲍尔陀文明得多了。

我不想立刻找一个旅馆，所以我便提着轻便的小提囊安步当车顺着大路踱过去。这正是上市的时候，买菜的人挟着大篮子在我面前经过，熙熙攘攘，使我连游目骋怀之心也被打散了。一直走过了闹市之后，我的心才渐渐地宽舒起来。高谛艾说："在鲍尔陀，西班牙的影响便开始显著起来了。差不多全部的市招都是用两种文字写的；在书店里，西班牙文的书至少和法文书一样多。许多人都说着吉诃德爷和古士芝·达尔法拉契的方言……"我开始注意市招：全都是法文的；我望了一望一家书店的橱窗：一本西班牙文的书也没有；我倾听着过路人的谈话：都是道地的法语，只是有点重浊的本地口音而已。这次，我又太相信高谛艾了。

这样地，我不知不觉走到了鲍尔陀最热闹的克格芝梭大街上。咖啡店也开门了，把藤椅一张张地搬到檐前去。我走进一家咖啡店去，遵照同车胖先生的话叫了一杯白葡萄酒，又叫了一杯咖啡，一客夹肉面包。

也许是车中没有睡好，也许是闲走累了，也许是葡萄酒发生了作用，一片懒惰的波浪软软地飘荡着我，使我感到有睡意了。我想：晚间十二点要动身，而我在鲍尔陀又只打算走马看花地玩一下，那么我何不找一个旅馆去睡几小时，就是玩起来的时候也可以精神抖擞一点。

罗兰路，勃拉丹旅馆。在吩咐侍者在正午以前唤醒我之后，我便很快地睡着了。

侍者在十一点半唤醒了我，在洗盥既毕出门去的时候，天已在微微地下雨了。我冒着微雨到圣昂德莱大伽蓝巡礼去，这是英国人所建筑的，还是中世纪的遗物，藏着乔尔丹（Jol-daens）和维洛奈思（Véronèse）等名画家的画。从这里出来后，我到喜剧院广场的鲍尔陀咖啡饭店去丰盛地进了午餐。在把肚子里装满了鲍尔陀的名酒和佳肴之后，正打算继续去览胜的时候，雨却倾盆似的泻下来。一片南方的雨，急骤而短促。我不得不喝着咖啡等了半小时。

出了饭馆之后，在一整个下午之中我总计走马看花地玩了这许多地方：圣母祠、甘龚斯广场、圣米式尔寺、公园、博物馆。关于这些，我并不想多说什么，《蓝皮指南》以及《倍德凯尔》等导游书的作者，已经有更详细的记载了。

使我引为憾事的是没有到圣米式尔寺的地窖里去看一看。那里保藏着一些成为木乃伊的尸体，据高谛艾说："就是诗人们和画家们的想象，也从来没有产生过比这更可怕的噩梦过。"但博物馆中几幅吕班思（Rubens）、房第克（VanDyck）、鲍谛契里（Botticelli）的画，黄昏中的清静的公园中的散步，也就补偿了这遗憾了。

依旧丰盛地进了晚餐之后，我在大街上信步闲走了两点多钟，然后坐到咖啡馆中去，听听音乐，读读报纸，看看人。这时，我第一次证明了高谛艾没有对我说谎。他说："使这个城有生气的，是那些娼妓和下流社会的妇人，她们都的确是很漂亮：差不多都生着笔直的鼻子，没有颧骨的颊儿，大大的黑眼睛，爱娇而苍白的鹅蛋形脸儿。"

这样挨到了十一点光景，我回到旅馆里去算了账，便到圣约翰站去乘那在十二点半出发到西班牙边境去的夜车。

在一个边境的站上

——西班牙旅行记之三

夜间十二点半从鲍尔陀开出的急行列车，在侵晨六点钟到了法兰西和西班牙的边境伊隆。在朦胧的意识中，我感到急骤的速率宽弛下来，终于静止了。有人在用法西两国语言报告着："伊隆，大家下车！"

睁开睡眼向车窗外一看，呈在我眼前的只是一个像法国一切小车站一样的小车站而已。冷清清的月台，两三个似乎还未睡醒的搬运夫，几个态度很舒闲地下车去的旅客。我真不相信我已到了西班牙的边境了，但是一个声音却在更响亮地叫过来："伊隆，大家下车！"

匆匆下了车，我第一个感到的就是有点寒冷。是侵晓的冷气呢，是新秋的薄寒呢，还是从比雷奈山间夹着雾吹过来的山风？我翻起了大氅的领，提着行囊就望出口走。

走出这小门就是一间大敞间，里面设着一圈行李检查台和几道低木栅，此外就没有什么别的东西。这是法兰西和西班牙的交界点，走过这个敞间，那便是西班牙了。我把行李照别的旅客一样地放在行李检查台上，便有一个检查员来翻看了一阵，问我有什么报税的东西，接着在我的提箱上用粉笔画了一个字，便打发我走了。再走上去是护照查验处。那是一个像车站卖票处一样的小窗洞。电灯下面坐着一个留着胡子的中年人。单看他的炯炯有光的眼睛和他手头的那本厚厚的大册子，你就会感到不安了。我把护照递给了他。他翻开来看了看里昂西班牙领事的签字，把护照上的照片看了一下，向我好奇地看了一眼，问我一声到西班牙的目的，把我的姓名录到那本大册子中去，在护照上捺了印；接着，和我最初的印象相反地，他露出微笑来，把护照交还了我，依然微笑着对我说："西班牙是一个可爱的地方，到了那里你会不想回去呢。"

真的，西班牙是一个可爱的地方，连这个护照查验员也有他的固有的可爱的风味。

这样地，经过了一重木栅，我踏上了西班牙的土地。

过了这一重木栅，便好像一切都改变了：招纸、揭示牌都用西班牙文写着，那是不用说的，就是刚才在行李检查处和搬运夫用沉浊的法国南部语音开着玩笑的工人型的男子，这时也用清朗的加斯谛略语和一个老妇人交谈起来。天气是显然地起了变化，暗沉沉的天空已澄碧起来，而在云里透出来的太阳，也驱散了刚才的薄寒，而带来了温煦。然而最明显的改变却是在时间上。在下火车的时候，我曾经向站上的时钟望过一眼：六点零一分。检查行李、验护照等事，大概要花去我半小时，那么现在至少是要六点半了吧。并不如此。在西班牙的伊隆站的时钟上，时针明明地标记着五点半，事实是西班牙时间和法兰西的时间因为经纬度的不同而相差一小时，而当时在我的印象中，却觉得西班牙是永远比法兰西年轻一点。

因为是五点半，所以除了搬运夫和洒扫工役已开始活动外，车站上还是冷清清的。卖票处，行李房，兑换处，书报摊，烟店等等都没有开，旅客也疏朗朗地没有几个。这时，除了枯坐在月台的长椅上或在站上往来蹀躞以外，你是没有办法消磨时间的。到蒲尔哥斯的快车要在八点二十分才开。到伊隆镇上去走一圈呢，带着行李究竟不大方便，而且说不定要走多少路，冉说，这样大清早就是跑到镇上也是没有什么多大意思的。因此，把行囊散在长椅上，我便在这个边境的车站上踱起来了。

如果你以为这个国境的城市是一个险要的地方，扼守着重兵，活动着国际间谍，压着国家的、军事的大秘密，那么你就错误了。这只是一个消失在比雷奈山边的西班牙的小镇而已。提着筐子，筐子里盛着鸡鸭，或是肩着箱笼，三三两两地来乘第一班火车的，是头上裹着包头布的山村的老妇人，面色黝黑的农民，白了头发的老匠人，像是学徒的孩子。整个西班牙小镇的灵魂都可以在这些小小的人物身上找到。而这个小小的车站，它也何尝不是十足西班牙底呢？灰色的砖石，黯黑的木柱子，已经有点腐蚀了的洋铅遮檐，贴在墙上在风中飘着的斑驳的招纸，停在车站尽头处的破旧的货车：这一切都向你说着西班牙的式微、安命、坚忍。西德（Cid）的西班牙，侗黄（DonJuan）的西班牙，吉诃德（Quixote）的西班牙，大仲马或梅里美心目中的西班牙，现在都已过去了，或者竟可以说本来就没有存在过。

的确，西班牙的存在是多方面的。第一是一切旅行指南和游记中的西班牙，那就是说历史上的和艺术上的西班牙。这个西班牙浓厚地渲染着釉彩，充满了典型人物。在音乐上，绘图上，舞蹈上，文学上，西班牙都在这个面目之下出现于全世界，而做着它的正式代表。一般人对于西班牙的观念，也是由这个代表者而引起的。当人们提起了西班牙的时候，你立刻会想到蒲尔哥斯的大伽蓝，格腊拿达的大食故宫，斗牛，当歌舞（Tango），侗黄式的浪子，吉诃德式的梦想者！塞赖丝谛拿（LaCelestina）式的老虔婆，珈尔曼式的吉卜赛女子，扇子，披肩巾，罩在高冠上的遮面纱等等，而勉强西班牙人做了你的想象底受难者；而当你到了西班牙而见不到那些开着悠久的岁月的绣花的陈迹，传说中的人物，以及你心目中的西班牙固有产物的时候，你会感到失望而作所侵占了的院子。你当然不推门进去，但是在这墙后面，在这门里面，你会感到有苦痛、沉哀或不遂的愿望静静地躺着。你再走上去，街路上依然是沉静的，一个喷泉淙淙地响着，三两只鸽子振羽作声。一个老妇扶着一个女孩佝偻着走过。寺院的钟迟迟地响起来了，又迟迟地消歇了。……这就是最深沉的西班牙，它过着一个寒伧、静默、坚忍而安命的生活，但是它却具有怎样的使人充塞了深深的爱的魅力啊。而这个小小的车站呢，它可不是也将这奥秘的西班牙呈显给我们看了吗？

当我在车站上来往躞蹀着的时候，我心中这样的思想着。在不知不觉之中，车站中已渐渐地有生气起来了。卖票处，烟摊，报摊，都已陆续地开了门，从镇上来的旅客们，也开始用他们的嘈杂的语音充满了这个小小的车站了。

我从我的沉思中走了出来，去换了些西班牙钱，到卖票处去买了里程车票，出来买了一份昨天的《太阳报》（*ElSol*），一包烟，然后回到安放着我的手提箱的长椅上去。

长椅上已有人坐着了，一个老妇和几个孩子。一个，两个，三个，四个……一共是四个孩子。而且最大的一个十一二岁的孩子，已经在开始一张一张地撕去那贴在我提箱上的各地旅馆的贴纸了。我移开箱子坐了下来。这时候，有两个在我看来很别致的人物出现了。

那是邮差，军人，和京戏上所见的文官这三种人物的混合体。他们穿着绿色的制服，佩着剑，头面上却戴着像乌纱帽一般的黑色漆布做的帽子。这制服的色彩和灰暗而笼罩着阴阴的尼斯各尼亚的土地以及这个寒伧的小车站显着一种异样的不调和，那是不用说的；而就是在一身之上，这制服、佩剑，和帽子之间，也表现着绝端的不一致。"这是西班牙固有的驳杂的一部分吧。"我这样想。

七点钟了。开到了一列火车，然而这是到桑当德尔（suntander）去的。火车开了，车站一时又清冷起来。要等到八点二十分呢。

我静穆地望着铁轨，目光随着那在初阳之下闪着光的两条铁路的线伸展过去，一直到了迷茫的天际；在那里，我的神思便飘举起来了。

西班牙的铁路

——西班牙旅行记之四

> 田野的青色小径上
>
> 铁的生客就要经过，
>
> 一只铁腕行将收尽
>
> 晨曦所播下的禾黍。

　　这是俄罗斯现代大诗人叶赛宁的诗句。当看见了俄罗斯的恬静的乡村一天天地被铁路所侵略，并被这个"铁的生客"所带来的近代文明所摧毁的时候，这位憧憬着古旧的、青色的俄罗斯，歌咏着猫、鸡、马、牛，以及整个梦境一般美丽的自然界的，俄罗斯的"最后的田园诗人"，便不禁发出这绝望的哀歌来，而终于和他的古旧的俄罗斯同归于尽。

　　和那吹着冰雪的风，飘着忧郁的云的俄罗斯比起来，西班牙的土地是更饶于诗情一点。在那里，一切都邀人入梦，催人怀古：一溪一石，一树一花，山头碉堡，风际牛羊……当你静静地观察着的时候，你的神思便会飞越到一个更迢遥更幽古的地方去，而感到自己走到了一种恍惚一般的状态之中去，走到了那些古诗人的诗境中去。

这种恍惚，这种清丽的或雄伟的诗境，是和近代文明绝缘的。让魏特曼或凡尔哈仑去歌颂机械和近代生活吧，我们呢，我们宁可让自己沉浸在往昔的梦里。你要看一看在"铁的生客"未来到以前的西班牙吗？在《大食故宫余载》（一八三二）中，华盛顿·欧文这样地记着他从塞维拉到格腊拿达途中的风景的一个片段：

　　……见旧堡，遂徘徊于堡中久之。……堡踞小山，山跃瓜低拉河萦绕如带，河身非广，潺潺作声，绕堡而逝。山花覆水，红鲜欲滴。绿荫中间出石榴佛手之树，夜莺嘤鸣其间，柔婉动听。去堡不远，有小桥跨河而渡；激流触石，直犯水礁。礁房环以黄石，那当日堡人用以屑面者。渔滕巨网，晒堵黄石之塘；小舟横陈，即隐绿荫之下。村妇衣红衣过桥，倒影入水做绛色，渡过绿漪而没。等流连景光，恨不能画……（据林纾译文）

这是幽蒨的风光，使人流连忘返的；而在乔治·鲍罗的《圣经在西班牙》（一八四三）中，我们又可以看到加斯谛尔平原的雄警壮阔的姿态：

　　这天酷热异常，于是我们便缓缓地在旧加斯谛尔的平原上取道前进。说起西班牙，旷阔和宏壮是总要联想起的：它的山岳是雄伟的，而它的平原也雄伟不少逊；它舒展出去，块圮无垠，但却也并不坦坦荡荡，满目荒芜，像俄罗斯的草原那样。

崎岖获埆的上地触目皆是：这里是寒泉所冲泻成的深涧和幽壑；那里是一个嶙峋而荒蛮的培塿，而在它的顶上，显出了一个寂寥的孤村。欢欣快乐的成分很少，而忧郁的成分却很多。我们偶然可以看见有几个孤独的农夫，在田野间操作——那是没有分界的田野，不知橡树、榆树或槐树为何物；只有悒郁而悲凉的松树，在那里炫耀着它的金字塔一般的形式，而绿草也是找不到的。这些地域中的旅人是谁呢？大部分是驴夫，以及他们的一长列一长列系着单调地响着的铃子的驴子。……

在这样的背景上，你想吧，近代文明会呈显着怎样的丑陋和不调和，而"铁的生客"的出现，又会怎样地破坏了那古旧的山川天地之间相互的默契和熟稔，怎样地破坏了人和自然界之间的融和的氛围气！那爱着古旧的西班牙，带着一种深深的怅惘数说着它的一切往昔的事物的阿索林，在他的那本百读不厌的小书《加斯谛拉》中，把西班牙的历史缩成了三幅动人的画图——十六世纪的、十九世纪的和现代的，现在，我们展开这最后一幅画图来吧：

……那边，在地平线的尽头，那些映现在澄澈的天宇上的山岗，好像已经被一把刀所砍断了。一道深深的挺直的罅隙穿过了它们；从这罅隙间，在地上，两条又长又光亮的平行的铁条穿了出来，节节地越过了整个原野。立刻，在那些山岗的断处，显现出了一个小黑点：它动着，急骤地前进，一边在天上遗留下一长条的烟。它已来到平原上了。现在，我们看见一个奇特的铁车和它的喷出一道浓烟来的烟突，而在它的后面，我们看见了一列开着小窗的黑色的箱子，从那些小窗间，我们可以辨出许多男子的和妇女的脸儿来，每天早晨，这个铁车和它的那些黑色的箱子在远方现出来；它散播着一道道的烟，发着尖锐的啸声，急骤得使人目眩地奔跑着而进城市的一个近郊去……

铁路是在哪一种姿态之下在那古旧的西班牙出现，我们已可以在这幅画图中清楚地看到了。

的确，看见机关车的浓烟染黑了他们的光辉的和朦朦的风景，喧嚣的车声打破了他们的恬静，单调的铁轨毁坏了他们的山川的柔和或刚强的线条，西班牙人是怀着深深的遗憾的。西班牙的一切，从峻嶒的比雷奈山起一直到那伽尔陀思（Galedós）所谓"逐出外国的侵犯"的那种发着辛烈的臭味的煎油为止，都是抵抗着那现代文明的闯入的。所以，那"铁的生客"的出现，比在欧美各国都要迟一点，西班牙最早的几条铁路，从巴塞洛拿（Barcelona）到马达罗（Mataró）那条是在一八四八年建立的，从马德里到阿朗胡爱斯（Aranjuez）的那条更迟四年，是在一八五一年才筑成。而在建筑铁路之前，又是经过多少的困难和周折啊。

在一八三〇年，西班牙人已知道什么是铁路了。马尔赛里诺·加莱罗（MarcelinoCalero）在一八三〇年出版了他的那本在英国印刷的，建筑一个从边境的海雷斯到圣玛丽港的铁路的计划书。在这本计划书后面，还附着一张地图和一幅插绘，是出自"拉蒙·赛沙·德·龚谛手笔"的。插绘上画着一列火车，喷着黑烟，驰行在海滨，而在海上，却航行着一只有着又高又细的烟筒的汽船。这插绘是有点幼稚的，然而它却至少带了一些火车的概念来给当时的西班牙人。加莱罗的这个计划没有实现，那是当然的事，然而在那些喜欢新的事物的人们间，火车便常被提到了。

七年之后，在一八三七年，季崖尔莫·罗佩（GuillermoLobè）做了一次旅行，从古巴到美国，从美国又到欧洲。而在一八三九年，他在纽约出版了他的那部《在美国，法国和英国的旅行中给我的孩子们的书翰》。罗佩曾在美国和欧洲研究铁路，而在他的信上，铁路是常常讲到的。他希望西班牙全国都布满了铁路，然而他的愿望也没有很快地实现。以后，文人学士的关于铁路的记载渐渐地多起来了。在一八四一年美索东罗·洛马诺思（MesoneroRomanos）发表了他的《法比旅行回忆记》；次年，莫代思多·拉福安德（ModestoLauyente）发表了他的《修士海龙第奥的旅行记》第二卷。这两部游记中对于铁路都有详细的叙述，而尤以后者为更精密而有系统。这两位游记的作者都一致地公认火车旅行的诗意（这是我们所难以领略的）。美索奈罗在他的记游文中描写着铁路的诗意底各方面，在白昼的或在黑夜的。而拉福安德也沉醉于车行中所见的光景。他写着，"这是一幅绝世的惊人的画图；而在暗黑的深夜中看起来，那便千倍地格外有趣味，格外有诗意。"

然而，就在这一八四二年的三月十四日，当元老院开会议论开筑一条从邦泊洛拿经巴斯当谷通到法兰西去的普通官路的时候，那元老议员却说："我的意见是，我们永远无论如何也不应该弄平了比雷奈山；反之，我们应该在原来的比雷奈山上，再加上一重比雷奈山。"多少的西班牙人会同意于这个意见啊！

在一八四四年，西班牙著名的数学家玛里阿诺·伐烈何（MrianoVallejo）出版了一本题名为《铁路的新建筑》的书。这位数学家是一位折中主义者。他愿望旅行运输的便利，但他也好像不大愿意机关车的黑烟污了西班牙的青天，不大愿意它的尖锐的汽笛声冲破了西班牙的原野的平静。我们的这位伐烈何主张仍旧用牲口去牵车子，只不过那车子是在铁轨上滑行着罢了。可是，这个计划也还是没有被采用。

从一八四五年起，西班牙筑铁路的计划渐次地具体化了。报纸上继续地论着铁路的利益，资本家踊跃地想投资，而一批一批的铁路专家技师，又被从国外聘请来。一八四五年五月三十日，马德里的《传声报》记载着阿维拉、莱洪、马德里铁路企业公司的主持者之一华尔麦思来（SirJ. Walmsley）抵京进行开筑铁路的消息；六月二十二日，马德里的《日报》上载着五位英国技师经过伐拉道里兹，测量从比尔鲍到马德里的铁路路线的消息；七月三日，《传声报》又公布了筑造法兰西西班牙铁路的计划，并说一个英国工程师的委员会，也已制成了路线的草案并把关于筑路的一切都筹划好了；而在九月十八日的

《日报》上，我们又可以看到工程师勃鲁麦尔（Brumell）和西班牙北方皇家铁路公司的一行技师的到来。以后，这一类的消息还是不绝如缕，然而这些计划的实现却还需要许多岁月，还要经过十年，十五年，二十年。一八四八年巴塞洛拿和马达罗之间的铁路，一八五一年马德里和阿朗胡爱斯之间的铁路，只能算是一种好奇心的满足而已。

从这些看来，我们可以见到这"铁的生客"在西班牙是遇到了多么冷漠的款待，多么顽强的抵抗。那些生野的西班牙人宁可让自己深闭在他们的家园里（真的，西班牙是一个大园林），亲切地，沉默地看着那些熟稔的花开出来又凋谢，看着那些祖先所抚摩过的遗物渐渐地涂上了岁月的色泽；而对于一切不速之客，他们都怀着一种隐隐的憎恨。

现在，在我面前的这条从法兰西西班牙的边境到马德里去的铁路，是什么时候完成的呢？这个文献我一时找不到。我所知道的是，一直到一八六〇年为止，这条路线还没有完工。一八五九年，阿尔都罗·马尔高阿尔都（ArturoMarcoartu）在他替《一八六〇闰年"伊倍里亚"政治文艺年鉴》所写的那篇关于铁路的文章中，这样地告诉我们：在一八五九年终，北方铁路公司已有六五〇基罗米突的铁路正在筑造中；没有动工的尚有七十三基罗米突。

在我前面，两条平行的铁轨在清晨的太阳下闪着光，一直延伸出去，然后在天涯消隐了。现在，西班牙已不再拒绝这"铁的生客"了。它翻过了西班牙的重重的山峦，驰过了它的广阔的平原，跨过它的潺潺的溪涧，湛湛的江河，披拂着它的晓雾暮霭，掠过它的松树的针，白杨的叶，橙树的花，喷着浓厚的黑烟，发着刺耳的汽笛声，隆隆的车轮声，每日地，在整个西班牙骤急地驰骋着了。沉在梦想中的西班牙人，你们感到有点轻微的怅惘吗，你们感到有点轻微的惋惜吗？

　　而我，一个东方古国的梦想者，我就要跟着这"铁的生客"，怀着进香者一般虔诚的心，到这梦想的国土中来巡礼了。生野的西班牙人，生野的西班牙土地，不要对我有什么顾虑吧。我只不过来谦卑地，小心地，静默地分一点你们的太阳，你们的梦，你们的怅惘和你们的惋惜而已。

巴黎的书摊

在滞留巴黎的时候，在羁旅之情中可以算做我的赏心乐事的有两件：一是看画，二是访书。在索居无聊的下午或傍晚，我总是出去，把我迟迟的时间消磨在各画廊中和河沿上的。关于前者，我想在另一篇短文中说及，这里，我只想来谈一谈访书的情趣。

其实，说是"访书"，还不如说在河沿上走走或在街头巷尾的各旧书铺进出而已。我没有要觅什么奇书孤本的蓄心，再说，现在已不是在两个铜元一本的木匣里翻出一本 P ?! tissier-francais 的时候了。我之所以这样做，无非为了自己的癖好，就是摩挲观赏一回空手而返，私心也是很满足的，况且薄暮的赛纳河又是这样地窈窕多姿！

我寄寓的地方是 RuedeL' Echaude，走到赛纳河边的书摊，只须沿着赛纳路步行约莫三分钟就到了。但是我不大抄这近路，这样走的时候，赛纳路上的那些画廊总会把我的脚步牵住的，再说，我有一个从头看到尾的癖，我宁可兜远路顺着约可伯路，大学路一直走到巴克路，然后从巴克路走到王桥头。

赛纳河左岸的书摊，便是从那里开始的，从那里到加路赛尔桥，可以算是书摊的第一个地带，虽然位置在巴黎的贵族的第七区，却一点也找不出冠盖的气味来。在这一地带的书摊，大约可以分这几类：第一是卖廉价的新书的，大都是各书店出清的底货，价钱的确公道，只是要你会还价，例如旧书铺里要卖到五六百法郎的勒纳尔（J. Renard）的《日记》，在那里你只须花二百法郎光景就可以买到，而且是崭新的。我的加梭所译的赛尔房德思的《模范小说》，整批的《欧罗巴杂志丛书》，便都是从那儿买来的。这一类书在别处也有，只是没有这一带集中吧。其次是卖英文书的，这大概和附近的外交部或奥莱昂车站多少有点关系吧。可是这些英文书的买主却并不多，所以花两三个法郎从那些冷清清的摊子里把一本初版本的《万牲园里的一个人》带回寓所去，这种机会，也是常有的。第三是卖地道的古版书的，十七世纪的白羊皮面书，十八世纪饰花的皮脊书等等，都小心地盛在玻璃的书框里，上了锁，不能任意地翻看，其他价值较次的古书，则杂乱地在木匣中堆积着，对着这一大堆你挨我挤着的古老的东西，真不知道如何下手。这种书摊前比较热闹一点，买书大多数是中年人或老人。这些书摊上的书，如果书摊主是知道值钱的，你便会被他敲了去，如果他不识货，你便占了便宜来。我曾经从那一带的一位很精明的书摊老板手里，花了五个法郎买到一本一七六五年初版本的 Du-Laurens 的 Imirce~，至今犹有得意之色：第一因为 Imirce 是一部干禁书，其次这价钱实在太便宜也。第四类是卖淫书的，这种书摊在这一带上只有一两个，而所谓淫书者，实际也仅仅是表面的，骨子里并没有什么了不得，大都是现代人的东西，写来骗骗人的。记得靠近王桥的第一家书摊就是这一类的，老板娘是一个四五十岁的虔婆，当我有一回逗留了一下的时候，她就把我当作好主顾而怂恿我买，使我留下极坏的印象，以后就敬而远之了。其实那些地道的"珍秘"的书，如果你不愿出大价钱，还是要费力气角角落落去寻的，我曾在一家犹太人开的破货店里一大堆废书中，翻到过一本原文的 Cleland 的 Fonny-Hill，只出了一个法郎买回来，真是意想不到的事。

从加路赛尔桥到新桥，可以算是书摊的第二个地带。在这一带，对面的美术学校和钱币局的影响是显著的。在这里，书摊老板是兼卖版画图片的，有时小小的书摊上挂得满目琳琅，原张的蚀雕，从书本上拆下的插图，戏院的招贴，花卉鸟兽人物的彩图，地图，风景片，大大小小各色俱全，反而把书列居次位了。在这些书摊上，我们是难得碰到什么值得一翻的书的，书都破旧不堪，满是灰尘，而且有一大部分是无用的教科书，展览会和画商拍卖的目录。此外，在这一带我们还可以发现两个专卖旧钱币纹章等而不卖书的摊子，夹在书摊中间，作一个很特别的点缀。这些卖画卖钱币的摊子，我总是望望然而去之的，（记得有一天一位法国朋友拉着我在这些钱币摊子前逗留了长久，他看得津津有味，我却委实十分难受，以后到河沿上走，总不愿和别人一道了。）然而在这一带却也有一两个很好的书摊子。一个摊子是一个老年人摆的，并不是他的书特别比别人丰富，却是他为人特别和气，和他交易，成功的回数居多。我有一本高克多（Cocteau）亲笔签字赠给诗人费尔囊·提华尔

（FemandDivoire）的 LeGrandEcart，便是从他那儿以极廉的价钱买来的，而我在加里马尔书店买的高克多亲笔签名赠给诗人法尔格（Fargue）的初版本 Opéra，却使我花了七十法郎。但是我相信这是他错给我的，因为书是用蜡纸包封着，他没有拆开来看一看；看见了那献辞的时候，他也许不会这样便宜卖给我。另一个摊子是一个青年人摆的，书的选择颇精，大都是现代作品的初版和善本，所以常常得到我的光顾。我只知道这青年人的名字叫昂德莱，因为他的同行们这样称呼他，人很圆滑，自言和各书店很熟，可以弄得到价廉物美的后门货，如果顾客指定要什么书，他都可以设法。可是我请他弄一部《纪德全集》，他始终没有给我办到。

可以划在第三地带的是从新桥经过圣米式尔场到小桥这一段。这一段是赛纳河左岸书摊中的最繁荣的一段。在这一带，书摊比较都整齐一点，而且方面也多一点，太太们家里没事想到这里来找几本小说消闲，也有；学生们贪便宜想到这里来买教科书参考书，也有；文艺爱好者到这里来寻几本新出版的书，也有；学者们要研究书，藏书家要善本书，猎奇者要珍秘书，都可以在这一带获得满意而回。在这一带，书价是要比他处高一些，然而总比到旧书铺里去买便宜。健吾兄觅了长久才在圣米式尔大场的一家旧书店中觅到了一部《龚果尔日记》，花了六百法郎喜欣欣的捧了回去，以为便宜万分，可是在不久之后我就在这一带的一个书摊上发现了同样的一部，而装订却考究得多，索价就只要二百五十法郎，使他悔之不及。可是这种事是可遇而不可求的，跑跑旧书摊的人第一不要抱什么一定的目的，第二要有闲暇有耐心，翻得有劲儿便多翻翻，翻倦了便看看街头熙来攘往的行人，看看旁边赛纳河静静的逝水，否则跑得腿酸汗流，眼花神倦，还是一场没结果回去。话又说远了，还是来说这一带的书摊吧。我说这一带的书较别带为贵，也不是胡说的，例如整套的 Echanges 杂志，在第一地带中买只需十五个法郎，这里却一定要二十个，少一个不卖；当时新出版原价是二十四法郎的 Céline 的 Voyageauboutdelanuit，在那里买也非十八法郎不可，竟只等于原价的七五折。这些情形有时会令人生气，可是为了要读，也不得不买回去。价格最高的是靠近圣米式尔场的那两个专卖教科书参考书的摊子。学生们为了要用，也不得不硬了头皮去买，总比买新书便宜点。我从来没有做过这些摊子的主顾，反之他们倒做过我的主顾。因为我用不着的参考书，在穷极无聊的时候总是拿去卖给他们的。这里，我要说一句公平话：他们所给的价钱的确比季倍尔书店高一点。这一带专卖近代善本书的摊子只有一个，在过了圣米式尔场不远快到小桥的地方。摊主是一个不大开口的中年人，价钱也不算顶贵，只是他一开口你就莫想还价，就是答应你还也是相差有限的，所以看着他陈列着的《泊鲁恩特全集》，插图的《天方夜谭》全译本，Chirico 插图的阿保里奈尔的 Calligrammes，也只好眼红而已。在这一带，诗集似乎比别处多一些，名家的诗集花四五个法郎就可以买一册回去，至于较新一点的诗人的集子，你只要到一法郎或甚至五十生丁的木匣里去找就是了。

我的那本仅印百册的 JeanGris 插图的 Reverdy 的《沉睡的古琴集》，超现实主义诗人 GuiRosey 的《三十年战争集》等等，便都是从这些廉价的木匣子里翻出来的。还有，我忘记说了，这一带还有一两个专卖乐谱的书铺，只是对于此道我是门外汉，从来没有去领教过罢了。

从小桥到须里桥那一段，可以算是河沿书摊的第四地带，也就是最后的地带。从这里起，书摊便渐渐地趋于冷落了。在近小桥的一带，你还可以找到一点你所需要的东西，例如有一个摊子就有大批 N. R. P. 和 Grasset 出版的书，可是那位老板娘讨价却实在太狠，定价十五法郎的书总要讨你十二三个法郎，而且又往往要自以为在行，凡是她心目中的现代大作家，如摩里阿克，摩洛阿，爱眉（Aymé）等，就要敲你一笔竹杠，一点也不肯让价；反之，像拉尔波，茹昂陀，拉第该，阿朗等优秀作家的作品，她倒肯廉价卖给你。从小桥一带再走过去，便每况愈下了。起先是虽然没有什么好书，但总还能维持河沿书摊的尊严的摊子，以后呢，卖破旧不堪的通俗小说杂志的也有了，卖陈旧的教科书和一无用处的废纸的也有了，快到须里桥那一带，竟连卖破铜烂铁，旧摆设，假古董的也有了；而那些摊子的主人呢，他们的样子和那在下面赛纳河岸上喝劣酒，钓鱼或睡午觉的街头巡阅使（Cloehard），简直就没有什么大两样。到了这个时候，巴黎左岸书摊的气运已经尽了，你的腿也走乏了，你的眼睛也看倦了，如果你袋中尚有余钱，你便可以到圣日耳曼大街口的小咖啡店里去坐一会儿，喝一杯儿热热的浓浓的咖啡，然后把你沿路的收获打开来，预先摩挲一遍，否则如果你已倾了囊，那么你就走上须里桥去，倚着桥栏，俯看那满载着古愁并饱和着圣母祠的钟声的，赛纳河的悠悠的流水，然后在华灯初上之中，闲步缓缓归去，倒也是一个经济而又有诗情的办法。

说到这里，我所说的都是赛纳河左岸的书摊，至于右岸的呢，虽则有从新桥到沙德莱场，从沙德莱场到市政厅附近这两段，可是因为传统的关系，因为所处的地位的关系，也因为货色的关系，它们都没有左岸的重要。只在走完了左岸的书摊尚有余兴的时候或从卢佛尔（Louvre）出来的时候，我才顺便去走走，虽然间有所获，如查拉的 L'hommeapproximatif 或卢梭（HenriRousseau）的画集，但这是极其偶然的事；通常，我不是空手而归，便是被那街上的鱼虫花鸟店所吸引了过去。所以，原意去"访书"而结果买了一头红颈雀回来，也是有过的事。

都德的一个故居

凡是读过阿尔封思·都德（AlphonseDaudet）的那些使人心醉的短篇小说和《小物件》的人，大概总记得他记叙儿时在里昂的生活的那几页吧。（按：《小物件》原名 LePetitChose，觉得还是译作《小东西》妥当。）

都德的家乡本来是尼麦，因为他父亲做生意失败了，才举家迁移到里昂去。他们之所以选了里昂，无疑因为它是法国第二大名城，对于重兴家业是很有希望的。所以，在一八四九年，那父亲万桑·都德（VincentDaudet）便带着他的一家子，那就是说他的妻子，他的三个儿子，他的女儿阿娜，和那就是没有工钱也愿意跟着老东家的忠心的女仆阿奴，从尼麦搭船顺着罗纳河来到了里昂。这段路竟走了三天。在《小物件》中，我们可以看见他们到里昂时的情景。

在第三天傍晚，我以为我们要淋一阵雨了。天突然阴暗起来，一片浓浓的雾在河上飘舞着。在船头上，已点起了一盏大灯，真的：看到这些兆头，我着急起来了……在这个时候，有人在我旁边说："里昂到了！"同时，那个大钟敲了起来。这就是里昂。

　　里昂是多雾出名的，一年四季晴朗的日子少，阴霾的日子多，尤其是入冬以后，差不多就终日在黑沉沉的冷雾里度生活，一开窗雾就望屋子里扑，一出门雾就朝鼻子里钻，使人好像要窒息似的。在《小物件》里，我们可以看到都德这样说：

　　我记得那罩着一层烟煤的天，从两条河上升起来的一片永恒的雾。天并不下雨，它下着雾，而在一种软软的氛围气中，墙壁淌着眼泪，地上出着水，楼梯的扶手摸上去发黏。居民的神色、态度、语言，都觉得空气潮湿的意味。

　　一到了这个雾城之后，都德一家就住到拉封路去。这是一条狭小的路，离罗纳河不远，就在市政厅西面。我曾经花了不少的时间去找，问别人也不知道，说出是都德的故居也摇头。谁知竟是一条阴暗的陋巷，还是自己瞎撞撞到的。

　　那是一排很俗气的屋子，因为街道狭的原故，里面暗是不用说，路是石块铺的，高低不平，加之里昂那种天气，晴天也像下雨，一步一滑，走起来很吃劲。找到了那个门口，以为会柳暗花明又一村，却仍然是那股俗气：一扇死板板的门，虚掩着，窗子上倒加了铁栅，黝黑的墙壁淌着泪水，像都德所说的一样，伸出手去摸门，居然是发黏的。这就是都德的一个故居！而他们竟在这里住了三年。

　　这就是《小物件》里所说的"偷油婆婆"（Babarotte）的屋子。所谓"偷油婆婆"者，是一种跟蟑螂类似的虫，大概出现在厨房里，而在这所屋里它们四处地爬。我们看都德怎样说吧：

在拉封路的那所屋子里，当那女仆阿奴安顿到她的厨房里的时候，一跨进门槛就发了一声急喊："偷油婆婆！偷油婆！"我们赶过去。怎样的一种光景啊！厨房里满是那些坏虫子。在碗橱上，墙上，抽屉里，在壁炉架上，在食橱上，什么地方都有！我们不存心地踏死它们。噗！阿奴已经弄死了许多只了，可是她越是弄死它们，它们越是来。它们从洗碟盆的洞里来。我们把洞塞住了，可是第二天早上，它们又从别一个地方来了……

而现在这个"偷油婆婆"的屋子就在我面前了。

在这"偷油婆婆"的屋子里，都德一家六口，再加上一个女仆阿奴，从一八四九年一直住到一八五一年。在一八五一年的户口调查表上，我们看到都德的家况：

万桑·都德，业布匹印花，四十三岁；阿黛琳·雷诺，都德妻，四十四岁；葛奈思特·都德，学生，十四岁；阿尔封思·都德，学生，十一岁；阿娜·都德，幼女，三岁；昂利·都德，学生，十九岁。

昂利是要做教士的，他不久就到阿里克斯的神学校读书去了。他是早年就夭折了的。在《小物件》中，你们大概总还记得写这神学校生徒的死的那动人的一章吧："他死了，替他祷告吧。"

在那张户口调查表上，在都德家属以外，还有这那么怕"偷油婆婆"的女仆阿奴："阿奈特·特兰盖，女仆，三十三岁。"

万桑·都德便在拉封路上又重理起他的旧业来，可是生活却很困难，不得不节衣缩食，用尽方法减省。阿尔封思被送到圣别尔代戴罗的唱歌学校去，曷奈斯特在里昂中学里读书，不久阿尔封思也改进了这个学校。后来阿尔封思得到了奖学金，读得毕业，而那做哥哥的曷奈思特，却不得不因为家境困难的关系，辍学去帮助父亲挣那一份家。关于这些，《小物件》中自然没有，可是在曷奈思特·都德的一本回忆记《我的弟弟和我》中，却记载得很详细。

现在，我是来到这消磨了那《磨坊文札》的作者一部分的童年的所谓"偷油婆婆"的屋子前面了。门是虚掩着。我轻轻地叩了两下，没有人答应。我退后一步，抬起头来，向靠街的楼窗望上去：窗闭着，我看见静静的窗帷，白色的和淡青色的。而在大门上面和二层楼的窗下，我又看到了一块石头的牌子，它告诉我这位那么优秀的作家曾在这儿住过，像我所知道的一样。我又走上前面叩门，这一次是重一点了，但还是没有人答应。我伫立着，等待什么人出来。

我听到里面有轻微的脚步声慢慢地近来，一直到我的面前。虚掩着的门开了，但只是一半；从那里，探出了一个老妇人的皱瘪的脸儿来，先把我从头到脚打量了一番：

"先生，你找谁?"她然后这样问。

我告诉她我并不找什么人，却是想来参观一下一位小说家的旧居。那位小说家就是阿尔封思·都德，在八十多年前，曾在这里的四层楼上住过。

"什么，你来看一位在八十多年前住在这儿的人！"她怀疑地望着我。

"我的意思是说想看看这位小说家住过的地方。譬如说你老人家从前住在一个什么城里，现在经过这个城，去看看你从前住过的地方怎样了。我呢，我读过这位小说家的书，知道他在这里住过，顺便来看看，就是这个意思。"

"你说哪一个小说家？"

"阿尔封思·都德。"我说。

"不知道。你说他从前住在这里的四层楼上？"

"正是，我可以去看看吗？"

"这办不到，先生，"她断然地说，"那里有人住着，是盖奈先生。再说你也看不到什么，那是很普通的几间屋子。"

而正当我要开口的时候，她又打量了我一眼，说："对不起，先生，再见。"就缩进头去，把门关上了。

我踌躇了一会儿，又摸了一下发黏的门，望了一眼门顶上的石牌，想着里昂人的纪念这位大小说家只有这一片顽石，不觉有点怅惘，打算走了。

可是在这时候，天突然阴暗起来，我急速向南靠罗纳河那面走出这条路去：天并不下雨，它又在那里下雾了，而在罗纳河上，我看见一片浓浓的雾飘舞着，像在一八四九年那幼小的阿尔封思·都德初到里昂的时候一样。

记马德里的书市

无匹的散文家阿索林，曾经在一篇短文中，将法国的书店和西班牙的书店，作了一个比较。他说：

在法兰西，差不多一切书店都可以自由地进去，行人可以披览书籍而并不引起书贾的不安；书贾很明白，书籍的爱好者不必常常要购买，而他的走进书店去，也并不目的是为了买书；可是，在翻阅之下，偶然有一部书引起了他的兴趣，他就买了它去。在西班牙呢，那些书店都像神圣的圣体龛子那样严封密闭着，而一个陌生人走进书店里去，摩挲书籍，翻阅一会儿，然而又从来路而去这等的事，那简直是荒诞不经，闻所未闻的。

阿索林对于他本国书店的批评，未免过分严格一点。巴黎的书店也尽有严封密闭着，像右岸大街的一些书店那样，而马德里的书店之可以进出无人过问翻看随你的，却也不在少数。如果阿索林先生愿意，我是很可以举出这两地的书店的名称来做证的。

公正地说，法国的书贾对于顾客的心理研究得更深切一点。他们知道，常常来翻翻看看的人，临了总会买一两本回去的；

如果这次不买，那么也许是因为他对于那本书的作者还陌生，也许他觉得那版本不够好，也许他身边没有带够钱，也许他根本只是到书店来消磨一刻空闲的时间。而对于这些人，最好的办法是不理不睬，由他去翻看一个饱。如果殷勤招待，问长问短，那就反而招致他们的麻烦，因而以后就不敢常常来了。

的确，我们走进一家书店去，并不像那些学期开始时抄好书单的学生一样，先有了成见要买什么书的。我们看看某个或某个作家是不是有新书出版；我们看看那已在报上刊出广告来的某一本书，内容是否和书评符合；我们把某一部书的版本，和我们已有的同一部书的版本作一个比较；或仅仅是我们约了一位朋友在三点钟会面，而现在只是两点半。走进一家书店去，在我们就像别的人踏进一家咖啡店一样，其目的并不在喝一杯苦水也。因此我们最怕主人的殷勤。第一，他分散了你的注意力，使你不得不想出话去应付他；其次，他会使你警悟到一种歉意，觉得这样非买一部书不可。这样，你全部的闲情逸致就给他们一扫而尽了。你感到受人注意着，监视着，感到担着一重义务，负着一笔必须偿付的债了。

西班牙的书店之所以受阿索林的责备，其原因就是他们不明顾客的心理。他们大都是过分殷勤讨好。他们的态度是没有恶意的，然而对于顾客所发生的效果，却适得其反。记得一九三四年在马德里的时候，一天闲着没事，到最大的"爱斯巴沙加尔贝书店"去浏览，一进门就受到殷勤的店员招待，陪着走来走去，问长问短，介绍这部，推荐那部，不但不给一点空闲，连自由也没有了。自然不好意思不买，结果选购了一本廉价的奥尔德加伊加赛德的小书，满身不舒服地辞了出来。自此以后，就不敢再踏进门槛去了。

在"文艺复兴书店"也遇到类似的情形，可是那次却是硬着头皮一本也不买走出来的。而在马德里我买书最多的地方，却反而是对于主顾并不殷勤招待的圣倍拿陀大街的"迦尔西亚书店"，王子街的"倍尔特朗书店"，特别是"书市"。

"书市"是在农工商部对面的小路沿墙一带。从太阳门出发，经过加雷达思街，沿着阿多恰街走过去，走到南火车站附近，在左面，我们碰到了那农工商部，而在这黑黝黝的建筑的对面小路口，我们就看到了几个黑墨写着的字：IaFeriadeloslLibros，那意思就是"书市"。在往时，据说这传统的书市是在农工商部对面的那一条宽阔的林荫道上的，而我在马德里的时候，它却的确移到小路上去了。

这传统的书市是在每年的九月下旬开始，十月底结束的。在这些秋高气爽的日子，到书市中去漫走一下，寻寻，翻翻，看看那些古旧的书，褪了色的版画，各色各样的印刷品，大概也可以算是人生的一乐吧。书市的规模并不大，一列木板盖搭的，肮脏，零乱的小屋，一共有十来间。其中也有一两家兼卖古董的，但到底卖书的还是占着极大的多数。而使人更感到可喜的，便是我们可以随便翻看那些书而不必负起任何购买的义务。

新出版的诗文集和小说，是和羊皮或小牛皮封面的古本杂放在一起。当你看见圣女戴蕾沙的《居室》和共产主义诗人阿尔倍谛的诗集对立着，古代法典《七部》和《马德里卖淫业调查》并排着的时候，你一定会失笑吧。然而那迷人之处，却正存在于这种杂乱和漫不经心之处。把书籍分门别类，排列得整整齐齐，固然能叫人一目了然，但是这种安排却会使人望而却步，因为这样就使人不敢随便抽看，怕捣乱了人家固有的秩序；如果本来就是这样乱七八糟的，我们就百无禁忌了。再说，旧书店的妙处就在其杂乱，杂乱而后见繁复，繁复然后生趣味。如果你能够从这一大堆的混乱之中发现一部正是你踏破铁鞋无觅处的书来，那是怎样大的喜悦啊！

书价低廉是那里的最大的长处。书店要卖七个以至十个贝色达的新书，那里出两三个贝色达就可以携归了。寒斋的阿耶拉全集，阿索林，乌拿莫诺，巴罗哈，瓦利英克朗，米罗等现代作家的小说和散文集，洛尔迦，阿尔倍谛，季兰，沙里纳思等当代诗人的诗集，珍贵的小杂志，都是从那里陆续购得的。我现在也还记得那第三间小木舍的被人叫作华尼多大叔的须眉皆白的店主。我记得他，因为他的书籍的丰富，他的态度的和易，特别是因为那个坐在书城中，把青春的新鲜和故纸的古老成着奇特的对比的，张着青色忧悒的大眼睛望着远方的云树的，他的美丽的孙女儿。

我在马德里的大部分闲暇时间，甚至在革命发生，街头枪声四起，铁骑纵横的时候，也都是在那书市的故纸堆里消磨了的。在傍晚，听着南火车站的汽笛声，踏着疲倦的步子，臂间挟着厚厚的已绝版的赛哈道的《赛尔房德思辞典》或是薄薄的阿尔陀拉季雷的签字本诗集，慢慢地沿着灯光已明的阿多恰大街，越过熙来攘往的太阳门广场，慢慢地踱回寓所去对灯披览，这种乐趣恐怕是很少有人能够领略的吧。

　　然而十月在不知不觉之中快流尽了。树叶子开始凋零，夹衣在风中也感到微寒了。马德里的残秋是忧郁的，有几天简直不想闲逛了。公寓生活是有趣的，和同寓的大学生聊聊天，和舞姬调调情，就很快地过了几天。接着，有一天你打叠起精神，再踱到书市去，想看看有什么合意的书，或仅仅看看那青色的忧悒的大眼睛。可是，出乎意外地，那些小木屋都已紧闭着门了。小路显得更宽敞一点，更清冷一点，南火车站的汽笛声显得更频繁而清晰一点。而在路上，凋零的残叶夹杂着纸片书页，给冷冷的风寂寞地吹了过来，又寂寞地吹了过去。

再生的波兰

他们在瓦砾之中生长着，以防空洞为家，以咖啡店为办事处，食无定时，穿不称身的旧衣，但是他们却微笑着，骄傲地过着生活。

波兰的生活已慢慢地趋向正常了，但是这个过程却是痛苦的。混乱和破坏便是德国人在五年半的占领之后所留下的遗物。什么东西都必须从头做起。波兰好像是一片殖民的土地，必须要从一片空无所有的地方建立一个新的社会，一个经济秩序和一个政治行政。除此以外，带有一个附加的困难：德国人所播下的仇恨和猜疑的种子，必须连根铲除。

这里是几幅画像。在华沙区中，砖瓦工业已差不多完全破坏了，而华沙却急着需要砖瓦，因为它百分之八十五的房屋都已坍败了。第一件急务是重建砖瓦工业。那些未受损害的西莱细亚区域的工场，在战前每年能够出产七万万块砖瓦。它们可能立刻拿来用，但是困难却在运输上。铁路的货车已毁坏了，残余下多少交通材料尚待调查。政府想用汽车和运货汽车来补充。UNNRA 已经开始交货了，而且也答应得更多一点。

百分之六十的波兰面粉厂已变成瓦砾场了。政府感到重建它们的急要，现在已开始帮助它们重建了。在一万二十间面粉厂之中，二千间是由政府直接管理的——这些大都是被赶去了的德国人的产业。其余的面粉厂也由官方代管着，等待主有者来接收。

华沙是战争的最悲剧的城，又是世界上最古怪的城。在它的大街上走着的时候，你除了废墟之外什么也看不到。这座城好像是死去而没有鬼魂出没的；可是从这些废墟之间，却浮现出生活来，一种认真的，工作而吃苦的生活，但却也是一种令人惊奇的快乐的生活。

你看见那些微笑的脸儿，忙碌的人物，跑来跑去的人。交通是十分不方便，少数的几架电车不够符合市民的需要，所以停车站上都排着长长的队伍。

今日华沙的最动人的景象，也许就是废墟之间的咖啡店生活吧。化为一堆瓦砾的大厦，当你在旁边走过的时候，也许会辨认不出来吧。瓦砾已被清除了，十张桌子和四十张椅子，整整齐齐地安排在那往时的大厦的楼下一层的餐室中，门口挂着一块招牌，骄傲地宣称这是"巴黎咖啡店"。顾客们来来去去，侍者侍候他们，生活就回到了那废墟。在今日，这些咖啡店就是复活的华沙的象征。

人们住在地下防空洞，临时搭的房间，或是郊外的避弹屋。这些住所是只适合度夜的，成千成万的人都把他们的日子消磨在咖啡店中。那些咖啡店，有时候是设在一所破坏了的屋子的最低一层，上面临时用木板或是洋铁皮遮盖着；有时设在那在轰炸中神奇地保全了的玻璃顶阳台上。但是大部分的咖啡店，却都是露天的。在那里，人们坐着谈天，讲生意，办公事。他们似乎很快乐，但是如果你听他们谈话，你可以听见他们在那儿抱怨。他们不满意建筑太慢，交通太不方便。

这种临时的咖啡店吸引了各色各样的顾客：贩子们兜人买自来水笔和旧衣服，孩子卖报纸，还有一种特别的人物，那就是专卖外国货币的人。什么事情都有变通办法，如果有一件东西是无法弄得到的，只要一说出来，过了一小时你就可以弄到手。和咖啡店作着竞争的，有店铺和摊位。只消在被炮火打得洞穿的墙上钉几块木牌，店铺就开出来了。那些招牌宣告了那些店铺的存在和性质："巴黎理发店"，"整旧如新，立等即有"等等。在另一条街上，在破碎的玻璃后面，几枝花和一块招牌写着"小勃里斯多尔"——原来在旧日的华沙，勃里斯多尔饭店是最大的旅馆。

这便是街头的生活，但是微笑的脸儿却隐藏着无数的忧虑。人民的衣服都穿得很坏；在波兰全国，衣服和皮革都缺乏得很，许多人都穿着几年以前的旧衣服，用不论任何方法去聊以蔽体。有的人则买旧衣服来穿，也不管那些衣服称身不称身，袖短及肘，裤短及膝的，也是常见的了。

在生活的每一部门，都缺乏熟练的人手。医生非常稀少，而人民却急需医药。几年以来，他们都是营养不良而且常常生病。孩子们都缺乏维他命和医药。留在那里的医生都忙得不可开交，他们不得不去和希特勒的饥饿政策和缺乏卫生的后患斗争，然而人民却并不仅仅生活。他们还亲切而骄傲地生活。那最初在华沙行驶的电车都结满了花带。那些并不比摊子大一点的店铺都卖着花。在波兰，差不多已经有三十家戏院开门了，而克格哥交响乐队，也经常奏演了。

报纸、杂志和专门出版物，都渐渐多起来，但是纸张的缺乏却妨碍了出版界的发展。小学和大学都重开了，但是书籍和仪器却十分缺乏。

在波兰，差不多任何东西都是不够供应。物价是高过受薪阶层的购买力。运输的缺乏增加了食品分配的困难，但是工厂和餐室以及政府机关的食堂，却都竭力弥补这个缺陷。在波兰的经济机构中，是有着那么许多空洞，你刚补好了一个洞，另外五个洞又现出来了。经济的发动机的操纵杆不能操纵自如，于是整部车子就走几码就停下来了。

除了物质的需要之外，还有精神的不安。精确的估计算出，从一九三九年起，波兰死亡的总数有六百万人。现在还有成千成万的人，都还不知道自己的家属的存亡和命运。幸而人民的精神拯救了这个现状。他们泰然微笑地穿着他们不称身的衣服，吃着他们的不规则的饭食，忍受着物品的缺乏和运输的迟缓。他们已下了决心，要使波兰重新生活起来。

香港的旧书市

这里有生意经，也有神话。

香港人对于书的估价，往往是会使外方人吃惊的。明清善本书可以论斤称，而一部极平常的书却会被人视为稀世之珍。一位朋友告诉我，他的亲戚珍藏着一部《中华民国邮政地图》，待价而沽，须港币五千元（合国币四百万元）方肯出让。这等奇闻，恐怕只有在那个小岛上听得到吧。版本自然更谈不到，"明版康熙字典"一类的笑谈，在那里也是家常便饭了。

这样的一个地方，旧书市的性质自然和北平、上海、苏州、杭州、南京等地不同。不但是规模的大小而已，就连收买的方式和售出的对象，也都有很大的差别。那里卖旧书的仅是一些变相的地摊，沿街靠壁钉一两个木板架子，搭一个避风雨的遮棚，如此而已。收书是论斤断秤的，道林纸和报纸印的书每斤出价约港币一二毫，而全张报纸的价钱却反而高一倍；有硬面书皮的洋装书更便宜一点，因为纸板"重秤"，中国纸的线装书，出到一毫一斤就是最高的价钱了。他们比较肯出价钱的倒是学校用的教科书，簿记学书，研究养鸡养兔的书等等，因为要这些书的人是非购不可的，所以他们也就肯以高价收入了。其次是医科和工科用书，为的是转运内地可以卖很高的价钱。此外便剩下"杂书"，只得卖给那些不大肯出钱的他们所谓"藏家"和"睇家"了。他们最大的主顾是小贩。这并不是说香港小贩最深知读书之"实惠"的人，在他们是无足重轻的。

旧书摊最多的是皇后大道中央戏院附近的楼梯街，现在共有五个摊子。从大道拾级上去，左手第一家是"龄记"，管摊的是一个十余岁的孩子（他父亲则在下面一点公厕旁边摆废纸摊），年纪最小，却懂得许多事。著《相对论》的是爱因斯坦，歌德是德国大文豪，他都头头是道。日寇占领香港后，这摊子收到了大批德日文学书，现在已卖得一本也不剩，又经过了一次失窃，现在已没有什么好东西了。隔壁是"焯记"，摊主是一个老是有礼貌的中年人，专卖中国铅印书，价钱可不便宜，不看也没有什么关系。他对面是"季记"，管摊的是姐妹二人。到底是女人，收书卖书都差点功夫。虽则有时能看顾客的眼色和态度见风使舵，可是索价总嫌"离谱"（粤语不合分寸）一点。从前还有一些四部丛刊零本，现在却单靠卖教科书和字帖了。"季记"隔壁本来还有"江培记"，因为生意不好，已把存货称给鸭巴甸街的"黄沛记"，摊位也顶给卖旧铜烂铁的了。上去一点，在摩罗街口，是"德信书店"，虽号称书店，却仍旧还是一个摊子。主持人是一对少年夫妇，书相当多，可是也相当贵。他以为是好书，就一分钱也不让价，反之，没有被他注意的书，讨价之廉竟会使人不相信。"格吕尼"版的波德莱尔的《恶之华》和韩波的《作品集》，两册只讨港币一元，希米式的《莎士比亚字典》会论斤称给你，这等事在我们看来，差不多有点近乎神话了。"德信书店"隔壁是"华记"。虽则摊号仍是"华记"，老板却已换过了。原来的老板是一家父母兄弟四人，在沦陷期中旧书全盛时代，他们在楼梯街竟拥有两个摊子之多。一个是现在这老地方，一个是在"焯记"隔壁，现在已变成旧衣摊了。因为来路稀少，顾客不多，他们便把滞销的书盘给了现在的管摊人，带着好销一些的书到广州去开店了，听说生意还不错呢。现在的"华记"已不如从前远甚，可是因为地利的关系（因为这是这条街第一个摊子，经荷里活道拿下旧书来卖的，第一先经过他的手，好的便宜的，他有选择的优先权），有时还有一点好东西。

在楼梯街，当你走到了"华记"的时候，书市便到了尽头。那时你便向左转，沿着荷里活道走两三百步，于是你便走到鸭巴甸街口。

鸭巴甸街的书摊名声还远不及楼梯街的大，规模也比较小一点，书类也比较新一点。可是那里的书，一般地说来，是比较便宜点。下坡左首第一家是"黄沛记"，摊主是世业旧书的，所以对于木版书的知识，是比其余的丰富得多，可是对于西文书，就十分外行了。在各摊中，这是取价最廉的一个。他抱着薄利多销主义，所以虽在米珠薪桂的时期，虽则有八口之家，他还是每餐可以饮二两双蒸酒。可是近来他的摊子上也没有什么书，只剩下大批无人过问的日文书，和往日收下来的瓷器古董了。"黄沛记"对面是"董莹光"，也是鸭巴甸街的一个老土地。可是人们却称呼他为"大光灯"。大光灯意思就是煤油打气灯。因为战前这个摊子除了卖旧书以外还出租煤油打气灯。那些"大光灯"现在已不存在了，而这雅号却留了下来。"大光灯"的书本来是不贵的，可是近来的索价却大大地"离谱"。据内中人说，因为有几次随便开了大价，居然有人照付了，他卖出味道来，以后就一味地上天讨价了。从"董莹光"走下几步，开在一个店铺中的，是"萧建英"。如果你说他是书摊，他一定会跳起来，因为在楼梯街和鸭巴甸街这两条街上，他是惟一有店铺的——虽则是极其简陋的店铺。管店的是兄弟二人。那做哥哥的人称之为"高佬"，因为又高又瘦。他从前是送行情单的，路头很熟，现在也差不多整天不在店，却四面奔走着收书。实际上在做生意的是他的十四五岁的弟弟。虽则还是一个孩子，做生意的本领却比哥哥更好，抓定了一个价钱之后，你就莫想他让一步。所以你想便宜一点，还是和"高佬"相商。因为"高佬"收得勤，书摊是常常有新书的。可是，近几月以来，因为来源涸绝，不得不把店面的一半分租给另一个专卖翻版书的摊子了。

在现在的"萧建英"斜对面，战前还有一家"民生书店"，是香港唯一专卖线装古书的书店，而且还代顾客装潢书籍号书根。工作不能算顶好，可是在香港却是独一无二的。不幸在香港沦陷后就关了门，现在，如果在香港想补裱古书，除了送到广州去以外就毫无办法了。

鸭巴甸街的书摊尽于此矣，香港的书市也就到了尽头了。

此外，东碎西碎还有几家书摊，如中环街市旁以卖废纸为主的一家，西营盘兼卖教科书的"肥林"，跑马地黄泥甬道以租书为主的一家，可是绝少有可买的书，奉劝不必劳驾。再等而下之，那就是禧利街晚间的地道的地摊子了。

日 记

林泉居日记

这是戴望舒的一本日记，直行，毛笔书写，内封有"第三本"字样，无年份，记七月、八月、九月三个月的事。从日记内容来看，当是一九四一年。其时戴望舒在香港，担任《星岛日报》《星座》副刊编辑，家居薄扶林道的 WOODBROOK 一般人称"木屋"，戴望舒自译为"林泉居"。戴望舒夫人穆丽娟于一九四一年冬至后已携女儿朵朵（咏素）回到上海。友人徐迟与夫人陈松、沈仲章暂寓戴望舒家中。标题为编者所加，文中个别错字也做了做正。

七月二十九日　晴

丽娟又给了我一个快乐：我今天又收到了她的一封信。她告诉我她收到我送她的生日蛋糕很高兴，朵朵也很快乐，一起点蜡烛吃蛋糕。我想象中看到了这一幕，而我也感到快乐了。信上其余的事，我大概已从陈松那儿知道了。

今天徐迟请他的朋友，来了许多人，把头都闹胀了。自然，什么事也没有做成。上午又向秋原预支了百元。是秋原垫出来的。

三十日　晴

上午龙龙来读法文。下午出去替丽娟买了一件衣料，价八元七角，预备放在衣箱中寄给她。又买了一本英文字典、五支笔，也是给丽娟的。又买了两部西班牙文法，价六元，是预备给胡好读西班牙文用的。不知会不会偷鸡不着蚀把米？到报馆里去的时候，就把书送了给胡好，并约定自下月开始读。

晚间写信给丽娟，劝她搬到前楼去，不知她肯听否？明天可以领薪水，可以把她八月份的钱汇出，只是汇费高得可怕，前几天已对水拍谈过，叫他设法去免费汇吧。

药吃了也没有多大好处。我知道我的病源是什么。如果丽娟回来了，我会立刻健康的。

三十一日　下午雨

今天是月底，上午到报馆去领薪水，出来后便到兑换店换了六百元国币。五百元是给丽娟八月份用，一百元是还瑛姊的。中午水拍来吃饭，便把五百元交给他，因为他汇可以不出汇费。

但是他对我说，现在行员汇款是有限制的，是否能汇出五百元还不知道，但也许可以托同事的名义去汇，现在去试试看，如果不能全汇，则把余数交给我。

今天是报馆上海人聚餐的日子，约好先到九龙城一个尼庵去游泳，然后到侯王庙对面去吃饭。午饭后就带了游泳具到报馆去，等人齐了一同去。可是天忽然大雨起来，下个不停，于是决定不去游泳了。五时雨霁，便会同出发，渡海到九龙，乘车赴侯王庙，可是一下公共汽车，天又下雨了。没有法子，只好冒雨走到侯王庙，弄得浑身都湿了。菜还不错，吃完已八时许，雨也停了。出来到深水埔吃雪糕，然后步行到深水埔码头回香港。在等船的时候，灵凤和光宇为了漫画协会的事口角起来，连周新也牵了进去，弄得大家都不开心。正宇和我为他们解劝。到了香港后，又和光宇弟兄和灵凤等四人在一家小店里饮冰，总算把一场误会说明白了。返家即睡。

八月一日　晴

早上报上看见香港政府冻结华人资金，并禁止汇款，看了急得不得了。不知丽娟的钱可以汇得出否？急急跑到水拍处去问，可是他却不在，再跑到上海银行去问，停止汇款是否事实，上海汇款通否？银行却说暂时不收。这使我急得像热锅上的蚂蚁，真不知道怎样才好。回来想想，这种办法大概是行不通的，上海有多少人呈靠着香港的汇款的，讨几天一定有改变的办法出来。心也就放了下来。

下午到中华百货公司买了一套玩具，是一套小型的咖啡具，价三元九角五，预备装在箱中寄到上海去。她看见也许会高兴吧。她要我买点好东西给她玩，而我这穷爸爸却买了这点不值钱的东西（一套小火车要六十余元！），想了也感伤起来了。

昨夜又梦见了丽娟一次。不知什么道理，她总是穿着染血的新娘衣的。这是我的血，丽娟，把这件衣服脱下来吧！

八月二日　晴　晚间雨

早晨又到中国银行去找袁水拍。他说，一般的个人汇款，现在已可以汇了，可是数目很小，每月一千五百元国币，商业汇款还不汇，我交给他的五百元还没有汇出，大概至多汇出一部分。再过一两月给我回音。托人家办事，只好听人家说，催也没用。出来后到上海银行，再去问一问汇款的事。行中人说的话和水拍一样，可是汇费却高得惊人，每国币百元须汇费港币四元九角，即合国币三十余元。还只是平汇，这样说来，五百元的汇费就须一百五十一元，电汇就须一百八十元了，这如何是好！接着就叫旅行社到家中取箱子，可是他们却回答我说，现在箱子已不收了。这是什么道理呢？我说，你们大概弄错了吧，前几星期我也来问过，你们说可以寄的。他们却回答说，从前是可以的，现在却不收了。真是糟糕，什么都碰鼻子，闷然而返。

下午到邮局时收了丽娟的一封信，使我比较高兴了一点。信中附着一张照片，就是我在陈松那里看到过的那张，我居然也得到一张了！从报馆出来后，就去中华百货公司起了一个漂亮的镜框，放在案头。现在，我床头，墙上，五斗橱上，案头，都有了丽娟和朵朵的照片了。我在照片的包围之中过度想象的幸福生活。幸福吗？我真不知道这是幸福还是苦痛！

一件事忘记了，从中国银行出来后，我到秋原处去转了转，因为他昨天叫徐迟带条子来叫我去一次，说有事和我谈。事情是这样的：天主堂需要一个临时的改稿子的人，略有报酬，他便介绍了我。我自然答应了下来，多点收入也好。事情说完了之后……就走了出来。

三日　雨

上午到天主堂去找师神父，从他那儿取了两部要改的稿子来。报酬是以字数计的，但不知如何算法，也不好意思问。晚间写信给丽娟，告诉她汇款的困难问题，以及箱子不能寄，关于汇款，我向她提出了一个办法，就是叫她每两月到香港来取款一次。但我想她一定不愿意，她一定以为我想骗她到香港来。

四日　晴

　　陆志庠对我说想吃酒，便约他今晚到家里来对酌。这几天，我感到难堪的苦闷，也可以借酒来排遣一下。下午六时买了酒和罐头食品回来，陆志庠已在家等着了。接着就喝将起来。两人差不多把一大瓶五加皮喝完，他醉了，由徐迟送他回去。我仍旧很清醒，但却止不住自己的感情，大哭了一场，把一件衬衫也揩湿了。陈松阿四以为我真醉了，这倒也好，否则倒不好意思。

　　徐迟从水拍那里带了三百元来还我，说没有法子汇，其余的二百元呢，他无论如何给我汇出。这三百元如何办呢？到上海银行去，我身边的钱不够汇费。没有办法的时候，到十一二号领到稿费时电汇吧，汇费纵然大也只得硬着头皮汇了！

　　今天下午二时许，许地山突然去世了。他的身体是一向很好的，我前几天也还在路上碰到他，真是想不到！听说是心脏病，连医生也来不及请。这样死倒也好，比我活着受人世最大的苦好得多了。我那包小小的药还静静地藏着，恐怕总有那一天吧。

八月五日　晴

上午又写了一封信给丽娟，又把六七两月的日记寄了给她。我本来是想留着在几年之后才给她看的，但是想想这也许能帮助她使她更了解我一点，所以就寄了给她，不知她看了作何感想。两个月的生活思想等等，大致都记在那儿了，我是什么也不瞒她的，我为什么不使她知道我每日的生活呢？

中午许地山大殓，到他家里去吊唁了一次。大家都显着悲哀的神情，也为之不欢。世界上的人真奇怪，都以为死是可悲的，却不知生也许更为可悲。我从死里出来，我现在生着，唯有我对于这两者能作一个比较。

六日　晴

前些日子，胡好交了一本稿子给我，要我给他改。这是一个名叫白虹的舞女写的，写她如何出来当舞女的事。我不感兴趣，也没有工夫改，因此搁下来了。后来徐迟拿去看，说很好，又去给水拍看，也说好。今天他们二人联名写了一封信，要我交给胡好，转给那舞女，想找她谈谈。这真是怪事了。但我知道他们并不是对女人发生兴趣，他们是想知道她的生活，目的是为了写文章。我把信交给胡好，胡好说，那舞女已到重庆去了。这可使徐迟他们要失望了吧。

好几天没有收到丽娟的信了。又苦苦地想起她来，今夜又要失眠了。

七日　晴

昨天龙龙来读法文的时候对我说，她父亲说，大夏大学决定搬到香港来（一部分），要请我教国文。所以今天吃过饭之后，我便去找周尚，问问他到底如何情形。他说，大夏在香港先只开一班，大学一年级，没有法文，所以要请我教国文。可是薪水也不多，是按钟点计算的，每小时二元，每星期五小时，这就是说每月只有四十元，而且还要改卷子。这样看来，这个事情也没有什么好，我是否接受还不能一定，等将来再看吧。

今天阴历是闰六月十五，后天是丽娟再度生日，应该再打一个电报去祝贺她。

八日　晴

吃中饭的时候，徐迟带了一个袁水拍的条子来，说二百元还不能汇，但是他在上海有一点存款，可以划二百元给丽娟，他一面已写信给他在上海的朋友，一面叫我写信告诉丽娟。我收到条子后，就立刻写信给丽娟，告诉她取款的办法。

饭后去寄信的时候，使我意外高兴的，是收到了一封丽娟的信，告诉我她已搬到了中一村，朵朵生病，时彦生活改变，又叫我买二张马票。真是使人不安。朵朵到了上海后常常生病，而她在香港时却是十分康健的。我想还是让朵朵住到香港来好吧。时彦也很使我担忧。穆家的希望是寄在他身上，而现在他却像丽娟所说的"要变第二个时英了"！这十年之中，穆家这个好好的家庭会变成这个样子，真是使人意想不到的。财产上的窘急倒还是小事，名誉上的损失却更巨大。后一代的人，几乎没有一个例外，都过着向下的生活，先是时英时杰，现在是丽娟时彦，这难道是命运吗？岳母在世发神经时所说"鬼寻着"的话，也许不是无因的……关于时彦，我想一方面是环境的不好，另一方面丽娟的事也是使他受了刺激的。在上海的时候，我就看见他为了丽娟的事而失眠。他想想一切都弄得这样了，好好做人的勇气自然也失去了。

但愿时彦和丽姐两个人都回头吧！他们是穆家唯一有点希望的人！

现在已二时，今天恐怕又要睡不好了。

九日　晴

早上九点钟光景，徐迟来叫醒了我说陈松昨夜失窃了！她把一共五十元光景的钱分放在两个皮匣里，藏在抽斗中，可是忘记把抽斗锁上了。偷儿从窗中爬进来，把这钱取了去。时候一定是在半夜四时许，因为我在三时还没有睡着。后来沈仲章上来说，贼的确是四点钟光景来的。他听见狗叫声，马师奶也听见狗叫声而起来，看见一个人影子闪过。奇怪的是贼胆子竟如此大，奇怪的是徐迟夫妇会睡得这样熟，奇怪的是我住到这里那样长又没有失窃过，而陈松来了不久就被窃了。这也是命运吧。陈松很懊丧，因为她所有的钱都在那里了。徐迟去报了差馆。差馆派了人来问了一下。可是，这钱是没有找回来的希望了。

今天打了一个贺电给丽娟，贺她今年再度的生日。

晚间马师奶请吃夜饭，有散缪尔等人。马师奶说，巴尔富约我们明天到他家里去吃茶。我又有好久没有看见他了，可是实在怕走那条山路。

十日　晴

今天是星期日，上午到报馆里去办了公，下午便空出来了。吃过午饭之后，我提议到浅水湾去游泳，因为陈松自从失了钱以来，整天愁着，这样可以忘掉。于是大家决意先到浅水湾，然后到巴尔富家去吃点心。决定了便立即动身到油麻地坐公共汽车去。在公共汽车上遇到了许多人，乔木、夏衍等等，他们也是去游泳的，便一起出发。浅水湾的水还是很脏，水面上满是树枝和树叶，可是我们仍然在那里玩了长久，因为熟人多的原故，连时光的过去也不觉得了。出水后已五时许，坐了一下后，即动身到巴尔富家去。

　　在走上山坡的时候，我忽然想起丽娟和朵朵来，去年或是前年的有一天下午，我们一同踏着这条路走上去过，其情景正像现在的徐迟夫妇和徐律一样。但是这幸福的时候离开我已那么远那么远了！在走上这山坡的时候，丽娟，你知道我是带着怎样的惆怅想着你啊！到了山顶的时候，巴尔富和马师奶已等了我们长久了，于是围坐下来饮茶吃点心，并随便闲谈，一直谈到天快晚的时候才下山来。下山来却坐不到公共汽车，每辆车子都是客满，没办法了，只好拔脚走，一直走到快到香港仔的时候，才拦到了一辆巴士，坐着回来。匆匆吃了夜饭就上床，因为实在疲倦极了。

名家作品精选集

闻一多精选集

闻一多 著

民主与建设出版社

·北京·

© 民主与建设出版社，2021

图书在版编目（CIP）数据

闻一多作品精选集 / 闻一多著 . -- 北京 : 民主与
建设出版社 , 2021.8（2024.1 重印）
（名家作品精选集 / 王茹茹主编 ; 8）
ISBN 978-7-5139-3651-4

Ⅰ . ①闻… Ⅱ . ①闻… Ⅲ . ①中国文学—现代文学—
作品综合集 Ⅳ . ① I216.2

中国版本图书馆 CIP 数据核字 (2021) 第 139248 号

闻一多作品精选集
WENYIDUO ZUOPIN JINGXUANJI

著　　者	闻一多	
主　　编	王茹茹	
责任编辑	韩增标	
封面设计	玥婷设计	
出版发行	民主与建设出版社有限责任公司	
电　　话	（010）59417747　59419778	
社　　址	北京市海淀区西三环中路 10 号望海楼 E 座 7 层	
邮　　编	100142	
印　　刷	三河市天润建兴印务有限公司	
版　　次	2021 年 8 月第 1 版	
印　　次	2024 年 1 月第 2 次印刷	
开　　本	880 毫米 × 1230 毫米　　1 / 32	
印　　张	6.5	
字　　数	130 千字	
书　　号	ISBN 978-7-5139-3651-4	
定　　价	298.00 元（全 10 册）	

注 : 如有印、装质量问题，请与出版社联系。

目 录

自 传

诗 赋

文艺评论

中国人的骨气

自　传

闻 多

闻多，字友三，亦字友山，湖北蕲水（按：即今浠水）人。先世业儒，大父尤嗜书，尝广鸠群籍，费不赀，筑室曰"绵葛轩"，延名师傅诸孙十余辈于内。时多尚幼，好弄，舆诸兄竞诵，恒绌，夜归，从父阅《汉书》，数旁引日课中古事之相类者以为比。父大悦，自尔每夜必举书中名人言行以告之。十二岁，至武昌，人两湖师范附属高等小学校。甫一载，革命事起，遂归。翌年春，复晋省，人民国公校，旋去而之实修学校。越月，试清华，获选。来校时，距大考仅一月，又不审英文，次年夏，遂留级。喜任事，于会务无洪纤剧易悉就理，所见独不与人同，而强于自信，每以意行事，利与钝不之顾也。性简易而愿爽.历落自喜.不与人较短长，然待人以诚，有以学，亦未尝强求之。人或责之，多叹曰："吁，物有所适，性有所近，必欲强物以倍性，几何不至抑郁而发狂疾哉。"每暑假返家，恒闭户读书，忘寝馈，每闻宾客至，辄踟蹰隅匿，顿足言曰："胡又来扰人也！"所居室中，横胪群籍，榻几恒满。闲为古文辞，喜敷陈奇义，不屑屑于浅显。暇则歌啸或奏萧笛以自娱，多宫商之音。习书画，不拘拘于陈法，意之所至，笔辄随之不稍停云。

八年的回忆与感想

　　说到联大的历史和演变，我们应追溯到长沙临时大学的一段生活。最初，师生们陆续由北平跑出，到长沙聚齐，住在圣经学校里，大家的情绪只是兴奋而已。记得教授们每天晚上吃完饭，大家聚在一间房子里，一边吃着茶，抽着烟，一边看着报纸，研究着地图，谈论着战事和各种问题。有时一个同事新从北方来到，大家更是兴奋的听他的逃难的故事和沿途的消息。大体上说，那时教授们和一般人一样只有着战事刚爆发时的紧张和愤慨，没有人想到战争是否可以胜利。既然我们被迫得不能不打，只好打了再说。人们只对于保卫某据点的时间的久暂，意见有些出入，然而即使是最悲观的也没有考虑到战事如何结局的问题。那时我们甚至今天还不大知道明天要做什么事，因为学校虽然天天在筹备开学，我们自己多数人心里却怀着另外一个幻想。我们脑子里装满了欧美现代国家的观念，以为这样的战争，一发生，全国都应该动员起来，自然我们自己也不是例外。于是我们有的等着政府的指示：或上前方参加工作，或在后方从事战时的生产，至少也可以在士兵或民众教育上尽点力。事实证明这个幻想终于只是幻想，于是我们的心理便渐渐回到自己岗位上的工作，我们依然得准备教书，教我们过去所教的书了。

因为长沙圣经学校校舍的限制，我们文学院是指定在南岳上课的。在这里我们住的房子也是属于圣经学校的。这些房子是在山腰上，前面在我们脚下是南岳镇，后面往山里走，便是那探索不完的名胜了。

在南岳的生活，现在想起来，真有"恍如隔世"之感。那时物价还没有开始跳涨，只是在微微的波动着罢了。记得大前门纸烟涨到两毛钱一包的时候，大家曾考虑到戒烟的办法。南岳是个偏僻地方，报纸要两三天以后才能看到，世界注意不到我们，我们也就渐渐不大注意世界了，于是在有规则性的上课与逛山的日程中，大家的生活又慢慢安定下来。半辈子的生活方式，究竟不容易改掉，暂时的扰动，只能使它表面上起点变化，机会一来，它还是要恢复常态的。

讲到同学们，我的印象是常有变动，仿佛随时走掉的并不比新来的少，走掉的自然多半是到前线参加实际战争去的。但留下的对于功课多数还是很专心的。

抗战对中国社会的影响，那时还不甚显著，人们对蒋委员长的崇拜与信任，几乎是没有限度的。在没有读到史诺的《西行漫记》一类的书的时候，大家并不知道抗战是怎样起来的，只觉得那真是由于一个英勇坚毅的领导，对于这样一个人，你除了钦佩，还有什么话可说呢！有一次，我和一位先生谈到国共问题，大家都以为西安事变虽然业已过去，抗战却并不能把国共双方根本的矛盾彻底解决，只是把它暂时压下去罢了，这个矛盾将来是可能又现出来的。然则应该如何永久彻底解决这矛盾呢？这位先生认为英明神圣的领袖，代表着中国人民的最高智慧，时机来了，他一定会向左靠拢一点，整个国家民族也就会跟着他这样做，那时左右的问题自然就不存在了。现在想想，中国的"真命天子"的观念真是根深蒂固！可惜我当时没有反问这位先生一句："如果领袖不向平安的方向靠，而是向黑暗的深渊里冲，整个国家民族是否也就跟着他那样做呢？"

但这在当时究竟是辽远的事情，当时大家争执得颇为热烈的倒是应否实施战时教育的问题。同学中一部分觉得应该有一种有别于平时的战时教育，包括打靶，下乡宣传之类。教授大都与政府的看法相同：认为我们应该努力研究，以待将来建国之用，何况学生受了训，不见得比大兵打得更好，因为那时的中国军队确乎打得不坏。结果是两派人各行其是，愿意参加战争的上了前线，不愿意的依然留在学校里读书。这一来，学校里的教育便变得更单纯的为教育而教育，也就是完全与抗战脱节的教育。在这里，我们应该注意：并不是全体学生都主张战时教育而全体教授都主张平时教育，前面说过，教授们也曾经等待过征调，只因征调没有消息，他们才回头来安心教书的。有些人还到南京或武汉去向政府投效过的，结果自然都败兴而返。至于在学校里，他们最多的人并不积极反对参加点配合抗战的课程，但一则教育部没有明确的指示，二则学校教育一向与现实生活脱节，要他们炮声一响马上就把教育和现实配合起来，又叫他们如何下手呢？

武汉情势日渐危急，长沙的轰炸日益加剧，学校决定西迁了。一部分男同学组织了步行团，打算从湖南经贵州走到云南。那一次参加步行团的教授除我之外，还有黄子坚，袁复礼，李继侗，曾昭抡等先生，我们沿途并没有遇到土匪，如外面所传说的。只有一次，走到一个离土匪很近的地方，一夜大家紧张戒备，然而也是一场虚惊而已。

那时候，举国上下都在抗日的紧张情绪中，穷乡僻壤的老百姓也都知道要打日本，所以沿途并没有作什么宣传的必要。同人民接近倒是常有的事。但多数人所注意的还是苗区的风俗习惯，服装，语言，和名胜古迹等等。

在旅途中同学们的情绪很好，仿佛大家都觉得上面有一个英明的领袖，下面有五百万勇敢用命的兵士抗战，反正是没有问题的。我们只希望到昆明后，有一个能给大家安心读书的环境。大家似乎都不大谈，甚至也不大想政治问题。有时跟辅导团团长为了食宿闹点别扭，也都是很小的事，一般说来，都是很高兴的。

到昆明后，文法学院到蒙自呆了半年，蒙自又是一个世外桃源。到蒙自后，抗战的成绩渐渐露出马脚，有些被抗战打了强心针的人，现在，兴奋的情绪不能不因为冷酷的事实而渐渐低落了。

在蒙自，吃饭对于我是一件大苦事。第一我吃菜吃得咸，而云南的菜淡得可怕，叫厨工每餐饭准备一点盐，他每每又忘记，我也懒得多麻烦，于是天天只有忍痛吃淡菜。第二，同桌是一群著名的败北主义者，每到吃饭时必大发其败北主义的理论，指着报纸得意洋洋说："我说了要败，你看罢！现在怎么样?"他们人多势众，和他们辩论是无用的。这样，每次吃饭对于我简直是活受罪。

云南的生活当然不如北平舒服。有些人的家还在北平，上海或是香港，他们离家太久，每到暑假当然想回去看看，有的人便在这时一去不返了。

等到新校舍筑成，我们搬回昆明。这中间联大有一段很重要的历史，就是在皖南事变时期，同学们在思想上分成了两个壁垒。那年我正休假，在晋宁县住了一年，所以校内的情形不大清楚，只听说有一部分同学离开了学校，但是后来又陆续回来了。

教授的生活在那时因为物价还没有很显著的变化，并没有大变动。交通也比较方便，有的教授还常常回北平去看看家里的人。如刘崇鋐先生就回去过几次。

一般说来，先生和同学那时都注重学术的研究和学习，并不像现在整天谈政治，谈时事。

《中国之命运》一书的出版，在我一个人是一个很重要的关键。我简直被那里面的义和团精神吓一跳，我们的英明领袖原来是这样想法的吗？"五四"给我的影响太深，《中国之命运》公开的向"五四"宣战，我是无论如何受不了的。

大学的课程，甚至教材都要规定，这是陈立夫做了教育部长后才有的现象。这些花样引起了教授中普遍的反感。有一次教育部要重新"审定"教授们的"资格"，教授会中讨论到这问题，许多先生，发言非常愤慨，但，这并不意味着反对国民党的情绪。

联大风气开始改变，应该从三十三年算起，那一年政府改三月二十九日为青年节，引起了教授和同学们一致的愤慨。抗战期中的青年是大大的进步了，这在"一二·一"运动中，表现得尤其清楚。那几年同学中跑仰光赚钱的固然有，但那究竟是少数，并且这责任归根究底，还应该由政府来负。

这两年来，同学们对学术研究比较冷淡，确是事实，但人们因此而悲观，却是过虑。政治问题诚然是暂时的事，而学术研究是一个长期的工作。有些人主张不应该为了暂时的工作而荒废了永久的事业，初听这说法很有道理，但是暂时的难关通不过，怎能达到那永久的阶段呢？而且政治上了轨道，局势一定安下来，大家自然会回到学术里来的。

这年头愈是年青的，愈能识大体，博学多能的中年人反而只会挑剔小节，正当青年们昂起头来做人的时候，中年人却在黑暗的淫威面前屈膝了。究竟是谁应该向谁学习？想到这里，我觉得在今天所有的不合理的现象之中，教育，尤其大学教育，是最不合理的。抗战以来八九年教书生活的经验，使我整个的否定了我们的教育。我不知道我还能继续支持这样的生活多久，如果我真是有廉耻的话！

诗　赋

红　烛

蜡炬成灰泪始干

——李商隐

红烛啊！

这样红的烛！

诗人啊！

吐出你的心来比比，

可是一般颜色？

红烛啊！

是谁制的蜡——给你躯体？

是谁点的火——点着灵魂？

为何更须烧蜡成灰，

然后才放光出？

一误再误；

矛盾！冲突！

红烛啊！

不误，不误！
原是要"烧"出你的光来——
这正是自然底方法。

红烛啊！
既制了，便烧着！
烧罢！烧罢！
烧破世人底梦，
烧沸世人底血——
也救出他们的灵魂，
也捣破他们的监狱！

红烛啊！
你心火发光之期，
正是泪流开始之日。

红烛啊！
匠人造了你，
原是为烧的。
既已烧着，
又何苦伤心流泪？
哦！我知道了！
是残风来侵你的光芒，

你烧得不稳时，
才着急得流泪！

红烛啊！
流罢！你怎能不流呢？
请将你的脂膏，
不息地流向人间，
培出慰藉底花儿，
结成快乐底果子！

红烛啊！
你流一滴泪，灰一分心。
灰心流泪你的果，
创造光明你的因。

红烛啊！
"莫问收获，但问耕耘。"

雪

夜散下无数茸毛似的天花，

织成一片大氅，

轻轻地将憔悴的世界，

从头到脚地包了起来；

又加了死人一层殓衣。

伊将一片鱼鳞似的屋顶埋起了，

却总埋不住那屋顶上的青烟缕。

啊！缕缕蜿蜒的青烟啊！

仿佛是诗人向上的灵魂，

穿透自身的躯壳：直向天堂迈往。

高视阔步的风霜蹂躏世界，

森林里抖颤的众生争斗多时，

最末望见伊底白氅，

都欢声喊道："和平到了！奋斗成功了！

这不是冬投降底白旗吗？"

睡 者

灯儿灭了，人儿在床；
月儿底银潮
沥过了叶缝，冲进了洞窗，
射到睡觉的双靥上，
跟他亲了嘴儿又偎脸，
便洗净一切感情底表象，
只剩下了如梦幻的天真，
笼在那连耳目口鼻
都分不清的玉影上。

啊！这才是人底真色相！
这才是自然底真创造！
自然只此一副模型；
铸了月面，又铸人面。

哦！但是我爱这睡觉的人，
他醒了我又怕他呢！
我越看这可爱的睡容，

想起那醒容，越发可怕。

啊！让我睡了，躲脱他的醒罢！
可是瞌睡像只秋燕，
在我眼帘前掠了一周，
忽地翻身飞去了，
不知几时才能得回来呢？
月儿，将银潮密密的酌着！
睡觉的，撑开枯肠深深地喝着！
快酌，快喝！喝着，睡着！
莫又醒了，切莫醒了！
但是还响点擂着，鼾雷！
我祇爱听这自然底壮美底回音，
他警告我这时候
那人心宫底禁闼大开，
上帝在里头登极了！

黄 昏

太阳辛苦了一天，
赚得一个平安的黄昏，
喜得满面通红，
一气直往山洼里狂奔。

黑黯好比无声的雨丝，
慢慢往世界上飘洒……
贪睡的合欢叠拢了绿鬓，钩下了柔颈，
路灯也一齐偷了残霞，换了金花；
单剩那喷水池
不怕惊破别家底酣梦，
依然活泼泼地高呼狂笑，独自玩耍。
饭后散步的人们，
好像刚吃饱了蜜的蜂儿一窠，
三三五五的都往
马路上头，板桥栏畔飞着。
嗡……嗡……嗡……听听唱的什么——
是花色底美丑？

是蜜味底厚薄？

是女王底专制？

是东风底残虐？

啊！神秘的黄昏啊！

问你这首玄妙的歌儿，

这辈嚣喧的众生

谁个唱的是你的真义？

时间底教训

太阳射上床，惊走了梦魂。

昨日底烦恼去了，今日底还没来呢。

啊！这样肥饱的鹁声，

稻林里撞挤出来——来到我心房酿蜜，

还同我的，万物底蜜心，

融合作一团快乐——生命底唯一真义。

此刻时间望我尽笑，

我便合掌向他祈祷："赐我无尽期！"

可怕！那笑还是冷笑；

那里？他把眉尖锁起，居然生了气。

"地得！地得！"听那壁上的钟声，

果同快马狂蹄一般地奔腾。

那骑者还仿佛吼着：

"尽可多多创造快乐去填满时间；

那可活活缚着时间来陪着快乐？"

二月庐

面对一幅淡山明水的画屏，

在一块棋盘似的稻田边上，

蹲着一座看棋的瓦屋——

紧紧地被捏在小山底拳心里。

柳荫下睡着一口方塘；

聪明的燕子——伊唱歌儿

偏找到这里，好听着水面的

回声，改正音调底错儿。

燕子！可听见昨夜那阵冷雨？

西风底信来了，催你快回去。

今年去了，明年，后年，后年以后，

一年回一度的还是你吗？

啊！你的爆裂得这样音响，

进出些什么压不平的古愁！

可怜的鸟儿，你诉给谁听？

那知道这个心也碎了哦！

快　乐

快乐好比生机：
生机底消息传到绮甸，
群花便立刻
披起五光十色的绣裳。

快乐跟我的
灵魂接了吻，我的世界
忽变成天堂，
住满了柔艳的安琪儿！

回　顾

九年底清华底生活，

回头一看——

是秋夜里一片沙漠，

却露着一颗萤火，

越望越光明，

四围是迷茫莫测的凄凉黑暗。

这是红惨绿娇的暮春时节：

如今到了荷池——

寂静底重量正压着池水

连面皮也皱不动——

一片死静！

忽地里静灵退了，

镜子碎了，

个个都喘气了。

看！太阳底笑焰——一道金光，

滤过树缝，洒在我额上；

如今羲和替我加冕了，

我是全宇宙底王！

幻中之邂逅

太阳落了，责任闭了眼睛，
屋里朦胧的黑暗凄酸的寂静，
钩动了一种若有若无的感情，
——快乐和悲哀之间底黄昏。

仿佛一簇白云，蒙蒙漠漠，
拥着一只素氅朱冠的仙鹤——
在方才淌进的月光里浸着，
那娉婷的模样就是他么？

我们都还没吐出一丝儿声响；
我刚才无心地碰着他的衣裳，
许多的秘密，便同奔川一样，
从这摩触中不歇地冲洄来往。

忽地里我想要问他到底是谁，
抬起头来……月在那里？人在那里？
从此狰狞的黑黯，咆哮的静寂，
便扰得我辗转空床，通夜无睡。

失 败

从前我养了一盆宝贵的花儿，

好容易孕了一个苞子，

但总是半含半吐的不肯放开。

我等发了急，硬把他剥开了，

他便一天萎似一天，萎得不像样了。

如今我要他再关上不能了。

我到底没有看见我要看的花儿！

从前我做了一个稀奇的梦，

我总嫌他有些太模糊了，

我满不介意，让他震破了；

我醒了，直等到月落，等到天明，

重织一个新梦既织不成，

便是那个旧的也补不起来了。

我到底没有做好我要做的梦！

花儿开过了

花儿开过了，果子结完了；
一春底香雨被一夏底骄阳炙干了，
一夏底荣华被一秋底馋风扫尽了。
如今败叶枯枝，便是你的余剩了。

天寒风紧，冻哑了我的心琴；
我惯唱的颂歌如今竟唱不成。
但是，且莫伤心，我的爱，
琴弦虽不鸣了，音乐依然在。

只要灵魂不灭，记忆不死，纵使
你的荣华永逝（这原是没有的事），
我敢说那已消的春梦底余痕，
还永远是你我的生命底生命！

况且永继的荣花，顿刻的凋落——
两两相形，又算得了些什么？
今冬底假眠，也不过是明春底

更烈的生命所必需的休息。

所以不怕花残，果烂，叶败，枝空，

那缜密的爱底根网总没一刻放松；

他总是绊着，抓着，咬着我的心，

他要抽尽我的生命供给你的生命！

爱啊！上帝不曾因青春底暂退，

就要将这个世界一齐捣毁，

我也不曾因你的花儿暂谢，

就敢失望，想另种一朵来代他！

死

啊！我的灵魂底灵魂！
我的生命底生命，
我一生底失败，一生底亏欠，
如今要都在你身上补足追偿，
但是我有什么
可以求于你的呢？

让我淹死在你眼睛底汪波里！
让我烧死在你心房底熔炉里！
让我醉死在你音乐底琼醪里！
让我闷死在你呼吸底馥郁里！

不然，就让你的尊严羞死我！
让你的酷冷冻死我！
让你那无情的牙齿咬死我！
让那寡恩的毒剑螫死我！

你若赏给我快乐，

我就快乐死了；

你若赐给我痛苦，

我也痛苦死了；

死是我对你惟一的要求，

死是我对你无上的贡献。

宇　宙

宇宙是个监狱，
但是个模范监狱；
他的目的在革新，
并不在惩旧。

国　手

爱人啊！你是个国手，
我们来下一盘棋；
我的目的不是要赢你，
但只求输给你——
将我的灵和肉
输得干干净净！

爱宅种

——题 画

啊！这么俊的一副眼睛——
两潭渊默的清波！
可怜孱弱的游泳者哟！
我告诉你回头就是岸了！

啊！那潭岸上的一带榛薮，
好分明的黛眉啊！
那鼻子，金字塔式的小邱，
恐怕就是情人底茔墓罢？

那里，不是两扇朱扉吗？
红得像樱桃一样，
扉内还露着编贝底屏风。
这里又不知安了什么陷阱！

啊！莫非是绮甸之乐园？

还是美底家宅，爱底祭坛？

呸！不是，都不是哦！

是死魔盘据着的一座迷宫！

谢罪以后

朋友，怎样开始？这般结局？
"谁实为之？"是我情愿，是你心许？
朋友，开始结局之间，
演了一出浪漫的悲剧；
如今戏既演完了，
便将那一页撕了下去，
还剩下了一部历史，
恐十倍地庄严，百般地丰富，——
是更生底灵剂，乐园底基础！

朋友！让舞台上的经验，短短长长，
是恩爱，是仇雠，尽付与时间底游浪。
若教已放下来的绣幕，
永作隔断记忆底城墙；
台上的记忆尽可隔断，
但还有一篇未成的文章，
是在登台以前开始作的。
朋友！你为什么不让他继续添长，

完成一件整的艺术品？你试想想！

朋友！我们来勉强把悲伤葬着，
让我们的胸膛做了他的坟墓；
让忏悔蒸成湿雾，
糊湿了我们的眼睛也可；
但切莫把我们的心，
冷的变成石头一个，
让可怕的矜骄底刀子
在他上面磨成一面的锋，两面的锷。
朋友，知道成锋的刀有个代价么？

忏　悔

啊！浪漫的生活啊！
是写在水面上的个"爱"字，
一壁写着，一壁没了；
白搅动些痛苦底波轮。

别　后

哪！那不速的香吻，
没关心的柔词……
啊！热情献来的一切的赘礼，
当时都大意地抛弃了，
于今却变作记忆底干粮，
来充这旅途底饥饿。

可是，有时同样的愧仪，
当时珍重地接待了，抚宠了；
反在记忆之领土里
刻下了生憎惹厌的痕迹。

啊！谁道不是变幻呢？
顷刻之间，热情与冷淡，
已经百度底乘除了。

谁道不是矛盾呢？
一般的香吻，一样的柔词，

才冷僵了骨髓，

又烧焦了纤维。

恶作剧的疟魔呀！

到底是谁遣你来的？

你在这一隙驹光之间，

竟教我更迭地

作了冰炭底化身！

恶作剧的疟魔哟！

玄　思

在黄昏底沉默里，
从我这荒凉的脑子里，
常进出些古怪的思想，

不伦不类的思想；
仿佛从一座古寺前的
尘封雨渍的钟楼里，
飞出一阵猜怯的蝙蝠，
非禽非兽的小怪物。

同野心的蝙蝠一样，
我的思想不肯只爬在地上，
却老在天空里兜圈子，
圆的，扁的，种种的圈子。

我这荒凉的脑子
在黄昏底沉默里，
常进出些古怪的思想，
仿佛同些蝙蝠一样。

记　忆

记忆溃起苦恼的黑泪，
在生活底纸上写满蝇头细字；
生活底纸可以撕成碎片，
记忆底笔迹永无磨灭之时。

啊！友谊底悲剧，希望的挽歌，
情热底战史，罪恶的供状——
啊！不堪卒读的文词哦！
是记忆底亲手笔，悲哀的旧文章！

请弃绝了我罢，拯救了我罢！
智慧哟！钩引记忆底奸细！
若求忘却那悲哀的文章，
除非要你赦脱了你我的关系！

太阳吟

太阳啊，刺得我心痛的太阳！
又逼走了游子底一出还乡梦，
又加他十二个时辰底九曲回肠！

太阳啊！火一样烧着的太阳！
烘干了小草尖头底露水，
可烘得干游子底冷泪盈眶？

太阳啊，六龙骖驾的太阳！
省得我受这一天天底缓刑，
就把五年当一天跪完那又何妨？

太阳啊！——神速的金乌——太阳！
让我骑着你每日绕行地球一周，
也便能天天望见一次家乡！

太阳啊，楼角新升的太阳！
不是刚从我们东方来的吗？

我的家乡此刻可都依然无恙？

太阳啊，我家乡来的太阳！
北京城里底宫柳裹上一身秋了罢？
唉！我也憔悴的同深秋一样！

太阳啊，奔波不息的太阳！
你也好像无家可归似的呢。
啊！你我的身世一样地不堪设想！

太阳啊，自强不息的太阳！
大宇宙许就是你的家乡罢。
可能指示我我底家乡底方向？

太阳啊，这不像我的山川，太阳！
这里的风云另带一般颜色，
这里鸟儿唱的调子格外凄凉。

太阳啊，生活之火底太阳！
但是谁不知你是球东半底情热，
同时又是球西半底智光？

太阳啊，也是我家乡底太阳！

此刻我回不了我往日的家乡，
便认你为家乡也还得失相偿。

太阳啊，慈光普照的太阳！
往后我看见你时，就当回家一次；
我的家乡不在地下乃在天上！

废 圆

一只落魄的蜜蜂，
像个沿门托钵的病僧，
游到被秋雨踢倒了的
一堆烂纸似的鸡冠花上，
闻了一闻，马上飞走了。

啊！零落底悲哀哟！
是蜂底悲哀？是花底悲哀？

小　溪

铅灰色的树影，
是一长篇恶梦，
横压在昏睡着的
小溪底胸膛上。
小溪挣扎着，挣扎着……
似乎毫无一点影响。

稚 松

他在夕阳底红纱灯笼下站着，

他扭着颈子望着你，

他散开了藏着金色圆眼的，

海绿色的花翎———一层层的花翎。

他像是金谷园里的

一只开屏的孔雀罢？

烂　果

我的肉早被黑虫子咬烂了。

我睡在冷辣的青苔上，

索性让烂的越加烂了，

只等烂穿了我的核甲，

烂破了我的监牢，

我的幽闭的灵魂

便穿着豆绿的背心，

笑迷迷地要跳出来了！

色 彩

生命是张没价值的白纸，

自从绿给了我发展，

红给了我情热，

黄教我以忠义，

蓝教我以高洁，

粉红赐我以希望，

灰白赠我以悲哀；

再完成这帧彩图，

黑还要加我以死。

从此以后，

我便溺爱于我的生命，

因为我爱他的色彩。

口　供

我不骗你，我不是什么诗人，

纵然我爱的是白石的坚贞，

青松和大海，鸦背驮着夕阳，

黄昏里织满了蝙蝠的翅膀。

你知道我爱英雄，还爱高山，

我爱一幅国旗在风中招展，

自从鹅黄到古铜色的菊花。

记着我的粮食是一壶苦茶！

可是还有一个我，你怕不怕？——

苍蝇似的思想，垃圾桶里爬。

收 回

那一天只要命运肯放我们走！
不要怕；虽然得走过一个黑洞，
你大胆的走；让我掇着你的手；
也不用问那里来的一阵阴风。

只记住了我今天的话，留心那
一掬温存，几朵吻，留心那几烂笑，
都给拾起来，没有差；——记住我的话，
拾起来，还有珊瑚色的一串心跳。

可怜今天苦了你——心渴望着心——
那时候该让你拾，拾一个痛快，
拾起我们今天损失了的黄金。
那斑斓的残瓣，都是我们的爱，
拾起来，戴上。
　你戴着爱的圆光，
我们再走，管他是地狱，是天堂！

"你指着太阳起誓"

你指着太阳起誓，叫天边的寒雁
说你的忠贞。好了，我完全相信你，
甚至热情开出泪花，我也不诧异。
只是你要说什么海枯，什么石烂……
那便笑得死我。这一口气的功夫
还不够我陶醉的？还说什么"永久"？
爱，你知道我只有一口气的贪图，
快来箍紧我的心，快！啊，你走，你走……

我早算就了你那一手——也不是变卦——
"永久"早许给了别人，秕糠是我的份，
别人得的才是你的菁华——不坏的千春。
你不信？假如一天死神拿出你的花押，
你走不走？去去！去恋着他的怀抱，
跟他去讲那海枯石烂不变的贞操！

你莫怨我

你莫怨我！
这原来不算什么，
人生是萍水相逢，
让他萍水样错过。
你莫怨我！

你莫问我！
泪珠在眼边等着，
只须你说一句话，
一句话便会碰落，
你莫问我！

你莫惹我！
不要想灰上点火，
我的心早累倒了，
最好是让它睡着，
你莫惹我！

你莫碰我！
你想什么，想什么？
我们是萍水相逢，
应得轻轻的错过。
你莫碰我。

你莫管我！
从今加上一把锁；
再不要敲错了门，
今回算我撞的祸，
你莫管我！

你　看

你看太阳像眠后的春蚕一样，
镇日吐不尽黄丝似的光芒；
你看负暄的红襟在电杆梢上，
酣眠的锦鸭泊在老柳根旁。

你眼前又陈列着青春的宝藏，
朋友们，请就在这眼前欣赏；
你有眼睛请再看青山的峦嶂，
但莫向那山外探望你的家乡。

你听听那枝头颂春的梅花雀，
你得揩干眼泪，和他一支歌。
朋友，乡愁最是个无情的恶魔，
他能教你眼前的春光变作沙漠。

你看春风解放了冰锁的寒溪，
半溪白齿琮琮的漱着涟漪，
细草又织就了釉釉的绿意，

白杨枝上招展着幺小的银旗。

朋友们，等你们看到了故乡的春，
怕不要老尽春光老尽了人？
呵，不要探望你的家乡，朋友们，
家乡是个贼，他能偷去你的心！

也 许

——葬歌

也许你真是哭得太累，
也许，也许你要睡一睡，
那么叫夜莺不要咳嗽，
蛙不要号，蝙蝠不要飞，

不许阳光拨你的眼帘，
不许清风刷上你的眉，
无论谁都不能惊醒你，
撑一伞松荫庇护你睡，

也许你听这蚯蚓翻泥，
听这小草的根须吸水，
也许你听这般的音乐
比那咒骂的人声更美；

那么你先把眼皮闭紧，

我就让你睡，我让你睡，

我把黄土轻轻盖着你，

我叫纸钱儿缓缓的飞。

末 日

露水在筧筒里哽咽着，
芭蕉的绿舌头舐着玻璃窗，
四围的垩壁都往后退，
我一人填不满偌大一间房。

我心房里烧上一盆火，
静候着一个远道的客人来，
我用蛛丝鼠矢喂火盆，
我又用花蛇的鳞甲代劈柴。

鸡声直催，盆里一堆灰，
一股阴风偷来摸着我的口，
原来客人就在我眼前，
我眼皮一闭，就跟着客人走。

死 水

这是一沟绝望的死水，
清风吹不起半点漪沦。
不如多扔些破铜烂铁，
爽性泼你的剩菜残羹。

也许铜的要绿成翡翠，
铁罐上锈出几瓣桃花；
再让油腻织一层罗绮，
霉菌给他蒸出些云霞。

让死水酵成一沟绿酒，
漂满了珍珠似的白沫；
小珠们笑声变成大珠，
又被偷酒的花蚊咬破。

那么一沟绝望的死水，
也就夸得上几分鲜明。
如果青蛙耐不住寂寞，

又算死水叫出了歌声。

这是一沟绝望的死水，
这里断不是美的所在，
不如让给丑恶来开垦，
看他造出个什么世界。

春　光

静得像入定了的一般，那天竹，
那天竹上密叶遮不住的珊瑚；
那碧桃；在朝暾里运气的麻雀。
春光从一张张的绿叶上爬过。
蓦地一道阳光晃过我的眼前，
我眼睛里飞出了万支的金箭，
我耳边又谣传着翅膀的摩声，
仿佛有一群天使在空中逻巡……

忽地深巷里进出了一声清籁：
"可怜可怜我这瞎子，老爷太太！"

黄　昏

黄昏是一头迟笨的黑牛，
一步一步的走下了西山；
不许把城门关锁得太早，
总要等黑牛走进了城圈。

黄昏是一头神秘的黑牛，
不知他是那一界的神仙——
天天月亮要送他到城里，
一早太阳又牵上了西山。

夜 歌

癞虾蟆抽了一个寒噤，
黄土堆里攒出个妇人，
妇人身旁找不出阴影，
月色却是如此的分明。

黄土堆里攒出个妇人，
黄土堆上并没有裂痕；
也不曾惊动一条蚯蚓，
或绷断蟆蛸一根网绳。

月光底下坐着个妇人，
妇人的容貌好似青春，
猩红衫子血样的狰狞，
鬅松的散发披了一身。

妇人在号咷，捶着胸心，
癞虾蟆只是打着寒噤，
远村的荒鸡哇的一声，
黄土堆上不见了妇人。

心 跳

这灯光，这灯光漂白了的四壁；
这贤良的桌椅，朋友似的亲密；
这古书的纸香一阵阵的袭来；
要好的茶杯贞女一般的洁白；
受哺的小儿喽呷在母亲怀里，
鼾声报道我大儿康健的消息……
这神秘的静夜，这浑圆的和平，
我喉咙里颤动着感谢的歌声。
但是歌声马上又变成了诅咒，
静夜！我不能，不能受你的贿赂。
谁希罕你这墙内尺方的和平！
我的世界还有更辽阔的边境。
这四墙既隔不断战争的喧嚣，
你有什么方法禁止我的心跳？
最好是让这口里塞满了沙泥，
如其他只会唱着个人的休戚！
最好是让这头颅给田鼠掘洞，
让这一团血肉也去喂着尸虫，

如果只是为了一杯酒，一本诗，

静夜里钟摆摇来的一片闲适，

就听不见了你们四邻的呻吟，

看不见寡妇孤儿抖颤的身影，

战壕里的痉挛，疯人咬着病榻，

和各种惨剧在生活的磨子下。

幸福！我如今不能受你的私贿，

我的世界不在这尺方的墙内。

听！又是一阵炮声，死神在咆哮。

静夜！你如何能禁止我的心跳？

发　现

我来了，我喊一声，进着血泪，

"这不是我的中华，不对，不对！"

我来了，因为我听见你叫我；

鞭着时间的罡风，擎一把火，

我来了，不知道是一场空喜。

我会见的是噩梦，那里是你？

那是恐怖，是噩梦挂着悬崖，

那不是你，那不是我的心爱！

我追问青天，逼迫八面的风，

我问，拳头擂着大地的赤胸，

总问不出消息；我哭着叫你，

呕出一颗心来，——在我心里！

祈　祷

请告诉我谁是中国人，

启示我，如何把记忆抱紧；

请告诉我这民族的伟大，

轻轻的告诉我，不要喧哗！

请告诉我谁是中国人，

谁的心里有尧舜的心，

谁的血是荆轲聂政的血，

谁是神农黄帝的遗孽。

告诉我那智慧来得离奇，

说是河马献来的馈礼；

还告诉我这歌声的节奏，

原是九苞凤凰的传授。

谁告诉我戈壁的沉默，

和五岳的庄严？又告诉我

泰山的石霤还滴着忍耐，

大江黄河又流着和谐？

再告诉我，那一滴清泪
是孔子吊唁死麟的伤悲？
那狂笑也得告诉我才好，——
庄周，淳于髡，东方朔的笑。

请告诉我谁是中国人，
启示我，如何把记忆抱紧；
请告诉我这民族的伟大，
轻轻的告诉我，不要喧哗！

一句话

有一句话说出就是祸，

有一句话能点得着火。

别看五千年没有说破，

你猜得透火山的缄默？

说不定是突然着了魔，

突然青天里一个霹雳

爆一声：

"咱们的中国！"

这话教我今天怎样说？

我不信铁树开花也可，

那么有一句话你听着：

等火山忍不住了缄默，

不要发抖，伸舌头，顿脚，

等到青天里一个霹雳

爆一声：

"咱们的中国！"

荒 村

……临淮关梁园镇间一百八十里之距离，已完全断绝人烟。汽车道两旁之村庄，所有居民，逃避一空。农民之家具木器，均以绳相连，沉于附近水塘稻田中，以避火焚。门窗俱无，中以棺材或石堵塞。一至夜间，则灯火全无。鸡犬豕等觅食野间，亦无人看守。而间有玫瑰芍药犹墙隅自开。新出稻秧，翠蔼宜人。草木无知，其斯之谓欤？

——民国十六年五月十九日《新闻报》

他们都上那里去了，怎么

虾蟆蹲在甑上，水瓢里开白莲；

桌椅板凳在田里堰里漂着；

蜘蛛的绳桥从东屋往西屋牵？

门框里嵌棺材，窗棂里镶石块！

这景象是多么古怪多么惨！

镰刀让它锈着快锈成了泥，

抛着整个的渔网在灰堆里烂。

天呀！这样的村庄都留不住他们！

玫瑰开不完，荷叶长成了伞；

秧针这样尖，湖水这样绿，

天这样青，鸟声像露珠样圆。

这秧是怎样绿的，花儿谁叫红的？

这泥里和着谁的血，谁的汗？

去得这样的坚决，这样的脱洒，

可有什么苦衷，许了什么心愿？

如今可有人告诉他们：这里

猪在大路上游，鸭往猪群里钻，

雄鸡踏翻了芍药，牛吃了菜——

告诉他们太阳落了，牛羊不下山，

一个个的黑影在岗上等着，

四合的峦嶂龙蛇虎豹一般，

它们望一望，打了一个寒噤，

大家低下头来，再也不敢看；

（这也得告诉他们）它们想起往常

暮寒深了，白杨在风里颤，

那时只要站在山头嚷一句，

山路太险了，还有主人来搀；

然后笛声送它们踏进栏门里，

那稻草多么香，屋子多么暖！

它们想到这里，滚下了一滴热泪，

大家挤作一堆，脸偎着脸……

去！去告诉它们主人，告诉他们，

什么都告诉他们，什么也不要瞒！

叫他们回来！叫他们回来！

问他们怎么自己的牲口都不管？

他们不知道牲口是和小儿一样吗？

可怜的畜生它们多么没有胆！

喂！你报信的人也上那里去了？

快地告诉他们——告诉王家老三，

告诉周大和他们兄弟八个，

告诉临淮关一带的庄稼汉，

还告诉那红脸的铁匠老李，

告诉独眼龙，告诉徐半仙，

告诉黄大娘和满村庄的妇女——

告诉他们这许多的事，一件一件。

叫他们回来，叫他们回来！

这景象是多么古怪多么惨！

天呀！这样的村庄留不住他们；

这样一个桃源，瞧不见人烟！

罪　过

老头儿和担子摔一跤，
满地是白杏儿红樱桃。
老头儿爬起来直哆嗦，
"我知道我今日的罪过！"
"手破了，老头儿你瞧瞧。"
"唉！都给压碎了，好樱桃！"

"老头儿你别是病了罢？
你怎么直楞着不说话？"
"我知道我今日的罪过，
一早起我儿子直催我。
我儿子躺在床上发狠，
他骂我怎么还不出城。"

"我知道今日个不早了，
没想到一下子睡着了。
这叫我怎么办，怎么办？

回头一家人怎么吃饭?"
老头儿拾起来又掉了,
满地是白杏儿红樱桃。

天安门

好家伙！今日可吓坏了我！
两条腿到这会儿还哆嗦。
瞧着，瞧着，都要追上来了，
要不，我为什么要那么跑？
先生，让我喘口气，那东西，
你没有瞧见那黑漆漆的，
没脑袋的，蹶脚的，多可怕，
还摇晃着白旗儿说着话……
这年头真没法办，你问谁？
真是人都办不了，别说鬼。
还开会啦，还不老实点儿！
你瞧，都是谁家的小孩儿，
不才十来岁儿吗？干吗的！
脑袋瓜上不是使枪扎的？
先生，听说昨日又死了人，
管包死的又是傻学生们。
这年头儿也真有那怪事，
那学生们有的喝，有的吃，——

咱二叔头年死在杨柳青，
那是饿的没法儿去当兵，——
谁拿老命白白的送阎王！
咱一辈子没撒过谎，我想
刚灌上俩子儿油，一整勺，
怎么走着走着瞧不见道。
怨不得小秃子吓掉了魂，
劝人黑夜里别走天安门。
得！就算咱拉车的活倒霉，
赶明日北京满城都是鬼！

洗衣歌

洗衣是美国华侨最普遍的职业，因此留学生常常被人问道，"你爸爸是洗衣裳的吗?"

（一件，两件，三件，）
洗衣要洗干净!
（四件，五件，六件）
熨衣要熨得平!

我洗得净悲哀的湿手帕，
我洗得白罪恶的黑汗衣，
贪心的油腻和欲火的灰，……
你们家里一切的脏东西，
交给我洗，交给我洗。

铜是那样臭，血是那样腥，
脏了的东西你不能不洗，
洗过了的东西还是得脏，

你忍耐的人们理它不理？
替他们洗！替他们洗！
你说洗衣的买卖太下贱，
肯下贱的只有唐人不成！
你们的牧师他告诉我说：
耶稣的爸爸做木匠出身，
你信不信？你信不信？
胰子白水耍不出花头来，
洗衣裳原比不上造兵舰。
我也说这有什么大出息——
洗一身血汗洗别人的汗？
你们肯干？你们肯干？

年去年来一滴思乡的泪，
半夜三更一盏洗衣的灯……
下贱不下贱你们不要管，
看那里不干净那里不平，
问支那人，问支那人。

我洗得净悲哀的湿手帕，
我洗得白罪恶的黑汗衣，
贪心的油腻和欲火的灰，
你们家里一切的脏东西，

交给我——洗，交给我——洗，

(一件，两件，三件,)

洗衣要洗干净!

(四件，五件，六件,)

熨衣要熨得平!

闻一多先生的书桌

忽然一切的静物都讲话了，
忽然间书桌上怨声腾沸：
墨盒呻吟道"我渴得要死！"
字典喊雨水渍湿了他的背；

信笺忙叫道弯痛了他的腰；
钢笔说烟灰闭塞了他的嘴，
毛笔讲火柴烧秃了他的须，
铅笔抱怨牙刷压了他的腿；

香炉咕喽着"这些野蛮的书
早晚定规要把你挤倒了！"
大纲表叹息快睡锈了骨头；

"风来了！风来了！"稿纸都叫了；
笔洗说他分明是盛水的，
怎么吃得惯臭辣的雪茄灰；
桌子怨一年洗不上两回澡，

墨水壶说"我两天给你洗一回。"

"什么主人？谁是我们的主人？"
一切的静物都同声骂道，
"生活若果是这般的狼狈，
倒还不如没有生活的好！"

主人咬着烟斗迷迷的笑，
"一切的众生应该各安其位。
我何曾有意的糟蹋你们，
秩序不在我的能力之内。"

月亮和人

十一月十四日

灯光灭了；

月娥把银潮放进窗子里，

射到睡觉的人的双靥上。

把他脸上的感情的表象都扫净了，

只有那寂静灵幻的天真，

笼罩在那连耳目口鼻也分不清的素面上。

啊！这是自然底真美，

这是何等的美！

自然只此一个模型，

铸了月面，

也铸了人面。

我爱月亮，

怎能不爱这睡觉的人呢？

但是有人说：

"月亮可以爱，

人爱不得。"

七子之歌

邶有七子之母不安其室。七子自怨自艾，冀以回其母心。诗人作《凯风》以愍之。吾国自尼布楚条约迄旅大之租让，先后丧失之土地，失养于祖国，受虐于异类，臆其悲哀之情，盖有甚于《凯风》之七子。因择其与中华关系最亲切者七地，为作歌各一章，以抒其孤苦亡告，眷怀祖国之哀忱，亦以励国人之奋兴云尔。国疆崩丧，积日既久，国人视之漠然。不见夫法兰西之 Alsace—Lorraine 耶？"精诚所至，金石能开。"诚如斯，中华"七子"之归来其在旦夕乎！

（澳门）

你可知"妈港"不是我的真名姓？……
我离开你的襁褓太久了，母亲！
但是他们掳去的是我的肉体，
你依然保管着我内心的灵魂。
三百年来梦寐不忘的生母啊！
请叫儿的乳名，叫我一声"澳门"！
母亲！我要回来，母亲！

（香港）

我好比凤阙阶前守夜的黄豹，
母亲呀，我身份虽微，地位险要。
如今狰恶的海狮扑在我身上，
啖着我的骨肉，咽着我的脂膏；
母亲呀，我哭泣号啕，呼你不应。
母亲呀，快让我躲入你的怀抱！
母亲！我要回来，母亲！

（台湾）

我们是东海捧出的珍珠一串，
琉球是我的群弟我就是台湾。
我胸中还氤氲着郑氏的英魂，
精忠的赤血点染了我的家传。
母亲，酷炎的夏日要晒死我了；
赐我个号令，我还能背城一战。
母亲，我要回来，母亲！

（威海卫）

再让我看守着中华最古的海，
这边岸上原有圣人的丘陵在。
母亲，莫忘了我是防海的健将，

我有一座刘公岛作我的盾牌。

快救我回来呀，时期已经到了。

我背后葬的尽是圣人的遗骸！

母亲！我要回来，母亲！

（广州湾）

东海和硇洲是一双管钥，

我是神州后门上的一把铁锁。

你为什么把我借给一个盗贼？

母亲呀，你千万不该抛弃了我！

母亲，让我快回到你的膝前来，

我要紧紧的拥抱着你的脚踝。

母亲！我要回来，母亲！

（九龙）

我的胞兄香港在诉他的苦痛，

母亲呀，可记得你的幼女九龙？

自从我下嫁给那镇海的魔王，

我何曾有一天不在泪涛汹涌！

母亲，我天天数着归宁的吉日，

我只怕希望要变作一场空梦。

母亲！我要回来，母亲！

（旅顺，大连）

我们是旅顺，大连，孪生的兄弟。

我们的命运应该如何的比拟？——

两个强邻将我们来回的蹂躏，

我们是暴徒脚下的两团烂泥。

母亲，归期到了，快领我们回来。

你不知道儿们如何的想念你！

母亲！我们要回来，母亲！

长城下之哀歌

啊！五千年文化底纪念碑哟！
伟大的民族底伟大的标帜！……
哦，那里是赛可罗坡底石城？
那里是贝比楼？那里是伽勒寺？
这都是被时间蠹蚀了的名词；
长城？肃杀的时间还伤不了你。

长城啊！你又是旧中华底墓碑，
我是这墓中的一个孤鬼——
我坐在墓上痛哭，哭到地裂天开，
可才能找见旧中华底灵魂，
并同我自己的灵魂之所在？……
长城啊！你原是旧中华底墓碑！

长城啊！老而不死的长城啊！
你还守着那九曲的黄河吗？
你可听见他那消沉的脉搏？
你的同僚怕不就是那金字塔？

金字塔，他虽守不住他的山河，
长城啊！你可守得住你的文化！

你是一条身长万里的苍龙，
你送帝轩辕升天去回来了，
偃卧在这里，头枕沧海，尾蹋昆仑，
你偃卧在这里看护他的子孙。
长城啊！你可尽了你的责任？
怎么黄帝的子孙终于"披发左衽！"

你又是一座曲折的绣屏：
我们在屏后的华堂上宴饮——
日月是我们的两柱纱灯，
海水天风和着我们高咏，
直到时间也为我们驻辔流连，
我们便挽住了时间放怀酣寝。

长城！你为我们的睡眠担当保障；
待我们睡锈了我们的筋骨，
待我们睡忘了我们的理想，
流贼们忽都爬过我们的围屏，
我们那能御抗？我们只得投降，
我们只得归附了狐群狗党。

长城啊！你何曾隔阂了匈奴，吐蕃？
你又何曾障阻了辽，金，金，满？……
古来只有塞下的雪没马蹄，
古来只有塞上的烽烟云卷，
古来还有胡骢载着一个佳人，
抱着琵琶饮泣，驰出了玉关！……

唉！何须追忆得昨日的辛酸！
昨日的辛酸怎比今朝的劫数？
昨日的敌人是可汗，是单于，
都幸而闯入了我们的门庭，
洗尽腥膻攀上了文明底坛府，——
昨天的敌人还是我们的同族。
但是今日的敌人，今日的敌人，
是天灾？是人祸？是魔术？是妖氛
哦，铜筋铁骨，嚼火漱雾的怪物，
运输着罪孽，散播着战争，……
哦，怕不要扑熄了我们的日月，
怕不要捣毁了我们的乾坤！

啊！从今那有珠帘半卷的高楼，
镇日里睡鸭焚香，龙头泻酒，

自然歌稳了太平，舞清了宇宙？
从今那有石坛丹灶的道院，
一树的碧阴，满庭的红日，——
童子煎茶，烧着了枯藤一束？

那有窗外的一树寒梅，万竿斜竹，
窗里的幽人抚着焦桐独奏？
再那有荷锄的农夫踏着夕阳，
歌声响在山前，人影没入山后？
又那有柳荫下系着的渔舟，
和细雨斜风催不回去的渔叟？

哦，从今只有暗无天日的绝壑，
装满了么小微茫的生命，
像黑蚁一般的，东西驰骋，——
从今只有半死的囚奴，鹄面鸠形，
抱着金子从矿坑里爬上来，
给吃人的大王们献寿谢恩。

从今只有数不清的烟突，
仿佛昂头的毒蟒在天边等候，
又像是无数惊恐的恶魔，
伸起了巨手千只，向天求救；

从今瞥着万只眼睛的街市上，
骷髅拜骷髅，骷髅赶着骷髅走。

啊！你们夸道未来的中华，
就夸道万里的秦岭蜀山，
剖开腹脏，泻着黄金，泻着宝钻；
夸道我们铁路络绎的版图，
就像是网脉式的楮叶一片，
停泊在太平洋底白浪之间。

又夸道鏖战归来的战舰商轮，
载着金的，银的，形形色色的货币，
镌着英皇乔治，美总统林肯，
各国元首底肖像，各国底国名；
夸道西欧底海狮，北美底苍隼，
俯首锻翮，都在上国之前请命。

你们夸道东方的日耳曼，
你们夸道又一个黄种的英伦，——
哈哈！夸道四千年文明神圣，
侥首帖耳的堕入狗党狐群！
啊！新的中华吗？假的中华哟！
同胞啊！你们才是自欺欺人！

哦，鸿荒的远祖——神农，黄帝！

哦，先秦的圣哲——老聃，宣尼！

吟着美人香草的爱国诗人！

饿死西山和悲歌易水的壮士！

哦，二十四史里一切的英灵！

起来呀，起来呀，请都兴起，——

请鉴察我的悲哀，做我的质证，

请来看看这明日的中华——

庶祖列宗啊！我要请问你们：

这纷纷的四万万走肉行尸，

你们还相信是你们的血裔？

你们还相信是你们的子孙？

神灵的祖宗啊！事到如今，

我当怨你们筑起这各种城寨，

把城内文化底种子关起了，

不许他们自由飘播到城外，

早些将礼义底花儿开遍四邻，

如今反教野蛮底荆棘侵进城来。

我又不懂这造物之主底用心，

为何那里摊着荒绝的戈壁，
这里架起一道横天的葱岭，
那里又停着浩荡的海洋，
中间藏着一座蓬莱仙境，
四周围又堆伏着魑魅猩猩？

最善哭的太平洋！只你那容积，
才容得下我这些澎湃的悲思。
最宏伟，最沉雄的哀哭者哟！
请和着我放声号啕地哭泣！
哭着那不可思议的命运，
哭着那亘古不灭的天理——

哭着宇宙之间必老的青春，
哭着有史以来必散的盛筵，
哭着我们中华的庄俨（严）灿烂，
也将永远永远地烟消云散。
哭啊！最宏伟，最沉雄的太平洋！
我们的哀痛几时方能哭完？

啊！在麦垅中悲歌的帝子！
春水流愁，眼泪洗面的降君！
历代最伤心的孤臣节士！

古来最善哭的胜国遗民！
不用悲伤了，不用悲伤了，
你们的丧失究竟轻微得很。

你们的悲哀算得了些什么？
我的悲哀是你们的悲哀之总和。
啊！不料中华最末次的灭亡，
黄帝子孙最澈底的堕落，
毕竟要实现於此日今时，
毕竟在我自己的眼前经过，

哦，好肃杀，好尖峭的冰风啊！
走到末路的太阳，你竟这般沮丧！
我们中华底名字镌在你身上；
太阳，你将被这冰风吹得冰化，
中华底名字也将冰得同你一样？
看啊！猖獗的冰风！狼狈的太阳！
哦，你一只大雕，你从那里来的？
你在这铅铁的天空里盘飞；
这八达岭也要被你占了去，
筑起你的窠巢，蕃殖你的族类？
圣德的凤凰啊！你如何不来，
竟让这神州成了恶鸟底世界？

雹雪重载的冻云来自天涯，
推揎着，摩擦着，在九霄争路
好像一群激战的天狼互相鏖杀
哦，冻云涨了，滚落在居庸关下，
苍白的冻云之海弥漫了四野，——
哎呀！神州啊！你竟陆沉了吗？

长城啊！让我把你也来撞倒，
你我都是赘疣，有些什么难舍？
哦，悲壮的角声，送葬的角声，——
画角啊！不要哀伤，也不要诅骂！
我来自虚无，还向虚无归去，
这堕落的假中华不是我的家！

我是中国人

我是中国人，我是支那人，

我是黄帝底神明血胤，

我是地球上最高处来的，

帕米尔便是我的原籍。

我的种族是一条大河，

我们流下了昆仑山坡，

我们流过了亚洲大陆，

我们流出了优美的风俗。

伟大的民族！伟大的民族！

五岳一般的庄严正肃，

广漠的太平洋底度量，

春云的柔和，秋风的豪放！

我们的历史可以歌唱，

他是尧时老人敲着木壤，

敲出来的太平的音乐，——

我们的历史是一首民歌。

我们的历史是一只金罍，
盛着帝王祀天底芳醴——
我们敬天我们顺天，
我们是乐天安命的神仙。
我们的历史是一掬清泪，
孔子哀悼死麒麟的泪；
我们的历史是一阵狂笑，
庄周，淳于髡，东方朔底笑。

我是中国人，我是支那人，
我的心里有尧舜底心，
我的血是荆轲聂政底血，
我是神农黄帝底遗孽。

我的智慧来得真离奇，
他是河马献来的馈礼；
我这歌声中的节奏，
原是九苞凤凰底传授。

我心头充满戈壁底沉默，
脸上有黄河波涛底颜色，

泰山底石溜滴成我的忍耐，
峥嵘的剑阁撑出我的胸怀。

我没有睡着！我没有睡着！
我心中的灵火还在燃烧；
我的火焰他越烧越燃，
我为我的祖国烧得发颤。

我的记忆还是一根麻绳，
绳上束满了无数的结梗；
一个结子是一桩史事——
我便是五千年底历史。

我是过去五千年底历史，
我是将来五千年底历史。
我要修葺这历史底舞台，
预备排演历史底将来。

我们将来的历史是一首歌，
还歌着海晏河清底音乐；
我们将来的历史是一杯酒，
又在金罍里给皇天献寿。

我们将来的历史是一滴泪，
我的泪洗尽人类底悲哀；
我们将来的历史是一声笑，
我的笑驱尽宇宙底烦恼。

我们是一条河，一条天河，
一派浑浑噩噩的光波——
我们是四万万不灭的明星，
我们的位置永远注定。

伟大的民族！伟大的民族！
我是东方文化底鼻祖，
我的生命是世界底生命，
我是中国人，我是支那人！

爱国的心

我心头有一幅旌旃
没有风时自然摇摆；
我这幅抖颤的心旌
上面有五样的色彩。

这心腹里海棠叶形
是中华版图底缩本；
谁能偷去伊的版图？
谁能偷得去我的心？

故　乡

先生，先生，你到底要上那里去？
你这样的匆忙，你可有什么事？

我要看还有没有我的家乡在；
我要走了，我要回到望天湖边去。
我要访问如今那里还有没有
白波翻在湖中心，绿波翻在秧田里，
有没有麻雀在水竹枝头耍武艺。

先生，先生，世界是这样的新奇；
你不在这里遨游，偏要那里去？

我要探访我的家乡，我有我的心事：
我要看孵卵的秧鸡可在秧林里，
泥上可还有鸽子的脚儿印"个"字，
神山上的白云一分钟里变几次，

可还有燕儿飞到人家堂上来报喜。

先生，先生，我劝你不要回家去；
世间只有远游的生活是自由的。

游子的心是风霜剥蚀的残碑，
碑上已经漶漫了家乡的字迹，……
哦，我要回家去，我要赶紧回家去
我要听门外的水车终日作嗗鸣，
要再将家乡的音乐收入心房里。

先生，先生，你为什么要回家去？
世上有的是荣华，有的是智慧。

你不知道故乡有一只可爱的湖，
常年总有半边青天浸在湖水里。
湖岸上有兔儿在黄昏里觅粮食，
还有见了兔儿不要追的狗子——
我要看如今还有没有这种事。

先生，先生，我越加不能懂你了，
你到底，到底为什么要回家去？

我要看家乡的菱角还长几根刺，

我要看那里一根藕里还有几根丝。

我要看家乡还认识不认识我——

我要看坟山上添了几块新碑石，

我家后园里可还有开花的竹子。

回来了

这真是说不出的悲喜交集——
滚滚的江涛向我迎来，
然后这里是青山，那里是绿水……
我又投入了祖国的慈怀！

你莫告诉我这里是遍体疮痍，
你没听见麦浪翻得沙沙响？
这才是我的家乡我的祖国：
打盹的雀儿钉在牛背上。

祖国呀！今天我分外的爱你……
风呀你莫吹，浪呀你莫涌，
让我镇定一会儿，镇定一会儿；
我的心儿他如此的怔忡！

你看江水俨然金一般的黄，
千樯的倒影蠕在微澜里。
这是我的祖国，这是我的家乡，

别的且都不必提起。

今天风呀你莫吹，浪呀你莫涌。
我是刚才刚才回到家。
祖国呀，今天我们要分外亲热；
请你有泪儿今天莫要洒。

这真是说不出的悲喜交集；
我又投入了祖国的慈怀。
你看船边飞着簸谷似的浪花，
天上飘来仙鹤般的云彩。

叫卖歌

朦胧的曲巷群鸦唤不醒，

东方天上只是一块黄来一块青。

这是谁催着少妇上梳妆？——

"白兰花！白兰花！"

声声落入玻璃窗。

桐阴摊在八尺的高墙底，

"知了"停了，一阵饭香飘到书房里。

忽把孩儿的午梦惊破了——

"薄荷糖！薄荷糖！"

小锣儿在墙角敲。

市声像沸水在铜壶里响，

半壁金丝是竹帘筛进的淡斜阳。

这是谁遮断先生的读书声？——

"老莲蓬！老莲蓬！"

满担清香挑进门。

黄昏要拥住全城去安歇，

纷飞的蝙蝠仿佛是风摧落叶。

这时谁将神秘载满老人心？——

你听啦！你听啦！

算命瞎子拉胡琴。

秦始皇帝

荆轲的匕首，张良的大铁椎，
是两只苍蝇从我眼前飞过。
我肋骨槛里囚着一只黑狼，
这一只黑狼他终天杀了我。

我吞噬了六国来喂这黑狼，
黑狼喂肥了，反来吞噬了我；
我筑起阿房来让黑狼游戏，
他游倦了，我们一齐都睡着。

如今什么也惊不醒我们了，
钜鹿的干戈和咸阳城的火……
多情的刺猬抱着我的骷髅，
十丈来的青蛇缠着我的脚。

抱　怨

我拈起笔来在手中玩弄，

空中便飞来了一排韵脚；

我不知如何的摆布他们，

只希望能写出一些快乐。

我听见你在窗前咳嗽；

不由的写成了一首悲歌。

上帝将要写我的生传；

展开了我的生命之纸，

不知要写些什么东西，

许是灾殃，也许是喜事。

你硬要加入你的姓名，

他便写成了一篇痛史。

唁　词
——纪念三月十八日的惨剧

没有什么！父母们都不要号啕！
兄弟们，姊妹们也都用不着悲恸！
这青春的赤血再宝贵没有了，
盛着他固然是好，泼掉了更有用。

要血是要他红，要血是要他热；
那脏完了，冷透了的东西谁要他？
不要愤嫉，父母，兄弟和姊妹们！
等着看这红热的开成绚烂的花。

感谢你们，这么样丰厚的仪程！
这多年的宠爱，矜怜，辛苦和希望。
如今请将这一切的交给我们，
我们要永远悬他在日月的边旁。

这最末的哀痛请也不要吝惜。
（这一阵哀痛可礫碎了你们的心！）

但是这哀痛的波动却没有完，
他要在四万万颗心上永远翻腾。

哀恸要永远咬住四万万颗心，
那么这哀痛便是忏悔，便是惕警。
还要把馨香缭绕，俎豆来供奉！
哀痛是我们的启示，我们的光明。

欺负着了

你怕我哭？我才不难受了；
这一辈了我真哭得够了！
那儿有的事？——三年哭两个，
谁家的眼泪有这么样多？

我一个寡妇，又穷又老了，
今日可给你们欺负着了！

你，你为什么又往家里跑？
再去，去送给他们杀一刀！
看他们的威风有多么大……
算我白养了你们哥儿三。

我爽兴连这个也不要了，
就算我给你们欺负着了！

为着我教你们上了学校，
没有教你们去杀人绑票——

不过为了这点铓，这点错，
三个儿子整杀了我两个。

这仇有一天我总得报了，
我不能给你们欺负着了！

好容易养活你们这般大，
凭什么我养的该他们杀？
我倒要问问他们这个理，
问问他们杀了可赔得起？……

杀了我儿子，你们就好了？……
我可是给你们欺负着了！

老大为他们死给外国人，
老二帮他们和洋人拼命——
帮他们又给他们活杀死，
这到底到底是怎么回事！

三儿还帮不帮你们闹了？……
我总算给你们欺负着了！

你也送去给他们杀一刀，

杀完了就再没有杀的了！
世界上有儿子的多得很，
我要看他们杀不杀得尽！

我真是给你们欺负恼了！
我可不给你们欺负着了？

比 较

别人的春光歌舞着来，
鸟啼花发鼓舞别人的爱。
我们只有一春苦雨与凄风！
总是桐花暗淡柳惺忪；
我们和别人同不同？

我的人儿她不爱说话，
书斋里夜夜给我送烟茶。
别人家里灯光像是泼溶银，
吴歌楚舞不肯放天明——
我们怎能够比别人？

别人睡向青山去休息，
我们也一同走入黄泉里。
别人堂上的燕子找不着家，
飞到我们的檐前骂落花——
我们比别人差不差？

回　来

我急忙的闯进门来，喘着气，

打算好了一盆水，一壶滚茶，

种种优渥的犒劳，都在那里：

我要把一天的疲乏交给她。

我载着满心的希望走回来，

那晓得一开门，满都是寂静——

什么都没变，夕阳绕进了书斋，

一切都不错，只没她的踪影。

出门了？怎么？……这样的凑巧？

出门了，准是的！可是那顷刻，

那彷徨的顷刻，我已经尝到

生与死间的距离，无边的萧瑟：

恐怖我也认识了，还有凄惶，

我认识了孤臣孽子的绝望。

拟李陵与苏武诗三首

三载同偃息，参商在顺臾。
缠绵情难已，握手且踟蹰。
长城界夷夏，飞鸟苦难踰。
从兹不想见，老死各一隅。
岂无盈尊酒，强欢留斯须。
归期不可误，勉子慎征躯。

送子止河梁，日暮难前之。
老马萧萧鸣，掉尾作长辞。
明日行路难，便当长相思。
路恶有时尽，相思无杀时。
归时慰妻孥，团栾尚有期。

我识别离苦，一日如三秋。
仰首思故人，白云空悠悠；
举目胥非类，言笑谁与酬。
朝廷赏归使，讵知留者愁！

松 赋

伊名园之珍植,挺雄姿于峦岗,缀工字之华厅,侣古月以登堂,倒鳞影于荷池,掀羽盖于乌,枝映波而上下,叶偏反以阴阳,集九仙之仪翩,接五凤之煌,亦秉彝之特粹,故干巍而柯昂。于时斗杓建亥,日驭移房,朔风弥强,雨霰需雾;屏翳弭节,曜灵韬光;莳卉零而蚶丹,阶草凋而碱黄;柳落叶以逐下,蓬振絮而飞;万木机,兹松郁苍。杂康千与飞节,友贞梅与幽篁,卷残飙之蚴吸,积寒雪之严芳,经千霜而弥劲,带冰澌而益强;柯蚍爽,利颖虾鬣,紫鳞流腻,翠粒含香;既叫袄如鹃峙,亦连蜷如龙翔,度神飔而流响,协清钟以铿锵,斧钺斗而铁鸣,溟渤焱而潮狂;惟群植之俱谢,羌高曲其畴,收俊节而莫贵,蔚奇文而独彰。

嗟肆帝之造物,尚何别于否臧,此奚为而独荣?众不幸而罹殃。讵后凋以自喜,愿同类之胥昌;使四时无春秋,斯万物何存亡?惜芝苓之虚顾,怨桃李之易僵;虬拳爪而月白,鹤引颈而露瀼;无春风之伟力,矧韶华之不长,览众山之萧条,倏鸣咽而凄伤。重曰:入梦兮丁君,起喻兮叔夜;思古人兮不可任,悲独栋兮难以兴厦!

清华图书馆

京师学校数百十，谁推秘府追东壁？大学充栋三万签，清华规模更无匹。远覙八载穷寰区，邺牛米舫疲袓输。广厦穹隆具陈设，住置十一嫌不敷。泰西匠师司土木，神施鬼设诸夏无。巨万装成天禄阁，太乙下神青藜扶。盈庭折轴未为富，阙佚凌滥能无虞？泰西管理有专术，更遣游学资袚摹。归来整顿运新法，兰台蓬观奚翅乎？君不见剡溪老藤人未识，碧茏为简金刀刻，鼠须蚕茧已奇创，剖劂神工更不测；谁知富藏侔猗顿，连云玉轴供衂蚀；琅琊田舍牧豕儿，窃坐春风绛帐侧。又不见瑶签碧简高阁储，主人重之犹，缥囊缃帙十二库，宝箧那为他人昧！西京都士效驱役，不受黄金愿借书。我生乃值廿世纪，北走名校窥古渠。河间真本此焉见，收拾蚪籍二酉余。灵光下射神龙护，对此凝立徒悲歔；何当长绳系白日，假我数十空五车。

天　涯

天涯闭户赌清贫，斗室孤灯万里身。
堪笑连年成底事？——穷途舍命作诗人。

青 岛

　　海船快到胶州湾时，远远望见一点青，在万顷的巨涛中浮沉；在右边崂山无数柱奇挺的怪峰，会使你忽然想起多少神仙的故事。进湾，先看见小青岛，就是先前浮沉在巨浪中的青点，离它几里远就是山东半岛最东的半岛——青岛。簇新的，整齐的楼屋，一座一座立在小小山坡上，笔直的柏油路伸展在两行梧桐树的中间，起伏在山冈上如一条蛇。谁信这个现成的海市蜃楼，一百年前还是个荒岛？

　　当春天，街市上和山野间密集的树叶，遮蔽着岛上所有的住屋，向着大海碧绿的波浪，岛上起伏的青稍也是一片海浪，浪下有似海底下神人所住的仙宫。但是在榆树丛萌，还埋着十多年前德国人坚伟的炮台，深长的甬道里你还可以看见那些地下室，那些被毁的大炮机，和墙壁上血涂的手迹。——欧战时这儿剩有五百德国兵丁和日本争夺我们的小岛，德国人败了，日本的太阳旗曾经一时招展全市，但不久又归还了我们。在青岛，有的是一片绿林下的仙宫和海水泱泱的高歌，不许人想到地下还藏着十多间可怕的暗窟，如今全毁了。

　　堤岸上种植无数株梧桐，那儿可以坐憩，在晚上凭栏望见海湾里千万只帆船的桅杆，远近一盏盏明灭的红绿灯飘在浮标上，那是海上的星辰。沿海岸处有许多伸长的山角，黄昏时潮水一卷一卷来，在沙滩上飞转，溅起白浪花，又退回去，不厌倦的呼啸。天空中海鸥逐向渔舟飞，有时间在海水中的大岩石上，听那巨浪撞击着岩石激起一两丈高的水花。那儿再有伸出海面的站桥，去站着望天上的云，海天的云彩永远是清澄无比的，夕阳快下山，西边浮起几道鲜丽耀眼的光，在别处你永远看不见的。

过清明节以后，从长期的海雾中带回了春色，公园里先是迎春花和连翘，成篱的雪柳，还有好像白亮灯的玉兰，软风一吹来就憩了。四月中旬，奇丽的日本樱花开得像天河，十里长的两行樱花，蜿蜒在山道上，你在树下走，一举首只见樱花绣成的云天。樱花落了，地下铺好一条花蹊。接着海棠花又点亮了，还有踯躅在山坡下的"山踯躅"，丁香，红端木，天天在染织这一大张地毯；往山后深林里走去，每天你会寻见一条新路，每一条小路中不知是谁创制的天地。

到夏季来，青岛几乎是天堂了。双驾马车载人到汇泉浴场去，男的女的中国人和十方的异客，戴了阔边大帽，海边沙滩上，人像小鱼一般，暴露在日光下，怀抱中是熏人的咸风。沙滩边许多小小的木屋，屋外搭着伞篷，人全仰天躺在沙上，有的下海去游泳，踩水浪，孩子们光着身在海滨拾贝壳。街路上满是烂醉的外国水手，一路上胡唱。

但是等秋风吹起，满岛又回复了它的沉默，少有人行走，只在雾天里听见一种怪木牛的叫声，人说木牛躲在海角下，谁都不知道在那儿。

致高孝贞

　　贞：如果你们未走，纵然危险，大家在一起，我也心安。现在时常想着你在挂念我们，我也不安了。我早已想起搬到乾面胡同一层，但安全得了多少，也是问题。今天已找勋侄来，托打听旅行手续。同时将应用衣服，清理一下，放在箱里，作一准备。现在只有津浦一路可通，听说联运可以从北平直到汉口（续讯此点不确），这倒也方便。……方才彭丽天来说他也要回家，我已约他与我们同行，这来，路上有一帮忙的人，使我放心点。不然，我自己出门的本事本不大高明，再带三个小孩，一个老妈，我几乎无此勇气。好了，现在计划是有了，要走，三天内一定动身，再过四五天就可到家。不过，最好时局能好转，你们能短期内回北平。万一时局三天之内更恶化了，那就根本走不动。不过照目下情势看来，多半不至如此。写到此处，又有人来电话报告，消息确乎和缓了，为"家"设想，倒也罢，虽然为"国"设想，恐非幸事。来电所拟办法，大司夫与赵妈都同意了。戚焕章与吴妈大起恐慌。我答应他们：我走以后，在名义上仍旧算雇他们，并且多给一月工资，反正时局在一个月内必见分晓，如果太平，一月内我们必回来，否则发生大战，大家和天倒，一切都谈不到了。这样他们二人也很满意。这一星期内，可真难为了我！在家里做老爷，又做太太，做父亲，还要做母亲。小弟闭口不言，只时来我身边亲亲，大妹就毫不客气，心直口快，小小妹到夜里就发脾气，你知道她心里有事，只口不会说罢了！家里既然如此，再加上耳边时来一阵炮声，飞机声，提醒你多少你不敢想的事，令你做文章没有心思，看书也没有心思，拔草也没有心思，只好满处找人打听消息，结果你一嘴，我一嘴，好消息和坏消息抵消了，等于没有打听。够了，我的牢骚发完了，只盼望平汉一通车，你们就上车，叫我好早些卸下做母亲的责任。你不晓得男人做起母亲来，比女人的心还要软。写到这里，立勋又来电话，消息与前面又相反了。这正证实我所谓消息相抵的事实。于是又作走的打算了。碰巧孙作云来了。你知道他是东北人，如果事态扩大，他是无家可归的。我忽然想到何不约他到我家来，我向他提出这意思，他颇为之心动。这一来路上又多一伴，我更可以放心了。立勋明天再来，他个人不愿走，明天再劝劝他。鉴、恕二人因受训未完，恐不能马上就走，我已嘱立勋明天上西苑去打听。万一他们能早走，那就更好。总之，我十分知道局势的严重，自然要相机行事，你放心好了！

多

七月十五灯下

文艺评论

文津阁

《冬夜》评论

一

他们喊道："诗坛空气太沈寂了！"于是《冬夜》,《草儿》,《湖畔》,《惠的风》,《雪朝》继踵而出；深寂的空气果然变热闹了。唉！他们终于是凑热闹啊！热闹是个最易传染的症,所以这时难得是坐在一边,虚心下气地就正于理智的权衡；纵能这样,也未见得受人欢迎,但是——

"慷慨的批评家扇着诗人的火,
  并且教导世界凭着理智去景仰。"

所以越求创作发达,越要扈重批评。尤其在今日,我很怀疑诗神所踏人的不是一条迷涂,所以不忍不厉颜正色,唤他赶早回头。这条迷涂便是那畸形的滥觞的民众艺术。鼓吹这个东西的,不止一天了；只到现在滥觞的效果明显实现,才露出他的马脚来了。拿他自己的失败的效果作赃证,来攻击论调的罪状,既可帮助醒豁群众底了解,又可省却些批评家的口舌。早些儿讲是枉费精力,晚些了呢,又恐怕来不及了；只有今天恰是时候。

　　我本想将当代诗坛中已出集的诸作家都加以精慎的批评，但以时间的关系只能成此一章。先评《冬夜》，虽是偶然拣定，但以《冬夜》代表现时的作风，也不算冤枉他。评的是《冬夜》，实亦可三隅反。

　　　　"撼树蚍蜉自觉狂，

　　　　书生技痒爱论量。"（元好问）

　　《冬夜》作者自己说第一辑"大都是些幼稚的作品"，"第二辑的作风似太烦碎而枯燥了，且不免有些晦涩之处。"照我看来，这两辑未见得比后两辑坏得了多少，或许还要强一点。第一辑里《春水船》，《芦》，第二辑里《绍兴西郭门头的半夜》，《潮歌》同《无名的哀诗》都是《冬夜》里出色的作品。当然依作者自己的主张——所谓诗的进化的还原论者——讲起来，《打铁》，《一勺水啊》等首，要算他最得意的了；若让我就诗论诗，我总觉得第四辑里没有诗，第三辑里倒有些上等作品，如《黄鹄》，《小劫》，《孤山听雨》同《凄然》。

二

　　《冬夜》给我最深刻的印象是他的音节。关于这点，当代诸作家，没有能同俞君比的。这也是俞君对新诗的一个贡献。凝炼，绵密，婉细是他的音节特色。这种艺术本是从旧诗和词曲里蜕化出来的。词曲的音节当然不是自然的音节；一属人工，一属天然，二者是迥乎不同的。一切的艺术应以自然作原料，而参以人工，一以修饰自然的粗率，二以渗渍人性，使之更接近于吾人，然后易于把捉而契合之。诗——诗的音节亦不外此例。一切的用国语作的诗，都得着相当的原料了。但不是一切的语体都具有人工的修饰。别的作家间有少数修饰的产品，但那是非常的事。俞君集子里几乎没有一首音节不修饰的诗，不过有的太嫌音节过火些。（或许这"修饰"两字用得有些犯毛病。我应该说"艺术化"，因为要"艺术化"才能产出艺术，一存心"修饰"，恐怕没有不流于"过火"之弊的。）

胡适之先生自序再版《尝试集》，因为他的诗中词曲的音节进而为纯粹的"自由诗"的音节，很自鸣得意。其实这是很可笑的事。旧词曲的音节并不全是词曲自身的音节，音节之可能性寓于一种方言中，有一种方言，自有一种"天赋的"（inherent）音节。声与音的本体是文字里内含的质素；这个质素发之于诗歌的艺术，则为节奏，平仄，韵，双声，叠韵等表象。寻常的言语差不多没有表现这种潜伏的可能性底力量，厚载情感的语言才有这种力量。诗是被热烈的情感蒸发了的水气之凝结，所以能将这种潜伏的美十足的充分的表现出来。所谓"自然音节"最多不过是散文的音节。散文的音节当然没有诗的音节那样完美。俞君能熔铸词曲的音节于其诗中，这是一件极合艺术原则的事，也是一件极自然的事，用的是中国的文字，作的是诗，并且存心要作好诗，声调铿锵的诗，怎能不收那样的成效呢？我们若根本地不承认带词曲气味的音节为美，我们只有两条路可走：甘心作坏诗——没有音节的诗，或用别国的文字作诗。

但是前面讲到旧词曲的音节，并不"全"是词曲自身的音节。然则有一部分是词曲自身的音节吗？是的，有一小部分。旧词曲所用的是"死文字"。（却也不全是的，词曲文字已渐趋语体了。）如今这种"死文字"中有些语助辞应该屏弃不用，有些文法也该屏弃不用。这两部分删去，于我们文字底声律（prosody）上当然有些影响；但这种影响并不能及于词曲音节的全部。所以我们不好说因为其中有些语助辞同文法不当存在，词曲的音节便当完全推翻。总括一句，词曲的音节在新诗的国境里并不全体是违禁物，不过要经过一番查验拣择罢了。

现在只要看在《冬夜》里这种查验拣择的手段做到家了没有。朱序里说道："后来便就他们的腔调去短取长，重以己意熔铸一番，便成了他自己的独特音律。"我倒有些怀疑这句话呢！像这样的句子——

> "看云生远山，
> 听雨来远天，"

> "既然孤冷，因甚风颠？
> 仰头相问，你不会言！"
> "皱面开纹，活活水流不住。"

径直是生吞活剥了，那里见出得"熔铸"的工夫来呢？《忆游杂诗》几乎都是小令词。现在信手摘几段作例：——

"白象鼻，青狮头，
上垂嫋嫋青丝萝；
大鱼潭底游。"

"到夕阳楼上；
慢步上平冈，山头满夕阳。"

"野花染出紫春罗，
城郭江河都在画图；
霎眼千山云白了，
如何？如何？"

"瓜州一绿如裙带，
山色苍苍江色黄，
为什么金山躲了水中央。"

这些不过是几个极端的例子；还有那似熔半熔，半生不熟的篇
什，不胜枚举了。《归路》，《仅有的伴侣》可以作他们的代表。
至于《冬夜》的音节好的一方面，朱序里论"精炼的词句和音
律"一节内，已讲得很够了。除要我订正而已经在上面订正了
的一点以外，我还要标出《凄然》一首，为全集最佳的音节的
举隅。不滑，不涩，恰到好处，兼有自然与艺术之美的音节，
再没有能超过这一首的了。

上面所讲的这一大堆话，才笼统的说明了一件事——《冬

夜》与词曲的音节之关系。在词曲的音节之背地到底有些什么相互的因果的关系同影响，——这些都是我要在下面详细的讨论的。

像《冬夜》里词曲音节的成分这样多，是他的优点，也便是他的劣点。优点是他音节上的赢获，劣点是他意境上的亏损。因为太拘泥于词曲的音节，便不得不承认词曲的音节之两大条件：中国式的词调及中国式的意象。中国的意象是怎样的粗率简单，或是怎样的不敷新文学的用，傅斯年君底《怎样作白话文》里已讲得很透彻了（《新潮》一卷二号）。我们知道那些，便容易了解《冬夜》该吃了多大一个亏。如今我们先论词调。傅君所说"横里伸张"，真当移作《冬夜》里一般作品的写照。让我从《仅有的伴侣》里抽一节出来作证——

> 可东可西，飞底踪迹；
>
> 没晓没晚，滚的间歇；
>
> 无远无近，推底了结；
>
> 呆瞧人家忙忙碌碌。
>
> 可只瞧忙碌！
>
> 不晓"为什么？为什么？"
>
> 飞——飞他底；
>
> 滚——滚他底；
>
> 推——推他们底。
>
> 有从来，有处去，
>
> 来去有个所以。

> 尽飞，尽滚，尽推；
>
> 自有飞不去，滚不到，推不动的时候。
>
> 伙伴散了——分头，
>
> 他们悠悠，
>
> 我何啾啾！
>
> 况——踪迹，间歇，了结，
>
> 是他们，是我底，
>
> 怎生分别。

我不知这十九行里到底讲了些什么话。只听见"推推""滚滚，"啰唆了半天，故求曲折，其实还是其直如矢，其平如砥。但是不把他同好的例来比照，还不容易觉得他的浅薄。

我们再看下面郭沫若君底两行字里包括了多少意思——

> "云衣灿烂的夕阳
>
> 照过街坊上的屋顶来笑向着我。"（《无烟煤》）

我们还要记着《冬夜》里不只《仅有的伴侣》一首有这种松浅平泛的风格，且是全集有什之六七是这样的。我们试想想看：读起来那是怎样的令人生厌啊！固然我们得承认，这种风格有时用的得当，可以变得极绵密极委婉，如本集中《无名的哀诗》便是，但是到"言之无物"时，便成魔道了。

以上是讲他的章底构造。次论句底构造。《冬夜》里的句法简单，只看他们的长度就可证明。一个主词，一个谓词，结连上几个"用言"或竟一个也没有——凑起多不过十几个字。少才两个字的也有。例如：《起来》，《别后底初夜》，《最后的洪炉》，《客》，《夜月》等等，不计其数，像《女神》这种曲折精密层出不穷的欧化的句法，那里是《冬夜》梦想得到的啊！——

> "啊！我与其学做个泪珠的鲛人
>
> 返向那沈黑的海底流泪偷生，
>
> 宁在这缥缈的银辉之中，
>
> 就好像那个坠落了的星辰，
>
> 曳着带幻灭的美光，
>
> 向着'无穷'长殒。"（《密桑索罗普之夜歌》）

傅斯年君讲中国词调的粗率是"中国人思想简单的表现。"我可不知道是先有简单的思想然后表现成《冬夜》这样的粗率的词调呢？还是因为太执着于词曲的音节——一种限于粗率的词调的音节——就是有了繁密的思想也无从表现得圆满。我想末一种揣度是对些。或说两说都不对。根据作者的"诗的进化的还原论"底原则，这种限于粗率的词调底词曲的音节，或如朱自清所云"易为我们领解，采用，"所以就更近于平民的精神；因为这样，作者或许就宁肯牺牲其繁密的思想而不予以自由的表现，以玉成其作品底平民的风格吧！只是得了平民的精神，而失了诗的艺术，恐怕有些得不偿失哟！

现今诗人除了极少数的——郭沫若君同几位"豹隐"的诗

人梁实秋君等——以外，都有一种极沈痼的通病，那就是弱于或竟完全缺乏幻想力，因此他们诗中很少浓丽繁密而且具体的意象。关于幻想的本身，在后面我还要另论。这里我只将他影响或受影响于词曲的音节者讲一讲。音节繁促则词句必短简，词句短简则无以载浓丽繁密而且具体的意象。——这便是在词曲底音节之势力范围里，意象之所以不能发展的根由。词句短简，便不能不只将一个意思的模样略略的勾勒一下，至于那些枝枝叶叶的装饰同雕镂，都得牺牲了。因为这样，《冬夜》所呈于我们的心眼之前的图画不是些——

> "疏疏的星，
> 疏疏的树林，
> 疏疏外，疏疏的灯。"

同——

> 几笔淡淡的老树影：

便是些——

> "在迷迷蒙蒙里。
> 离开，依依接着
> 才来翩翩忽去。"

同——

> "乱丝一球的蓬蓬松松着"的东西。

换言之，他所遗的印象是没有廓线的，或只有廓线的，假使《冬夜》有香有色，他的

> "香只悠悠着，
> 色只渺渺着。"

试拿一本词或曲来看看，我们所得的印象，大体也同这差不多，不过那些古人底艺术比我们高些，就绘出那——

> "一春梦雨常飘瓦，
> 尽日灵风不满旗。"

的仙境，

> "一个绮丽的蓬莱的世界，
> 被一层银色的梦轻轻锁着在，"

但是我总觉得作者若能摆脱词曲的记忆，跨在幻想的狂恣的翅膀上遨游，然后大着胆引嗓高歌，他一定能拈得更加开扩的艺术。

西诗中有一种长的复杂的 Homericsimile。在中国旧诗里找不出的；因为他们的篇幅，同音节的关系，更难梦见。这种写法是大模范的叙事诗（epic）中用以减煞叙事的单调之感效的伎俩。中国旧文学里找不出这种例子，也正是中国没有真正的叙事诗的结果。假若新诗底责任中含有取人的长处以补己的短之一义，这种地方不应该不特加注意。

三

我们若再将《冬夜》底音节分析下去，还可发现些更为《冬夜》之累的更抽象更琐碎的特质，他们依然是跟着词曲底音节一块走的些质素。

破碎是他的一个明显的特质，零零碎碎杂杂拉拉，像裂了缝的破衣裳，又像脱了榫的烂器具，——看啊！——

"一所村庄我们远远望到了。
'我很认得！
那小河，那些店铺，
我实在认得！'
'什么名儿呢？'
'我知道呢！'

'既叫不出如何认得？'
'也不妨认得，

　　　　　认得了却依然叫不出'。

　　　　　'你不怕人家笑话你?'

　　　　　'笑什么! 要笑便笑你!'

　　　　　走着, 笑着。

　　　　　我们已到了!"（第75页）

再看——

　　　　　"仔细的瞅去, 再想去,

　　　　　可瞅够了? 可想够了?

　　　　　可来了吗? …………什么?

　　　　　想想! ……又什么?"（第148页）

《冬夜》里多半的作品, 不独意思散漫, 造句破碎, 而且标点也用的过度的多; 所以结果便越加现着象——

　　　　　"零零落落的各三两堆,

　　　　　………

　　　　　碎瓦片, 小石头,

　　　　　都精赤的露着。"（第126页）

标点当然是新文学底一个新工具——很宝贵的工具。但是小孩子从来没使过刀子, 忽然给了他一把, 裁纸也是他, 削水果也是他, 雕桌面也是他, 砍了指头也是他。可怜没有一种工具不被滥用的，更没有一种锐利的工具不被滥用以致招祸的！《冬夜》里用标点用得好的作品固有，但是这几处竟是小孩子拿着刀子砍指头了——

　　　　"一切啊，……

　　　　牲口，车子，——走。"（第 147 页）

同

　　　　"一阵麻雀子（?）惊起了。"（第 107 页）
　　　　"你！
　　　　你！！……"（第 181 页）

同

　　　　"'我忍不得了，
　　　　实在眷恋那人世的花。'
　　　　————………
　　　　'然则——你去吧！'"（第 195 页）

我总觉得一个作者若常靠标点去表示他的情感或概念，他定缺少一点力量——"笔力"。当然在上面最末的两个例里，作者用双惊叹号（!!）同删节号（……）所要表现的意义是比寻常的有些不同。在别的地方，哭就说哭，笑就说笑，痛苦激昂就说痛苦激昂；但在这里的，似乎是一种逸于感觉底疆域之外的——

（"Thoughtshardlytobepacked

Intoanarrowact.

Fanciesthatbrokethro'languageand

escaped."

在一个艺术幼稚的作家，遇着这种境地，当然迫于不得已就玩一点滑头用几个符号去混过他，但是一个

"龙文百斛鼎，笔力可独扛"

底健将，偏认这些险隘的关头为摆弄他的神技最快意的地方。因为艺术，诚如白尔（CliveBell）所云，是"一个观念底整体的实现，一个问题的全部的解决。"艺术家喜给自己难题作，如同数学家解决数学的问题，都是同自己为难以取乐。这种嗜好起源于他幼时的一种自虐本能（masochisticinstinct，见莫德尔[Mordell]底《文学中爱的动机》）。在诗底艺术，我们所用以解决这个问题的工具是文字，好像在绘画中是油彩和帆布，在音乐是某种乐器一般。当然，在艺术的本体同他的现象——艺术品底中间，还有很深的永难填满的一个坑谷，换言之，任何种艺术的工具最多不过能表现艺术家当时底美感三昧（aes,theticecstasy）之一半。这样看来，工具实是有碍于全体的艺术之物；正同肉体有碍于灵魂，因为灵魂是绝对地依赖着肉体，以为表现其自身底唯一的方便。

"无端的被着这囚笼，

闷损了心头的快乐，——

哇的一声要吐出来了，

终于脱不了皮肉的枷锁！"

但是艺术的工具又同肉体一样，是个必须的祸孽；所以话又说回来了，若是没有他，艺术还无处寄托呢！

"Spiteofthisfleshtoday.

Istrove，madehead，gainedgrounduponthe

whole．"

文字之于诗也正是这样，诗人应该感谢文字，因为文字作了他的"用力的焦点"，他的职务（也是他的权力）是依然用白尔的话"征服一种工具的困难"，——这种工具就是文字。所以真正的诗家正如韩信囊沙背水，邓艾缒兵入蜀，偏要从险处见奇。下面是克慈（Keats）

"Obstinate，Silencecameheavilyagain，

Feelingaboutforitsold CouchofSpace，

AndairyCradle．"

在这个场合，给《冬夜》底作者恐怕又是一行"……"就完了。临阵脱逃的怯懦者哟！

另一特质是啰唆。本是个很简单的意思，要反复地尽耍半天；故作风态，反得拙笨，强求深蕴，实露浅俗。——这都由于"言之无物"，所以成为貌实神虚。《哭声》第二节正是这样；但因篇幅太长，不便征引。现在引几个短的——

　　　　　"不信他，还信什么？

　　　　　信了他，我还浮游着；

　　　　　信他又为什么？"（第 28 页）

　　　　　"这关着些什么？

　　　　　且正远着呢！

　　　　　是的，原不关些什么！"（第 59 页）

　　　　　"…………

　　　　　错是错了，

　　　　　不解只是不解了！

　　　　　不解所以错了，

　　　　　不解就是错了；

　　　　　这或然是啊。

　　　　　我错了！

　　　　　我将终于不解了！"（第 223 页）

还有一首《愿你》同《尝试集》里的《应该》是一个模子里铸出来的，不过徒弟比师父还要变本加厉罢了。——

　　　　　"愿你不再爱我，

　　　　　愿你学着自爱罢。

　　　　　自爱方是爱我了，

自爱更胜于爱我了！

我愿去躲着你
碎了我的心，
但却不愿意你心为我碎啊！
好不宽恕的我，
你能宽恕我吗？
我可以请求你底宽恕吗？

你心里如有我，
你心里如有我心里的你；
不应把我怎样待你的心待我，
应把我愿意你怎样待我的心去待我。"

作者或许以这堆"俏皮话"很能表现情人的衷曲；其实是东施效颦一样，扭腰瘪嘴地故作媚妩，只是令人作呕吧了！新诗的先锋者啊！"始作俑者，其无后乎！"

又有一个特质是重复。这也可说是从啰唆旁出的一种毛病，他在《冬夜》里是再普遍没有了。篇幅只许我稍举一两个例——

"虽怪可思的，也怪可爱的；
但在那里呢？
但在那里呢？"（第 227 页）

"这算什么，成个什么呢！

唉！·已前的，已前的幻梦，

都该抛弃，都该抛弃。"（第 17 页）

这是句的重复，还有字的重复，更多极了。什么"来来往往"，"迷迷蒙蒙"，"慢慢慢慢的"，"远远远远地"，——这类的字样散满全集。还有这样一类的句子，——

"看丝丝缕缕层层叠叠浪纹如织，"（第 3 页）

"推推挤挤往往行行，越去越远。"（第 23 页）

"唠唠叨叨，颠颠倒倒的咕噜着。"（第 178 页）

"随随便便歪歪斜斜积着，铺着，岂不更好！"（第 158 页）

叠句叠字法一经滥用到这样，他的结果是单调。

关于《冬夜》的音节，我已经讲得很多了，太多了。诗的真精神其实不在音节上。音节究属外在的质素，外在的质素是具质成形的，所以有分析，比量的余地，偏是可以分析比量的东西，是最不值得分析比量的。幻想，情感——诗的其余的两个更重要的质素——最有分析比量的价值的两部分，倒不容分析比量了；因为他们是不可思议同佛法一般的。最多我们只可定夺他底成分底有无，最多许可揣测他的度量的多少；其余的便很难像前面论音节论的那样详啴了。但是可惜得很，正因为他们这样的玄秘性，他们遂被一般徒具肉眼——或竟是瞎眼的

诗人——诗的罪人——所忽视，他们偿了玄秘性的代价。不幸
的诗神啊！他们争道替你解放，"把从前一切束缚'你的'自
由的枷锁镣铐……打破；"谁知在打破枷锁镣铐时，他们竟连
你的灵魂也一齐打破了呢！不论有意无意，他们总是罪大恶
极啊！

<h1 style="text-align:center">四</h1>

　　在这里我们没有工夫讨论情感同幻想为什么那样重要。天
经地义的道理底本身光明正大有什么可笑的呢？不过正因为他
们是天经地义，人人应该已经习知，谁若还来讲他，足见他缺
乏常识，所以可笑了。我们现在要研究的是《冬夜》里这两种
成分到底有多少。先讲幻象。

　　幻象在中国文学里素来似乎很薄弱。新文学——新诗里尤
其缺乏这种质素，所以读起来总是淡而寡味，而且有时野俗得
不堪。《草儿》《冬夜》两诗集同有此病；今来查验《冬夜》。
先从小的地方起，我们来看《冬夜》的用字何如。前面我已指
出叠字法的例子很多；在那里从音节的一方面看来，滥用叠字
更是重复，其结果便是单调的感效。在这里从幻想一方面看来，
滥用叠字的罪过更大，——就是幻想自身的亏缺。魏莱
（ArthurWaley）讲中国文里形容词没有西文里用得精密；如形
容天则曰"青天"，"蓝天"，"云天"，但从没有称为"凯旋"
（triumphant）或"鞭于恐怖"（terrorscourged）者，这种批评
《冬夜》也难脱逃。他那所用的字眼——形容词状词——差不

多还是旧文库里的那一套老存蓄。在这堆旧字眼里，叠字法究居大半；如"高山正苍苍，大野正茫茫；""新鬼们呦呦的叫，故鬼们啾啾的哭；""风来草拜声萧萧；""华表巍巍没字碑，"等等，不计其数。这种空空疏疏模模糊糊的描写法使读者丝毫得不着一点具体的印象，当然是弱于幻想力的结果。斯宾塞同拉拔克（Lubbock）两人都讲重复的原则——即节奏——帮助造成了很"原始的"字。拉拔克并发现原始民族的文字中每一千字有三十八至一百七十字是叠音字，但欧洲底文字中每千字只有两字是的。这个统计正好证明欧洲文字的进化不复依赖重叠抽象的声音去表示他们的意象，但他们的幻想之力能使他们以具体的意象自缀成字。中国文字里叠音字也极多，这正是他的缺点。新诗应该急起担负改良的责任。

《冬夜》里用字既已如上述，幻想之空疏庸俗，大体上也可想而知了。全集除极少数外稍微有些淡薄的幻想的点缀，其余的恰好用作者自己的话表明——

> "这间看看空着，
>
> 那间看看还是空着，
>
> ………
>
> 怎样的空虚无聊！"（第 408 页）最有趣的一个例是《送缉斋》的第三四行——

> "行客们磨蚁般打旋，
>
> 等候着什么似的。"（第 50 页）

用打旋的磨蚁比月台上等车的熙熙攘攘的行客们，真是再妙没有了。但是底下连着一句"等候着什么似的，"那"什么"到底是什么呢，就想不出了。两截互相比照可以量出作者的"笔力"之所能到同所不能到之处了。《冬夜》里见"笔力"——富于幻想的作品也有些。写景的如《春水船》里胡适教授所赏的一段，不必再引了。《绍兴西郭门头的半夜》底头几行径直是一截活动影片了——

> "乌篷推起，我踞在船头上。
>
> 三里——五里——
>
> 如画的女墙傍在眼前；
>
> 臃肿的山，那瘦怯的塔，
>
> 也悄悄的各自移动。"（第46页）

同首末节里描写铁炉的一段也就惟妙惟肖了，——

> "风炉抽动，蓬蓬地涌起一股火柱，
>
> 上下眩耀着四围。
>
> 酱赭的皮肉，蓝紫的筋和脉，
>
> 都在血黄色的芒角下赤裸裸地。
>
> 流铁红满了勺子，猛然间泻出；
>
> 银电的一溜，花筒也似的喷溅。
>
> 眩人底光呀！劳人的工呀！"（第48页）

还有《在路上的恐怖》中的这一段，也写得历历如画。——

> "一盏黄蜡般的油灯，
> 射那灰尘扑落的方方格子。
> 她灯前做着活计，
> 红皱皱的脸映着侧面来的火光，
> 手很应节的来往。"

有一处用笔较为轻淡，而其成效则可与《草儿》中写景最佳处抗衡。——

> "落日恋着树梢，
> 羊缚在树边低着头颈吃草，
> 墩旁的人家赶那晚晴晾衣。"（第109页）

其余的意象很好颇有征引的价值者，便是下面这些了。——

> "………
> 也暂时温暖起'儿时'底滋味，
> 依稀酒样的酽，睡样的甜。"（第111页）

> "或者傻小孩子底手，
> 把和生命一起来的铁链，

> 像粉条扯得寸断了，
>
> 抹一抹尊者的金脸。"（第 116 页）

> "锄头亲遍地母嘴，
>
> 万头喝饱人间血！"（第 198 页）

> "有人煨灶猫般的蜷着，
>
> 听风雨的眠歌儿，
>
> 催他迷迷胡胡向着一处。"（第 62 页）

上列的四个例在《冬夜》里都算特出的佳句；但是比起冰心女士底——

> "听声声算命的锣儿，
>
> 敲破世人的命运。"或郭沫若君底——
>
> "弯弯的海岸，好像 Cupid 的弓弩呀！
>
> 人的生命便是箭，正在海上放射呀！"

便又差远了。这两位诗人的话，不独意象奇警，而且思想隽远耐人咀嚼。《冬夜》还有些写景写物的地方，能加以主观的渲染，所以显得生动得很，此即华茨活所谓"渗透物象底生命里去了，"——

> "岸旁的丛草没消尽他们底绿意，

明知道是一年最晚的容光了，
垂垂的快蘸着小河底脸。

树迎着风，草迎着风；
他俩实在都老了，
尽是皮赖着。
不然——
晚秋也太憔悴啊！"（第72页）

但这里的意思和《风底话》里颇有些雷同，——

"白云粘在天上，
一片一团的嵌着堆着。
小河对他，
也板起灰色脸皮不声不响。
枝儿枯了，叶儿黄了
但他俩忘不了一年来的情意，
愿厮守老丑的光阴，
安安稳稳的挨在一起。"（第22页）

集中有最好的意象的句子，现在我差不多都举了。可惜这些在全集中只算是一个很微很微的分数。

恐怕《冬夜》所以缺少很有幻象的作品，是因为作者对于诗——艺术的根本观念底错误。作者的《诗的进化的还原论》

内包括两个最紧要之点，民众化的艺术与为善的艺术。这篇文已经梁实秋君驳过了，我不必赘述。且限于篇幅也不能赘述。我现在只要将俞君底作品底缺憾指出来，并且证明这些缺憾确是作者底谬误的主张底必然的结果。《冬夜》自序里讲道："我只愿随随便便的活活泼泼的借当代的言语去表现出自我，在人类中间的我，为爱而活着的我。至于表现的……是诗不是诗，这都和我的本意无关，我以为如要顾念到这些问题，就可根本上无意作诗，且亦无所谓诗了。"俞君把作诗看作这样容易，这样随便，难怪他做不出好诗来。鸠伯（Joubert）讲："没有一个不能驰魂褫魄的东西能成为诗的，在一方面讲，Lyre 是样有翅膀的乐器。"麦克孙姆（HiramMaxim）讲："作诗永远是一个创造庄严底动作。"诗本来是个抬高的东西，俞君反拼命底把他往下拉，拉到打铁的抬轿的一般程度。我并不看轻打铁抬轿的底人格，但我确乎相信他们不是作好诗懂好诗的人。不独他们，便是科学家哲学家也同他们一样。诗是诗人作的，犹之乎铁是打铁的打的，轿是抬轿的抬的。惟其俞君要用打铁抬轿的身份眼光，依他们的程度去作诗，所以就闹出这一类的把戏来了，——

> "怕疑心我是偷儿呢；
>
> 这也说不定有的。
>
> 但他们也太装幌子了！
>
> 老实说一句；
>
> 在您贵庙里

我透熟的了，

可偷的有什么？

神象，房子，那地皮！"（第 107 页）

"列车斗的寂然，

到那一站了？

我起来看看。

路灯上写着‘泊头’，

我知道，到的是泊头。

过了多少站，

泊头底经过又非一次，

我怎么独关心今天底泊头呢？（第 234 页）

"‘八毛钱一筐！’

卖梨者底呼声。

我渴极了，

却没有这八毛钱。

梨始终在筐子里，

现在也许还在筐子里，

但久已不关我了，

这是我这次过泊头，最遗恨的一件事。"（第 235
页）

照这样看来，难怪作者讲："我严正声明我做的不是诗。"新诗假若还受人攻击，受人贱视，定归这类的作品负责。《冬夜》里还有些零碎的句子，径直是村夫市侩底口吻，实在令人不堪——

> "路边，小山似的起来，
> 是山吗？哑！
> 瓦砾堆满了的'高墩墩。'"（第 126 页）

> "枯骨头，华表巍巍没字碑，
> 招什么？招个——哑！"（第 201 页）

> "去远了——
> 唅！回来罢！"（第 155 页）
> "来时拉纤，去时溜烟；"（第 109 页）

同

> "就难免'蹩脚'样的拖泥带水。"（第 101 页）

戴叔伦讲："诗人之词如蓝田日暖，良玉生烟。"作诗该当怎样雍容冲雅，"温柔敦厚！"我真不知道俞君怎么相信这种叫嚣粗俗之气便可人诗！难道这就是所谓"民众化"者吗？

五

《冬夜》里情感底质素也不是十分地丰富。热度是有的，但还没到史狄芬生所谓"白热"者。集中最特出的一种情感是"人的热情"——对于人类的深挚的同情。《游皋亭山杂诗》第四首有一节很足以表现作者底胸怀——

> "在这相对微笑的一瞬，
> 早拴上一根割不断的带子。
> 一切含蓄着的意思，
> 如电的透过了，
> 如水的融合了。
> 不再说我是谁，
> 不再问谁是你，
> 只深深觉着有一种不可言，不可说的人间之
> 感！"（第77页）

集中表现最浓厚的"人间之感"的作品，当然是《无名的哀诗》——

> "酒糟的鼻子，酒糟的脸，
> 抬着你同样的人，喘吁吁的走；"

只这"同样"两个字里含着多少的嫉愤，多少的悲哀！其次如
《鹞鹰吹醒了的》也自缠绵悱恻，感人至深。这首诗很有些像
易卜生的《傀儡之家》

> "…………
> 哭够了，撇了跑。
> 不回头么，回头只说一句话：
> '几时若找着了人间底爱，
> 我张开手搂你们俩啊！"' （第145页）

比比这个——

> "郝尔茂 但是我却相信他。告诉我？
> 我们须变到怎样？——
> 挪拉须变到那步田地，使我们同居的生
> 活可以
> 算得真正的夫妻。再见吧！"

《哭声》比较前两首似乎差些。他着力处固是前两首所没
有的，——

> "说是白喲！
> 埋在灰炉下的又焦又黑。
> 让红眼睛的野狗来收拾，

　　　　刮刮地，衔了去，慢慢龈着吃，

　　　　呷着嘴舐那附骨的血，

　　　　衔不完的扔在瓦砾。"（第 132 页）

但总觉得有些过火，令人不敢复读。韩愈底《元和圣德诗》里写刘辟受刑底一段至因这样受苏辙的批评。我想苏辙的批评极是，因为"丑"在艺术上固有相当的地位，但艺术的神技应能使"'恐怖'穿上'美'底一切的精致，同时又不失其要质。"（Horrorputsonallthedaintinessofbeauty，losingnoneofitsessence.）

　　如同薛雷底——

　　　　　　"FoodlessToads

　　　Withinvoluptuouschamberspantingcrawled."

首节描写"高墩墩"上"披离着几十百根不青不黄的草，"将他比着"秃头上几簇稀稀刺刺的黄毛"也很妙。比比卜郎宁手技看——

　　　　　"Wellnow，lookatourvilla! stucklike

　　　　　　Thehomofabull

　　　　Justonamountainedgeasbare

　　　　　Asthecreature'sskull

　　　　Saveamereshagofabush

　　　Withhardlyaleavetopull！"

倒是下面这几行写的极佳，可谓"哀而不伤"——

> "高墩墩被裹在'笑'底人间里，
> 一年底春风，一年底春草：
> 长了，又绿了一片了！
> 辨不出血沁过的根苗枝叶"（第 133 页）

这首诗还有一个弱点——其实是《冬夜》全集的弱点——那就是拉的太长了。拉长了，纵有极热的情感，也要冷下去了，更怕在读者方面起了反响，渐生厌恶呢！这首诗里第二节从"颠狂似的……"以至"这诚然……"凡二十二行，实在可以完全删去。况且所拉长的地方都是些带哲学气味的教训，如最末的三行——

> "我们原不解超人间底'所以然；'
> 真感到的，
> 无非人间世底那些'不得不！'"（第 136 页）

像这种东西也是最容易减杀情感的。克慈讲：

> "Allcharmsfly
>
> Atthemeretouchofphilosophy."

近来新诗里寄怀赠别一类的作品太多。这确是旧文学遗传下来的恶习。文学本出于至性至情，也必要这样才好得来。寄怀赠别本也是出于朋友间离群索居的情感，但这类的作品在中国唐宋以后的文学界已经成了一种应酬底工具。甚至有时标题是首寄怀底诗，内容实在是一封家常细故的信。《东坡集》中最多这类作品。作诗到了这步田地，真是不可救药了。新文学界早就有了这种觉悟，但实际上讲来，我们中惯习底毒太深，这种毛病，犯的还是不少。我不知道《冬夜》的作者作他那几首送行的诗——《送金甫到纽约》，《和你撒手》和《送缉斋》——是有真挚的离恨没有？倘若有了，这几首诗，确是没有表现出来。《屡梦孟真作此寄之》是有情感的根据，但因拉的太长，所以也不能动人。魏莱在他的《百七十首中国诗序》里比较中国诗同西洋诗中底情感，讲得很有意思。他说西洋诗人是个恋人，中国诗人是个朋友："他（中国诗人）只从朋友间找同情与智识的侣伴，"他同他的妻子的关系是物质的。我们历观古来诗人如苏武同李陵，李白同杜甫，白居易同元稹，皮日休同陆龟蒙等等底作品，实有这种情形。大概古人朋友的关系既是这样，我们当然允许他们什么寄怀赠别一类的作品，无妨多作，也自然会多作。他们已有那样的情感，又遇着那些生离死别的事，当然所发泄出来的话没有不真挚的，没有不是好诗的。我很不相信杜甫底《梦李白》里这样的话，

"水深波浪阔，无使蛟龙得！"

是寻常的交情所能产出的。但是在现在我们这渐趋欧化的社会里，男女关系发达了，朋友间情感不会不减少的，所以我差不多要附和奈尔孙（WilliamAllenNelson）底意见，将朋友间的情感编入情操（sentiment）——第二等的情感——底范畴中。若照这样讲，朋友间的情感，以后在新诗中底地位，恐怕要降等了。《屡梦孟真作此寄之》中间的故事虽似同杜甫三夜频梦李白相仿佛，但这首诗同梦李白径直没有比例了。这虽因俞君的艺术不及杜甫，但根本上我恐怕两首诗所从发源的情感也大不相同吧！近来已出版的几部诗集里，这种作品似乎都不少（《草儿》里最多），而且除了康白情君底《送客黄浦》同郭沫若君底《新阳关三叠》之外，差不多都非好诗。所以我讲到这地方来，就不知不觉的说了这些闲话。

《冬夜》里其余的作品有咏花草的，如《菊》，《芦》，《腊梅和山茶》，有咏动物的，如《小伴》，《黄鹄》，《安静的绵羊》，有咏自然的，如《风底话》，《潮歌》，《风尘》，《北京底又一个早春》等；有纪游的，如，《冬夜之公园》，《绍兴西郭门头的半夜》，《如醉梦的踯躅》，《孤山听雨》，《游皋亭山杂诗》，《忆游杂诗》，《北归杂诗》，还有些不易分类的杂品。这些作品中有的带点很淡的情绪，有的比较浓一点；但都可包括在下面这几种类里，——讽刺，教训，哲理，玄想，博爱，感旧，怀古，思乡，还有一种可以叫作闲愁。这些情感加上前面所论的赠别寄怀，都是第二等的情感或情操。奈尔孙讲："情操"二字，"是用于较和柔的情感，同思想相连属的，由观念而发生的情感之上，以与热情比较为直接地倚赖于感觉的情感相对待。"又说"像友谊，爱家，爱国，爱人格，对于低等动物的仁慈的态度一类的情感，同别的寻常称为'人本的'（humanitarian）之情感……这些都属于情操。"我们方才编汇《冬夜》底作品所分各种类，实不外奈尔孙所述的这几件。而且我尤信作者底人本主义是一种经过了理智的程序底结果，因为人本主义是新思潮底一部分，而新思潮当然是理智的觉悟。既然人本主义这样充满《冬夜》，我们便可以判定《冬夜》里大部分的情感，是用理智底方法强迫的，所以是第二流的情感。

我们不妨再把《冬夜》分析分析，看他有多大一部分是映射着新思潮底势力的。《无名的哀诗》，《打铁》，《绍兴西郭门头的半夜》，《在路上的恐怖》是颂劳工的；《他们又来了》，《哭声》是刺军阀的，《打铁》也可归这类；《可笑》是讽社会的；《草里的石碑和颡骴》和《所见》是嫉政府的压制的；《破晓》，《最后的洪炉》，《歧路之前》是鼓励奋斗的；《小伴》是催促觉悟的；《挽歌》，《游皋亭山杂诗》中一部分是提倡人道主义的；至于《不知足的我们》更是新文化运动里边一幕底实录。大概统计这类的作品，要占全集四分之一，其余还有些间接的带着新思潮的影响，不在此内。所以这样看来，《冬夜》在艺术界假若不算一个成功，至少他是一个时代的镜子，历史上的价值是不可磨灭的。

严格的讲来，只有男女间恋爱的情感，是最烈的情感，所以是最高最真的情感。《冬夜》里关于这种情感的作品也有；如《别后底初夜》，《愿你》即是。《愿你》前面已讲过了，现在研究研究《别后的初夜》——

"我迷离在梦儿间

你长伴我在梦儿边。

虽初冬的长夜，

太快了，来朝底天亮！

他将消失我清宵的恋乡。

天匆匆的亮了，

你匆匆的远了，

方才真远了！

盼你来罢！

盼夜来罢！"（第 213 页）

将上面这一段试比梁实秋君的《梦》后，何如？

"'吾爱啊！

你怎又推荐那孤另的枕儿，

伴着我眠，偎着我底脸？'

醒后的悲哀啊！

梦里的甜蜜啊！

我怨雀儿

雀儿还在檐下蜷伏着呢！

他不能唤我醒——

他怎肯抛弃了他的甜梦呢?

'吾爱啊!

对这得而复失的馈礼

我将怎样的怨艾呢?

对这缥缈浓甜的记忆,

我将怎样的咀嚼哟!'

孤另的枕儿啊!

想着梦里的她,

舍不得偎着你;

她的脸儿是我的花,

我把泪来浇你!"

只这一相形之下,美丑高低,便了如指掌了,别的话何必多说?但是有一个地方我很怀疑,不知到底讲好还是不讲好。还是讲了吧!看下面这几行——

"被窝暖暖地,

人儿远远地,

我怎不想起人儿远呢!"(第212页)

我的朋友们读过这首诗的,看到这几行没有不噗嗤笑了的。我想古来诗人恋者触物怀人，有因帐以起兴的，如曹武底"白玉帐寒鸳梦绝"；有因簟以起兴的，如李商隐的"欲拂尘时簟竟床"；也有因枕以起兴的，如李白底"为君留下相思枕"，就如前面梁君也讲到"枕儿"，大概这些品物都可以入诗，独有讲到"被窝"，总嫌有点欠雅。旧诗中这种例也有，如"愿言捧绣被，长就越人宿，""珠被玳瑁床，感郎情意深。""横波美目虽复来，罗被遥遥不相及"等等，正复不少。但终觉秽亵不堪设想。旧诗有词藻底遮饰同音节底调度，已能减少原意底真实性，但尚且这样的不堪，何况是用当代语言作的新诗，更是俞君这样写实的新诗呢！

总之，《冬夜》里所含的情感的质素，什之八九是第二流的情感。一两首有热情的根据的作品，又因幻象缺乏，不能超越真实性，以至流为劣等的作品；所以若是诗底价值是以其情感的质素定的，那么《冬夜》的价值也就可想而知了。我再引奈尔孙的话来作证："从表现他们'情操'最明显的诗看来，这些质素当然不算微琐，并且也许是最紧要的特质，但是从诗的大体上看来，他们可要算猥琐的了，因为伟大的作品可以舍他们而存在。"

我们现在也不妨根据奈尔孙这句话前半底条件，来将《冬夜》里富于情操的作品，每首单独的讲讲。我恐怕在前面将《冬夜》抑之过甚；现在这样做，定能订正前面"一笔抹煞"底毛病。就一诗论一诗，《凄然》确乎是首完美的作品。作者序里讲："岂非情缘境生，而境随情感耶？"惟其有境有情，所以就有好诗，正不必因"文人结习"而病之。

> "明艳的凤仙花，
>
> 喜欢开到荒凉的野寺；
>
> 那带路的姑娘，
>
> 又想染红她底指甲，
>
> 向花丛去掐了一握。
>
> 他俩只随随便便的，
>
> 似乎就此可以过去了；
>
> 但这如何能，在不可聊赖的情怀?" （第174页）

这种神妙的"兴趣"是"不以言诠"的！除《凄然》外，还有几首诗放在《冬夜》里太不像了；这便是《黄鹄》，《小劫》同《归路》。这几首诗都有一种超自然的趣味，同集中最足代表作者的性格的作品如《打铁》，《一勺水啊》等正相反——太相反了！径直是两个极端；一个在云外，一个在泥中。当然他们是从骚赋里脱胎出来的，但这种熔铸旧料的方法是没有害处的，假若俞君所主张的平民的风格，可以比拟华茨活底态度，这几首诗当可比之科立玑底态度了。（见 LyricalBallads 序中。）《黄鹄》似乎暗示于科立玑底《古舟子咏》中之神鸟，《归路》则暗示《忽必烈汗》（亦得之于梦中）。华茨活与科立玑只各尽一端以致胜，而俞君乃兼而有之；这又是我不能懂的一件怪事了。一面讲着那样鄙俗的话语，一面又唱出这样高超的调子来，难道作者有两个自我吗？啊！如何这样的矛盾啊！啊！叫我赞颂呢？还是叫我诅骂呢？诗人啊！明知道"看下方"会"撕碎吾身荷芰的芳香"，"为什么'还'要低头"呢？

"凤凰翔于千仞兮，览德辉而下之！"

六

　　总括地讲几句作个收束。大体上看来．《冬夜》底长处在他的音节，他的许多弱点也可以推源而集中于他的音节。他的情感也不挚，因为太多教训理论。——一言以蔽之，太忘不掉这人间世。但追究其根本错误，还是那"诗的进化的还原论"。俞君不是没有天才，也不是没有学力，虽于西洋文学似少精深的研究。但是他那谬误的主义一天不改掉，虽有天才学力，他的成功还是疑问。培根讲，诗"中有一点神圣的东西，因他以物之外象去将就灵之欲望，不是同理智和历史一样，屈灵于外物之下，这样，他便能抬高思想而使之以入神圣。"所以俞君！不作诗则已，要作诗决不能还死死地贴在平凡琐俗的境域里！

《女神》之时代精神

　　若讲新诗，郭沫若君的诗才配称新呢，不独艺术上他的作品与旧诗词相去最远，最要紧的是他的精神完全是时代的精神——二十世纪底时代的精神。有人讲文艺作品是时代底产儿。《女神》真不愧为时代底一个肖子。

　　（一）二十世纪是个动的世纪。这种的精神映射于《女神》中最为明显。《笔立山头展望》最是一个好例——

> "大都会底脉搏呀！
> 生底鼓动呀！
> 打着在，吹着在，叫着在，……
> 喷着在，飞着在，跳着在……
> 四面的天郊烟幕蒙笼了！
> 我的心脏呀，快要跳出口来了！
> 哦哦，山岳底波涛，瓦屋底波涛，
> 涌着在，涌着在，涌着在，涌着在呀！
> 万籁共鸣的 symphony，
> 自然与人生的婚礼呀！

……"

恐怕没有别的东西比火车底飞跑同轮船的鼓进（阅《新生》与《笔立山头展望》）再能叫出郭君心里那种压不平的活动之欲罢？再看这一段供招——

> "今天天气甚好，火车在青翠的田畴中急行，好像个勇猛沉毅的少年向着希望弥满的前途努力奋迈的一般。
>
> 飞！飞！一切青翠的生命，灿烂的光波在我们眼前飞舞。
>
> 飞！飞！飞！我的自己融化在这个旁礴雄浑的rhythm中去了！我同火车全体，大自然全体，完全合而为一了！我凭着车窗望着旋回飞舞着的自然，听着车轮鞋鞑的进行调，痛快！痛快！……"
>
> （《与宗白华书》《三叶集》第138页）

这种动的本能是近代文明一切的事业之母，他是近代文明之细胞核。郭沫若底这种特质使他根本上异于我国往古之诗人。比之陶潜之——

> "结庐在人境，而无车马喧"：

一则极端之动，一则极端之静，静到——

　　　　"心远地自偏，"

　　隐遁遂成一个赘疣的手续了，——于是白居易可以高唱着——

　　　　"大隐隐朝市，"

　　苏轼也可以笑那——

　　　　"北山猿鹤漫移文"了。

　　（二）二十世纪是个反抗的世纪。"自由"底伸张给了我们一个对待权威的利器，因此革命流血成了现代文明底一个特色了。《女神》中这种精神更了如指掌。只看《匪徒颂》里的一些。——

　　　　"一切……革命底匪徒们呀！
　　　　万岁！万岁！万岁！"

　　那是何等激越的精神，直要骇得金脸的尊者在宝座上发抖了哦。《胜利的死》真是血与泪的结晶；拜伦，康沫尔底灵火又在我们的诗人底胸中烧着了！

　　　　你暗淡无光的月轮哟！我希望我们这阴莽莽的地
　　　球，在这一刹那间，早早同你一样冰化！

啊！这又是何等的疾愤！何等的悲哀！何等的沉痛！——

> "汪洋的大海正在唱着他悲壮的哀歌，
>
> 穹隆无际的青天已经哭红了他的脸面，
>
> 远远的西方，太阳沉没了！——
>
> 悲壮的死哟！金光灿烂的死哟！凯旋同等
>
> 的死哟！胜利的死哟！
>
> 兼爱无私的死神！我感谢你哟！你把我敬
>
> 爱无暨的马克斯威尼早早救了！
>
> 自由底战士，马克斯威尼，你表示出我们
>
> 人类意志底权威如此伟大！
>
> 我感谢你呀！赞美你呀！'自由'从此不
>
> 死了！
>
> 夜幕闭了后的月轮哟！何等光明
>
> 呀！……"

（三）《女神》底诗人本是一位医学专家。《女神》里富有科学底成分也是无足怪的。况且真艺术与真科学本是携手进行的呢。然而这里又可以见出《女神》里的近代精神了。略微举几个例——

> "你去，去寻那与我的振动数相同的人；

　　　　你去！去寻那与我的燃烧点相等的人。"

　　　　　　　　　　　　　　　　　　　　（《序诗》）

　　　　"否，否。不然！是地球在自转，公转。"

　　　　　　　　　　　　　　　　　　　　（《金字塔》）

　　　　我是 X 光线底光，

　　　　我是全宇宙底 enersy 底总量！"

　　　　　　　　　　　　　　　　　　　　（《天狗》）

　　　　"我想我的前身

　　　　原本是有用的栋梁，

　　　　我活埋在地底多年，

　　　　到今朝才得重见天光。"

　　　　　　　　　　　　　　　　　　　　（《炉中煤》）

　　　　"你暗淡无光的月轮哟……早早同你一样冰

　　　　化！"

　　　　　　　　　　　　　　　　　　　　（《胜利的死》）

至于这些句子像——

　　　　　　"我要把我的声带唱破！"

　　　　　　　　　　　　　　　　　　　　（《梅花树下醉歌》）

"我的一枝枝的神经纤维在身中战栗。"

（《夜步十里松原》）

还有散见于集中的许多人体上的名词如脑筋，脊髓，血液，呼吸，……更完完全全的是一个西洋的 doctor 底口吻了。上举各例还不过诗中所运用之科学知识，见于形式上的。至于那讴歌机械底地方更当发源于一种内在的科学精神。在我们的诗人底眼里，轮船的烟筒开着了黑色的牡丹是"近代文明底严母"，太阳是亚波罗坐的摩托车前的明灯；诗人底心同太阳是"一座公司底电灯"；云日更迭的掩映是同探海灯转着一样；火车底飞跑同于"勇猛沉毅的少年"之努力，在他眼里机械已不是一些无声的物具，是有意识有生机如同人神一样。机械底丑恶性已被忽略了；在幻象同感情底魔术之下他已穿上美丽的衣裳了呢。

这种伎俩恐怕非一个以科学家兼诗人者不办。因为先要解透了科学，亲近了科学，跟他有了同情，然后才能驯服他于艺术底指挥之下。

（四）科学底发达使交通底器械将全世界人类底相互关系捆得更紧了。因有史以来世界之大同的色彩没有像今日这样鲜明的。郭沫若底《晨安》便是这种 cosmopolitanism 底证据了。《匪徒颂》也有同样的原质，但不是那样明显。即如《女神》全集中所用的方言也就有四种了。他所称引的民族，有黄人，有白人，还有"有火一样的心肠"的黑奴。他所运用的地名散满于亚美欧非四大洲。原来这种在西洋文学里不算什么。但同我们的新文学比起来，才见得是个稀少的原质，同我们的旧文学比起来更不用讲是破天荒了。啊！诗人不肯限于国界，却要做世界底一员了；他遂喊道——

"晨安！梳人灵魂的晨风呀！

晨风呀！你请把我的声音传到四方去罢！"

（《晨安》）

（五）物质文明底结果便是绝望与消极。然而人类底灵魂究竟没有死，在这绝望与消极之中又时时忘不了一种挣扎抖擞底动作。二十世纪是个悲哀与兴奋底世纪。二十世纪是黑暗的世界，但这黑暗是先导黎明的黑暗。二十世纪是死的世界，但这死是预言更生的死。这样便是二十世纪，尤其是二十世纪底中国。

"流不尽的眼泪，

洗不净的污浊，

浇不熄的情炎，

荡不去的羞辱。"

（《凤凰涅槃》）

不是这位诗人独有的，乃是有生之伦，尤其是青年们所同有的。但虽处的青年虽一样地富有眼泪，污浊，情炎，羞辱，恐怕他们自己觉得并不十分真切。只有现在的中国青年——"五四"后之中国青年，他们的烦恼悲哀真像火一样烧着，潮一样涌着，他们觉得这"冷酷如铁"，"黑暗如漆"，"腥秽如血"的宇宙真一秒钟也羁留不得了。他们厌这世界，也厌他们自己。于是急躁者归于自杀，忍耐者力图革新。革新者又觉得意志总敌不住冲动，则抖擞起来，又跌倒下去了。但是他们太溺爱生活了，爱他的甜处，也爱他的辣处。他们决不肯脱逃，也不肯降服。他们的心里只塞满了叫不出的苦，喊不尽的哀。他们的心快塞破了，忽地一个人用海涛底音调，雷霆底声响替他们全盘唱出来了。这个人便是郭沫若，他所唱的就是《女神》。难怪个个中国青年读《女神》没有不椎膺顿足同《湘累》里的屈原同声叫道——

> "哦，好悲切的歌词！唱得我也流起泪来了。
> 流罢！流罢！我生命底泉水呀！你一流了出
> 来，
> 好像把我全身底烈火都浇息了的一样。
> ……你这不可思议的内在的灵泉，你又把我苏
> 活转来了！"

啊！现代的青年是血与泪的青年，忏悔与奋兴的青年。《女神》是血与泪的诗，忏悔与奋兴的诗。田汉君在给《女神》

之作者的信讲得对："与其说你有诗才，无宁说你有诗魂，因为你的诗首首都是你的血，你的泪，你的自叙传，你的忏悔录啊！"但是丹穴山上的香木不只焚毁了诗人底旧形体，并连现时一切的青年底形骸都毁掉了。凤凰底涅槃是一切青年底涅槃。凤凰不是唱道？——

> "我们更生了！
>
> 我们更生了！
>
> 一切的一，更生了！
>
> 一的一切，更生了！
>
> 我们便是'他'，他们便是我！
>
> 我中也有你，你中也有我！
>
> 你便是你，
>
> 我便是我！"

奇怪得很，北社编的《新诗年选》偏取了《死的引诱》作《女神》的代表之一。他们非但不懂读诗，并且不会观人。《女神》底作者岂是那样软弱的消极者吗？

> "你去！去在我可爱的青年的兄弟姊妹胸中；
>
> 把他们的心弦拨动，
>
> 把他们的智光点燃罢！"

（《序诗》）

假若《女神》里尽是《死的引诱》一类的东西，恐怕兄弟姊妹底心弦都被他割断，智光都被他扑灭了呢！

原来蹈恶犯罪是人之常情。人不怕有罪恶，只怕有罪恶而甘于罪恶，那便终古沉沦于死亡之渊里了。人类的价值在能忏悔，能革新。世界的文化也不过由这一点发生的。忏悔是美德中最美的，他是一切的光明底源头，他是尺蠖的灵魂渴求展伸的表象。

> "唉！泥上的脚印！
> 你好像是我灵魂儿的象征！
> 你自陷了泥涂，
> 你自会受人蹂躏。
> 唉，我的灵魂！
> 你快登上山顶！"

（《登临》）

所以在这里我们的诗人不独喊出人人心中底热情来，而且喊出人人心中最神圣的一种热情呢！

字与画

　　原始的象形文字，有时称为绘画文字，有时又称为文字画，这样含混的名词，对于字与画的关系，很容易引起误会，是应当辨明一下的。

　　一切文字，在最初都是象形的，换言之，都是绘画式的。反之，任何绘画都代表着一件事物，因此也便具有文字的作用。但是，绘画与文字仍然是两件东西，它们的外表虽相似，它们的基本性质却完全两样。一幅图画在作者的本意上，决不会变成一篇文字，除非它已失去原来的目标，而仅在说明某种概念。绘画的本来目的是传达印象，而文字的本来目的则是说明概念。要知道二者的区别，最好是看它们每方面所省略的地方。实际上便是最写实的绘画，对于所模拟的实物，也不能无所省略，文字更不用说了。往往为了经济和有效的双重目的起见，绘画所省略处正是文字所要保留的，反之，文字所省略处也正是绘画所要保留的。以现代澳洲为例，什么是纯粹的绘画，什么是文字性质的绘画，不但土人看来，一望而知，就在我们看来，也不容易混淆。在他们的绘画中，我们可以看到每一笔都证明作者的用意是在求对原物的真实和生动，但在他的文字性质的东西里，情形便完全不同。那些线与点只是代表事物概念的符号，而非事物本身的摹绘。

大体说来，绘画式的文字总比纯粹绘画简单些。但照上面所说的看来，绘画式的文字，却不是简化了的绘画。由此我们又可以推想，我们现在所见到刻在甲骨上的殷代象形文字，其繁简的程度，大概和更古时期的象形文字差不多。我们不能期望将来还有一批更富绘画意味的甲骨文字被发现。文字打头就只是文字——只是近似绘画的文字，而不是真正的绘画。

但是就中国的情形论，文字最初虽非十足的绘画，后来的发展却和绘画愈走愈近。这种发展的过程包括两个阶段，和绘画本身的发展过程完全相合。两个阶段（一）是装饰的，（二）是表现的。

离甲骨略后而几乎同时的铜器上的文字，往往比甲骨文字来得繁缛而更富于绘画意味，这些我从前以为在性质上代表着我国文字较早的阶段，现在才知道那意见是错的。镂在铜器上的铭辞和刻在甲骨上的卜辞，根本是两种性质的东西。卜辞的文字是纯乎实用性质的纪录，铭辞的文字则兼有装饰意味的审美功能。装饰自然会趋于繁缛的结构与更浓厚的绘画意味。沿着这个路线发展下来的一个极端的例，便是流行于战国时的一种鸟虫书，那几乎完全是图案，而不是文字了。字体由篆隶变到行楷，字体本身的图案意味逐渐减少，可是它在艺术方面发展的途径不但并未断绝，而且和绘画拉拢得更紧，共同走到一个更高超的境界了。

以前在装饰的阶段中，字只算得半装饰的艺术，如今在表现的阶段中，它却成为一种纯表现的艺术了。以前作为装饰艺术的字，是以字来模仿画，那时画是字的理想。现在作为表现艺术的字，字却成了画的理想，画反要来模仿字。从艺术方面的发展看，字起初可说是够不上画，结果它却超过了画，而使画够不上它了。

字在艺术方面，究竟是仗了什么，而能有这样一段惊人的发展呢？理由很简单。字自始就不是如同绘画那样一种拘形相的东西，所以能不受拘牵的发展到那种超然的境界。从装饰的立场看，字尽可以不如画，但从表现的立场看，字的地位一上手就比画高，所以字在前半段装饰的竞赛中吃亏的地方，正是它在后半段表现的竞赛中占便宜的地方。这一点也可以证明文字的本质与绘画不同，所同的只是表面的形式而已。

评论书画者常说起"书画同源"，实际上二者恐怕是异源同流。字与画只是近亲而已。因为相近，所以两方面都喜欢互相拉拢，起初是字拉拢画，后来是画拉拢字。字拉拢画，使字走上艺术的路，而发展成我们这独特的艺术——书法。画拉拢字，使画脱离了画的常轨，而产生了我们这有独特作风的文人画。

中国人的骨气

最后一次演讲

这几天，大家晓得，在昆明出现了历史上最卑劣最无耻的事情！李先生究竟犯了什么罪，竟遭此毒手？他只不过用笔写写文章，用嘴说说话，而他所写的，所说的，都无非是一个没有失掉良心的中国人的话！大家都有一枝笔，有一张嘴，有什么理由拿出来讲啊！有事实拿出来说啊！（闻先生声音激动了）为什么要打要杀，而且又不敢光明正大的来打来杀，而偷偷摸摸的来暗杀！（鼓掌）这成什么话？（鼓掌）

今天，这里有没有特务？你站出来！是好汉的站出来！你出来讲！凭什么要杀死李先生？（厉声，热烈的鼓掌）杀死了人，又不敢承认，还要诬蔑人，说什么"桃色事件"，说什么共产党杀共产党，无耻啊！无耻啊！（热烈的鼓掌）这是某集团的无耻，恰是李先生的光荣！李先生在昆明被暗杀，是李先生留给昆明的光荣！也是昆明人的光荣！（鼓掌）

去年"一二。一"昆明青年学生为了反对内战，遭受屠杀，那算是青年的一代献出了他们最宝贵的生命！现在李先生为了争取民主和平而遭受了反动派的暗杀，我们骄傲一点说，这算是像我这样大年纪的一代，我们的老战友，献出了最宝贵的生命！这两桩事发生在昆明，这算是昆明无限的光荣！（热

烈的鼓掌）

反动派暗杀李先生的消息传出以后，大家听了都悲愤痛恨。我心里想，这些无耻的东西，不知他们是怎么想法，他们的心理是什么状态，他们的心怎样长的！（捶击桌子）其实简单，他们这样疯狂的来制造恐怖，正是他们自己在慌啊！在害怕啊！所以他们制造恐怖，其实是他们自己在恐怖啊！特务们，你们想想，你们还有几天？你们完了，快完了！你们以为打伤几个，杀死几个就可以了事，就可以把人民吓倒了吗？其实广大的人民是打不尽的，杀不完的！要是这样可以的话，世界上早没有人了。

你们杀死一个李公朴，会有千百万个李公朴站起来！你们将失去千百万的人民！你们看着我们人少，没有力量？告诉我们，我们的力量大得很，强得很！看今天来的这些人都是我们的人，都是我们的力量！此外还有广大的市民！我们有这个信心：人民的力量是要胜利的，真理是永远是要胜利的，真理是永远存在的。历史上没有一个反人民的势力不被人民毁灭的！希特勒，墨索里尼，不都在人民之前倒下去了吗？翻开历史看看，你们还站得住几天！你们完了，快了！快完了！我们的光明就要出现了。我们看，光明就在我们眼前，而现在正是黎明之前那个最黑暗的时候。我们有力量打破这个黑暗，争到光明！我们光明，恰是反动派的末日！（热烈的鼓掌）

现在司徒雷登出任美驻华大使，司徒雷登是中国人民的朋友，是教育家，他生长在中国，受的美国教育。他住在中国的时间比住在美国的时间长，他就如一个中国的留学生一样，从前在北平时，也常见面。他是一位和蔼可亲的学者，是真正知道中国人民的要求的，这不是说司徒雷登有三头六臂，能替中国人民解决一切，而是说美国人民的舆论抬头，美国才有这转变。（被阉割部分）

李先生的血不会白流的！李先生赔上了这条性命，我们要换来一个代价。"一二。一"四烈士倒下了，年青的战士们的血换来了政治协商会议的召开；现在李先生倒下了，他的血要换取政协会议的重开！（热烈的鼓掌）我们有这个信心！（鼓掌）

"一二。一"是昆明的光荣，是云南人民的光荣。云南有光荣的历史，远的如护国，这不用说了，近的如"一二。一"，都属于云南人民的。我们要发扬云南光荣的历史！（听众表示接受）

反动派挑拨离间，卑鄙无耻，你们看见联大走了，学生放暑假了，便以为我们没有力量了吗？特务们！你们看见今天到会的一千多青年，又握起手来了，我们昆明的青年决不会让你们这样蛮横下去的！

反动派，你看见一个倒下去，可也看得见千百个继起的！

正义是杀不完的，因为真理永远存在！（鼓掌）

历史赋予昆明的任务是争取民主和平，我们昆明的青年必须完成这任务！

我们不怕死，我们有牺牲的精神！我们随时像李先生一样，前脚跨出大门，后脚就不准备再跨进大门！（长时间的鼓掌）

"一二·一"运动始末记

自从民国三十三年双十节，昆明各界举行纪念大会，发表国是宣言，提出积极的政治主张。这里的学生，配合着文化界，妇女界，职业界的青年，便开始团结起来，展开热烈的民主运动，不断地喊出全国人民最迫切的要求，各大中学师生关于民主政治无数次的讲演，讨论和各种文艺活动的集会，各界人士许多次对国是的宣言，以及三十三年护国，三十四年"五四"纪念的两次大游行，这些活动，和其他后方各大城市的沉默恰形成一个鲜明的对照。但在这沉默中，谁知道他们对昆明，尤其昆明的学生，怀抱着多少欣羡，寄托着多少期望！

三十四年八月，日本还没投降，全国欢欣鼓舞，以为八年来重重的苦难，从此结束。但是，不出两月，在十月三日，云南省政府突然的改组，驻军发生冲突，使无辜的市民饱受惊扰，而且遭遇到并不比一次敌机的空袭更少的死亡。昆明市民的喘息未定，接着全国各地便展开了大规模的内战，人人怀着一颗沉重的心，瞪视着这民族自杀的现象。昆明，被人家欣羡和期望的昆明，怎么办呢？是的，暴风雨是要来的，昆明再不能等了，于是十一月廿五日晚，国立西南联合大学，国立云南大学，私立中法大学，和云南省立英语专科学校等四校学生自治会，在西南联大新校舍草坪上，召开了反对内战，呼吁和平的座谈会，到会者五千余人。似乎反动者也不肯迟疑，在教授们的讲演声中，全场四周企图威胁到会群众和扰乱会场秩序的机关枪，冲锋枪，小钢炮一齐响了，散会之后，交通又被断绝，数千人在深夜的寒风中踯躅着，抖擞着。昆明愤怒了。

翌日，全市各校学生，在市民普遍的同情与支持之下，相率罢课，表示抗议。并要求查办包围学校开枪的军队。当局对学生们这些要求的答复是什么呢？除种种造谣和企图破坏学校团结的所谓"反罢课委员会"的卑劣阴谋外，便是十一月三十日特务们的棍子，石头，手枪，刺刀，对全市学生罢课联合委员会宣传队的沿街追打。然而这只是他们进攻的序幕。十二月一日，从上午九时到下午四时，大批特务和身著制服，佩带符号的军人，携带武器，分批闯入云南大学，中法大学，联大工学院，师范学院，联大附中等五处，捣毁校具，劫掠财物，殴打师生。同时在联大新校舍门前，暴徒们于攻打校门之际，投掷手榴弹一枚，结果南菁中学教员于再先生中弹重伤，当晚十时二十分在云大医院逝世。同时在联大师范学院，正当铁棍，石头飞舞之中，大批学生已经负伤倒地，又飞来三颗手榴弹，中弹重伤联大学生李鲁连君，仅只奄奄一息了，又在送往医院的途中，被暴徒拦住，惨遭毒打，遂至登时气绝。奋勇救护受伤同学的联大学生潘琰小姐已经胸部被手榴弹炸伤，手指被弹片削掉，倒地后，胸部又被猛戳三刀，便于当日下午五时半在云大医院的病榻上，喊着"同学们团结呀！"与世长辞了。昆华工校学生张华昌君，闻变赶来救援联大同学，头部被弹片炸破，左耳满盛着血浆，血红的鲜血上浮着白色的脑浆，这个仅止十七岁的生命，绵延到当日下午五时在甘美医院也结束了。此外联大学生缪祥烈君，左腿骨炸断，后来医治无效，只好割去，变成残废。总计各校学生重伤者十一人，轻伤者十四人，联大教授也有多人痛遭殴辱。各处暴徒从肇事逞凶时起，到"任务"完成后，高呼口号，扬长过市时止，始终未受到任何军警的干涉。

这就是昆明学生的民主运动，和它的最高潮"一二·一"惨案的概略。

"一二·一"是中华民国建国以来最黑暗的一天，也就在这一天，死难四烈士的血给中华民族打开了一条生路。从这一天起，在整整一个月中，作为四烈士灵堂的联大图书馆，几乎每日都挤满了成千成万，扶老携幼的致敬的市民，有的甚至从近郊几十里外赶来朝拜烈士的遗骸。从这天起，全国各地，乃至海外，通过物质的或精神的种种不同的形式，不断地寄来了人间最深厚的同情和最崇高的敬礼。在这些日子里，昆明成了全国民主运动的心脏，从这里吸收着也输送着愤怒的热血的狂潮。从此全国的反内战，争民主的运动，更加热烈的展开，终于在南北各地一连串的血案当中，促成了停止内战，协商团结的新局面。

愿四烈士的血是给新中国历史写下了最新的一页，愿它已经给民主的中国奠定了永久的基石！如果愿望不能立即实现的话，那么，就让未死的战士们踏着四烈士的血迹，再继续前进，并且不惜汇成更巨大的血流，直至在它面前，每一个糊涂的人都清醒起来，每一个怯懦的人都勇敢起来，每一个疲乏的人都振作起来，而每一个反动者战栗的倒下去！

四烈士的血不会是白流的。

1946，2

兽·人·鬼

刽子手们这次杰作，我们不忍再描述了，其残酷的程度，我们无以名之，只好名之曰兽行，或超兽行。但既已认清了是兽行，似乎也就不必再用人类的道理和它费口舌了。甚至用人类的义愤和它生气，也是多余的。反正我们要记得，人兽是不两立的，而我们也深信，最后胜利必属于人！

胜利的道路自然是曲折的，不过有时也实在曲折得可笑。下面的寓言正代表着目前一部分人所走的道路。

村子附近发现了虎，孩子们凭着一股锐气，和虎搏斗了一场，结果遭牺牲了，于是成人们之间便发生了这样一串纷歧的议论：

——立即发动全村的人手去打虎。

——在打虎的方法没有布置周密时，劝孩子们暂勿离村，以免受害。

——已经劝阻过了，他们不听，死了活该。

——咱们自己赶紧别提打虎了，免得鼓励了孩子们去冒险。

——虎在深山中，你不惹它，它怎么会惹你？

——是呀！虎本无罪，祸是喊打虎的人闯的。

——虎是越打越凶的，谁愿意打谁打好了，反正我是不去的。

议论发展下去是没完的，而且有的离奇到不可想像。当然这里只限于人——善良的人的议论。至于那"为虎作伥"的鬼的想法，就不必去揣测了。但愿世上真没有鬼，然而我真担心，人既是这样的善良，万一有鬼，是多么容易受愚弄啊！

谨防汉奸合法化

百年以来，中华民族的历史是一部不断的反帝国主义反封建的斗争史，八年抗战依然是这斗争的继续。由于帝国主义与封建势力永远是互相勾结，狼狈为奸的，所以两种斗争永远得双管齐下。虽则在一定的阶段中，形式上我们不能不在二者之中选出一个来作为主要的斗争的对象，但那并不是说，实质上我们可以放松其余那一个。而且斗争愈尖锐，他们二者团结得也愈紧，抓住了一个，其余一个就跑不掉，即令你要放走他，也不可能。这恰好就是目前的局势。对外民族抗战阶段中的敌伪，就是对内民主革命阶段中的帝（国主义）封（建势力），这是无须说明的，而目前的敌伪，早已在所谓"共荣圈"中，变成了一个浑一的共同体，更是鲜明的事实。现在日寇已经投降，惩治日寇战犯的办法，固然需待同盟国共同商讨，但惩治汉奸是我们自己的事，然而直到今天，我们还没有听见任何关于处理汉奸的办法。

当初我们那样迫切要求对日抗战，一半固然因为敌人欺我太甚，一半也是要逼着那些假中国人和抱着委曲勉强做中国人的中国人，索性都滚到他们主子那边去，让我们阵线上黑白分明，便于应战，并且到时候，也好给他们一网打尽。果然抗战爆发，一天一天，汉奸集团愈汇愈大，于是一年一年，一个伪组织又一个伪组织，一批伪军又一批伪军。但是那时我们并不着急，我们只有高兴，因为，正如上面所说，这样在战术上是于我们绝对有利的。可是到了今天，八年浴血苦斗所争来的黑白，恐怕又要被搅成八年以前黑白不分的混沌状态了。这种现象是中国人民所不能忍受的。硬把汉奸合法化了，只是掩耳盗铃的笨拙的把戏，事实的真相，每个人民心头是雪亮的。并且按照逻辑的推论，人民也会想到：使汉奸合法化的，自己就是汉奸，而对于一切的汉奸，人民的决心是要一网打尽的。因此，我们又深信八年抗战既已使黑白分明，要再混淆它，已经是不可能的。谁要企图这样做，结果只是把自己混进"黑名单"里，自取灭亡之道！

五四断想

旧的悠悠死去，新的悠悠生出，不慌不忙，一个跟一个，——这是演化。

新的已经来到，旧的还不肯去，新的急了，把旧的挤掉，——这是革命。

挤是发展受到阻碍时必然的现象，而新的必然是发展的，能发展的必然是新的，所以青年永远是革命的，革命永远是青年的。

新的日日壮健着（量的增长），旧的日日衰老着（量的减耗），壮健的挤着衰老的，没有挤不掉的。所以革命永远是成功的。

革命成功了，新的变成旧的，又一批新的上来了。旧的停下来拦住去路，说："我是赶过路程来的，我的血汗不能白流，我该歇下来舒服舒服。"新的说："你的舒服就是我的痛苦，你耽误了我的路程，"又把他挤掉，……如此，武戏接二连三的演下去，于是革命似乎永远"尚未成功"。

让曾经新过来的旧的，不要只珍惜自己的过去，多多体念别人的将来，自己腰酸腿痛，拖不动了，就赶紧让。"功成身退，"不正是光荣吗？"后生可畏，焉知来者之不如今也！"这也是古训啊！

其实青年并非永远是革命的，"青年永远是革命的"这定理，只在"老年永远是不肯让路的"这前提下才能成立。

革命也不能永远"尚未成功"。几时旧的知趣了，到时就功成身退，不致阻碍了新的发展，革命便成功了。

旧的悠悠退去，新的悠悠上来，一个跟一个，不慌不忙，那天历史走上了演化的常轨，就不再需要变态的革命了。

但目前，我们还要用"挤"来争取"悠悠"，用革命来争取演化。"悠悠"是目的，"挤"是达到目的的手段。

于是又想到变与乱的问题。变是悠悠的演化，乱是挤来挤去的革命。若要不乱挤，就只得悠悠的变。若是该变而不变，那只有挤得你变了。

子在川上，曰："逝者如斯夫，不舍昼夜！"古训也发挥了变的原理。

妇女解放问题

认清楚对象

　　争取妇女解放的对象该是整个社会而不是男性。一切问题都是这不合理的社会所产生，都该去找社会去算账。但社会是看不见的，在这里只能用个人的想象来把它看成一个集体的东西——房屋。我们在这房屋中间生活了几千年，每人都被安放在一个角落上，有的被放得好，放得正，生活过得舒服，有的被放得不正，生活不舒服，就想法改良反抗，于是推推挤挤拿旁人来出气，其实，旁人也没有办法，也不能负责的，这是整个社会结构的问题，就像一座房屋，盖得既不好，年代又久了，住得不舒服，修修补补是没有用处的，就只有小心地把房屋拆下，再重新按照新的设计图样来建筑。对于社会而言，这种根本的办法，就是"革命"。革命并非毁灭，只是小心地把原料拆下来，重新照新计划改造。所以计划得很好的革命，并不是太大的事情。

奴隶制度产生的因素有二：一是种族，二是两性

　　现在的社会是不合理的，因为这社会里有阶级，阶级的产生由于奴隶制度。奴隶制度产生的因素有两个：一是种族，二是两性。在两个种族打仗的时候，甲族的人被乙族俘去了，作为生产工具，即是奴隶，原来平等的社会就开始分裂成主奴两个阶级。奴隶的数目愈来愈多的时候，这两个阶级的分别也愈为明显，倘没有另外的种族，那么一切不平等，阶级产生的可能性也可减少。其次，问到最初被俘的甲族人是男的还是女的，回答说是女的。被俘来的不仅作奴隶，还可作妻子。因为在图腾社会中有一种很重要的制度叫"外婚制"，就是男子不能和他本族的女子结婚，一定得找外族的女子作配偶。在这制度下两族本可交换女子结婚，但因古代婚姻，不单是解决两性的问题，重要的还是经济的问题，大家都需要生产，劳动力，女子在未嫁前帮娘家作活，娘家当然不愿她出嫁而减少一个帮手，使自己受到损失，所以老把女儿留在家里。但另一边同样急切地需要她去生产孩子，在这争持的情形下，产生了抢婚的行为，她既是被抢来的生产工人，便怕她逃回去，或被娘家的人抢回，才用绳子捆起，成为这族的奴隶，所以谈到奴隶制度时，两性的因素不可缺少，甚至"奴隶制"是"外婚制"的发展呢！

女性·奴性和妓性

中国的古人造字，"女"字是"♀"或"♀"，象征绳子把坐着的人捆住，而"女"字和"奴"字在古时不但声音一样，意义也相同，本来是一个字，只是有时多加一只手牵着"♀"而已，那时候，未出嫁的女儿叫"子"，出嫁后才叫"女"或"奴"，所以妇女的命运从历史的开始起，就这么惨了。

现在的社会里，奴隶已逐渐解放了，最先被解放的奴隶是距主人最远的农业奴隶，主人住在城里，他们住在乡间。其次被解放的是贵族的工商职奴隶，主人住在内城，他们住在外城。再其次是在主人身边伺候主人的听差老妈子，而资格最老，历史最久的奴隶——妇女——却还没有得到解放，因为她们和她们的主子——丈夫——的距离太近，关系太密切了，而且生活过得也还可以，不觉得要解放。

从历史上看中国的女性，就是奴性的同义字，三从四德就是奴性的内容。再不客气地说一句，近代西洋女性的妓性比较起来也好不了多少，只是男女关系不固定些而已。奴则老是呆在家里，不准外出，而且固定屈于一个男子，妓则要自由得多，妓因有被迫去当的，但自动去当妓，多少带点反抗性，所以近代西洋的妓性比中国的奴性要好一点，因为已解放了一纲，只是不彻底而已。

真女性应该从母性出发而不从妻性出发

彻底解放了的新女性应该是真女性。我们先设想在奴隶社会没开始时的那个没有阶级，没有主奴关系的社会，真女性就该以那社会中的天然的，本来的，真正的女性做标准。有人说女子总是女子，在生理上和男子不同，就进化来证明女子该进厨房，其实是不对的。根据人类学，在原始时的女性中心社会里的女子，长得和这时代的女子不同，胸部挺起，声量宽洪，性格刚强，而那时候的男子反因坐得久了，脂肪积储在下体，使臀部变大，同时又因须抚养儿女，性情温柔，声音细弱，所以除了女子能生育而产生母子关系而外，和男子并没有什么不同。真女性就应该从母性出发而不从妻性出发，（从妻性出发不成为奴即成妓。）母亲对待儿子总是慈爱的，愿为儿子操劳，忍耐，甚至勇敢地牺牲，从母性出发的真女性是刚强的，具备一切美德如：仁慈，忍耐，勇敢，坚强。就是雌性的动物在哺乳的时候，总是比雄的还来得凶，来得可怕，俗语中的"母大虫"，"雌老虎"，古书上称猎得乳虎的做英雄，都是这个意思。女子彻底解放以后，将来的文化要由女子来领导，一切都以妇女为表率，为模范，为中心。

我们不反对女子中看又中用，但最要紧的还是中用

妇女的解放，并不是个人的努力所能成功的，必须从整个社会下手，拆下旧房屋，再按照新计划去盖造，使成为没有阶级，没有主奴关系的社会。历史照螺旋形发展，从当初开始有奴隶的社会到今天刚好绕了一圈，现在又要到没有奴隶的社会了，这并不是进化，不过这得有理想，有魄力，才能改变到一个新社会。三千年来的历史全错了，要是有一点地方对的，也是偶然碰上了而已。我的这种想法也许有点大胆，有点浪漫；但在有些地方——譬如苏联，已经试验成功了。台维斯的《出使莫斯科记》里说："美国的女子中看不中用，苏联的女子中用不中看。"苏联的女子就是从母性出发的真女性，是实际有用的，并不是供人看看的花瓶。当然我们不反对女子中看又中用，但最要紧的还是中用，倘以中看为标准而做去，充其量，只是表现出妓性。还有《延安一月》的作者告诉我们延安的妇女已不像女性，也就是说延安的妇女是真正的解放了，已不再是奴隶了。现在既有具体的，试验成功的榜样供大家学习，为什么还躲在这社会里呻吟而逃避呢？毕竟妇女解放问题被提出了，热烈地展开讨论了，表示妇女解放的条件已成熟，离真正解放的日子也不远了，一旦妇女真正解放，文化也就变成新的，文学艺术各部门都要以新姿态出现了！

在鲁迅追悼会上的讲话

鲁迅先生死了，除了满怀的悲痛之外，我们还须以文学史家的眼光来观察他。我们试想一下，在中国文学史上的人物中，支配我们最久最深刻，取着一种战斗反抗的态度，使我们一想到他，不先想到他的文章而先想到他的人格的，是谁呢？是韩愈。唐朝的韩愈跟现代的鲁迅都是除了文章以外还要顾及到国家民族永久的前途，他们不劝人做好事，而是骂人叫人家不敢做坏事。他们的态度可说是文人的态度而不是诗人的态度，这也是诗人与文人的不同之点。

……我跟鲁迅先生从未见过，不过记得有一次，是许世英组阁的时候，我们教育界到财政部去索薪，当时我也去了，谈话中间记得林语堂先生说话最多，我是一向不喜欢说话的，所以一句也没有说，可是我注意到另外一个长胡须的人也不说话，不但不说话，并且睡觉。事后问起来，才知道那位就是鲁迅。

名家作品精选集

林徽因精选集

林徽因 著

民主与建设出版社
·北京·

©民主与建设出版社，2021

图书在版编目（CIP）数据

林徽因作品精选集 / 林徽因著 . -- 北京：民主与
建设出版社，2021.8（2024.1 重印）
（名家作品精选集 / 王茹茹主编；10）
ISBN 978-7-5139-3651-4

Ⅰ . ①林… Ⅱ . ①林… Ⅲ . ①散文集—中国—现代②
诗集—中国—现代 Ⅳ . ① I216.2

中国版本图书馆 CIP 数据核字 (2021) 第 139240 号

林徽因作品精选集
LINHUIYIN ZUOPIN JINGXUANJI

著　　者	林徽因	
主　　编	王茹茹	
责任编辑	韩增标	
封面设计	玥婷设计	
出版发行	民主与建设出版社有限责任公司	
电　　话	（010）59417747　59419778	
社　　址	北京市海淀区西三环中路 10 号望海楼 E 座 7 层	
邮　　编	100142	
印　　刷	三河市天润建兴印务有限公司	
版　　次	2021 年 8 月第 1 版	
印　　次	2024 年 1 月第 2 次印刷	
开　　本	880 毫米 × 1230 毫米　1 / 32	
印　　张	6.5	
字　　数	130 千字	
书　　号	ISBN 978-7-5139-3651-4	
定　　价	298.00 元（全 10 册）	

注：如有印、装质量问题，请与出版社联系。

目　录

"谁爱这不息的变幻"

谁爱这不息的变幻，她的行径？
催一阵急雨，抹一天云霞，月亮，
星光，日影，在在都是她的花样，
更不容峰峦与江海偷一刻安定。
骄傲的，她奉着那荒唐的使命：
看花放蕊树凋零，娇娃做了娘；
叫河流凝成冰雪，天地变了相；
都市喧哗，再寂成广漠的夜静！
虽说千万年在她掌握中操纵，
她不曾遗忘一丝毫发的卑微。
难怪她笑永恒是人们造的谎，
来抚慰恋爱的消失，死亡的痛。
但谁又能参透这幻化的轮回，
谁又大胆地爱过这伟大的变换？

香山，四月十二日

那一晚

那一晚我的船推出了河心，
澄蓝的天上托着密密的星。
那一晚你的手牵着我的手，
迷惘的星夜封锁起重愁。
那一晚你和我分定了方向，
两人各认取个生活的模样。
到如今我的船仍然在海面漂，
细弱的桅杆常在风涛里摇。
到如今太阳只在我背后徘徊，
层层的阴影留守在我周围。
到如今我还记着那一晚的天，
星光、眼泪、白茫茫的江边！
到如今我还想念你岸上的耕种：
红花儿黄花儿朵朵的生动。
那一天我希望要走到了顶层，
蜜一般酿出那记忆的滋润。
那一天我要挎上带羽翼的箭，
望着你花园里射一个满弦。
那一天你要听到鸟般的歌唱，

那便是我静候着你的赞赏。
那一天你要看到零乱的花影，
那便是我私闯入当年的边境！

笑

笑的是她的眼睛，口唇，

和唇边浑圆的旋涡。

艳丽如同露珠，

朵朵的笑向

贝齿的闪光里躲。

那是笑——神的笑，美的笑：

水的映影，风的轻歌。

笑的是她惺忪的鬈发，

散乱的挨着她耳朵。

轻软如同花影，

痒痒的甜蜜

涌进了你的心窝。

那是笑——诗的笑，画的笑：

云的留痕，浪的柔波。

深夜里听到乐声

这一定又是你的手指，

轻弹着，

在这深夜，稠密的悲思。

我不禁颊边泛上了红，

静听着，

这深夜里弦子的生动。

一声听从我心底穿过，

忒凄凉

我懂得，但我怎能应和？

生命早描定她的式样，

太薄弱

是人们的美丽的想象。

除非在梦里有这么一天，

你和我

同来攀动那根希望的弦。

情　愿

我情愿化成一片落叶，

让风吹雨打到处飘零；

或流云一朵，在澄蓝天，

和大地再没有些牵连。

但抱紧那伤心的标志，

去触遇没着落的怅惘；

在黄昏，夜半，蹑着脚走，

全是空虚，再莫有温柔；

忘掉曾有这世界；有你；

哀悼谁又曾有过爱恋；

落花似的落尽，忘了去

这些个泪点里的情绪。

到那天一切都不存留，

比一闪光，一息风更少

痕迹，你也要忘掉了我

曾经在这世界里活过。

仍 然

你舒伸得像一湖水向着晴空里

白云，又像是一流冷涧，澄清

许我循着林岸穷究你的泉源：

我却仍然怀抱着百般的疑心

对你的每一个映影！

你展开像个千瓣的花朵！

鲜妍是你的每一瓣，更有芳沁，

那温存袭人的花气，伴着晚凉：

我说花儿，这正是春的捉弄人，

来偷取人们的痴情！

你又学叶叶的书篇随风吹展，

揭示你的每一个深思；每一角心境，

你的眼睛望着，我不断的在说话：

我却仍然没有回答，一片的沉静

永远守住我的魂灵。

激 昂

我要借这一时的豪放

和从容，灵魂清醒的

在喝一泉甘甜的鲜露，

来挥动思想的利剑，

舞它那一瞥最敏锐的

锋芒，像皑皑塞野的雪

在月的寒光下闪映，

喷吐冷激的辉艳——斩，

斩断这时间的缠绵，

和猥琐网布的纠纷，

剖取一个无瑕的透明，

看一次你，纯美，

你的裸露的庄严。

……

然后踩登

任一座高峰，攀牵着白云

和锦样的霞光，跨一条

长虹，瞰临着澎湃的海，

在一穹匀净的澄蓝里，
书写我的惊讶与欢欣，
献出我最热的一滴眼泪，
我的信仰，至诚，和爱的力量，
永远膜拜，
膜拜在你美的面前！
五月，香山

一首桃花

桃花，

那一树的嫣红，

像是春说的一句话：

朵朵露凝的娇艳，

是一些玲珑的字眼，

一瓣瓣的光致，

又是些柔的匀的吐息；

含着笑，

在有意无意间生姿的顾盼。

看——

那一颤动在微风里她又留下，淡淡的，

在三月的薄唇边，

一瞥，

一瞥多情的痕迹！

二十年五月，香山

原载 1931 年 10 月《诗刊》第 3 期

莲 灯

如果我的心是一朵莲花，

正中擎出一支点亮的蜡，

荧荧虽则单是那一剪光，

我也要它骄傲的捧出辉煌。

不怕它只是我个人的莲灯，

照不见前后崎岖的人生——

浮沉它依附着人海的浪涛

明暗自成了它内心的秘奥。

单是那光一闪花一朵——

像一叶轻舸驶出了江河——

婉转它飘随命运的波涌

等候那阵阵风向远处推送。

算做一次过客在宇宙里，

认识这玲珑的生从容的死，

这飘忽的途程也就是个——

也就是个美丽美丽的梦。

二十一年七月半，香山

原载 1933 年 3 月《新月》4 卷 6 期

中夜钟声

钟声

敛住又敲散

一街的荒凉

听——

那圆的一颗颗声响,

直沉下时间

静寂的

咽喉。

像哭泣,

像哀恸,

将这僵黑的

中夜

葬入

那永不见曙星的

空洞——

轻——重,……

——重——轻……

这摇曳的一声声,

又凭谁的主意

把那余剩的忧惶

随着风冷——

纷纷

掷给还不成梦的

人。

山中一个夏夜

山中有一个夏夜，深得

像没有底一样，

黑影，松林密密的；

周围没有点光亮。

对山闪着只一盏灯——两盏

像夜的眼，夜的眼在看！

满山的风全蹑着脚像是走路一样，

躲过了各处的枝叶各处的草，不响。

单是流水，不断的在山谷上

石头的心，石头的口在唱。

虫鸣织成那一片静，寂寞像垂下的帐幔；

仲夏山林在内中睡着，

幽香四下里浮散。

黑影枕着黑影，默默的无声，

夜的静，却有夜的耳在听！

一九三一年（据手稿）

原载 1933 年 6 月《新月》4 卷 7 期

秋天，这秋天

这是秋天，秋天，

风还该是温软；

太阳仍笑着那微笑，

闪着金银，夸耀

他实在无多了的

最奢侈的早晚！

这里那里，在这秋天，

斑彩错置到各处

山野，和枝叶中间，

像醉了的蝴蝶，或是

珊瑚珠翠，华贵的失散，

缤纷降落到地面上。

这时候心得像歌曲，

由山泉的水光里闪动，

浮着珠沫，溅开

山石的喉嗓唱。

这时候满腔的热情

全是你的，秋天懂得，

秋天懂得那狂放——

秋天爱的是那不经意

不经意的零乱！

但是秋天，这秋天，

他撑着梦一般的喜筵，

不为的是你的欢欣：

他撒开手，一掬璎珞，

一把落花似的幻变，

还为的是那不定的

悲哀，归根儿蒂结住

在这人生的中心！

一阵萧萧的风，起自

昨夜西窗的外沿，

摇着梧桐树哭——

起始你怀疑着：

荷叶还没有残败；

小划子停在水流中间；

夏夜的细语，夹着虫鸣，

还信得过仍然偎着

耳朵旁温甜；

但是梧桐叶带来桂花香，

已打到灯盏的光前。

一切都两样了，他闪一闪说，

只要一夜的风，一夜的幻变。

冷雾迷住我的两眼，

在这样的深秋里，

你又同谁争？现实的背面

是不是现实，荒诞的，

果属不可信的虚妄？

疑问抵不住单简的残酷，

再别要悯惜流血的哀惶，

趁一次里，要认清

造物更是摧毁的工匠。

信仰只一细炷香，

那点子亮再经不起西风

沙沙的隔着梧桐树吹！

如果你忘不掉，忘不掉

那同听过的鸟啼；

同看过的花好，信仰

该在过往的中间安睡。……

秋天的骄傲是果实，

不是萌芽——生命不容你

不献出你积累的馨芳；

交出受过光热的每一层颜色；

点点沥尽你最难堪的酸怆。

这时候，

切不用哭泣；或是呼唤；

更用不着闭上眼祈祷；

（向着将来的将来空等盼）；

只要低低的，在静里，低下去

已困倦的头来承受——承受

这叶落了的秋天，

听风扯紧了弦索自歌挽：

这秋，这夜，这惨的变换！

二十二年十一月中旬

原载 1933 年 11 月 18 日《大公报·文艺副刊》第 17 期

年　关

哪里来，又向哪里去，

这不断，不断的行人，

奔波杂遝的，这车马？

红的灯光，绿的紫的，

织成了这可怕，还是

可爱的夜？高的楼影

渺茫天上，都象征些

什么现象？这噪聒中

为什么又凝着这沉静；

这热闹里，会是凄凉？

这是年关，年关，有人

由街头走着，估计着，

孤零的影子斜映着，

一年，

又是一年辛苦，

一盘子算珠的艰和难。

日中你敛住气，夜里，

你喘，一条街，一条街，

跟着太阳灯光往返——

人和人，好比水在流，

人是水，两旁楼是山！

一年，一年，

连年里，这穿过城市

胸腑的辛苦，成千万，

成千万人流的血汗，

才会造成了像今夜

这神奇可怕的灿烂！

看，街心里横一道影

灯盏上开着血印的花

夜在凉雾和尘沙中

进展，展进，许多口里

在喘着年关，年关……

二十三年废历除夕

忆

新年等在窗外，一缕香，
枝上刚放出一半朵红。
心在转，你曾说过的
几句话，白鸽似的盘旋。
我不曾忘，也不能忘
那天的天澄清的透蓝，
太阳带点暖，斜照在
每棵树梢头，像凤凰。
是你在笑，仰脸望，
多少勇敢话那天，你我
全说了——像张风筝
向蓝穹，凭一线力量。

二十二年年岁终

吊玮德

玮德，是不是那样，

你觉到乏了，有点儿

不耐烦，

并不为别的缘故

你就走了，

向着那一条路？

玮德你真是聪明；

早早的让花开过了

那顶鲜妍的几朵，

就选个这样春天的清晨，

挥一挥袖

对着晓天的烟霞

走去，轻轻的，轻轻的

背向着我们。

春风似的不再停住！

春风似的吹过，

你却留下

永远的那么一颗

少年人的信心；

少年的微笑

和悦的

洒落在别人的新枝上。

我们骄傲

你这骄傲

但你，玮德，独不惆怅

我们这一片

懦弱的悲伤？

黯淡是这人间

美丽不常走来

你知道。

歌声如果有，也只在

几个唇边旋转！

一层一层尘埃，

凄怆是各样的安排，

即使狂飙不起，狂飙不起，

这远近苍茫，

雾里狼烟，

谁还看见花开！

你走了，

你也走了，

尽走了，再带着去

那些儿馨芳，

那些个嘹亮，

明天再明天，此后

寂寞的平凡中

都让谁来支持？

一星星理想，难道

从此都空挂到天上？

玮德你真是个诗人

你是这般年轻，好像

天方放晓，钟刚敲响……

你却说倦了，有点儿

不耐烦忍心，

一条虹桥由中间拆断；

情愿听杜鹃啼唱，

相信有明月长照，

寒光水底能依稀映成

那一半连环

憬憧中

你诗人的希望！

玮德是不是那样

你觉得乏了，人间的怅惘

你不管；莲叶上笑着展开

浮烟似的诗人的脚步。

你只相信天外那一条路？

二十四年五月十日北平

原载 1935 年 6 月《文艺月刊》7 卷 6 期

灵 感

是你，是花，是梦，打这儿过，

此刻像风在摇动着我；

告诉日子重叠盘盘的山窝；

清泉潺潺流动转狂放的河；

孤僻林里闲开着鲜妍花，

细香常伴着圆月静天里挂；

且有神仙纷纭的浮出紫烟，

衫裾飘忽映影在山溪前；

给人的理想和理想上

铺香花，叫人心和心合着唱；

直到灵魂舒展成条银河，

长长流在天上一千首歌！

是你，是花，是梦，打这里儿过，

此刻像风，在摇动着我；

告诉日子是这样的不清醒；

当中偏响着想不到的一串铃，

树枝里轻声摇曳；金镶上翠，

低了头的斜阳，又一抹光辉。

难怪阶前人忘掉黄昏，脚下草，

高阁古松，望着天上点骄傲；

留下檀香，木鱼，合掌

在神龛前，在蒲团上，

楼外又楼外，幻想彩霞却缀成

凤凰栏杆，挂起了塔顶上灯！

二十四年十月徽因作于北平

据手稿

城楼上

你说什么？
鸭子，太阳，
城墙下那护城河？
——我？
我在想，
——不是不在听
——想怎样
从前，……
——对了，
也是秋天！
你也曾去过，
你？那小树林？
还记得么；
山窝，红叶像火？
映影
湖心里倒浸，
那静？
天！……

(今天的多蓝，你看！)

白云，

像一缕烟。

谁又啰唆？

你爱这里城墙，

古墓，长歌，

蔓草里开野花朵。

好，我不再讲

从前的，单想

我们在古城楼上

今天——

白鸽，

(你准知道是白鸽？)

飞过面前。

二十四年十月

深　笑

是谁笑得那样甜，那样深，
那样圆转？一串一串明珠
大小闪着光亮，迸出天真！
清泉底浮动，泛流到水面上，
灿烂，
分散！
是谁笑得好花儿开了一朵？
那样轻盈，不惊起谁。
细香无意中，随着风过，
拂在短墙，丝丝在斜阳前
挂着
留恋。
是谁笑成这百层塔高耸，
让不知名鸟雀来盘旋？是谁
笑成这万千个风铃的转动，
从每一层琉璃的檐边
摇上
云天？

原载 1936 年 1 月 5 日《大公报·文艺副刊》第 27 期

风　筝

看，那一点美丽

会闪到天空！

几片颜色，

挟住双翅，

心，缀一串红。

飘摇，它高高的去，

逍遥在太阳边

太空里闪

一小片脸，

但是不，你别错看了

错看了它的力量，

天地间认得方向！

它只是

轻的一片，

一点子美

像是希望，又像是梦；

一长根丝牵住

天穹，渺茫——

高高推着它舞去，

白云般飞动，

它也猜透了不是自己，

它知道，知道是风！

正月十一日

别丢掉

别丢掉

这一把过往的热情，

现在流水似的，

轻轻

在幽冷的山泉底，

在黑夜，在松林，

叹息似的渺茫，

你仍要保存着那真！

一样是月明，

一样是隔山灯火，

满天的星，

只使人不见，

梦似的挂起，

你问黑夜要回

那一句话——你仍得相信

山谷中留着

有那回音！

二十一年夏

雨后天

我爱这雨后天，
这平原的青草一片！
我的心没底止的跟着风吹，
风吹：
吹远了草香，落叶，
吹远了一缕云，像烟——
像烟。

二十一年十月一日

记　忆

断续的曲子，最美或最温柔的

夜，带着一天的星。

记忆的梗上，谁不有

两三朵娉婷，披着情绪的花

无名的展开

野荷的香馥，

每一瓣静处的月明。

湖上风吹过，额发乱了，或是

水面皱起像鱼鳞的锦。

四面里的辽阔，如同梦

荡漾着中心彷徨的过往

不着痕迹，谁都

认识那图画，

沉在水底记忆的倒影！

二十五年二月

原载 1936 年 3 月 22 日《大公报·文艺副刊》第 114 期

静　院

你说这院子深深的——

美从不是现成的。

这一掬静，

到了夜，你算，

就需要多少铺张？

月圆了残，叫卖声远了，

隔过老杨柳，一道墙，又转，

初一？凑巧谁又在烧香，……

离离落落的满院子，

不定是神仙走过，

仅是迷惘，像梦，……

窗槛外或者是暗的，

或透那么一点灯火。

这掬静，院子深深的

——有人也叫它做情绪——

情绪，好，你指点看

有不有轻风，轻得那样

没有声响，吹着凉？

黑的屋脊，自己的，人家的，

兽似的背耸着，又像

寂寞在嘶声的喊！

石阶，尽管沉默，你数，

多少层下去，下去，

是不是还得栏杆，斜斜的

双树的影去支撑？

对了，角落里边

还得有人低着头脸。

会忘掉又会记起——会想，

——那不论——或者是

船去了，一片水，或是

小曲子唱得嘹亮；

或是枝头粉黄一朵，

记不得谁了，又向谁认错！

又是多少年前——夏夜。

有人说：

"今夜，天，……"（也许是秋夜）

又穿过藤萝，

指着一边，小声的，"你看，

星子真多！"

草上人描着影子；

那样点头，走，

又有人笑，……
静，真的，你可相信
这平铺的一片——
不单是月光，星河，
雪和萤虫也远——
夜，情绪，进展的音乐，
如果慢弹的手指
能轻似蝉翼，
你拆开来看，纷纭，
那玄微的细网
怎样深沉的拢住天地，
又怎样交织成
这细致缥缈的彷徨！

二十五年一月

无　题

什么时候再能有

那一片静；

溶溶在春风中立着，

面对着山，面对着小河流？

什么时候还能那样

满掬着希望；

披拂新绿，耳语似的诗思，

登上城楼，更听那一声钟响？

什么时候，又什么时候，心

才真能懂得

这时间的距离；山河的年岁；

昨天的静，钟声

昨天的人

怎样又在今天里划下一道影！

二十五年春四月

题剔空菩提叶

认得这透明体，
智慧的叶子掉在人间？
消沉，慈净——
那一天一闪冷焰，
一叶无声的坠地，
仅证明了智慧寂寞
孤零的终会死在风前！
昨天又昨天，美
还逃不出时间的威严；
相信这里睡眠着最美丽的
骸骨，一丝魂魄月边留念——
菩提树下清荫则是去年！

二十五年四月二十三日

黄昏过泰山

记得那天

心同一条长河，

让黄昏来临，

月一片挂在胸襟。

如同这青黛山，

今天，

心是孤傲的屏障一面；

葱郁，

不忘却晚霞，

苍莽，

却听脚下风起，

来了夜——

昼 梦

昼梦

垂着纱，

无从追寻那开始的情绪

还未曾开花；

柔韧得像一根

乳白色的茎，缠住

纱帐下；银光

有时映亮，去了又来；

盘盘丝络

一半失落在梦外。

花竟开了，开了；

零落的攒集，

从容的舒展，

一朵，那千百瓣！

抖擞那不可言喻的

刹那情绪，

庄严峰顶——

天上一颗星……

晕紫，深赤，

天空外旷碧，

是颜色同颜色浮溢，腾飞……

深沉，

又凝定——

悄然香馥，

袅娜一片静。

昼梦

垂着纱，

无从追踪的情绪

开了花；

四下里香深，

低覆着禅寂，

间或游丝似的摇移，

悠忽一重影；

悲哀或不悲哀

全是无名，

一闪娉婷。

二十五年暑中北平

八月的忧愁

黄水塘里游着白鸭，

高粱梗油青的刚高过头，

这跳动的心怎样安插，

田里一窄条路，八月里这忧愁？

天是昨夜雨洗过的，山岗

照着太阳又留一片影；

羊跟着放羊的转进村庄，

一大棵树荫下罩着井，又像是心！

从没有人说过八月什么话，

夏天过去了，也不到秋天。

但我望着田垄，土墙上的瓜，

仍不明白生活同梦怎样的连牵。

二十五年夏末

过杨柳

反复的在敲问心同心，

彩霞片片已烧成灰烬，

街的一头到另一条路，

同是个黄昏扑进尘土。

愁闷压住所有的新鲜，

奇怪街边此刻还看见

混沌中浮出光妍的纷纠，

死色楼前垂一棵杨柳！

二十五年十月一日

原载 1936 年 11 月 1 日《大公报·文艺副刊》第 241 期

冥　思

心此刻同沙漠一样平

思想像孤独的一个阿拉伯人；

仰脸孤独的向天际望

落日远边奇异的霞光，

安静的，又侧个耳朵听

远处一串骆驼的归铃。

在这白色的周遭中，

一切像凝冻的雕形不动；

白袍，腰刀，长长的头巾，

浪似的云天，沙漠上风！

偶有一点子振荡闪过天线，

残霞边一颗星子出现。

二十五年夏末

原载 1936 年 12 月 13 日《大公报·文艺副刊》第 265 期

空想（外）

空想

终日的企盼企盼正无着落——

太阳穿窗棂影，种种花样。

暮秋梦远，一首诗似的寂寞，

真怕看光影，花般洒在满墙。

日子悄悄的仅按沉吟的节奏，

尽打动简单曲，像钟摇响。

不是光不流动，花瓣子不点缀时候，

是心漏却忍耐，厌烦了这空想！

你来了

你来了，画里楼阁立在山边，

交响曲，由风到风，草青到天！

阳光投多少个方向，谁管？你，我

如同画里人，掉回头，便就不见！

你来了，花开到深深的深红，

绿萍遮住池塘上一层晓梦，

鸟唱着，树梢交织着枝柯——白云

却是我们，悠忽翻过几重天空！

"九·一八"闲走

天上今早盖着两层灰，

地上一堆黄叶在徘徊，

惘惘的是我跟着凉风转，

荒街小巷，蛇鼠般追随！

我问秋天，秋天似也疑问我：

在这尘沙中又挣扎些什么，

黄雾扼住天的喉咙，

处处仅剩情绪的残破？

但我不信热血不仍在沸腾；

思想不仍铺在街上多少层；

甘心让来往车马狠命的轧压，

待从地面开花，另来一种完整。

（据手稿）

藤花前——独过静心斋

紫藤花开了

轻轻的放着香，

没有人知道……

紫藤花开了

轻轻的放着香，

没有人知道。

楼不管，曲廊不做声，

蓝天里白云行去，

池子一脉静；

水面散着浮萍，

水底下挂着倒影。

紫藤花开了

没有人知道！

蓝天里白云行去，

小院，

无意中我走到花前。

轻香，风吹过

花心，

风吹过我——

望着无语，紫色点。

旅　途　中

我卷起一个包袱走，

过一个山坡子松，

又走过一个小庙门

在早晨最早的一阵风中。

我心里没有埋怨，人或是神；

天底下的烦恼，连我的

拢总，

像已交给谁去，……

前面天空。

山中水那样清，

山前桥那么白净——

我不知道造物者认不认得

自己图画；

乡下人的笠帽，草鞋，

乡下人的性情。

暑中在山东乡间步行，二十五年夏

原载 1936 年 12 月《新诗》第 3 期

[末二行根据作者修改后手稿排印。原发表时为：鸟唱着，树梢头织起细细枝柯——白云却是我们，翻过好几重天空。]

红叶里的信念

年年不是要看西山的红叶，

谁敢看西山红叶？不是

要听异样的鸟鸣，停在

那一个静幽的树枝头，

是脚步不能自己的走——

走，迈向理想的山坳子

寻觅从未曾寻着的梦：

一茎梦里的花，一种香，

斜阳四处挂着，风吹动，

转过白云，小小一角高楼。

钟声已在脚下，松同松

并立着等候，山野已然

百般渲染豪侈的深秋。

梦在哪里，你的一缕笑，

一句话，在云浪中寻遍，

不知落到哪一处？流水已经

渐渐的清寒，载着落叶

穿过空的石桥，白栏杆，

叫人不忍再看，红叶去年

同踏过的脚迹火一般。

好，抬头，这是高处，心卷起

随着那白云浮过苍茫，

别计算在哪里驻脚，去，

相信千里外还有霞光，

像希望，记得那烟霞颜色，

就不为编织美丽的明天，

为此刻空的歌唱，空的

凄恻，空的缠绵，也该放

多一点勇敢，不怕连牵

斑驳金银般旧积的创伤！

再看红叶每年，山重复的

流血，山林，石头的心胸

从不倚借梦支撑，夜夜

风像利刃削过大土壤，

天亮时沉默焦灼的唇，

忍耐的仍向天蓝，呼唤

瓜果风霜中完成，呈光彩，

自己山头流血，变坟台！

平静，我的脚步，慢点儿去，

别相信谁曾安排下梦来！

一路上枯枝，鸟不曾唱，

小野草香风早不是春天。

停下！停下！风同云，水同

水藻全叫住我，说梦在

背后；蝴蝶秋千理想的

山坳同这当前现实的

石头子路还缺个牵连！

愈是山中奇妍的黄月光

挂出树尖，愈得相信梦，

梦里斜晖一茎花是谎！

但心不信！空虚的骄傲

秋风中旋转，心仍叫喊

理想的爱和美，同白云

角逐；同斜阳笑吻；同树，

同花，同香，乃至同秋虫

石隙中悲鸣，要携手去；

同奔跃嬉游水面的青蛙，

盲目的再去寻盲目日子——

要现实的热情另涂图画，

要把满山红叶采作花！

这萧萧瑟瑟不断的呜咽，

掠过耳鬓也还卷着温存，

影子在秋光中摇曳，心再

不信光影外有串疑问！

心仍不信，只因是午后，

那片竹林子阳光穿过

照暖了石头，赤红小山坡，

影子长长两条，你同我

曾经参差那亭子石路前，

浅碧波光老树干旁边！

生命中的谎再不能比这把

颜色更鲜艳！记得那一片

黄金天，珊瑚般玲珑叶子

秋风里挂，即使自己感觉

内心流血，又怎样个说话？

谁能问这美丽的后面

是什么？赌博时，眼闪亮，

从不悔那猛上孤注的力量；

都说任何苦痛去换任何一分，

一毫，一个纤微的理想！

所以脚步此刻仍在迈进，

不能自已，不能停！虽然山中

一万种颜色，一万次的变，

各种寂寞已环抱着孤影：

热的减成微温，温的又冷，

焦黄叶压踏在脚下碎裂，

残酷地散排昨天的细屑，

心却仍不问脚步为甚固执，
那寻不着的梦中路线——
仍依恋指不出方向的一边！
西山，我发誓地，指着西山，
别忘记，今天你，我，红叶，
连成这一片血色的伤怆！
知道我的日子仅是匆促的
几天，如果明年你同红叶
再红成火焰，我却不见，……
深紫，你山头须要多添
一缕抑郁热情的象征，
记下我曾为这山中红叶，
今天流血地存一堆信念！

山 中

紫色山头抱住红叶，将自己影射在山前，

人在小石桥上走过，渺小的追一点子想念。

高峰外云深蓝天里镶白银色的光转，

用不着桥下黄叶，人在泉边，才记起夏天！

也不因一个人孤独的走路，路更蜿蜒，

短白墙房舍像画，仍画在山坳另一面，

只这丹红集叶替代人记忆失落的层翠，

深浅团抱这同一个山头，惆怅如薄层烟。

山中斜长条青影，如今红萝乱在四面，

百万落叶火焰在寻觅山石荆草边，

当时黄月下共坐天真的青年人情话，相信

那三两句长短，星子般仍挂秋风里不变。

一九三六年秋

静　坐

冬有冬的来意，

寒冷像花——

花有花香，冬有回忆一把。

一条枯枝影，青烟色的瘦细，

在午后的窗前拖过一笔画；

寒里日光淡了，渐斜……

就是那样地

像待客人说话

我在静沉中默啜着茶。

二十五年冬十一月

原载 1937 年 1 月 31 日《大公报·文艺副刊》第 293 期

十月独行

像个灵魂失落在街边，
我望着十月天上十月的脸。
我向雾里黑影上涂热情
悄悄的看一团流动的月圆。
我也看人流着流着过去，来回
黑影中冲着波浪翻星点
我数桥上栏杆龙样头尾
像坐一条寂寞船，自己拉纤。
我像哭，像自语，我更自己抱歉！
自己焦心，同情，一把心紧似琴弦——
我说哑的，哑的琴我知道，一出曲子
未唱，幻望的手指终未来在上面？

时　间

人间的季候永远不断在转变

春时你留下多处残红，翩然辞别，

本不想回来时同谁叹息秋天！

现在连秋云黄叶又已失落去

辽远里，剩下灰色的长空一片

透彻的寂寞，你忍听冷风独语？

古城春景

时代把握不住时代自己的烦恼——

轻率的不满，就不叫它这时代牢骚——

偏又流成愤怨，聚一堆黑色的浓烟

喷出烟囱，那矗立的新观念，在古城楼对面！

怪得这嫩灰色一片，带疑问的春天

要泥黄色风沙，顺着白洋灰街沿，

再低着头去寻觅那已失落了的浪漫

到蓝布棉帘子，万字栏杆，仍上老店铺门槛？

寻去，不必有新奇的新发现，旧有保障

即使古老些，需要翡翠色甘蔗做拐杖

来支撑城墙下小果摊，那红鲜的冰糖葫芦①

仍然光耀，串串如同旧珊瑚，还不怕新时代的尘土。

二十六年春，北平

原载 1937 年 4 月《新诗》2 卷 1 期

---

① 那红鲜的冰糖葫芦：北平称山楂作红果，称插在竹签上糖山楂作"冰糖葫芦"。——作者注

前　后

河上不沉默的船

载着人过去了；

桥——三环洞的桥基，

上面再添了足迹；

早晨，

早又到了黄昏，

这赓续

绵长的路……

不能问谁

想望的终点——

没有终点

这前面。

背后，

历史是片累赘！

原载 1937 年 5 月 16 日《大公报·文艺副刊》第 336 期

去 春

不过是去年的春天，花香，

红白的相间着一条小曲径，

在今天这苍白的下午，再一次登山

回头看，小山前一片松风

就吹成长长的距离，在自己身旁。

人去时，孔雀绿的园门，白丁香花，

相伴着动人的细致，在此时，

又一次湖水将解的季候，已全变了画。

时间里悬挂，迎面阳光不来，

就是来了也是斜抹一行沉寂记忆，树下。

原载 1937 年 7 月《文学杂志》1 卷 4 期

除夕看花

新从嘈杂着异乡口调的花市上买来，

碧桃雪白的长枝，同红血般的山茶花。

着自己小角隅再用精致鲜艳来结采，

不为着锐的伤感，仅是钝的还有剩余下！

明知道房里的静定，像弄错了季节，

气氛中故乡失得更远些，时间倒着悬挂；

过年也不像过年，看出灯笼在燃烧着点点血，

帘垂花下已记不起旧时热情、旧日的话。

如果心头再旋转着熟识旧时的芳菲，

模糊如条小径越过无数道篱笆，

纷纭的花叶枝条，草看弄得人昏迷，

今日的脚步，再不甘重踏上前时的泥沙。

月色已冻住，指着各处山头，河水更零乱，

关心的是马蹄平原上辛苦，无响在刻画，

除夕的花已不是花，仅一句言语梗在这里，

抖战着千万人的忧患，每个心头上牵挂。

给秋天

正与生命里一切相同，

我们爱得太是匆匆；

好像只是昨天，

你还在我的窗前！

笑脸向着晴空

你的林叶笑声里染红

你把黄光当金子般散开

稚气，豪侈，你没有悲哀。

你的红叶是亲切的牵绊，那零乱

每早必来缠住我的晨光。

我也吻你，不顾你的背影隔过玻璃窗！

你常淘气的闪过，却不对我忸怩。

可是我爱得多么疯狂，

竟未觉察凄厉的夜晚

已在你背后尾随——

等候着把你残忍的摧毁！

一夜呼号的风声

果然没有把我惊醒

等到太晚的那个早晨

啊。天！你已经不见了踪影。

我苛刻的咒诅自己

但现在有谁走过这里

除却严冬铁样长脸

阴霾中，偶然一见。

[本诗及下面的两首诗《人生》《展缓》，
曾以《诗（三首）》为标题，同时发表在
1947 年 5 月 4 日《大公报·文艺副刊》上。]

人　生

人生，

你是一支曲子，

我是歌唱的；

你是河流

我是条船，一片小白帆

我是个行旅者的时候，

你，田野，山林，峰峦。

无论怎样，

颠倒密切中牵连着

你和我，

我永从你中间经过；

我生存，

你是我生存的河道，

理由同力量。

你的存在

则是我胸前心跳里

五色的绚彩

但我们彼此交错

并未彼此留难。

…………

现在我死了，

你——

我把你再交给他人负担！

展　缓

当所有的情感

都并入一股哀怨

如小河，大河，汇向着无边的大海

——不论怎么冲击，

怎样盘旋——

那河上劲风，大小石卵，

所做成的几处逆流小小港湾，

就如同那生命中，

无意的宁静避开了主流；

情绪的平波越出了悲愁。

停吧，这奔驰的血液；

它们不必全然废弛的都去造成眼泪。

不妨多几次辗转，溯回流水，

任凭眼前这一切撩乱，

这所有，去建筑逻辑。

把绝望的结论，稍稍迟缓，

拖延时间——

拖延理智的判断——

会再给纯情感一种希望！

六点钟在下午

用什么来点缀六点钟在下午？

六点钟在下午点缀在你生命中，

仅有仿佛的灯光，

褪败的夕阳，

窗外一张落叶在旋转！

用什么来陪伴六点钟在下午？

六点钟在下午陪伴着你在暮色里闲坐，

等光走了，影子变换，

一支烟，为小雨点

继续着，无所盼望！

原载 1948 年 2 月 22 日《经世日报·文艺周刊》第 58 期

昆明即景

一　茶铺

这是立体的构画，

描在这里许多样脸

在顺城脚的茶铺里

隐隐起喧腾声一片。

各种的姿势，生活

刻画着不同方面：

茶座上全坐满了，笑的，

皱眉的，有的抽着旱烟。

老的，慈祥的面纹，

年轻的，灵活的眼睛，

都暂要时间茶杯上

停住，不再去扰乱心情！

一天一整串辛苦，

此刻才赚回小把安静，

夜晚回家，还有远路，

白天，谁有工夫闲看云影？

不都为着真的口渴，

四面窗开着，喝茶，

跷起膝盖的是疲乏，

赤着臂膀好同乡邻闲话。

也为了放下扁担同肩背

向运命喘息，倚着墙，

每晚靠这一碗茶的生趣

幽默估量生的短长……

这是立体的构画，

设色在小生活旁边，

阴凉南瓜棚下茶铺，

热闹照样的又过了一天！

二　小楼

张大爹临街的矮楼，[①]

半藏着，半挺着，立在街头，

瓦覆着它，窗开一条缝，

---

① 张大爹临街的矮楼：在初稿中此句原为："那上七下八临街的矮楼。"昆明旧式民居典型制式为底楼高八尺，二层高七尺。——梁从诫注

夕阳染红它，如写下古远的梦。

矮檐上长点草，也结过小瓜，

破石子路在楼前，无人种花，

是老坛子，瓦罐，大小的相伴；

尘垢列出许多风趣的零乱。

但张大爹走过，不吟咏它好；

大爹自己（上年纪了）不相信古老。

他拐着杖常到隔壁沽酒，

宁愿过桥，土堤去看新柳！

原载 1948 年 2 月 22 日《经世日报·文艺周刊》第 58 期

一串疯话

好比这树丁香，几枝山红杏，
相信我的心里留着有一串话，
绕着许多叶子，青青的沉静，
风露日夜，只盼五月来开开花！
如果你是五月，八月里为我吹开
蓝空上霞彩，那样子来了春天，
忘掉腼腆，我定要转过脸来，
把一串疯话全说在你的面前！

原载 1948 年 2 月 22 日《经世日报·文艺周刊》第 58 期

小诗（一）

感谢生命的讽刺嘲弄着我，

会唱的喉咙哑成了无言的歌。

一片轻纱似的情绪，本是空灵，

现时上面全打着拙笨补钉。

肩头上先是挑起两担云彩，

带着光辉要在从容天空里安排；

如今黑压压沉下现实的真相，

灵魂同饥饿的脊梁将一起压断！

我不敢问生命现在人该当如何

喘气！经验已如旧鞋底的穿破，

这纷歧道路上，石子和泥土模糊，

还是赤脚方便，去认取新的辛苦。

[《小诗》（一）、《小诗》（二）及《恶劣的心绪》《写给我的大姊》《一天》《对残枝》《对北门街园子》《十一月的小村》《忧郁》九首写于不同时间和地点的诗，曾以《病中杂诗（九首）》的标题，同时发表在 1948 年 5 月《文学杂志》2 卷 12 期上。]

小诗（二）

小蚌壳里有所有的颜色；

整一条虹藏在里面。

绚彩的存在是他的秘密，

外面没有夕阳，也不见雨点。

黑夜天空上只一片渺茫；

整宇宙星斗那里闪亮，

远距离光明如无边海面，

是每小粒晶莹，给了你方向。

[《小诗》（一）、《小诗》（二）

1947 年写于北平。——梁从诫注]

恶劣的心绪

我病中，这样缠住忧虑和烦扰，
好像西北冷风，从沙漠荒原吹起，
逐步吹入黄昏街头巷尾的垃圾堆；
在霉腐的琐屑里寻讨安慰，
自己在万物消耗以后的残骸中惊骇，
又一点一点给别人扬起可怕的尘埃！
吹散记忆正如陈旧的报纸飘在各处彷徨，
破碎支离的记录只颠倒提示过去的骚乱。
多余的理性还像一只饥饿的野狗
那样追着空罐同肉骨，自己寂寞的追着
咬嚼人类的感伤；生活是什么都还说不上来，
摆在眼前的已是这许多渣滓！
我希望：风停了；今晚情绪能像一场小雪，
沉默的白色轻轻降落地上；
雪花每片对自己和他人都带一星耐性的仁慈，
一层一层把恶劣残破和痛苦的一起掩藏；
在美丽明早的晨光下，焦心暂不必再有——
绝望要来时，索性是雪后残酷的寒流！

三十六年十二月病中动手术前

写给我的大姊

当我去了，还有没说完的话，

好像客人去后杯里留下的茶；

说的时候，同喝的机会，都已错过，

主客黯然，可不必再去惋惜它。

如果有点感伤，你把脸掉向窗外，

落日将尽时，西天上，总还留有晚霞。

一切小小的留恋算不得罪过，

将尽未尽的衷曲也是常情。

你原谅我有一堆心绪上的闪躲，

黄昏时承认的，否认等不到天明；

有些话自己也还不曾说透，

他人的了解是来自直觉的会心。

当我去了，还有没说完的话，

像钟敲过后，时间在悬空里暂挂，

你有理由等待更美好的继续；

对忽然的终止，你有理由惧怕。

但原谅吧，我的话语永远不能完全，

亘古到今情感的矛盾做成了嘶哑。

一　天

今天十二个钟头，

是我十二个客人，

每一个来了，又走了，

最后夕阳拖着影子也走了！

我没有时间盘问我白己胸怀，

黄昏却蹑着脚，好奇的偷着进来！

我说：朋友，这次我可不对你诉说啊，

每次说了，伤我一点骄傲。

黄昏黯然，无言的走开，

孤单的、沉默的，我投入夜的怀抱！

写于三十一年春，李庄

对残枝

梅花你这些残了后的枝条，
是你无法诉说的哀愁！
今晚这一阵雨点落过以后，
我关上窗子又要同你分手。
但我幻想夜色安慰你伤心，
下弦月照白了你，最是同情，
我睡了，我的诗记下你的温柔，
你不妨安心放芽去做成绿荫。

[1946 年写于昆明。——梁从诫注]

对北门街园子

别说你寂寞；大树拱立，

草花烂漫，一个园子永远

睡着；没有脚步的走响。

你树梢盘着飞鸟，每早云天

吻你额前，每晚你留下对话

正是西山最好的夕阳。

[1946 年写于昆明。——梁从诫注]

十一月的小村

我想象我在轻轻的独语：

十一月的小村外是怎样个去处？

是这渺茫江边淡泊的天；

是这映红了的叶子疏疏隔着雾；

是乡愁，是这许多说不出的寂寞；

还是这条独自转折来去的山路？

是村子迷惘了，绕出一丝丝青烟；

是那白沙一片篁竹围着的茅屋？

是枯柴爆裂着灶火的声响，

是童子缩颈落叶林中的歌唱？

是老农随着耕牛，远远过去，

还是那坡边零落在吃草的牛羊？

是什么做成这十一月的心，

十一月的灵魂又是谁的病？

山坳子叫我立住的仅是一面黄土墙；

下午透过云霾那点子太阳！

一棵野藤绊住一角老墙头，斜睨

两根青石架起的大门，倒在路旁

无论我坐着，我又走开，

我都一样心跳；我的心前

虽然烦乱，总像绕着许多云彩，

但寂寂一湾水田，这几处荒坟，

它们永说不清谁是这一切主宰

我折一根柱枝，看下午最长的日影

要等待十一月的回答微风中吹来。

三十三年初冬，李庄

忧 郁

忧郁自然不是你的朋友；

但也不是你的敌人，你对他不能冤屈！

他是你强硬的债主，你呢？是

把自己灵魂压给他的赌徒。

你曾那样拿理想赌博，不幸

你输了；放下精神最后保留的田产，

最有价值的衣裳，然后一切你都

赔上，连自己的情绪和信仰，那不是自然？

你的债权人他是，那么，别尽问他脸貌

到底怎样！呀天，你如果一定要看清

今晚这里有盏小灯，灯下你无妨同他

面对面，你是这样的绝望，他是这样无情！

[1944 年写于李庄。——梁从诫注]

我们的雄鸡

我们的雄鸡从没有以为

自己是孔雀

自信他们鸡冠已够他

仰着头漫步——

一个院子他绕上了一遍

仪表风姿

都在群雌的面前！

我们的雄鸡从没有以为

自己是首领

晓色里他只扬起他的呼声

这呼声叫醒了别人

他经济地保留这种叫喊

（保留那规则）

于是便象征了时间！

［一九四八年二月十八日 清华］

哭三弟恒——三十年空战阵亡

弟弟，我没有适合时代的语言

来哀悼你的死；

它是时代向你的要求，

简单的，你给了。

这冷酷简单的壮烈是时代的诗

这沉默的光荣是你。

假使在这不可免的真实上

多给了悲哀，我想呼喊，

那是——你自己也明了——

因为你走得太早，

太早了，弟弟，难为你的勇敢，

机械的落伍，你的机会太惨！

三年了，你阵亡在成都上空，

这三年的时间所做成的不同，

如果我向你说来，你别悲伤，

因为多半不是我们老国，

而是他人在时代中辗动，

我们灵魂流血，炸成了窟窿。

我们已有了盟友、物资同军火，

正是你所曾经希望过。

我记得，记得当时我怎样同你

讨论又讨论，点算又点算，

每一天你是那样耐性的等着，

每天却空的过去，慢得像骆驼！

现在驱逐机已非当日你最想望

驾驶的"老鹰式七五"那样——

那样笨，那样慢，啊，弟弟不要伤心，

你已做到你们所能做的，

别说是谁误了你，是时代无法衡量，

中国还要上前，黑夜在等天亮。

弟弟，我已用这许多不美丽言语

算是诗来追悼你，

要相信我的心多苦，喉咙多哑，

你永不会回来了，我知道，

青年的热血做了科学的代替；

中国的悲怆永沉在我的心底。

啊，你别难过，难过了我给不出安慰。

我曾每日那样想过了几回：

你已给了你所有的，同你去的弟兄

也是一样，献出你们的生命！

已有的年轻一切；将来还有的机会，

可能的壮年工作，老年的智慧；

可能的情爱，家庭，儿女，及那所有

生的权利，喜悦；及生的纷纠！

你们给的真多，都为了谁？你相信

今后中国多少人的幸福要在

你的前头，比自己要紧；那不朽

中国的历史，还需要在世上永久。

你相信，你也做了，最后一切你交出。

我既完全明白，为何我还为着你哭？

只因你是个孩子却没有留什么给自己，

小时我盼着你的幸福，战时你的安全，

今天你没有儿女牵挂需要抚恤同安慰，

而万千国人像已忘掉，你死是为了谁！

三十三年，李庄

原载 1948 年 5 月《文学杂志》2 卷 12 期

["三十年"指民国三十年。——梁从诫注]

悼志摩

十一月十九日，我们的好朋友，许多人都爱戴的新诗人，徐志摩［徐志摩（1896～1931），现代诗人、散文家。浙江海宁县硖石镇人，林徽因的好友，1931 年 11 月 19 日，徐志摩由南京乘飞机到北平，因遇大雾在济南附近触山遇难。］突兀的，不可信的，惨酷的，在飞机上遇险而死去。这消息在二十日的早上像一根针刺猛触到许多朋友的心上，顿使那一早的天墨一般地昏黑，哀恸的咽哽锁住每一个人的嗓子。

志摩……死……谁曾将这两个句子联在一处想过！他是那样活泼的一个人，那样刚刚站在壮年的顶峰上的一个人。朋友们常常惊讶他的活动，他那像小孩般的精神和认真，谁又会想到他死？

突然的，他闯出我们这共同的世界，沉入永远的静寂，不给我们一点预告，一点准备，或是一个最后希望的余地。这种几乎近于忍心的决绝，那一天不知震麻了多少朋友的心？现在那不能否认的事实，仍然无情地挡住我们前面。任凭我们多苦楚的哀悼他的惨死，多迫切的希冀能够仍然接触到他原来的音容，事实是不会为体贴我们这悲念而有些须更改；而他也再不会为不忍我们这伤悼而有些须活动的可能！这难堪的永远静寂和消沉便是死的最残酷处。

我们不迷信的，没有宗教地望着这死的帷幕，更是丝毫没有把握。张开口我们不会呼吁，闭上眼不会入梦，徘徊在理智和情感的边沿，我们不能预期后会，对这死，我们只是永远发怔，吞咽枯涩的泪，待时间来剥削这哀恸的尖锐，痂结我们每次悲悼的创伤。那一天下午初得到消息的许多朋友不是全跑到胡适之先生家里么？但是除却拭泪相对，默然围坐外，谁也没有主意，谁也不知有什么话说，对这死！

谁也没有主意，谁也没有话说！事实不容我们安插任何的希望，情感不容我们不伤悼这突兀的不幸，理智又不容我们有超自然的幻想！默然相对，默然围坐……而志摩则仍是死去没有回头，没有音讯，永远地不会回头，永远地不会再有音讯。

我们中间没有绝对信命运之说的，但是对着这不测的人生，谁不感到惊异，对着那许多事实的痕迹又如何不感到人力的脆弱，智慧的有限。世事尽有定数？世事尽是偶然？对这永远的疑问我们什么时候能有完全的把握？

在我们前边展开的只是一堆坚质的事实：

"是的，他十九晨有电报来给我……

"十九早晨，是的！说下午三点准到南苑，派车接……

"电报是九时从南京飞机场发出的……

"刚是他开始飞行以后所发……

"派车接去了，等到四点半……说飞机没有到……

"没有到……航空公司说济南有雾……很大……"只是一

个钟头的差别；下午三时到南苑，济南有雾！谁相信就是这一个钟头中便可以有这么不同事实的发生，志摩，我的朋友！

他离平的前一晚我仍见到，那时候他还不知道他次晨南旅的，飞机改期过三次，他曾说如果再改下去，他便不走了的。我和他同由一个茶会出来，在总布胡同口分手。在这茶会里我们请的是为太平洋会议来的一个柏雷博士，因为他是志摩生平最爱慕的女作家曼殊斐儿〔通译曼斯菲尔德（1888～1923）英国女作家〕的姊丈，志摩十分的殷勤；希望可以再从柏雷口中得些关于曼殊斐儿早年的影子，只因限于时间，我们茶后匆匆地便散了。晚上我有约会出去了，回来时很晚，听差说他又来过，适遇我们夫妇刚走，他自己坐了一会儿，喝了一壶茶，在桌上写了些字便走了。我到桌上一看：

"定明早六时飞行，此去存亡不卜……"我怔住了，心中一阵不痛快，却忙给他一个电话。

"你放心，"他说，"很稳当的，我还要留着生命看更伟大的事迹呢，哪能便死？……"

话虽是这样说，他却是已经死了整两周了！

凡是志摩的朋友，我相信全懂得，死去他这样一个朋友是怎么一回事！

现在这事实一天比一天更结实，更固定，更不容否认。志摩是死了，这个简单惨酷的实际早又添上时间的色彩，一周，两周，一直的增长下去……

我不该在这里语无伦次的尽管呻吟我们做朋友的悲哀情绪。

归根说，读者抱着我们文字看，也就是像志摩的请柏雷一样，要从我们口里再听到关于志摩的一些事。这个我明白，只怕我不能使你们满意，因为关于他的事，动听的，使青年人知道这里有个不可多得的人格存在的，实在太多，决不是几千字可以表达得完。谁也得承认像他这样的一个人世间便不轻易有几个的，无论在中国或是外国。

我认得他，今年整十年，那时候他在伦敦经济学院，尚未去康桥。我初次遇到他，也就是他初次认识到影响他迁学的逖更生〔即高斯华绥·逖更生（galsworthy lowes dickinson），英国作家，作品有《一个中国人通信》与《一个现代聚餐谈话》等〕先生。不用说他和我父亲最谈得来。虽然他们年岁上差别不算少，一见面之后便互相引为知己。他到康桥之后由逖更生介绍进了皇家学院，当时和他同学的有我姊丈温君源宁〔温源宁（1899~1984），广东陆丰人。英国剑桥大学法学硕士。历任北京大学、清华大学教授、北平大学女子师范学院外国文学系讲师等职〕。一直到最近两月中源宁还常在说他当时的许多笑话，虽然说是笑话，那也是他对志摩最早的一个惊异的印象。志摩认真的诗情，绝不含有丝毫矫伪，他那种痴，那种孩子似的天真实能令人惊讶。源宁说，有一天他在校舍里读书，外边下了倾盆大雨——惟是英伦那样的岛国才有的狂雨——忽然他听到有人猛敲他的房门，外边跳进一个被雨水淋得全湿的客人。不用说他便是志摩，一进门一把扯着源宁向外跑，说快来我们到桥上去等着。这一来把源宁怔住了，他问志摩等什么在这大雨里。志摩睁大了眼睛，孩子似的高兴地说"看雨后的虹去"。源宁不止说他不去，并且劝志摩趁早将湿透的衣服换下，再穿上雨衣出去，英国的湿气岂是儿戏，志摩不等他说完，一溜烟地自己跑了！

以后我好奇地曾问过志摩这故事的真确，他笑着点头承认这全段故事的真实。我问：那么下文呢，你立在桥上等了多久，并且看到了虹了没有？他说记不清，但是他居然看到了虹。我诧异地打断他对那虹的描写，问他：怎么他便知道，准会有虹的。他得意地笑答我说："完全诗意的信仰！"

"完全诗意的信仰"，我可要在这里哭了！也就是为这"诗意的信仰"他硬要借航空的方便达到他"想飞"的宿愿！"飞机是很稳当的，"他说，"如果要出事那是我的运命！"他真对运命这样完全诗意的信仰！

志摩，我的朋友，死本来也不过是一个新的旅程，我们没有到过的，不免过分地怀疑，死不定就比这生苦，"我们不能轻易断定那一边没有阳光与人情的温慰"，但是我前边说过最难堪的是这永远的静寂。我们生在这没有宗教的时代，对这死实在太没有把握了。这以后许多思念你的日子，怕要全是昏暗的苦楚，不会有一点点光明，除非我也有你那美丽的诗意的信仰！

我个人的悲绪不竟又来扰乱我对他生前许多清晰的回忆，朋友们原谅。

诗人的志摩用不着我来多说，他那许多诗文便是估价他的天平。我们新诗的历史才是这样的短，恐怕他的判断人尚在我们儿孙辈的中间。我要谈的是诗人之外的志摩。人家说志摩的为人只是不经意的浪漫，志摩的诗全是抒情诗，这断语从不认识他的人听来可以说很公平，从他朋友们看来实在是对不起他。志摩是个很古怪的人，浪漫固然，但他人格里最精华的却是他对人的同情，和蔼，和优容；没有一个人他对他不和蔼，没有一种人，他不能优容，没有一种的情感，他绝对地不能表同情。我不说了解，因为不是许多人爱说志摩最不解人情么？我说他的特点也就在这上头。

我们寻常人就爱说了解；能了解的我们便同情，不了解的我们便很落漠乃至于酷刻。表同情于我们能了解的，我们以为很适当；不表同情于我们不能了解的，我们也认为很公平。志摩则不然，了解与不了解，他并没有过分地夸张，他只知道温存，和平，体贴，只要他知道有情感的存在，无论出自何人，在何等情况之下，他理智上认为适当与否，他全能表几分同情，他真能体会原谅他人与他自己不相同处。从不会刻薄地单支出严格的迫仄的道德的天平指谪凡是与他不同的人。他这样的温和，这样的优容，真能使许多人惭愧，我可以忠实地说，至少他要比我们多数的人伟大许多；他觉得人类各种的情感动作全有它不同的，价值放大了的人类的眼光，同情是不该只限于我们划定的范围内。他是对的，朋友们，归根说，我们能够懂得几个人，了解几桩事，几种情感？哪一桩事，哪一个人没有多面的看法！为此说来志摩朋友之多，不是个可怪的事；凡是认得他的人不论深浅对他全有特殊的感情，也是极自然的结果。

而反过来看他自己在他一生的过程中却是很少得着同情的。不止如是，他还曾为他的一点理想的愚诚几次几乎不见容于社会。但是他却未曾为这个而鄙吝他给他人的同情心，他的性情，不曾为受了刺激而转变刻薄暴戾过，谁能不承认他几有超人的宽量。

志摩的最动人的特点，是他那不可信的纯净的天真，对他的理想的愚诚，对艺术欣赏的认真，体会情感的切实，全是难能可贵到极点。他站在雨中等虹，他甘冒社会的大不韪争他的恋爱自由；他坐曲折的火车到乡间去拜哈代，他抛弃博士一类的引诱卷了书包到英国，只为要拜罗素做老师，他为了一种特异的境遇，一时特异的感动，从此在生命途中冒险，从此抛弃所有的旧业，只是尝试写几行新诗——这几年新诗尝试的运命并不太令人踊跃，冷嘲热骂只是家常便饭——他常能走几里路去采几茎花，费许多周折去看一个朋友说两句话；这些，还有许多，都不是我们寻常能够轻易了解的神秘。我说神秘，其实竟许是傻，是痴！事实上他只是比我们认真，虔诚到傻气，到痴！他愉快起来他的快乐的翅膀可以碰得到天，他忧伤起来，他的悲戚是深得没有底。寻常评价的衡量在他手里失了效用，利害轻重他自有他的看法，纯是艺术的情感的脱离寻常的原则，所以往常人常听到朋友们说到他总爱带着嗟叹的口吻说："那是志摩，你又有什么法子！"他真的是个怪人么？朋友们，不，一点都不是，他只是比我们近情，近理，比我们热诚，比我们天真，比我们对万物都更有信仰，对神，对人，对灵，对自然，对艺术！

朋友们我们失掉的不止是一个朋友，一个诗人，我们丢掉的是个极难得可爱的人格。

至于他的作品全是抒情的么？他的兴趣只限于情感么？更是不对。志摩的兴趣是极广泛的。就有几件，说起来，不认得他的人便要奇怪。他早年很爱数学，他始终极喜欢天文，他对天上星宿的名字和部位就认得很多，最喜暑夜观星，好几次他坐火车都是带着关于宇宙的科学的书。他曾经疯过爱因斯坦的相对论，并且在一九二二年便写过一篇关于相对论的东西登在《民铎》杂志上。他常向思成说笑："任公［指梁启超］先生的相对论的知识还是从我徐君志摩大作上得来的呢，因为他说他看过许多关于爱因斯坦的哲学都未曾看懂，看到志摩的那篇才懂了。"今夏我在香山养病，他常来闲谈，有一天谈到他幼年上学的经过和美国克来克大学两年学经济学的景况，我们不禁对笑了半天，后来他在他的《猛虎集》的"序"里也说了那么一段。可是奇怪的！他不像许多天才，幼年里上学，不是不及格，便是被斥退，他是常得优等的，听说有一次康乃尔暑校里一个极严的经济教授还写了信去克来克大学教授那里恭维他的学生，关于一门很难的功课。我不是为志摩在这里夸张，因为事实上只有为了这桩事，今夏志摩自己便笑得不亦乐乎！

此外他的兴趣对于戏剧绘画都极深浓，戏剧不用说，与诗文是那么接近，他领略绘画的天才也颇可观，后期印象派的几个画家，他都有极精密的爱恶，对于文艺复兴时代那几位，他也很熟悉，他最爱鲍提且利［即米开朗琪罗·博纳罗蒂］和达文骞［通译达·芬奇，意大利文艺复兴三杰之一，代表作有《最后的晚餐》《蒙娜丽莎》等］。自然他也常承认文人喜画常是间接地受了别人论文的影响，他的，就受了法兰（Roger fry）［通译为罗杰·弗莱，英国艺术史家、艺术批评家和美学家］和斐德（Walter pater）［斐德，通译为瓦尔特·佩特（1839～1894），英国批评家］的不少。对于建筑审美他常常对思成和我道歉说："太对不起，我的建筑常识全是 Ruskins［即拉斯金（1819～1900），英国艺术评论家］那一套。"他知道我们是最讨厌 Ruskins 的。但是为看一个古建的残址，一块石刻，他比任何人都热心，都更能静心领略。

他喜欢色彩，虽然他自己不会作画，暑假里他曾从杭州给我几封信，他自己叫它们做"描写的水彩画"，用英文极细致地写出西（边?）桑田的颜色，每一分嫩绿，每一色鹅黄，他都仔细地观察到。又有一次他望着我园里一带断墙半响不语，过后他告诉我说，他正在默默体会，想要描写那墙上向晚的艳阳和刚刚入秋的藤萝。

对于音乐，中西的他都爱好，不止爱好，他那种热心便唤醒过北平一次——也许唯一的一次——对音乐的注意。谁也忘不了那一年，客拉司拉到北平在"真光"拉一个多钟头的提琴［客拉司拉到北平在"真光"拉一个多钟头的提琴：指美籍小提琴家 fritz kreisler，"真光"指真光电影院，即今儿童剧院。——梁从诫注］。对旧剧他也得算"在行"，他最后在北平那几天我们曾接连地同去听好几出戏，回家时我们讨论的热闹，比任何剧评都诚恳都起劲。

谁相信这样的一个人，这样忠实于"生"的一个人，会这样早地永远地离开我们另投一个世界，永远地静寂下去，不再透些须声息！

我不敢再往下写，志摩若是有灵听到比他年轻许多的一个小朋友拿着老声老气的语调谈到他的为人不觉得不快么？这里我又来个极难堪的回忆，那一年他在这同一个的报纸上写了那篇伤我父亲惨故的文章［那一年他在这同一个的报纸上写了那篇伤我父亲惨故的文章：指徐志摩 1926 年 2 月所作《伤双栝老人》一文。——梁从诚注］，这梦幻似的人生转了几个弯，曾几何时，却轮到我在这风紧夜深里握笔吊他的惨变。这是什么人生？什么风涛？什么道路？志摩，你这最后的解脱未始不是幸福，不是聪明，我该当羡慕你才是。

原刊 1931 年 12 月 7 日《北平晨报》

山西通信

居然到了山西，天是透明的蓝，白云更流动得使人可以忘记很多的事，单单在一点什么感情底下，打滴溜转；更不用说到那山山水水，小堡垒，村落，反映着夕阳的一角庙，一座塔！景物是美得到处使人心慌心痛。

我是没有出过门的，没有动身之前不容易动，走出来之后却就不知道如何流落才好。旬日来眼看去的都是图画，日子都是可以歌唱的古事。黑夜里在山场里看河南来到山西的匠人，围住一个大红炉子打铁，火花和铿锵的声响，散到四围黑影里去。微月中步行寻到田垄废庙，划一根"取灯"偷偷照看那望观音的脸，一片平静，几百年来没有动过感情的，在那一闪光底下，倒像挂上一缕笑意。

我们因为探访古迹走了许多路，在种种情形之下感慨到古今兴废。在草丛里读碑碣，在砖堆中间偶然碰到菩萨的一只手一个微笑，都是可以激动起一些不平常的感觉来的。乡村的各种浪漫的位置，秀丽天真。中间人物维持着老老实实的鲜艳颜色，老的扶着拐杖，小的赤着胸背，沿路上点缀的，尽是他们明亮的眼睛和笑脸。由北平城里来的我们，东看看，西走走，夕阳背在背上，真和掉在另一个世界里一样！云块、天，和我们之间似乎失掉了一切障碍。我乐时就高兴地笑，笑声一直散到对河对山，说不定哪一个林子，哪一个村落里去！我感觉到一种平坦，竟许是辽阔，和地面恰恰平行着舒展开来，感觉最边沿的边沿，和大地的边沿，永远赛着向前伸……

我不会说，说起来也只是一片疯话，人家不耐烦听。让我描写一些实际情形，我又不大会。总而言之，远地里，一处田亩有人在工作，上面青的、黄的，紫的，分行地长着；每一处山坡上，都有人在走路、放羊，迎着阳光，背着阳光，投射着转动的光影；每一个小城，前面站着城楼，旁边睡着小庙，那里又托出一座石塔，神和人，都服帖地、满足地守着他们那一角天地，近地里，则更有的是热闹，一条街里站满了人，孩子头上梳着三个小辫子的，四个小辫子的，乃至于五六个小辫子的，衣服简单到只剩一个红兜肚，上面隐约也总有他嬷嬷挑的两三朵花！

娘娘庙前面树荫底下，你又能阻止谁来看热闹？教书先生出来了，军队里兵卒拉着马过来了，几个女人娇羞地手拉着手，也扭着来站在一边了，小孩子争着挤，看我们照相，拉皮尺量平面，教书先生帮我们拓碑文。说起来这个那个庙，都是年代久远了，什么时候盖的，谁也说不清了！说话之人来得太多，我们工作实在发生困难了，可是我们大家都顶高兴的，小孩子一边抱着饭碗吃饭，一边睁着大眼看，一点子也不松懈。

我们走时总是一村子的人来送的，儿媳妇指着说给老婆婆听，小孩们跑着还要跟上一段路。开栅镇、小相村、大相村，哪一处不是一样的热闹，看到北齐天保三年造像碑，我们不小心，漏出一个惊异的叫喊，他们乡里弯着背的、老点儿的人，就也露出一个得意的微笑，知道他们村里的宝贝，居然吓着这古怪的来客了。"年代多了吧。"他们骄傲地问。"多了多了，"我们高兴地回答，"差不多一千四百年了。""呀，一千四百年！"我们便一起骄傲起来。

我们看看这里金元重修的，那里明季重修的殿宇，讨论那式样做法的特异处，塑像神气，手续，天就渐渐黑下来，嘴里觉到渴，肚里觉到饿，才记起一天的日子圆圆整整地就快结束了。回来躺在床上，绮丽鲜明的印象仍然挂在眼睛前边，引导着种种适意的梦，同时晚饭上所吃的菜蔬果子，便给养充实着我们明天的精力，直到一大颗太阳，红红地照在我们的脸上。

窗子以外

话从哪里说起？等到你要说话，什么话都是那样渺茫地找不到个源头。

此刻，就在我眼帘底下坐着是四个乡下人的背影：一个头上包着黯黑的白布，两个褪色的蓝布，又一个光头。他们支起膝盖，半蹲半坐的，在溪沿的短墙上休息。每人手里一件简单的东西：一个是白木棒，一个篮子，那两个在树荫底下我看不清楚。无疑地他们已经走了许多路，再过一刻，抽完一筒旱烟以后，是还要走许多路的。兰花烟的香味频频随着微风，袭到我官觉上来，模糊中还有几段山西梆子的声调，虽然他们坐的地方是在我廊子的铁纱窗以外。

铁纱窗以外，话可不就在这里了。永远是窗子以外，不是铁纱窗就是玻璃窗，总而言之，窗子以外！

所有的活动的颜色、声音、生的滋味，全在那里的，你并不是不能看到，只不过是永远地在你窗子以外罢了。多少百里的平原土地，多少区域的起伏的山峦，昨天由窗子外映进你的眼帘，那是多少生命日夜在活动着的所在；每一根青的什么麦黍，都有人流过汗；每一粒黄的什么米粟，都有人吃去；其间还有的是周折，是热闹，是紧张！可是你则并不一定能看见，因为那所有的周折，热闹，紧张，全都在你窗子以外展演着。

在家里吧，你坐在书房里，窗子以外的景物本就有限。那里两树马缨，几棵丁香；榆叶梅横出疯杈的一大枝；海棠因为缺乏阳光，每年只开个两三朵——叶子上满是虫蚁吃的创痕，还卷着一点焦黄的边；廊子幽秀地开着扇子式，六边形的格子窗，透过外院的日光，外院的杂音。什么送煤的来了，偶然你看到一个两个被煤炭染成黔黑的脸；什么米送到了，一个人捐着一大口袋在背上，慢慢踱过屏门；还有自来水、电灯、电话公司来收账的，胸口斜挂着皮口袋，手里推着一辆自行车；更有时厨子来个朋友了，满脸的笑容，"好呀，好呀"地走进门房；什么赵妈的丈夫来拿钱了，那是每月一号一点都不差的，早来了你就听到两个人唧唧哝哝争吵的声浪。那里不是没有颜色，声音，生的一切活动，只是他们和你总隔个窗子——扇子式的，六边形的，纱的，玻璃的！

你气闷了把笔一搁说，这叫作什么生活！你站起来，穿上不能算太贵的鞋袜，但这双鞋和袜的价钱也就比——想它做什么，反正有人每月的工资，一定只有这价钱的一半乃至于更少。你出去雇洋车了，拉车的嘴里所讨的价钱当然是要比例价高得多，难道你就傻子似地答应下来？不，不，三十二子，拉就拉，不拉，拉倒！心里也明白，如果真要充内行，你就该说，二十六子，拉就拉——但是你好意思争！

车开始辗动了，世界仍然在你窗子以外。长长的一条胡同，一个个大门紧紧地关着。就是有开的，那也只是露出一角，隐约可以看到里面有南瓜棚子，底下一个女的，坐在小凳上缝缝做做的；另一个，抓住还不能走路的小孩子，伸出头来喊那过路卖白菜的。至于白菜是多少钱一斤，那你是听不见了，车子早已拉得老远，并且你也无需乎知道的。在你每月费用之中，伙食是一定占去若干的。在那一笔伙食费里，白菜又是多么小的一个数。难道你知道了门口卖的白菜多少钱一斤，你真把你哭丧着脸的厨子叫来申斥一顿，告诉他每一斤白菜他多开了你一个"大子儿"？

车越走越远了，前面正碰着粪车，立刻你拿出手绢来，皱着眉，把鼻子蒙得紧紧的，心里不知怨谁好。怨天做的事太古怪，好好的美丽的稻麦却需要粪来浇！怨乡下人太不怕臭，不怕脏，发明那么两个篮子，放在鼻前手车上，推着慢慢走！你怨市里行政人员不认真办事，如此脏臭不卫生的旧习不能改良，十余年来对这粪车难道真无办法？为着强烈的臭气隔着你窗子还不够远，因此你想到社会卫生事业如何还办不好。

路渐渐好起来，前面墙高高的是个大衙门。这里你简直不止隔个窗子，这一带高高的墙是不通风的。你不懂里面有多少办事员，办的都是什么事；多少浓眉大眼的，对着乡下人做买卖的吆喝诈取；多少个又是脸黄黄的可怜虫，混半碗饭分给一家子吃。自欺欺人，里面天天演的到底是什么把戏？但是如果里面真有两三个人拼了命在那里奋斗，为许多人争一点便利和公道，你也无从知道！

到了热闹的大街了，你仍然像在特别包厢里看戏一样，本身不会，也不必参加那出戏；倚在栏杆上，你在审美的领略，你有的是一片闲暇。但是如果这里洋车夫问你在哪里下来，你会吃一惊，仓促不知所答，生活所最必需的你并不缺乏什么，你这出来就也是不必需的活动。

偶一抬头，看到街心和对街铺子前面那些人，他们都是急急忙忙地，在时间金钱的限制下采办他们生活所必需的。两个女人手忙脚乱地在监督着店里的伙计称秤。二斤四两，二斤四两的什么东西，且不必去管，反正由那两个女人的认真的神气上面看去，必是非同小可，性命交关的货物。并且如果称得少一点时，那两个女人为那点吃亏的分量必定感到重大的痛苦；如果称得多时，那伙计又知道这年头那损失在东家方面真不能算小。于是那两边的争持是热烈的，必需的，大家声音都高一点；女人脸上呈块红色，头发披下了一缕，又用手抓上去；伙计则维持着客气，口里嚷着：错不了，错不了！

热烈的，必需的，在车马纷纭的街心里，忽然由你车边冲出来两个人；男的，女的，各各提起两脚快跑。这又是干什么的，你心想，电车正在拐大弯。那两个原就追着电车，由轨道旁边擦过去，一边追着，一边向电车上卖票的说话。电车是不容易赶的，你在洋车上真不禁替那街心里奔走赶车的担心。但是你也知道如果这趟没赶上，他们就可以在街旁站个半点来钟，那些宁可盼穿秋水不雇洋车的人，也就是因为他们的生活而必需计较和节省到洋车同电车价钱上那相差的数目。

此刻洋车跑得很快，你心里继续着疑问你出来的目的，到底采办一些什么必需的货物。眼看着男男女女挤在市场里面，门首出来一个进去一个，手里都是持着包包裹裹，里边虽然不会全是他们当日所必需的，但是如果当中夹着一盒稍微奢侈的物品，则亦必是他们生活中间闪着亮光的一个愉快！你不是听见那人说么？里面草帽，一块八毛五，贵倒贵点，可是"真不赖"！他提一提帽盒向着打招呼的朋友，他摸一摸他那剃得光整的脑袋，微笑充满了他全个脸。那时那一点进射着光闪的愉快，当然的归属于他享受，没有一点疑问，因为天知道，这一年中他多少次地克己省俭，使他赚来这一次美满的，大胆的奢侈！

那点子奢侈在那人身上所发生的喜悦，在你身上却完全失掉作用，没有闪一星星亮光的希望！你想，整年整月你所花费的，和你那窗子以外的周围生活程度一比较，严格算来，可不都是非常靡费的用途？每奢侈一次，你心上只有多难过一次，所以车子经过的那些玻璃窗口，只有使你更惶恐，更空洞，更怀疑，前后彷徨不着边际。并且看了店里那些形形色色的货物，除非你真是傻子，难道不晓得它们多半是由那一国工厂里制造出来的！奢侈是不能给你愉快的，它只有要加增你的戒惧烦恼。每一尺好看点的纱料，每一件新鲜点的工艺品！

你诅咒着城市生活，不自然的城市生活！检点行装说，走了，走了，这沉闷没有生气的生活，实在受不了，我要换个样子过活去。健康的旅行既可以看看山水古刹的名胜，又可以知道点内地纯朴的人情风俗。走了，走了，天气还不算太坏，就是走他一个月六礼拜也是值得的。

没想到不管你走到哪里，你永远免不了坐在窗子以内的。

不错，许多时髦的学者常常骄傲地带上"考察"的神气，架上科学的眼镜，偶然走到哪里一个陌生的地方瞭望，但那无形中的窗子是仍然存在的。不信，你检查他们的行李，有谁不带着罐头食品，帆布床，以及别的证明你还在你窗子以内的种种零星用品，你再摸一摸他们的皮包，那里短不了有些钞票；一到一个地方，你有的是一个提梁的小小世界。不管你的窗子朝向哪里望，所看到的多半则仍是在你窗子以外，隔层玻璃，或是铁纱！隐隐约约你看到一些颜色，听到一些声音，如果你私下满足了，那也没有什么，只是千万别高兴起说什么接触了，认识了若干事物人情，天知道那是罪过！洋鬼子们的一些浅薄，千万学不得。

你是仍然坐在窗子以内的，不是火车的窗子，汽车的窗子，就是客栈逆旅的窗子，再不然就是你自己无形中习惯的窗子，把你搁在里面。接触和认识实在谈不到，得天独厚的闲暇生活先不容你。一样是旅行，如果你背上掮的不是照相机而是一点做买卖的小血本，你就需要全副的精神来走路：你得留神投宿的地方；你得计算一路上每吃一次烧饼和几颗沙果的钱；遇着同行的战战兢兢的打招呼，互相捧出诚意，遇着困难时好互相关照帮忙，到了一个地方你是真带着整个血肉的身体到处碰运气，紧张的境遇不容你不奋斗，不与其他奋斗的血和肉的接触，直到经验使得你认识。

前日公共汽车里一列辛苦的脸，那些谈话，里面就有很多生活的分量。陕西过来做生意的老头和那旁坐的一股客气，是不得已的；由交城下车的客人执着红粉包纸烟递到汽车行管事手里也是有多少理由的，穿棉背心的老太婆默默地挟住一个蓝布包袱，一个钱包，是在用尽她的全副本领的，果然到了冀村，她错过站头，还亏别个客人替她要求车夫，将汽车退行两里路，她还不大相信地望着那村站，口里噜苏着这地方和上次如何两样了。开车的一面发牢骚一面爬到车顶替老太婆拿行李，经验使得他有一种涵养，行旅中少不了有认不得路的老太太，这个道理全世界是一样的，伦敦警察之所以特别和蔼，也是从迷路的老太太孩子们身上得来的。

话说了这许多，你仍然在廊子底下坐着，窗外送来溪流的喧响，兰花烟气味早已消失，四个乡下人这时候当已到了上流"庆和义"磨坊前面。昨天那里磨坊的伙计很好笑的满脸挂着面粉，让你看着磨坊的构造；坊下的木轮，屋里旋转着的石碾，又在高低的院落里，来回看你所不经见的农具在日影下列着。院中一棵老槐、一丛鲜艳的杂花、一条曲曲折折引水的沟渠，伙计和气地说闲话。他用着山西口音，告诉你，那里一年可出五千多包的面粉，每包的价钱约略两块多钱。又说这十几年来，这一带因为山水忽然少了，磨坊关闭了多少家，外国人都把那些磨坊租去做他们避暑的别墅。惭愧的你说，你就是住在一个磨坊里面，他脸上堆起微笑，让面粉一星星在日光下映着，说认得认得，原来你所租的磨坊主人，一个外国牧师，待这村子极和气，乡下人和他还都有好感情。

这真是难得了，并且好感的由来还有实证。就是那一天早上你无意中出去探古寻胜，这一省山明水秀，古刹寺院，动不动就是宋辽的原物，走到山上一个小村的关帝庙里，看到一个铁铎，刻着万历年号，原来是万历赐这村里庆成王的后人的，不知怎样流落到卖古董的手里。七年前让这牧师买去，晚上打着玩，嘹亮的钟声被村人听到，急忙赶来打听，要凑原价买回，情辞恳切。说起这是他们吕姓的祖传宝物，决不能让它流落出境，这牧师于是真个把铁铎还了他们，从此便在关帝庙神前供着。

这样一来你的窗子前面便展开了一张浪漫的图画，打动了你的好奇，管它是隔一层或两层窗子，你也忍不住要打听点底细，怎么明庆成王的后人会姓吕！这下子文章便长了。

如果你的祖宗是皇帝的嫡亲弟弟，你是不会，也不愿，忘掉的。据说庆成王是永乐【指明成祖朱棣】的弟弟，这赵庄村里的人都是他的后代。不过就是因为他们记得太清楚了，另一朝的皇帝都有些老大不放心，雍正【清世宗爱新觉罗·胤禛的年号（1722～1735）】间诏命他们改姓，由姓朱改为姓吕，但是他们还有用二十字排行的方法，使得他们不会弄错他们是这一脉子孙。

这样一来你就有点心跳了，昨天你雇来那打水洗衣服的不也是赵庄村来的，并且还姓吕！果然那土头土脑圆脸大眼的少年是个皇裔贵族，真是有失尊敬了。那么这村子一定穷不了，但事实上则不见得。

田亩一片，年年收成也不坏。家家户户门口有特种围墙，像个小小堡垒——当时防匪用的。屋子里面有大漆衣柜衣箱，柜门上白铜擦得亮亮；炕上棉被红红绿绿也颇鲜艳。可是据说关帝庙里已有四年没有唱戏了，虽然戏台还高巍巍地对着正殿。村子这几年穷了，有一位王孙告诉你，唱戏太花钱，尤其是上边使钱。这里到底是隔个窗子，你不懂了，一样年年好收成，为什么这几年村子穷了，只模模糊糊听到什么军队驻了三年多等，更不懂是，村子向上一年辛苦后的娱乐，关帝庙里唱唱戏，得上面使钱？既然隔个窗子听不明白，你就通气点别尽管问了。

隔着一个窗子你还想明白多少事？昨天雇来吕姓倒水，今天又学洋鬼子东逛西逛，跑到下面养着鸡羊，上面挂有武魁匾额的人家，让他们用你不懂得的乡音招呼你吃菜，炕上坐，坐了半天出到门口，和那送客的女人周旋客气了一回，才恍然大悟，她就是替你倒脏水洗衣裳的吕姓王孙的妈，前晚上还送饼到你家来过！

这里你迷糊了。算了算了！你简直老老实实地坐在你窗子里得了，窗子以外的事，你看了多少也是枉然，大半你是不明白，也不会明白的。

原载 1934 年 9 月 5 日《大公报·文艺副刊》第 99 期

纪念志摩去世四周年

今天是你走脱这世界的四周年！朋友，我们这次拿什么来纪念你？前两次的用香花感伤地围上你的照片，抑住嗓子底下叹息和悲哽，朋友和朋友无聊地对望着，完成一种纪念的形式，俨然是愚蠢的失败。因为那时那种近于伤感，而又不够宗教庄严的举动，除却点明了你和我们中间的距离，生和死的间隔外，实在没有别的成效；几乎完全不能达到任何真实纪念的意义。

去年今日我意外地由浙南路过你的家乡，在昏沉的夜色里我独立火车门外，凝望着那幽暗的站台，默默地回忆许多不相连续的过往残片，直到生和死间居然幻成一片模糊，人生和火车似的蜿蜒一串疑问在苍茫间奔驰。我想起你的：

火车擒住轨，在黑夜里奔
过山，过水，过……

如果那时候我的眼泪曾不自主地溢出睫外，我知道你定会原谅我的。你应当相信我不会向悲哀投降，什么时候我都相信倔强的忠于生的，即使人生如你底下所说：

就凭那精窄的两道，算是轨，

驮着这份重，梦一般的累坠！

就在那时候我记得火车慢慢地由站台拖出，一程一程地前进，我也随着酸怆的诗意，那"车的呻吟"，"过荒野，过池塘，……过噤口的村庄"。到了第二站——我的一半家乡。

今年又轮到今天这一个日子！世界仍旧一团糟，多少地方是黑云布满着粗筋络往理想的反面猛进，我并不在瞎说，当我写：

信仰只一细炷香，

那点子亮再经不起西风

沙沙的隔着梧桐树吹

朋友，你自己说，如果是你现在坐在我这位子上，迎着这一窗太阳；眼看着菊花影在墙上描画作态；手臂下倚着两叠今早的报纸；耳朵里不时隐隐地听着朝阳门外"打靶"的枪弹声；意识的，潜意识的，要明白这生和死的谜，你又该写成怎样一首诗来，纪念一个死别的朋友？

此时，我却是完全的一个糊涂！习惯上我说，每桩事都像是造物的意旨，归根都是运命，但我明知道每桩事都有我们自己的影子在里面烙印着！我也知道每一个日子是多少机缘巧合凑拢来拼成的图案，但我也疑问其间的摆布谁是主宰。据我看来，死是悲剧的一章，生则更是一场悲剧的主干！我们这一群剧中的角色自身性格与性格矛盾；理智与情感两不相容；理想与现实当面冲突，侧面或反面激成悲哀。日子一天一天向前转，昨日和昨日堆垒起来混成一片不可避脱的背景，做成我们周遭的墙壁或气氛，那么结实又那么缥缈，使我们每一人站在每一天的每一个时候里都是那么主要，又是那么渺小无能为！

此刻我几乎找不出一句话来说，因为，真的，我只是个完全的糊涂；感到生和死一样的不可解，不可懂。

但是我却要告诉你，虽然四年了你脱离去我们这共同活动的世界，本身停掉参加牵引事体变迁的主力，可是谁也不能否认，你仍立在我们烟涛渺茫的背景里，间接的是一种力量，尤其是在文艺创造的努力和信仰方面。间接的你任凭自然的音韵，颜色，不时的风轻月白，人的无定律的一切情感，悠断悠续地仍然在我们中间继续着生，仍然与我们共同交织着这生的纠纷，继续着生的理想。你并不离我们太远。你的身影永远挂在这里那里，同你生前一样的飘忽，爱在人家不经意时莅止，带来勇气的笑声也总是那么嘹亮，还有，还有经过你热情或焦心苦吟的那些诗，一首一首仍串着许多人的心旋转。

说到你的诗，朋友，我正要正经的同你再说一些话。你不要不耐烦。这话迟早我们总要说清的。人说盖棺论定，前者早已成了事实，这后者在这四年中，说来叫人难受，我还未曾读到一篇中肯或诚实的论评，虽然对你的赞美和攻讦由你去世后一两周间，就纷纷开始了。但是他们每人手里拿的都不像纯文艺的天平；有的喜欢你的为人，有的疑问你私人的道德；有的单单尊崇你诗中所表现的思想哲学，有的仅喜爱那些软弱的细致的句子，有的每发议论必须牵涉到你的个人生活之合乎规矩方圆，或断言你是轻薄，或引证你是浮奢豪侈！朋友，我知道你从不介意过这些，许多人的浅陋老实或刻薄处你早就领略过一堆，你不止未曾生过气，并且常常表现怜悯同原谅；你的心情永远是那么洁净；头老抬得那么高；胸中老是那么完整的诚挚；臂上老有那么许多不折不挠的勇气。但是现在的情形与以前却稍稍不同，你自己既已不在这里，做你朋友的，眼看着你被误解，曲解，乃至于谩骂，有时真忍不住替你不平。

但你可别误会我心眼儿窄，把不相干的看成重要，我也知道误解曲解谩骂，都是不相干的，但是朋友，我们谁都需要有人了解我们的时候，真了解了我们，即使是痛下针砭，骂着了我们的弱处错处，那整个的我们却因而更增添了意义，一个作家文艺的总成绩更需要一种就文论文，就艺术论艺术的和平判断。

你在《猛虎集》"序"中说"世界上再没有比写诗更惨的事"，你却并未说明为什么写诗是一桩惨事，现在让我来个注脚好不好？我看一个人一生为着一个愚诚的倾向，把所感受到的复杂的情绪尝味到的生活，放到自己的理想和信仰的锅炉里烧炼成几句悠扬铿锵的语言（哪怕是几声小唱），来满足他自己本能的艺术的冲动，这本来是个极寻常的事。哪一个地方哪一个时代，都不断有这种人。轮着做这种人的多半是为着他情感来的比寻常人浓富敏锐，而为着这情感而发生的冲动更是非实际的——或不全是实际的——追求，而需要那种艺术的满足而已。说起来写诗的人的动机多么简单可怜，正是如你"序"里所说"我们都是受支配的善良的生灵"！虽然有些诗人因为他们的成绩特别高厚广阔包括了多数人，或整个时代的艺术和思想的冲动，从此便在人间披上神秘的光圈，使"诗人"两字无形中挂着崇高的色彩。这样使一般努力于用韵文表现或描画人在自然万物相交错时的情绪思想的，便被人的成见看作夸大狂的旗帜，需要同时代人的极冷酷的讥讪和不信任来扑灭它，以挽救人类的尊严和健康。

我承认写诗是惨淡经营，孤立在人中挣扎的勾当，但是因为我知道太清楚了，你在这上面单纯的信仰和诚恳的尝试，为同业者奋斗，卫护他们的情感的愚诚，称扬他们艺术的创造，自己从未曾求过虚荣，我觉得你始终是很逍遥舒畅的。如你自己所说"满头血水"，你"仍不曾低头"，你自己相信"一点性灵还在那里挣扎"，"还想在实际生活的重重压迫下透出一些声响来"。

简单地说，朋友，你这写诗的动机是坦白不由自主的，你写诗的态度是诚实，勇敢，而倔强的。这在讨论你诗的时候，谁都先得明了的。

至于你诗的技巧问题，艺术上的造诣，在这新诗仍在彷徨歧路的尝试期间，谁也不能坚决地论断，不过有一桩事我很想提醒现在讨论新诗的人，新诗之由于无条件无形制宽泛到几乎没有一定的定义时代，转入这讨论外形内容，以至于音节韵脚章句意象组织等艺术技巧问题的时期，即是根据着对这方面努力尝试过的那一些诗，你的头两个诗集子就是供给这些讨论见解最多材料的根据。外国的土话说"马总得放在马车的前面"，不是？没有一些尝试的成绩放在那里，理论家是不能老在那里发一堆空头支票的，不是？

你自己一向不止在那里倔强地尝试用功，你还会用尽你所有活泼的热心鼓励别人尝试，鼓励"时代"起来尝试——这种工作是最犯风头嫌疑的，也只有你胆子大头皮硬顶得下来！我还记得你要印诗集子时我替你捏一把汗，老实说还替你在有文采的老前辈中间难为情过，我也记得我初听到人家找你办"晨副"时我的焦急，但你居然板起个脸，抓起两把鼓槌子为文艺吹打开路乃至于扫地，铺鲜花，不顾旧势力的非难，新势力的怀疑，你干你的事"事在人为，做了再说"那股子劲，以后别处也还很少见。

现在你走了，这些事渐渐在人的记忆中模糊下来，你的诗和文章也散漫在各小本集子里，压在有极新鲜的封皮的新书后面，谁说起你来，不是马马虎虎地承认你是过去中一个势力，就是拿能够挑剔看轻你的诗为本事（散文人家很少提到，或许"散文家"没有诗人那么光荣，不值得注意），朋友，这是没法子的事，我却一点不为此灰心，因为我有我的信仰。

我认为我们这写诗的动机既如前面所说那么简单愚诚；因在某一时，或某一刻敏锐地接触到生活上的锋芒，或偶然地触遇到理想峰巅上云彩星霞，不由得不在我们所习惯的语言中，编缀出一两串近于音乐的句子来，慰藉自己，解放自己，去追求超实际的真美，读诗者的反应一定有一大半也和我们这写诗的一样诚实天真，仅想在我们句子中间由音乐性的愉悦，接触到一些生活的底蕴，渗合着美丽的憧憬；把我们的情绪给他们的情绪搭起一座浮桥；把我们的灵感，给他们生活添些新鲜；把我们的痛苦伤心再揉成他们自己忧郁的安慰！

我们的作品会不会再长存下去，就看它们会不会活在那一些我们从不认识的人，我们作品的读者，散在各时、各处互相不认识的孤单的人的心里的，这种事它自己有自己的定律，并不需要我们的关心的。你的诗据我所知道的，它们仍旧在这里浮沉流落，你的影子也就浓淡参差地系在那些诗句中，另一端印在许多不相识人的心里。朋友，你不要过于看轻这种间接的生存，许多热情的人他们会为着你的存在，而加增了生的意识的。伤心的仅是那些你最亲热的朋友们和同兴趣的努力者，你不在他们中间的事实，将要永远是个不能填补的空虚。

你走后大家就提议要为你设立一个"志摩奖金"来继续你鼓励人家努力诗文的素志，勉强象征你那种对于文艺创造拥护的热心，使不及认得你的青年人永远对你保存着亲热。如果这事你不觉到太寒伧不够热气，我希望你原谅你这些朋友们的苦心，在冥冥之中笑着给我们勇气来做这一些蠢诚的事吧。

二十四年十一月十九日北平

原载 1935 年 12 月 8 日《大公报·文艺副刊》第 56 期

蛛丝和梅花

真真的就是那么两根蛛丝，由门框边轻轻地牵到一枝梅花上。就是那么两根细丝，迎着太阳光发亮……再多了，那还像样么？一个摩登家庭如何能容蛛网在光天白日里作怪，管它有多美丽，多玄妙，多细致，够你对着它联想到一切自然，造物的神工和不可思议处；这两根丝本来就该使人脸红，且在冬天够多特别！可是亮亮的，细细的，倒有点像银，也有点像玻璃制的细丝，委实不算讨厌，尤其是它们那么潇脱风雅，偏偏那样有意无意地斜着搭在梅花的枝梢上。

你向着那丝看，冬天的太阳照满了屋内，窗明几净，每朵含苞的，开透的，半开的梅花在那里挺秀吐香，情绪不禁迷茫缥缈地充溢心胸，在那刹那的时间中振荡。同蛛丝一样的细弱，和不必需，思想开始抛引出去：由过去牵到将来，意识的，非意识的，由门框梅花牵出宇宙，浮云沧波踪迹不定。是人性，艺术，还是哲学，你也无暇计较，你不能制止你情绪的充溢，思想的驰骋，蛛丝梅花竟然是瞬息可以千里！

好比你是蜘蛛，你的周围也有你自织的蛛网，细致地牵引着天地，不怕多少次风雨来吹断它，你不会停止了这生命上基本的活动。此刻……"一枝斜好，幽香不知甚处，"……

拿梅花来说吧，一串串丹红的结蕊缀在秀劲的傲骨上，最可爱，最可赏，等半绽将开地错落在老枝上时，你便会心跳！梅花最怕开；开了便没话说。索性残了，沁香拂散同夜里炉火都能成了一种温存的凄清。

记起了，也就是说到梅花，玉兰。初是有个朋友说起初恋时玉兰刚开完，天气每天的暖，住在湖旁，每夜跑到湖边林子里走路，又静坐幽僻石上看隔岸灯火，感到好像仅有如此虔诚地孤对一片泓碧寒星远市，才能把心里情绪抓紧了，放在最可靠最纯净的一撮思想里，始不至亵渎了或是惊着那"癫寐思服"的人儿。那是极年轻的男子初恋的情景——对象渺茫高远，反而近求"自我的"郁结深浅——他问起少女的情绪。

就在这里，忽记起梅花。一枝两枝，老枝细枝，横着，虬着，描着影子，喷着细香；太阳淡淡金色地铺在地板上；四壁琳琅，书架上的书和书签都像在发出言语；墙上小对联记不得是谁的集句；中条是东坡的诗。你敛住气，简直不敢喘息，踮起脚，细小的身形嵌在书房中间，看残照当窗，花影摇曳，你像失落了什么，有点迷惘。又像"怪东风着意相寻"，有点儿没主意！浪漫，极端的浪漫。"飞花满地谁为扫？"你问，情绪风似地吹动，卷过，停留在惜花上面。再回头看看，花依旧嫣然不语。"如此娉婷，谁人解看花意，"你更沉默，几乎热情地感到花的寂寞，开始怜花，把同情统统诗意地交给了花心！

这不是初恋，是未恋，正自觉"解看花意"的时代。情绪的不同，不止是男子和女子有分别，东方和西方也甚有差异。

情绪即使根本相同，情绪的象征，情绪所寄托，所栖止的事物却常常不同。水和星子同西方情绪的联系，早就成了习惯。一颗星子在蓝天里闪，一流冷涧倾泻一片幽愁的平静，便激起他们诗情的波涌，心里甜蜜的，热情的便唱着由那些鹅羽的笔锋散下来的"她的眼如同星子在暮天里闪"，或是"明丽如同单独的那颗星，照着晚来的天"，或"多少次了，在一流碧水旁边，忧愁倚下她低垂的脸"。

惜花，解花太东方，亲昵自然，含着人性的细致是东方传统的情绪。

此外年龄还有尺寸，一样是愁，却跃跃似喜，十六岁时的，微风零乱，不颓废，不空虚，踏着理想的脚充满希望，东方和西方却一样。人老了脉脉烟雨，愁吟或牢骚多折损诗的活泼。大家如香山、稼轩、东坡、放翁的白发华发，很少不梗在诗里，至少是令人不快。话说远了，刚说是惜花，东方老少都免不了这嗜好，这倒不论老的雪鬓曳杖，深闺里也就攒眉千度。

最叫人惜的花是海棠一类的"春红"，那样娇嫩明艳，开过了残红满地，太招惹同情和伤感。但在西方即使也有我们同样的花，也还缺乏我们的廊庑庭院。有了"庭院深深深几许"才有一种庭院里特有的情绪。如果李易安的"斜风细雨"底下不是"重门须闭"也就不"萧条"得那样深沉可爱；李后主的"终日谁来"也一样的别有寂寞滋味。看花更须庭院，深深锁在里面认识，不时还得有轩窗栏杆，给你一点凭借，虽然也用不着十二栏杆倚遍，那么慵弱无聊。

当然旧诗里伤愁太多；一首诗竟像一张美的证券，可以照着市价去兑现！所以庭花，乱红，黄昏，寂寞太滥，诗常失却诚实。西洋诗，恋爱总站在前头，或是"忘掉"，或是"记起"，月是为爱，花也是为爱，只使全是真情，也未尝不太腻味。就以两边好的来讲；拿他们的月光同我们的月色比，似乎是月色滋味深长得多。花更不用说了；我们的花"不是预备采下缀成花球，或花冠献给恋人的"，却是一树一树绰约的，个性的，自己立在情人的地位上接受恋歌的。

所以未恋时的对象最自然的是花，不是因为花而起的感慨——十六岁时无所谓感慨——仅是刚说过的自觉解花的情绪，寄托在那清丽无语的上边，你心折它绝韵孤高，你为花动了感情，实说你同花恋爱，也未尝不可——那惊讶狂喜也不减于初恋。还有那凝望，那沉思……

一根蛛丝！记忆也同一根蛛丝，搭在梅花上就由梅花枝上牵引出去，虽未织成密网，这诗意的前后，也就是相隔十几年的情绪的联络。

午后的阳光仍然斜照，庭院阒然，离离疏影，房里窗棂和梅花依然伴和成为图案，两根蛛丝在冬天还可算为奇迹，你望着它看，真有点像银，也有点像玻璃，偏偏那么斜挂在梅花的枝梢上。

二十五年新年漫记

原载 1936 年 2 月 2 日《大公报·文艺副刊》第 86 期

《文艺丛刊小说选》题记

《大公报·文艺副刊》出了一年多，现在要将这第一年中属于创造的短篇小说提出来，选出若干篇，印成单行本供给读者更方便的阅览。这个工作的确该使认真的作者和读者两方面全都高兴。

这里篇数并不多，人数也不多，但是聚在一个小小的选集里也还结实饱满，拿到手里可以使人充满喜悦的希望。

我们不怕读者读过了以后，这燃起的希望或者又会黯下变成失望。因为这失望竟许是不可免的，如果读者对创造界诚恳地抱着很大的理想，心里早就叠着不平常的企望。但只要是读者诚实的反应，我们都不害怕。因为这里是一堆作者老实的成绩，合起来代表一年中创造界一部分的试验，无论拿什么标准来衡量它，断定它的成功或失败，谁也没有一句话说的。

现在姑且以编选人对这多篇作品所得的感想来说，供读者流览评阅这本选集时一种参考，简单的就是底下的一点意见。

如果我们取鸟瞰的形势来观察这个小小的局面，至少有一个最显著的现象展在我们眼下。在这些作品中，在题材的选择上似乎有个很偏的倾向：那就是趋向农村或少受教育分子或劳力者的生活描写。这倾向并不偶然，说好一点，是我们这个时代对于他们——农人与劳力者——有浓重的同情和关心；说坏一点，是一种盲从趋时的现象。但最公平的说，还是上面的两个原因都有一点关系。描写劳工社会，乡村色彩已成一种风气，且在文艺界也已有一点成绩。初起的作家，或个性不强烈的作家，就容易不自觉的，因袭种种已有眉目的格调下笔。尤其是在我们这时代，青年作家都很难过自己在物质上享用，优越于一般少受教育的民众，便很自然地要认识乡村的穷苦，对偏僻的内地发生兴趣，反倒撇开自己所熟识的生活不写。拿单篇来讲，许多都写得好，还有些写得特别精彩的。但以创造界全盘试验来看，这种偏向表示贫弱，缺乏创造力量。并且为良心的动机而写作，那作品的艺术成分便会发生疑问。我们希望选集在这一点上可以显露出这种创造力的缺乏，或艺术性的不真纯，刺激作家们自己更有个性，更热诚地来刻画这多面错综复杂的人生，不拘泥于任何一个角度。

除却上面对题材的偏向以外，创造文艺的认真却是毫无疑问的。前一时代在流畅文字的烟幕下，刻薄地以讽刺个人博取流行幽默的小说，现已无形地摈出努力创造者的门外，衰灭下去几至绝迹。这个情形实在也值得我们作者和读者额手相庆的好现象。

在描写上，我们感到大多数所取的方式是写一段故事，或以一两人物为中心，或以某地方一桩事发生的始末为主干，单纯地发展与结束。这也是比较薄弱的手法。这个我们疑惑或是许多作者误会了短篇的限制，把它的可能性看得过窄的缘故。

生活大胆的断面，这里少有人尝试，剖示贴己生活的矛盾也无多少人认真地来做。这也是我们中间一种遗憾。

至于关于这里短篇技巧的水准，平均的程度，编选人却要不避嫌疑地提出请读者注意。无疑的，在结构上，在描写上，在叙事与对话的分配上，多数作者已有很成熟自然的运用。生涩幼稚和冗长散漫的作品，在新文艺早期中毫无愧色地散见于各种印刷物中，现在已完全敛迹。通篇的连贯，文字的经济，着重点的安排，颜色图画的鲜明，已成为极寻常的标准。在各篇中我们相信读者一定还不会不觉察到那些好处的；为着那些地方就给了编选人以不少愉快和希望。

最后如果不算离题太远，我们还要具体地讲一点我们对于作者与作品的见解。作品最主要处是诚实。诚实的重要还在题材的新鲜，结构的完整，文字的流丽之上。即作品需诚实于作者客观所明了，主观所体验的生活。小说的情景即使整个是虚构的，内容的情感却全得借力于迫真的，体验过的情感，毫不能用空洞虚假来支持着伤感的"情节"！所谓诚实并不是作者必需实际的经过在作品中所提到的生活，而是凡在作品中所提到的生活，的确都是作者在理智上所极明了，在感情上极能体验得出的情景或人性。许多人因是自疚生活方式不新鲜，而故意地选择了一些特殊浪漫，而自己并不熟识的生活来做题材，然后敲诈自己有限的幻想力去铺张出自己所没有的情感，来骗取读者的同情。这种创造既浪费文字来夸张虚伪的情景和伤感，那些认真的读者要从文艺里充实生活认识人生的，自然要感到十分的不耐烦和失望的。

生活的丰富不在生存方式的种类多与少，如做过学徒，又拉过洋车，去过甘肃又走过云南，却在客观的观察力与主观的感觉力同时的锐利敏捷，能多面地明了及尝味所见、所听、所遇，种种不同的情景；还得理会到人在生活上互相的关系与牵连；固定的与偶然的中间所起戏剧式的变化；最后更得有自己特殊的看法及思想，信仰或哲学。

一个生活丰富者不在客观的见过若干事物，而在能主观的能激发很复杂，很不同的情感，和能够同情于人性的许多方面的人。

所以一个作者，在运用文字的技术学问外，必需是能立在任何生活上面，能在主观与客观之间，感觉和了解之间，理智上进退有余，情感上横溢奔放，记忆与幻想交错相辅，到了真即是假，假即是真的程度，他的笔下才现着活力真诚。他的作品才会充实伟大，不受题材或文字的影响，而能持久普遍的动人。

这些道理，读者比作者当然还要明白点，所以作品的估价永远操在认真的读者手里，这也是这个选集不得不印书，献与它的公正的评判者的一个原因。

原载 1936 年 3 月 1 日《大公报·文艺副刊》第 102 期

究竟怎么事

写诗究竟是怎么一回事？

写诗，或可说是要抓紧一种一时闪动的力量，一面跟着潜意识浮沉，摸索自己内心所萦回，所着重的情感——喜悦，哀思，忧怨，恋情，或深，或浅，或缠绵，或热烈；又一方面顺着直觉，认识，辨味，在眼前或记忆里官感所触遇的意象——颜色，形体，声音，动静，或细致，或亲切，或雄伟，或诡异；再一方面又追着理智探讨，剖析，理会这些不同的性质，不同分量，流转不定的情感意象所互相融会，交错策动而发生的感念；然后以语言文字（运用其声音意义）经营，描画，表达这内心意象，情绪，理解在同时间或不同时间里，适应或矛盾的所共起的波澜。

写诗，或又可说是自己情感的，主观的，所体验了解到的；和理智的，客观的所体察辨别到的，同时达到一个程度，腾沸横溢，不分宾主的互相起了一种作用，由于本能的冲动，凭着一种天赋的兴趣和灵巧，驾驭一串有声音，有图画，有情感的言语，来表现这内心与外物息息相关的联系，及其所发生的悟理或境界。

写诗，或又可以说是若不知其所以然的，灵巧的，诚挚的，在传译给理想的同情者，自己内心所流动的情感穿过繁复的意象时，被理智所窥探而由直觉与意识分着记取的符录！一方面似是惨淡经营——至少是专诚致意，一方面似是借力于平时不经意的准备，"下笔有神"的妙手偶然拈来；忠于情感，又忠于意象，更忠于那一串刹那间内心整体闪动的感悟。

写诗，或又可说是经过若干潜意识的酝酿，突如其来的，在生活中意识到那么凑巧的一顷刻小小时间；凑巧的，灵异的，不能自已的，流动着一片浓挚或深沉的情感，敛聚着重重繁复演变的情绪，更或凝定入一种单纯超卓的意境，而又本能地迫着你要刻划一种适合的表情。这表情积极的，像要流泪叹息或歌唱欢呼，舞蹈演述；消极的，又像要幽独静处，沉思自语。换句话说，这两者合一，便是一面要天真奔放，热情地自白去邀同情和了解，同时又要寂寞沉默，孤僻地自守来保持悠然自得的完美和严肃！

在这一个凑巧的一顷刻小小时间中，（着重于那凑巧的）你的所有直觉，理智，官感，情感，记性和幻想，独立的及交互的都迸出它们不平常的锐敏，紧张，雄厚，壮阔及深沉。在它们潜意识的流动——独立的或交互的融会之间——如出偶然而又不可避免地涌上一闪感悟，和情趣——或即所谓灵感——或是亲切的对自我得失悲欢；或辽阔的对宇宙自然；或智慧的对历史人性。这一闪感悟或是混沌朦胧，或是透彻明晰。像光同时能照耀洞察，又能揣摩包含你的所有已经尝味，还在尝味，及幻想尝味的"生"的种种形色质量，且又活跃着其间错综重叠于人于我的意义。

这感悟情趣的闪动——灵感的脚步——来得轻时，好比潺潺清水婉转流畅，自然的洗涤，浸润一切事物情感，倒影映月，梦残歌罢，美感的旋起一种超实际的权衡轻重，可抒成慷慨缠绵千行的长歌，可留下如幽咽微叹般的三两句诗词。愉悦的心声，轻灵的心画，常如啼鸟落花，轻风满月，夹杂着情绪的缤纷；泪痕巧笑，奔放轻盈，若有意若无意地遗留在各种言语文字上。

但这感悟情趣的闪动，若激越澎湃来得强时，可以如一片惊涛飞沙，由大处见到纤微，由细弱的物体看它变动，宇宙人生，幻若苦谜。一切又如经过烈火燃烧锤炼，分散，减化成为净纯的茫焰气质，升处所有情感意象于空幻，神秘，变移无定，或不减不变绝对，永恒的玄哲境域里去，卓越隐奥，与人性情理遥远的好像隔成距离。身受者或激昂通达，或禅寂淡远，将不免挣扎于超情感，超意象，乃至于超言语，以心传心的创造。隐晦迷离，如禅偈玄诗，便不可制止地托生在与那幻想境界几不适宜的文字上，估定其生存权。

写诗……

总而言之，天知道究竟写诗是怎么一回事。在写诗的时候，或者是"我知道，天知道"；到写了之后，最好学 Browning【通译为布朗宁】不避嫌疑的自讯的，只承认"天知道"，天下关于写诗的笔墨官司便都省了。

我们仅听到写诗人自己说一阵奇异的风吹过，或是一片澄清的月色，一个惊讶，一次心灵的振荡，便开始他写诗的尝试，迷于意境文字音乐的搏斗，但是究竟这灵异的风和月，心灵的振荡和惊讶是什么？是不是仍为那可以追踪到内心直觉的活动；到潜意识后面那综错交流的情感与意象；那意识上理智的感念思想；以及要求表现的本能冲动？灵异的风和月所指的当是外界的一种偶然现象，同时却也是指它们是内心活动的一种引火线。诗人说话没有不打比喻的。

我们根本早得承认诗是不能脱离象征比喻而存在的。在诗里情感必依附在意象上，求较具体的表现；意象则必须明晰地或沉着地，恰适地烘托情感，表征含义。如果这还需要解释，常识的，我们可以问：在一个意识的或直觉的，官感，情感，理智，同时并重的一个时候，要一两句简约的话来代表一堆重叠交错的外象和内心情绪思想所发生的微妙的联系，而同时又不失却原来情感的质素分量，是不是容易或可能的事？一个比喻或一种象征在字面或事物上可以极简单，而同时可以带着字面事物以外的声音颜色形状，引起它们与其他事物关系的联想。这个办法可以多方面地来辅助每句话确实的含义，而又加增官感情感理智每方面的刺激和满足，道理甚为明显。

无论什么诗都从不会脱离过比喻象征，或比喻象征式的言语。诗中意象多不是寻常纯客观的意象。诗中的云霞星宿，山川草木，常有人性的感情，同时内心人性的感触反又变成外界的体象，虽简明浅现隐奥繁复各有不同的。但是诗虽不能缺乏比喻象征，象征比喻却并不是诗。

诗的泉源，上面已说过，是意识与潜意识的融会交流错综的情感意象和概念所促成；无疑地，诗的表现必是一种形象情感思想合一的语言。但是这种语言，不能仅是语言，它又须是一种类似动作的表情，这种表情又不能只是表情，而须是一种理解概念的传达。它同时须不断传译情感，描写现象诠释感悟。它不是形体而须创造形体颜色；它是音声，却最多仅要留着长短节奏。最要紧的是按着疾徐高下，和有限的铿锵音调，依附着一串单独或相联的字义上边；它须给直觉意识，情感理智，以整体的快惬。

因为相信诗是这样繁难的一列多方面条件的满足，我们不能不怀疑到纯净意识的，理智的，或可以说是"技术的"创造——或所谓"工"之绝无能为。诗之所以发生，就不叫它做灵感的来临，主要的亦在那一闪力量突如其来，或灵异的一刹那的"凑巧"，将所有繁复的"诗的因素"都齐集荟萃于一俄顷偶然的时间里。所以诗的创造或完成，主要亦当在那灵异的，凑巧的，偶然的活动一部分属意识，一部分属直觉，更多一部分属潜意识的，所谓"不以文而妙"的"妙"。理智情感，明晰隐晦都不失之过偏。意象瑰丽迷离，转又朴实平淡，像是纷纷纭纭不知所从来，但飘忽中若有必然的缘素可寻，理解玄奥繁难，也像是纷纷纭纭莫明所以。但错杂里又是斑驳分明，情感穿插联系其中，若有若无，给草木气候，给热情颜色。一首好诗在一个会心的读者前边有时真会是一个奇迹！但是伤感流丽，铺张的意象，涂饰的情感，用人工连缀起来，疏忽地看去，也未尝不像是诗。故作玄奥渊博，颠倒意象，堆砌起重重理喻的诗，也可以赫然惊人一下。

写诗究竟是怎么一回事，真是惟有天知道得最清楚！读者与作者，读者与读者，作者与作者关于诗的意见，历史告诉我传统的是要永远的差别分歧，争争吵吵到无尽时。因为老实地说，谁也仍然不知道写诗是怎么一回事的，除却这篇文字所表示的，勉强以抽象的许多名词，具体的一些比喻来捉摸描写那一种特殊的直觉活动，献出一个极不能令人满意的答案。

原载 1936 年 8 月 30 日《大公报·文艺副刊》第 206 期

彼 此

朋友又见面了，点点头笑笑，彼此晓得这一年不比往年，彼此是同增了许多经验。个别地说，这时间中每一人的经历虽都有特殊的形相，含着特殊的滋味，需要个别的情绪来分析来描述。

综合地说，这许多经验却是一整片仿佛同式同色，同大小，同分量的迷惘。你触着那一角，我碰上这一头，归根还是那一片迷惘笼罩着彼此。七月——这两字就如同史歌的开头那么有劲——八月，九月带来了那狂风，后来。后来过了年——那无法忘记的除夕——又是那一月，二月，三月，到了七月，再接再厉的又到了年夜。现在又是一月二月在开始……谁记得最清楚，这串日子是怎样地延续下来，生活如何的变？想来彼此都不会记得过分清晰，一切都似乎在迷离中旋转，但谁又会忘掉那么切肤的重重忧患的网膜？

经过炮火或流浪的洗礼，变换又变换的日月，难道彼此脸上没有一点记载这经验的痕迹？但是当整一片国土纵横着创痕，大家都是"离散而相失……去故乡而就远"，自然"心婵媛而伤怀兮，眇不知其所蹠"，脸上所刻那几道并不使彼此惊讶，所以还只是笑笑好。口角边常添几道酸甜的纹路，可以帮助彼此咀嚼生活。何不默认这一点：在迷惘中人最应该有笑，这种的笑，虽然是敛住神经，敛住肌肉，仅是毅力的后背，它却是必需的，如同保护色对于许多生物，是必需的一样。

那一晚在××江心，某一来船的甲板上，热臭的人丛中，他记起他那时的困顿饥渴和狼狈，旋绕他头上的却是那真实倒如同幻象，幻象又成了真实的狂敌杀人的工具，敏捷而近代型的飞机：美丽得像鱼像鸟……这里黯然的一掬笑是必需的，因为同样的另外一个人懂得那原始的骤然唤起纯筋肉反射作用的恐怖。他也正在想那时他在××车站台上露宿，天上有月，左右有人，零落如同被风雨摧落后的落叶，瑟索地蜷伏着，他们心里都在回味那一天他们所初次尝到的敌机的轰炸！谈话就可以这样无限制的延长，因为现在都这样的记忆——比这样更辛辣苦楚的——在各人心里真是太多了！随便提起一个地名大家所熟悉的都会或商埠，随着全会涌起怎样的一个最后印象！

再说初入一个陌生城市的一天——这经验现在又多普遍——尤其是在夜间，这里就把个别的情形和感触除外，在大家心底曾留下的还不是一剂彼此都熟识的清凉散？苦里带涩，那滋味侵入脾胃时，小小的冷噤会轻轻在背脊上爬过，用不着丝毫锐性的感伤！也许他可以说他在那夜进入某某城内时，看到一列小店门前凄惶的灯，黄黄的发出奇异的晕光，使他嗓子里如梗着刺，感到一种发紧的触觉。你能所记得的却是某一号车站后面黯白的煤气灯射到陌生的街心里，使你心里好像失落了什么。

那陌生的城市，在地图上指出时，你所经过的同他所经过的也可以有极大的距离，你同他当时的情形也可以完全的不相同。但是在这里，个别的异同似乎非常之不相干；相干的仅是你我会彼此点头，彼此会意，于是也会彼此地笑笑。

七月在卢沟桥与敌人开火以后，纵横中国土地上的脚印密密地衔接起来，更加增了中国地域广漠的证据。每个人参加过这广漠地面上流转的大韵律的，对于尘土和血，两件在寻常不多为人所理会的，极寻常的天然质素，现在每人在他个别的角上，对它们都发生了莫大亲切的认识。每一寸土，每一滴血，这种话，已是可接触，可把持的十分真实的事物，不仅是一句话一个"概念"而已。

在前线的前线，兴奋和疲劳已掺拌着尘土和血另成一种生活的形体魂魄。睡与醒中间，饥与食中间，生和死中间，距离短得几乎不存在！生活只是一股力，死亡一片沉默的恨，事情简单得无可再简单。尚在生存着的，继续着是力，死去的也继续着堆积成更大的恨。恨又生力，力又变恨，惘惘地却勇敢地循环着，其他一切则全是悬在这两者中间悲壮热烈地穿插。

在后方，事情却没有如此简单，生活仍然缓弛地伸缩着；食宿生死间距离恰像黄昏长影，长长的，尽向前引伸，像要扑入夜色，同夜溶成一片模糊。在日夜宽泛的循回里于是穿插反更多了，真是天地无穷，人生长勤。生之穿插零乱而琐屑，完全无特殊的色泽或轮廓，更不必说英雄气息壮烈成分。斑斑点点仅像小血锈凝在生活上，在你最不经意中烙印生活。如果你有志不让生活在小处窳败，逐渐减损，由锐而钝，由张而弛，你就得更感谢那许多极平常而琐碎的摩擦，无日无夜地透过你的神经，肌肉或意识。这种时候，叹息是悬起了，因一切虽然细小，却绝非从前所熟识的感伤。每件经验都有它粗壮的真实，没有叹息的余地。口边那酸甜的纹路是实际哀乐所刻画而成，是一种坚忍韧性的笑。因为生活既不是简单的火焰时，它本身是很沉重，需要韧性地支持，需要产生这韧性支持的力量。

现在后方的问题，是这种力量的源泉在哪里？决不凭着平日均衡的理智——那是不够的，天知道！尤其是在这时候，情感就在皮肤底下"踊跃其若汤"，似乎它所需要的是超理智的冲动！现在后方被缓的生活，紧的情感，两面摩擦得愁郁无快，居戚戚而不可解，每个人都可以苦恼而又热情地唱"终长夜之曼曼兮，掩此哀而不去，"或"宁溘死而流亡兮，不忍为此之常愁！"支持这日子的主力在哪里呢？你我生死，就不检讨它的意义以自大，也还需要一点结实的凭借才好。

我认得有个人，很寻常的过着国难日子的寻常人，写信给他朋友说，他的嗓子虽然总是那么干哑，他却要哑着嗓子私下告诉他的朋友：他感到无论如何在这时候，他为这可爱的老国家带着血活着，或流着血或不流着血死去，他都觉到荣耀，异于寻常的，他现在对于生与死都必然感到满足。这话或许可以在许多心弦上叩起回响，我常思索这简单朴实的情感是从哪里来的。信念？像一道泉流透过意识，我开始明了理智同热血的冲动以外，还有个纯真的力量的出处。信心产生力量，又可储蓄力量。

信仰坐在我们中间多少时候了，你我可曾觉察到？信仰所给予我们的力量不也正是那坚忍韧性的倔强？我们都相信，我们只要都为它忠贞地活着或死去，我们的大国家自会永远地向前迈进，由一个时代到又一个时代。我们在这生是如此艰难，死是这样容易的时候，彼此仍会微笑点头的缘故也就在这里吧？现在生活既这样的彼此患难同味，这信心自是，我们此时最主要的联系，不信你问他为什么仍这样硬朗地活着，他的回答自然也是你的回答，如果他也问你。

信仰坐在我们中间多少时候了？那理智热情都不能代替的信心！

思索时许多事，在思流的过程中，总是那么晦涩，明了时自己都好笑所想到的是那么简单明显的事实！此时我拭下额汗，差不多可以意识到自己口边的纹路，我尊重着那酸甜的笑，因为我明白起来，它是力量。

话不用再说了，现在一切都是这么彼此，这么共同，个别的情绪这么不相干。当前的艰苦不是个别的，而是普遍的，充满整一个民族，整一个时代！我们今天所叫作生活的，过后它便是历史。客观的无疑我们彼此所熟识的艰苦正在展开一个大时代。所以别忽略了我们现在彼此地点点头。且最好让我们共同酸甜的笑纹，有力地，坚韧地，横过历史。

原载 1939 年 2 月 5 日《今日评论》1 卷 6 期

惟其是脆嫩

　　活在这非常富于刺激性的年头里，我敢喘一口气说，我相信一定有多数人成天里为观察听闻到的，牵动了神经，从跳动而有血裹着的心底下累积起各种的情感，直冲出嗓子，逼成了语言到舌头上来。这自然丰富的累积，有时更会倾溢出少数人的唇舌，再奔进到笔尖上，另具形式变成在白纸上驰骋的文字。这种文字便全是我们这个时代的出产，大家该千万珍视它！

　　现在，无论在哪里，假如有一个或多种的机会，我们能把许多这种自然触发出来的文字，交出给同时代的大众见面，因而或能激动起更多方面，更复杂的情感，和由这情感而形成更多方式的文字；一直造成了一大片丰富而且有力的创作的田壤，森林，江山……产生结结实实的我们这个时代特有的表情和文章；我们该不该诚恳的注意到这机会或能造出的事业，各人将各人的一点点心血献出来尝试？

　　假使，这里又有了机会联聚起许多人，为要介绍许多方面的文字，更进而研讨文章的质的方面；或指出以往文章的历程，或讲究到各种文章上比较的问题，进而无形的讲究到程度和标准等问题。我又敢相信，在这种景况下定会发生更严重鼓励写作的主动力。使创作界增加问题，或许。惟其是增加了问题，才助益到创造界的活泼和健康。文艺绝不是蓬勃丛生的野草。

我们可否直爽的承认一桩事？创作的鼓动时常要靠着刊物把它的成绩布散出去吹风，晒太阳，和时代的读者把晤的。被风吹冷了，太阳晒萎了，固常有的事。被读者所欢迎，所冷淡，或误会，或同情，归根应该都是激动创造力的药剂！至于，一来就高举趾，二来就气馁的作者，每个时代都免不了有他们起落踪迹。这个与创作界主体的展动只成枝节问题。哪一个创作兴旺的时代缺得了介绍散布作品的刊物，同那或能同情，或不了解的读众？

创作品是不能不与时代见面的，虽然作者的名姓，则并不一定。伟大作品没有和本时代见面，而被他时代发现珍视的固然有，但也只是偶然例外的事。希腊悲剧是在几万人前面唱演的；莎士比亚的戏更是街头巷尾的粗人都看得到的。到有刊物时代的欧洲，更不用说，一首诗文出来人人争买着看，就是中国在印刷艰难的时候，也是什么"传诵一时"；什么"人手一抄"等……

创作的主力固在心底，但逼迫着这只有时间性的情绪语言而留它在空间里的，却常是刊物这一类的鼓励和努力所促成。

现走遍人间是能刺激起创作的主力。尤其在中国，这种日子，那一副眼睛看到了些什么，舌头底下不立刻紧急的想说话，乃至于歌泣！如果创作界仍然有点消沉寂寞的话——努力的少，尝试的稀罕——那或是有别的缘故而使然。我们问：能鼓励创作界的活跃性的是些什么？刊物是否可以救济这消沉的？努力过刊物的诞生的人们，一定知道刊物又时常会因为别的复杂原因而夭折的。它常是极脆嫩的孩儿……那么有创作冲动的笔锋，努力于刊物的手臂，此刻何不联在一起，再来一次合作逼着创造界又挺出一个新鲜的萌芽！管它将来能不能成田壤，成森林，成江山，一个萌芽是一个萌芽。脆嫩？惟其是脆嫩，我们大家才更要来爱护它。

这时代是我们特有的，结果我们单有情感而没有表现这情绪的艺术，眼看着后代人笑我们是黑暗时代的哑子，没有艺术，没有文章，乃至于怀疑到我们有没有情感！

回头再看到祖宗传流下那神气的衣钵，怎不觉得惭愧！说世乱，杜老头子过的是什么日子！辛稼轩当日的愤慨当使我们同情！……何必诉，诉不完。难道现在我们这时代没有形形色色的人物，喜剧悲剧般的人生作题？难道我们现时没有美丽，没有风雅，没有丑陋、恐慌，没有感慨，没有希望？！难道连经这些天灾战祸，我们都不会描述，身受这许多刺骨的辱痛，我们都不会愤慨高歌迸出一缕滚沸的血流？！

难道我们真麻木了不成？难道我们这时代的语辞真贫穷得不能达意？难道我们这时代真没有学问真没有文章？！朋友们努力挺出一根活的萌芽来，记着这个时代是我们的。

刊于 1933 年 9 月 23 日《大公报·文艺副刊》创刊号

和平礼物

在北京举行的亚洲及太平洋区域和平会议的繁重而又细致的筹备工作中，活跃着一个小小部分，那就是在准备着中国人民献给和平代表们的礼物，作为代表们回国以后的纪念品。

经过艺术工作者们热烈的讨论、设计和选择，决定了四大种类礼物：

第一类是专为这次会议而设计的特别的纪念物两种：一是华丽而轻柔的丝质彩印头巾；一是充满节日气氛的刺绣和"平金"的女子坎肩。这两种礼物都有象征和平的图案；都是以飞翔的和平白鸽为主题；图案富于东方格调，色彩鲜明，极为别致。

第二类是道地的中国手工艺品，是出产在北京的几种特种手工艺品，如景泰蓝、镶嵌漆器、"花丝"银饰物、细工绝技的象牙刻字和挑花手绢等。

还有两类：一是各种精印画册；一是文学创作中的名著。画册包括年画集、民间剪纸窗花、敦煌古代壁画的复制画册和老画家与新画家的创作选集等。文学名著包括获得斯大林奖金的三部荣誉作品。

这些礼物中每一件都渗透和充满着中国人民对和平的真挚的愿望。由巨大丰富的画册，到小巧玲珑的银丝的和平鸽子胸针，到必须用放大镜照着看的象牙米粒雕刻的毕加索的和平鸽子，和鸽子四周的四国文字的"和平"字样，无一不是一种和平的呼声。这呼声似乎在说："和平代表们珍重，珍重，纪念着你们这次团结争取和平的光荣会议，继续奋斗吧。不要忘记正在和平建设、拯救亚洲和世界和平的中国人民。看，我们辛勤劳动的一双双的手是永远愿为和平美好的生活服务的。不论我们是用笔墨写出的，颜色画出的，刀子刻出的，针线绣出的，或是用各种工艺材料制造的，它们都说明一个愿望：我们需要和平。代表们，把我们五亿人民保卫和平的意志传达给亚洲及太平洋各岸的你们祖国里的人民吧。"

我们选定了北京的手工艺品作为礼品的一部，也是有原因的。中国工艺的卓越的"工夫"，在世界上古今著名，但这还不是我们选择它的主要原因。我们选择它是因为解放以后，我们新图案设计的兴起，代表了我们新社会在艺术方面一股新生的力量。它在工艺方面正是剔除封建糟粕、恢复民族传统的一支文化生力军。这些似乎平凡的工艺品，每件都确是既代表我们的艺术传统，又代表我们蓬勃气象的创作。我们有很好的理由拿它们来送给为和平而奋斗的代表们。

这些礼品中的景泰蓝图案，有出自汉代刻玉纹样，有出自敦煌北魏藻井和隋唐边饰图案，也有出自宋锦草纹，明清彩磁的。但这些都是经过融会贯通，要求达到体型和图案的统一性的。在体型方面，我们着重轮廓线的柔和优美和实用方面相结合，如台灯，如小圆盒都是经过用心处理的。在色彩方面，我们要对比活泼而设色调和，要取得华贵而安静的总效果，向敦煌传统看齐的。这些都是一反过去封建没落时期的烦琐、堆砌、不健康的工艺作风的。所以这些也说明了我们是努力发扬祖国艺术的幸福人民。我们渴望的就是和平的世界。

在景泰蓝制作期间，工人同志们的生产态度更说明了这问题。当他们知道了他们所承担的工作跟和平有关时，他们的情绪是那么高涨，他们以高度的热诚来对待他们手中那一系列繁重的掐丝、点蓝和打磨的工作。过去"慢工出细活"的思想，完全被"找窍门"的热情所代替。他们不断地缩短制作过程，又自动地加班和缩短午后的休息时间，提早完成了任务。在瑞华等五个独立作坊中，由于工人们工作的积极和认真，使珐琅质地特别匀净，图案的线纹和颜色都非常准确。工人们说：我们的生活一天比一天美满，我们要保证我们的和平幸福生活，承制和平礼品是我们最光荣的任务。当和平宾馆的工人们在一层楼一层楼地建筑上去的时候，这边景泰蓝的工人们也正在一个盒子、一个烟碟上点着珐琅或脚蹬转轮，目不转睛地打磨着台灯座，心里也只有一个念头："是的，我们要过和平的日子。这些美丽的纪念品，无论它们是银丝胸针，还是螺钿漆盒；上面是安静的莲花，还是飞舞的鸽子；它们都是在这种酷爱和平的情绪下完成的。它们是'不简单'的；这些中国劳动人民所积累的智慧的结晶，今天为全世界人民光明的目的——和平而服务了。"

礼品中还应该特别详细介绍的是丝质彩印头巾的图案和刺

绣坎肩的制作过程。

头巾的图案本身，就有重要的历史意义。这个彩色图案是由敦煌千佛洞内，北魏时代天花上取来应用的。我们对它的内容只加以简单的变革，将内心主题改为和平鸽子后，它就完全适合于我们这次的特殊用途了。有意义的是：它上面的花纹就是一千多年前，亚洲几个民族在文化艺术上和平交流的记录：西周北魏的"忍冬叶"草纹就是古代西域伊兰语系民族送给我们的——来自中亚细亚的影响。中间的大莲花是我们邻邦印度民族在艺术图案上宝贵的赠礼。莲瓣花纹今天在我国的雕刻图案中已极普遍地应用着。我们的亚洲国家的代表们一定都会认出它们的来历的。这些花样里还有来自更遥远的希腊的，它们是通过波斯（伊朗）和印度的健驮罗而来到我国的。

这个图案在颜色上比如土黄、石绿、赭红和浅灰蓝等美妙的配合，也是受过许多外来影响之后，才在中国生根的。以这个图案作为保卫亚洲和世界和平的纪念物是再巧妙、再适当没有的。三位女青年工作同志赶完了这个细致的图样之后，兴奋得说不出话来。她们曾愉快地做过许多临摹工作，但这次向着这样光荣的目的赶任务，使她们感到像做了和平战士一样的骄傲。

在刺绣坎肩制作过程中，由镶边到配色都是工人和艺术工作者集体创造的记录。永合成衣铺内，两位女工同志和四位男工同志，都是热情高涨地用尽一切力量，为和平礼品工作。他们用套裁方法，节省下材料，增产了八件成品。在二十天的工作中，他们每天都是由早晨七点工作至夜深十二点。只有一次因为等衣料，工作中断过两小时。参加这次工作的刺绣业工作者共有十七家独立生产户，原来每日十小时的工作都增至十四至十六小时，共完成二百十六只鸽子。绣工和金线平金都做得非常整齐。这一百〇八件坎肩因不同绣边，不同颜色的处理，每一件都不同而又都够得上称为一件优秀的艺术品。三年来我们欢庆节日正要求有像这一类美丽服装的点缀，青年男女披上金绣彩边的坎肩会特别显出东方民族的色彩。但更有意思的是世界上许多国家的男女都用绣花坎肩，如西班牙、匈牙利与罗马尼亚等；此外在我国的西南与西北，男子们也常穿革制背心，上面也有图案。

和平战士们，请接受这份小小的和平礼品吧，这是中国劳动人民送给你们的一点小小的纪念品。

原载 1952 年 10 月 15 日北平《新观察》第 11 期

窘（1）

　　暑假中真是无聊到极点，维杉几乎急着学校开课，他自然不是特别好教书的——平日他还很讨厌教授的生活——不过暑假里无聊到没有办法，他不得不想到做事是可以解闷的。拿做事当作消遣也许是堕落。中年人特有的堕落。"但是，"维杉狠命地划一下火柴，"中年了又怎样？"他又点上他的烟卷连抽了几口。朋友到暑假里，好不容易找，都跑了，回南的不少，几个年轻的，不用说，更是忙得可以。当然脱不了为女性着忙，有的远赶到北戴河去。只剩下少朗和老晋几个永远不动的金刚，那又是因为他们有很好的房子有太太有孩子，真正过老牌子的中年生活，谁都不像他维杉的四不像的落魄！

　　维杉已经坐在少朗的书房里有一点多钟了，说着闲话，虽然他吃烟的时候比说话的多。难得少朗还是一味的活泼，他们中间隔着十年倒是一件不很显著的事，虽则少朗早就做过他的四十岁整寿，他的大孩子去年已进了大学。这也是旧式家庭的好处，维杉呆呆地靠在矮榻上想，眼睛望着竹帘外大院子。一缸莲花和几盆很大的石榴树，夹竹桃，叫他对着北京这特有的味道赏玩。他喜欢北京，尤其是北京的房子院子。有人说北京房子傻透了，尽是一律的四合头，这说话的够多没有意思，他哪里懂得那均衡即对称的庄严？北京派的摆花也是别有味道，连下人对盆花也是特别地珍惜，你看哪一个大宅子的马号院里，或是门房前边，没有几盆花在砖头叠的座子上整齐地放着？想到马号维杉有些不自在了，他可以想象到他的洋车在日影底下停着，车夫坐在脚板上歪着脑袋睡觉，无条件地在等候他的主人，而他的主人……

无聊真是到了极点。他想立起身来走，却又看着毒火般的太阳胆怯。他听到少朗在书桌前面说："昨天我亲戚家送来几个好西瓜，今天该冰得可以了。你吃点吧？"

他想回答说："不，我还有点事，就要走了。"却不知不觉地立起身来说："少朗，这夏天我真感觉沉闷，无聊！委实说这暑假好不容易过。"

少朗递过来一盒烟，自己把烟斗衔到嘴里，一手在桌上抓摸洋火。他对维杉看了一眼，似笑非笑地皱了一皱眉头——少朗的眉头是永远有文章的。维杉不觉又有一点不自在，他的事情，虽然是好几年前的事情，少朗知道得最清楚——也许太清楚了。

"你不吃西瓜么？"维杉想拿话岔开。

少朗不响，吃了两口烟，一边站起来按电铃，一边轻轻地说："难道你还没有忘掉？"

"笑话！"维杉急了，"谁的记性抵得住时间？"

少朗的眉头又皱了一皱，他信不信维杉的话很难说。他嘱咐进来的陈升到东院和太太要西瓜，他又说："索性请少爷们和小姐出来一块儿吃。"少朗对于家庭是绝对的旧派，和朋友们一处时很少请太太出来的。

"孩子们放暑假，出去旅行后，都回来了，你还没有看见吧？"

从玻璃窗，维杉望到外边，从石榴和夹竹桃中间跳着走来两个身材很高，活泼泼的青年和一个穿着白色短裙的女孩子。

"少朗，那是你的孩子长得这么大了？"

"不，那个高的是孙家的孩子，比我的大两岁，他们是好朋友，这暑假他就住在我们家里。你还记得孙石年不？这就是他的孩子，好聪明的！"

"少朗，你们要都让你们的孩子这样的长大，我，我觉得简直老了！"

竹帘子一响，旋风般地，三个活龙似的孩子已经站在维杉跟前。维杉和小孩子们周旋，还是维杉有些不自在，他很别扭地拿着长辈的样子问了几句话。起先孩子们还很规矩，过后他们只是乱笑，那又有什么办法？天真烂漫的青年知道什么？

少朗的女儿，维杉三年前看见过一次，那时候她只是十三四岁光景，张着一双大眼睛，转着黑眼珠，玩他的照相机。这次她比较腼腆地站在一边，拿起一把刀替他们切西瓜。维杉注意到她那只放在西瓜上边的手。她在喊"小篁哥"。她说："你要切，我可以给你这一半。"小嘴抿着微笑，她又说："可要看谁切得别致，要式样好！"她更笑得厉害一点。

维杉看她比从前虽然高了许多，脸样却还是差不多那么圆满，除却一个小尖的下颏。笑的时候她的确比不笑的时候大人气一点，这也许是她那排小牙很有点少女的丰神的缘故。她的眼睛还是完全的孩子气，闪亮，闪亮的，说不出还是灵敏，还是秀媚。维杉呆呆地想，一个女孩子在成人的边沿真像一个绯红的刚成熟的桃子。

孙家的孩子毫不客气地过来催她说："你哪里懂得切西瓜，让我来吧！"

"对了，芝妹，让他吧，你切不好的！"她哥哥也催着她。

"爹爹，他们又打伙着来麻烦我。"她柔和地唤她爹。

"真丢脸，现时的女孩子还要爹爹保护么？"他们父子俩对看着笑了一笑，他拉着他的女儿过来坐下问维杉说："你看她还是进国内的大学好，还是送出洋进外国的大学好？"

"什么？这么小就预备进大学？"

"还有两年，"芝先答应出来，"其实只是一年半，因为我年假里便可以完，要是爹让我出洋，我春天就走都可以的，爹爹说是不是？"她望着她的爹。

"小鸟长大了翅膀，就想飞！"

"不，爹，那是大鸟把他们推出巢去学飞！"他们父子俩又交换了一个微笑。这次她爹轻轻地抚着她的手背，她把脸凑在她爹的肩边。

两个孩子在小桌子上切了一会西瓜，小孙顶着盘子走到芝前边屈下一膝，顽皮地笑着说："这西夏进贡的瓜，请公主娘娘尝一块！"

她笑了起来拈了一块又向她爹说："爹看他们够多皮？"

"万岁爷，您的御口也尝一块！"

"沅，不先请客人，岂有此理！"少朗拿出父亲样子来。

"这位外邦的贵客，失敬了！"沅递了一块过来给维杉，又张罗着碟子。

维杉又觉着不自在——不自然！说老了他不算老，也实在不老。可是年轻？他也不能算是年轻，尤其是遇着这群小伙子。真是没有办法！他不知为什么觉得窘极了。

此后他们说些什么他不记得，他自己只是和少朗谈了一些小孩子在国外进大学的问题。他好像比较赞成国外大学，虽然他也提出了一大堆缺点和弊病，他嫌国内学生的生活太枯干，不健康，太窄，太老……

"自然，"他说："成人以后看外国比较有尺寸，不过我们并不是送好些小学生出去，替国家做检查员的。我们只要我们的孩子得着我们自己给不了他们的东西。既然承认我们有给不了他们的一些东西，还不如早些送他们出去自由地享用他们年轻人应得的权利——活泼的生活。奇怪，真的连这一点子我们常常都给不了他们，不要讲别的了。"

"我们"和"他们"！维杉好像在他们中间划出一条界限，分明地分成两组，把他自己分在前辈的一边。他羡慕有许多人只是一味的老成，或是年轻，他虽然分了界线却仍觉得四不像——窘，对了，真窘！芝看着他，好像在吸收他的议论，他又不自在到万分，拿起帽子告诉少朗他一定得走了。"有一点事情要赶着做。"他又听到少朗说什么"真可惜;不然倒可以一同吃晚饭的。"他觉着自己好笑,嘴里却说:"不行,少朗,我真的有事非走不可了。"一边慢慢地踱出院子来。两个孩子推着挽着芝跟了出来送客。到维杉迈上了洋车后他回头看大门口那三个活龙般年轻的孩子站在门槛上笑,尤其是她,略歪着头笑,露着那一排小牙。

又过了两三天的下午,维杉又到少朗那里闲聊,那时已经差不多七点多钟,太阳已经下去了好一会儿,只留下满天的斑斑的红霞。他刚到门口已经听到院子里的笑声。他跨进西院的月门,只看到小孙和芝在争着拉天篷。

"你没有劲儿,"小孙说,"我帮你的忙。"他将他的手罩在芝的上边,两人一同狠命地拉。听到维杉的声音,小孙放开手,芝也停住了绳子不拉,只是笑。

维杉一时感着一阵高兴,他往前走了几步对芝说:"来,让我也拉一下。"他刚到芝的旁边,忽然吱哑一声,雨一般的水点从他们头上喷洒下来,冰凉的水点骤浇到背上,吓了他们一跳,芝撒开手,天篷绳子从她手心溜了出去!原来小沅站在水缸边玩抽水机筒,第一下便射到他们的头上。这下子大家都笑,笑得厉害。芝站着不住地摇她发上的水。维杉踌躇了一下,从袋里掏出他的大手绢轻轻地替她揩发上的水。她两颊绯红了却没有躲走,低着头尽看她擦破的掌心。维杉看到她肩上湿了一小片,晕红的肉色从湿的软白纱里透露出来,他停住手不敢也拿手绢擦,只问她的手怎样了,破了没有。她背过手去说:"没有什么！"就溜地跑了。

少朗看他进了书房，放下他的烟斗站起来，他说维杉来得正好，他约了几个人吃晚饭。叔谦已经在屋内，还有老晋，维杉知道他们免不了要打牌的，他笑说："拿我来凑脚，我不来。"

"那倒用不着你，一会儿梦清和小刘都要来的，我们还多了人呢。"少朗得意地吃一口烟，叠起他的稿子。

"他只该和小孩子们耍去。"叔谦微微一笑，他刚才在窗口或者看到了他们拉天篷的情景。维杉不好意思了。可是又自觉得不好意思得毫无道理，他不是拿出老叔的牌子么？可是不相干，他还是不自在。

"少朗的大少爷皮着呢，浇了老叔一头的水！"他笑着告诉老晋。

"可不许你把人家的孩子带坏了。"老晋也带点取笑他的意思。

维杉恼了，恼什么他不知道，说不出所以然。他不高兴起来，他想走，他懊悔他来的，可是他又不能就走。他闷闷地坐下，那种说不出的窘又侵上心来。他接连抽了好几根烟，也不知都说了一些什么话。

晚饭时候孩子们和太太并没有加入，少朗的老派头。老晋和少朗的太太很熟，饭后同了维杉来到东院看她。她们已吃过饭，大家围住圆桌坐着玩。少朗太太虽然已经是中年的妇人，却是样子非常的年轻，又很清雅。她坐在孩子旁边倒像是姊弟。

小孙在用肥皂刻一副象棋——他爹是学过雕刻的——芝低着头用尺画棋盘的方格，一只手按住尺，支着细长的手指，右手整齐地用钢笔描。在低垂着的细发底下，维杉看到她抿紧的小嘴和那微尖的下颏。

"杉叔别走，等我们做完了棋盘和棋子，同杉叔下一盘棋，好不好？"沅问他。"平下，谁也不让谁。"他更高兴着说。

"那倒好，我们辛苦做好了棋盘棋子，你请客！"芝一边说她的哥哥，一边又看一看小孙。

"所以他要学政治。"小孙笑着说。好厉害的小嘴！维杉不觉看他一眼，小孙一头微鬈的黑发让手抓得蓬蓬的。两个伶俐的眼珠老带些顽皮的笑。瘦削的脸却很健硕白皙。他的两只手真有性格，并且是意外的灵动，维杉就喜欢观察人家的手。他看小孙的手抓紧了一把小刀，敏捷地在刻他的棋子，旁边放着两碟颜色，每刻完了一个棋子，他在字上从容地描入绿色或是红色。维杉觉得他很可爱，便放一只手在他肩上说："真是一个小美术家！"

刚说完，维杉看见芝在对面很高兴地微微一笑。

少朗太太问老晋家里的孩子怎样了，又殷勤地搬出果子来大家吃。她说她本来早要去看晋嫂的，只是暑假中孩子们在家她走不开。

"你看，"她指着小孩子们说："这一大桌子，我整天地忙着替他们当差。"

"好，我们帮忙的倒不算了，"芝抬起头来笑，又露着那排小牙，"晋叔，今天你们吃的饺子还是孙家篁哥帮着包的呢!"

"是么?"老晋看一看她，又看了小孙，"怪不得，我说那味道怪顽皮的!"

"那红烧鸡里的酱油还是'公主娘'御手亲自下的呢。"小孙嚷着说。

"是么?"老晋看一看维杉，"怪不得你杉叔跪接着那块鸡，差点没有磕头!"

维杉又有点不痛快，也不是真恼，也不是急，只是觉得窘极了。"你这晋叔的学位，"他说："就是这张嘴换来的。听说他和晋婶婶结婚的那一天演说了五个钟头，等到新娘子和傧相站在台上委实站不直了，他才对客人一鞠躬说：'今天只有这几句极简单的话来谢谢大家来宾的好意!'"

小孩们和少朗太太全听笑了，少朗太太说："够了，够了，这些孩子还不够皮的，你们两位还要教他们?"

芝笑得仰不起头来，小孙瞟她一眼，哼一声说："这才叫作女孩子。"她脸胀红了瞪着小孙看。

棋盘，棋子全画好了。老晋要回去打牌，孩子们拉着维杉不放，他只得留下，老晋笑了出去。维杉只装没有看见。小孙和芝站起来到门边脸盆里争着洗手，维杉听到芝说："好痛，刚才绳子擦破了手心。"

小孙说："你别用胰子就好了。来，我看看。"他拿着她的手仔细看了半天，他们两人拉着一块手巾一同擦手，又吃吃咕咕地说笑。

维杉觉得无心下棋，却不得不下。他们三个人战他一个。起先他懒洋洋地没有注意，过一刻他真有些应接不暇了。不知为什么他却觉着他不该输的，他不愿意输！说起真好笑，可是他的确感着要占胜，孩子不孩子他不管！芝的眼睛镇住看他的棋，好像和弱者表同情似的，他真急了。他野蛮起来了，他居然进攻对方的弱点了，他调用他很有点神气的马了，他走卒了，棋势紧张起来，两边将帅都不能安居在当中了。孩子们的车守住他大帅的脑门顶上，吃力的当然是维杉的棋！没有办法。三个活龙似的孩子，六个玲珑的眼睛，维杉又有什么法子！他输了输了，不过大帅还真死得英雄，对方的危势也只差一两子便要命的！但是事实上他仍然是输了。下完了以后，他觉得热，出了些汗，他又拿出手绢来刚要揩他的脑门，忽然他呆呆地看着芝的细松的头发。

"还不快给杉叔倒茶。"少朗太太喊她的女儿。

窘（2）

芝转身到茶桌上倒了一杯，两只手捧着，端过来。维杉不知为什么又觉得窘极了。

孩子们约他清早里逛北海，目的当然是摇船。他去了，虽然好几次他想设法推辞不去的。他穿他的白嗬裤子葛布上衣，拿了他草帽微觉得可笑，他近来永远地觉得自己好笑，这种横生的幽默，他自己也不了解的。他一径走到北海的门口还想着要回头的。站岗的巡警向他看了一眼，奇怪，有时你走路时忽然望到巡警的冷静的眼光，真会使你怔一下，你要自问你都做了些什么事，准知道没有一件是违法的么？他买到票走进去，猛抬头看到那桥前的牌楼。牌楼，白石桥，垂柳，都在注视他——他不痛快极了，挺起腰来健步走到旁边小路上，表示不耐烦。不耐烦的脸本来与他最相宜的，他一失掉了"不耐烦"的神情，他便好像丢掉了好朋友，心里便不自在。懂得吧？他绕到后边，隔岸看一看白塔，它是自在得很，永远带些不耐烦的脸站着——还是坐着——它不懂得什么年轻，老。这一些无聊的日月，它只是站着不动，脚底下自有湖水，亭榭松柏，杨柳，人，——老的小的——忙着他们更换的纠纷！

他奇怪他自己为什么到北海来，不，他也不是懊悔，清早里松荫底下发着凉香，谁懊悔到这里来？他感着像青草般在接受露水的滋润，他居然感着舒快。奢侈的金黄色的太阳横着射过他的辉焰，湖水像锦，莲花莲叶并着肩挨挤成一片，像在争着朝觐这早上的云天！这富足，这绮丽的天然，谁敢不耐烦？维杉到五龙亭边坐下掏出他的烟卷，低着头想要仔细地，细想一些事，去年的，或许前年的，好多年的事——今早他又像回到许多年前去——可是他总想不出一个所以然来。"本来是，又何必想？要活着就别想！这又是谁说过的话……"

忽然他看到芝一个人向他这边走来。她穿着葱绿的衣裳，裙子很短，随着她跳跃的脚步飘动，手里玩着一把未开的小纸伞。头发在阳光里，微带些红铜色，那倒是很特别的。她看到维杉笑了一笑，轻轻地跑了几步凑上来，喘着说："他们租船去了。可是一个不够，我们还要雇一只。"维杉丢下烟，不知不觉地拉着她的手说："好，我们去雇一只，找他们去。"

她笑着让他拉着她的手。他们一起走了一些路，才找着租船的人。维杉看她赤着两只健秀的腿，只穿一双统子极短的袜子，和一双白布的运动鞋；微红的肉色和葱绿的衣裳叫他想起他心爱的一张新派作家的画。他想他可惜不会画，不然，他一定知道怎样的画她——微红的头发，小尖下颏，绿的衣服，红色的腿，两只手，他知道，一定知道怎样的配置。他想象到这张画挂在展览会里，他想象到这张画登在月报上，他笑了。

她走路好像是有弹性地奔腾。龙，小龙！她走得极快，他几乎要追着她。他们雇好船跳下去，船人一竹篙把船撑离了岸，他脱下衣裳卷起衫袖，他好高兴！她说她要先摇，他不肯，他点上烟含在嘴里叫她坐在对面。她忽然又腼腆起来低着头装着看莲花半晌没有说话，他的心像被蜂螫了一下，又觉得一阵窘，懊悔他出来。他想说话，却找不出一句话说，他尽摇着船也不知过了多少时候她才抬起头来问他说："杉叔，美国到底好不好？"

"那得看你自己。"他觉得他自己的声音粗暴，他后悔他这样尖刻地回答她诚恳的问话。他更窘了。

她并没有不高兴，她说："我总想出去了再说。反正不喜欢我就走。"

这一句话本来很平淡，维杉却觉得这孩子爽快得可爱，他夸她说："好孩子，这样有决断才好。对了，别错认学位做学问就好了，你预备学什么呢？"

她脸红了半天说："我还没有决定呢……爹要我先进普通文科再说……我本来是要想学……"她不敢说下去。

"你要学什么坏本领，值得这么胆怯！"

她的脸更红了，同时也大笑起来，在水面上听到女孩子的笑声，真有说不出的滋味，维杉对着她看，心里又好像高兴起来。

"不能宣布么？"他又逗着追问。

"我想，我想学美术——画……我知道学画不该到美国去的，并且……你还得有天才，不过……"

"你用不着学美术的，更不必学画。"维杉禁不住这样说笑。

"为什么?"她眼睛睁得很大。

"因为,"维杉这回觉得有点不好意思了,他低声说:"因为你的本身便是美术,你此刻便是一张画。"他不好意思极了,为什么人不能够对着太年轻的女孩子说这种恭维的话?你一说出口,便要感着你自己的蠢,你一定要后悔的。她此刻的眼睛看着维杉,叫他又感着窘到极点了。她的嘴角微微地斜上去,不是笑,好像是鄙薄他这种的恭维她——没法子,话已经说出来了,你还能收回去?!窘,谁叫他自己找事!

两个孩子已经将船拢来,到他们一处,高兴地嚷着要赛船。小孙立在船上高高的细长身子穿着白色的衣裳在荷叶丛前边格外明显。他两只手叉在脑后,眼睛看着天,嘴里吹唱一些调子。他又伸只手到叶丛里摘下一朵荷花。

"接,快接!"他轻轻掷到芝的面前:"怎么了,大清早里睡着了?"

她只是看着小孙笑。

"怎样,你要在哪一边,快拣定了,我们便要赛船了。"维杉很老实地问芝,她没有回答。她哥哥替她决定了,说:"别换了,就这样吧。"

赛船开始了,荷叶太密,有时两个船几乎碰上,在这种时候芝便笑得高兴极了,维杉摇船是老手,可是北海的水有地方很浅,有时不容易发展,可是他不愿意再在孩子们面前丢丑,他决定要胜过他们,所以他很加小心和力量。芝看到后面船渐渐要赶上时她便催他赶快，他也愈努力了。

太阳积渐热起来，维杉们的船已经比沉的远了很多，他们承认输了，预备回去，芝说杉叔一定乏了，该让她摇回去，他答应了她。

他将船板取开躺在船底，仰着看天。芝将她的伞借他遮着太阳，自己把荷叶包在头上摇船。维杉躺着看云，看荷花梗，看水，看岸上的亭子，把一只手丢在水里让柔润的水浪洗着。他让芝慢慢地摇他回去，有时候他张开眼看她，有时候他简直闭上眼睛，他不知道他是快活还是苦痛。

少朗的孩子是老实人，浑厚得很却不笨，听说在学校里功课是极好的。走出北海时，他跟维杉一排走路和他说了好些话。他说他愿意在大学里毕业了才出去进研究院的。他说，可是他爹想后年送妹妹出去进大学；那样子他要是同走，大学里还差一年，很可惜，如果不走，妹妹又不肯白白地等他一年。当然他说小孙比他先一年完，正好可以和妹妹同走。不过他们三个老是在一起惯了，如果他们两人走了，他一个人留在国内一定要感着闷极了，他说，"炒鸡子"这事简直是"糟糕一麻丝"。

他又讲小孙怎样的聪明，运动也好，撑竿跳的式样"简直是太好"，还有游水他也好，"不用说，他简直什么都干！"他又说小孙本来在足球队里的，可是这次和天津比赛时，他不肯练。"你猜为什么？"他问维杉，"都是因为学校盖个喷水池，他整天守着石工看他们刻鱼！"

"他预备也学雕刻么？他爹我认得，从前也学过雕刻的。"

维杉问他。

"那我不知道，小孙的文学好，他写了许多很好的诗——爹爹也说很好的，"沉加上这一句证明小孙的诗的好是可靠的。"不过，他乱得很，稿子不是撕了便是丢了的。"他又说他怎样有时替他捡起抄了寄给《校刊》。总而言之沉是小孙的"英雄崇拜者"。

沉说到他的妹妹，他说他妹妹很聪明，她不像寻常的女孩那么"讨厌"，这里他脸红了，他说"别扭得讨厌，杉叔知道吧？"他又说他班上有两个女学生，对于这个他表示非常的不高兴。

维杉听到这一大篇谈话，知道简单点讲，他维杉自己，和他们中间至少有一道沟——并不是什么了不得的间隔——只是一个年龄的深沟，桥是搭得过去的，不过深沟仍然是深沟，你搭多少条桥，沟是仍然不会消灭的。他问沉几岁，沉说："整整的快十九了，"他妹妹虽然是十七，"其实只满十六年。"维杉不知为什么又感着一阵不舒服，他回头看小孙和芝并肩走着，高兴地说笑。"十六，十七。"维杉嘴里哼哼着。究竟说三十四不算什么老，可是那就已经是十七的一倍了。谁又愿意比人家岁数大出一倍，老实说！

维杉到家时并不想吃饭，只是连抽了几根烟。

过了一星期，维杉到少朗家里来。门房里陈升走出来说："老爷到对过张家借打电话去，过会子才能回来。家里电话坏了两天，电话局还不派人来修理。"陈升是个打电话专家，有多少曲折的传话，经过他的嘴，就能一字不漏地溜进电话筒。那也是一种艺术。他的方法听着很简单，运用起来的玄妙你就想不到。哪一次维杉走到少朗家里不听到陈升在过厅里向着电话："喂，喂，外，我说，我说呀!"维杉向陈升一笑，他真不能替陈升想象到没有电话时的烦闷。

"好，陈升，我自己到书房里等他，不用你了。"维杉一个人蹑过那静悄悄的西院，金鱼缸，莲花，石榴，他爱这院子，还有隔墙的枣树，海棠。他掀开竹帘走进书房。迎着他眼的是一排丰满的书架。壁上挂的朱拓的黄批，和屋子当中的一大盆白玉兰，幽香充满了整间屋子。维杉很羡慕少朗的生活。夏天里，你走进一个搭着天篷的一个清凉大院子，静雅的三间又大又宽的北屋，屋里满是琳琅的书籍，几件难得的古董，再加上两三盆珍罕的好花，你就不能不艳羡那主人的清福!

维杉走到套间小书斋里，想写两封信，他忽然看到芝一个人伏在书桌上。他奇怪极了，轻轻地走上前去。

"怎么了? 不舒服么，还是睡着了?"

"吓我一跳! 我以为是哥哥回来了……"芝不好意思极了。维杉看到她哭红了的眼睛。

维杉起先不敢问，心里感得不过意，后来他伸一只手轻抚着她的头说："好孩子，怎么了?"

她的眼泪更扑簌簌地掉到裙子上，她拈了一块——真是不到四寸见方——淡黄的手绢拼命地擦眼睛。维杉想，她叫你想到方成熟的桃或是杏，绯红的，饱饱的一颗天真，让人想摘下来赏玩，却不敢真真地拿来吃，维杉不觉得没了主意。他逗她说："准是嬷打了！"

她拿手绢蒙着脸偷偷地笑了。

"怎么又笑了？准是你打了嬷了！"

这回她伏在桌上索性吃吃地笑起来。维杉糊涂了。他想把她的小肩膀搂住，吻她的粉嫩的脖颈，但他又不敢。他站着发了一会呆。他看到椅子上放着她的小纸伞，他走过去坐下开着小伞说玩。

她仰起身来，又擦了半天眼睛，才红着脸过来拿她的伞，他不给。

"刚从哪里回来，芝？"他问她。

"车站。"

"谁走了？"

"一个同学，她是我最好的朋友，可是她……她明年不回来了！"她好像仍是很伤心。

他看着她没有说话。

"杉叔，您可以不可以给她写两封介绍信，她就快到美国去了。"

"到美国哪一个城？"

"反正要先到纽约的。"

"她也同你这么大么？"

"还大两岁多。……杉叔您一定得替我写，她真是好，她是我最好的朋友了。……杉叔，您不是有许多朋友吗，你一定得写。"

"好，我一定写。"

"爹说杉叔有许多……许多女朋友。"

"你爹这样说了么?"维杉不知为什么很生气。他问了芝她朋友的名字，他说他明天替她写那介绍信。他拿出烟来很不高兴地抽。这回芝拿到她的伞却又不走。她坐下在他脚边一张小凳上。

"杉叔，我要走了的时候您也替我介绍几个人。"

他看着芝倒翻上来的眼睛，他笑了，但是他又接着叹了一口气。

他说："还早着呢，等你真要走的时候，你再提醒我一声。"

"可是，杉叔，我不是说女朋友，我的意思是：也许杉叔认得几个真正的美术家或是文学家。"她又拿着手绢玩了一会低着头说："篁哥，孙家的篁哥，他亦要去的，真的，杉叔，他很有点天才。可是他想不定学什么。他爹爹说他岁数太小，不让他到巴黎学雕刻，要他先到哈佛学文学，所以我们也许可以一同走……我亦劝哥哥同去，他可舍不得这里的大学。"这里她话愈说得快了，她差不多喘不过气来，"我们自然不单到美国，我们以后一定转到欧洲，法国，意大利，对了，篁哥连做梦都是做到意大利去，还有英国……"

维杉心里说："对了，出去，出去，将来，将来，年轻！荒唐的年轻！他们只想出去飞！飞！叫你怎不觉得自己落伍，老，无聊，无聊!"他说不出的难过，说老，他还没有老，但是年轻?! 他看着烟卷没有话说。芝看着他不说话也不敢再开口。

"好，明年去时再提醒我一声，不，还是后年吧？……那时我也许已经不在这里了。"

"杉叔，到哪里去？"

"没有一定的方向，也许过几年到法国来看你……那时也许你已经嫁了……"

芝急了，她说："没有的话，早着呢!"

维杉忽然做了一件很古怪的事，他俯下身去吻了芝的头发。他又伸过手拉着芝的小手。

少朗推帘子进来，他们两人站起来，赶快走到外间来。芝手里还拿着那把纸伞。少朗起先没有说话，过一会儿，他皱了一皱他那有文章的眉头问说："你什么时候来的？"

"刚来。"维杉这样从容地回答他，心里却觉着非常之窘。

"别忘了介绍信，杉叔。"芝叮咛了一句又走了。

"什么介绍信？"少朗问。

"她要我替她同学写几封介绍信。"

"你还在和碧谛通信么？还有雷茵娜？"少朗仍是皱着眉头。

"很少……"维杉又觉得窘到极点了。

星期三那天下午到天津的晚车里，旭窗遇到维杉在头等房间里靠着抽烟，问他到哪里去，维杉说回南，旭窗叫脚行将自己的皮包也放在这间房子里说："大暑天，怎么倒不在北京？"

"我在北京，"维杉说，"感得，感得窘极了。"他看一看他拿出来拭汗的手绢，"窘极了！"

"窘极了？"旭窗此时看到卖报的过来，他问他要《大公报》看，便也没有再问下去维杉为什么在北京感着"窘极了"。

香山，六月

原载 1931 年 9 月《新月》3 卷 9 期

九十九度中 (1)

三个人肩上各挑着黄色，有"美丰楼"字号大圆簏的，用着六个满是泥泞凝结的布鞋，走完一条被太阳晒得滚烫的马路之后，转弯进了一个胡同里去。

"劳驾，借光——三十四号甲在哪一头？"在酸梅汤的摊子前面，让过一辆正在飞奔的家车——钢丝轮子亮得晃眼的——又向蹲在墙角影子底下的老头儿，问清了张宅方向后，这三个流汗的挑夫便又努力地往前走。那六只泥泞布履的脚，无条件地，继续着他们机械式的展动。

在那轻快的一瞥中，坐在洋车上的卢二爷看到黄簏上饭庄的字号，完全明白里面装的是丰盛的筵席，自然地，他估计到他自己午饭的问题。家里饭乏味，菜蔬缺乏个性，太太的脸难看，你简直就不能对她提到那厨子问题。这几天天太热，太热，并且今天已经二十二，什么事她都能够牵扯到薪水问题上，孩子们再一吵，谁能够在家里吃中饭！

"美丰楼饭庄"黄簏上黑字写得很笨大，方才第三个挑夫挑得特别吃劲，摇摇摆摆地使那黄簏左右的晃……

美丰楼的菜不能算坏，义永居的汤面实在也不错……于是义永居的汤面？还是市场万花斋的点心？东城或西城？找谁同去聊天？逸九新从南边来的住在哪里？或许老孟知道，何不到和记理发馆借个电话？卢二爷估计着，犹豫着，随着洋车的起落。他又好像已经决定了在和记借电话，听到伙计们的招呼："……二爷您好早？……用电话，这边您哪！……"

伸出手臂，他睨一眼金表上所指示的时间，细小的两针分停在两个钟点上，但是分明的都在挣扎着到达十二点上边。在这时间中，车夫感觉到主人在车上翻动不安，便更抓稳了车把，弯下一点背，勇猛地狂跑。二爷心里仍然疑问着面或点心；东城或西城；车已赶过前面的几辆。一个女人骑着自行车，由他左侧冲过去，快镜似的一瞥鲜艳的颜色，脚与腿，腰与背，侧脸、眼和头发，全映进老卢的眼里，那又是谁说过的……老卢就是爱看女人！女人谁又不爱？难道你在街上真闭上眼不瞧那过路的漂亮的！

"到市场，快点。"老卢吩咐他车夫奔驰的终点，于是主人和车夫戴着两顶价格极不相同的草帽，便同在一个太阳底下，向东安市场奔去。

很多好看的碟子和鲜果点心，全都在大厨房院里，从黄色层篓中检点出来。立着监视的有饭庄的"二掌柜"和张宅的"大师傅"；两人都因为胖的缘故，手里都有把大蒲扇。大师傅举着扇，扑一下进来凑热闹的大黄狗。

"这东西最讨嫌不过！"这句话大师傅一半拿来骂狗，一半也是来权作和掌柜的寒暄。

"可不是？他×的，这东西最可恶。"二掌柜好脾气地用粗话也骂起狗。

狗无聊地转过头到垃圾堆边闻嗅隔夜的肉骨。

奶妈抱着孙少爷进来，七少奶每月用六元现洋雇她，抱孙少爷到厨房，门房，大门口，街上一些地方喂奶连游玩的。今天的厨房又是这样的不同；饭庄的"头把刀"带着几个伙计在灶边手忙脚乱地炒菜切肉丝，奶妈觉得孙少爷是更不能不来看：果然看到了生人，看到狗，看到厨房桌上全是好看的干果，鲜果，糕饼，点心，孙少爷格外高兴，在奶妈怀里跳，手指着要吃。奶妈随手赶开了几只苍蝇，拣一块山楂糕放到孩子口里，一面和伙计们打招呼。

忽然看到陈升走到院子里找赵奶奶，奶妈对他挤了挤眼，含笑地问："什么事值得这么忙？"同时她打开衣襟露出前胸喂孩子奶吃。

"外边挑担子的要酒钱。"陈升没有平时的温和，或许是太忙了的缘故。老太太这次做寿，比上个月四少奶小孙少爷的满月酒的确忙多了。

此刻那三个粗蠢的挑夫蹲在外院槐树荫下，用黯黑的毛巾擦他们的脑袋，等候着他们这满身淋汗的代价。一个探首到里院偷偷看院内华丽的景象。

里院和厨房所呈的纷乱固然完全不同，但是它们纷乱的主要原因则是同样的，为着六十九年前的今天。六十九年前的今天，江南一个富家里又添了一个绸缎金银裹托着的小生命。经过六十九个像今年这样流汗天气的夏天，又产生过另十一个同样需要绸缎金银的生命以后，那个生命乃被称为长寿而又有福气的妇人。这个妇人，今早由两个老妈扶着，坐在床前，拢一下斑白稀疏的鬓发，对着半碗火腿稀饭摇头：

"赵妈，我哪里吃得下这许多？你把锅里的拿去给七少奶的云乖乖吃吧……"

七十年的穿插，已经卷在历史的章页里，在今天的院里能呈露出多少，谁也不敢说，事实是今天，将有很多打扮得极体面的男女来庆祝，庆祝能够维持这样长久寿命的女人，并且为这一庆祝，饭庄里已将许多生物的寿命裁削了，拿它们的肌肉来补充这庆祝者的肠胃。

前两天这院子就为了这事改变了模样，簇新的喜棚支出瓦檐丈余尺高。两旁红喜字玻璃方窗，由胡同的东头，和顺车厂的院里是可以看得很清楚的。前晚上六点左右，小三和环子，两个洋车夫的儿子，倒土筐的时候看到了，就告诉他们嬷："张家喜棚都搭好了，是哪一个孙少爷娶新娘子？"他们嬷为这事，还拿了鞋样到陈大嫂家说个话儿。正看到她在包饺子，笑嘻嘻的得意得很，说老太太做整寿——多好福气——她当家的跟了张老太爷多少年。昨天张家三少奶还叫她进去，说到日子要她去帮个忙儿。

喜棚底下圆桌面就有七八张，方凳更是成叠地堆在一边；几个夫役持着鸡毛帚，忙了半早上才排好五桌。小孩子又多，什么孙少爷，侄孙少爷，姑太太们带来的那几位都够淘气的。李贵这边排好几张，那边小爷们又扯走了排火车玩。天热得厉害，苍蝇是免不了多，点心干果都不敢先往桌子上摆。冰化得也快，篓子底下冰水化了满地！汽水瓶子挤满了厢房的廊上，五少奶看见了只嚷不行，全要冰起来。

全要冰起来！真是的，今天的食品全摆起来够像个菜市，四个冰箱也腾不出一点空隙。这新买来的冰又放在哪里好？李贵手里捧着两个绿瓦盆，私下里咕噜着为这筵席所发生的难题。

赵妈走到外院传话，听到陈升很不高兴地在问三个挑夫要多少酒钱。

"瞅着给吧。"一个说。

"怪热天多赏点吧。"又一个抿了抿干燥的口唇，想到方才胡同口的酸梅汤摊子，嘴里觉着渴。

就是这嘴里渴得难受，杨三把卢二爷拉到东安市场西门口，心想方才在那个"喜什么堂"门首，明明看到王康坐在洋车脚镫上睡午觉。王康上月底欠了杨三十四吊钱，到现在仍不肯还；只顾着躲他。今天债主遇到赊债的赌鬼，心头起了各种的计算——杨三到饿的时候，脾气常常要比平时坏一点。天本来就太热，太阳简直是冒火，谁又受得了！方才二爷坐在车上，尽管用劲踩铃，金鱼胡同走道的学生们又多，你撞我闯的，挤得真可以的。杨三擦了汗一手抓住车把，拉了空车转回头去找王康要账。

"要不着八吊要六吊，再要不着，要他×的几个混蛋嘴巴！"杨三脖干儿上太阳烫得像火烧。"四吊多钱我买点羊肉，吃一顿好的。葱花烙饼也不坏——谁又说大热天不能喝酒？喝点又怕什么——睡得更香。卢二爷到市场吃饭，进去少不了好几个钟头……"

喜燕堂门口挂着彩，几个乐队里人穿着红色制服，坐在门口喝茶——他们把大铜鼓撂在一旁，铜喇叭夹在两膝中间。杨三知道这又是哪一家办喜事。反正一礼拜短不了有两天好日子，就在这喜燕堂，哪一个礼拜没有一辆花马车，里面搀出花溜溜的新娘？今天的花车还停在一旁……

"王康，可不是他！"杨三看到王康在小挑子的担里买香瓜吃。

"有钱的娶媳妇，和咱们没有钱的娶媳妇，还不是一样？花多少钱娶了她，她也短不了要这个那个的——这年头！好媳妇，好！你瞧怎么着？更惹不起！管你要钱，气你喝酒！再有了孩子，又得顾他们吃，顾他们穿。……"

王康说话就是要"逗个乐儿"，人家不敢说的话他敢说，一群车夫听到他的话，各各高兴地凑点尾声。李荣手里捧着大饼，用着他最现成的粗话引着那几个年轻的笑。李荣从前是拉过家车的——可惜东家回南，把事情就搁下来了——他认得字，会看报，他会用新名词来发议论："文明结婚可不同了，这年头是最讲'自由''平等'的了。"底下再引用了小报上捡来离婚的新闻打哈哈。

杨三没有娶过媳妇，他想娶，可是"老家儿"早过去了，没有给他定下亲，外面瞎妞的他没敢要。前两天，棚铺的掌柜娘要同他做媒；提起了一个姑娘说是什么都不错，这几天不知道怎么又没有讯儿了。今天洋车夫们说笑的话，杨三听了感着不痛快。看看王康的脸在太阳里笑得皱成一团，更使他气起来。

王康仍然笑着说话，没有看到杨三，手里咬剩的半个香瓜里面，黄黄的一把瓜子像不整齐的牙齿向着上面。

"老康！这些日子都到哪里去了？我这儿还等着钱吃饭呢！"杨三乘着一股劲发作。

听到声，王康怔了向后看，"呵，这打哪儿说得呢？"他开始赖账了，"你要吃饭，你打你×的自己腰包里掏！要不然，你出个份子，进去那里边，"他手指着喜燕堂，"吃个现成的席去。"王康的嘴说得滑了，禁不住这样嘲笑着杨三。

周围的人也都跟着笑起来。

本来准备着对付赖账的巴掌，立刻打在王康的老脸上了。必须的扭打，由蓝布幕的小摊边开始，一直扩张到停洋车的地方。来往汽车的喇叭，像被打的狗，呜呜叫号。好几辆正在街心奔驰的洋车都停住了，流汗车夫连喊着"靠里！""瞧车！"脾气暴的人顺口就是："他×的，这大热天，单挑这么个地方！！"

巡警离开了岗位；小孩子们围上来；喝茶的军乐队人员全站起来看；女人们吓得只喊，"了不得，前面出事了吧！"

杨三提高嗓子只嚷着问王康："十四吊钱，是你——是你拿走了不是——"

呼喊的声浪由扭打的两人出发，膨胀，膨胀到周围各种人的口里："你听我说……""把他们拉开……""这样挡着路……瞧腿要紧。"嘈杂声中还有人叉着手远远地喊:"打得好呀,好拳头!"

喜燕堂正厅里挂着金喜字红幛,几对喜联,新娘正在服从号令,连连地深深地鞠躬。外边的喧吵使周围客人的头同时向外面转,似乎打听外面喧吵的原故。新娘本来就是一阵阵的心跳,此刻更加失掉了均衡;一下子撞上,一下子沉下,手里抱着的鲜花随着只是打战。雷响深入她耳朵里,心房里。……

"新郎新妇——三鞠躬"——"……三鞠躬"。阿淑在迷惘里弯腰伸直,伸直弯腰。昨晚上她哭,她妈也哭,将一串经验上得来的教训,拿出来赠给她——什么对老人要忍耐点,对小的要和气,什么事都要让着点——好像生活就是靠容忍和让步支持着!

她焦心的不是在公婆妯娌间的委曲求全。这几年对婚姻问题谁都讨论得热闹,她就不懂那些讨论的道理遇到实际时怎么就不发生关系。她这结婚的实际,并没有因为她多留心报纸上,新文学上,所讨论的婚姻问题,家庭问题,恋爱问题,而减少了问题。

"二十五岁了……"有人问到阿淑的岁数时,她妈总是发愁似的轻轻地回答那问她的人,底下说不清是叹息是啰唆。

在这旧式家庭里,阿淑算是已经超出应该结婚的年龄很多了。她知道。父母那急着要她出嫁的神情使她太难堪!他们天天在替她选择合适的人家——其实哪里是选择!反对她尽管反对,那只是消极的无奈何的抵抗,她自己明知道是绝对没有机会选择，乃至于接触比较合适，理想的人物！她挣扎了三年，三年的时间不算短，在她父亲看去那更是不可信的长久……

"余家又托人来提了，你和阿淑商量商量吧，我这身体眼见得更糟，这潮湿天……"父亲的话常常说得很响，故意要她听得见。有时在饭桌上脾气或许更坏一点。"这六十块钱，养活这一大家子！养儿养女都不够，还要捐什么钱？干脆饿死！"有时更直接更难堪："这又是谁的新褂子？阿淑，你别学时髦穿了到处走，那是找不着婆婆家的——外面瞎认识什么朋友我可不答应，我们不是那种人家！"……懦弱的母亲低着头装作缝衣："妈劝你将就点……爹身体近来不好，……女儿不能在娘家一辈子的……这家子不算坏；差事不错，前妻没有孩子不能算填房。……"

理论和实际似乎永不发生关系；理论说婚姻得怎样又怎样，今天阿淑都记不得那许多了。实际呢，只要她点一次头，让一个陌生的，异姓的，异性的人坐在她家里，乃至于她旁边，吃一顿饭的手续，父亲和母亲这两三年——竟许已是五六年——来的难题便突然的，在他们是觉得极文明地解决了。

对于阿淑这订婚的疑惧，常使她父亲像小孩子似的自己安慰自己：阿淑这门亲事真是运气呀，说时总希望阿淑听见这话。不知怎样，阿淑听到这话总很可怜父亲，想装出高兴样子来安慰他。母亲更可怜；自从阿淑定婚以来总似乎对她抱歉，常常哑着嗓子说："看我做母亲的这份心上面。"

看做母亲的那份心上面！那天她初次见到那陌生的，异姓的，异性的人，那个庸俗的典型触碎她那一点脆弱的爱美的希望，她怔住了，能去寻死，为婚姻失望而自杀么？可以大胆告诉父亲，这婚约是不可能的么？能逃脱这家庭的苛刑（在爱的招牌下的）去冒险，去漂落么？

她没有勇气说什么，她哭了一会儿，妈也流了眼泪，后来妈说：阿淑你这几天瘦了，别哭了，做娘的也只是一份心。……现在一鞠躬，一鞠躬地和幸福作别，事情已经太晚得没有办法了。

吵闹的声浪愈加明显了一阵，伴娘为新娘戴上戒指，又由赞礼的喊了一些命令。

迷离中阿淑开始幻想那外面吵闹的原因：洋车夫打电车吧，汽车轧伤了人吧，学生又请愿，当局派军警弹压吧……但是阿淑想怎么我还如是焦急，现在我该像死人一样了，生活的波澜该沾不上我了，像已经临刑的人。但临刑也好，被迫结婚也好，在电影里到了这种无可奈何的时候总有一个意料不到快慰人心的解脱，不合法，特赦，恋人骑着马星夜奔波地赶到……但谁是她的恋人？除却九哥！学政治法律，讲究新思想的九哥，得着他表妹阿淑结婚的消息不知怎样？他恨由父母把持的婚姻……但谁知道他关心么？他们多少年不来往了，虽然在山东住的时候，他们曾经邻居，两小无猜地整天在一起玩。幻想是不中用的，九哥先就不在北平，两年前他回来过一次，她记得自己遇到九哥扶着一位漂亮的女同学在书店前边，她躲过了九哥的视线，惭愧自己一身不入时的装束，她不愿和九哥的女友做个太难堪的比较。

感到手酸，心酸，浑身打战，阿淑由一堆人拥簇着退到里面房间休息。女客们在新娘前后彼此寒暄招呼，彼此注意大家的装扮。有几个很不客气在批评新娘子，显然认为不满意。"新娘太单薄点。"一个折着十几层下颏的胖女人，摇着扇和旁边的六姨说话。阿淑觉到她自己真可以立刻碰得粉碎；这位胖太太像一座石臼，六姨则像一根铁杵横在前面，阿淑两手发抖拉紧了一块丝巾，听老妈在她头上不住地搬弄那几朵绒花。

九十九度中（2）

随着花露水香味进屋子来的，是锡娇和丽丽，六姨的两个女儿，她们的装扮已经招了许多羡慕的眼光。有电影明星细眉的锡娇抓把瓜子嗑着，猩红的嘴唇里露出雪白的牙齿。她暗中扯了她妹妹的衣襟，嘴向一个客人的侧面努了一下。丽丽立刻笑红了脸，拿出一条丝绸手绢蒙住嘴挤出人堆到廊上走，望着已经在席上的男客们。有几个已经提起筷子高高兴兴地在选择肥美的鸡肉，一面讲着笑话，顿时都为着丽丽的笑声，转过脸来，镇住眼看她。丽丽扭一下腰，又摆了一下，软的长衫轻轻展开，露出裹着肉色丝袜的长腿走过另一边去。

年轻的茶房穿着蓝布大褂，肩搭一块桌布，由厨房里出来，两只手拿四碟冷荤，几乎撞住丽丽。闻到花露香味，茶房忘却顾忌地斜过眼看。昨晚他上菜的时候，那唱戏的云娟坐在首席曾对着他笑，两只水钻耳坠，打秋千似的左右晃。他最忘不了云娟旁座的张四爷，抓住她如玉的手臂劝干杯的情形。笑眯眯的带醉的眼，云娟明明是向着正端着大碗三鲜汤的他笑。他记得放平了大碗，心还"怦怦"地跳。直到晚上他睡不着，躺在院里板凳上乘凉，随口唱几声"孤王……酒醉……"才算松动了些。今天又是这么一个笑嘻嘻的小姐，穿着这一身软，茶房垂下头去拿酒壶，心底似乎恨谁似的一股气。

"逸九，你喝一杯什么？"老卢做东这样问。

"我来一杯香桃冰淇凌吧。"

"你去拣几块好点心，老孟。"主人又招呼那一个客。午饭问题算是如此解决了。为着天热，又为着起得太晚，老卢看到点心铺前面挂的"卫生冰淇凌，咖啡，牛乳，各样点心"这种动人的招牌，便决意里面去消磨时光。约到逸九和老孟来聊天，老卢显然很满意了。

三个人之中，逸九最年少，最摩登。在中学时代就是一口英文，屋子里挂着不是"梨娜"就是"琴妮"的相片，从电影杂志里细心剪下来的，圆一张，方一张，满壁动人的娇憨。他到上海去了两年，跳舞更是出色了，老卢端详着自己的脚，打算找逸九带他到舞场拜老师去。

"哪个电影好，今天下午？"老孟抓一张报纸看。

邻座上两个情人模样男女，对面坐着呆看。男人有很温和的脸，抽着烟没有说话；女人的侧相则颇有动人的轮廓，睫毛长长的活动着，脸上时时浮微笑。她的青纱长衫罩着丰润的肩臂，带着神秘性的淡雅。两人无声地吃着冰淇凌，似乎对于一切完全的满足。

老卢、老孟谈着时局，老卢既是机关人员，时常免不了说"我又有个特别的消息，这样看来里面还有原因"，于是一层一层地做更详细原因的检讨，深深地浸入政治波澜里面。

逸九看着女人的睫毛和浮起的笑涡，想到好几年前同在假山后捉迷藏的琼两条发辫，一个垂前，一个垂后地跳跃。琼已经死了这六七年，谁也没有再提起过她。今天这青长衫的女人，单单叫他心底涌起琼的影子。不可思议的，淡淡的，记忆描着活泼的琼。在极旧式的家庭里淘气，二舅舅提根旱烟管，厉声地出来停止她各种的嬉戏。但是琼只是敛住声音低低地笑。雨下大了，院中满是水，又是琼胆子大，把裤腿卷过膝盖，赤着脚，到水里装摸鱼。不小心她滑倒了，还是逸九去把她抱回来。和琼差不多大小的还有阿淑，住在对门，他们时常在一起玩，逸九忽然记起瘦小，不爱说话的阿淑来。

"听说阿淑快要结婚了，嬷嘱咐到表姨家问候，不知道阿淑要嫁给谁！"他似乎怕到表姨家。这几年的生疏叫他为难，前年他们遇见一次，装束不入时的阿淑倒有种特有的美，一种灵性……奇怪今天这青长衫女人为什么叫他想起这许多……

"逸九，你有相当的聪明，手腕，你又能巴结女人，你也应该来试试，我介绍你见老王。"

倦了的逸九忽然感到苦闷。

老卢手弹着桌边表示不高兴："老孟你少说话，逸九这位大少爷说不定他倒愿意去演电影呢！"种种都有一点落伍的老卢嘲笑着翩翩年少的朋友出气。

青纱长衫的女人和她朋友吃完了，站了起来。男的手托着女人的臂腕，无声地绕过他们三人的茶桌前面，走出门去。老卢逸九注意到女人有秀美的腿，稳健的步履。两人的融洽，在不言不语中流露出来。

"他们是甜心！"

"愿有情人都成眷属。"

"这女人算好看不？"

三个人同时说出口来，各各有所感触。

午后的热，由窗口外嘘进来，三个朋友吃下许多清凉的东西，更不知做什么好。

"电影院去，咱们去研究一回什么'人生问题''社会问题'吧？"逸九望着桌上的空杯，催促着卢、孟两个走。心里仍然浮着琼的影子。活泼、美丽、健硕，全幻灭在死的幕后，时间一样的向前，计量着死的实在。像今天这样，偶尔的回忆就算是证实琼有过活泼生命的唯一的证据。

东安市场门口洋车像放大的蚂蚁一串，头尾衔接着放在街沿。杨三已不在他寻常停车的地方。

"区里去，好，区里去！咱们到区里说个理去！"就是这样，王康和杨三到底结束了殴打，被两个巡警弹压下来。

刘太太打着油纸伞，端正地坐在洋车上，想金裁缝太不小心了，今天这件绸衫下摆仍然不合适，领也太小，紧得透不了气，想不到今天这样热，早知道还不如穿纱的去。裁缝赶做的活总要出点毛病。实甫现在脾气更坏一点，老嫌女人们麻烦。每次有个应酬你总要听他说一顿的。今天张老太太做整寿，又不比得寻常的场面可以随便……

对面来了浅蓝色衣服的年轻小姐，极时髦的装束使刘太太睁大了眼注意了。

"刘太太哪里去?"蓝衣小姐笑了笑,远远招呼她一声过去了。

"人家的衣服怎么如此合适!"刘太太不耐烦地举着花纸伞。

"呜呜——呜呜……"汽车的喇叭响得震耳。

"打住。"洋车夫紧抓车把,缩住车身前冲的趋势。汽车过去后,由刘太太车旁走出一个巡警,带着两个粗人:一根白绳由一个的臂膀系到另一个的臂上。巡警执着绳端,板着脸走着。一个粗人显然是车夫;手里仍然拉着空车,嘴里咕噜着。很讲究的车身,各件白铜都擦得放亮,后面铜牌上还镌着"卢"字。这又是谁家的车夫,闹出事让巡警拉走。刘太太恨恨地一想车夫们爱肇事的可恶,反正他们到区里去少不了东家设法把他们保出来的……

"靠里!……靠里!"威风的刘家车夫是不耐烦挤在别人车后的——老爷是局长,太太此刻出去阔绰的应酬,洋车又是新打的,两盏灯发出银光……"哗啦"一下,靠手板在另一个车边擦一下,车已猛冲到前头走了。刘太太的花油纸伞在日光中摇摇荡荡地迎着风,顺着街心溜向北去。

胡同口酸梅汤摊边刚走开了三个挑夫。酸凉的一杯水,短时间地给他们愉快,六只泥泞的脚仍然踏着滚烫的马路行去。卖酸梅汤的老头儿手里正数着几十枚铜元,一把小鸡毛帚夹在腋下。他翻上两颗黯淡的眼珠,看看过去的花纸伞,知道这是到张家去的客人。他想今天为着张家做寿,客人多,他们的车夫少不得来摊上喝点凉的解渴。

"两吊……三吊！……"他动着他的手指，把一叠铜元收入摊边美人牌香烟的纸盒中。不知道今天这冰够不够使用的，他翻开几重荷叶，和一块灰黑色的破布，仍然用着他黯淡的眼珠向磁缸里的冰块端详了一回。"天不热，喝的人少，天热了，冰又化的太快！"事情哪一件不有为难的地方，他叹口气再翻眼看看过去的汽车。汽车轧起一阵尘土，笼罩着老人和他的摊子。

寒暑表中的水银从早起上升，一直过了九十五度的黑线上。喜棚底下比较阴凉的一片地面上曾聚过各种各色的人物。丁大夫也是其间一个。

丁大夫是张老太太内侄孙，德国学医刚回来不久，麻利，漂亮，现在社会上已经有了声望，和他同席的都借着他是医生的缘故，拿北平市卫生问题做谈料，什么鼠疫，伤寒，预防针，微菌，全在吞咽八宝东瓜，瓦块鱼，锅贴鸡，炒虾仁中间讨论过。

"贵医院有预防针，是好极了。我们过几天要来麻烦请教了。"说话的以为如果微菌听到他有打预防针的决心也皆气馁了。

"欢迎，欢迎。"

厨房送上一碗凉菜。丁大夫踌躇之后决意放弃吃这碗菜的权利。

小孩们都抢了盘子边上放的小冰块，含到嘴里嚼着玩，其他客喜欢这凉菜的也就不少。天实在热！

九十九度中（3）

张家几位少奶奶装扮得非常得体，头上都戴朵红花，表示对旧礼教习尚仍然相当遵守的。在院子中盘旋着做主人，各人心里都明白自己今天的体面。好几个星期前就顾虑到的今天，她们所理想到的今天各种成功，已然顺序的，在眼前实现。虽然为着这重要的今天，各人都轮流着觉得受过委屈；生过气；用过心思和手腕；将就过许多不如意的细节。

老太太颤巍巍地喘息着，继续维持着她的寿命。杂乱模糊的回忆在脑子里浮沉。兰兰七岁的那年……送阿旭到上海医病的那年真热……生四宝的时候在湖南，于是生育，病痛，兵乱，行旅，婚娶，没秩序，没规则地纷纷在她记忆下掀动。

"我给老太太拜寿，您给回一声吧。"

这又是谁的声音？这样大！老太太睁开打瞌睡的眼，看一个浓装的妇人对她鞠躬问好。刘太太——谁又是刘太太，真是的！今天客人太多了，好吃劲。老太太扶着赵妈站起来还礼。

"别客气了，外边坐吧。"二少奶伴着客人出去。

谁又是这刘太太……谁？……老太太模模糊糊地又做了一些猜想，望着门槛又堕入各种的回忆里去。

坐在门槛上的小丫头寿儿，看着院里石榴花出神。她巴不得酒席可以快点开完，底下人们可以吃中饭，她肚子里实在饿得慌。一早眼睛所接触的，大部分几乎全是可口的食品，但是她仍然是饿着肚子，坐在老太太门槛上等候呼唤。她极想再到前院去看看热闹，但为想到上次被打的情形，只得竭力忍耐。在饥饿中，有一桩事她仍然没有忘掉她的高兴。因为老太太的整寿大少奶给她一副银镯。虽然为着捶背而酸乏的手臂懒得转动，她仍不时得意地举起手来，晃摇着她的新镯子。

午后的太阳斜到东廊上，后院子暂时沉睡在静寂中。幼兰在书房里和羽哭着闹脾气：

"你们都欺侮我，上次赛球我就没有去看。为什么要去？反正人家也不欢迎我……慧石不肯说，可是我知道你和阿玲在一起玩得上劲。"抽噎的声音微微地由廊上传来。

"等会客人进来了不好看……别哭……你听我说……绝对没有这么回事的。咱们是亲表谁不知道我们亲热，你是我的兰，永远，永远的是我的最爱最爱的……你信我……"

"你在哄骗我，我……我永远不会再信你的了……"

"你又来伤我，你心狠……"

声音微下去，也和缓了许多，又过了一些时候。才有轻轻的笑语声。小丫头仍然饿得慌，仍然坐在门槛上没有敢动，她听着小外孙小姐和羽孙少爷老是吵嘴，哭哭啼啼的，她不懂。一会儿他们又笑着一块儿由书房里出来。

"我到婆婆的里间洗个脸去。寿儿你给我打盆洗脸水去。"

寿儿得着打水的命令，高兴地站起来。什么事也比坐着等老太太睡醒都好一点。

"别忘了晚饭等我一桌吃。"羽说完大步地跑出去。

后院顿时又堕入闷热的静寂里；柳条的影子画上粉墙，太阳的红比得胭脂。墙外天蓝蓝的没有一片云，像戏台上的布景。隐隐的送来小贩子叫卖的声音——卖西瓜的——卖凉席的，一阵一阵。

挑夫提起力气喊他孩子找他媳妇。天快要黑下来，媳妇还坐在门口纳鞋底子；赶着那一点天亮再做完一只。一个月她当家的要穿两双鞋子，有时还不够的，方才当家的回家来说不舒服，睡倒在炕上，这半天也没有醒。她放下鞋底又走到旁边一家小铺里买点生姜，说几句话儿。

断续着呻吟，挑夫开始感到苦痛，不该喝那冰凉东西，早知道这大暑天，还不如喝口热茶！迷惘中他看到茶碗，茶缸，施茶的人家，碗，碟，果子杂乱地绕着大圆篓，他又像看到张家的厨房。不到一刻他肚子里像纠麻绳一般痛，发狂的呕吐使他沉入严重的症候里和死搏斗。

挑夫媳妇失了主意，喊孩子出去到药铺求点药。那边时常夏天是施暑药的……

邻居积渐知道挑夫家里出了事，看过报纸的说许是霍乱，要扎针的。张秃子认得大街东头的西医丁家，他披上小褂子，一边扣钮子，一边跑。丁大夫的门牌挂得高高的，新漆大门两扇紧闭着。张秃子找着电铃死命地按，又在门缝里张望了好一会儿，才有人出来开门。什么事？什么事？门房望着张秃子生气，张秃子看着丁宅的门房说："劳驾——劳驾您大爷，我们

'街坊'李挑子中了暑，托我来行点药。"

"丁大夫和管药房先生'出份子去了'，没有在家，这里也没有旁人，这事谁又懂得?!"门房吞吞吐吐地说，"还是到对门益年堂打听吧。"大门已经差不多关上。

张秃子又跑了，跑到益年堂，听说一个孩子拿了暑药已经走了。张秃子是信教的，他相信外国医院的药，他又跑到那边医院里打听，等了半天，说那里不是施医院，并且也不收传染病的，医生晚上也都回家了，助手没有得上边话不能随便走开的。

"最好快报告区里，找卫生局里人。"管事的告诉他，但是卫生局又在哪里……

到张秃子失望地走回自己院子里的时候，天已经黑了下来，他听见李大嫂的哭声知道事情不行了。院里磁罐子里还放出浓馥的药味。他顿一下脚，"咱们这命苦的……"他已在想如何去捐募点钱，收殓他朋友的尸体。叫孝子挨家去磕头吧！

天黑了下来张宅跨院里更热闹，水月灯底下围着许多孩子，看变戏法的由袍子里捧出一大缸金鱼，一盘子"王母蟠桃"献到老太太面前。孩子们都凑上去验看金鱼的真假。老太太高兴地笑。

大爷熟识捧场过的名伶自动地要送戏，正院前边搭着戏台，当差的忙着拦阻外面杂人往里挤，大爷由上海回来，两年中还是第一次——这次碍着母亲整寿的面，不回来太难为情。这几天行市不稳定，工人们听说很活动，本来就不放心走开，并且厂里的老赵靠不住，大爷最记挂……

看到院里戏台上正开场，又看廊上的灯，听听厢房各处传来的牌声，风扇声，开汽水声，大爷知道一切都圆满地进行，明天事完了，他就可以走了。

"伯伯上哪儿去？"游廊对面走出一个清秀的女孩。他怔住了看，慧石——是他兄弟的女儿，已经长的这么大了？大爷伤感着，看他早死兄弟的遗腹女儿，她长得实在像她爸爸……实在像她爸爸……

"慧石，是你。长得这样俊，伯伯快认不得了。"

慧石只是笑，笑。大伯伯还会说笑话，她觉得太料想不到的事，同时她像被电击一样，触到伯伯眼里蕴住的怜爱，一股心酸抓紧了她的嗓子。

她仍只是笑。

"哪一年毕业？"大伯伯问她。

"明年。"

"毕业了到伯伯那里住。"

"好极了。"

"喜欢上海不？"

她摇摇头："没有北平好。可是可以找事做，倒不错。"

伯伯走了，容易伤感的慧石急忙回到卧室里，想哭一哭，但眼睛湿了几回，也就不哭了，又在镜子前抹点粉笑了笑；她喜欢伯伯对她那和蔼态度。嬷嬷常常不满伯伯和伯母的，常说些不高兴他们的话，但她自己却总觉得喜欢这伯伯的。

也许是骨肉关系有种不可思议的亲热，也许是因为感激知己的心，慧石知道她更喜欢她这伯伯了。

厢房里电话铃响。

"丁宅呀，找丁大夫说话？等一等。"

丁大夫的手气不坏，刚和了一牌三翻，他得意地站起来接电话：

"知道了，知道了，回头就去叫他派车到张宅来接。什么？要暑药的？发痧中暑？叫他到平济医院去吧。"

"天实在热，今天，中暑的一定不少。"五少奶坐在牌桌上抽烟，等丁大夫打电话回来。"下午两点的时候刚刚九十九度啦！"她睁大了眼表示严重。

"往年没有这么热，九十九度的天气在北平真可以的了。"一个客人摇了摇檀香扇，急着想做庄。

"咯突"一声，丁大夫将电话挂上。

报馆到这时候积渐热闹，排字工人流着汗在机器房里忙着。编辑坐到公事桌上面批阅新闻。本市新闻由各区里送到；编辑略略将张宅名伶送戏一节细细看了看，想到方才同太太在市场吃冰淇凌后，遇到街上的打架，又看看那段厮打的新闻，于是很自然地写着"西四牌楼三条胡同卢宅车夫杨三……"新闻里将杨三王康的争斗形容得非常动听，一直到了"扭区成讼"。

再看一些零碎，他不禁注意到挑夫霍乱数小时毙命一节，感到白天去吃冰淇凌是件不聪明的事。

杨三在热臭的拘留所里发愁，想着主人应该得到他出事的消息了，怎么还没有设法来保他出去。王康则在又一间房子里喂臭虫，苟且地睡觉。

"……哪儿呀，我卢宅呀，请王先生说话……"老卢为着洋车被扣已经打了好几个电话了，在晚饭桌他听着太太的埋怨……那杨三真是太没有样子，准是又喝醉了，三天两回闹事。

"……对啦，找王先生有要紧事，出去饭局了么，回头请他给卢宅来个电话！别忘了！"

这大热晚上难道闷在家里听太太埋怨？杨三又没有回来，还得出去雇车，老卢不耐烦地躺在床上看报，一手抓起一把蒲扇赶开蚊子。

原载 1934 年 5 月《学文》1 卷 1 期

致沈从文（1）

1933 年 11 月中旬致沈从文

沈二哥：

初二回来便忙乱成一堆，莫名其所以然。文章写不好，发脾气时还要返出韵文！十一月的日子我最消化不了，听听风知道枫叶又凋零得不堪，只想哭。昨天哭出的几行勉强叫它作诗，日后呈正。

萧先生文章【指萧乾写的短篇小说《蚕》】甚有味。我喜欢，能见到当感到畅快。你说的是否礼拜五？如果是，下午五时在家里候教，如嫌晚，星六早上也一样可以的。

关于云冈现状是我正在写的一短篇，哪天再赶个落花流水时当送上。

思成尚在平汉线边沿吃尘沙，星六晚上可以到家。

此　问

俪　安

二嫂统此

徽音拜上

1934 年 2 月 27 日致沈从文

二哥：

世间事有你想不到的那么古怪，你的信来的时候正遇到我双手托着头在自恨自伤的一片苦楚的情绪中熬着。在廿四个钟头中，我前前后后，理智的，客观的，把许多纠纷痛苦和挣扎或希望或颓废的细目通通看过好几遍，一方面展开事实观察，一方面分析自己的性格情绪历史，别人的性格情绪历史，两人或两人以上互相的生活，情绪和历史，我只感到一种悲哀，失望，对自己对生活全都失望无兴趣。我觉到像我这样的人应该死去；减少自己及别人的痛苦！这或是暂时的一种情绪，一会儿希望会好。

在这样的消极悲伤的情景下，接到你的信，理智上，我虽然同情你所告诉我你的苦痛（情绪的紧张），在情感上我却很羡慕你那么积极那么热烈，那么丰富的情绪，至少此刻同我的比，我的显然萧条颓废消极无用。你的是在情感的尖锐上奔进！

可是此刻我们有个共同的烦恼，那便是可惜时间和精力，因为情绪的盘旋而耗废去。

你希望抓住理性的自己，或许找个聪明的人帮忙你整理一下你的苦恼或是"横溢的情感"，设法把它安排妥帖一点，你竟找到我来，我懂得的，我也常常被同种的纠纷弄得左不是右不是，生活掀在波澜里，盲目的同危险周旋，累得我既为旁人焦灼，又为自己操心，又同情于自己又很不愿意宽恕放任自己。

不过我同你有大不同处：凡是在横溢奔放的情感中时，我便觉到抓住一种生活的意义，即使这横溢奔放的情感所发生的行为上纠纷是快乐与苦辣对渗的性质，我也不难过不在乎。我认定了生活本身原质是矛盾的，我只要生活；体验到极端的愉快，灵质的，透明的，美丽的近于神话理想的快活，以下我情愿也随着赔偿这天赐的幸福，坑在悲痛，纠纷失望，无望，寂寞中挨过若干时候，好像等自己的血来在创伤上结痂一样！一切我都在无声中忍受，默默的等天来布置我，没有一句话说！（我且说说来给你做个参考。）

我所谓极端的、浪漫的或实际的都无关系，反正我的主义是要生活，没有情感的生活简直是死！生活必须体验丰富的情感，把自己变成丰富，宽大能优容，能了解，能同情种种"人性"，能懂得自己，不苛责自己，也不苛责旁人，不难自己以所不能，也不难别人所不能，更不怨运命或是上帝，看清了世界本是各种人性混合做成的纠纷，人性又就是那么一回事，脱不掉生理，心理，环境习惯先天特质的凑合！把道德放大了讲，别裁判或裁削自己。任性到损害旁人时如果你不忍，你就根本办不到任性的事（如果你办得到，那你那种残忍，便是你自己性格里的一点特性也用不着过分的去纠正）。想做的事太多，并且互相冲突时，拣最想做——想做到顾不得旁的牺牲——的事做，未做时心中发生纠纷是免不了的，做后最用不着后悔，因为你既会去做，那桩事便一定是不可免的，别尽着罪过自己。

我方才所说到极端的愉快，灵质的，透明的，美丽的快乐，不知道你有否同一样感觉。我的确有过，我不忘却我的幸福。我认为最愉快的事都是一闪亮的，在一段较短的时间内进出神奇的——如同两个人透彻的了解：一句话打到你心里，使得你理智和感情全觉到一万万分满足；如同相爱：一个时候里，你同你自身以外另一个人互相以彼此存在为极端的幸福；如同恋爱，在那时那刻眼所见，耳所听，心所触无所不是美丽，情感如诗歌自然的流动，如花香那样不知其所以。这些种种便都是一生中不可多得的瑰宝。世界上没有多少人有那机会，且没有多少人有那种天赋的敏感和柔情来尝味那经验，所以就有那种机会也无用。如果有如诗剧神话般的实景，当时当事者本身却没有领会诗的情感又如何行？即使有了，只是浅俗的赏月折花的限量，那又有什么话说?! 转过来说，对悲哀的敏感容量也是生活中可贵处。当时当事，你也许得流出血泪，过去后那些在你经验中也是不可鄙视的创痂。（此时此刻说说话，我倒暂时忘记了昨天到今晚已整整哭了廿四小时，中间仅仅睡着三四个钟头，方才在过分的失望中颓废着觉到浪费去时间精力，很使自己感叹。）在夫妇中间为着相爱纠纷自然痛苦，不过那种痛苦也是夹着极端丰富的幸福在内的。冷漠不关心的夫妇结合才是真正的悲剧！

如果在"横溢情感"和"僵死麻木的无情感"中叫我来拣一个，我毫无问题要拣上面的一个，不管是为我自己或是为别人。人活着的意义基本的是在能体验情感。能体验情感还得有智慧有思想来分别了解那情感——自己的或别人的！如果再能表现你自己所体验所了解的种种在文字上——不管那算是宗教或哲学，诗，或是小说，或是社会学论文——（谁管那些）——使得别人也更得点人生意义，那或许就是所有的意义了——不管人文明到什么程度，天文地理科学的通到哪里去，这点人性还是一样的主要，一样的是人生的关键。

在一些微笑或皱眉印象上称较分量，在无边际人事上驰骋细想正是一种生活。

算了吧！二哥，别太虐待自己，有空来我这里，咱们再费点时间讨论讨论它，你还可以告诉我一点实在情形。我在廿四小时中只在想自己如何消极到如此田地苦到如此如此，而使我苦得想去死的那个人自己在去上海火车中也苦得要命，已经给我来了两封电报一封信，这不是"人性"的悲剧么？那个人便是说他最不喜管人性的梁二哥？

徽　因

你一定得同老金【指金岳霖】谈谈，他真是能了解同时又极客观极同情极懂得人性，虽然他自己并不一定会提起他的历史。

1935 年 11 月下旬致沈从文

二哥：

怎么了？《大公报》到底被收拾，真叫人生气！有办法否？

昨晚我们这里忽收到两份怪报，名叫"亚洲民报"，篇幅大权，似乎内中还有文艺副刊，是大规模的组织，且有计划的，看情形似乎要《大公报》永远关门。气糊涂了我！社论看了叫人毛发能倒竖。我只希望是我神经过敏。

这日子如何"打发"？我们这国民连骨头都腐了！有消息请告一二。

徽　因

1937 年 10 月致沈从文

二哥：

我欠你一封信，欠得太久了！现在第一件事要告诉你的就是我们又都在距离相近的一处了。大家当时分手得那么突兀惨淡，现在零零落落的似乎又聚集起来。一切转变得非常古怪，两月以来我种种的感到糊涂。事情越看得多点，心越焦，我并不奇怪自己没有青年人抗战中兴奋的情绪，因为我比许多人明白一点自己并没有抗战，生活离前线太远，一方面自己的理智方面也仍然没有失却它寻常的职能，观察得到一些叫人心里顶难过的事。心里有时像个药罐子。

自你走后我们北平学社方面发生了许多叫我们操心的事，好容易换过了俩仨星期（我都记不清有多久了）才算走脱，最后我是病的，却没有声张，临走去医院检查了一遍，结果是得着医生严重的警告——但警告白警告，我的寿命是由天的了。临行的前夜一直弄到半夜三点半，次早六时由家里出发，我只觉得是硬由北总布胡同扯出来上车拉倒。东西全弃下倒无所谓，最难过的是许多朋友都像是放下忍心的走掉，端公【指钱端升】太太、公超【指叶公超】太太住在我家，临别真是说不出的感到似乎是故意那么狠心的把她们抛下，兆和【指沈从文的妻子张兆和】也是一个使我顶不知怎样才好的，而偏偏我就根本赶不上去北城一趟看看她。我恨不得是把所有北平留下的太大孩子挤在一块走出到天津再说。可是我也知道天津地方更莫名其妙，生活又贵，平津那一节火车情形那时也是一天一个花样，谁都不保险会出什么样把戏的。

这是过去的话了，现在也无从说起，自从那时以后，我们真走了不少地方。由卢沟桥事变到现在，我们把中国所有的铁路都走了一段！最紧张的是由北平到天津，由济南到郑州。带着行李小孩奉着老母，由天津到长沙共计上下舟车十六次。进出旅店十二次，这样走法也就很够经验的，所为的是回到自己的后方。现在后方已回到了，我们对于战时的国家仅是个不可救药的累赘而已。同时我们又似乎感到许多我们可用的力量废放在这里，是因为各方面缺乏更好的组织来尽量的采用。我们初到时的兴奋，现实已变成习惯的悲感。更其糟的是这几天看到许多过路的队伍兵丁，由他们吃的穿的到其他一切一切。"惭愧"两字我嫌它们过于单纯，所以我没有字来告诉你，我心里所感触的味道。

前几天我着急过津浦线上情形，后来我急过"晋北"的情形——那时还是真正的"晋北"——由大营到繁峙代县，雁门朔县宁武原平崞县忻县一带路，我们是熟极的，阳明堡以北到大同的公路更是有过老朋友交情，那一带的防御在卢变以后一星期中我们所知道的等于是"鸡蛋"。我就不信后来赶得及怎样"了不起"的防御工作，老西儿【指阎锡山】的军队更是软懦到万分，见不得风的，怎不叫我跳急到万分！好在现在情形已又不同了，谢老天爷，但是看战报的热情是罪过的。如果我们再按紧一点事实的想象：天这样冷……（就不说别的!!）战士们在怎样的一个情形下活着或死去！三个月以前，我们在那边已穿过棉！所以一天到晚，我真不知想什么好，后方的热情是罪过，不热情的话不更罪过？二哥，你想，我们该怎样的活着才有法子安顿这一副还未死透的良心？

致沈从文（2）

我们太平时代（考古）的事业，现时谈不到别的了，在极省俭的法子下维护它不死，待战后再恢复算最为得体的办法。个人生活已甚苦，但尚不到苦到"不堪"。我是女人，当然立刻变成纯净的"糟糠"的典型，租到两间屋子烹调、课子、洗衣、铺床，每日如在走马灯中过去。中间来几次空袭警报，生活也就饱满到万分。注：一到就发生住的问题，同时患腹泻所以在极马虎中租到一个人家楼上的两间屋。就在火车站旁，火车可以说是从我窗下过去！所以空袭时颇不妙，多暂避于临时大学（熟人尚多见面，金甫【指杨振声】亦"高个子"如故）。文艺理想都像在北海王龙亭看虹那么样，是过去中一种偶然的遭遇，现实只有一堆矛盾的现实抓在手里。

话又说多了，且乱，正像我的老样子。二哥你现实在做什么，有空快给我一封信。（在汉口时，我知道你在隔江，就无法来找你一趟）我在长沙回首雁门，正不知有多少伤心呢，不日或起早到昆明，长途车约七八日，天已寒冷，秋气肃杀，这路不太好走，或要去重庆再到成都，一切以营造学社工作为转移（而其间问题尚多，今天不谈了）。现在因时有空袭警报，所以一天不能离开老的或小的，精神上真是苦极苦极，一天的操作也于我的身体有相当威胁。

徽因　在长沙

长沙韭菜园教厂坪 134 刘宅内梁

1937 年 11 月 9 日至 10 日致沈从文

二哥：

　　在黑暗中，在车站铁篷子底分别，很有种清凉味道，尤其是走的人没有找着车位，车上又没有灯，送的打着雨伞，天上落着很凄楚的雨，地下一块亮一块黑的反映着泥水洼，满车站的兵　——开拔的到前线的，受伤开回到后方的！那晚上很代表我们这一向所过的日子的最黯淡的底层——这些日子表面上固然还留一点未曾全褪败的颜色。

　　这十天里长沙的雨更象征着一切霉湿，凄怆，惶惑的生活。那种永不开缝的阴霾封锁着上面的天，留下一串串继续又继续着檐漏般不痛快的雨，屋里人冻成更渺小无能的小动物，缩着脖子只在呆想中让时间赶到头里，拖着自己半蛰伏的灵魂。接到你第一封信后我又重新发热伤风过一次，这次很规矩的躺在床上发冷，或发热，日子清苦得无法设想，偏还老那么悬着，叫人着一种无可奈何的急。如果有天，天又有意旨，我真想他明白点告诉我一点事，好比说我这种人需要不需要活着，不需要的话，这种悬着日子也不都是侈奢？好比说一个非常有精神喜欢挣扎着生存的人，为什么需要肺病，如果是需要，许多希望着健康的想念在她也就很侈奢，是不是最好没有？死在长沙雨里，死得虽未免太冷点，望昆明跑，跑后的结果如果是一样，那又怎样？昨天我们夫妇算算到昆明去，现在要不就走，再去怕更要落雪落雨发生问题，就走的话，除却旅费，到了那边时身上一共剩下三百来元，万一学社经费不成功，带着那一点点钱，一家子老老小小流落在那里颇不妥当，最好得等基金方面一点消息。……

可是今天居然天晴，并且有大蓝天，大白云，顶美丽的太阳光！我坐在一张破藤椅上，破藤椅放在小破廊子上，旁边晒着棉被和雨鞋，人也就轻松一半，该想的事暂时不再想它，想想别的有趣的事：好比差不多二十年前，我独自坐在一间顶大的书房里看雨，那是英国的不断的雨。我爸爸到瑞士国联开会去，我能在楼上嗅到顶下层楼下厨房里炸牛腰子同洋咸肉，到晚上又是在顶大的饭厅里（点着一盏顶暗的灯）独自坐着（垂着两条不着地的腿同刚刚垂肩的发辫），一个人吃饭一面咬着手指头哭——闷到实在不能不哭！理想的我老希望着生活有点浪漫的发生，或是有个人叩下门走进来坐在我对面同我谈话，或是同我同坐在楼上炉边给我讲故事，最要紧的还是有个人要来爱我。我做着所有女孩做的梦。而实际上却只是天天落雨又落雨，我从不认识一个男朋友，从没有一个浪漫聪明的人走来同我玩——实际生活上所认识的人从没有一个像我所想象的浪漫人物，却还加上一大堆人事上的纷纠。

话说得太远了，方才说天又晴了，我却怎么又转到落雨上去？真糟！肚子有点饿，嗅不着炸牛腰子同咸肉更是无法再想英国或廿年前的事，国联或其他！

方才念到你的第二信，说起爸爸的演讲，当时他说的顶热闹，根本没有想到注意近在自己身边的女儿的日常一点点小小苦痛比那种演讲更能表示他真的懂得那些问题的重要。现在我自己已做了嬷嬷，我不愿意在任何情形下把我的任何一角酸辛的经验来换他当时的一篇漂亮话，不管它有多少风趣！这也许是我比他诚实，也许是我比他缺一点幽默！

好久了，我没有写长信，写这么杂乱无系统的随笔信，今晚上写了这许多，谁知道我方才喝了些什么，此刻真是冷，屋子里谁都睡了，温度仅仅五十一度，也许这是原因！

明早再写关于沅陵及其他向昆明方面设想的信！

又接到另外一封信，关于沅陵我们可以想想，关于大举移民到昆明的事还是个大悬点挂在空里，看样子如果再没有计划就因无计划而在长沙留下来过冬，不过关于一切我仍然还须给你更具体的回信一封，此信今天暂时先拿去付邮而免你惦挂。

昨天张君劢老前辈来此，这人一切仍然极其"混沌"（我不叫它做天真）。天下事原来都是一些极没有意思的，我们理想着一些美妙的完美，结果只是处处悲观叹息着。我真佩服一些人仍然整天说着大话，自己支持着极不相干的自己，以至令别人想哭！

匆　匆

徽　因

十一月九至十日

1937 年 12 月 9 日致沈从文

二哥：

决定了到昆明以便积极的作走的准备。本买二日票，后因思成等周寄梅先生，把票退了，再去买时已经连七号的都卖光了，只好买八号的。

今天中午到了沅陵。昨晚里住在官庄的。沿途景物又秀丽又雄壮时就使我们想到你二哥对这些苍翠的天，排布的深浅山头，碧绿的水和其间稍稍带点天真的人为的点缀，如何的亲切爱好，感到一种愉快。天气是好到不能更好，我说如果不是在这战期中时时心里负着一种悲伤哀愁的话，这旅行真是不知几世修来。

昨晚有人说或许这带有匪，倒弄得我们心有点慌慌的，但在小旅店里灯火荧荧如豆，外边微风撼树，不由得不有一种特别情绪，其实我们很平安的到达很安静的地带。

今天来到沅陵，风景愈来愈妙，有时颇疑心有翠翠【沈从文小说《边城》中的女主人公】这种的人物在！沅陵城也极好玩，我爱极了。你老兄的房子在小山上，非常别致有雅趣，原来你一家子都是敏感的有精致爱好的。我同思成带了两个孩子来找他，意外还见到你的三弟，新从前线回来，他伤已愈，可以拐杖走路。他们待我们太好（个个性情都有点像你处）。我们真欢喜极了，都又感到太打扰得他们有点过意。虽然，有半天工夫在那楼上廊子上坐着谈天，可是我真感到有无限亲切。沅陵的风景，沅陵的城市，同沅陵的人物，在我们心里是一片很完整的记忆，我愿意再回到沅陵一次，无论什么时候，最好当然是打完仗！

说到打仗你别过于悲观，我们还许要吃苦，可是我们不能不争到一种翻身的地步。我们这种人太无用了，也许会死，会消灭，可是总有别的法子，我们中国国家进步了，弄得好一点，争出一种新的局面，不再是低着头的被压迫着，我们根据事实时有时很难乐观，但是往大处看，抓紧信心，我相信我们大家根本还是乐观的，你说对不对？

这次分别大家都怀着深忧！不知以后事如何？相见在何日？只要有着信心，我们还要再见的呢。

无限亲切的感觉因为我们在你的家乡。

徽 因

昆明住址云南大学王赣愚先生转

1938 年春致沈从文

二哥：

事情多得不可开交，情感方面虽然有许多新的积蓄，一时也不能够去清理（这年头也不是清理情感的时候）。昆明的到达既在离开长沙三十九天之后，其间的故事也就很有可纪念的。我们的日子至今尚似走马灯的旋转，虽然昆明的白云优闲疏散在蓝天里。现在生活的压迫似乎比从前更有分量了。我问我自己三十年底下都剩一些什么，假使机会好点我有什么样的一两句话说出来，或是什么样事好做，这种问题在这时候问，似乎更没有回答——我相信我已是一整个的失败，再用不着自己过分的操心——所以朋友方面也就无话可说——现在多半的人都最惦挂我的身体。一个机构多方面受过损伤的身体实在用不着惦挂，我看黔滇间公路上所用的车辆颇感到一点同情，在中国做人同在中国坐车子一样，都要承受那种的待遇，磨到焦头烂额，照样有人把你拉过来推过去爬着长长的山坡。你若使懂事，多挣扎一下，也就不见得不会喘着气爬山过岭，到了你最后的一个时候。

不，我这比喻打得不好，它给你的印象好像是说我整日里在忙着服务，有许多艰难的工作做，其实，那又不然，虽然思成与我整天宣言我们愿意服务的替政府或其他公共机关效力，到了如今人家还是不找我们做正经事，现在所忙的仅是一些零碎的私人所委托的杂务，这种私人相委的事如果他们肯给一点实际的酬报，我们生活可以稍稍安定，挪点时候做些其他有价值的事也好，偏又不然，所以我仍然得另想别的办法付昆明的高价房租，结果是又接受了教书生涯，一星期来往爬四次山坡走老远的路，到云大去教六点钟的补习英文。上月净得四十余元法币，而一方面为一种我们最不可少的皮尺昨天花了二十三元买来！

到如今我还不大明白我们来到昆明是做生意，是"走江湖"还是做"社会性的骗子"——因为梁家老太爷的名分，人家常抬举这对愚夫妇，所以我们是常常有些阔绰的应酬需要我们笑脸的应付——这样说来好像是牢骚，其实也不尽然，事实上就是情感良心均不得均衡！前昨同航空毕业班的几个学生谈，我几乎要哭起来，这些青年叫我一百分的感激同情，一方面我们这租来的房子墙上还挂着那位主席将军的相片，看一眼，话就多了——现在不讲——天天早上那些热血的人在我们上空练习速度，驱逐和格斗，底下芸芸众生吃喝得仍然有些讲究。思成不能酒我不能牌，两人都不能烟，在做人方面已经是十分惭愧！现在昆明人才济济，哪一方面人都有。云南的权贵，香港的服装，南京的风度，大中华民国的洋钱，把生活描画得十三分对不起那些在天上冒险的青年，其他更不用说了。现在我们所认识的穷愁朋友已来了许多，同感者自然甚多。

陇海全线的激战使我十分兴奋，那一带地方我比较熟习，整个心都像在那上面滚，有许多人似乎看那些新闻印象里只有一堆内地县名，根本不发生感应，我就奇怪！我真想在山西随军，做什么自己可不大知道！

二哥，我今天心绪不好，写出信来怕全是不好听的话，你原谅我，我要搁笔了。

这封信暂做一个赔罪的先锋，我当时也知道朋友们一定会记挂，不知怎么我偏不写信，好像是罚自己似的—— 一股坏脾气发作！

徽　因

名家作品精选集

徐志摩精选集

徐志摩 著

民主与建设出版社

·北京·

© 民主与建设出版社，2021

图书在版编目（CIP）数据

徐志摩作品精选集 / 徐志摩著 . -- 北京 : 民主与
建设出版社，2021.8（2024.1 重印）
（名家作品精选集 / 王茹茹主编；5）
ISBN 978-7-5139-3651-4

Ⅰ . ①徐… Ⅱ . ①徐… Ⅲ . ①诗集－中国－现代②散
文集－中国－现代 Ⅳ . ① I216.2

中国版本图书馆 CIP 数据核字 (2021) 第 139245 号

徐志摩作品精选集
XUZHIMO ZUOPIN JINGXUANJI

著　　者	徐志摩	
主　　编	王茹茹	
责任编辑	韩增标	
封面设计	玥婷设计	
出版发行	民主与建设出版社有限责任公司	
电　　话	（010）59417747　59419778	
社　　址	北京市海淀区西三环中路 10 号望海楼 E 座 7 层	
邮　　编	100142	
印　　刷	三河市天润建兴印务有限公司	
版　　次	2021 年 8 月第 1 版	
印　　次	2024 年 1 月第 2 次印刷	
开　　本	880 毫米 × 1230 毫米　　1 / 32	
印　　张	6.5	
字　　数	130 千字	
书　　号	ISBN 978-7-5139-3651-4	
定　　价	298.00 元（全 10 册）	

注：如有印、装质量问题，请与出版社联系。

目 录

猛 虎 集

志摩的诗

翡冷翠的一夜

猛虎集

序　文

　　在诗集子前面说话不是一件容易讨好的事。说得近于夸张了自己面上说不过去，过分谨恭又似乎对不起读者。最干脆的办法是什么话也不提，好歹让诗篇它们自身去承当。但书店不肯同意，他们说如其作者不来几句序言书店做广告就无从着笔。作者对于生意是完全外行，但他至少也知道书卖得好不仅是书店有利益，他自己的版税也跟着像样，所以，书店的意思他是不能不尊敬的。事实上，我已经费了三个晚上想写一篇可以帮助广告的序。可是不相干，一行行写下来只是仍旧给涂掉，稿纸糟蹋了不少张，诗集的序终究还是写不成。

　　况且写诗人一提起写诗他就不由得伤心。世界上再没有比写诗更惨的事；不但惨，而且寒伧。就说一件事，我是天生不长髭须的，但为了一些破烂的句子，就我也不知曾经捻断了多少根想象的长须。

　　这姑且不去说它。我记得我印第二集诗的时候曾经表示过此后不再写诗一类的话。现在如何又来了一集，虽则转眼间四个年头已经过去。就算这些诗全是这四年内写的（实在有几首要早到十三年份），每年平均也只得十首，一个月还派不到一首，况且又多是短短一橛的。诗固然不能论长短，如同 Whistler

说画幅是不能用田亩来丈量的。但事实是咱们这年头一口气总是透不长——诗永远是小诗，戏永远是独幕，小说永远是短篇。每回我望到莎士比亚的戏、但丁的《神曲》、歌德的《浮士德》一类作品，比方说，我就不由得感到气馁，觉得我们即使有一些声音，那声音是微细得随时可以用一个小拇指给掐死的。天呀！哪天我们才可以在创作里看到使人起敬的东西？哪天我们这些细嗓子才可以豁免混充大花脸的急涨的苦恼？

说到我自己的写诗，那是再没有更意外的事了。我查过我的家谱，从永乐以来我们家里没有写过一行可供传诵的诗句。在二十四岁以前，我对于诗的兴味还不如我对于相对论或民约论的兴味。我父亲送我出洋留学是要我将来进"金融界"的，我自己最高的野心是想做一个中国的 Hamilton！在二十四岁以前，诗——不论新旧，于我是完全没有相干。我这样一个人如果真会成为一个诗人——那还有什么话说？

但生命的把戏是不可思议的！我们都是受支配的善良的生灵，哪件事我们做得了主？整十年前我吹着了一阵奇异的风，也许照着了什么奇异的月色，从此起我的思想就倾向于分行的抒写。一份深刻的忧郁占定了我；这忧郁，我信，竟于渐渐的潜化了我的气质。

话虽如此，我的尘俗的成分并没有甘心退让过；诗灵的稀小的翅膀，尽它们在那里腾扑，还是没有力量带了这整份的累赘往天外飞的。且不说诗化生活一类的理想那是谈何容易实现，就说平常在实际生活的压迫中偶尔挣出八行十二行的诗句都是够艰难的。尤其是最近几年，有时候自己想着了都害怕：日子悠悠的过去，内心竟可以一无消息，不透一点亮，不见丝纹的动。我常常疑心这一次是真的干了完了的。如同契玦腊的一身美是向神道通融得来限定日子要交还的，我也时常疑虑到我这些写诗的日子也是什么神道因为怜悯我的愚蠢暂时借给我享用的非分的奢侈。我希望他们可怜一个人可怜到底！

一眨眼十年已经过去了。诗虽则连续的写，自信还是薄弱到极点。"写是这样写下了"，我常自己想，"但难道这就能算是诗吗？"就经验说，从一点意思的晃动到一篇诗的完成，这中间几乎没有一次不经过唐僧取经似的苦难的。诗不仅是一种分娩，它并且往往是难产！这份甘苦是只有当事人自己知道。一个诗人，到了修养极高的境界，如同泰戈尔先生所说，也许可以一张口就有精圆的珠子吐出来，这事实上我亲眼见过来的不打谎，但像我这样既无天才又少修养的人如何说得上？

只有一个时期我的诗情真有些像是山洪暴发，不分方向的乱冲。那就是我最早写诗的那半年，生命受了一种伟大力量的震撼，什么成熟的未成熟的意念都在指顾间散作缤纷的花雨。我那时是绝无依傍，也不知顾虑，心头有什么郁积，就付托腕底胡乱给爬梳了去，救命似的迫切，哪还顾得了什么美丑！我在短期内写了很多，但几乎全部都是见不得人面的。这是一个教训。

我的第一集诗——《志摩的诗》，是我十一年回国后两年内写的。在这集子里初期的汹涌性虽已消减，但大部分还是情感的无关拦的泛滥，什么诗的艺术或技巧都谈不到。这问题一直要到民国十五年我和一多、今甫一群朋友在《晨报副镌》刊行《诗刊》时方才开始讨论到。一多不仅是诗人，他也是最有兴味探讨诗的理论和艺术的一个人。我想这五六年来我们几个写诗的朋友多少都受到《死水》的作者的影响。我的笔本来是最不受羁勒的一匹野马，看到了一多的谨严的作品，我方才憬悟到我自己的野性，但我素性的落拓始终不容我追随一多他们在诗的理论方面下过任何细密的功夫。

我的第二集诗——《翡冷翠的一夜》，可以说是我的生活上的又一个较大的波折的留痕。我把诗稿送给一多看，他回信说："这比《志摩的诗》确乎是进步了——一个绝大的进步。"他的好话我是最愿意听的，但我在诗的"技巧"方面还是那样愣生生的，丝毫没有把握。

最近这几年生活不仅是极平凡，简直是到了枯窘的深处。跟着诗的产量也尽"向瘦小里耗"。要不是去年在中大认识了梦家和玮德两个年轻的诗人，他们对于诗的热情在无形中又鼓动了我奄奄的诗心。第二次又印《诗刊》，我对于诗的兴味，我信，竟可以消沉到几于完全没有。今年在六个月内在上海与北京间来回奔波了八次，遭了母丧，又有别的不少烦心的事，人是疲乏极了的，但继续的行动与北京的风光却又在无意中摇活了我久蛰的性灵。抬起头居然又见到天了。眼睛睁开了心也跟着开始了跳动，嫩芽的青紫，劳苦社会的光与影，悲欢的图案，一切的动，一切的静，重复在我的眼前展开，有声色与有情感的世界重复为我存在；这仿佛是为了要挽救一个曾经有单纯信仰的流人怀疑的颓废，那在帷幕中隐藏着的神通又在那里栩栩的生动，显示它的博大与精微，要他认清方向，再别错走了路。

我希望这是我的一个真的复活的机会。说也奇怪，一方面虽则明知这些偶尔写下的诗句，尽是些"破破烂烂"的，万谈不到什么久长的生命，但在作者自己，总觉得写得成诗不是一件坏事，这至少证明一点性灵还在那里挣扎，还有它的一口气。我这次印行这第三集诗没有别的话说，我只要借此告慰我的朋友，让他们知道我还有一口气，还想在实际生活的重重压迫下透出一些声响来的。

你们不能更多的责备。我觉得我已是满头的血水，能不低头已算是好的。你们也不用提醒我这是什么日子；不用告诉我这遍地的灾荒，与现有的以及在隐伏中的更大的变乱；不用向我说正今天就有千万人在大水里和身子浸着，或是有千千万人在极度的饥饿中叫救命；也不用劝告我说几行有韵或无韵的诗句是救不活半条人命的；更不用指点我说我的思想是落伍或是我的韵脚是根据不合时宜的意识形态的……这些，还有别的很多，我知道，我全知道，你们一说到只是叫我难受又难受。我再没有别的话说，我只要你们记得有一种天教歌唱的鸟不到呕血不住口，它的歌里有它独自知道的另一个世界的愉快，也有它独自知道的悲哀与伤痛的鲜明；诗人也是一种痴鸟，他把他的柔软的心窝紧抵着蔷薇的花刺，口里不住的唱着星月的光辉与人类的希望，非到他的心血滴出来把白花染成大红他不住口。他的痛苦与快乐是浑成的一片。

献　词

那天你翩翩的在空际云游，
自在，轻盈，你本不想停留。
在天的哪方或地的哪角，
你的愉快是无拦阻的逍遥。

你更不经意在卑微的地面，
有一流涧水，虽则你的明艳，
在过路时点染了他的空灵，
使他惊醒，将你的情影抱紧。

他抱紧的只是绵密的忧愁，
因为美不能在风光中静止；
他要，你已飞渡万重的山头，
去更阔大的湖海投射影子！

他在为你消瘦，那一流涧水，
在无能的盼望，盼望你飞回！

我等候你

我等候你。
我望着户外的昏黄，
如同望着将来，
我的心震盲了我的听。
你怎还不来？
希望在每一秒钟上
允许开花。
我守候着你的步履，
你的笑语，你的脸，
你的柔软的发丝，
守候着你的一切。
希望在每一秒钟上
枯死——你在哪里？
我要你，要得我心里生痛，
我要你和火焰似的笑，
要你的灵活的腰身，
你的发上眼角的飞星。
我陷落在迷醉的氛围中，

像一座岛，

在蟒绿的海涛间，不自主的在浮沉……

喔，我迫切的想望

你的来临，想望

那一朵神奇的幽昙

开上时间的顶尖！

你为什么不来，忍心的？

你明知道。我知道你知道。

你这不来于我是致命的一击，

打死我生命中乍放的阳春，

叫坚实如矿里的铁的黑暗

压迫我的思想与呼吸；

打死可怜的希冀的嫩芽，

把我，囚犯似的，交付给

妒与愁苦，生的羞惭

与绝望的惨酷。

这也许是痴，竟许是痴，

我信我确然是痴。

但我不能转拨一支已然定向的舵，

万方的风息都不容许我犹豫——

我不能回头，运命驱策着我！

我也知道这多半是走向

毁灭的路，但

为了你，为了你，

我什么都甘愿；

这不仅我的热情，

我的仅有的理性亦如此说。

痴！想磔碎一个生命的纤微，

为要感动一个女人的心！

想博得的，能博得的，至多是

她的一滴泪，

她的一阵心酸，

竟许一半声漠然的冷笑。

但我也甘愿，即使

我粉身的消息传到

她的心里如同传给

一块顽石，她把我看作

一只地穴里的鼠、一条虫，

我还是甘愿！

痴到了真，是无条件的。

上帝他也无法调回一个

痴定了的心如同一个将军

有时调回已上死线的士兵。

枉然，一切都是枉然，

你的不来是不容否认的实在，

虽则我心里烧着泼旺的火，

饥渴着你的一切，

你的发，你的笑，你的手脚；

任何的痴想与祈祷

不能缩短一小寸

你我间的距离！

户外的昏黄已然

凝聚成夜的乌黑，

树枝上挂着冰雪，

鸟雀们典去了它们的啁啾，

沉默是这一致穿孝的宇宙。

钟上的针不断的比着

玄妙的手势，像是指点，

像是同情，像是嘲讽。

每一次到点的打动，我听来是

我自己的心的

活埋的丧钟。

春的投生

昨晚上，
再前一晚也是的，
在雷雨的猖狂中
春投生入残冬的尸体。
不觉得脚下的松软，
耳鬓间的温驯吗？
树枝上浮着青，
潭里的水漾成无限的缠绵；
再有你我肢体上
胸膛间的异样的跳动。

桃花早已开上你的脸，
我在更敏锐的消受
你的媚，吞咽
你的连珠的笑。
你不觉得我的手臂
更迫切的要求你的腰身，
我的呼吸投射到你的身上

如同万千的飞萤投向光焰？

这些，还有别的许多说不尽的，

和着鸟雀们的热情的回荡，

都在手携手的赞美着

春的投生。

二月二十八日

拜　献

山，我不赞美你的壮健，

海，我不歌咏你的阔大，

风波，我不颂扬你威力的无边。

但那在雪地里挣扎的小草花，

路旁冥盲中无告的孤寡，

烧死在沙漠里想归去的雏燕……

给他们，给宇宙间一切无名的不幸。

我拜献，拜献我胸胁间的热，

管里的血，灵性里的光明，

我的诗歌——在歌声嘹亮的一俄顷，

天外的云彩为你们织造快乐，

起一座虹桥，

指点着永恒的逍遥，

在嘹亮的歌声里消纳了无穷的苦厄！

渺 小

我仰望群山的苍老，
他们不说一句话。
阳光描出我的渺小，
小草在我的脚下。

我一人停步在路隅，
倾听空谷的松籁；
青天里有白云盘踞，
转眼间忽又不在。

阔的海

阔的海，空的天，我不需要，
我也不想放一只巨大的纸鹞
上天去捉弄四面八方的风；
我只要一分钟
我只要一点光
我只要一条缝——
像一个小孩爬伏
在一间暗屋的窗前
望着西天边不死的一条缝，
一点光，
一分钟。

泰　山

山！

你的阔大的巉岩，

像是绝海的惊涛，

忽地飞来，

凌空

不动，

在沉默的承受

日月与云霞拥戴的光豪：

更有万千星斗

错落

在你的胸怀，

向你诉说

隐奥，

蕴藏在

岩石的核心与崔嵬的天外！

译文

猛　虎

（威廉·布莱克著，徐志摩译）

猛虎，猛虎，火焰似的烧红
在深夜的莽丛，
何等神明的巨眼或是手
能擘画你的骇人的雄厚？

在何等遥远的海底还是天顶
烧着你眼火的纯晶？
跨什么翅膀他胆敢飞腾？
凭什么手敢擒住那威棱？

是何等肩腕，是何等神通，
能雕镂你的藏府的系统？
等到你的心开始了活跳，
何等震惊的手，何等震惊的脚？

椎的是什么锤？使的是什么练？
在什么洪炉里熬炼你的脑液？
什么砧座？什么骇异的拿把
胆敢它的凶恶的惊怕擒抓？

当群星放射它们的金芒，
满天上泛滥着它们的泪光，
见到他的工程，他露不露笑容？
造你的不就是那造小羊的神工？

猛虎，猛虎，火焰似的烧红
在深夜的莽丛，
何等神明的巨眼或是手
胆敢擘画你的惊人的雄厚？

五　月

他眼里有你

我攀登了万仞的高冈，
荆棘扎烂了我的衣裳，
我向飘渺的云天外望——
上帝，我望不见你！

我向坚厚的地壳里掏，
捣毁了蛇龙们的老巢，
在无底的深潭里我叫——
上帝，我听不到你！

我在道旁见一个小孩：
活泼，秀丽，褴褛的衣衫；
他叫声妈，眼里亮着爱——
上帝，他眼里有你！

十一月二日新家坡

在不知名的道旁

什么无名的苦痛，悲悼的新鲜，

什么压迫，什么冤屈，什么烧烫

你体肤的伤？妇人，使你蒙着脸

在这昏夜，在这不知名的道旁，

任凭过往人停步，讶异的看你，

你只是不作声，黑绵绵的坐地？

还有蹲在你身旁悚动的一堆，

一双小黑眼闪荡着异样的光，

像暗云天偶露的星唏，她是谁？

疑惧在她脸上，可怜的小羔羊，

她怎知道人生的严重？夜的黑，

她怎能明白运命的无情，惨刻？

聚了，又散了，过往人们的讶异。

刹那的同情也许，但他们不能

为你停留，妇人，你与你的儿女；

伴着你的孤单，只昏夜的阴沉，

与黑暗里的萤光，飞来你身旁，

来照亮那小黑眼闪荡的星芒！

一九二八年十月三十一日作于印度

车 上

这一车上有各等的年岁，各色的人：
有出须的，有奶孩，有青年，有商，有兵；
也各有各的姿态：傍着的，躺着的，
张眼的，闭眼的，向窗外黑暗望着的。

车轮在铁轨上碾出重复的繁响，
天上没有星点，一路不见一些灯亮；
只有车灯的幽辉照出旅客们的脸，
他们老的少的，一致声诉旅程的疲倦。

这时候忽然从最幽暗的一角发出
歌声：像是山泉，像是晓鸟，蜜甜，清越，
又像是荒漠里点起了通天的明燎，
它那正直的金焰投射到遥远的山坳。

她是一个小孩，欢欣摇开了她的歌喉；
在这冥盲的旅程上，在这昏黄时候，
像是奔发的山泉，像是狂欢的晓鸟，

她唱，直唱得一车上满是音乐的幽妙。
旅客们一个又一个的表示着惊异，
渐渐每一个脸上来了有光辉的惊喜：
买卖的，军差的，老辈，少年，都是一样，
那吃奶的婴儿，也把他的小眼开张。

她唱，直唱得旅途上到处点上光亮，
层云里翻出玲珑的月和斗大的星，
花朵，灯彩似的，在枝头竞赛着新样，
那细弱的草根也在摇曳轻快的青萤！

车 眺

一

我不能不赞美

这向晚的五月天；

怀抱着云和树

那些玲珑的水田。

二

白云穿掠着晴空，

像仙岛上的白燕！

晚霞正照着它们，

白羽镶上了金边。

三

背着轻快的晚凉，
牛，放了工，呆着做梦；
孩童们在一边蹲；
想上牛背，美，逞英雄！

四

在绵密的树荫下，
有流水，有白石的桥，
桥洞下早来了黑夜，
流水里有星在闪耀。

五

绿是豆畦，阴是桑树林，
幽郁是溪水旁的草丛，
静是这黄昏时的田景，
但你听，草虫们的飞动！

六

月亮在昏黄里上妆

太阳心慌的向天边跑；

他怕见她，他怕她见——

怕她见笑一脸的红糟！

再别康桥

轻轻的我走了，
正如我轻轻的来；
我轻轻的招手，
作别西天的云彩。

那河畔的金柳，
是夕阳中的新娘；
波光里的艳影，
在我的心头荡漾。

软泥上的青荇，
油油的在水底招摇：
在康河的柔波里，
我甘心做一条水草！

那榆荫下的一潭，
不是清泉，是天上虹；
揉碎在浮藻间，

沉淀着彩虹似的梦。

寻梦？撑一支长篙，

向青草更青处漫溯，

满载一船星辉，

在星辉斑斓里放歌。

但我不能放歌，

悄悄是别离的笙箫；

夏虫也为我沉默，

沉默是今晚的康桥！

悄悄的我走了，

正如我悄悄的来；

我挥一挥衣袖，

不带走一片云彩。

十一月六日于中国海上

干着急

朋友，这干着急有什么用。

喝酒玩吧，这槐树下凉快；

看槐花直掉在你的杯中——

别嫌它：这也是一种的爱。

胡知了到天黑还在直叫。

（她为我的心跳还不一样？）

那紫金山头有夕阳返照。

（我心头，不是夕阳，是惆怅！）

这天黑得草木全变了形。

（天黑可盖不了我的心焦。）

又是一天，天上点满了银。

（又是一天，真是，这怎么好！）

八月二十七日于秀山公园

俘虏颂

我说朋友，你见了没有，那俘虏：
拼了命也不知为谁，
提着杀人的凶器，
带着杀人的恶计，
趁天没有亮，堵着嘴，
望长江的浓雾里悄悄的飞渡。

趁太阳还在崇明岛外打盹，
满江心只是一片阴，
破着褴褛的江水，
不提防冤死的鬼，
爬在时间背上讨命，
挨着这一船船替死来的接吻。

他们摸着了岸就比到了天堂：
顾不得险，顾不得潮，
一耸身就落了地
（梦里的青蛙惊起，）

踹烂了六朝的青草，

燕子矶的嶙峋都变成了康庄！

干什么来了，这"大无畏"的精神？

算是好男子不怕死？——

为一个人的荒唐，

为几元钱的奖赏，

闯进了魔鬼的圈子，

贡献了身体，在乌龙山下变粪。

看他们今儿个做俘虏的光荣！

身上脸上全挂着彩，

眉眼糊成了玫瑰，

口鼻裂成了山水，

脑袋顶着朵大牡丹，

在夫子庙前，在秦淮河边寻梦！

九月四日

秋 虫

秋虫，你为什么来？人间
早不是旧时候的清闲；
这青草，这白露，也是呆：
再也没有用，这些诗材！
黄金才是人们的新宠，
她占了白天，又霸住梦！
爱情：像白天里的星星，
她早就回避，早没了影。
天黑它们也不得回来，
半空里永远有乌云盖。
还有廉耻也告了长假，
他躲在沙漠地里住家；
花尽着开可结不成果，
思想被主义奸污得苦！
你别说这日子过得闷，
晦气脸的还在后面跟！
这一半也是灵魂的懒，

他爱躲在园子里种菜

"不管，"他说，"听他往下丑——

变猪，变蛆，变蛤蟆，变狗……

过天太阳羞得遮了脸，

月亮残缺了再不肯圆，

到那天人道真灭了种，

我再来打——打革命的钟！"

一九二七年秋

西 窗

一

这西窗，

这不知趣的西窗，放进

四月天时下午三点钟的阳光，

一条条直的斜的羼躺在我的床上；

放进一团捣乱的风片，

搂住了难免处女羞的花窗帘，

呵她痒，腰弯里，脖子上，

羞得她直飚在半空里，刮破了脸；

放进下面走道上洗被单，

衬衣大小毛巾的胰子味，

厨房里饭焦鱼腥蒜苗是腐乳的沁芳南，

还有弄堂里的人声比狗叫更显得松脆。

二

当然不知趣也不止是这西窗，
但这西窗是够顽皮的，
它何尝不知道这是人们打中觉的好时光。
拿一件衣服，不，拿这条绣外国花的毛毯，
诸死了它，给闷死了它：
耶稣死了我们也好睡觉！

直着身子，不好，弯着来，
学一只卖弄风骚的大龙虾，
在清浅的水滩上引诱水波的荡意！
对呀，叫迷离的梦意像浪丝似的
爬上你的胡须，你的衣袖，你的呼吸……

你对着你脚上又新破了一个大窟窿的袜子发愣或是
忙着送玲巧的手指到神秘的胳肢窝搔痒——可不
是搔痒的时候。
你的思想不见得会长上那把不住的大翅膀：

谢谢天，这是烟土披里纯来到的刹那间，

因为有窟窿的破袜是绝对的理性，

胳肢窝里虱类的痒是不可怀疑的实在。

三

香炉里的烟，远山上的雾，人的贪嗔和心机；

经络里的风湿，话里的刺，笑脸上的毒，

谁说这宇宙这人生不够富丽的？

你看那市场上的盘算，比那蠢着大烟筒

走大洋海的船的肚子里的机轮更来得复杂，

血管里疙瘩着几两几钱，几钱几两，

脑子里也不知哪来这许多尖嘴的耗子爷？

还有那些比柱石更重实的大人们，

他们也有他们的盘算；

他们手指间夹着的雪茄虽则也冒着一卷卷成云彩的烟。

但更曲折，更奥妙，更像长虫的翻戏，

是他们心里的算计，怎样到意大利喀辣辣矿山里去

搬运一大石座来站他一个

足够与灵龟比赛的年岁，

何况还有波斯兵的长枪，匈奴的暗箭……

再有从上帝的创造里单独创造出来曾向农商部呈请
创造专利的文学先生们，这是个奇迹的奇迹，
正好狐狸精对着月光吞吐她的命珠，
他们也是在月光勾引潮汐时学得他们的职业秘密。
青年的血，尤其是滚沸过的心血，是可口的：
他们借用普罗列塔里亚的瓢匙在彼此请呀请的舀着喝。
他们将来铜像的地位一定望得见朱温张献忠的。

绣着大红花的俄罗斯毛毯方才拿来蒙住西窗的，
也不知怎的滑溜了下来，不容做梦人继续他的冒险。
但这些滑腻的梦意钻软了我的心，
像春雨的细脚踹软了道上的春泥。
西窗还是不挡着的好，虽则弄堂里的人声
有时比狗叫更显得松脆。
这是谁说的：拿手擦擦你的嘴，
这人间世在洪荒中不住的转，
像老妇人在空地里捡可以当柴烧的材料？

怨 得

怨得这相逢；
谁做的主？——风！

也就一半句话，
露水润了枯芽。

黑暗——放一箭光；
飞蛾：他受了伤。

偶然，真是的。
惆怅？喔，何必！

伦敦旅次　九月

深　夜

深夜里，街角上，
梦一般的灯芒。

烟雾迷裹着树！
怪得人错走了路？

"你害苦了我——冤家！"
她哭，他——不答话。

晓风轻摇着树尖：
掉了，早秋的红艳。

伦敦旅次　九月

季　候

一

他俩初起的日子，
像春风吹着春花。
花对风说："我要。"
风不回话：他给！

二

但春花早变了泥，
春风也不知去向。
她怨，说天时太冷；
"不久就冻冰。"他说。

杜　鹃

杜鹃，多情的鸟，他终宵唱：
在夏荫深处，仰望着流云
飞蛾似围绕亮月的明灯，
星光疏散如海滨的渔火，
甜美的夜在露湛里休憩，
他唱，他唱一声："割麦插禾——"
农夫们在天放晓时惊起。

多情的鹃鸟，他终宵声诉，
是怨，是慕，他心头满是爱，
满是苦，化成缠绵的新歌。
柔情在静夜的怀中颤动；
他唱，口滴着鲜血，斑斑的，
染红露盈盈的草尖，晨光
轻摇着园林的迷梦；他叫，
他叫，他叫一声"我爱哥哥"！

黄　鹂

一掠颜色飞上了树。
"看一只黄鹂!" 有人说。
翘着尾尖，它不作声，
艳异照亮了浓密——
像是春光、火焰，像是热情。

等候它唱，我们静着望，
怕惊了它。但它一展翅，
冲破浓密，化一朵彩云。
它飞了，不见了，没了——
像是春光、火焰，像是热情。

秋　月

一样是月色，

今晚上的，因为我们都在抬头看——

看它，一轮腴满的妩媚，

从乌黑得如同暴徒一般的

云堆里升起——

看得格外的亮，分外的圆。

它展开在道路上，

它飘闪在水面上，

它沉浸在

水草盘结得如同忧愁般的

水底；

它睥睨在古城的雉堞上，

万千的城砖在它的清亮中

呼吸，

它抚摸着

错落在城厢外内的墓墟，

在宿鸟的断续的呼声里，

想见新旧的鬼，

也和我们似的相依偎的站着，

眼珠放着光，

咀嚼着彻骨的阴凉：

银色的缠绵的诗情

如同水面的星磷，

在露盈盈的空中飞舞。

听那四野的吟声——

永恒的卑微的谐和，

悲哀揉和着欢畅，

怨仇与恩爱，

晦冥交抱着火电，

在这幽绝的秋夜与秋野的

苍茫中，

"解化"的伟大

在一切纤微的深处

展开了

婴儿的微笑！

十月中

山 中

庭院是一片静，
听市谣围抱；
织成一地松影——
看当头月好！

不知今夜山中
是何等光景：
想也有月，有松，
有更深的静。

我想攀附月色，
化一阵清风，
吹醒群松春醉，
去山中浮动；

吹下一针新碧，
掉在你窗前；
轻柔如同叹息——
不惊你安眠！

四月一日

两个月亮

我望见两个月亮：
一般的样，不同的相：

一个这时正在天上，
披敞着雀毛的衣裳；
她不吝惜她的恩情，
满地全是她的金银。
她不忘故宫的琉璃，
三海间有她的清丽。
她跳出云头，跳上树，
又躲进新绿的藤萝。
她那样玲珑，那样美，
水底的鱼儿也得醉！
但她有一点子不好，
她老爱向瘦小里耗；
有时满天只见星点，
没了那迷人的圆睑，
虽则到时候照样回来，

但这份相思有些难挨！

还有那个你看不见，
虽则不提有多么艳！
她也有她醉涡的笑，
还有转动时的灵妙；
说慷慨她也从不让人，
可惜你望不到我的园林！
可贵是她无边的法力，
常把我灵波向高里提：
我最爱那银涛的汹涌，
浪花里有音乐的银钟；
就那些马尾似的白沫，
也比得珠宝经过雕琢。
一轮完美的明月，
又况是永不残缺！
只要我闭上这一双眼，
她就婷婷的升上了天！

四月二日月圆深夜

给

我记不得维也纳，

除了你，阿丽思；

我想不起佛兰克府，

除了你，桃乐斯；

尼司，佛洛伦司，巴黎，

也都没有意味，

要不是你们的艳丽，

玫思，麦蒂特，腊妹，

翩翩的，盈盈的，

孜孜的，婷婷的，

照亮着我记忆的幽黑，

像冬夜的明星，

像暑夜的游萤，

怎教我不倾颓！

怎教我不迷醉！

一块晦色的路碑

脚步轻些，过路人！
休惊动那最可爱的灵魂，
如今安眠在这地下，
有绛色的野草花掩护她的余烬。

你且站定，在这无名的土阜边，
任晚风吹弄你的衣襟；
倘如这片刻的静定感动了你的悲悯，
让你的泪珠圆圆的滴下——
为这长眠着的美丽的灵魂！

过路人，假若你也曾
在这人间不平的道上颠顿，
让你此时的感愤凝成最锋利的悲悯，
在你的激震着的心叶上，
刺出一滴、两滴的鲜血——
为这遭冤屈的最纯洁的灵魂！

译文

歌

（C. G 罗塞蒂原作，徐志摩译）

当我死了的时候，亲爱的，

别为我唱悲伤的歌；

我坟上不必安插蔷薇，

也无须浓荫的柏树；

让盖着我的青青的草

淋着雨，也沾着露珠；

假如你愿意，请记着我，

要是你甘心，忘了我，

我再不见地面的青荫，

觉不到雨露的甜蜜；

再听不见夜莺的歌喉

在黑夜里倾吐悲啼；

在悠久的昏暮中迷惘，

阳光不升起，也不消翳。

我也许，也许我记得你，

我也许，我也许忘记。

译文

诔　词

（阿诺德作，徐志摩译）

散上玫瑰花，散上玫瑰花，
休掺杂一小枝的水松！
在寂静中她寂静的解化。
啊！但愿我亦永终。

她是个稀有的欢欣，人间
曾经她喜笑的洗净，
但倦了是她的心，倦了，可怜，
这回她安眠了，不再苏醒。

在火热与扰攘的迷阵中
旋转，旋转着她的一生；
但和平是她灵魂的想望——
和平是她的了，如今。

局促在人间，她博大的神魂，

何曾享受呼吸的自由。

今夜，在这静夜，她独自的攀登

那死的插天的高楼。

枉 然

你枉然用手锁着我的手，

女人，用口擒住我的口，

枉然用鲜血注入我的心，

火烫的泪珠见证你的真；

迟了，你再不能叫死的复活，

从灰土里唤起原来的神奇：

纵然上帝怜念你的过错，

他也不能拿爱再交给你！

生　活

阴沉，黑暗，毒蛇似的蜿蜒，
生活逼成了一条甬道：
一度陷入，你只可向前，
手扪索着冷壁的粘潮，
在妖魔的脏腑内挣扎，
头顶不见一线的天光。
这魂魄，在恐怖的压迫下，
除了消灭更有什么愿望？

五月二十九日

残　春

昨天我瓶子里斜插着的桃花

是朵朵媚笑在美人的腮边挂；

今儿它们全低了头，全变了相——

红的白的尸体倒悬在青条上。

窗外的风雨报告残春的运命，

丧钟似的音响在黑夜里叮咛：

"你那生命的瓶子里的鲜花也

变了样：艳丽的尸体，谁给收殓？"

残　破

一

深深的在深夜里坐着：
当窗有一团不圆的光亮，
风挟着灰土，在大街上
小巷里奔跑：
我要在枯秃的笔尖上袅出
一种残破的残破的音调，
为要抒写我的残破的思潮。

二

深深的在深夜里坐着：
生尖角的夜凉在窗缝里，
妒忌屋内残余的暖气，
也不饶恕我的肢体；
但我要用我半干的墨水描成
一些残破的残破的花样，

因为残破，残破是我的思想。

三

深深的在深夜里坐着，

左右是一些丑怪的鬼影：

焦枯的落魄的树木

在冰沉沉的河沿叫喊，

比着绝望的姿势，

正如我要在残破的意识里

重兴起一个残破的天地。

四

深深的在深夜里坐着，

闭上眼回望到过去的云烟；

啊，她还是一枝冷艳的白莲，

斜靠着晓风，万种的玲珑；

但我不是阳光，也不是露水，

我有的只是残破的呼吸，

如同封锁在壁椽间的群鼠，

追逐着，追求着黑暗与虚无！

我不知道风是在哪一个方向吹

我不知道风

是在哪一个方向吹——

我是在梦中,

在梦的轻波里依洄。

我不知道风

是在哪一个方向吹——

我是在梦中,

她的温存,我的迷醉。

我不知道风

是在哪一个方向吹——

我是在梦中,

甜美是梦里的光辉。

我不知道风

是在哪一个方向吹——

我是在梦中,

她的负心，我的伤悲。

我不知道风
是在哪一个方向吹——
我是在梦中，
在梦的悲哀里心碎！

我不知道风
是在哪一个方向吹——
我是在梦中，
黯淡是梦里的光辉。

活　该

活该你早不来！
热情已变死灰。

提什么以往？——
骷髅的磷光！

将来？——各走各的道，
长庚管不着"黄昏晓"。

爱是痴，恨也是傻；
谁点得清恒河的沙？

不论你梦有多圆，
周围是黑暗没有边。

比是消散了的诗意，
趁早掩埋你的旧忆。

这苦脸也不用装。

到头儿总是个忘！

得！我就再亲你一口：

热热的！去，再不许停留。

卑　微

卑微，卑微，卑微；
风在吹
无抵抗的残苇；

枯槁它的形容，
心已空，
音调如何吹弄？

它在向风祈祷：
"忍心好，
将我一拳推倒。"

"也是一宗解化——
本无家，
任飘泊到天涯！"

哈　代

哈代，厌世的，不爱活的，
这回再不用怨言，
一个黑影蒙住他的眼？
去了，他再不露脸。

八十八年不是容易过，
老头活该他的受，
扛着一肩思想的重负，
早晚都不得放手。

为什么放着甜的不尝，
暖和的座儿不坐，
偏挑那阴凄的调儿唱，
辣味儿辣得口破。

他是天生那老骨头僵，
一对眼拖着看人，
他看着了谁谁就遭殃，

你不用跟他讲情！

他就爱把世界剖着瞧，
是玫瑰也给拆坏；
他没有那画眉的纤巧，
他有夜鸮的古怪！

古怪，他争的就只一点——
一点"灵魂的自由"。
也不是成心跟谁翻脸，
认真就得认个透。

他可不是没有他的爱——
他爱真诚，爱慈悲：
人生就说是一场梦幻，
也不能没有安慰。

这日子你怪得他惆怅，
怪得他话里有刺，
他说乐观是"死尸脸上
抹着粉，搽着胭脂"！

这不是完全放弃希冀，

宇宙还得往下延，

但如果前途还有生机，

思想先不能随便。

为维护这思想的尊严，

诗人他不敢怠惰，

高擎着理想，睁大着眼，

抉剔人生的错误。

现在他去了，再不说话。

你听这四野的静，

你爱忘了他就忘了他，

天吊明哲的凋零！

一九二八年旧历元旦

译文

哈代八十六岁诞日自述

（哈代原作，徐志摩译）

好的，世界，你没有骗我，

你没有冤我，

你说怎么来是怎么来，

你的信用倒真是不坏。

打我是个孩子，我常躺

在青草地里对着天望，

说实话我从不曾希冀

人生有多么艳丽。

打头儿你说，你常在说，

你说了又说，

你在那云天里，山林间，

散播你的神秘的语言：

"有多人爱我爱过了火，
有的态度始终是温和，
也有老没有把我瞧起，
到死还是那怪僻。"

"我可从不曾过分应承，
孩子，从不过分：
做人红黑是这么回事。"
你要我明白你的意思。
正亏你把话说在头里，
我不踌躇的信定了你，
要不然每年来的烦恼
我怎么支持得了？

对 月

"现在你是倦了老了的，不错，月，
但在你年青的时候，
你倒是看着了些个什么花头？"
"啊！我的眼福真不小，有的事儿甜，
有的庄严，也有叫人悲愁。
黑夜，白天，看不完那些寒心事件，
在我年青青的时候。"

"你是那么孤高那么远，真是的，月，
但在你年少的时光，
你倒是转着些个怎么样的感想？"
"啊！我的感想，哪样不教我低着头
想，新鲜的变旧，少壮的亡，
民族的兴衰，人类的疯癫与荒谬，
哪样不动我的感想？"

"你是远离着我们这个世界，月，
但你在天空里转动，

有什么事儿打岔你自在的心胸?"

"啊!怎么没有,打岔的事儿当然有,
地面上异样的徵角商宫,
说是人道的音乐,在半空里飘浮,
打岔我自在的转动。"

"你倒是干脆发表一句总话,月,
你已然看透了这回事,
人生究竟是有还是没有意思?"

"啊,一句总话,把它比作一台戏,
尽做怎不教人烦死,
上帝他早该喝一声'幕闭',
我早就看腻了这回事。"

译文

一个星期

（哈代原作，徐志摩译）

星期一那晚上我关上了我的门，
心想你满不是我心里的人，
此后见不见面都不关要紧。

到了星期二那晚上我又想到
你的思想，你的心肠，你的面貌，
到底不比得平常，有点儿妙。

星期三那晚上我又想起了你，
想你我要合成一体总是不易，
就说机会又叫你我凑在一起。

星期四晚上我思想又换了样；

我还是喜欢你，我俩正不妨
亲近的住着，管它是短是长。

星期五那天我感到一阵心震，
当我望着你住的那个乡村，
说来你不是我亲爱的，我自认。

到了星期六你充满了我的思想，
整个的你在我的心里发亮，
女性的美哪样不在你的身上？

像是只顺风的海鸥向着海飞，
到星期晚上我简直的发了迷，
还做什么人这辈子要没有你！

译文

死尸（Une Charogne）

（菩特莱尔原作，徐志摩译）

我爱，记得那一天好天气，
你我在路旁见着那东西，
横躺在乱石与蔓草里，
一具溃烂的尸体。

它直开着腿，荡妇似的放肆，
泄漏着秽气，沾恶腥的黏味，
它那痈溃的胸腹也无有遮盖，
没忌惮的淫秽。

火热的阳光照临着这腐溃，
化验似的蒸发，煎煮，消毁，
解化着原来组成整体的成分
重向自然返归。

青天微粲的俯看着这变态，
仿佛是眷注一茎向阳的朝卉；
那空气里却满是秽息，难堪，
多亏你不曾昏醉。
大群的蝇蚋在烂肉间喧哄
酝酿着细蛆，黑水似的汹涌，
他们吞噬着生命的遗蜕。
啊，报仇似的凶猛。

那蛆群潮澜似的起落，
无餍的飞虫仓皇的争夺；
转像是无形中有生命的叹息，
巨量的微生滋育。
丑恶的尸体，从这繁生的世界，
仿佛有风与水似的异乐纵泻。
又像是在风车旋动的和音中，
谷衣急雨似的四射。

眼前的万象迟早不免消翳，
梦幻似的，只模糊的轮廓存遗，
有时在美术师的腕底，不期的，
掩映着辽远的回忆。

在那磐石的后背躲着一只野狗，
它那火赤的眼睛向着你我守候，
它也撕下了一块烂肉，愤愤的，
等我们过后来享受。

就是我爱，也不免一般的腐朽，
这样恶腥的传染，谁能忍受——
你，我愿望的明星！照我的光明！
这般的纯洁，温柔！

是呀，就你也难免，美丽的后，
等到那最后的祈祷为你诵咒，
这美妙的丰姿也不免到泥草里，
与陈死人共朽。

因此，我爱呀，吩咐那趔趄的虫蠕，
它来亲吻你的生命，吞噬你的体肤，
说我的心永葆着你的妙影，
即使你的肉化群蛆！

十一月十三日

志摩的诗

雪花的快乐

假如我是一朵雪花，
翩翩的在半空里潇洒，
我一定认清我的方向——
飞扬，飞扬，飞扬……
这地面上有我的方向。

不去那冷寞的幽谷，
不去那凄清的山麓，
也不上荒街去惆怅——
飞扬，飞扬，飞扬……
你看，我有我的方向！

在半空里娟娟的飞舞，
认明了那清幽的住处，
等着她来花园里探望——
飞扬，飞扬，飞扬……
啊，她身上有朱砂梅的清香！

那时我凭借我的身轻，
盈盈的，沾住了她的衣襟，
贴近她柔波似的心胸——
消溶，消溶，消溶……
溶入了她柔波似的心胸！

沙扬娜拉

赠日本女郎

最是那一低头的温柔，
像一朵水莲花不胜凉风的娇羞，
道一声珍重，道一声珍重，
那一声珍重里有蜜甜的忧愁——
沙扬娜拉！

一九二四年七月

落叶小唱

一阵声响转上了阶沿
（我正挨近着梦乡边）；
这回准是她的脚步了，我想——
在这深夜！

一声剥啄在我的窗上
（我正靠紧着睡乡旁）；
这准是她来闹着玩——你看，
我偏不张皇！

一个声息贴近我的床，
我说（一半是睡梦，一半是迷惘：）——
"你总不能明白我，你又何苦
多叫我心伤！"

一声喟息落在我的枕边
（我已在梦乡里留恋）。

"我负了你!"你说——你的热泪
烫着我的脸!

这声响恼着我的梦魂
（落叶在庭前舞，一阵，又一阵）；
梦完了，呵，恢复清醒；恼人的——
却只是秋声！

为　谁

这几天秋风来得格外尖利。

我怕看我们的庭院，

树叶伤鸟似的猛旋，

中着了无形的利箭——

没了，全没了：生命，颜色，美丽！

就剩下西墙上的几道爬山虎：

他那豹斑似的秋色，

忍熬着风拳的打击，

低低的喘一声乌邑——

"我为你耐着！"它仿佛对我声诉。

它为我耐着，那艳色的秋萝，

但秋风不容情的追，

追，（摧残是它的恩惠）

追尽了生命的余辉——

这回墙上不见了勇敢的秋萝！

今夜那青光的三星在天上

倾听着秋后的空院，

悄悄的，更不闻呜咽：

落叶在泥土里安眠——

只我在这深夜，啊，为谁凄惘？

这是一个懦怯的世界

这是一个懦怯的世界：
容不得恋爱，容不得恋爱！
披散你的满头发，
赤露你的一双脚，
跟着我来，我的恋爱！
抛弃这个世界
殉我们的恋爱！

我拉着你的手，
爱，你跟着我走；
听凭荆棘把我们的脚心刺透，
听凭冰雹劈破我们的头，
你跟着我走，
我拉着你的手，
逃出了牢笼，恢复我们的自由！

跟着我来，
我的恋爱！

人间已经掉落在我们的后背——
看呀，这不是白茫茫的大海？
白茫茫的大海，
白茫茫的大海，
无边的自由，我与你与恋爱！

顺着我的指头看，
那天边一小星的蓝——
那是一座岛，岛上有青草、
鲜花、美丽的走兽与飞鸟；
快上这轻快的小艇，
去到那理想的天庭——
恋爱，欢欣，自由——辞别了人间，永远！

去 吧

去吧，人间，去吧！
我独立在高山的峰上。
去吧，人间，去吧！
我面对着无极的穹苍。

去吧，青年，去吧！
与幽谷的香草同埋。
去吧，青年，去吧！
悲哀赋予暮天的群鸦。

去吧，梦乡，去吧！
我把幻景的玉杯摔破。
去吧，梦乡，去吧！
我笑受山风与海涛之贺。

去吧，种种，去吧！
当前有插天的高峰。
去吧，一切，去吧！
当前有无穷的无穷！

一星弱火

我独坐在半山的石上，
看前峰的白云蒸腾，
一只不知名的小雀，
嘲讽着我迷惘的神魂。

白云一饼饼的飞升，
化入了辽远的无垠；
但在我逼仄的心头，啊，
却凝敛着惨雾与愁云！

皎洁的晨光已经透露，
洗净了青屿似的前峰；
像墓墟间的磷光惨淡，
一星的微焰在我的胸中。

但这惨淡的弱火一星，
照射着残骸与余烬，
虽则是往迹的嘲讽，
却绵绵的长随时间进行！

为要寻一个明星

我骑着一匹拐腿的瞎马，
向着黑夜里加鞭；
向着黑夜里加鞭，
我跨着一匹拐腿的瞎马。

我冲入这黑绵绵的昏夜，
为要寻一颗明星；
为要寻一颗明星，
我冲入这黑茫茫的荒野。

累坏了，累坏了我胯下的牲口，
那明星还不出现；
那明星还不出现，
累坏了，累坏了马鞍上的身手。

这回天上透出了水晶似的光明，
荒野里倒着一只牲口，
黑夜里躺着一具尸首。
——这回天上透出了水晶似的光明！

不再是我的乖乖

一

前天我是一个小孩，

这海滩最是我的爱；

早起的太阳赛如火炉，

趁暖和我来做我的工夫：

捡满一衣兜的贝壳，

在这海沙上起造宫阙。

哦，这浪头来得凶恶，

冲了我得意的建筑——

我喊一声：海，海！

你是我小孩儿的乖乖！

二

昨天我是一个"情种"，

到这海滩上来发疯；

西天的晚霞慢慢的死，

血红变成姜黄，又变紫，

一颗星在半空里窥伺，

我匍匐在沙堆里画字，

一个字，一个字，又一个字，

谁说不是我心爱的游戏？

我喊一声：海，海！

不许你有一点儿的更改！

三

今天！咳，为什么要有今天？

不比从前，没了我的疯癫，

再没有小孩时的新鲜，

这回再不来这大海的边沿！

头顶不见天光的方便，

海上只暗沉沉的一片，

暗潮侵蚀了沙字的痕迹，

却冲不淡我悲惨的颜色——

我喊一声：海，海！

你从此不再是我的乖乖！

多谢天，我的心又一度的跳荡

多谢天！我的心又一度的跳荡，

这天蓝与海青与明洁的阳光

驱净了梅雨时期无欢的遗迹，

也散放了我心头的网罗与纽结，

像一朵曼陀罗花英英的露爽，

在空灵与自由中忘却了迷惘：——

迷惘！迷惘！也不知来自何处，

囚禁着我心灵的自然的流露，

可怖的梦魇，黑夜无边的残酷，

苏醒的盼切，只增剧灵魂的麻木！

曾经有多少的白昼，黄昏，清晨，

嘲讽我这蚕茧似不生产的生存？

也不知有几遭的明月，星群，晴霞，

山岭的高亢与流水的光华……

辜负！辜负自然界叫唤的殷勤，

惊不醒这沉醉的昏迷与顽冥！

如今，多谢这无名的博大的光辉，

在艳色的青波与绿岛间萦回。
更有那渔船与航影，亭亭的黏附
在天边，唤起辽远的梦境与梦趣：
我不由的惊悚，我不由的感愧，
（有时微笑的妩媚是启悟的棒槌！）
是何来倏忽的神明，为我解脱
忧愁，新竹似的豁裂了外箨，
透露内里的青篁，又为我洗净
障眼的盲翳，重见宇宙的欢欣。

这或许是我生命重新的机兆；
大自然的精神！容纳我的祈祷，
容许我的不踌躇的注视，容许
我的热情的献致，容许我保持
这显示的神奇，这现在与此地，
这不可比拟的一切间隔的毁灭！
我更不问我的希望，我的惆怅，
未来与过去只是渺茫的幻想，
更不向人间访问幸福的进门，
只求每时分给我不死的印痕——
变一颗埃尘，一颗无形的埃尘，
追随着造化的车轮，进行，进行……

我有一个恋爱

我有一个恋爱——

我爱天上的明星,

我爱它们的晶莹:

人间没有这异样的神明。

在冷峭的暮冬的黄昏,

在寂寞的灰色的清晨,

在海上,在风雨后的山顶——

永远有一颗,万颗的明星!

山涧边小草花的知心,

高楼上小孩童的欢欣,

旅行人的灯亮与南针——

万万里外闪烁的精灵!

我有一个破碎的魂灵,

像一堆破碎的水晶,

散布在荒野的枯草里——

饱啜你一瞬瞬的殷勤。

人生的冰激与柔情，
我也曾尝味，我也曾容忍；
有时阶砌下蟋蟀的秋吟，
引起我心伤，逼迫我泪零。

我袒露我的坦白的胸襟，
献爱于一天的明星，
任凭人生是幻是真
地球存在或是消泯——
大空中永远有不昧的明星！

无　题

原是你的本分，朝山人的胫踝，

这荆刺的伤痛！回看你的来路，

看那草丛乱石间斑斑的血迹，

在暮霭里记认你从来的踪迹！

且缓抚摩你的肢体，你的止境

还远在那白云环拱处的山岭！

无声的暮烟，远从那山麓与林边，

渐渐的潮没了这旷野，这荒天，

你渺小的孑影面对这冥盲的前程，

像在怒涛间的轻航失去了南针；

更有那黑夜的恐怖，悚骨的狼嗥，

狐鸣，鹰啸，蔓草间有蝮蛇缠绕！

退后？——昏夜一般的吞噬血染的来踪，

倒地？——这懦怯的累赘问谁去收容？

前冲？啊，前冲！冲破这黑暗的冥凶，

冲破一切的恐怖，迟疑，畏葸，苦痛，

血淋漓的践踏过三角棱的劲刺,
丛莽中伏兽的利爪,蜿蜒的虫豸!

前冲——灵魂的勇是你成功的秘密!
这回你看,在这决心舍命的瞬息,
迷雾已经让路,让给不变的天光,
一弯青玉似的明月在云隙里探望,
依稀窗纱间美人启齿的瓠犀——
那是灵感的赞许,最恩宠的赠予!

更有那高峰,你那最想望的高峰;
亦已涌现在当前,莲苞似的玲珑,
在蓝天里,在月华中,浓艳,崇高——
朝山人,这异象便是你跋涉的酬劳!

消　息

雷雨暂时收敛了；

双龙似的双虹，

显现在雾霭中，

夭矫，鲜艳，生动……

好兆！明天准是好天了。

什么！又是一阵打雷了，

在云外，在天外，

又是一片暗淡，

不见了鲜虹彩，

希望，不曾站稳，又毁了。

夜半松风

这是冬夜的山坡，
坡下一座冷落的僧庐，
庐内一个孤独的梦魂：
在忏悔中祈祷，在绝望中沉沦。

为什么这怒叫，这狂啸，
鼍鼓与金钲与虎与豹？
为什么这幽诉，这私慕？
烈情的惨剧与人生的坎坷——
又一度潮水似的淹没了
这彷徨的梦魂与冷落的僧庐？

月下雷峰影片

我送你一个雷峰塔影，
满天稠密的黑云与白云；
我送你一个雷峰塔顶，
明月泻影在眠熟的波心。

深深的黑夜，依依的塔影，
团团的月彩，纤纤的波鳞——
假如你我荡一只无遮的小艇，
假如你我创一个完全的梦境！

沪杭车中

匆匆匆！催催催！

一卷烟，一片山，几点云影，

一道水，一条桥，一支橹声，

一林松，一丛竹，红叶纷纷：

艳色的田野，艳色的秋景，

梦境似的分明，模糊，消隐——

催催催！是车轮还是光阴？

催老了秋容，催老了人生！

难 得

难得，夜这般的清静，

难得，炉火这般的温，

更是难得，无言的相对，

一双寂寞的灵魂！

也不必筹营，也不必评论，

更没有虚骄、猜忌与嫌憎，

只静静的坐对着一炉火，

只静静的默数远巷的更。

喝一口白水，朋友，

滋润你的干裂的口唇；

你添上几块煤，朋友，

一炉的红焰感念你的殷勤。

在冰冷的冬夜，朋友，

人们方始珍重难得的炉薪；

在这冰冷的世界，

方始凝结了少数同情的心！

古怪的世界

从松江的石湖塘
上车来老妇一双，
颤巍巍的承住弓形的老人身，
多谢（我猜是）普渡山的盘龙藤；

青头棉袄，黑布棉套，
头毛半秃，齿牙半耗：
肩挨肩的坐落在阳光暖暖的窗前，
畏葸的，呢喃的，像一对寒天的老燕；

震震的干枯的手背，
震震的皱缩的下颏：
这二老，是妯娌，是姑嫂，是姐妹？
紧挨着，老眼中有伤悲的眼泪！

怜悯，贫苦不是卑贱，
老衰中有无限庄严——
老年人有什么悲哀，为什么凄伤？

为什么在这快乐的新年，抛却家乡？

同车里杂沓的人声，
轨道上疾转着车轮；
我独自的，独自的沉思这世界古怪——
是谁吹弄着那不调谐的人道的音籁？

天国的消息

可爱的秋景！无声的落叶，
轻盈的，轻盈的，掉落在这小径；
竹篱内，隐约的，有小儿女的笑声；
呖呖的清音，缭绕着村舍的静谧，
仿佛是幽谷里的小鸟，欢噪着清晨，
驱散了昏夜的暗塞，开始无限光明。

霎那的欢欣，昙花似的涌现，
开豁了我的情绪，忘却了春恋，
人生的惶惑与悲哀，惆怅与短促——
在这稚子的欢笑声里，想见了天国！

晚霞泛滥着金色的枫林，
凉风吹拂着我孤独的身形：
我灵海里啸响着伟大的波涛，
应和更伟大的脉搏，更伟大的灵潮！

乡村里的音籁

小舟在垂柳荫间缓泛——
一阵阵初秋的凉风，
吹生了水面的漪绒，
吹来两岸乡村里的音籁。

我独自凭着船窗闲憩，
静看着一河的波泛，
静听着远近的音籁——
又一度与童年的情景默契！

这是清脆的稚儿的呼唤，
田野上工作纷纭，
竹篱边犬吠鸡鸣：
但这无端的悲鸣与凄婉！

白云在蓝天里飞行：
我欲把恼人的年岁，

我欲把恼人的情爱，

托付于无涯的空灵——消泯；

回复我纯朴的美丽的童心；

像山谷里的冷泉一勺，

像晓风里的白头乳鹊，

像池畔的草花，

自然的鲜明。

她是睡着了

她是睡着了——
星光下一朵斜欹的白莲；
她入梦境了——
香炉里袅起一缕碧螺烟。

她是眠熟了——
涧泉幽抑了喧响的琴弦；
她在梦乡了——
粉蝶儿，翠蝶儿，翻飞的欢恋。

停匀的呼吸：
清芬渗透了她的周遭的清氛；
有福的清氛
怀抱着，抚摩着，她纤纤的身形！

奢侈的光阴！
静，沙沙的尽是闪亮的黄金，
平铺着无垠——

波粼间轻漾着光艳的小艇。

醉心的光景：
给我披一件彩衣，啜一坛芳醴，
折一支藤花，
舞，在葡萄丛中，颠倒，昏迷。

看呀，美丽！
三春的颜色移上了她的香肌，
是玫瑰，是月季，
是朝阳里的水仙，鲜妍，芳菲！

梦底的幽秘，
挑逗着她的心——纯洁的灵魂——
像一只蜂儿，
在花心恣意的唐突——温存。

童真的梦境。
静默；休教惊断了梦神的殷勤；
像一丝金络，
抽一丝银络，抽一丝晚霞的紫曛。

玉腕与金梭，

织缣似的精审，更番的穿度——

化生了彩霞，

神阙，安琪儿的歌，安琪儿的舞。

可爱的梨涡，

解释了处女的梦境的欢喜，

像一颗露珠，

颤动的，在荷盘中闪耀着晨曦！

五老峰

不可摇撼的神奇，

不容注视的威严，

这耸峙，这横蟠，

这不可攀援的峻险！

看！那岩缺处

透露着天，窈远的苍天，

在无限广博的怀抱间，

这磅礴的伟象显现！

是谁的意境，是谁的想象？

是谁的工程与搏造的手痕？

在这亘古的空灵中，

陵慢着天风、天体与天氛！

有时朵朵明媚的彩云，

轻颤的，妆缀着老人们的苍鬓，

像一树虬干的古梅在月下

吐露了艳色鲜葩的清芬！

山麓前伐木的村童，

在山涧的清流中洗濯，呼啸，

认识老人们的嗔颦，

迷雾海沫似的喷涌，铺罩。

淹没了谷内的青林，

隔绝了鄱阳的水色裊渺，

陡壁前闪亮着火电，听呀！

五老们在渺茫的雾海外狂笑！

朝霞照他们的前胸，

晚霞戏逗着我们赤秃的头颅；

黄昏时，听异鸟的欢呼，

在他们鸠盘的肩旁怯怯的透露

不寐的星光与月彩：

柔波里，缓泛着的小艇与轻舸。

听呀！在海会静穆的钟声里，

有朝山人在落叶林中过路！

更无有人事的虚荣，

更无有尘世的仓促与噩梦，

灵魂！记取这从容与伟大，

在五老峰前饱啜自由的山风！

这不是山峰，这是古圣人的祈祷，

凝聚成这"冻乐"似的建筑神工，

给人间一个不朽的凭证——

一个"倔强的疑问"在无极的蓝空！

在那山道旁

在那山道旁，一天雾蒙蒙的朝上，
初生的小蓝花在草丛里窥觑，
我送别她归去，与她在此分离，
在青草里飘拂，她的洁白的裙衣。

我不曾开言，她亦不曾告辞，
驻足在山道旁，我暗暗的寻思：
"吐露你的秘密，这不是最好时机？"
露湛的小草花，仿佛恼我的迟疑。

为什么迟疑，这是最后的时机，
在这山道旁，在这雾茫的朝上？
收集了勇气，向着她我旋转身去——
但是啊，为什么她这满眼凄惶？

我咽住了我的话，低下了我的头：
火灼与冰激在我的心胸间回荡，

啊，我认识了我的命运，她的忧愁——
在这浓雾里，在这凄清的道旁！

在那天朝上，在雾茫茫的山道旁，
新生的小蓝花在草丛里睥睨，
我目送她远去，与她从此分离——
在青草间飘拂，她那洁白的裙衣。

石虎胡同七号

我们的小院庭，有时荡漾着无限温柔：
善笑的藤娘，袒酥怀任团团的柿掌绸缪，
百尺的槐翁，在微风中俯身将棠姑抱搂，
黄狗在篱边，守候睡熟的珀儿，它的小友，
小雀儿新制求婚的艳曲，在媚唱无休——
我们的小院庭，有时荡漾着无限温柔。

我们的小院庭，有时淡描着依稀的梦景；
雨过的苍茫与满庭荫绿，织成无声幽冥，
小蛙独坐在残兰的胸前，听隔院蚓鸣，
一片化不尽的雨云，蜷展在老槐树顶，
掠檐前作圆形的舞旋，是蝙蝠，还是蜻蜓？——
我们的小院庭，有时淡描着依稀的梦景。

我们的小院庭，有时轻喟着一声奈何；
奈何在暴雨时，雨槌下捣烂鲜红无数，
奈何在新秋时，未凋的青叶惆怅地辞树，
奈何在深夜里，月儿乘云艇归去，西墙已度，远巷薤露的乐音，一阵阵被冷风吹过——
我们的小院庭，有时轻喟着一声奈何。

我们的小院庭，有时沉浸在快乐之中；
雨后的黄昏，满院美荫，清香与凉风，
大量的蹇翁，巨樽在手，蹇足直指天空，
一斤，两斤，杯底喝尽，满怀酒欢，满面酒红，
连珠的笑响中，浮沉着神仙似的酒翁——
我们的小院庭，有时沉浸在快乐之中。

先生！　先生！

钢丝的车轮

在偏僻的小巷内飞奔——

"先生，我给先生请安您哪，先生。"

迎面一蹲身

一个单布褂的女孩颤动着呼声——

雪白的车轮在冰冷的北风里飞奔。

紧紧的跟，紧紧的跟，

破烂的孩子追赶着铄亮的车轮——

"先生，可怜我一文吧，善心的先生！"

"可怜我的妈，

她又饿又冻又病，躺在道儿边直呻——

您修好，赏给我们一顿窝窝头，您哪，先生！"

"没有带子儿，"

坐车的先生说，车里戴大皮帽的先生——

飞奔，急转的双轮，紧追，小孩的呼声。

一路旋风似的土尘，土尘里飞转着银晃晃的车轮——

"先生，可是您出门不能不带钱您哪，先生。"

"先生，……先生！"

紫涨的小孩，气喘着，断续的呼声——

飞奔，飞奔，橡皮的车轮不住的飞奔。

飞奔……先生……

飞奔……先生……

先生……先生……先生……

叫化活该

"行善的大姑，修好的爷，"
西北风尖刀似的猛刺着他的脸，
"赏给我一点你们吃剩的油水吧！"
一团模糊的黑影，挨紧在大门边。

"可怜我快饿死了，发财的爷！"
大门内有欢笑，有红炉，在玉杯；
"可怜我快冻死了，有福的爷！"
大门外西北风笑说："叫化活该！"

我也是战栗的黑影一堆，
蠕伏在人道的前街；
我也只要一些同情的温暖，
遮掩我的剐残的余骸——

但这沉沉的紧闭大门，谁来理睬？
街道上只冷风的嘲讽："叫化活该！"

谁知道

我在深夜里坐着车回家——
一个褴褛的老头他使着劲儿拉。
天上不见一个星，
街上没有一只灯，
那车灯的小火
冲着街心里的土——
左一个颠簸，右一个颠簸，
拉车的走着他的踉跄步。
……

"我说拉车的，这道儿哪儿能这么的黑？"
"可不是先生？这道儿真——真黑！"
他拉——拉过了一条街，穿过了一座门，
转一个弯，转一个弯，一般的暗沉沉。
天上不见一个星，
街上没有一个灯，
那车灯的小火
蒙着街心里的土——

左一个颠簸，右一个颠簸，

拉车的走着他的跟跄步。

……

"我说拉车的，这道儿哪儿能这么的静？"

"可不是先生？这道儿真——真静！"

他拉——紧贴着一垛墙，长城似的长，

过一处河沿，转入了黑遥遥的旷野。

天上不露一个星，

道上没有一只灯，

那车灯的小火

晃着道儿上的土——

左一个颠簸，右一个颠簸，

拉车的走着他的跟跄步。

……

"我说拉车的，怎么这儿道上一个人都不见？"

"倒是有，先生，就是您不大瞧得见！"

我骨髓里一阵子的冷——

那边青缭缭的是鬼还是人？

仿佛听着呜咽与笑声——

啊，原来这遍地都是坟！

天上不亮一个星，

道上没有一只灯，

那车灯的小火

缭着道儿上的土——

左一个颠簸，右一个颠簸，

拉车的跨着他的踉跄步。

……

"我说——我说拉车的喂！这道儿哪……哪儿有这么

远？"

"可不是先生？这道儿真——真远！"

"可是……你拉我回家……你走错了道儿没有？"

"谁知道先生！谁知道走错了道儿没有！"

……

我在深夜里坐着车回家，

一堆不相识的褴褛他使着劲儿拉。

天上不明一个星，

道上不见一只灯，

只那车灯的小火

袅着道儿上的土——

左一个颠簸，右一个颠簸，

拉车的跨着他的蹒跚步。

残　诗

怨谁？怨谁？这不是青天里打雷？

关着，锁上，赶明儿瓷花砖上堆灰！

别瞧这白石台阶儿光润，赶明儿，唉，

石缝里长草，石板青青的全是莓！

那廊下的青玉缸里养着鱼，真凤尾，

可还有谁给换水，谁给捞草，谁给喂？

要不了三五天准翻着白肚鼓着眼，

不浮着死，也就让冰分儿压一个扁！

顶可怜是那几个红嘴绿毛的鹦哥，

让娘娘教得顶乖，会跟着洞箫唱歌，

真娇养惯，喂食一迟，就叫人名儿骂，

现在，您叫去！就剩空院子给您答话！……

盖上几张油纸

一片，一片，半空里
掉下雪片；
有一个妇人，有一个妇人
独坐在阶沿。

虎虎的，虎虎的，风响
在树林间；
有一个妇人，有一个妇人
独自在哽咽。

为什么伤心，妇人，
这大冷的雪天？
为个么啼哭，莫非是
失掉了钗钿？

不是的，先生，不是的，
不是为了钗钿；
也是的，也是的，我不见了

我的心恋。

那边松林里，山脚下，先生，
有一只小木箧，
装着我的宝贝，我的心，
三岁儿的嫩骨！

昨夜我梦见我的儿
叫一声："娘呀——
天冷了，天冷了，天冷了，
儿的亲娘呀！"

今天果然下大雪，屋檐前
望得见冰条，
我在冷冰冰的被窝里摸
摸我的宝宝。

方才我买来几张油纸，
盖在儿的床上；
我唤不醒我熟睡的儿——
我因此心伤。

一片，一片，半空里

掉下雪片；
有一个妇人，有一个妇人
独坐在阶沿。

虎虎的，虎虎的，风响
在树林间；
有一个妇人，有一个妇人
独自在哽咽。

太平景象

"卖油条的，来六根——再来六根。"
"要香烟吗，老总们，大英牌，大前门？
多留几包也好，前边什么买卖都不成。"

"这枪好，德国来的，装弹时手顺。"
"我哥有信来，前天，说我妈有病。"
"哼，管得你妈，咱们去打仗要紧。"

"亏得在江南，离着家千里的路程，
要不然我的家里人……唉，管得他们
眼红眼青，咱们吃粮的眼不见为净！"

"说是，这世界！做鬼不幸，活着也不称心；
谁没有家人老小，谁愿意来当兵拼命？"
"可是你不听长官说，打伤了有恤金？"

"我就不稀罕那猫儿哭耗子的'恤金'！
脑袋就是一个，我就想不透为什么要上阵，

砰，砰，打自个儿的弟兄，损己，又不利人。"

"你不见李二哥回来，烂了半个脸，全青？
他说前边稻田里的尸体，简直像牛粪，
全的，残的，死透的，半死的，烂臭，难闻。"

"我说这儿江南人倒懂事，他们死不当兵；
你看这路旁的皮棺，那田里玲巧的享亭，
草也青，树也青，做鬼也落个清静。"

"比不得我们——可不是火车已经开行？——
天生是稻田里的牛粪——唉，稻田里的牛粪！"
"喂，卖油条的，赶上来，快，我还要六根。"

卡尔佛里

喂，看热闹去，朋友！在哪儿？

卡尔佛里，今天是杀人的日子：

两个是贼，还有一个——不知到底

是谁？有人说他是一个魔鬼；

有人说他是天父的亲儿子，

米赛亚……看，那就是，他来了！

咦，为什么有人替他抗着

他的十字架？你看那两个贼，

满头的乱发，眼睛里烧着火，

十字架压着他们的肩背！

他们跟着耶稣走着：唉，耶稣，

他到底是谁？他们都说他有

权威，你看他那样子顶和善，

顶谦卑——听着，他说话了！他说：

"父呀，饶恕他们吧，他们自己

都不知道他们犯的是什么罪。"

我说你觉不觉得他那话怪，

听了叫人毛管里直淌冷汗？

那黄头毛的贼，你看，好像是
梦醒了，他脸上全变了气色，
眼里直流着白豆粗的眼泪；
准是变善了！谁要能赦了他，
保管他比祭司不差什么高矮！……
再看那妇女们，小羊似的一群，
也跟着耶稣的后背，头也不包，
发也不梳，直哭，直叫，直嚷，
倒像上十字架的是她们亲生
儿子；倒像明天太阳不透亮……
再看那群得意的犹太，法利赛，
法利赛，穿着长袍，戴着高帽，
一脸的奸相；他们也跟在后背，
他们这才得意哪，瞧他们那笑！
我真受不了那假味儿，你呢？
听他们还嚷着哪："快点儿走，
上'人头山'去，钉死他，活活钉死他！……"
唉，躲在墙边高个儿的那个？
不错，我认得，黑黑的脸，矮矮的，
就是他该死，他就是犹大斯！
不错，他的门徒。门徒算什么？
耶稣就让他卖，卖现钱，你知道！
他们也不止一半天的交情哪：

他跟着耶稣吃苦就有好几年，

谁知他贪小，变了心，真是狗屎！

那还只前天，我听说，他们一起

吃晚饭，耶稣与他十二个门徒，

犹大斯就算一枚；耶稣早知道

迟早他的命、他的血，得让他卖。

可不是他的血？吃晚饭时他说，

他把自己的肉喂他们的饿，

也要把他自己的血止他们的渴，

意思要他们逢着患难时多少

帮着一点：他还亲手舀着水

替他们洗脚，犹大斯都有份，

还拿自己的腰布替他们擦干！

谁知那大个儿的黑脸他，没等

擦干嘴，就拿他主人去换钱：

听说那晚耶稣与他的门徒

在橄榄山上歇着，冷不防来了，

犹大斯带着路，天不亮就干，

树林里密密的火把像火蛇，

蜒着来了，真恶毒，比蛇还毒。

他一上来就亲他主人的嘴，

那是他的信号，耶稣就倒了霉，

赶明儿你看，他的鲜血就在

十字架上冻着！我信他是好人；
就算他坏，也不该让犹大斯
那样肮脏的卖，那样肮脏的卖！
我看着惨，看他生生的让人
钉上十字架去，当贼受罪，我不干！
你没听着怕人的预言？我听说
公道一完事，天地都得昏黑——
我真信，天地都得昏黑——回家吧！

译文

一条金色的光痕

得罪那，问声点看，

我要来求见徐家格位太太，有点事体……

认真则，格位就是太太，真是老太婆哩，

眼睛赤花，连太太都勿认得哩！

是欧，太太，今朝特为打乡下来欧，

乌青青就出门；田里西北风度来野欧，是欧，

太太，为点事体要来求求太太呀！

太太，我拉埭上，东横头，有个老阿太，

姓李，亲丁么……老早死完哩，伊拉格大官——

李三官，起先到街上来做长年欧——早几年

成了弱病，田么卖掉，病么始终勿曾好；

格位李家阿太老年格运气真勿好，全靠

场头上东帮帮西讨讨，吃一口白饭，

每年只有一件绝薄欧棉袄靠过冬欧。

上个月听得话李家阿太流火病发，

前夜子西北风起，我也冻得瑟瑟叫抖，

我心里想李家阿太勿晓得哪介哩，

昨日子我一早走到伊屋里——真是罪过！

老阿太已经去哩，冷冰冰欧滚在稻草里，

也勿晓得几时脱气欧，也呒不人晓得！

我野呒不法子，只好去喊拢几个人来，

有人话是饿煞欧，有人话是冻煞欧，

我看一半是老病，西北风也作兴有点欧。

为此我到街上来，善堂里格位老爷

本里一具棺材，我乘便来求求太太，

做做好事，我晓得太太是顶善心欧，

顶好有旧衣裳本格件把，我还想去

买一刀锭箔；我自己屋里也是滑白欧，

我只有五升米烧顿饭本两个帮忙欧吃，

伊拉抬了材，外加收作，饭总要吃一顿欧，

太太是勿是？……嗳，是欧！嗳，是欧！

喔唷，太太认真好来，真体恤我拉穷人……

格套衣裳正好……喔唷，害太太还要

难为洋钿……喔唷，喔唷……我只得

朝太太磕一个响头，代故世欧谢谢！

喔唷，那么真真多谢，真欧，太太……

灰色人生

我想——我想开放我的宽阔的粗暴的嗓音，唱一支野蛮的大胆的骇人的新歌；

我想拉破我的袍服，我的整齐的袍服，露出我的胸膛、肚腹、肋骨与筋络；

我想放散我一头的长发，像一个游方僧似的散披着一头的乱发；

我也想跣我的脚，跣我的脚，在巉牙似的道上，快牙似的道上，快活的无畏的走着。

我要调谐我的嗓音，傲慢的，粗暴的，唱阕荒唐的，摧残的，弥漫的歌调；

我伸出我的巨大的手掌，向着天与地，海与山，无餍的求讨，寻捞；

我一把揪住了西北风，问它要落叶的颜色，

我一把揪住了东南风，问它要嫩芽的光泽；

我蹲身在大海的边旁，倾听它的伟大的酣睡的声浪；

我捉住了落日的彩霞，远山的露霭，秋月的明辉，散放在我的发上、胸前、袖里、脚底……

我只是在狂喜的大踏步向前——向前——口里唱着暴烈的

粗怆的不成章的歌调；

来，我邀你们到海边去，听风涛震撼太空的声调；

来，我邀你们到山中去，听一柄利斧砍伐老树的清音；

来，我邀你们到密室里去，听残废的寂寞的灵魂的呻吟；

来，我邀你们到云霄外去，听古怪的大鸟孤独的悲鸣；

来，我邀你们到民间去，听衰老的，病痛的，贫苦的，残毁的，受压迫的，烦闷的，奴服的，懦怯的，丑陋的，罪恶的，自杀的，——和着深秋的风声与雨声——合唱的"灰色的人生"！

破　庙

慌张的急雨将我

赶入了黑丛丛的山坳，

迫近我头顶的腾拿，

恶狠狠的乌龙巨爪；

枣树兀兀的隐蔽着

一座静悄悄的破庙。

我满身的雨点雨块，

躲进了昏沉沉的破庙。

雷雨越发来得大了，

霍隆隆半天里霹雳，

豁喇喇林叶树根苗，

山谷山石一齐怒号，

千万条的金剪金蛇，

飞入阴森森的破庙。

我浑身战抖，趁电光

估量这冷冰冰的破庙。

我禁不住大声喊叫，
电光火把似的照耀，
照出我身旁神龛里
一个青面狞笑的神道，
电光去了，霹雳又到，
不见了狞笑的神道，
硬雨石块似的倒泻——
我独身藏躲在破庙。

千年万年应该过了！
只觉得浑身的毛窍，
只听得骇人的怪叫，
只记得那凶恶的神道，
忘记了我现在的破庙。
好容易雨收了，雷休了，
血红的太阳，满天照耀，
照出一个我，一座破庙！

恋爱到底是什么一回事

恋爱他到底是什么一回事？——
他来的时候我还不曾出世；
太阳为我照上了二十几个年头，
我只是个孩子，认不识半点愁；
忽然有一天——我又爱又恨那一天——
我心坎里痒齐齐的有些不连牵，
那是我这辈子第一次的上当；
有人说是受伤——你摸摸我的胸膛——
他来的时候我还不曾出世，
恋爱他到底是什么一回事？

这来我变了，一只没笼头的马——
跑遍了荒凉的人生的旷野；
又像是那古时间献璞玉的楚人，
手指着心窝，说这里面有真有真，
你不信时一刀拉破我的心头肉，
看那血淋淋的一掬是玉不是玉。
血！那无情的宰割，我的灵魂！

是谁逼迫我发最后的疑问？

疑问！这回我自己幸喜我的梦醒，

上帝，我没有病，再不来对你呻吟！

我再不想成仙，蓬莱不是我的份；

我只是这地面，情愿安分的做人——

从此再不问恋爱是什么一回事，

反正他来的时候我还不曾出世！

常州天宁寺闻礼忏声

有如在火一般可爱的阳光里，偃卧在长梗的，杂乱的丛草里，听初夏第一声的鹧鸪，从天边直响入云中，从云中又回响到天边；

有如在月夜的沙漠里，月光温柔的手指，轻轻的抚摩着一颗颗热伤了的砂砾，在鹅绒般软滑的热带的空气里，听一个骆驼的铃声，轻灵的，轻灵的，在远处响着，近了，近了，近了，又远了……

有如在一个荒凉的山谷里，大胆的黄昏星，独自临照着阳光死去了的宇宙，野草与野树默默的祈祷着，听一个瞎子，手扶着一个幼童，铛的一响算命锣，在这黑沉沉的世界里回响着；

有如在大海里的一块礁石上，浪涛像猛虎般狂扑着，天空紧紧的绷着黑云的厚幕，听大海向那威吓着的风暴，低声的，柔声的，忏悔它一切的罪恶；

有如在喜马拉雅的顶巅，听天外的风，追赶着天外的云的急步声，在无数雪亮的山壑间回响着；

有如在生命的舞台的幕背，听空虚的笑声，失望与痛苦的呼吁声，残杀与淫暴的狂欢声，厌世与自杀的高歌声，在生命的舞台上合奏着；

　　我听着了天宁寺的礼忏声！

　　这是哪里来的神明？人间再没有这样的境界！

　　这鼓一声，钟一声，磬一声，木鱼一声，佛号一声……

　　乐音在大殿里，迂缓的，漫长的回荡着，无数冲突的波流谐和了，无数相反的色彩净化了，无数现世的高低消灭了……

　　这一声佛号，一声钟，一声鼓，一声木鱼，一声磬，谐音磅礴在宇宙间——解开一小颗时间的埃尘，收束了无量数世纪的因果；

　　这是哪里来的大和谐——星海里的光彩，大千世界的音籁，真生命的洪流：止息了一切的动，一切的扰攘；

　　在天地的尽头，在金漆的殿椽间，在佛像的眉宇间，在我的衣袖里，在耳鬓边，在官感里，在心灵里，在梦里……

　　在梦里，这一瞥间的显示，青天，白水，绿草，慈母温软的胸怀，是故乡吗？是故乡吗？

　　光明的翅羽，在无极中飞舞！

　　大圆觉底里流出的欢喜，在伟大的，庄严的，寂灭的，无疆的，和谐的静定中实现了！

　　颂美呀，涅槃！赞美呀，涅槃！

毒　药

今天不是我歌唱的日子，我口边涎着狞恶的微笑，不是我说笑的日子，我胸怀间插着发冷光的利刃；

相信我，我的思想是恶毒的因为这世界是恶毒的，我的灵魂是黑暗的因为太阳已经灭绝了光彩，我的声调是像坟堆里的夜鸦因为人间已经杀尽了一切的和谐，我的口音像是冤鬼责问他的仇人因为一切的恩已经让路给一切的怨；

但是相信我，真理是在我的话里虽则我的话像是毒药，真理是永远不含糊的虽则我的话仿佛有两头蛇的舌，蝎子的尾尖，蜈蚣的触须；只因为我的心里充满着比毒药更强烈，比咒诅更狠毒，比火焰更猖狂，比死更深奥的不忍心与怜悯心与爱心，所以我说的话是毒性的，咒诅的，燎灼的，虚无的；

相信我，我们一切的准绳已经埋没在珊瑚土打紧的墓宫里，最劲冽的祭肴的香味也穿不透这严封的地层；一切的准则是死了的；

我们一切的信心像是顶烂在树枝上的风筝，我们手里擎着这绷断了的鹞线，一切的信心是烂了的；

相信我，猜疑的巨大的黑影，像一块乌云似的，已经笼盖着人间一切的关系：人子不再悲哭他新死的亲娘，兄弟不再来携着他姊妹的手，朋友变成了寇仇，看家的狗回头来咬他主人的腿：是的，猜疑淹没了一切；在路旁坐着啼哭的，在街心里站着的，在你窗前探望的，都是被奸污的处女；池潭里只见些烂破的鲜艳的荷花；

在人道恶浊的涧水里流着，浮荇似的，五具残缺的尸体，它们是仁义礼智信，向着时间无尽的海澜里流去；

这海是一个不安静的海，波涛猖獗的翻着，在每个浪头的小白帽上分明的写着人欲与兽性；

到处是奸淫的现象：贪心搂抱着正义，猜忌逼迫着同情，懦怯狎亵着勇敢，肉欲侮弄着恋爱，暴力侵凌着人道，黑暗践踏着光明；

听呀，这一片淫猥的声响，听呀，这一片残暴的声响；虎狼在热闹的市街里，强盗在你们妻子的床上，罪恶在你们深奥的灵魂里……

白　旗

　　来，跟着我来，拿一面白旗在你们的手里——不是上面写着激动怨毒，鼓励残杀字样的白旗，也不是涂着不洁净血液的标记的白旗，也不是画着忏悔与咒语的白旗（把忏悔画在你们的心里）；

　　你们排列着，噤声的，严肃的，像送丧的行列，不容许脸上留存一丝的颜色，一毫的笑容，严肃的，噤声的，像一队决死的兵士；

　　现在时辰到了，一齐举起你们手里的白旗，像举起你们的心一样，仰看着你们头顶的青天，不转瞬的，恐惶的，像看着你们自己的灵魂一样；

　　现在时辰到了，你们让你们熬着、壅着、迸裂着、滚沸着的眼泪流，直流，狂流，自由的流，痛快的流，尽性的流，像山水出峡似的流，像暴雨倾盆似的流……

　　现在时辰到了，你们让你们咽着，压迫着，挣扎着，汹涌着的声音嚎，直嚎，狂嚎，放肆的嚎，凶狠的嚎，像飓风在大海波涛间的嚎，像你们丧失了最亲爱的骨肉时的嚎……

　　现在时辰到了，你们让你们回复了的天性忏悔，让眼泪的滚油煎净了的，让嚎恸的雷霆震醒了的天性忏悔，默默的忏悔，悠久的忏悔，沉彻的忏悔，像冷峭的星光照落在一个寂寞的山谷里，像一个黑衣的尼僧匐伏在一座金漆的神龛前……

　　在眼泪的沸腾里，在嚎恸的醋彻里，在忏悔的沉寂里，你们，望见了上帝永久的威严。

婴 儿

我们要盼望一个伟大的事实出现，我们要守候一个馨香的婴儿出世：——

你看他那母亲在她生产的床上受罪！她那少妇的安详，柔和，端丽，现在在剧烈的阵痛里变形成不可信的丑恶：你看她那遍体的筋络都在她薄嫩的皮肤底里暴涨着，可怕的青色与紫色，像受惊的水青蛇在田沟里急泅似的，汗珠沾在她的前额上像一颗颗黄豆，她的四肢与身体猛烈的抽搐着，畸屈着，奋挺着，纠旋着，仿佛她垫着的席子是用针尖编成的，仿佛她的帐围是用火焰织成的；

一个安详的，镇定的，端庄的，美丽的少妇，现在在绞痛的惨酷里变形成魔鬼似的可怖：她的眼，一时紧紧的合着，一时巨大的睁着，她那眼，原来像冬夜池潭里反映着的明星，现在吐露着青黄色的凶焰，眼珠像是烧红的炭火，映射出她灵魂最后的奋斗，她的原来朱红色的口唇，现在像是炉底的冷灰，她的口颤着，撅着，扭着，死神的热烈的亲吻不容许她一息的平安，她的发是散披着，横在口边，漫在胸前，像揪乱的麻丝，她的手指间紧抓着几穗拧下的乱发；

这母亲在她生产的床上受罪。

但她还不曾绝望，她的生命挣扎着血与肉与骨与肢体的纤微，在危崖的边沿上，抵抗着，搏斗着，死神的逼迫；

她还不曾放手，因为她知道（她的灵魂知道）这苦痛不是无因的，因为她知道她的胎宫里孕育着一点比她自己更伟大的生命的种子，包涵着一个比一切更永久的婴儿；

因为她知道这苦痛是婴儿要求出世的征候，是种子在泥土里爆裂成美丽的生命的消息，是她完成她自己生命的使命的时机；

因为她知道这忍耐是有结果的，在她剧痛的昏瞀中，她仿佛听着上帝准许人间祈祷的声音，她仿佛听着天使们赞美未来的光明的声音；

因此她忍耐着，抵抗着，奋斗着……她抵拼绷断她统体的纤微，她要赎出在她那胎宫里动荡着的生命：在她一个完全，美丽的婴儿出世的盼望中，最锐利，最沉酣的痛感逼成了最锐利最沉酣的快感……

翡冷翠的一夜

给陆小曼——代序

小曼：

　　如其送礼不妨过期到一年的话，小曼，请你收受这一集诗，算是纪念我俩结婚的一份小礼。秀才人情当然是见笑的，但好在你的思想，眉，本不在金珠宝石间！这些不完全的诗句，原是不值半文钱，但在我这穷酸，说也脸红，已算是这三年来唯一的积蓄。我不是诗人，我自己一天明白似一天，更不须隐讳；狂妄的虚潮早经消退，余剩的只一片粗确的不生产的砂田，在海天的荒凉中自艾。"志摩感情之浮，使他不能为诗人，思想之杂，使他不能为文人。"这是一个朋友给我的评语。煞风景，当然，但我的幽默不容我不承认他这来真的辣入骨髓的看透了我。煞风景，当然，但同时我却感到一种解放的快乐——

　　"我不想成仙，蓬莱不是我的分。我只要地面，情愿安分的做人。"……本来是！"如其诗句的来，"诗人济慈说，"不像是叶子那么长上树枝，那还不如不来的好。"我如其曾经有过一星星诗的本能，这几年都市的生活早就把它压死，这一年间我只淘成了一首诗，前途更是渺茫，唉，不来也罢，只是我怕辜负你的期望，眉，我如何能不感到惆怅！因此这一卷诗，大约是末一卷吧，我不能不郑重的献致给你，我爱，请你留了它，只当它是一件不稀奇的古董，一点不成品的纪念。……

志　摩

八月二十三日，花园别墅

　　附志：本书的封面图案，翡冷翠的维基乌大桥的即景，是江小鹣先生的匠心，我得好好的道谢；我也感谢闻一多先生，他给过我不少的帮助，又为我特制《巴黎的鳞爪》的封面图案。

志　摩

第一辑
翡冷翠的一夜

翡冷翠的一夜

你真的走了,明天?那我,那我……
你也不用管,迟早有那一天;
你愿意记着我,就记着我,
要不然趁早忘了这世界上
有我,省得想起时空着恼,
只当是一个梦,一个幻想;
只当是前天我们见的残红,
怯怜怜的在风前抖擞,一瓣,
两瓣,落地,叫人踩,变泥……
唉,叫人踩,变泥——变了泥倒干净。
这半死不活的才叫是受罪,
看着寒伧,累赘,叫人白眼……

天呀！你何苦来，你何苦来……

我可忘不了你，那一天你来，
就比如黑暗的前途见了光彩，
你是我的先生，我爱，我的恩人。
你教给我什么是生命，什么是爱，
你惊醒我的昏迷，偿还我的天真。
没有你我哪知道天是高，草是青？
你摸摸我的心，它这下跳得多快；
再摸我的脸，烧得多焦，亏这夜黑
看不见；爱，我气都喘不过来了，
别亲我了；我受不住这烈火似的活，
这阵子我的灵魂就像是火砖上的
熟铁，在爱的锤子下，砸，砸，火花
四散的飞洒……我晕了，抱着我，
爱，就让我在这儿清静的园内，
闭着眼，死在你的胸前，多美！
头顶白杨树上的风声，沙沙的，
算是我的丧歌。这一阵清风，
橄榄林里吹来的，带着石榴花香，
就带了我的灵魂走；还有那萤火，
多情的殷勤的萤火，有他们照路，
我到了那三环洞的桥上再停步，

听你在这儿抱着我半暖的身体，

悲声的叫我，亲我，摇我，咂我……

我就微笑的再跟着清风走，

随他领着我，天堂，地狱，哪儿都成。

反正丢了这可厌的人生，实现这死

在爱里，这爱中心的死，不强如

五百次的投生？……自私，我知道，

可我也管不着……你伴着我死？

什么，不成双就不是完全的"爱死"，

要飞升也得两对翅膀儿打伙，

进了天堂还不一样的要照顾，

我少不了你，你也不能没有我；

要是地狱，我单身去你更不放心，

你说地狱不定比这世界文明

（虽则我不信，）像我这娇嫩的花朵，

难保不再遭风暴，不叫雨打，

那时候我喊你，你也听不分明——

那不是求解脱反投进了泥坑，

倒叫冷眼的鬼串通了冷心的人，

笑我的命运，笑你懦怯的粗心？

这话也有理，那叫我怎么办呢？

活着难，太难，就死也不得自由，

我又不愿你为我牺牲你的前程……

唉！你说还是活着等，等那一天！
有那一天吗？——你在，就是我的信心；
可是天亮你就得走。你真的忍心
丢了我走？我又不能留你，这是命；
但这花，没阳光晒，没甘露浸，
不死也不免瓣尖儿焦萎，多可怜！
你不能忘我，爱，除了在你的心里，
我再没有命；是，我听你的话，我等，
等铁树儿开花我也得耐心等；
爱，你永远是我头顶的一颗明星：
要是不幸死了，我就变一个萤火，
在这园里，挨着草根，暗沉沉的飞，
黄昏飞到半夜，半夜飞到天明，
只愿天空不生云，我望得见天——
天上那颗不变的大星，那是你。
但愿你为我多放光明，隔着夜，
隔着天，通着恋爱的灵犀一点……

一九二五年六月十一日，翡冷翠山中

呻吟语

我亦愿意赞美这神奇的宇宙，

我亦愿意忘却了人间有忧愁，

像一只没挂累的梅花雀，

清朝上歌唱，黄昏时跳跃——

假如她清风似的常在我的左右！

我亦想望我的诗句清水似的流，

我亦想望我的心池鱼似的悠悠；

但如今膏火是我的心，

再休问我闲暇的诗情？——

上帝！你一生不还她生命与自由！

"我要你"

（"Amoris Victima" 第 6 首 Arthur Symons）

我不能没有你：你是我的，这多久

是我唯一的奴隶，我唯一的女后。

我不能没有你：你早已经变成了

我自身的血肉，比我的更切要。

我要你！随你开口闭口，笑或是嗔，

只要你来伴着我一个小小的时辰，

让我亲吻你，你的手，你的发，你的口，

让我在我的手腕上感觉你的指头。

我不能没有你，世上多的是男子们，

他们爱，说一声再会，转身又是昏沉：

我只是知道我要你，我要的就只你，

就为的是我要你。只要你能知道些微

我怎样的要你！假如你一天知道

我心头要你的饿慌，要你的火烧！

她怕他说出口

（朋友，我懂得那一条骨鲠，

难受不是？——难为你的咽喉。）

"看，那草瓣上蹲着一只蚱蜢，

那松林里的风声像是箜篌。"

（朋友，我明白，你的眼水里

闪动着你真情的泪晶。）

"看，那一双蝴蝶连翩的飞；

你试闻闻这紫兰花馨！"

（朋友，你的心在怦怦的动：

我的也不一定是安宁。）

"看，那一对雌雄的双虹！

在云天里卖弄着娉婷。"

（这不是玩，还是不出口的好，

我顶明白你灵魂里的秘密。）

那是句致命的话，你得想到，

回头你再来追悔那又何必!

(我不愿你进火焰里去遭罪,
就我——就我也不情愿受苦!)
"你看那双虹已经完全破碎,
花草里不见了蝴蝶儿飞舞。"

(耐着! 美不过这半绽的花蕾,
何必再添深这颊上的薄晕?)
"回走吧, 天色已是怕人的昏黑——
明儿再来看鱼肚色的朝云!"

偶　然

我是天空里的一片云，
偶尔投影在你的波心——
你不必讶异，
更无须欢喜，
在转瞬间消灭了踪影。

你我相逢在黑夜的海上，
你有你的，我有我的，方向；
你记得也好，
最好你忘掉，
在这交会时互放的光亮！

珊　瑚

你再不用想我说话，
我的心早沉在海水底下；
你再不用向我叫唤：
因为我——我再不能回答！

除非你——除非你也来在
这珊瑚骨环绕的又一世界，
等海风定时的一刻清静，
你我来交互你我的幽叹。

变与不变

树上的叶子说："这来又变样儿了，
你看，有的是抽心烂，有的是卷边焦！"
"可不是。"答话的是我自己的心：
它也在冷酷的西风里褪色，凋零。

这时候连翩的明星爬上了树尖：
"看这儿，"它们仿佛说，"有没有改变？"
"看这儿，"无形中又发动了一个声音，
"还不是一样鲜明？"——插话的是我的魂灵！

丁当——清新

檐前的秋雨在说什么？
它说摔了她，忧郁什么？
我手拿起案上的镜框，
在地平上摔了一个丁当。

檐前的秋雨又在说什么？
"还有你心里那个留着做什么？"
蓦地里又听见一声清新——
这回摔破的是我自己的心！

我来扬子江边买一把莲蓬

我来扬子江边买一把莲蓬：

手剥一层层莲衣，

看江鸥在眼前飞，

忍含着一眼悲泪——

我想着你，我想着你，啊小龙！

我尝一尝莲瓤，回味曾经的温存：

那阶前不卷的重帘，

掩护着同心的欢恋；

我又听着你的盟言：

"永远是你的，我的身体，我的灵魂。"

我尝一尝莲心，我的心比莲心苦：

我长夜里怔忡，

挣不开的噩梦，

谁知我的苦痛？

你害了我——爱，这日子叫我如何过？

但我不能责你负，我不忍猜你变，

我心肠只是一片柔：

你是我的！我依旧

将你紧紧的抱搂——

除非是天翻——

但谁能想象那一天？

客 中

今晚天上有半轮的下弦月；
我想携着她的手，
往明月多处走——
一样是清光，我说，圆满或残缺。

园里有一树开剩的玉兰花；
她有的是爱花癖，
我爱看她的怜惜——
一样是芬芳，她说，满花与残花。

浓阴里有一只过时的夜莺；
她受了秋凉，
不如从前浏亮——
快死了，她说，但我不悔我的痴情！

但这莺，这一树花，这半轮月——
我独自沉吟，
对着我的身影——
她在哪里，啊，为什么伤悲，凋谢，残缺？

一九二五年冬作

三月十二深夜大沽口外

今夜困守在大沽口外，
绝海里的俘虏，
对着忧愁声诉；
桅上的孤灯在风前摇摆：
天昏昏有层云裹，
那掣电是探海火！

你说不自由是这变乱的时光？
但变乱还有时罢休，
谁敢说人生有自由？
今天的希望变作明天的怅惘；
星光在天外冷眼瞅，
人生是浪花里的浮沤！

我此时在凄冷的甲板上徘徊，
听海涛迟迟的吐沫，
心空如不波的湖水；
只一丝云影在这湖心里晃动——

不曾渗透的一个迷梦，
不忍渗透的一个迷梦！

半夜深巷琵琶

又被它从睡梦中惊醒，深夜里的琵琶！

是谁的悲思，

是谁的手指，

像一阵凄风，像一阵惨雨，像一阵落花，

在这夜深深时，

在这睡昏昏时，

挑动着紧促的弦索，乱弹着宫商角徵？

和着这深夜，荒街，

柳梢头有残月挂。

啊，半轮的残月，像是破碎的希望他，他

头戴一顶开花帽，

身上带着铁链条，

在光阴的道上疯了似的跳，疯了似的笑，

完了，他说，吹糊你的灯，

她在坟墓的那一边等，

等你去亲吻，等你去亲吻，等你去亲吻！

决 断

我的爱——
再不可迟疑；
误不得
这唯一的时机，

天平秤——
在你自己心里，
哪头重——
砝码都不用比！

你我的——
哪还用着我提？
下了种，
就得完功到底。

生，爱，死——
三连环的迷谜；
拉动一个，

两人就跟着挤。

老实说，
我不稀罕这活，
这皮囊——
哪处不是拘束。

要恋爱，
要自由，要解脱——
这小刀子，
许是你我的天国！

可是不死
就得跑，远远的跑；
谁耐烦
在这猪圈里牢骚？

险——
不用说，总得冒；
不拼命，
哪件事拿得着？

看那星，

多勇猛的光明！

看这夜，

多庄严，多澄清！

走吧，甜，

前途不是暗昧；

多谢天，

从此跳出了轮回！

最后的那一天

在春风不再回来的那一年，
在枯枝不再青条的那一天，
那时间天空再没有光照，
只黑蒙蒙的妖氛弥漫着
太阳，月亮，星光死去了的空间；

在一切标准推翻的那一天，
在一切价值重估的那时间，
暴露在最后审判的威灵中，
一切的虚伪与虚荣与虚空：
赤裸裸的灵魂们匍匐在主的跟前。

我爱，那时间你我再不必张皇，
更不须声诉，辩冤，再不必隐藏——
你我的心，像一朵雪白的并蒂莲，
在爱的青梗上秀挺，欢欣，鲜妍……
在主的跟前，爱是唯一的荣光。

起造一座墙

你我千万不可亵渎那一个字，
别忘了在上帝跟前起的誓。
我不仅要你最柔软的柔情，
蕉衣似的永远裹着我的心；
我要你的爱有纯钢似的强，
在这流动的生里起造一座墙；
任凭秋风吹尽满园的黄叶，
任凭白蚁蛀烂千年的画壁；
就使有一天霹雳震翻了宇宙——
也震不翻你我"爱墙"内的自由！

望 月

月：我隔着窗纱，在黑暗中，
望她从巉牙似的道上，快
岩的山肩挣起——
一轮惺忪的不整的光华：
像一个处女，怀抱着贞洁，
惊惶的，挣出强暴的爪牙；

这使我想起你，我爱，当初
也曾在恶运的利齿间捱！
但如今，正如蓝天里明月，
你已升起在幸福的前峰，
洒光辉照亮地面的坎坷！

白须的海老儿

那船平空在海中心抛锚，
也不顾我心头野火似的烧！
那白须的海老倒像有同情，
他声声问的是为甚不进行？

我伸手向黑暗的空间抱，
谁说这缥缈不是她的腰？
我又飞吻给银河边的星，
那是我最爱灵动的明睛。

但这来白须的海老又生恼，
（他忌妒少年情，别看他年老）
他说你情急我偏给你不行，
你怎生跳度这碧波的无垠？

果然那老顽皮有他的蹊跷，
这心头火差一点变海水里泡！
但此时我忙着亲我爱的香唇，
谁耐烦再和白须的海老儿争？

再休怪我的脸沉

不要着恼，乖乖，不要怪嫌，

我的脸绷得直长，

我的脸绷得是长，

可不是对你，对恋爱生厌。

不要凭空往大坑里盲跳：

胡猜是一个大坑，

这里面坑得死人；

你听我讲，乖，用不着烦恼。

你，我的恋爱，早就不是你：

你我早变成一身，

呼吸，命运，灵魂——

再没有力量把你我分离。

你我比是桃花接上竹叶，

露水合着嘴唇吃，

经脉胶成同命丝，

单等春风到开一个满艳。

谁能怀疑他自创的恋爱？
天空有星光耿耿，
冰雪压不倒青春。
任凭海有枯时，石有烂时！

不是的，乖，不是对爱生厌！
你胡猜我也不怪，
我的样儿是太难，
反正我得对你深深道歉。

不错，我恼，恼的是我自己。
（山怨土堆不够高；
河对水私下唠叨。）
恨我自己为甚这不争气。

我的心（我信）比似个浅注：
跳动着几条泥鳅，
积不住三尺清流，
盼不到天光，映不着彩霞；

又比是个力乏的朝山客，

他望见白云缭绕，
拥着山远山高，
但他只能在倦疲中沉默；

也不是不认识上天威力：
他何尝甘愿绝望，
空对着光阴怅惘——
你到深夜里来听他悲泣！

就说爱，我虽则有了你，爱，
不愁在生命道上
感受孤立的恐慌，
但天知道我还想往上攀！

恋爱，我要更光明的实现：
草堆里一个萤火，
企慕着天顶星罗：
我要你我的爱高比得天！
我要那洗度灵魂的圣泉，
洗掉这皮囊腌臜，
解放内里的囚犯，
化一缕轻烟，化一朵青莲。

这，你看，才叫是烦恼自找；

从清晨直到黄昏，

从天昏又到天明，

活动着我自剖的一把钢刀！

不是自杀，你得认个分明。

劈去生活的余渣，

为要生命的精华；

给我勇气，啊，唯一的亲亲！

给我勇气，我要的是力量，

快来救我这围城，

再休怪我的脸沉，

快来，乖乖，抱住我的思想！

四月二十二日

天神似的英雄

这石是一堆粗丑的顽石，
这百合是一丛明媚的秀色，
但当月光将花影描上了石隙，
这粗丑的顽石也化生了媚迹。

我是一团臃肿的凡庸，
她的是人间无比的仙容，
但当恋爱将她偎入我的怀中，
就我也变成了天神似的英雄！

第二辑

再不见雷峰

再不见雷峰

再不见雷峰，雷峰坍成了一座大荒冢，

顶上有不少交抱的青葱；

顶上有不少交抱的青葱，

再不见雷峰，雷峰坍成了一座大荒冢。

为什么感慨，对着这光阴应分的摧残？

世上多的是不应分的变态。

世上多的是不应分的变态，

为什么感慨，对着这光阴应分的摧残？

为什么感慨：这塔是镇压，这坟是掩埋，

镇压还不如掩埋来得痛快！

镇压还不如掩埋来得痛快，

为什么感慨：这塔是镇压，这坟是掩埋。

再没有雷峰——雷峰从此掩埋在人的记忆中：

像曾经的幻梦，曾经的爱宠；

像曾经的幻梦，曾经的爱宠，

再没有雷峰——雷峰从此掩埋在人的记忆中。

                                    九月，西湖

大帅 (战歌之一)

（见日报，前敌战士，随死随掩，间有未死者，即被活埋。）

"大帅有命令，以后打死了的尸体

再不用往回挪（叫人看了挫气），

就在前边儿挖一个大坑，

拿瘪了的弟兄往里掷，

掷满了给平上土，

给他一个大糊涂，

也不用给做记认，

管他是姓贾姓曾！

也好，省得他们家里人见了伤心：

娘抱着个烂了的头，

弟弟提溜着一只手，

新娶的媳妇到手个脓包的腰身！"

"我说这坑死人也不是没有味儿，

有那西晒的太阳做我们的伴儿。

瞧我这一抄，抄往了老丙，

他大前天还跟我吃烙饼，

叫了壶大白干，

咱们俩随便谈，

你知道他那神气，

一只眼老是这挤：

谁想他来不到三天就做了炮灰，

老丙他打仗倒是勇，

你瞧他身上的窟窿！——

去你的，老丙，咱们来就是当死胚！

"天快黑了，怎么好，还有这一大堆？

听炮声，这半天又该是我们的毁！

麻利点儿，我说你瞧，三哥，

那黑刺刺的可不又是一个！

嘿，三哥，有没有死的，

还开着眼流着泪哩！

我说三哥这怎么来，

总不能拿人活着埋！"

"吁，老五，别言语，听大帅的话没有错：

见个儿就给铲，

见个儿就给埋，

躲开，瞧我的：欧，去你的，谁跟你啰嗦！"

人变兽（战歌之二）

朋友，这年头真不容易过，

你出城去看光景就有数：

柳林中有乌鸦们在争吵，

分不匀死人身上的脂膏！

城门洞里一阵阵的旋风

起，跳舞着没脑袋的英雄，

那田畦里碧葱葱的豆苗，

你信不信全是用鲜血浇！

还有那井边挑水的姑娘，

你问她为甚走道像带伤——

抹下西山黄昏的一天紫，

也涂不没这人变兽的耻！

梅雪争春（纪念"三·一八"）

南方新年里有一天下大雪，

我到灵峰去探春梅的消息；

残落的梅萼瓣瓣在雪里腌，

我笑说这颜色还欠三分艳！

运命说：你赶花朝节前回京，

我替你备下真鲜艳的春景：

白的还是那冷翩翩的飞雪，

但梅花是十三龄童的热血！

"这年头活着不易"

昨天我冒着大雨到烟霞岭下访桂：

南高峰在烟霞中不见，

在一家松茅铺的屋檐前

我停步，问一个村姑今年

翁家山的桂花有没有去年开得媚。

那村姑先对着我身上细细的端详：

活像只羽毛浸瘪了的鸟。

我心想，她定觉得蹊跷，

在这大雨天单身走远道，

倒来没来头的问桂花今年香不香。

"客人，你运气不好，来得太迟又太早。

这里就是有名的满家弄，

往年这时候到处香得凶，

这几天连绵的雨，外加风，

弄得这稀糟，今年的早桂就算完了。"

果然这桂子林也不能给我点子欢喜：

枝上只见焦萎的细蕊，

看着凄惨，唉，无妄的灾！

为什么这到处是憔悴？

这年头活着不易！这年头活着不易！

　　　　　　　　　　　　九月，西湖

庐山石工歌

一

唉浩！唉浩！唉浩！

唉浩！唉浩！

我们起早，唉浩，

看东方晓，唉浩，东方晓！

唉浩！唉浩！

鄱阳湖低！唉浩，庐山高！

唉浩，庐山高；唉浩，庐山高；

唉浩！庐山高！

唉浩！唉浩！唉浩！

唉浩！唉浩！

二

浩唉！浩唉！浩唉！

浩唉！浩唉

我们早起，浩唉！

看白云低，浩唉！白云飞！

浩唉！浩唉！

天气好，浩唉！上山去；

浩唉，上山去；浩唉，上山去；

浩唉，上山去！

浩唉！浩唉！……浩唉！

浩唉！浩唉！

三

浩唉！唉浩！浩唉！

唉浩！浩唉！唉浩！

浩唉！唉浩！浩唉！

唉浩！浩唉！唉浩！

太阳好，唉浩，太阳焦，

赛如火烧，唉浩！

大风起，浩唉，白云铺地，

当心脚底，浩唉；

浩唉，电闪飞，唉浩，大雨暴；

天昏，唉浩，地黑，浩唉！

天雷到，浩唉，天雷到！

唉浩，鄱阳湖低！浩唉，五老峰高！

浩唉，上山去，唉浩，上山去！

　　唉浩，上山去！

　　唉浩，鄱阳湖低！浩唉，庐山高！

　　唉浩，上山去，浩唉，上山去！

　　唉浩，上山去！

　　浩唉！浩唉！浩唉！

　　浩唉！浩唉！浩唉！

　　浩唉！浩唉！浩唉！

　　浩唉！浩唉！浩唉！

附录：

致刘勉己函

勉己兄：

　　我记得临走那一天交给你的稿子里有一首《庐山石工歌》，盼望你没有遗失。那首如其不曾登出，我想加上几句注解。庐山牯岭一带造屋是用本山石的。开山的石工大都是湖北人，他们在山坳间结茅住家，早晚做工，赚钱有限，仅够粗饱，但他们的精神却并不颓丧（这是中国人的好处）。我那时住在小天池，正对鄱阳湖，每天早上太阳不曾驱净雾气，天地还只暗沉沉的时候，石工们已经开始工作，浩唉的声音从邻近的山上度过来，听了别有一种悲凉的情调，天快黑的时候，这浩唉的声音也特别的动人。我与歆海住庐山一个半月，差不多每天都听着那石工的喊声，一时缓，一时急，一时断，一时续，一时高，一时低，尤其是在浓雾凄迷的早晚，这悠扬的音调在山谷里震荡着，格外使人感动，那是痛苦人间的呼吁，还是你听着自己灵魂里的悲声？Chaliapin（俄国著名歌者）有一只歌，叫作《鄂尔加河上的舟人歌》（《Volga Boatmen's Song》）是用回返重复的低音，仿佛鄂尔加河沉着的涛声，表现俄国民族伟大沉默的悲哀。我当时听了庐山石工的叫声，就想起他的音乐，这三段石工歌便是从那个经验里化成的。我不懂得音乐，制歌不敢自信，但那浩唤的声调至今还在我灵府里动荡，我只盼望将来有音乐家能利用那样天然的音籁谱出我们汉族血赤的心声！

志 摩

三月十六日，西伯利亚

西伯利亚

西伯利亚：——我早年时想象
你不是受上天恩情的地域：
荒凉，严肃，不可比况的冷酷。
在冻雾里，在无边的雪地里，
有局促的生灵们，半像鬼，枯瘦，
黑面目，伛偻，默无声的工作。
在他们，这地面是寒冰的地狱，
天空不留一丝霞彩的希冀，
更不问人事的恩情，人情的旖旎；
这是为怨郁的人间淤藏怨郁，
茫茫的白雪里渲染人道的鲜血，
西伯利亚，你象征的是恐怖，荒虚。

但今天，我面对这异样的风光——
不是荒原，这春夏间的西伯利亚，
更不见严冬时的坚冰，枯枝，寒鸦；
在这乌拉尔东来的草田，茂旺，葱秀，
牛马的乐园，几千里无际的绿洲，

更有那重叠的森林、赤松与白杨，

灌属的小丛林，手挽手的滋长；

那赤皮松，像巨万赭衣的战士，

森森的，悄悄的，等待冲锋的号示，

那白杨，婀娜的多姿，最是那树皮，

白如霜，依稀林中仙女们的轻衣；

就这天——这天也不是寻常的开朗：

看，蓝空中往来的是轻快的仙航——

那不是云彩，那是天神们的微笑，

琼花似的幻化在这圆穹的周遭……

一九二五年过西伯利亚倚车窗眺景随笔

西伯利亚道中忆西湖秋雪庵芦色作歌

我捡起一枝肥圆的芦梗，
在这秋月下的芦田；
我试一试芦笛的新声，
在月下的秋雪庵前。

这秋月是纷飞的碎玉，
芦田是神仙的别殿；
我弄一弄芦管的幽乐——
我映影的秋雪庵前。

我先吹我心中的欢喜——
清风吹露芦雪的酥胸；
我再弄我欢喜的心机——
芦田中见万点的飞萤。

我记起了我生平的惆怅，
中怀不禁一阵凄迷，
笛韵中也听出了新来凄凉——

近水间有断续的蛙啼。

这时候芦雪在明月下翻舞，

我暗地思量人生的奥妙，

我正想谱一折人生的新歌，

啊，那芦笛（碎了）再不成音调！

这秋月是缤纷的碎玉，

芦田是仙家的别殿；

我弄一弄芦管的幽乐——

我映影在秋雪庵前。

我捡起一枝肥圆的芦梗，

在这秋月下的芦田；

我试一试芦笛的新声，

在月下的秋雪庵前。

名家作品精选集

朱自清精选集

朱自清 著

民主与建设出版社

·北京·

© 民主与建设出版社，2021

图书在版编目（CIP）数据

朱自清作品精选集 / 朱自清著 . –– 北京 : 民主与建设出版社 , 2021.8（2024.1 重印）
（名家作品精选集 / 王茹茹主编 ; 3）
ISBN 978–7–5139–3651–4

Ⅰ . ①朱… Ⅱ . ①朱… Ⅲ . ①散文集－中国－现代 Ⅳ . ① I266

中国版本图书馆 CIP 数据核字 (2021) 第 139243 号

朱自清作品精选集
ZHUZIQING ZUOPIN JINGXUANJI

著　　者	朱自清
主　　编	王茹茹
责任编辑	韩增标
封面设计	玥婷设计
出版发行	民主与建设出版社有限责任公司
电　　话	（010）59417747　59419778
社　　址	北京市海淀区西三环中路 10 号望海楼 E 座 7 层
邮　　编	100142
印　　刷	三河市天润建兴印务有限公司
版　　次	2021 年 8 月第 1 版
印　　次	2024 年 1 月第 2 次印刷
开　　本	880 毫米 ×1230 毫米　　1 / 32
印　　张	6.5
字　　数	130 千字
书　　号	ISBN 978–7–5139–3651–4
定　　价	298.00 元（全 10 册）

注：如有印、装质量问题，请与出版社联系。

目 录

背　影

　　我与父亲不相见已二年余了，我最不能忘记的是他的背影。那年冬天，祖母死了，父亲的差使也交卸了，正是祸不单行的日子，我从北京到徐州，打算跟着父亲奔丧回家。到徐州见着父亲，看见满院狼藉的东西，又想起祖母，不禁簌簌地流下眼泪。父亲说："事已如此，不必难过，好在天无绝人之路！"

　　回家变卖典质，父亲还了亏空；又借钱办了丧事。这些日子，家中光景很是惨淡，一半为了丧事，一半为了父亲赋闲。丧事完毕，父亲要到南京谋事，我也要回到北京念书，我们便同行。

　　到南京时，有朋友约去游逛，勾留了一日；第二日上午便须渡江到浦口，下午上车北去。父亲因为事忙，本已说定不送我，叫旅馆里一个熟识的茶房陪我同去。他再三嘱咐茶房，甚是仔细。但他终于不放心，怕茶房不妥帖；颇踌躇了一会儿。其实我那年已二十岁，北京已来往过两三次，是没有什么要紧的了。他踌躇了一会儿，终于决定还是自己送我去。我两三回劝他不必去；他只说："不要紧，他们去不好！"

　　我们过了江，进了车站。我买票，他忙着照看行李。行李太多了，得向脚夫行些小费，才可过去。他便又忙着和他们讲价钱。我那时真是聪明过分，总觉他说话不大漂亮，非自己插嘴不可。但他终于讲定了价钱；就送我上车。他给我拣定了靠车门的一张椅子；我将他给我做的紫毛大衣铺好座位。他嘱我路上小心，夜里要警醒些，不要受凉。又嘱托茶房好好照应我。我心里暗笑他的迂；他们只认得钱，托他们直是白托！而且我这样大年纪的人，难道还不能料理自己么？唉，我现在想想，那时真是太聪明了！

我说道："爸爸，你走吧。"他往车外看了看，说："我买几个橘子去。你就在此地，不要走动。"我看那边月台的栅栏外有几个卖东西的等着顾客。走到那边月台，须穿过铁道，须跳下去又爬上去。父亲是一个胖子，走过去自然要费事些。我本来要去的，他不肯，只好让他去。我看见他戴着黑布小帽，穿着黑布大马褂，深青布棉袍，蹒跚地走到铁道边，慢慢探身下去，尚不大难。可是他穿过铁道，要爬上那边月台，就不容易了。他用两手攀着上面，两脚再向上缩；他肥胖的身子向左微倾，显出努力的样子。这时我看见他的背影，我的泪很快地流下来了。我赶紧拭干了泪，怕他看见，也怕别人看见。我再向外看时，他已抱了朱红的橘子往回走了。过铁道时，他先将橘子散放在地上，自己慢慢爬下，再抱起橘子走。到这边时，我赶紧去搀他。他和我走到车上，将橘子一股脑儿放在我的皮大衣上。于是扑扑衣上的泥土，心里很轻松似的，过一会儿说："我走了，到那边来信！"我望着他走出去。他走了几步，回过头看见我，说："进去吧，里边没人。"等他的背影混入来来往往的人里，再找不着了，我便进来坐下，我的眼泪又来了。

近几年来，父亲和我都是东奔西走，家中光景是一日不如一日。他少年出外谋生，独立支持，做了许多大事。哪知老境却如此颓唐！他触目伤怀，自然情不能自已。情郁于中，自然要发之于外；家庭琐屑便往往触他之怒。他待我渐渐不同往日。但最近两年的不见，他终于忘却我的不好，只是惦记着我，惦记着我的儿子。我北来后，他写了一信给我，信中说道："我身体平安，唯膀子疼痛厉害，举箸提笔，诸多不便，大约大去之期不远矣。"我读到此处，在晶莹的泪光中，又看见那肥胖的，青布棉袍，黑布马褂的背影。唉！我不知何时再能与他相见！

一九二五年十月在北京

歌　声

　　昨晚中西音乐歌舞大会里"中西丝竹和唱"的三曲清歌，真令我神迷心醉了。

　　仿佛一个暮春的早晨。霏霏的毛雨默然洒在我脸上，引起润泽，轻松的感觉。新鲜的微风吹动我的衣袂，像爱人的鼻息吹着我的手一样。我立的一条白矾石的甬道上，经了那细雨，正如涂了一层薄薄的乳油；踏着只觉越发滑腻可爱了。

　　这是在花园里。群花都还做它们的清梦。那微雨偷偷洗去它们的尘垢，它们的甜软的光泽便自焕发了。在那被洗去的浮艳下，我能看到它们在有日光时所深藏着的恬静的红，冷落的紫和苦笑的白与绿。以前锦绣般在我眼前的，现有都带了黯淡的颜色——是愁着芳春的消歇么？是感着芳春的困倦么？

　　大约也因那蒙蒙的雨，园里没了浓郁的香气。涓涓的东风只吹来一缕缕饿了似的花香；夹带着些潮湿的草丛的气息和泥土的滋味。园外田亩和沼泽里，又时时送过些新插的秧，少壮的麦和成荫的柳树的清新的蒸汽。这些虽非甜美，却能强烈地刺激我的鼻观，使我有愉快的倦怠之感。

　　看啊，那都是歌中所有的：我用耳，也用眼鼻舌身听着；也用心唱着。我终于被一种健康的麻痹袭取了，于是为歌所有。此后只由歌独自唱着，听着；世界上便只有歌声了。

　　　　　　　　　　　　一九二一，一一，三，上海。

匆　匆

　　燕子去了，有再来的时候；杨柳枯了，有再青的时候；桃花谢了，有再开的时候。但是，聪明的你告诉我，我们的日子为什么一去不复返呢——是有人偷了他们吧。那是谁？又藏在何处呢？是他们自己逃走了吧。现在又到了哪里呢？

　　我不知道他们给了我多少日子；但我的手确乎是渐渐空虚了。在默默里算着，八千多日子已经从我手中溜去；像针尖上一滴水滴在大海里，我的日子滴在时间的流里，没有声音，也没有影子。我不禁头涔涔而泪潸潸了。

　　去的尽管去了，来的尽管来着；去来的中间，又怎样地匆匆呢？早上我起来的时候，小屋里射进两三方斜斜的太阳。太阳它有脚啊，轻轻悄悄地挪移了；我也茫茫然跟着旋转。于是——洗手的时候，日子从水盆里过去；吃饭的时候，日子从饭碗里过去；默默时，便从凝然的双眼前过去。我觉察它去得匆匆了，伸出手遮挽时，它又从遮挽着的手边过去，天黑时，我躺在床上，它便伶伶俐俐地从我身上跨过，从我脚边飞去了。等我睁开眼和太阳再见，这算又溜走了一日。我掩着面叹息。但是新来的日子的影儿又开始在叹息里闪过了。

　　在逃去如飞的日子里，在千门万户的世界里的我能做些什么呢？只有徘徊罢了，只有匆匆罢了；在八千多日的匆匆里，除徘徊外，又剩些什么呢？过去的日子如轻烟，被微风吹散了，如薄雾，被初阳蒸融了；我留着些什么痕迹呢？我何曾留着像游丝样的痕迹呢？我赤裸裸来到这世界，转眼间也将赤裸裸地回去吧？但不能平的，为什么偏要白白走这一遭啊？

　　你聪明的，告诉我，我们的日子为什么一去不复返呢？

一九二二、三、二八

桨声灯影里的秦淮河

一九二三年八月的一晚，我和平伯同游秦淮河；平伯是初泛，我是重来了。我们雇了一只"七板子"，在夕阳已去，皎月方来的时候，便下了船。于是桨声汩——汩，我们开始领略那晃荡着蔷薇色的历史的秦淮河的滋味了。

秦淮河里的船，比北京万生园，颐和园的船好，比西湖的船好，比扬州瘦西湖的船也好。这几处的船不是觉着笨，就是觉着简陋、局促；都不能引起乘客们的情韵，如秦淮河的船一样。秦淮河的船约略可分为两种：一是大船；一是小船，就是所谓"七板子"。大船舱口阔大，可容二三十人。里面陈设着字画和光洁的红木家具，桌上一律嵌着冰凉的大理石面。窗格雕镂颇细，使人起柔腻之感。窗格里映着红色蓝色的玻璃；玻璃上有精致的花纹，也颇悦人目。"七板子"规模虽不及大船，但那淡蓝色的栏杆，空敞的舱，也足系人情思。而最出色处却在它的舱前。舱前是甲板上的一部。上面有弧形的顶，两边用疏疏的栏杆支着。里面通常放着两张藤的躺椅。躺下，可以谈天，可以望远，可以顾盼两岸的河房。大船上也有这个，但在小船上更觉清隽罢了。舱前的顶下，一律悬着灯彩；灯的多少，明暗，彩苏的精粗，艳晦，是不一的，但好歹总还你一个灯彩。

这灯彩实在是最能勾人的东西。夜幕垂垂地下来时，大小船上都点起灯火。从两重玻璃里映出那辐射着的黄黄的散光，反晕出一片朦胧的烟霭；透过这烟霭，在黯黯的水波里，又逗起缕缕的明漪。在这薄霭和微漪里，听着那悠然的间歇的桨声，谁能不被引入他的美梦去呢？只愁梦太多了，这些大小船儿如何载得起呀？我们这时模模糊糊地谈着明末的秦淮河的艳迹，如《桃花扇》及《板桥杂记》里所载的。我们真神往了。我们仿佛亲见那时华灯映水，画舫凌波的光景了。于是，我们的船便成了历史的重载了。我们终于恍然秦淮河的船所以雅丽过于他处，而又有奇异的吸引力的，实在是许多历史的影像使然了。

秦淮河的水是碧阴阴的；看起来厚而不腻，或者是六朝金粉所凝么？我们初上船的时候，天色还未断黑，那漾漾的柔波是这样恬静，委婉，使我们一面有水阔天空之想，一面又憧憬着纸醉金迷之境了。等到灯火明时，阴阴的变为沉沉了：黯淡的水光，像梦一般；那偶然闪烁着的光芒，就是梦的眼睛了。我们坐在舱前，因了那隆起的顶棚，仿佛总是昂着首向前走着似的；于是飘飘然如御风而行的我们，看着那些自在的湾泊着的船，船里走马灯般的人物，便像是下界一般，迢迢的远了，又像在雾里看花，尽朦朦胧胧的。这时我们已过了利涉桥，望见东关头了。沿路听见断续的歌声：有从沿河的妓楼飘来的，有从河上船里度来的。我们明知那些歌声，只是些因袭的言辞，从生涩的歌喉里机械的发出来的。但它们经了夏夜的微风的吹漾和水波的摇拂，袅娜着到我们耳边的时候，已经不单是她们的歌声，而混着微风和河水的密语了。于是我们不得不被牵惹着，震撼着，相与浮沉于这歌声里了。从东关头转湾，不久就到大中桥。大中桥共有三个桥拱，都很阔大，俨然是三座门儿；使我们觉得我们的船和船里的我们，在桥下过去时，真是太无颜色了。桥砖是深褐色，表明它的历史的长久；但都完好无缺，令人太息于古昔工程的坚美。桥上两旁都是木壁的房子，中间应该有街路？这些房子都破旧了，多年烟熏的迹，遮没了当年的美丽。我想象秦淮河的极盛时，在这样宏阔的桥上，特地盖了房子，必然是髹漆得富富丽丽的；晚间必然是灯火通明的，现在却只剩下一片黑沉沉！但是桥上造着房子，毕竟使我们多少可以想见往日的繁华；这也慰情聊胜于无了。过了大中桥，便到了灯月交辉，笙歌彻夜的秦淮河，这才是秦淮河的真面目哩。

大中桥外，顿然空阔，和桥内两岸排着密密的人家的景象大异了。一眼望去，疏疏的林，淡淡的月，衬着蓝蔚的天，颇像荒江野渡光景；那边呢，郁丛丛的，阴森森的，又似乎藏着无边的黑暗，令人几乎不信那是繁华的秦淮河了。但是河中眩晕着的灯光，纵横着的画舫，悠扬着的笛韵，夹着那"吱吱"的胡琴声，终于使我们认识绿如茵陈酒的秦淮水了。此地天裸露着的多些，故觉夜来的独迟些；从清清的水影里，我们感到的只是薄薄的夜——这正是秦淮河的夜。大中桥外，本来还有一座复成桥，是船夫口中的我们的游迹尽处，或也是秦淮河繁华的尽处了。我的脚曾踏过复成桥的脊，在十三四岁的时候。

但是两次游秦淮河，却都不曾见着复成桥的面；明知总在前途的，却常觉得有些虚无缥缈似的。我想，不见倒也好。这时正是盛夏。我们下船后，借着新生的晚凉和河上的微风，暑气已渐渐消散；到了此地，豁然开朗，身子顿然轻了——习习的清风荏苒在面上，手上，衣上，这便又感到了一缕新凉了。南京的日光，大概没有杭州猛烈；西湖的夏夜老是热蓬蓬的，水像沸着一般，秦淮河的水却尽是这样冷冷地绿着。任你人影的幢幢，歌声的扰扰，总像隔着一层薄薄的绿纱面幕似的；它尽是这样静静的，冷冷的绿着。我们出了大中桥，走不上半里路，船夫便将船划到一旁，停了桨由它宕着。他以为那里正是繁华的极点，再过去就是荒凉了；所以让我们多多赏鉴一会儿。他自己却静静地蹲着。他是看惯这光景的了，大约只是一个无可无不可。这无可无不可，无论是升的沉的，总之，都比我们高了。

那时河里闹热极了；船大半泊着，小半在水上穿梭似的来往。停泊着的都在近市的那一边，我们的船自然也夹在其中。因为这边略略的挤，便觉得那边十分的疏了。在每一只船从那边过去时，我们能画出它的轻轻的影和曲曲的波，在我们的心上；这显着是空，且显着是静了。那时处处都是歌声和凄厉的胡琴声，圆润的喉咙，确乎是很少的。但那生涩的，尖脆的调子能使人有少年的，粗率不拘的感觉，也正可快我们的意。况且多少隔开些儿听着，因为想象与渴慕的作美，总觉更有滋味；而竞发的喧嚣，抑扬的不齐，远近的杂沓和乐器的嘈嘈切切，合成另一意味的谐音，也使我们无所适从，如随着大风而走，这实在因为我们的心枯涩久了，变为脆弱；故偶然润泽一下，便疯狂似的不能自主了。但秦淮河确也腻人。即如船里的人面，无论是和我们一堆儿泊着的，无论是从我们眼前过去的，总是模模糊糊的，甚至渺渺茫茫的；任你张圆了眼睛，揩净了眦垢，也是枉然。这真够人想呢。在我们停泊的地方，灯光原是纷然的；不过这些灯光都是黄而有晕的。黄已经不能明了，再加上了晕，便更不成了。灯愈多，晕就愈甚；在繁星般的黄的交错里，秦淮河仿佛笼上了一团光雾。光芒与雾气腾腾的晕着，什么都只剩了轮廓了；所以人面的详细的曲线，便消失于我们的眼底了。但灯光究竟夺不了那边的月色；灯光是浑的，月色是清的，在混沌的灯光里，渗入一派清辉，却真是奇迹！那晚月儿已瘦削了两三分。她晚妆才罢，盈盈的上了柳梢头。天是蓝得可爱，仿佛一汪水似的；月儿便更出落得精神了。岸上原有三株两株的垂杨树，淡淡的影子，在水里摇曳着。它们那柔细的枝条浴着月光，就像一支支美人的臂膊，交互的缠着，挽着；又像是月儿批着的发。而月儿偶尔也从它们的交叉处偷偷窥看我们，大有小姑娘怕羞的样子。岸上另有几株不知名的老树，光光的立着；在月光里照起来，却又俨然是精神矍铄的老人。远处——快到天际线了，才有一两片白云，亮得现出异彩，像是美丽的贝壳一般。白云下便是黑黑的一带轮廓；是一条随意画的不规则的曲线。这一段光景，和河中的风味大异了。但灯与月竟能并存着，交融着，使月成了缠绵的月，灯射着渺渺的灵辉；这正是天之所以厚秦淮河，也正是天之所以厚我们了。

这时却遇着了难解的纠纷。秦淮河上原有一种歌妓，是以歌为业的。从前都在茶舫上，唱些大曲之类。每日午后一时起，什么时候止，却忘记了。晚上照样也有一回，也在黄晕的灯光里。我从前过南京时，曾随着朋友去听过两次。因为茶舫里的人脸太多了，觉得不大适意，终于听不出所以然。前年听说歌妓被取缔了，不知怎的，颇涉想了几次——却想不出什么。这次到南京，先到茶舫上去看看，觉得颇是寂寥，令我无端的怅怅了。不料她们却仍在秦淮河里挣扎着，不料她们竟会纠缠到我们，我于是很张皇。她们也乘着"七板子"，她们总是坐在舱前的。舱前点着石油汽灯，光亮炫人眼目：坐在下面的，自然是纤毫毕见了——引诱客人们的力量，也便在此了。舱里躲着乐工等人，映着汽灯的余辉蠕动着；他们是永远不被注意的。每船的歌妓大约都是二人；天色一黑，她们的船就在大中桥外往来不息的兜生意。无论行着的船，泊着的船，都是要来兜揽的。这都是我后来推想出来的。那晚不知怎样，忽然轮着我们的船了。我们的船好好的停着，一只歌舫划向我们来的；渐渐和我们的船并着了。烁烁的灯光逼得我们皱起了眉头；我们的风尘色全给它托出来了，这使我不安了。那时一个伙计跨过船来，拿着摊开的歌折，就近塞向我的手里，说："点几出吧！"他跨过来的时候，我们船上似乎有许多眼光跟着。同时相近的别的船上也似乎有许多眼睛炯炯地向我们船上看着。我真窘了！我也装出大方的样子，向歌妓们瞥了一眼，但究竟是不成的！我勉强将那歌折翻了一翻，却不曾看清了几个字；便赶紧递还那伙计，一面不好意思地说："不要，我们……不要。"他便塞给平伯，平伯调转头去，摇手说："不要！"那人还腻着不走。平伯又回过脸来，摇着头道："不要！"于是那人重到我处。我窘着再拒绝了他。他这才有所不屑似的走了。我的心立刻放下，如释了重负一般。我们就开始自白了。

我说我受了道德律的压迫，拒绝了她们；心里似乎很抱歉的。这所谓抱歉，一面对于她们，一面对于我自己。她们于我们虽然没有很奢的希望；但总有些希望的。我们拒绝了她们，无论理由如何充足，却使她们的希望受了伤；这总有几分不作美了。这是我觉得很怅怅的。至于我自己，更有一种不足之感。我这时被四面的歌声诱惑了，降伏了；但是远远的，远远的歌声总仿佛隔着重衣搔痒似的，越搔越搔不着痒处。我于是憧憬着贴耳的妙音了。在歌舫划来时，我的憧憬，变为盼望；我固执地盼望着，有如饥渴。虽然从浅薄的经验里，也能够推知，那贴耳的歌声，将剥去了一切的美妙，但一个平常的人像我的，谁愿凭了理性之力去丑化未来呢？我宁愿自己骗着了。不过我的社会感性是很敏锐的；我的思力能拆穿道德律的西洋镜，而我的感情却终于被它压服着。我于是有所顾忌了，尤其是在众目昭彰的时候。道德律的力，本来是民众赋予的；在民众的面前，自然更显出它的威严了。我这时一面盼望，一面却感到了两重的禁制：一、在通俗的意义上，接近妓者总算一种不正当的行为；二、妓是一种不健全的职业，我们对于她们，应有哀矜勿喜之心，不应赏玩的去听她们的歌。在众目睽睽之下，这两种思想在我心里最为旺盛。她们暂时压倒了我的听歌的盼望，这便成就了我的灰色的拒绝。那时的心实在异常状态中，觉得颇是混乱。歌舫去了，暂时宁静之后，我的思绪又如潮涌了。两个相反的意思在我心头往复：卖歌和卖淫不同，听歌和狎妓不同，又干道德甚事——但是，但是，她们既被逼的以歌为业，她们的歌必无艺术味的；况她们的身世，我们究竟该同情的。所以拒绝倒也是正办。但这些意思终于不曾撇开我的听歌的盼望。它力量异常坚强；它总想将别的思绪踏在脚下。从这重重的争斗里，我感到了浓厚的不足之感。这不足之感使我的心盘旋不安，起坐都不安宁了。唉！我承认我是一个自私的人！平伯呢，却与我不同。他引周启明先生的诗："因为我有妻子，所以我爱一切的女人，因为我有子女，所以我爱一切的孩子。"他的意思可以见了。他因为推及的同情，爱着那些歌妓，并且尊重着她们，所以拒绝了她们。在这种情形下，他自然以为听歌是对于她们的一种侮辱。但他也是想听歌的，虽然不和我一样，所以在他的心中，当然也有一番小小的争斗；争斗的结果，是同情胜了。至于道德律，在他是没有什么的；因为他很有蔑视一切的倾向，民众的力量在他是不大觉着的。这时他的心意的活动比较简单，又比较松弱，故事后还怡然自若；我却不能了。这里平伯又比我高了。

在我们谈话中间，又来了两只歌舫。伙计照前一样的请我们点戏，我们照前一样的拒绝了。我受了三次窘，心里的不安更甚了。清艳的夜景也为之减色。船夫大约因为要赶第二趟生意，催着我们回去；我们无可无不可的答应了。我们渐渐和那些晕黄的灯光远了，只有些月色冷清清地随着我们的归舟。我们的船竟没个伴儿，秦淮河的夜正长哩！到大中桥近处，才遇着一只来船。这是一只载妓的板船，黑漆漆的没有一点光。船头上坐着一个妓女；暗里看出，白地小花的衫子，黑的下衣。她手里拉着胡琴，口里唱着青衫的调子。她唱得响亮而圆转；当她的船箭一般驶过去时，余音还袅袅的在我们耳际，使我们倾听而向往。想不到在弩末的游踪里，还能领略到这样的清歌！这时船过大中桥了，森森的水影，如黑暗张着巨口，要将我们的船吞了下去。我们回顾那渺渺的黄光，不胜依恋之情；我们感到了寂寞了！这一段地方夜色甚浓，又有两头的灯火招邀着；桥外的灯火不用说了，过了桥另有东关头疏疏的灯火。我们忽然仰头看见依人的素月，不觉深悔归来之早了！走过东关头，有一两只大船湾泊着，又有几只船向我们来着。嚣嚣的一阵歌声人语，仿佛笑我们无伴的孤舟哩。东关头转弯，河上的夜色更浓了；临水的妓楼上，时时从帘缝里射出一线一线的灯光；仿佛黑暗从酣睡里眨了一眨眼。我们默然的对着，静听那汩——汩的桨声，几乎要入睡了；朦胧里却温寻着适才的繁华的余味。我那不安的心在静里愈显活跃了！这时我们都有了不足之感，而我的更其浓厚。我们却又不愿回去，于是只能由懊悔而怅惘了。船里便满载着怅惘了。直到利涉桥下，微微嘈杂的人声，才使我豁然一惊；那光景却又不同。右岸的河房里，都大开了窗户，里面亮着晃晃的电灯，电灯的光射到水上，蜿蜒曲折，闪闪不息，正如跳舞着的仙女的臂膊。我们的船已在她的臂膊里了；如睡在摇篮里一样，倦了的我们便又入梦了。那电灯下的人物，只觉得像蚂蚁一般，更不去萦念。这是最后的梦；可惜的是最短的梦！黑暗重复落在我们面前，我们看见傍岸的空船上一星两星的，枯燥无力又摇摇不定的灯光。我们的梦醒了，我们知道就要上岸了；我们心里充满了幻灭的情思。

一九二三年十月十一日作完，于温州。

温州的踪迹

一　"月朦胧，鸟朦胧，帘卷海棠红"

这是一张尺多宽的小小的横幅，马孟容君画的。上方的左角，斜着一卷绿色的帘子，稀疏而长；当纸的直处三分之一，横处三分之二。帘子中央，着一黄色的，茶壶嘴似的钩儿——就是所谓软金钩么？"钩弯"垂着双穗，石青色；丝缕微乱，若小曳于轻风中。纸右一圆月，淡淡的青光遍满纸上；月的纯净，柔软与平和，如一张睡美人的脸。从帘的上端向右斜伸而下，是一枝交缠的海棠花。花叶扶疏，上下错落着，共有五丛；或散或密，都玲珑有致。叶嫩绿色，仿佛掐得出水似的；在月光中掩映着，微微有浅深之别。花正盛开，红艳欲流；黄色的雄蕊历历的，闪闪的，衬托在丛绿之间，格外觉着娇娆了。枝欹斜而腾挪，如少女的一只臂膊。枝上歇着一对黑色的八哥，背着月光，向着帘里。一只歇得高些，小小的眼儿半睁半闭的，似乎在入梦之前，还有所留恋似的。那低些的一只别过脸来对着这一只，已缩着颈儿睡了。帘下是空空的，不着一些痕迹。

　　试想在圆月朦胧之夜，海棠是这样的妩媚而嫣润；枝头的好鸟为什么却双栖而各梦呢？在这夜深人静的当儿，那高踞着的一只八哥儿，又为何尽撑着眼皮儿不肯睡去呢？他到底等什么来着？舍不得那淡淡的月儿么？舍不得那疏疏的帘儿么？不，不，不，您得到帘下去找，您得向帘中去找——您该找着那卷帘人了？他的情韵风怀，原是这样这样的哟！朦胧的岂独月呢；岂独鸟呢？但是，咫尺天涯，教我如何耐得？我拼着千呼万唤；你能够出来么？

　　这页画布局那样经济，设色那样柔活，故精彩足以动人。虽是区区尺幅，而情韵之厚，已足沦肌浃髓而有余。我看了这画。瞿然而惊：留恋之怀，不能自已。故将所感受的印象细细写出，以志这一段因缘。但我于中西的画都是门外汉，所说的话不免为内行所笑——那也只好由他了。

二四，二，一，温州作。

二　绿

　　我第二次到仙岩的时候，我惊诧于梅雨潭的绿了。

　　梅雨潭是一个瀑布潭。仙岩有三个瀑布，梅雨瀑最低。走到山边，便听见"哗哗"的声音；抬起头，镶在两条湿湿的黑边儿里的，一带白而发亮的水便呈现于眼前了。我们先到梅雨亭。梅雨亭正对着那条瀑布；坐在亭边，不必仰头，便可见它的全体了。亭下深深的便是梅雨潭。这个亭踞在突出的一角的岩石上，上下都空空儿的；仿佛一只苍鹰展着翼翅浮在天宇中一般。三面都是山，像半个环儿拥着；人如在井底了。这是一个秋季的薄阴的天气。微微的云在我们顶上流着；岩面与草丛都从润湿中透出几分油油的绿意。而瀑布也似乎分外的响了。那瀑布从上面冲下，仿佛已被扯成大小的几绺；不复是一幅整齐而平滑的布。岩上有许多棱角；瀑流经过时，作急剧地撞击，便飞花碎玉般乱溅着了。那溅着的水花，晶莹而多芒；远望去，像一朵朵小小的白梅，微雨似的纷纷落着。据说，这就是梅雨潭之所以得名了。但我觉得像杨花，格外确切些。轻风起来时，点点随风飘散，那更是杨花了——这时偶然有几点送入我们温暖的怀里，便倏地钻了进去，再也寻它不着。

梅雨潭闪闪的绿色招引着我们；我们开始追捉它那离合的神光了。揪着草，攀着乱石，小心探身下去，又鞠躬过了一个石穹门，便到了汪汪一碧的潭边了。瀑布在襟袖之间；但我的心中已没有瀑布了。我的心随潭水的绿而摇荡。那醉人的绿呀！仿佛一张极大极大的荷叶铺着，满是奇异的绿呀。我想张开两臂抱住它；但这是怎样一个妄想呀——站在水边，望到那面，居然觉着有些远呢！这平铺着，厚积着的绿，着实可爱。它松松地皱缬着，像少妇拖着的裙幅；它轻轻地摆弄着，像跳动的初恋的处女的心；它滑滑地明亮着，像涂了"明油"一般，有鸡蛋清那样软，那样嫩，令人想着所曾触过的最嫩的皮肤；它又不杂些儿尘滓，宛然一块温润的碧玉，只清清的一色——但你却看不透它！我曾见过北京什刹海拂地的绿杨，脱不了鹅黄的底子，似乎太淡了。我又曾见过杭州虎跑寺近旁高峻而深密的"绿壁"，重叠着无穷的碧草与绿叶的，那又似乎太浓了。其余呢，西湖的波太明了，秦淮河的又太暗了。可爱的，我将什么来比拟你呢？我怎么比拟得出呢？大约潭是很深的，故能蕴蓄着这样奇异的绿；仿佛蔚蓝的天融了一块在里面似的，这才这般的鲜润呀——那醉人的绿呀！我若能裁你以为带，我将赠给那轻盈的舞女；她必能临风飘举了。我若能挹你以为眼，我将赠给那善歌的盲妹；她必明眸善睐了。我舍不得你；我怎舍得你呢？我用手拍着你，抚摩着你，如同一个十二三岁的小姑娘。我又掬你入口，便是吻着你了。我送你一个名字，我从此叫你"女儿绿"，好么？

我第二次到仙岩的时候，我不禁惊诧于梅雨潭的绿了。

二，八，温州作。

三　白水

几个朋友伴我游白水漈。

这也是个瀑布；但是太薄了，又太细了。有时闪着些须的白光；等你定睛看去，却又没有——只剩一片飞烟而已。从前有所谓"雾縠",大概就是这样了。所以如此,全由于岩石中间突然空了一段;水到那里,无可凭依,凌虚飞下,便扯得又薄又细了。当那空处,最是奇迹。白光嬗为飞烟,已是影子,有时却连影子也不见。有时微风过来,用纤手挽着那影子,它便袅袅地成了一个软弧;但她的手才松,它又像橡皮带儿似的,立刻服服帖帖地缩回来了。我所以猜疑,或者另有双不可知的巧手,要将这些影子织成一个幻网——微风想夺了她的,她怎么肯呢?

幻网里也许织着诱惑;我的依恋便是个老大的证据。

三,十六,宁波作

四 生命的价格——七毛钱

生命本来不应该有价格的;而竟有了价格!人贩子,老鸨,以至近来的绑票土匪,都就他们的所有物,标上参差的价格,出卖于人;我想将来许还有公开的人市场呢!在种种"人货"里,价格最高的,自然是土匪们的票了,少则成千,多则成万;大约是有历史以来,"人货"的最高的行情了。其次是老鸨们所有的妓女,由数百元到数千元,是常常听到的。最贱的要算是人贩子的货色!他们所有的,只是些男女小孩,只是些"生货",所以便卖不起价钱了。

人贩子只是"仲买人"，他们还得取给于"厂家"，便是出卖孩子们的人家。"厂家"的价格才真是道地呢！《青光》里曾有一段记载，说三块钱买了一个丫头；那是移让过来的，但价格之低，也就够令人惊诧了！"厂家"的价格，却还有更低的！三百钱，五百钱买一个孩子，在灾荒时不算难事！但我不曾见过。我亲眼看见的一条最贱的生命，是七毛钱买来的！这是一个五岁的女孩子。一个五岁的"女孩子"卖七毛钱，也许不能算是最贱；但请您细看：将一条生命的自由和七枚小银圆各放在天平的一个盘里，您将发现，正如九头牛与一根牛毛一样，两个盘儿的重量相差实在太远了！

我见这个女孩，是在房东家里。那时我正和孩子们吃饭；妻走来叫我看一件奇事，七毛钱买来的孩子！孩子端端正正地坐在条凳上；面孔黄黑色，但还丰润；衣帽也还整洁可看。我看了几眼，觉得和我们的孩子也没有什么差异；我看不出她的低贱的生命的符记——如我们看低贱的货色时所容易发见的符记。我回到自己的饭桌上，看看阿九和阿菜，始终觉得和那个女孩没有什么不同！但是，我毕竟发见真理了！我们的孩子所以高贵，正因为我们不曾出卖他们，而那个女孩所以低贱，正因为她是被出卖的；这就是她只值七毛钱的缘故了！呀，聪明的真理！

妻告诉我这孩子没有父母，她哥嫂将她卖给房东家姑爷开的银匠店里的伙计，便是带着她吃饭的那个人。他似乎没有老婆，手头很窘的，而且喜欢喝酒，是一个糊涂的人！我想这孩子父母若还在世，或者还舍不得卖她，至少也要迟几年卖她；因为她究竟是可怜可怜的小羔羊。到了哥嫂的手里，情形便不同了！家里总不宽裕，多一张嘴吃饭，多费些布做衣，是显而易见的。将来人大了，由哥嫂卖出，究竟是为难的；说不定还得找补些儿，才能送出去。这可多么冤呀！不如趁小的时候，谁也不注意，做个人情，送了干净！您想，温州不算十分穷苦的地方，也没碰着大荒年，干什么得了七个小毛钱，就心甘情愿地将自己的小妹子捧给人家呢？说等钱用？谁也不信！七毛钱了得什么急事！温州又不是没人买的！大约买卖两方本来相知；那边恰要个孩子玩儿，这边也乐得出脱，便半送半卖的含糊定了交易。我猜想那时伙计向袋里一摸，一股脑儿掏了出来，只有七毛钱！哥哥原也不指望着这笔钱用，也就大大方方收了完事。于是财货两交，那女孩便归伙计管业了！

这一笔交易的将来，自然是在运命手里；女儿本姓"碰"，由她去碰吧了！但可知的，运命决不加惠于她！第一幕的戏已启示于我们了！照妻所说，那伙计必无这样耐心，抚养她成人长大！他将像豢养小猪一样，等到相当的肥壮的时候，便卖给屠户，任他宰割去；这其间他得了赚头，是理所当然的！但屠户是谁呢？在她卖做丫头的时候，便是主人！"仁慈的"主人只宰割她相当的劳力，如养羊而剪它的毛一样。到了相当的年纪，便将她配人。能够这样，她虽然被撤在丫头坯里，却还算不幸中之幸哩！但在目下这钱世界里，如此大方的人究竟是少的；我们所见的，十有六七是刻薄人！她若卖到这种人手里，他们必挤榨她过量的劳力。供不应求时，便骂也来了，打也来了！等她成熟时，却又好转卖给人家做妾；平常挤榨的不够，这儿又找补一个尾子！偏生这孩子模样儿又不好；入门不能得丈夫的欢心，容易遭大妇的凌虐，又是显然的！她的一生，将消磨于眼泪中了！也有些主人自己收婢做妾的；但红颜白发，也只空断送了她的一生！和前例相较，只是五十步与百步而已——更可危的，她若被那伙计卖在妓院里，老鸨才真是个令人肉颤的屠户呢！我们可以想到：她怎样逼她学弹学唱，怎样驱遣她去做粗活儿！怎样用藤筋打她，用针刺她！怎样督责她承欢卖笑！她怎样吃残羹冷饭！怎样打熬着不得睡觉！怎样终于生了一身毒疮！她的相貌使她只能做下等的妓女；她的沦落风尘是终生的！她的悲剧也是终生的——唉！七毛钱竟买了你的全生命——你的血肉之躯竟抵不上区区七个小银圆么！生命真太贱了！生命真太贱了！

因此想到自己的孩子的运命，真有些胆寒！钱世界里的生命市场存在一日，都是我们孩子的危险！都是我们孩子的侮辱！您有孩子的人呀，想想看，这是谁之罪呢？这是谁之责呢？

四，九，宁波作

航船中的文明

第一次乘夜航船，从绍兴府桥到西兴渡口。

绍兴到西兴本有汽油船。我因急于来杭，又因年来逐逐于火车轮船之中，也想"回到"航船里，领略先代生活的异样的趣味；所以不顾亲戚们的坚留和劝说（他们说航船里是很苦的），毅然决然地于下午六时左右下了船。有了"物质文明"的汽油船，却又有"精神文明"的航船，使我们徘徊其间，左右顾而乐之，真是二十世纪中国人的幸福了！

航船中的乘客大都是小商人；两个军弁是例外。满船没有一个士大夫；我区区或者可充个数儿——因为我曾读过几年书，又忝为大夫之后——但也是例外之例外！真的，那班士大夫到哪里去了呢？这不消说得，都到了轮船里去了！士大夫虽也搴着大旗拥护精神文明，但千虑不免一失，竟为那物质文明的孙儿，满身洋油气的小玩意儿骗得定定的，忍心害理地撇了那老相好。于是航船虽然照常行驶，而光彩已减少许多！这确是一件可以慨叹的事；而"国粹将亡"的呼声，似也不是徒然的了。呜呼，是谁之咎欤？

既然来到这"精神文明"的航船里，正可将船里的精神文明考察一番，才不虚此一行。但从哪里下手呢？这可有些为难。

踌躇之间，恰好来了一个女人——我说"来了"，仿佛亲眼看见，而孰知不然；我知道她"来了"，是在听见她尖锐的语音的时候。至于她的面貌，我至今还没有看见呢。这第一要怪我的近视眼，第二要怪那袭人的暮色，第三要怪——哼——要怪那"男女分坐"的精神文明了。女人坐在前面，男人坐在后面；那女人离我至少有两丈远，所以便不可见其脸了。且慢，这样左怪右怪，"其词若有憾焉"，你们或者猜想那女人怎样美呢。而孰知又大大的不然！我也曾"约略的"看来，都是乡下的黄面婆而已。至于尖锐的语音，那是少年的妇女所常有的，倒也不足为奇。然而这一次，那来了的女人的尖锐的语音竟致劳动区区的执笔者，却又另有缘故。在那语音里，表示出对于航船里精神文明的抗议；她说："男人女人都是人！"她要坐到后面来，（因前面太挤，实无他故，合并声明，）而航船里的"规矩"是不许的。船家拦住她，她仗着她不是姑娘了，便老了脸皮，大着胆子，慢慢地说了那句话。她随即坐在原处，而"批评家"的议论繁然了。一个船家在船沿上走着，随便地说，"男人女人都是人，是的，不错。做秤钩的也是铁，做秤锤的也是铁，做铁锚的也是铁，都是铁呀！"这一段批评大约十分巧妙，说出诸位"批评家"所要说的，于是众喙都息，这便成了定论。至于那女人，事实上早已坐下了；"孤掌难鸣"，或者她饱饫了诸位"批评家"的宏论，也不要鸣了吧。"是非之心"，虽然"人皆有之"，而撑船经商者流，对于名教之大防，竟能剖辨得这样"详明"，也着实亏他们了。中国毕竟是礼义之邦，文明之古国呀——我悔不该乱怪那"男女分坐"的精神文明了！

"祸不单行"，凑巧又来了一个女人。她是带着男人来的——呀，带着男人！正是；所以才"祸不单行"呀——说得满口好绍兴的杭州话，在黑暗里隐隐露着一张白脸；带着五六分城市气。船家照他们的"规矩"，要将这一对儿生剌剌地分开；男人不好意思作声，女的却抢着说："我们是'一堆生'（即'一块儿'）的！"太亲热的字眼，竟在"规规矩矩的"航船里说了！于是船家命令的嚷道："我们有我们的规矩，不管你'一堆生'不'一堆生'的！"大家都微笑了。有的沉吟地说："一堆生的？"有的惊奇地说："一'堆'生的！"有的嘲讽地说："哼，一堆生的！"在这四面楚歌里，凭你怎样伶牙俐齿，也只得服从了！"妇者，服也"，这原是她的本行呀。只看她毫不置辩，毫不懊恼，还是若无其事地和人攀谈，便知她确乎是"服也"了。这不能不感谢船家和乘客诸公"卫道"之功；而论功行赏，船家尤当首屈一指。呜呼，可以风矣！

在黑暗里征服了两个女人，这正是我们的光荣；而航船中的精神文明，也粲然可见了——于是乎书。

旅行杂记

这次中华教育改进社在南京开第三届年会，我也想观观光；故"不远千里"的从浙江赶到上海，决于七月二日附赴会诸公的车尾而行。

一　殷勤的招待

七月二日正是浙江与上海的社员乘车赴会的日子，在上海这样大车站里，多了几十个改进社社员，原也不一定能够显出什么异样；但我却觉得确乎是不同了，"一时之盛"的光景，在车站的一角上，是显然可见的。这是在茶点室的左边；那里丛着一群人，正在向两位特派的招待员接洽。壁上贴着一张黄色的榜纸，写着龙蛇飞舞的字："二等四元□，三等二元□。"两位招待员开始执行职务了，这时已是六点四十分，离开车还有二十分钟了。招待员所应做的第一大事，自然是买车票。买车票是大家都会的，买半票却非由他们二位来"优待"一下不可。"优待"可真不是容易的事！他们实行"优待"的时候，要向每个人取名片，票价——还得找钱。他们往还于茶点室和售票处之间，少说些，足有二十次！他们手里是拿着一叠名片和钞票洋钱；眼睛总是张望着前面，仿佛遗失了什么，急急寻觅一样；面部筋肉平板地紧张着；手和足的运动都像不是他们自己的。好容易费了二虎之力，居然买了几张票，凭着名片分发了。每次分发时，各位候补人都一拥而上。等到得不着票子，便不免有了三三两两的怨声了，那两位招待员买票事大，却也顾不得这些。可是钟走得真快，不觉七点还欠五分了。这时票子还有许多人没买着，大家都着急；而招待员竟不出来！有的人急忙寻着他们，情愿取回了钱自买全票；有的向他们顿足舞手的责备着。他们却只是忙着照名片退钱，一言不发——真好性儿！于是大家三步并作两步，自己去买票子；这一挤非同小可！我除照付票价外，还出了一身大汗，才弄到一张三等车票。这时候两位招待员的怨声真载道了："这样的饭桶！""真饭桶！""早做什么事的？""六点钟就来了，还是自己买票，冤不冤！"我猜想这时候两位招待员的耳朵该有些儿热了。其实我倒能原谅他们，无论招待的成绩如何，他们的眼睛和腿总算忙得可以了，这也总算是殷勤了；他们也可以对得起改进社了，改进社也可以对得起他们的社员了——上车后，车就开了；有人问"两个饭桶来了没有？""没有吧！"车是开了。

二 "躬逢其盛"

七月二日的晚上，花了约莫一点钟的时间，才在大会注册组买了一张旁听的标识。这个标识很不漂亮，但颇有实用。七月三日早晨的年会开幕大典，我得躬逢其盛，全靠着它呢。

七月三日的早晨，大雨倾盆而下。这次大典在中正街公共讲演厅举行。该厅离我所住的地方有六七里路远；但我终于冒了狂风暴雨，乘了黄包车赴会。在这一点上，我的热心决不下于社员诸君的。

到了会场门首，早已停着许多汽车，马车；我知道这确乎是大典了。走进会场，坐定细看，一切都很从容，似乎离开会的时间还远得很呢——虽然规定的时间已经到了。楼上正中是女宾席，似乎很是寥寥；两旁都是军警席——正和楼下的两旁一样。一个黑色的警察，间着一个灰色的兵士，静默地立着。他们大概不是来听讲的，因为既没有赛磁的社员徽章，又没有和我一样的旁听标识，而且也没有真正的"席"——座位。（我所谓"军警席"，是就实际而言，当时场中并无此项名义，合行声明。）听说督军省长都要"驾临"该场；他们原是保卫"两长"来的，他们原是监视我们来的，好一个武装的会场！

那时"两长"未到，盛会还未开场；我们忽然要做学生了！一位教员风的女士走上台来，像一道光闪在听众的眼前；她请大家练习尽力中华歌，大家茫然地立起跟着她唱。但"出其不意，攻其不备"，有些人不敢高唱，有些人竟唱不出。所以唱完的时候，她温和地笑着向大家说："这回太低了，等等再唱一回。"她轻轻地鞠了躬，走了。等了一等，她果然又来了。说完"一——二——三——四"之后，"尽力中华"的歌声果然很响地起来了。她将左手插在腰间，右手上下地挥着，表示节拍；挥手的时候，腰部以上也随着微微地向左右倾侧，显出极为柔软的曲线；她的头略略偏右仰着，嘴唇轻轻地动着，嘴唇以上，尽是微笑。唱完时，她仍笑着说："好些了，等等再唱。"再唱的时候，她拍着两手，发出清脆的响，其余和前回一样。唱完，她立刻又"一——二——三——四"地要大家唱。大家似乎很惊愕，似乎她真看得大家和学生一样了。但是半秒钟的错愕与不耐以后，终于又唱起来了——自然有一部分人，因疲倦而休息。于是大家的临时的学生时代告终。不一会儿，场中忽然纷扰，大家的视线都集中在东北角上；这是齐督军，韩省长来了，开会的时间真到了！

空空的讲坛上，这时竟济济一台了。正中有三张椅子，两旁各有一排椅子。正中的三人是齐燮元，韩国钧，另有一个西装少年；后来他演说，才知是"高督办"——就是讳"恩洪"的了——的代表。这三人端坐在台的正中，使我联想到大雄宝殿上的三尊佛像；他们虽坦然地坐着，我却无端地为他们"惶恐"着——于是开会了，照着秩序单进行。详细的情形有各报记述可看，毋庸在下再来饶舌。现在单表齐燮元，韩国钧和东南大学校长郭秉文博士的高论。齐燮元究竟是督军兼巡阅使，他的声音是加倍的洪亮；那时场中也特别肃静——齐燮元究竟与众不同呀！他咬字眼儿真咬得清白；他的话是"字本位"，是一个字一个字吐出来的。字与字间的时距我不能指明，只觉比普通人说话延长罢了；最令我惊异而且焦躁的，是有几句说完之后。那时我总以为第二句应该开始了，岂知一等不来，二等不至，三等不到；他是在唱歌呢，这儿碰着全休止符了！等到三等等完，四拍拍毕，第二句的第一个字才姗姗地来了。这其间至少有一分钟；要用主观的计时法，简直可说足有五分钟！说来说去，究竟他说的是什么呢？我恭恭敬敬地答道："半篇八股"！他用拆字法将"中华教育改进社"一题拆为四段：先做"教育"二字，是为第一股；次做"教育改进"，是为第二股；"中华教育改进"是第三股；加上"社"字，是第四股。层层递进，如他由督军而升巡阅使一样。齐燮元本是廪贡生，这类文章本是他的拿手戏；只因时代维新，不免也要改良一番，才好应世；八股只剩了四股，大约便是为此了。最教我不忘记的，是他说完后的那一鞠躬。那一鞠躬真是与众不同，鞠下去时，上半身全与讲桌平行，我们只看见他一头的黑发；他然后慢慢地立起退下。这其间费了普通人三个一鞠躬的时间，是的的确确的。

接着便是韩国钧了。他有一篇改进社开会词，是开会前已分发了的。里面曾有一节，论及现在学风的不良，颇有痛心疾首之概。我很想听听他的高见。但他却不曾照本宣扬，他这时另有一番说话。他也经过了许多时间；但不知是我的精神不济，还是另有原因，我毫没有领会他的意思。只有煞尾的时候，他提高了喉咙，我也竖起了耳朵，这才听见他的警句了。他说："现在政治上南北是不统一的。今天到会诸君，却南北都有，同以研究教育为职志，毫无畛域之见。可见统一是要靠文化的，不能靠武力!"这最后一句话确是漂亮,赢得如雷的掌声和许多轻微的赞叹。他便在掌声里退下。

这时我们所注意的,是在他肘腋之旁的齐燮元;可惜我眼睛不佳,不能看到他面部的变化,因而他的心情也不能详说,这是很遗憾的。于是——是我行文的"于是",不是事实的"于是",请注意——来了郭秉文博士。他说,我只记得他说:"青年的思想应稳健,正确。"旁边有一位告诉我说:"这是齐燮元的话。"但我却发见了,这也是韩国钧的话,便是开会辞里所说的。究竟是谁的话呢?或者是"英雄所见,大略相同"么?这却要请问郭博士自己了。但我不能明白:什么思想才算正确和稳健呢?郭博士的演说里不曾下注脚,我也只好终于莫测高深了。

还有一事,不可不记。在那些点缀会场的警察中有一个瘦长的,始终笔直的站着,几乎不曾移过一步,真像石像一般,有着可怕的静默。我最佩服他那昂着的头和垂着的手;那天真苦了他们三位了!另有一个警官,也颇可观。他那肥硕的身体,凸出的肚皮,老是背着的双手和那微微仰起的下巴,高高翘着的仁丹胡子,以及胸前累累挂着的徽章——那天场中,这后两件是他所独有的——都显出他的身份和骄傲。他在楼下左旁往来的徘徊着,似乎在督率着他的部下。我不能忘记他。

三　第三人称

七月廿日，正式开会。社员全体大会外，便是许多分组会议。我们知道全体大会不过是那么回事，值得注意的是后者。我因为也忝然地做了国文教师，便决然无疑地投到国语教学组旁听。不幸听了一次，便生了病，不能再去。那一次所议的是"采用他，她，它案"（大意如此，原文忘记了）；足足议了两个半钟头，才算不解决地解决了。这次讨论，总算详细已极，无微不至；在讨论时，很有几位英雄，舌本翻澜，妙绪环涌，使得我茅塞顿开，摇头佩服。这不可以不记。

其实我第一先应该佩服提案的人！在现在大家已经"采用""他，她，它"的时候，他才从容不迫地提出了这件议案，真可算得老成持重，"不敢为天下先"，确遵老子遗训的了。在我们礼义之邦，无论何处，时间先生总是要先请一步的；所以这件议案不因为他的从容而被忽视，反因为他的从容而被尊崇，这就是所谓"让德"。且看当日之情形，谁不兴高而采烈？便可见该议案的号召之力了。本来呢，"新文学"里的第三人称代名词也太纷歧了！既"她""伊"之互用，又"她""它"之不同，更有"厄""彼"之流，窜跳其间；于是乎乌烟瘴气，一塌糊涂！提案人虽只为辨"性"起见，但指定的三字，皆属于也字系统，俨然有正名之意。将来"也"字系统若竟成为正统，那开创之功一定要归于提案人的。提案人有如彼的力量，如此的见解，怎不教人佩服？

讨论的中心点是在女人，就是在"她"字。"人"让他站着，"牛"也让它站着；所饶不过的是"女"人，就是"她"字旁边立着的那"女"人！于是辩论开始了。一位教师说："据我的'经验'，女学生总不喜欢'她'字——男人的'他'，只标一个'人'字旁，女子的'她'，却特别标一个'女'字旁，表明是个女人；这是她们所不平的！我发出的讲义，上面的'他'字，她们常常要将'人'字旁改成'男'字旁，可以见她们报复的意思了。"大家听了，都微微笑着，像很有味似的。另一位却起来驳道："我也在女学堂教书，却没有这种情形！"海格尔的定律不错，调和派来了，他说，"这本来有两派：用文言的欢喜用'伊'字，如周作人先生便是；用白话的欢喜用'她'字，'伊'字用的少些；其实两个字都是一样的。""用文言的欢喜用'伊'字。"这句话却有意思！文言里间或有"伊"字看见，这是真理；但若说那些"伊"都是女人，那却不免委屈了许多男人！周作人先生提倡用"伊"字也是实，但只是用在白话里；我可保证，他决不曾有什么"用文言"的话！而且若是主张"伊"字用于文言，那和主张人有两只手一样，何必周先生来提倡呢？于是又冤枉了周先生——调和终于无效，一位女教师立起来了。大家都倾耳以待，因为这是她们的切身问题，必有一番精当之论！她说话快极了，我听到的警句只是："历来加'女'字旁的字都是不好的字；

'她'字是用不得的!"一位"他"立刻驳道:"'好'字岂不是'女'字旁么?"大家都大笑了,在这大笑之中。忽有苍老的声音:"我看'他'字譬如我们普通人坐三等车;'她'字加了'女'字旁,是请她们坐二等车,有什么不好呢?"这回真哄堂了,有几个人笑得眼睛亮晶晶的,眼泪几乎要出来;真是所谓"笑中有泪"了。后来的情形可有些模糊,大约便在谈笑中收了场;于是乎一幕喜剧告成。

"二等车","三等车"这一个比喻,真是新鲜,足为修辞学开一崭新的局面,使我有永远的趣味。从前贾宝玉说男人的骨头是泥做的,女人的骨头是水做的,至从传为佳话;现在我们的辩士又发明了这个"二三等车"的比喻,真是媲美前修,启迪来学了。但这个"二三等之别"究竟也有例外;我离开南京那一晚,明明在三等车上看见三个"她"!我想:"她""她""她"何以不坐二等车呢?难道客气不成——那位辩士的话应该是不错的!

一九二五年,温州

春晖的一月

去年在温州，常常看到本刊，觉得很是欢喜。本刊印刷的形式，也颇别致，更使我有一种美感。今年到宁波时，听许多朋友说，白马湖的风景怎样怎样好，更加向往。虽然于什么艺术都是门外汉，我却怀抱着爱"美"的热诚。三月二日，我到这儿上课来了。在车上看见。"春晖中学校"的路牌，白地黑字的，小秋千架似的路牌，我便高兴。出了车站，山光水色，扑面而来，若许我抄前人的话，我真是"应接不暇"了。于是我便开始了春晖的第一日。

走向春晖，有一条狭狭的煤屑路。那黑黑的细小的颗粒，脚踏上去，便发出一种摩擦的骚音，给我多少清新的趣味。而最系我心的，是那小小的木桥。桥黑色，由这边慢慢地隆起，到那边又慢慢地低下去，故看去似乎很长。我最爱桥上的阑干，那变形的"卐"纹的阑干；我在车站门口早就看见了，我爱它的玲珑！桥之所以可爱，或者便因为这阑干哩。我在桥上逗留了好些时。这是一个阴天。山的容光，被云雾遮了一半，仿佛淡妆的姑娘。但三面映照起来，也就青得可以了，映在湖里，白马湖里，接着水光，却另有一番妙景。我右手是个小湖，左手是个大湖。湖有这么大，使我自己觉得小了。湖在山的趾边，山在湖的唇边；他俩这样亲密，湖将山全吞下去了。吞的是青的，吐的是绿的，那软软的绿呀，绿的是一片，绿的却不安于一片；它无端地皱起来了。如絮的微痕，界出无数片的绿；闪闪闪闪的，像好看的眼睛。湖边系着一只小船，四面却没有一个人，我听见自己的呼吸。想起"野渡无人舟自横"的诗，真觉物我双忘了。

好了，我也该下桥去了；春晖中学还没有看见呢。弯了两个弯儿，又过了一重桥。当面有山挡住去路；山旁只留着极狭极狭的小径。挨着小径，抹过山角，豁然开朗；春晖的校舍和历落的几处人家，都已在望了。远远看去，房屋的布置颇疏散有致，决无拥挤、局促之感。我缓缓走到校前，白马湖的水也跟我缓缓地流着。我碰着丏尊先生。他引我过了一座水门汀的桥，便到了校里。校里最多的是湖，三面潺潺地流着；其次是草地，看过去芊芊的一片。我是常住城市的人，到了这种空旷的地方，有莫名的喜悦！乡下人初进城，往往有许多惊异，供给笑话的材料；我这城里人下乡，却也有许多惊异——我的可笑，或者竟不下于初进城的乡下人。闲言少叙，且说校里的房屋、格式、布置固然疏落有味，便是里面的用具，也无一不显出巧妙的匠意；决无笨伯的手泽。晚上我到几位同事家去看，壁上有书有画，布置井井，令人耐坐。这种情形正与学校的布置是一致的。美的一致，一致的美，是春晖给我的第一件礼物。

有话即长，无话即短，我到春晖教书，不觉已一个月了。在这一个月里，我虽然只在春晖登了十五日（我在宁波四中兼课），但觉甚是亲密。因为在这里，真能够无町畦。我看不出什么界线，因而也用不着什么防备，什么顾忌；我只照着我所喜欢的做就是了。这就是自由了。从前我到别处教书时，总要做几个月的"生客"，然后才能坦然。对于"生客"的猜疑，本是原始社会的遗形物，其故在于不相知。这在现社会，也不能免的。但在这里，因为没有层叠的历史，又结合比较的单纯，故没有这种习染。这是我所深愿的！这里的教师与学生，也没有什么界限。在一般学校里，师生之间往往隔开一□于教师"敬鬼神而远之"；教师对于学生，尔为尔，我为我，休戚不关，理乱不闻！这样两橛的形势，如何说得人格感化？如何说得到"造成健全的人格"？这里的师生却没有这样情形。无论何时，都可自由说话；一切事务，常常通力合作。校里只有协治会而没有自治会。感情既无隔阂，事务自然都开诚布公，无所用其躲闪。学生因无须矫情饰伪，故甚活泼有意思。又因能顺全天性，不遭压抑；加以自然界的陶冶：故趣味比较纯正——也有太随便的地方，如有几个人上课时喜欢谈闲天，有几个人喜欢吐痰在地板上，但这些总是容易矫正的——春晖给我的第二件礼物是真诚，一致的真诚。

春晖是在极幽静的乡村地方，往往终日看不见一个外人！寂寞是小事；在学生的修养上却有了问题。现在的生活中心，是城市，是非乡村。乡村生活的修养能否适应城市的生活，这是一个问题。此地所说适应，只指两种意思：一是抵抗诱惑，二是应付环境——明白些说，就是应付人，应付物。乡村诱惑少，不能养成定力；在乡村是好人的，将来一入城市做事，或者竟抵挡不住。从前某禅师在山中修道，道行甚高；一旦入闹市，"看见粉白黛绿，心便动了"。这话看来有理，但我以为其实无妨。就一般人而论，抵抗诱惑的力量大抵和性格、年龄、学识、经济力等有"相当"的关系。除经济力和年龄外，性格、学识，都可以用教育的力量提高它，这样增加抵抗诱惑的力量。提高的意思，说得明白些，便是以高等的趣味替代低等的趣味；养成优良的习惯，使不良的动机不容易有效。用了这种方法，学生达到高中毕业的年龄，也总该有相当的抵抗力了；入城市生活又何妨？（不及初中毕业时者，因初中毕业，仍须续入高中，不必自己挣扎，故不成问题）？有了这种抵抗力，虽还有经济力可以作祟，但也不能有大效。前面那禅师所以不行，一因他过的是孤独的生活，故反动力甚大，一因他只知克制，不知替代；故外力一强，便"虎兕出于柙"了！这岂可与现在这里学生的乡村生活相提并论呢？至于应付环境，这与乡村城市无大关系。我是城市的人，但初到上海，也曾因不会乘电车而跌了一跤，跌得皮破血流；这与乡下诸公又差得几何呢？若说应付人，无非是机心！什么"逢人只说三分话，未可全抛一片心"，便是代表的教训。教育有改善人心的使命；这种机心，有无养成的必要，是一个问题。姑不论这个，要养成这种机心，也非到上海这种地方去不成；普通城市正和乡村一样，是没有什么帮助的。凡以上所说，无非要使大家相信，这里的乡村生活的修养，并不一定不能适应将来城市的生活。况且我们还可以举行旅行，以资调剂呢。况且城市生活的修养，虽自有它的好处；但也有流弊。如诱惑太多，年龄太小或性格未佳的学生，或者转易陷溺——那就不但不能磨炼定力，反早早的将定力丧失了！所以城市生活的修养不一定比乡村生活的修养有效——只有一层，乡村生活足以减少少年人的进取心，这却是真的！

说到我自己，却甚喜欢乡村的生活，更喜欢这里的乡村的生活。我是在狭的笼的城市里生长的人，我要补救这个单调的生活，我现在住在繁嚣的都市里，我要以闲适的境界调和它。我爱春晖的闲适！闲适的生活可说是春晖给我的第三件礼物！

我已说了我的"春晖的一月"；我说的都是我要说的话。或者有人说，赞美多而劝勉少，近乎"戏台里喝彩"！假使这句话是真的，我要切实声明：我的多赞美，必是情不自禁之故，我的少劝勉，或是观察时期太短之故。

四月十二夜

白种人——上帝的骄子!

去年暑假到上海,在一路电车的头等里,见一个大西洋人带着一个小西洋人,相并地坐着。我不能确说他俩是英国人或美国人;我只猜他们是父与子。那小西洋人,那白种的孩子,不过十一二岁光景,看去是个可爱的小孩,引我久长地注意。他戴着平顶硬草帽,帽檐下端正地露着长圆的小脸。白中透红的面颊,眼睛上有着金黄的长睫毛,显出和平与秀美。我向来有种癖气:见了有趣的小孩,总想和他亲热,做好同伴;若不能亲热,便随时亲近亲近也好。在高等小学时,附设的初等里,有一个养着乌黑的西发的刘君,真是依人的小鸟一般;牵着他的手问他的话时,他只静静地微仰着头,小声儿回答——我不常看见他的笑容,他的脸老是那么幽静和真诚,皮下却烧着亲热的火把。我屡次让他到我家来,他总不肯;后来两年不见,他便死了。我不能忘记他!我牵过他的小手,又摸过他的圆下巴。但若遇着陌生的小孩,我自然不能这样做,那可有些窘了;不过也不要紧,我可用我的眼睛看他—— 一回,两回,十回,几十回!孩子大概不很注意人的眼睛,所以尽可自由地看,和看女人要遮遮掩掩的不同。我凝视过许多初会面的孩子,他们都不曾向我抗议;至多拉着同在的母亲的手,或倚着她的膝头,将眼看她两看罢了。所以我胆子很大。这回在电车里又发了老癖气，我两次三番地看那白种的孩子，小西洋人！

初时他不注意或者不理会我，让我自由地看他。但看了不几回，那父亲站起来了，儿子也站起来了，他们将到站了。这时意外的事来了。那小西洋人本坐在我的对面；走近我时，突然将脸尽力地伸过来了，两只蓝眼睛大大地睁着，那好看的睫毛已看不见了；两颊的红也已褪了不少了。和平，秀美的脸一变而为粗俗，凶恶的脸了！他的眼睛里有话："咄！黄种人，黄种的支那人，你——你看吧！你配看我！"他已失了天真的稚气，脸上满布着横秋的老气了！我因此宁愿称他为"小西洋人"。他伸着脸向我足有两秒钟；电车停了，这才胜利地调过头，牵着那大西洋人的手走了。大西洋人比儿子似乎要高出一半；这时正注目窗外，不曾看见下面的事。儿子也不去告诉他，只独断独行地伸他的脸；伸了脸之后，便又若无其事的，始终不发一言——在沉默中得着胜利，凯旋而去。不用说，这在我自然是一种袭击，"出其不意，攻其不备"的袭击！

这突然的袭击使我张皇失措；我的心空虚了，四面的压迫很严重，使我呼吸不能自由。我曾在 N 城的一座桥上，遇见一个女人；我偶然地看她时，她却垂下了长长的黑睫毛，露出老练和鄙夷的神色。那时我也感着压迫和空虚，但比起这一次，就稀薄多了：我在那小西洋人两颗枪弹似的眼光之下，茫然地觉着有被吞食的危险，于是身子不知不觉地缩小，小——大有在奇境中的阿丽思的劲儿！我木木然目送那父与子下了电车，在马路上开步走；那小西洋人竟未一回头，断然地去了。我这时有了迫切的国家之感了！我做着黄种的中国人，而现在还是白种人的世界，他们的骄傲与践踏当然会来的；我所以张皇失措而觉着恐怖者，因为那骄傲我的，践踏我的，不是别人，只是一个十来岁的"白种的"孩子，竟是一个十来岁的白种的"孩子"！我向来总觉得孩子应该是世界的，不应该是一种，一国，一乡，一家的。我因此不能容忍中国的孩子叫西洋人为"洋鬼子"。但这个十来岁的白种的孩子，竟已被揿入人种与国家的两种定型里了。他已懂得凭着人种的优势和国家的强力，伸着脸袭击我了。这一次袭击实是许多次袭击的小影，他的脸上便缩印着一部中国的外交史。他之来上海，或无多日，或已长久，耳濡目染，他的父亲，亲长，先生，父执，乃至同国，同种，都以骄傲践踏对付中国人；而他的读物也推波助澜，将中国编排得一无是处，以长他自己的威风。所以他向我伸脸，决非偶然而已。

这是袭击，也是侮蔑，大大的侮蔑！我因了自尊，一面感着空虚，一面却又感着愤怒；于是有了迫切的国家之念。我要诅咒这小小的人！但我立刻恐怖起来了：这到底只是十来岁的孩子呢，却已被传统所埋葬；我们所日夜想望着的"赤子之心"，世界之世界（非某种人的世界，更非某国人的世界！），眼见得在正来的一代，还是毫无信息的！这是你的损失，我的损失，他的损失，世界的损失；虽然是怎样渺小的一个孩子！但这孩子却也有可敬的地方：他的从容，他的沉默，他的独断独行，他的一去不回头，都是力的表现，都是强者适者的表现。决不婆婆妈妈的，决不粘粘搭搭的，一针见血，一刀两断，这正是白种人之所以为白种人。

我真是一个矛盾的人。无论如何，我们最要紧的还是看看自己，看看自己的孩子！谁也是上帝之骄子；这和昔日的王侯将相一样，是没有种的！

一九二五年六月十九日夜

山野掇拾

我最爱读游记。现在是初夏了；在游记里却可以看见烂漫的春花，舞秋风的落叶……——都是我惦记着，盼望着的！这儿是白马湖，读游记的时候，我却能到神圣庄严的罗马城，纯朴幽静的 Loisieux 村——都是我羡慕着，想象着的！游记里满是梦："后梦赶走了前梦，前梦又赶走了大前梦，"这样地来了又去，来了又去；像树梢的新月，像山后的晚霞，像田间的萤火，像水上的箫声，像隔座的茶香，像记忆中的少女，这种种都是梦。我在中学时，便读了康更牲的《欧洲十一国游记》——实在只有意大利游记——当时做了许多好梦；邦卑故城最是我低徊留恋而不忍去的！那时柳子厚的山水诸记，也常常引我入胜。后来得见《洛阳伽蓝记》，记诸寺的繁华壮丽，令我神往；又得见《水经注》，所记奇山异水，或令我惊心动魄，或让我游目骋怀，（我所谓"游记"，意义较通用者稍广，故将后两种也算在内。）这些或记风土人情，或记山川胜迹，或记"美好的昔日"，或记美好的今天，都有或浓或淡的彩色，或工或泼的风致。而我近来读《山野掇拾》，和这些又是不同：在这本书里，写着的只是"大陆的一角"，"法国的一区"，并非特著的胜地，脍炙人口的名所；所以一空依傍，所有的好处都只是作者自己的发现！前举几种中，只有柳子厚的诸作也是如此写出的；但柳氏仅记风物，此书却兼记文化——如 Vicard 序中所言，所谓"文化"，也并非在我们平日意想中的庞然巨物，只是人情之美；而书中写 Loisieux 村的文化，实较风物为更多：这又有以异乎人。而书中写 Loisieux 村的文化，实在也非写 Loisieux 村的文化，只是作者孙福熙先生暗暗地巧巧地告诉我们他的哲学，他的人生哲学。

　　所以写的是"法国的一区"，写的也就是他自己！
他自己说得好：我本想尽量掇拾山野风味的，不知不觉地掇拾了许多掇拾者自己。（原书二六一页。）

但可爱的正是这个"自己"，可贵的也正是这个"自己"！
孙先生自己说这本书是记述"人类的大生命分配于他的式样"的，我们且来看看他的生命究竟是什么式样？世界上原有两种人：一种是大刀阔斧的人，一种是细针密线的人。前一种人真是一把"刀"，一把斩乱麻的快刀！什么纠纷，什么葛藤，到了他手里，都是一刀两断——正眼也不去瞧，不用说靠他理纷解结了！他行事只看准几条大干，其余的万千枝叶，都一扫个精光；所谓"擒贼必擒王"，也所谓"以不了了之"！英雄豪杰是如此办法：他们所图远大，是不屑也无暇顾念那些琐细的节目！蠢汉笨伯也是如此办法，他们却只图省事！他们的思力不足，不足剖析入微，鞭辟入里；如两个小儿争闹，做父亲的更不思索，便照例每人给一个耳光！这真是"不亦快哉"！但你我若既不能为英雄豪杰，又不甘做蠢汉笨伯，便自然而然只能企图做后一种人。这种人凡事要问底细；"打破沙缸问到底！还要问沙缸从哪里起？"他们于一言一动之微，一沙一石之细，都不轻轻放过！从前人将桃核雕成一只船，船上有苏东坡，黄鲁直，佛印等；或于元旦在一粒芝麻上写"天下太平"四字，以验目力：便是这种脾气的一面。他们不注重一千一万，而注意一毫一厘；他们觉得这一毫一厘便是那一千一万的具体而微——只要将这一毫一厘看得透彻，正和照相的放大一样，其余也可想见了。他们所以于每事每物，必要拆开来看，拆穿来看；无论锱铢之别，淄渑之辨，总要看出而后已，正如显微镜一样。这样可以辨出许多新异的滋味，乃是他们独得的秘密！总之，他们对于怎样微渺的事物，都觉吃惊；而常人则熟视无睹！故他们是常人而又有以异乎常人。这两种人——孙先生，画家，若容我用中国画来比，我将说前者是"泼笔"，后者是"工笔"。孙先生自己是"工笔"，是后一种人。他的朋友号他为"细磨细琢的春台"，真不错，他的全部都在这儿了！他纪念他的姑母和父亲，他说他们以细磨细琢的工夫传授给他，然而他远不如他们了。从他的父亲那里，他"知道一句话中，除字面上的意思之外，还有别的话在这里边，只听字面，还远不能听懂说话音的意思哩"。这本书的长处，也就在"别的话"这一点；乍看岂不是淡淡的？缓缓咀嚼一番，便会有浓密的滋味从口角流出！你若看过瀼瀼的朝露，皱皱的水波，茫茫的冷月，薄薄的女衫，你若吃过上好的皮丝，鲜嫩的毛笋，新制的龙井茶：你一定懂得我的话。

我最觉得有味的是孙先生的机智。孙先生收藏的本领真好！他收藏着怎样多的虽微末却珍异的材料，就如慈母收藏果饵一样；偶然拈出一两件来，令人惊异他的富有！其实东西本不稀奇，经他一收拾，便觉不凡了。他于人们忽略的地方，加倍地描写，使你于平常身历之境，也会有惊异之感。他的选择的工夫又高明；那分析的描写与精彩的对话，足以显出他敏锐的观察力。所以他的书既富于自己的个性，一面也富于他人的个性，无怪乎他自己也会觉得他的富有了。他的分析的描写含有论理的美，就是精严与圆密；像一个扎缚停当的少年武士，英姿飒爽而又妩媚可人！又像医生用的小解剖刀，银光一闪，骨肉判然！你或者觉得太琐屑了，太腻烦了，但这不是腻烦和琐屑，这乃是悠闲（idle）。悠闲也是人生的一面，其必要正和不悠闲一样！他的对话的精彩，也正在悠闲这一面！这才真是 Loisieux 村人的话，因为真的乡村生活是悠闲的。他在这些对话中，介绍我们面晤一个个活泼泼的 Loisieux 村人！总之，我们读这本书，往往能由几个字或一句话里，窥见事的全部，人的全性；这便是我所谓"孙先生的机智"了。孙先生是画家。他从前有过一篇游记，以"画"名文，题为《赴法途中漫画》；篇首有说明，深以作文不能如作画为恨。其实他只是自谦；他的文几乎全是画，他的作文便是以文字作画！他叙事，抒情，写景，固然是画；就是说理，也还是画。人家说"诗中有画"，孙先生是文中有画；不但文中有画，画中还有诗，诗中还有哲学。

我说过孙先生的画工，现在再来说他的诗意——画本是"无声诗"呀。他这本书是写民间乐趣的。但他有什么乐趣呢？采葡萄的落后是一；画风柳，纸为风吹，画瀑布，纸为水溅是二；与绿的蚱蜢，黑的蚂蚁等"合画"是三。这些是他已经说出的，但重要的是那未经说出的"别的话"：他爱村人的性格，那纯朴，温厚，乐天，勤劳的性格。他们"反直不想与人相打"；他们不畏缩，不鄙夷，爱人而又自私，藏匿而又坦白；他们只是做工，只是太做工，"真的不要自己的性命"——非为衣食，也非不为衣食，只是浑然的一种趣味。这些正都是他们健全的地方！你或者要笑他们没有理想，如书中 R 君夫妇之笑他们雇来的工人，但"没有理想"的可笑，不见得比"有理想"的可笑更甚——在现在的我们，"原始的"与"文化的"实觉得一般可爱。而这也并非全为了对比的趣味，"原始的"实是更近于我们所常读的诗，实是"别有系人心处"！譬如我读这本书，就常常觉得是在读面熟得很的诗！"村人的性格"还有一个"联号"，便是"自然的风物"，孙先生是画家，他之爱自然的风物，是不用说的；而自然的风物便是自然的诗，也似乎不用说的。孙先生是画家，他更爱自然的动象，说也是一种社会的变幻。他爱风吹不绝的柳树，他爱水珠飞溅的瀑布，他爱绿的蚱蜢，黑的蚂蚁，赭褐的六足四翼不曾相识的东西；它们虽怎样地困苦他，但却是活的画，生命的诗——在人们里，他最爱老年人和小孩子。他敬爱辛苦一生至今扶杖也不能行了的老年人，他更羡慕见火车而抖的小孩子。是的，老年人如已熟的果树，满垂着沉沉的果实，任你去摘了吃；你只要眼睛亮，手法好，必能果腹而回！小孩子则如刚打朵儿的花，蕴藏着无穷的允许：这其间有红的，绿的，有浓的，淡的，有小的，大的，有单瓣的，重瓣的，有香的，有不香的，有努力开花的，有努力结实的——结女人脸的苹果，黄金的梨子，珠子般的红樱桃，璎珞般的紫葡萄……而小姑娘尤为可爱——读了这本书的，谁不爱那叫喊尖利的"啊"的小姑娘呢？其实胸怀润朗的人，什么于他都是朋友：他觉得一切东西里都有些意思，在习俗的衣裳底下，躲藏着新鲜的身体。凭着这点意思去发展自己的生活，便是诗的生活。"孙先生的诗意"，也便在这儿。

在这种生活的河里伏流着的，便是孙先生的哲学了。他是个含忍与自制的人，是个中和的（Moderate）人；他不能脱离自己，同时却也理会他人。他要"尽量的理会他人的苦乐——或苦中之乐，或乐中之苦——免得眼睛生在额上的鄙夷他人，或胁肩谄笑的阿谀他人"。因此他论城市与乡村，男子与女子，团体与个人，都能寻出他们各自的长处与短处。但他也非一味宽容的人，像"烂面糊盆"一样；他是不要阶级的，她同情于一切——便是牛也非例外！他说：

> 我们住在宇宙的大乡土中，一切孩儿都在我们的心中；没有一个乡土不是我的乡土，没有一个孩儿不是我的孩儿！（原书六十四页。）

这是最大的"宽容",但是只有一条路的"宽容"——其实已不能叫作"宽容"了。在这"未完的草稿"的世界中,他虽还免不了疑虑与鄙夷,他虽鄙夷人间的争闹,以为和三个小虫的权利问题一样,但他到底能从他的"泪珠的镜中照见自己以至于一切大千世界的将来的笑影了"。他相信大生命是有希望的;他相信便是那"没有果实,也没有花"的老苹果树,那"只有折断而且曾经枯萎的老干上所生的稀少的枝叶"的老苹果树"也预备来年开得比以前更繁荣的花,结得更香美的果"!在他的头脑里,世界是不会陈旧的,因为他能够常常从新做起;他并不长吁短叹,叫着不足,他只尽他的力做就是了。他教中国人不必自馁;真的,他真是个不自馁的人!他写出这本书是不自馁,他别的生活也必能不自馁的!或者有人说他的思想近乎"圆通",但他的本意只是"中和",并无容得下"调和"的余地;他既"从来不会做所谓漂亮及出风头的事",自然只能这样缓缓地锲而不舍地去开垦他的乐土!这和他的画笔,诗情,同为他的"细磨细琢的功夫"的表现。

书中有孙先生的几幅画。我最爱《在夕阳的抚弄中的湖景》一幅;那是色彩的世界!而本书的装饰与安排,正如湖景之因夕阳抚弄而可爱,也因孙先生抚弄(若我猜得不错)而可爱!在这些里,我们又可以看见"细磨细琢的春台"呢。

十四年六月

阿 河

　　我这一回寒假，因为养病，住到一家亲戚的别墅里去。那别墅是在乡下。前面偏左的地方，是一片淡蓝的湖水，对岸环拥着不尽的青山。山的影子倒映在水里，越显得清清朗朗的。水面常如镜子一般。风起时，微有皱痕；像少女们皱她们的眉头，过一会子就好了。湖的余势束成一条小港，缓缓地不声不响地流过别墅的门前。门前有一条小石桥，桥那边尽是田亩。这边沿岸一带，相间地栽着桃树和柳树，春来当有一番热闹的梦。别墅外面缭绕着短短的竹篱，篱外是小小的路。里边一座向南的楼，背后便倚着山。西边是三间平屋，我便住在这里。院子里有两块草地，上面随便放着两三块石头。另外的隙地上，或罗列着盆栽，或种莳着花草。篱边还有几株枝干蟠曲的大树，有一株几乎要伸到水里去了。

　　我的亲戚韦君只有夫妇二人和一个女儿。她在外边念书，这时也刚回到家里。她邀来三位同学，同到她家过这个寒假；两位是亲戚，一位是朋友。她们住着楼上的两间屋子。韦君夫妇也住在楼上。楼下正中是客厅，常是闲着，西间是吃饭的地方；东间便是韦君的书房，我们谈天，喝茶，看报，都在这里。我吃了饭，便是一个人，也要到这里来闲坐一回。我来的第二天，韦小姐告诉我，她母亲要给她们找一个好好的女佣人；长工阿齐说有一个表妹，母亲叫他明天就带来做做看呢。她似乎很高兴的样子，我只是不经意地答应。

平屋与楼屋之间，是一个小小的厨房。我住的是东面的屋子，从窗子里可以看见厨房里人的来往。这一天午饭前，我偶然向外看看，见一个面生的女佣人，两手提着两把白铁壶，正往厨房里走；韦家的李妈在她前面领着，不知在和她说什么话。她的头发乱蓬蓬的，像冬天的枯草一样。身上穿着镶边的黑布棉袄和夹裤，黑里已泛出黄色；棉袄长与膝齐，夹裤也直拖到脚背上。脚倒是双天足，穿着尖头的黑布鞋，后跟还带着两片同色的"叶拔儿"。想这就是阿齐带来的女佣人了；想完了就坐下看书。晚饭后，韦小姐告诉我，女佣人来了，她的名字叫"阿河"。我说："名字很好，只是人土些；还能做么？"她说："别看她土，很聪明呢。"我说："哦。"便接着看手中的报了。

以后每天早上，中上，晚上，我常常看见阿河挈着水壶来往；她的眼似乎总是望前看的。两个礼拜匆匆地过去了。韦小姐忽然和我说，你别看阿河土，她的志气很好，她是个可怜的人。我和娘说，把我前年在家穿的那身棉袄裤给了她吧。我嫌那两件衣服太花，给了她正好。娘先不肯，说她来了没有几天；后来也肯了。今天拿出来让她穿，正合式呢。我们教给她打绒绳鞋，她真聪明，一学就会了。她说拿到工钱，也要打一双穿呢。我等几天再和娘说去。

"她这样爱好！怪不得头发光得多了，原来都是你们教她的。好！你们尽教她讲究，她将来怕不愿回家去呢。"大家都笑了。

旧新年是过去了。因为江浙的兵事，我们的学校一时还不能开学。我们大家都乐得在别墅里多住些日子。这时阿河如换了一个人。她穿着宝蓝色挑着小花儿的布棉袄，裤脚下是嫩蓝色毛绳鞋，鞋口还缀着两个半蓝半白的小绒球儿。我想这一定是她的小姐们给帮忙的。古语说得好，"人要衣裳马要鞍"。阿河这一打扮，真有些楚楚可怜了。她的头发早已是刷得光光的，覆额的刘海也梳得十分服帖。一张小小的圆脸，如正开的桃李花；脸上并没有笑，却隐隐地含着春日的光辉，像花房里充了蜜一般。这在我几乎是一个奇迹；我现在是常站在窗前看她了。我觉得在深山里发见了一粒猫儿眼；这样精纯的猫儿眼，是我生平所仅见！我觉得我们相识已太长久，极愿和她说一句话——极平淡的话，一句也好。但我怎好平白地和她攀谈呢？这样郁郁了一礼拜。

这是元宵节的前一晚上。我吃了饭，在屋里坐了一会儿，觉得有些无聊，便信步走到那书房里。拿起报来，想再细看一回。忽然门钮一响，阿河进来了。她手里拿着三四支颜色铅笔；出乎意料地走近了我。她站在我面前了，静静地微笑着说："白先生，你知道铅笔刨在哪里？"一面将拿着的铅笔给我看。我不自主地立起来，匆忙地应道："在这里。"我用手指着南边柱子。但我立刻觉得这是不够的。我领她走近了柱子。这时我像闪电似的踌躇了一下，便说："我……我……"她一声不响地已将一支铅笔交给我。我放进刨子里刨给她看。刨了两下，便想交给她：但终于刨完了一支。交还了她。她接了笔略看一看，仍仰着脸向我。我窘极了，刹那间念头转了好几个圈子；到底硬着头皮搭讪着说："就这样刨好了。"我赶紧向门外一瞥，就走回原处看报去。但我的头刚低下，我的眼已抬起来了。于是远远地从容地问道："你会么？"她不曾掉过头来，只"嗯"了一声，也不说话。我看了她背影一会儿。觉得应该低下头了。等我再抬起头来时，她已默默地向外走了。她似乎总是望前看的；我想再问她一句话，但终于不曾出口。我撇下了报，站起来走了一会儿，便回到自己屋里。我一直想着些什么，但什么也没有想出。

第二天早上看见她往厨房里走时，我发现我的眼将老跟着她的影子！她的影子真好。她那几步路走得又敏捷，又匀称，又苗条，正如一只可爱的小猫。她两手各提着一只水壶，又令我想到在一条细细的索儿上抖擞精神走着的女子。这全由于她的腰；她的腰真太软了，用白水的话说，真是软到使我如吃苏州的牛皮糖一样。不止她的腰，我的日记里说得好："她有一套和云霞比美，水月争灵的曲线，织成大大的一张迷惑的网！"而那两颊的曲线，尤其甜蜜可人。她两颊是白中透着微红，润泽如玉。她的皮肤，嫩得可以掐出水来；我的日记里说："我很想去掐她一下呀！"她的眼像一只小燕子，老是在滟滟的春水上打着圈儿。她的笑最使我记住，像一朵花漂浮在我的脑海里。我不是说过，她的小圆脸像正开的桃花么？那么，她微笑的时候，便是盛开的时候了；花房里充满了的蜜，真如要流出来的样子。她的发不甚厚，但黑而有光，柔软而滑，如纯丝一般。只可惜我不曾闻着一些儿香。唉！从前我在窗前看她好多次，所得的真太少了；若不是昨晚一见——虽只几分钟——我真太对不起这样一个人儿了。

午饭后，韦君照例地睡午觉去了，只有我，韦小姐和其他三位小姐在书房里。我有意无意地谈起阿河的事。我说："你们怎知道她的志气好呢？"

"那天我们教给她打绒绳鞋，"一位蔡小姐便答道，"看她很聪明，就问她为什么不念书？她被我们一问，就伤心起来了。……"

"是的，"韦小姐笑着抢了说，"后来还哭了呢，还有一位傻子陪她淌眼泪呢。"

那边黄小姐可急了，走过来推了她一下。蔡小姐忙拦住道："人家说正经话，你们尽闹着玩儿！让我说完了呀——"

"我代你说啵，"韦小姐仍抢着说，"——她说她只有一个爹，没有娘。嫁了一个男人，倒有三十多岁，土头土脑的，脸上满是疱！他是李妈的邻舍，我还看见过呢。……"

"好了，底下我说吧，"蔡小姐接着道，"她男人又不要好，尽爱赌钱；她一气，就住到娘家来，有一年多不回去了。"

"她今年几岁？"我问。

"十七？不知十八？前年出嫁的，几个月就回家了。"蔡小姐说。

"不，十八，我知道。"韦小姐改正道。

"哦。你们可曾劝她离婚？"

"怎么不劝？"韦小姐应道，"她说十八回去吃她表哥的喜酒，要和她的爹去说呢。"

"你们教她的好事，该当何罪！"我笑了。

她们也都笑了。

十九的早上，我正在屋里看书，听见外面有嚷嚷的声音；这是从来没有的。我立刻走出来看；只见门外有两个乡下人要走进来，却给阿齐拦住。他们只是央告，阿齐只是不肯。这时韦君已走出院中，向他们道："你们回去吧。人在我这里，不要紧的。快回去，不要瞎吵！"

两个人面面相觑，说不出一句话：俄延了一会儿，只好走了。我问韦君什么事？他说："阿河啰！还不是瞎吵一回子。"

我想他于男女的事向来是懒得说的，还是回头问他小姐的好，我们便谈到别的事情上去。吃了饭，我赶紧问韦小姐，她说：

"她是告诉娘的，你问娘去。"

我想这件事有些尴尬，便到西间里问韦太太；她正看着李妈收拾碗碟呢。她见我问，便笑着说：

"你要问这些事做什么？她昨天回去，原是借了阿桂的衣裳穿了去的，打扮得娇滴滴的，也难怪，被她男人看见了，便约了些不相干的人，将她抢回去过了一夜。今天早上，她骗她男人，说要到此地来拿行李。她男人就会信她，派了两个人跟着。那知她到了这里，便叫阿齐拦着那跟来的人；她自己便跪在我面前哭诉，说死也不愿回她男人家去。你说我有什么法子。只好让那跟来的人先回去再说。好在没有几天，她们要上学了，我将来交给她的爹吧。唉，现在的人，心眼儿真是越过越大了；一个乡下女人，也会闹出这样惊天动地的事了！"

"可不是，"李妈在旁插嘴道："太太你不知道，我家三叔前儿来，我还听他说呢。我本不该说的，阿弥陀佛！太太，你想她不愿意回婆家，老愿意住在娘家，是什么道理？家里只有一个单身的老子；你想那该死的老畜生！他舍不得放她回去呀！"

"低些，真的么？"韦太太惊诧地问。

"他们说得千真万确的。我早就想告诉太太了，总有些疑心；今天看她的样子，真有几分呢。太太，你想现在还成什么世界！"

"这该不至于吧。"我淡淡地插了一句。

"少爷，你哪里知道！"韦太太叹了一口气，"——好在没有几天了，让她快些走吧；别将我们的运气带坏了。她的事，我们以后也别谈吧。"

开学的通告来了，我定在二十八走。二十六的晚上，阿河忽然不到厨房里挈水了。韦小姐跑来低低地告诉我："娘叫阿齐将阿河送回去了，我在楼上，都不知道呢。"我应了一声，一句话也没有说。正如每日有三顿饱饭吃的人，忽然绝了粮；却又不能告诉一个人！而且我觉得她的前面是黑洞洞的，此去不定有什么好歹！那一夜我是没有好好地睡，只翻来覆去地做梦，醒来却又一例茫然。这样昏昏沉沉地到了二十八早上，懒懒地向韦君夫妇和韦小姐告别而行，韦君夫妇坚约春假再来住，我只得含糊答应着。出门时，我很想回望厨房几眼。但许多人都站在门口送我，我怎好回头呢？

到校一打听，老友陆已来了。我不及料理行李，便找着他，将阿河的事一五一十告诉他。他本是个好事的人；听我说时，时而皱眉，时而叹气，时而擦掌。听到她只十八岁时，他突然将舌头一伸，跳起来道："可惜我早有了我那太太！要不然，我准得想法子娶她！"

"你娶她就好了，现在不知鹿死谁手呢？"

我们默默相对了一会儿，陆忽然拍着桌子道：

"有了，老汪不是去年失了恋么？他现在还没有主儿，何不给他俩撮合一下。"

我正要答说，他已出去了。过了一会子，他和汪来了，进门就嚷着说："我和他说，他不信；要问你呢！"

"事是有的，人呢，也真不错。只是人家的事，我们凭什么去管！"我说。

"想法子呀！"陆嚷着。

"什么法子？你说！"

"好，你们尽和我开玩笑，我才不理会你们呢！"汪笑了。

我们几乎每天都要谈到阿河，但谁也不曾认真去"想法子"。

一转眼已到了春假。我再到韦君别墅的时候，水是绿绿的，桃腮柳眼，着意引人。我却只惦着阿河，不知她怎么样了。那时韦小姐已回来两天。我背地里问她，她说："奇得很！阿齐

告诉我，说她二月间来求娘来了。她说她男人已死了心，不想
她回去；只不肯白白地放掉她。他教她的爹拿出八十块钱来，
人就是她的爹的了；他自己也好另娶一房人。可是阿河说她的
爹哪有这些钱？她求娘可怜可怜她！娘的脾气你知道。她是个
古板的人；她数说了阿河一顿，一个钱也不给！我现在和阿齐
说，让他上镇去时，带个信儿给她，我可以给她五块钱。我想
你也可以帮她些，我教阿齐一块儿告诉她吧。只可惜她未必肯
再上我们这儿来啰！"

"我拿十块钱吧，你告诉阿齐就是。"

我看阿齐空闲了，便又去问阿河的事。他说：

"她的爹正给她东找西找地找主儿呢。只怕难吧，八十块
大洋呢！"

我忽然觉得不自在起来，不愿再问下去。

过了两天，阿齐从镇上回来，说：

"今天见着阿河了。娘的，齐整起来了。穿起了裙子，做
老板娘娘了！据说是自己拣中的；这种年头！"

我立刻觉得，这一来全完了！只怔怔地看着阿齐，似乎想
在他脸上找出阿河的影子。咳，我说什么好呢？愿命之神长远
庇护着她吧！

第二天我便托故离开了那别墅，我不愿再见那湖光山色，
更不愿再见那间小小的厨房！

一九二六年一月

执政府大屠杀记

三月十八是一个怎样可怕的日子！我们永远不应该忘记这个日子！

这一日，执政府的卫队，大举屠杀北京市民——十分之九是学生！死者四十余人，伤者约二百人！这在北京是第一回大屠杀！

这一次的屠杀，我也在场，幸而直到出场时不曾遭着一颗子弹；请我的远方的朋友们安心！第二天看报，觉得除一两家报纸外，各报记载多有与事实不符之处。究竟是访闻失时，还是安着别的心眼儿，我可不得而知，也不愿细论。我只说我当场眼见和后来耳闻的情形，请大家看看这阴惨惨的二十世纪二十六年三月十八日的中国——十九日"京报"所载几位当场逃出的人的报告，颇是翔实，可以参看。

我先说游行队。我自天安门出发后，曾将游行队从头至尾看了一回。全数约二千人；工人有两队，至多五十人；广东外交代表团一队，约十余人；国民党北京特别市党部一队，约二三十人；留日归国学生团一队，约二十人，其余便多是北京的学生了，内有女学生三队。拿木棍的并不多，而且都是学生，不过十余人；工人拿木棍的，我不曾见。木棍约三尺长，一端削尖了，上贴书有口号的纸，做成旗帜的样子。至于"有铁钉的木棍"我却不曾见！

我后来和清华学校的队伍同行，在大队的最后。我们到执政府前空场时，大队已散开在满场了。这时府门前站着约莫两百个卫队，分两边排着；领章一律是红地，上面"府卫"两个黄铜字，确是执政府的卫队。他们都背着枪，悠然地站着，毫无紧张的颜色。而且枪上不曾上刺刀，更不显出什么威武。这时有一个人爬在石狮子头上照相，那边府里正面楼上，栏杆上伏满了人，而且拥挤着，大约是看热闹的。在这一点上，执政府颇像寻常的人家，而不像堂堂的"执政府"了。照相的下了石狮子，南边有了报告的声音："他们说是一个人没有，我们怎么样？"这大约已是五代表被拒以后了；我们因走进来晚，故未知前事——但在这时以前，群众的嚷声是绝没有的。到这时才有一两处的嚷声了："回去是不行的！！！""吉兆胡同！！！""……！！！"忽然队势散动了，许多人纷纷往外退走；有人连声大呼："大家不要走，没有什么事！"一面还扬起了手，我们清华队的指挥也扬起手叫道："清华的同学不要走，没有事！"这其间，人众稍稍聚拢，但立刻即又散开；清华的指挥第二次叫声刚完，我看见众人纷纷逃避时，一个卫队已装完子弹了！我赶忙向前跑了几步，向一堆人旁边睡下。但没等我睡下，我的上面和后面各来了一个人，紧紧地挨着我。我不能动了，只好蜷曲着。

　　这时已听到"噼噼啪啪"的枪声了，我生平是第一次听枪声，起初还以为是空枪呢（这时已忘记了看见装子弹的事）。但一两分钟后，有鲜红的热血从上面滴到我的手背上，马褂上了，我立刻明白屠杀已在进行！这时并不害怕，只静静地注意自己的运命，其余什么都忘记。全场除"噼啪"的枪声外，也是一片大静默，绝无一些人声；什么"哭声震天"，只是记者先生们的"想当然耳"罢了。我上面流血的那一位，虽滴滴地流着血，直到第一次枪声稍歇，我们爬起来逃走的时候，他也不则一声。这正是死的袭来，沉默便是死的消息。事后想起，实在有些悚然。在我上面的不知是谁？我因为不能动转，不能看见他；而且也想不到看他——我真是个自私的人！后来逃跑的时候，才又知道掉在地下的我的帽子和我的头上，也滴了许多血，全是他的！他足流了两分钟以上的血，都流在我身上，我想他总吃了大亏，愿神保佑他平安！第一次枪声约经过五分钟，共放了好几排枪；司令的是用警笛；警笛一鸣，便是一排枪，警笛一声接着一声，枪声就跟着密了，那警笛声甚凄厉，但有几乎一定的节拍，足见司令者的从容！后来听别的目睹者说，司令者那时还用指挥刀指示方向，总是向人多的地方射击！又有目睹者说，那时执政府楼上还有人手舞足蹈的大乐呢！

　　我现在缓叙第一次枪声稍歇后的故事，且追述些开枪时的情形。我们进场距开枪时，至多四分钟；这其间有照相有报告，有一两处的嚷声，我都已说过了。我记得，我确实记得，最后的嚷声距开枪只有一分余钟；这时候，群众散而稍聚，稍聚而复纷散，枪声便开始了。这也是我说过的。但"稍聚"的时候，阵势已散，而且大家存了观望的心，颇多趑趄不前的，所谓"进攻"的事是决没有的！至于第一次纷散之故，我想是大家看见卫队从背上取下枪来装子弹而惊骇了。因为第二次纷散时，我已看见一个卫队（其余自然也是如此，他们是依命令动作的）装完子弹了。在第一次纷散之前，群众与卫队有何冲突，我没有看见，不得而知。但后来据一个受伤的说，他看见有一部分人——有些是拿木棍的——想要冲进府去。这事我想来也是有的；不过这决不是卫队开枪的缘由，至多只是他们的借口。他们的荷枪挟弹与不上刺刀（故示镇静）与放群众自由入辕门内（便于射击），都是表示他们"聚而歼旃"的决心，冲进去不冲进去是没有多大关系。证以后来东门口的拦门射击，更是显明！原来先逃出的人，出东门时，以为总可得着生路；那知迎头还有一支兵——据某一种报上说，是从吉兆胡同来的手枪队，不用说，自然也是杀人不眨眼的府卫队了——开枪痛击。那时前后都有枪弹，人多门狭，前面的枪又极近，死亡枕藉！这是事后一个学生告诉我的；他说他前后两个人都死了，他躲闪了一下，总算幸免。这种间不容发的生死之际也够人深长思了。

照这种种情形，就是不在场的诸君，大约也不至于相信群众先以手枪轰击卫队了吧。而且轰击必有声音，我站的地方，离开卫队不过二十余步，在第二次纷散之前，却绝未听到枪声。其实这只要看政府巧电的含糊其词，也就够证明了。至于所谓当场夺获的手枪，虽然像煞有介事地举出号数使人相信，但我总奇怪；夺获的这些支手枪，竟没有一支曾经当场发过一响，以证明他们自己的存在——难道拿手枪的人都是些傻子么？还有现在很有人从容地问："开枪之前，有警告么？"我现在只能说，我看见的一个卫队，他的枪口是正对着我们的，不过那是刚装完子弹的时候。而在我上面的那位可怜的朋友，他流血是在开枪之后约一两分钟时。我不知卫队的第一排枪是不是朝天放的，但即使是朝天放的，也不算是警告；因为未开枪时，群众已经纷散，放一排朝天枪（假定如此）后，第一次听枪声的群众，当然是不会回来的了（这不是一个人胆力的事，我们也无须假充硬汉），何用接二连三地放平枪呢！即使怕一排枪不够驱散众人，尽放朝天枪好了，何用放平枪呢！所以即使卫队曾放了一排朝天枪，也决不足做他们丝毫的辩解；况且还有后来的拦门痛击呢，这难道还要问："有无超过必要程度？"

第一次枪声稍歇后，我茫然地随着众人奔逃出去。我刚发脚的时候，便看见旁边有两个同伴已经躺下了！我来不及看清他们的面貌，只见前面一个，右乳部有一大块殷红的伤痕，我想他是不能活了！那红色我永远不忘记！同时还听见一声低缓的呻吟，想是另一位的，那呻吟我也永远不忘记！我不忍从他们身上跨过去，只得绕了道弯着腰向前跑，觉得通身懈弛得很；后面来了一个人，立刻将我撞了一跤。我爬了两步，站起来仍是弯着腰跑。这时当路有一副金丝圆眼镜，好好地直放着；又有两架自行车，颇挡我们的路，大家都很艰难地从上面踏过去。

我不自主地跟着众人向北躲入马号里。我们偃卧在东墙角的马粪堆上。马粪堆很高，有人想爬墙过去，墙外就是通路。我看着一个人站着，一个人正向他肩上爬上去。我自己觉得决没有越墙的气力，便也不去看他们。而且里面枪声早又密了，我还得注意运命的转变。这时听见墙边有人问："是学生不是?"下文不知如何，我猜是墙外的兵问的。那两个爬墙的人，我看见，似乎不是学生，我想他们或者得了兵的允许而下去了。若我猜得不大错，从这一句简单的问语里，我们可以看出卫队乃至政府对于学生海样深的仇恨！而且可以看出，这一次的屠杀确是有意这样"整顿学风"的！我后来知道，这时有几个清华学生和我同在马粪堆上。有一个告诉我，他旁边有一位女学生曾喊他救命，但是他没有法子，这真是可遗憾的事，她以后不知如何了！我们偃卧马粪堆上，不过两分钟，忽然看见对面马厩里有一个兵拿着枪，正好装子弹，似乎就要向我们放。我们立刻起来，仍弯着腰逃走；这时场里还有疏散的枪声，我们也顾不得了。走出马路，就到了东门口。

这时枪声未歇，东门口拥塞得几乎水泄不通。我隐约看见底下蜷缩地蹲着许多人，我们便推推搡搡，拥挤着，挣扎着，从他们身上踏上去。那时理性真失了作用，竟恬然不以为怪似的。我被挤得往后仰了几回，终于只好竭全身之力，向前而进。在我前面的一个人，脑后大约被枪弹擦伤，汩汩地流着血；他也同样地一歪一倒地挣扎着。但他一会儿便不见了，我想他是平安的下去了。我还在人堆上走。这个门是平安与危险的界限，是生死之门，故大家都不敢放松一步。这时希望充满在我心里。后面稀疏的弹子，倒觉不十分在意。前一次的奔逃，但求不即死而已，这回却求生了；在人堆上的众人，都积极地显出生之努力。但仍是一味的静；大家在这千钧一发的关头，哪有闲心情和闲工夫来说话呢？我努力的结果，终于从人堆上滚了下来，我的命运这才算定了局。那时门口只剩两个卫队，在那儿闲谈，侥幸得很，手枪队已不见了！后来知道门口人堆里实在有些是死尸，就是被手枪队当门打死的！现在想着死尸上越过的事，真是不寒而栗呵！

我真不中用，出了门口，一面走，一面只是喘息！后面有两个女学生，有一个我真佩服她；她还能微笑着对她的同伴说："他们也是中国人哪！"这令我惭愧了！我想人处这种境地，若能从怕的心情转为兴奋的心情，才真是能救人的人。苦只一味地怕："斯亦不足畏也已！"我呢，这回是由怕而归于木木然，实是很可耻的！但我希望我的经验能使我的胆力逐渐增大！这回在场中有两件事很值得纪念：一是清华同学韦杰三君（他现在已离开我们了！）受伤倒地的时候，别的两位同学冒死将他抬了出来；一是一位女学生曾经帮助两个男学生脱险。这都是我后来知道的。这都是侠义的行为，值得我们永远敬佩的！

我和那两个女学生出门沿着墙往南而行。那时还有枪声，我极想躲入胡同里，以免危险；她们大约也如此的，走不上几步，便到了一个胡同口；我们便想拐弯进去。这时墙角上立着一个穿短衣的看闲的人，他向我们轻轻地说："别进这个胡同!"我们莫名其妙地依从了他,走到第二个胡同进去;这才真脱险了!后来知道卫队有抢劫的事(不仅报载,有人亲见),又有用枪柄,木棍,大刀,打人,砍人的事,我想他们一定就在我们没走进的那条胡同里做那些事!感谢那位看闲的人!卫队既在场内和门外放枪,还觉杀得不痛快,更拦着路邀击;其泄愤之道,真是无所不用其极了!区区一条生命,在他们眼里,正和一根草,一堆马粪一般,是满不在乎的!所以有些人虽幸免于枪弹,仍是被木棍,枪柄打伤,大刀砍伤;而魏士毅女士竟死于木棍之下,这真是永久的战栗啊!据燕大的人说,魏女士是于逃出门时被一个卫兵从后面用有棱的粗大棍儿兜头一下,打得脑浆迸裂而死!我不知道她出的是哪一个门,我想大约是西门吧。因为那天我在西直门的电车上,遇见一个高工的学生;他告诉我,他从西门出来,共经过三道门(就是海军部的西辕门和陆军部的东西辕门),每道门皆有卫队用枪柄,木棍和大刀向逃出的人猛烈地打击。他的左臂被打好几次,已不能动弹了。我的一位同事的儿子,后脑被打平了,现在已全然失了记忆;我猜也是木棍打的。受这种打击而致重伤或死的,报纸上自然有记载;致轻伤的就无可稽考,但必不少。所以我想这次受伤的还不止二百人!卫队不但打人,行劫,最可怕的是剥死人的衣服,无论男女,往往剥到只剩一条裤为止;这只要看看前几天《世界日报》的照相就知道了。就是不谈什么"人道",难道连国家的体统,"临时执政"的面子都不顾了么;段祺瑞你自己想想吧!听说事后执政府乘人不知,已将死尸掩埋了些,以图遮掩耳目。这是我的一个朋友从执政府里听来的；若是的确，那一定将那打得最血肉模糊的先掩埋了。免得激动人心。但一手岂能尽掩天下耳目呢？我不知道现在，那天去执政府的人还有失踪的没有？若有，这个消息真是很可怕的！

这回的屠杀，死伤之多，过于五卅事件，而且是"同胞的枪弹"，我们将何以间执别人之口！而且在首都的堂堂执政府之前，光天化日之下，屠杀之不足，继之以抢劫，剥尸，这种种兽行，段祺瑞等固可行之而不恤，但我们国民有此无脸的政府，又何以自容于世界——这正是世界的耻辱呀！我们也想想吧！此事发生后，警察总监李鸣钟匆匆来到执政府，说"死了这么多人，叫我怎么办？"他这是局外的说话，只觉得无善法以调停两间而已。我们现在局中，不能如他的从容，我们也得问一问：

"死了这么多人，我们该怎么办？"

哀韦杰三君

韦杰三君是一个可爱的人；我第一回见他面时就这样想。这一天我正坐在房里，忽然有敲门的声音；进来的是一位温雅的少年。我问他"贵姓"的时候，他将他的姓名写在纸上给我看；说是苏甲荣先生介绍他来的。苏先生是我的同学，他的同乡，他说前一晚已来找过我了，我不在家；所以这回又特地来的。我们闲谈了一会儿，他说怕耽误我的时间，就告辞走了。是的，我们只谈了一会儿，而且并没有什么重要的话——我现在已全忘记——但我觉得已懂得他了，我相信他是一个可爱的人。

第二回来访，是在几天之后。那时新生甄别试验刚完，他的国文课是被分在钱子泉先生的班上。他来和我说，要转到我的班上。我和他说，钱先生的学问，是我素来佩服的；在他班上比在我班上一定好。而且已定的局面，因一个人而变动，也不大方便。他应了几声，也没有什么，就走了。从此他就不曾到我这里来。有一回，在三院第一排屋的后门口遇见他，他微笑着向我点头；他本是捧了书及墨盒去上课的，这时却站住了向我说："常想到先生那里，只是功课太忙了，总想去的。"我说："你闲时可以到我这里谈谈。"我们就点首作别。三院离我住的古月堂似乎很远，有时想起来，几乎和前门一样。所以半年以来，我只在上课前，下课后几分钟里，偶然遇着他三四次；除上述一次外，都只匆匆地点头走过，不曾说一句话。但我常是这样想：他是一个可爱的人。

他的同乡苏先生，我还是来京时见过一回，半年来不曾再见。我不曾能和他谈韦君；我也不曾和别人谈韦君，除了钱子泉先生。钱先生有一日告诉我，说韦君总想转到我班上；钱先生又说："他知道不能转时，也很安心的用功了，笔记做得很详细的。"我说，自然还是在钱先生班上好。以后这件事还谈起一两次。直到三月十九日早，有人误报了韦君的死信；钱先生站在我屋外的台阶上惋惜地说："他寒假中来和我谈。我因他常是忧郁的样子，便问他为何这样；是为了我么？他说：'不是，你先生很好的；我是因家境不宽，老是愁烦着。'他说他家里还有一个年老的父亲和未成年的弟弟；他说他弟弟因为家中无钱，已失学了。他又说他历年在外读书的钱，一小半是自己休了学去做教员弄来的，一大半是向人告贷来的。他又说，下半年的学费还没有着落呢。"但他却不愿平白地受人家的钱；我们只看他给大学部学生会起草的请改奖金制为借贷制与工读制的信，便知道他年纪虽轻，做人却有骨干的。

我最后见他，是在三月十八日早上，天安门下电车时。他照平常一样，微笑着向我点头。他的微笑显示他纯洁的心，告诉人，他愿意亲近一切；我是不会忘记的。还有他的静默，我也不会忘记。据陈云豹先生的《行述》，韦君很能说话。但这半年来，我们听见的，却只有他的静默而已。他的静默里含有忧郁，悲苦，坚忍，温雅等等，是最足以引人深长之思和切至之情的。他病中，据陈云豹君在本校追悼会里报告，虽也有一时期，很是急躁，但他终于在离开我们之前，写了那样平静的两句话给校长；他那两句话包蕴着无穷的悲哀，这是静默的悲哀！所以我现在又想，他毕竟是一个可爱的人。

三月十八日晚上，我知道他已危险；第二天早上，听见他死了，叹息而已，但走去看学生会的布告时，知他还在人世，觉得被鼓励似的，忙着将这消息告诉别人。有不信的，我立刻举出学生会布告为证。我二十日进城，到协和医院想去看看他。但不知道医院的规则，去迟了一点钟，不得进去。我很怅惘地在门外徘徊了一会儿，试问门役道："你知道清华学校有一个韦杰三，死了没有？"他的回答，我原也知道的，是"不知道"三字！那天傍晚回来；二十一日早上，便得着他死的信息——这回他真死了！他死在二十一日上午一时四十八分，就是二十日的夜里，我二十日若早去一点钟，还可见他一面呢。这真是十分遗憾的！二十三日同人及同学入城迎灵，我在城里十二点才见报，已赶不及了。下午回来，在校门外看见杠房里的人，知道柩已来了。我到古月堂一问，知道柩安放在旧礼堂里。我去的时候，正在重殓，韦君已穿好了殓衣在照相了。据说还光着身子照了一张相，是照伤口的。我没有看见他的伤口。但是这种情景，不看见也罢了。照相毕，入殓，我走到柩旁：韦君的脸已变了样子，我几乎不认识了！他的两颧突出，颊肉瘪下，掀唇露齿，那里还像我初见时的温雅呢？这必是他几日间的痛苦所致的。唉，我们可以想见了！我正在乱想，棺盖已经盖上；唉，韦君，这真是最后一面了！我们从此真无再见之期了！死生之理，我不能懂得，但不能再见是事实，韦君，我们失掉了你，更将从何处觅你呢？

韦君现在一个人睡在刚秉庙的一间破屋里，等着他迢迢千里的老父，天气又这样坏；韦君，你的魂也彷徨着吧！

1926 年 4 月 2 日。

白　采

　　盛暑中写《白采的诗》一文，刚满一页，便因病搁下。这时候熏宇来了一封信，说白采死了，死在香港到上海的船中。他只有一个人；他的遗物暂存在立达学园里。有文稿，旧体诗词稿，笔记稿，有朋友和女人的通信，还有四包女人的头发！我将熏宇的信念了好几遍，茫然若失了一会儿；觉得白采虽于生死无所容心，但这样的死在将到吴淞口了的船中，也未免太惨酷了些——这是我们后死者所难堪的。

　　白采是一个不可捉摸的人。他的历史，他的性格，现在虽从遗物中略知梗概，但在他生前，是绝少人知道的；他也绝口不向人说，你问他他只支吾而已。他赋性既这样遗世绝俗，自然是落落寡合了。但我们却能够看出他是一个好朋友，他是一个有真心的人。

　　"不打不成相识。"我是这样的知道了白采的。这是为学生李芳诗集的事。李芳将他的诗集交我删改，并嘱我作序。那时我在温州，他在上海。我因事忙，一搁就是半年；而李芳已因不知名的急病死在上海。我很懊悔我的需缓，赶紧抽了空给他工作。正在这时，平伯转来白采的信，短短的两行，催我设法将李芳的诗出版；又附了登在《觉悟》上的小说《作诗的儿子》，让我看看——里面颇有讥讽我的话。我当时觉得不应得这种讥讽，便写了一封近两千字的长信，详述事件首尾，向他辩解。信去了便等回信；但是杳无消息。等到我已不希望了，他才来了一张明信片；在我看来，只是几句半冷半热的话而已。我只能以"岂能尽如人意？但求无愧我心！"自解，听之而已。

但平伯因转信的关系，却和他常通函札。平伯来信，屡屡说起他，说是一个有趣的人。有一回平伯到白马湖看我。我和他同往宁波的时候，他在火车中将白采的诗稿《羸疾者的爱》给我看。我在车身不住的动摇中，读了一遍。觉得大有意思。我于是承认平伯的话，他是一个有趣的人。我又和平伯说，他这篇诗似乎是受了尼采的影响。后来平伯来信，说已将此语函告白采，他颇以为然。我当时还和平伯说，关于这篇诗，我想写一篇评论；平伯大约也告诉了他。有一回他突然来信说起此事；他盼望早些见着我的文字，让他知道在我眼中的他的诗究竟是怎样的。我回信答应他，就要做的。以后我们常常通信，他常常提及此事。但现在是三年以后了，我才算将此文完篇；他却已经死了，看不见了！他暑假前最后给我的信还说起他的盼望。天啊！我怎样对得起这样一个朋友，我怎样挽回我的过错呢？

平伯和我都不曾见过白采，大家觉得是一件缺憾。有一回我到上海，和平伯到西门林荫路新正兴里五号去访他；这是按着他给我们的通信地址去的。但不幸得很，他已经搬到附近什么地方去了；我们只好嗒然而归。新正兴里五号是朋友延陵君住过的；有一次谈起白采，他说他姓童，在美术专门学校念书；他的夫人和延陵夫人是朋友，延陵夫妇曾借住他们所赁的一间亭子间。那是我看延陵时去过的，床和桌椅都是白漆的；是一间虽小而极洁净的房子，几乎使我忘记了是在上海的西门地方。现在他存着的摄影里，据我看，有好几张是在那间房里照的。又从他的遗札里，推想他那时还未离婚；他离开新正兴里五号，或是正为离婚的缘故，也未可知。这却使我们事后追想，多少感着些悲剧味了。但平伯终于未见着白采，我竟得和他见了一面。那是在立达学园我预备上火车去上海前的五分钟。这一天，学园的朋友说白采要搬来了；我从早上等了好久，还没有音信。正预备上车站，白采从门口进来了。他说着江西话，似乎很老成了，是饱经世变的样子。我因上海还有约会，只匆匆一谈，便握手作别。他后来有信给平伯说我"短小精悍"，却是一句有趣的话。这是我们最初的一面，但谁知也就是最后的一面呢！

去年年底，我在北京时，他要去集美作教；他听说我有南归之意，因不能等我一面，便寄了一张小影给我。这是他立在露台上远望的背影，他说是聊寄伫盼之意。我得此小影，反复把玩而不忍释，觉得他真是一个好朋友。这回来到立达学园，偶然翻阅《白采的小说》，《作诗的儿子》一篇中讥讽我的话，已经删改；而熏宇告我，我最初给他的那封长信，他还留在箱子里。这使我惭愧从前的猜想，我真是小器的人哪！但是他现在死了，我又能怎样呢？我只相信，如爱墨生的话，他在许多朋友的心里是不死的！

上海，江湾，立达学园。

荷塘月色

这几天心里颇不宁静。今晚在院子里坐着乘凉，忽然想起日日走过的荷塘，在这满月的光里，总该另有一番样子吧。月亮渐渐地升高了，墙外马路上孩子们的欢笑，已经听不见了；妻在屋里拍着闰儿，迷迷糊糊地哼着眠歌。我悄悄地批了大衫，带上门出去。

沿着荷塘，是一条曲折的小煤屑路。这是一条幽僻的路；白天也少人走，夜晚更加寂寞。荷塘四面，长着许多树，蓊蓊郁郁的。路的一旁，是些杨柳，和一些不知道名字的树。没有月光的晚上，这路上阴森森的，有些怕人。今晚却很好，虽然月光也还是淡淡的。

路上只我一个人，背着手踱着。这一片天地好像是我的；我也像超出了平常的自己，到了另一个世界里。我爱热闹，也爱冷静；爱群居，也爱独处。像今晚上，一个人在这苍茫的月下，什么都可以想，什么都可以不想，便觉是个自由的人。白天里一定要做的事，一定要说的话，现在都可不理。这是独处的妙处；我且受用这无边的荷香月色好了。

曲曲折折的荷塘上面，弥望的是田田的叶子。叶子出水很高，像亭亭的舞女的裙。层层的叶子中间，零星地点缀着些白花，有袅娜地开着的，有羞涩地打着朵儿的；正如一粒粒的明珠，又如碧天里的星星，又如刚出浴的美人。微风过处，送来缕缕清香，仿佛远处高楼上渺茫的歌声似的。这时候叶子与花也有一丝的颤动，像闪电般，霎时传过荷塘的那边去了。叶子本是肩并肩密密地挨着，这便宛然有了一道凝碧的波痕。叶子底下是脉脉的流水，遮住了，不能见一些颜色；而叶子却更见风致了。

月光如流水一般，静静地泻在这一片叶子和花上。薄薄的青雾浮起在荷塘里。叶子和花仿佛在牛乳中洗过一样；又像笼着轻纱的梦。虽然是满月，天上却有一层淡淡的云，所以不能朗照；但我以为这恰是到了好处——酣眠固不可少，小睡也别有风味的。月光是隔了树照过来的，高处丛生的灌木，落下参差的斑驳的黑影，峭楞楞如鬼一般；弯弯的杨柳的稀疏的倩影，却又像是画在荷叶上。塘中的月色并不均匀，但光与影有着和谐的旋律，如梵婀玲上奏着的名曲。

荷塘的四面，远远近近，高高低低都是树，而杨柳最多。这些树将一片荷塘重重围住；只在小路一旁，漏着几段空隙，像是特为月光留下的。树色一例是阴阴的，乍看像一团烟雾；但杨柳的丰姿，便在烟雾里也辨得出。树梢上隐隐约约的是一带远山，只有些大意罢了。树缝里也漏着一两点路灯光，没精打采的，是渴睡人的眼。这时候最热闹的，要数树上的蝉声与水里的蛙声；但热闹是它们的，我什么也没有。

忽然想起采莲的事情来了。采莲是江南的旧俗，似乎很早就有，而六朝时为盛；从诗歌里可以约略知道。采莲的是少年的女子，她们是荡着小船，唱着艳歌去的。采莲人不用说很多，还有看采莲的人。那是一个热闹的季节，也是一个风流的季节。梁元帝《采莲赋》里说得好：

> 于是妖童媛女，荡舟心许；鹢首徐回，兼传羽杯；棹将移而藻挂，船欲动而萍开。尔其纤腰束素，迁延顾步；夏始春余，叶嫩花初，恐沾裳而浅笑，畏倾船而敛裾。

> 可见当时嬉游的光景了。这真是有趣的事，可惜我们现在早已无福消受了。

于是又记起《西洲曲》里的句子：

> 采莲南塘秋，莲花过人头；低头弄莲子，莲子清如水。

今晚若有采莲人，这儿的莲花也算得"过人头"了；只不见一些流水的影子，是不行的。这令我到底惦着江南了。——这样想着，猛一抬头，不觉已是自己的门前；轻轻地推门进去，什么声息也没有，妻已睡熟好久了。

1927 年 7 月，北京清华园。

一封信

　　在北京住了两年多了，一切平平常常地过去。要说福气，这也是福气了。因为平平常常，正像"糊涂"一样"难得"，特别是在"这年头"。但不知怎的，总不时想着在那儿过了五六年转徙无常的生活的南方。转徙无常，诚然算不得好日子，但要说到人生味，怕倒比平平常常时候容易深切地感着。现在终日看见一样的脸板板的天，灰蓬蓬的地；大柳高槐，只是大柳高槐而已。于是木木然，心上什么也没有；有的只是自己，自己的家。我想着我的渺小，有些战栗起来；清福究竟也不容易享的。

　　这几天似乎有些异样。像一叶扁舟在无边的大海上，像一个猎人在无尽的森林里。走路，说话，都要费很大的力气；还不能如意。心里是一团乱麻，也可说是一团火。似乎在挣扎着，要明白些什么，但似乎什么也没有明白。一部《十七史》，从何处说起，正可借来作近日的我的注脚。昨天忽然有人提起《我的南方》的诗。这是两年前初到北京，在一个村店里，喝了两杯"莲花白"以后，信笔涂出来的。于今想起那情景，似乎有些渺茫；至于诗中所说的，那更是遥遥乎远哉了，但是事情是这样凑巧：今天吃了午饭，偶然抽一本旧杂志来消遣，却翻着了三年前给 S 的一封信。信里说着台州，在上海，杭州，宁波之南的台州。这真是"我的南方"了。我正苦于想不出，这却指引我一条路，虽然只是"一条"路而已。

我不忘记台州的山水，台州的紫藤花，台州的春日，我也不能忘记 S。他从前欢喜喝酒，欢喜骂人，但他是个有天真的人。他待朋友真不错。L 从湖南到宁波去找他，不名一文；他陪他喝了半年酒才分手。他去年结了婚。为结婚的事烦恼了几个整年的他，这算是叶落归根了。但他也与我一样，已快上那"中年"的线了吧。结婚后我们见过一次，匆匆的一次。我想，他也和一切人一样，结了婚终于是结了婚的样子了吧。但我老只是记着他那喝醉了酒，很妩媚的骂人的意态；这在他或已懊悔着了。

南方这一年的变动，是人的意想所赶不上的。我起初还知道他的踪迹；这半年是什么也不知道了。他到底是怎样地过着这狂风似的日子呢？我所沉吟的正在此。我说过大海，他正是大海上的一个小浪；我说过森林，他正是森林里的一只小鸟。恕我，恕我，我向哪里去找你？

这封信曾印在台州师范学校的《绿丝》上。我现在重印在这里；这是我眼前一个很好的自慰的法子。

九月二十七日记

S兄：

…………

　　我对于台州，永远不能忘记！我第一日到六师校时，系由埠头坐了轿子去的。轿子走的都是僻路，使我诧异，为什么堂堂一个府城，竟会这样冷静！那时正是春天，而因天气的薄阴和道路的幽寂，使我宛然如入了秋之国土。约莫到了卖花桥边，我看见那清绿的北固山，下面点缀着几带朴实的洋房子，心胸顿然开朗，仿佛微微的风拂过我的面孔似的。到了校里，登楼一望，见远山之上，都幂着白云。四面全无人声，也无人影；天上的鸟也无一只。只背后山上谡谡的松风略略可听而已。那时我真脱却人间烟火气而飘飘欲仙了！后来我虽然发见了那座楼实在太坏了：柱子如鸡骨，地板如鸡皮！但自然的宽大使我忘记了那房屋的狭窄。我于是曾好几次爬到北固山的顶上，去领略那飓飓的高风，看那低低的，小小的，绿绿的田亩。这是我最高兴的。

　　来信说起紫藤花，我真爱那紫藤花！在那样朴陋——现在大概不那样朴陋了吧——的房子里，庭院中，竟有那样雄伟，那样繁华的紫藤花，真令我十二分惊诧！它的雄伟与繁华遮住了那朴陋，使人一对照，反觉朴陋倒是不可少似的，使人幻想"美好的昔日"！我也曾几度在花下徘徊：那时学生都上课去了，只剩我一人。暖和的晴日，鲜艳的花色，嗡嗡的蜜蜂，酝酿着一庭的春意。我自己如浮在茫茫的春之海里，不知怎么是好！那花真好看：苍老虬劲的枝干，这么粗这么粗的枝干，婉转腾挪而上；谁知她的纤指会那样嫩，那样艳丽呢？那花真好看：一缕缕垂垂的细丝，将她们悬在那皴裂的臂上，临风婀娜，真像嘻嘻哈哈的小姑娘，真像凝妆的少妇，像两颊又像双臂，像胭脂又像粉……我在他们下课的时候，又曾几度在楼头眺望：那丰姿更是撩人，云哟，霞哟，仙女哟！我离开台州以后，永远没见过那样好的紫藤花，我真惦记她，我真妒羡你们！

此外，南山殿望江楼上看浮桥（现在早已没有了），看幢幢的人在长长的桥上往来着；东湖水阁上，九折桥上看柳色和水光，看钓鱼的人；府后山沿路看田野，看天；南门外看梨花——再回到北固山，冬天在医院前看山上的雪；都是我喜欢的。说来可笑，我还记得我从前住过的旧仓头杨姓的房子里一张画桌；那是一张红漆的，一丈光景长而狭的画桌，我放它在我楼上的窗前，在上面读书，和人谈话，过了我半年的生活。现在想已搁起来无人用了吧？唉！

台州一般的人真是和自然一样朴实，我一年里只见过三个上海装束的流氓！学生中我颇有记得的。前些时有位 P 君写信给我，我虽未有工夫作复，但心中很感谢！乘此机会请你为我转告一句。

我写得已多了；这些胡乱的话，不知可附载在《绿丝》的末尾，使它和我的旧友见见面么？

弟自清

怀魏握青君

两年前差不多也是这些日子吧，我邀了几个熟朋友，在雪香斋给握青送行。雪香斋以绍酒著名。这几个人多半是浙江人，握青也是的，而又有一两个是酒徒，所以便拣了这地方。说到酒，莲花白太腻，白干太烈；一是北方的佳人，一是关西的大汉，都不宜于浅斟低酌。只有黄酒，如温旧书，如对故友，真是醺醺有味。只可惜雪香斋的酒还上了色；若是"竹叶青"，那就更妙了。握青是到美国留学去，要住上三年；这么远的路，这么多的日子，大家确有些惜别，所以那晚酒都喝得不少。出门分手，握青又要我去中天看电影。我坐下直觉头晕。握青说电影如何如何，我只糊糊涂涂听着；几回想张眼看，却什么也看不出。终于支持不住，出其不意，"哇"地吐出来了。观众都吃一惊，附近的人全堵上了鼻子；这真有些惶恐。握青扶我回到旅馆，他也吐了。但我们心里都觉得这一晚很痛快。我想握青该还记得那种狼狈的光景吧？

我与握青相识，是在东南大学。那时正是暑假，中华教育改进社借那儿开会。我与方光焘君去旁听，偶然遇着握青；方君是他的同乡，一向认识，便给我们介绍了。那时我只知道他很活动，会交际而已。匆匆一面，便未再见。三年前，我北来作教，恰好与他同事。我初到，许多事都不知怎样做好；他给了我许多帮助。我们同住在一个院子里，吃饭也在一处。因此常和他谈论。我渐渐知道他不只是很活动，会交际；他有他的真心，他有他的锐眼，他也有他的傻样子。许多朋友都以为他是个傻小子，大家都叫他老魏，连听差背地里也是这样叫他；这个太亲昵的称呼，只有他有。

但他决不如我们所想的那么"傻"，他是个玩世不恭的人——至少我在北京见着他是如此。那时他已一度受过人生的戒，从前所有多或少的严肃气氛，暂时都隐藏起来了；剩下的只是那冷然的玩弄一切的态度。我们知道这种剑锋般的态度，若赤裸裸地露出，便是自己矛盾，所以总得用了什么法子盖藏着。他用的是一副傻子的面具。我有时要揭开他这副面具，他便说我是《语丝》派。但他知道我，并不比我知道他少。他能由我一个短语，知道全篇的故事。他对于别人，也能知道。但只默喻着，不大肯说出。他的玩世，在有些事情上，也许太随便些。但以或种意义说，他要复仇；人总是人，又有什么办法呢？至少我是原谅他的。

以上其实也只说得他的一面，他有时也能为人尽心竭力。他曾为我决定一件极为难的事。我们沿着墙根，走了不知多少趟；他源源本本，条分缕析地将形势剖解给我听。你想，这岂是傻子所能做的？幸亏有这一面，他还能高高兴兴过日子；不然，没有笑，没有泪，只有冷脸，只有"鬼脸"，岂不郁郁地闷煞人！

　　我最不能忘的，是他动身前不多时的一个月夜。电灯灭后，月光照了满院，柏树森森地竦立着。屋内人都睡了；我们站在月光里，柏树旁，看着自己的影子。他轻轻地诉说他生平冒险的故事。说一会儿，默一会儿。这是一个幽奇的境界。他叙述时，脸上隐约浮着微笑，就是他心地平静时常浮在他脸上的微笑；一面偏着头，老像发问似的。这种月光，这种院子，这种柏树，这种谈话，都很可珍贵；就由握青自己再来一次，怕也不一样的。

　　他走之前，很愿我做些文字送他，但又用玩世的态度说："怕不肯吧？我晓得，你不肯的。"我说："一定做，而且一定写成一幅横批——只是字不行些。"但是我惭愧我的懒，那"一定"早已几乎变成"不肯"了！而且他来了两封信，我竟未复只字。这叫我怎样说好呢？我实在有种坏脾气，觉得路太遥远，竟有些渺茫一般，什么便都因循下来了。好在他的成绩很好，我是知道的；只此就很够了。别的，反正他明年就回来，我们再好好地谈几次，这是要紧的——我想，握青也许不那么玩世了吧。

1928 年 5 月 25 日夜。

儿 女

　　我现在已是五个儿女的父亲了。想起圣陶喜欢用的"蜗牛背了壳"的比喻，便觉得不自在。新近一位亲戚嘲笑我说，"要剥层皮呢！"更有些悚然了。十年前刚结婚的时候，在胡适之先生的《藏晖室札记》里，见过一条，说世界上有许多伟大的人物是不结婚的；文中并引培根的话："有妻子者，其命定矣。"当时确吃了一惊，仿佛梦醒一般；但是家里已是不由分说给娶了媳妇，又有甚么可说？现在是一个媳妇，跟着来了五个孩子；两个肩头上，加上这么重一副担子，真不知怎样走才好。"命定"是不用说了；从孩子们那一面说，他们该怎样长大，也正是可以忧虑的事，我是个彻头彻尾自私的人，做丈夫已是勉强，做父亲更是不成。自然，"子孙崇拜"，"儿童本位"的哲理或伦理，我也有些知道；既做着父亲，闭了眼抹杀孩子们的权利，知道是不行的。可惜这只是理论，实际上我是仍旧按照古老的传统，在野蛮地对付着，和普通的父亲一样。近来差不多是中年的人了，才渐渐觉得自己的残酷：想着孩子们受过的体罚和叱责，始终不能辩解——像抚摩着旧创痕那样，我的心酸溜溜的。有一回，读了有岛武郎《与幼小者》的译文，对了那种伟大的，沉挚的态度，我竟流下泪来了。去年父亲来信，问起阿九，那时阿九还在白马湖呢；信上说："我没有耽误你，你也不要耽误他才好。"我为这句话哭了一场，我为什么不像父亲的仁慈？我不该忘记，父亲怎样待我们来着！人性许真是二元的，我是这样地矛盾；我的心像钟摆似的来去。

你读过鲁迅先生的《幸福的家庭》么？我的便是那一类的"幸福的家庭"！每天午饭和晚饭，就如两次潮水一般。先是孩子们你来他去地在厨房与饭间里查看，一面催我或妻发"开饭"的命令。急促繁碎的脚步，夹着笑和嚷，一阵阵袭来，直到命令发出为止。他们一递一个地跑着喊着，将命令传给厨房里佣人；便立刻抢着回来搬凳子。于是这个说："我坐这儿！"那个说："大哥不让我！"大哥却说："小妹打我！"我给他们调解，说好话。但是他们有时候很固执，我有时候也不耐烦，这便用着叱责了；叱责还不行，不由自主地，我的沉重的手掌便到他们身上了。于是哭的哭，坐的坐，局面才算定了。接着可又你要大碗，他要小碗，你说红筷子好，他说黑筷子好；这个要干饭，那个要稀饭，要茶要汤，要鱼要肉，要豆腐，要萝卜；你说他菜多，他说你菜好。妻是照例安慰着他们，但这显然是太迂缓了。我是个暴躁的人，怎么等得及？不用说，用老法子将他们立刻征服了；虽然有哭的，不久也就抹着泪捧起碗了。吃完了，纷纷爬下凳子，桌上是饭粒呀，汤汁呀，骨头呀，渣滓呀，加上纵横的筷子，欹斜的匙子，就如一块花花绿绿的地图模型。吃饭而外，他们的大事便是游戏。游戏时，大的有大主意，小的有小主意，各自坚持不下，于是争执起来；或者大的欺负了小的，或者小的竟欺负了大的，被欺负的哭着嚷着，到我或妻的面前诉苦；我大抵仍旧要用老法子来判断的，但不理的时候也有。最为难的，是争夺玩具的时候：这一个的与那一个的是同样的东西，却偏要那一个的；而那一个便偏不答应。在这种情形之下，不论如何，终于是非哭了不可的，这些事件自然不至于天天全有，但大致总有好些起。我若坐在家里看书或写什么东西，管保一点钟里要分几回心，或站起来一两次的。若是雨天或礼拜日，孩子们在家的多，那么，摊开书竟看不下一行，提起笔也写不出一个字的事，也有过的。我常和妻说："我们家真是成日的千军万马呀！"有时是不但"成日"，连夜里也有兵马在进行着，在有吃乳或生病的孩子的时候！

我结婚那一年，才十九岁。二十一岁，有了阿九；二十三岁，又有了阿菜。那时我正像一匹野马，哪能容忍这些累赘的鞍鞯、辔头和缰绳？摆脱也知是不行的。但不自觉地时时在摆脱着。现在回想起来，那些日子，真苦了这两个孩子；真是难以宽宥的种种暴行呢！阿九才两岁半的样子，我们住在杭州的学校里。不知怎地，这孩子特别爱哭，又特别怕生人。一不见了母亲，或来了客，就"哇哇"地哭起来了。学校里住着许多人，我不能让他扰着他们，而客人也总是常有的；我懊恼极了，有一回，特地骗出了妻，关了门，将他按在地下打了一顿。这件事，妻到现在说起来，还觉得有些不忍；她说我的手太辣了，到底还是两岁半的孩子！我近年常想着那时的光景，也觉黯然。阿菜在台州，那是更小了；才过了周岁，还不大会走路。也是为了缠着母亲的缘故吧，我将她紧紧地按在墙角里，直哭喊了三四分钟；因此生了好几天病。妻说，那时真寒心呢！但我的苦痛也是真的。我曾给圣陶写信，说孩子们的磨折，实在无法奈何；有时竟觉着还是自杀的好。这虽是气愤的话，但这样的心情，确也有过的。后来孩子是多起来了，磨折也磨折得久了，少年的锋棱渐渐地钝起来了；加以增长的年岁增长了理性的裁制力，我能够忍耐了——觉得从前真是一个"不成材的父亲"，如我给另一个朋友信里所说。但我的孩子们在幼小时，确比别人的特别不安静，我至今还觉如此。我想这大约还是由于我们抚育不得法；从前只一味地责备孩子，让他们代我们负起责任，却未免是可耻的残酷了！

正面意义的"幸福"，其实也未尝没有。正如谁所说，小的总是可爱，孩子们的小模样，小心眼儿，确有些教人舍不得的。阿毛现在五个月了，你用手指去拨弄她的下巴，或向她做趣脸，她便会张开没牙的嘴格格地笑，笑得像一朵正开的花。她不愿在屋里待着；待久了，便大声儿嚷。妻常说："姑娘又要出去溜了。"她说她像鸟儿般，每天总得到外面溜一些时候。润儿上个月刚过了三岁，笨得很，话还没有学好呢。他只能说三四个字的短语或句子，文法错误，发音模糊，又得费气力说出；我们老是要笑他的。他说"好"字，总变成"小"字；问他"好不好?"他便说"小"，或"不小"。我们常常逗着他说这个字玩儿；他似乎有些觉得，近来偶然也能说出正确的"好"字了——特别在我们故意说成"小"字的时候。他有一只搪瓷碗，是一毛来钱买的；买来时，老妈子教给他："这是一毛钱。"他便记住"一毛"两个字，管那只碗叫"一毛"，有时竟省称为"毛"。这在新来的老妈子，是必需翻译了才懂的。他不好意思，或见着生客时，便咧着嘴痴笑；我们常用了土话，叫他做"呆瓜"。他是个小胖子，短短的腿，走起路来蹒跚可笑；若快走或跑，便更"好看"了。他有时学我，将两手叠在背后，一摇一摆的；那是他自己和我们都要乐的。他的大姊便是阿菜，已是七岁多了，在小学校里念着书。在饭桌上，一定得啰啰唆唆地报告些同学或他们父母的事情；气喘喘地说着，不管你爱听不爱听。说完了总问我："爸爸认识么？""爸爸知道么？"妻常禁止她吃饭时说话，所以她总是问我。她的问题真多：看电影便问电影里的是不是人？是不是真人？怎么不说话？看照相也是一样。不知谁告诉她，兵是要打人的。她回来便问，兵是人么？为什么打人？近来大约听了先生的话，回来又问张作霖的兵是帮谁的？蒋介石的兵是不是帮我们的？诸如此类的问题，每天短不了，常常闹得我不知怎样答才行。她和润儿在一处玩儿，一大一小，不很合式，老是吵着哭着。但合式的时候也有：臂如这个往床底下躲，那个便钻进去追着；这个钻出来，那个也跟着——从这个床到那个床，只听见笑着，嚷着，喘着，真如妻所说，像小狗似的。现在在京的，便只有这三个孩子；阿九和转儿是去年北来时，让母亲暂时带回扬州去了。

阿九是欢喜书的孩子。他爱看《水浒》《西游记》《三侠五

义》《小朋友》等；没有事便捧着书坐着或躺着看。只不欢喜
《红楼梦》，说是没有味儿。是的，《红楼梦》的味儿，一个十
岁的孩子，哪里能领略呢？去年我们事实上只能带两个孩子来；
因为他大些，而转儿是一直跟着祖母的，便在上海将他俩丢下。
我清清楚楚记得那分别的一个早上。我领着阿九从二洋泾桥的
旅馆出来，送他到母亲和转儿住着的亲戚家去。妻嘱咐说：
"买点吃的给他们吧。"我们走过四马路，到一家茶食铺里。阿
九说要熏鱼，我给买了；又买了饼干，是给转儿的。便乘电车
到海宁路。下车时，看着他的害怕与累赘，很觉恻然。到亲戚
家，因为就要回旅馆收拾上船，只说了一两句话便出来；转儿
望望我，没说什么，阿九是和祖母说什么去。我回头看了他们
一眼，硬着头皮走了。后来妻告诉我，阿九背地里向她说：
"我知道爸爸欢喜小妹，不带我上北京去。"其实这是冤枉的。
他又曾和我们说，"暑假时一定来接我啊！"我们当时答应着，
但现在已是第二个暑假了，他们还在迢迢的扬州待着。他们是
恨着我们呢？还是惦着我们呢？妻是一年来老放不下这两个，
常常独自暗中流泪，但我有什么法子呢！想到"只为家贫成聚
散"一句无名的诗，不禁有些凄然。转儿与我较生疏些。但去
年离开白马湖时，她也曾用了生硬的扬州话（那时她还没有到
过扬州呢），和那特别尖的小嗓子向着我："我要到北京去。"
她晓得什么北京，只跟着大孩子们说罢了。但当时听着，现在
想着的我，却真是抱歉呢。这兄妹俩离开我，原是常事，离开
母亲，虽也有过一回，这回可是太长了；小小的心儿，知道是

怎样忍耐那寂寞来着！

我的朋友大概都是爱孩子的。少谷有一回写信责备我，说儿女的吵闹，也是很有趣的，何至可厌到如我所说；他说他真不解。子恺为他家华瞻写的文章，真是"蔼然仁者之言"。圣陶也常常为孩子操心：小学毕业了，到什么中学好呢——这样的话，他和我说过两三回了。我对他们只有惭愧！可是近来我也渐渐觉着自己的责任。我想，第一该将孩子们团聚起来，其次便该给他们些力量。我亲眼见过一个爱儿女的人，因为不曾好好地教育他们，便将他们荒废了。他并不是溺爱，只是没有耐心去料理他们，他们便不能成材了。我想我若照现在这样下去，孩子们也便危险了。我得计划着，让他们渐渐知道怎样去做人才行。但是要不要他们像我自己呢？这一层，我在白马湖教初中学生时，也曾从师生的立场上问过丏尊，他毫不踌躇地说，"自然啰。"近来与平伯谈起教子，他却答得妙："总不希望比自己坏啰。"是的，只要不"比自己坏"就行，"像"不"像"倒是不在乎的。职业，人生观等，还是由他们自己去定的好；自己顶可贵，只要指导，帮助他们去发展自己，便是极贤明的办法。

予同说："我们得让子女在大学毕了业，才算尽了责任。"SK说："不然，要看我们的经济，他们的材质与志愿；若是中学毕了业，不能或不愿升学，便去做别的事，譬如做工人吧，那也并非不行的。"自然，人的好坏与成败，也不尽靠学校教育；说是非大学毕业不可，也许只是我们的偏见。在这件事上，我现在毫不能有一定的主意；特别是这个变动不居的时代，知道将来怎样？好在孩子们还小，将来的事且等将来吧。目前所能做的，只是培养他们基本的力量——胸襟与眼光；孩子们还是孩子们，自然说不上高的远的，慢慢从近处小处下手便了。这自然也只能先按照我自己的样子，"神而明之，存乎其人，"光辉也罢，倒霉也罢，平凡也罢，让他们各尽各的力去。我只希望如我所想的，从此好好地做一回父亲，便自称心满意——想到那"狂人""救救孩子"的呼声，我怎敢不悚然自勉呢？

　　　　一九二八年六月二十四日晚写毕，北京清华园

《背景》序

胡适之先生在一九二二年三月，写了一篇《五十年来中国之文学》；篇末论到白话文学的成绩，第三项说：

> 白话散文很进步了。长篇议论文的进步，那是显而易见的，可以不论。这几年来，散文方面最可注意的发展，乃是周作人等提倡的"小品散文"。这一类的小品，用平淡的谈话，包藏着深刻的意味；有时很像笨拙，其实却是滑稽。这一类作品的成功，就可彻底打破那"美文不能用白话"的迷信了。

胡先生共举了四项。第一项白话诗，他说，"可以算是上了成功的路了"；第二项短篇小说，他说"也渐渐的成立了"；第四项戏剧与长篇小说，他说"成绩最坏"。他没有说那一种成绩最好，但从语气上看，小品散文的至少不比白话诗和短篇小说的坏。现在是六年以后了，情形已是不同；白话诗虽也有多少的进展，如采用西洋诗的格律，但是太需缓了；文坛上对于它，已迥非先前的热闹可比。胡先生那时预言，"十年之内的中国诗界，定有大放光明的一个时期"；现在看看，似乎丝毫没有把握。短篇小说的情形，比前为好，长篇差不多和从前一样。戏剧的演作两面，却已有可注意的成绩，这令人高兴。最发达的，要算是小品散文。三四年来风起云涌的种种刊物，都有意或无意地发表了许多散文，近一年这种刊物更多。各书店出的散文集也不少。《东方杂志》从二十二卷（一九二五）起，增辟"新语林"一栏，也载有许多小品散文。夏丏尊，刘熏宇两先生编的《文章作法》，于记事文，叙事文，说明文，议论文而外，有小品文的专章。去年《小说月报》的创作号（七号），也特辟小品一栏。小品散文，于是乎极一时之盛。东亚病夫在今年三月复胡适的信（《真美善》一卷十二号）里，论这几年文学的成绩说："第一是小品文字，含讽刺的，析心理的，写自然的，往往着墨不多，而余味曲包。第二是短篇小说……第三是诗。……"这个观察大致不错。

但有举出"懒惰"与"欲速"，说是小品文和短篇小说发达的原因，那却是不够的。现在姑且丢开短篇小说而论小品文：所谓"懒惰"与"欲速"，只是它的本质的原因之一面；它的历史的原因，其实更来得重要些。我们知道，中国文学向来大抵以散文学为正宗；散文的发达，正是顺势。而小品散文的体制，旧来的散文学里也尽有；只精神面目，颇不相同罢了。试以姚鼐的十三类为准，如序跋，书牍，赠序，传状，碑志，杂记，哀祭七类中，都有许多小品文字；陈天定选的《古今小品》，甚至还将诏令，箴铭列入，那就未免太广泛了。我说历史的原因，只是历史的背景之意，并非指出现代散文的源头所在。胡先生说，周先生等提倡的小品散文，"可以打破'美文不能用白话'的迷信"。他说的那种"迷信"的正面，自然是"美文只能用文言了"；这也就是说，美文古已有之，只周先生等才提倡用白话去做罢了。周先生自己在《杂拌儿》序里说：

> ……明代的文艺美术比较地稍有活气，文学上颇有革新的气象，公安派的人能够无视古文的正统，以抒情的态度作一切的文章，虽然后代批评家贬斥它为浅率空疏，实际却是真实的个性的表现，其价值在竟陵派之上。以前的文人对于著作的态度，可以说是二元的，而他们则是一元的，在这一点上与现代写文章的人正是一致……以前的人以为文是"以载道"的东西，但此外另有一种文章却是可以写了来消遣的；现在则又把它统一了，去写或读可以说是本于消遣，但同时也就传了道了，或是闻了道。……这也可以说是与明代的新文学家的意思相差不远的。在这个情形之下，现代的文学——现在只就散文说——与明代的有些相像，正是不足怪的，虽然并没有去模仿，或者也还很少有人去读明文，又因时代的关系在文字上很有欧化的地方，思想上也自然要比四百年前有了明显的改变。

这一节话论现代散文的历史背景，颇为扼要，且极明通。

明朝那些名士派的文章，在旧来的散文学里，确是最与现代散文相近的。但我们得知道，现代散文所受的直接的影响，还是外国的影响；这一层周先生不曾明说。我们看，周先生自己的书，如《泽泻集》等，里面的文章，无论从思想说，从表现说，岂是那些名士派的文章里找得出的——至多"情趣"有一些相似罢了。我宁可说，他所受的"外国的影响"比中国的多。而其余的作家，外国的影响有时还要多些，像鲁迅先生、徐志摩先生。历史的背景只指给我们一个趋势，详细节目，原要由各人自定；所以说了外国的影响，历史的背景并不因此抹杀的。但你要问，散文既有那样历史的优势，为什么新文学的初期，倒是诗，短篇小说和戏剧盛行呢？我想那也许是一种反动。这反动原是好的，但历史的力量究竟太大了，你看，它们支持了几年，终于懈弛下来，让散文恢复了原有的位置。这种现象却又是不健全的；要明白此层，就要说到本质的原因了。

分别文学的体制，而论其价值的高下，例如亚里士多德在《诗学》里所做的，那是一件批评的大业，包孕着种种议论和冲突；浅学的我，不敢赞一辞。我只觉得体制的分别有时虽然很难确定，但从一般见地说，各体实在有着个别的特性；这种特性有着不同的价值。抒情的散文和纯文学的诗，小说，戏剧相比，便可见出这种分别。我们可以说，前者是自由些，后者是谨严些：诗的字句，音节，小说的描写，结构，戏剧的剪裁与对话，都有种种规律（广义的，不限于古典派的），必须精心结撰，方能有成。散文就不同了，选材与表现，比较可随便些；所谓"闲话"，在一种意义里，便是它的很好的诠释。它不能算作纯艺术品，与诗、小说、戏剧，有高下之别。但对于"懒惰"与"欲速"的人，它确是一种较为相宜的体制。这便是它的发达的另一原因了。我以为真正的文学发展，还当从纯文学下手，单有散文学是不够的；所以说，现在的现象是不健全的——希望这只是暂时的过渡期，不久纯文学便会重新发展起来，至少和散文学一样！但就散文论散文，这三四年的发展，确是绚烂极了：有种种的样式，种种的流派，表现着，批评着，解释着人生的各面，迁流曼衍，日新月异：有中国名士风，有外国绅士风，有隐士，有叛徒，在思想上是如此。或描写，或讽刺，或委曲，或缜密，或劲健，或绮丽，或洗炼，或流动，或含蓄，在表现上是如此。

我是大时代中一名小卒，是个平凡不过的人。才力的单薄是不用说的，所以一向写不出什么好东西。我写过诗，写过小说，写过散文。二十五岁以前，喜欢写诗；近几年诗情枯竭，搁笔已久。前年一个朋友看了我偶然写下的《战争》，说我不能作抒情诗，只能作史诗；这其实就是说我不能作诗。我自己也有些觉得如此，便越发懒怠起来。短篇小说是写过两篇。现在翻出来看，《笑的历史》只是庸俗主义的东西，材料的拥挤，像一个大肚皮的掌柜；《别》的用字造句，那样扭扭捏捏的，像半身不遂的病人，读着真怪不好受的。我觉得小说非常地难写；不用说长篇，就是短篇，那种经济的，严密的结构，我一辈子也学不来！我不知道怎样处置我的材料，使它们各得其所。

至于戏剧，我更是始终不敢染指。我所写的大抵还是散文多。既不能运用纯文学的那些规律，而又不免有话要说，便只好随便一点说着；凭你说"懒惰"也罢，"欲速"也罢，我是自然而然采用了这种体制。这本小书里，便是四年来所写的散文。其中有两篇，也许有些像小说。但你最好只当作散文看，那是彼此有益的。至于分作两辑，是因为两辑的文字，风格有些不同；怎样不同，我想看了便会知道。关于这两类文章，我的朋友们有相反的意见。郢看过《旅行杂记》，来信说，他不大喜欢我做这种文章，因为是在模仿着什么人；而模仿是要不得的。这其实有些冤枉，我实在没有一点意思要模仿什么人。他后来看了《飘零》，又来信说，这与《背影》是我的另一面，他是喜欢的。但火就不如此。他看完《踪迹》，说只喜欢《航船中的文明》一篇；那正是《旅行杂记》一类的东西。这是一个很有趣的对照。我自己是没有什么定见的，只当时觉着要怎样写，便怎样写了。我意在表现自己，尽了自己的力便行；仁智之见，是在读者。

朱自清

一九二八年七月卅一日，北平清华园

《燕知草》序

"想当年"一例是要有多少感慨或惋惜的，这本书也正如此。《燕知草》的名字是从作者的诗句"而今陌上花开日，应有将雏旧燕知"而来；这两句话以平淡的面目，遮掩着那一往的深情，明眼人自会看出。书中所写，全是杭州的事；你若到过杭州，只看了目录，也便可约略知道的。

杭州是历史上的名都，西湖更为古今中外所称道；画意诗情，差不多俯拾既是。所以这本书若可以说有多少的诗味，那也是很自然的。西湖这地方，春夏秋冬，阴晴雨雪，风晨月夜，各有各的样子，各有各的味儿，取之不竭，受用不穷；加上绵延起伏的群山，错落隐现的胜迹，足够教你流连忘返。难怪平伯会在大洋里想着，会在睡梦里惦着！但"杭州城里"，在我们看，除了吴山，竟没有一毫可留恋的地方。像清河坊城站，终日是喧闻的市声，想起来只会头晕罢了；居然也能引出平伯的那样怅惘的文字来，乍看真有些不可思议似的。

其实也并不奇，你若细味全书，便知他处处在写杭州，而所着眼的处处不是杭州。不错，他惦着杭州。但为什么与众不同地那样粘着地惦着？他在清河坊中也曾约略说起；这正因杭州而外，他意中还有几个人在——大半因了这几个人，杭州才

觉可爱的。好风景固然可以打动人心，但若得几个情投意合的
人，相与徜徉其间，那才真有味；这时候风景觉得更好——老
实说，就是风景不大好或竟是不好的地方，只要一度有过同心
人的踪迹，他们也会老那么惦记着的。他们还能出人意料地说
出这种地方的好处；像书中《杭州城站》《清河坊》一类文字，
便是如此。再说我在杭州，也待了不少日子，和平伯差不多同
时，他去过的地方，我大半也去过；现在就只有淡淡的影像，
没有他那迷劲儿。这自然有许多因由，但最重要的，怕还是同
在的人的不同吧？这种人并不在多，也不会多。你看这书里所
写的，几乎只是和平伯有着几重亲的 H 君的一家人——平伯夫
人也在内；就这几个人，给他一种温暖浓郁的氛围气。他依恋
杭州的根源在此，他写这本书的感兴，其实也在此。就是那
《塔砖歌》与《陀罗尼经歌》，虽像在发挥着"历史癖与考据
癖"，也还是以 H 君为中心的。

　　近来有人和我论起平伯，说他的性情行径，有些像明朝人。
我知道所谓"明朝人"，是指明末张岱，王思任等一派名士而
言。这一派人的特征，我惭愧还不大弄得清楚；借了现在流行
的话，大约可以说是"以趣味为主"的吧？他们只要自己好好
地受用，什么礼法，什么世故，是满不在乎的。他们的文字也
如其人，有着"洒脱"的气息。平伯究竟像这班明朝人不像，
我虽不甚知道，但有几件事可以给他说明，你看《梦游》的跋
里，岂不是说有两位先生猜哪篇文像明朝人做的？平伯的高兴，
从字里行间露出。这是自画的供招，可为铁证。标点《陶庵梦

忆》及在那篇跋里对于张岱的向往，可为旁证。而周岂明先生
《杂拌儿》序里，将现在散文与明朝人的文章，相提并论，也
是有力的参考。但我知道平伯并不曾着意去模仿那些人，只是
性习有些相近，便尔暗合罢了；他自己起初是并未以此自期的；
若先存了模仿的心，便只有因袭的气氛，没有真情的流露，那
倒又不像明朝人了。至于这种名士风是好是坏，合时宜不合时
宜，要看你如何着眼；所谓见仁见智，各有不同——像《冬晚
的别》《卖信纸》，我就觉得太"感伤"些。平伯原不管那些，
我们也不必管；只从这点上去了解他的为人，他的文字，尤其
是这本书便好。

　　这本书有诗，有谣，有曲，有散文，可称五光十色。一个
人在一个题目上，这样用了各体的文字抒写，怕还是第一遭吧？
我见过一本《水上》，是以西湖为题材的新诗集，但只是新诗
一体罢了；这本书才是古怪的综合呢。书中文字颇有浓淡之别。
《雪晚归船》以后之作，和《湖楼小撷》《芝田留梦记》等，显
然是两个境界。平伯有描写的才力，但向不重视描写。虽不重
视，却也不至厌倦，所以还有《湖楼小撷》一类文字。近年来
他觉得描写太板滞，太繁缛，太矜持，简直厌倦起来了；他说
他要素朴的趣味。《雪晚归船》一类东西便是以这种意态写下
来的。这种《夹叙夹议》的体制，却并没有堕入理障中去；因
为说得干脆，说得亲切，既不"隔靴搔痒"，又非"悬空八只
脚"。这种说理，实也是抒情的一法；我们知道，"抽象""具
体"的标准，有时是不够用的。至于我的欢喜，倒颇难确说，

用杭州的事打个比方吧，书中前一类文字，好像昭贤寺的玉佛，雕琢工细，光润洁白；后一类呢，恕我拟于不伦，像吴山四景园驰名的细酥饼——那饼是入口即化，不留渣滓的，而那茶店，据说是"明朝"就有的。

《重过西园码头》这一篇，大约可以当得"奇文"之名。平伯虽是我的老朋友，而赵心余却决不是，所以无从知其为人。他的文真是"下笔千言离题万里"。所好者，能从万里外一个斛斗翻了回来；"赵"之与"孙"，相去只一间，这倒不足为奇的。所奇者，他的文笔，竟和平伯一样；别是他的私淑弟子吧？其实不但"一样"，他那洞达名理，委曲述怀的地方，有时竟是出蓝胜蓝呢。最奇者，他那些经历有多少也和平伯雷同！这的的确确可以说是天地间的"无独有偶"了。

呜呼！我们怎能起赵君于九原而细细地问他呢？

十七年十二月十九日晚，北平清华园

看　花

　　生长在大江北岸一个城市里，那儿的园林本是著名的，但近来却很少；似乎自幼就不曾听见过"我们今天看花去"一类话，可见花事是不盛的。有些爱花的人，大都只是将花栽在盆里，一盆盆搁在架上；架子横放在院子里。院子照例是小小的，只够放下一个架子；架上至多搁二十多盆花罢了。有时院子里依墙筑起一座"花台"，台上种一株开花的树；也有在院子里地上种的。但这只是普通的点缀，不算是爱花。

　　家里人似乎都不甚爱花；父亲只在领我们上街时，偶然和我们到"花房"里去过一两回。但我们住过一所房子，有一座小花园，是房东家的。那里有树，有花架（大约是紫藤花架之类），但我当时还小，不知道那些花木的名字；只记得爬在墙上的是蔷薇而已。园中还有一座太湖石堆成的洞门；现在想来，似乎也还好的。在那时由一个顽皮的少年仆人领了我去，却只知道跑来跑去捉蝴蝶；有时掐下几朵花，也只是随意按弄着，随意丢弃了。至于领略花的趣味，那是以后的事：夏天的早晨，我们那地方有乡下的姑娘在各处街巷，沿门叫着："卖栀子花来。"栀子花不是什么高品，但我喜欢那白而晕黄的颜色和那肥肥的个儿，正和那些卖花的姑娘有着相似的韵味。栀子花的香，浓而不烈，清而不淡，也是我乐意的。我这样便爱起花来了。也许有人会问："你爱的不是花吧？"这个我自己其实也已不大弄得清楚，只好存而不论了。

在高小的一个春天，有人提议到城外 F 寺里吃桃子去，而且预备白吃；不让吃就闹一场，甚至打一架也不在乎。那时虽远在五四运动以前，但我们那里的中学生却常有打进戏园看白戏的事。中学生能白看戏，小学生为什么不能白吃桃子呢？我们都这样想，便由那提议人纠合了十几个同学，浩浩荡荡地向城外而去。到了 F 寺，气势不凡地呵斥着道人们（我们称寺里的工人为道人），立刻领我们向桃园里去。道人们踌躇着说："现在桃树刚才开花呢。"但是谁信道人们的话？我们终于到了桃园里。大家都丧了气，原来花是真开着呢！这时提议人 P 君便去折花。道人们是一直步步跟着的，立刻上前劝阻，而且用起手来。但 P 君是我们中最不好惹的；"说时迟，那时快"，一眨眼，花在他的手里，道人已跟跄在一旁了。那一园子的桃花，想来总该有些可看；我们却谁也没有想着去看。只嚷着："没有桃子，得沏茶喝!"道人们满肚子委屈地引我们到"方丈"里，大家各喝一大杯茶。这才平了气，谈谈笑笑地进城去。大概我那时还只懂得爱一朵朵的栀子花，对于开在树上的桃花，是并不了然的；所以眼前的机会，便从眼前错过了。

以后渐渐念了些看花的诗，觉得看花颇有些意思。但到北平读了几年书，却只到过崇效寺一次；而去得又嫌早些，那有名的一株绿牡丹还未开呢。北平看花的事很盛，看花的地方也很多；但那时热闹的似乎也只有一班诗人名士，其余还是不相干的。那正是新文学运动的起头，我们这些少年，对于旧诗和那一班诗人名士，实在有些不敬；而看花的地方又都远不可言，我是一个懒人，便干脆地断了那条心了。后来到杭州做事，遇见了Y君，他是新诗人兼旧诗人，看花的兴致很好。我和他常到孤山去看梅花。孤山的梅花是古今有名的，但太少，又没有临水的，人也太多。有一回坐在放鹤亭上喝茶，来了一个方面有须，穿着花缎马褂的人，用湖南口音和人打招呼道，"梅花盛开嗒！""盛"字说得特别重，使我吃了一惊。但我吃惊的也只是说在他嘴里"盛"这个声音罢了，花的盛不盛，在我倒并没有什么的。

有一回，Y来说，灵峰寺有三百株梅花；寺在山里，去的人也少。我和Y，还有N君，从西湖边雇船到岳坟，从岳坟入山。曲曲折折走了好一会，又上了许多石级，才到山上寺里。寺甚小，梅花便在大殿西边园中。园也不大，东墙下有三间净室，最宜喝茶看花；北边有座小山，山上有亭，大约叫"望海亭"吧，望海是未必，但钱塘江与西湖是看得见的。梅树确是不少，密密地低低地整列着。那时已是黄昏，寺里只我们三个游人；梅花并没有开，但那珍珠似的繁星似的骨都儿，已经够可爱了；我们都觉得比孤山上盛开时有味。大殿上正做晚课，送来梵呗的声音，和着梅林中的暗香，真叫我们舍不得回去。在园里徘徊了一会儿，又在屋里坐了一会，天是黑定了，又没有月色，我们向庙里要了一个旧灯笼，照着下山。路上几乎迷了道，又两次三番地狗咬；我们的 Y 诗人确有些窘了，但终于到了岳坟。船夫远远迎上来道："你们来了，我想你们不会冤我呢！"在船上，我们还不离口地说着灵峰的梅花，直到湖边电灯光照到我们的眼。

Y 回北平去了，我也到了白马湖。那边是乡下，只有沿湖与杨柳相间着种了一行小桃树，春天花发时，在风里娇媚地笑着。还有山里的杜鹃花也不少。这些日日在我们眼前，从没有人像煞有介事地提议："我们看花去。"但有一位 S 君，却特别爱养花；他家里几乎是终年不离花的。我们上他家去，总看他在那里不是拿着剪刀修理枝叶，便是提着壶浇水。我们常乐意看着。他院子里一株紫薇花很好，我们在花旁喝酒，不知多少次。白马湖住了不过一年，我却传染了他那爱花的嗜好。但重到北平时，住在花事很盛的清华园里，接连过了三个春，却从未想到去看一回。只在第二年秋天，曾经和孙三先生在园里看过几次菊花。"清华园之菊"是著名的，孙三先生还特地写了一篇文，画了好些画。但那种一盆一干一花的养法，花是好了，总觉没有天然的风趣。直到去年春天，有了些余闲，在花开前，先向人问了些花的名字。一个好朋友是从知道姓名起的，我想看花也正是如此。恰好 Y 君也常来园中，我们一天三四趟地到那些花下去徘徊。今年 Y 君忙些，我便一个人去。我爱繁花老干的杏，临风婀娜的小红桃，贴梗累累如珠的紫荆，但最恋恋的是西府海棠。海棠的花繁得好，也淡得好；艳极了，却没有一丝荡意。疏疏的高干子，英气隐隐逼人。可惜没有趁着月色看过；王鹏运有两句词道："只愁淡月朦胧影，难验微波上下潮。"我想月下的海棠花，大约便是这种光景吧。为了海棠，前两天在城里特地冒了大风到中山公园去，看花的人倒也不少；但不知怎的，却忘了畿辅先哲祠。Y告我那里的一株，遮住了大半个院子；别处的都向上长，这一株却是横里伸张的。花的繁没有法说；海棠本无香，昔人常以为恨，这里花太繁了，却酝酿出一种淡淡的香气，使人久闻不倦。Y告我，正是刮了一日还不息的狂风的晚上；他是前一天去的。他说他去时地上已有落花了，这一日一夜的风，准完了。他说北平看花，是要赶着看的：春光太短了，又晴的日子多；今年算是有阴的日子了，但狂风还是逃不了的。我说北平看花，比别处有意思，也正在此。这时候，我似乎不甚菲薄那一班诗人名士了。

十九年四月

我所见的叶圣陶

我第一次与圣陶见面是在民国十年的秋天。那时刘延陵兄介绍我到吴淞炮台湾中国公学教书。到了那边，他就和我说："叶圣陶也在这儿。"我们都念过圣陶的小说，所以他这样告我。我好奇地问道："怎样一个人？"出乎我的意外，他回答我："一位老先生哩。"但是延陵和我去访问圣陶的时候，我觉得他的年纪并不老，只那朴实的服色和沉默的风度与我们平日所想象的苏州少年文人叶圣陶不甚符合罢了。

记得见面的那一天是一个阴天。我见了生人照例说不出话；圣陶似乎也如此。我们只谈了几句关于作品的泛泛的意见，便告辞了。延陵告诉我每星期六圣陶总回角直去；他很爱他的家。他在校时常邀延陵出去散步；我因与他不熟，只独自坐在屋里。不久，中国公学忽然起了风潮。我向延陵说起一个强硬的办法——实在是一个笨而无聊的办法——我说只怕叶圣陶未必赞成。但是出乎我的意料，他居然赞成了！后来细想他许是有意优容我们吧；这真是老大哥的态度呢。我们的办法天然是失败了，风潮延宕下去；于是大家都住到上海来。我和圣陶差不多天天见面，同时又认识了西谛予同诸兄。这样经过了一个月，这一个月实在是我的很好的日子。

我看出圣陶始终是个寡言的人。大家聚谈的时候，他总是坐在那里听着。他却并不是喜欢孤独，他似乎老是那么有味地听着。至于与人独对的时候，自然多少要说些话，但辩论是不来的。他觉得辩论要开始了，往往微笑着说："这个弄不大清楚了。"这样就过去了。他又是个极和易的人，轻易看不见他的怒色。他辛辛苦苦保存着的《晨报副张》，上面有他自己的文字的，特地从家里捎来给我看；让我随便放在一个书架上，给散失了。当他和我同时发见这件事时，他只略露惋惜的颜色，随即说："由他去末哉，由他去末哉！"我是至今惭愧着，因为我知道他作文是不留稿的。他的和易出于天性，并非阅历世故，矫揉造作而成。他对于世间妥协的精神是极厌恨的。在这一月中，我看见他发过一次怒——始终我只看见他发过这一次怒——那便是对于风潮的妥协论者的蔑视。

风潮结束了，我到杭州教书。那边学校当局要我约圣陶去。圣陶来信说："我们要痛痛快快游西湖，不管这是冬天。"他来了，教我上车站去接。我知道他到了车站这一类地方，是会觉得寂寞的。他的家实在太好了，他的衣着，一向都是家里管。我常想，他好像一个小孩子；像小孩子的天真，也像小孩子的离不开家里人。必须离开家里人时，他也得找些熟朋友伴着；孤独在他简直是有些可怕的。所以他到校时，本来是独住一屋的，却愿意将那间屋做我们两人的卧室，而将我那间做书室。这样可以常常相伴；我自然也乐意，我们不时到西湖边去；有时下湖，有时只喝喝酒。在校时各据一桌，我只预备功课，他却老是写小说和童话。初到时，学校当局来看过他。第二天，我问他，"要不要去看看他们？"他皱眉道："一定要去么？等一天吧。"后来始终没有去。他是最反对形式主义的。

那时他小说的材料是旧日的储积；童话的材料有时却是片刻的感兴。如《稻草人》中《大喉咙》一篇便是。那天早上，我们都醒在床上，听见工厂的汽笛，他便说："今天又有一篇了，我已经想好了，来得真快呵。"那篇的艺术很巧，谁想他只是片刻的构思呢！他写文字时，往往拈笔伸纸，便手不停挥地写下去；开始及中间，停笔踌躇时绝少。他的稿子极清楚，每页至多只有三五个涂改的字。他说他从来是这样的。每篇写毕，我自然先睹为快；他往往称述结尾的适宜，他说对于结尾是有些把握的。看完，他立即封寄《小说月报》；照例用平信寄。我总劝他挂号，但他说："我老是这样的。"他在杭州不过两个月，写的真不少，教人羡慕不已。《火灾》里从《饭》起到《风潮》这七篇，还有《稻草人》中一部分，都是那时我亲眼看他写的。

在杭州待了两个月，放寒假前，他便匆匆地回去了；他实在离不开家，临去时让我告诉学校当局，无论如何不回来了。但他却到北平住了半年，也是朋友拉去的。我前些日子偶翻十一年的《晨报副刊》，看见他那时途中思家的小诗，重念了两遍，觉得怪有意思。北平回去不久，便入了商务印书馆编译部，家也搬到上海。从此在上海待下去，直到现在——中间又被朋友拉到福州一次，有一篇《将离》抒写那回的别恨，是缠绵悱侧的文字。这些日子，我在浙江乱跑，有时到上海小住，他常请了假和我各处玩儿或喝酒。有一回，我便住在他家，但我到上海，总爱出门，因此他老说没有能畅谈；他写信给我，老说这回来要畅谈几天才行。

十六年一月，我接眷北来，路过上海，许多熟朋友和我饯行，圣陶也在。那晚我们痛快地喝酒，发议论；他是照例地默着。酒喝完了，又去乱走，他也跟着。到了一处，朋友们和他开了个小玩笑；他脸上略露窘意，但仍微笑地默着。圣陶不是个浪漫的人；在一种意义上，他正是延陵所说的"老先生"。但他能了解别人，能谅解别人，他自己也能"作达"，所以仍然——也许格外——是可亲的。那晚快夜半了，走过爱多亚路，他向我诵周美成的词："酒已都醒，如何消夜永！"我没有说什么；那时的心情，大约也不能说什么的。我们到一品香又消磨了半夜。这一回特别对不起圣陶；他是不能少睡觉的人。他家虽住在上海，而起居还依着乡居的日子；早七点起，晚九点睡。有一回我九点十分去，他家已熄了灯，关好门了。这种自然的，有秩序的生活是对的。那晚上伯祥说："圣兄明天要不舒服了。"想起来真是不知要怎样感谢才好。

第二天我便上船走了，一眨眼三年半，没有上南方去。信也很少，却全是我的懒。我只能从圣陶的小说里看出他心境的迁变；这个我要留在另一文中说。圣陶这几年里似乎到十字街头走过一趟，但现在怎么样呢？我却不甚了然。他从前晚饭时总喝点酒，"以半醺为度"；近来不大能喝酒了，却学了吹笛——前些日子说已会一出《八阳》，现在该又会了别的了吧。他本来喜欢看看电影，现在又喜欢听听昆曲了。但这些都不是"厌世"，如或人所说的；圣陶是不会厌世的，我知道。又，他虽会喝酒，加上吹笛，却不会抽什么"上等的纸烟"，也不曾住过什么"小小别墅"，如或人所想的，这个我也知道。

十九年三月，北平清华园

自治的意义

中国自治的火焰在民国初元间亮过一亮——虽然很昏暗——不久便被人捻熄了。五四运动后，大家用自由的火烧他，才又渐渐地复活起来；什么学生自治咧！地方自治咧，如今东也嚷着，西也嚷着了！但自治究竟有什么意义呢？

有些人以为自治是一种权威；权威在自己手里，便是自治，否则便是被治。权威像一个足球，可以整个的从你脚上盘到他脚上，从这些人脚上盘到那些人脚上；一得着便全得着了。

有些人当自治是"整个的"，得着他便是最后的满足；什么努力都不用了——自治这样变成无治。

得着自治，自己便算治好，毋庸再治了；这时自己成功权威的所有者，倒可以自豪呢！有些人又这样想。

终于有人将自治看成"治人"了：从前权威在人家手里，人家治过我们，现今到了我们手里，怎不应该"如法炮制"去治人家呢？

迷惑的人们都这般想着，自治的火焰那日才能大放光明哟！

自治实在是一种进步的活动，并不是静止的权威；是时时变化，时时需要创造的，不是现成的，所以不能像盘足球一样，一得着便全得着；我们得着自治，只是得着活动的机会——活动的方向和发展便全靠我们创造底能力决定了。机会不是成功，却凭什么自豪？自己切身的事情一些没有料理，摩拳擦掌的专等管别人闲事，又算得什么？况且自己得了自治的机会，倒来干涉别个的自治，算公道么？

原来"生活是一种艺术"；我们该用艺术家的手段来过我们的生活。人从动物进化，他的生活里包含着灵肉二元：从前哲学家以为他们是势不两立的，所以一班主张灵的生活的便极端否认肉的生活底价值。反之，主张肉的生活的也极端否认灵的生活；这都是偏见罢了。我们所要求的是灵肉一致的生活，那才是真正人的生活。但从现在的人类说来，他们生活里所含的毕竟是肉的元素多些——肉的生活发达些；这自然不是我们所希望的圆满的生活。要得圆满，应该设法教灵的生活格外发展起来：努力是必要了。这向着圆满生活的努力便是艺术的工夫，便是所谓"治"。但是各个人乃至各人群都各有他们自己的生活，他们自己的生活只有他们自己最能懂得；"治"也只能由他们自己去治——别人代治，就是抱着一片好心，也苦得搔不着痒处，不是太过，便是不及；要再安着别的心眼儿，那被治的岂不教他们坑了！这样，让各个人，各社会自己向圆满的生活努力，便是自治——所以自治是生活的方法。

但"自治"的"自"字不可太看重了，太看重"自"字便有两种弊病：第一，只顾自己，不管别人死活，这叫自封；第二，损人利己，这叫自私。要晓得"人是社交的动物"，无论哪个"自己"，都是在"人"里生活着的；"自己"的行为在

"人"里引起相当的影响，"人"受了影响，又生出和这影响相当的影响，回到自己：这样成功一个影响的网。自己固然要顾，不过不要忘却比自己更大的还有"人"，要顾"人"的自己，别顾"自己"的自己；不然，"人"病了，你能不受些传染么？"人"牵制着你，你能向前走得几步呢？所以越能"兼善"，才越能"独善"，否则所谓"善"的也就很浅薄了！至于损人利己，实是自损损人；所谓"利"的，不过暂时的，表面的，这自然也是不正常的。

自封的说，我们不是不愿顾"人"，只是碰来碰去，碰不着好人，心肠自然冷了；教我们怎能够不"自行其是""独善其身"呢？这"只有我们好""只有我们这班好人能做出好事"两个信念，实在贻误不浅。要知极好的人果然少，极坏的人也不多；有好有坏的中流人倒遍地都是咧。这样，我们不见得就是极好的人；好人也不见得只有我们几个；坏人也不见得绝对做不出好事，只看机会罢了。所以我们应该相信：我们要做好人，有我们在，什么事都做得好的；我们该跟着比我们好的，领着不如我们的，向我们的进化路上冲去——所谓坏人，我们该制裁他们，感化他们，给他们向上的机会，他们自然会拿出良心来的。对于自私的，便可这样办理。

这里有了一个问题：自治和自由有什么关系呢？"自治"是不是和"在人群里绝对自由"同义？如是的，我们承认一个人或一个社会的自治，就不能不承认他在人群里绝对自由；那么，他只顾自己或损人利己，我们也只好听他了？这是要腐蚀人群的；要是各个人，各社会都这样，岂不是人类自灭么？因此，我上面才讲到制裁。我想人的生活现在还没有达到至善——有没有至善，也难说定——绝对的自由很容易教逐渐衰弱的恶元素"死灰复燃"，"潜滋暗长"起来；这是退步的活动，不是进步的活动了。所以制裁是必需的，不过自由是人类发展可能性的唯一条件，我们也承认。我们所盼望的是：自由增加到很大，很大的限度，同时制裁减少到很小，很小的限度，但不能一些没有——这样，制裁不独不能拘束自由，且能助长自由了。若问世界将来有没有全是自由，用不着制裁的时代，我却不能预知；我只就现在以及最近的将来说罢了！

自治是一种进步的活动，他里面包着两个历程：一、表现；二、抗议。我们努力求自由，不绝地发展我们的可能性，便是表现。但是进化的路上不免有许多障碍——灵肉不调和所生的种种冲突——直线的表现是不可能的；我们不得不费些力量去"清宫除道"——故不得不经济些。这便是抗议。表现是创造；抗议是破坏，是表现的一种手段。真正的自治，这两种工夫都要有的。那些只晓得沾沾地守着"庸德之行""庸言之谨"的个人或社会，只消极地不作恶，却没力量去行善去恶；这不算自治得好，只好做一个生活的落伍者罢了。还有那专门破坏的，只省得摧枯拉朽地将生活里一切不合理的元素都划除尽了，却不想想造出新的来替代他们，生活岂不要成空虚么？

感情和知识是自治的两翼。自治的效力全靠着他们。要切实感着自己生活的利害和自己同别人的关系，非涵养很深广的感情不可；要明白自己生活的过去种种影响和决定他将来种种倾向，没有知识是不行的。感情教我们做，知识告诉我们怎样做；没有知识的感情是盲目的，没有感情的知识是枯死的。现在有一班人，只顾求知识，却什么不想做，感情太冷了，只怕生活也要枯涸吧！这也不算能自治的。

总之，自治的目的在乎人生的向上或品格的增进；它是进步的活动，这向上和增进是绵绵无尽期的。

看哪！我们自治的火焰越发亮了，快努力吧！

新年的故事

昨天家里来了些人到厨房里煮出些肉包子，糖馒头和三大块风糖糕来；他们倒是好人哩！娘和姊姊嫂嫂裹得好粽子；娘只许我吃一个，嫂嫂又给我一个，叫我别告诉娘；我又跟姊姊要，姊姊说我再吃不得了——好笑，伊吃得，我吃不得——后来郭妈妈偷给我一个，拿在手里给我看了，说替我收着，饿了好吃。

肉包子、糖馒头、风糖糕，我都吃了些，又趁娘他们不见，每样拿了几个，将袍子兜了，想藏在床里去；不想间壁一只狗跑来，尽向我身上闻，我又怕又急，只得紧紧抱着袍角儿跑；狗也跟着，我便叫起来。娘在厨房里骂我"又作死了"，又叫姊姊。一会儿，大姊姊来了，将狗打走；夺开我的兜儿一看，说："你拿这些，还吃死了呢！"伊每样留下一个，别的都拿去了；伊收到自己床里去呢！晚间郭妈妈又和我要去一块风糖糕；我只吃了一个肉包子和糖馒头罢了。

今晚上家里桌子、椅子都批上红的、花的衫儿，好看呢！到处点着红的蜡烛；他们磕起头来，我跟着磕了一会儿；爸爸、娘又给他俩磕头，我也磕了。他们问我墙上挂着，画的两个人儿是谁？我说："一个男人一个女人。"娘笑说："这是祖爷爷和祖奶奶哩！"我想他们只有这样大的——呀！桌子摆好了！我先爬上凳子跪得高高地，筷子紧紧捏在手里；他们也都坐拢来。李二拿了好些盘菜放在桌上，又端一碗东西放在盘子中间，热气腾腾地直冒；我赶紧拿着筷子先向了几向，才伸出去；菜还没有夹着，早见娘两只眼正看着我呢，伊鼻子眼里哼了一声，我只得赸赸地将筷子缩回来，放在嘴里呵着。姊姊望着我笑，用指头括着脸羞我；我别转脸来，咕嘟着嘴不睬伊。后来娘他们都动筷子了，他们一筷一筷地夹了许多菜给我；我不管好歹，眼里只顾看着面前的一只碗，嘴里不住地嚼着。嚼到后来，忽然不要嚼了；眼里看着，心里爱着，只是菜不知怎么，都不好吃了——我只得让他们剩在碗里，独自一个攀着桌子爬下来了。

娘房里，哥哥嫂嫂房里，姊姊房里都点着一对通红的大蜡烛；郭妈妈也将我们房里的点了，叫我去看。我要爬到桌上去看，郭妈妈不许，我便跳起来嚷着。伊大声叫道："太太，你看，宝宝要玩蜡烛哩！"娘在伊房里说，"好儿子，别闹，你娘给好东西你吃！"伊果然拿着一盘茶果进来；又有一个红纸包儿，说是一块钱，给我"压岁"的，娘交给郭妈妈收着，说不许我瞎用。我只顾抓茶果吃，又在小箱子里拿出些我的泥宝宝来：这一个是小娘娘八月节买给我的，这一个是施伟仁送我的，这些是爸爸在上海买来的。我教他们都站在桌上，每人面前，放些茶果，叫他们吃——呀！他们怎么不吃！我看见娘放好几碗菜在画的人儿面前，给他们吃；我的宝宝们为什么不吃呢？呵！只怕我没有磕头吧，赶快磕头吧！

郭妈妈说话了；伊抱着我说："明天过年了，多有趣呢！"粽子、包子，都听我吃。衣服、鞋子、帽子都穿新的——要"斯文"些。舅舅家的阿龙、阿虎，娘娘家的毛头、三宝都来和我玩耍。伊说有许多地方耍把戏的，只要我们不闹，便带我们去。我忙答应说："好妈妈，宝宝是不闹的，你带了他去吧！"伊点点头，我便放心了。伊又说要买些花炮给我家来放，伊说去年我也放过；好有趣哩！伊一头说，一头拍着我，我两个眼皮儿渐渐地合拢了。

我果然同着阿龙、阿虎他们在附近一个大操场上；我抱在郭妈妈怀里，看着耍猴把戏的。那猴儿一上一下爬着杆儿，我只笑着用手不住地指着叫："咦！咦！"忽然旁边有一个人说："他看你呢！"我仔细一看，猴儿果然在看我，便吓得要哭；那人忽然笑了一个可怕的笑，说："看着我罢！"我又安了心。忽然一声锣响，我回头一看，我已在一个不识的人的怀里了！我哭着，叫着，挣着；耳边忽然郭妈妈说："宝宝怎么了？妈妈在这里。不怕的！"我才晓得还在郭妈妈怀里，只不知怎么便回来了？

太阳在地板上了，郭妈妈起来。我也揉着眼睛；开眼一看，桌上我的宝宝们都睡着了——他们也要睡觉呢。青梅呢？我的小青梅呢？宝宝顶顶喜欢的青梅呢？怎么没了？我哭了。郭妈妈忙跑来问什么事，我哭着全告诉了伊。伊在桌上找了一阵；在地板上太阳里找着一片核子，说被"绿尾巴"吃了。我忙说："唔！宝宝怕！"将头躲在伊怀里。伊说："不怕，日里他不来的，你只要不哭好了！"我要起来，伊叫我等着，拿衣服给我穿；伊拿了一件花棉袄，棉裤，一件红而亮的袍子，一件有毛的背心，是黑的，还有双花鞋，一个有许多金宝宝的风帽；伊帮我穿了衣和鞋，手里拿着风帽，说洗了脸才许戴呢。我真喜欢那个帽，赶忙地央着郭妈妈拿水来给我洗了脸，拍了粉，又用筷子给点胭脂在我眉毛里和鼻子上，又给我戴了风帽，说今天会有人要我做小女婿呢。我欢天喜地跑到厨房里，赶着人叫"恭喜"——这是郭妈妈教我的。一会儿郭妈妈端了一碗白圆子和一个粽子给我吃了；叫我跟着伊到菩萨前，点起香烛磕头，又给爸爸娘他们磕头。郭妈妈说有事去，叫我好好玩，不要弄污了衣服，毛头、三宝就要来了。

好多时，毛头、三宝和小娘娘都来了。我和他们忙着办菜给我的泥宝宝吃；正拿着些点心果子，切呀剥的，郭妈妈走来，说带我们上街去。我们立刻丢下那些跟着他走。街上门都关着；我们常买落花生的小店也关了。一处处有"斯奉斯奉昌……镗镗镗镗粐"底声音。我问郭妈妈，伊说是打锣鼓呢。又看见一家门口一个人一只手拿着一挂红红白白的东西，一搭一搭的，那只手拿着一根"煤头"要烧；郭妈妈忙说，"放爆竹了。"叫我们站住，用手闭了耳朵，伊说"不要怕，有我呢"。我见那爆竹一个个地跳了开去，仿佛有些响，右手这一松，只听见"嘛！啪！"我一只耳朵几乎震聋了，赶紧地将他闭好，将身子紧紧挨着郭妈妈，一动也不敢动。爆竹只怕不放了，郭妈妈叫我们放下手，我只是指着不肯放；郭妈妈气着说："你看这孩子！……"伊将我的手硬拖下来了。走了不远，有一个摊儿；我们近前一看，花花绿绿的，好东西多着呢！我央着郭妈妈买。伊给我买了一副黑眼镜，一个鬼脸，一个胡须，一把木刀，又给毛头买了一个胡须，给三宝买了一个胡须。我戴了眼镜，叫郭妈妈给我安了胡须；又趁三宝看着我，将伊手里的胡须夺了就跑，三宝哭了，毛头走来追我。我一个不留意，将右脚踏在水潭里，心里着急，想娘又要骂了。毛头已将胡须拿给三宝；他们和郭妈妈走来。伊说我一顿，我只有哭了；伊又抱起我说："好宝宝，别哭，郭妈妈回来给你换一双，包不叫娘晓得；只下次再不许这样了。"我答应我们就回来了。

今晚是初五了。郭妈妈和我说，明天新衣服要脱下来，椅子桌子红的，花的衫儿也不许穿了，粽子、肉包子、糖馒头、风糖糕，只有明天一早好吃了；阿龙、阿虎他们都不来了；叫我安稳些，好等后天上学堂念书吧！他们真动手将桌子，椅子底衫儿脱下，墙上画的人儿也卷起了。我一毫不想玩耍，只睡在床上哭着。郭妈妈拿了一支快点完的红蜡烛，到床边问道："你又怎么了？谁给气宝宝受；妈妈是不依的！"我说："现在年不过了！"伊说："痴孩子，为这个么！我是骗骗你的；明天我们正要到舅舅家过年去呢！起来吧，别哭了。"我听了伊的话，笑着坐起来，问道："妈妈，是真的么？别哄你宝宝哩。"

奖券热

我一天走过荐桥街，无意中看见路旁三五步便有一爿奖券店；门口一色挂着许多红牌，不是写着"□奖志喜"，便是写着"□□□券明日开彩"，又有写着"新章双壹奖"的，我当时很是惊奇。后来走过别的街，也常常看见这种店——杭州想发财的朋友们大概很多吧！奖券便是以前的彩票。彩票原是一种赌博，买主也自认是偶然脚下的匍匐者；后来政府便因他是赌博，将他禁了。不料袁世凯做总统时，有人献了一条计，将彩票改了什么储蓄票，卖彩票的好处都归政府专有，却更落个提倡储蓄底名声，这真是个巧宗儿！老袁的得计不必说；却是谁都看得眼红了——只愁没个好名义借用。凑巧东也闹灾，西也闹灾，眼红的朋友们这可乐了！义赈券哪，什么正券哪，什么副券哪，便"风发云涌"了——他们现在又将"壹奖""双"了起来，真是鼓吹不遗余力呢。却苦了一般清白的平民，白白送钱不必说，只那虚伪心理愈养愈深，偶然信仰愈过愈笃，便尽够造成怎样不幸的人生，怎样不幸的社会了！那些红眼黑心，敲骨吸髓的奖券发行者罪孽深重，该群起而攻，不用说；这一般清白的平民，我们又怎能坐视他们走入迷途不一援手呢！

1921 年 1 月 10 日，浙江省立第一师范《十日刊》。

别

　　他长久没有想到伊和八儿了，倘使想到累人的他们，怕只招些烦厌吧。

　　这一天，他母亲寄信给他，说家里光景不好，已叫人送伊和八儿来了。他吃了一惊，想："可麻烦哩!"但这是不可免的，他只得等着。一直几天，他们没来，他不由有些焦躁——不屑的焦躁；那藏在烦厌中的期待底情开始摇撼他柔弱的心了。

　　晚上他接着伊父亲的信片，说他们明天准来。可是刮了一夜的北风，接着便是纷纷的大雪。他早起从楼上外望迷迷茫茫的，像一张洁白的绒毡儿将大地裹着；大地怕寒，便整个儿缩在毡里去了。天空静荡荡的，不见一只鸟儿，只有整千整万的雪花鹅毛片似的"白战"着。他呆呆地看，心里盘算："只怕又来不成了哩! 该诅咒的雪，你早不好落，迟不好落，偏选在今天落，不是故意欺负我，不给我做美么——但是信上说来，他们必晓得我在车站接，会叫我白跑么——我若不去，岂不叫他们失望? ……"

　　午饭后雪落得愈紧。他匆匆乘车上车站去。在没遮拦的月台上，足足吃够一点多钟的风，火车才来了。客人们纷纷地上下，小工们忙忙地搬运；一种低缓而嘈杂的声浪在稠密的空气中浮沉着。他立在月台上，目不转睛地看着每个走过他面前的人。走过的都走过了，哪里有伊和八儿底影儿——连有些像的也无。他不信，走到月台那头去看，又到出口去看，确是没有——他想，他们一定搭下一班车来了。

一切都如前了，他——只有他——只在月台上徘徊。警察走过，盯了他一眼，他却不理会。车来时，他照样热心地去看每个下车的搭客，但他的努力显然又落了空。

晚上最后一班车来了，他们终于没有来。他恼了，无精打采地冲寒冒雪而回——一路上想："再不接他们了，也别望他们了！"但到了屋里，便自回心转意："这么大的雪，也难怪他们……得知几时晴哩？雪住了便可来了吧？落得小些也可动身了吧？"

两天匆匆过去，雪是一直没有止。那晚上他独自在房里坐，仆人走来说，有人送了一个女人和孩子来了。他诧异地听着。这于他确是意外——窗外的雪还在落呵。他下楼和他们相见，伊推着八儿说："看——谁来了？"八儿回头道："唔……爸爸。"他没有说话，只低低叫声："跟我来吧。"

他们到楼上安顿了东西。伊说前天大雪，伊父亲怕八儿冻着，所以没有来；他教等天晴再走吧。但伊看了两天，天是一时不会晴的了，老等着，谁耐烦？所以决然动身。他听了，不开口。他们沉默了一会儿。那时他的朋友们都已晓得他的喜事——他住的一所房子原是公寓之类；楼上有好几个朋友们同住——哄着来看伊。他逐一介绍了，伊微低着头向他们鞠躬。

他们坐了一会儿，彼此谈着，问了伊些话。伊只用简单的句子低低地、缓缓地答复。他想，伊大约怕"陌生"哩！这时他忽然感着一种隐藏的不安；那不安底情原从他母亲信里捎来，可是他到现在才明白地感觉到了。——其实那时的屋里，所有的于谁都是"陌生"的，谁的生命流里不曾被丢了瓦砾，掀起不安的波浪呢？但丢给他俩的大些，波动自然也有力些，所以便分外感着了。于是他们坐坐无聊，都告辞了。他俩显然觉得有些异样。这个异样，教他俩不能即时联合——他们不曾说话；电灯底光确和往日不同，光里一切，自然也都变化。在他俩眼里，包围着他们的，都是偶力底旋涡：坐的椅子，面前的桌子，桌上的墨水瓶，瓶里墨水底每一滴，像都由那些旋涡支持着；旋涡呢，自然是不安和欢乐的交流了。

电灯灭了，一切都寂静，他们也自睡下。渐渐有些唧唧哝哝的声音——半夜的话终于将那不安"消毒"了，欢乐弥漫着他俩间，他俩便这般联合了，和他们最近分别前的一秒时一样。

第二天，他们雇定一个女仆。第三天清早便打发那送的人回去。简陋而甜蜜的家，这样在那松铺着的沙上筑起来了。他照常教他的书，伊愿意给他烧饭，伊不喜欢吃公寓里的饭，也不欢喜他吃。他俩商量的结果，只有由伊自己在房里烧了。但伊并未做惯这事，孩子又只磨着伊，新地方市场底情形，伊也不熟悉。所以几天过后，便自懊恼着。但为他的缘故，终于耐着心，习惯自然了。他有时也嫌房里充满厨灶的空气，又不耐听孩子惫赖的声音，教他不能读书，便着了急，只绕着桌子打旋。但走过几转，看看正在工作的伊，也只好叹口气，谅解伊了。有时他俩却也会因这些事反目。可是照例不能坚持——不是伊，便是他，忍不住先道歉了，那一个就也笑笑。他俩这样爱着过活——虽不十分自然——，转眼已是一年些了。

但是有一件可厌的，而不可避的事，伊一个月后便要生产。他俩从不曾仔细想过这个，现在却都愁着。公寓不用说是不便的。他母亲信上说："可以入医院，有我来照料"；父亲却宁愿伊和八儿回家。他晓得母亲是爱游逛，爱买东西的，来去又要人送——所费必不得少。倘伊家也有人来监产——一定会有的——，那可怎么办呢？非百元不可了！其实家里若能来一女仆，和八儿亲热的，领领他，伊便也可安然到医院去。但他怎好和母亲说，不要伊来呢？又怎好禁止岳家的人呢？他不得不想到怎样急切地凑着一百元了。可以想到的都已想到，最后——最后了，他的心只能战战地答道："否！"——于是一切都完了，他郑重地告诉伊："现在只有回去了！"为一百元底缘故，他俩不得不暂时贱卖那爱的生活了。

伊忽然一噤，像被针刺了那样，掩着面坐下哭了。八儿正在玩耍，回头看见，忙跑近伊，摇着伊膝头，恳求似地望着伊说："娘，不淌眼泪！"伊毫不理会。孩子脸一苦，哭嚷道："看不见娘，看不见娘了！"——他呢，却懵腾腾的，只想搜出些有力的话安慰伊。话倒有，可不知说哪一句好？便呆呆地看在伊的手捂着的，和八儿泪洗着的脸上。半响，才嗫嚅着挣出三个字道："别哭吧！"以下可再说不上来了！正窘着，恰好想到一件事，就撇开了伊们，寻出纸笔，写信给家里，叫那回送伊来的再接伊去。写好，走出交女仆去发。伊早住了哭痴痴地想，八儿倚着伊不作声。他悄走近前，拍伊肩头一下。伊大吃一吓，看了看是他，微笑说："刚才真无谓哩！"

第三晚上，孩子睡下了，接的人走进房里，伊像触着闪电似的，一缕酸意立时沦浃了周身的纤维。伊的眼一眨，撑不住要哭了，赶快别过脸去，竭力忍住，小声儿抽咽着。半晌，才好了。他问那人的话，伊只仔仔细细端详着。那人喉的一发声，头的一转动，都能增加伊思想的力量，教伊能够明明白白记起一直以前的事：婆婆怎样怂恿伊走；伊怎样忙着整装，怎样由那人伴上轮船、火车，八儿怎样淘气；伊怎样见着父亲，最后——怎样见了他。……伊寻着已失的锁钥，打开尘封着的记忆的箱，满眼都流着快乐呵！伊的确忘记了现在，直到他问完话，那人走出去了。于是伊凝一凝神，回复了伊现在的伊；现在便捡着伊的泪囊，伊可再禁不住，只好听他横流了！他也只躺在床上，不敢起来，全不能安慰伊，等到晓得伊确已不哭了，才拿了那半湿的手帕，走过去给伊揩剩在脸上的泪。又悄悄地说："后天走吧，明天街上买点东西带着。……"伊叹口气，含着泪微微地点头。那时接的人已经鼾睡，他俩也只有睡下。

第二天他们有说有笑的，和平常一样。但他要伊同出去时，伊却回说，"心里不好，不去了。"他晚上回来，伊早将行李整理好，孩子也已睡了。伊教他看了行李。指点着和他说："你的东西，我也给你收拾了。皮袍在大箱里，天气热起来也可叫听差拿去晒晒，别让它霉了——霉了就可惜了。小衫芯和袜子、帕儿，都在小提箱里。剪刀、线板，也放在里面。那边抽屉里还剩下些猪油和盐。我给你买了十个鸡蛋，放在这罐里，你饿时自在煤油炉上炖炖吃吧。今天饭菜吃不了，也拿来放在抽屉里，你明天好独自吃两餐安稳饭——孩子在这里，到底吵着你——后天再和他们一桌吃不迟。"……伊声音有些岔了，他也听得呆了，竟不知身子在那里。他的泪不和他商议，热滚滚直滴下来了。他赶紧趁伊不见，掏出帕儿揩干。伊可也再说不出什么，只坐在一旁出神。他叫送的人进来，将伊的帐子卸下。铺盖卷了——便省得明早忙了。于是伊仅剩的安慰从伊心里榨出，伊觉得两手都空着了。四面光景逼迫着伊，叫伊拿什么抵御呢？伊只得由自己躺下，被蒙在伊流泪如水的脸上。那时他眼见伊睡了一年多的床渐渐异样了，只微微微微地嘘气，像要将他血里所有愁底种子借着肺力一粒粒地呼出一般。床是空了，他忽然诧异地看着，一年前空着的床为什支了帐子、放了铺盖呢？支了、放了，又为甚卸了、卷了呢？这确有些奇怪。他踌躇了一会儿——忽然想起来了，"伊呢？"伊已是泪人儿了，他可怎么办呢？他亲亲切切地安慰伊些话，但是毫不着力，而且全不自然，他终于彷徨无措呜呜咽咽哭了。伊却又给他揩眼泪，带着鼻音说："我心里像被凌迟一般！"一会又抽咽着说："我走后，你别伤心！晚上早些睡，躺下总得自己将被盖上——着了凉谁问你呢？"……他一面拭泪，一面听着，可是不甚明白伊的意思，只觉他的心弦和伊的声带合奏着不可辨认的微妙的悲调，神经也便律动着罢了。那时睡神可怜他们，渐渐引诱他们入梦。但伊这瞬间的心是世界上最不容易被诱惑的东西之一，所以不久便又从梦中哭醒；他也惊觉了。大黑暗微睁开惺忪的两眼，告诉朝阳便将到来了。

他们躺了一会儿，起来，孩子也醒了，天光已是大亮。他叫起那接的人。大家胡乱洗了脸。他俩不想吃什么，只拿些点心给八儿和那人吃了。那人出去雇好车子。他们叫女仆米，算清工钱，打发伊走路。车夫将伊的行李搬完，他俩便锁门下去。女仆抱着八儿送到门口，将他递给车上的伊。他忽然不肯，倾着身大张开两臂，哭着喊着要女仆抱："家家！……家家！"伊脸上不由也流露寂寞的颜色，他母亲只得狠狠心轻拍了他两下，硬抱过去，车子便拉动了。他看见街上的热闹光景，高高兴兴指点着，全忘记刚才的悲哀。他们到了车站，黑压压满都是人，哄哄的声音搅浑了脑子。他让伊和八儿在一张靠椅上坐下，教接的人去买车票，写行李票。他便一面看着行李，一面盼着票子——这样迫切地盼着，旅客们信步的踯躅，惶急的问讯，在他都模模糊糊的无甚意义了。但这些却全看在伊的眼、听在伊的耳、塞在伊的脑里，伊再没有自由思想的余地，伊的身子好像浮着在云雾里一般。那时接的人已在行李房门前垫着脚，伸着头，向里张着；房里满挤着人，房外乱摊着箱、篮、铺盖之类。大家都抢着将自己的东西从人缝里往里塞；塞时人们底行列微微屈曲，塞了便又依然。他这时走过去，帮接的人将伊的行李好容易也抬到房里，写了票子，才放心。他们便都走到月台上候车，八儿已经睡着，伊痴着眼不说话。他只盘旋着，时时探着头，看轨道尽处，火车来了没有——呜呜……来了！人们波一般暂时退下，静着，倾斜了身子，预备上去。炫人眼的列车懒懒地停住，乘客如潮地涌上。他抱了八儿，一手遮着伊，挣扎了几次，才上了车。匆忙里找了一个座位，让伊歇下。伊抱过八儿；他上车时哼了哼，便又睡着了。接的人也走来。他嘱咐他些话。伊说："你去吧。"他说等一会儿不要紧，可也只能立着说不出话。但是警笛响了，再不能延挨！伊默默地将八儿抱近他，他噙泪低头在他红着的小颊上轻轻地亲了一下。用力睁着眼，沙声说："我去了！"便头也不回下车匆匆走了！伊从窗里望着，直到眼里没有一些他的影子，才发见两行热泪早已流在伊的脸上了。伊掏出帕儿揩干。火车已经开动，微风从伊最后见他的窗里吹来，伊像做梦一般。……

　　他回来紧闭了门，躺在床上空想；他坐不住，所以躺了。他细味他俩最近的几页可爱的历史。想一节伤一回心；但他宁愿这样甜蜜的伤心。他又想起伊怎样无微不至地爱他，他痛苦时伊又怎样安慰他。但他怎样待伊呢？他不曾容忍过伊仅有的、微细的谴谪，他常用语言压迫伊，伊的心受了伤，便因此哭了！他是怎样"酷虐"！他该怎样对伊抱歉呵！但伊是去了，他将向谁忏悔呢？他所曾施的压迫将转而压迫他自己吧！

　　他似乎全被伊占领了，那晚没有吃饭。电灯快灭时，他懒懒地起来，脱了衣服，便重又睡下。他忽然觉着，屋里是太沉默了！被儿、褥儿、枕儿、帐儿，都板板向他，也这样彼此向着。寒心的沉默严霜似的裹着他的周围——"虚幻的，朋友们，你们曾有的，伊和我同在时，你们曾有的，狂醉，在哪里了呢？"这或者——或者和他自己，都给伊带去了么？但是屋里始终如死地沉默着。

唉！累人想到的伊呵！

1921 年 5 月 5 日。

民众文学谈

俄国托尔斯泰在他的《艺术论》里极力抗议现在所谓优美的艺术。他说："其实我们的艺术……却只是人类一部分极少数的艺术。"又说："凡我们所有的艺术都认为真实的、唯一的艺术；然而不但是人类的三分之二（亚洲、非洲的民族）生生死死，不知道这种唯一的高尚艺术，并且就在基督教社会里也不过是百分之一的人能享受我们所称的'全'艺术，其余百分之九十九的欧洲人，还是一代一代生生死死，做极劳苦的工作，永没有享受着艺术的滋味——就是间或能享受着，也决不会恍然'了解'。"法国罗曼·罗兰在他的《演剧论》末所附的宣言里，也有同样的抗议："艺术今为利己主义及无政府的混乱所苦。少数之人擅艺术之特权，民众反若见摈于艺术之外。……欲救艺术……必以一切之人悉入于一切世界之中。……为万人之快乐而经营之。不当存阶级之见，有如所谓下等社会、知识阶级云云者；亦不当为一部分之机械，有如所谓宗教、政治、道德，乃至社会云云者。吾人非欲于过去、未来有所防遏，特有表白现在一切之权利而已。……吾人之所愿友者，能求人类之理想于艺术之中，探友爱之理想于生活之中者也；能不以思索与活动与美，民众与优秀为各相分立者也。中流之艺术今已入于衰老之境矣；欲使其壮健有生气，则唯有借民众之力……"这两位伟大的作者十分同情于那些被艺术忘却的人们，所以有这样真诚的呼吁；他们对于旧艺术的憎恶和对于新艺术的希望，都热烈到极点。照他们意思，从前艺术全得推翻，没有改造的余地；新兴的艺术家只须"借了民众之力"，处处顾到托尔斯泰所谓"全人类的享受"，自不难白手成家。于是乎离开民众便无艺术——他俩这番精神，我们自然五体投地地佩服；见解呢，却便很有可商量的地方了。

如今且撇开雕刻、绘画、音乐等等，单谈文学。托尔斯泰和罗兰自然都主张民众文学。但民众文学可以有两种解释：一是民众化的文学，以民众底生活理想为中心，用了谁都能懂得的方法表现。凡称文学，都该如此；民众化外，便无文学了。二是为民众的文学，性质也和第一种相同；但不必将文学全部民众化了，只须在原有文学外，按照民众底需要再行添置一种便好——正如有人主张，在原有文学外，按照儿童的需要，再行建设一种儿童文学一样。托尔斯泰和罗兰所主张的是第一种。他们以为文学总该使大多数能够明白；前者说"人类底享受"，后者说"万人之快乐"，都是此意。他们这样牺牲了少数的受用，蔑视了他们的进步的要求了。这自然是少数久主文坛的反动。公平说来，从前文学摈斥多数，固然是恶；现在主张蔑视少数的文学，遏抑少数的赏鉴力的文学，怕也没有充分的理由吧！因为除掉数目底势力以外，摈斥多数的赏鉴权，正和遏抑少数的赏鉴力一样是偏废。况且文学一面为人生；一面也有自己的价值；他总得求进步。民众化的文学原也有进步，因为民众的理解和领解力是进步的。但多数进步极慢；快的是少数。所以文学的长足的进步是必要付托给那少数有特殊赏鉴力的非常之才的了。他们是文学的先驱者。先驱者的见解永不会与民众调和；他们始终得领着。易卜生说得好："……我从前每作一本戏时的主张，如今都已渐渐变成了很多数人的主张。但是等到他们赶到那里时，我久已不在那里了。我又到别处去了。我希望我总是向前去了。"这样，为公道和进步起见，在"多数"的文学外，不能不容许多少异质的少数的文学了。多数自然不能赏鉴那个；于是文学不能全部民众化，是显然了。于是便成就了文学和民众文学的对立；虽为托尔斯泰、罗兰所不赞成，却也无法变更事实——这……这里民众文学是第二种，称为"为民众的文学"的便是，这对立的理由极为明了；就如食量大的人总该可以吃得多些，断不能教他饿着肚子，只吃和常人同量的食物。取精神的食粮的，也正如此——托尔斯泰说："……这种全民族所公有的艺术，彼得以前在俄国就有，在十三世纪、十四世纪以前的欧洲社会也有。自从欧洲社会上等阶级不致信于教会信条，却又不信仰真实的基督教以后，他们所谓艺术，更谈不到全人类艺术一层。自此以后，上等阶级的艺术已与全平民的艺术相离，而分为两种：平民的艺术和贵族的艺术。……"托尔斯泰颇惋惜艺术的分离；他归咎于不信教。他是个教徒，自然这样说。但从我们看来，这个现象正是艺术的分化，正是他由浑之化的历程，正是他的进步，喜还不及，何所用其悼惜呢！

但这里有个重要的问题，便是"少数人擅着艺术的特权"那件事。他们有些见解，正和托尔斯泰、罗兰相反。他们托大惯了，要他们如乌兹屋斯（Wordsworth）所说"从悬想的高下降"，建设所谓"为民众的文学"，只怕他们有所不屑为罢！但这也好办，他们的权原是社会授予的；我们只消借我们所新建设的向社会要求便了。好在是"为民众的文学"，雅俗可以共赏，社会的同情是不难获得的——这样，权便慢慢转移了。有志于民众文学的朋友，只管前进啊，最后的胜利，终归是你们的。

我所谓文学和民众文学并无根本的不同。我们不能承认二者间有如托尔斯泰所说的那样隔绝，甚至所谓优美的艺术"不但不能抬高工人们的心灵，恐怕还要引坏他。"我们只说"文学"的情调比较错综些、隐微些，艺术也比较繁复些、致密些、深奥些便了。俄国克罗泡特金说："各种艺术都有一种特用的表现法，便是将作者的感情传染与别人的方法。所以要想懂得他，须有相当的一番习练；即便最简单的艺术品，要正当地理解他，也非经过若干习练不可……"所谓特用的表现法，便是特殊的艺术。克罗泡特金用这些话批评托尔斯泰，却比他公允多了。但须知两种文学虽有难易底不同，却无价值底差异。他们各有各的特殊的趣味；民众文学有他单纯的、质朴的、自然的风格，文学也有他的多方面的风格。所以他们各有自己存在的价值。所谓文学底进步，只是增加趣味底方面罢了；并非将原有的趣味淘汰了，另换上新兴的趣味。因为这种趣味，如德国耶路撒冷（Jerusalem）所说，是心的"机能的要求（Functional Demand）"，只有发展，不会消失。我敢相信，便一直到将来，只要人的生物性没有剧烈的变更，无论文学如何进步，现在民众文学所有几种趣味，将更加浓厚，并仍和别方面文学的趣味有同等的价值。所以"为民众的文学"绝不是骈枝的文学，更不是第二流的文学。

论到中国底民众文学，却颇令人黯然。据我所知，从来留意到民众的文人，只有唐朝白居易。他的诗号称"老妪都解"，又多歌咏民生疾苦，当时流行颇广。倘然有人问我中国底民众文学，我首先举出的必是他的《秦中吟》一类的诗了。近代通俗读物里，能称为文学的绝少。看了刘半农底《中国下等小说》一文，知道所谓下等小说的思想之腐败，文字之幼稚，真不禁为中国民众文学前途失声叹息！

但在现在要企图民众的觉醒，要培养他们的情感，灌输他们的知识，还得从这里下手才是正办。不先洗了心，怎样革面呢？这实是一件大事业，至少和建设国语文学和儿童文学一样重要，须有一班人协力去做，才能有效。现在谁能自告奋勇，愿负了这个大任呢？

进行的方法，我也略略想了。一、搜集民间歌谣、故事之类加以别择或修订。二、体贴民众的需要而自作，态度要严肃、平等；不可有居高临下的心思，须知我也是民众的一个。地方色彩，不妨浓厚一些。"文章要简单、明了、匀整；思想要真实、普遍。"三、印刷格式都照现行下等小说——所谓旧瓶装新酒，使人看了不疑。最好就由专印下等小说的书局（如上海某书局）印刷发行。四、如无相当的书局，只好设法和专卖下等小说的接洽，托他们销售。卖这种小说的有背包的和摆摊的两种：前者大概在茶楼、旅馆、轮船上兜售；后者大概在热闹市街上求售。倘然我们能将民众文学书替代了他们手中的下等小说，他们将由传染瘟疫的霉菌一变而为散布福音的天使了！

1921 年 10 月 10 日。

憎

　　我生平怕看见干笑，听见敷衍的话；更怕冰搁着的脸和冷淡的言辞，看了，听了，心里便会发抖。至于残酷的佯笑，强烈的揶揄，那简直要我全身都痉挛般掣动了。在一般看惯、听惯、老于世故的前辈们，这些原都是"家常便饭"，很用不着大惊小怪地去张扬。但如我这样一个阅历未深的人，神经自然容易激动些，又痴心渴望着爱与和平，所以便不免有些变态。平常人可以随随便便过去的，我不幸竟是不能；因此增加了好些苦恼，减却了好些"生力"——这真所谓"自作孽"了！

　　前月我走过北火车站附近。马路上横躺着一个人：微侧着拳曲的身子。脸被一破芦苇遮了，不曾看见；穿着黑布夹袄，垢腻的淡青的衬里，从一处处不规则地显露，白斜纹的单裤，受了尘秽的沾染，早已变成灰色；双足是赤着，脚底满涂着泥土，脚面满积着尘垢，皮上却绉着网一般的细纹，映在太阳里，闪闪有光。这显然是一个劳动者的尸体了。一个不相干的人死了，原是极平凡的事；况是一个不相干又不相干的劳动者呢？所以围着看的虽有十余人，却都好奇地睁着眼，脸上的筋肉也都冷静而弛缓。我给周遭的冷淡噤住了，但因为我的老脾气，终于茫漠地想着：他的一生是完了，但于他曾有什么价值呢？

他的死，自然，不自然呢？上海像他这样人，知道有多少？像他这样死的，知道一日里又有多少？再推到全世界呢？……这不免引起我对于人类运命的一种杞忧了！但是思想忽然转向，何以那些看闲的，于这一个同伴的死如此冷淡呢？倘然死的是他们的兄弟，朋友，或相识者，他们将必哀哭切齿，至少也必惊惶；这个不识者，在他们却是无关得失的，所以便漠然了？但是，果然无关得失么？"叫天子一声叫"，尚能"撕去我一缕神经"，一个同伴悲惨的死，果然无关得失么？一人生在世，倘只有极少极少的所谓得失相关者顾念着，岂不是太孤寂又太狭隘了么？狭隘，孤寂的人间，那里有善良的生活！唉！我不愿再往下想了！

这便是遍满现世间的"漠视"了。我有一个中学同班的同学。他在高等学校毕了业，今年恰巧和我同事。我们有四五年不见面，不通信了；相见时我很高兴，滔滔汩汩地向他说知别后的情形；称呼他的号，和在中学时一样。他只支持着同样的微笑听着。听完了，仍旧支持那微笑，只用极简单的话说明他中学毕业后的事，又称了我几声"先生"。我起初不曾留意，陡然发见那干涸的微笑，心里先有些怯了；接着便是那机器榨出来的几句话和"敬而远之"的一声声的"先生"，我全身都不自在起来；热烈的想望早冰结在心坎里！可是到底鼓勇说了这一句话："请不要这样称呼吧；我们是同班的同学哩！"他却笑着不理会，只含糊应了一回；另一个"先生"早又从他嘴里送出了！我再不能开口，只蜷缩在椅子里，眼望着他。他觉得有些奇怪，起身，鞠躬，告辞。我点了头，让他走了。这时羞愧充满在我心里；世界上有什么东西在我身上，使人弃我如敝屣呢！

约莫两星期前，我从大马路搭电车到车站。半路上上来一个魁梧奇伟的华捕。他背着手直挺挺地靠在电车中间的转动机上。穿着青布制服，戴着红缨凉帽，蓝的绑腿，黑的厚重的皮鞋：这都和他别的同伴一样。另有他的一张粗黑的盾形的脸，在那脸上表现出他自己的特色。在那脸，嘴上是抿了，两眼直看着前面，筋肉像浓霜后的大地一般冷重；一切有这样地严肃，我几乎疑惑那是黑的石像哩！从他上车，我端详了好久，总不见那脸上有一丝的颤动；我忽然感到一种压迫的感觉，仿佛有人用一条厚棉被连头夹脑紧紧地捆了我一般，呼吸便渐渐地低迫促了。那时电车停了；再开的时候，从车后匆匆跑来一个贫妇。伊有褴褛的古旧的混沌色的竹布长褂和葱；跑时只是用两只小脚向前挣扎，蓬蓬的黄发纵横地飘拂着；瘦黑多皱襞的脸上，闪烁着两个热望的眼珠，嘴唇不住地开合——自然是喘息了。伊大概有紧要的事，想搭乘电车。来得慢了，捏捉着车上的铁柱，早又被他从伊手里滑去；于是伊只得踉踉跄跄退下了！这时那位华捕忽然出我意外，赫然地笑了；他看着拙笨的伊，叫道："哦——呵！"他颊上，眼旁，霜浓的筋肉都开始显出匀称的皱纹；两眼细而润泽，不似先前的枯燥；嘴是咧开了，露出两个灿灿的金牙和一色洁白的大齿；他身体的姿势似乎也因此变动了些。他的笑虽然暂时地将我从冷漠里解放。但一刹那间，空虚之感又使我几乎要被身份的大气压扁！因为从那笑的貌和声里，我锋利地感着一切的骄傲，狡猾，侮辱，残忍；只要有"爱的心"，"和平的光芒"的，谁的全部神经都不被痉挛般掣动着呢？

这便是遍满现世间的"蔑视"了。我今年春间，不自量力，去任某校教务主任。同事们多是我的熟人，但我于他们，却几乎是个完全的生人；我遍尝漠视和膜视的滋味，感到莫名的孤寂！那时第一难事是拟订日课表。因了师生们关系的复杂，校长交来三十余条件；经验缺乏、脑筋简单的我，真是无所措手足！挣揣了五六天工夫，好容易勉强凑成了。却有一位在别校兼课的，资望深重的先生，因为有几天午后的第一课和别校午前的第四课衔接，两校相距太远，又要回家吃饭，有些赶不及，便大不满意。他这兼课情形，我本不知，校长先生的条件里，也未开入；课表中不能顾到，似乎也"情有可原"。但这位先生向来是面若冰霜，气如虹盛；他的字典里大约是没有"恕"字的，于是挑战的信来了，说什么"既难枵腹，又无汽车；如何设法，还希见告"！我当时受了这意外的，滥发的，冷酷的讽刺，极为难受；正是满肚皮冤枉，没申诉处，我并未曾有一些开罪于他，他却为何待我如仇敌呢？我便写一信复他，自己略略辩解；对于他的态度，表示十分的遗憾：我说若以他的失当的谴责，便该不理这事，可是因为向学校的责任，我终于给他设法了。他接信后，"上诉"于校长先生。校长先生请我去和他对质。狡黠的复仇的微笑在他脸上，正和有毒的菌类显着光怪陆离的彩色一般。他极力说得慢些，说低些："为什么说'便该不理'呢？课表岂是'钦定'的么——若说态度，该怎样啊！许要用'请愿'吧？"这里每一个字便像一把利剑，缓缓地，但是深深地，刺入我心里——他完全胜利，脸上换了愉快的微笑，侮蔑地看着默了的我，我不能再支持，立刻辞了职回去。

这便是遍满现世间的"敌视"了。

1921 年 11 月 4 日。

民众文学的讨论

我从前曾作过一篇《民众文学谈》，以两种意义诠释所谓民众文学：一是"民众化的文学"，二是"为民众的文学"。我以为只能有后一种，而前一种是不可能；因为照历来情形推测起来，文学实不能有全部民众化之一日。在那篇文里，我并极力抗议托尔斯泰一派遏抑少数的赏鉴力的主张，而以为遏抑少数的赏鉴力（如对于宏深的、幽渺的风格的欣赏）和摈斥多数的赏鉴权一样是偏废。我的意思，多数的文学与少数的文学应该有同等的重要，应该相提并论。现在呢，我这根本主张虽还照旧，但态度却已稍有不同。因为就事实而论，现在文坛上还只有少数的文学，不曾见多数的文学底影子；虽然有人大叫，打倒少数人优美的文学，建设"万人"的文学、"全人类"的文学，实际上却何曾做到千万分之一！所以遏抑少数的赏鉴力一层，在现在和最近的将来里，正是不必忧虑的事。而多数底赏鉴权被摈斥，倒真是眼前迫不可掩的情形！文坛上由少数人独霸，多数已被叠压在坛下面；这样成了偏畸的局势。在这种局势里，我们若能稍稍权衡于轻重缓急之间，便可知道我们所应该做的，是建设为民众的文学，而不是拥护所谓优美的文学。我们要矫正现势的这一端的偏畸，便不得不偏向那一端努力，以期扯直。所以我现在想，优美的文学尽可搁在一边，让他自然发展，不必去推波助澜；一面却须有些人大声疾呼，为民众文学鼓吹，并且不遗余力地去搜辑、创作——更要亲自"到民间去"！这样，民众的觉醒才有些希望；他们的赏鉴权才可以恢复呵。日本平林初之辅说得好："民众艺术的问题不是纯粹艺术学的问题，乃是今日的艺术的问题。"我们所该以全力解决的，便是这"今日的艺术的问题"！

说为"民众"的文学，容易惹起一种误会，这里也得说明。我们用"民众"一词，并没有轻视民众的意味，更没有侮辱他们的意思。从严正的论理上说，我们也正是一种民众；"为民众"只是"为和我们同等的别些种民众"的意义——虽然我们因为机会好些，知与情或者比他们启发得多些，但决不比他们尊贵些。"为民众"的"为"字，只是"为朋友帮忙"一类意义，并非慈善家居高临下，慨施乐助的口吻。但是这民众究竟指着那些人呢？我且参照俞平伯君所说，拟定一个答案。我们所谓民众，大约有这三类：一、乡间的农夫、农妇；他们现在所有的是口耳相传的歌谣、故事之类，间有韵文的叙事的歌曲；以及旧戏。二、城市里的工人、店伙、佣仆、妇女以及兵士等；他们现在所有的是几种旧小说，如《彭公案》《水浒》之类和各种石印的下等小说，如什么《风流案》《欢喜冤家》之类，以及旧戏；韵文的叙事的歌曲，也为他们所喜。另有报纸上（如上海几种销行很广的报）的游戏小说（因为这种小说，大概是用游戏的态度去做的，故定了这个名字），间或也能引起他们中一部分人的注意。三、高等小学高年级学生和中等学校学生、商店或公司的办事人、其他各机关底低级办事人、半通的文人和妇女，他们现在所有的是各种旧小说——浅近的文言小说和白话的章回小说、报纸上的游戏小说、"《礼拜六》派"的小说以及旧戏和文明新戏。我这样分类，自知不能全然合理；只因观察未周，姑且约略区划以便说明而已。在三类外，还有那达官、贵绅、通人、名士。他们或因无事忙，或因眼光高，大概无暇或不屑去看小说；诗歌虽有喜欢的，但决不喜欢通俗的诗歌。戏剧呢，虽有时去看看，但也只是听歌、赏色，并非要领略剧中情节。所以这班人是在民众文学的范围以外；幸而是很少数，暂时可以不必去管他们。在上述三类里，每类人知与情的深广之度大致相同，很少有特殊的例外，而第一类尤然。平伯君说民众不是齐一的，我却以为民众是相对地齐一的；我相信在知与情未甚发达的人们里，个性的参差总少些。唯其这样，民众文学才有普遍的趣味和效力；不然，芸芸的人们里将以谁为依据呢？因此，我大胆将民众分为三类。民众文学也正可依样分为这三类。

论到建设民众文学的途径，自然不外搜辑和创作两种；而搜辑更为重要。因为创作必有所凭依，断非赤手空拳所能办。凭依指民众的需要、趣味等。这些最好自己到民间去观察、体验，但在本来流行的读物和戏剧等里，也能看出大致的趋向，得着多少的帮助。再则，搜集来的材料又可供研究民俗学者的参考；于民众别方面的改进，也有很大的益处。这种材料搜得后，最好先分为两大类：有些文学趣味的为一类；没有的为另一类。从后一类里，我们可以知道些民众的需要；从前一类里，我们并可以知道些他们的趣味。这一类里颇有不少大醇而小疵的东西；倘能稍加抉择、修订，使他们变为纯净，便都很有再为传播的价值。而且效力也许比创作的大。因为这些里都隐着民众的真切的影子，容易引起深挚的同情。初次着手创作，怕难有这样的力量，加以现在作手不多，成绩也怕难丰富；所以收效一定不能如抉择、修订的容易而广大。还有，将修订的东西传播开去，可以让人将他们和旧有的比较，引起思索和研究的兴趣；这也为创作所不及。至于搜辑的方法，却很难详细说明。就前分三类说，后二者较易着手，因为既经印行，便有着落；只有第一类，大都未经用文字记录，存在农夫、农妇以及儿童们的心里、口里，要去搜辑，必须不怕劳苦，不惜时日，才可有成。我以为要做这种事，总得有些同志，将他当作终生事业，当作宗教，分头分地去办，才行。鼓吹固然要紧，实行更为要紧；空言鼓吹，尽管起劲，又有何用！何以要分头分地呢？因为这种事若用广告征集的方法，坐地收成，一定不能见功。受用那些种读物的民众未必能懂得征集这事的意义，也未必留意他，甚至广告也未必看见；此外呢，又未必高兴做这事——自然也有不懂它的意义和不留意它的。这样，收获自然有限！若由同志们组织小团体，分头到各地亲自切实去搜寻，当比一纸空文的广告效率大得多呵。例如北京大学两三年前就曾有过征集歌谣的广告，至今所得还不见多；而顾颉刚君以一人之力，在苏州一个地方，也只搜了三四年倒得了四百多首吴谚。两种方法效率的大小，由此可以推知！再有，第一类的东西，也非由各本地人分开搜辑不可。因为这种东西常带着很浓厚的乡土的色彩，如特殊的风俗和方言之类，非本地人简直不能了解、领会，并且无从揣摩；搜集起来自是十分不便——而况地理、民情、方言，外乡人又都不及本地人熟悉呢？这一类东西又多是自古流传的，往往夹着些古风俗、古方言在内，也非加以考订不可。这却需着专门的学者。在搜辑民众文学的同志里，必不可少这样专门的学者。以上所说，大概是就小说、故事和歌谣而言；至于戏剧剧本底搜辑，却比较容易，因为已有许多册戏考做我们的凭借。

搜辑的材料，第一须分为两大类，前面已经说过。分类定后，可再就那些含有文学趣味的里面审察一番，看哪些是值得再为传播的。然后将这些理应该解释、考订的，分别加以解释、考订；那要修改的也就可着手修改。修改只须注意内容，形貌总以少加变动为是；便是内容的修改，也只可比原作进一步、两步，不可相差太远——太远了，人家就不请教了！修改这件事本不容易；我们只记着，不要"求全责备"便好！现在该说到创作了。创作比修改自然更难，但也非如有些人所说，是绝不可能的事。有些人说，所谓民众的知与情和我们的在两个范围之内，我们至多只能立在第三者的地位，去了解他们，启发他们，却不能代他们想，代他们感，而民众文学的创作，正要设身处地做了民众，去想，去感，所以是不可能。但我不信人间竟有这样的隔膜；同是"上帝的儿子"，虽因了环境的参差，造成种种的分隔，但内心的力量又何致毫不相通呢！从前赵子昂画马，伏地作马形，便能揣摩出几分马的神气；异类还能这样相通，何况同类？而且以事实论，现在所有的民众读物里，除第一种大半出自民间，无一定的作者之外，其余两类东西，多出于我们所谓民众以外的作者之手。但都很风行，都很为民众所好。若非所写的情思与民众欣合无间，又何能至此？这多少可证明异范围的人们全然不能互相了解一说的谬误了。讲到民众文学的创作，可分题材与艺术两面。我惭愧得很，对于民众读物还不曾有着实的、充足的研究，实在说不出什么精彩的话来；只好将现在所能想到的拉杂的写下些，供同好的参考。要得创作新的，先须研究旧的；现在流行民众读物的题材是些什么呢？我所能知的是：

第一类　超自然的奇迹，有现实意味的幻想，语逆而理顺的机智，单纯而真挚的恋爱等。

第二类　肉欲的恋爱，侠义的强盗的事迹，由穷而达的威风，鬼神的事迹，中下层社会生活实况等。

第三类　才子佳人式的恋爱，礼教，黑幕，侦探案，不合理的生活等。

这些读物里的叙述与描写总有多少游戏、夸张的色彩，第二、三类里更甚；因此不能铸成强大、鲜明的印象。第二、三类里更有将秽亵、奸诈等事拿来挑拨、欣赏的；那却简直是毒物了；我们现在要创作，自然也得酌量采用这些种题材；不过从旧有的里面生吞活剥，是无效力的；我们亲自到民间去体验一番才能确有把握，不至游移不切。我们虽用旧材料，却要依新方法排列，使他们有正当不偏的倾向；态度宜郑重不苟，切忌带一毫游戏的意味！至于艺术方面，旧有的读物，除第一类外，似乎很少可取的地方。粗疏、浮浅、散乱是他们的通病，第一类里却多简单、明了、匀整的东西，所以是好。这里我们应该截长补短。创作民众文学第一要记着的，是非个人的风格，凡是流行的民众读物，必具有这种风格。非个人的风格正与个人的风格相反，一篇优美的文学，必有作者的人格、的个性，深深地透映在里边，个性表现得愈鲜明、浓烈，作品便愈有力，愈能感动与他同情的人；这种作品里映出的个性，叫个人风格。个人的风格很难引起普遍的（多数人格）趣味。而民众文学里所需要的正是这种趣味；所以便要有非个人的风格。一篇民众文学的目的不在表现一个作者——假定只有一个作者——的性格，而在表现一类人的性格。一类人的性格大都是坦率、广漠的地方多，所以用不着委曲、锋利之笔。我们创作时，得客观地了解民众的心，不可妄加己见；不然，徒劳无益！作第一类的文学自然以简单、明了、匀整为主；第二、三类虽可较为复杂、曲折、散缓，但须因其自然，不可故意用力。篇幅长短，也宜依类递进，民众文学里又有一个特色，是"乡土风"，有些创作里必须保存这个，才有生命；我们也得注意。创作这种东西，要求妥适无疵，最好用托尔斯泰所做的方法。一篇东西作好，可将他读给预定的一类里比较聪明的人们听；读完，教他们照己意以为好的改头换面地复述一遍；便照复述的写下来，那一定容易有效。有时或可请他们给简单的批评，作修改的凭借——以上是就写下来的民众文学立论。但民众文学单靠写与作，效力还不能大。我们须知民众除读物外，还有演戏，还有说书、唱曲。读物的影响固然大了，演戏、说书、唱曲的影响又何曾小呢！所以我们不但要求有些人能写，并要有些人能演、能说、能唱；肯演、肯说、肯唱，才能完成我们的民众文学运动！那演的、说的、唱的，旧有的或新作的都可；但演、说、唱的技术，却需一番特殊的练习——另有影戏的创作与映演也极为紧要，但是比较难些了。

现在还剩一个问题，民众文学的目的是享乐呢？教导呢？我不信有板着脸教导的"文学"，因为他也不愿意在文学里看见他教师的端严的面孔。用教师的口吻在文学里，显然自己已搭了架子，谁还愿意低首下心来听你唠叨呢？罗曼·罗兰说得好："……其说法、教训，尤非避去不可。平民的朋友有一种法术，能够使极爱艺术的都嫌起艺术来。"又说："……民众较之有人教他们，还是希望有人把他们弄到能够了解。……他们希望有人把他们放在能够想、能够行动的状态。较之教师，他们还是希望朋友。……"可见在民众文学里，更不宜于严正的教导了。所以民众文学的第一要件还在使民众感受趣味。但所谓使他们感受趣味，也与逢迎他们的心理，仅仅使他们喜悦不同——若是这样，旧有的读物尽够用了，又何必要建设什么民众文学呢？我的意思，民众文学当有一种"潜移默化"之功，以纯正的、博大的趣味，替代旧有读物、戏剧等的不洁的、褊狭的趣味；使民众的感情潜滋暗长，渐渐地净化、扩充，要做到这一步，自然不能全以民众的一时的享乐为主，自然也当稍稍从理性上启发他们；不过这种启发的地方，应用感情的调子表现，不可用教导的口吻罢了。若竟做到这一步，民众自然能够自己向着正当的方向思想和行动；换句话说，民众就觉醒了，他们的文学赏鉴权也恢复了！

我们当"作为宣示者而到得里去"！

1922 年 1 月 18 日，杭州。

《冬夜》序

在才有三四年生命的新诗里，能有平伯君《冬夜》里这样作品，我们也稍稍可以自慰了。

从"五四"以来，作新诗的风发云涌，极一时之盛。就中虽有郑重将事，不苟制作的；而信手拈来，随笔涂出，潦草敷衍的，也真不少。所以虽是一时之"盛"，却也只有"一时"之盛；到现在——到现在呢，诗炉久已灰冷了，诗坛久已沉寂了！太沉寂了，也不大好吧？我们固不希望再有那虚浮的热闹，却不能不希望有些坚韧的东西，支持我们的坛坫，鼓舞我们的兴趣。出集子正是很好的办法。去年只有《尝试集》和《女神》，未免太孤零了；今年《草儿》《冬夜》先后出版，极是可喜。而我于《冬夜》里的作品和他们的作者格外熟悉些，所以特别关心这部书，于他的印行，也更为欣悦！

平伯三年来作的新诗，十之八九都已收在这部集子里；只有很少的几首，在编辑时被他自己删掉了。平伯的诗，有些人以为艰深难解，有些人以为神秘；我却不曾觉得这些。我仔细地读过《冬夜》里每一首诗，实在嗅不出什么神秘的气味；况且作者也极反对神秘的作品，曾向我面述。或者因他的诗艺术上精练些，表现得经济些，有弹性些，匆匆看去，不容易领解，便有人觉得如此么？那至多也只能说是"艰深难解"罢了。但平伯的诗果然"艰深难解"么？据我的经验，只要沉心研索，似也容易了然；作者的"艰深"，或竟由于读者的疏忽哩。这个见解也许因为我性情的偏好？但便是偏好也好，在《冬夜》发刊之始，由我略略说明所以偏好之故，于本书的性质，或者不无有些阐发吧。所以我在下面，便大胆地"贡其一得"之愚了。

我心目中的平伯的诗，有这三种特色：一、精练的词句和音律；二、多方面的风格；三、迫切的人的情感。

攻击新诗的常说他的词句沓冗而参差，又无铿锵入耳的音律，所以不美。关于后一层，已颇有人抗辩；而留心前一层的似乎还少。沓冗和参差的反面自然是简练和整齐。这两件是言语里天然的性质：文言也好，白话也好，总缺不了它们；断不至因文言改为白话而就有所损失。平伯的诗可以做我们的佐证。他诗里有种特异的修词法，就是偶句。偶句用得适当时，很足以帮助意境和音律的凝练。平伯诗里用偶句极多，也极好。如：

"……………

是平着的水？

是露着的沙？

平的将被陂了，

露的将被淹了。

……………"　　　　　（《潮歌》）

"…………

白漫漫云飞了；

皱叠叠波起了；

花喇喇枝儿摆，叶儿掉了。

…………"　　　　　　　　（《风的话》）

"…………

由着他，想呵，

恍惚惚一个她。

不由他，睡吧，

清楚楚一个我。

…………"　　　　　　　（《仅有的伴侣》）

"…………

云——他真闲呵！

上下这堤塘，浮着人哄哄的响。

水——他真悄呵！

视野分际，疏朗朗的那帆樯。"　（《潮歌》）

"…………

我走我的路，

你，你的。

……………" 　　　　　（《风的话》）

"密织就的罗纹，
乱拖着的絮痕，
……………" 　　　　　（《仅有的伴侣》）

　　说新诗不能有整齐的格调的，看了这些，也可以释然了。
这种整齐的格调确是平伯诗的一个特色。至于简练的词句，在
他的诗中，更是随在而有。姑随便举两个例：

"呀！霜挂着高枝，
雪上了蓑衣，
远远行来仿佛是。
一簇儿，一堆儿，
齐整整都拜倒风姨裙下——拜了风姨。
好没骨气！
呸！芦儿白了头。

是游丝？素些；雪珠儿？细些。
迷离——不定东西，让人家送你。
怎没主意？
看哪！芦公脱了衣。" 　　　　　（《芦》）

> "天外的白云，
>
> 窗面前绿洗过的梧桐树；
>
> 云尽悠悠地游着，
>
> 梧桐呢，自然摇摇摆摆地笑啊！
>
> 这关着些什么？且正远着呢！
>
> 是的，原不关些什么！
>
> ⋯⋯⋯⋯⋯⋯⋯⋯" （《乐观》）

这两节里，任一行都经锤炼而成，所以言简意多，不丰不啬，极摄敛，蕴蓄之能事；前人说，"纳须弥于芥子"，又说，"尺幅有千里之势"，这两节庶乎仿佛了。至于音律，平伯更有特长。新诗的音律是自然的，铿锵的音律是人工的；人工的简直，感人浅；自然的委细，感人深：这似乎已不用详说的。所谓"自然"，便是"宣之于口而顺，听之于耳而调"的意思。但这里的"顺"与"调"也还有个繁简，粗细之殊，不可一概而论。平伯诗的音律似乎已到了繁与细的地步；所以凝练，幽深，绵密，有"不可把捉的风韵"。如《风的话》《黄鹄》《春里人的寂寥》的首章末节等。而用韵的自然，也是平伯的一绝。他诗里用韵的处所，多能因其天然，不露痕迹；很少有"生硬"，"叠响"（韵促相逗，叫作叠响），"单调"等弊病。如《小劫》《凄然》《归路》等。今举《小劫》首节为例：

> 云皎洁，我的衣，

霞烂缦，我的裙裾；
终古去翱翔，
随着苍苍的大气。
为什么要低头呢？
哀哀我们的无俦侣。
去低头，低头看——看下方；
看下方啊，吾心震荡；
看下方啊，
撕碎吾身荷芰的芳香。

看这蒋缓舒美的音律是怎样地婉转动人啊。平伯用韵，所以这样自然，因为他不以韵为音律的唯一要素，而能于韵以外求得全部词句的顺调。平伯这种音律的艺术，大概从旧诗和词曲中得来，他在北京大学时看旧诗，词，曲很多；后来便就他们的腔调去短取长，重以己意熔铸一番，成了他自己的独特的音律。我们现在要建设新诗的音律，固然应该参考外国诗歌，却更不能丢了旧诗，词，曲。旧诗，词，曲的音律的美妙处，易为我们领解，采用；而外国诗歌因为语言的睽异，就艰难得多了。这层道理，我们读了平伯的诗，当更了然。

平伯诗的第二种特色是风格的变化。风格是诗文里作者个性的透映。个性是多方面的，风格也该是多方面的。但因作者环境，情思和表现力的偏畸的发展，风格受了限制，所以一个作家很少有多样的风格在他的作品里。这个风格的专一，好处在有一方面的更深广的发展，坏处便是"单调"。我一年前读泰戈尔的《偈坛伽利》，一气读了二十余首，便觉有些厌倦。泰戈尔的诗何尝不好？只是这二十余首风格太相同了，不能引起复杂的刺激，所以便觉乏味。平伯的诗却多少能战胜这乏味；它们有十余种相异的风格。约略说来，《冬夜之公园》《春水船》等有质实的风格；《仅有的伴侣》《哭声》等有委婉，周至的风格；《潮歌》《孤山听雨》等有活泼，美妙的风格；《破晓》《鹧鹰吹醒了的》等有激越的风格；《凄然》有缠绵悱恻的风格；《黄鹄》《小劫》《归路》有哀婉，飘逸的风格；《愿你》有曲折的风格；《一勺水啊》《最后的洪炉》等有单纯的风格；《打铁》有真挚，普遍的风格。在五六十首诗里，有这些种相异的风格，自然便有繁复，丰富的趣味。我喜欢读平伯的诗，这正是一个缘故。

选《金藏集》（*Golden Treasury*）的巴尔格来夫（Palgrave）说抒情诗的主要成分是"人的热情的色彩"（Color of Human-passion）。在我们的新诗里，正需要这个"人的热情的色彩"。平伯的诗，这色彩颇浓厚。他虽作过几首纯写景诗，但近来很反对这种诗，他说纯写景诗正如摄影，没有作者的性情流露在里面，所以不好。其实景致写到诗里，便已通过了作者的性格，与摄影的全由物理作用不同；不过没有迫切的人的情感罢了。平伯要求这迫切的人的情感，所以主张作写景诗，必用情景相融的写法；《凄然》便是一个成功的例子。也因了这"人的情感"，平伯他极同情于一般被损害者；从《鹧鹰吹醒了的》《无名的哀诗》《哭声》诸诗里，可以深挚地感到这种热情。这是平伯诗的第三种特色。

以上是我个人的一孔之见，有无误解或误估的处所，还待作者和读者的判定。但有一层，得加说明。我虽佩服平伯的诗，却不敢说《冬夜》便是止境。因为就他自己说，这只是第一诗集；他将来的作品必胜于现在，必要进步。就诗坛全部说，我们也得要求比他的诗还要好的诗。所以我于钦佩之余，还希望平伯继续地努力，更希望诗坛全部协同地努力！

然而现在，现在呢，在新诗才诞生了三四年以后，能有《冬夜》里这样作品，我们也总可以稍稍自慰了！

1922 年 1 日 23 日，扬州南门禾稼巷。

《蕙的风》序

约莫七八个月前，汪君静之抄了他的十余首诗给我看。我从来不知道他能诗，看了那些作品，颇自惊喜赞叹。以后他常常作诗。去年十月间，我在上海闲住。他从杭州写信给我，说诗已编成一集，叫《蕙的风》。我很歆羡他创作的敏捷和成绩的丰富！他说就将印行，教我作一篇序，就他全集底作品略略解释。我颇乐意做这事，但怕所说的未必便能与他的意思符合哩。

静之的诗颇有些像康白情君。他有诗歌的天才；他的诗艺术虽有工拙，但多是性灵的流露。他说自己"是一个小孩子"；他确是二十岁的一个活泼泼的小孩子。这一句自白很可以帮助我们了解他的人格和作品。小孩子天真烂漫，少经人世间的波折，自然只有"无关心"的热情弥满在他的胸怀里。所以他的诗多是赞颂自然，咏歌恋爱。所赞颂的又只是清新，美丽的自然，而非神秘，伟大的自然；所咏歌的又只是质直，单纯的恋爱，而非缠绵，委曲的恋爱。

这才是孩子们洁白的心声，坦率的少年的气度！而表现法的简单，明了，少宏深，幽渺之致，也正显出作者的本色。他不用锤炼的功夫，所以无那精细的艺术。但若有了那精细的艺术，他还能保留孩子的心情么？

我们现在需要最切的，自然是血与泪的文学，不是美与爱的文学；是呼吁与诅咒的文学，不是赞颂与咏歌的文学。可是从原则上立论，前者固有与后者并存的价值。因为人生要求血与泪，也要求美与爱，要求呼吁与诅咒，也要求赞叹与咏歌：二者原不能偏废。但在现势下，前者被需要的比例大些，所以我们便迫切感着，认为"先务之急"了。虽是"先务之急"，却非"只此一家"，所以后一种的文学也正有自由发展的余地。这或足为静之以美与爱为中心意义的诗，向现在的文坛稍稍辩解了。况文人创作，固受时代和周围的影响，他的年龄也不免为一个重要关系。静之是个孩子，美与爱是他生活的核心；赞颂与咏叹，在他正是极自然而适当的事。他似乎不曾经历着那些应该呼吁与诅咒的情景，所以写不出血与泪的作品。若教他勉强效颦，结果必是虚浮与矫饰；在我们是无所得，在他却已有所失，那又何取呢！所以我们当客观地容许，领解静之的诗，还他们本来的价值；不可仅凭成见，论定是非：这样，就不辜负他的一番心力了。

1922 年 2 月 1 日，扬州南门禾稼巷。

短诗与长诗

现在短诗的流行，可算盛极！作者固然很多，作品尤其丰富；一人所作自十余首到百余首，且大概在很短的时日内写成。这是很可注意的事。这种短诗的来源，据我所知，有以下两种：（一）周启明君翻译的日本诗歌；（二）泰戈尔《飞鸟集》里的短诗。前一种影响甚大。但所影响的似乎只是诗形，而未及于意境与风格。因为周君所译日本诗的特色便在它们的淡远的境界和俳谐的气息，而现在流行的短诗里却没有这些。后一种影响较小，但在受它们影响的作品里，泰戈尔的轻倩、曼婉的作风，却能随着简短的诗形一齐表现。而有几位作者所写理知的诗——格言式的短诗——更显然是从泰戈尔而来。但受这种影响的作品究竟是少数；其余的流行的短诗，在新的瓶子里到底装着些什么呢？据我所感，便只有感伤的情调和柔靡的风格；正如旧诗、词和散曲里所有的一样！因此不能引起十分新鲜的兴味；近来有许多人不爱看短诗，这是一个重要的缘故。长此下去，短诗将向于疲惫与衰老的路途，不复有活跃与伶俐的光景，也不复能把捉生命的一刹那而具体地实现它了。那是很可惜的！所以我希望现在短诗的作家能兼采日本短诗与《飞鸟集》之长，先涵养些新鲜的趣味；以后自然能改变他们单调的作风。那时，短诗便真有感兴的意义了。

现在的短诗叫人厌倦，还有一个原因，就是太滥了！短诗的效用原在"描写一地的景色，一时的情调"，或说，"表现一刹那的感兴"；所以贵凝练而忌蔓衍。勃来克的诗说："一沙一世界，一花一天国"正可借来形容短诗的意境。在艺术上，短诗是重暗示、重弹性的表现；叫人读了仿佛有许多影像跃跃欲出的样子。所以短诗并不容易有动人的力量。现在的作家却似乎将它看得太简单了，淡焉漠焉，没相干的情感，往往顺笔写出，毫不经意。这种作品大概是平庸敷泛，不能"一针见血"；读后但觉不痛不痒，若无其事，毫没有些余味可以咀嚼——自然便会厌倦了！作者必以为不过两三行而已，何须费心别择？不知如无甚意义，便是两三行也觉赘疣；何能苟且出之呢？世间往往有很难的事被人误会为很容易，短诗正是一例。因为容易，所以滥作；因为滥作，所以盛行，所以充斥！但我们要的是精粹的艺术品，不是仓促的粗制品；虽盛虽多，何济于事？所以我只希望一般作者以后能用极自然而又极慎重的态度去写短诗；量尽可比现在少，质却要比现在好！

因为短诗的单调与滥作，我便想起了长诗。长诗的长应该怎样限定，那很难说。我只能说长诗的意境或情调必是复杂而错综，结构必是曼衍，描写必是委曲周至；这样，行数便自然很多了。在这两年的新诗里，也曾看到几首长诗，自一二百行至三四百行不等；但这决不是规定的长度，我只就现状说说罢了。长诗的好处在能表现情感的发展以及多方面的情感，正和短诗相对。我们的情感有时像电光的一闪，像燕子的疾飞，表现出来，便是短诗。有时磅礴郁积，在心里盘旋回荡，久而后出；这种情感必极其层层叠叠、曲折顿挫之致。短诗固万不能表现它，用寻常的诗形，也难写来如意。这里必有繁音复节，才可尽态极妍，畅所欲发；于是长诗就可贵了。短诗以隽永胜，长诗以宛曲尽制胜，都是灌溉生活的泉源，不能偏废；而长诗尤能引起深厚的情感。在几年来的诗坛上，长诗的创作实在太少了；可见一般作家的情感的不丰富与不发达！这样下去，加以现在那种短诗的盛行，情感将有萎缩、干涸的危险！所以我很希望有丰富的生活和强大的力量的人能够多写些长诗，以调剂偏枯的现势！我也晓得长篇的抒情的诗，很不容易产生；在旧诗里，是绝律多而长古少，在词里，是小令、中调多而长调少，可见舍长取短，自古已然。这自然因为一般的作家缺乏深厚的情感或委曲的艺术所致。但我想现在总该有些能写长诗的作家，但因自己的疏懒或时俗所好尚，所以不曾将他们的作品写出。我所希望的便在这些有得写、能够写，而却将机会放过的人！至于情感本来简单，却想竭力敷衍一番，或存了长诗的观念，勉强去找适宜的情感，那都是我所深恶痛绝的！我只赞叹那些自然写出的好的长诗！有了这种长诗，才有诗的趣味的发展，才有人的情感的圆满的发展。

1922 年 4 月 15 日。

读《湖畔》诗集

《湖畔》是潘漠华、冯雪峰、应修人、汪静之四君的诗选集，由他们的湖畔诗社出版。

作者中有三个和我相识；其余一位，我也知道。所以他们的生活和性格，我都有些明白。所以我读他们的作品，能感到很深的趣味。

现在将我读了《湖畔》以后所感到的写些出来，或可供已读者的印证，引未读者的注意。但我所能说的只是些直觉、私见，不能算作正式的批评，这也得声明在先。

大体说来，《湖畔》里的作品都带着些清新和缠绵的风格；少年的气氛充满在这些作品里。这因作者都是二十上下的少年，都还剩着些烂漫的童心；他们住在世界里，正如住在晨光来时的薄雾里。他们究竟不曾和现实相肉搏，所以还不致十分颓唐，还能保留着多少清新的意态。就令有悲哀的景闪过他们的眼前，他们坦率的心情也能将它融和，使他再没有回肠荡气底力量；所以他们便只有感伤而无愤激了——就诗而论，便只见委婉缠绵的叹息而无激昂慷慨的歌声了。但这正是他们之所以为他们，《湖畔》之所以为《湖畔》。有了"成人之心"的朋友们或许不能完全了解他们的生活，但在人生的旅路上走乏了的，却可以从他们的作品里得着很有力的安慰；仿佛幽忧的人们看到活泼泼的小孩而得着无上的喜悦一般。

就题材而论，《湖畔》里的诗大部是咏自然；其余便是漠华、雪峰二君的表现"人间的悲与爱"的作品。咏自然的大都婉转秀逸，颇耐人思，和专事描摹的不同。且随意举几首短的为例：

修人君的《豆花》：

> 豆花，
> 洁白的豆花，
> 睡在茶树底嫩枝上，
> ——萎了！
> 去问问，歧路上的姊妹们
> 决心舍弃了田间不曾？　　　　（七二页）

静之君底《小诗·二》：

> 风吹皱了的水，
> 没来由地波呀，波呀。　　　　（五页）

雪峰君的《清明日》：

> 清明日，

我沉沉地到街上去跑：
插在门上的柳枝下，
仿佛看见籀豆花的小妹妹的影子。（三七页）

咏人间的悲哀的，大概是凄婉之音，所谓"幽咽的哭的"
便是了。这种诗漠华君最多，且举他的《撒却》的第一节：

凉风抹过水面，
划船的老人低着头儿想了。
流着泪儿，
尽力掉着桨儿，
水花四溅起，
他撒却他的悲哀了！　　　　　（六〇页）

咏人间的爱的以对于被损害者和弱小者的同情为主，读了
可兴起人们的"胞与之怀"，如雪峰君的《朋友》：

在杭州最寂静的那条街上，
我有个不相识的小朋友。
一天我走过那里，
他立在他的门口，
看着我，一笑。
我问他："你是那个？"

他说："我就是我呵。"

我又问他："你姓甚？"

他说："我忘却了。"

我想再问他，

他却回头走了。

后来，我常常去寻他，

却再也寻不到了。

但他总逃不掉是我的

不相识的小朋友呵！　　　　　　　　（一页）

　　和上一种题材相连的，是对于母性的爱慕；漠华君这种诗很多，雪峰、修人二君也各有一首。这些作品最教我感动；因为我是有母而不能爱的人！且举漠华君的《游子》代表吧：

破落的茅舍里，

母亲坐在柴堆上缝衣——

哥哥摔荡摔荡的手，

弟弟沿着桌圈儿跑的脚，

父亲看顾着的微笑，

都缕缕抽出快乐的丝来了，

穿在母亲缝衣底针上。

浮浪无定的游子，

在门前草地上息息力，

徐徐起身抹着眼泪走过去；

父亲干枯的眼睛，

母亲没奈何的空安慰，

兄弟姊妹的对哭，

那人儿的湿遍泪的青衫袖，

一切，一切在迷漠的记忆里

葬着的悲哀的影，

都在他深沉而冰冷的心坎里

滚成明莹的圆珠，

穿在那缝衣妇人底线上。　　　　（四二页）

　　就艺术而论，我觉漠华君最是稳练、缜密，静之君也还平正，雪峰君以自然、流利胜，但有时不免粗疏与松散，如《厨司们》《城外纪游》两首便是。修人君以轻倩、真朴胜，但有时不免纤巧与浮浅，如《柳》《心爱的》两首便是。

　　倘使我有说错的地方，好在有原书在，请他给我向读者更正吧。

1922 年 5 月 18 日，杭州。

中等学校的学生生活

现在的中等学校，已和五六年前我们所在的中等学校不同：学生的知识程度已逐渐提高了，服务的能力也逐渐发展了。这正是好的现象。但仅仅提高知识的程度，而不能启发思想的泉源；仅仅养成少数人服务的能力，多数反如散沙——少数在一校里有一切的权，多数却放任逍遥，不闻理乱！这样，便造成现在许多中等学校学生沉寂或骚动的局面了。沉寂或骚动的局面下，自然不会有活泼、丰富的生活！原来思想也是一种劳动。人有"好逸"的天性，所以真能随事运思的极少极少。要养成勉思的习惯，一面须提供多量的刺激，一面须提供相互间析疑问难的机会。现在的中等学校按时授课的办法和注入式的教授，却只能阻遏学生的自己表现，正和我所说相反。所谓知识程度的提高，也只是记忆和了解的题材提高，并非推理能力的发展。所以只能养成勤学不倦的学生，而不能养成自由思想的学生。至于服务能力的造就，在许多中等学校里，也并无有意的计划。只因"五四"以来，政治的、社会的环境的刺激，各校里一些有办事的天才的学生便应运而兴，所以看去觉得有些生气。实在大多数还是沉沉如睡，这种偏枯的现象，在平时使得一般学生不相团结，觉得学校生活枯寂乏味；到学校办事偶然不满那少数人意时，便成就了少数的嚣张，风潮的突起！总之，吃亏的是多数！可是少数人权力的病态的扩大，也何尝能得着善良的生活呢——以上情形，凡留心近年来中等学校的状况的，大概都可见到。

补偏救弊的方法，我以为第一在有效的组织。这种组织，并不专限于学生，教职员也可加入。现在的中等学校，也有些已有了类似这种的组织，如学生自治会，校友会，都是。但是这种会的会员都是当然会员，包括学生全体或教职员学生全体，并非由他们各个以自由意志参加。范围太广泛了，不能引起各分子亲切之感和为他努力之心，这是一；事务太繁杂了，不容易有很大的效率，这是二；愿意干事和比较能办事的，常屡次被选为职员，多数人仍无从发展服务的能力，这是三；多数不负责任，可以养成少数人的恣肆，这是四；散漫，广泛的组织，不能供给相互研究的机会，这是五。有这五种缺点，我觉得大规模的组织虽也有他们的价值，虽也是学生生活所不可缺。但单靠着他们，一定无济于事。在大组织之外，必须有许多小组织，做他们的底子，才可得着他们的效力；不然，大组织简直是些笨重不灵的家伙吧咧！这种小组织应该是自动的，自由的集合。现在各中等学校里，间或有设各科研究会的，似乎也可算小组织。但多由教员发起，学生不负责任地加入，所以进行顺利的极少。我所谓小组织是指学生们应自身的需要，依着彼此的了解而成立的种种小集合而言。集合的人数，我以为至少可以二人，至多不得过十人。这个数目，虽是我约略定的，没有严密的根据，但人太多了，确是很有弊病。因为我们中国人没有团体生活的习惯，人少些，还可以相互地谅解着，勉励着去协作；人多了，便不免有意见的分歧与冲突，以及责任的推诿等情事，便不能积极进行了。所以我说学生们的小组织，分子应该以"宁缺毋滥"为原则。这种组织，有时因了学生们和教职员双方的愿意，也得加入教职员。组织的目的；浅近的也好，深远的也好，总以亲切有味而为一般学生力所能及者为是。目的的种类：或关于学术，或关于娱乐，或关于社会服务，都无不可。现在中等学校的学生，往往有一种误解，以为既有组织，总须是研究学术的，才是冠冕堂皇；而研究学术，又只喜欢博大高深的题材，不屑孜孜于细小的节目；虽然他们的力量，只够研究细小的节目。因为只求冠冕堂皇，就不免有几分以知识为装饰品之心，自不能脚踏实地去研究，自难有成效可期了。又因为过重知识，便忽略了性情的陶冶，身体的磨炼等事；所以如国乐会，足球会等组织，常不为一般学生所重视。这样，学生生活，便只是干枯的生活了！所以我说现在学生的小组织，应该力矫前弊，注意于感情的培养。至于这种组织的时期，我以为可长可短，全看组织的目的而定。但最好在组织之先有一种预算。目的简单，容易成就的，可只定一个时期；目的复杂，须分步渐进的，可分定各阶段完成的时期。我不赞成无一定期限的或所谓永久的组织，因为这种组织没有明确的计划，结果必是无计划；无计划便无人负责任，无人负责任，便是怠惰与因循了！我以为即使有由入学到毕业的长期的小组织，也须明定节目，逐步施行；不然，人将后顾茫然，初勤终怠！这种小组织的目的有小有大，需要的时间与精力有少有多；一个学生至多应参加几种组织，那是很难预定。我所能说的，只是量力所及，忠于其事，不要贪多务得，"一无成，百无成"罢了。

在中等学校学生生活里，我以为小组织是最有效的组织，是到良善的生活的一条最近的路。他的效力有三层：（一）供给自由运思和练习思想力的机会；（二）供给宣泄感情和培养深厚的同情的机会；（三）供给练习组织能力的机会，并发展民治的精神。先说第一层：现在无论哪个中等学校里，不都有一种"谈天"的风气么？在星期六或星期日的下午街上去买了果点，邀集些同班或同乡的同学，放言高论，信口开河，有时也很热烈地互辩；这不是学生们所常有，而且以为很快乐的么？在这种集会里，虽然有时多是扯谈，虽然有许多是无结果的议论，但在启发思想的新机这一点上，或也不无有些益处吧！我以为现在中等学校的学生仍可采用这种自由集合的形式，但须装进新的内容；因为"谈天"究竟太浪费时间与精力了。所谓新的内容，大概不外读书讨论和问题讨论两种——辩论也便包括在后一种里。集会可以一部书或一个问题为单元；讨论终了，或由原参加者继续换题研究，或改组新会，都可。辩论会也可临时组织，无须永久的机关。这种课外的讨论，由参加者自负完全责任，和在教室听讲不同；可以引起他专一的注意，可以养成他判断的习惯，可以开展他思想的条理。这样，才可成功一个"能"思想的学生！

再说第二层：旧教育只重知识的灌输，不重感情的陶冶，结果一部分学生变了呆钝无活力的人；另一部分，感情不能自抑，便向不正当的方向发泄，如嫖啦，赌啦，都是。新教育知道注重感情的发展了，但也似乎未曾着力做去。我以为宣发感情的最简捷的方法，便是正当的或有益的娱乐。因为我们生活的趣味，全在种种感兴（Inspiration）；感兴的根源便是感情的兴奋。在现在严整的教育制度下，学生生活大概是循例的；循例的生活的结果便是感情的麻痹。感情麻痹了，哪里会有多样的感兴，哪里会有丰富的生活呢？不甘心麻痹的又"旁逸斜出，舍大道弗由"；矫枉过正，也只是毁坏自己生活的价值罢了！有了正当的娱乐，便能使涩滞倦怠的脑筋，有流动苏鲜的机会，感兴自可源源而至；以上两种弊端，当可逐渐减少。但这种娱乐须常常举行，才能有效；这在大组织，颇为不便，小组织行起来，却很容易。每天午饭与夜饭之后，散步的时候，便可由几个人约起来做些简单的游戏；每星期六或星期日下午也是娱乐的好机会，由学生分头自由举行，轻而易举。娱乐的种类，不能遍举；如比球，技击，远足，说笑话，演音乐，展览图画，及其他。小组织的办法还有一层重要的好处，也是关于感情的发展的。这就是，帮助人与人之间的联络。我前面说过，在现在中等学校的大组织的生活里，大部分学生像一盘散沙；一个学生除和很少的几个同乡，同班或同自修室的相熟外，对于其余的同学，只是一例一例地漠视，几乎和对于路人一样。所以一个学校里虽有一二百人乃至三四百人，但这些人中的任一个，却都感着多少的孤寂！在许多人中感到的孤寂，又常是更为深切的；所以现在的中等学校学生多觉得生活干燥而乏味！在他们之间，有许多无形的障壁将他们彼此隔开，使他们不能以真心相见！这实是将来种种不正当的生活的起源。行了小组织——非固定的小组织，分子常常变动的小组织——以后，虽不见得能全然免去这层弊病，但和大组织相辅而行，我相信至少也可将这弊病减去许多许多。因为小组织供给学生们极多的心理接触的机会；这样，可以促进他们相互间的了解。因了解的缘故，猜疑去了，代以恕谅和关切的心思；彼此渐能投合，于是人间的同情便发展了！这个同情，实是可爱的东西，因为是正当的，人的生活的基础——这也便是小组织可以宝爱的地方。

再说第三层：要谈到组织的能力，先得明白组织的意义。组织是从事于一个公共目的的，一组分化的活动；这些活动是互相联络，互相依赖的。美国社会学者 Hayes 说："活动，便包括活动的人，因为这种活动不能离人而有。"所谓组织的能力，便是二人以上对于一个公共目的分化而又联络的努力。分化有当有不当，联络有成有不成；目的有达有不达，达了，有圆满与不圆满：这便是组织能力的差异。大组织与小组织，本都可供给练习组织能力的机会；但大组织不能供给普遍于人人、普遍于时时的机会，小组织却能够，所以我主张大组织之外，应有许多小组织。而且在大组织里练习组织的能力比较难得多；因为小组织里事情简单易办，大组织里情形恰相反；又小组织是流动的，多样的，没有大组织的单调，故容易引起人趣味，使人乐于从事，组织能力自然容易发展了。小组织又是民治的一块基石。杜威先生讲《美国民治的发展》，说民治主义有三个理想目的，第三个是博爱，就是"同胞的感情"。他说："要把个人的眼界推广，使他们能超出一己的私利，同谋公众的乐利。"美国曾试用过五种方法，其中一种，便是"私人自由组织的团体之发达"。他说"这些无数的私人集会，乃是民治国家各分子间的一种绝妙黏土"，又说"这种私人的自由组织，往往是改良社会政治的先锋"。（引语都据《每周评论》译文）我所说的小组织在性质上便相当于所谓"私人自由的组织"，但是范围不同。他就一国家论，我就一中等学校论。他批评那种组织的话，大致都可移来批评我所说的小组织；就是，从他的话里，也可以看出小组织在中等学校民治的发展里是怎样重要。民治本是一种生活的途径，是生活所依托的一种途径。我们要管理生活，先得管理他所依托的途径；这途径便是"社会的"组织。有了好的组织，才有好的生活。民治也只是一种组织；在这种组织里，人们的种种可能性可以得着自由而充分的发展。在现在的中等学校里，似乎还不曾有这种组织。现在中等学校所有的只是少数学生肥大的发展和多数学生的萎缩。少数学生的意思，是实行的意思，是全体的意思。多数却抱"自了汉"的态度，不去与闻校事；有时少数太恣肆了，也可引起多数仅有的愤怒。但敢怒而不敢言，敢言而不敢行，敢行而不敢决：结果恣肆的仍然恣肆，愤怒的却渐变为失望与厌倦了。少数终于胜利！近来许多中等学校风潮，往往都由于此。在这种光景下面，多数固然是被压迫了，少数因为权势的过量的发展，至于恣肆，至于作恶，也便压迫了其余的可能性：所以两者都不能得中正的生活。这样，便没有民治可言了，也便没有良善生活可言了！这种畸形的生活自当改造；要改造他，先当改造他所依托的大组织；所以我主张成立许多小组织，做大组织的底子。以上就小组织底三种效力分论，但分论全为说明便利起见；就实际说，无论哪种小组织都具备这三方面的效力，而无一种只具备三者中一方面或两方面的效力——虽然各种小组织所具三方面效力的比例不同。实行一种小组织时，也该三方兼顾，不可顾此失彼；这样，才可得着中和的生活！

小组织如何着手呢？这确是个难答的问题。我以为一面要靠教职员的提示，一面仍要靠学生们的自觉！现在中等学校学生生活里，有许多行为，实已具有小组织的形式；但不是有意的计划的结果，不能自觉地去运用，所以不能得着益处。只要有了自觉，小组织决非难事！为便利起见，可先由同班或同乡的做起，逐渐推广。有人以为小组织——尤其是这样入手的小组织——容易流于褊狭的自封；小组织发达了，在同组织的学生，固然可以得到多少利益，但各组织间恐将仍留着膜视，各组织间的障壁，恐将比个人间的格外厚些！这样，小组织的结果，还是个分割的局势！即使不是涣散的局势。这说我以为不然：第一，我所说的小组织，大概非固定的多，所以不致有一重重牢不可破的硬性的界限；既无硬性的界限，自不会有怎样坚厚的障壁。第二，我所说的小组织，分子是错综的。错综有两个意思：（一）一个组织的分子，在一个单元完毕后，可以自由增减。（二）一个学生可参加一个以上的组织。因这两层缘故，我相信小组织不致流于褊狭的自封。（三）各小组织都是友会，可以常有一种友谊的联络或比赛；这就能消除许多的隔阂，发展深广的同情——有了这些后盾，便可无分割之忧！还有（四）有大组织——以小组织为底子的大组织，和空空洞洞的大组织不同——可以有效地运用，也可补小组织之不足，而完成统辖的功。实行小组织的，若注意这四层办法，学校生活自然活泼泼的，所谓"生命无处不在"！

中等学校的朋友们，若要你们良善的生活，请试试我的提议！

1922 年 5 月 28 日，杭州。

父母的责任

在很古的时候，做父母的对于子女，是不知道有什么责任的。那时的父母以为生育这件事是一种魔术，由于精灵的作用；而不知却是他们自己的力量。所以那时实是连"父母"的观念也很模糊的；更不用说什么责任了！（哈蒲浩司曾说过这样的话）他们待遇子女的态度和方法，推想起来，不外根据于天然的爱和传统的迷信这两种基础；没有自觉的标准，是可以断言的。后来人知进步，精灵崇拜的思想，慢慢地消除了；一班做父母的便明白子女只是性交的结果，并无神怪可言。但子女对父母的关系如何呢？父母对子女的责任如何呢？那些当仁不让的父母便渐渐地有了种种主张了。且只就中国论，从孟子时候直到现在，所谓正统的思想，大概是这样说的：儿子是延续宗祀的，便是儿子为父母，父母的父母……而生存。父母要教养儿子成人，成为肖子——小之要能挣钱养家，大之要能荣宗耀祖。但在现在，第二个条件似乎更加重要了。另有给儿子娶妻，也是父母重大的责任——不是对于儿子的责任，是对于他们的先人和他们自己的责任；因为娶媳妇的第一目的，便是延续宗祀！至于女儿，大家都不重视，甚至厌恶的也有。卖她为妓，为妾，为婢，寄养她于别人家，作为别人家的女儿；送她到育婴堂里，都是寻常而不要紧的事；至于看她作"赔钱货"，那是更普通了！在这样情势之下，父母对于女儿，几无责任可言！普通只是生了便养着；大了跟着母亲学些针黹，家事，等着嫁人。这些都没有一定的责任，都只由父母"随意为之"。只有嫁人，父母却要负些责任，但也颇轻微的。在这些时候，父母对儿子总算有了显明的责任，对女儿也算有了些责任。但都是从子女出生后起算的。至于出生前的责任，却是没有，大家似乎也不曾想到——向他们说起，只怕还要吃惊哩！在他们模糊的心里，大约只有"生儿子""多生儿子"两件，是在子女出生前希望的——却不是责任。虽然那些已过三十岁而没有生儿子的人，便去纳妾，吃补药，千方百计地想生儿子，但究竟也不能算是责任。所以这些做父母的生育子女，只是糊里糊涂给了他们一条生命！因此，无论何人，都有任意生育子女的权利。

近代生物科学及人生科学的发展，使"人的研究"日益精进。"人的责任"的见解，因而起了多少的变化，对于"父母的责任"的见解，更有重大的改正。从生物科学里，我们知道子女非为父母而生存；反之，父母却大部分是为子女而生存！与其说"延续宗祀"，不如说"延续生命"和"延续生命"的天然的要求相关联的，又有"扩大或发展生命"的要求，这却从前被习俗或礼教埋没了的，于今又抬起头来了。所以，现在的父母不应再将子女硬安在自己的型里，叫他们做"肖子"，应该让他们有充足的力量，去自由发展，成功超越自己的人！至于子与女的应受平等待遇，由性的研究的人生科学所说明，以及现实生活所昭示，更其是显然了。这时的父母负了新科学所指定的责任，便不能像从前的随便。他们得知生育子女一面虽是个人的权利，一面更为重要的，却又是社会的服务，因而对于生育的事，以及相随的教养的事，便当负着社会的责任；不应该将子女只看作自己的后嗣而教养他们，应该将他们看作社会的后一代而教养他们！这样，女儿随意怎样待遇都可，和为家族与自己的利益而教养儿子的事，都该被抗议了。这种见解成为风气以后，将形成一种新道德："做父母是'人的'最高尚、最神圣的义务和权利，又是最重大的服务社会的机会！"因此，做父母便不是一件轻率的、容易的事；人们在做父母以前，便不得不将自己的能力忖量一番了——那些没有父母的能力而贸然做了父母，以致生出或养成身体上或心思上不健全的子女的，便将受社会与良心的制裁了。在这样社会里，子女们便都有福了。只是，惭愧说的，现在这种新道德还只是理想的境界！

依我们的标准看，在目下的社会里——特别注重中国的社会里，几乎没有负责任的父母！或者说，父母几乎没有责任！花柳病者，酒精中毒者，疯人，白痴都可公然结婚，生育子女！虽然也有人慨叹于他们的子女从他们接受的遗传的缺陷，但却从没有人抗议他们的生育的权利！因之，残疾的、变态的人便无减少的希望了！穷到衣食不能自用的人，却可生出许多子女；宁可让他们忍冻挨饿，甚至将他们送给人，卖给人，却从不怀疑自己的权利！也没有别人怀疑他们的权利！因之，流离失所的，和无教无养的儿童多了！这便决定了我们后一代的悲惨的命运！这正是一般做父母的不曾负着生育之社会的责任的结果。也便是社会对于生育这件事放任的结果。所以我们以为为了社会，生育是不应该自由的；至少这种自由是应该加以限制的！不独精神，身体上有缺陷的，和无养育子女的经济的能力的应该受限制；便是那些不能教育子女，乃至不能按着子女自己所需要和后一代社会所需要而教育他们的，也当受一种道德的制裁——教他们自己制裁，自觉的不生育，或节制生育。现在有许多富家和小资产阶级的孩子，或因父母溺爱，或因父母事务忙碌，不能有充分的受良好教育的机会，致不能养成适应将来的健全的人格；有些还要受些祖传老店"子曰铺"里的印板教育，那就格外不会有新鲜活泼的进取精神了！在子女多的家庭里，父母照料更不能周全，便更易有这些倾向！这种生育的流弊，虽没有前面两种的厉害，但足以为"进步"的重大的阻力，则是同的！并且这种流弊很通行——试看你的朋友，你的亲戚，你的家族里的孩子，乃至你自己的孩子之中，有那个真能"自遂其生"的！你将也为他们的——也可说我们的——运命担忧着吧——所以更值得注意。

现在生活程度渐渐高了，在小资产阶级里，教养一个子女的费用，足以使家庭的安乐缩小，子女的数和安乐的量恰成反比例这件事，是很显然了。那些贫穷的人也觉得子女是一种重大的压迫了。其实这些情形从前也都存在，只没有现在这样叫人感着吧了。在小资产阶级里，新兴的知识阶级最能锐敏的感到这种痛苦。可是大家虽然感着，却又觉得生育的事是"自然"所支配，非人力所能及，便只有让命运去决定了。直到近两年，生物学的知识，尤其是优生学的知识，渐渐普及于一般知识阶级，于是他们知道不健全的生育是人力可以限制的了。去年山顺夫人来华，传播节育的理论与方法，影响特别的大；从此便知道不独不健全的生育可以限制，便是健全的生育，只要当事人不愿意，也可自由限制的了。于是对于子女的事，比较出生后，更其注重出生前了；于是父母在子女的出生前，也有显明的责任了。父母对于生育的事，既有自由权力，则生出不健全的子女，或生出子女而不能教养，便都是他们的过失。他们应该受良心的责备，受社会的非难！而且看"做父母"为重大的社会服务，从社会的立场估计时，父母在子女出生前的责任，似乎比子女出生后的责任反要大哩！以上这些见解，目下虽还不能成为风气，但确已有了肥嫩的萌芽至少在知识阶级里。我希望知识阶级的努力，一面实行示范，一面尽量将这些理论和方法宣传，到最僻远的地方里，到最下层的社会里；等到父母们不但"知道"自己背上"有"这些责任，并且"愿意"自己背上"负"这些责任，那时基于优生学和节育论的新道德便成立了。这是我们子孙的福音！

在最近的将来里，我希望社会对于生育的事有两种自觉的制裁：一、道德的制裁；二、法律的制裁。身心有缺陷者，如前举花柳病者等，该用法律去禁止他们生育的权利，便是法律的制裁。这在美国已有八州实行了。但施行这种制裁，必须具备几个条件，才能有效。一要医术发达，并且能得社会的信赖；二要户籍登记的详确（如遗传性等，都该载入）；三要举行公众卫生的检查；四要有公正有力的政府；五要社会的宽容。这五种在现在的中国，一时都还不能做到，所以法律的制裁便暂难实现；我们只好从各方面努力罢了。但禁止"做父母"的事，虽然还不可能，劝止"做父母"的事，却是随时，随地可以做的。教人知道父母的责任，教人知道现在的做父母应该是自由选择的结果——就是人们于生育的事，可以自由去取——教人知道不负责及不能负责的父母是怎样不合理，怎样损害社会，怎样可耻！这都是爱做就可以做的。这样给人一种新道德的标准去自己制裁，便是社会的道德的制裁的出发点了。

所以道德的制裁，在现在便可直接去着手建设的。并且在这方面努力的效果，也容易见些。况不适当的生育当中，除那不健全的生育一项，将来可以用法律制裁外，其余几种似也非法律之力所能及，便非全靠道德去制裁不可。因为道德的制裁的事，不但容易着手，见效，而且是更为重要；我们的努力自然便该特别注重这一方向了！

不健全的生育，在将来虽可用法律制裁，但法律之力，有时而穷，仍非靠道德辅助不可；况法律的施行，有赖于社会的宽容，而社会宽容的基础，仍必筑于道德之上。所以不健全的生育，也需着道德的制裁；在现在法律的制裁未实现的时候，尤其是这样！花柳病者，酒精中毒者……我们希望他们自己觉得身体的缺陷，自己忏悔自己的罪孽；便借着忏悔的力量，决定不将罪孽传及子孙，以加重自己的过恶！这便自己剥夺或停止了自己做父母的权利。但这种自觉是很难的。所以我们更希望他们的家族，亲友，时时提醒他们，监视他们，使他们警觉！关于疯人、白痴，则简直全无自觉可言；那是只有靠着他们保护人，家族，亲友的处置了。在这种情形里，我们希望这些保护人等能明白生育之社会的责任及他们对于后一代应有的责任，而知所戒惧，断然剥夺或停止那有缺陷的被保护者的做父母的权利！这几类人最好是不结婚或和异性隔离；至少也当用节育的方法使他们不育！至于说到那些穷到连"养育"子女也不能的，我们教他们不滥育，是很容易得他们的同情的。只需教给他们最简便省钱的节育的方法，并常常向他们恳切的说明和劝导，他们便会渐渐的相信，奉行的。但在这种情形里，教他们相信我们的方法这过程，要比较难些；因为这与他们信自然与命运的思想冲突，又与传统的多子孙的思想冲突——他们将觉得这是一种罪恶，如旧日的打胎一样；并将疑惑这或者是洋人的诡计，要从他们的身体里取出什么的！但是传统的思想，在他们究竟还不是固执的，魔术的怀疑因了宣传方法的巧妙和时日的长久，也可望减缩的；而经济的压迫究竟是眼前不可避免的实际的压迫，他们难以抵抗的！所以只要宣传的得法，他们是容易渐渐地相信，奉行的。只有那些富家——官僚或商人——和有些小资产阶级，这道德的制裁的思想是极难侵入的！他们有相当的经济的能力，有固执的传统的思想，他们是不会也不愿知道生育是该受限制的；他们不知道什么是不适当的生育！他们只在自然的生育子女，以传统的态度与方法待遇他们，结果是将他们装在自己的型里，作自己的牺牲！这样尽量摧残了儿童的个性与精神生命的发展，却反以为尽了父母的责任！这种误解责任较不明责任实在还要坏；因为不明的还容易纳入忠告，而误解的则往往自以为是，拘执不肯更变。这种人实在也不配做父母！因为他们并不能负真正的责任。我们对于这些人，虽觉得很不容易使他们相信我们，但总得尽我们的力量使他们能知道些生物进化和社会进化的道理，使他们能以儿童为本位，能"理解他们，指导他们，解放他们"；这样改良从前一切不适当的教养方法。并且要使他们能有这样决心：在他们觉得不能负这种适当的教养的责任，或者不愿负这种责任时，更应该断然采取节育的办法，不再因循，致误人误己。这种宣传的事业，自然当由新兴的知识阶级担负；新兴的知识阶级虽可说也属于小资产阶级里，但关于生育这件事，他们特别感到重大的压迫，因有了彻底的了解，觉醒的态度，便与同阶级的其余部分不同了。

但是还有一个问题留着：现存的由各种不适当的生育而来的子女们，他们的父母将怎样为他们负责呢？我以为花柳病者等一类人的子女，只好任凭自然先生去下辣手，只不许谬种再得流传便了。贫家子女父母无力教养的，由社会设法尽量收容他们，如多设贫儿院等。但社会收容之力究竟有限的，大部分只怕还是要任凭自然先生去处置的！这是很悲惨的事，但经济组织一时既还不能改变，又有什么法儿呢？我们只好"尽其在人"罢了。至于那些以长者为本位而教养儿童的，我们希望他们能够改良，前节已说过了。还有新兴的知识阶级里现在有一种不愿生育子女们的倾向；他们对于从前不留意而生育的子女，常觉得冷淡，甚至厌恶，因而不愿为他们尽力。在这里，我要明白指出，生物进化，生命发展的最重要的原则，是前一代牺牲于后一代，牺牲是进步的一个阶梯！愿他们——其实我也在内——为了后一代的发展，而牺牲相当的精力于子女的教养；愿他们以极大的忍耐，为子女们将来的生命筑坚实的基础，愿他们牢记自己的幸福，同时也不要忘了子女们的幸福！这是很要些涵养工夫的。总之，父母的责任在使子女们得着好的生活，并且比自己的生活好的生活；一面也使社会上得着些健全的、优良的、适于生存的分子；是不能随意的。

为使社会上适于生存的日多，不适于生存的日少，我们便重估了父母的责任：

父母不是无责任的。

父母的责任不应以长者为本位，以家族为本位；应以幼者为本位，社会为本位。

我们希望社会上父母都负责任；没有不负责任的父母！

"做父母是人的最高尚、最神圣的义务和权利，又是最重大的服务社会的机会"，这是生物学、社会学所指给的新道德。

既然父母的责任由不明了到明了是可能的，则由不正确到正确也未必是不可能的；新道德的成立，总在我们的努力，比较父母对子女的责任尤其重大的，这是我们对一切幼者的责任！努力努力！

1923 年 2 月 3 日。

笑的历史

你问我现在为什么不爱笑了，我现在怎样笑得起来呢？

我幼小时候是很会笑的。娘说我很早就会笑了。她说不论有人引逗，无人引逗，我总常要笑的。她只有我一个女儿，很宠爱我，最喜欢看我笑；她说笑像一朵小白花，开在我的脸上；看了真是受用。她甚至只听了我的格格……的笑声，也就受用了。她生性怕雷电。但只要我笑了，她便不怕了。她有时受了爸爸的委屈，气得哭了。我笑了，她却就罢了。她在担心着缺柴米的日子，她真急得要寻死了。但她说看了我的笑，又怎样忍心死呢？那些时我每笑总必前仰后合的，好一会儿才得止住。娘说我是有福的孩子，便因为我笑得容易，而且长久。但是，但是爸爸的意见如何呢？你该要问了。他自然不能和母亲一样，然而无论如何，也有些儿和她同好的。不然，她每回和他拌嘴以后，为什么总叫我去和他说笑，使他消消气呢？还有，小五那日在厨房里花琅琅打碎两只红花碗的时候，她忙忙地叫郭妈妈带我到爸爸面前说笑。她说："小姐在那里，我就可以不挨骂了。"这又为什么呢？那时我家好像严寒的冬天，我便像一个太阳。所以虽是十分艰窘，大家还能够快快活活地过日子。这样直到十三岁。那年上，娘可怜，死了！郭妈妈却来管家了！

我常常想起娘在的时候，暗中难过；便不像往日起劲地笑了。又过了三四年，她们告诉我，姑娘人家要斯文些，笑是没规矩的。小户人家的女儿才到处哈哈哈哈地笑呢！我晓得了这番道理，不由得又要小心，因此忍了许多笑。可是忍不住的时候，究竟有的；那时我便不免前仰后合地大笑一番。她们说这是改不掉的老毛病了！我初到你家，你们不也说我爱笑么？那正是"老毛病"了。

初到你家的时候，满眼都是生人！便是你，也是个生人！我孤鬼似的，只有陪房的小王、老王，是我的人。我时时觉得害怕，怕说错了话，行错了事。他们也再三教我留意。这颗心总是不安的，那里还会像在家时那样笑呢？便是有时和他们两个微笑着，听见人声，也就得马上放下面孔，做出庄重的样子——因为这原是偷着笑的。那时真是气闷死了。我一个爱说爱笑的人，怎经得住这样拘束呢？更教我要命的，回门那一天，我原想家里去舒散舒散的；哪知道他们都将我做客人看待，毫不和我玩笑。我自己到家里，也觉得不好意思似的，没有从前那样自在——这都因为你的缘故吧？我想你家里既都是些生人，我家里的，也都变了些生人，似乎再没有和我亲热的——便更觉是孤鬼了！幸而七八天后，你家人渐渐有些熟了，不必仔细提防了——不然，真要闷死呢！在家天天要笑的，倒也不觉得怎样快乐。可是这七八天里不曾大笑一回，再想从前，便觉得十分有滋味！这以后，我渐渐地忍不住了，我的老毛病发作了，你们便常常听见我的笑了。不上一个月，你家里和孙家、张家，都知道我爱笑了；我竟在笑上出了名了。我自己是不觉得，我真比别人会笑些么？我的笑真和别人不同么？可是你家究竟不是我家，满了月之后，我的笑就有人很不高兴了。第一便是你！那天大家偶然谈起筷子。你问："在哪里买？"我觉得奇怪，故意反问你："你说在哪里买？"你想了想，说："在南货店里。"大家都笑了，我更大笑不止！你那时大概很难为情，只板着脸咕嘟着嘴不响。好久，才冷冷地向我说："笑完了吧？"等到了房里，你却又说："真的，我劝你少笑些好不好？有什么叫你这样好笑呢？而且笑也何必这样惊天动地呢？"——这些话你总该还记得；我不冤枉你吧——这是我第一回受人的言语；爸爸和娘一口大气也不曾呵过我的。那时我颇不舒服，但却不愿多说什么；只冷笑了一声，低低地说："你管我呢？"说完，我就走出去了。那句话却不知你听见了没有？但我到底还是孩子气，过了一两日，又常常的笑了。有一回，却又恼了姨娘；也在大家谈话的时候。她大概疑惑我有心笑她，所以狠狠地瞪了我一眼。其实我的笑是随便不过的，哪里会用心呢？我只顾笑得快活，哪里知道别人的难为情呢？我在她瞪眼的时候，心里真是悔恨不迭；想起前回因笑恼了你，今天怎么又忍不住了呢！我立时便收了笑容，痴痴地坐着。大家都诧异说："怎么忽然不响了？"我低头微笑，答不出什么。过了一会儿，便赸赸的起来走了。走到房里，听见姨娘说："少奶奶太爱笑，也不大好；教人家说太太没规矩似的！我们要劝劝她才好。"这自然是对婆婆说的！我听了，更觉不安了！第二天，婆婆到我房里闲谈，渐渐说起我的笑。她说："也难怪你，你娘死得早，爸爸又不管事，便让你没规没矩的了。但出了门和在家做姑娘时不同，你得学做人，懂得做人的道理，不能再小孩子似的。你在我家，我将你和自己女儿一般看待；所以我特地指点你——以后要忍住些笑；就是笑，也要文气些，而且还要看人！你说我的话么？"婆婆那时说得很和气，一点没有严厉的样子；比你那冷言冷语好得多了。我自然是很感激的。我说："婆婆说的都是好话，我也晓得的。只因为在家笑惯了，所以不容易改。以后自然要留意的。"那几日里，佣人们也常在厨房里议论我的笑；这真教我难为情的！我想笑原来不是一件好东西——不，不，小孩子的笑是好的，大人的笑是不好的。但你在客厅里和你那些朋友常常哈哈哈哈地笑，他们也不曾议论你——晓得了！男人笑是不妨的，女人笑是没规矩的。我经过两回劝诫，不能不提防着了，我的笑便渐渐地少了。他们都说我才有些成人气了。但我心里老不明白，女人的笑为什么这样不行呢？

　　满月后二十天，那是阴历正月十二，你动身到北京上学去了。我送你到门口，但并没有什么难过。你也很平常的，头也不回走了。那天我虽觉有些和往日不同，却也颇轻微的。第二天便照常快活了。那时公公正在榷运局差事上，家里钱是不缺的；大家都欢欢喜喜地过着。婆婆们因为我是新娘，待我还算客气的。虽然也有时劝诫我，有时向我发怒，有时向我冷笑，但总不常有的。我呢，究竟还是孩子，也不长久记着这些事。

所以虽没有在家里自在，我也算是无忧无虑地过着了。这些日子，我还是常常要笑的，只不大像从前那样前仰后合，那样长久罢了。他们还是说我爱笑的。但婆婆劝过我两回，我到底不曾都改了；他们见惯不惊，也就只好由我了。所以我的笑说不自由，却也自由的。到暑假时，你回来了，住了五十天。你又走了，这一回的走可不同了。你还记得吧——那夜里我哭了一点多钟，你后来也陪我哭。我们哭得眼睛都红了；你不是还怕他们笑么？走的时候，我不敢送你，并且也不敢看你；因为怕忍不住眼泪，更要让他们笑了！但是到底忍不住！你才走，我便溜到房里哭了。四弟、五妹都来偷看我，我也顾不得了。自从娘死后，我不曾哭过，因为我是爱笑不爱哭的。在你家里，这要算第一回了。从那日起，我常觉失掉一件什么东西似的，心里老是不安了。我这才尝着别离的滋味了！你们男人家在外面有三朋四友的说笑，又有许多游散的地方，想家的心自然渐渐地会淡下去。我们终日在家里闷着：碰来碰去，是这些人；转来转去，是这些地方！没得打岔儿的，教我怎不想呢？越想便越想了，真真有些痴了。这一来我的笑可不容易了。好笑的事情，都觉淡淡的味儿，仿佛酒里掺了水——我的笑的兴致也是这样。况且做了一年的媳妇，规矩晓得的多了，渐渐地脱了孩子气了；我也自然的不像从前爱笑了。这些时候笑是很文气了。微笑多了，大笑少了。他们都说老毛病居然改掉了。

第二年冬天，公公从差事上交卸了，亏空好几百元——是五百元罢？凑巧祖婆婆又死了；真是祸不单行！公公教婆婆和

姨娘将金银首饰都拿出来兑钱去。我看她们委委屈屈地将首饰
匣交给公公，心里好凄惨的！首饰兑了回来，又当了一件狐皮
袍，才凑足了亏空的数目，寄到省里去了。第二天，婆婆便和
公公大吵一回。为何起因，我已忘记——你记得么——只知道
实在是为首饰的缘故罢了。那一次吵得真是厉害！我到你家还
是第一次看见呢。我觉得害怕，并且觉得这是一个恶兆；因为
家里的光景真是大不同了！那回丧事是借的钱办的。在丧事里，
我只哭了两回；要真伤心，我才会哭，我不会像她们那样哼哼
儿。我的伤心，一半因为祖婆婆待我好，一半也愁着以后家里
怎样过日子！我晓得愁，也是从前没有的；年纪大了，到底不
同了。丧事过后，家里日用，分文没有；便只得或当或借地支
持着。这也像严寒的冬天了。而且你家的人还要怄气。只说婆
婆那样嫌着公公，说他只一味浪用，不知攒几个钱儿！又和姨
娘吵闹，说她只晓得巴结公公，讨他的好！这样情形，还能和
和气气地过日子么？我也常给他们解劝，但毫没有用的。这样
过了一年多，我眼看着这乱糟糟的家，一天天地衰败下去，不
由得不时时担心。婆婆发脾气的时候，又喜欢东拉西扯地牵连
着别人。我更加要留意。你又在北京；连一个诉说的人也没有！
我心里怎样不郁郁的呢？我的心本来是最宽的；到你家后便渐
渐的窄了；仿佛有一块石头压着似的。你说北京有甜井、苦井，
我从前的心是甜的，后来便是苦的。那些日子，真没有什么叫
我笑了，我连微笑也少了。有一天我回到家里，爸和娘娘他们
说："小招真可怜！从前那样爱笑的，现在脸上简直不大看见

笑了!"那时我家人待我的情形也渐渐不同了,这叫我最难过的——谁想自家人也会势利呢?我起初还不觉得;等到他们很冷淡了,我方才明白。你看我这个人糊涂不糊涂——娘娘他们不用说,便是郭妈妈和小五等人,也有些看不起我似的。只除了爸爸一个人!他们都晓得我们家穷了,所以如此。其实我们穷我们的,与他们何干呢!本来还家去和他们说说笑笑,还可以散散心的。这一来,我还家去做什么呢?这样又过了半年。这一年半里,公公虽曾有过两回短差事,但剩不了钱,也是无用的。好差事又图谋不到!家里便一天亏似一天了!起初人家不知就里,还愿意借钱给我们。后来见公公长久无好差事,家里连利钱也不能够按期付了,大家便都不肯借了;而且都来讨利钱、讨本钱了。他们来的时候,神气了不得!你得先听他讨厌的话,再去用好话敷衍他。敷衍得好的,便快快地走了;不好的,便狠狠地发话一场。你那时不在家,我们就成天过这种日子!你想这是人过的日子么?你想我还有一毫快乐的心思么?你想我眼泪直向肚里滚,还有心肠笑么?好容易到了七月里,你毕业了,而且在上海有了事了。那时大家欢喜,我更不用说了——娘娘他们都说我从此可以出头了!我暗中着实快活了好几日,不由得笑了好几回——我本想忍住的,但是忍不住,只好让他们去说吧。这样的光景,谁知道后来的情形却全然相反呢?

自从公公那回交卸以后,家里各人的样子,便大不同了——我刚才不是和你说过么?婆婆已经不像从前客气。她不知听了谁的话，总防着我爬到她头上去。所以常常和我讲究做媳妇的规矩，又一心一意地要向我摆出婆婆的架子。更加家境不好，她成天的没好心思，便要寻是生非地发脾气。碰着谁就是谁。我这下辈人，又是外姓人，自然更倒霉了！她那时常要挑剔我。她虽不明明地骂我，但摆着冷脸子给你看，冷言冷语地讥嘲你，又背地里和佣人们议论你，就尽够你受了！姨娘呢，虽不曾和我怎样，但暗中挑拨着婆婆，也甚是厉害！你想，我怎能不郁郁的——只有公公还好，算不曾变了样子。我刚才不说过那时简直不大会笑么？你想，愁都愁不过来，又怎样会笑呢？况且到了后来，便是要笑也不敢了。记得有一回，不知谁说了什么，引得我开口大笑。这其实是偶然又偶然的事。但婆婆却发话了。她说："少奶奶真爱笑！家里到这地步，怎么一点不晓得愁呢！怎么还能这样嘻嘻哈哈呢！"她的神气严厉极了，叫我害怕，更叫我难堪——当着众人面前，受这样的责备，真是我平生第一回！我还有什么脸面呢？我气得发抖，只有回房去暗哭！你想，从此以后，我还敢笑么？我还去自讨没趣么？况且家里又是这个样子！一直等到你上海有事的时候，我才高兴起来，才又笑了几回。但是后来更不敢笑了！为什么呢？你有了事以后，虽统共只拿了七十块钱一月，他们却指望你很大。他们恨不得你将这七十块钱全给家里！你自然不能够。你虽然曾寄给他们一半的钱，他们哪里会满意！况你的寄钱，又没有定期，家里等着用，又是焦急！婆婆便只向我啰唆，说你怎样不懂事，怎样不顾家，怎样只管自己用。她又说："'养儿防老，积谷防饥。'他想不问吗，怎能够哩！"她说这些话，虽不曾怪我，但她既不高兴你，自然更不高兴我了！从前她对我虽然也存着心眼儿，但却不恨我，所以还容易相处。现在她似乎渐渐有些恨我了！这全是因为你！她恨我，更要挑剔我了。我就更难了！家里是这样艰窘，你又终年在外面，婆婆又有心和我作对。这真真逼死我了！哪知后来还要不行！前年暑假你回来了，身边只剩两个角子。婆婆第一个不高兴。她不是尽着问你钱到哪里去了么？你在家三天，她便唠叨了三天。你本来不响的，后来大约忍不住了，也说了几句。她却和你大吵！第二天，你赌气走了——我何尝不劝你，但怎么劝得住呢？午饭的时候，他们才问起你。我只好直说。婆婆听了，立刻变脸大骂，又硬说是我挑唆你的！她饭不吃了，跳到厨房里向佣人们数说。接着又和左右邻舍说了一回。晚上公公回来，她一五一十告诉他。她说："这总是少奶奶的鬼！我们家真晦气，媳妇也娶不到一个好的！自从她进门，你就不曾有过好差事，家境是一天坏似一天！现在又给大金出主意，想教他不寄钱回家；又挑唆他和我吵，使你们一家不和，真真八败命！"——她在对面房里，故意地高声说，教我听得清楚——后来公公接着道："不寄钱——哼！他敢！让我写信问他去。我不能给他白养活女人、孩子——现在才晓得，少奶奶真不是东西！"……以后声音渐低，我也再不能听下去了！那天我不曾吃饭。我又是害怕，又是寒心！我和他们仿佛是敌国了，但是我只有一个人！知道他们怎样来呢？我在床上哭了半夜，只恨自己命苦！从第二天起，我处处提防着。果然第四天的下午，公公便指着一件不相干的事，向我大发脾气。他骂我："不要发昏！"这是四年来不曾有过的！他的骂比婆婆那回更是凶恶。但是我，除了忍受，有什么法子呢？我那晚又哭了半夜。现在是哭比笑多了。世间婆婆骂媳妇是常事；公公骂，却是你家特别的！你看你家的媳妇可是人做的！从那回起，我竟变了罪人！婆婆的明讥暗讽，不用说了。姨娘看见公公不高兴我，本来只是暗中弄松我的，现在却明明的来挑拨我了！四弟、五妹也常说我的坏话了！婆婆和姨娘向我发话的时候，他们也要帮衬几句了！用人们也呼唤不灵了！总之，"墙倒众人推"了。那时候，他们的眼睛都看着我，他们的耳朵都听着我，谁都要在我身上找出些错处，嘲弄一番。你想我怎样当得住呢？我的脸色、话语、举动，几乎都不中他们的意，几乎都要受他们的挑剔——真成了"眼中钉"了！我成日躲在房里，不敢出来。出来时也不敢多说，不敢多动，只如泥塑木雕的一般！这时哪里还想到笑？笑早已到爪哇国里去了！连影子也不见了！本来我到家里住住，也可暂避一时。凑巧那年春天，爸爸过生日，郭妈妈要穿红裙，和他大闹。我帮着爸爸，骂了她一顿。她从此恨我切骨！本就不甚看得起我，这一来，索性不理睬我了！我因此就不能常回去了！到这时候，更不愿回去仰面求她，给她嗤笑了！我真是走投无路。要不是为了你和孩子，我早已死了。那时我差不多每夜要哭，仿佛从前要笑一样。思前想后，十分难过，觉得那样的活着，还是死了的好。等到后来你来信答应照常寄钱，这才稍微好些。

但也只是"稍微"好些罢了，和从前总不相同了！直到现在，
都是如此。

自从大前年生了狗儿，去年又生了玉儿。这两个孩子可也
真累坏了我！你看我初到你家时是怎样壮的，现在怎么样了？
人也老了，身子瘦得像一只螳螂——尽是皮包着骨头！多劳碌
了，就会头晕眼花；哪里还像二十几岁的人？这一半也因为心
境不好，一半也实在是给孩子们折磨的！我从前身体虽然不好，
哪里像现在呢？我自己很晓得，我是一日不如一日了，将来一
定活不长的——你不信么？以后总会看见的。说起来我的命只
怕真不好！不然，公公在榷运局老不交卸，家里总可以雇两个
奶娘。我又何至吃这样的辛苦呢？呀！领孩子的辛苦，真是你
们想不到的！我又比别人格外辛苦，所以更伤人！记得狗儿生
的时候，我没有满月，就起来帮他们做事，一面还要领孩子。
才生的孩子，最难照管。穿衣服怕折了胳膊，盖被又怕捂死了
他。我是第一胎，更得提心吊胆的。那时日里夜里，总是悬悬
不安！吃饭是匆匆的，睡觉也只管惊醒！婆婆们虽也欢喜狗儿，
但却不大能领他。一天到晚，孩子总是在我手里的多！还得给
家里做事，所以便很累了。那时我这个人六神无主，失张失智
的。没有从前唧溜，也没有从前勤快了。婆婆常常向我唠叨，
说我没规矩，一半也因为此。等到孩子大起来了，哭呀，吵呀，
总是有的。你们却又讨厌了，说孩子不乖巧，又说我太宠他了！
还要打他。我拦住了，你便向我生气。其实这一点大的孩子，
晓得什么？怎忍心怪他、打他！但你在家的时候，既然常为了

孩子和我啰唆，婆婆后来和我吵，也常常借了孩子起因。我真气极了，孩子不是我一个人私生的，怎么你也怪我，他也怪我呢？我真倒霉，一面要代你受气，一面又要代孩子受气！整整三个年头，我不曾吃过一餐好饭，睡过一夜好觉，到底为了什么呢？狗儿的罪，还没有受完，又来了玉儿！你又老是这个光景，不能带我们出去。我今生今世是莫想抬头的了——唉，我这几年兴致真过完了！我也不爱干净了，我也不想穿戴了，我也不想出去逛了。终日在家里闷着；闷惯了，倒也罢了。我为了两个孩子，时时觉着有千斤的重担子在我身上。又加上你家里人，都将我看作仇人。我仿佛上了手铐脚镣，被囚在一间牢狱里！你想我还能高兴么？我这样冷冰冰的，真还要死哩！你在家时还好，你不在家时，我寂寞透了！只好逗着孩子们笑着玩儿，但心思总是不能舒舒贴贴的。我此刻哭是哭不出，笑可也不会笑了；你教我笑，也笑不来了。而且看见别人笑，听到别人笑，心中说不出的不愿意。便是有时敷衍人，勉强笑笑，也只觉得苦，觉得很费力！我真是有些反常哩！

　　好人，好人，几时让我再能像"娘在时"那样随随便便、痛痛快快地笑一回呢？

名家作品精选集

许地山精选集

许地山 著

民主与建设出版社
·北京·

© 民主与建设出版社，2021

图书在版编目（CIP）数据

许地山作品精选集 / 许地山著 . -- 北京：民主与
建设出版社，2021.8（2024.1 重印）
（名家作品精选集 / 王茹茹主编；9）
ISBN 978-7-5139-3651-4

Ⅰ . ①许… Ⅱ . ①许… Ⅲ . ①散文集－中国－现代
Ⅳ . ① I266

中国版本图书馆 CIP 数据核字 (2021) 第 139249 号

许地山作品精选集
XUDISHAN ZUOPIN JINGXUANJI

著　　者	许地山	
主　　编	王茹茹	
责任编辑	韩增标	
封面设计	玥婷设计	
出版发行	民主与建设出版社有限责任公司	
电　　话	（010）59417747　59419778	
社　　址	北京市海淀区西三环中路 10 号望海楼 E 座 7 层	
邮　　编	100142	
印　　刷	三河市天润建兴印务有限公司	
版　　次	2021 年 8 月第 1 版	
印　　次	2024 年 1 月第 2 次印刷	
开　　本	880 毫米 ×1230 毫米　1 / 32	
印　　张	6.5	
字　　数	130 千字	
书　　号	ISBN 978-7-5139-3651-4	
定　　价	298.00 元（全 10 册）	

注：如有印、装质量问题，请与出版社联系。

目 录

落花生

我们屋后有半亩隙地。母亲说："让它荒芜着怪可惜，既然你们那么爱吃花生，就辟来做花生园吧。"我们几姊弟和几个小丫头都很喜欢——买种的买种，动土的动土，灌园的灌园；过不了几个月，居然收获了！

妈妈说："今晚我们可以做一个收获节，也请你们爹爹来尝尝我们的新花生，如何？"我们都答应了。母亲把花生做成好几样的食品，还吩咐这节期要在园里的茅亭举行。

那晚上的天色不大好，可是爹爹也到来，实在很难得！爹爹说："你们爱吃花生么？"

我们都争着答应："爱！"

"谁能把花生的好处说出来？"

姊姊说："花生的气味很美。"

哥哥说："花生可以制油。"

我说："无论何等人都可以用贱价买它来吃；都喜欢吃它。这就是它的好处。"

爹爹说："花生的用处固然很多，但有一样是很可贵的。这小小的豆不像那好看的苹果、桃子、石榴，把它们的果实悬在枝上，鲜红嫩绿的颜色，令人一往而生羡慕的心。它只把果子埋在地底，等到成熟，才容人把它挖出来。你们偶然看见一棵花生瑟缩地长在地上，不能立刻辨出它有没有果实，非得等到你接触它才能知道。"

我们都说："是的。"母亲也点点头。爹爹接下去说："所以你们要像花生，因为它是有用的，不是伟大、好看的东西。"我说："那么，人要做有用的人，不要做伟大、体面的人了。"爹爹说："这是我对于你们的希望。"

我们谈到夜阑才散，所有花生食品虽然没有了，然而父亲的话现在还印在我心版上。

爱的痛苦

在绿荫月影底下，朗日和风之中，或急雨飘雪的时候，牛先生必要说他的真，"啊，拉夫斯偏"！他在三百六十日中，少有不说这话的时候。

暮雨要来，带着愁容的云片，急急飞避；不识不知的蜻蜓还在庭园间遨游着。爱诵真的牛先生闷坐在屋里，从西窗往见隔院的女友田和正抱着小弟弟玩。

姊姊把孩子的手臂咬得吃紧；擘他的两颊；摇他的身体；又掌他的小腿。孩子急得哭了。姊姊才忙忙地拥抱住他，堆着笑说："乖乖，乖乖，好孩子，好弟弟，不要哭。我疼爱你，我疼爱你！不要哭。"不一会儿孩子的哭声果然停了。可是弟弟刚现出笑容，姊姊又该咬他，擘他，摇他，掌他咧。

檐前的雨好像珠帘，把牛先生眼中的对象隔住。但方才那种印象，却萦回在他眼中。他把窗户关上，自己一人在屋里踱来踱去。最后，他点点头，笑了一声："哈，哈！这也是拉夫斯偏！"

他走近书桌子，坐下，提起笔来，像要写什么似的。想了半天，才写上一句七诗。他念了几遍，就摇头，自己说："不好，不好。我不会作诗，还是随便记些起来好。"

牛先生将那句诗涂掉以后，就把他的日记拿出来写。那天他要记的事格外多。日记里应用的空格，他在午饭后，早已填满了。他裁了一张纸，写着：

黄昏，大雨。田在西院弄她的弟弟，动起我一个感想，就是：人都喜欢见他们所爱者的愁苦；要想方法教所爱者难受。所爱者越难受，爱者越喜欢，越加爱。

海角的孤星

一走近舷边看浪花怒放的时候，便想起我有一个朋友曾从这样的花丛中隐藏他的形骸。这个印象，就是到世界的末日，我也忘不掉。

这桩事情离现在已经十年了。然而他在我的记忆里却不像那么久远。他是和我一同出海底。新婚的妻子和他同行，他很穷，自己买不起头等舱位。但因新人不惯行旅的缘故，他乐意把平生的蓄积尽量地倾泻出来，为他妻子定了一间头等舱。他在那头等船票的佣人格上填了自己的名字，为的要省些资财。

他在船上哪里像个新郎，简直是妻的奴隶！旁人的议论，他总是不理会的。他没有什么朋友，也不愿意在船上认识什么朋友，因为他觉得同舟中只有一个人配和他说话。这冷僻的情形，凡是带着妻子出门的人都是如此，何况他是个新婚者？

船向着赤道走，他们的热爱，也随着增长了。东方人的恋爱本带着几分爆发性，纵然遇着冷气，也不容易收缩。他们要去的地方是槟榔屿附近一个新辟的小埠。下了海船，改乘小舟进去。小河边满是椰子、棕枣和树胶林。轻舟载着一对新人在这神秘的绿荫底下经过，赤道下的阳光又送了他们许多热情、热觉、热血汗。他们更觉得身外无人。

他对新人说："这样深茂的林中，正合我们幸运的居处。我愿意和你永远住在这里。"

新人说："这绿得不见天日的林中，只作浪人的坟墓罢了……"

他赶快截住说："你老是要说不吉利的话！然而在新婚期间，所有不吉利的语言都要变成吉利的。你没念过书，哪里知道这林中的树木所代表的意思。书里说：'椰子是得子息的徽识树，'因为椰子就是'迓子'。棕枣是表明爱与和平。树胶要把我们的身体黏得非常牢固，至于分不开。你看我们在这林中，好像双星悬在鸿江的穹苍下一般。双星有时被雷电吓得躲藏起来，而我们常要闻见许多歌禽的妙音和无量野花的香味。算来我们比双星还快活多了。"

新人笑说："你们念书人的能干只会在女人面前搬唇弄舌吧。好听极了！听你的话语，也可以不用那发妙音的鸟儿了。有了别的声音，倒嫌噪杂咧！……可是，我的人哪，设使我一旦死掉，你要怎办呢？"

这一问，真个是平地起雷咧！但不晓得新婚的人何以常要发出这样的问？不错的，死的恐怖，本是和快乐的愿往一齐来的呀。他的眉不由得不皱起来了，酸楚的心却拥出一副笑脸说："那么，我也可以做个孤星。"

"咦，恐怕孤不了吧。"

"那么，我随着你去，如何？"他不忍看着他的新人，掉头出去向着流水，两行热泪滴下来，正和船头激成的水珠结合起来。新人见他如此，自然要后悔，但也不能对她丈夫忏悔，因为这种悲哀的霉菌，众生都曾由母亲的胎里传染下来，谁也没法医治的。她只能说："得啦，又伤心什么？你不是说我们在这时间里，凡有不吉利的话语，都是吉利的么？你何不当作一种吉利话听？"她笑着，举起丈夫的手，用他的袖口，帮助他擦眼泪。

他急得把妻子的手捽开说："我自己会擦。我的悲哀不是你所能擦，更不是你用我的手所能灭掉的，你容我哭一会吧。我自己知道很穷，将要养不起你，所以你……"

妻子忙杀了，急掩着他的口说："你又来了。谁有这样的心思？你要哭，哭你的，不许再往下说了。"

这对相对无言的新夫妇，在沉默中，随着流水湾行，一直驶入林荫深处。自然他们此后定要享受些安泰的生活。然而在那邮件难通的林中，我们何从知道他们的光景？

三年的工夫，一点消息也没有！我以为他们已在林中做了人外的人，也就渐渐把他们忘了。这时，我的旅期已到，买舟从槟榔屿回来。在二等舱上，我遇见一位很熟的旅客。我左右思量，总想不起他的名姓，幸而他还认识我，他一见我便叫我说："落君，我又和你同船回国了！你还记得我吗？我想我病得这样难看，你决不能想起我是谁。"他说我想不起，我倒想起来了。

我很惊讶，因为他实在是病得很厉害了。我看见他妻子不在身边，只有一个咿呀学舌的小婴孩躺在床上。不用问，也可断定那是他的子息。

他倒把别来的情形给我说了。他说："自从我们到那里，她就病起来。第二年，她生下这个女孩，就病得更厉害了。唉，幸运只许你空想的！你看她没有和我一同回来，就知道我现在确是成为孤星了。"

我看他憔悴的病容，委实不敢往下动问，但他好像很有精神，愿意把一切的情形都说给我听似的。他说话时，小孩子老不容他畅快地说。没有母亲的孩子，格外爱哭，他又不得不抚慰她。因此，我也不愿意扰他，只说："另日你精神清爽的时候，我再来和你谈吧。"我说完，就走出来。

那晚上，经过马来海峡，船震荡得很。满船的人，多犯了"海病"。第二天，浪平了。我见管舱的侍者，手忙脚乱地拿着一个麻袋，往他的舱里进去。一问，才知道他已经死了。侍者把他的尸洗净，用细台布裹好，拿了些废铁，几块煤炭，一同放入袋里，缝起来。他的小女儿还不知这是怎么一回事，只咿呀地说了一两句不相干的话。她会叫"爸爸""我要你抱""我要那个"等等简单的话。在这时，人们也没工夫理会她、调戏她了，她只独自说自己的。

黄昏一到，他的丧礼也要预备举行了。侍者把麻袋拿到船后的舷边。烧了些楮钱，口中不晓得念了些什么，念完就把麻袋推入水里。那时船的推进机停了一会儿，隆隆之声一时也静默了。船中知道这事的人都远远站着看，虽和他没有什么情谊，然而在那时候却不免起敬的。这不是从友谊来的恭敬，本是非常难得，他竟然承受了！

他的海葬礼行过以后，就有许多人谈到他生平的历史和境遇。我也钻入队里去听人家怎样说他。有些人说他妻子怎样好，怎样可爱。他的病完全是因为他妻子的死，积哀所致的。照他的话，他妻子葬在万绿丛中，他却葬在不可测量的碧晶岩里了。

旁边有个印度人，捻着他那一大缕红胡子，笑着说："女人就是悲哀的萌蘖，谁叫他如此？我们要避掉悲哀，非先避掉女人的纠缠不可。我们常要把小女儿献给殑迦河神，一来可以得着神惠，二来省得她长大了，又成为一个使人悲哀的恶魔。"

我摇头说："这只有你们印度人办得到罢了。我们可不愿意这样办。诚然，女人是悲哀的萌蘖，可是我们宁愿悲哀和她同来，也不能不要她。我们宁愿她嫁了才死，虽然使她丈夫悲哀至于死亡，也是好的。要知道丧妻的悲哀是极神圣的悲哀。"

日落了，蔚蓝的天多半被淡薄的晚云涂成灰白色。在云缝中，隐约露出一两颗星星。金星从东边的海涯升起来，由薄云里射出它的光辉。小女孩还和平时一样，不懂得什么是可悲的事。她只顾抱住一个客人的腿，绵软的小手指着空外的金星，说："星！我要那个！"她那副嬉笑的面庞，迥不像个孤儿。

醍醐天女

相传乐斯迷是从醍醐海升起来的。她是爱神的母亲，是保护世间的大神卫世奴底妻子。印度人一谈到她，便发出非常的钦赞。她的化身依婆罗门人的想象，是不可用算数语言表出的。人想她的存在是遍一切处，遍一切时；然而我生在世间的年纪也不算少了，怎样老见不着她的影儿？我在印度洋上曾将这个疑问向一两个印度朋友说过。他们都笑我没有智慧，在这有情世间活着，还不能辨出人和神的性格来。准陀罗是和我同舟的人，当时他也没有对我说什么，只管凝神向着天际那现吉祥相的海云。

那晚上，他教我和他到舵上的轮机旁边。我们的眼睛都往下看着推进机激成的白浪。准陀罗说："那么大的洋海，只有这几尺地方，像醍醐海的颜色。"这话又触动我对于乐斯迷的疑问。他本是很喜欢讲故事的，所以我就央求他说一点乐斯迷的故事给我听。

他对着苍茫的洋海，很高兴地发言。"这是我自己的母亲！"在很庄严的言语中，又显出他有资格做个女神的儿子。我倒诧异起来了。他说："你很以为稀奇么？我给你解释吧。"

我静坐着，听这位自以为乐斯迷儿子的朋友说他父母的故事。

＊　　　＊　　　＊

我的家在旁遮普和迦湿弥罗交界地方。那里有很畅茂的森林。我母亲自十三岁就嫁了。那时我父亲不过是十四岁。她每天要同我父亲跑入森林里去，因为她喜欢那些参天的树木，和不羁的野鸟和昆虫的歌舞。他们实在是那森林的心。他们常进去玩，所以树林里的禽兽都和他们很熟悉。鹦鹉衔着果子要吃，一见他们来，立刻放下，发出和悦的声问他们好。孔雀也是如此，常在林中展开它们的尾扇，欢迎他们。小鹿和大象有时嚼着食品走近跟前让他们抚摩。

树林里的路，多半是我父母开的。他们喜欢做开辟道路的人。每逢一条旧路走熟了，他们就想把路边的藤萝荆棘扫除掉，另开一条新路进去。在没有路或不是路的树林里走着，本是非常危险的。他们冒得险多，危险真个教他们遇着了。

我父亲拿着木棍，一面拨，一面往前走；母亲也在后头跟着。他们从一棵满了气根的榕树底下穿过去。乱草中流出一条小溪，水浅而清，可是很急。父亲喊着"看看"！他扶着木棍对母亲说："真想不到这里头有那么清的流水。我们坐一会儿玩玩。"于是他们二人摘了两扇棕榈叶，铺在水边，坐下，四只脚插入水中，任那活流洗濯。

父亲是一时也静不得的。他在不言中，过小溪，试要探那边的新地。母亲是女人，比较起来，总软弱一点。有时父亲往前走了很远，她还在歇着，喘不过气来。所以父亲在前头走得多么远，她总不介意。她在叶上坐了许久，只等父亲回来叫她，但天色越来越晚，总不见他来。

催夕阳西下的鸟歌、兽吼，一阵阵地兴起了，母亲慌慌张张涉过水去找父亲。她从藤萝的断处，丛莽底倾倒处，或林樾的婆娑处找寻。在万绿的下，黑暗格外来得快。这时，只剩下几点萤火和叶外的霞光照顾着这位森林的女人。她的身体虽然弱，她的胆却是壮的。她一见父亲倒在地上，凝血聚在身边，立即走过去。她见父亲的脚还在流血，急解下自己的外衣在他腿上紧紧地绞。血果然止住，但父亲已在死的门外候着了。

母亲这时虽然无力也得驮着父亲走。她以为躺在这用虎豹做看护的森林病床上，倒不如早些离开为妙。在一所没有路的新地，想要安易地回到家里，虽不致如煮沙成饭那么难，可也不容易。母亲好容易把父亲驮过小溪，但找来找去总找不着原路。她知道在急忙中走错了道，就住步四围张往，在无意间把父亲撂在地上，自己来回地找路。她心越乱，路越迷，怎样也找不着。回到父亲身边，夜幕已渐次落下来了！她想无论如何，不能在林里过夜，总得把父亲驮出来。不幸这次她的力量完全丢了，怎么也举父亲不起，这教她进退两难了。守着呢？丈夫的伤势像很沉重，夜来若再遇见毒蛇猛兽，那就同归于尽了。走呢？自己一个又忍不得离开。绞尽脑髓，终不能想出何等妙计。最后她决定自己一个人找路出来。她摘了好些叶子，折了好些小树枝把父亲遮盖着。用了一刻工夫，居然堆成一丛小林。她手里另抱着许多合欢叶，走几步就放下一枝，有时插在别的树叶上，有时结在草上，有时塞在树皮里，为要做回来的路标。她走了约有五六百步，一弯新月正压眉梢，距离不远，已隐约可以看见些村屋。

她出了林，往有房屋的地方走。可惜这不是我们的村。也不是邻舍；是树林别一方面的村庄，我母亲不曾到过的。那时已经八九点了。村人怕野兽，早都关了门。她拍手求救，总不见有慷慨出来帮助的。她跑到村后，挨那篱笆向里瞻往。

那一家的篱笆里，在淡月中可以看见两三个男子坐在树下吸烟、闲谈。母亲合着掌从篱外伸进去，求他们说："诸位好邻人，赶快帮助我到树林里，扶我丈夫出来吧。"男子们听见篱外发出哀求的声，不由得走近看看。母亲接着央求他们说："我丈夫在树林里，负伤很重，你们能帮助我进去把他扶出来么?"内中有个多髭的人问母亲说："天色这么晚，你怎么知道你丈夫在树林里?"母亲回答说："我是从树林出来的。我和他一同进去，他在中途负伤。"

几个男子好像审案一般，这个一言，那个一语，只顾盘问。有一个说："既然你和他一同进去，为什么不会扶他出来?"有一个说："你看她连外衣也没穿，哪里像是出去玩的样子! 想是在林中另有别的事吧。"又有一个说："女人得话信不得。她不晓得是个什么人。哪有一个女人，昏夜从树林跑出得道理?"

在昏夜中，女人得话有时很有力量，有时她得声音直像向没有空气得地方发出，人家总不理会。我母亲用尽一个善女人所能说的话对他们解释，怎奈那班心硬的男子们都觉得她在那里饶舌。她最好的方法，只有离开那里。

她心中惦念林中的父亲，说话本有几分恍惚，再加上那几个男子的抢白，更是羞急万分。她实在不认得道回家，纵然认得，也未必敢走。左右思量，还是回到树林里去。

在向着树林的归途中，朝霞已从后面照着她了。她在一个道途不熟的黑夜里，移步固然很慢，而废路又走了不少，绕了几个弯，有时还回到原处。这一夜的步行，足够疲乏了。她踱到人家一所菜圃，那里有一张空凳子，她顾不得什么，只管坐下。

不一会儿，出来一个七八岁的孩子，定睛看着她，好像很诧异似的。母亲知道他是这里的小主人，就很恭敬地对他说明。孩子的心比那般男子好多了。他对母亲说："我背着我妈同你去吧。我们牢里有一匹白母牛，天天我们要从它榨出些奶子，现在我正要牵它出来。你候一候吧，我教它让你骑着走，因为你乏了。"孩子牵牛出来，也不榨奶，只让母亲骑着，在朝阳下，随着路标走入林中。

母亲在牛背上，眼看快到父亲身边了。昨夜所堆的叶子，一叶也没剩下。精神慌张的人，连大象站在旁边也不理会，真奇怪呀！她起先很害怕，以为父亲的身体也同叶子一同消灭了。后来看见那只和他们很要好的像正在咀嚼夜间她所预备的叶子，心才安然一些。

下了牛背，孩子扶她到父亲安卧的地方，但是人已不在了。这一吓，非同小可，简直把她苦得欲死不得。孩子的眼快一点，心地又很安宁，父亲一下子就让他找到了。他指着那边树根上那人说："那个是不是？"母亲一看，速速地扶着他走过去。

母亲喜出望外，问说："你什么时候醒过来的？怎么看见我们来了，也不作一声？"

父亲没有回答她的话，只说："我渴得很。"

孩子抢着说："挤些奶子他喝。"他摘一片光面的叶子到母牛腹下挤了些来给父亲喝。

父亲的精神渐次回复了，对母亲说："我是被大象摇醒的。醒来不见你，只见它在旁边，吃叶子。为何这里有那么些叶子？是你预备的吧。……我记得昨天受伤的地方不是在这里。"

母亲把情形告诉他，又问他为何伤得那么厉害。他说是无意中触着毒刺，折入胫里，他一拔出来血就随着流，不忍教母亲知道，打算自己治好再出来。谁知越治血流得越多，至于晕过去，醒来才知道替他止血的还是母亲。

父亲知道白母牛是孩子的，就对他说了些感谢的话，也感激母亲说："若不是你去带这匹母牛来，恐怕今早我也起不来。"

母亲很诚恳地回答："溪水也可以喝的，早知道你要醒过来，我当然不忍离开你。真对不住你了。"

"谁是先知呢？刚才给我喝的奶子，实在胜过天上醍醐，多亏你替我找来！"父亲说时，挺着身子想要起来，可是他的气力很弱，动弹得不大灵敏。母亲向孩子借了母牛让父亲骑着。于是孩子先告辞回去了。

父亲赞美她的忠心，说她比醍醐海出来的乐斯迷更好，母亲那时也觉得昨晚上备受苦辱，该得父亲的赞美的。她也很得意地说："权当我为乐斯迷吧！"自那时以后，父亲常叫她做乐斯迷。

枯杨生花

秒，分，年月，
是用机械算的时间。
白头，皱皮，
是时间栽培的肉身。
谁曾见过心生白发？
起了皱纹？

心花无时不开放，
虽寄在愁病身、老死身中，
也不减他的辉光。
那么，谁说枯杨生花不久长？

"身不过是粪土"，
是栽培心花的粪土。
污秽的土能养美丽的花朵，
所以老死的身能结长寿的心果。

在这渔村里，人人都是惯于海上生活的。就是女人们有时也能和她们的男子出海打鱼，一同在那漂荡的浮屋过日子。但住在村里，还有许多愿意和她们的男子过这样危险生活也不能的女子们；因为她们的男子都是去外国的旅客，许久许久才随着海燕一度归来，不到几个月又转回去了。可羡燕子的归来都是成双的；而背井离乡的旅人，除了他们的行李以外，往往还还，终是非常孤零。

小港里，榕荫深处，那家姓金的，住着一个老婆子云姑和她的媳妇。她的儿子是个远道的旅人，已经许久没有消息了。年月不歇地奔流，使云姑和她媳妇的身心满了烦闷、苦恼，好像溪边的岩石，一方面被这时间的水冲刷了她们外表的光辉，一方面又从上流带了许多垢秽来停滞在她们身边。这两位忧郁的女人，为她们的男子不晓得费了许多无用的希往和探求。

这村，人烟不甚稠密，生活也很相同，所以测验命运的瞎先生很不轻易来到。老婆子一听见"报君知"的声音，没一次不赶快出来候着，要问行人的气运。她心里的想念比媳妇还切。这缘故，除非自己说出来，外人是难以知道的。每次来，都是这位瞎先生。每回的卦，都是平安、吉利；所短的只是时运来到。

那天，瞎先生又敲着他的报君知来了。老婆子早在门前等候。瞎先生是惯在这家测算的，一到，便问："云姑，今天还问行人么？"

"他一天不回来，终是要烦你的。不过我很思疑你的占法有点不灵验。这么些年，你总是说我们能够会面，可是现在连书信的影儿也没有了。你最好就是把小钲给了我，去干别的营生吧。你这不灵验的先生！"

瞽先生赔笑说："哈哈，云姑又和我闹玩笑了。你儿子的时运就是这样——好的要等着；坏的……"

"坏的怎样？"

"坏的立刻验。你的卦既是好的，就得等着。纵然把我的小钲摔破了也不能教他的好运早进一步的。我告诉你，若要相见，倒用不着什么时运，只要你肯去找他就可以，你不是去过好几次了么。"

"若去找他，自然能够相见，何用你说？啐！"

"因为你心急，所以我又提醒你，我想你还是走一趟好。今天你也不要我算了。你到那里，若见不着他，回来再把我的小钲取去也不迟。那时我也要承认我的占法不灵，不配干这营生了。"

瞽先生这一番话虽然带着搭讪的意味，可把云姑远行寻子的念头提醒了。她说："好吧，过一两个月再没有消息，我一定要去走一遭。你且候着，若再找不着他，提防我摔碎你的小钲。"

瞽先生连声说："不至于，不至于。"扶起他的竹杖，顺着池边走。报君知的声音渐渐地响到榕荫不到的地方。

*　　　　*　　　　*

一个月，一个月，又很快地过去了。云姑见他老没消息，径同着媳妇从乡间来。路上的风波，不用说，是受够了。老婆子从前是来过三两次的，所以很明白往儿子家里要往哪方前进。前度曾来的门墙依然映入云姑的瞳子。她觉得今番的颜色比前辉煌得多。眼中的瞳子好像对她说："你看儿子发财了！"

她早就疑心儿子发了财，不顾母亲，一触这鲜艳的光景，就带着呵责对媳妇说："你每用话替他粉饰，现在可给你亲眼看见了。"她见大门虚掩，顺手推开，也不打听，就往里迈步。

媳妇说："这怕是别人的住家，娘敢是走错了。"

她索性拉着媳妇的手，回答说："哪会走错？我是来过好几次的。"媳妇才不作声，随着她走进去。

嫣媚的花草各立定在门内的小园，向着这两个村婆装腔作势。路边两行千心妓女从大门达到堂前，剪得齐齐地。媳妇从不曾见过这生命的扶槛，一面走着，一面用手在上头捋来捋去。云姑说："小奴才！很会享福呀！怎么从前一片瓦砾场，今儿能长出这般烂漫的花草？你看这奴才又为他自己花了多少钱。他总不想他娘的田产，都是为他念书用完的。念了十几二十年书，还不会剩钱；刚会剩钱，又想自己花了。哼！"

说话间，已到了堂前。正中那幅拟南田的花卉仍然挂在壁上。媳妇认得那是家里带来的，越发安心坐定。云姑只管往里面探往，往来往去，总不见儿子的影儿。她急得嚷道："谁在里头？我来了大半天，怎么没有半个人影儿出来接应？"这声浪拥出一个小厮来。

"你们要找谁？"

老妇人很气地说："我要找谁！难道我来了，你还装作不认识么？快请你主人出来。"

小厮看见老婆子生气，很不好惹，遂恭恭敬敬地说："老太太敢是大人的亲眷？"

"什么大人？在他娘面前也要排这样的臭架。"这小厮很诧异，因为他主人的母亲就住在楼上，哪里又来了这位母亲。他说："老太太莫不是我家萧大人的……"

"什么萧大人？我儿子是金大人。"

"也许是老太太走错门了。我家主人并不姓金。"

她和小厮一句来，一句去，说的怎么是，怎么不是——闹了一阵还分辨不清。闹得里面又跑出一个人来。这个人却认得她，一见便说："老太太好呀！"她见是儿子成仁的厨子，就对他说："老宋，你还在这里。你听那可恶的小厮硬说他家主人不姓金，难道我的儿子改了姓不成？"

厨子说："老太太哪里知道？少爷自去年年头就不在这里住了。这里的东西都是他卖给人的。我也许久不吃他的饭了。现在这家是姓萧的。"

成仁在这里原有一条谋生的道路，不提防年来光景变迁，弄得他朝暖不保夕寒；有时两三天才见得一点炊烟从屋角冒上来。这样生活既然活不下去，又不好坦白地告诉家人。他只得把房子交回东主；一切家私能变卖的也都变卖了。云姑当时听见厨子所说，便问他现在的住址。厨子说："一年多没见金少爷了；我实在不知道他现在在哪里。我记得他对我说过要到别的地方去。"

厨子送了她们二人出来，还给她们指点道途。走不远，她们也就没有主意了。媳妇含泪低声地自问："我们现在要往哪里去？"但神经过敏的老婆子以为媳妇奚落她，便使气说："往去处去！"媳妇不敢再作声，只嘿嘿地扶着她走。

这两个村婆从这条街走到那条街，亲人既找不着，道途又不熟悉，各人提着一个小包袱，在街上只是来往地踱。老人家走到极疲乏的时候，才对媳妇说道："我们先找一家客店住下去吧。可是……店在哪里，我也不熟悉。"

"那怎么办呢？"

她们俩站在街心商量，可巧一辆摩托车从前面慢慢地驶来。因着警号的声音，使她们靠里走，且注意那坐在车上的人物。云姑不看则已，一看便呆了大半天。媳妇也是如此，可惜那车不等她们嚷出来，已直驶过去了。

"方才在车上的，岂不是你的丈夫成仁？怎么你这样呆头呆脑，也不会叫他的车停一会儿？"

"呀，我实在看呆了！……但我怎好意思在街上随便叫人？"

"哼！你不叫，看你今晚上往哪里住去。"

自从那摩托车过去以后，她们心里各自怀着一个意思。做母亲的想她的儿子在此地享福，不顾她，教人瞒着她说他穷。做媳妇的以为丈夫是另娶城市的美妇人，不要她那样的村婆了。所以她暗地也埋怨自己的命运。

前后无尽的道路，真不是容人想念或埋怨的地方呀。她们俩，无论如何，总得找个住宿的所在；眼看太阳快要平西，若还犹豫，便要露宿了。在她们心绪紊乱中，一个巡捕弄着手里的大黑棍子，撮起嘴唇，优悠地吹着些很鄙俗的歌调走过来。他看见这两个妇人，形迹异常，就向前盘问。巡捕知道她们是要找客店的旅人，就遥指着远处一所栈房说："那间就是客店。"她们也不能再走，只得听人指点。

她们以为大城里的道路也和村庄一样简单，人人每天都是走着一样的路程。所以第二天早晨，老婆子顾不得梳洗，便跑到昨天她们与摩托车相遇的街上。她又不大认得道，好容易才给她找着了。站了大半天，虽有许多摩托车从她面前经过；然而她心意中的儿子老不在各辆车上坐着。她站了一会儿，再等一会儿，巡捕当然又要上来盘问。她指手画脚，尽力形容，大半天巡捕还不明白她说的是什么意思。巡捕只好叫她走；劝她不要在人马扰攘底街心站着。她沉吟了半晌，才一步一步地蹀回店里。

媳妇挨在门框旁边也盼往许久了。她热往着婆婆给她好消息来，故也不歇地往着街心。从早晨到晌午，总没离开大门；等她看见云姑还是独自回来，她的双眼早就嵌上一层玻璃罩子。这样的失往并不稀奇，我们在每日生活中有时也是如此。

云姑进门，坐下，喘了几分钟，也不说话，只是摇头。许久才说："无论如何，我总得把他找着。可恨的是人一发达就把家忘了；我非得把他找来清算不可。"媳妇虽是伤心，还得挣扎着安慰别人。她说："我们至终要找着他。但每日在街上候着，也不是个办法，不如雇人到处打听去更妥当。"婆婆动怒了，说："你有钱，你雇人打听去。"静了一会儿，婆婆又说："反正那条路我是认得的，明天我还得到那里候着。前天我们是黄昏时节遇着他的，若是晚半天去，就能遇得着。"媳妇说："不如我去。我健壮一点，可以多站一会儿。"婆婆摇头回答："不成，不成。这里人心极坏，年轻的妇女少出去一些为是。"媳妇很失往，低声自说："那天呵责我不拦车叫人，现在又不许人去。"云姑翻起脸来说："又和你娘拌嘴了。这是什么时候？"媳妇不敢再作声了。

当下她们说了些找寻的方法。但云姑是非常固执的，她非得自己每天站在路旁等候不可。

老妇人天天在路边候着，总不见从前那辆摩托车经过。倏忽的光阴已过了一个月有余，看来在店里住着是支持不住了。她想先回到村里，往后再作计较。媳妇又不大愿意快走，怎奈婆婆的性子，做什么事都如箭在弦上，发出的多，挽回的少；她的话虽在喉头，也得从容地再吞下去。

*　　　　*　　　　*

她们下船了。舷边一间小舱就是她们的住处。船开不久，浪花已顺着风势频频地打击圆窗。船身又来回簸荡，把她们都荡晕了。第二晚，在眠梦中，忽然"哗啦"一声，船面随着起一阵恐怖的呼号。媳妇忙挣扎起来，开门一看，已见客人拥挤着，窜来窜去，好像老鼠入了吊笼一样。媳妇忙退回舱里，摇醒婆婆说："阿娘，快出去吧！"老婆子忙爬起来，紧拉着媳妇往外就跑。但船上的人你挤我，我挤你；船板又湿又滑；恶风怒涛又不稍减；所以搭客因摔倒而滚入海的很多。她们二人出来时，也摔了一跤；婆婆一撒手，媳妇不晓得又被人挤到什么地方去了。云姑被一个青年人扶起来，就紧揪住一条桅索，再也不敢动一动。她在那里只高声呼唤媳妇，但在那里，不要说千呼万唤，就是雷音狮吼也不中用。

天明了，可幸船还没沉，只搁在一块大礁石上，后半截完全泡在水里。在船上一部分人因为慌张拥挤的缘故，反比船身沉没得快。云姑走来走去，怎也找不着她媳妇。其实夜间不晓得丢了多少人，正不止她媳妇一个。她哭得死去活来，也没人来劝慰。那时节谁也有悲伤，哀哭并非稀奇难遇的事。

船搁在礁石上好几天，风浪也渐渐平复了。船上死剩的人都引颈盼顾，希往有船只经过，好救度他们。希往有时也可以实现的，看天涯一缕黑烟越来越近，云姑也忘了她的悲哀，随着众人呐喊起来。

云姑随众人上了那只船以后，她又想念起媳妇来了。无知的人在平安时的回忆总是这样。她知道这船是向着来处走，并不是往去处去的；于是她的心绪更乱。前几天因为到无可奈何的时候才离开那城，现在又要折回去；她一想起来，更不能制止泪珠的乱坠。

现在船中只有她是悲哀的。客人中，很有几个走来安慰她，其中一位朱老先生更是殷勤。他问了云姑一席话；很怜悯她，教她上岸后就在自己家里歇息，慢慢地寻找她的儿子。

慈善事业只合淡泊的老人家来办的；年少的人办这事，多是为自己的愉快，或是为人间的名誉恭敬。朱老先生很诚恳地带着老婆子回到家中，见了妻子，把情由说了一番。妻子也很仁惠，忙给她安排屋子，凡生活上一切的供养都为她预备了。

朱老先生用尽方法替她找儿子，总是没有消息。云姑觉得住在别人家里有点不好意思。但现在她又回去不成了。一个老妇人，怎样营独立的生活！从前还有一个媳妇将养她，现在媳妇也没有了。晚景朦胧，的确可怕、可伤。她青年时又很要强、很独断，不肯依赖人，可是现在老了。两位老主人也乐得她住在家里，故多用方法使她不想。

人生总有多少难言之隐，而老年的人更甚。她虽不惯居住城市，而心常在城市。她想到城市来见见她儿子的面是她生活中最要紧的事体。这缘故，不说她媳妇不知道，连她儿子也不知道。她隐秘这事，似乎比什么事都严密。流离的人既不能满足外面的生活，而内心的隐情又时时如毒蛇围绕着她。老人的心还和青年人一样，不是离死境不远的。她被思维的毒蛇咬伤了。

朱老先生对于道旁人都是一样爱惜，自然给她张罗医药，但世间还没有药能够医治想病。他没有法子，只求云姑把心事说出，或者能得一点医治的把握。女人有话总不轻易说出来的。她知道说出来未必有益，至终不肯吐露丝毫。

一天，一天，很容易过，急他人之急的朱老先生也急得一天厉害过一天。还是朱老太太聪明，把老先生提醒了说："你不是说她从沧海来的呢？四妹夫也是沧海姓金的，也许他们是同族，怎不向他打听一下？"

老先生说："据你四妹夫说沧海全村都是姓金的，而且出门的很多，未必他们就是近亲；若是远族，那又有什么用处？我也曾问过她认识思敬不认识，她说村里并没有这个人。思敬在此地四十多年，总没回去过；在理，他也未必认识她。"

老太太说："女人要记男子的名字是很难的。在村里叫的都是什么'牛哥、猪郎'，一出来，把名字改了，叫人怎能认得？女人的名字在男子心中总好记一点，若是沧海不大，四妹夫不能不认识她。看她现在也六十多岁了；在四妹夫来时，她至少也在二十五六岁左右。你说是不是？不如你试到他那里打听一下。"

他们商量妥当，要到思敬那里去打听这老妇人的来历。思敬与朱老先生虽是连襟，却很少往来。因为朱老太太的四妹很早死，只留下一个儿子砺生。亲戚家中既没有女人，除年节的遗赠以外，是不常往来的。思敬的心情很坦荡，有时也很诙谐，自妻死后，便将事业交给那年轻的儿子，自己在市外盖了一所别庄，名做沧海小浪仙馆；在那里已经住过十四五年了。白手起家的人，像他这样知足，会享清福的很少。

小浪仙馆是藏在万竹参差里。一湾流水围绕林外，俨然是个小洲，需过小桥方能达到馆里。朱老先生顺着小桥过去。小林中养着三四只鹿，看见人在道上走，都抢着跑来。深秋的昆虫，在竹林里也不少，所以这小浪仙馆都满了虫声、鹿迹。朱老先生不常来，一见这所好园林，就和拜见了主人一样；在那里盘桓了多时。

思敬的别庄并非金碧辉煌的高楼大厦，只是几间覆茅的小屋。屋里也没有什么稀世的珍宝，只是几架破书，几卷残画。老先生进来时，精神怡悦的思敬已笑着出来迎接。

"襟兄少会呀！你在城市总不轻易到来，今日是什么兴头使你老人家光临？"

朱老先生说："自然，'没事就不登三宝殿'，我来特要向你打听一件事。但是你在这里很久没回去，不一定就能知道。"

思敬问："是我家乡的事么？"

"是，我总没告诉你我这夏天从香港回来，我们的船在水程上救济了几十个人。"

"我已知道了，因为砺生告诉我。我还教他到府上请安去。"

老先生诧异说："但是砺生不曾到我那里。"

"他一向就没去请安么？这孩子越学越不懂事了！"

"不，他是很忙的，不要怪他。我要给你说一件事：我在船上带了一个老婆子。……"

诙谐的思敬狂笑，拦着说："想不到你老人家的心总不会老！"

老先生也笑了说："你还没听我说完哪。这老婆子已六十多岁了，她是为找儿子来的；不幸找不着，带着媳妇要回去。风浪把船打破，连她的媳妇也打丢了。我见她很伶仃，就带她回家里暂住。她自己说是从沧海来的。这几个月中，我们夫妇为她很担心，想她自己一个人再去又没依靠的人；在这里，又找不着儿子；自己也急出病来了。问她的家世，她总说得含含糊糊，所以特地来请教。"

"我又不是沧海的乡正，不一定就能认识她。但六十左右的人，多少我还认识几个。她叫什么名字？"

"她叫作云姑。"

思敬注意起来了。他问："是嫁给日腾的云姑么？我认得一位日腾嫂小名叫云姑。但她不致有个儿子到这里来，使我不知道。"

"她一向就没说起她是日腾嫂，但她儿子名叫成仁，是她亲自对我说的。"

"是呀，日腾嫂的儿子叫阿仁是不错的。这，我得去见见她才能知道。"

这回思敬倒比朱老先生忙起来了。谈不到十分钟，他便催着老先生一同进城去。

一到门，朱老先生对他说："你且在书房候着，待我先进去告诉她。"他跑进去，老太太正陪着云姑在床沿坐着。老先生对她说："你的妹夫来了。这是很凑巧的，他说认识她。"他又向云姑说："你说不认得思敬，思敬倒认得你呢。他已经来了，待一会儿，就要进来看你。"

老婆子始终还是说不认识思敬。等他进来，问她："你可是日腾嫂？"她才惊讶起来。怔怔地往着这位灰白眉发的老人。

半晌才问："你是不是日辉叔?"

"可不是!"老人家的白眉往上动了几下。

云姑的精神这回好像比没病时还健壮。她坐起来,两只眼睛凝望着老人,摇摇头叹说:"呀,老了!"

思敬笑说:"老么?我还想活三十年哪。没想到此生还能在这里见你!"

云姑的老泪流下来,说:"谁想得到?你出门后总没有信。若是我知道你在这里,仁儿就不至于丢了。"

朱老先生夫妇们眼对眼在那里猜哑谜,正不晓得他们是怎么一回事。思敬坐下,对他们说:"想你们二位要很诧异我们的事。我们都是亲戚,年纪都不小了,少年时事,说说也无妨。云姑是我一生最喜欢、最敬重的。她的丈夫是我同族的哥哥,可是她比我少五岁。她嫁后不过一年,就守了寡——守着一个遗腹子。我于她未嫁时就认得她的,我们常在一处。自她嫁后,我也常到她家里。

"我们住的地方只隔一条小巷,我出入总要由她门口经过。自她寡后,心性变得很浮躁,喜怒又无常,我就不常去了。

"世间凑巧的事很多!阿仁长了五六岁,偏是很像我。"

朱老先生截住说:"那么,她说在此地见过成仁,在摩托车上的定是砺生了。"

"你见过砺生么?砺生不认识你,见着也未必理会。"他向着云姑说了这话,又转过来对着老先生,"我且说村里的人很没知识,又很爱说人闲话;我又是弱房的孤儿,族中人总想找机会来欺负我。因为阿仁，几个坏子弟常来勒索我，一不依，就要我见官去，说我'盗嫂'，破寡妇的贞节。我为两方的安全，带了些少金钱，就跑到这里来。其实我并不是个商人，赶巧又能在这里成家立业。但我终不敢回去，恐怕人家又来欺负我。"

"好了，你既然来到，也可以不用回去。我先给你预备住处，再想法子找成仁。"

思敬并不多谈什么话，只让云姑歇下，同着朱老先生出外厅去了。

当下思敬要把云姑接到别庄里，朱老先生因为他们是同族的嫂叔，当然不敢强留。云姑虽很喜欢，可躺病在床，一时不能移动，只得暂时留在朱家。

在床上的老病人，忽然给她见着少年时所恋、心中常想而不能说的爱人，已是无上的药饵足能治好她。此刻她的眉也不皱了。旁边人总不知她心里有多少愉快，只能从她面部的变动测验一点。

她躺着翻开她心史最有趣的一页。

       *   *   *

记得她丈夫死时，她不过是二十岁；虽有了孩子，也是难以守得住；何况她心里又另有所恋。日日和所恋的人相见，实在教她忍不得去过那孤寡的生活。

邻村的天后宫，每年都要演酬神戏。村人借着这机会可以消消闲，所以一演剧时，全村和附近的男女都来聚在台下，从日中看到第二天早晨。那夜的戏目是《杀子报》，云姑也在台下坐着看。不到夜半，她已看不入眼，至终给心中的烦闷催她回去。

回到家里，小婴儿还是静静地睡着；屋里很热，她就依习惯端一张小凳子到偏门外去乘凉。这时巷中一个人也没有。近处只有印在小池中的月影伴着她。远地的锣鼓声、人声，又时时送来搅扰她的心怀。她在那里，对着小池暗哭。

巷口，脚步的回声令她转过头来视往。一个人吸着旱烟筒从那边走来。她认得是日辉，心里顿然安慰。日辉那时是个斯文的学生；所住的是在村尾，这巷是他往来必经之路。他走近前，看见云姑独自一人在那里，从月下映出她双颊上几行泪光。寡妇的哭本来就很难劝。他把旱烟吸得"咻咻"有声，站住说："还不睡去，又伤心什么？"

她也不回答，一手就把日辉的手揸住。没经验的日辉这时手忙脚乱，不晓得要怎样才好。许久，他才说："你把我揸住，就能使你不哭么？"

"今晚上，我可不让你回去了。"

日辉心里非常害怕，血脉动得比常时快；烟筒也揸得不牢，落在地上。他很郑重地对云姑说："谅是今晚上的戏使你苦恼起来。我不是不依你，不过这村里只有我一个是'读书人'，若有三分不是，人家总要加上七分谴谪。你我的名分已是被定到这步田地，族人对你又怀着很大的希往，我心里即如火焚烧着，也不能用你这点清凉水来解救。你知道若是有父母替我做主，你早是我的人；我们就不用各受各的苦了。不用心急，我总得想方法安慰你。我不是怕破坏你的贞节，也不怕人家骂我乱伦，因为我们从少时就在一处长大的，我们的心肠比那些还要紧。我怕的是你那儿子还小，若是什么风波，岂不白害了他？不如再等几年，我有多少长进的时候？再……"

屋里的小孩子醒了，云姑不得不松了手，跑进去招呼他。日辉乘隙走了。妇人出来，看不见日辉，正在怅往，忽然有人拦腰抱住她。她一看，却是本村的坏子弟臭狗。

"臭狗，为什么把人抱住？"

"你们的话，我都听见了。你已经留了他，何妨再留我？"

妇人急起来，要嚷。臭狗说："你一嚷，我就去把日辉揪来对质，一同上祠堂去；又告诉禀保，不保他赴府考，叫他秀才也做不成。"他嘴里说，一只手在女人头面身上自由摩挲，好像乩在沙盘上乱动一般。

妇人嚷不得，只能用最后的手段，用极甜软的话向着他："你要，总得人家愿意；人家若不愿意，就许你抱到明天，那有什么用处？你放我下来，等我进去把孩子挪过一边……"

性急的臭狗还不等她说完，就把她放下来。一副诌媚如小鬼的脸向着妇人说："这回可愿意了。"妇人送他一次媚视，转身把门急掩起来。臭狗见她要逃脱，赶紧插一只脚进门限里。这偏门是独扇的，妇人手快，已把他的脚夹住，又用全身的力量顶着。外头，臭狗求饶的声，叫不绝口。

"臭狗，臭狗，谁是你占便宜的，臭蛤蟆。臭蛤蟆要吃肉也得想想自己没翅膀！何况你这臭狗，还要跟着凤凰飞，有本领，你就进来吧。不要脸！你这臭鬼，真臭得比死狗还臭。"

外头直告饶，里边直詈骂，直堵。妇人力尽的时候才把他放了。那夜的好教训是她应受的。此后她总不敢于夜中在门外乘凉了。臭狗吃不着"天鹅"。只是要找机会复仇。

过几年，成仁已四五岁了。他长得实在像日辉，村中多事的人——无疑臭狗也在内——硬说他的来历不明。日辉本是很顾体面的；他禁不起千口同声硬把事情搁在他身，使他清白的名字被涂得漆黑。

那晚上，雷雨交集。妇人怕雷，早把窗门关得很严，同那孩子伏在床上。子刻已过，当巷的小方窗忽然霍霍地响。妇人害怕不敢问。后来外头叫了一声"腾嫂"，她认得这又斯文又惊惶的声音，才把窗门开了。

"原来是你呀！我以为是谁。且等一会儿，我把灯点好，给你开门。"

"不，夜深了，我不进去。你也不要点灯了，我就站在这里给你说几句话吧。我明天一早就要走了。"这时电光一闪，妇人看见日辉脸上、身上满都湿了。她还没工夫辨别那是雨、是泪，日辉又接着往下说："因为你，我不能再在这村里住，反正我的前程是无往的了。"

妇人默默地望着他，他从袖里掏出一卷地契出来，由小窗送进去。说："嫂子，这是我现在所能给你的。我将契写成卖给成仁的字样，也给县里的房吏说好了。你可以收下，将来给成仁做书金。"

他将契交给妇人，便要把手缩回。妇人不顾接契，忙把他的手揸住。契落在地上，妇人好像不理会，双手捧着日辉的手往复地摩挲，也不言语。

"你忘了我站在深夜的雨中么？该放我回去啦，待一会儿有人来，又不好了。"

妇人仍是不放，停了许久，才说："方才我想问你什么来，可又忘了。……不错，你还没告诉我你要到哪里去咧。"

"我实在不能诉你，因为我要先到厦门去打听一下再定规。我从前想去的是长崎，或是上海，现在我又想向南洋去，所以去处还没一定。"

妇人很伤悲地说："我现在把你的手一撒，就像把风筝的线放了一般，不知此后要到什么地方找你去。"

她把手撒了，男子仍是呆呆地站着。他又像要说话的样子；妇人也嘿嘿地往着。雨水欺负着外头的行人；闪电专要吓里头的寡妇；可是他们都不介意。在黑暗里，妇人只听得一声："成仁大了，务必叫他到书房去。好好地栽培他，将来给你请封诰。"

他没容妇人回答什么，担着破伞走了。

＊　　　＊　　　＊

这一别四十多年，一点音信也没有。女人的心现在如失宝重还，什么音信、消息、儿子、媳妇，都不能动她的心了。她的愉快足能使她不病。

　　思敬于云姑能起床时，就为她预备车辆，接她到别庄去。在那虫声高低，鹿迹零乱的竹林里，这对老人起首过他们曾希往过的生活。云姑呵责思敬说他总没音信。思敬说："我并非不愿给你知道我离乡后的光景；不过那时，纵然给你知道了，也未必是你我两人的利益。我想你有成仁，别后已是闲话满嘴了，若是我回去，料想你必不轻易放我再出来。那时，若要进前，便得吃官司；要退后，那就不可设想了。"

　　"自娶妻后，就把你忘了。我并不是真忘了你，为常记念你只能增我的忧闷，不如权当你不在了。又因我已娶妻，所以越不敢回去见你。"

　　说话时，遥见他儿子砺生的摩托车停在林外。他说："你从前遇见的'成仁'来了。"

　　砺生进来，思敬命他叫云姑为母亲。又对云姑说："他不像你的成仁么?"

　　"是呀，像得很! 怪不得我看错了。不过细看起来，成仁比他老得多。"

　　"那是自然的，成仁长他十岁有余咧。他现在不过三十四岁。"

　　现在一提起成仁，她的心又不安了。她两只眼睛往空不歇地转。思敬劝说："反正我的儿子就是你的。成仁终归是要找着的，这事交给砺生办去，我们且宽怀过我们的老日子吧。"

　　和他们同在的朱老先生听了这话，在一边狂笑，说："'想不到你老人家的心还不会老!' 现在是谁老了!"

思敬也笑说："我还是小叔呀。小叔和寡嫂同过日子也是应该的。难道还送她到老人院去不成？"

三个老人在那里卖老，砺生不好意思，借故说要给他们办筵席，乘着车进城去了。

壁上自鸣钟叮当响了几下，云姑像感得是沧海瞎先生敲着报君知来告诉她说："现在你可什么都找着了！这行人卦得赏双倍；我的小钲还可以保全哪。"

那晚上的筵席，当然不是平常的筵席。

命命鸟

敏明坐在席上，手里拿着一本《八大人觉经》，流水似的念着。她的席在东边的窗下，早晨的日光射在她脸上，照得她的身体全然变成黄金的颜色。她不理会日光晒着她，却不歇地抬头去瞧壁上的时计，如像等什么人来似的。

那所屋子是佛教青年会的法轮学校。地上满铺了日本花席，八九张矮小的几子横在两边的窗下。壁上挂的都是释迦应化的事迹，当中悬着一个卍字徽章和一个时计。一进门就知那是佛教的经堂。

敏明那天来得早一点，所以屋里还没有人。她把各样功课念过几遍，瞧壁上的时计正指着六点一刻。她用手挡住眉头，往着窗外低声地说："这时候还不来上学，莫不是还没有起床？"

敏明所等的是一位男同学加陵。他们是七八年的老同学，年纪也是一般大。他们的感情非常的好，就是新来的同学也可以瞧得出来。

"铿铛……铿铛……"一辆电车循着铁轨从北而来，驶到学校门口停了一会。一个十五六岁的美男子从车上跳下来。他的头上包着一条苹果绿的丝巾；上身穿着一件雪白的短褂；下身围着一条紫色的丝裙；脚下踏着一双芒鞋，俨然是一位缅甸的世家子弟。这男子走进院里，脚下的芒鞋拖得"啪嗒啪嗒"地响。那声音传到屋里，好像告诉敏明说："加陵来了！"

敏明早已瞧见他，等他走近窗下，就含笑对他说："哼哼，加陵！请你的早安。你来得算早，现在才六点一刻咧。"加陵回答说："你不要讥诮我，我还以为我是第一早的。"他一面说一面把芒鞋脱掉，放在门边，赤着脚走到敏明跟前坐下。

加陵说："昨晚上父亲给我说了好些故事，到十二点才让我去睡，所以早晨起得晚一点。你约我早来，到底有什么事？"敏明说："我要向你辞行。"加陵一听这话，眼睛立刻瞪起来，显出很惊讶的模样，说："什么？你要往哪里去？"敏明红着眼眶回答说："我的父亲说我年纪大了，书也念够了；过几天可以跟着他专心当戏子去，不必再像从前念几天唱几天那么劳碌。我现在就要退学，后天将要跟他上普朗去。"加陵说："你愿意跟他去吗？"敏明回答说："我为什么不愿意？我家以演剧为职业是你所知道的。我父亲虽是一个很有名、很能赚钱的俳优，但这几年间他的身体渐渐软弱起来，手足有点不灵活，所以他愿意我和他一块儿排演。我在这事上很有长处，也乐得顺从他的命令。"加陵说："那么，我对于你的意思就没有挽回的余地了。"敏明说："请你不必为这事纳闷。我们的离别必不能长久的。仰光是一所大城，我父亲和我必要常在这里演戏。有时到乡村去，也不过三两个星期就回来。这次到普朗去，也是要在那里耽搁八九天。请你放心……"

　　加陵听得出神，不提防外边早有五六个孩子进来。有一个顽皮的孩子跑到他们的跟前说："请'玫瑰'和'蜜蜂'的早安。"他又笑着对敏明说："'玫瑰'花里的甘露流出来咧。"——他瞧见敏明脸上有一点泪痕，所以这样说。西边一个孩子接着说："对呀！怪不得'蜜蜂'舍不得离开她。"加陵起身要追那孩子，被敏明拦住。她说："别和他们胡闹。我们还是说我们的吧。"加陵坐下，敏明就接着说："我想你不久也得转入高等学校，盼往你在念书的时候要忘了我，在休息的时候要记念我。"加陵说："我决不会把你忘了。你若是过十天不回来，或者我会到普朗去找你。"敏明说："不必如此，我过几天准能回来。"

　　说的时候，一位三十多岁的教师由南边的门进来。孩子们都起立向他行礼。教师蹲在席上，回头向加陵说："加陵，昙摩蜱和尚叫你早晨和他出去乞食。现在六点半了，你快去吧。"加陵听了这话，立刻走到门边，把芒鞋放在屋角的架上，随手拿了一把油伞就要出门。教师对他说："九点钟就得回来。"加陵答应一声就去了。

　　加陵回来，敏明已经不在她的席上。加陵心里很是难过，脸上却不露出什么不安的颜色。他坐在席上，仍然念他的书。晌午的时候，那位教师说："加陵，早晨你走得累了，下午给你半天假。"加陵一面谢过教师，一面检点他的文具，慢慢地走回家去。

　　加陵回到家里，他父亲婆多瓦底正在屋里嚼槟榔。一见加陵进来，忙把沫红唾出，问道："下午放假么?"加陵说："不是。是先生给我的假。因为早晨我跟昙摩蜱和尚出去乞食，先生说我太累，所以给我半天假。"他父亲说："哦，昙摩蜱在道上曾告诉你什么事情没有?"加陵答道："他告诉我说，我的毕业期间快到了，他愿意我跟他当和尚去。他又说：这意思已经向父亲提过了。父亲啊，他实在向你提过这话么?"婆多瓦底说："不错，他曾向我提过。我也很愿意你跟他去。不知道你怎样打算?"加陵说："我现时有点不愿意。再过十五六年，或者能够从他。我想再入高等学校念书，盼往在其中可以得着一点西洋的学问。"他父亲诧异说："西洋的学问！啊！我的儿，你想差了。西洋的学问不是好东西，是毒药哟。你若是有了那种学问，你就要藐视佛法了。你试瞧瞧在这里的西洋人，多半是干些杀人的勾当，做些损人利己的买卖，和开些诽谤佛法的学校。什么圣保罗因斯提丢啦，圣约翰海斯苦尔啦，没有一间不是诽谤佛法的。我说你要求西洋的学问会发生危险就在这里。"加陵说："诽谤与否，在乎自己，并不在乎外人的煽惑。若是父亲许我入圣约翰海斯苦尔，我准保能持守得住，不会受他们的诱惑。"婆多瓦底说："我是很爱你的，你要做的事情，若是没有什么妨害，我一定允许你。要记得昨晚上我和你说的话。我一想起当日你叔叔和你的白象主（缅甸王尊号）提婆的事，就不由得我不恨西洋人。我最沉痛的是他们在蛮得勒将白象主掳去；又在瑞大光塔设驻防营。瑞大光塔是我们的圣地，他们竟然叫些行凶的人在那里住，岂不是把我们的戒律打破了吗？……我盼往你不要入他们的学校，还是清清净净去当沙门。一则可以为白象主忏悔；二则可以为你的父母积福；三则为你将来往生极乐的预备。出家能得这几种好处，总比西洋的学问强得多。"加陵说："出家修行，我也很愿意。但无论如何，现在决不能办。不如一面入学，一面跟着昙摩蝉学些经典。"婆多瓦底知道劝不过来，就说："你既是决意要入别的学校，我也无可奈何。我很喜欢你跟昙摩蝉学习经典。你毕业后就转入仰光高等学校吧，那学校对于缅甸的风俗比较的保存一点。"加陵说："那么，我明天就去告诉昙摩蝉和法轮学校的教师。"婆多瓦底说："也好。今天的天气很清爽，下午你又没有功课，不如在午饭后一块儿到湖里逛逛。你就叫他们开饭吧。"婆多瓦底说完就进卧房换衣服去了。

原来加陵住的地方离绿绮湖不远，绿绮湖是仰光第一大、第一好的公园。缅甸人叫他做干多支；"绿绮"的名字是英国人替他起的。湖边满是热带植物。那些树木的颜色、形态，都是很美丽、很奇异。湖西远远往见瑞大光，那塔的金色光衬着湖边的椰树、蒲葵，直像王后站在水边，后面有几个宫女持着羽葆随着她一样。此外好的景致，随处都是。不论什么人，一到那里，心中的忧柔立刻消灭。加陵那天和父亲到那里去，能得许多愉快是不消说的。

过了三个月，加陵已经入了仰光高等学校。他在学校里常常思念他最爱的朋友敏明。但敏明自从那天早晨一别，老是没有消息。有一天，加陵回家，一进门仆人就递封信给他。拆开看时，却是敏明的信。加陵才知道敏明早已回来。他等不得见父亲的面，翻身出门，直向敏明家里奔来。

敏明的家还是住在高加因路，那地方是加陵所常到的。女仆玛弥见他推门进来，忙上前迎他说："加陵君，许久不见啊！我们姑娘前天才回来的。你来得正好，待我进去告诉她。"她说完这话就速速进里边去，大声嚷道："敏明姑娘，加陵君来找你呢。快下来吧。"加陵在后面慢慢地走，待要踏入厅门，敏明已迎出来。

敏明含笑对加陵说："谁教你来的呢？这三个月不见你的信，大概因为功课忙的缘故吧。"加陵说："不错，我已经入了高等学校，每天下午还要到昙摩蜱那里。……唉，好朋友，我就是有工夫，也不能写信给你。因为我抓起笔来，就没了主意，不晓得要写什么才能叫你觉得我的心常常有你在里头。我想你这几个月没有信给我，也许是和我一样地犯了这种毛病。"敏明说："你猜的不错。你许久不到我屋里了，现在请你和我上去坐一会。"敏明把手搭在加陵的肩胛上，一面吩咐玛弥预备槟榔、淡巴菰和些少细点；一面携着加陵上楼。

敏明的卧室在楼西。加陵进去，瞧见里面的陈设还是和从前差不多。楼板上铺的是土耳其绒毡。窗上垂着两幅很细致的帷子。她的衾具就放在窗边。外头悬着几盆风兰。瑞大光的金光远远地从那里射来。靠北是卧榻，离地约一尺高，上面用上等的丝织物盖住。壁上悬着一幅提婆和率裴雅洛观剧的画片。还有好些绣垫散布在地上。加陵拿一个垫子到窗边，刚要坐下，那女仆已经把各样吃的东西捧上来。"你嚼槟榔啵"，敏明说完这话，随手送了一个槟榔到加陵嘴里，然后靠着她的镜台坐下。

加陵嚼过槟榔，就对敏明说："你这次回来，技艺必定很长进；何不把你最得意的艺术演奏起来，我好领教一下？"敏明笑说："哦，你是要瞧我演戏来的。我死也不演给你瞧。"加陵说："有什么妨碍呢？你还怕我笑你不成？快演吧，完了咱们再谈心。"敏明说："这几天我父亲刚刚教我一套雀翎舞，打算在涅槃节期到比古演奏，现在先演你瞧吧。我先舞一次，等你瞧熟了，再奏乐和我。这舞蹈的谱可以借用'达撒罗撒'，歌谱借用'恩斯民'。这两支谱，你都会吗？"加陵忙答应说："都会，都会。"

加陵擅于奏"巴打拉"（一种竹制的乐器，详见《大清会典图》），他一听见敏明叫他奏乐，就立刻叫玛弥把那种乐器搬来。等到敏明舞过一次，他就跟着奏起来。

敏明两手拿住两把孔雀翎，舞得非常的娴熟。加陵所奏的巴打拉也还跟得上，舞过一会儿，加陵就奏起"恩斯民"的曲调；只听敏明唱道：

> 孔雀！孔雀！你不必赞我生得俊美，
> 我也不必嫌你长得丑劣。
> 咱们是同一个身心，
> 同一副手脚。
> 我和你永远同在一个身里住着。

我就是你啊，你就是我。
别人把咱们的身体分做两个，
是他们把自己的指头压在眼上，
所以会生出这样的错。
你不要像他们这样的眼光。
要知道我就是你啊，你就是我。

敏明唱完，又舞了一会儿。加陵说："我今天才知道你的技艺精到这个地步。你所唱的也是很好。且把这歌曲的故事说给我听。"敏明说："这曲倒没有什么故事，不过是平常的恋歌，你能把里头的意思听出来就够了。"加陵说："那么，你这支曲是为我唱的。我也很愿意对你说：我就是你，你就是我。"

他们二人的感情几年来就渐渐浓厚。这次见面的时候，又受了那么好的感触，所以彼此的心里都承认他们求婚的机会已经成熟。

敏明愿意再帮父亲二三年才嫁，可是她没有向加陵说明。加陵起先以为敏明是一个很信佛法的女子，怕她后来要到尼庵去实行她的独身主义，所以不敢动求婚的念头。现在瞧出她的心志不在那里，他就决意回去要求婆多瓦底的同意，把她娶过来。照缅甸的风俗，子女的婚嫁本没有要求父母同意的必要。加陵很尊重他父亲的意见，所以要履行这种手续。

他们谈了半晌工夫，敏明的父亲宋志从外面进来，抬头瞧见加陵坐在窗边，就说："加陵君，别后平安啊。"加陵忙回答他，转过身来对敏明说："你父亲回来了。"敏明待下去，她父亲已经登楼。他们三人坐过一会儿，谈了几句客套，加陵就起身告辞。敏明说："你来的时间不短，也该回去了。你且等一等，我把这些舞具收拾清楚，再陪你在街上走几步。"

宋志眼瞧着他们出门，正要到自己屋里歇一歇。恰好玛弥上楼来收拾东西。宋志就对她说："你把那盘槟榔送到我屋里去吧。"玛弥说："这是他们剩下的，已经残了。我再给你拿些新鲜的来。"

玛弥把槟榔送到宋志屋里，见他躺在席上，好像想什么事情似的。宋志一见玛弥进来，就起身对她说："我瞧他们两人实在好得太厉害，若是敏明跟了他，我必要吃亏。你有什么好方法教他们二人的爱情冷淡没有？"玛弥说："我又不是蛊师，哪有好方法离间他们？我想主人你也不必想什么方法，敏明姑娘必不至于嫁他。因为他们一个是属蛇，一个是属鼠的；（缅甸的生肖是算日的。礼拜四生的属鼠，礼拜六生的属蛇。）就算我们肯将姑娘嫁给他，他的父亲也不愿意。"宋志说："你说的虽然有理，但现在生肖相克的话，好些人都不注重了。倒不如请一位蛊师来，请他在二人身上施一点法术更为得计。"

印度支那间有一种人叫作蛊师，专用符咒替人家制造命运。有时叫没有爱情的男女，忽然发生爱情；有时将如胶似漆的夫妇化为仇敌。操这种职业的人，以暹罗的僧侣最多，且最受人信仰。缅甸人操这种事业的也不少。宋志因为玛弥的话提醒他，第二天早晨他就出门找蛊师去了。

晌午的时候，宋志和蛊师沙龙回来。他让沙龙进自己的卧房。玛弥一见沙龙进来，木鸡似的站在一边。她想到昨天在无意之中说出蛊师，引起宋志今天的实行，实在对不起她的姑娘。她想到这里，就一直上楼去告诉敏明。

敏明正在屋里念书，听见这消息，急和玛弥下来。蹑步到屏后，倾耳听他们的谈话。只听沙龙说："这事很容易办。你可以将她常用的贴身东西拿一两件来，我在那上头画些符、念些咒，然后给回她用，过几天就见功效。"宋志说："恰好这里有她一条常用的领巾，是她昨天回来的时候忘记带上去的。这东西可用吗？"沙龙说："可以的，但是能够得着……"

敏明听到这里已忍不住，一直走进去向父亲说："阿爸，你何必摆弄我呢？我不是你的女儿吗？我和加陵没有什么意，请你放心。"宋志蓦地里瞧见他女儿进来，简直不知道要用什么话对付她。沙龙也停了半晌才说："姑娘，我们不是谈你的事。请你放心。"敏明斥他说："狡猾的人，你的计我已知道了。你快去办你的事吧。"宋志说："我的儿，你今天疯了吗？你且坐下，我慢慢给你说。"

敏明哪里肯依父亲的话，她一味和沙龙吵闹，弄得她父亲和沙龙很没趣。不久沙龙垂着头走出来；宋志满面怒容蹲在床上吸烟；敏明也愤愤地上楼去了。

敏明那一晚上没有下来和父亲用饭。她想父亲终久会用蛊术离间他们，不由得心里难过。她躺在床上翻来覆去，绣枕早已被她的眼泪湿透了。

第二天早晨，她到镜台梳洗，从镜里瞧见她满面都是鲜红色——因为绣枕褪色，印在她的脸上——不觉笑起来。她把脸上那些印迹洗掉的时候，玛弥已捧一束鲜花、一杯咖啡上来。敏明把花放在一边，一手倚着窗棂，一手拿住茶杯向窗外出神。

她定神瞧着围绕瑞大光的彩云，不理会那塔的金光向她的眼睑射来，她精神因此就十分疲乏。她心里的感想和目前的光融洽，精神上现出催眠的状态。她自己觉得在瑞大光塔顶站着，听见底下的护塔铃叮叮当当地响。她又瞧见上面那些王侯所献底宝石，个个都发出很美丽的光明。她心里喜欢得很，不歇用手去摩弄，无意中把一颗大红宝石摩掉了。她忙要俯身去捡时，那宝石已经掉在地上。她定神瞧着那空儿，要求那宝石掉下的缘故，不觉有一种更美丽的宝光从那里射出来。她心里觉得很奇怪，用手扶着金壁，低下头来要瞧瞧那空儿里头的光景。不提防那壁被她一推，渐渐向后，原来是一扇宝石的门。

那门被敏明推开之后，里面的光直射到她身上。她站在外边，往里一瞧，觉得里头的山水、树木，都是她平生所不曾见过的。她在不知不觉中，已经向前走了几十步。耳边恍惚听见有人对她说："好啊！你回来啦。"敏明回头一看，觉得那人很熟悉，只是一时不能记出他的名字。她听见"回来"这两字，心里很是纳闷，就向那人说："我不住在这里，为何说我回来？你是谁？我好像在哪里与你会过似的。这是什么地方？"那人笑说："哈哈！去了这些日子，连自己家乡和平日间往来的朋友也忘了。肉体的障碍真是大哟。"敏明听了这话，简直莫名其妙。又问他说：“我是谁？有那么好福气住在这里。我真是在这里住过吗？”那人回答说：“你是谁？你自己知道。若是说你不曾住过这里，我就领你到处逛一逛，瞧你认得认不得。”

敏明听见那人要领她到处去逛逛，就忙忙答应。但所见的东西，敏明一点也记不清楚，总觉得样样都是新鲜的。那人瞧见敏明那么迷糊，就对她说：“你既然记不清，待我一件一件告诉你。”

敏明和那人走过一座碧玉牌楼。两边底树罗列成行，开着很好看的花。红的、白的、紫的、黄的，各色都备。树上有些鸟声，唱得很好听。走路时，有些微风慢慢吹来，吹得各色的花瓣纷纷掉下：有些落在人的身上；有些落在地上；有些还在空中飞来飞去。敏明的头上和肩膀上也被花瓣贴满，遍体熏得很香。那人说：“这些花木都是你的老朋友；你常和他们往来。他们的花是长年开放的。”敏明说：“这真是好地方，只是我总记不起来。”

走不多远，忽然听见很好的乐音。敏明说：“谁在那边奏乐？”那人回答说：“哪里有人奏乐，这里的声音都是发于自然的。你所听的是前面流水的声音。我们再走几步就可以瞧见。”进前几步果然有些泉水穿林而流。水面浮着奇异的花草，还有好些水鸟在那里游泳。敏明只认得些荷花、鸂鶒；其余都不认得。那人很不耐烦，把各样的东西都告诉她。

他们二人走过一道桥，迎面立着一片琉璃墙。敏明说：“这墙真好看，是谁在里面住？”那人说：“这里头是乔答摩宣讲法要的道场。现时正在演说，好些人物都在那里聆听法音。转过这个墙角就是正门。到的时候，我领你进去听一听。"敏明贪恋外面的风景，不愿意进去。她说："咱们逛会儿才进去吧。"那人说："你只会听粗陋的声音，看简略的颜色和闻污劣的香味。那更好的、更微妙的，你就不理会了。……好，我再和你走走，瞧你悟不了悟。"

二人走到墙的尽头，还是穿入树林。他们踏着落花一直进前；树上的鸟声，叫得更好听。敏明抬起头来，忽然瞧见南边的树枝上有一对很美丽的鸟呆立在那里，丝毫的声音也不从他们的嘴里发出。敏明指着问那人说："只只鸟儿都出声吟唱，为什么那对鸟儿不出声音呢？那是什么鸟？"那人说："那是命命鸟。为什么不唱？我可不知道。"

敏明听见"命命鸟"三字，心里似乎有点觉悟。她注神瞧着那鸟，猛然对那人说："那可不是我和我的好朋友加陵么？为何我们都站在那里？"那人说："是不是，你自己觉得。"敏明抢前几步，看来还是一对呆鸟。她说："还是一对鸟儿在那里；也许是我的眼花了。"

他们绕了几个弯，当前现出一节小溪把两边的树林隔开。对岸的花草，似乎比这边更新奇。树上的花瓣也是常常掉下来。树下有许多男女：有些躺着的；有些站着的；有些坐着的。各人在那里说说笑笑，都现出很亲密的样子。敏明说："那边的花瓣落得更妙；人也多一点，我们一同过去逛逛吧。"那人说："对岸可不能去。那落的叫作情尘；若是往人身上落得多了就不好。"敏明说:"我不怕。你领我过去逛逛吧。"那人见敏明一定要过去,就对她说:"你必要过那边去,我可不能陪你了。你可以自己找一道桥过去。"他说完这话就不见了。敏明回头瞧见那人不在,自己循着水边,打算找一道桥过去。但找来找去总找不着,只得站在这边瞧过去。

她瞧见那些花瓣越落越多,那班男女几乎被葬在底下。有一个男子坐在对岸的水边,身上也是满了落花。一个紫衣的女子走到他跟前说:"我很爱你。你是我的命。我们是命命鸟。除你以外,我没有爱过别人。"那男子回答说:"我对于你的爱情也是如此。我除了你以外不曾爱过别的女人。"紫衣女子听了,向他微笑,就离开他。走不多远,又遇着一位男子站在树下,她又向那男子说:"我很爱你。你是我的命。我们是命命鸟,除你以外,我没有爱过别人。"那男子也回答说:"我对于你的爱情也是如此。我除了你以外不曾爱过别的女人。"

敏明瞧见这个光景,心里因此发生了许多问题,就是:那紫衣女子为什么当面撒谎;和那两位男子的回答为什么不约而同?她回头瞧那坐在水边的男子还在那里。又有一个穿红衣的女子走到他面前,还是对他说紫衣女子所说的话。那男子的回答和从前一样,一个字也不改。敏明再瞧那紫衣女子,还是挨着次序向各个男子说话。她走远了,话语的内容虽然听不见,但她的形容老没有改变。各个男子对她也是显出同样的表情。

敏明瞧见各个女子对于各个男子所说的话都是一样;各个男子的回答也是一字不改;心里正在疑惑,忽然来了一阵狂风把对岸的花瓣刮得干干净净，那班男女立刻变成很凶恶的容貌，互相啮食起来。敏明瞧见这个光景，吓得冷汗直流。她忍不住就大声喝道："哎呀！你们的感情真是反复无常。"

敏明手里那杯咖啡被这一喝，全都泻在她的裙上。楼下底玛弥听见楼上的喝声，也赶上来。玛弥瞧见敏明周身冷汗，扑在镜台上头，忙上前把她扶起，问道："姑娘你怎样啦？烫着了没有？"敏明醒来，不便对玛弥细说，胡乱答应几句就打发她下去。

敏明细想刚才的异象，抬头再瞧窗外的瑞大光，觉得那塔还是被彩云绕住，越显得十分美丽。她立起来，换过一条绛色的裙子，就坐在她的卧榻上头。她想起在树林里忽然瞧见命命鸟变做她和加陵那回事情，心中好像觉悟他们两个是这边的命命鸟，和对岸自称为命命鸟的不同。她自己笑着说："好在你不在那边，幸亏我不能过去。"

她自经过这一场恐慌，精神上遂起了莫大的变化。对于婚姻另有一番见解；对于加陵的态度更是不像从前。加陵一点也觉不出来，只猜她是不舒服。

自从敏明回来，加陵没有一天不来找她。近日觉得敏明的精神异常，以为自己没有向她求婚，所以不高兴。加陵觉得他自己有好些难解决的问题，不能不对敏明说。第一，是他父亲愿意他去当和尚。第二，纵使准他娶妻，敏明的生肖和他不对，顽固的父亲未必承认。现在瞧见敏明这样，不由得不把衷情吐露出来。

　　加陵一天早晨来到敏明家里，瞧见她的态度越发冷静，就安慰她说："好朋友，你不必忧心，日子还长呢。我在咱们的事情上头已经有了打算。父亲若是不肯，咱们最终的办法就是'照例逃走。'你这两天是不是为这事生气呢？"敏明说："这倒不值得生气。不过这几晚睡得迟，精神有一点疲倦罢了。"

　　加陵以为敏明的话是真，就把前日向父亲要求的情形说给她听。他说："好朋友，你瞧我的父亲多么固执。他一意要我去当和尚，我前天向他说些咱们的事，他还要请人来给我说法，你说好笑不好笑？"敏明说："说什么法？"加陵说："那天晚上，父亲把昙摩蜱请来。我以为有别的事要和他商量，谁知他叫我到跟前教训一顿。你猜他对我讲什么经呢？好些话我都忘记了。内中有一段是很有趣，很容易记的。我且念给你听：

　　　　佛问摩邓曰：'女爱阿难何似？'女言：'我爱阿难眼；爱阿难鼻；爱阿难口；爱阿难耳；爱阿难声音；爱阿难行步。'佛言：'眼中但有泪；鼻中但有洟；口中但有唾；耳中但有垢；身中但有屎尿，臭气不净。'

　　"昙摩蜱说得天花乱坠，我只是偷笑。因为身体上的污秽，人人都有，哪能因着这些小事，就把爱情割断呢？况且这经本来不合对我说；若是对你念，还可以解释得去。"

　　敏明听了加陵末了那句话，忙问道："我是摩邓吗？怎样说对我念就可以解释得去？"加陵知道失言，忙回答说："请你原谅，我说错了。我的意思不是说你是摩邓，是说这本经合于对女人说。"加陵本是要向敏明解嘲，不意反触犯了她，敏明听了那几句经，心里更是明白。他们两人各有各的心事；总没有尽情吐露出来。加陵坐不多会儿，就告辞回家去了。

涅槃节近啦。敏明的父亲直催她上比古去，加陵知道敏明明日要动身，在那晚上到她家里，为的是要给她送行。但一进门，连人影也没有。转过角门，只见玛弥在她屋里缝衣服。那时候约在八点钟的光景。

加陵问玛弥说："姑娘呢？"玛弥抬头见是加陵，就赔笑说："姑娘说要去找你，你反来找她。她不曾到你家去吗？她出门已有一点钟工夫了。"加陵说："真的么？"玛弥回了一声："我还骗你不成。"低头还是做她的活计。加陵说："那么，我就回去等她……你请。"

加陵知道敏明没别处可去，她一定不会趁瑞大光的热闹。他回到家里，见敏明没来，就想着她一定和女伴到绿绮湖上乘凉。因为那夜的月亮亮得很，敏明和月亮很有缘；每到月圆的时候，她必招几个朋友到那里谈心。

加陵打定主意，就向绿绮湖去。到的时候，觉得湖里静寂得很。这几天是涅槃节期，各庙里都很热闹；绿绮湖的冷月没人来赏玩，是意中的事。加陵从爱华德第七的造像后面上了山坡，瞧见没人在那里，心里就有几分诧异。因为敏明每次必在那里坐，这回不见她，谅是没有来。

他走得很累，就在凳上坐一会儿。他在月影朦胧之中瞧见地下有一件东西；捡起来看时，却是一条蝉翼纱的领巾。那巾的两端都绣一个吉祥海云的徽识；所以他认得是敏明的。

加陵知道敏明还在湖边，把领巾藏在袋里，就抽身去找她。他踏一弯虹桥，转到水边的乐亭，瞧没有人，又折回来。他在山丘上注神一往，瞧见西南边隐隐有个人影，忙上前去，见有几分像敏明。加陵蹑步到野蔷薇垣后面，意思是要吓她。他瞧见敏明好像是找什么东西似的，所以静静伏在那里看她要做什么。

敏明找了半天，随在乐亭旁边摘了一枝优钵昙花，走到湖边，向着瑞大光合掌礼拜。加陵见了，暗想她为什么不到瑞大光膜拜去？于是再蹑足走近湖边底蔷薇垣。那里离敏明礼拜的地方很近。

加陵恐怕再触犯她，所以不敢作声。只听她的祈祷：

> 女弟子敏明，稽首三世诸佛：我自万劫以来，迷失本来智性；因此堕入轮回，成女人身。现在得蒙大慈，示我三生因果。我今悔悟，誓不再恋天人，致受无量苦楚。愿我今夜得除一切障碍，转生极乐国土。愿勇猛无畏阿弥陀，俯听恳求接引我。南无阿弥陀佛。

加陵听了她这番祈祷，心里很受感动。他没有一点悲痛，竟然从蔷薇垣里跳出来，对着敏明说："好朋友，我听你刚才的祈祷，知道你厌弃这世间，要离开它。我现在也愿意和你同行。"

敏明笑道："你什么时候来的？你要和我同行，莫不你也厌世吗？"加陵说："我不厌世。因为你的缘故，我愿意和你同行。我和你分不开。你到哪里，我也到哪里。"敏明说："不厌世，就不必跟我去。你要记得你父亲愿你做一个转法轮的能手。你现在不必跟我去，以后还有相见的日子。"加陵说："你说不厌世就不必死，这话有些不对。譬如我要到蛮得勒去，不是嫌恶仰光，不过我未到过那城，所以愿意去瞧一瞧。但有些人很厌恶仰光，他巴不得立刻离开才好。现在，你是第二类的人；我是第一类的人。为什么不让我和你同行？"敏明不料加陵会来；更不料他一下就决心要跟从她。现在听他这一番话语，知道他与自己的觉悟虽然不同，但她常感得他们二人是那世界的命命鸟，所以不甚阻止他。到这时，她才把前几天的事告诉加陵。加陵听了，心里非常的喜欢，说："有那么好的地方，为何不早告诉我？我一定离不开你了，我们一块儿去吧。"

那时月光更是明亮。树林里萤火无千无万地闪来闪去，好像那世界的人物来赴他们的喜筵一样。

加陵一手搭在敏明的肩上，一手牵着她。快到水边的时候，加陵回过脸来向敏明的唇边啜了一下。他说："好朋友，你不亲我一下么？"敏明好像不曾听见，还是直地走。

他们走入水里，好像新婚的男女携手入洞房那般自在，毫无一点畏缩。在月光水影之中，还听见加陵说："咱们是生命的旅客，现在要到那个新世界，实在叫我快乐得很。"

现在他们去了！月光还是照着他们所走的路；瑞大光远远送一点鼓乐的声音来；动物园的野兽也都为他们唱很雄壮的欢送歌，唯有那不懂人情的水，不愿意替他们守这旅行的秘密，要找机会把他们的躯壳送回来。

商人妇

"先生，请用早茶。"这是二等舱的侍者催我起床的声音。我因为昨天上船的时候太过忙碌，身体和精神都十分疲倦，从九点一直睡到早晨七点还没有起床。我一听侍者的招呼，就立刻起来；把早晨应办的事情弄清楚，然后到餐厅去。

那时节餐厅里满坐了旅客。个个在那里喝茶，说闲话；有些预言欧战谁胜谁负的，有些议论袁世凯该不该做皇帝的；有些猜度新加坡印度兵变乱是不是受了印度革命党运动的；那种唧唧咕咕的声音，弄得一个餐厅几乎变成菜市。我不惯听这个，一喝完茶就回到自己的舱里，拿了一本《西青散记》跑到右舷找一个地方坐下，预备和书里的双卿谈心。

我把书打开，正要看时，一位印度妇人携着一个七八岁的孩子来到跟前，和我面对面地坐下。这妇人，我前天在极乐寺放生池边曾见过一次；我也瞧着她上船；在船上也是常常遇见她在左右舷乘凉。我一瞧见她，就动了我的好奇心；因为她的装束虽是印度的，然而行动却不像印度妇人。

我把书搁下，偷眼瞧她，等她回眼过来瞧我的时候，我又装作念书。我好几次是这样办，恐怕她疑我有别的意思，此后就低着头，再也不敢把眼光射在她身上。她在那里信口唱些印度歌给小孩听，那孩子也指东指西问她说话。我听她的回答，无意中又把眼睛射在她脸上。她见我抬起头来，就顾不得和孩子周旋，急急地用闽南土话问我说："这位老叔，你也是要到新加坡去么？"她的口腔很像海澄的乡人；所问的也带着乡人的口气。在说话之间，一字一字慢慢地拼出来，好像初学说话的一样。我被她这一问，心里的疑团结得更大，就回答说："我要回厦门去。你曾到过我们那里么？为什么能说我们的话？""呀！我想你瞧我的装束像印度妇女，所以猜疑我不是唐山（华侨叫祖国做唐山）人。我实在告诉你，我家就在鸿渐。"

那孩子瞧见我们用土话对谈，心里奇怪得很，他摇着妇人的膝头，用印度话问道："妈妈，你说的是什么话？他是谁？"也许那孩子从来不曾听过她说这样的话，所以觉得稀奇。我巴不得快点知道她的底蕴，就接着问她："这孩子是你养的么？"她先回答了孩子，然后向我叹一口气说："为什么不是呢？这是我在麻德拉斯养的。"

我们越谈越熟，就把从前的畏缩都除掉。自从她知道我的里居、职业以后，她再也不称我做"老叔"，便转口称我做"先生"。她又把麻德拉斯大概的情形说给我听。我因为她的境遇很稀奇，就请她详详细细地告诉我。她谈得高兴，也就应许了。那时，我才把书收入口袋里，注神听她诉说自己的历史。

     *   *   *

我十六岁就嫁给青礁林荫乔为妻。我的丈夫在角尾开糖铺。他回家的时候虽然少，但我们的感情决不因为这样就生疏。我和他过了三四年的日子，从不曾拌过嘴，或闹过什么意见。有一天，他从角尾回来，脸上现出忧闷的容貌。一进门就握着我的手说："惜官，（闽俗长辈称下辈或同辈的男女彼此相称常加'官'字在名字之后）我的生意已经倒闭，以后我就不到角尾去啦。"我听了这话，不由得问他："为什么呢？是买卖不好吗？"他说："不是，不是，是我自己弄坏的。这几天那里赌局，有些朋友招我同玩，我起先赢得许多，但是后来都输得精光，甚至连店里的生财家伙，也输给人了。……我实在后悔，实在对不住你。"我怔了一会儿，也想不出什么合适的话来安慰他；更不能想出什么话来责备他。

他见我的泪流下来，忙替我擦掉，接着说："哎！你从来不曾在我面前哭过；现在你向我掉泪，简直像熔融的铁珠一滴一滴地滴在我心坎儿上一样。我的难受，实在比你更大。你且不必担忧，我找些资本再做生意就是了。"

当下我们二人面面相觑，在那里静静地坐着。我心里虽有些规劝的话要对他说，但我每将眼光射在他脸上的时候，就觉得他有一种妖魔的能力，不容我说，早就理会了我的意思。我只说："以后可不要再耍钱，要知道赌钱……"

他在家里闲着，差不多有三个月。我所积的钱财倒还够用，所以家计用不着他十分挂虑。他整日出外借钱做资本，可惜没有人信得过他，以致一文也借不到。他急得无可奈何，就动了过番（闽人说到南洋为过番）的念头。

他要到新加坡去的时候，我为他摒挡一切应用的东西，又拿了一对玉手镯教他到厦门兑来做盘费。他要趁早潮出厦门，所以我们别离的前一夕足足说了一夜的话。第二天早晨，我送他上小船，独自一人走回来，心里非常烦闷，就伏在案上，想着到南洋去的男子多半不想家，不知道他会这样不会。正这样想，蓦然一片急步声达到门前，我认得是他，忙起身开了门问："是漏了什么东西忘记带去么？"他说："不是。我有一句话忘记告诉你：我到那边的时候，无论做什么事，总得给你来信。若是五六年后我不能回来，你就到那边找我去。"我说："好吧。这也值得你回来叮咛，到时候我必知道应当怎样办的。天不早了，你快上船去吧。"他紧握着我的手，长叹了一声，翻身就出去了。我注目直送到榕荫尽处，瞧他下了长堤，才把小门关上。

我与林荫乔别离那一年，正是二十岁。自他离家以后，只来了两封信，一封说他在新加坡丹让巴葛开杂货店，生意很好。一封说他的事情忙，不能回来。我连年往他回来完聚，只是一年一年的盼往都成虚空了。

邻舍的妇人常劝我到南洋找他去。我一想我们夫妇离别已经十年，过番找他虽是不便，却强过独自一人在家里挨苦。我把所积的钱财检妥，把房子交给乡里的荣家长管理，就到厦门搭船。

我第一次出洋，自然受不惯风浪的颠簸，好容易到了新加坡。那时节，我心里的喜欢，简直在这辈子里头不曾再遇见。我请人带我到丹让巴葛义和诚去。那时我心里的喜欢更不能用言语来形容。我瞧店里的买卖很热闹，我丈夫这十年间的发达，不用我估量，也就罗列在眼前了。

但是店里的伙计都不认识我，故得对他们说明我是谁和来意。有一位年轻的伙计对我说"头家（闽人称店主为头家）今天没有出来，我领你到住家去吧。"我才知道我丈夫不在店里住；同时我又猜他一定是再娶了，不然，断没有所谓住家的。我在路上就向伙计打听一下，果然不出所料！

人力车转了几个弯，到一所半唐半洋的楼房停住。伙计说："我先进去通知一声。"他撇我在外头，许久才出来对我说："头家早晨出去，到现在还没有回来哪。头家娘请你进去里头等他一会儿，也许他快要回来。"他把我两个包袱——那就是我的行李——拿在手里，我随着他进去。

我瞧见屋里的陈设十分华丽。那所谓头家娘的，是一个马来妇人，她出来，只向我略略点了一个头。她的模样，据我看来很不恭敬，但是南洋的规矩我不懂得，只得陪她一礼。她头上戴的金刚钻和珠子，身上缀的宝石、金、银，衬着那副黑脸孔，越显出丑陋不堪。

她对我说了几句套话，又叫人递一杯咖啡给我，自己在一边吸烟、嚼槟榔，不大和我攀谈。我想是初会生疏的缘故，所以也不敢多问她的话。不一会儿，得得的马蹄声从大门直到廊前，我早猜着是我丈夫回来了。我瞧他比十年前胖了许多，肚子也大起来了。他口里含着一支雪茄，手里扶着一根象牙杖，下了车，踏进门来，把帽子挂在架上。见我坐在一边，正要发问，那马来妇人上前向他唧唧咕咕地说了几句。她的话我虽不懂得，但瞧她的神气像有点不对。

我丈夫回头问我说："惜官，你要来的时候，为什么不预先通知一声？是谁叫你来的？"我以为他见我以后，必定要对我说些温存的话，哪里想到反把我诘问起来！当时我把不平的情绪压下，赔笑回答他，说："唉，荫哥，你岂不知道我不会写字么？咱们乡下那位写信的旺师常常给人家写别字，甚至把意思弄错了；因为这样，所以不敢央求他替我写。我又是决意要来找你的，不论迟早，总得动身，又何必多费这番工夫呢？你不曾说过五六年后若不回去，我就可以来吗？"我丈夫说："吓！你自己倒会出主意。"他说完，就横横地走进屋里。

我听他所说的话，简直和十年前是两个人。我也不明白其中的缘故：是嫌我年长色衰呢，我觉得比那马来妇人还俊得多；是嫌我德行不好呢，我嫁他那么多年，事事承顺他，从不曾做过越出范围的事。荫哥给我这个闷葫芦，到现在我还猜不透。

他把我安顿在楼下，七八天的工夫不到我屋里，也不和我说话。那马来妇人倒是很殷勤，走来对我说："荫哥这几天因为你的事情很不喜欢。你且宽怀，过几天他就不生气了。晚上有人请咱们去赴席，你且把衣服穿好，我和你一块儿去。"

她这种甘美的语言，叫我把从前猜疑她的心思完全打消。我穿的是湖色布衣和一条大红绉裙；她一见了，不由得笑起来。我觉得自己满身村气，心里也有一点惭愧。她说："不要紧。请咱们的不是唐山人，定然不注意你穿的是不是时新的样式。咱们就出门吧。"

　　马车走了许久，穿过一丛椰林，才到那主人的门口。进门是一个很大的花园，我一面张往，一面随着她到客厅去。那里果然有很奇怪的筵席摆设着。一班女客都是马来人和印度人。她们在那里叽哩咕噜地说说笑笑，我丈夫的马来妇人也撇下我去和她们谈话。不一会儿，她和一位妇人出去，我以为她们逛花园去了，所以不大理会。但过了许久的工夫，她们只是不回来，我心急起来，就向在座的女人说："和我来的那位妇人往哪里去?"她们虽能会意，然而所回答的话，我一句也不懂得。

　　我坐在一个软垫上，心头跳动得很厉害。一个仆人拿了一壶水来，向我指着上面的筵席作势。我瞧见别人洗手，知道这是食前的规矩，也就把手洗了。她们让我入席，我也不知道哪里是我应当坐的地方，就顺着她们指定给我的座位坐下。她们祷告以后，才用手向盘里取自己所要的食品。我头一次掬东西吃，一定是很不自然，她们又教我用指头的方法。我在那时，很怀疑我丈夫的马来妇人不在座，所以无心在筵席上张罗。

　　筵席撤掉以后，一班客人都笑着向我亲了一下就散了。当时我也要跟她们出门，但那主妇叫我等一等。我和那主妇在屋里指手画脚做哑谈，正笑得不可开交，一位五十来岁的印度男子从外头进来。那主妇忙起身向他说了几句话，就和他一同坐下。我在一个生地方遇见生面的男子，自然羞缩到了不得。那男子走到我跟前说："喂，你已是我的人啦。我用钱买你。你住这里好。"他说底虽是唐话，但语格和腔调全是不对的。我听他说把我买过来，不由得痛哭起来。那主妇倒是在身边殷勤地安慰我。那时已是人亥时分，他们教我进里边睡，我只是和衣在厅边坐了一宿，哪里肯依他们的命令！

先生，你听到这里必定要疑我为什么不死。唉！我当时也有这样的思想，但是他们守着我好像囚犯一样，无论什么时候都有人在我身傍。久而久之，我的激烈的情绪过了，不但不愿死，而且要留着这条命往前瞧瞧我的命运到底是怎样的。

买我的人是印度麻德拉斯的回教徒阿户耶。他是一个氆氇商。因为在新加坡发了财，要多娶一个姬妾回乡享福。偏是我的命运不好，趁着这机会就变成他的外国古董。我在新加坡住不上一个月，他就把我带到麻德拉斯去。

阿户耶给我起名叫利亚。他叫我把脚放了，又在我鼻上穿了一个窟窿，带上一只钻石鼻环。他说照他们的风俗，凡是已嫁的女子都得带鼻环，因为那是妇人的记号。他又给很好的"克尔塔"（回妇上衣），"马拉姆"（胸衣）和"埃撒"（裤）教我穿上。从此以后，我就变成一个回回婆子了。

阿户耶有五个妻子，连我就是六个。那五人之中，我和第三妻的感情最好。其余的我很憎恶她们，因为她们欺负我不会说话；又常常戏弄我。我的小脚在她们当中自然是稀罕的，她们虽是不歇地摩挲，我也不怪。最可恨的是她们在阿户耶面前拨弄是非，教我受委屈。

阿噶利马是阿户耶第三妻的名字，就是我被卖时张罗筵席的那个主妇。她很爱我，常劝我用"撒马"来涂眼眶，用指甲花来涂指甲和手心。回教的妇人每日用这两种东西和我们唐人用脂粉一样。她又教我念孟加里文和亚剌伯文。我想起自己因为不能写信的缘故，致使荫哥有所借口，现在才到这样的地步；所以愿意在这举目无亲的时候用功学习些文字。她虽然没有什么学问，但当我的教师是绰绰有余的。

我从阿噶利马念了一年，居然会写字了！她告诉我他们教里有一本天书，本不轻易给女人看的，但她以后必要拿那本书来教我。她常对我说："你的命运会那么塞涩，都是阿拉给你注定的。你不必想家太甚，日后或者有大快乐临到你身上，叫你享受不尽。"这种定命的安慰，在那时节很可以教我的精神活泼一点。

我和阿户耶虽无夫妻的情，却免不了有夫妻的事。哎！我这孩子（她说时把手抚着那孩子的顶上）就是到麻德拉斯的第二年养的。我活了三十多岁才怀孕，那种痛苦为我一生所未经过。幸亏阿噶利马能够体贴我，她常用话安慰我，教我把目前的苦痛忘掉。有一次她瞧我过于难受，就对我说："呀！利亚，你且忍耐着吧。咱们没有无花果树的福分（《可兰经》载阿丹浩挖被天魔阿扎贼来引诱，吃了阿拉所禁的果子，当时他们二人的天衣都化没了。他们觉得赤身的羞耻，就向乐园里的树借叶子围身。各种树木因为他们犯了阿拉的戒命，都不敢借，唯有无花果树瞧他们二人怪可怜的，就慷慨借些叶子给他们。阿拉嘉许无花果树的行为，就赐他不必经过开花和受蜂蝶搅扰的苦而能结果。）所以不能免掉怀孕的苦。你若是感得痛苦的时候，可以默默向阿拉求恩，他可怜你，就赐给你平安。"我在临产的前后期，得着她许多的帮助，到现在还是忘不了她的情意。

自我产后，不上四个月，就有一件失意的事教我心里不舒服，那就是和我的好朋友离别。她虽不是死掉，然而她所去的地方，我至终不能知道。阿噶利马为什么离开我呢？说来话长，多半是我害她的。

我们隔壁有一位十八岁的小寡妇名叫哈那，她四岁就守寡了。她母亲苦待她倒罢了，还要说她前生的罪孽深重，非得叫她辛苦，来生就不能超脱。她所吃所穿的都跟不上别人，常常在后园里偷哭。她家的园子和我们的园子只隔一度竹篱，我一听见她哭，或是听见她在那里，就上前和她谈话，有时安慰她，有时给她东西吃，有时送她些少金钱。

阿噶利马起先瞧见我周济那寡妇，很不以为然。我屡次对她说明，在唐山不论什么人都可以受人家的周济，从不分什么教门。她受我的感化，后来对于那寡妇也就发出哀怜的同情。

有一天，阿噶利马拿些银子正从篱间递给哈那，可巧被阿户耶瞥见。他不声不张，蹑步到阿噶利马后头，给她一掌，顺口骂说："小母畜，贱生的母猪，你在这里干什么？"他回到屋里，气得满身哆嗦，指着阿噶利马说："谁教你把钱给那婆罗门妇人？岂不把你自己玷污了吗？你不但玷污了自己，更是玷污我和清真圣典。'马赛拉！'（是阿拉禁止的意思）快把你的'布卡'（面幕）放下来吧。"

我在里头听得清楚，以为骂过就没事。谁知不一会儿的工夫，阿噶利马珠泪承睫地走进来，对我说："利亚，我们要分离了！"我听这话吓了一跳，忙问道："你说的是什么意思，我听不明白？"她说："你不听见他叫我把布卡放下来吧？那就是休我的意思。此刻我就要回娘家去。你不必悲哀，过两天他气平了，总得叫我回来。"那时我一阵心酸，不晓得要用什么话来安慰她，我们抱头哭了一场就分散了。唉！"杀人放火金腰带；修桥整路长大癞。"这两句话实在是人间生活的常例呀！

自从阿噶利马去后，我的凄凉的历书又从"贺春王正月"翻起。那四个女人是与我素无交情的。阿户耶呢，他那副黝黑的脸，猬毛似的胡子，我一见了就憎厌，巴不得他快离开我。我每天的生活就是乳育孩子，此外没有别的事情。我因为阿噶利马的事，吓得连花园也不敢去逛。

过几个月，我的苦生涯快挨尽了！因为阿户耶借着病回他的乐园去了。我从前听见阿噶利马说过：妇人于丈夫死后一百三十日后就得自由，可以随便改嫁。我本欲等到那规定的日子才出去，无奈她们四个人因为我有孩子，在财产上恐怕给我占便宜，所以多方窘迫我。她们的手段，我也不忍说了。

哈那劝我先逃到她姊姊那里，她教我送一点钱财给她姊夫，就可以得他们的容留。她姊姊我曾见过，性情也很不错。我一想，逃走也是好的，她们四个人的心肠鬼蜮到极，若是中了她们的暗算，可就不好。哈那的姊夫在亚可特住。我和她约定了，教她找机会通知我。

一星期后，哈那对我说她的母亲到别处去，要夜深才可以回来，教我由篱笆逾越过去。这事本不容易，因事后须得使哈那不至于吃亏。而且篱上界着一行机线，实在教我难办。我抬头瞧见篱下那棵波罗蜜树有一枒横过她那边，那树又是斜着长上去的。我就告诉她，叫她等待人静的时候在树下接应。

原来我的住房有一个小门通到园里。那一晚上，天际只有一点星光，我把自己细软的东西藏在一个口袋里，又多穿了两件衣裳，正要出门，瞧见我的孩子睡在那里。我本不愿意带他同行，只怕他醒时瞧不见我要哭起来，所以暂住一下，把他抱在怀里，让他吸乳。他吸的时节，才实在感得我是他的母亲，他父亲虽与我没有精神上的关系，他却是我养的。况且我去后，他不免要受别人的折磨。我想到这里，不由得双泪直流。因为多带一个孩子，会教我的事情越发难办。我想来想去，还是把他驮起来，低声对他说："你是好孩子，就不要哭，还得乖乖地睡。"幸亏他那时好像理会我的意思，不大作声。我留一封信在床上，说明愿意抛弃我应得的产业和逃走的理由，然后从小门出去。

我一手往后托住孩子，一手拿着口袋，蹑步到波罗蜜树下。我用一条绳子拴住口袋，慢慢地爬上树，到分枒的地方少停一会儿。那时孩子哼了一两声，我用手轻轻地拍着，又摇他几下，再把口袋扯上来，抛过去给哈那接住。我再爬过去，摸着哈那为我预备的绳子，我就紧握着，让身体慢慢坠下来。我的手耐不得摩擦，早已被绳子挫伤了。

我下来之后，谢过哈那，忙出门，离哈那的门口不远就是爱德耶河，哈那和我出去雇船，她把话交代清楚就回去了。那舵工是一个老头子，也许听不明白哈那所说的话。他划到塞德必特车站，又替我去买票。我初次搭车，所以不大明白行车的规矩；他叫我上车，我就上去。车开以后，查票人看我的票才知道我搭错了。

车到一个小站，我赶紧下来，意思是要等别辆车搭回去。那时已经夜半，站里的人说上麻德拉斯的车要到早晨才开。不得已就在候车处坐下。我把"马支拉"（回妇外衣）披好，用手支住袋假寐，约有三四点钟的工夫。偶一抬头，瞧见很远一点灯光由栅栏之间射来。我赶快到月台去，指着那灯问站里的人。他们当中有一个人笑说："这妇人连方向也分不清楚了。她认启明星做车头的探灯哪。"我瞧真了，也不觉得笑起来，说："可不是！我的眼真是花了。"

我对着启明星，又想起阿噶利马的话。她曾告诉我那星是一个善于迷惑男子的女人变的。我因此想起荫哥和我的感情本来很好，若不是受了番婆的迷惑，决不忍把他最爱的结发妻卖掉。我又想着自己被卖的不是不能全然归在荫哥身上。若是我情愿在唐山过苦日子，无心到新加坡去依赖他，也不会发生这事。我想来想去，反笑自己逃得太过唐突。我自问既然逃得出来，又何必去依赖哈那的姊姊呢？想到这里，仍把孩子抱回候车处，定神解决这问题。我带出来的东西和现银共值三千多卢比，若是在村庄里住，很可以够一辈子的开销；所以我就把独立生活的主意拿定了。

天上的诸星陆续收了它们的光，惟有启明星仍在东方闪烁着。当我瞧着它的时候，好像有一种声音从它的光传出来，说："惜官，此后你别再以我为迷惑男子的女人。要知道凡光明的事物都不能迷惑人。在诸星之中，我最先出来，告诉你们黑暗快到了；我最后回去，为的是领你们紧接受着太阳的光亮；我是夜界最光明的星。你可以当我做你心里的殷勤的警醒者。"我朝着他，心花怒开，也形容不出我心里的感谢。此后我一见着它，就有一番特别的感触。

我向人打听客栈所在的地方，都说要到贞葛布德才有。于是我又搭车到那城去。我在客栈住不多的日子，就搬到自己的房子住去。

那房子是我把钻石鼻环兑出去所得的金钱买来的。地方不大，只有二间房和一个小园，四面种些露兜树当作围墙。印度式的房子虽然不好，但我爱它靠近村庄，也就顾不得它的外观和内容了。我雇了一个老婆子帮助料理家务，除养育孩子以外，还可以念些印度书籍。我在寂寞中和这孩子玩弄，才觉得孩子的可爱，比一切的更甚。

每到晚间，就有一种很庄重的歌声送到我耳里。我到园里一往，原来是从对门一个小家庭发出来。起先我也不知道他们唱来干什么，后来我才晓得他们是基督徒。那女主人以利沙伯不久也和我认识，我也常去赴他们底晚祷会。我在贞葛布德最先认识的朋友就算他们那一家。

以利沙伯是一个很可亲的女人，她劝我入学校念书，且应许给我照顾孩子。我想偷闲度日也是没有什么出息，所以在第二年她就介绍我到麻德拉斯一个妇女学校念书。每月回家一次瞧瞧我的孩子，她为我照顾得很好，不必我担忧。

我在校里没有分心的事，所以成绩甚佳。这六七年的工夫，不但学问长进，连从前所有的见地都改变了，我毕业后直到于今就在贞葛布德附近一个村里当教习。这就是我一生经历的大概，若要详细说来，虽用一年的工夫也说不尽。

现在我要到新加坡找我丈夫去。因为我要知道卖我的到底是谁。我很相信荫哥必不忍做这事，纵然是他出的主意，终有一天会悔悟过来。

＊　　　　　＊　　　　　＊

惜官和我谈了足有两点多钟，她说得很慢，加之孩子时时搅扰她，所以没有把她在学校的生活对我详细地说。我因为她说得工夫太长，恐怕精神过于受累，也就不往下再问。我只对她说：“你在那漂流的时节，能够自己找出这条活路，实在可敬。明天到新加坡的时候，若是要我帮助你去找荫哥，我很乐意为你去干。”她说：“我哪里有什么聪明，这条路不过是冥冥中的指导者替我开的。我在学校里所念的书，最感动我的是《天路历程》和《鲁滨逊漂流记》，这两部书给我许多安慰和模范。我现时简直是一个女鲁宾孙哪。你要帮我去找荫哥，我实在感激。因为新加坡我不大熟悉，明天总得求你和我……”说到这里，那孩子催着她进舱去拿玩具给他。她就起来，一面续下去说：“明天总得求你帮忙。”我起立对她行了一个敬礼，就坐下把方才的会话录在怀中日记里头。

过了二十四点钟，东南方微微露出几个山峰。满舱的人都十分忙碌，惜官也顾着检点她的东西，没有出来。船入港的时候，她才携着孩子出来与我坐在一条长凳上头。她对我说："先生，想不到我会再和这个地方相见。岸上的椰树还是舞着它们的叶子；海面的白鸥还是飞来飞去向客人表示欢迎；我的愉快也和九年前初会他们那时一样。如箭的时光，转眼就过了那么多年，但我至终瞧不出从前所见的和现在所见的当中有什么分别。……呀！'光阴如箭'的话，不是指着箭飞得快说，乃是指着箭的本体说。光阴无论飞得多么快，在里头的事物还是没有什么改变；好像附在箭上的东西，箭虽是飞行着，他们却是一点不更改。……我今天所见的和从前所见的虽是一样，但愿荫哥的心肠不要像自然界的现象变更得那么慢；但愿他回心转意地接纳我。"我说："我和你表同情。听说这船要泊在丹让巴葛的码头，我想到时你先在船上候着，我上去打听一下再回来和你同去。这办法好不好呢？"她说："那么，就教你多多受累了。"

我上岸问了好几家都说不认得林荫乔这个人，那义和诚的招牌更是找不着。我非常着急，走了大半天觉得有一点累，就上一家广东茶居歇足，可巧在那里给我查出一点端倪。我问那茶居的掌柜。据他说：林荫乔因为把妻子卖给一个印度人，惹起本埠多数唐人的反对。那时有人说是他出主意卖的，有人说是番婆卖的，究竟不知道是谁做的事。但他的生意因此受莫大的影响，他瞧着在新加坡站不住，就把店门关起来，全家搬到别处去了。

我回来将所查出的情形告诉惜官，且劝她回唐山去。她说："我是永远不能去的。因为我带着这个棕色孩子，一到家，人必要耻笑我，况且我对于唐文一点也不会，回去岂不要饿死吗？我想在新加坡住几天，细细地访查他的下落。若是访不着时，仍旧回印度去。……唉，现在我已成为印度人了！"

我瞧她的情形，实在想不出什么话可以劝她回乡，只叹一声说："呀！你的命运实在苦！"她听了反笑着对我说："先生啊，人间一切的事情本来没有什么苦乐的分别：你造作时是苦，希往时是乐；临事时是苦，回想时是乐。我换一句话说：眼前所遇的都是困苦；过去，未来的回想和希往都是快乐。昨天我对你诉说自己境遇的时候，你听了觉得很苦，因为我把从前的情形陈说出来，罗列在你眼前，教你感得那是现在的事；若是我自己想起来，久别，被卖，逃亡，等等事情都有快乐在内。所以你不必为我叹息，要把眼前的事情看开才好。……我只求你一样，你到唐山时，若是有便，就请到我村里通知我母亲一声。我母亲算来已有七十多岁，她住在鸿渐，我的唐山亲人只剩着她咧。她的门外有一棵很高的橄榄树，你打听良姆，人家就会告诉你。"

船离码头的时候，她还站在岸上挥着手巾送我。那种诚挚的表情，教我永远不能忘掉。我到家不上一月就上鸿渐去。那橄榄树下的破屋满被古藤封住，从门缝儿一往，隐约瞧见几座朽腐的木主搁在桌上，哪里还有一位良姆！

换巢鸾凤

一　歌声

那时刚过了端阳节期，满园里的花草倚仗膏雨的恩泽，都争着向太阳献他们的媚态。——鸟儿、虫儿也在这灿烂的庭园歌舞起来。和鸾独自一个站在啭鹂亭下。她所穿的衣服和槛下紫蛱蝶花的颜色相仿。乍一看来，简直疑是被阳光的威力拥出来的花魂。她一手用蒲葵扇挡住当午的太阳，一手提着长裾，往发出蝉声的梧桐前进。——走路时，脚下的珠鞋一步一步印在软泥嫩苔之上，印得一路都是方胜了。

她走到一株瘦削的梧桐底下，瞧见那蝉踞在高枝嘶嘶地叫个不住——想不出什么方法把那小虫带下来，便将手扶着树干尽力一摇，叶上的残雨乘着机会飞滴下来，那小虫也带着残声飞过墙东去了。那时，她才后悔不该把树摇动，教那饿鬼似的雨点争先恐后地扑在自己身上。那虫歇在墙东的树梢，还振着肚皮向她解嘲说："值也！值也！……值"她愤不过，要跑过那边去和小虫见个输赢。刚过了月门，就听见一缕清逸的歌声从南窗里送出来。她爱音乐的心本是受了父亲的影响，一听那抑扬的腔调，早把她所要做的事搁在脑后了。她悄悄地走到窗下，只听得：

> ┈┈┈┈┈
>
> 你在江湖流落尚有雌雄侣；
>
> 亏我影只形单异地栖。
>
> 风急衣单无路寄，
>
> 寒衣做起误落空闺。
>
> 日日往到夕阳，我就愁倍起：
>
> 只见一围衰柳锁住长堤。
>
> 又见人影一鞭残照里，
>
> 几回错认是我郎归，
>
> ┈┈┈┈┈

正听得津津有味，一种娇娆的声音从月门出来："大小姐你在那里干什么？太太请你去瞧金鱼哪。那是客人从东沙带来送给咱们的。好看得很，快进去吧。"她回头见是自己的丫头姵而，就示意不教她作声，且招手叫她来到跟前，低声对她说："你听这歌声多好！"她的声音想是被窗里的人听见，话一说完，那歌声也就止住了。

姵而说："小姐，你瞧你的长裯子都已湿透，鞋子也给泥沾污了。咱们回去吧。别再听啦。"她说："刚才所听的实在是好，可惜你来迟一点，领教不着。"姝而问："唱的是什么？"她说："是用本地话唱的。我到的时候，只听得什么……尚有雌雄侣……影只形单异地栖。……"姝而不由她说完就插嘴说："噢，噢，小姐，我知道了。我也会唱这种歌儿。你所听的叫作《多情雁》，我也会唱。"她听见姝而也会唱，心里十分喜欢，一面走，一面问："这是哪一类的歌呢？你说会唱，为什么你来了这两三年从不曾唱过一次？"姝而说："这就叫作粤讴，大半是男人唱的。我恐怕老爷骂，所以不敢唱。"她说："我想唱也无妨。你改天教给我几支吧。我很喜欢这个。"她们在谈话间，已经走到饮光斋的门前，二人把脚下的泥刮掉，才踏进去。

饮光斋是阳江州衙内的静室。由这屋里往北穿过三思堂就是和鸾的卧房。和鸾和姝而进来的时候，父亲崇阿，母亲赫舍里氏，妹妹鸣鸶和表兄启祯正围坐在那里谈话。鸣鸶把她的座让出一半，对和鸾说："姊姊快来这里坐着吧。爸爸给咱们讲养鱼经哪。"和鸾走到妹妹身边坐下，瞧见当中悬着一个玻璃壶，壶内的水映着五色玻璃窗的光彩，把金鱼的颜色衬得越发好看。崇阿只管在那里说，和鸾却不大介意。因为她惦念着跟姝而学粤讴，巴不得立刻回到自己的卧房去。她坐了一会儿，仍扶着姝而出来。

崇阿瞧见和鸾出去，就说："这孩子进来不一会儿，又跑出去，到底是忙些什么？"赫氏笑着回答说："也许是瞧见祯哥儿在这里，不好意思坐着吧。"崇阿说："他们天天在一块儿也不害羞，偏是今天就回避起来，真是奇怪。"原来启祯是赫氏的堂侄子；他的祖上，不晓得在哪一代有了战功，给他荫袭一名轻车都尉。只是他父母早已去世，从小就跟着姑姑过日子，他姑父崇阿是正白旗人，由笔帖式出身，出知阳江州事；他底学问虽不甚好，却很喜欢谈论新政。当时所有的新式报像《时务报》《清议报》《新民丛报》和康梁们的著述，他除了办公以外，不是弹唱，就是和这些新书报周旋。他又深信非整顿新军，不能教国家复兴起来。因为这样，他在启祯身上的盼往就非常奢大。有时下乡剿匪，也带着他同行，为的是叫他见习些战务。年来瞧见启祯长得一副好身材，心里更是喜欢，有意思要将和鸾配给他。老夫妇曾经商量过好几次，却没有正式提起。赫氏以为和鸾知道这事，所以每到启祯在跟前底时候，她要避开，也就让她回避。

再说和鸾跟婠而学了几支粤讴，总觉得那腔调不及那天在园里所听的好。但是她很聪明，曲谱一上口，就会照着弹出来。她自己费了很大的工夫去学粤讴，方才摸着一点门径，居然也会撰词了。她在三思堂听着父亲弹琵琶，不觉技痒起来。等父亲弹完，就把那乐器抱过来，对父亲说："爸爸，我这两天学了些新调儿，自己觉得很不错；现在把它弹出来，您瞧好听不好听。"她说着，一面用手去和弦子，然后把琵琶立起来，唱道：

萧疏雨，问你要落几天？

你有天官唔（注）住，偏要在地上流连。

你为饶益众生，舍得将自己作践。

我地（注）得到你来，就唔使劳烦个位散花仙。

人地话（注）雨打风吹会将世界变，

果然你一来到就把锦绣装饰满园。

你睇（注）娇红嫩绿委实增人恋。

可怪嗷（注）好世界，重有个只啼不住嘅杜鹃！

鹃呀！愿我嘅（注）血洒来好似雨嗷周偏，

一点一滴润透三千大千。

劝君休自蹇，要把愁眉展。

但愿人间一切血泪和汗点，

一洒出来就同雨点一样化做甘泉。

　　"这是前天天下雨的时候作的，不晓得您听了以为怎样？"崇阿笑说："我儿，你多会学会这个？这本是旷夫怨女之词，你把它换做写景，也还可听。你倒有一点聪明，是谁教给你的？"和鸾瞧见父亲喜欢，就把那天怎样在园里听见，怎样央姊而教，自己怎样学，都说出来。崇阿说："你是在龙王庙后身听的吗？我想那是祖凤唱的。他唱得很好，我下乡时，也曾叫他唱给我听。"和鸾便信口问："祖凤是谁？"崇阿说："他本是一个囚犯。去年黄总爷抬举他，请我把他开释，留在营里当差。

我瞧他的身材、气力都很好，而且他的刑期也快到了，若是有正经事业给他做，也许有用，所以把他交给黄总爷调遣去，他现在当着第三棚的什长哪。”和鸾说：“噢，原来是这里头的兵丁。他的声音实在是好。我总觉得娖而唱的不及他万一。有工夫还得叫他来唱一唱。”崇阿说：“这倒是容易的事情。明天把他调进内班房当差，就不怕没有机会听他的。”崇阿因为祖凤的气力大，手足敏捷，很合自己的军人理想，所以很看重他。这次调他进来，虽说因着爱女儿的缘故，还是免不了寓着提拔他的意思。

二 射覆

自从祖凤进来以后，和鸾不时唤他到啭鹂亭弹唱，久而久之，那人人有的“大欲”就把他们缠住了。他们此后相会的罗针不是指着弹唱那方面，乃是指着“情话”那方面。爱本来没有等第，没有贵贱，没有贫富的分别。和鸾和祖凤虽有主仆的名分，然而在他们的心识里，这种阶级的成见早已消灭无余。崇阿耳边也稍微听见二人的事，因此后悔得很。但他很信他底女儿未必就这样不顾体面，去做那无耻的事，所以他对于二人的事，常在疑信之间。

八月十二，交酉时分，满园的树被残霞照得红一块，紫一块。树上的归鸟在那里唧唧喳喳地乱嚷。和鸾坐在蘋婆树下一条石凳上头，手里弹着她的乐器，口里低声地唱。那时，歌声、琵琶声、鸟声、虫声、落叶声和大堂上定更的鼓声混合起来，变成一种特别的音乐。祖凤从如楼船屋那边走来，说："小姐，天黑啦，还不进去么?"和鸾对着他笑，口里仍然唱着，也不回答他。他进前正要挨着和鸾坐下，猛听得一声："鸾儿，天黑了，你还在那里干什么? 快跟我进来。"祖凤听出是老爷的声音，一缕烟似的就往提花丛里钻进去了。和鸾随着父亲进去，挨了一顿大申斥。次日，崇阿就借着别的事情把祖凤打四十大板，仍旧赶回第三棚，不许他再到上房来。

和鸾受过父亲的责备，心里十分委屈。因为衙内上上下下都知道大小姐和祖什长在园里被老爷撞见的事，弄得她很没意思。崇阿也觉得那晚上把女儿申斥得太过，心里也有点怜惜。又因为她年纪大了，要赶紧将她说给启祯，省得再出什么错。他就吩咐下人在团圆节预备一桌很好的瓜果在园里，全家的人要在那里赏月行乐。崇阿的意思：一来是要叫女儿喜欢；二来是要借着机会向启祯提亲。

一轮明月给流云拥住，朦胧的雾气充满园中，只有印在地面的花影稍微可以分出黑白来。崇阿上了如楼船屋的楼上，瞧见启祯在案头点烛，就说："今晚上天气不大好啊! 你快去催她们上来，待一会儿，恐怕要下雨。"启祯听见姑丈的话，把香案瓜果整理好，才下楼去。月亮越上越明，云影也渐渐散了。崇阿高兴起来，等她们到齐的时候，就拿起琵琶弹了几支曲。他要和鸾也弹一支。但她的心里，烦闷已极，自然是不愿意弹的。崇阿要大家在这晚上都得着乐趣，就出了一个赌果子的玩意儿。在那楼上赏月的有赫氏、和鸾、鸣鹭、启祯，连崇阿是五个人。他把果子分做五份，然后对众人说："我想了个新样的射覆，就是用你们常念的《千家诗》和《唐诗》里的诗句，把一句诗当中换一个字，所换的字还要射在别句诗上。我先说了，不许用偏僻的句，因为这不是叫你们赌才情，乃是教你们斗快乐。我们就挨着次序一人唱一句，拈阄定射覆的人。射中的就得唱句人的赠品；射不中就得挨罚。"大家听了都请他举一个例。他就说："比如我唱一句：长安云边多丽人。要问你：明明是水，为什么说云？你就得在《千家诗》或《唐诗》里头找一句来答复。若说：美人如花隔云端，就算复对了。"和鸾和鸣鹭都高兴得很，她们低着头在那里默想。惟有启祯跑到书房把书翻了大半天才上来。姊妹们说他是先翻书再来赌的，不让他加入。崇阿说："不要紧，若诗不熟，看也无妨。我们只是取乐，毋须认真。"于是都挨着次序坐下，个个侧耳听着那唱句人的声音。

第一次是鸣鹭，唱了一句："楼上花枝笑不眠"问："明明是独，怎么说不？"把阄一拈，该崇阿复。他想了一会儿，就答道："春色恼人眠不得。"鸣鹭说："中了。"于是把两个石榴送到父亲面前。第二次是赫氏唱："主人有茶欢今夕。"问："明明是酒，为什么变成茶？"鸣鹭就答："寒夜客来茶当酒。"崇阿说："这句复得好。我就把这两个石榴加赠给你。"第三次是启祯唱："纤云四卷天来河。"问："明明是无，怎样说来？"崇阿想了半天，想不出一句合适的来。启祯说："姑丈这次可要挨罚了。"崇阿说："好。你自己复出来吧。我实在想不起来。"启祯显出很得意的样子，大声念道："君不见黄河之水天上来？"弄得满座的人都瞧着笑。崇阿说："你这句射得不大好。姑且算你赢了吧。"他把果子送给启祯，正要唱时，当差的说："省城来了一件要紧的公文。师爷要请老爷去商量。"崇阿立刻下楼，到签押房去。和鸾站起来唱道："千树万树梨花飞"问："明明是开，为什么又飞起来？"赫氏答道："春城无处不飞花。"她接了和鸾的赠品，就对鸣鸶说："该你唱了。"于是鸣鸶唱一句："桃花尽日夹流水。"问："明明是随，为何说夹？"和鸾答道："两岸桃花夹古津。"这次应当是赫氏唱，但她一时想不起好句来，就让给启祯。他唱道："行人弓箭各在肩。"问："明明是腰，怎会在肩？那腰空着有什么用处？"和鸾说："你这问太长了。叫人怎样复？"启祯说："还不知道是你射不是，你何必多嘴呢？"他把阄筒摇了一下才教各人抽取。那黑阄可巧落在鸣鸶手里。她想一想，就笑说："莫不是腰横秋水雁翎刀吗？"启祯忙说："对，对，你很聪明。"和鸾只掩着口笑。启祯说："你不要笑人，这次该你了，瞧瞧你的又好到什么地步。"和鸾说："祯哥这唱实在差一点，因为没有复到肩字上头。"她说完就唱："青草池塘独听蝉。"问："明明是蛙，怎么说蝉？"可巧该启祯射。他本来要找机会调嘲和鸾，借此报复她方才的批评。可巧他想不起来，就说一句俏皮话："癞蛤蟆自然不配在青草池塘那里叫唤。"他说这句话是诚心要和和鸾起哄。个人心事自家知，和鸾听了自然猜他是说自己和祖凤的事，不由得站起来说："哼，莫笑蛇无角，成龙也未知。祯哥，你以为我听不懂你的话么？咳，何苦来！"她说完就悻悻地下楼去。赫氏以为他们是闹玩，还在上头嚷着："这孩子真会负气，回头非叫她父亲打她不可。"

和鸾跑下来，踏着花荫要向自己房里去。绕了一个弯，刚到啼鹏亭，忽然一团黑影从树下拱起来，把她吓得魂不附体。正要举步疾走，那影儿已走近了。和鸾一瞧，原来是祖凤。她说："祖凤，你昏夜里在园里吓人干什么？"祖凤说："小姐，我正候着你，要给你说一宗要紧的事。老爷要把你我二人重办，你知道不知道？"和鸾说："笑话，哪里有这事？你从哪里听来的？他刚和我们一块儿在如楼船屋楼上赏月哪。"祖凤说："现在老爷可不是在签押房吗？"和鸾说："人来说师爷有要事要和他商量，并没有什么。"祖凤说："现在正和师爷相议这事呢。我想你是不要紧的，不过最好还是暂避几天，等他气过了才回来。若是我，一定得逃走，不然，连性命也要没了。"和鸾惊说："真的么？"祖凤说："谁还哄你？你若要跟我去时，我就领你闪避几天再回来。……无论如何，我总走的。我为你挨了打，一定不能撇你在这里；你若不和我同行，我宁愿死在你跟前。"他说完掏出一支手枪来，把枪口向着自己的心坎，装作要自杀的样子。和鸾瞧见这个光景，她心里已经软化了。她把枪夺过来，抚着祖凤的肩膀说："也罢，我不忍瞧见你对着我做伤心的事，你且在这里等候，我回去房里换一双平底鞋再来。"祖凤说："小姐的长褂也得换一换才好。"和鸾回答一声："知道。"就忙忙地走进去。

三　一失足

她回到房中，知道婳而还在前院和女仆斗牌。瞧瞧时计才十一点零，于是把鞋换好，胡乱拿了几件衣服出来。祖凤见了她忙上前牵着她的手说："咱们由这边走。"他们走得快到衙后的角门，祖凤教和鸾在一株榕树底下站着。他到角门边的更房见没有人在那里，忙把墙上的钥匙取下。出了房门，就招手叫和鸾前来。他说："我且把角门开了让你先出去。我随后爬墙过去带着你走。"和鸾出去后，他仍把角门关锁妥当，再爬过墙去。原来衙后就是鼍山，虽不甚高，树木却是不少。衙内的花园就是山顶的南部。二人下了鼍山，沿着山脚走。和鸾猛然对祖凤说："呀！我们要到哪里去？"祖凤说："先到我朋友的村庄去，好不好？"和鸾问说："什么村庄，离城多远呢？"祖凤说："逃难的人，一定是越远越好的。咱们只管走吧。"和鸾说："我可不能远去。天亮了，我这身装束，谁还认不得？""对呀，我想你可以扮男装。"和鸾说："不成，不成，我的头发和男子不一样。"祖凤停步想了一会儿，就说："我为你设法。你在这里等着，我一会儿就回来。"他去后，不久就拿了一顶遮羞帽（阳江妇人用的竹帽），一套青布衣服来。他说："这就可以过关啦。"和鸾改装后，将所拿的东西交给祖凤。二人出了五马坊，往东门迈步。

那一晚上，各城门都关得很晚，他们竟然安安稳稳地出城去了。他们一直走，已经过了一所医院，路上一个人也没有。只有天空悬着一个半明不亮的月。和鸾走路时，心里老是七上八下地打算。现在她可想出不好来了。她和祖凤刚要上一个山坡，就止住说："我错了，我不应当跟你出来，我须得回去。"她转身要走，只是脚已无力，不听使唤，就坐一块大石上头。那地两面是山，树林里不时发出一种可怕的怪声。路上只有他们二人走着。和鸾到这时候，已经哭将起来。她对祖凤说："我宁愿回去受死，不愿往前走了。我实在害怕得很，你快送我回去吧。"祖凤说："现在可不能回去，因为城门已经关了。你走不动，我可以驮你前行。"她说："明天一定会给人知道的。若是有人追来，要怎样办呢？"祖凤说："我们已经改装，由小路走一定无妨。快走吧。多走一步是一步。"他不由和鸾做主，就把她驮在背上，一步一步登了山坡。和鸾伏在后面，把眼睛闭着，把双耳掩着。她全身的筋肉也颤动得很厉害。那种恐慌的光景，简直不能用笔墨形容出来。

蜿蜒的道上，从远看只像一个人走着，挨近却是两个。前头一种强烈之喘声和背后那微弱的气息相应和。上头的乌云把月笼住，送了几粒雨点下来。他们让雨淋着，还是一直地往前。

刚渡过那龙河，天就快亮了。祖凤把和鸾放下，对她说："我去叫一顶轿子给你坐吧。天快要亮了，前边有一个大村子，咱们再不能这样走了。"和鸾哭着说："你要带我到哪里去呢？若是给人知道了，你说怎好？"祖凤说："不碍事的。咱们一同走着，看有轿子，再雇一顶给你，我自有主意。"那时东方已有一点红光，雨也止了。他去雇了一顶轿子，让和鸾坐下，自己在后面紧紧跟着。足行了一天，快到那笃墟了。他恐怕到的时候没有住处，所以在半路上就打发轿夫回去。祖凤扶着她慢慢地走，到了一间破庙的门口。祖凤教和鸾在牴牻旁边候着，自己先进里头去探一探，一会儿他就携着和鸾进去。那晚上就在那里歇息。

和鸾在梦中惊醒。从月光中瞧见那些陈破的神像：脸上的胡子和身上的破袍被风刮得舞动起来。那光景实在狰狞可怕。她要伏在祖凤怀里，又想着这是不应当的。她懊悔极了，就推祖凤起来，叫他送自己回去。祖凤这晚上倒是好睡，任她怎样摇也摇不醒来。她要自己出来，那些神像直瞧着她，叫她动也不敢动。次日早晨，祖凤牵着她仍从小路走。祖凤所要找的朋友，就在这附近住，但他记不清那条路的方位。他们朝着早晨的太阳前行，由光线中，瞧见一个人从对面走来。祖凤瞧那人的容貌，像在哪里见过似的，只是一时记不起他的名字。他要用他们的暗号来试一试那人，就故意上前撞那人一下，大声喝道："吓！你盲了吗？"和鸾瞧这光景，力劝他不要闯祸，但她的力量哪里禁得住祖凤。那人受祖凤这一喝，却不生气。只回答说："我却不盲，因为我的眼睛比你大。"说完还是走他的。祖凤听了，就低声对和鸾说："不怕了。咱们有了宿处了。我且问他这附近有房子没有；再问他认识金成不认识。"说着就叫那人回来，殷勤地问他说："你既然是豪杰，请问这附近有甲子借人没有？"那人指着南边一条小路说："从这条线打听去吧。"祖凤乘机问他："你认得金成么？"那人一听祖凤问金成，就把眼睛往他身上估量了一回。说："你问他做什么？他已不在这里。你莫不是由城来的么？是黄得胜叫你来的不是？"祖凤连声答了几个是。那人往四周一瞧，就说："这里不是说话的地方。你可以到我那里去，我再把他的事情告诉你。"

原来那人也姓金，名叫权。他住在那附近一个村子，曾经一度到衙门去找黄总爷。祖凤就在那时见他一次，他们一说起来就记得了。走的时节，金权问祖凤说："随你走的可是尊嫂？"祖凤支离地回答他。和鸾听了十分懊恼，但她的脸帽子遮住，所以没人理会她的当时的神气。三人顺着小路走了约有三里之遥，当前横着一条小溪涧，架着两岸的桥是用一块旧棺木做的。他们走过去，进入一丛竹林。金权说："到我的甲子了。"祖凤、和鸾跟着金权进入一间矮小的茅屋。让座之后，和鸾还是不肯把帽子摘下来。祖凤说："她初出门，还害羞咧。"金权说："莫如请嫂子到房里歇息，我们就在外头谈谈吧。"祖凤叫和鸾进房里，回头就问金权说："现在就请你把成哥的下落告诉我。"金权叹了一口气说："唉！他现时在开平县的监里哪，他在几个月前出去'打单'，兵来了还不逃走，所以给人挐住了。"这时祖凤的脸上显出一副很惊惶的模样，说："噢，原来是他。"金权反问什么意思。他就说："前晚上可不是中秋吗？省城来了一件要紧的文书，师爷看了，忙请老爷去商量。我正和黄总爷在龙王庙里谈天，忽然在签押房当差的朱爷跑来，低声地对黄总爷说：开平县监里一个劫犯供了他和土匪沟通，要他立刻到堂对质。黄总爷听了立刻把几件细软的东西藏在怀里，就往头门逃走。他临去时，教我也得逃走。说：这案若发作起来，连我也有份。所以我也逃出来。现在给你一说，我才明白是他。"金权说："逃得过手，就算好运气。我想你们也饿了。我且去煮些沙来给你们耕吧。"他说着就到檐下煮饭去了。

和鸾在里面听得很清楚，一见金权出去，就站在门边怒容向着祖凤说："你们方才所说的话，我已听明白了。你现在就应当老老实实地对我说。不然，我……"她说到这里，咽喉已经噎住。祖凤进前几步，和声对她说："我的小姐，我实在是把你欺骗了。老爷在签押房所商量的与你并没有什么相干，乃是我和黄总爷的事。我要逃走，又舍不得你，所以想些话来骗你，为的是要叫你和我一块住着。我本来要扮作更夫到你那里，刚要到更房去取家具。可巧就遇着你，因此就把你哄住了。"和鸾说："事情不应当这样办。这样叫我怎样见人？你为什么对人说我是你的妻子？原来你的……"祖凤瞧她越说越气，不容她说完就插着说："我的小姐，你不曾说你是最爱我的吗？你舍得教我离开你吗？"金权听见里面小姐长小姐短底话，忙进来打听到底是哪一回事。祖凤知瞒不过，就把事情底原委说给他知道。他们二人用了许多话语才把和鸾的气减少了。

金权也是和黄总爷一党的人，所以很出力替祖凤遮藏这事。他为二人找一个藏身之所，不久就搬到离金权的茅屋不远一所小房子住去。

四　他的宗教

和鸾所住的屋子靠近山边。屋后一脉流水，四围都是竹林。屋内只有两铺床，一张桌子和几张竹椅。壁上的白灰掉得七零八落了，日光从瓦缝间射下来。祖凤坐在她床脚下，侧耳听着她说："祖凤啊，我这次跟你到这个地方，要想回家，也办不到的。现在与你立约，若能依我，我就跟着你；若是不能，你就把我杀掉。"祖凤说："只要你常在我身边，我就没有不依从你的事。"和鸾说："我从前盼往你往上长进，得着一官半职，替国家争气；就是老爷，在你身上也有这样的盼往。我告诉你，需要等你出头以后，才许入我房里；不然，就别妄想。"祖凤的良心现在受责罚了。和鸾底话，他一点也不敢反抗。只问她说："要到什么地步才算呢？"和鸾说："不须多大，只要能带兵就够了。"祖凤连连点头说："这容易，这容易。我只须换个名字再投军去就有盼望。"

祖凤在那里等机会入伍，但等来等去总等不着。只得先把从前所学的手艺编做些竹器到墟里发卖。他每日所得到的钱差可以够二人的用。有一天，他在墟里瞧见庙前贴着一张很大的告示。他进前一瞧，别的名字都不认得，只认得"黄得胜……祖凤……逃……捉拿……花红四百元……"他看了，知道是通缉的告示，吓得紧跑回去。一踏进门，和鸾手里拿着一块四寸见方的红布，上面印着一个不像八卦，不像两仪的符号在那瞧着。一见祖凤回来，就问他说："这是什么东西？"祖凤说："你既然搜了出来，我就不能不告诉你。这就是我的腰平。小姐，你要知道我和黄总爷都是洪门底豪杰；我们二人都有这个。这就是入门的凭据。我坐监的时候，黄总爷也是因为同会的缘故才把我保释出来的。"和鸾说："那么金权也是你们的同党了。""是的。……呀！小姐，事情不好了。老爷的告示已经贴在墟里，要捉拿我和黄总爷哪。这里还是阳江该管的地方，咱们必不能再住在此；不如往东走，到那扶墟避一下。那里是新宁（台山）地界，也许稍微安稳一点。"他一面说，一面催和鸾速速地把东西检点好，在那晚上就搬到那扶墟去了。

他们搬到那扶附近一个荒村。围在四面的不是山，就是树林。二人在那里藏身倒还安静。祖凤改名叫李猛，每日仍是做些竹器卖钱。他很奉承和鸾，知她嗜好音乐，就做了一管短箫，常在她面前吹着。和鸾承受他的崇敬，也就心满意足，不十分想家啦。

时光易过，他们在那里住着，已经过了两个冬节。那天晚上，祖凤从墟里回来。胳膊下夹着一架琵琶，喜喜欢欢地跳跃进来。对和鸾说："小姐，我将今天所赚的钱为你买了这个。快弹一弹，瞧它的声音如何。"和鸾说："呀！我现在哪里有心玩弄这个？许久不弹，手法也生了。你先搁着吧，改天我喜欢弹的时候，再弹给你听。"他把琵琶搁下说："也吧。我且告诉你一桩可喜的事情：金权今天到墟里找我，说他要到省城吃粮去。他说现在有一位什么司令要招民军去打北京，有好些兄弟们劝他同行。他也邀我一块儿去。我想我的机会到了。我这次出门，都是为你的缘故；不然，我宁愿在这里做小营生，光景虽苦，倒能时常亲近你。他们明后天就要动身。"和鸾听说打北京就惊异说："也许是你听差了吧。北京是皇都，谁敢去打？况且官制里头也没有什么叫作司令的。或者你把东京听做北京吧。"祖凤说："不差，不差，我所听的一定不错。他明明说是革命党起事，要招兵打满洲的。"和鸾说："呀，原来是革命党造反！前几年，老爷才杀了好几个哪。我劝你别去吧，去了定会把自己的命革掉。"他迫着要履和鸾的约，以为这次是好机会，决不可轻易失掉。不论和鸾应许与否，他心里早有成见。他说："小姐，你说的虽然有理，但是革命党一起事，或者国家也要招兵来对付，不如让我先上省去瞧瞧，再行定规一下。你以为怎样呢？我想若是不走这一条路，就永无出头之日啦。"和鸾说："那么，你就去瞧瞧吧。事情如何，总得先回来告诉我。"当下和鸾为他预备些路上应用的东西，第二天就和金权一同上省城去了。

祖凤一去，已有三个月的工夫。和鸾在小屋里独自一人颇觉寂寞。她很信祖凤那副好身手，将来必有出人头地的日子。现时在穷困之中，他能尽力去工作。同在一个屋子住着，对于自己也不敢无礼。反想启祯整日里只会蹴毽、弄鸟、赌牌、喝酒以及等等虚华的事，实在叫她越发看重祖凤。一想起他的服从崇敬和求功名的愿往，就减少了好些思家的苦痛。她每日往着祖凤回来报信，往来往去，只是没有消息，闷极的时候，就弹着琵琶来破她的忧愁和寂寞。因为她爱粤讴，所以把从前所学的词曲忘了一大半。她所弹的差不多都是粤调。

　　无边的黑暗把一切东西埋在里面。和鸾所住房子只有一点豆粒大的灯光。她从屋里蹀出来，瞧瞧四围山林和天空的分别，只在黑色的浓淡。那是摇光从东北渐移到正东，把全座星斗正横在天顶。她信口唱几句歌词，回头把门关好，端坐在一张竹椅上头，好像有所思想的样子。不一会儿，她走到桌边，把一支秃笔拿起来，写着：

诸天尽黝暗，
曷有众星朗？
林中劳意人，
独坐听山响。

山响复何为？
欲惊狮子梦。
磨牙嗜虎狼，

永袚腹心痛。

她写完这两首，正要往下再写，门外急声叫着："小姐，我回来了。快来替我开门。"她认得是祖凤的声音，喜欢到了不得，把笔搁下，速速地跑去替他开门。一见祖凤，就问："为什么那么晚才回来？哎呀，你的辫子哪里去了！"祖凤说："现在都是时兴这个样子。我是从北街来的，所以到得晚一点。我一去，倒就被编入伍，因此不能立刻回来。我所投的是民军。起先他们说要北伐，后来也没有打仗就赢了。听说北京的皇帝也投降了，现在的皇帝就是大总统，省城的制台和将军也没了，只有一个都督是最大的，他的下属全是武官。这时候要发达是很容易的。小姐，你别再愁我不长进啦。"和鸾说："这岂不是换了朝代吗？""可不是。""那么，你老爷的下落你知道不？"祖凤说："我没有打听这个，我想还是做他的官吧。"和鸾哭着说："不一定的。若是换了朝代，我就永无见我父母之日了。纵使他们不遇害，也没有留在这里的道理。"祖凤瞧她哭了，忙安慰说："请不要过于伤心。明天我回到省城再替你打听打听。现在还不知道是什么情形呢，何必哭。"他好容易把和鸾劝过来。又谈些别后的话，就各自将息去了。

早晨的日光照着一对久别的人。被朝雾压住的树林里断断续续发出几只蝍蟟的声音。和鸾一听这种声音，就要引起她无穷的感慨。她只对祖凤说："又是一年了。"她的心事早被祖凤看出，就说："小姐，你又想家了。我见这样，就舍不得让你

自己住着，没人服侍。我实在苦了你。"和鸾说："我并不是为
没人服侍而愁，瞧你去那么久，我还是自自然然地过日子就可
以知道。只要你能得着一个小差事，我就不愁了。"祖凤说：
"我实在不敢辜负小姐的好意。这次回来无非是要瞧瞧你。我
只告一礼拜的假，今天又得回去。论理我是不该走得那么快，
无奈……"和鸾说："这倒是不妨，你瞧什么时候应当回去就
回去，又何必发愁呢？"祖凤说："那么，我待一会儿，就要走
啦。"他抬头瞧见那只琵琶挂在墙上，说笑着对和鸾说："小
姐，我许久不听你弹琵琶了。现在请你随便弹一支给我听，好
不好？"和鸾也很喜欢地说："好。我就弹一支粤讴当作给你送
行的歌儿吧。"她抱着乐器，定神想了一会，就唱道：

> 暂时嘅离别，犯不着短叹长嘘，
> 君若嗟叹就唔配称作须眉。
> 劝君莫因穷困就添愁绪，
> 因为好多古人都系出自寒微。
> 你睇樊哙当年曾与屠夫为伴侣；
> 和尚为君重有个位老朱。
> 自古话事唔怕难为，只怕人有志，
> 重任在身，切莫辜负你个堂堂七尺躯。
> 今日送君说不尽千万语，
> 只愿你时常寄我好音书。
> 唉！我记住远地烟树，就系君去处。

劝君就动身吧，唔使再踌躇。

五　山大王

在那似烟非烟，似树非树的地平线上，仿佛有一个人影在那里走动。和鸾正在竹林里往着，因为祖凤好几个月没有消息了，她瞧着那人越来越近，心里以为是给她送信来的。她迎上去，却是祖凤。她问："怎么又回来呢？"祖凤说："民军解散了。"他说的时候，脸上显出不快的样子，接着说："小姐，我实在辜负了你的盼望。但这次销差的不止我一人，连金权一班的朋友都回来了。"和鸾见他发愁，就安慰他说："不要着急，大器本来是晚成的。你且休息一下，过些日再设法吧。"她伸手要替祖凤除下背上的包袱，却被祖凤止住。二人携手到小屋里，和鸾还对他说了好些安慰的话。

时光一天一天地过去，祖凤在家里很觉厌腻，可巧他的机会又到了。金权到他那里把他叫出来，同在竹林底下坐着。金权问："你还记得金成么？"祖凤说："为什么记不得。他现在怎样啦？"金权说："革命的时候，他从监里逃出来。一向就在四邑一带打劫。现时他在百峰山附近的山寨住着，要多招几个人入伙，所以我特地来召你同行。"祖凤沉思了一会儿就说："我不能去。因为这事一说起来，我的小姐必定不乐意。这杀头的事谁还敢去干呢？"金权说："咦，你这人真笨！若是会死，连我也不敢去，还敢来招你吗？现在的官兵未必能比咱们强，他们一打不过，就会设法招安；那时我们可又不是好人、军官么？你不曾说过你的小姐要等你做到军官的时候才许你成婚吗？现在有那么好机会不投，还等什么时候呢？从前要做武官是考武秀、武举；现在只要先上梁山做大王，一招安至小也有排长、连长。你瞧金成有好几个朋友从前都是山寨里的八拜兄弟，现在都做了什么司令、什么镇守使了。听说还有想做督军的哪……"祖凤插嘴说："督军是什么？"金权答道："哎，你还不知道吗？督军就是总督和将军合成一个的意思；是全国最大的官。我想做官的道路，再没有比这条简捷的了。当兵和做强盗本来没有什么分别：不过他们的招牌正一点，敢青天白日地抢人；我们只在暗里胡扯就是了。你就同我去吧，一定没有伤害的。"祖凤说："你说的虽然有理，但这些话决不能对小姐说起的。我还是等着别的机会吧。"金权说："呀，你真呆！对付女人是一桩极容易的事情，你何必用真实的话对她说呢？往时你有聪明骗她出来，现在就不再哄她一次吗？我想你可以对她说现在各处的人民都起了勤王的兵，你也要投军去。她听了一定很喜欢，那就没有不放你去的道理。"祖凤给他劝得活动起来，就说："对呀！这法子稍微可以用得。我就相机行事吧。"金权说："那么，我先回去候你的信。"他说完，走几步，又回头说："你可不要对她提起金成的名字。"

　　祖凤进去和和鸾商量妥当，第二天和金权一同搬到金成那里。他们走了两三天才到山麓。祖凤扶着和鸾一步一步地上去，歇了好几次才到山顶，那山上有几间破寨，金成就让他们二人同在一间小寨住着。他们常常下山，有时几十天也不回来一次。和鸾在那里越觉寂寞，因为从前还有几个邻村的妇人来谈谈，现在山上只有她和几个守寨的老贼。她每日有这几个人服侍，外面虽觉好些，但精神的苦痛是比从前厉害得多。她正在那里闷着，老贼亚照跑进来说："小姐，他们回来了。现在都在金权寨里哪。祖凤叫我来问小姐要穿的还是要戴的，请告诉他，他可以给小姐拿来。"他的口音不大清楚，所以和鸾听不出什么意思来。和鸾说："你去叫他来吧。我不明白你所说的是什么意思。"亚照只得就去叫祖凤来。和鸾说："亚照来说了大半天，我总听不出什么意思。到底问我要什么？"祖凤从口袋里掏出几只戒指和几串珠子，笑着说："我问你是要这个，或是要衣服。"和鸾诧异到了不得，注目在祖凤脸上说："呀呀！这是从哪里得来的？你莫不是去打劫么？"祖凤从容地说："哪里是打劫。不过咱们的兵现在没有正饷，暂时向民间借用。可幸乡下的绅士们都很仗义，他们捐的钱不够，连家里的金珠宝贝都拿出来。这是发饷时剩下的。还有好些绸缎哪。你若要时，我叫人拿来给你挑选几件。"和鸾说："这些东西，现时在我身上都没有什么用处。你下次出差去的时候，记得给我带些书籍来，我可以借此解解心闷。"祖凤笑说："哈哈，谁愿意带那些笨重的东西上山呢？现在的上等女人都不兴念书了。我在省城，瞧见许多太太夫人们都是这样。她们只要粉擦得白，头梳得光，衣服穿得漂亮就够了。不仅女人，连男人也是如此。前几年，我们的营扎在省城一间什么南强公学，里头的书籍很多，听说都是康圣人的。我们兄弟们嫌那些东西多占地位，一担只卖一块钱，不到三天，都让那班小贩买去包东西了。况且我们走路要越轻省越好；若是带书籍，不上三五本就很麻烦啦。好罢，你若是一定要时，我下次就给你带几本来。"说话时，金权又来把他叫去。

祖凤跑到金成寨里，瞧见三四个喽啰坐在那里，早猜着好事又来了。金成起来对祖凤说道："方才钦哥和琉哥来报了两宗肥事：第一，是梁老太爷过几天要出门，我们可以把他拿回来。他儿子现时在京做大官，必定要拿好些钱财来赎回去；第二件是宁阳铁路这几个月常有金山丁（美洲及澳洲华侨）往来。我想找一个好日子，把他们全网打来。我且问你办哪一样最好？劫火车虽说富足一点，但是要用许多手脚。若是劫梁老太爷，只须五六个人就够了。"祖凤沉吟半晌说："我想劫火车好一点。若要多用人，我们可以招聚些。"金成说："那么，你就先到各山寨去招人吧。约好了，我们再出发。"

六　他的生活

那日下午，火车从北街开行。搭客约有二百余人，金成、祖凤和好些喽啰都扮作搭客，分据在二三等车里。祖凤拿出时计来一看，低声对坐在身边的同伴说："三点半了，快预备着。"他说完把窗门托下来，往外直往。那时火车快到汾水江地界，正在蒲葵园或芭蕉园中穿行。从窗一往都是绿色的叶子，连人影也不见。走的时候，车忽然停住。祖凤、金成和其余的都拿出手枪来，指着搭客说："是伶俐人就不要下车。个个人都得坐定，不许站起来。"他们说的时候，好些贼从蒲葵园里钻出来，各人都有凶器在手里。那班贼上了车，就对金成说："先把头二等车封锁起来，我们再来验这班孤寒鬼。"他们分头挡住头二等的车门，把那班三等客逐个验过。教每人都伸手出来给他们瞧，若是手长得幼嫩一点的就把他留住。其余粗手、赤脚、肩上有瘤和皮肤粗黑的人，都让他们下车。他们对那班人说："饶了你们这些穷鬼吧。把东西留下，快走。不然，要你们的命。"祖凤把客人所看的书、报、小说胡乱抢了几本藏在自己怀中，然后押着那班被掳的下车。

他们把留住的客人，一个夹一个下来。其中有男的、有女的、有金山丁、官僚、学生、工人和管车的，一共有九十六人。那里离河不远，喽啰们早已预备了小汽船在河边等候。他们将这九十六人赶入船里，一个挨一个坐着。且用枪指着，不许客人声张，船走上约有二点钟的光景，才停了轮，那时天已黑了。他们上岸，穿过几丛树林，到了一所荒寨。金成吩咐众喽啰说："你们先去弄东西吃。今晚就让这些货在这里。挑两三个女人送到我那里去，再问凤哥，权哥要不要。若是有剩就随你们的便。"喽啰们都遵着命令，各人办各人的事去了。

第二天早晨，众贼都围在金成身边，听候调遣。金成对金权说:"女人都让你去办吧。有钱的叫她家里来赎;其余的,或是放回或是送到澳门去都随你的便。"他又把那些男子的姓名住址问明白。派喽啰各处去打听,预备向他们家里拿相当的金钱来赎回去。喽啰们带了几个外省人来到他跟前。他一问了,知道是做官、当委员底,就大骂说:"你们这些该死底人,只会铲地皮,和我们作对头,今天到我手里,别再想活着。人来,把他们捆在树上,枪毙。"众喽啰七手八脚,不一会儿都把他们打死了。

三五天后,被派出去的喽啰都回来报各人家里的景况。金成叫各人写信回家取钱。叫祖凤检阅他们底书信。祖凤在信里瞧见一句"被绿林之豪掳去……七月三十日以前……"和"六年七月十九"就叫那写信的人来说:"你这信,到底包藏些什么暗号?你要请官兵来拿我们吗?"他指着"绿林""掳""六年七月"等字,问说:"这些是什么字?若说不出来,就要你的狗命。现在明明是六月,为何写六年七月?"祖凤不认得那些字,思疑里面有别的意思。所以对着那人说:"凡我不认得的字都不许写,你就改作'被山大王提去'和'丁巳六月'吧。以后再这样,可就不饶你了。晓得么?"检阅时,金权带了两个人来。说:"这两个人实在是穷,放了他们吧。"祖凤说:"金成说放就放,我不管。"他就跑到金成那里说:"放了他们吧。"金成说:"不。咱们决不能白放人。他们虽然穷,命还是有用的。咱们就要他们的命来警戒那些有钱而不肯拿出来的人。你且把他们捆在那边,再叫那班人出来瞧。"金成瞧那些俘虏出来，就对他们说："你们都瞧那两个人就是有钱不肯花的。你们若不赶快叫家里拿钱来，我必要一天把你们当中的人枪毙两个，像他们现在一样。"众人见他们二人死了，都吓得抖擞起来。祖凤说："你们若是精乖，就得速速拿钱来，省得死在这里。"

他们在那寨里正摆布得有条有理，一个喽啰来回报说："官军已到北街了。"金成说："那么，我们就把这些人分开吧。我和祖凤、金权同在一处，将二十人给我们带去。剩下的叫亚球和金胜分头带走。"祖凤把四个司机人带来说："这四个是工人。家里也没有什么钱，不如放了他们吧。"金成说："凤哥，你的打算差了。咱们时常要在铁路上往来，若是放他们回去，将来的祸根不小。我想还是请他们去见阎王好一点。"

他们把那几个司机人杀掉以后，各头目带着自己的俘虏分头逃走。金成、祖凤和金权带着二十人，因为天气尚早，先叫他们伏在蒲葵园的叶下，到晚上才把他们带出来。他走了一夜才到山寨。上山后，祖凤拿几本书赶紧跑到自己的寨里，对和鸾说："我给你带书来了。我们掳了好些违抗王师的人回来，现在满山寨都是人哪。"和鸾接过书来瞧一瞧，说："这有什么用？"他悻悻地说："你瞧！正经给你带来，你又说没用处。我早说了，倒不如多掳几个人回来更好哪。"和鸾问："怎么说？""我们掳人回来可以得着他们家里的取赎钱。"和鸾又问："怎样叫他们来赎，若是不肯来，又怎办？"祖凤说："若是要赎回去的话，他们家里的人可以到澳门我们的店里，拿二三斤鸦片或是几箱好烟叶做开门礼，我们才和他讲价。若不然，就把他们治死。"和鸾说："这可不是近于强盗的行为么？"他心里暗笑，口里只答应说："这是不得已的。"他恐怕被和鸾问住，就托故到金成寨里去了。

过不多的日子，那班俘虏已经被人赎回一大半。那晚该祖凤的班送人下山。他用手巾把那几个俘虏的眼睛缚住，才叫喽啰们扶他们下山，自己在后头跟着。他去后不到三点钟的工夫，忽然山后一阵枪声越响越近。金成和剩下的喽啰各人携着枪械下山迎敌。枪声一呼一应，没有片刻停止。和鸾吓得不敢睡，眼瞧着天亮了，那枪声还是不息。她瞧见山下一支人马向山顶奔来；一支旗飘荡着，却认不得是哪一国的旗帜。她害怕得很，要跑到山洞里躲藏。一出门，已有两个兵追着她。她被迫到一个断崖上头，听见一个兵说："吓，这里还有那么好的货，咱们上前把她搂过来受用。"那兵方要进前，和鸾大声喝道："你们这些作乱的人，休得无礼！"二人不理会她，还是要进步。一个兵说："呀，你会飞！"他们挝不着和鸾，正在互相埋怨。一个军官来到，喝着说："你们在这里干什么？还不跟我到处搜去。"

从这军官的服装看来，就知道他是一位少校。他的行动十分敏捷，像很能干似的。他搜到和鸾所住的寨里，无意中搜出她的衣服。又把壁上的琵琶拿下来，他见上面贴着一张红纸条，写着："表寸心"，的下还写了她自己的名字。军官就很是诧异，说："哼，原来你在这里！"他回头对众兵丁说："拿住多少贼啦?”都说:"没有。""女人呢?""也没有。"他把衣物交给兵丁,叫他们先下山去,自己还在那里找寻着。

唉!他的寻找是白费的。他回到营里,天色已是不早,就叫卫兵拿了一盏油灯来,把所得的东西翻来覆去地瞧着。他叹息几声,把东西搁下,起来,在屋里踱来踱去。半晌的工夫,他就拿起笔来写一封信:

> 贤妻如面:此次下乡围捕,于贼寨中搜出令姊衣物多件,然余偏索山中,了无所得,寸心为之怅然。忆昔年之事,余犹以虐谑为咎,今而后知其为贼所掳也。兹命卫卒将衣物数事,先呈妆次,俟余回时,再为卿详道之。
>
> 夫祯白

他把信封好,叫一个兵来将信件拿去。自己眼瞪瞪坐在那里,把手向腿上一拍。门外的岗兵顺着响处一往,仿佛听着他的长官说:"啊,我现在才明白你的意思。只是你害杀姊而了。"

黄昏后

承欢、承懂两姊妹在山上采了一篓羊齿类的干草，是要用来编造果筐和花篮的。她们从那条崎岖的山径一步一步地走下来，刚到山腰，已是喘得很厉害；二人就把篓子放下，歇息一会儿。

承欢的年纪大一点，所以她的精神不如妹妹那么活泼，只坐在一根横露在地面的榕树根上头；一手拿着手巾不歇地往脸上和脖项上揩拭。她的妹妹坐不一会儿，已经跑入树林里低着头，慢慢找她心识中底宝贝去了。

喝醉了的太阳在临睡时，虽不能发出它固有的本领，然而还有余威把它的妙光长箭射到承欢这里。满山的岩石、树林、泉水，受着这妙光的赏赐，越觉得秋意阑珊了。汐涨的声音，一阵一阵地从海岸送来；远地的归鸟和落叶混着在树林里乱舞。承欢当着这个光景，她的眉、目、唇、舌也不觉跟着那些动的东西，在她那被日光熏黑了的面庞飞舞着。她高兴起来，心中的意思已经禁止不住，就顺口念着："……碧海无风涛自语；丹林映日叶思飞！……"还没有念完，她的妹妹就来到跟前，衣裙里兜着一堆的叶子，说："姊姊你自己坐在这里，和谁说话来？你也不去帮我捡捡叶子，那边还有许多好看的哪。"她说着，顺手把所得的枯叶一片一片地拿出来，说："这个是蚶壳……这是海星，……这是没脊鳍底翻车鱼……这卷得更好看，是爸爸吸的淡芭菇……这是……"她还要将那些受她想象变化过的叶子，一一给姊姊说明，可是这样的讲解，除她自己以外，是没人愿意用工夫去领教的。承欢不耐烦地说："你且把它们搁在篓里吧，到家才听你的，现在我不愿意听咧。"承懽斜着眼瞧了姊姊一下，一面把叶子装在篓里，说："姊姊不晓得又想什么了。在这里坐着，愿意自己喃喃地说话，就不愿意听我所说的！"承欢说："我何尝说什么，不过念着爸爸那首《秋山晚步》罢了。"她站起来，说："时候不早了，咱们走吧。你可以先下山去，让我自己提这篓子。"承懽说："我不，我要陪着你走。"

二人顺着山径下来。从秋的夕阳渲染出来等等的美丽已经布满前路：霞色、水光、潮音、谷响、草香等等，更不消说；即如承欢那副不白的脸庞也要因着这个就增了几分本来的姿色。承欢虽是走着，脚步却不肯放开，生怕把这样晚景错过了似的。她无意中说了一声："呀！妹妹，秋景虽然好，可惜太近残年咧。"承懽的年纪只十岁，自然不能懂得这位十五岁的姊姊所说的是什么意思。她就接着说："挨近残年，有什么可惜不可惜的？越近残年越好，因为残年一过，爸爸就要给我好些东西玩，我也要穿新做的衣服——我还盼往它快点过去哪。"

她们的家就在山下，门前朝着南海。从那里，有时可以往见远地里一两艘法国巡舰在广州湾驶来驶去。姊妹们也说不清她们所住的到底是中国地，或是法国领土；不过时常理会那些法国水兵爱来村里胡闹罢了。刚进门，承懂便叫一声："爸爸，我们回来了！"平常她们一回来，父亲必要出来接她们；这一次不见他出来，承欢以为她父亲的注意是贯注在书本或雕刻上头，所以教妹妹不要声张，只好静静地走进来。承欢把篓子放下，就和妹妹到父亲屋里。

她们的父亲关怀所住的是南边那间屋子，靠壁三五架书籍。又陈设了许多大理石造像——有些是买来的，有些是自己创作的。从这技术室进去就是卧房。二人进去，见父亲不在那里。承欢向壁上一往，就对妹妹说："爸爸又拿着'基达尔'出去了。你到妈妈坟上，瞧他在那里不在。我且到厨房弄饭，等着你们。"

她们母亲的坟墓就在屋后自己的荔枝园中。承懂穿过几棵荔枝树，就听见一阵基达尔的乐音，和着她父亲的歌喉。她知道父亲在那里，不敢惊动他的弹唱，就蹑着脚步上前。那里有一座大理石的坟头，形式虽和平常一样，然而西洋的风度却是很浓的。瞧那建造和雕刻的工夫，就知道平常的工匠决做不出来；一定是关怀亲手所造的。那墓碑上不记年月，只刻着"良人关山恒媚"，下面一行小字是"夫关怀手泐"。承懂到时，关怀只管弹唱着，像不理会他女儿站在身旁似的。直等到西方地回光消灭了，他才立起来，一手挟着乐器，一手牵着女儿，从园里慢慢地走出来。

一到门口，承懂就嚷着："爸爸回来了!"她姊姊走出来，把父亲手里的乐器接住，且说："饭快好啦，你们先到厅里等一会儿，我就端出来。"关怀牵着承懂到厅里，把头上的义辫脱下，挂在一个衣架上头，回头他就坐在一张睡椅上和承懂谈话。他的外貌像一位五十岁左右的日本人，因为他的头发很短，两撇胡子也是含着外洋的神气。停一会儿，承欢端饭出来，关怀说："今晚上咱们都回得晚。方才你妹妹说你在山上念什么诗；我也是在书架上偶然捡出十几年前你妈妈写给我的《自君之出矣》，我曾把这十二首诗入了乐谱，你妈妈在世时很喜欢听这个；到现在已经十一二年不弹这调了。今天偶然被我翻出来，所以拿着乐器走到她坟上再唱给她听；唱得高兴，不觉反复了几遍，连时间也忘记了。"承欢说："往时爸爸到墓上奏乐，从没有今天这么久；这诗我也不曾听过……"承懂插嘴说："我也不曾听过。"承欢接着说："也许我在当时年纪太小不懂得。今晚上的饭后谈话，爸爸就唱一唱这诗，且给我们说说其中的意思吧。"关怀说："自你四岁以后，我就不弹这调了，你自然是不曾听过的。"他抚着承懂底头，笑说："你方才不是听过了吗?"承懂摇头说："那不算，那不算。"他说："你妈妈这十二首诗没有什么可说的，不如给你们说咱们在这里住着的缘故吧。"

吃完饭，关怀仍然倚在睡椅上头，手里拿着一支雪茄，且吸且说。这老人家在灯光之下说得眉飞目舞，教姊妹们的眼光都贯注在他脸上，好像藏在叶下的猫儿凝神守着那翩飞的蝴蝶一般。

关怀说："我常愿意给你们说这事，恐怕你们不懂得，所以每要说时，便停止了。咱们住在这里，不但邻舍觉得奇怪，连阿欢，你的心里也是很诧异的。现在你的年纪大了，也懂得一点世故了，我就把一切的事告诉你们吧。"

"我从法国回到香港，不久就和你妈妈结婚。那时刚要和东洋打仗，邓大人聘了两个法国人做顾问，请我到兵船里做通译。我想着，我到外洋是学雕刻的，通译，哪里是我做得来的事，当时就推辞他。无奈邓大人一定要我去，我碍于情面也就允许了。你妈妈虽不愿意，因为我已应许人家，所以不加拦阻。她把脑后的头发截下来，为我做成那条假辫。"他说到这里，就用雪茄指着衣架，接着说："那辫子好像叫卖的幌子，要当差事非得带着它不可。那东西被我用了那么些年，已修理过好几次，也许现在所有的头发没有一根是你妈妈的哪。"

"到上海的时候，那两个法国人见势不佳，没有就他的聘，他还劝我不用回家，日后要用我做别的事，所以我就暂住在上海。我在那里，时常听见不好的消息，直到邓大人在威海卫阵亡时，我才回来。那十二首诗就是我入门时你妈妈送给我的。"

承欢说："诗里说的都是什么意思?"关怀说："互相赠予的诗，无论如何第三个人是不能理会，连自己也不能解释给人听的。那诗还搁在书架上，你要看时，明天可以拿去念一念。

我且给你说此后我和你妈妈的事。"

"自那次打败仗，我自己觉得很羞耻，就立意要隔绝一切的亲友，跑到一个孤岛里居住，为的是要避掉等等不体面的消息，教我的耳朵少一点刺激。你妈妈只劝我回硇州去，但我很不愿意回那里去，以后我们就定意要搬到这里来。这里离硇州虽是不远，乡里的人却没有和我往来，我想他们必是不知道我住在这里。"

"我们买了这所房子，连后边的荔枝园。二人就在这里过很欢乐的日子。在这里住不久，你就出世了。我们给你起个名字叫承欢。……"承懂紧接着问："我呢?"关怀说："还没有说到你咧。你且听着，待一会儿才给你说。"

他接着说："我很不愿意雇人在家里做工，或是请别人种地给我收利。但耨田插秧的事都不是我和你妈妈做得来的；所以我们只好买些果树园来做生产的源头；西边那丛椰子林也是在你一周岁时买来做纪念的。那时你妈妈每日的功课就是乳育你；我在技术室做些经常的生活以外，有工夫还出去巡视园里的果树。好几年的工夫，我们都是这样地过，实在快乐啊!"

"唉，好事是无常的! 我们在这里住不上五年，这一片地方又被法国占据了! 当时我又想搬到别处去，为的是要回避这种羞耻，谁知这事不能由我做主，好像我的命运就是这样，要永远住在这蒙羞的土地似的。"关怀说到这里，声音渐渐低微，那忧愤的情绪直把眼睑揿下一半，同时他的视线从女儿的脸上移开，也被地心引力吸住了。

承懂不明白父亲的心思，尽说："这地方很好，为什么又要搬呢？"承欢说："啊，我记得爸爸给我说过，妈妈是在那一年去世的。"关怀说："可不是？从前搬来这里的时候，你妈妈正怀着你，因为风波的颠簸，所以临产时很不顺利。这次可巧又有了阿懂，我不愿意像从前那么唐突，要等她产后才搬。可是她自从得了租借条约签押的消息以后，已经病得支持不住了。"那声音的颤动，早已把承欢的眼泪震荡出来。然而这位老人家却没有显出什么激烈的情绪，只皱一皱他的眉头而已。

他往下说："她产后不上十二个时辰就……"承懂急急地问："是养我不是？"他说："是。因为你出世不久，你妈妈便撇掉你，所以给你起个名字叫阿懂，懂就是忧而无告的意思。"

这时，三个人缄默了一会儿，门前的海潮音，后园的蟋蟀声，都顺着微风从窗户间送进来，桌上那盏油灯本来被灯花堵得火焰如豆一般大，这次因着微风，更是闪烁不定，几乎要熄灭了。关怀说："阿欢，你去把窗户关上，再将油灯整理一下。……小妹妹也该睡了，回头就同她到卧房去吧。"

不论什么人都喜欢打听父母怎样生育他，好像念历史的人爱读开天辟地的神话一样，承懂听到这个去处，精神正在活泼，哪里肯去安息。她从小凳子站起来，顺势跑到父亲面前，且坐在他的膝上，尽力地摇头说："爸爸还没有说完哪。我不困，快往下说吧。"承欢一面关窗，一面说："我也愿意再听下去，爸爸就接着说吧。今晚上迟一点儿睡也无妨。"她把灯芯弄好，仍回原位坐下，注神瞧着她的父亲。

油灯经过一番收拾，越显得十分明亮，关怀的眼睛忽然移到屋角一座石像上头。他指着对女儿说："那就是你妈妈去世前两三点钟的样子。"承懂说："姊姊也曾给我说过那是妈妈，但我准知道爸爸屋里那个才是。我不信妈妈的脸难看到这个样子。"他抚着承懂的头顶说："那也是好看的。你不懂得，所以说她不好看。"他越说越远，几乎把方才所说的忘掉；幸亏承欢再用话语提醒他，那老人家才接续地说下去。

他说："我的搬家计划，被你妈妈这一死就打消了。她的身体已藏在这可羞的土地，而且你和阿懂年纪又小，服侍你们两个小姊妹还忙不过来，何况搬东挪西地往外去呢？因此，我就定意要终身住在这里，不想再搬了。"

"我是不愿意雇人在家里为我工作的。就是乳母，我也不愿意雇一个来乳育阿懂。我不信男子就不会养育婴孩，所以每日要亲自尝试些乳育的工夫。"承懂问："爸爸当时你有奶子给我喝吗？"关怀说："我只用牛乳喂你。然而男子有时也可以生出乳汁的。……阿欢，我从前不曾对你说过孟景休的事么？"承欢说："是，他是一个孝子，因为母亲死掉，留下一个幼弟，他要自己做乳育的工夫，果然有乳浆从他的乳房溢出来。"关怀笑说："我当时若不是一个书呆子，就是这事一定要孝子才办得到，贞夫是不许做的。我每每抱着阿懂让她啜我的乳头，

看看能够溢出乳浆不能；但试来试去，都不成功。养育的工夫
虽然是苦，我却以为这是父母二人应当共同去做的事情，不该
让为母的独自担任这番劳苦。"

承欢说："可是这事要女人去做才合宜。"

"是的。自从你妈妈没了以后，别样事体倒不甚棘手，对
于你所穿的衣服总觉得肮脏和破裂得非常的快。我自己也不会
做针黹，整天要为你求别人缝补，这几乎又要把我所不求人的
理想推翻了！当时有些邻人劝我为你们续娶一个……"

承欢说："我们有一位后娘倒好。"

那老人家瞪着眼，口里尽力地吸着雪茄，少停，他的声音
就和青烟一齐冒出来。他郑重地说："什么？一个人能像禽兽
一样，只有生前的恩爱，没有死后的情愫吗？"

从他口里吐出来的青烟早已触得承懂嗉嗉地咳嗽起来。她
断续地说："爸爸的口直像王家那个破灶，闷得人家的眼睛和
喉咙都不爽快。"关怀拍着她的背说："你真会用比方！……这
是从外洋带回来的习惯，不吸它也吧，你就拿去搁在烟盂里
吧。"承懂拿着那支雪茄，忽像想起什么事似的，她走到屋里
把所捡的树叶拿出来，对父亲说："爸爸吸这一支吧，这比方
才那支好得多。"她父亲笑着把叶子接过去，仍教承懂坐在膝
上，眼睛往着承欢说："阿欢，你以再婚为是么？"他的女儿自
然不能回答，也不敢回答这重要的问题。她只嘿嘿地往着父亲
两只灵活的眼睛，好像要听那两点微光的回答一样。那回答的

声音果如从父亲的眼光中发出来——他凝神瞧着承欢说:"我想你也不以为然。一个女人再丑,若是人家要轻看她;一个男子续娶,难道就不应当受轻视吗?所以当时凡有劝我续弦的,都被我拒绝了。我想你们没有母亲虽是可哀,然而有一个后娘更是不幸的。"

门前的海潮音,后园的蟋蟀声,加上檐牙的铁马和树上的夜啼鸟,这几种声音直像强盗一样,要从门缝窗隙间闯进来捣乱他们的夜谈。那两个女孩子虽不理会,关怀的心却被它们抢掠去了。他的眼睛注视着窗外那似树如山的黑影;耳中听着那种铮铮铛铛、嘶嘶噫噫、汩汩淙淙的杂响;口里说:"我一听见铁马的音响,就回想到你妈妈做新娘时,在洞房里走着,那脚钏铃铛的声音。那声音虽有大小的分别,风味却差不多。"

他把射到窗外的目光移到承欢身上,说:"你妈妈姓山,所以我在日间或夜间偶然瞧见尖锥形的东西就想着山,就想着她。在我心目中的感觉,她实在没死,不过是怕遇见更大的羞耻,所以躲藏着;但在人静的时候,她仍是和我在一处的。她来的时候,也去瞧你们,也和你们谈话,只是你们都像不大认识她一样,有时还不瞅睬她。"承懽说:"妈妈一定是在我们睡熟时候来的,若是我醒时,断没有不瞅睬她的道理。"那老人家抚着这幼女的背说:"是的。你妈妈常夸奖你,说你聪明,喜欢和她谈话,不像你姊姊越大就越发和她生疏起来。"承欢知道这话是父亲造出来教妹妹喜欢的,所以她笑着说:"我心里何尝不时刻惦念着妈妈呢？但她一来到，我怎么就不知道，这真是怪事！"

关怀对着承欢说："你和你妈妈离别时年纪还小，也许记不清她的模样；可是你须知道不论要认识什么物体都不能以外貌为准的，何况人面是最容易变化的呢？你要认识一个人，就得在他的声音容貌之外找寻，这形体不过是生命中极短促的一段罢了。树木在春天发出花叶，夏天结了果子，一到秋冬，花叶、果子多半失掉了；但是你能说没有花、叶的就不是树木么？池中的蝌蚪，渐渐长大成为一只蛤蟆，你能说蝌蚪不是小蛤蟆么？无情的东西变得慢，有情的东西变得快。故此，我常以为你妈妈的坟墓为她的变化身；我觉得她的身体已经比我长得大，比我长得坚强；她的声音，她的容貌，是遍一切处的。我到她的坟上，不是盼往她那卧在土中的肉身从墓碑上挺起来；我瞧她的身体就是那个坟墓，我对着那墓碑就和在这屋对你们说话一样。"

承懂说："哦，原来妈妈不是死，是变化了。爸爸，你那么爱妈妈，但她在这变化的时节，也知道你是疼爱她的么？"

"她一定知道底。"

承懂说："我每到爸爸屋里，对着妈妈的造像叫唤、抚摩，有时还敲打她几下。爸爸，若是那像真是妈妈，她肯让我这样抚摩和敲打么？她也能疼爱我，像你疼我一样么？"

关怀回答说："一定很喜欢。你妈妈连我这么高大，她还十分疼爱，何况你是一个聪明伶俐的小孩子！妈妈的疼爱比爸爸大得多。你睡觉的时候，爸爸只能给你垫枕，盖被；若是妈妈，一定要将她那只滑腻而温暖的手臂给你枕着；还要搂着你，教你不惊不慌地安睡在她怀里。你吃饭的时候，爸爸只能给你预备小碗，小盘；若是妈妈，一定要把她那软和而常摇动的膝头给你做凳子，还要亲手递好吃的东西到你口里。你所穿的衣服，爸爸只能为你买些时式的和贵重的；若是妈妈，一定要常常给你换新样式，她要亲自剪裁，亲自刺绣，要用最好看的颜色——就是你最喜欢的颜色——给你做上。妈妈的疼爱实在比爸爸的大得多！"

承懂坐在父亲膝上，一听完这段话，她的身体跳荡好像骑在马上一样。她一面摇着身子，一面拍着自己两只小腿，说："真的吗？她为何不对我这样做呢？爸爸，快叫妈妈从坟里出来吧。何必为着这蒙羞的土地就藏起来，不教她亲爱的女儿和她相会呢？从前我以为妈妈的脾气老是那个样子：两只眼睛瞧着人，许久也不转一下；和她说话也不答应；要送东西给她，她两只手又不知道往哪里去，也不会伸出来接一接；所以我想她一定是不懂人情的。现在我就知道她不是无知的。爸爸，你为我到坟里把妈妈请出来吧；不然，你就把前头那扇石门挪开，让我进去找她。爸爸曾说她在晚间常来，待一会儿，她会来么？"

关怀把她亲了一下，说："好孩子，你方才不是说你曾叫过她、摩过她、有时还敲打她么？她现在已经变成那个样子了，纵使你到坟墓里去找她也是找不着的。她常在我屋里，常在那里（他指着屋角那石像），常在你心里，常在你姊姊心里，常在我心里。你和她说话或送东西给她时，她虽像不理你，其实她疼爱你，已经领受你的敬意。你若常常到她面前，用你的孝心，你的诚意供献给她，日子久了，她心里喜欢让你见着她的容貌。她要用妩媚的眼睛瞧着你，要开口对你发言，她那坚硬而白的皮肤要化为柔软娇嫩，好像你的身体一样。待一会儿，她一定来，可是不让你瞧见她，因为她先要瞧瞧你对于她的爱心怎样，然后教你瞧见她。"

承欢也随着对妹妹证明说："是，我像你那么大的时候，也很愿意见妈妈一面，后来我照着爸爸的话去做，果然妈妈从石像座儿走下来，搂着我和我谈话，好像现在爸爸搂着你和你谈话一样。"

承懂把右手的食指含在口里，一双伶俐的小眼射在地上，不歇地转动，好像了悟什么事体，还有所发明似的。她抬头对父亲说："哦，爸爸，我明白了。以后我一定要格外地尊敬妈妈那座造像，盼往她也能下来和我谈话。爸爸，比如我用尽我的孝敬心来服侍她，她准能知道么？"

"她一定知道的。"

"那么，方才所捡那些叶子，若是我好好地把它们藏起来，一心供养着，将来它们一定也会变成活的海星、瓦楞子或翻车鱼了。"关怀听了，莫名其妙。承欢就说："方才妹妹捡了一大堆的干叶子，内中有些像鱼的，有些像螺贝的，她问的是那些东西。"关怀说："哦，也许会，也许会。"承懂要立刻跳下来，把那些叶子搬来给父亲瞧，但她的父亲说："你先别拿出来，明天我才教给你保存它们的方法。"

关怀生怕他的爱女晚间说话过度，在睡眠时作梦，就劝承欢说："你该去睡觉啦。我和你到屋里去吧。明早起来，我再给你说些好听的故事。"承懂说："不，我不。爸爸还没有说完呢，我要听完了才睡。"关怀说："妈妈的事长着呢，若是要说，一年也说不完，明天晚上再接下去说吧。"那小女孩于是从父亲膝上跳下来，拉着父亲的手，说："我先要到爸爸屋里瞧瞧那个妈妈。"关怀就和她进去。

他把女儿安顿好，等她睡熟，才回到自己屋里。他把外衣脱下，手里拿着那个囊和腰间的玉佩，把玩得不忍撒手，料想那些东西一定和他的亡妻关山恒媚很有关系。他们的恩爱公案必定要在临睡前复讯一次。他走到石像前，不歇用手去摩弄那坚实而无知的物体，且说："多谢你为我留下这两个女孩，教我的晚景不致过于惨淡。不晓得我这残年要到什么时候才可以过去，速速的和你同住在一处。唉！你的女儿是不忍离开我的，要她们成人，总得在我们再会之后。我现在正浸在父亲的情爱中，实在难以解决要怎样经过这衰弱的残年，你能为我和从你身体分化出来的女儿们打算么？"

他静静地站在那里，好像很注意听着那石像的回答。可是那用手造的东西怎样发出她的意思，我们的耳根太钝，实在不能听出什么话来。

他站了许久，回头瞧见承欢还在北边的厅里编织花篮，两只手不停地动来动去，口里还低唱着她的工夫歌。他从窗门对女儿说："我儿，时候不早了，明天再编吧。今晚上妹妹话说得过多，恐怕不能好好地睡，你得留神一点。"承欢答应一声，就把那个未做成的篮子搁起来，把那盏小油灯拿着到自己屋里去了。

灯光被承欢带去以后，满屋都被黑暗充塞着。秋萤一只两只地飞入关怀的卧房，有时歇在石像上头。那光的闪烁，可使关山恒媚的脸对着她的爱者发出一度一度的流盼和微笑。但是从外边来地，还有汩湲的海潮音，嘶嗄的蟋蟀声，铮铛的铁马响，那可以说是关山恒媚为这位老鳏夫唱的催眠歌曲。

缀网劳蛛

"我像蜘蛛，
命运就是我的网。"
我把网结好，
还住在中央。

呀，我的网甚时节受了损伤！
这一坏，教我怎地生长？
生的巨灵说："补缀补缀吧，
世界没有一个不破的网。"

我再结网时，
要结在玳瑁梁栋，
珠玑帘栊；
或结在断井颓垣，
荒烟蔓草中呢？
生的巨灵按手在我头上说：
"自己选择去吧，

你所在的地方无不兴隆，亨通。"

"虽然，我再结的网还是像从前那么脆弱，

敌不过外力冲撞；

我网的形式还要像从前那么整齐——

平行的丝连成八角、十二角的形状吗？

他把"生的万花筒"交给我，说：

"往里看吧，

你爱怎样，就结成怎样。"

"呀，万花筒里等等的形状和颜色

仍与从前没有什么差别！

求你再把第二个给我，

我好谨慎地选择。"

"咄咄！贪得而无智的小虫！

自而今回溯到濛鸿，

从没有人说过里面有个形式与前相同。

去吧，生的结构都由这几十颗'彩琉璃屑'

幻成种种，

不必再看第二个生的万花筒。"

那晚上的月色格外明朗，只是不时来些微风把满园的花影移动得不歇地作响。素光从椰叶下来，正射在尚洁和她的客人史夫人身上。她们二人的容貌，在这时候，自然不能认得十分清楚，但是二人对谈的声音却像幽谷的回响，没有一点模糊。

周围的东西都沉默着，像要让她们密谈一般：树上的鸟儿把喙插在翅膀底下；草里的虫儿也不敢作声；就是尚洁身边那只玉狸，也当主人所发的声音为催眠歌，只管訇訇地沉睡着。她用纤手抚着玉狸，目光注在她的客人身上，懒懒地说："夺魁嫂子，外间的闲话是听不得的。这事我全不计较——我虽不信定命的说法，然而事情怎样来，我就怎样对付，毋庸在事前预先谋定什么方法。"

她的客人听了这场冷静的话，心里很是着急，说："你对于自己的前程太不注意了！若是一个人没有长久的顾虑，就免不了遇着危险，外人的话虽不足信，可是你得把你的态度显示得明了一点，教人不疑惑你才是。"

尚洁索性把玉狸抱在怀里，低着头，只管摩弄。一会儿，她才冷笑了一声，说："吓吓，夺魁嫂子，你的话差了！危险不是顾虑所能闪避的。后一小时的事情，我们也不敢说准知道，哪里能顾到三四个月，三两年那么长久呢？你能保我待一会不遇着危险，能保我今夜里睡得平安么？纵使我准知道今晚上会遇着危险，现在的谋虑也未必来得及。我们都在云雾里走，离身二三尺以外，谁还能知道前途的光景呢？《经》里说：'不要为明日自夸，因为一日要生何事，你尚且不能知道。'这句话，你忘了么？……唉，我们都是从渺茫中来，在渺茫中住，往渺茫中去。若是怕在这条云封雾锁的生命路程里走动，莫如止住你的脚步；若是你有漫游的兴趣，纵然前途和四围的光景暧昧，不能使你赏心快意，你也是要走的。横竖是往前走，顾虑什么？

"我们从前的事，也许你和一般侨寓此地的人都不十分知道。我不愿意破坏自己的名誉，也不忍教他出丑。你既是要我把态度显示出来，我就得略把前事说一点给你听，可是要求你暂时守这个秘密。"

"论理，我也不是他的……"

史夫人没等她说完，早把身子挺起来，作很惊讶的样子，回头用焦急的声音说："什么，这又奇怪了！"

"这倒不是怪事，且听我说下去。你听这一点，就知道我的全意思了。我本是人家的童养媳，一向就不曾和人行过婚礼——那就是说，夫妇的名份，在我身上用不着。当时，我并不是爱他，不过要仗着他的帮助，救我脱出残暴的婆家。走到这个地方，依着时势的境遇，使我不能不认他为夫。……"

"原来你们的家有这样特别的历史。……那么，你对于长孙先生可以说没有精神的关系，不过是不自然的结合罢了。"

尚洁庄重地回答说："你的意思是说我们没有爱情么？诚然我从不曾在别人身上用过一点男女的爱情；别人给我的，我也不曾辨别过那是真的，这是假的。夫妇，不过是名义上的事；爱与不爱，只能稍微影响一点精神的生活，和家庭的组织是毫无关系的。

"他怎样想法子要奉承我，凡认识我的人都觉得出来。然而我却没有领他的情，因为他从没有把自己的行为检点一下。他的嗜好多，脾气坏，是你所知道的。我一到会堂去，每听到人家说我是长孙可往的妻子，就非常地惭愧。我常想着从不自爱的人所给的爱情都是假的。

"我虽然不爱他，然而家里的事，我认为应当替他做的，我也乐意去做。因为家庭是公的，爱情是私的。我们两人的关系，实在就是这样。外人说我和谭先生的事，全是不对的。我的家庭已经成为这样，我又怎能把它破坏呢？"

史夫人说："我现在才看出你们的真相，我也回去告诉史先生，教他不要多信闲话。我知道你是好人，是一个纯良的女子，神必保佑你。"说着，用手轻轻地拍一拍尚洁的肩膀，就站立起来告辞。

尚洁陪她在花荫底下走着，一面说："我很愿意你把这事的原委单说给史先生知道。至于外间传说我和谭先生有秘密的关系，说我是淫妇，我都不介意。连他也好几天不回来啦。我估量他是为这事生气，可是我并不辩白。世上没有一个人能够把真心拿出来给人家看；纵然能够拿出来，人家也看不明白，那么，我又何必多费唇舌呢？人对于一件事情一存了成见，就不容易把真相观察出来。凡是人都有成见，同一件事，必会生出歧异的评判，这也是难怪的。我不管人家怎样批评我，也不管他怎样疑惑我，我只求自己无愧，对得住天上的星辰和地下的蝼蚁便了。你放心吧，等到事情临到我身上，我自有方法对付。我的意思就是这样，若是有工夫，改天再谈吧。"

她送客人出门，就把玉狸抱到自己房里。那时已经不早，月光从窗户进来，歇在椅桌、枕席之上，把房里的东西染得和铅制的一般。她伸手向床边按了一按铃子，须臾，女佣妥娘就上来。她问："佩荷姑娘睡了么？"妥娘在门边回答说："早就睡了。消夜已预备好了，端上来不？"她说着，顺手把电灯拧着，一时满屋里都着上颜色了。

在灯光之下，才看见尚洁斜倚在床上。流动的眼睛，软润的颔颊，玉葱似的鼻，柳叶似的眉，桃绽似的唇，衬着蓬乱的头发……凡形体上各样的美都凑合在她头上。她的身体，修短也很合度。从她口里发出来的声音，都合音节，就是不懂音乐的人，一听了她的话语，也能得着许多默感。她见妥娘把灯拧亮了，就说："把它拧灭了吧。光太强了，更不舒服。方才我也忘了留史夫人在这里消夜。我不觉得十分饥饿，不必端上来，你们可以自己方便去。把东西收拾清楚，随着给我点一支洋烛上来。"

妥娘遵从她的命令，立刻把灯灭了，接着说："相公今晚上也许又不回来，可以把大门扣上吗？"

"是，我想他永远不回来了。你们吃完，就把门关好，各自歇息去吧，夜很深了。"

尚洁独坐在那间充满月亮的房里，桌上一支洋烛已燃过三分之二，轻风频拂火焰，眼看那支发光的小东西要泪尽了。她于是起来，把烛火移到屋角一个窗户前头的小几上。那里有一个软垫，几上搁几本经典和祈祷文。她每夜睡前的功课就是跪在那垫上默记三两节经句，或是诵几句祷词。别的事情，也许她会忘记，惟独这圣事是她所不敢忽略的。她跪在那里冥想了许久，睁眼一看，火光已不知道在什么时候从烛台上逃走了。

她立起来，把卧具整理妥当，就躺下睡觉。可是她怎能睡着呢？呀，月亮也循着宾客的礼，不敢相扰，慢慢地辞了她，走到园里和它的花草朋友、木石知交周旋去了！

月亮虽然辞去，她还不转眼地往着窗外的天空，像要诉她心中的秘密一般。她正在床上辗来转去，忽听园里"曜哔"一声，响得很厉害。她起来，走到窗边，往外一往，但见一重一重的树影和夜雾把园里盖得非常严密，教她看不见什么。于是她蹑步下楼，唤醒妥娘，命她到园里去察看那怪声的出处。妥娘自己一个人，哪里敢出去；她走到门房把团哥叫醒，央他一同到围墙边察一察。团哥也就起来了。

妥娘去不多会儿，便进来回话。她笑着说："你猜是什么呢？原来是一个蹇运的窃贼摔倒在我们的墙根。他的腿已摔坏了，脑袋也撞伤了，流得满地都是血，动也动不得了。团哥拿着一支荆条正在抽他哪。"

尚洁听了，一霎时前所有的恐怖情绪一时尽变为慈祥的心意。她等不得回答妥娘，便跑到墙根。团哥还在那里，"你这该死的东西……不知厉害的坏种……"一句一鞭，打骂得很高兴。尚洁一到，就止住他，还命他和妥娘把受伤的贼扛到屋里来。她吩咐让他躺在贵妃榻上，仆人们都显出不愿意的样子，因为他们想着一个贼人不应该受这么好的待遇。

尚洁看出他们的意思，便说："一个人走到做贼的地步是最可怜悯的，若是你们不得着好机会，也许……"她说到这里，觉得有点失言，教她的佣人听了不舒服，就改过一句说话："若是你们明白他的境遇，也许会体贴他。我见了一个受伤的人，无论如何，总得救护的。你们常常听见'救苦救难'的话，遇着忧患的时候，有时也会脱口地说出来，为何不从'他是苦难人'那方面体贴他呢？你们不要怕他的血沾脏了那垫子，尽管扶他躺下吧。"团哥只得扶他躺下，口里沉吟地说："我们还得为他请医生去吗？"

"且慢，你把灯移近一点，待我来看一看。救伤的事，我还在行。妥娘，你上楼去把我们那个'常备药箱'捧下来。"又对团哥说："你去倒一盆清水来吧。"

仆人都遵命各自干事去了。那贼虽闭着眼，方才尚洁所说的话，却能听得分明。他心里的感激可使他自忘是个罪人，反觉他是世界里一个最能得人爱惜的青年。这样的待遇，也许就是他生平第一次得着的。他呻吟了一下。用低沉的声音说："慈悲的太太，菩萨保佑慈悲的太太！"

那人的太阳边受了一伤很重，腿部倒不十分厉害。她用药棉蘸水轻轻地把伤处周围的血迹涤净，再用绷带裹好。等到事情做得清楚，天早已亮了。

她正转身要上楼去换衣服，蓦听得外面敲门的声很急，就止步问说："谁这么早就来敲门呢？"

"是警察吧。"

妥娘提起这四个字，教她很着急。她说："谁去告诉警察呢？"那贼躺在贵妃床上，一听见警察要来，恨不能立刻起来跪在地上求恩。但这样的行动已从他那双劳倦的眼睛表白出来了。尚洁跑到他跟前，安慰他说："我没有叫人去报警察……"正说到这里，那从门外来的脚步已经踏进来。

来的并不是警察，却是这家的主人长孙可往。他见尚洁穿着一件睡衣站在那里和一个躺着的男子说话，心里的无明业火已从身上八万四千个毛孔里发射出来。他第一句就问："那人是谁？"

这个问实在教尚洁不容易回答，因为她从不曾问过那受伤者的名字，也不便说他是贼。

"他……他是受伤的人。……"

可往不等说完，便拉住她的手说："你办的事，我早已知道。我这几天不回来，正要侦察你的动静，今天可给我撞见了。我何尝辜负你呢？……一同上去吧，我们可以慢慢地谈。"不由分说，拉着她就往上跑。

妥娘在旁边，看得情急，就大声嚷着："他是贼！"

"我是贼！我是贼！"那可怜的人也嚷了两声。可往只对着他冷笑说："我明知道你是贼。不必报名，你且歇一歇吧。"

一到卧房里，可往就说："我且问你，我有什么对你不起的地方？你要入学堂，我便立刻送你去；要到礼拜堂听道，我便特地为你预备车马。现在你有学问了，也入教了；我且问你，学堂教你这样做，教堂教你这样做么？"

他的话意是要诘问她为什么变心，因为他许久就听见人说尚洁嫌他鄙陋不文，要离弃他去嫁给一个姓谭的。夜间的事，他一概不知，他进门一看尚洁的神色，老以为她所做的是一段爱情把戏。在尚洁方面，以为他是不喜欢她这样待遇窃贼。她的慈悲性情是上天所赋的，她也觉得这样办，于自己的信仰和所受的教育没有冲突，就回答说："是的，学堂教我这样做，教会也教我这样做。你敢是……"

"是吗?"可往喝了一声，猛将怀中小刀取出来向尚洁的肩脖上一击。这不幸的妇人立时倒在地上，那玉白的面庞已像渍在胭脂膏里一样。

她不说什么，但用一种沉静的和无抵抗的态度，就足以感动那愚顽的凶手。可往当此情景，心中恐怖的情绪已把凶猛的怒气克服了。他不再有什么动作，只站在一边出神。他看尚洁动也不动一下，估量她是死了；那时，他觉得自己的罪恶压住他，不许再逗留在那里，便溜烟似的往外跑。

妥娘见他跑了，知道楼上必有事故，就赶紧上来。她看尚洁那样子，不由得"啊，天公!"喊了一声，一面上去，要把她搀扶起来。尚洁这时，眼睛略略挣开，像要对她说什么，只是说不出。她指着肩膀示意，妥娘才看见一把小刀插在她肩上。妥娘的手便即酥软，周身发抖，待要扶她，也没有气力了。她含泪对着主妇说："容我去请医生吧。"

"史……史……"妥娘知道她是要请史夫人来，便回答说："好，我也去请史夫人来。"她教团哥看门，自己雇一辆车找救星去了。

医生把尚洁扶到床上，慢慢施行手术；赶到史夫人来时，所有的事情都弄清楚啦。医生对史夫人说："长孙夫人的伤不甚要紧，保养一两个星期便可复原。幸而那刀从肩胛骨外面脱出来，没有伤到肺叶——那两个创口是不要紧的。"

医生辞去以后，史夫人便坐在床沿用法子安慰她。这时，尚洁的精神稍微恢复，就对她的知交说："我不能多说话，只求你把底下那个受伤的人先送到公医院去；其余的，待我好了再给你说。……唉，我的嫂子，我现在不能离开你，你这几天得和我同在一块儿住。"

史夫人一进门就不明白底下为什么躺着一个受伤的男子。妥娘去时，也没有对她详细地说。她看见尚洁这个样子，又不便往下问。但尚洁的颖悟性从不会被刀所伤，她早明白史夫人猜不透这个闷葫芦，就说："我现在没有气力给你细说，你可以向妥娘打听去。就要速速去办，若是他回来，便要害了他的性命。"

史夫人照她所吩咐的去做；回来，就陪着她在房里，没有回家。那四岁的女孩佩荷更不知道这是怎么一回事，还是啼啼笑笑，过她的平安日子。

一个星期，两个星期，在她病中嘿嘿地过去。她也渐次复原了。她想许久没有到园里去，就央求史夫人扶着她慢慢走出来。她们穿过那晚上谈话的柳荫，来到园边一个小亭下，就歇在那里。她们坐的地方开满了玫瑰，那清静温香的景色委实可以消灭一切忧闷和病害。

"我已忘了我们这里有这么些好花，待一会儿，可以折几枝带回屋里。"

"你且歇歇，我为你选择几枝吧。"史夫人说时，便起来折花。尚洁见她脚下有一朵很大的花，就指着说："你看，你脚下有一朵很大、很好看的，为什么不把它摘下？"

史夫人低头一看，用手把花提起来，便叹了一口气。

"怎么啦？"

史夫人说："这花不好。"因为那花只剩地上那一半，还有一边是被虫伤了。她怕说出伤字，要伤尚洁的心，所以这样回答。但尚洁看的明明是一朵好花，直教递过来给她看。

"夺魁嫂，你说它不好么？我在此中找出道理咧！这花虽然被虫伤了一半，还开得这么好看，可见人的命运也是如此——若不把他的生命完全夺去，虽然不完全，也可以得着生活上一部分的美满，你以为如何呢？"

史夫人知道她联想到自己的事情上头，只回答说："那是当然的，命运的偃塞和亨通，于我们的生活没有多大关系。"

谈话之间，妥娘领着史夺魁先生进来。他向尚洁和他的妻子问过好，便坐在她们对面一张凳上。史夫人不管她丈夫要说什么，头一句就问："事情怎样解决呢？"

史先生说："我正是为这事情来给长孙夫人一个信。昨天在会堂里有一个很激烈的纷争，因为有些人说可往的举动是长孙夫人迫他做成的，应当剥夺她赴圣筵的权利。我和我奉真牧师在席间极力申辩终归无效。"他往着尚洁说："圣筵赴与不赴也不要紧。因为我们的信仰决不能为仪式所束缚；我们的行为，只求对得起良心就算了。"

"因为我没有把那可怜的人交给警察，便责罚我么？"

史先生摇头说："不，不。现在的问题不在那事上头。前天可往寄一封长信到会里，说到你怎样对不住他，怎样想弃绝他去嫁给别人。他对于你和某人、某人往来的地点、时间都说出来。且说，他不愿意再见你的面；若不与你离婚，他永不回家。信他所说的人很多，我们怎样申辩也挽不过来。我们虽然知道事实不是如此，可是不能找出什么凭据来证明。我现在正要告诉你，若是要到法庭去的话，我可以帮你的忙。这里不像我们祖国，公庭上没有女人说话的地位。况且他的买卖起先都是你拿资本出来，要离异时，照法律，最少总得把财产一半给你。……像这样的男子，不要他也罢了。"

尚洁说："那事实现在不必分辩，我早已对嫂子说明了。会里因为信条的缘故，说我的行为不合道理，便禁止我赴圣筵——这是他们所信的，我有什么可说的呢！"她说到末一句，声音便低下了。她的颜色很像为同会的人误解她和误解道理惋惜。

"唉，同一样道理，为何信仰的人会不一样？"

她听了史先生这话，便兴奋起来说："这何必问？你不常听见人说：'水是一样，牛喝了便成乳汁，蛇喝了便成毒液'吗？我管保我所得能化为乳汁，哪能干涉人家所得的变成毒液呢？若是到法庭去的话，倒也不必。我本没有正式和他行过婚礼，自毋须乎在法庭上公布离婚。若说他不愿意再见我的面，我尽可以搬出去。财产是生活的赘瘤，不要也罢，和他争什么？……他赐给我的恩惠已是不少，留着给他……"

"可是你一把财产全部让给他，你立刻就不能生活。还有佩荷呢？"

尚洁沉吟半晌便说："不妨，我私下也曾积聚些少，只不能支持到一年罢了。但不论如何，我总得自己挣扎。至于佩荷……"她又沉思了一会，才续下去说："好吧，看他的意思怎样，若是他愿意把那孩子留住，我也不和他争。我自己一个人离开这里就是。"

他们夫妇二人深知道尚洁的性情，知道她很有主意，用不着别人指导。并且她在无论什么事情上头都用一种宗教的精神去安排。她的态度常显出十分冷静和沉毅，做出来的事，有时超乎常人意料之外。

史先生深信她能够解决自己将来的生活，一听了她的话，便不再说什么，只略略把眉头皱了一下而已。史夫人在这两三个星期间，也很为她费了些筹划。他们有一所别业在土华地方，早就想教尚洁到那里去养病，到现在她才开口说："尚洁妹子，我知道你一定有更好的主意，不过你的身体还不甚复原，不能立刻出去做什么事情，何不到我们的别庄里静养一下，过几个月再行打算？"史先生接着对他的妻子说："这也好，只怕路途远一点，由海船去，最快也得两天才可以到。但我们都是惯于出门的人，海涛的颠簸当然不能制伏我。若是要去的话，你可以陪着去，省得寂寞了长孙夫人。"

　　尚洁也想找一个静养的地方，不意他们夫妇那么仗义，所以不待踌躇便应许了。她不愿意为自己的缘故教别人麻烦，因此不让史夫人跟着前去。她说："寂寞的生活是我尝惯的。史嫂子在家里也有许多当办的事情，哪里能够和我同行？还是我自己去好一点。我很感谢你们二位的高谊，要怎样表示我的谢忱，我却不懂得；就是懂，也不能表示得万分之一。我只说一声'感谢莫名'便了。史先生，烦你再去问他要怎样处置佩荷，等这事弄清楚，我便要动身。"她说着，就从方才摘下的玫瑰中间选出一朵好看的递给史先生，教他插在胸前的钮门上。不久，史先生也就起立告辞，替她办交涉去了。

　　土华在马来半岛底西岸，地方虽然不大，风景倒还幽致。那海里出的珠宝不少，所以住在那里的多半是搜宝之客。尚洁住的地方就在海边一丛棕林里。在她的门外，不时看见采珠的船往来于金的塔尖和银的浪头之间。这采珠的工夫赐给她许多教训。因为她这几个月来常想着人生就同入海采珠一样；整天冒险入海里去，要得着多少，得着什么，采珠者一点把握也没有。但是这个感想决不会妨害她的生命。她见那些人每天迷蒙蒙地搜求，不久就理会她在世间的历程也和采珠的工作一样。要得着多少，得着什么，虽然不在她的权能之下，可是她每天总得入海一遭，因为她的本分就是如此。

　　她对于前途不但没有一点灰心，且要更加奋勉。可往虽是剥夺她们母女的关系，不许佩荷跟着她，然而她仍不忍弃掉她的责任，每月要托人暗地里把吃的用的送到故家去给她女儿。

她现在已变主妇的地位为一个珠商的记室了。住在那里的人，都说她是人家的弃妇，就看轻她，所以她所交游的都是珠船里的工人。那班没有思想的男子在休息的时候，便因着她的姿色争来找她开心。但她的威仪常是调伏这班人的邪念，教他们转过心来承认她是他们的师保。

她一连三年，除干她的正事以外，就是教她那班朋友说几句英吉利语，念些少经文，知道些少常识。在她的团体里，使令，供养，无不如意。若说过快活日子，能像她这样，也就不劣了。

虽然如此，她还是有缺陷的。社会地位，没有她的份；家庭生活，也没有她的份；我们想想，她心里到底有什么感觉？前一项，于她是不甚重要的；后一项，可就缭乱她的衷肠了！史夫人虽常寄信给她，然而她不见信则已，一见了信，那种说不出来的伤感就加增千百倍。

她一想起她的家庭，每要在树林里徘徊，树上的蛞蝓常要幻成她女儿的声音对她说："母思儿耶？母思儿耶？"这本不是奇迹，因为发声者无情，听音者有意；她不但对于那些小虫的声音是这样，即如一切的声音和颜色，偶一触着她的感官，便幻成她的家庭了。

她坐在林下，遥往着无涯的波浪，一度一度地掀到岸边，常觉得她的女儿踏着浪花踊跃而来，这也不止一次了。那天，她又坐在那里，手拿着一张佩荷的小照，那是史夫人最近给她寄来的。她翻来翻去地看，看得眼昏了。她猛一抬头，又得着常时所现的异象。她看见一个人携着她的女儿从海边上来，穿过林樾，一直走到跟前。那人说："长孙夫人，许久不见，贵体康健啊！我领你的女儿来找你哪。"

尚洁此时，展一展眼睛，才理会果然是史先生携着佩荷找她来，她不等回答史先生的话，便上前用力搂住佩荷；她的哭声从她爱心的深密处殷雷似的震发出来。佩荷因为不认得她，害怕起来，也放声哭了一场。史先生不知道感触了什么，也在旁边只尽管擦眼泪。

这三种不同情绪的哭泣止了以后，尚洁就呜咽地问史先生说："我实在喜欢。想不到你会来探往我，更想不到佩荷也能来！……"她要问的话很多，一时摸不着头绪。只搂定佩荷，眼看着史先生出神。

史先生很庄重地说："夫人，我给你报好消息来了。"

"好消息？"

"你且镇定一下，等我细细地告诉你。我们一得着这消息，我的妻子就教我和佩荷一同来找你。这奇事，我们以前都不知道，到前十几天才听见我奉真牧师说的。我牧师自那年为你的事卸职后，他的生活，你已经知道了。"

"是，我知道。他不是白天做裁缝匠，晚间还做制饼师吗？我信得过，神必要帮助他，因为神的儿子说：'为义受逼迫的人是有福的。'他的事业还顺利吗？"

"倒没有什么过不去的地方。他不但日夜劳动，在合宜的时候，还到处去传福音哪。他现在不用这样地吃苦，因为他的老教会看他的行为，请他回国仍旧当牧师去，在前一个星期已经动身了。"

"是吗！谢谢神！他必不能长久地受苦。"

"就是因为我牧师回国的事，我才能到这里来。你知道长孙先生也受了他的感化么？这事详细地说起来，倒是一种神迹。我现在来，也是为告诉你这件事。"

"前几天，长孙先生忽然到我家里找我。他一向就和我们很生疏，好几年也不过访一次，所以这次的来，教我们很诧异。他第一句就问你的近况如何，且诉说他的懊悔。他说这反悔是忽然的，是我牧师警醒他的。现在我就将他的话，照样地说一遍给你听——

"'在这两三年间，我牧师常来找我谈话，有时也请我到他的面包房里去听他讲道。我和他来往那么些次，就觉得他是我的好师傅。我每有难决的事情或疑虑的问题，都去请教他。我自前年生事，二人分离以后，每疑惑尚洁官的操守，又常听见家里佣人思念她的话，心里就十分懊悔。但我总想着，男人说话将军箭，事已做出，哪里还有脸皮收回来？本是打算给它一个错到底的。然而日子越久，我就越觉得不对。到我牧师要走，最末次命我去领教训的时候，讲了一章经，教我很受感动。散会后，他对我说，他盼往我做的是请尚洁官回来。他又念《马可福音》十章给我听，我自得着那教训以后，越觉得我很卑鄙、凶残、淫秽，很对不住她。现在要求你先把佩荷带去见她，盼往她为女儿的缘故赦免我。你们可以先走，我随后也要亲自前往。'"

"他说懊悔的话很多，我也不能细说了。等他来时，容他自己对你细说罢。我很奇怪我牧师对于这些事，以前一点也没有对我说过，到要走时，才略提一提；反教他来到我那里去，这不是神迹吗？"

尚洁听了这一席话，却没有显出特别愉悦的神色，只说："我的行为本不求人知道，也不是为要得人家的怜恤和赞美；人家怎样待我，我就怎样受，从来是不计较的。别人伤害我，我还饶恕，何况是他呢？他知道自己的鲁莽，是一件极可喜的事。你愿意到我屋里去看一看吗？我们一同走走吧。"

他们一面走，一面谈。史先生问起她在这里的事业如何，她不愿意把所经历的种种苦处尽说出来，只说："我来这里，几年的工夫也不算浪费，因为我已找着了许多失掉的珠子了！那些灵性的珠子，自然不如入海去探求那么容易，然而我竟能得着二三十颗！此外，没有什么可以告诉你。"

尚洁把她的事情结束停当，等可往不来，打算要和史先生一同回去。正要到珠船里和她的朋友们告辞，在路上就遇见可往跟着一个本地人从对面来。她认得是可往，就堆着笑容，抢前几步去迎他，说："可往君，平安哪！"可往一见她，也就深深地行了一个敬礼说："可敬的妇人，我所做的一切事都是伤害我的身体和你我二人的感情，此后我再不敢了。我知道我多多地得罪你，实在不配再见你的面，盼往你不要把我的过失记在心中。今天来到这里，为的是要表明我悔改的行为；还要请你回去管理一切所有的。你现在要到哪里去呢？我想你可以和史先生先行动身，我随后回来。"

尚洁见他那番诚恳的态度，比起从前简直是两个人，心里自然满是愉快，且暗自谢她的神在他身上所显的奇迹。她说："呀，往事如梦中之烟，早已在虚幻里消散了，何必重行提起呢？凡人都不可积聚日间的怨恨、怒气和一切伤心的事到夜里，何况是隔了好几年的事？请你把那些事情搁在脑后吧。我本想到船里去，向我那班同工的人辞行。你怎样不和我们一起回去，还有别的事情要办么？史先生现时在他的别业——就是我住的地方——我们一同到那里去吧，待一会儿，再出来辞行。"

"不必，不必。你可以去你的，我自己去找他就可以。因为我还有些正当的事情要办。恐怕不能和你们一同回去；什么事，以后我才教你知道。"

"那么，你教这土人领你去吧，从这里走不远就是。我先到船里，回头再和你细谈。再见哪！"

她从土华回来，先住在史先生家里，意思是要等可往来到，一同搬回她的旧房子去。谁知等了好几天，也不见他的影。她才知道可往在土华时，所说的话意有所含蓄。可是他到哪里去呢？去干什么呢？她正想着，史先生拿了一封信进来，对她说："夫人，你不必等可往了，明后天就搬回去吧。他寄给我这一封信说，他有许多对不起你的地方，都是出于激烈的爱情所致，因他爱你的缘故，所以伤了你。现在他要把从前邪恶的行为和暴躁的脾气改过来，且要偿还你这几年来所受的苦楚，故不得不暂时离开你。他已经到槟榔屿了。他不直接写信给你的缘故，是怕你伤心，故此写给我，教我好安慰你；他还说从前一切的产业都是你的，他不应独自霸占了许久，要求你尽量地享用，直等到他回来。

"这样看来，不如你先搬回去，我这里派人去找他回来如何？唉，想不到他一会儿就能悔改到这步田地！"

她遇事本来很沉静，史先生说时，她的颜色从不曾显出什么变态，只说："为爱情么？为爱而离开我么？这是当然的，爱情本如极利的斧子，用来剥削命运常比用来整理命运的时候多一些。他既然规定他自己的行程，又何必费工夫去寻找他呢？我是没有成见的，事情怎样来，我怎样对付就是。"

尚洁搬回来那天，可巧下了一点雨，好像上天使园里的花木特地沐浴得很妍净来迎接他们的旧主人一样。她进门时，妥娘正在整理厅堂，一见她来，便嚷着："奶奶，你回来了！我们很想念你哪！你的房间乱得很，等我把各样东西安排好再上去。先到花园去看看吧，你手植各样的花木都长大了。后面那棵释迦头长得像罗伞一样，结果也不少，去看看吧。史夫人早和佩荷姑娘来了，她们现时也在园里。"

她和妥娘说了几句话，便到园里。一拐弯，就看见史夫人和佩荷坐在树荫底下一张凳上——那就是几年前，她要被刺那夜，和史夫人坐着谈话的地方。她走来，又和史夫人并肩坐在那里。史夫人说来说去，无非是安慰她的话。她像不信自己这样的命运不甚好，也不信史夫人用定命论的解释来安慰她，就可以使她满足。然而她一时不能说出合宜的话，教史夫人明白她心中毫无忧郁在内。她无意中一抬头，看见佩荷拿着树枝把结在玫瑰花上一个蜘蛛网撩破了一大部分。她注神许久，就想出一个意思来。

她说："呀，我给这个比喻，你就明白我的意思。"

"我像蜘蛛，命运就是我的网。蜘蛛把一切有毒无毒的昆虫吃入肚里，回头把网组织起来。它第一次放出来的游丝，不晓得要被风吹到多么远；可是等到粘着别的东西的时候，它的网便成了。"

"它不晓得那网什么时候会破，和怎样破法。一旦破了，它还暂时安安然然地藏起来；等有机会再结一个好的。"

"它的破网留在树梢上，还不失为一个网。太阳从上头照下来，把各条细丝映成七色；有时粘上些少水珠，更显得灿烂可爱。"

"人和他的命运，又何尝不是这样？所有的网都是自己组织得来，或完或缺，只能听其自然罢了。"

史夫人还要说时，妥娘来说屋子已收拾好了，请她们进去看看。于是，她们一面谈，一面离开那里。

园里没人，寂静了许久。方才那只蜘蛛悄悄地从叶底出来，向着网的破裂处，一步一步，慢慢补缀。它补这个干什么？因为它是蜘蛛，不得不如此！

海世间

我们底人间只有在想象或淡梦中能够实现罢了。一离了人造的上海社会，心里便想到此后我们要脱离等等社会律底桎梏，来享受那乐行忧违底潜龙生活；谁知道一上船，那人造人间所存的受、想、行、识，都跟着我们入了这自然的海洋！这些东西，比我们底行李还多，把这一万二千吨底小船压得两边摇荡。同行的人也知道船载得过重，要想一个好方法，教它底负担减轻一点；但谁能有出众的慧思呢？想来想去，只有吐些出来，此外更无何等妙计。

这方法虽是很平常，然而船却轻省得多了。这船原是要到新世界去的哟，可是新世界未必就是自然的人间。在水程中，虽然把衣服脱掉了，跳入海里去学大鱼的游泳，也未必是自然。要是闭眼闷坐着，还可以有一点勉强的自在。

船离陆地远了，一切远山疏树尽化行云。割不断的轻烟，缕缕丝丝从烟筒里舒放出来，慢慢地往后延展。故国里，想是有人把这烟揪住罢。不然就是我们之中有些人的离情凝结了，乘着轻烟家去。

呀！他底魂也随着轻烟飞去了！轻烟载不起他，把他摔下来。堕落底人连浪花也要欺负他，将那如弹的水珠一颗颗射在他身上。他几度随着波涛浮沉，气力有点不足，眼看要沉没了，幸而得文鳐底哀怜，展开了帆鳍搭救他。

文鳐说："你这人太笨了，热火燃尽的冷灰，岂能载得你这焰红的情怀？我知道你们船中定有许多多情的人儿，动了乡思。我们一队队跟船走，又飞又泳，指往能为你们服劳，不料你们反拍着掌笑我们，驱逐我们。"

他说："你的话我们怎能懂得呢？人造的人间底人，只能懂得人造的语言罢了。"

文鳐摇着他口边那两根短须，装作很老成的样子，说："是谁给你分别底，什么叫人造人间，什么叫自然人间？只有你心里妄生差别便了。我们只有海世间和陆世间底分别，陆世间想你是经历惯底，至于海世间，你只能从想象中理会一点。你们想海里也有女神，五官六感都和你们一样。戴底什么珊瑚、珠贝，披底什么鲛纱、昆布。其实这些东西，在我们这里并非希奇难得的宝贝。而且一说人的形态便不是神了。我们没有什么神，只有这蔚蓝的盐水是我们生命底根源。可是我们生命所从出底水，于你们反有害处。海水能夺去你们底生命。若说海里有神，你应当崇拜水，毋需再造其他的偶像。"

他听得呆了，双手扶着文鳐底帆鳍，请求他领他到海世间去。文鳐笑了，说："我明说水中你是生活不得底。你不怕丢了你的生命么？"

他说："下去一分时间，想是无妨底。我常想着海神底清洁、温柔、娴雅等等美德；又想着海底底花园有许多我不曾见过的生物和景色，恨不得有人领我下去一游。"

文鳐说："没有什么，没有什么，不过是咸而冷的水罢了，海底美丽就是这么简单——冷而咸。你一眼就可以往见了。何必我领你呢？凡美丽的事物，都是这么简单的。你要求它多么繁复、热烈，那就不对了。海世间底生活，你是受不惯底，不如送你回船上去罢。"

那鱼一振鳍，早离了波皐，飞到舷边。他还舍不得回到这真是人造的陆世界来，眼巴巴只怅往着天涯，不信海就是方才所听情况。从他想象里，试要构造些海底世界底光景。他底海中景物真个实现在他梦想中了。

女儿心

一

武昌竖起革命底旗帜已经一个多月了。在广州城里底驻防旗人个个都心惊胆战，因为杀满洲人的谣言到处都可以听得见。这年底夏天，一个正要到任底将军又在离码头不远底地方被革命党炸死，所以在这满伏着革命党底城市，更显得人心惶惶。报章上传来底消息都是民军胜利"反正"底省份一天多过一天。本城底官僚多半预备挂冠归田。有些还能很骄傲地说，"腰间三尺带是我殉国之具"。商人也在观往着，把财产都保了险或移到安全的地方——香港或澳门。听说一两日间民军便要进城，住在城里底旗人便吓得手足无措。他们真怕汉人屠杀他们。

在那些不幸的旗人中，有一个人，每天为他自己思维，却想不出一个避免目前的大难底方法。他本是北京一个世袭一等轻车都尉，隶属正红旗下，同时也曾中过举人，这时在镇粤将军衙门里办文书。他底身材很雄伟，若不是额下底大髯胡把他底年纪显出来，谁也看不出他是五十多岁底人。那时已近黄昏，堂上底灯还没点着，太太旁边坐着三个从十一岁到十五六岁底子女。彼此都现出很不安的状态。他也坐在一边，捋着胡子，沉静地看着他底家人。

"老爷，革命党一来，我们要往哪里逃呢？"太太破了沉寂，很诚恳问她的老爷。

"哼，往哪里逃？"他摇头说，"不逃，不逃，不能逃。逃出去无异自己去找死。我每年底俸银二百多两，合起衙门里底津贴和其他的入款也不过五六百两，除掉这所房子以外也就没有什么余款。这样省省地过日子还可以支持过去，若一逃走，纵然革命党认不出我们是旗人，侥幸可以免死，但有多少钱能够支持咱家这几口人呢？"

"这倒不必老爷挂虑，这二十几年来我私积下三万多块，我想咱们不如到海边去买几亩地，就作了乡下人也强过在这里担心。"

"太太底话真是所谓妇人女子之见。若是那么容易到乡下去落户，那就不用发愁了。你想我的身份能够撇开皇上不顾吗？做奴才得为主子，做人臣得为君上，他们汉官可以革命，咱们可就不能。革命党要来，在我们底地位就得同他们开火；若不能打，也不能弃职而逃。"

"那么老爷忠心为国一定是不逃了。万一革命党人马上杀到这里来，我们要怎办呢？"

"大丈夫可杀不可辱，我们自然不能受他们底凌辱。等时候到来，再相机行事吧。"他看着他三个孩子，不觉黯然叹了一声。

太太也叹一声，说："我也是为这班小的发愁啊。他们都没成人，万一咱们两口子尽了节，他们……"她说不出来了，只不歇地用手帕去擦眼睛。

他问三个孩子说："你们想怎么办呢？"一双闪烁的眼睛注视着他们。

两个大孩子都回答说："跟爹妈一块儿死罢。"那十一岁底女儿麟趾好像不懂他们商量底都是什么，一声也不响，托着腮只顾想她自己底。

"姑娘，怎么今儿不响啦？你往常的话儿是最多的。"她父亲这样问她。

她哭起来了，可是一句话也没有。

太太说："她小小年纪，懂得什么，别问她啦。"她叫，"姑娘到我跟前来吧。"趾儿抽噎着走到跟前，依着母亲底膝下。母亲为她捋捋鬓额，给她擦掉眼泪。

他捋着胡子，像理会孩子底哭已经告诉了她的意思；不由得得意地说："我说小姑娘是很聪明的，她有她的主意。"随即站起来说："我先到将军衙门去，看看下午有什么消息，一会儿就回来。"他整一整衣服，就出门去了。

风声越来越紧，到城里竖起革命旗底那天，果然秩序大乱，逃底逃，躲底躲，抢底抢，该死底死。那位腰间带着三尺殉国之具底大吏也把行李收束得紧紧地，领着家小回到本乡去了。

街上"杀尽满洲人"底声，也摸不清是真的，还是市民高兴起来一时发出这得意的话。这里一家把大门严严地关起来，不管外头闹得多么凶，只安静地在堂上排起香案，两夫妇在正午时分穿起朝服向北叩了头，表告了满洲诸帝之灵，才退入内堂，把公服换下来。他想着他不能领兵出去和革命军对仗，已经辜负朝廷豢养之恩，所以把他底官爵职位自己贬了，要用世奴资格报效这最后一次的忠诚。他斟了一杯醇酒递给太太说："太太请喝这一杯吧。"他自己也喝。两个男孩也喝了。趾儿只喝了一点，在前两天，太太把佣仆都打发回家，所以屋里没有不相干的人。

两小时就在这醇酒底应酬中度过去。他并没醉，太太和三个孩子已躺在床上睡着了。他出了房门，到书房去，从墙上取下一把宝剑，捧到香案前，叩了头，再回到屋里，先把太太杀死，再杀两个孩子。一连杀了三个人，满屋里底血腥酒味把他刺激得像疯人一样。看见他养底一只狗正在门边伏着，便顺手也给它一剑。跑到厨房去把一只猫和几只鸡也杀了。他麾剑砍猫底时候，无意中把在灶边灶君龛外那盏点着底神灯麾到劈柴堆上去，但他一点也不理会。正出了厨房门口，马圈里底马嘶了一声，他于是又赶过去照马头一砍。马不晓得这是它尽节底时候，连踢带跳，用尽力量来躲他底剑。他一手揪住络头底绳子，一手尽管往马头上乱砍，至终把它砍倒。

回到上房，他底神气已经昏迷了，扶着剑，瞪眼看着地上底血迹。他发现麟趾不在屋里，刚才并没杀她，于是提起剑来，满屋里找。他怕她藏起来，但在屋里无论怎样找，看看床底，开开柜门，都找不着。院里有一口井，井边正留着一只麟趾底鞋。这个引他到井边来。他扶着井栏，探头往下去。从他两肩透下去底光线，使他觉得井底有衣服浮现底影儿，其实也看不清楚。他对着井底说："好小姑娘，你到底是个聪明孩子，有主意！"他从地上把那只鞋捡起来。也扔在井里。

他自己问，"都完了，还有谁呢！"他忽然想起在衙门里还有一匹马，它也得尽节。于是忙把宝剑提起，开了后园底门，一直往着衙门底马圈里去。从后园门出去是一条偏僻的小街，常时并没有什么人往来。那小街口有一座常关着大门底佛寺。他走过去时恰巧老和尚从街上回来，站在寺门外等门，一见他满身血迹，右手提剑，左手上还在滴血，便抢前几步拦住他说："太爷，您怎么啦？"他见有人拦住，眼睛也看不清，举起剑来照着和尚头便要砍下去。老和尚眼快，早已闪了身子，等他砍过空，再夺他底剑。他已没气力了，看着老和尚一言不发。门开了，老和尚先扶他进去，把剑靠韦陀香案边放着，然后再扶他到自己屋里，给他解衣服；又忙着把他自己底大衲给他披上，并且为他裹手上底伤。他渐次清醒过来，觉得左手非常地痛，才记起方才砍马底时候，把自己底手碰着刃口。他把老和尚给他裹底布条解开看时，才发现了两个指头已经没了。这一个感觉更使他格外痛楚。屠人虽然每日屠猪杀羊，但是一见自己底血，心也会软，不说他乘着一时的义气演出这出惨剧，自然是受不了。痛是本能上保护生命底警告，去了指头底痛楚已经使他难堪，何况自杀。但他底意志，还是很刚强，非自杀不可。老和尚与他本来很有交情，这次用很多话来劝慰他，说城里并没有屠杀旗人的事情，偶然街上有人这样嚷，也不过是无意识的话罢了。他听着和尚底劝解，心情渐渐又活过来。正在相对着没有话说底时候，外边嚷着起火，哨声、锣声，一齐送到他们耳边。老和尚说："您请躺下歇歇罢，待老衲出去看看。"

他开了寺门，只见东头乌太爷底房子着了火。他不声张，把乌老爷扶到床上，躺下，看他渐次昏睡过去，然后把寺门反扣着。走到乌家门前，只见一簇人丁赶着在那里拆房子。水龙虽有一架，又不够用。幸而过了半小时，很多人合力已把那几间房子拆下来，火才熄了。

和尚回来，见乌太爷还是紧紧地扎着他底手，歪着身子，在那里睡，没惊动他。他把方才放在韦陀龛那把剑收起来，才到禅房打坐去。

二

在辛亥革命底时候，像这样全家为那权贵政府所拥戴底孺子死节底实在不多。当时麟趾底年纪还小，无论什么都怕。死自然是最可怕的一件事。他父亲要把全家杀死底那一天，她并没喝多少，但也得装睡。她早就想定了一个逃死底方法，总没机会去试。父亲看见一家人都醉倒了，到外边书房去取剑底时候，她便急忙地爬起来，跑出院子。因为跑得快，恰巧把一只鞋子跻掉了。她赶快退回几步，要再穿上，不提防把鞋子一踢就撞到那井栏旁边。她顾不得去捡鞋，从院子直跑到后园。后园有一棵她常爬上去玩底大榕树。但是家里底人都不晓得她会上树。上榕树本来很容易，她家那棵，尤其容易上去。她到树下，急急把身耸上去，蹲在那分出四五杈底树干上。平时她蹲在上头，底下底人无论从哪一方面都看不见。那时她只顾躲死，并没计较往后怎样过。蹲在那里有一刻钟左右，忽然听见父亲叫她。他自然不晓得麟趾在树上。她也不答应，越发蹲伏着，容那浓绿的密叶把她掩藏起来。不久她又听见父亲底脚步像开了后门出去底样子。她正在想着，忽然从厨房起了火。厨房离那榕树很远，所以人们在那里拆房子救火底时候，她也没下来。天已经黑了，那晚上正是十五，月很明亮，在树上蹲了几点钟，倒也不理会。可是树上不晓得歇着什么鸟，不久就叫一声，把她全身底毛发都吓竖了。身体本来有点冷，加上夜风带那种可怕的鸟声送到她耳边，就不由得直打抖擞。她不能再藏在树上，决意下来看看。然而怎么也起不来，从腿以下，简直麻痹得像长在树上一样。好容易慢慢地把腿伸直了，一面抖擞着下了树，摸到园门。原来她的卧房就靠近园门。那一下午底火，只烧了厨房，她母亲底卧房，大厅和书房，至于前头底轿厅和后面她的卧房连着下房都还照旧。她从园门闪入她的卧房，正要上床睡底时候，忽然听见有人说话底声音，心疑是鬼，赶紧把房门关起来。从窗户看见两个人拿着牛眼灯由轿厅那边到她这里来，心里越发害怕，好在屋里没灯，趁着外头底灯光还没有射进来，她便蹲在门后。那两人一面说着，出了园门，她才放心。原来他们是那条街底更夫，因为她家没人，街坊叫他们来守夜。他们到后园，大概是去看看后园通小街那道门关没关罢。不一会，他们进来，又把园门关上。听他们底脚音，知道旁边那间下房，他们也进去看过。正想爬到床后去，他们已来推她的门，于是不敢动弹，还是蹲在门后。门推不开，他们从窗户用灯照了一下。她在门后听见其中一个人说："这间是锁着底，里头倒没有什么。"他们并不一定要进她的房间，那时她真像遇了赦一般，不晓得为什么缘故，当时只不愿意他们知道她在里头。等他们走远了，才起来，坐在小椅上，也不敢上床睡，只想着天明时待怎办。她决定要离开她的家，因为全家底人都死了，若还住在家里，有谁来养活她呢？虽然仿佛听见她父亲开了后园门出去，但以后他回来没有，她又不理会。她想他一定是自杀了。前天晚上，当她父亲问过她的话上了衙门以后，她私下问过母亲："若是大家都死了，将来要在什么地方相见呢？"她母亲叹了一口气说："孩子，若都是好人，我们就会在神仙底地方相见，我们都要成仙哪。"常听见她母亲说城外有个什么山，山名她可忘记了，那里常有神仙出来度人。她想着不如去找神仙罢。找到神仙就能与她一家人相见了。她想着要去找神仙底事，使她心胆立时健壮起来，自己一人在黑屋里也不害怕，但盼着天快亮，她好进行。

鸡已啼过好几次，星星也次第地隐没了。初醒的云渐渐现出灰白色，一片一片像鱼鳞摆在天上。于是她轻轻地开了房门，出到院子来。她想：就这样走吗？不，最少也得带一两件衣服。于是回到屋里打开箱子拿出几件衣服和梳篦等物，包成一个小包，再出房门。藏钱底地方她本知道，本要去拿些带在身边，只因那里底房顶已经拆掉了，冒着险进去，虽然没有妨碍，不过那两人还在轿厅睡着，万一醒来，又免不了有麻烦。再者，设使遇见神仙，也用不着钱。她本要到火场里去，又怕看见父母和二位哥哥底尸体，只远远地往着，作为拜别底意思。她的眼泪直流，又不敢放声哭，回过身去，轻轻开了园门，再反扣着。经过马圈，她看见那马躺在槽边，槽里和地上底血已经凝结，颜色也变了。她站在圈外，不住地掉泪。因为她很喜欢它，每常骑它到箭道去玩。那时天已大亮了，正在低着头看那死马底时候，眼光忽然触到一样东西，使她心伤和胆战起来。进前两步从马槽下捡起她父亲底一节小指头。她认得是父亲左手底小指头。因为他只留这个小指底指甲，有一寸多长，她每喜欢摸着它玩。当时她也不顾什么，赶紧取出一条手帕，紧紧把她父亲底小指头裹起来，揣在怀里。她开了后园底街门，也一样地反扣着。夹着小包袱，出了小街，便急急地向北门大街放步。幸亏一路上没人注意她，故得优游地出了城。

　　旧历十月半底郊外，虽不像夏天那么青翠，然而野草园蔬还是一样地绿。她在小路上，不晓得已经走了多远，只觉身体疲乏，不得已暂坐在路边一棵榕树根上小歇。坐定了才记得她自昨天午后到歇在道旁那时候一点东西也没入口！眼前固然没有东西可以买来充饥，纵然有，她也没钱。她隐约听见泉水激流底声音，就顺着找去，果然发现了一条小溪。那时一看见水，心里不晓得有多么快活，她就到水边一掬掬地喝。没东西吃，喝水好像也可以饱，她居然把疲乏减少了好些。于是夹着包袱又往前跑。她慢慢地走，用尽了诚意要会神仙，但看见路上底人，并没有一个像神仙。心里非常纳闷，因为走底路虽不多，太阳却渐渐地西斜了。前面露出几间茅屋，她虽然没曾向人求乞过，可知道一定可以问人要一点东西吃，或打听所要去底山在哪里。随着路径拐了一个弯，就看见一个老头子在她前面走。看他穿着一件很宽的长袍，扶着一枝黄褐色底拐杖，须发都白了，心里暗想："这位莫不就是神仙么？"于是抢前几步，恭恭敬敬地问："老伯父，请告诉我那座有神仙底山在什么地方？"他好像没听见她问底是什么话。她问了几遍，他总没回答，只问："你是迷了道底吧？"鳞趾摇摇头。他问："不是迷道，这么晚，一个小姑娘夹着包袱，在这样的道上走，莫不是私逃底小丫头？"她又摇摇头。她看他打扮得像学塾里底老师一样，心里想着他也许是个先生。于是从地下捡起一块有棱的石头，就路边一棵树干上画了"我欲求仙去"几个字。他从胸前底绿鲨皮眼镜匣里取出一副直径约有一寸五分底水晶镜子架在鼻上。看她所写底，便笑着对她说："哦，原来是求仙底！你大概因为写底是'王子去求仙，丹成上九天'底仿格，想着古人有这回事，所以也要仿效仿效。但现在天已渐渐晚了，不如先到我家歇歇，再往前走吧。"她本想不跟他去，只因问他底话也不能得着满意底指示，加以肚子实饿了，身体也乏了，若不答应，前路茫茫，也不是个去处，就点头依了他，跟着他走。

走不远，渡过一道小桥，来到茅舍底篱边。初冬底篱笆上边挂些未残的豆花。晚烟好像一匹无尽长的白练，从远地穿林织树一直来到篱笆与茅屋底顶巅。老头子也不叫门，只伸手到篱门里把闩拔开了。一只带着金铃底小黄狗抢出来，吠了一两声，又到她跟前来闻她。她退后两步，老头子把它轰开，然后携着她进门。屋边一架瓜棚，黄萎的南瓜藤，还凌乱地在上头绕着。鸡已经站在棚上预备安息了。这些都是她没见过底，心里想大概这就是仙家罢。刚踏上小台阶，便有一个二十多岁底姑娘出来迎着，她用手作势好像问，这位小姑娘是谁呀！他笑着回答说：“她是求仙迷了路途底。”回过头来，把她介绍给她说：“这是我的孙女，名叫宜姑。”

他们三个人进了茅屋，各自坐下。屋里边有一张红漆小书桌。老头子把他底孙女叫到身边，教她细细问麟趾底来历。她不敢把所有的真情说出来，恐怕他们一知道她是旗人或者就于她不利。她只说：“我的父母和哥哥前两天都相继过去了。剩下我一个人，没人收养，所以要求仙去。”她把那令人伤心底事情瞒着。孙女把她的话用他们彼此通晓底方法表示给老头子知道。老头子觉得她很可怜，对她说，他活了那样大年纪也没有见过神仙，求也不一定求得着，不如暂时住下，再定夺前程。他们知道她一天没吃饭，宜姑就赶紧下厨房，给她预备吃底。晚饭端出来，虽然是红薯粥和些小酱菜，她可吃得津津有味，回想起来，就是不饿，也觉得甘美，饭后，宜姑领她到卧房去。一夜底话把她的意思说转了一大半。

三

麟趾住在这不知姓名底老头子底家已经好几个月了。老人曾把附近那座白云山底故事告诉过她。她只想着去看安期生升仙底故迹，心里也带着一个遇仙底希往。正值村外木棉盛开底时候，十丈高树，枝枝着花，在黄昏时候看来直像一座万盏灯台，灿烂无比。闽粤底树花再没有比木棉更壮丽的。太阳刚升到与绿禾一样高底天涯，麟趾和宜姑同在树下捡落花来做玩物，谈话之间，忽然动了游白云山底念头。从那村到白云山也不过是几里路，所以她们没有告诉老头子，到厨房里吃了些东西，还带了些薯干，便到山里玩去。天还很早，榕树上底白鹭飞去打早食还没归巢，黄鹂却已唱过好几段婉转的曲儿。在田间和林间底人们也唱起歌了。到处所听底不是山歌，便是秧歌。她们两个有时为追粉蝶，误入那篱上缠着野蔷薇底人家；有时为捉小鱼涉入小溪，溅湿了衣袖。一路上嘻嘻嚷嚷，已经来到山里。微风吹拂山径旁底古松，发出那微妙的细响。着在枝上底多半是嫩绿的松球，衬着山坡上底小草花，和正长着底薇蕨，真是绮丽无匹。

她们坐在石上休息，宜姑忽问："你真信有神仙么？"

麟趾手里撩着一枝野花，漫应说："我怎么不信！我母亲曾告诉我有神仙，她的话我都信。"

"我可没见过。我祖父老说没有。他所说底话，我都信。他既说没有，那定是没有了。"

"我母亲说有，那定是有。怕你祖父没见过罢。我母亲说，好人都会成仙，并且可以和亲人相见哪。仙人还会下到凡间救度他底亲人，你听过这话么？"

"我没听见过。"

说着她们又起行，游过了郑仙岩，又到菖蒲涧去，在山泉流处歇了脚。下游底石上，那不知名底山禽在那里洗午澡，从乱云堆积处，露出来的阳光指示她们快到未时了。麟趾一意要看看神仙是什么样子，她还有登摩星岭底勇气。她们走过几个山头，不觉把路途迷乱了。越走越不是路，她们巴不得立刻下山，寻着原路回到村里。

出山底路被她们找着了，可不是原来的路径。夕阳当前，天涯底白云已渐渐地变成红霞。正在低头走着，前面来了十几个背枪底大人物。宜姑心里高兴，等他们走近跟前，便问其中底人说，燕塘底大路在哪一边。那班人听她们所问底话，知道是两只迷途底羊羔，便说他们也要到燕塘去。宜姑底村落正离燕塘不远，所以跟着他们走。

原来她们以为那班强盗是神仙底使者，安心随着他们走。走了许久，二人被领到一个破窑里。那里有一个人看守着她们。那班人又匆忙地走了。麟趾被日间游山所受底快活迷住，没想到也没经历过在那山明水秀底仙乡，会遇见这班混世魔王。到被囚起来底时候，才理会她前途底危险。她同宜姑苦口求那人怜恤她们，放她们走。但那人说，若放了她们，他底命也就没了。宜姑虽然大些，但到那时，也恐吓得说不出话来。麟趾到底是个聪明而肯牺牲底孩子，她对那人说："我家祖父年纪大了，必得有人伺候他，若把我们两人都留在这里，恐怕他也活不成，求你把大姊放回去吧。我宁愿在这里跟着你们。"那人毫无恻隐之心，任她们怎样哀求，终不发一言，到他觉得麻烦底时候，还喝她们说："不要瞎吵！"

丑时已经过去，破窑里底油灯虽还闪着豆大的火光，但是灯心头已结着很大的灯花，不时拼出火星和发出哔剥底响，油盏里底油快要完了。过些时候，就听见人马底声音越来越近。那人说："他们回来了。"他在窑门边把着，不一会，大队强盗进来，卸了赃物，还掳来三个十几岁底女学生。

在破窑里住了几天，那些贼人，要她们各人写信回家拿钱来赎，各人都一一照办了。最后问到麟趾和宜姑。麟趾看那人的容貌很像她大哥，但好几次问他叫他，他都不大理会，只对着她冷笑。虽然如此，她仍是信他是大哥，不过，仙人不轻易和凡人认亲罢了。她还想着，她们把她带到那里也许是为教她们也成仙。宜姑比较懂事，说她们是孤女，只有一个耳聋的老祖父，求他们放她们两人回去。他们不肯，说："只有白拿，不能白放。"他们把赃物检点一下，头目教两个伙计把那几个女学生底家书送到邮局去，便领着大队同几个女子趁着天还未亮，出了破窑，向着山中底小径前进。不晓得走了多少路程，又来到一个寨。群贼把那五个女子安置在一间小屋里。过了几天，那三个女学生都被带走，也许是她们底家人花了钱，也许是被移到别处去。他们也去打听过宜姑和麟趾底家境，知道那聋老头花不起钱来赎，便计议把她们卖掉。

宜姑和麟趾在荒寨里为他们服务，他们都很喜欢。在不知不觉中又过几个星期。一天下午他们都喜形于色回到荒寨里。两个姑娘忙着预备晚饭。端菜出来，众人都注目看着她们。头目对大姑娘说："我们以后不再干这生活了。明天大家便要到惠州去投入民军。我们把你配给廖兄弟。"他说着，指着一个面目长得十分俊秀，年纪在二十六七左右底男子，往下说："他叫廖成，是个白净孩子，想一定中你的意思。"他又对麟趾说："小姑娘年纪太小，没人要，黑牛要你做女儿，明天你就跟着他过。他明天以后便是排长了。"他呶着嘴向黑牛指示麟趾。黑牛年纪四十左右，满脸横肉，看来像很凶残。当时两个女孩都哭了，众人都安慰她们。头目说："廖兄弟底喜事明天就要办的。各人得早起，下山去搬些吃底，大家热闹一回。"

他们围坐着谈天。两个女孩在厨房收拾食具，小姑娘神气很镇定，低声问宜姑说："怎办？"宜姑说："我没主意，你呢？"

"我不愿意跟那黑鬼。我一看他，怪害怕的。我们逃吧。"

"不成，逃不了！"宜姑摇头说。

"你愿意跟那强盗？"

"不，我没主意。"

她们在厨房没想出什么办法，回到屋里，一同躺在稻草褥上，还继续地想，麟趾打定主意要逃，宜姑至终也赞成她。她们知道明天一早趁他们下山底时候再寻机会。

一夜底幽暗又叫朝云抹掉。果然外头底兄弟们一个个下山去预备喜筵。麟趾扯着宜姑说："这是时候，该走了。"她们带着一点吃底，匆匆出了小寨。走不多远，宜姑住了步，对麟趾说："不成，我们这一走，他们回寨见没有人，一定会到处追寻，万一被他们再抓回去，可就没命了。"麟趾没说什么，可也不愿意回去。宜姑至终说："还是你先走罢。我回去张罗他们。他们问你的时候，我便说你到山里捡柴去。你先回到我公公那里去报信也好。"她们商量妥当，麟趾便从一条那班兄弟们不走底小道下山去。宜姑到看不见她，才掩泪回到寨里。

小姑娘虽然学会昼伏夜行底方法，但在乱山中，夜行更是不便，加以不认得道路，遇险底机会很多，走过一夜，第二夜便不敢走了。她在早晨行人稀少底时候，遇见妇人女子才敢问道，遇见男子便藏起来。但她常走错了道，七天底粮已经快完了。那晚上她在小山岗上一座破庙歇脚。霎时间，黑云密布，山雨急来，随着电闪雷鸣。破庙边一棵枯树教雷劈开，雷音把麟趾底耳鼓几乎震破。电光闪得更是可怕。她想那破庙一定会塌下来把她压死，只是蹲在香案底下打抖擞。好容易听见雨声渐细，雷也不响，她不敢在那里逗留，便从案下爬出来。那时雨已止住了。天际仍不时地透露着闪电底白光，使蜿蜒的山路，隐约可辨。她走出庙门，待要往前，却怕迷了路途，站着尽管出神。约有一个时辰，东方渐明，鸟声也次第送到她耳边，她想着该是走底时候，背着小包袱便离开那座破庙。一路上没遇见什么人，朝雾断续地把去处遮拦着，不晓得从什么地方来底泉声到处都得听见。正走着，前面忽然来了一队人，她是个惊弓之鸟，一看见便急急向路边底小丛林钻进去。哪里提防到那刚被大雨洗刷过底山林湿滑难行，她没力量攀住些草木，一任双脚溜滑下去，直到山麓。她的手足都擦破了，腰也酸了，再也不能走。疲乏和伤痛使她不能不躺在树林里一块铺着朝阳底平石上昏睡。她腿上底血，殷殷地流到石上，她一点也不理会。

林外，向北便是越过梅岭底大道，往来底行旅很多。不知经过几个时辰，麟趾才在沉睡中觉得有人把她抱起来，睁眼一看，才知道被抱到一群男女当中。那班男女是走江湖卖艺底，一队是属于卖武耍把戏底黄胜，一队是属耍猴底杜强。麟趾是那耍猴底抱起来底。那卖武底黄胜取了些万应的江湖秘药来，敷她的伤口。他们问她的来历，知道她是迷途的孤女，便打定主意要留她当一个艺员。耍猴用不着女子，黄胜便私下问杜强要麟趾。杜强一时任侠，也就应许了。他只声明将来若是出嫁得底财礼可以分些给他。

他们骗麟趾说他们是要到广州去。其实他们底去向无定，什么时候得到广州都不能说。麟趾信以为真，便请求跟着他们去。那男人腾出一个竹笋，教她坐在当中，他底妻子把她挑起来。后面跟着底那个人也挑着一担行头。在他肩膀上坐着一只狝猴。他戴底那顶宽缘镶云纹底草笠上开了一个小圆洞，狝猴底头可以从那里伸出来。那人后面还跟着一个女子，牵着一只绵羊和两只狗。绵羊驮着两个包袱。最后便是扛刀枪底。麟趾与那一队人在斜阳底下向着满被野云堆着底山径前进，一霎时便不见了。

四

自从麟趾被骗以后，三四年间，就跟着那队人在江湖上往来。她去求神仙的勇气虽未消灭，而幼年的幻梦却渐次清醒。几年来除掉看一点浅近的白话报以外，她一点书也没有念，所认得的字仍是在家的时候学的，深字甚至忘掉许多。她学会些江湖伎俩，如半截美人、高跷、踏索、过天桥等等，无一不精，因此被全班底人看为台柱子。班主黄胜待她很好，常怕她不如意，另外给她好饮食。她同他们混惯了，也不觉得自己举动底下流。所不改的是她总没有舍弃掉终有一天全家能够聚在一起的念头。神仙会化成人到处游行的话是她常听说的。几年来，她安心跟着黄胜走江湖，每次卖艺总是目光灼灼注视着围观的人们。人们以她为风骚，她却在认人。多少次误认了面貌与她父亲或家人相仿佛的观众。但她仍是希往着，注意着，没有一时不思念着。

他们真个回到离广州不远的一个城，住在真武庙倾破的后殿。早饭已经吃过，正预备下午的生意。黄胜坐在台阶上抽烟等着麟趾，因为她到街上买零碎东西还没回来。

从庙门外蓦然进来一个人，到黄胜跟前说："胜哥，一年多没见了！"老杜摇摇头，随即坐在台阶上说："真不济，去年那头绵羊死掉，小山就闷病了。它每出场不但不如从前活泼，而且不听话，我气起来，打了它一顿。那小畜生，可也奇怪，几天不吃东西，也死了。从它死后，我一点买卖也没做。指往赢些钱再买一只羊和一只猴，可是每赌必输，至终把行头都押出去了。现在来专意问大哥借一点。"

黄胜说："我的生意也很不好，哪里有钱借给你使。"

老杜是打定主意的，他所要求非得不可。他说："若是没钱，就把人还我。"他底意思是指麟趾。

老黄急了，紧握着手，回答他说："你说什么？哪个人是你的？"

"那女孩子是我捡的，自然属于我。"

"你要，当时为何不说？那时候你说要猴用不着她；多一个人养不起，便把她让给我。现在我已养了好几年，教会她各样玩意儿。你来要回去，天下没有这个道理。"

"看来你是不愿意还我了。"

"说不上还不还。难道我这几年的心血和钱财能白费了么？我不是说以后得的财礼分给你吗？"

"好，我拿钱来赎成不成？"老杜自然等不得，便这样说。

"你！拿钱来赎？你有钱还是买一只羊、一只猴要要去罢。

麟趾，怕你赎不起。"老黄舍不得放弃麟趾，并且看不起老杜，想着他没有赎她的资格。

"你要多少呢？"

"五百，"老黄说了，又反悔说，"不，不，我不能让你赎去。她不是你的人。你再别废话了。"

"你不让我赎，不成。多会我有五百元，多会我就来赎。"老杜没得老黄底同意，不告辞便出庙门去了。

自此以后，老杜常来跟老黄捣麻烦。但麟趾一点也不知道是为她的事，她也没去问。老黄怕以后更麻烦，心里倒想先把她嫁掉，省得老杜屡次来胡缠，但他总也没有把这意思给麟趾说。他也不怕什么，因为他想老杜手里一点文据都没有，打官司还可以占便宜。他暗地里托媒给麟趾找主，人约他在城隍庙戏台下相看。那地方是老黄每常卖艺的所在。相看的人是个当地土豪底儿子，人家叫他做郭太子。这消息给老杜知道，到庙里与老黄理论，两句不合，便动了武。幸而麟趾从外头进来，便和班里底人把他们劝开；不然，会闹出人命也不一定。老杜骂到没劲，也就走了。

麟趾问黄胜到底是怎么回事。老黄没敢把实在的情形告诉她，只说老杜老是来要钱使，一不给他，他便骂人。他对麟趾说："因他知道我们将有一个阔堂会，非借几个钱去使使不可。可是我不晓得这一宗买卖做得成做不成，明天下午约定在庙里先耍着看，若是合意，人家才肯下定哪。你想我怎能事前借给他钱使！"

麟趾听了，不很高兴，说："又是什么堂会！"

老黄说："堂会不好么？我们可以多得些赏钱。姑娘不喜欢么？"

"我不喜欢堂会，因为看的人少。"

"人多人少有什么相干，钱多就成了。"

"我要人多，不必钱多。"

"姑娘，那是怎讲呢？"

"我希往在人海中能够找着我的亲人。"

黄胜笑了，他说："姑娘！你要找亲人，我倒想给你找亲哪。除非你出阁，今生莫想有什么亲人。你连自己底姓都忘掉了！哈哈！"

"我何尝忘掉？不过我不告诉人罢了。我的亲人我认得。这几年跟着你到处走，你当我真是为卖艺么？你带我到天边海角，假如有遇见我的亲人的一天，我就不跟你了。"

"这我倒放心，你永远是遇不着的。前次在东莞你见的那个人，便说是你哥哥，愣要我去把他找来。见面谈了几句话，你又说不对了！今年年头在增城，又错认了爸爸！你记得么？哈哈！我看你把心事放开罢。人海茫茫，哪个是你的亲人？倒不如过些日子，等我给你找个好主，若生下一男半女，我保管你享用无尽。那时，我，你的师父，可也叨叨光呀。"

"师父别说废话，我不爱听。你不信我有亲人，我偏要找出来给你看。"麟趾说时像有了气。

"那么，你的亲人却是谁呢？"

"是神仙。"麟趾大声地说。

老黄最怕她不高兴，赶紧转帆说："我逗你玩哪，你别当真。我们还是说些正经的罢。明天下午无论如何，我们得多卖些力气。我身边还有十几块钱，现在就去给你添些头面。我一会儿就回来。"他笑着拍拍麟趾底肩膀，便自出去了。

第二天下午，老黄领着一班艺员到艺场去，郭太子早已在人圈中占了一条板凳坐下。麟趾装饰起来，招得围观的人越多。一套一套的把戏都演完，轮到麟趾底踏索。那是她的拿手技术。老黄那天便把绳子放长，两端底铁钎都插在人圈外头。她一面走，一面演各种把式。正走到当中，啊，绳子忽然断了！麟趾从一丈多高的空间摔下来。老黄不顾救护她，只嚷说："这是老杜干的"，连骂带咒，跳出人圈外到绳折的地方。观众以为麟趾摔死了，怕打官司时被传去做证人，一哄而散。有些人回身注视老黄，见他追着一个人往人丛中跑，便跟过去趁热闹。不一会，全场都空了。老黄追那人不着，气喘喘地跑回来，只见那两个伙计在那里收拾行头。行头被众人践踏，破坏了不少；刀枪也丢了好几把；麟趾也不见了。伙计说人乱的时候他们各人都紧伏在两箱行头上头，没看见麟趾爬起来，到人散后，就不见她躺在地上。老黄无奈，只得收拾行头，心里想这定是老杜设计把麟趾抢走，回到庙里再去找他计较。艺场中几张残破的板凳也都堆在一边。老鸦从屋脊飞下来啄地上残余的食物；树花重复发些清气，因为满身汗臭的人们都不见了。

黄胜找了老杜好几天都没下落，到郭太子门上诉说了一番。

郭太子反说他是设局骗他底定钱，非把他押起来不可。老黄苦苦哀求才脱了险。他出了郭家大门，垂头走着，拐了几个弯，蓦地里与老杜在巷尾一个犄角上撞个满怀。"好，冤家路窄！"黄胜不由分说便伸出右手把老杜揪住。两只眼睛瞪得直像冒出电来，气也粗了。老杜一手揸住老黄底右手，冷不防给他一拳。老黄哪里肯让，一脚便踢过去，指着他说："你把人藏在哪里？快说出来，不然，看老子今天结果了你。"老杜退到墙犄角上，扎好马步，两拳瞄准老黄底脑袋说："吓！你问我要人！我正要问你呢。你同郭太子设局，把所得的钱，半个也不分给我，反来问我要人。"说着，往前一跳，两拳便飞过来。黄胜闪得快，没被打着。巷口看热闹的人越围越多，巡警也来了。他们不愿意到派出所去，敷衍了巡警几句话，便教众人拥着出了巷口。

老杜跟着老黄，又走过了几条街。

老黄说："若是好汉，便跟我回家分说。"

"怕你什么？去就去！"老杜坚决地说。

老黄见他横得很，心里倒有点疑惑。他问："方才你说我串通郭太子，不分给你钱，是从哪里听来的狗谣言？"

"你还在我面前装呆！那天在场上看把戏的大半是郭家底手脚。你还瞒谁？"

"我若知道这事，便教我男盗女娼。那天郭太子约定来看人是不错的，不过我已应许你，所得多少总要分给你。你为什么又到场上捣乱？"

老杜瞪眼看着他，说："这就是胡说！我捣什么乱？你们说了多少价钱我一点也不知道。那天我也不在那里。后来在道上就见郭家底人们拥着一顶轿子过去，一打听，才知道是从庙里扛来的。"

老黄住了步，回过头来，诧异地说："郭太子！方才我到他那里，几乎教他给押起来。你说的话有什么凭据？"

"自然有不少凭据。那天是谁把绳子故意拉断的？"老杜问。

"你！"

"我！我告诉你，我那天不在场。一定是你故意做成那样局面，好教郭太子把人抢走。"

老黄沉吟了一会，说："这我可明白了。好兄弟，我们可别打了。这事一定是郭家底人干的。"他把方才郭家底人如何蛮横，为老杜说过一遍。两个人彼此埋怨，可也没奈他何。回到真武庙，大家商量怎样打听麟趾底下落。他们当然不敢打官司，也不敢闯进郭府里去要人。万一不对，可了不得。

老杜和黄胜两人对坐着。你看我，我看你，一言不发，各自急抽着烟卷。

五

郭家底人们都忙着检点东西，因为地方不靖，从别处开来的军队进城时难免一场抢掠。那是一所五进的大房子，西边还有一个大花园。各屋里底陈设除椅、桌以外，其余的都已装好，运到花园后面底石库里。花园里还留下一所房子没有收拾。因为郭太子新娶的新奶奶忌讳多，非过百日不许人搬动她屋子里底东西。

窗外种着一丛碧绿的芭蕉，连着一座假山直通后街底墙头。屋里一张紫檀嵌牙的大床，印度纱帐悬着，云石椅、桌陈设在南窗底下。瓷瓶里插的一簇鲜花，香气四溢。墙上挂的字画都没有取下来，一个康熙时代的大自鸣钟底摆子在静悄悄的空间的得地作响，链子末端底金葫芦动也不动一下。在窗棂下的贵妃床上坐着从前在城隍庙卖艺的女郎。她的眼睛向窗外注视，像要把无限的心事都寄给轻风吹动的蕉叶。

芭蕉外，轻微的脚音渐次送到窗前。一个三十左右的男子，到阶下站着，头也没抬起来，便叫："大官，大官在屋里么？"

里面那女郎回答说："大官出城去了，有什么事？"

那人抬头看见窗里底女郎，连忙问说："这位便是新奶奶么？"

麟趾注目一看，不由得怔了一会。"你很面善，像在哪里见过的。"她的声音很低，五尺以外几乎听不见。

那人看着她，也像在什么地方会过似地，但他一时也记不起来。至终还是她想起来，她说："你不是姓廖么？"

"不错呀，我姓廖。"

"那就对了。你现在在这一家干的什么事？"

"我一向在广州同大官做生意，一年之中也不过来一两次，奶奶怎么认得我?"

"你不是前几年娶了一个人家叫她做宜姑的做老婆吗?"

那人注目看她，听到她说起宜姑，猛然回答说："哦，我记起来了! 你便是当日的麟趾小姑娘! 小姑娘，你怎么会落在他手里?"

"你先告诉我宜姑现在好么?"

"她么? 我许久没见她了。自从你走后，兄弟们便把宜姑配给黑牛。黑牛现在名叫黑仰白，几年来当过一阵要塞司令。宜姑跟着他养下两个儿子。这几天，听说总部要派他到上海去活动，也许她会跟着去罢。我自那年入军队不久，过不了纪律的生活，就退了伍。人家把我荐到郭大官底烟土栈当掌柜，我一直便做了这么些年。"

麟趾问："省城也能公卖烟土么?"

"当然是私下买卖。军队里我有熟人容易做，所以这几年来很剩些钱。"

"黑牛和他底兄弟们帮你贩烟土，是不是?"

"不，黑司令现在很正派，我同他的交情没有从前那么深了。我有许多朋友在别的军队里，他们时常帮助我。"

"我很想去见见宜姑，你能领我去么?"

"她不久便要到上海去。你就是到广州，也不一定能看见她?"

"今晚，就走，怎样?"

"那可不成，城里恐怕不到初更就要出乱子。我方才就是来对大官说，叫他快把大门、偏门、后门都锁起来，恐怕人进来抢。"

"他说出城迎接军队去了，不晓得什么时候能回来。或者现在就领我走罢。"

"耳目众多，不成，不成。再说要走，也不能同我走，教大官知道，会说我拐骗你。……我说你是要一走不回头呢？还是只要见一见宜姑便回来？"

"我一点也不喜欢他。那天我在城隍庙踏索子掉下来，昏过去，醒来便躺在这屋里底床上。好在身上没有什么伤，只是脚跟和手擦破，养了十几天便好了。他强我嫁给他，口里答应给我十万银做保证金，说若是他再娶奶奶，听我把十万银带走，单独过日子。我问他给了多少给黄胜，他说不用给，他没奈何他。自从我离开山寨以后，就给黄胜抢去学走江湖，几年来走了好几省地方，至终在这里给他算上了。我常想着他那样的人，连一个钱也不给黄胜，将来万一他负了心，他也照样可以把十万银子抢回去；现在钱虽然在我的名字底下存着，我可不敢相信是属于我的。我还是愿意走得远远地。他不是一个好人，跟着他至终不会得好结果，你说是不是？"

廖成注视她的脸，听着她说。他对于郭大官掳人的事早有所闻，却不知便是麟趾。他好像对于麟趾所说的没有多少可诧异的，只说："是，他并不是个好人。但是现在的世界，哪个是好人！好人有人捧，坏人也有人捧，为坏人死的也算忠臣。

我想等宜姑从上海回来，我再通知你去会她罢。"

"不，我一定要走。你若不领我去，请给我一个地址，我自己想方法。"

廖成把宜姑底地址告诉她，还劝她切要过了这个乱子才去。麟趾嘱咐他不要教郭太子知道。她说："你走罢，一会怕有人来。我那丫头都到前院帮助收拾东西去了。你出去，请给我叫一个人进来。"

他一面走着，一面说："我看还是等乱过去，从长慢慢地打算罢。这两天一定不能走的，道路上危险多。"

麟趾目送着廖成走出蕉丛外头，到他底脚音听不见的时候，慢慢起身到妆台前，检点她的细软和首饰之类。走出房门，上了假山。她自伤愈后这是第一次登高。想着宜姑，教她心里非常高兴，巴不得立刻到广州去见她。到墙底尽头，她探头下往，见一条黑深的空巷，一根电报杆子立在巷对面底高坡上，同围墙距离约一丈多宽。一根拴电杆的粗铅丝，从杆上离电线不远的部位，牵到墙上一座一半砌在墙里已毁的节孝坊底石柱上，几乎成为水平线。她看看园里并没有门，若要从花园逃出去，恐怕没有多少希往。

她从假山下来，进到屋里已是黄昏时分，丫头也从前院进来了。麟趾问："你有旧衣服没有？拿一套来给我。"

女婢说："奶奶要旧衣服干什么？"

"外头乱扰扰地，万一给人打进家里来，不就得改装掩人耳目么？"

"我的不合奶奶穿。我到外头去找一套进来罢。"她说着便出去了。

麟趾到丫头底卧房翻翻她的包袱，果然都是很窄小的，不合她穿。门边挂着一把雨纸伞，她拿下来打开一看，已破了大半边。在床底下有一根细绳子，不到一丈长。她摇摇头叹了一声，出来仍坐在窗下底贵妃床，两眼凝视着芭蕉。忽然拍起她的腿说："有了！"她立起来，正要出去，丫头给她送了一套竹布衣服进来。

"奶奶，这套合适不合适？"

她打开一看，连说："成，成。现在你可以到前头帮他们搬东西，等七点钟端饭来给我吃。"丫头答应一声，便离开她。她又到婢女屋里，把两竿张蚊帐的竹子取下捆起来；将衣服分做两个小包结在竹子两端，做成一根踏索用的均衡担。她试一下，觉得稍微轻一点，便拿起一把小刀走到芭蕉底下，把两棵有花蕾的砍下来。割下两个重约两斤的花蕾加在上头。随即换了衣服，穿着软底鞋，扛着均衡担飞跑上假山。沿着墙头走，到石柱那边。她不顾一切，两手揸住均衡担，踏上那根大铅丝，一步一步地走过去。到电杆那头，她忙把竹上底绳子解下来，围成一个圆套子，套着自己底腰和杆子，像尺蠖一样，一路拱下去。

下了土坡，急急向着人少的地方跑。拐了几个弯，才稍微识一点道路。她也不用问道，一个劲儿便跑到真武庙去。她想着教黄胜领她到广州去找宜姑，把身边带着的珠宝分给他一两

件。不想真武庙底后殿已经空了，人也不晓得往哪里去了。天
色已晚，邻居底人都不理会是她回来，她不敢问。她踌躇着，
不晓得要怎样办。在真武庙歇，又害怕；客栈不能住；船，晚
上不开。一会郭家人发觉了，一定把各路口把住，终要被逮捕
回去。到巡警局报迷路罢，不成，若是巡警搜出身上底东西，
倒惹出麻烦来。想来想去，还是赶出城，到城外藏一宿，再定
行止。

她在道上，看见许多人在街上挤来挤去，很像要闹乱子的
光景。刚出城门，便听见城里一连发出砰磅的声音。街上底人
慌慌张张地乱跑，铺店底门早已关好，一听见枪声，连门前底
天灯都收拾起来。幸而麟趾出了城，不然，就被关在城里头。
她要找一个僻静的地方去躲一下，但找来找去，总找不着，不
觉来到江边。沿江除码头停泊着许多船以外，别的地方都很静。
在离码头不远的地方，有一棵斜出江面的大榕树。那树底根，
根根都向着水面伸下去。她又想起藏在树上。在枪声不歇的时
候，已有许多人挤在码头那边叫渡船。他们都是要到石龙去的。
看他们底样子都像是逃难的人，麟趾想着不如也跟着他们去，
到石龙，再赶广州车到广州。看他们把价钱讲妥了，她忙举步，
混在人们当中，也上了船。

乱了一阵，小渡船便离开码头。人都伏在舱底下，灯也不
敢点。城中底枪声教船后头底大橹和船头底双桨轻松地摇掉。
但从雉堞影射出来的火光，令人感到是地狱底一种现象。船走
得越远，照得越亮。到看不见红光的时候，不晓得船在江上已

经拐了几个弯了。

六

石龙车站里虽不都是避难的旅客，但已拥挤得不堪。站台上几乎没有一寸空地，都教行李和人占满了。麟趾从她的座位起来，到站外去买些吃的东西，回来时，位已被别人占去。她站在一边，正在吃东西，一个扒手偷偷摸摸地把她放在地下那个小包袱拿走。在她没有发觉以前，后面长凳上坐着的一个老和尚便赶过来，追着那贼说："莫走，快把东西还给人。"他说着，一面追出站外。麟趾见拿的是她的东西，也追出来。老和尚把包袱夺回来，交给她说："大姑娘，以后小心一点，在道上小人多。"

麟趾把包袱接在手里，眼泪几乎要流出来。她心里说若是丢了那包袱，她就永久失掉纪念她父亲的东西了。再则，所有的珠宝也许都在里头。现出非常感激的样子，她对那出家人说："真不该劳动老师父。跑累了么？我扶老师父进里面歇歇罢。"

老和尚虽然有点气喘，却仍然镇定地说："没有什么。姑娘请进罢。你像是逃难的人，是不是？你的包袱为什么这样湿呢？"

"可不是！这是被贼抢漏了的。昨晚上，我们在船上，快到天亮的时候，忽然岸上开枪，船便停了。我一听见枪声，知道是贼来了，赶快把两个包袱扔在水里。我每个包袱本来都结着一条长绳子。扔下以后，便把一头暗地结在靠近舵边一根支篷的柱子上头。我坐在船尾，扔和结的时候都没人看见，因为客人都忙着藏各人的东西，天也还没亮，看不清楚。我又怕被人知道我有那两个包袱，万一被贼搜出来，当我是财主，将我掳去，那不更吃亏么？因此我又赶紧到篷舱里人多的地方坐着。贼人上来，真凶！他们把客人的东西都抢走了。个个底身上也搜过一遍。侥幸没被搜出的很少。我身边还有一点首饰，也送给他们了。还有一个人不肯把东西交出，教他们打死了，推下水去。他们走后，我又回到船后去，牵着那绳子，可只剩下一个包袱，那一个恐怕是教水冲掉了。"

"我每想着一次一次的革命，逃难的都是阔人。他们有香港、澳门、上海可去。逃不掉的，只有小百姓。今日看见车站这么些人，才觉得不然。所不同的，是小百姓不逃固然吃亏，逃也便宜不了。姑娘很聪明，想得到把包袱扔在水里，真可佩服。"

麟趾随在后头回答说："老师父过奖。方才把东西放下，就显得我很笨；若不是老师父给追回来，可就不得了。老师父也是避难的么？"

"我么？出家人避什么难？我从罗浮山下来，这次要到普陀山去朝山。"说时，回到他原来的座位。但位已被人占了，他底包袱也没有了。他底神色一点也不因为丢了东西更变一点，只笑说："我的包袱也没了！"

心里非常不安的麟趾从身边拿出一包现银，大约二十元左右，对他说：　"老师父，我真感谢你，请你把这些银子收下罢。"

"不，谢谢，我身边还有盘缠。我的包袱不过是几卷残经和一件破袈裟而已。你是出门人，多一元在身边是一元底用处。"

他一定不受，麟趾只得收回。她说："老师父底道行真好。请问法号怎样称呼？"

那和尚笑说："老衲没有名字。"

"请告诉我，日后也许会再相见。"

"姑娘一定要问，就请叫我做罗浮和尚便了。"

"老师父一向便在罗浮吗？听你的口音不像是本地人。"

"不错，我是北方人。在罗浮出家多年了。姑娘倒很聪明，能听出我的口音。"

"姑娘倒很聪明"，在麟趾心里好像是幼年常听过的。她父亲底形貌，她已模糊记不清了，她只记得旺密的大胡子，发亮的眼神。因这句话，使她目注在老和尚脸上。光圆的脸，一根胡子也不留。满颊直像铺上一层霜，眉也白得像棉花一样。眼睛带着老年人的混浊颜色，神采也没有了。她正要告诉老师父她原先也是北方人，可巧汽笛底声音夹着轮声、轨道震动声，一齐送到。

"姑娘，广州车到了，快上去罢。不然占不到好座位。"

"老师父也上广州么？"

"不，我到香港候船。"

麟趾匆匆地别了他，上了车，当窗坐下。人乱过一阵，车就开了。她探头出来，还往见那老和尚在月台上。她凝望着，一直到车离开很远的地方。

她坐在车里，意象里只有那个老和尚。想着他莫不便是自己底父亲？可惜方才他递包袱时，没留神看看他底手。又想回来，不，不能够，也许我自己以为是，其实是别人。他底脸不很像哪！他底道行真好，不愧为出家人。忽然又想：假如我父亲仍在世，我必要把他找回来，供养他一辈子。呀，幼年时代甜美的生活，父母的爱惜，我不应当报答吗？不，不，没有父母底爱，父母都是自私自利的。为自己的名节，不惜把全家杀死。也许不止父母如此，一切的人都是自私自利的。从前的女子，不到成人，父母必要快些把她嫁给人。为什么？留在家里吃饭，赔钱。现在的女子，能出外跟男子一样做事，父母便不愿她嫁了。他们愿意她像儿子一样养他们一辈子，送他们上山。不，也许我的父母不是这样。他们也许对，是我不对，不听话，才会有今日的流离。

她一向便没有这样想过。今日因着车轮底转动摇醒了她的心灵。"你是聪明的姑娘！""你是聪明的姑娘！"轮子也发出这样的声音。这明明是父亲底话，明明是方才那老和尚底话。不知不觉中，她竟滴了满襟的泪。泪还没干，车已入了大沙头底站台了。

出了车站，照着寥成底话，雇一辆车直奔黑家。车走了不久时候，至终来到门前。两个站岗的兵问她找谁，把她引到上房。黑太太紧紧迎出来，相见之下，抱头大哭一场。佣人面面相觑，莫名其妙。

黑太太现在是个三十左右的女人，黑老爷可已年近半百。她装饰得非常时髦，锦衣、绣裙，用的是欧美所产胡奴底粉，杜丝底脂，古特士底甲红，鲁意士底眉黛，和各种著名的香料。她的化妆品没有一样不是上等，没有一件是中国产物。黑老爷也是面团团，腹便便，绝不像从前那凶神恶煞的样子。寒暄了两句，黑老爷便自出去了。

"妹妹，我占了你的地位。"这是黑老爷出去后，黑太太对麟趾的第一句话。

麟趾直看着她，双眼也没眨一下。

"唉，我的话要从哪里说起呢？你怎么知道找到这里来？你这几年来到哪里去了？"

"姊姊，说来话长，我们晚上有功夫细细谈罢。你现在很舒服了，我看你穿的用的便知道了。"

"不过是个绣花枕而已，我真是不得已。现在官场，专靠女人出去交际，男人才有好差使。无谓的应酬一天不晓得多少，真是把人累得要死。"

她们真个一直谈下去，从别离以后谈到彼此所过的生活。宜姑告诉麟趾他祖父早已死掉，但村里那间茅屋她还不时去看看。现在没有人住，只有一个人在那里守着。她这几年跟人学些注音字母，能够念些浅近文章。在话里不时赞美她丈夫底好处。麟趾心里也很喜欢，最能使她开心的便是那间茅舍还存在。她又要求派人去访寻黄胜，因为她每想着她欠了他很大的恩情。宜姑也应许为她去办。她又告诉宜姑早晨在石龙车站所遇的事情，说她几乎像看见父亲一样。

这样的倾谈决不能一时就完毕，好几天或好几个月都谈不完。东江底乱事教黑老爷到上海的行期改早些。他教他太太过些日子再走。因此宜姑对于麟趾，第二天给她买穿，第三天给她买戴；过几天又领她到张家，过几时又介绍她给李家。一会是同坐紫洞艇游河，一会又回到白云山附近底村居。麟趾的生活在一两个星期中真像粘在枯叶下的冷蛹，化了蝴蝶，在旭日和风中间翻舞一样。

东江一带底秩序已经渐次恢复。在一个下午，黑府底勤务兵果然把黄胜领到上房来。麟趾出来见他，又喜又惊。他喜底是麟趾有了下落；他怕的是军人的势力。她可没有把一切的经过告诉他，只问他事变的那天他在哪里。黄胜说他和老杜合计要趁乱领着一班穷人闯进郭太子底住宅，他们两人希往能把她夺回来，想不到她没在那里。郭家被火烧了，两边死掉许多人，老杜也打死了。郭家底人活的也不多。郭太子在道上教人掳去，到现在还不知下落。他见事不济，便自逃回城隍庙去，因为事前他把行头都存在那里，伙计没跟去的也住在那里。

麟趾心里想着也许廖成也遇了险。不然，这么些日子，怎么不来找我，他总知道我会到这里来。因为黄胜不认识廖成，问也没用。她问黄胜愿意另谋职业，还是愿意干他底旧营生。

黄胜当然不愿再去走江湖，她于是给了他些银钱。但他愿意留在黑府当差，宜姑也就随便派给他当一名所谓国术教官。

黑家底行期已经定了。宜姑非带麟趾去不可，她想着带她到上海，一定有很多帮助。女人的脸曾与武人的枪平分地创造了人间一大部历史。黑老爷要去联络各地战主，也许要仗着麟趾才能成功。

七

南海底月亮虽然没有特别动人的容貌，因为只有它来陪着孤零的轮船走，所以船上很有些与它默契的人。夜深了，轻微的浪涌，比起人海中政争匪掠的风潮舒适得多。在枕上的人安宁地听着从船头送来波浪底声音，直如催眠的歌曲。统舱里躺着、坐着的旅客还没尽数睡着，有些还在点五更鸡煮挂面，有些躺在一边烧鸦片，有些围起来赌钱。几个要到普陀朝山的和尚受不了这种人间浊气，都上到舱面找一个僻静处所打坐去了。在石龙车站候车的那个老和尚也在里头。船上虽也可以入定，但他们不时也谈一两句话。从他们底谈话里，我们知道那老和尚又回到罗浮好些日子。为的是重新置备他底东西。

在那班和尚打坐的上一层甲板，便是大菜间客人的散步地方。藤椅上坐着宜姑。麟趾靠着舷边往月。别的旅客大概已经睡着了。宜姑日来看见麟趾心神恍惚，老像有什么事挂在心头一般，在她以为是待她不错；但她总是往着空间想，话也不愿意多说一句。

"妹妹，你心里老像有什么事，不肯告诉我。你是不喜欢我们带你到上海去么？也许你想你的年纪大啦，该有一个伴了。若是如此，我们一定为你想法子。他底交游很广，面子也够，替你选择的人准保不错。"宜姑破了沉寂，坐在麟趾背后这样对她说。她心里是想把麟趾认作妹妹，介绍给一个督军底儿子当作一种政治钓饵。万一不成，也可以借着她在上海活动。

麟趾很冷地说："我现在谈不到那事情，你们待我很好，我很感激。但我老想着到上海时，顺便到普陀去找找那个老师父，看他还在那里不在。我现在心里只有他。"

"你准知道他便是你父亲吗？"

"不，我不过思疑他是。我不是说过那天他开了后门出去，没听见他回到屋里的脚音吗？我从前信他是死了，自从那天起教我希往他还在人间。假如我能找着他，我宁愿把所有的珠宝给你换那所茅屋。我同他在那里住一辈子。"麟趾转过头来，带着满有希往的声调对着宜姑。

"那当然可以办的到。不过我还是希往你不要做这样没有把握的寻求。和尚们多半是假慈悲，老奸巨猾的不少；你若有意去求，若是有人知道你的来历，冒充你父亲，教你养他一辈子，那你不就上了当？幼年的事你准记得清楚么？"

"我怎么不记得？谁能瞒我？我的凭证老带在身边，谁能瞒得过我？"她说时拿出她几年来常在身边的两截带指甲的指头来，接着又说，"这就是凭证。"

"你若是非去找他不可，我想你一定会过那漂泊的生活。万一又遇见危险，后悔就晚了。现在的世界乱得很，何苦自己去找烦恼？"

"乱么？你、我都见过乱，也尝过乱的滋味。那倒没有什么。我的穷苦生活比你多过几年，我受得了。你也许忘记了。你现在的地位不同，所以不这样想。假若你同我换一换生活，你也许也会想去找你那耳聋的祖父罢。"她没有回答什么，嘴里漫应着："唔，唔。"随即站起来，说："我们睡去罢，不早了。明天一早起来看旭日，好不好？"

"你先去罢，我还要停一会儿才能睡咧。"

宜姑伸伸懒腰，打了一个呵欠，说声"明天见！别再胡思乱想了，妹妹，"便自进去了。

她仍靠在舷边，看月光映得船边底浪花格外洁白，独自无言，深深地呼吸着。

甲板底下那班打坐的和尚也打起盹来了。他们各自回到统舱里去。下了扶梯，便躺着。那个老是用五更鸡煮挂面的客人，他虽已睡去，火仍是点着。一个和尚底袍角拂倒那放在上头的锅，几乎烫着别人的脚。再前便是那抽鸦片的客人，手拿着烟枪，仰面打鼾，烟灯可还未灭。黑甜的气味绕缭四周。斗纸牌的还在斗着。谈话的人可少了。

月也回去了。这时只剩下浪吼轮动的声音。

宜姑果然一清早便起来看海天旭日。麟趾却仍在睡乡里。

报时的钟打了六下，甲板上下早已洗得干干净净。统舱底客人先后上来盥漱。麟趾也披着寝衣出来，坐在舷边底漆椅上。在桄梯边洗脸的和尚们牵引了她的视线。她看见那天在石龙车站相遇的那个老师父，喜欢得直要跳下去叫他。正要走下去，宜姑忽然在背后叫她，说："妹妹，你还没穿衣服咧。快吃早点了，还不去梳洗？"

"姊姊，我找着他了！"她不顾一切还是要下扶梯。宜姑进前几步，把她揪住，说："你这像什么样子，下去不怕人笑话，我看你真是有点迷。"她不由分说，把麟趾拉进舱房里。

"姊姊，我找着他了！"她一面换衣服，一面说，"若果是他，你得给我靠近燕塘的那间茅屋。我们就在那里住一辈子。"

"我怕你又认错了人。你一见和尚便认定是那个老师父。我准保你又会闹笑话。我看吃过早饭叫'播外'下去问问，若果是，你再下去不迟。"

"不用问，我准知道是他。"她三步做一步跳下扶梯来。那和尚已漱完口下舱去了。她问了旁边底人便自赶到统舱去。下扶梯过急，猛不防把那点着的五更鸡踢倒。汽油洒满地，火跟着冒起来。

舱里底搭客见楼梯口着火，个个都惊慌失措，哭的、嚷的、乱跑的，混在一起。麟趾退上舱面，脸吓得发白，话也说不出来。船上底水手，知道火起，忙着解开水龙。警钟响起来了！

舱底没有一个敢越过那三尺多高的火焰。忽然跳出那个老和尚，抱着一张大被窝腾身向火一扑，自己倒在火上压着。他把火几乎压灭了一半，众人才想起掩盖的一个法子。于是一个个拿被窝争着向剩下的火焰掩压。不一会把火压住了，水龙底水也到了。忙乱了一阵，好容易才把火扑灭了。各人取回冲湿的被窝时，直到最底下那层，才发见那老师父。众人把他扛到甲板上头，见他底胸背都烧烂了。

他两只眼睛虽还睁着，气息却只留着一丝。众人围着他。但具有感激他为众舍命的恐怕不多。有些只顾骂点五更鸡的人，有些却咒那行动鲁莽的女子。

麟趾钻进人丛中，满脸含泪。那老师父底眼睛渐次地闭了。她大声叫："爸爸！爸爸！"

众人中，有些肯定地说他死了。麟趾揸着他底左手，看着那剩下的三个指头。她大哭起来，嚷，说："真是我的爸爸呀！"这样一连说了好几遍。宜姑赶下来，把她扶开，说："且别哭啦。若真是你父亲，我们回到屋里再打算他底后事。在这里哭惹得大众来看热闹，也没什么好处。"

她把麟趾扶上去以后，有人打听老和尚和那女客的关系，却没有一个人知道。他同伴的和尚也不很知道他底来历。他们只知道他是从罗浮山下来的。有一个知道详细一点，说他在某年受戒，烧掉两个指头供养三世法佛。这话也不过是想，当然并没有确实的凭据。同伴底和尚并没有一个真正知道他底来历。他们最多知道他住在罗浮不过是四五年光景。从哪里得的戒牒也不知道。

宜姑所得的回报，死者是一个虔心奉佛燃指供养的老和尚。

麟趾却认定他便是好几年前自己砍断指头的父亲。死的已经死掉，再也没法子问个明白。他们也不能教麟趾不相信那便是她爸爸。

她躺在床上，哭得像泪人一般。宜姑在旁边直劝她。她说："你就将他底遗体送到普陀或运回罗浮去为他造一个塔，表表你的心也就够了。"

统舱底秩序已经恢复。麟趾到停尸的地方守着。她心里想：这到底是我父亲不是？他是因为受戒烧掉两个指头的么？一定的，这样的好人，一定是我父亲。她的泪沉静地流下，急剧地滴到膝上。她注目看着那尸体，好像很认得，可惜记忆不能给她一个反证。她想到普陀以后若果查明他底来历不对，就是到天边海角，她也要再去找找。她的疑心，很能使她再去过游浪的生活。长住在黑家决不是她所愿意的事。她越推想越入到非非之境，气息几乎像要停住一样。船仍在无涯的浪花中漂着，烟囱冒出浓黑的烟，延长到好几百丈，渐次变成灰白色，一直到消灭在长空里头。天涯底彩云一朵一朵浮起来，在麟趾眼里，仿佛像有仙人踏在上头一般。

人非人

离电话机不远底廊子底下坐着几个听差，有说有笑，但不晓得到底是谈些什么。忽然电话机响起来了，其中一个急忙走过去摘下耳机，问："喂，这是社会局，您找谁？"

"…………"

"唔，您是陈先生，局长还没来。"

"…………"

"科长？也没来。还早呢。"

"…………"

"请胡先生说话。是咯，请您候一候。"

听差放下耳机径自走进去，开了第二科底门，说："胡先生，电话。请到外头听去吧。屋里底话机坏了。"

屋里有三个科员，除了看报抽烟以外，个个都像没事情可办。靠近窗边坐着底那位胡先生出去以后，剩下底两位起首谈论起来。

"子清，你猜是谁来底电话？"

"没错，一定是那位。"他说时努嘴向着靠近窗边底另一个座位。

"我想也是她。只有可为这傻瓜才会被她利用。大概今天又要告假，请可为替她办桌上放着底那几宗案卷。"

"哼，可为这大头！"子清说着摇摇头，还看他底报。一会他忽跳起来说："老严，你瞧，定是为这事。"一面拿着报纸到前头底桌上，铺着大家看。

可为推门进来。两人都昂头瞧着他。严庄问："是不是陈情又要掳你大头？"

可为一对忠诚的眼望着他，微微地笑，说："这算什么大头小头！大家同事，彼此帮忙……"

严庄没等他说完，截着说："同事！你别侮辱了这两个字罢。她是缘着什么关系进来底？你晓得么？"

"老严，您老信一些闲话，别胡批评人。"

"我倒不胡批评人，你才是糊涂人哪。你想陈情真是属意于你？"

"我倒不敢想。不过是同事，……"

"又是'同事'，'同事'，你说局长底候选姨太好不好？"

"老严，您这态度，我可不敢佩服，怎么信口便说些伤人格底话？"

"我说底是真话，社会局同仁早就该鸣鼓而攻之，还留她在同仁当中出丑。"

子清也像帮着严庄，说："老胡是着了迷，真是要变成老糊涂了。老严说底对不对，有报为证。"说着又递方才看底那张报纸给可为，指着其中一段说："你看！"

可为不再作声，拿着报纸坐下了。

看过一遍，便把报纸扔在一边，摇摇头说："谣言，我不信。大概又是记者访员们底影射行为。"

"嗤!"严庄和子清都笑出来了。

"好个忠实信徒!"严庄说。

可为皱一皱眉头，往着他们两个，待要用话来反驳，忽又低下头，撇一下嘴，声音又吞回去了。他把案卷解开，拿起笔来批改。

十二点到了。严庄和子清都下了班。严庄临出门，对可为说："有一个叶老太太请求送到老人院去。下午就请您去调查一下罢。事由和请求书都在这里。"他把文件放在可为桌上便出去了。可为到陈情底位上捡捡那些该发出底公文。他想反正下午她便销假了，只检些待发出去底文书替她签押，其余留着给她自己办。

他把公事办完，顺将身子往后一靠，双手交抱在胸前，眼望着从窗户射来底阳光，凝视着微尘纷乱地盲动。

他开始了他底玄想。

陈情这女子到底是个什么人呢? 他心里没有一刻不悬念着这问题。他认得她的时间虽不很长，心里不一定是爱她，只觉得她很可以交往，性格也很奇怪，但至终不晓得她一离开公事房以后干底什么营生。有一晚上偶然看见一个艳妆女子，看来很像她，从他面前掠过，同一个男子进万国酒店去。他好奇地问酒店前底车夫，车夫告诉他那便是有名的"陈皮梅"。但她在公事房里不但粉没有擦，连雪花膏一类保护皮肤底香料都不用。穿底也不好，时兴底阴丹士林外国布也不用，只用本地织底粗棉布。那天晚上看见底只短了一副眼镜，她日常戴着带深紫色底克罗克斯。局长也常对别的女职员赞美她。但他信得过他们没有什么关系，像严庄所胡猜底。她哪里会做像给人做姨太太那样下流的事？不过，看早晨底报，说她前天晚上在板桥街底秘密窟被警察拿去，她立刻请出某局长去把她领出来。这样她或者也是一个不正当的女人。每常到肉市她家里，总见不着她。她到哪里去了呢？她家里没有什么人，只有一个老妈子，按理每月几十块薪水准可以够她用了。她何必出来干那非人的事？想来想去，想不出一个恰当的理由。

钟已敲一下了，他还叉着手坐在陈情底位上，双眼凝视着。心里想或者是这个原因罢，或者是那个原因罢？

他想她也是一个北伐进行中底革命女同志，虽然没有何等的资格和学识，却也当过好几个月战地委员会底什么秘书长一类底职务。现在这个职位，看来倒有些屈了她，月薪三十元，真不如其他办革命底同志们。她有一位同志，在共同秘密工作的时候，刚在大学一年级，幸而被捕下狱。坐了三年监，出来，北伐已经成功了。她便仗着三年间底铁牢生活，请党部移文给大学，说她有功党国，准予毕业。果然，不用上课，也不用考试，一张毕业文凭便到了手。另外还安置她一个肥缺。陈情呢？

白做走狗了！几年来，出生入死，据她说，她亲自收掩过几次被枪决底同志。现在还有几个同志家属，是要仰给于她的。若然，三十元真是不够。然而，她为什么不去找别的事情做呢？也许严庄说底对。他说陈在外间，声名狼藉，若不是局长维持她，她给局长一点便宜，恐怕连这小小差事也要掉了。

这样没系统和没伦理底推想，足把可为底光阴消磨了一点多钟。他饿了，下午又有一件事情要出去调查，不由得伸伸懒腰，抽出一个抽屉，要拿糨糊把批条糊在卷上。无意中看见抽屉里放着一个巴黎拉色克香粉小红盒。那种香气，直如那晚上在万国酒店门前闻见底一样。她用这东西么？他自己问。把小盒子拿起来，打开，原来已经用完了。盒底有一行用铅笔写底小字，字迹已经模糊了，但从铅笔底浅痕，还可以约略看出是"北下洼八号"。唔，这是她常去底一个地方罢？每常到她家去找她，总找不着，有时下班以后自请送她回家时，她总有话推辞。有时晚间想去找她出来走走，十次总有九次没人应门，间或一次有一个老太太出来说，"陈小姐出门啦。"也许她是一只夜蛾，要到北下洼八号才可以找到她。也许那是她的朋友家，是她常到底一个地方。不，若是常到底地方，又何必写下来呢？想来想去总想不透。他只得皱皱眉头，叹了一口气，把东西放回原地，关好抽屉，回到自己座位。他看看时间快到一点半，想着不如把下午底公事交代清楚，吃过午饭不用回来，一直便去访问那个叶姓老婆子。一切都弄停妥以后，他戴着帽子，迳自出了房门。

一路上他想着那一晚上在万国酒店看见底那个，若是陈修饰起来，可不就是那样。他闻闻方才拿过粉盒底指头，一面走，一面玄想。

在饭馆随便吃了些东西，老胡便依着地址去找那叶老太太。原来叶老太太住在宝积寺后底破屋里。外墙是前几个月下大雨塌掉底，破门里放着一个小炉子，大概那便是她的移动厨房了。老太太在屋里听见有人，便出来迎客，可为进屋里只站着，因为除了一张破炕以外，椅桌都没有。老太太直让他坐在炕上，他又怕臭虫，不敢径自坐下。老太太也只得陪着站在一边。她知道一定是社会局长派来底人，开口便问："先生，我求社会局把我送到老人院底事，到底成不成呢？"那种轻浮的气度，谁都能够理会她是一个不问是非，想什么便说什么底女人。

"成倒是成，不过得看看你的光景怎样。你有没有亲人在这里呢？"可为问。

"没有。"

"那么，你从前靠谁养活呢？"

"不用提啦。"老太太摇摇头，等耳上那对古式耳环略为摆定了，才继续说："我原先是一个儿子养我。哪想前几年他忽然入了什么要命党，——或是敢死党，我记不清楚了，——可真要了他底命。他被人逮了以后，我带些吃底穿底去探了好几次，总没得见面。到巡警局，说是在侦缉队；到侦缉队，又说在司令部；到司令部，又说在军法处。等我到军法处，一个大兵指着门前底大牌楼，说在那里。我一看可吓坏了！他底脑袋就挂在那里！我昏过去大半天，后来觉得有人把我扶起来，大概也灌了我一些姜汤，好容易把我救活了，我睁眼一瞧已是躺在屋里底炕上。在我身边底是一个我没见过底姑娘。问起来，才知道是我儿子的朋友陈姑娘。那陈姑娘答允每月暂且供给我十块钱，说以后成了事，官家一定有年俸给我养老。她说入要命党也是做官，被人砍头或枪毙也算功劳。我儿子的名字，一定会记在功劳簿上底。唉，现在的世界到底是怎么一回事，我也糊涂了。陈姑娘养活了我，又把我的侄孙，他也是没爹娘底，带到她家，给他进学堂。现在还是她养着。"

老太太正要说下去，可为忽截着问："你说这位陈姑娘，叫什么名字？"

"名字？"她想了很久，才说："我可说不清，我只叫她陈姑娘，我侄孙也叫她陈姑娘。她就住在肉市大街，谁都认识她。"

"是不是戴着一副紫色眼镜底那位陈姑娘？"

老太太听了他底问，像很兴奋地带着笑容望着他连连点头说："不错，不错，她带底是紫色眼镜。原来先生也认识她，陈姑娘。"她又低下头去，接着说补充的话："不过，她晚上常不戴镜子。她说她眼睛并没毛病，只怕白天太亮了，戴着挡挡太阳，一到晚上，她便除下了。我见她的时候，还是不戴镜子底多。"

"她是不是就在社会局做事？"

"社会局？我不知道。她好像也入了什么会似地。她告诉我从会里得底钱除分给我以外，还有两三个人也是用她的钱。大概她一个月底入款最少总有二百多，不然，不能供给那么些人。"

"她还做别的事吗？"

"说不清。我也没问过她。不过她一个礼拜总要到我这里来三两次。来底时候多半在夜里。我看她穿得顶讲究底。坐不一会，每有人来找她出去。她每告诉我，她夜里有时比日里还要忙。她说，出去做事，得应酬，没法子。我想她做底事情一定很多。"

可为越听越起劲，像那老婆子底话句句都与他有关系似地。他不由得问："那么，她到底住在什么地方呢？"

"我也不大清楚，有一次她没来，人来我这里找她。那人说，若是她来，就说北下洼八号有人找，她就知道了。"

"北下洼八号，这是什么地方？"

"我不知道。"老太太看他问得很急。很诧异地往着他。

可为愣了大半天，再也想不出什么话问下去。

老太太也莫明其妙，不觉问此一声："怎么，先生只打听陈姑娘？难道她闹出事来了么？"

"不，不，我打听她，就是因为你的事。你不说从前都是她供给你么？现在怎么又不供给了呢？"

"嗜!"老太太摇着头，揸着拳头向下一顿，接着说："她前几天来，偶然谈起我儿子。她说我儿子底功劳，都教人给上在别人的功劳簿上了。她自己底事情也是飘飘摇摇，说不定哪一天就要下来。她教我到老人院去挂个号，万一她的事情不妥，我也有个退步，我到老人院去，院长说现在人满了，可是还有几个社会局底额，教我立刻找人写禀递到局里去。我本想等陈姑娘来，请她替我办。因为那晚上我们有点拌嘴，把她气走了。她这几天都没来，教我很着急，昨天早晨，我就在局前底写字摊花了两毛钱，请那先生给写了一张请求书递进去。"

"看来，你说底那位陈姑娘我也许认识。她也许就在我们局里做事。"

"是么？我一点也不知道。她怎么今日不同您来呢？"

"她有三天不上衙门了。她说今儿下午去，我没等她便出来啦。若是她知道，也省得我来。"

老太太不等更真切的证明，已认定那陈姑娘就是在社会局底那一位。她用很诚恳的眼光射在可为脸上问："我说，陈姑娘底事情是不稳么？"

"没听说，怕不至于罢。"

"她一个月支多少薪水？"

可为不愿意把实情告诉她，只说："我也弄不清，大概不少罢。"

老太太忽然沉下脸去发出失往带着埋怨的声音说："这姑娘也许嫌我累了她，不愿意再供给我了。好好的事情在做着，平白地瞒我干什么！"

"也许她别的用费大了，支不开。"

"支不开？从前她有丈夫底时候也天天嚷穷。可是没有一天不见她穿缎戴翠。穷就穷到连一个月给我几块钱用也没有，我不信。也许这几年所给我的，都是我儿子底功劳钱，瞒着我，说是她拿出来的。不然，我同她既不是亲，又不是戚，她凭什么养我一家？"

可为见老太太说上火了，忙着安慰她说："我想陈姑娘不是这样人。现在在衙门里做事，就是做一天算一天，谁也保不定能做多久，你还是不要多心罢。"

老太太走前两步，低声地说："我何尝多心？她若是一个正经女人，她男人何致不要她。听说她男人现时在南京或是上海当委员，不要她啦。他逃后，她的肚子渐渐大起来，花了好些钱到日本医院去，才取下来。后来我才听见人家说，他们并没穿过礼服，连酒都没请人喝过，怨不得拆得那么容易。"

可为看老太太一双小脚站得进一步退半步底，忽觉他也站了大半天，脚步未免也移动一下。老太太说："先生，您若不嫌脏就请坐坐，我去沏一点水您喝，再把那陈姑娘底事细细地说给您听。"可为对于陈底事情本来知道一二，又见老太太对于她的事业底不明和怀疑，料想说不出什么好话。即如到医院堕胎，陈自己对他说是因为身体软弱，医生说非取出不可。关于她男人遗弃她的事，全局底人都知道。除他以外多数是不同情于她的。他不愿意再听她说下去，一心要去访北下洼八号，看到底是个什么人家。于是对老太太说："不用张罗了，您底事情，我明天问问陈姑娘，一定可以给你办妥。我还有事，要到别处去，你请歇着罢。"一面说，一面踏出院子。

老太太在后面跟着，叮咛可为切莫向陈姑娘打听，恐怕她说坏话。可为说："断不会。陈姑娘既然教你到老人院，她总有苦衷，会说给我知道，你放心罢。"出了门，可为又把方才拿粉盒底手指举到鼻端，且走且闻，两眼像看见陈情就在他前头走，仿佛是领他到北下洼去。

北下洼本不是热闹街市，站岗底巡警很优游地在街心踱来踱去。可为一进街口，不费力便看见八号底门牌。他站在门口，心里想："找谁呢?"他想去问岗警，又怕万一问出了差，可了不得。他正在踌躇，当头来了一个人，手里一碗酱，一把葱，指头还吊着几两肉，到八号底门口，大嚷："开门"。他便向着那人抢前一步，话也在急忙中想出来。

"那位常到这里底陈姑娘来了么?"

那人把他上下估量了一会，便问"哪一位陈姑娘? 您来这里找过她么?"

"我……"他待要说没有时，恐怕那人也要说没有一位陈姑娘。许久才接着说："我跟人家来过。我们来找过那位陈姑娘。她一头底刘海发不像别人烫得像石狮子一样，说话像南方人。"

那人连声说："唔，唔，她不一定来这里。要来，也得七八点以后。您贵姓？有什么话请您留下，她来了我可以告诉她。"

"我姓胡。只想找她谈谈。她今晚上来不来？"

"没准，胡先生今晚若是来，我替您找去。"

"你到哪里找她去呢？"

"哼，哼!!"那人笑着，说："到她家里。她家就离这里不远。"

"她不是住在肉市吗？"

"肉市？不，她不住在肉市。"

"那么她住在什么地方？"

"她们这路人没有一定的住所。"

"你们不是常到宝积寺去找她么？"

"看来您都知道，是她告诉您她住在那里么？"

可为不由得又要扯谎，说："是的，她告诉过我。不过方才我到宝积寺。那老太太说到这里来找。"

"现在还没黑"，那人说时仰头看看天，又对着可为说："请您上市场去绕个弯再回来，我替您叫她去。不然请进来歇一歇，我叫点东西您用，等我吃过饭，马上去找她。"

"不用，不用，我回头来罢。"可为果然走出胡同口，雇了一辆车上公园去，找一个僻静的茶店坐下。

茶已沏过好几次，点心也吃过，好容易等到天黑了。十一月底黝云埋没了无数的明星。悬在园里底灯也被风吹得摇动不停，游人早已绝迹了，可为直坐到听见街上底更夫敲着二更，然后踱出园门，直奔北下洼而去。

门口仍是静悄悄的，路上底人除了巡警，一个也没有。他急进前去拍门。里面大声问："谁？"

"我姓胡。"

门开了一条小缝，一个人露出半脸，问："您找谁？"

"我找陈姑娘"，可为低声说。

"来过么？"那人问。

可为在微光里虽然看不出那人的面目，从声音听来，知道他并不是下午在门口同他问答底那一个。他一手急推着门，脚先已踏进去，随着说："我约过来底。"

那人让他进了门口。再端详了一会，没领他往那里走。可为也不敢走了。他看见院子里底屋子都像有人在里面谈话，不晓得进哪间合适。那人见他不像是来过底。便对他说："先生，您跟我走。"

这是无上的命令。教可为没法子不跟随他。那人领他到后院去穿过两重天井，过一个穿堂，才到一个小屋子，可为进去四围一往，在灯光下只见铁床一张，小梳妆桌一台放在窗下，桌边放着两张方木椅。房当中安着一个发不出多大暖气底火炉。

门边还放着一个脸盆架。墙上只有两三只冻死了底蝈蝈，还囚在笼里像妆饰品一般。

"先生请坐，人一会就来。"那人说完便把门反掩着。可为这时心里不觉害怕起来。他一向没到过这样的地方，如今只为要知道陈姑娘底秘密生活，冒险而来，一会她来了，见面时要说呢，若是把她羞得无地可容，那便造孽了。一会，他又往往那扇关着底门。自己又安慰自己说："不妨，如果她来，最多是向她求婚罢了。……她若问我怎样知道时，我必不能说看见她的旧粉盒子。不过，既是求爱，当然得说真话，我必得告诉她我的不该，先求她饶恕……"

门开了。喜惧交迫底可为，急急把视线连在门上，但进来底还是方才那人。他走到可为跟前，说："先生，这里底规矩是先赏钱。"

"你要多少？"

"十块，不多罢。"

可为随即从皮包里取出十元票子递给他。

那人接过去。又说："还请您打赏我们几块。"

可为有点为难了。他不愿意多纳，只从袋里掏出一块，说："算了罢。"

"先生，损一点，我们还没把茶钱和洗褥子底钱算上哪。多花您几块罢。"

可为说："人还没来，我知道你把钱拿走，去叫不去叫？"

"您这一点钱，还想叫什么人？我不要啦，您带着。"说着真个把钱都交回可为。可为果然接过来。一把就往口袋里塞。那人见是如此，又抢进前揸住他底手，说："先生，您这算什么？"

"我要走。你不是不替我把陈姑娘找来吗？"

"你瞧。你们有钱的人拿我们穷人开玩笑来啦？我们这里有白进来，没有白出去底。你要走也得，把钱留下。"

"什么，你这不是抢人么？"

"抢人？你平白进良民家里，非奸即盗，你打什么主意？"那人翻出一副凶怪的脸，两手把可为拿定，又嚷一声，推门进来两个大汉，把可为团团围住，问他："你想怎样？"可为忽然看见那么些人进来，心里早已着了慌，简直闹得话也说不出来。一会他才鼓着气说："你们真是要抢人么？"

那三人动手掏他底皮包了。他推开了他们，直奔到门边，要开门。不料那门是往里开底，门里底钮也没有了。手滑，拧不动。三个人已追上来了。他们把他拖回去，说："你跑不了。给钱罢，舒服要钱买，不舒服也得用钱买。你来找我们开心，不给钱，成么？"

可为果真有气了。他端起门边底脸盆向他们扔过去。脸盆掉在地上，砰嘣一声，又进来两个好汉。现在屋里是五个打一个。

"反啦？"刚进来底那两个同声问。

可为气得鼻息也粗了。

"动手罢。"说时迟，那时快，五个人把可为底长褂子剥下来，取下他一个大银表，一枝墨水笔，一个银包，还送他两拳，加两个耳光。

他们抢完东西，把可为推出房门，用手巾包着他底眼和塞着他底口，两个揸着他底手，从一扇小门把他推出去。

可为心里想："糟了！他们一定下毒手要把我害死了！"手虽然放了，却不晓得抵抗，停一回，见没有什么动静，才把嘴里手巾拿出来，把绑眼底手巾打开，四围一往原来是一片大空地，不但巡警找不着，连灯也没有。他心里懊悔极了，到这时才疑信参半，自己又问："到底她是那天酒店前底车夫所说底陈皮梅不是？"慢慢地踱了许久才到大街，要报警自己又害羞，只得急急雇了一辆车回公寓。

他在车上，又把午间拿粉盒底手指举到鼻端闻，忽而觉得两颊和身上底余痛还在，不免又去摩挲摩挲。在道上，一连打了几个喷嚏，才记得他底大衣也没有了。回到公寓，立即把衣服穿上，精神兴奋异常，自在厅上踱来踱去，直到极疲乏底程度才躺在床上。合眼不到两个时辰，睁开眼时，已是早晨九点。他忙爬起来坐在床上，觉得鼻子有点不透气，于是急急下床教伙计提热水来。过一会，又匆匆地穿上厚衣服，上街门去。

他到办公室，严庄和子清早已各在座上。

"可为，怎么今天晚到啦？"子清问。

"伤风啦，本想不来底。"

"可为，新闻又出来了!"严庄递给可为一封信，这样说。"这是陈情辞职底信，方才一个孩子交进来底。"

"什么? 她辞职!"可为诧异了。

"大概是昨天下午同局长闹翻了。"子清用报告底口吻接着说，"昨天我上局长办公室去回话，她已先在里头，我坐在室外候着她出来。局长照例是在公事以外要对她说些'私事'。我说底'私事'你明白。"他笑向着可为，"但是这次不晓得为什么闹翻了。我只听见她带着气说：'局长，请不要动手动脚，在别的夜间你可以当我是非人，但在日间我是个人，我要在社会做事，请您用人的态度来对待我。'我正注神听着，她已大踏步走过门前，接着说：'撤我的差罢，我的名誉与生活再也用不着您来维持了。'我停了大半天，至终不敢进去回话，也回到这屋里。我进来，她已走了。老严，你看见她走时底神气么?"

"我没留神。昨天她进来，像没坐下，把东西检一检便走了，那时还不到三点。"严庄这样回答。

"那么，她真是走了。你们说她是局长底候补姨太，也许永不能证实了。"可为一面接过信来打开看，信中无非说些官话。他看完又摺起来，纳在信封里，按铃叫人送到局长室。他心里想陈情总会有信给他，便注目在他底桌上。明漆底桌面只有昨夜底宿尘，连纸条都没有。他坐在自己底位上，回想昨夜底事情，同事们以为他在为陈情辞职出神，调笑着说："可为，别再想了。找苦恼受干甚么？方才那送信底孩子说，她已于昨天下午五点钟搭火车走了，你还想什么？"

说者无心，听者有意，可为只回答："我不想什么，只估量她到底是人还是非人。"说着，自己摸自己底嘴巴。这又引他想起在屋里那五个人待遇他底手段。他以为自己很笨，为什么当时不说是社会局人员，至少也可以免打。不，假若我说是社会局底人，他们也许会把我打死咧。……无论如何，那班人都可恶，得通知公安局去逮捕，房子得封，家具得充公。他想有理，立即打开墨盒，铺上纸，预备起信稿，写到"北下洼八号"，忽而记起陈情那个空粉盒，急急过去，抽开屉子，见原物仍在。他取出来，正要往袋里藏，可巧被子清看见。

"可为，到她屉里拿什么？"

"没什么！昨天我在她座位上办公，忘掉把我一盒日快丸拿去，现在才记起。"他一面把手插在袋里，低着头，回来本位，取出小手巾来擤鼻子。

名家作品精选集

郁达夫精选集

郁达夫 著

民主与建设出版社

·北京·

©民主与建设出版社，2021

图书在版编目（CIP）数据

郁达夫作品精选集 / 郁达夫著 . -- 北京 : 民主与
建设出版社 , 2021.8（2024.1 重印）
（名家作品精选集 / 王茹茹主编 ; 6）
ISBN 978-7-5139-3651-4

Ⅰ.①郁… Ⅱ.①郁… Ⅲ.①散文集—中国—现代
Ⅳ.① I266

中国版本图书馆 CIP 数据核字 (2021) 第 139246 号

郁达夫作品精选集
YUDAFU ZUOPIN JINGXUANJI

著　　者	郁达夫	
主　　编	王茹茹	
责任编辑	韩增标	
封面设计	玥婷设计	
出版发行	民主与建设出版社有限责任公司	
电　　话	（010）59417747　59419778	
社　　址	北京市海淀区西三环中路 10 号望海楼 E 座 7 层	
邮　　编	100142	
印　　刷	三河市天润建兴印务有限公司	
版　　次	2021 年 8 月第 1 版	
印　　次	2024 年 1 月第 2 次印刷	
开　　本	880 毫米 × 1230 毫米　　1 / 32	
印　　张	6.5	
字　　数	130 千字	
书　　号	ISBN 978-7-5139-3651-4	
定　　价	298.00 元（全 10 册）	

注：如有印、装质量问题，请与出版社联系。

目　录

目

录

沉 沦

一

他近来觉得孤冷得可怜。

他的早熟的性情，竟把他挤到与世人绝不相容的境地去，世人与他的中间介在的那一道屏障，愈筑愈高了。

天气一天一天的清凉起来，他的学校开学之后，已经快半个月了。那一天正是九月的二十二日。

晴天一碧，万里无云，终古常新的皎日，依旧在她的轨道上，一程一程地在那里行走。从南方吹来的微风，同醒酒的琼浆一般，带着一种香气，一阵阵地拂上面来。在黄苍未熟的稻田中间，在弯曲同白线似的乡间的官道上面，他一个人手里捧了本六寸长的 Wordsworth 的诗集，尽在那里缓缓地独步。在这大平原内，四面并无人影：不知从何处飞来的一声两声的远吠声，悠悠扬扬地传到他的耳膜上来。他眼睛离开了书，同做梦似的向有犬吠声的地方看去，但看见了一丛杂树，几处人家，同鱼鳞似的屋瓦上，有一层薄薄的蜃气楼，同轻纱似的在那里飘荡。

"Oh, you serene gossamer! you beautiful gossamer!"

这样地叫了一声，他的眼睛里就涌出了两行清泪来，他自己也不知道是什么缘故。

呆呆地看了好久，他忽然觉得背上有一阵紫色的气息吹来，窸窸窣窣的一响，道旁的一枝小草竟把他的梦境打破了。他回转头来一看，那枝小草还是颠摇不已，一阵带着紫罗兰气息的和风，温微微地喷到他那苍白的脸上来。在这清和的早秋的世界里，在这澄清透明的以太（Ether）中，他的身体觉得同陶醉似的酥软起来。他好像是睡在慈母怀里的样子。他好像是梦到了桃花源里的样子。他好像是在南欧的海岸，躺在情人膝上，在那里贪午睡的样子。

他看看四边，觉得周围的草木，都在那里对他微笑。看看苍空，觉得悠久无穷的大自然，微微的在那里点头。一动也不动的向天看了一会儿，他觉得天空中有一群小天神，背上插着了翅膀，肩上挂着了弓箭，在那里跳舞。他觉得乐极了。便不知不觉开了口，自言自语地说：

"这里就是你的避难所。世间的一般庸人都在那里妒忌你，轻笑你，愚弄你；只有这大自然，这终古常新的苍空皎日，这晚夏的微风，这初秋的清气，还是你的朋友，还是你的慈母，还是你的情人；你也不必再到世上去与那些轻薄的男女共处去，你就在这大自然的怀里，这纯朴的乡间终老了吧。"

这样的说了一遍，他觉得自家可怜起来，好像有万千哀怨，横亘在胸中，一口说不出来的样子。含了一双清泪，他的眼睛又看到他手里的书上去。

Behold her, single in the field,

> You solitary Highland lass!
>
> Reaping and singing by herself;
>
> Stop here, or gently pass!
>
> Alone she cuts, and binds the grain,
>
> And sings a melancholy strain;
>
> Oh, listen! for the vale profound,
>
> Is overflowing with the sound.

看了这一节之后，他又忽然翻过一张来，脱头脱脑的看到那第三节去。

> Will no one tell me what she sings?
>
> Perhaps the plaintive numbers flow
>
> For old, unhappy, far-off things,
>
> And battle long ago：
>
> Or is it some more humble lay,
>
> Familiar matter of today?
>
> Some natural sorrow, loss, or pain,
>
> That has been and may be again!

这也是他近来的一种习惯，看书的时候，并没有次序的。几百页的大书，更可不必说了，就是几十页的小册子，如爱美生的《自然论》（Emerson´s On Nature），沙罗的《逍遥游》（Thoreau´s Excursion）之类，也没有完完全全从头至尾地读完一篇过。当他起初翻开一册书来看的时候，读了四行五行或一页二页，他每被那一本书感动，恨不得要一口气把那一本书吞下肚子里去的样子，到读了三页四页之后，他又生起一种怜惜的心来，他心里似乎说：

"像这样的奇书，不应该一口气就把他念完，要留着细细儿的咀嚼才好。一下子就念完了之后，我的热望也就不得不消灭，那时候我就没有好望，没有梦想了，怎么使得呢？"

他的脑里虽然有这样的想头，其实他的心里早有一些儿厌倦起来，到了这时候，他总把那本书收过一边，不再看下去。过几天或者过几个钟头之后，他又用了满腔的热忱，同初读那一本书的时候一样的，去读另外的书去；几日前或者几点钟前那样的感动他的那一本书，就不得不被他遗忘了。

放大了声音把渭迟渥斯的那两节诗读了一遍之后，他忽然想把这一首诗用中国文翻译出来。

《孤寂的高原刈稻者》

他想想看，"The solitary reaper"诗题只有如此的译法。

你看那个女孩儿，她只一个人在田里，
你看那边的那个高原的女孩儿，她只一个人，冷清清地！
她一边刈稻，一边在那儿唱着不已；
她忽儿停了，忽儿又过去了，轻盈体态，风光细腻！
她一个人，刈了，又重把稻儿捆起，
她唱的山歌，颇有些儿悲凉的情味：
听呀听呀！这幽谷深深，
全充满了她的歌唱的清音。

有人能说否，她唱的究是什么？

　　或者她那万千的痴话

　　是唱的前代的哀歌，

　　或者是前朝的战事，千兵万马；

　　或者是些坊间的俗曲，

　　便是目前的家常闲说？

　　或者是些天然的哀怨，必然的丧苦，自然的悲楚，

　　这些事虽是过去的回思，将来想亦必有人指诉。

　　他一口气译了出来之后，忽又觉得无聊起来，便自嘲自骂地说道：

　　"这算是什么东西呀，岂不同教会里的赞美歌一样的乏味么？英国诗是英国诗，中国诗是中国诗，又何必译来对去呢！"

　　这样地说了一句，他不知不觉便微微地笑起来。向四边一看，太阳已经打斜了；大平原的彼岸，西边的地平线上，有一座高山浮在那里，饱受了一天残照，山的周围酝酿成一层朦朦胧胧的岚气，反射出一种紫不紫红不红的颜色来。

　　他正在那里出神呆看的时候，"喀"的咳嗽了一声，他的背后忽然来了一个农夫。回头一看，他就把他脸上的笑容改装成一副忧郁的面色，好像他的笑容是怕被人看见的样子。

二

　　他的忧郁症愈闹愈甚了。

　　他觉得学校里的教科书，真同嚼蜡一般，毫无半点生趣。

天气清朗的时候，他每捧了一本爱读的文学书，跑到人迹罕至的山腰水畔，去贪那孤寂的深味去。在万籁俱寂的瞬间，在水天相映的地方，他看看草木虫鱼，看看白云碧落，便觉得自家是一个孤高傲世的贤人，一个超然独立的隐者。有时在山中遇着一个农夫，他便把自己当作了 Zarathustra，把 Zarathustra 所说的话，也在心里对那农夫讲了。他的 Megalomania 也同他的 Hypochondria 成了正比例，一天一天地增加起来。在这样的时候，也难怪不愿意上学校去，去做那同机械一样的功夫去。他竟有连接四五天不上学校去听讲的时候。

有时候他到学校里去，他每觉得众人都在那里凝视他的样子。他避来避去想避他的同学，然而无论到了什么地方，他的同学的眼光，总好像怀了恶意，射在他背脊上的样子。

上课的时候，他虽然坐在全班学生的中间，然而总觉得孤独得很：在稠人广众之中感得的这种孤独，倒比一个人在冷清的地方感得的那种孤独还更难受。看看他的同学看，一个个都是兴高采烈地在那里听先生的讲义，只有他一个人身体虽然坐在讲堂里头，心思却同飞云逝电一般，在那里做无边无际的空想。

好容易下课的钟声响了！先生退去之后，他的同学说笑的说笑，谈天的谈天，个个都同春来的燕雀似的，在那里作乐；只有他一个锁了愁眉，舌根好像被千钧的巨石锤住的样子，兀的不作一声。他也很希望他的同学来对他讲些闲话，然而他的同学却都自家管自家的去寻欢作乐去，一见了他那一副愁容，没有一个不抱头奔散的，因此他愈加怨他的同学了。

"他们都是日本人，他们都是我的仇敌，我总有一天来复仇，我总要复他们的仇。"

一到了悲愤的时候，他总这样的想的，然而到了安静之后，他又不得不嘲骂自家说：

"他们都是日本人，他们对你当然是没有同情的，因为你想得他们的同情，所以你怨他们，这岂不是你自家的错误么？"

他的同学中的好事者，有时候也有人来向他说笑的，他心里虽然非常感激，想同哪一个谈几句知心的话，然而口中总说不出什么话来；所以有几个解他的意的人，也不得不同他疏远了。

他的同学日本人在那里欢笑的时候，他总疑他们是在那里笑他，他就一霎时地红起脸来。他们在那里谈天的时候，若有偶然看他一眼的人，他又忽然红起脸来，以为他们是在那里讲他。他同他同学中间的距离，一天一天的远背起来。他的同学都以为他是爱孤独的人，所以谁也不敢来近他的身。

有一天放课之后，他挟了书包回到他的旅馆里来，有三个日本学生同他同路的。将要到他寄寓的旅馆时候，前面忽然来了两个穿红裙的女学生。在这一区市外的地方，从没有女学生看见的，所以他一见了这两个女子，呼吸就紧缩起来。他们四个人同那两个女子擦过的时候，他的三个日本人的同学都问她们说：

"你们上哪儿去？"

那两个女学生就作起娇声来回答说：

"不知道！"

"不知道！"

那三个日本学生都高声笑起来，好像是很得意的样子；只有他一个人似乎是他自家同她们讲了话似的，匆匆跑回旅馆里来。进了他自家的房，把书包用力的向席上一丢，他就在席上躺下了——日本室内都铺的席子，坐也席地而坐，睡也睡在席上的——他的胸前还在那里乱跳；用了一只手枕着头，一只手按着胸口，他便自嘲自骂地说：

"You coward fellow, you are too coward!

"你既然怕羞，何以又要后悔？

"既要后悔，何以当时你又没有那样的胆量，不同她们去讲一句话？

"Oh, coward, coward!"

说到这里，他忽然想起刚才那两女学生的眼波来了。

那两双活泼泼的眼睛！

那两双眼睛里，确有惊喜的意思含在里头。然而再仔细想了一想，他又忽然叫起来说：

"呆人呆人，她们虽有意思，与你有什么相干？她们所送的秋波，不是单送给那三个日本人的么？唉！唉！她们已经知道了，已经知道我是支那人了，否则她们何以不来看我一眼呢！复仇复仇，我总要复她们的仇。"

说到这里，他那火热的颊上忽然滚了几颗冰冷的眼泪下来。他是伤心到极点了。这一天晚上，他记的日记说：

我何苦要到日本来，我何苦要求学问。既然到了日本，那自然不得不被他们日本人轻侮的。中国呀中国！你怎么不富强起来。我不能再隐忍过去了。

故乡岂不有明媚的山河，故乡岂不有如花的美女？我何苦要到这东海的岛国里来！

到日本来倒也罢了，我何苦又要进这该死的高等学校。他们留了五个月学回去的人，岂不在那里享荣华安乐么？这五六年的岁月，教我怎么能捱得过去。受尽了千辛万苦，积了十数年的学识，我回国去，难道定能比他们来胡闹的留学生更强么？

人生百岁，年少的时候，只有七八年的光景，这最佳最美的七八年，我就不得不在这无情的岛国里虚度过去，可怜我今年已经是二十一了。

槁木的二十一岁！

死灰的二十一岁！

我真还不如变了矿物质的好，我大约没有开花的日子了。

知识我也不要，名誉我也不要，我只要一个能安慰我体谅我的"心"。一副白热的心肠！从这一副心肠里生出来的同情！

从同情而来的爱情！

我所要求的就是爱情！

若有一个美人，能理解我的苦楚，她要我死，我也肯的。

若有一个妇人，无论她是美是丑，能真心真意的爱我，我也愿意为她死的。

我所要求的就是异性的爱情！

苍天呀苍天，我并不要知识，我并不要名誉，我也不要那些无用的金钱，你若能赐我一个伊甸园内的"伊扶"，使她的肉体与心灵全归我有，我就心满意足了。

三

他的故乡，是富春江上的一个小市，去杭州水程不过八九十里。这一条江水，发源安徽，贯流全浙，江形曲折，风景常新：唐朝有一个诗人赞这条江水说"一川如画"。他十四岁的时候，请了一位先生写了这四个字，贴在他的书斋里，因为他的书斋的小窗，是朝着江面的。虽则这书斋结构不大，然而风雨晦明，春秋朝夕的风景，也还抵得过滕王高阁。在这小小的书斋里过了十几个春秋，他才跟了他的哥哥到日本来留学。

他三岁时候就丧了父亲，那时候他家里困苦得不堪。好容易他长兄在日本 W 大学卒了业，回到北京，考了一个进士，分发在法部当差，不上两年，武昌的革命起来了。那时候他已在县立小学堂卒了业，正在那里换来换去地换中学堂。他家里的人都怪他无恒性，说他的心思太活；然而依他自己讲来，他以为他一个人同别的学生不同，不能按部就班地同他们同在一处求学的。所以他进了 K 府中学之后，不上半年又忽然转到 H 府中学来；在 H 府中学住了三个月，革命就起来了。H 府中学停学之后，他依旧只能回到他那小小的书斋里来。第二年的春天，正是他十七岁的时候，他就进了 H 大学的预科。这大学是在杭州城外，本来是美国长老会捐钱创办的，所以学校里浸润了一种专制的弊风，学生的自由，几乎被压缩得同针眼儿一般的小。

礼拜三的晚上有什么祈祷会，礼拜日非但不准出去游玩，并且在家里看别的书也不准的，除了唱赞美诗祈祷之外，只许看新旧约书；每天早晨从九点钟到九点二十分，定要去做礼拜，不去做礼拜，就要扣分数记过。他虽然非常爱那学校近旁的山水景物，然而他的心里，总有些反抗的意思，因为他是一个爱自由的人，对那些迷信的管束，怎么也不甘心服从的。住不上半年，那大学里的厨子，托了校长的势，竟打起学生来。学生中间有几个不服的，便去告诉校长，校长反说学生不是。他看看这些情形，实在是太无道理了，就立刻去告了退，仍复回家，到那小小的书斋里去。那时候已经是六月初了。

在家里住了三个多月，秋风吹到富春江上，两岸的绿树就快凋落的时候，他又坐了帆船，下富春江，上杭州去。恰好那时候石牌楼的 W 中学正在那里招插班生，他进去见了校长 M 氏，把他的经历说给了 M 氏夫妻听，M 氏就许他插入最高的班里去。这 W 中学原来也是一个教会学校，校长 M 氏，也是一个糊涂的美国宣教师；他看看这学校的内容倒比 H 大学不如了。与一位很卑鄙的教务长——原来这一位先生就是 H 大学的卒业生——闹了一场，第二年的春天，他就出来了。出了 W 中学，他看看杭州的学校都不能如他的意，所以他就打算不再进别的学校去。

正是这个时候，他的长兄也在北京被人排斥了。原来他的长兄为人正直得很，在部里办事，铁面无私，并且比一般部内的人物又多了一些学识，所以部内上下都忌惮他。有一天，某次长的私人来问他要一个位置，他执意不肯，因此次长就同他闹起意见来，过了几天，他就辞了部里的职，改到司法界去做司法官去了。他的二兄，那时候正在绍兴军队里做军官，这一位二兄，军人习气颇深，挥金如土，专喜结交侠少。他们弟兄三人，到这时候都不能如意之所为，所以那一小市镇里的闲人都说他们的风水破了。

他回家之后，便镇日镇夜地蛰居在他那小小的书斋里。他父祖及他长兄所藏的书籍，就做了他的良师益友。他的日记上面，一天一天地记起诗来。有时候他也用了华丽的文章做起小说来；小说里就把他自己当作了一个多情的勇士，把他邻近的一家寡妇的两个女儿，当作了贵族的苗裔，把他故乡的风物，全编作了田园的情景；有兴的时候，他还把他自家的小说，用单纯的外国文翻译起来；他的幻想愈演愈大了，他的忧郁症的根苗，大概也就在这时候培养成功的。

在家里住了半年，到了七月中旬，他接到他长兄的来信说：

院内近有派予赴日本考察司法事务之意，予已许院长以东行，大约此事不日可见命令，渡日之先，拟返里小住。三弟居家，断非上策，此次当偕赴日本也。

他接到了这一封信之后，心中日日盼他长兄南来，到了九月下旬，他的兄嫂才自北京到家。住了一月，他就同他的长兄长嫂同到日本去了。

到了日本之后，他的 Dreams of the romantic age 尚未醒悟，模模糊糊地过了半载，他就考入东京第一高等学校里去了，这正是他十九岁的秋天。

第一高等学校将开学的时候，他的长兄接到了院长的命令，要他回去。他的长兄便把他寄托在一家日本人的家里，几天之后，他的长兄长嫂和他的新生的侄女儿就回国去了。

东京的第一高等学校里有一班预备班，是为中国学生特设的。

在这预科里预备一年，卒业之后才能入各地高等学校的正科，与日本学生同学。他考入预科的时候，本来填的是文科，后来将在预科卒业的时候，他的长兄定要他改到医科去，他当时亦没有什么主见，就听了他长兄的话把文科改了。

预科卒业之后，他听说 N 市的高等学校是最新的，并且 N 市是日本产美人的地方，所以他就要求到 N 市的高等学校去。

四

他的二十岁的八月二十九日的晚上，他一个人从东京的中央车站乘了夜行车到 N 市去。

那一天大约刚是旧历的初三四的样子，同天鹅绒似的又蓝又紫的天空里，洒满了一天星斗。半痕新月，斜挂在西天角上，却似仙女的蛾眉，未加翠黛的样子。他一个人靠着了三等车的车窗，默默地在那里数窗外人家的灯火。火车在暗黑的夜气中间，一程一程地进去，那大都市的星星灯火，也一点一点地朦胧起来，他的胸中忽然生了万千哀感，他的眼睛里就忽然觉得热起来了。

"Sentimental，too sentimental！"

这样的叫了一声，把眼睛揩了一下，他反而自家笑起自家来。

"你也没有情人留在东京，你也没有弟兄知己住在东京，你的眼泪究竟是为谁洒的呀！或者是对于你过去的生活的伤感，或者是对你二年间的生活的余情，然而你平时不是说不爱东京的么？

"唉，一年人住岂无情。"

"黄莺住久浑相识，欲别频啼四五声！"

胡思乱想的寻思了一会儿，他又忽然想到初次赴新大陆去的清教徒身上去。

"那些十字架下的流人，离开他故乡海岸的时候，大约也是悲壮淋漓，同我一样的。"

火车过了横滨，他的感情方才渐渐儿的平静起来。呆呆地坐了一忽，他就取了一张明信片出来，垫在海涅（Heine）的诗集上，用铅笔写了一首诗寄他东京的朋友。

蛾眉月上柳梢初，又向天涯别故居。四壁旗亭争赌酒，六街灯火远随车。乱离年少无多泪，行李家贫只旧书。夜后芦根秋水长，凭君南浦觅双鱼。

在朦胧的电灯光里，静悄悄地坐了一会儿，他又把海涅的诗集翻开来看了。

Lebet wohl, ihr glatten Saele,

Glatte Herren, glatte, Frauen!

Auf die Berge will ich steigen,

Lac end auf euch niederschauen!

Aus Heines Buch der Lieder.

浮薄的尘寰，无情的男女，

你看那隐隐的青山，我欲乘风飞去；

且住且住，

我将从那绝顶的高峰，笑看你终归何处。

单调的轮声，一声声连连续续地飞到他的耳膜上来，不上三十分钟，他竟被这催眠的车轮声引诱到梦幻的仙境里去了。

早晨五点钟的时候，天空渐渐地明亮起来。在车窗里向外一望，他只见一线青天还被夜色包住在那里。探头出去一望，一层薄雾，笼罩着一幅天然的画图，他心里想了一想：

"原来今天又是清秋的好天气，我的福分，真可算不薄了。"

过了一个钟头，火车就到了 N 市的停车场。

下了火车，在车站上遇见了一个日本学生；他看看那学生的制帽上也有两条白线，便知道他也是高等学校的学生。他走上前去，对那学生脱了一脱帽，问他说：

"第 X 高等学校是在什么地方？"

那学生回答说：

"我们一路去吧。"

他就跟了那学生跑出火车站来；在火车站的前头，乘了电车。

早晨还早得很，N 市的店家都还未曾起来。他同那日本学生坐了电车，经过了几条冷清的街巷，就在鹤舞公园前面下了车。他问那日本学生说：

"学校还远得很么？"

"还有二里多路。"

穿过了公园，走到稻田中间的细路上的时候，他看见太阳已经起来了。稻上的露滴，还同明珠似的挂在那里。前面有一丛树林，树林荫里，疏疏落落的看得见几椽农舍。有两三条烟囱筒子，突出在农舍的上面，隐隐约约地浮在清早的空气里。一缕两缕的青烟，同炉香似的在那里浮动，他知道农家已在那里炊早饭了。

到学校近边的一家旅馆去一问，他一礼拜前头寄出的几件行李，已经到在那里。原来那一家人家是住过中国留学生的，所以主人待他也很殷勤。在那一家旅馆里住下了之后，他觉得前途好像有许多欢乐在那里等他的样子。

他的前途的希望，在第一天的晚上，就不得不被目前的实情嘲弄了。原来他的故里，也是一个小小的市镇。到了东京之后，在人山人海的中间，他虽然时常觉得孤独，然而东京的都市生活，同他幼时的习惯尚无十分龃龉的地方。如今到了这 N 市的乡下之后，他的旅馆，是一家孤立的人家，四面并无邻舍，左首门外便是一条如发的大道，前后都是稻田，西面是一方池水，并且因为学校还没有开课，别的学生还没有到来，这一家宽旷的旅馆里，只住了他一个客人。白天倒还可以支吾过去，一到了晚上，他开窗一望，四面都是沉沉的黑影，并且因 N 市的附近是一大平原，所以望眼连天，四面并无遮障之处，远远里有一点灯火，明灭无常，森然有些鬼气。天花板里，又有许多虫鼠，"息栗索落"地在那里争食。窗外有几株梧桐，微风动叶，"飒飒"的响得不已，因为他住在二层楼上，所以梧桐的叶战声，近在他的耳边。他觉得害怕起来，几乎要哭出来了。他对于都市的怀乡病（Nostalgia），从未有比那一晚更甚的。

学校开了课，他朋友也渐渐地多起来。感受性非常强烈的他的性情，也同天空大地丛林野水融和了。不上半年，他竟变成了一个大自然的宠儿，一刻也离不了那天然的野趣了。

他的学校是在 N 市外，刚才说过 N 市的附近是一大平原，所以四边的地平线，界限广大得很。那时候日本的工业还没有十分发达，人口也还没有增加得同目下一样，所以他的学校的近边，还多是丛林空地，小阜低冈。除了几家与学生做买卖的文房具店及菜馆之外，附近并没有居民。荒野的中间，只有几家为学生而设的旅馆，同晓天的星影一般，散缀在麦田瓜地的中央。晚饭毕后，披了黑呢的缦斗（Le manteau），拿了爱读的书，在迟迟不落的夕照中间散步逍遥，是非常快乐的。他的田园趣味，大约也是在这 Idyllic Wanderings 的中间养成的。

在生活竞争并不十分猛烈，逍遥自在，同中古时代一样的时候；在风气纯良，不与市井小人同处，清闲雅淡的地方；过日子正如做梦一般。他到了 N 市之后，转瞬之间，已经有半载多了。

熏风日夜的吹来，草色渐渐地绿起来。旅馆近旁麦田里的麦穗,也一寸一寸地长起来了。草木虫鱼都化育起来,他的从始祖传来的苦闷也一日一日的增长起来,他每天早晚,在被窝里犯的罪恶,也一次一次地加起来了。

他本来是一个非常爱高尚爱洁净的人,然而一到了这邪念发生的时候,他的智力也无用了,他的良心也麻痹了,他从小服膺的"身体发肤""不敢毁伤"的圣训,也不能顾全了。他犯了罪之后,每深自痛悔,切齿地说,下次总不再犯了,然而到了第二天的那个时候,种种幻想,又活泼泼地到他的眼前来。他平时所看见的"伊扶"的遗类,都赤裸裸地来引诱他。中年以后的 Madam 的形体,在他的脑里,比处女更有挑发他情动的地方。他苦闷一场,恶斗一场,终究不得不做她们的俘虏。这样的一次成了两次,两次之后就成了习惯了。他犯罪之后,每到图书馆里去翻出医书来看,医书上都千篇一律的说,于身体最有害的就是这一种犯罪。从此之后,他的恐惧心也一天一天地增加起来。有一天他不知道从什么地方得来的消息,好像是一本书上说,俄国近代文学的创设者 Gogol 也犯这一宗病,他到死竟没有改过来,他想到了 Gogol 心里就宽了一宽,因为这《死了的灵魂》的著者,也是同他一样的。然而这不过自家对自家的宽慰而已,他的胸里,总有一种非常的忧虑存在那里。

因为他是非常爱洁净的,所以他每天总要去洗澡一次,因为他是非常爱惜身体的,所以他每天总要去吃几个生鸡子和牛乳;然而他去洗澡或吃牛乳鸡子的时候,他总觉得惭愧得很,因为这都是他的犯罪的证据。

他觉得身体一天一天的衰弱起来,记忆力也一天一天的减退了。他又渐渐地生了一种怕见人面的心，见了妇女的时候，他觉得更加难受。学校的教科书，他渐渐地嫌恶起来，法国自然派的小说和中国那几本有名的诲淫小说，他念了又念，几乎记熟了。

有时候他忽然作出一首好诗来，他自家便喜欢得非常，以为他的脑力还没有破坏。那时候他每对着自家起誓说：

"我的脑力还可以使得，还能作得出这样的诗，我以后决不再犯罪了。过去的事实是没法，我以后总不再犯罪了。若从此自新，我的脑力还是很可以的。"

然而，到了紧迫的时候，他的誓言又忘了。

每礼拜四五，或每月的二十六七的时候，他索性尽意地贪起欢来。他的心里想，自下礼拜一或下月初一起，我总不犯罪了。有时候正合到礼拜六或月底的晚上，去剃头洗澡去，以为这就是改过自新的记号，然而过几天，他又不得不吃鸡子和牛乳了。

他的自责心同恐惧心，竟一日也不使他安闲，他的忧郁症也从此厉害起来了。这样的状态继续了一二个月，他的学校里就放了暑假。暑假的两个月，他受的苦闷，更甚于平时；到了学校开课的时候，他的两颊的颧骨更高起来，他的青灰色的眼窝更大起来，他的一双灵活的瞳仁，变了同死鱼的眼睛一样了。

五

秋天又到了。浩浩的苍空，一天一天地高起来。他的旅馆旁边的稻田，都带起黄金色来。朝夕的凉风，同刀也似的刺到人的心骨里去，大约秋冬的佳日，来也不远了。

一礼拜前的有一天午后，他拿了一本 Wordsworth 的诗集，在田塍路上逍遥漫步了半天。从那一天以后，他的循环性的忧郁症，尚未离他的身过。前几天在路上遇着的那两个女学生，常在他的脑里，不使他安静；想起那一天的事情，他还是一个人要红起脸来。

他近来无论上什么地方去，总觉得有坐立难安的样子。他上学校去的时候，觉得他的日本同学都似在那里排斥他。他的几个中国同学，也许久不去寻访了，因为去寻访了回来，他心里反觉得空虚。他的几个中国同学，怎么也不能理解他的心理。他去寻访的时候，总想得些同情回来的，然而谈了几句之后，他又不得不自悔寻访错了。有时候讲得投机，他就任了一时的热意，把他的内外的生活都讲了出来，然而到了归途，他又自悔失言，心理的责备，倒反比不去访友的时候更加厉害。他的几个中国朋友，因此都说他是染了神经病了。他听了这话之后，对了那几个中国同学，也同日本学生一样，起了一种复仇的心。他同他的几个中国同学，一日一日地疏远起来。虽在路上，或在学校里遇见的时候，他同那几个中国同学，也不点头招呼。中国留学生开会的时候，他当然是不去出席的。因此他同他的几个同胞，竟宛然成了两家仇敌。

他的中国同学的里边，也有一个很奇怪的人：因为他自家的结婚有些道德上的罪恶，所以他专喜讲人的丑事，以掩己之不善，说他是神经病，也是这一位同学说的。

他交游离绝之后，孤冷得几乎到将死的地步，幸而他住的旅馆里，还有一个主人的女儿，可以牵引他的心，否则他真只能自杀了。他旅馆的主人的女儿，今年正是十七岁，长方的脸儿，眼睛大得很，笑起来的时候，面上有两颗笑靥，嘴里有一颗金牙看得出来，因为她的笑容是非常可爱，所以她也时常在那里笑的。

他心里虽然非常爱她，然而她送饭来或来替他铺被的时候，他总装出一种兀不可犯的样子来。他心里虽想对她讲几句话，然而一见了她，他总不能开口。她进他房里来的时候，他的呼吸竟急促到吐气不出的地步。他在她的面前实在是受苦不起了，所以近来她进他的房里来的时候，他每不得不跑出房外去。然而他思慕她的心情，却一天一天的浓厚起来。有一天礼拜六的晚上，旅馆里的学生都上 N 市去行乐去。他因为经济困难，所以吃了晚饭，上西面池上去走了一回，就回来了。

回家来坐了一会儿，他觉得那空旷的二层楼上，只有他一个人在家。静悄悄地坐了不耐烦起来的时候，他又想跑出外面去。然而要跑出外面去，不得不由主人的房门口经过，因为主人和他女儿的房，就在大门的边上。他记得刚才进来的时候，主人和他的女儿正在那儿吃饭。他一想到经过她面前的时候的苦楚，就把跑出外面的心思丢了。

拿出一本 G. Gissing 的小说来读了三四页之后，寂静的空气里，忽然传了几声"沙沙"的泼水声音过来。他静静地听了一听，呼吸又一霎时地急了起来，面色也涨红了。迟疑了一会儿，他就轻轻的开了房门，拖鞋也不拖，幽手幽脚地走下扶梯去。轻轻地开了便所的门，他尽兀兀地站在便所的玻璃窗口偷看。原来他旅馆里的浴室，就在便所的间壁，从便所的玻璃窗里看去，浴室里的动静了了可见。他起初以为看一看就可以走的，然而到了一看之后，他竟同被钉子钉住的一样，动也不能动了。

那一双雪样的乳峰！

那一双肥白的大腿！

这全身的曲线！

呼气也不呼，仔仔细细地看了一会儿，他面上的筋肉都发起痉来。愈看愈颤得厉害，他那发颤的前额部竟同玻璃窗冲击了一下。被蒸汽包住的那赤裸裸的"伊扶"便发了娇声问说：

"是谁呀……"

他一声也不响，急忙跑出了便所，就三脚两步地跑上楼去了。

他跑到了房里，面上同火烧的一样，口也干渴了。一边他自家打自家的嘴巴，一边就把他的被窝拿出来睡了。他在被窝里翻来覆去，总睡不着，便立起了两耳，听起楼下的动静来。他听听泼水的声音也息了，浴室的门开了之后，他听见她的脚步声好像是走上楼来的样子。用被包着了头，他心里的耳朵明明告诉他说：

"她已经立在门外了。"

他觉得全身的血液都往上奔注的样子。心里怕得非常，羞得非常，也喜欢得非常，然而若有人问他，他无论如何，总不肯承认说，这时候他是喜欢的。

他屏住了气息，尖着两耳听了一会儿，觉得门外并无动静，又故意咳嗽了一声，门外亦无声响。他正在那里疑惑的时候，忽听见她的声音，在楼下同她的父亲在那里说话。他手里捏了一把冷汗，拼命想听出她的话来，然而无论如何总听不清楚。停了一会儿，她的父亲高声地笑了起来，他把被蒙头的一罩，咬紧了牙齿说：

"她告诉了他了！她告诉了他了！"

这一天的晚上，他一睡也不曾睡着。第二天的早晨，天亮的时候，他就惊心吊胆地走下楼来。洗了手面，刷了牙，趁主人和他的女儿还没有起来之先，他就同逃也似的出了那个旅馆，跑到外面来。

官道上的沙尘，染了朝露，还未曾干着。太阳已经起来了。他不问皂白，一直地往东走去。远远有一个农夫，拖了一车野菜慢慢地走来。那农夫同他擦过的时候，忽然对他说：

"你早啊！"

他倒惊了一跳，那清瘦的脸上又起了一层红潮，胸前又乱跳起来，他心里想：

"难道这农夫也知道了么？"

无头无脑地跑了好久，他回转头来看看他的学校，已经远得很了。太阳也升高了。他摸摸表看，那银饼大的表也不在身边。从太阳的角度看起来，大约已经是九点钟前后的样子。他虽然觉得饥饿得很，然而无论如何，总不愿意再回到那旅馆里去，同主人和他的女儿相见。想去买些零食充一充饥，然而他摸摸自家的袋看，袋里只剩了一角二分钱在那里。他到一家乡下的杂货店内，尽那一角二分钱，买了些零碎的食物，想去寻一处无人看见的地方去吃去。走到了一处两路交叉的十字路口，他朝南一望，只见与他的去路横交的那一条自北趋南的路上，行人稀少得很。那一条路是向南斜低下去的，两面更有高壁在那里，他知道这路是从一条小山中开辟出来的。他刚才走来的那条大道，便是这山的岭脊，十字路当作了中心，与岭脊上的那条大道相交的横路，是两边低斜下去的。在十字路口迟疑了一会儿，他就取了那一条向南斜下的路走去。走尽了两面的高壁，他的去路就穿入大平原去，直通到彼岸的市内。平原的彼岸有一簇深林，划在碧空的心里，他心里想：

"这大约就是 A 神宫了。"

他走尽了两面的高壁，向左手斜面上一望，见沿高壁的那山面上有一道女墙，围住着几间茅舍，茅舍的门上悬着了"香雪海"三字的一方匾额。他离开了正路，走上几步，到那女墙的门前，顺手地向门一推，那两扇柴门竟自开了。他就随随便便地踏了进去：门内有一条曲径，自门口通过了斜面，直达到山上去的。曲径的两旁，有许多苍老的梅树种在那里，他知道这就是梅林了。顺了那一条曲径，往北的从斜面上走到山顶的时候，一片同图画似的平地，展开在他的眼前。这园自从山脚上起，跨有朝南的半山斜面，同顶上的一块平地，布置得非常幽雅。

山顶平地的西面是千仞的绝壁，与隔岸的绝壁相对峙，两壁的中间，便是他刚走过的那一条自北趋南的通路。背临着了那绝壁，有一间楼屋，几间平屋造在那里。因为这几间屋，门窗都闭在那里，他所以知道这定是为梅花开日卖酒食用的。楼屋的前面有一块草地，草地中间有几方白石，围成了一个花圈，圈子里，卧着一枝老梅。那草地的南尽头，山顶的平地正要向南斜下去的地方，有一块石碑立在那里，系记这梅林的历史的。他在碑前的草地上坐下之后，就把买来的零食拿出来吃了。

吃了之后，他兀兀地在草地上坐了一会儿。四面并无人声，远远的树枝上时有一声两声的鸟鸣声飞来。他仰起头来看看澄清的碧空，同那皎洁的日轮，觉得四面的树枝房屋，小草飞禽，都一样的在和平的太阳光里受大自然的化育。他那昨天晚上的犯罪的记忆，正同远海的帆影一般，不知消失到哪里去了。

这梅林的平地上和斜面上，又来又去的曲径很多。他站起来走来走去的走了一会儿，方晓得斜面上梅树的中间，更有一间平屋造在那里。从这一间房屋往东的走去几步，有眼古井，埋在松叶堆中。他摇摇井上的唧筒看：呷呷的响了几声，却抽不起水来。他心里想：

"这园大约只有梅花开的时候开放一下，平时总没有人住的。"

想到这里，他又自言自语地说：

"既然空在这里，我何妨去问园主人去借住借住。"

想定了主意，他就跑下山来，打算去寻园主人去。他将走到门口的时候，却好遇见一个五十来岁的农夫走进园来。他对那农夫道歉之后，就问他说：

"这园是谁的，你可知道么？"

"这园是我经管的。"

"你住在什么地方的？"

"我住在路的那面的。"

一边这样的说，一边那农民指着道路西边的一间小屋给他看。他向西一看，果然在西边的高壁尽头的地方，有一间小屋在那里。他点了点头，又问说：

"你可以把园内的那间楼屋租给我住住么？"

"可是可以的，你只一个人么？"

"我只一个人。"

"那你可不必搬来的。"

"这是什么缘故呢？"

"你们学校的学生，已经有几次搬来过了，大约都因为冷静不过，住不上十天就搬走的。"

"我可同别人不同，你但能租给我，我是不怕冷静的。"

"这样岂有不租的道理，你想什么时候搬来？"

"就是今天午后吧。"

"可以的，可以的。"

"请你替我扫一扫干净，免得搬来之后着忙。"

"可以可以，再会！"

"再会！"

六

搬进了山上梅园之后，他的忧郁症（Hypochondria）又变起形状来了。

他同他的北京的长兄，为了一些儿细事，竟生起龃龉来。他发了一封长长的信，寄到北京，同他的长兄绝了交。

那一封信发出之后，他呆呆地在楼前草地上想了许多时候。他自家想想看，他便是世界上最不幸的人了。其实这一次的决裂，是发始于他的。同室操戈，事更甚于他姓之相争，自此之后，他恨他的长兄竟同蛇蝎一样。他被他人欺侮的时候，每把他长兄拿出来作比：

"自家的弟兄尚且如此，何况他人呢！"

他每达到这一个结论的时候，必尽把他长兄待他苛刻的事情，细细回想出来。把各种过去的事迹列举出来之后，就把他长兄判决是一个恶人，他自家是一个善人。他又把自家的好处列举出来，把他所受的苦处夸大的细数起来。他证明得自家是一个世界上最苦的人的时候，他的眼泪就同瀑布似的流下来。他在那里哭的时候，空中好像有一种柔和的声音对他说：

"啊吓，哭的是你么？那真是冤屈了你了。像你这样的善人，受世人的那样的虐待，这可是真冤屈了你了。罢了罢了，这也是天命，你别再哭了，怕伤害了你的身体！"

他心里一听到这一种声音，就舒畅起来。他觉得悲苦的中间，也有无穷的甘味在那里。

他因为想复他长兄的仇，所以就把所学的医科丢弃了，改入文科里去。他的意思，以为医科是他长兄要他改的，仍旧改回文科，就是对他长兄宣战的一种明示。并且他由医科改入文科，在高等学校须迟卒业一年。他心里想，迟卒业一年，就是早死一岁，你若因此迟了一年，就到死可以对你长兄含一种敌意。因为他恐怕一二年之后，他们兄弟两人的感情，仍旧和好起来；所以这一次的转科，便是帮他永久敌视他长兄的一个手段。

气候渐渐地寒冷起来，他搬上山来之后，已经有一个月了。几日来天气阴郁，灰色的层云，天天挂在空中。寒冷的北风吹来的时候，梅林的树叶已将凋落起来。

初搬来的时候，他卖了些旧书，买了许多炊饭的器具，自家烧了一个月饭，因为天冷了，他也懒得烧了。他每天的伙食，就一切包给了山脚下的园丁家包办，他近来只同退院的闲僧一样，除了怨人骂己之外，更没有别的事了。

有一天早晨，他侵早地起来。把朝东的窗门开了之后，他看见前面的地平线上有几缕红云，在那里浮荡。东天半角，反照出一种银红的灰色。因为昨天下了一天微雨，所以他看了这清新的旭日，比平日更添了几分欢喜。他走到山的斜面上，从那古井里汲了水，洗了手面之后，觉得满身的气力，一霎时恢复转来的样子。他便跑上楼去，拿了一本黄仲则的诗集下来，一边高声朗读，一边尽在那梅林的曲径里，跑来跑去地跑圈子。不多一会儿，太阳起来了。

从他住的山顶向南方看去，眼下看得出一大平原。平原里的稻田都尚未收割起。金黄的谷色，以绀碧的天空做了背景，反映着一天太阳的晨光，那风景正同看密来（Millet）的田园清画一般。

他觉得自家好像已经变了几千年前的原始基督教徒的样子，对了这自然的默示，他不觉笑起自家的气量狭小起来。

"饶赦了！饶赦了！你们世人得罪于我的地方，我都饶赦了你们吧！来，你们来，都来同我讲和吧！"

手里拿着了那一本诗集，眼里浮着了两泓清泪，正对了那平原的秋色呆呆地立在那里想这些事情的时候，他忽听见他的近边，有两人在那里低声地说：

"今晚上你一定要来的哩！"

这分明是男子的声音。

"我是非常想来的，但是恐怕……"

他听了这娇滴滴的女子的声音之后，好像是被电气贯穿了的样子，觉得自家的血液循环都停止了。原来他的身边有一丛长大的苇草生在那里，他立在苇草的右面，那一对男女，大约是在苇草的左面，所以他们两个还不晓得隔着苇草，有人站在那里。那男人又说：

"你心真好，请你今晚来吧，我们到如今还没在被窝里××。"

"…………"

他忽然听见两人的嘴唇，呀呀地好像在那里吮吸的样子。他正同偷了食的野狗一样，就惊心吊胆地把身子屈倒去听了。

"你去死吧，你去死吧，你怎么会下流到这样的地步。"

他心里虽然如此的在那里痛骂自己，然而他那一双尖着的耳朵却一言半语也不愿意遗漏，用了全副精神在那里听着。

地上的落叶索息"索息"地响了一下。

解衣带的声音。

男人"嘶嘶"地吐了几口气。

舌尖吮吸的声音。

女人半轻半重，断断续续地说：

"你！……你！……你快……快××吧。……别……别……别被人……被人看见了。"

他的面色，一霎时的变了灰色了。他的眼睛同火也似的红了起来。他的上颚骨同下颚骨"呷呷"的发起颤来。他再也站不住了。他想跑开去，但是他的两只脚，总不听他的话。他苦闷了一场，听听两人出去了之后，就同落水的猫狗一样，回到楼上房里去，拿出被窝来睡了。

七

他饭也不吃，一直在被窝里睡到午后四点钟的时候才起来。那时候夕阳洒满了远近。平原的彼岸的树林里，有一带苍烟，悠悠扬扬地笼罩在那里。他跟跟跄跄地走下了山，上了那一条自北趋南的大道，穿过了那平原，无头无绪的尽是向南走去。走尽了平原，他已经到了 A 神宫前的电车停留处了。那时候恰好从南面有一乘电车到来，他不知不觉就乘了上去，既不知道他究竟为什么要乘电车，也不知道这电车是往什么地方去的。

走了十五六分钟，电车停了，开车的教他换车，他就换了一乘车。走了二三十分钟，电车又停了，他听见说是终点了，他就走了下来。他的面前就是筑港了。

前面一片汪洋的大海，横在午后的太阳光里，在那里微笑。超海而南有一发青山，隐隐的浮在透明的空气里。西边是一脉长堤，直驰到海湾的心里去。堤外有一处灯台，同巨人似的立在那里。几艘空船和几只舢板，轻轻的在系着的地方浮荡。海中近岸的地方，有许多浮标，饱受了斜阳，红红的浮在那里。远处风来，带着几句单调的话声，既听不清楚是什么话，也不知道是从哪里来的。

他在岸边上走来走去走了一会儿，忽听见那一边传过了一阵击磬的声来。他跑过去一看，原来是为唤渡船而发的。他立了一会儿，看有一只小火轮从对岸过来了。跟着了一个四五十岁的工人，他也进了那只小火轮去坐下了。

渡到东岸之后，上前走了几步，他看见靠岸有一家大庄子在那里。大门开得很大，庭内的假山花草，布置得楚楚可爱。他不问是非，就踱了进去。走不上几步，他忽听得前面家中有女人的娇声叫他说：

"请进来吓！"

他不觉惊了一头，就呆呆地站住了。他心里想：

"这大约就是卖酒食的人家，但是我听见的，这样的地方，总有妓女在那里的。"

一想到这里，他的精神就抖擞起来，好像是一桶冷水浇上身来的样子。他的面色立时变了。要想进去又不能进去，要想出来又不得出来；可怜他那同兔儿似的小胆，同猿猴似的淫心，竟把他陷到一个大大的难境里去了。

"进来吓！请进来吓！"里面又娇滴滴地叫了起来，带着笑声。

"可恶东西，你们竟敢欺我胆小么？"

这样的怒了一下，他的面色更同火也似的烧了起来。咬紧了牙齿，把脚在地上轻轻地蹬了一蹬，他就捏了两个拳头向前进去，好像是对了那几个年轻的侍女宣战的样子。但是他那青一阵红一阵的面色和他的面上微微儿在那里振动的筋肉，他总隐藏不过。他走到那几个侍女的面前的时候，几乎要同小孩似的哭出来了。

"请上来！"

"请上来！"

他硬了头皮，跟了一个十七八岁的侍女走上楼去，那时候他的精神已经有些镇静下来了。走了几步，经过一条暗暗的夹道的时候，一阵恼人的粉花香气，同日本女人特有的一种肉的香味，和头发上的香油气息合作了一处，扑上他的鼻孔里来。他立刻觉得头晕起来，眼睛里看见了几颗火星，向后面跌也似的退了一步。他再定睛一看，只见他的前面黑暗暗的中间，有一长圆形的女人的粉面，堆着了微笑在那里问他说：

"你！你还是上靠海的地方去呢，还是怎样？"

他觉得女人口里吐出来的气息，也热乎乎地喷上他的面来。他不知不觉把这气息深深地吸了一口。他的意识感觉到他这行为的时候，他的面色又立刻红了起来。他不得已只能含含糊糊地答应她说：

"上靠海的房间里去。"

进了一间靠海的小房间，那侍女便问他要什么菜。他就回答说：

"随便拿几样来吧。"

"酒要不要？"

"要的。"

那侍女出去之后，他就站起来推开了纸窗，从外边放了一阵空气进来。因为房里的空气沉浊得很，他刚才在夹道中闻过的那一阵女人的香味，还剩在那里，他实在是被这一阵气味压迫不过了。

一湾大海，静静地浮在他的面前。外边好像是起了微风的样子，一片一片的海浪，受了阳光的返照，同金鱼的鱼鳞似的在那里微动。他立在窗前看了一会，低声地吟了一句诗出来：

"夕阳红上海边楼。"

他向西一望，见太阳离西南的地平线只有一丈多高了。呆呆地看了一会儿，他的心思怎么也离不开刚才的那个侍女。她的口里的头上的面上的和身体上的那一种香味，怎么也不容他的心思去想别的东西。他才知道他想吟诗的心是假的，想女人的肉体的心是真的了。

停了一会儿，那侍女把酒菜搬了进来，跪坐在他的面前，亲亲热热的替他上酒。他心里想仔仔细细地看她一看，把他的心里的苦闷都告诉了她，然而他的眼睛怎么也不敢平视她一眼，他的舌根怎么也不能摇动一摇动。他不过同哑子一样，偷看着她那搁在膝上的一双纤嫩的白手，同衣缝里露出来的一条粉红的围裙角。

原来日本的妇人都不穿裤子，身上贴肉只围着一条短短的围裙。外边就是一件长袖的衣服，衣服上也没有纽扣，腰里只缚着一条一尺多宽的带子，后面结着一个方结。她们走路的时候，前面的衣服每一步一步地掀开来，所以红色的围裙，同肥白的腿肉，每能偷看。这是日本女子特别的美处，他在路上遇见女子的时候，注意的就是这些地方。他切齿地痛骂自己，畜生！狗贼！卑怯的人！也便是这个时候。

他看了那侍女的围裙角，心里便乱跳起来。愈想同她说话，他觉得愈讲不出话来。大约那侍女是看得不耐烦起来了，便轻轻地问他说：

"你府上是什么地方？"

一听了这一句话，他那清瘦苍白的面上，又起了一层红色；含含糊糊地回答了一声，他讷讷地总说不出话来。可怜他又站在断头台上了。

原来日本人轻视中国人，同我们轻视猪狗一样。日本人都叫中国人作"支那人"，这"支那人"三字，在日本，比我们骂人的"贱贼"还更难听，如今在一个如花的少女前头，他不得不自认说"我是支那人"了。

"中国呀中国，你怎么不强大起来！"

他全身发起痉来，他的眼泪又快滚下来了。

那侍女看他发颤发得厉害，就想让他一个人在那里喝酒，好教他把精神安静安静，所以对他说：

"酒就快没有了，我再去拿一瓶来吧。"

停了一会儿，他听得那侍女的脚步声又走上楼来。他以为她是上他这里来的，所以就把衣服整了一整，姿势改了一改。但是他被她欺了。她原来是领了两三个另外的客人，上间壁的那一间房间里去的。那两三个客人都在那里对那侍女取笑，那侍女也娇滴滴地说：

"别胡闹了，间壁还有客人在那里。"

他听了就立刻发起怒来。他心里骂他们说：

"狗才！俗物！你们都敢来欺侮我么？复仇复仇，我总要复你们的仇。世间哪里有真心的女子！那侍女的负心东西，你竟敢把我丢了么？罢了罢了，我再也不爱女人了，我再也不爱女人了。我就爱我的祖国，我就把我的祖国当作了情人吧。"

他马上就想跑回去发愤用功。但是他的心里，却很羡慕那间壁的几个俗物。他的心里，还有一处地方在那里盼望那个侍女再回到他这里来。

他按住了怒，默默的喝干了几杯酒，觉得身上热起来。打开了窗门，他看看太阳就快要下山去了。又连饮了几杯，他觉得他面前的海景都朦胧起来。西面堤外的那灯台的黑影，长大了许多。一层茫茫的薄雾，把海天融混作了一处。在这一层混沌不明的薄纱影里，西方那将落不落的太阳，好像在那里惜别的样子。他看了一会儿，不知道是什么缘故，只觉得好笑。呵呵地笑了一回，他用手擦擦自家那火热的双颊，便自言自语地说：

"醉了醉了！"

那侍女果然进来了。见他红了脸，立在窗口在那里痴笑，便问他说：

"窗开了这样大，你不冷的么？"

"不冷不冷，这样好的落照，谁舍得不看呢？"

"你真是一个诗人呀！酒拿来了。"

"诗人！我本来是一个诗人。你去把纸笔拿了来，我马上写一首诗给你看看。"

那侍女出去了之后，他自家觉得奇怪起来。他心里想：

"我怎么会变了这样大胆的？"

痛饮了几杯新拿来的热酒，他更觉得快活起来，又禁不得呵呵地笑了一阵。他听见间壁房间里的那几个俗物，高声地唱起日本歌来，他也放大了嗓子唱着说：

"醉拍栏杆酒意寒，江湖牢落又冬残。剧怜鹦鹉中州骨，未拜长沙太傅官。一饭千金图报易，五噫儿辈出关难。茫茫烟水回头望，也为神州泪暗弹。"

高声地念了几遍，他就在席上醉倒了。

八

一醉醒来，他看见自家睡在一条红绸的被里，被上有一种奇怪的香气。这一间房间也不很大，但已不是白天的那一间房间了。房中挂着一盏十烛光的电灯，枕头边上摆着了一壶茶，两只杯子。他倒了二三杯茶，喝了之后，就跟跟跄跄的走到房外去。他开了门，却好白天的那侍女也跑过来了。她问他说：

"你！你醒了么？"

他点了一点头，笑微微的回答说：

"醒了。厕所是在什么地方的？"

"我领你去吧。"

他就跟了她去。他走过日间的那道夹道的时候，电灯点得明亮得很。远近有许多歌唱的声音，三弦的声音，大笑的声音，传到他的耳朵里来。白天的情节，他都想了出来。一想到酒醉之后，他对那侍女说的那些话的时候，他觉得面上又发起烧来。

从厕所回到房里之后，他问那侍女说：

"这被是你的么？"

侍女笑着说：

"是的。"

"现在是什么时候了？"

"大约是八点四十五分的样子。"

"你去开了账来吧！"

"是。"

他付清了账，又拿了一张纸币给那侍女，他的手不觉微颤起来。那侍女说：

"我是不要的。"

他知道她是嫌少了。他的面色又涨红了，袋里摸来摸去，只有一张纸币了，他就拿了出来给她说：

"你别嫌少了，请你收了吧。"

他的手震动得更加厉害。他的话声也颤动起来了。那侍女对他看了一眼，就低声地说：

"谢谢！"

他一直的跑下了楼，套上了皮鞋，就走到外面来。

外面冷得非常，这一天，大约是旧历的初八九的样子。半轮寒月，高挂在天空的左半边。淡青的圆形天盖里，也有几点疏星，散在那里。

他在海边上走了一会儿，看看远岸的渔灯，同鬼火似的在那里招引他。细浪中间，映着了银色的月光，好像是山鬼的眼波，在那里开闭的样子。不知是什么道理，他忽想跳入海里去死了。

他摸摸身边看，乘电车的钱也没有了。想想白天的事情看，他又不得不痛骂自己。

"我怎么会走上那样的地方去的，我已经变了一个最下等的人了。悔也无及，悔也无及。我就在这里死了吧。我所求的爱情，大约是求不到了。没有爱情的生涯，岂不同死灰一样么？唉，这干燥的生涯，这干燥的生涯。世上的人又都在那里仇视我，欺侮我，连我自家的亲兄弟，自家的手足，都在那里挤我出去到这世界外去。我将何以为生，我又何必生存在这多苦的世界里呢！"

想到这里，他的眼泪就连连续续地滴下来。他那灰白的面色，竟同死人没有分别了。他也不举起手来揩揩眼泪，月光射到他的面上，两条泪线倒变了叶上的朝露一样放起光来。他回转头来，看看他自家的那又瘦又长的影子，不觉心痛起来。

"可怜你这清影，跟了我二十一年，如今这大海就是你的葬身地了。我的身子，虽然被人家欺辱，我可不该累你也瘦弱到这地步的。影子呀影子，你饶了我吧！"

他向西面一看，那灯台的光，一霎变了红一霎变了绿的，在那里尽它的本职。那绿的光射到海面上的时候，海面就现出一条淡青的路来。再向西天一看，他只见西方青苍苍的天底下，有一颗明星，在那里摇动。

"那一颗摇摇不定的明星的底下，就是我的故国，也就是我的生地。我在那一颗星的底下，也曾送过十八个秋冬。我的乡土吓，我如今再不能见你的面了。"

他一边走着，一边尽在那里自伤自悼的想这些伤心的哀话。走了一会儿，再向那西方的明星看了一眼，他的眼泪便同骤雨似的落下来。他觉得四边的景物，都模糊起来。把眼泪揩了一下，立住了脚，长叹了一声，他便断断续续地说：

"祖国呀祖国！我的死是你害我的！

"你快富起来，强起来吧！

"你还有许多儿女在那里受苦呢！"

银灰色的死

上

雪后的东京，比平时更添了几分生气。从富士山顶上吹下来的微风，总凉不了满都男女的白热的心肠。一千九百二十年前，在伯利恒的天空游动的那颗明星出现的日期又快到了。街街巷巷的店铺，都装饰得同新郎新妇一样，竭力地想多吸收几个顾客，好添些年终的利泽。这正是贫儿富主，一样多忙的时候。这也是逐客离人，无穷伤感的时候。

在上野不忍池的近边，在一群乱杂的住屋的中间，有一间楼房，立在澄明的冬天的空气里。这一家人家，在这年终忙碌的时候，好像也没有什么生气似的。楼上的门窗，还紧紧地闭在那里。金黄的日球，离开了上野的丛林，已经高挂在海青色的天体中间，悠悠地在那里笑人间的多事了。

太阳的光线，从那紧闭的门缝中间，斜射到他的枕上的时候，他那一双同胡桃似的眼睛，就睁开了。他大约已经有二十四五岁的年纪。在黑漆漆的房内的光线里，他的脸色更加觉得灰白，从他面上左右高出的颧骨，同眼下的深深的眼窝看来，他却是一个清瘦的人。

他开了半只眼睛，看看桌上的钟，长短针正重叠在"X"字的上面。开了口，打了一个呵欠，他并不知道他自家是一个大悲剧的主人公，又仍旧"嘶嘶"地睡着了。半醒半觉地睡了一忽，听着间壁的挂钟打了十一点之后，他才跳出被来。胡乱地穿好了衣服，跑下了楼，洗了手面，他就套上了一双破皮鞋，跑出外面去了。

他近来的生活状态，比从前大有不同的地方。自从十月底到如今，两个月的中间，他总每是昼夜颠倒地要到各处酒馆里去喝酒。东京的酒馆，当炉的大约都是十七八岁的少妇。他虽然知道她们是想骗他的金钱，所以肯同他闹，同他玩的，然而一到了太阳西下的时候，他总不能在家里好好地住着。有时候他想改过这恶习惯来，故意到图书馆里去取他平时所爱读的书来看，然而到了上灯的时候，他的耳朵里，忽然会有各种悲凉的小曲儿的歌声听见起来。他的鼻孔里，会有脂粉，香油，油沸鱼肉，香烟醇酒的混合的香味到来。他的书的字里行间，忽然会跳出一个红白的脸色来。一双迷人的眼睛，一点一点地扩大起来。同蔷薇花苞似的嘴唇，渐渐地开放起来，两颗笑靥，也看得出来了。洋磁似的一排牙齿，也看得出来了。他把眼睛一闭，他的面前，就有许多妙年的妇女坐在红灯的影里，微微地在那里笑着。也有斜视他的，也有点头的，也有把上下的衣服脱下来的，也有把雪样嫩的纤手伸给他的。到了那个时候，他总会不知不觉地跟了那只纤手跑去，同做梦的一样，走了出来。等到他的怀里有温软的肉体坐着的时候，他才知道他是已经不在图书馆内了。

　　昨天晚上，他也在这样的一家酒馆里坐到半夜过后一点钟的时候，才走出来，那时候他的神志已经不清了。在路上跌来跌去的走了一会儿，看看四面并不能看见一个人影，万户千门，都寂寂地闭在那里，只有一行参差不齐的门灯，黄黄的在街上投射出了几处朦胧的黑影。街心的两条电车的路线，在那里放磷火似的青光。他立住了足，靠着了大学的铁栏杆，仰起头来就看见了那十三夜的明月，同银盆似的浮在淡青色的空中。他再定睛向四面一看，才知道清静的电车线路上，电柱上，电线上，歪歪斜斜的人家的屋顶上，都洒满了同霜也似的月光。他觉得自家一个人孤冷得很，好像同遇着了风浪后的船夫，一个人在北极的雪世界里漂泊着的样子。背靠着了铁栏杆，他尽在那里看月亮。看了一会儿，他那一双衰弱得同老犬似的眼睛里，忽然滚下了两颗眼泪来。去年夏天，他结婚的时候的景象，同走马灯一样，旋转到他的眼前来了。

　　三面都是高低的山岭，一面宽广的空中，好像有江水的气味蒸发过来的样子。立在山中的平原里，向这空空荡荡的方面一望，人们便能生出一种灵异的感觉来，知道这天空的底下，就是江水了。在山坡的煞尾的地方，在平原的起头的区中，有几点人家，沿了一条同曲线似的青溪，散在疏林蔓草的中间。在一个多情多梦的夏天的深更里，因为天气热得很，他同他新婚的夫人，睡了一会儿，又从床上爬了起来，到朝溪的窗口去纳凉去。灯火已经吹灭了，月光从窗里射了进来。在藤椅上坐下之后，他看见月光射在他夫人的脸上。定睛一看，他觉得她的脸色，同大理白石的雕刻没有半点分别。看了一会，他心里害怕起来，就不知不觉地伸出了右手，摸上她的面上去。

"怎么你的面上会这样凉的？"

"轻些儿吧，快三更了，人家已经睡着在那里，别惊醒了他们。"

"我问你，唉，怎么你的面上会一点儿血色都没有的呢？"

"所以我总是要早死的呀！"

听了她这一句话，他觉得眼睛里一霎时地热了起来。不知是什么缘故，他就忽然伸了两手，把她紧紧地抱住了。他的嘴唇贴上她的面上的时候，他觉得她的眼睛里，也有两条同山泉似的眼泪在流下来。他们两人肉贴肉的泣了许久，他觉得胸中渐渐地舒爽起来了，望望窗外看，远近都洒满了皎洁的月光。抬头看看天，苍苍的天空里，有一条薄薄的云影，浮漾在那里。

"你看那天河……"

"大约河边的那颗小小的星儿，就是我的星宿了。"

"什么星呀？"

"织女星。"

说到这里，他们就停着不说下去了。两人默默地坐了一会儿，他又眼看着那一颗小小的星，低声地对她说：

"我明年未必能回来，恐怕你要比那织女星更苦咧。"

他靠住了大学的铁栏杆，呆呆地尽在那里对了月光追想这些过去的情节。一想到最后的那一句话，他的眼泪更连连续续地流了下来。他的眼睛里，忽然看得见一条溪水来了。那一口朝溪的小窗，也映到了他的眼睛里来。沿窗摆着的一张漆的桌子，也映到了他的眼睛里来。桌上的一张半明不灭的洋灯，灯下坐着的一个二十岁前后的女子，那女子的苍白的脸色，一双迷人的大眼，小小的嘴唇的曲线，灰白的嘴唇，都映到了他的眼睛里来。他再也支持不住了，摇了一摇头，便自言自语地说：

"她死了，她是死了，十月二十八日那一个电报，总是真的。十一月初四的那一封信，总也是真的。可怜她吐血吐到气绝的时候，还在那里叫我的名字。"

一边流泪，一边他就站起来走，他的酒已经醒了，所以他觉得冷起来。到了这深更半夜，他也不愿意再回到他那同地狱似的家里去。他原来是寄寓在他的朋友的家里的，他住的楼上，也没有火钵，也没有生气，只有几本旧书，横摊在黄灰色的电灯光里等他，他愈想愈不愿意回去了，所以他就慢慢地走上上野的火车站去。原来日本火车站上的人是通宵不睡的，待车室里，有火炉生在那里，他上火车站去，就是想去烤火的。

一直的走到了火车站，清冷的路上并没有一个人同他遇见，进了车站，他在空空寂寂的长廊上，只看见两排电灯，在那里黄黄的放光。卖票房里，坐着了二三个女事务员，在那里打呵欠。进了二等待车室，半醒半睡地坐了两个钟头，他看看火炉里的火也快完了，远远的有机关车的车轮声传来。车站里也来了几个穿制服的人在那里跑来跑去地跑。等了一会儿，从东北来的火车到了。车站上忽然热闹了起来，下车的旅客的脚步声同种种的呼唤声，混作了一处，传到他的耳膜上来，跟了一群

旅客，他也走出火车站来了。出了车站，他仰起头来一看，只
见苍色圆形的天空里，有无数星辰，在那里微动，从北方忽然
来了一阵凉风，他觉得有点冷得难耐的样子。月亮已经下山了。
街上有几个早起的工人，拉了车慢慢地在那里行走，各店家的
门灯，都像倦了似的还在那里放光。走到上野公园的西边的时
候，他忽然长叹了一声。朦胧的灯影里，窸窸窣窣地飞了几张
黄叶下来，四边的枯树都好像活了起来的样子，他不觉打了一
个冷噤，就默默地站住了。静静地听了一会儿，他觉得四边并
没有动静，只有那辘辘的车轮声，同在梦里似的很远很远，断
断续续的仍在传到他的耳朵里来，他才知道刚才的不过是几张
落叶的声音。他走过观月桥的时候，只见池的彼岸一排不夜的
楼台都沉在酣睡的中间。两行灯火，好像在那里嘲笑他的样子。
他到家睡下的时候，东方已经灰白起来了。

中

这一天又是一天初冬好天气，午前十一点钟的时候，他急
急忙忙地洗了手面，套上了一双破皮鞋，就跑出到外面来。

在蓝苍的天盖下，在和软的阳光里，无头无脑地走了一个
钟头的样子，他才觉得饥饿起来了。身边摸摸看，他的皮包里，
还有五元余钱剩在那里。半月前头，他看看身边的物件，都已
卖完了，所以不得不把他亡妻的一个金刚石的戒指，当入当铺。
他的亡妻的最后的这纪念物，只质了一百六十元钱，用不上半

个月，如今也只有五元钱存在了。

"亡妻呀亡妻，你饶了我吧！"

他凄凉了一阵，羞愧了一阵，终究还不得不想到他目下的紧急的事情上去。他的肚里尽管在那里"叽哩咕噜"的响。他算算看这五元余钱，断不能在上等的酒馆里去吃得醉饱。所以他就决意想到他无钱的时候常去的那一家酒馆里去。

那一家酒家，开设在植物园的近边，主人是一个五十光景的寡妇，当炉的就是这老寡妇的女儿，名叫静儿。静儿今年已经是二十岁了。容貌也只平常，但是她那一双同秋水似的眼睛，同白色人种似的高鼻，不识是什么理由，使得见过她一面的人，总忘她不了。并且静儿的性质和善得非常，对什么人总是一视同仁，装着笑脸的。她们那里，因为客人不多，所以并没有厨子。静儿的母亲，从前也在西洋菜馆里当过炉的，因此她颇晓得些调味的妙诀。他从前身边没有钱的时候，大抵总跑上静儿家里去的，一则因为静儿待他周到得很，二则因为他去惯了，静儿的母亲也信用他，无论多少，总肯替他挂账的。他酒醉的时候，每对静儿说他的亡妻是怎么好，怎么好，怎么被他母亲虐待，怎么地染了肺病，死的时候，怎么地盼望他。说到伤心的地方，他每流下泪来，静儿有时候也肯陪他哭的。他在静儿家里进出，虽然还不上两个月，然而静儿待他，竟好像同待几年前的老友一样了。静儿有时候有不快活的事情，也都告诉他的。据静儿说，无论男人女人，有秘密的事情，或者有伤心的事情的时候，总要有一个朋友，互相劝慰地能够讲讲才好。他同静儿，大约就是一对能互相劝慰的朋友了。

半月前头，他也不知道从什么地方听来的，只听说静儿"要嫁人去了"。他因为不愿意直接把这话来问静儿，所以他只是默默地在那里察静儿的行状。因为心里有了这一条疑心，所以他觉得静儿待他的态度，比从前总有些不同的地方。有一天将夜的时候，他正在静儿家坐着喝酒，忽然来了一个三十来岁的男人。静儿见了这男人，就丢下了他，去同那男人去说话去。静儿走开了，所以他只能同静儿的母亲去说些无关紧要的闲话。然而他一边说话，一边却在那里注意静儿和那男人的举动。等了半点多钟，静儿还尽在那里同那男人说笑，他等得不耐烦起来，就同伤弓的野兽一般，匆匆地走了。自从那一天起，到如今却有半个月的光景，他还没有上静儿家里去过。同静儿绝交之后，他喝酒更加喝得厉害，想他亡妻的心思，也比从前更加沉痛了。

"能互相劝慰的知心好友，我现在上哪里去找得出这样的一个朋友呢！"

近来他于追悼亡妻之后，总要想到这一段结论上去。有时候他的亡妻的面貌，竟会同静儿的混到一处来。同静儿绝交之后，他觉得更加哀伤更加孤寂了。

他身边摸摸看，皮包里的钱只有五元余了。他就想把这事做了口实，跑上静儿的家里去。一边这样的想，一边他又想起"坦好直"（Tannhaeuser）里边的"盍县罢哈（Wolfram von Eschenbach）"来。

"千古的诗人盍县罢哈呀！我佩服你的大量。我佩服你真能用高洁的心情来爱'爱利查陪脱'。"

想到这里，他就唱了两句"坦好直"里边的唱句，说。

Dort ist sie——nahe dich ihr ungestoert!

So flieht fuer dieses Leben

Mir jeder Hoffnung schein!

（Wagner´s tannhaeuser）

（你且去她的裙边，去算清了你们的相思旧债！）（可怜我一生孤冷！你看那镜里的名花，又成了泡影！）

念了几遍，他就自言自语地说：

"我可以去的，可以上她的家里去的，古人能够这样的爱她的情人，我难道不能这样的爱静儿么？"

看他的样子，好像是对了人家在那里辩护他目下的行为似的，其实除了他自家的良心以外，却并没有人在那里责备他。

迟迟的走到静儿家里的时候，她们母女两个，还刚才起来。静儿见了他，对他微微的笑了一脸，就问他说：

"你怎么这许久不上我们家里来？"

他心里想说：

"你且问问你自家看吧！"

但是见了静儿的那一副柔和的笑容，他什么也说不出来了，所以他只回答说："我因为近来忙得非常。"

静儿的母亲听了他这一句话之后，就佯怒问他说：

"忙得非常？静儿的男人说近来你倒还时常上他家里去喝酒

去的呢。"

静儿听了她母亲的话，好像有些难以为情的样子，所以对她母亲说：

"妈妈！"

他看了这些情节，就追问静儿的母亲说：

"静儿的男人是谁呀？"

"大学前面的那一家酒馆的主人，你还不知道么？"

他就回转头来对静儿说：

"你们的婚期是什么时候？恭喜你，希望你早早生一个儿子，我们还要来吃喜酒哩。"

静儿对他呆看了一忽儿，好像要哭出来的样子。停了一会儿，静儿问他说："你喝酒么？"

他听她的声音，好像是在那里颤动似的。他也忽然觉得凄凉起来，一味悲酸，仿佛像晕船的人的呕吐，从肚里挤上了心来。他觉得一句话也说不出口了，只能把头点了几点，表明他是想喝酒的意思。他对静儿看了一眼，静儿也对他看了一眼，两人的视线，同电光似的闪发了一下，静儿就三脚两步的跑出外面去替他买下酒的菜去了。

静儿回来了之后，她的母亲就到厨下去做菜去，菜还没有好，酒已经热了。静儿就照常的坐在他面前，替他斟酒，然而他总不敢抬起头来看静儿一眼，静儿也不敢仰起头来看他。静儿也不言语，他也只默默地在那里喝酒。两人呆呆地坐了一会儿，静儿的母亲从厨下叫静儿说：

"菜做好了，你拿了去吧！"

静儿听了这话，却兀的仍是不动。他不知不觉的偷看了一眼，静儿好像是在那里落泪的样子。

他胡乱地喝了几杯酒，吃了几盘菜，就歪歪斜斜地走了出来。外边街上，人声嘈杂得很。穿过了一条街，他就走到了一条清净的路上。走了几步，走上一处朝西的长坡的时候，看看太阳已经打斜了。远远地回转头来一看，植物园内的树林的梢头，都染成了一片绛黄的颜色。他也不知是什么缘故，对了西边地平线上溶在太阳光里的远山，和远近的人家的屋瓦上的残阳，都起了一种惜别的心情。呆呆地看了一会儿，他就回转了身，背负了夕阳的残照，向东的走上长坡去了。

同在梦里一样，昏昏地走进了大学的正门之后，他忽听见有人叫他说：

"Y君，你上哪里去！年底你住在东京么？"

他仰起头来一看，原来是他的一个同学，新剪的头发，穿了一套新做的洋服，手里拿了一只旅行的藤箧，他大约是预备回家去过年去的。他对他同学一看，就作了笑容，慌慌忙忙地回答说：

"是的，我什么地方都不去，你回家去过年么？"

"对了，我是回家去的。"

"你看见你情人的时候，请你替我问问安吧。"

"可以的，她恐怕也在那里想你咧。"

"别取笑了，愿你平安回去，再会再会。"

"再会再会，哈……"

他的同学走开之后，他一个人冷冷清清的在薄暮的大学园中，呆呆地立了许多时候，好像是疯了似的。呆了一会儿，他又慢慢地向前走去，一边却在自言自语地说：

"他们都回家去了。他们都是有家庭的人。Oh! home! sweet home!"

他无头无脑地走到了家里，上了楼，在电灯底下坐了一会儿，他那昏乱的脑髓，把刚才在静儿家里听见过的话又重新想了出来：

"不错不错，静儿的婚期，就在新年的正月里了。"

他想了一会儿，就站了起来，把几本旧书，捆作了一包，不慌不忙地把那一包旧书拿到了学校前边的一家旧书铺里。办了一个天大的交涉，把几个大天才的思想，仅仅换了九元余钱，还有一本英文的诗文集，因为旧书铺的主人，还价还得太贱了，所以他仍旧留着，没有卖去。

得了九元余钱，他心里虽然在那里替那些著书的天才抱不平，然而一边却满足得很。因为有了这九元余钱，他就可以谋一晚的醉饱，并且他的最大的目的，也能达得到了——就是用几元钱去买礼物送给静儿的这一件事情。

从旧书铺走出来的时候，街上已经是黄昏的世界了，在一家卖给女子用的装饰品的店里，买了些丽绷（Ribbon）犀簪同两瓶紫罗兰的香水，他就一直跑回到了静儿的家里。

静儿不在家，她的母亲只一个人在那里烤火。见他又进来了，静儿的母亲好像有些在嫌恶他的样子，所以就问他说：

"怎么你又来了？"

"静儿上哪里去了？"

"去洗澡去了。"

听了这话，他就走近她的身边去，把怀里藏着的那些丽绷香水拿了出来，并且对她说：

"这一些微物，请你替我送给静儿，就算作了我送给她的嫁礼吧。"

静儿的母亲见了那些礼物，就满脸装起笑容来说：

"多谢多谢，静儿回来的时候，我再叫她来道谢吧。"

他看看天色已经晚了，就叫静儿的母亲再去替他烫一瓶酒，做几盘菜来。他喝酒正喝到第二瓶的时候，静儿回来了。静儿见他又坐在那里喝酒，不觉呆了一呆，就向他说：

"啊，你又……"

静儿到厨下去转了一转，同她的母亲说了几句话，就回到他这里来。他以为她是来道谢的，然而关于刚才的礼物的话，她却一句也不说，呆呆地坐在他的面前，尽一杯一杯的只在那里替他斟酒。到后来他拼命地叫她取酒的时候，静儿就红了两眼，对他说：

"你不喝了吧，喝了这许多酒，难道还不够么？"

他听了这话，更加痛饮起来了。他心里的悲哀的情调，正不知从哪里说起才好，他一边好像是对了静儿已经复了仇，一边好像也是在那里哀悼自家的样子。

在静儿的床上醉卧了许久，到了半夜二点钟的时候，他才跟跟跄跄地跑出静儿的家来。街上岑寂得很，远近都洒满了银灰色的月光，四边并无半点动静，除了一声两声的幽幽的犬吠声之外，这广大的世界，好像是已经死绝了的样子。跌来跌去地走了一会儿，他又忽然遇着了一个卖酒食的夜店。他摸摸身边看，袋里还有四五张五角钱的钞票剩在那里。在夜店里他又重新饮了一个尽量。他觉得大地高天，和四周的房屋，都在那里旋转的样子。倒前冲后的走了两个钟头，他只见他的面前现出了一块大大的空地来。月光的凉影，同各种物体的黑影，混作了一团，映到他的眼睛里来。

"此地大约已经是女子医学专门学校了吧。"

这样的想了一想，神志清了一清，他的脑里，又起了痉挛，他又不是现在的他了。几天前的一场情景，又同电影似的，飞到了他的眼前。

天上飞满了灰色的寒云，北风紧得很。在落叶萧萧的树影里，他站在上野公园的精养轩的门口，在那里接客。这一天是他们同乡开会欢迎 W 氏的日期。在人来人往之中，他忽然看见一个十七八岁的女子，穿了女子医学专门学校的制服，不忙不迫地走来赴会。他起初见她面的时候，不觉呆了一呆。等那女子走近他身边的时候，他才同梦里醒转来的人一样，慌慌忙忙走上前去，对她说：

"你把帽子外套脱下来交给我吧。"

两个钟头之后，欢迎会散了。那时候差不多已经有五点钟的光景。出口的地方，取帽子外套的人，挤得厉害。他走下楼来的时候，见那女子还没穿外套，呆呆地立在门口。所以他就走上去问她说：

"你的外套去取了没有？"

"还没有。"

"你把那铜牌交给我，我替你去取吧。"

"谢谢。"

在苍茫的夜色中，他见了她那一幅细白的牙齿，觉得心里爽快得非常。把她的外套帽子取来了之后，他就跑过后面去，替她把外套穿上了。她回转头来看了他一眼，就急急地从门口走了出去。他追上了一步，放大了眼睛看了一忽，她那细长的影子，就在黑暗的中间消失了。

想到这里，他觉得她那纤软的身体似乎刚在他面前擦过的样子。

"请你等一等吧！"

这样的叫了一声，上前冲了几步，他那又瘦又长的身体，就横倒在地上了。

月亮打斜了。女子医学校前的空地上，又增了一个黑影。四边静寂得很。银灰色的月光，洒满了那一块空地，把世界的物体都净化了。

下

十二月二十六日的早晨，太阳依旧由东方升了起来。太阳的光线，射到牛込区役所前的揭示场的时候，有一个区役所的老仆，拿了一张告示，正在贴上揭示场的板去。那一张告示说：

行路病者，

年龄约可二十四五之男子一名，身长五尺五寸，貌瘦，色枯黄，颧骨颇高，发长数寸，乱披额上，此外更无特征。

衣黑色哔叽旧洋服一袭。衣袋中有 Ernest Dowson's Poems and Prose 一册，五角钞票一张，白绫手帕一方，女人物也，上有 S. S. 等略字。身边遗留有黑色软帽一顶，脚穿黄色浅皮鞋，左右各已破损了。

病为脑溢血。本月二十六日午前九时，在牛込若松町女子医学专门学校前之空地上发见，距死时约可四小时。因不知死者姓名住址，故为代付火葬。

牛込区役所示

南　迁

一　南方

你若把日本的地图展开来一看，东京湾的东南，能看得见一条葫芦形的半岛，浮在浩渺无边的太平洋里，这便是有名的安房半岛！

安房半岛，虽然没有地中海内的长靴岛的风光明媚，然而成层的海浪，蔚蓝的天色，柔和的空气，平软的低峦，海岸的渔网，和村落的居民，也很具有南欧海岸的性质，能使旅馆忘记他是身在异乡。若用英文来说，便是一个 Hospitable, inviting dream, land of the romantic age（中世浪漫时代的，乡风纯朴，山水秀丽的梦境）了。

东南的斜面沿着了太平洋，从铫子到大原，成一半月弯，正可当作葫芦的下面的狭处看。铫子是葫芦下层的最大的圆周上的一点，大原是葫芦的第二层膨胀处的圆周上的一点。葫芦的顶点一直的向西曲了。就成了一个大半岛里边的小半岛，地名西岬村。西岬村的顶点便是洲崎，朝西的横界在太平洋和东京湾的中间，洲崎以东是太平洋，洲崎以北是东京湾。洲崎遥遥与伊豆半岛，相摸湾相对；安房半岛的住民每以它为界线，称洲崎以东沿着太平洋的一带为外房，洲崎以北沿着东京湾的一带为内房。原来半岛的住民通称半岛为房州，所以内房外房，便是内房州外房州的缩写。房州半岛的葫芦形的底面，连着东京，所以现在火车，从东京两国桥驿出发，内房能直达到馆山，外房能达到胜浦。

二　出京

一千九百二十年的春天，二月初旬的有一天的午后，东京上野精养轩的楼上朝公园的小客室里，有两个异乡人在那里吃茶果。一个是五十岁上下的西洋人，头顶已有一块秃了。皮肤带着浅黄的黑色，高高的鹰嘴鼻的左右，深深洼在肉里的两只眼睛，放出一种钝韧的光来。瞳神的黄黑色，大约就是他的血统的证明。他那五尺五寸的肉体中间，或者也许有姊泊西（Gypsy）的血液混在里头，或者也许有东方人的血液混在里头的，但是生他的母亲，可确是一位爱尔兰的美妇人。他穿的是一套半旧的灰黑色的哔叽的洋服，带着一条圆领，圆领底下就连接着一件黑的小紧身，大约是代 Waist-Coat（腰褂）的。一个是二十四五岁的青年，身体也有五尺五寸多高，我们一见就能知道他是中国人，因为他那清瘦的面貌，和纤长的身体，是在日本人中间寻不出来的。他穿着一套藤青色的哔叽的大学制服，头发约有一寸多深，因为蓬蓬直立在他那短短的脸面的上头，所以反映出一层忧郁的形容在他面上。他和那西洋人对坐在一张小小的桌上，他的左手，和那西洋人的右手是靠着朝公园的玻璃窗的。他们讲的是英国话，声气很幽，有一种梅兰刻烈（Melancholy）的余韵，与窗外的午后的阳光，和头上的万里的春空，却成了一个有趣的对照，若把他们的择要翻译出来，就是：

"你的脸色，近来更难看了：我劝你去转换转换空气，到乡下去静养几个礼拜。"西洋人。

"脸色不好么？转地疗养，也是很好的，但是一则因为我懒得行动，二则一个人到乡下去也寂寞得很，所以虽然寒冷得非常，我也不想到东京以外的地方去。"青年。

说到这里，窗外吹过一阵夹沙夹石的风来，玻璃窗振动了一下，响了一下，风就过去了。

"房州你去过没有？"西洋人。

"我没有去过。"青年。

"那一个地方才好呢！是突出在太平洋里的一个半岛，受了太平洋的暖流，外房的空气是非常和暖的，同东京大约要差十度的温度，这个时候，你若到太平洋岸去一看，怕还有些女人，赤裸裸地跳在海里捉鱼呢！一带山村水郭，风景又是很好的，你不是很喜欢我们英国的田园风景的么？你上房州去就对了。"

"你去过了么？"

"我是常去的，我有一个女朋友住在房州，她也是英国人，她的男人死了，只一个住在海边上。她的房子宽大得很，造在沙岸树林的中间；她又是一个热心的基督教徒，你若要去，我可以替你介绍的，她非常欢喜中国人，因为她和她的男人从前也在中国做过医生的。"

"那么就请你介绍介绍，出去旅行一次，或者我的生活的行程，能改变得过来也未可知。"

另外还有许多闲话，也不必去提及。

到了四点的时候，窗外的钟声响了。青年按了电铃，叫侍者进来，拿了一张五元的纸币给他。青年站起来要走的时候看看那西洋人还兀的不动，青年便催说："我们去吧！"

那西洋人便张圆了眼睛问他说：

"找头呢？"

"多的也没有几个钱，就给了他们茶房罢了。"

"茶点总不至要五块钱的。你把找头拿来捐在教会的传道捐里多好啊！"

"罢了，罢了，多的也不过一块多钱。"

那西洋人还不肯走，青年就一个人走出房门来，西洋人一边还在那里轻轻的絮说，一边看见青年走了，也只能跟了走出房门，下楼，上大门口去。在大门口取了外套，帽子，走出门外的时候，残冬的日影，已经落在西天的地平线上，满城的房屋，都沉在薄暮的光线里了。

夜阴一刻一刻的张起她的翼膀来，那西洋人和青年在公园的大佛前面，缓步了一忽儿，远近的人家都点上电灯了。从上野公园的高台上向四面望去，只见同纱囊里的萤火虫一样，高下人家的灯火，在那晚烟里放异彩。远远的风来，带着市井的嘈杂的声音。电车的车轮声传近到他们两人耳边的时候，他们才知道现在是回家去的时刻了。急急的走了一下，他们已经走到了公园前大街上的电车停车处，却好向西的有一乘电车到来，他们两人就用了死力，挤了上去，因为这是工场休工的时候，劳动者大家都要乘了电车，回到他们的小小的住屋里去，所以车上人挤得不堪。

青年被挤在电车的后面，几乎吐气都吐不出来。电车开车的时候，上野的报时的钟声又响了。听了这如怨如诉的薄暮的钟声，他的心思又忽然消沉起来：

"这些可怜的有血肉的机械，他们家里或许也有妻子的。他们的衣不暖食不饱的小孩子有什么罪恶，一生出地上，就不得不同他们的父母，受这世界上的折磨，或者在猪圈似的贫民窟的门口，有同饿鬼似的小孩儿，在那里等候他们的父亲回来。这些同饿犬似的小孩儿，长到八九岁的时候，就不得不去作小机械去。渐渐长大了，成了一个工人，他们又不得不同他们的父祖曾祖一样，将自家的血液，去补充铁木的机械的不足去。吃尽了千辛万苦，从幼到长，从生到死，他们的生活没有半点变更，唉，这人生究竟有什么趣味，劳动者吓劳动者，你们何苦要生存在世上？这多是有权势的人的坏处，可恶的这有权势的人，可恶的这有权势的阶级，总要使他们斩草除根的消灭尽了才好。"

他想到这里，就自家嘲笑起自家来：

"呵呵，你也被日本人的社会主义感染了。你要救日本的劳动者，你何不先去救救你自家的同胞呢？在军人和官僚的政治的底下，你的同胞所受的苦楚，难道比日本的劳动者更轻么？日本的劳动者，虽然没有财产，然而他们的生命总是安全的。你的同胞，乡下的农夫，若因纳捐输粟的事情，有一点违背，就不得不被军人来虐杀了。从前做大盗，现在做军官的人，进京出京的时候，若说乡下人不知道，在他们的专车停着的地方走过，就不得不被长枪短刀来斫死了。大盗的军阀的什么武装自动车，在街上冲死了百姓，还说百姓不好，对了死人的家族，还要他们赔罪罚钱。你同胞的妻女，若有美的，就不得不被军人来奸辱了。日本的劳动者到了日暮回家的时候，也许有他的妻女来安慰他的，那时候他的一天的苦楚，便能忘在脑后，但是你的同胞如何？不问是不是你的结发妻小，若那些军长师长委员长县长等类要她去做一房第八、九的小妾，你能拒绝么？有诉讼事件的时候，你若送裁判官的钱，送了比你的对争者少一点，或是在上级衙门里没有一个亲戚朋友，虽然受了冤屈，你难道能分诉得明白么？……"

　　想到这里的时候，青年的眼睛里，就酸软起来。他若不是被挤在这一群劳动者的中间，怕他的感情就要发起作用来，却好车到了本乡三丁目，他就推推让让的跟了几个劳动者下了电车。立在电车外边的日暮的大道上，寻来寻去地寻了一会儿，他才看见那西洋人的秃头，背朝着了他，坐在电车中间的椅上。他走到电车的中央的地方，垫起了脚，从外面向电车的玻璃窗推了几下，那秃头的西洋人才回转头来，看见他立在车外的凉风里，那西洋人就从电车里面放下车窗来说：

　　"你到了么？今天可是对你不起。多谢多谢。身体要保养些。我……"

　　"再会再会；我已经到了。介绍信请你不要忘记了。……"

　　话没有说完，电车已经开了。

三　浮萍

二月廿三日的午后二点半钟，房州半岛的北条火车站上的第四次自东京来的火车到了。这小小的乡下的火车站上，忽然热闹了一阵。客人也不多，七零八落的几个乘客，在收票的地方出去之后，火车站上仍复冷清起来。火车站的前面停着的一乘合乘的马车，接了几个下车的客人，留了几声哀寂的喇叭声在午后的澄明的空气里，促起了一阵灰土，就在泥成的乡下的天然的大路上，朝着了太阳向西的开出去了。

留在火车站上呆呆地站着的只剩了一位清瘦的青年，便是三礼拜前和一个西洋宣教师在东京上野精养轩吃茶果的那一位大学生。他是伊尹的后裔，你们若把东京帝国大学的一览翻出来一看，在文科大学的学生名录里，头一个就能见他的名姓籍贯：

伊人，中华留学生，大正八年入学。

伊人自从十八岁到日本之后一直到去年夏天止，从没有回国去过。他的家庭里只有他的祖母是爱他的。伊人的母亲，因为他的父亲死得太早，所以竟变成了一个半男半女的性格，他自小的时候她就不知爱他，所以他渐渐地变成了一个厌世忧郁的人。到了日本之后，他的性格竟愈趋愈怪了，一年四季，绝不与人往来，只一个人默默地坐在寓室里沉思默想。他所读的都是那些在人生的战场上战败了的人的书，所以他所最敬爱的就是略名 B. V. 的 James Thomson, H. Heine, Leopaldi, Ernst

Dowson 那些人。他下了火车，向行李房去取来的一只帆布包，里边藏着的，大约也就是这几位先生的诗文集和传记等类。他因为去年夏天被一个日本妇人欺骗了一场，所以精神身体，都变得同落水鸡一样。晚上梦醒的时候，身上每发冷汗，食欲不进，近来竟有一天不吃什么东西的时候。因为怕同去年那一个妇人遇见，他连午膳夜膳后的散步也不去了。他身体一天一天的瘦弱下去，他的面貌也一天一天的变起颜色来了。到房州的路程是在平坦的田畴中间，辟了一条小小的铁路，铁路的两旁，不是一边海一边山，便是一边枯树一边荒地。在红尘软舞的东京，失望伤心到极点的神经过敏的青年，一吸了这一处的田园空气，就能生出一种快感来。伊人到房州的最初的感觉，自然是觉得轻快得非常。伊人下车之后看了四边的松树的丛林，有几缕薄云飞着的青天，宽广的空地里浮荡着的阳光和车站前面的店里清清冷冷坐在账桌前的几个纯朴的商人，就觉得是自家已经到了十八世纪的乡下的样子。亚力山大·斯密司著的《村落的文章》里的 Dreamthorp（By Alexander Smith）好像是被移到了这东海的小岛上的东南角上来了。

伊人取了行李，问了一声说：

"这里有一位西洋的妇人，你们知道不知道的？"

行李房里的人都说：

"是 C 夫人么？这近边谁都知道她的，你但对车夫讲她的名字就对了。"

伊人抱了他的一个帆布包坐在人力车上，在枯树的影里，摇摇不定地走上 C 夫人的家里去的时候，他心里又生了一种疑惑：

"C夫人不晓得究竟是怎么的一个人，她不知道是不是同E某一样，也是非常节省鄙吝的。"

可怜他自小就受了社会的虐待，到了今日，还不敢信这尘世里有一个善人。所以他与人相遇的时候，总不忘记警戒，因为他被世人欺得太甚了。在一条有田园野趣的村路上弯弯曲曲的跑了三十分钟，树林里露出了一个木造的西洋馆的屋顶来。车夫指着了那一角屋顶说：

"这就是C夫人的住屋！"

车到了这洋房的近边，伊人看见有一圈小小的灌木沿了那洋房的庭园，生在那里，上面剪得虽然不齐，但是这一道灌木的围墙，比铁栅瓦墙究竟风雅，他小的时候在洋画里看见过的那阿风河上的斯曲拉突的莎士比亚的古宅，又重新想了出来。开了那由几根木棒做的一道玲珑的小门进去，便是住宅的周围的庭园，园中有几处常青草，也变了颜色，躺在午后的微弱的太阳光里。小门的右边便是一眼古井，两只吊桶，一高一低的悬在井上的木架上。从门口一直向前沿了石砌的路进去，再进一道短小的竹篱，就是C夫人的住房，伊人因为不便直接的到C夫人的住房里，所以就吩咐车夫拿了一封E某的介绍书往厨房门去投去。厨房门须由石砌的正路叉往右去几步，人若立在灌木围住的门口，也可以看见这厨房门的。庭园中，井架上，红色的木板的洋房壁上都洒满了一层白色无力的午后的太阳光线，四边空空寂寂，并无一个生物看见，只有几只半大的雌雄鸡，呆呆的立在井旁，在那里惊看伊人和他的车夫。

车夫在厨房门口叫了许久，不见有人出来。伊人立在庭园外的木栅门口，听车夫的呼唤声反响在寂静的空气里，觉得声大得很。约略等了五分钟的样子，伊人听见背后忽然有脚步响，回转头来一看，看见一个五十来岁的日本老妇人，蓬着了头红着了眼走上伊人这边来。她见了伊人便行了一个礼，并且说：

"你是东京来的伊先生么？我们东家天天在这里盼望你来呢！请你等一等，我就去请东家出来。"

这样的说了几句，她就慢慢地挨过了伊人的身前，跑上厨房门口去了。在厨房门口站着的车夫把伊人带来的介绍信交给了她。她就跑进去了。不多一忽，她就同一个五十五六的西洋妇人从竹篱那面出来，伊人抢上去与那西洋妇人握手之后，她就请伊人到她的住房去，一边却吩咐那日本女人说：

"把伊先生的行李搬上楼上的外边的室里去！"

她一边与伊人说话，一边在那里预备红茶。谈了三十分钟，红茶也吃完了，伊人就到楼上的一间小房里去整理行李去。把行李整理了一半，那日本妇人上楼来对伊人说：

"伊先生！现在是祈祷的时候了！请先生下来到祈祷室里来吧。"

伊人下来到祈祷室里，见有两个日本的男学生和三个女学生已经先在那里了。夫人替伊人介绍过之后对伊人说：

"我们每天从午后三点到四点必聚在一处唱诗祈祷的。祈祷的时候就打那一个钟作记号。（说着她就用手向檐下指了一指）今天因为我到外面去了不在家，所以迟了两个钟头，因此就没有打钟。"

伊人向四周看了一眼，见第一个男学生头发长得很，同狮子一样的披在额上，戴着一双极近的钢丝眼镜，嘴唇上的一圈胡须长得很黑，大约已经有二十六七岁的样子。第二个男学生是一个二十岁前后的青年，也戴一双平光的银丝眼镜，一张圆形的粗黑脸，嘴唇向上的。两个人都是穿的日本的青花便服，所以一见就晓得他们是学生。女学生的方面伊人不便观察，所以只对了一个坐在他对面的年纪十六七岁的人，看了几眼，依他的一瞬间的观察看来，这一个十六七岁的女学生要算是最好的了，因为三人都是平常的相貌，依理而论，却彀不上水平线的。只有这一个女学生的长方面上有一双笑靥，所以她笑的时候，却有许多可爱的地方。读了一节《圣经》，唱了两首诗，祈祷了一回，会就散了。伊人问那两个男学生说：

"你们住在近边么？"

那长发的近视眼的人，恭恭敬敬地抢着回答说：

"是的，我们就住在这后面的。"

那年轻的学生对伊人笑着说：

"你的日本话讲得好得很，起初我们以为你只能讲英国话，不能讲日本话的。"

C夫人接着说：

"伊先生的英国话却比日本话讲得好，但是他的日本话要比我的日本话好得多呢！"

伊人红了脸说：

"C夫人！你未免过誉了。这几位女朋友是住在什么地方的？"

C 夫人说：

"她们都住在前面的小屋里，也是同你一样来养病的。"

这样的说着，C 夫人又对那几个女学生说：

"伊先生的学问是非常有根底的，礼拜天我们要请他说教给我们听哩！"

再会再会的声音，从各人的口中说了出来。来会的人都散去了。夜色已同死神一样，不声不响地来把屋中的空间占领了。伊人别了 C 夫人仍回到他楼上的房里来，在灰暗的日暮的光里，整理了一下，电灯来了。

六点四十分的时候，那日本妇人来请伊人吃夜饭去，吃了夜饭，谈了三十分钟，伊人就上楼去睡了。

四　亲和力

第二天早晨，伊人被窗外的鸟雀声唤醒，起来的时候，鲜红的日光已射满了沙岸上的树林，他开了朝南的窗，看看四周的空地丛林，都披了一层健全的阳光，横躺在无穷的苍空底下。他远远的看见北条车站上，有一乘机关车在那里哼烟，机关车的后面，连接着几辆客车货车，他知道上东京去的第一次车快开了。太阳光被车烟在半空中遮住，他看见车烟带着一层红黑的灰色，车站的马口铁的屋顶上，横斜地映出了一层黑影来。从车站起，两条小小的轨道渐渐地阔大起来在他的眼下不远的地方通过，他觉得磨光的铁轨上，隐隐地反映着同蓝色的天鹅绒一样的天空。他看看四边，觉得广大的天空，远近的人家，树林，空地，铁道，村路都饱受了日光，含着了生气，好像在那里微笑的样子，他就深深地吸了一口清新的空气，觉得自家的肠腑里也有些生气回转起来，含了微笑，他轻轻地对自家说：

"春到人间了，啊，Fruehliug ist gekommen！"

呆呆地站了好久，他才拿了牙刷牙粉肥皂手巾走下楼来到厨下去洗面去。那红眼的日本妇人见了他，就大声地说：

"你昨天晚上睡得好不好？我们的东家出去传道去了，九点半钟的圣经班她是定能回来的。"

洗完了面，回到楼上坐了一忽儿，那日本妇人就送了一杯红茶和两块面包和白糖来。伊人吃完之后，看看 C 夫人还没有回来，就跑出去散步去。从那一道木棒编成的小门里出去，沿了昨天来的那条村路向东的走了几步，他看见一家草舍的回廊上，有两个青年在那里享太阳，发议论。他看看好像是昨天见过的两个学生，所以就走了进去。两个青年见他进来，就恭恭敬敬地拿出垫子来，叫他坐了。那近视长发的青年，因为太恭敬过度了，反要使人发起笑来。伊人坐定之后，那长发的近视眼就含了微笑，对他呆了一呆，嘴唇动了几动，伊人知道他想说话了，所以就对他说：

"你说今天的天气好不好？"

"Es. Es. beri gud. beri good. and how longu hab you been in Japan？"

（是，是，好得很，好得很，你住在日本多久了？）

那一位近视眼，突然说出了几句日本式的英国话来。伊人看看他那忽尖忽圆的嘴唇的变化，听听他那舌根底下好像含一块石子的发音，就想笑出来，但是因为是初次见面，又不便放声高笑，所以只得笑了一笑，回答他说：

"About eight years, quite a long term, isn´t it?"

（差不多八年了，已经长得很呢，是不是?）

还有那一位二十岁前后的青年看了那近视眼说英文的样子，就笑了起来，一边却直直爽爽地对他说：

"不说了吧，你那不通的英文，还不如不说的好，哈哈。"

那近视眼听了伊人的回话，又说：

"Do you undastand my Ingulish?"

（你懂得我讲的英文么?）

"Yes, of course I do, but……"

（那当然是懂的，但是……）

伊人还没有说完，他又抢着说：

"Alright, alright, leto us speaku Ingulish heea afiar."

（很好很好，以后我们就讲英文吧。）

那年轻的青年说：

"伊先生，你别再和他歪缠了，我们向海边上去走走吧。"

伊人就赞成了，那年轻的青年便从回廊上跳了下来，同小丑一样的故意把衣服整了整，把身体向左右前后摇了一摇，对了那近视眼恭恭敬敬地行了一礼，说：

"Gudo-bye! Mista K., gudo-bye!"

伊人忍不住的笑了起来，那近视眼的 K 也说：

"Gudo-bye, Mista B., gudo-Mista Yi."

走过了那草舍的院子，踏了松树的长影，出去二三步就是沙滩了。清静的海岸上并无人影，洒满了和煦的阳光。海水反射着太阳光线，好像在那里微笑的样子。沙上有几行行人的足迹，印在那里。远远的向东望去，有几处村落，有几间渔舍浮在空中，一层透明清洁的空气，包在那些树林屋脊的上面。西边湾里有一处小市，浮在海上，市内的人家，错错落落地排列在那里，人家的背后，有一带小山，小山的背后，便是无穷的碧落。市外的湾口有几艘帆船停泊着，那几艘船的帆樯，却能形容出一种港市的感觉来。年轻的 B 说：

"那就是馆山，你看湾外不是有两个小岛同青螺一样的浮在那里么？一个是鹰岛，一个是冲岛。"

伊人向 B 所说的方向一看，在薄薄的海气里，果然有两个小岛浮在那里。伊人看那小岛的时候，忽然注意到小岛的背景的天空里去。他从地平线上一点一点地抬头起来，看看天空，觉得蓝苍色的天体，好像要溶化了的样子，他就不知不觉地说：

"唉，这碧海青天！"

B 也仰起头来看天，一边对伊人说：

"伊先生！看了这青淡的天空，你们还以为有一位上帝，在这天空里坐着的么？若说上帝在那里坐着，怕在这样晴朗的时候，要跌下地来呢！"

伊人回答说：

"怎么不跌下来？你不曾看过弗兰斯著的 Thais（泰衣斯）么？那绝食断欲的圣者，就是为了泰衣斯的肉体的缘故，从天上跌下来的吓。"

"不错不错，那一位近视眼的神经病先生，也是很妙的。他说他要去进神学校去，每天到了半夜三更就放大了嗓子，叫起上帝来。

'主吓，唉，主吓，神吓，耶稣吓！'

"像这样地乱叫起来，到了第二天，去问他昨夜怎么了？他却一声也不响，把手摇几摇，嘴歪几歪。再过一天去问他，他就说：

'昨天我是一天不言语的，因为这也是一种修行。一礼拜之内我有两天是断言的。不讲话的，无论如何，在这两天之内：总不开嘴的。'

"有的时候他赤足赤身的跑上雨天里去立在那里，我叫他，他默默地不应，到了晚上他却"喀喀"地咳嗽起来，你看这样寒冷的天气，赤了身到雨天里去，哪有不伤风的道理？到了第二天，我问他究竟为什么要上雨天里去，他说这也是一种修行。有一天晚上因为他叫'主吓！神吓！'叫得太厉害了，我在梦里头被他叫醒，在被里听听，我也害怕起来。以为有强盗来了，所以我就起来，披了衣服，上他那一间房里去看他，从房门的缝里一瞧，我就不得不笑起来。你猜怎么着，他老先生把衣服脱了精光，把头顶倒在地下，两只脚靠了墙壁跷在上面，闭了眼睛，作了一副苦闷难受的脸色，尽在那里瞎叫：

'主吓，神吓，天吓，上帝吓！'

"第二天我去问，他却一句话也不答，我知道这又是他的断绝言语的日子，所以就不去问他了。"

B 形容近视眼 K 的时候，同戏院的小丑一样，做脚做手的做得非常出神，伊人听一句笑一阵，笑得不了。到后来伊人问

B说：

"K何苦要这样呢!"

"他说他因为要预备进神学校去，但是依我看来，他还是去进疯狂病院的好。"

伊人又笑了起来。他们两人的健全的笑声，反响在寂静的海岸的空气里，更觉得这一天的天气的清新可爱了。他们两个人的影子，和两双皮鞋的足迹在海边的软沙上印来印去地走了一回，忽听见晴空里传了一阵清朗的钟声过来，他们知道圣经班的时候到了，所以就走上C夫人的家里去。

到C夫人家里的时候，那近视眼的K，和三个女学生已经围住了C夫人坐在那里。K见了伊人和B来的时候，就跳起来放大了嗓子用了英文叫着说：

"Hulleo, where hab you been?"

(喂! 你们上哪儿去了?)

三个女学生和C夫人都笑了起来。昨天伊人注意观察过的那个女学生的一排白白的牙齿，和她那面上的一双笑靥，愈加使她可爱了。伊人一边笑着，一边在那里偷看她。各人坐下来，伊人又占了昨天的那位置，和那女学生对面地坐着。唱了一首赞美诗，各人就轮读起《圣经》来。轮到那女学生读的时候，伊人便注意看她那小嘴，她脸上自然而然地起了一层红潮。她读完之后，伊人还呆呆地在那里看她嘴上的曲线，她抬起头来的时候，她的视线同伊人的视线冲混了。她立时涨红了脸，把头低了下去。伊人也觉得难堪，就把视线集注到他手里的《圣经》上去。这些微妙的感情流露的地方，在座的人恐怕一个人

也没有知道。圣经班完了，各人都要散回家去，近视眼的 K，
又用了英文对伊人说：

"Mista Yi, leto us take a walk."

（伊先生，我们去散步吧。）

伊人还没有回答之先，他又对那坐在伊人对面的女学生说：

"Miss O, you will join us, would'nt you?"

（O 蜜司，你也同我们去吧。）

那女学生原来姓 O，她听了这话，就立时红了脸，穿了鞋，
跑回去了。

C 夫人对伊人说：

"今天天气好得很，你向海边上去散散步也是很好的。"

K 听了这话，就叫起来说：

"Es, es. alright, alright."

（不错不错，是的是的。）

伊人不好推却，只得同 K 和 B 三人同向海边上去。走了一
回，伊人便说走乏了要回家来。K 拉住了他说：

"Leto us pray!"

（让我们来祷告吧。）

说着 K 就跪了下去，伊人被他惊了一跳，不得已也只能把
双膝曲了。B 却一动也不动地站在那里看。K 又叫了许多主吓
神吓上帝吓。叫了一忽儿，站起来说：

"Gnd-bye Gud-bye!"

（再会再会。）

一边说，一边就回转身来大踏步的走开了。伊人摸不出头

绪来，一边用手打着膝上的沙泥，一边对 B 说：

"是怎么一回事，他难道发怒了么？"

B 说：

"什么发怒，这便是他的神经病吓！"

说着，B 又学了 K 的样子，跪下地去，上帝吓，主吓，神吓的叫了起来。伊人又禁不住的笑了。远远地忽有唱赞美诗的声音传到他们的耳边上来。B 说：

"你瞧什么发怒不发怒，这就是他唱的赞美诗吓。"

伊人问 B 是不是基督教徒。B 说：

"我并不是基督教徒，因为 K 定要我去听《圣经》，所以我才去。其实我也想信一种宗教，因为我的为人太轻薄了，所以想得一种信仰，可以自重自重。"

伊人和他说了些宗教上的话，又各把自己的学籍说了。原来 B 是东京高等商业学校的学生，去年年底染了流行性感冒，到房州来是为病后的保养来的。说到后来，伊人问他说：

"B 君，我住在 C 夫人家里，觉得不自由得很，你那里的主人，还肯把空着的那一间房借给我么？"

"肯的肯的，我回去就同主人去说去，你今天午后就搬过来吧。那一位 C 夫人是有名的吝啬家，你若在她那里住久了，怕要招怪呢！"

又在海边上走了一回，他们看看自家的影子渐渐地短起来了，快到十二点的时候，伊人就别了 B，回到 C 夫人的家里来。

吃午膳的时候，伊人对 C 夫人把要搬往后面和 K，B 同住去的话说了。C 夫人也并不挽留，吃完了午膳，伊人就搬往后面的别室里去了。

　　把行李书籍整顿了一整顿，看看时候已经不早了，伊人便一个人到海边上去散步去。一片汪洋的碧海，竟平坦得同镜面一样。日光打斜了，光线射在松树的梢上，作成了几处阴影。午后的海岸，风景又同午前的不同。伊人静悄悄的看了一回，觉得四边的风景怎么也形容不出来。他想把午前的风景比作患肺病的纯洁的处女，午后的风景比作成熟期以后的嫁过人的丰肥的妇人。然而仔细一想，又觉得比得太俗了。他站着看一忽，又俯了头走一忽，一条初春的海岸上，只有他一个人和他的清瘦的影子在那里动着。他向西的朝着了太阳走了一回，看看自家已经走得远了，就想回转身来走回家去，低头一看，忽看见他的脚底下的沙上有一条新印的女人的脚印印在那里。他前前后后的打量了一回，知道脚印的主人必在这近边的树林里。并没有什么目的，他就跟了那一条脚步印朝南的走向岸上的松树林里去。走不上三十步路，他看见树影里的枯草上有一条毡毯，几本书和妇人杂志等摊在那里。因为枯草长得很，所以他在海水的边上竟看不出来，他知道这定是属于那脚印的主人的，但是这脚印的主人不知上哪里去了。呆呆地站了一忽，正想走转来的时候，他忽见树林里来了一个妇人，他的好奇心又把他的脚缚住了。等那妇人走近来的时候，他不觉红起脸来，胸前的跳跃怎么也按不下去，所以他只能勉强把视线放低了，眼看了地面，他就回了那妇人一个礼，因为那时候，她已经走到他的面前来了，她原来就是那姓 O 的女学生。他好像是自家的卑陋的心情已经被她看破了的样子，红了脸对她赔罪说：

"对不起得很，我一个人闯到你的休息的地方来。"

"不……不要……"

他看她也好像是没有什么懊恼的样子，便大着胆问她说：

"你府上也是东京么？"

"学校是在东京的上野……但是……家乡是足利。"

"你同 C 夫人是一向认识的么？"

"不是的……是到这里来之后认识的。……"

"同 K 君呢？"

"那一个人……那一个人是糊涂虫！"

"今天早晨他邀你出来散步，是他对我的好意，实在唐突得很，你不要见怪了，我就在这里替他赔一个罪吧。"

伊人对她行了一个礼，她倒反觉难以为情起来，就对伊人说：

"说什么话，我……我……又不在这里怨他。"

"我也走得乏了，你可以让我在你的毡毯上坐一坐么？"

"请，请坐！"

伊人坐下之后，她尽在那里站着，伊人就也站了起来说：

"我可失礼了，你站在那里，我倒反而坐起来。"

"不是这样的，不是这样的，我因为坐得太久，所以不愿意再坐了。"

"这样我们再去走一忽吧。"

"怕被人家看见了。"

"海边上清静得很，一个人也没有。"

她好像是无可无不可的样子。伊人就在前头走了，她也慢慢地跟了来。太阳已经快斜到三十度的角度了，他和她沿了海边向西的走去，背后拖着了两个纤长的影子。东天的碧海里，已经有几片红云，在那里报将晚的时刻，一片白白的月亮也出来了。默默地走了三五分钟，伊人回转头来问她说：

"你也是这病么？"

一边说着一边就把自家的左手向左右肩的锁骨穴指了一下，她笑了一笑便低下头去，他觉得她的笑里有无限的悲凉的情意含在那里。默默地又走了几步，他觉得被沉默压迫不过了，又对她说：

"我并没有什么症候，但是晚上每有虚汗出来，身体一天一天地清瘦下去，一礼拜前，我上大学病院去求诊的时候，医生教我休学一年，回家去静养，但是我想以后只有一年三个月了，怎么也不愿意再迟一年，所以今年暑假前我还想回东京去考试呢！"

"若能注意一点，大约总没有什么妨碍的。"

"我也是这么的想，毕业之后，还想上南欧去养病去呢！"

"罗马的古墟原是好的，但是由我们病人看来，还是爱衣奥宁海岸的小岛好呀！"

"你学的是不是声乐？"

"不是的，我学的是钢琴，但是声乐也学的。"

"那么请你唱一个小曲儿吧。"

"今天嗓子不好。"

"我唐突了，请你恕我。"

"你又要多心了，我因为嗓子不好，所以不能唱高音。"

"并不是会场上，音的高低，又何必去问它呢！"

"但是这样被人强求的时候，反而唱不出来的。"

"不错不错，我们都是爱自然的人，不唱也罢了。"

"走了太远了，我们回去吧。"

"你走乏了么？"

"乏倒没有，但是草堆里还有几本书在那里，怕被人看见了不好。"

"但是我可不曾看你的书。"

"你怎么会这样多心的，我又何尝说你看过来！"

"唉，这疑心病就是我半生的哀史的证明呀！"

"什么哀史？"

伊人就把他自小被人虐待，到了今日还不曾感得一些热情过的事情说了。两人背后的清影，一步一步地拖长起来，天空的四周，渐渐地带起紫色来了。残冬的余势，在这薄暮的时候，还能感觉得出来，从海上吹来的微风，透了两人的冬服，刺入他和她的高热的心里去。伊人向海上一看，见西北角的天空里一座倒擎的心样的雪山，带着了浓蓝的颜色，在和软的晚霞里作会心的微笑，伊人不觉高声地叫着说：

"你看那富士！"

这样的叫了一声，他不知不觉地伸出了五个指头去寻她那只同玉丝似的手去，他的双眼却同在梦里似的，还悬在富士山的顶上。几个柔软的指头和他那冰冷的手指遇着的时候，他不觉惊了一下，伸转了手，回头来一看，却好她也正在那里转过她的视线来。两人看了一眼，默默地就各把头低去了。站了一忽，伊人就改换了声音，光明正大的对她说：

"你怕走倦了吧，天也快晚了，我们回转去吧。"

"就回转去吧，可惜我们背后不能看太阳落山的光景。"

伊人向西天一看，太阳已经快落山去了。回转了身，两人并着的走了几步，她说：

"影子的长！"

"这就是太阳落山的光景呀！"

海风又吹过一阵来，岸边起了微波，同飞散了的金箔似的，浪影闪映出几条光线来。

"你觉得凉么，我把我的外套借给你好么？"

"不凉……女人披了男人的外套，像什么样子呀！"

又默默地走了几步，他看看远岸已经有一层晚霞起来了。他和 K、B 住的地方的岸上树林外，有几点黑影，围了一堆红红的野火坐在那里。

"那一边的小孩儿又在那里生火了。"

"这正是一幅画呀！我好像唱得出歌来的样子：

'Kennst du das Land, wo die Zitronen bluehn.

Im dunkelu Laub die Goldorangen gluehn,

Ein sanfter Wind vom blauen Himmel weht,

Die Myrte still und boch der Lorbeer steht,'

"底下的是重复句，怕唱不好了！

'Kennst du es wohl?

Dahin！Dahin

Moecht´ich mit dir, O mein Geliebter, ziehn!'"

她那悲凉微颤的喉音，在薄暮的海边的空气里悠悠扬扬地浮荡着，他只觉得一层紫色的薄膜把他的五官都包住了。

"Kennst du das Haus, auf Saeulen rubt sein Dach,

Es glaenzt der Saal, es schimmert das Gemach,

Und Marmorbilder stehn und sehn mich an：

Was hat man dir, du armes Kind, getan?"

四边的空气一刻一刻的浓厚起来。海面上的凉风又掠过了他那火热的双颊，吹到她的头发上去。他听了那一句歌，忽然想起了去年夏天欺骗他的那一个轻薄的妇人的事情来。

"你这可怜的孩子呀，他们欺负了你么，唉!"

他自家好像是变了迷娘（Mignon），无依无靠的一个人站在异乡的日暮的海边上的样子。用了悲凉的声调在那里幽幽唱曲的好像是从细浪里涌出来的宁妇（Nymph）魅妹（Mermaid）。他忽然觉得 Sentimental 起来，两颗同珍珠似的眼泪滚下他的颊际来了。

"Kennst du es wohl?

Dahin! Dahin

Moecht´ich mit Dir, O mein Beschuetzer, ziehn!

Kennst du den Berg und sein Wolkensteg?

Das Maultier sucht im Nebel seinen Weg,

In Hcehlen wohnt der Drachen alte Brut,

Es stuerzt der Fels und ueber ihn de Flut：

Kennst du ihn wohl?

Dahin! Dahin

Geht unser Weg, O Vater, lass uns ziehn!"

她唱到了这一句，重复的唱了两遍。她那尾声悠扬同游丝似的哀寂的清音，与太阳的残照，都在薄暮的空气里消散了。西天的落日正挂在远远的地平线上，反射出一天红软的浮云，长空高冷，带起银蓝的颜色来，平波如镜的海面，也加了一层橙黄的色彩，与四围的紫气溶作了一团。她对他看了一眼，默默地走了几步，就对他说：

"你确是一个 Sentimentalist！"

他的感情脆弱的地方，怕被她看见，就故意地笑着说：

"说什么话，这一个时期我早已经过去了。"

但是他颊上的两颗珠泪，还未曾干落，圆圆的泪珠里，也反映着一条缩小的日暮的海岸。走到她放毡毯书籍的地方，暮色已经从松树枝上走下来，空中悬着的半规上弦的月亮，渐渐地放起光来了。

"再会再会！"

"再会……再……会！"

五　月光

伊人回到他住的地方，看见 B 一个人呆呆地坐在廊下看那从松树林里透过来的黝暗的海岸。听了伊人的脚步声，就回转头来叫他说：

"伊君！你上什么地方去了，我们今天唱诗的时候只有四个人。你也不去，两个好看的女学生也不来，只有我和 K 君和一位最难看的女学生。C 夫人在那里问你呢!"

"对不起得很，我因为上馆山去散步去了，所以赶不及回来。你已经吃过晚饭了么?"

"吃过了。浴汤也好了，主人在那里等你洗澡。"

洗了澡，吃了晚饭，伊人就在电灯底下记了一篇长篇的日记。把迷娘（Mignon）的歌也记了进去，她说的话也记了进去，日暮的海岸的风景，悲凉的情调，他的眼泪，她的纤手，富士山的微笑，海浪的波纹，沙上的足迹，这一天午后他所看见听见感得的地方都记了进去。写了两个多钟头，他愈写愈加觉得有趣，写好之后，读了又读，改了又改，又费去了一个钟头，这海岸的村落的人家，都已沉沉的酣睡尽了。寒冷静寂的屋内的空气压在他的头上肩上身上，他回头看看屋里，只有壁上的他那扩大的影子在那里动着，除了屋顶上一声两声的鼠斗声之外，更无别的音响振动着空气。火钵里的火也消了，坐在屋里，觉得难受，他便轻轻地开了门，拖了草履，走下院子里去，初八九的上弦的半月，已经斜在西天，快落山去了。踏了松树的影子，披了一身灰白的月光，他又穿过了松林，走到海边上去。寂静的海边上的风景，比白天更加了一味凄惨洁净的情调。在将落未落的月光里，踏来踏去的走了一回，他走上白天他和她走过的地方去。差不多走到了的时候，他就站住了脚，曲了身去看白天他两人的沙滩上的足迹去。同寻梦的人一样，他寻了半天总寻不出两人的足印来。站起来又向西的走了一忽，伏倒去一寻，他自家的橡皮草履的足迹寻出来了。他的足迹的后边一步一步跟上去的她的足迹也寻了出来。他的胸前觉得似在跳跃的样子,《圣经》里的两节话忽然被他想出来了。

But I say unto you, that whosoever look the woman to lust after her hath, committed adultery with her already in his heart. And if thy right eye offend thee, pluck it out, and cast it from thee; for it is profitable for thee that one of thy members should perish, and not that thy whole body should be cast into hell.

伊人虽已经与妇人接触过几次,然而在这时候,他觉得他的身体又回到童贞未破的时候去了的一样,他对 O 的心,觉得真是纯洁高尚,并无半点邪念的样子,想到了这两节《圣经》,他的心里又起冲突来了。他站起来闭了眼睛,默默地想了一回。他想叫上帝来帮助他,但是他的哲学的理智性怎么也不许他祈祷,闭了眼睛,立了四五分钟,摇了一摇头,叹了一口气,他仍复走了回来。他一边走一边把头转向南面的树林,在深深的探视。那边并无灯火看得出来,只有一层蒙蒙的月光,罩在树林的上面,一块树林的黑影,教人想到神秘的事迹上去。他看了一回,自家对自家说:

"她定住在这树林的里边,不知她睡没有睡,她也许在那里看月光的。唉,可怜我的一生,可怜我的长失败的生涯!"

月亮又低了一段,光线更灰白起来,海面上好像有一只船在那里横驶的样子,他看了一眼,灰白的光里,只见一只怪兽似的一个黑影在海上微动,他忽觉得害怕起来。一阵凉风又横海的掠上他的颜面,他打了一个冷痉,就俯了首三脚两步的走回家来了。睡了之后,他觉得有女人的声音在门外叫他的样子!仔细听了一听,这确是唱迷娘的歌的声音。他就跑出来跟了她上海边上去。月亮正要落山的样子，西天尽变了红黑的颜色。他向四边一看，觉得海水树林沙滩也都变了红黑色了。他对她一看，见她脸色被四边的红黑色反映起来，竟苍白得同死人一样。他想和她说话，但是总想不出什么话来。她也只含了两眼清泪，在那里默默地看他。两人在沉默的中间，动也不动地看了一忽，她就回转身向树林里走去。他马上追了过去，但是到树林的口头的时候，他忽然遇着了去年夏天欺骗他的那个淫妇，含着了微笑，从树林里走了出来。"啊"的叫了一声，他就想跑回家里来，但是他的两脚，怎么也不能跑，苦闷了一回，他的梦才醒了。身上又发了一身冷汗，那一晚他再也不能睡了。去年夏天的事情，他又回想了出来。去年夏天他的身体还强健得很，在高等学校卒了业，正打算进大学去，他的前途还有许多希望在那里。我们更换一个高一级的学校或改迁一个好一点的地方的时候感得的那一种希望心和好奇心，也在他的胸中酝酿。那时候他的经济状态，也比现在宽裕，家里汇来的五百元钱，还有一大半存在银行里。他从他的高等学校的 N 市，迁到了东京，在芝区的赤仓旅馆住了一个礼拜，有一天早晨在报上看见了一处招租的广告。因为广告上出租的地方近在第一高等学校的前面，所以去大学也不甚远。他坐了电车，到那个地方去一看，是一家中流人家。姓 N 的主人是一个五六十岁的强壮的老人，身体伟巨得很，相貌虽然狰恶，然而应对却非常恭敬。出租的是楼上的两间房子，伊人上楼去一看，觉得房间也还清洁，正坐下去，同那老主人在那里讲话的时候，扶梯上走上了一个二十三四的优雅的妇人来。手里拿了一盆茶果，走到伊人的面前就恭恭敬敬跪下去对伊人行了一个礼。伊人对她看了一眼，她就含了微笑，对伊人丢了一个眼色。伊人倒反觉得害起羞来。她还是平平常常的好像得了胜利似的下楼去了。伊人说定了房间，就走下楼来，出门的时候，她又跪在门口，含了微笑在那里送他。他虽然不能仔仔细细地观察，然而就他一眼所及的地方看来，刚才的那个妇人，确是一个美人。小小的身材，长圆的脸儿，一头丛多的黑色的头发，坠在她的娇白的额上。一双眼睛活得很，也大得很。伊人一路回到他的旅馆里去，在电车上就做了许多空想。

"名誉我也有了，从九月起我便是帝国大学的学生了。金钱我也可以支持一年，现在还有二百八十余元的积贮在那里。第三个条件就是女人了。Ah, money, love and fame！"

他想到这里，不觉露了一脸微笑，电车里坐在他对面的一个中年的妇人，好像在那里看他的样子。他就在洋服袋里拿出了一册当时新出版的日本的小说《一妇人》（Aru Onnan）来看了。

第二天早晨，他一早就从赤仓旅馆搬到本乡的 N 的家里去，因为时候还早得很，昨天看见的那个妇人还没有梳头，粗衣乱发的她的容姿，比梳妆后的样子还更可爱，他一见了她就红了脸，一句话也讲不出来。她只含着了微笑，帮他在那里整理从旅馆里搬来的物件。一只书箱重得很，伊人一个人搬不动，她就跑过来帮伊人搬上楼去。搬上扶梯的时候，伊人退了一步，却好冲在她的怀里，她便轻轻地把伊人抱住了说：

"危险呀！要没有我在这里，怕你要滚下去了。"

伊人觉得一层女人的电力，微微地传到他的身体上去。他的自制力已经没有了，好像在冬天寒冷的时候，突然进了热雾腾腾的浴室里去的样子，伊人只昏昏地说：

"危险危险！多谢多谢！对不起对不起！……"

伊人急忙走开了之后，她还在那里笑着，看了伊人的恼羞的样子，她就问他说：

"你怕羞么！你怕羞我就下楼去！"

伊人正想回话的时候，她却转了身走下楼去了。

夏天的暑热，一天一天的增加起来，伊人的神经衰弱也一天一天的重起来了。伊人在N家里住了两个礼拜，家里的情形，也都被他知道了。N老人便是那妇人的义父，那妇人名叫M，是N老人的朋友的亲生女。M有一个男人，是入赘的，现在乡下的中学校里做先生，所以不住在家里的。

那妇人天天梳洗的时候，总把上身的衣服脱得精光，把她的乳头胸口露出来。伊人起来洗面的时候每天总不得不受她的露体的诱惑，因此他的脑病更不得不一天重似一天起来。

有一天午后，伊人正在那里贪午睡，M一个人不声不响的走上扶梯钻到他的帐子里来。她一进帐子伊人就醒了。伊人对她笑了一笑，她也对伊人笑着并且轻轻地说：

"底下一个人都不在那里。"

伊人从盖在身上的毛毯里伸出了一只手来，她就靠住了伊人的手把身体横下来转进毛毯里去。

第二日她和她的父亲要伊人带上镰仓去洗海水澡。伊人因为不喜欢海水浴，所以就说：

“海水浴俗得很，我们还不如上箱根温泉去吧。”

过了两天，伊人和 M 及 M 的父亲，从东京出发到箱根去了。在宫下的奈良屋旅馆住下的第二天，M 定要伊人和她上芦湖去，N 老人因为家里丢不下，就在那一天的中饭后回东京去了。

吃了中饭，送 N 老人上了车，伊人就同她上芦湖去。倒行的上山路缓缓地走不上一个钟头，她就不能走了。好容易到了芦湖，伊人和她又投到纪国屋旅馆去住下。换了衣服，洗了汗水，吃了两杯冰淇淋，觉得元气恢复起来，闭了纸窗，她又同伊人睡下了。

过了一点多钟太阳沉西的时候，伊人又和她去洗澡去。吃了夜饭，坐了二三十分钟，楼下还很热闹的时候，M 就把电灯熄了。

第二天天气热得很，伊人和她又在芦湖住了一天，第三天的午后，他们才回到东京来。

伊人和 M，回到本乡的家里的门口的时候，N 老人就迎出来说：

“M 儿！W 君从病院里出来了！”

“啊！这……病好了么，完全好了么！”

M 的面上露出了一种非常欢喜的样子来，伊人以为 W 是她的亲戚，所以也不惊异，走上家里去之后，他看见在她的房里坐着一个三十来岁的男子。这男子的身体雄伟得很，脸上带着一脸酒肉气，见伊人进来，就和伊人叙起礼来。N 老人就对伊人说：

"这一位就是 W 君，在我们家里住了两年了。今年已经在文科大学卒业。你的名氏他也知道的，因为他学的是汉文，所以在杂志上他已经读过你的诗的。"

M 一面对 W 说话，一面就把衣服脱下来，拿了一块手巾把身上的汗揩了，揩完之后，把手巾递给伊人说：

"你也揩一揩吧！"

伊人觉得不好看，就勉强的把面上的汗揩了。伊人与 W 虽是初次见面，但是总觉得不能与他合伴。不晓是什么理由，伊人总觉得 W 是他的仇敌。说了几句闲话，伊人上楼去拿了手巾肥皂，就出去洗澡去了。洗了澡回来，伊人在门口听见 M 在那里说笑，好像是喜欢得了不得的样子。伊人进去之后，M 就对他说：

"今天晚上 W 先生请我们吃鸡，因为他病好了，今天是他出病院的纪念日。"

M 又说 W 因为害肾脏病，到病院去住了，两个月，今天才出病院的。伊人含糊地答应了几句，就上楼去了。这一天的晚上，伊人又害了不眠症，开了眼睛，竟一睡也睡不着。到十二点钟的时候，他听见楼底下的 M 的房门轻轻儿的开了，一步一步的 M 的脚步声走上她的间壁的 W 的房里去。叽里咕噜地讲了几句之后，M 特有的那一种"呜呜"的喘声出来了。伊人正好像被泼了一身冷水，他的心脏的鼓动也停止了，他的脑里的血液也凝住了。他的耳朵同大耳似的直竖了起来，楼下的一举一动他都好像看得出来的样子。W 的肥胖的肉体，M 的半开半闭的眼睛，散在枕上的她的头发，她的嘴唇和舌尖，她的那一种粉和汗的混和的香气，下体的颤动……他想到这里，已经不能耐了。愈想睡愈睡不着。楼下窸窸窣窣的声响，更不止地从楼板上传到他的耳摸上来。他又不敢作声，身体又不敢动一动。他胸中的苦闷和后悔的心思，一时同暴风似的起来，两条冰冷的眼泪从眼角上流到耳朵根前，从耳朵根前滴到枕上去了。

　　天将亮的时候才幽脚幽手的回到她自己的家里去，伊人听了一忽，觉得楼底下的声音息了。翻来覆去的翻了几个身，才睡着了。睡不上一点多钟，他又醒了。下楼去洗面的时候，M和W都还睡在那里，只有N老人从院子对面的一间小屋里（原来老人是睡在这间小屋里的）走了下来，擦擦眼睛对伊人说：

　　"你早啊！"

　　伊人答应了一声，匆匆洗完了脸，就套上了皮鞋，跑出外面去。他的脑里正乱得同蜂巢一样，不晓得怎么才好。他乱的走了一阵，却走到了春日町的电车交换的十字路口了。不问清白，他跳上了一乘电车就乘在那里，糊糊涂涂地换了几次车，电车到了目黑的终点了。太阳已经高得很，在田塍路上穿来穿去的走了十几分钟，他觉得头上晒得痛起来，用手向头上一摸，才知道出来的时候，他不曾把帽子带来。向身上脚下一看，他自家也觉得好笑起来。身上只穿了一件白绸的寝衣，赤了脚穿了一双白皮的靴子。他觉得羞极了，要想回去，又不能回去，走来走去地走了一回，他就在一块树荫的草地上坐下了。把身边的钱包取出来一看，包里还有三张五元的钞票和二三元零钱在那里，幸喜银行的账簿也夹在钱包里面，翻开来一看，只有百二十元钱存在了。他静静地坐了一忽，想了一下，忽把一月前头住过的赤仓旅馆想了出来。他就站起来走，穿过了几条村路，寻到一间人力车夫的家里，坐了一乘人力车，便一直的奔上赤仓旅馆去。在车上的幌帘里，他想想一月前头看了房子回来在电车上想的空想，不知不觉地就滴了两颗大眼泪下来。

"名誉，金钱，妇女，我如今有一点什么？什么也没有，什么也没有。我……我只有我这一个将死的身体。"

到了赤仓旅馆，旅馆里的听差的看了他的样子，都对他笑了起来：

"伊先生！你被强盗抢劫了么？"

伊人一句话也回答不出，就走上账桌去写了一张字条，对听差的说：

"你拿了这一张字条，上本乡××町×××号地的 N 家去把我的东西搬了来。"

伊人默默地上一间空房间里去坐了一忽，种种伤心的事情，都同春潮似的涌上心来，他愈想愈恨，差不多想自家寻死了，两条眼泪连连续续地滴下他的腮来。

过了两个钟头之后，听差的人回来说：

"伊先生你也未免太好事了。那一个女人说你欺负了她，如今就要想远遁了。她怎么也不肯把你的东西交给我搬来。她说还有要紧的事情和你亲说，要你自家去一次。一个三十来岁的同牛也似的男人说你太无礼了。因为他出言不逊，所以我同他闹了一场。那一只牛大概是她的男人吧？"

"她另外还说什么？"

"她说的话多得很呢！她说你太卑怯了！并不像一个男子

汉，那是她看了你的字条的时候说的。"

"是这样的么，对不起得很，要你空跑了一次。"

一边这样的说，一边伊人就拿了两张钞票，塞在那听差的手里。听差的要出去的时候，伊人又叫他回来，要他去拿了几张信纸信封和笔砚来。笔砚信纸拿来了之后，伊人就写了一封长长的信给 M。

第三天的午前十时，横滨出发的春日丸轮船的二等舱板上，伊人呆呆地立在那里。他站在铁栏旁边，一瞬也不转地在那里看渐渐儿小下去的陆地。轮船出了东京湾，他还呆呆地立在那里，然而陆地早已看不明白了，因为船离开横滨港的时候，他的眼睛就模糊起来，他的眼睑毛上的同珍珠似的水球，还有几颗没有干着，所以他不能下舱去与别的客人接谈。

对面正屋里的挂钟敲了二下，伊人的枕上又滴了几滴眼泪下来，那一天午后的事情，箱根旅馆里的事情，从箱根回来的那一天晚上的事情，他都记得清清楚楚，同昨天的事情一样。立在横滨港口春日丸船上的时候的懊恼又在他的胸里活了转来，那时候尝过的苦味他又不得不再尝一次。把头摇了一摇，翻了一转身，他就轻轻地说：

"O 呀 O，你是我的天使，你还该来救救我。"

伊人又把白天她在海边上唱的迷娘的歌想了出来。

"你这可怜的孩子吓，他们欺负了你了么？唉！"

"Was hat man dir , du armes kind, getan?"

伊人流了一阵眼泪，心地渐渐地和平起来，对面正屋里的挂钟敲三点的时候，他已经"嘶嘶"地睡着了。

六 崖上

伊人醒来的时候已经是九点多了。窗外好像在那里下雨，檐漏的滴声传到被里睡着的伊人的耳朵里来。开了眼又睡了一刻钟的样子，他起来了。开门一看，一层蒙蒙的微雨，把房屋树林海岸遮得同水墨画一样。伊人洗完了脸，拿出一本乔其墨亚的小说来，靠了火钵读了几页，早膳来了。吃过早膳，停了三四十分钟，K 和 B 来说闲话，伊人问他们今天有没有圣经班，他们说没有，圣经班只有礼拜二礼拜五的两天有的。伊人一心想和 O 见面，所以很愿意早一刻上 C 夫人的家里去，听了他们的话，他也觉得有些失望的地方，B 和 K 说到中饭的时候，各回自家的房里去了。

吃了中饭，伊人看了一篇乔其墨亚 George moore 的《往事记》（"Memoirs of my dead life"），那钟声又当当地响了起来。伊人就跑也似的走到 C 夫人的家里去。K 和 B 也来了，两个女学生也来了，只有 O 不来，伊人胸中硗硗落落地总平静不下去。一分钟过去了，五分钟过去了，O 终究没有来。赞美诗也唱了，祈祷也完了，大家都快散去了，伊人想问她们一声，然而终究不能开口。两个女学生临去的时候，K 倒问她们说：

"O 君怎么今天又不来？"

一个年轻一点的女学生回答说：

"她今天身上又有热了。"

伊人本来在那里作种种的空想的，一听了这话，就好像是被宣告了死刑的样子，他的身上的血管一时都觉得胀破了。他穿了鞋子，急急地跟了那两个女学生出来。等到无人看见的时候，他就追上去问那两个女学生说：

"对不起得很，O君是住在什么地方的，你们可以领我去看看她么？"

两个女学生尽在前头走路，不留心他是跟在她们后边的，被他这样的一问就好像惊了似的回转身来看他。

"啊！你怎么雨伞都没有带来，我们也是上O君那里去的，就请同去吧！"

两个女学生就拿了一把伞借给了他，她们两个就合用了一把向前走去。在如烟似雾的微雨里走了一二十分钟，他们三人就走到了一间新造的平屋门口，门上挂着一块O的名牌，一扇小小的门，却与那一间小小的屋相称。三人开门进去之后，就有一个老婆子迎出来说：

"请进来！这样的下雨，你们还来看她，真真是对不起得很了。"

伊人跟了她们进去，先在客室里坐下，那老婆子捧出茶来的时候，指着伊人对两个女学生问说：

"这一位是……"

这样的说了，她就对伊人行起礼来。两个女学生也一边说一边在那里赔礼。

"这一位是东京来的。C夫人的朋友，也是基督教徒。……"

伊人也说：

"我姓伊，初次见面，以后还请照顾照顾。……"

初见的礼完了，那老婆子就领伊人和两个女学生到 O 的卧室里去。O 的卧室就在客室的间壁，伊人进去一看，见 O 红着了脸，睡在红花的绸布被里，枕边上有一本书摊在那里。脚后摆着一个火钵，火钵边上有一个坐的蒲团，这大约是那老婆子坐的地方。火钵上的铁瓶里，有一瓶沸的开水，在那里发水蒸汽，所以室内温暖得很。伊人一进这卧房，就闻得一阵香水和粉的香气，这大约是处女的闺房特有的气息。老婆子领他们进去之后，把火钵移上前来，又从客室里拿了三个坐的蒲团来，请他们坐了。伊人进这病室之后，就感觉到一种悲哀的预感，好像有人在他的耳朵根前告诉说：

"可怜这一位年轻的女孩，已经没有希望了。你何苦又要来看她，使她多一层烦忧。"

一见了她那被体热蒸红的清瘦的脸儿，和她那柔和悲寂的微笑，伊人更觉得难受，他红了眼，好久不能说话，只听她们三人轻轻地在那里说：

"啊！这样的下雨，你们还来看我，真对不起得很呀。"（O 的话）

"哪里的话，我们横竖在家也没有事的。"（第一个女学生）

"C 夫人来过了么？"（第二个女学生）

"C 夫人还没有来过，这一点小病又何必去惊动她，你们可以不必和她说的。"

"但是我们已经告诉她了。"

"伊先生听了我们的话，才知道你是不好。"

"啊！真对你们不起，这样的来看我，但是我怕明天就能起来的。"

伊人觉得 O 的视线，同他自家的一样，也在那里闪避。所以伊人只是俯了首，在那里听她们说闲话，后来那年纪最小的女学生对伊人说：

"伊先生！你回去的时候，可以去对 C 夫人说一声，说 O 君的病并不厉害。"

伊人诚诚恳恳地举起视线来对 O 看了一眼，就马上把头低下去说：

"虽然是小病，但是也要保养……"

说到这里，他觉得说不下去了。

三人坐了一忽，说了许多闲话，就站起来走。

"请你保重些！"

"保养保养！"

"小心些……"

"多谢多谢，对你们不起！"

伊人临走的时候，又深深的对 O 看了一眼，O 的一双眼睛，也在他的面上迟疑了一回。他们三人就回来了。

礼拜日天晴了，天气和暖了许多。吃了早饭，伊人就与 K 和 B，从太阳光里躺着的村路上走到北条市内的礼拜堂去做礼拜。雨后的乡村，满目都是清新的风景。一条沙泥和硅石结成的村路，被雨洗得干干净净在那里反射太阳的光线。道旁的枯树，以青苍的天体作为背景，挺着枝干，好像有一种新生的气力储蓄在那里的样子，大约发芽的时期也不远了。空地上的枯树投射下来的影子，同苍老的南画的粉本一样。伊人同 K 和 B，说了几句话，看看近视眼的 K，好像有不喜欢的样子形容在面上，所以他就也不再说下去了。

到了礼拜堂里，一位三十来岁的，身材短小，脸上有一簇闹腮短胡子的牧师迎了出来。这牧师和伊人是初次见面，谈了几句话之后，伊人就觉得他也是一个沉静无言的好人。牧师也是近视眼，也戴了一双钢丝边的眼镜，说话的时候，语音是非常沉郁的。唱诗说教完了之后，是自由说教的时刻了。近视眼的 K，就跳上坛上去说：

"我们东洋人不行不行。我们东洋人的信仰全是假的，有几个人大约因为想学几句外国话，或想与女教友交际交际才去信教的。所以我们东洋人是不行的。我们若要信教，要同原始基督教徒一样的去信才好。也不必讲外国话，也不必同女教友交际的。"

伊人觉得立时红起脸来，K 的这几句话，分明是在那里攻击他的。第一何以不说"日本人"要说"东洋人"？在座的人除了伊人之外还有谁不是日本人呢？讲外国话，与女教友交际，这是伊人的近事。K 的演说完了之后，大家起来祈祷祈祷毕，礼拜就完了。伊人心里只是不解，何以 K 要反对他到这一个地步。来做礼拜的人，除了 C 夫人和那两个女学生之外，都是些北条市内的住民，所以 K 的演说也许大家是不能理会的，伊人想到了这里，心里就得了几分安易。众人还没有散去之先，伊人就拉了 B 的手，匆匆的走出教会来了。走尽了北条的热闹的街路，在车站前面要向东折的时候，伊人对 B 说：

"B君，我要问你几句话，我们一直的走，穿过了车站，走上海岸去吧。"

穿过了车站走到海边的时候，伊人问说：

"B君，刚才K君讲的话，你可知道是指谁说的？"

"那是指你说的。"

"K何以要这样的攻击我呢？"

"你要晓得K的心里是在那里想O的。你前天同她上馆山去，昨天上她家去看她的事情，都被他知道了。他还在C夫人的面前说你呢！"

伊人听了这话，默默的不语，但是他面上的一种难过的样子，却是在那里说明他的心理的状态。他走了一段，又问B说：

"你对这事情的意见如何，你说我不应该同O君交际的么？"

"这话我也难说，但是依我的良心而说，我是对K君表同情的。"

伊人和B又默默地走了一段，伊人自家对自家说：

"唉！我又来作卢亭（Roudine）了。"

日光射了海岸上，沙中的硅石同金刚石似的放了几点白光。一层蓝色透明的海水的细浪，就打在他们的脚下。伊人俯了首走了一段，仰起来看看苍空，觉得一种悲凉孤冷的情怀，充满了他的胸里，他读过的卢骚著的《孤独者之散步》里边的情味，同潮也似的涌到他的脑里来，他对B说：

"快十二点钟了，我们快一点回去吧。"

七　南行

礼拜天的晚上，北条市内的教会里，又有祈祷会，祈祷毕后，牧师请伊人上坛去说话。伊人拣了一句《山上垂诫》里边的话作他的演题：

"Blessed are the poor in spirit; for theirs is the Kingdom of Heaven.

"Matthew 5. 2.

"'心贫者福矣，天国为其国也。'

"说到这一个'心'字，英文译作 Spirit，德文译作 Geist，法文是 Esprit，大约总是作'精神'讲的。精神上受苦的人是有福的，因为耶稣所受的苦，也是精神上的苦。说到这'贫'字，我想是有二种意思，第一就是我们平常所说的贫苦的'贫'，就是由物质上的苦而及于精神上的意思。第二就是孤苦的意思，这完全是精神上的苦处。依我看来，耶稣的说话里，这两种意思都是包含在内的。托尔斯泰说，山上的说教，就是耶稣教的中心要点，耶稣教义，是不外乎山上的垂诫，后世的各神学家的争论，都是牵强附会，离开正道的邪说，那些枝枝叶叶，都是掩藏耶稣的真意的议论，并不是彰显耶稣的道理的烛炬。我看托尔斯泰信仰论里的这几句话是很有价值的。耶稣教义，其实已经是被耶稣在山上说尽了。若说耶稣教义尽于山上的说教，那么我敢说山上的说教尽于这'心贫者福矣'的一句话。因为'心贫者福矣'是山上说教的大纲，耶稣默默地走上山去，心里在那里想的，就是一句可以总括他的意思的话。他看看群众都跟了他来，在山上坐下之后，开口就把他所想说的话纲领说了：

"'心贫者福矣，天国为其国也。'

"底下的一篇说教，就是这一个纲领的说明演绎。马太福音，想是诸君都研究过的，所以底下我也不要说下去。我现在想把我对于这一句纲领的话，究竟有什么感想，这一句话的证明，究竟在什么地方能寻得出来的话，说给诸君听听，可以供诸君作一个参考。我们的精神上的苦处，有一部分是从物质上的不满足而来的。比如游俄 Hugo 的《哀史》（Les Miserables）里的主人公详乏儿详（Jean Valjean）的偷盗，是由于物质上的贫苦而来的行动，后来他受的苦闷，就成了精神上的苦恼了。更有一部分经济学者，从唯物论上立脚，想把一切厌世的思想的原因，都归到物质上的不满足的身上去。他们说要是萧本浩（Schopenhauer），若有一个理想的情人，他的哲学'意志与表象的世界'（Die weltals Wille und Vorstellung）就没有了。这未免是极端之论，但是也有半面真理在那里。所以物质上的不满足，可以酿成精神上的愁苦的。耶稣的话，'心贫者福矣'，就是教我们应该耐贫苦，不要去贪物质上的满足。基督教的一个大长所，就是教人尊重清贫，不要去贪受世上的富贵。《圣经》上有一处说，有钱的人非要把钱丢了，不能进天国，因为天国的门是非常窄的。亚西其的圣人弗兰西斯（St. Francis of Assisi），就是一个尊贫轻富的榜样。他丢弃了父祖的家财，甘与清贫去做伴，依他自家说来，是与穷苦结了婚，这一件事有何等的毅力！在法庭上脱下衣服来还他父亲的时候，谁能不被他感动！这是由物质上的贫苦而酿成精神上的贫苦的说话。耶稣教我们轻富尊贫，就是想救我们精神上的这一层苦楚。由此看来，耶稣教毕竟是贫苦人的宗教，所以耶稣教与目下的暴富者，无良心的有权力者不能两立的。我们现在更要讲到纯粹的精神上的贫苦上去。纯粹的精神上的贫苦的人，就是下文所说的有悲哀的人，心肠慈善的人，对正义如饥似渴的人，以及爱和平，施恩惠，为正义的缘故受逼迫的人。这些人在我们东洋就是所谓有德的人，古人说德不孤，必有邻，现在却是反对的了。为和平的缘故，劝人息战的人，反而要去坐监牢去。为正义的缘故，替劳动者抱不平的人，反而要去作囚人服苦役去。对于国家的无理的法律制度反抗的人，要被火来烧杀。我们读欧洲史读到清教徒的被虐杀，路得的被当时德国君主迫害的时候，谁能不发起怒来。这些甘受社会的虐待，愿意为民众作牺牲的人，都是精神上觉得贫苦的人吓！所以耶稣说：'心贫者福矣，天国为其国也。'最后还有一种精神上贫苦的人，就是有纯洁的心的人。这一种人抱了纯洁的精神，想来爱人爱物，但是因为社会的因习，国民的惯俗，国际的偏见的缘故，就不能完全作成耶稣的爱，在这一种人的精神上，不得不感受一种无穷的贫苦。另外还有一种人，与纯洁的心的主人相类的，就是肉体上有了疾病，虽然知道神的意思是如何，耶稣的爱是如何，然而总不能去做的一种人。这一种人在精神上是最苦，在世界上亦是最多。凡对现在的唯物的浮薄的世界不能满足，而对将来的欢喜的世界的希望不能达到的一种世纪末 Fin de siecle 的病弱的理想家，都可算是这一类的精神上贫苦的人。他们在这堕落的现世虽然不能得一点同情与安慰，然而将来的极乐国定是属于他们的。"

伊人在北条市的那个小教会的坛上，在同淡水似的煤汽灯光的底下说这些话的时候，他那一双水汪汪的眼光尽在一处凝视，我们若跟了他的视线看去，就能看出一张苍白的长圆的脸儿来。这就是 O 呀！

O 昨天睡了一天，今天又睡了大半日，到午后三点钟的时候，才从被里起来，看看热度不高，她的母亲也由她去了。O 起床洗了手脸，正想出去散步的时候，她的朋友那两个女学生来了。

"请进来，我正想出去看你们呢！"（O 的话）

"你病好了么？"（第一个女学生）

"起来也不要紧的么？（第二个女学生）

"这样恼人的好天气，谁愿意睡着不起来呀！"

"晚上能出去么？"

"听说伊先生今晚在教会里说教。"

"你们从哪里得来的消息？"

"是 C 夫人说的。"

"刚才唱赞美诗的时候说的。"

"我应该早一点起来，也到 C 夫人家去唱赞美诗的。"

在 O 的家里有了这会话之后，过了三个钟头，三个女学生就在北条市的小教会里听伊人的演讲了。

伊人平平稳稳地说完了之后，听了几声鼓掌的声音，就从讲坛上走了下来。听的人都站了起来，有几个人来同伊人握手攀谈，伊人心里虽然非常想跑上 O 的身边去问她的病状，然而看见有几个青年来和他说话，不得已只能在火炉旁边坐下了。说了十五分钟闲话，听讲的人都去了，女学生也去了，O 也去了，只有 K 与 B，和牧师还在那里。看看伊人和几个青年说完了话之后，B 就光着了两只眼睛，问伊人说：

"你说的轻富尊贫，是与现在的经济社会不合的，若说个个人都不讲究致富的方法，国家不就要贫弱了么？我们还要读什么书，商人还要做什么买卖？你所讲的与你们捣乱的中国，或者相合也未可知，与日本帝国的国体完全是反对的。什么社会主义呀，无政府主义呀，那些东西是我所最恨的。你讲的简直是煽动无政府主义，社会主义的话，我是大反对的。"

K 也擎了两手叫着说：

"Es，es，alright，alright，mista B．yare yare！"

（不错不错，赞成赞成，B 君讲下去讲下去！）

和伊人谈话的几个青年里边的一个年轻的人忽站了起来对B 说：

"你这位先生大约总是一位资本家家里的食客。我们工人劳动者的受苦，全是因为了你们资本家的缘故吓！资本家就是因为有了几个臭钱，便那样的作威作福的凶恶起来，要是大家没有钱，倒不是好么？"

"你这黄口的小孩，晓得什么东西！"

"放你的屁！你在有钱的大老官那里拍拍马屁，倒要骂起人来！……"

　　B和那个青年差不多要打起来了，伊人独自一个就悄悄地走到外面来。北条街上的商家，都已经睡了，一条寂静的长街上洒满了寒冷的月光，从北面吹来的凉风，夹了沙石，打到伊人的面上来。伊人打了几个冷痉，默默地走回家去。走到北条火车站前，折向东去的时候，对面忽来了几个微醉的劳动者，幽幽地唱着了乡下的小曲儿过去了。劳动者和伊人的距离渐渐地远起来，他们的歌声也渐渐地幽了下去，在这春寒料峭的月下，在这深夜静寂的海岸渔村的市上，那尾声微颤的劳动者的歌音，真是哀婉可怜。伊人一边默默地走去，俯首看着他在树影里出没的影子，一边听着那劳动者的凄切悲凉的俗曲的歌声，忽然觉得鼻子里酸了起来，O对他讲的一句话，他又想出来了：

　　"你确是一个生的闷脱列斯脱！"

　　伊人到家的时候，已经是十一点钟的光景，房里火钵内的炭火早已消去了。午后五点钟的时候从海上吹来的一阵北风，把内房州一带的空气吹得冰冷，他写好了日记，正在改读的时候，忽然打了两个喷嚏。衣服也不换，他就和衣的睡了。

　　第二天醒来的时候，伊人觉得头痛得非常，鼻孔里吹出来的两条火热的鼻息，难受得很。房主人的女儿拿火来的时候，他问她要了一壶开水，他的喉音也变了。

　　"伊先生，你感冒了风寒了。身上热不热？"

　　伊人把检温计放到腋下去一测，体热高到了三十八度六分。他讲话也不愿意讲，只是沉沉地睡在那里。房主人来看了他两次。午后三点半钟的时候，C夫人也来看他的病了，他对她道了一声谢，就不再说话了。晚上 C 夫人拿药来给他的时候，他听 C 夫人说：

"O 也伤了风，体热高得很，大家正在那里替她忧愁。"

礼拜二的早晨，就是伊人伤风后的第二天，他觉得更加难受，看看体热已经增加到三十九度二分了。C 夫人替他去叫了医生来一看，医生果然说：

"怕要变成肺炎，还不如使他入病院的好。"

午后四点钟的时候在夕阳的残照里，有一乘寝台车，从北条的八幡海岸走上北条市的北条病院去。

这一天的晚上，北条病院的楼上朝南的二号室里，幽暗的电灯光的底下，坐着了一个五十岁前后的秃头的西洋人和 C 夫人在那里幽幽的谈议，病室里的空气紧迫得很。铁床上白色的被褥里，有一个清瘦的青年睡在那里。若把他那瘦骨棱棱的脸上的两点被体热蒸烧出来的红影和口头的同微虫似的气息拿去了，我们定不能辨别他究竟是一个蜡人呢或是真正的肉体。这青年便是伊人。

茫茫夜

一

一天星光灿烂的秋天的朝上，大约时间总在十二点钟以后了，寂静的黄浦滩上，一个行人也没有。街灯的灰白的光线，散射在苍茫的夜色里，烘出了几处电杆和建筑物的黑影来。道旁尚有二三乘人力车停在那里，但是车夫好像已经睡着了，所以并没有什么动静。黄浦江中停着的船上，时有一声船板和货物相击的声音传来，和远远不知从何处来的汽车车轮声合在一处，更加形容得这初秋深夜的黄浦滩上的寂寞。在这沉默的夜色中，南京路口滩上忽然闪出了几个纤长的黑影来，他们好像是自家恐惧自家的脚步声的样子，走路走得很慢。他们的话声亦不很高，但是在这沉寂的空气中，他们的足音和话声，已经觉得很响了。

"于君，你现在觉得怎么样？你的酒完全醒了么？我只怕你上船之后，又要吐起来。"

讲这一句话的，是一个十九岁前后的纤弱的青年，他的面貌清秀得很。他那柔美的眼睛，和他那不大不小的嘴唇，有使人不得不爱他的魔力。他的身体好像是不十分强，所以在微笑的时候，他的苍白的脸上，也脱不了一味悲寂的形容。他讲的虽然是北方的普通话，但是他那幽徐的喉音，和婉转的声调，竟使听话的人，辨不出南音北音来。被他叫作"于君"的，是一个二十五六岁的青年，大约是因为酒喝多了，颊上有一层红潮，同蔷薇似的罩在那里。眼睛里红红浮着的，不知是眼泪呢还是醉意，总之他的眉间，仔细看起来，却有些隐忧含着，他的勉强装出来的欢笑，正是在那里形容他的愁苦。他比刚才讲话的那青年，身材更高，穿着一套藤青的哔叽洋服，与刚才讲话的那青年的鱼白大衫，却成了一个巧妙的对称。他的面貌无俗气，但亦无特别可取的地方。在一副平正的面上，加上一双比较细小的眼睛，和一个粗大的鼻子，就是他的肖像了。由他那二寸宽的旧式的硬领和红格的领结看来，我们可以知道他是一个富有趣味的人。他听了青年的话，就把头向右转了一半，朝着了那青年，一边伸出右手来把青年的左手捏住，一边笑着回答说：

"谢谢，迟生，我酒已经醒了。今晚真对你们不起，要你们到了这深夜来送我上船。"

讲到这里，他就回转头来看跟在背后的两个年纪大约二十七八的青年，从这两个青年的洋服年龄面貌推想起来，他们定是姓于的青年修学时代的同学。两个中的一个年长一点的人听了姓于的青年的话，就抢上一步说：

"质夫，客气话可以不必说了。可是有一件要紧的事情，我还没有问你，你的钱够用了么？"

姓于的青年听了，就放了捏着的迟生的手，用右手指着迟生回答说：

"吴君借给我的二十元，还没有动着，大约总够用了，谢谢你。"

他们四个人——于质夫吴迟生在前，后面跟着二个于质夫的同学，是刚从于质夫的寓里出来，上长江轮船去的。

横过了电车路沿了滩外的冷清的步道走了二十分钟，他们已经走到招商局的轮船码头了。江里停着的几只轮船，前后都有几点黄黄的电灯点在那里。从黑暗的堆栈外的码头走上了船，招了一个在那里假睡的茶房，开了舱里的房门，在第四号官舱里坐了一会儿，于质夫就对吴迟生和另外的两个同学说：

"夜深了，你们可先请回去，诸君送我的好意，我已经谢不胜谢了。"

吴迟生也对另外的两个人说：

"那么你们请先回去，我就替你们做代表吧。"

于质夫又拍了迟生的肩说：

"你也请同去了吧。使你一个人回去，我更放心不下。"

迟生笑着回答说：

"我有什么要紧，只是他们两位，明天还要上公司去的，不可太睡迟了。"

质夫也接着对他的两位同学说：

"那么请你们两位先回去，我就留吴君在这儿谈吧。"

送他的两个同学上岸之后，于质夫就拉了迟生的手回到舱里来。原来今晚开的这只轮船，已经旧了，并且船身太大，所以航行颇慢。因此乘此船的乘客少得很。于质夫的第四号官舱，虽有两个舱位，单只住了他一个人。他拉了吴迟生的手进到舱里，把房门关上之后，忽觉得有一种神秘的感觉，同电流似的，在他的脑里经过了。在电灯下他的肩下坐定的迟生，也觉得有一种不可思议的感情发生，尽俯着首默默地坐在那里。质夫看着迟生的同蜡人似的脸色，感情竟压止不住了，就站起来紧紧地捏住了他的两手，面对面地对他幽幽地说：

"迟生，你同我去吧，你同我上 A 地去吧。"这话还没有说出之先，质夫正在那里想：

"二十一岁的青年诗人兰勃 Arthur Rimbaud。一八七二年的佛尔兰 Paul Verlaine。白儿其国的田园风景。两个人的纯洁的爱。……"

这些不近人情的空想，竟变了一句话，表现了出来。质夫的心里实在想邀迟生和他同到 A 地去住几时，一则可以安慰他自家的寂寞，一则可以看守迟生的病体。迟生听了质夫的话，呆呆地对质夫看了一忽，好像心里有两个主意，在那里战争，一霎时解决不下的样子。质夫看了他这一副形容，更加觉得有一种热情，涌上他的心来，便不知不觉地逼进一步说：

"迟生你不必细想了，就答应了我吧。我们就同乘了这一只船去。"

听了这话，迟生反恢复了平时的态度，便含着了他固有的微笑说：

"质夫，我们后会的日期正长得很，何必如此呢？我希望你到了 A 地之后，能把你日常的生活，和心里的变化，详详细细地写信来通报我，我也可以一样的写信给你，这岂不和同住在一块一样么?"

"话原是这样说,但是我只怕两人不见面的时候,感情就要疏冷下去。到了那时候我对你和你对我的目下的热情,就不得不被第三者夺去了。"

"要是这样,我们两个便算不得真朋友。人之相知,贵相知心,你难道还不能了解我的心么?"

听了这话,看看他那一双水盈盈的瞳仁,质夫忽然觉得感情激动起来,便把头低下去,搁在他的肩上说:

"你说什么话,要是我不能了解你,那我就不劝你同我去了。"

讲到这里,他的语声同小孩悲咽时候似的发起颤来了。他就停着不再说下去,一边却把他的眼睛,伏在迟生的肩上。迟生觉得有两道同热水似的热气浸透了他的鱼白大衫和蓝绸夹袄,传到他的肩上去。迟生也觉得忍不住了,轻轻的举起手来,在面上揩了一下,只呆呆地坐在那里看那十烛光的电灯。这夜里的空气,觉得沉静得同在坟墓里一样。舱外舷上忽有几声水手呼唤声和起重机滚船索的声音传来,质夫知道船快开了,他想马上站起来送迟生上船去,但是心里又觉得这悲哀的甘味是不可多得的,无论如何总想多尝一忽。照原样的头靠在迟生的肩上,一动也不动的坐了几分钟,质夫听见房门外有人在那里敲门。他抬起头来问了一声是谁,门外的人便应声说:

"船快开了。送客的先生请上岸去吧。"

迟生听了,就慢慢地站了起来,质夫也默默地不作一声跟在迟生的后面,同他走上岸去。在灰黑的电灯光下同游水似的走到船侧的跳板上的时候，迟生忽然站住了。质夫抢上了一步，又把迟生的手紧紧地捏住，迟生脸上起了两处红晕，幽幽扬扬地说：

"质夫，我终究觉得对你不起，不能陪你在船上安慰你的长途的寂寞……"

"你不要替我担心思了，请你自家保重些。你上北京去的时候，千万请你写信来通知我。"

质夫一定要上岸来送迟生到码头外的路上。迟生怎么也不肯，质夫只能站在船侧，张大了两眼，看迟生回去。迟生转过了码头的堆栈，影子就小了下去，成了一点白点，向北在街灯光里出没了几次。那白点渐渐远了，更小了下去，过了六七分钟，站在船舷上的质夫就看不见迟生了。

质夫呆呆地在船舷上站了一会儿，深深的呼了一口空气，仰起头来看见了几颗明星在深蓝的天空里摇动，胸中忽然觉得悲惨起来。这种悲哀的感觉，就是质夫自身也不能解说，他自幼在日本留学，习惯了漂泊的生活，生离死别的情景，不知身尝了几多，照理论来，这一次与相交未久的吴迟生的离别，当然是没有什么悲伤的，但是他看看黄浦江上的夜景，看看一点一点小下去的吴迟生的瘦弱的影子，觉得将亡未亡的中国，将灭未灭的人类，茫茫的长夜，耿耿的秋星，都是伤心的种子。在这茫然不可捉摸的思想中间，他觉得他自家的黑暗的前程和吴迟生的纤弱的病体，更有使他泪落的地方。在船舷的灰色的空气中站了一会儿，他就慢慢地走到舱里去了。

二

长江轮船里的生活，虽然没有同海洋中间那么单调，然而与陆地隔绝后的心境，到底比平时平静。况且开船的第二天，天又降下了一天黄雾，长江两岸的风景，如烟如梦的带起伤惨的颜色来。在这悲哀的背景里，质夫把他过去几个月的生活，同手卷中的画幅一般回想出来了。

三月前头住在东京病院里的光景，出病院后和那少妇的关系，和污泥一样的他的性欲生活，向善的焦躁与贪恶的苦闷，逃往盐原温泉前后的心境，归国的决心。想到最后这一幕，他的忧郁的面上，忽然露出一痕微笑来，眼看着了江上午后的风景，背靠着了甲板上的栏杆，他便自言自语地说：

"泡影呀，昙花呀，我的新生活呀！唉！唉！"

这也是质夫的一种迷信，当他决计想把从来的腐败生活改善的时候，必要搬一次家，买几本新书或是旅行一次。半月前头，他动身回国的时候，也下了一次绝大的决心。他心里想：

"我这一次回国之后，必要把旧时的恶习改革得干干净净。戒烟戒酒戒女色。自家的品性上，也要加一段锻炼，使我的朋友全要惊异说我是与前相反了。……"

到了上海之后，他的生活仍旧是与从前一样，烟酒非但不戒下，并且更加加深了。女色虽然还没有去接近，但是他的性欲，不过变了一个方向，依旧在那里伸张。想到了这一个结果，他就觉得从前的决心，反成了一段讽刺，所以不觉叹气微笑起来。叹声还没有发完，他忽听见人在他的左肩下问他说：

"Was Seufzen Sie, Monsieur?"

（你为什么要发叹声？）

转过头来一看，原来这船的船长含了微笑，站在他的边上好久了，他因为尽在那里想过去的事情，所以没有觉得。这船长本来是丹麦人，在德国的留背克住过几年，所以德文讲得很好。质夫今天早晨在甲板上已经同他讲过话，因此这身材矮小的船长也把质夫当作了朋友。他们两人讲了些闲话，质夫就回到自己的舱里来了。

吃过了晚饭，在官舱的起坐室里看了一回书，他的思想又回到过去的生活上去，这一回的回想，却集中在吴迟生一个人的身上。原来质夫这一次回国来，本来是为转换生活状态而来，但是他正想动身的时候，接着了一封他的同学邝海如的信说：

"我住在上海觉得苦得很。中国的空气是同癞病院的空气一样，渐渐地使人腐烂下去。我不能再住在中国了。你若要回来，就请你来替了我的职，到此地来暂且当几个月编辑吧。万一你不愿意住在上海，那么 A 省的法政专门学校要聘你去做教员去。"

所以他一到上海，就住在他同学在那里当编辑的 T 书局的编辑所里。有一天晚上，他同邝海如在外边吃了晚饭回来的时候，在编辑所里遇着了一个瘦弱的青年，他听了这青年的同音乐似的话声，就觉得被他迷住了。这青年就是吴迟生呀！过了几天，他的同学邝海如要回到日本去，他和吴迟生及另外几个人在汇山码头送邝海如的行，船开之后，他同吴迟生就同坐了电车，回到编辑所来。他看看吴迟生的苍白的脸色和他的纤弱的身体，便问他说：

"吴君，你身体好不好？"

吴迟生不动神色的回答说：

"我是有病的，我害的是肺病。"

质夫听了这话，就不觉张大了眼睛惊异起来。因为有肺病的人，大概都不肯说自家的病的，但是吴迟生对了才遇见过两次的新友，竟如旧交一般的把自家的秘密病都讲了。质夫看了迟生的这种态度，心里就非常爱他，所以就劝他说：

"你若害这病，那么我劝你跟我上日本去养病去。"

他讲到这里，就把乔其慕亚的一篇诗想了出来，他的幻想一霎时的发展开来了。

"日本的郊外杂树丛生的地方，离东京不远，坐高架电车不过四五十分钟可达的地方，我愿和你两个人去租一间草舍儿来住。草舍的前后，要有青青的草地，草地的周围，要有一条小小的清溪。清溪里要有几尾游鱼。晚春时节，我好和你拿了锄，把花儿向草地里去种。在蔚蓝的天盖下，在和暖的熏风里，我与你躺在柔软的草上，好把那西洋的小曲儿来朗诵。初秋晚夏的时候，在将落未落的夕照中间，我好和你缓步逍遥，把落叶儿来数。冬天的早晨你未起来，我便替你做早饭，我不起来，你也好把早饭先做。我礼拜六的午后从学校里回来，你好到冷静的小车站上来候我。我和你去买些牛豚香片，便可作一夜的清谈，谈到礼拜的日中。书店里若有外国的新书到来，我和你省几日油盐，可去买一本新书来消那无聊的夜永。……"

质夫坐在电车上一边作这些空想，一边便不知不觉地把迟生的手捏住了。他捏捏迟生的柔软的小手，心里又起了一种别样的幻想。面上红了一红，把头摇了一摇，他就对迟生问起无关紧要的话来：

"你的故乡是在什么地方？"

"我的故乡是直隶乡下，但是现在住在苏州了。"

"你还有兄弟姊妹没有？"

"有是有的，但是全死了。"

"你住在上海干什么？"

"我因为北京天气太冷，所以休了学，打算在上海过冬。并且这里朋友比较得多一点，所以觉得住在上海比北京更好些。"

这样的问答了几句，电车已经到了大马路外滩了。换了静安寺路的电车在跑马厅尽头处下车之后，质夫就邀迟生到编辑所里来闲谈。从此以后，他们两人的交际，便渐渐地亲密起来了。

质夫的意思以为天地间的情爱，除了男女的真真的恋爱外，以友情为最美。他在日本漂流了十来年，从未曾得着一次满足的恋爱，所以这一次遇见了吴迟生，觉得他的一腔不可发泄的热情，得了一个可以自由灌注的目标，说起来虽是他平生的一大快事，但是亦是他半生沦落未曾遇着一个真心女人的哀史的证明。有一天晴朗的晚上，迟生到编辑所来和他谈到夜半，质夫忽然想去洗澡去。邀了迟生和另外的两个朋友出编辑所走到马路上的时候，质夫觉得空气冷凉得很。他便问迟生说：

"你冷么？你若是怕冷，就钻到我的外套里来。"

迟生听了，在苍白的街灯光里，对质夫看了一眼，就把他那纤弱的身体倒在质夫的怀里。质夫觉得有一种不可名状的快感，从迟生的肉体传到他的身上去。

他们出浴堂已经是十二点钟了。走到三岔路口，要和迟生分手的时候，质夫觉得怎么也不能放迟生一个人回去，所以他就把迟生的手捏住说：

"你不要回去了，今天同我们上编辑所去睡吧。"

迟生也像有迟疑不忍回去的样子，质夫就用了强力把他拖来了。那一天晚上他们谈到午前五点钟才睡着。过了两天，A地就有电报来催，要质夫上A地的法政专门学校去当教员。

三

质夫登船后第三天的午前三点钟的时候，船到了A地。在昏黑的轮船码头上，质夫辨不出方向来，但看见有几颗淡淡的明星印在清冷的长江波影里。离开了码头上的嘈杂的群众，跟了一个法政专门学校里托好在那里招待他的人上岸之后，他觉得晚秋的凉气，已经到了这长江北岸的省城了。在码头近傍一家同十八世纪的英国乡下的旅舍似的旅馆里住下之后，他心里觉得孤寂得很。他本来是在大都会里生活惯的人，在这夜静更深的时候，到了这一处不闹热的客舍内，从微明的洋灯影里，看看这客室里的粗略的陈设，心里当然是要惊惶的。一个招待他的酣睡未醒的人，对他说了几句话，从他的房里出去之后，他真觉得是闯入了龙王的水牢里的样子，他的脸上不觉有两颗珠泪滚下来了。

"要是迟生在这里，那我就不会这样的寂寞了。啊，迟生，这时候怕你正在电灯底下微微地笑着，在那里做好梦呢!"

在床上横靠了一忽，质夫看见格子窗一格一格的亮了起来，远远的鸡鸣声也听得见了。过了一会儿，有一部运载货物的单轮车，从窗外推过了，这车轮的仆独仆独的响声，好像是在那里报告天晴的样子。

侵旦，旅馆里有些动静的时候，从学校里差来接他的人也来了。把行李交给了他，质夫就坐了一乘人力车上学校里去。沿了长江，过了一条店家还未起来的冷清的小街，质夫的人力车就折向北去。车并着了一道城外的沟渠，在一条长堤上慢慢前进的时候，他就觉得元气恢复起来了。看看东边，以浓蓝的天空作了背景的一座白色的宝塔，把半规初出的太阳遮在那里。西边是一道古城，城外环绕着长沟，远近只有些起伏重叠的低岗和几排鹅黄疏淡的杨柳点缀在那里。他抬起头来远远见了几家如装在盆景假山上似的草舍。看看城墙上孤立在那里的一排电杆和电线，又看看远处的地平线和一湾苍茫无际的碧落，觉得在这自然的怀抱里，他的将来的成就定然是不少的。不晓是什么原因，不知不觉他竟起了一种感谢的心情。过了一忽，他忽然自言自语地说:

"这谦虚的情! 这谦虚的情! 就是宗教的起源呀! 淮尔特 Wilde 呀，佛尔兰 Verlaine 呀! 你们从狱里叫出来的'要谦虚' Be humble! 的意思我能了解了。"

车到了学校里，他就通名刺进去。跟了门房，转了几个弯，到了一处门上挂着"教务长"牌的房前的时候，他心里觉得不安得很。进了这房他看见一位三十上下的清瘦的教务长迎了出来。这教务长带着一副不深的老式近视眼镜，口角上有两丛微微的胡须黑影，讲一句话，眼睛必开闭几次。质夫因为是初次见面，所以应对非常留意，格外的拘谨。讲了几句寻常套话之后，他就领质夫上正厅上去吃早饭。在早膳席上，他为质夫介绍了一番。质夫对了这些新见的同事，胸中感到一种异常的压迫，他一个人心里想：

"新媳妇初见姑嫂的时候，她的心理应该同我一样的。唉，在山泉水清，出山泉水浊，我还不如什么事也不干，一个人回到家里去贪懒的好。"

吃了早膳，把行李房屋整顿了一下，姓倪的那教务长就把功课时间表拿了过来。却好那一天是礼拜，质夫就预备第二日去上课。倪教务长把编讲义上课的情形讲了一遍之后，便轻轻地对质夫说：

"现在我们校里正是五风十雨的时候，上课时候的讲义，请你用全副精神来对付。礼拜三用的讲义，是要今天发才赶得及，请你快些预备吧。"

他出去停了两个钟头，又跑上质夫那边来，那时候质夫已有一页讲义编好了。倪教务长拿起这页讲义来看的时候，神经过敏而且又是自尊心颇强的质夫，觉得被他侮辱了。但是一边心里又在那里恐惧，这种复杂的心理状态，怕没有就过事的人是不能了解的。他看了讲义之后，也不说好，也不说不好，但是质夫的纤细的神经却告诉质夫说：

"可以了，可以了，他已经满足了。"

恐惧的心思去了之后，质夫的自尊心又长了一倍，被侮辱的心思比从前也加一倍抬起头来，但是一种自然的势力，把这自尊心压了下去，教他忍受了。这教他忍受的心思，大约就是卑鄙的行为的原动力，若再长进几级，就不得不变成奴隶性质。现在社会上的许多成功者，多因为有这奴隶性质，才能成功，质夫初次的小成功，大约也是靠他这时候的这点奴隶性质而来的。

这一天晚上质夫上床的时候，却有两种矛盾的思想，在他的胸中来往。一种是恐惧的心思，就是怕学生不能赞成他。一种是喜悦的心思，就是觉得自家是专门学校的教授了。正在那里想的时候，他觉得有一个人钻进他的被来。他闭着眼睛，伸手去一摸，却是吴迟生。他和吴迟生颠颠倒倒地讲了许多话。到第二天的早晨，斋夫进房来替他倒洗面水，他被斋夫惊醒的时候，才知道是一场好梦，他醒来的时候，两只手还紧紧地抱住在那里。

第二次上课钟打后，质夫跟了倪教务长去上课去。倪教务长先替他向学生介绍了几句，出课堂门去了，质夫就踏上讲坛去讲。这一天因为没有讲义稿子，所以他只空说了两点钟。正在那里讲的时候，质夫觉得有一种想博人欢心的虚伪的态度和言语，从他的面上口里流露出来。他心里一边在那里鄙笑自家，一边却怎么也禁不住这一种态度和这一种言语。大约这一种心理和前节所说的忍受的心理就是构成奴隶性质的基础吧？

好容易破题儿的第一天过去了。到了晚上九点钟的时候，倪教务长的苍黄的脸上浮着了一脸微笑，跑上质夫房里来。质夫匆忙站起来让他坐下之后，倪教务长便用了日本话，笑嘻嘻地对质夫说：

"你成功了。你今天大成功，你所教的几班，都来要求加钟点了。"

质夫心里虽然非常喜欢，但是面上却只装着一种漠不相关的样子。倪教务长到了这时候，也没有什么隐瞒了，便把学校里的内情全讲了出来。

"我们学校里，因为陆校长今年夏天同军阀李星狼麦连邑打了一架，并反对违法议员和驱逐李麦的走狗韩省长的原因，没有一天不被军阀所仇视。现在李麦和那些议员出了三千元钱，买收了几个学生，想在学校里捣乱。所以你没有到的几天，我们是一夕数惊，在这里防备的。今年下半年新聘了几个先生，又是招怪，都不能得学生的好感。所以要你再受他们学生的攻击，那我们在教课上就站不住了。一个学校中，若聘的教员，不能得学生的好感，教课上不能铜墙铁壁的站住，风潮起来的时候，那你还有什么法子？现在好了，你总站得住了，我也大可以放心了。呵呵呵呵（底下又用了一句日本话），你成功了呀！"

质夫听了这些话，因为不晓得这 A 省的情形，所以也不十分明了，但是倪教务长对质夫是很满足的一件事情，质夫明明在他的言语态度上可以看得出来。从此质夫当初所怀着的那一种对学生对教务长的恐惧心，便一天一天地减少下去了。

四

学校内外浮荡着的暗云，一层一层地紧迫起来。本来是神经质的倪教务长和态度从容的陆校长常常在那里作密谈。质夫因为不谙那学校的情形，所以也没有什么惧怕，尽在那里干他自家一个人的事。

初到学校后二三天的紧张的精神，渐渐地弛缓下去的时候，质夫的许久不抬头的性欲，又露起头角来了。因为时间与空间的关系，吴迟生的印象一天一天在他的脑海里消失下去。于是代此而兴，支配他的全体精神的欲情，便分成了二个方向一起作用来。一种是纯一的爱情，集中在他的一个年轻的学生身上。一种是间断偶发的冲动。这种冲动发作的时间，他竟完全成了无理性的野兽，非要到城里街上，和学校附近的乡间的贫民窟里去乱跑乱跳走一次，偷看几个女性，不能把他的性欲的冲动压制下去。有一天晚上，正是这冲动发作的时候，倪教务长不声不响地走进他的房里来忠告他说：

"质夫，你今天晚上不要跑出去。我们得着了一个消息，说是几个被李麦买取了的学生，预备今晚起事，我们教职员还是住在一处，不要出去的好。"

质夫在房里电灯下坐着，守了一个钟头，觉得苦极了。他对学校的风潮，还未曾经验过，所以并没有什么害怕，并且因为他到这学校不久，缠绕在这学校周围的空气，不能明白，所以更无危惧的心思。他听了倪教务长的话之后，只觉得有一种看热闹的好奇心起来，并没有别的观念。同西洋小孩在圣诞节的晚上盼望圣诞老人到来的样子，他反而一刻一刻地盼望这捣乱事件快些出现。等了一个钟头，学校里仍没有什么动静，他的好奇心竟被他原有的冲动的发作压倒了。他从座位里站了起来，在房里走了几圈，又坐了一忽，又站起来走了几圈，觉得他的兽性，终究压不下去。换了一套中国衣服，他便悄悄地从大门走了出去。浓蓝的天影里，有几颗游星，在那里开闭。学校附近的郊外的路上黑得可怕。幸亏这一条路是沿着城墙沟渠的，所以黑暗中的城墙的轮廓和黑沉沉的城池的影子，还当作了他的行路的目标。他同瞎子似的在不平的路上跌了几脚，踏了几次空，走到北门城门外的时候，忽然想起城门是快要闭了。若或进城去，他在城里又无熟人，又没有法子弄得到一张出城券，事情是不容易解决的。所以在城门外迟疑了一会儿，他就回转了脚，一直沿了向北的那一条乡下的官道跑去。跑了一段，他跑到一处狭的街上了。他以为这样的城外市镇里，必有那些奇形怪状的最下流的妇人住着，他的冲动的目的物，正是这一流妇人。但是他在黄昏的小市上，跑来跑去跑了许多时候，终究寻不出一个妇人来。有时候虽有一二个蓬头的女子走过，却是人家的未成年的使婢。他在街上走了一会儿，又穿到漆黑的侧巷里去走了一会儿，终究不能达到他的目的。在一条无人通过的漆黑的侧巷里站着，他仰起头来看看幽远的天空，便轻轻地叹着说：

"我在外国苦了这许多年数，如今到中国来还要吃这样的苦。唉！我何苦呢，可怜我一生还未曾得着女人的爱惜过。啊，恋爱呀，你若可以学识来换的，我情愿将我所有的知识，完全交出来，与你换一个有血有泪的拥抱。啊，恋爱呀，我恨你是不能糊涂了事的。我恨你是不能以资格地位名誉来换的。我要灭这一层烦恼，我只有自杀……"

讲到了这里，他的面上忽然滚下了两粒粗泪来。他觉得站在这里，终究不是长久之计，就又同饿犬似的走上街来了。垂头丧气的正想回到校里来的时候，他忽然看见一家小小的卖香烟洋货的店里，有一个二十五六的女人坐在灰黄的电灯下，对了账簿算盘在那里结账。他远远的站在街上看了一忽，走来走去地走了几次，便不声不响地踱进了店去。那女人见他进去，就丢下了账目来问他：

"要买什么东西？"

先买了几封香烟，他便对那女人呆呆地看了一眼。由他这时候的眼光看来，这女人的容貌却是商家所罕有的。其实她也只是一个平常的女人，不过身材生得小，所以俏得很，衣服穿得还时髦，所以觉得有些动人的地方。他如饿犬似的贪看了一二分钟，便问她说：

"你有针卖没有？"

"是缝衣服的针么？"

"是的，但是我要一个用熟的针，最好请你卖一个新针给我之后，将拿新针与你用熟的针交换一下。"

那妇人便笑着回答说：

"你是拿去煮在药里的么？"

他便含糊地答应说：

"是的是的，你怎么知道？"

"我们乡下的仙方里，老有这些玩意儿的。"

"不错不错，这针倒还容易办得到，还有一件物事，可真是难办。"

"是什么呢？"

"是妇人们用的旧手帕，我一个人住在这里，又无朋友，所以这物事是怎么也求不到的，我已经决定不再去求了。"

"这样的也可以的么？"

一边说，一边那妇人从她的口袋里拿了一块洋布的旧手帕出来。质夫一见，觉得胸前就乱跳起来，便涨红了脸说：

"你若肯让给我，我情愿买一块顶好的手帕来和你换。"

"那请你拿去就对了，何必换呢。"

"谢谢，谢谢，真真是感激不尽了。"

质夫得了她的用旧的针和手帕，就跌来碰去地奔跑回家。路上有一阵凉冷的西风，吹上他的微红的脸来，那时候他觉得爽快极了。

回到了校内，他看看还是未曾熄灯。幽幽的回到房里，闩上了房门，他马上把骗来的那用旧的针和手帕从怀中取了出来。在桌前椅子上坐下，他就把那两件宝物掩在自家的口鼻上，深深地闻一回香气。他又忽然注意到了桌上立在那里的那一面镜子，心里就马上想把现在的他的动作一一地照到镜子里去。取了镜子，把他自家的痴态看了一忽，他觉得这用旧的针子，还没有用得适当。呆呆地对镜子看了一二分钟。他就狠命地把针子向颊上刺了一针。本来为了兴奋的原故，变得一块红一块白的面上，忽然滚出了一滴同玛瑙珠似的血来。他用那手帕揩了之后，看见镜子里的面上又滚了一颗圆润的血珠出来。对着了镜子里的面上的血珠，看看手帕上的腥红的血迹，闻闻那旧手帕和针子的香味，想想那手帕的主人公的态度，他觉得一种快感，把他的全身都浸遍了。

不多一忽，电灯熄了，他因为怕他现在所享受的快感，要被打断，所以动也不动的坐在黑暗的房里，还在那里贪尝那变态的快味。打更的人打到他的窗下的时候，他才同从梦里头醒来的人一样，抱着了那针子和手帕摸上他的床上去就寝。

五

清秋的好天气一天一天的连续过去，A地的自然景物，与质夫生起情感来了的学生对质夫的感情，也一天一天的浓厚起来，吃过晚饭之后，在学校近傍的菱湖公园里，与一群他所爱的青年学生，看看夕阳返照在残荷枝上的暮景，谈谈异国的流风遗韵，确是平生的一大快事。质夫觉得这一般智识欲很旺的青年，都成了他的亲爱的兄弟了。

有一天也是秋高气爽的晴朗的早晨，质夫与雀鸟同时起了床，盥洗之后，便含了一枝伽利克，缓缓地走到菱湖公园去散步去。东天角上，太阳刚才起程，银红的天色渐渐的向西薄了下去，成了一种淡青的颜色。远近的泥田里，还有许多荷花的枯干同鱼栅似的立在那里。远远的山坡上，有几只白色的山羊同神话里的风景似的在那里吃枯草。他从学校近傍的山坡上，一直沿了一条向北的田塍细路走了过去，看看四周的田园清景，想想他目下所处的境遇，质夫觉得从前在东京的海岸酒楼上，对着了夕阳发的那些牢骚，不知消失到了什么地方去了。

"我也可以满足了，照目下的状态能够持续得一二十年，那我的精神，怕更要发达呢。"

穿过了一条红桥，在一个空亭里立了一会儿，他就走到公园中心的那条柳荫路上去。回到学校之后，他又接着了一封从上海来的信，说他著的一部小说集已经快出版了。

这一天午后他觉得精神非常爽快，所以上课的时候竟多讲了十分钟，他看看学生的面色，也都好像是很满足的样子。正要下课堂的时候，他忽听见前面寄宿舍和事务室的中间的通路上，有一阵摇铃的声音和学生喧闹的声音传了过来。他下了课堂，拿了书本跑过去一看，只见一群学生围着了一个青脸的学生在那里吵闹。那青脸的学生，面上带着一味杀气。他的颊下的一条刀伤痕更形容得他的狞恶。一群围住他的学生都摩拳擦掌地要打他。质夫看了一会儿，不晓得是怎么一回事，正在疑惑的时候，看见他的同乡教体操的王先生，从包围在那里的学生丛中，辟开了一条路，挤到那被包围的青脸学生面前，不问皂白，把那学生一把拖了到教员的议事厅上去。一边质夫又看见他的同事的监学唐伯名温温和和地对一群激愤的学生说：

"你们不必动气，好好儿地回到自修室去吧，对于江杰的捣乱，我们自有办法在这里。"

一半学生回自修室去了，一半学生跟在那青脸的学生后面叫着说：

"打！打！"

"打！打死他。不要脸的，受了李麦的金钱，你难道想卖同学么？"

质夫跟了这一群学生，跑到议事厅上，见他的同事都立在那里。同事中的最年长者，带着一副墨眼镜，头上有一块秃的许明先，见了那青脸的学生，就对他说：

"你是一个好好的人，家里又还可以，何苦要干这些事呢？开除你的是学校的规则，并不是校长。钱是用得完的，你们年轻的人还是名誉要紧。李麦能利用你来捣乱学校，也定能利用别人来杀你的，你何苦去干这些事呢？"

许明先还没有说完，门外站着的学生都叫着说：

"打！"

"李麦的走狗！"

"不要脸的，摇一摇铃三十块钱，你这买卖真好啊。"

"打打！"

许明先听了门外学生的叫唤，便出来对学生说：

"你们看我面上，不要打他，只要他能悔过就对了。"

许明先一边说一边就招那青脸的学生——名叫江杰——出来，对众谢罪。谢罪之后，许明先就护送他出门外，命令他以后不准再来，江杰就垂头丧气地走了。

江杰走后，质夫从学生和同事的口头听来，才知道这江杰本来也是校内的学生，因为闹事的缘故，在去年开除的。现在他得了李麦的钱，以要求复学为名，想来捣乱，与校内八九个得钱的学生约好，用摇铃作记号，预备一齐闹起来的。质夫听了心里反觉得好笑，以为像这样的闹事，便闹死也没有什么。

过了三四天，也是一天晴朗的早晨十点钟的时候，质夫正在预备上课，忽然听见几个学生大声哄号起来。质夫出来一看，见议事厅上有八九个长大的学生，吃得酒醉醺醺头向了天，带着了笑容，在那里哄号。不过一二分钟，教职员全体和许多学生都向议事厅走来。那八九个学生中间的一个最长的人便高声的对众人说：

"我们几个人是来搬校长的行李的。他是一个过激党，我们不愿意受过激党的教育。"八九个中的一个矮小的人也对众人说：

"我们既然做了这事，就是不怕死的。若有人来拦阻我们，那要对他不起。"

说到这里，他在马褂袖里，拿了一把八寸长的刀出来。质夫看着门外站在那里的学生起初同蜂巢里的雄蜂一样，还有些喃喃讷讷的声音，后来看了那矮小的人的小刀，就大家静了下去。质夫心里有点不平，想出来讲几句话，但是被他的同乡教体操的王先生拖住了。王先生对他说：

"事情到了这样，我与你站出去也压不下来了。我们都是外省人，何苦去与他们为难呢？他们本省的学生，尚且在那里旁观。"

那八九个学生一霎时就打到议事厅间壁的校长房里去，却好这时候校长还不在家，他们就把校长的铺盖捆好了。因为那一个拿刀的人在门口守着。所以另外的人一个人也不敢进到校长房里去拦阻他们。那八九个学生同做新戏似的笑了一声，最后跟着了那个拿刀的矮子，抬了校长的被褥，就慢慢地走出门去了。等他们走了之后，倪教务长和几个教员都指挥其余的学生，不要紊乱秩序，依旧去上课去。上了两个钟头课，吃午膳的时候，教职员全体主张停课一二天以观大势。午后质夫得了这闲空时间，倒落得自在，便跑上西门外的大观亭去玩去了。

大观亭的前面是汪洋的江水。江中靠右的地方，有几个沙渚浮在那里。阳光射在江水的微波上，映出了几条反射的光线来。洲渚上的苇草，也有头白了的，也有作青黄色的，远远望去，同一片平沙一样。后面有一方湖水，映着了青天，静静地躺在太阳的光里。沿着湖水有几处小山，有几处黄墙的寺院。看了这后面的风景，质夫忽然想起在洋画上看见过的瑞士四林湖的山水来了。一个人逛到傍晚的时候，看了西天日落的景色，他就回到学校里来。一进校门，遇着了几个从里面出来的学生，质夫觉得那几个学生的微笑的目光，都好像在那里哀怜他的样子。他胸里感着一种不快的情怀，觉得是回到了不该回的地方来了。

吃过了晚饭，他的同事都锁着了眉头，议论起那八九个学生搬校长铺盖时候的情形和解决的方法来。质夫脱离了这议论的团体，私下约了他的同乡教体操的王亦安，到菱湖公园去散步去。太阳刚才下山，西天还有半天金赤的余霞留在那里。天盖的四周，也染了这余霞的返照，映出一种紫红的颜色来。天心里有大半规月亮白洋洋地挂着，还没有放光。田塍路的角里和枯荷枝的脚上，都有些薄暮的影子看得出来了。质夫和亦安一边走一边谈，亦安把这次风潮的原因细细地讲给了质夫听：

"这一次风潮的历史，说起来也长得很。但是它的原因，却伏在今年六月里，当李星狼麦连邑杀学生蒋可奇的时候。那时候陆校长讲的几句话是的确厉害的。因为议员和军阀杀了蒋可奇，所以学生联合会有澄清选举反对非法议员的举动。因为有了这举动，所以不得不驱逐李麦的走狗想来召集议员的省长韩士成。因这几次政治运动的结果，军阀和议员的怨恨，都结在陆校长一人的身上。这一次议员和军阀想趁新省长来的时候，再开始活动，所以首先不得不去他们的劲敌陆校长。我听见说这几个学生从议员处得了二百元钱一个人。其余守中立的学生，也有得着十元十五元的。他们军阀和议员，连警察厅都买通了的，我听见说，今天北门站岗的巡警一个人还得着二元贿赂呢。此外还有想夺这校长做的一派人，和同陆校长倪教务长有反感的一派人也加在内，你说这风潮的原因复杂不复杂？"

穿过了公园西北面的空亭，走上园中大路的时候，质夫邀亦安上东面水田里的纯阳阁里去。

夜阴一刻一刻的深了起来，月亮也渐渐地放起光来了。天空里从银红到紫蓝，从紫蓝到淡青的变了好几次颜色。他们进纯阳阁的时候，屋内已经漆黑了。从黑暗中摸上了楼。他们看见有一盏菜油灯点在上首的桌上。从这一粒微光中照出来的红漆的佛座，和桌上的供物，及两壁的幡对之类，都带着些神秘的形容。亦安向四周看了一看，对质夫说：

"纯阳祖师的签是非常灵的，我们各人求一张吧。"

质夫同意了，得了一张三十八签中吉。

他们下楼，走到公园中间那条大路的时候，星月的光辉，已经把道旁的杨柳影子印在地上了。

闹事之后，学校里停了两天课。到了礼拜六的下午，教职员又开了一次大会，决定下礼拜一暂且开始上课一礼拜，若说官厅没有适当的处置，再行停课。正是这一天的晚上八点钟的时候，质夫刚在房里看他的从外国寄来的报，忽听见议事厅前后，又有哄号的声音传了过来。他跑出去一看，只见有五六个穿农夫衣服，相貌狞恶的人，跟了前次的八九个学生，在那里乱跳乱叫。当质夫跑进他们身边的时候，八九个人中最长的那学生就对质夫拱拱手说：

"对不起，对不起，请老师不要惊慌，我们此次来，不过是为搬教务长和监学的行李来的。"

质夫也着了急，问他们说：

"你们何必这样呢？"

"实在是对老师不起！"

那一个最长的学生还没有说完，质夫看见有一个农夫似的人跑到那学生身边说：

"先生，两个行李已经搬出去了，另外还有没有？"

那学生却回答说：

"没有了，你们去吧。"

这样的下了一个命令，他又回转来对质夫拱了一拱手说：

"我们实在也是出于不得已，只有请老师原谅原谅。"

又拱了拱手，他就走出去了。

这一天晚上行李被他们搬去的倪教务长和唐监学二人都不在校内。闹了这一场之后，校内同暴风过后的海上一样，反而静了下去。王亦安和质夫同几个同病相怜的教员，合在一处谈议此后的处置。质夫主张马上就把行李搬出校外，以后绝对的不再来了。王亦安光着眼睛对质夫说：

"不能不能，你和希圣怎么也不能现在搬出去。他们学生对希圣和你的感情最好。现在他们中立的多数学生，正在那里开会，决计留你们几个在校内，仍复继续替他们上课。并且有人在大门口守着，不准你们出去。"

中立的多数学生果真是像在那里开会似的，学校内弥漫着一种紧迫沉默的空气，同重病人的房里沉默着的空气一样。几个教职员大家合议的结果，议决方希圣和于质夫二人，于晚上十二点钟学生全睡着的时候出校，其余的人一律于明天早晨搬出去。

天潇潇地下起雨来了。质夫回到房里，把行李物件收拾了一下，便坐在电灯下连连续续地吸起烟来。等了好久，王亦安轻轻地来说：

"现在可以出去了。我陪你们两个人出去，希圣立在桂花树底下等你。"

他们三人轻轻地走到门口的时候，门房里忽然走出了一个学生来问说：

"三位老师难道要出去么？我是代表多数同学来求三位老师不要出去的。我们总不能使他们几个学生来破坏我们的学校，到了明朝，我们总要想个法子，要求省长来解决他们。"

讲到这里，那学生的眼睛已有一圈红了。王亦安对他作了一揖说：

"你要是爱我们的，请你放我们走吧，住在这里怕有危险。"

那学生忽然落了一颗眼泪，咬了一咬牙齿说：

"既然这样，请三位老师等一等，我去寻几位同学来陪三位老师进城，夜深了，怕路上不便。"

那学生跑进去之后，他们三人马上叫门房开了门，在黑暗中冒着雨走了。走了三五分钟，他们忽听见后面有脚步声在那里追逐，他们就放大了脚步赶快走来，同时后面的人却叫着说：

"我们不是坏人，请三位老师不要怕，我们是来陪老师们进城的。"

听了这话，他们的脚步便放小来。质夫回头来一看，见有四个学生拿了一盏洋油行灯，跟在他们的后面。其中有二个学生，却是质夫教的一班里的。

六

第二天的午后，从学校里搬出来的教职员全体，就上省长公署去见新到任的省长。那省长本来是质夫的胞兄的朋友，质夫与他亦曾在西湖上会过的。历任过交通司法总长的这省长，讲了许多安慰教职员的话之后，却作了一个"总有办法"的回答。

质夫和另外的几个教职员，自从学校里搬出来之后，便同丧家之犬一样，陷到了去又去不得留又不能留的地位。因为连续的下了几天雨，所以质夫只能蛰居在一家小客栈里，不能出去闲逛。他就把他自己与另外的几个同事的这几日的生活，比作了未决囚的生活。每自嘲自慰的对人说：

"文明进步了，目下教员都要蒙尘了。"

性欲比人一倍强盛的质夫，处了这样的逆境，当然是不能安分的。他竟瞒着了同住的几个同事，到娼家去进出起来了。

从学校里搬出来之后，约有一礼拜的光景。他恨省长不能速行解决闹事的学生，所以那一天晚上吃晚饭的时候就多喝了几杯酒。这兴奋剂一下喉，他的兽性又起作用来，就独自一个走上一位带有家眷的他的同事家里去。那一位同事本来是质夫在 A 地短时日中所得的最好的朋友。质夫上他家去，本来是有一种漠然的预感和希望怀着，坐谈了一会儿，他竟把他的本性显露了出来，那同事便用了英文对他说：

"你既然这样的无聊，我就带你上班子里逛去。"

穿过了几条街巷，从一条狭而又黑的巷口走进去的时候，质夫的胸前又跳跃起来，因为他虽在日本经过这种生活，但是在他的故国，却从没有进过这些地方。走到门前有一处卖香烟橘子的小铺和一排人力车停着的一家墙门口，他的同事便跑了进去。他在门口仰起头来一看，门楣上有一块白漆的马口铁写着鹿和班的三个红字，挂在那里，他迟了一步，也跟着他的同事进去了。

坐在门里两旁的几个奇形怪状的男人，看见了他的同事和他，便站了起来，放大了喉咙叫着说：

"引路！荷珠姑娘房里。吴老爷来了！"

他的同事吴风世不慌不忙的招呼他进了一间二丈来宽的房

里坐下之后，便用了英文问他说：

"你要怎么样的姑娘？你且把条件讲给我听，我好替你介绍。"

质夫在一张红木椅上坐定后，便也用了英文对吴风世说：

"这是你情人的房么？陈设得好精致，你究竟是一位有福的嫖客。"

"你把条件讲给我听吧，我好替你介绍。"

"我的条件讲出来你不要笑。"

"你且讲来吧。"

"我有三个条件，第一要她是不好看的，第二要年纪大一点，第三要客少。"

"你倒是一个老嫖客。"

讲到这里，吴风世的姑娘进房来了。她头上梳着辫子，皮色不白，但是有一种婉转的风味。穿的是一件虾青大花的缎子夹衫，一条玄色素缎的短脚裤。一进房就对吴风世说：

"说什么鬼话，我们不懂的呀！"

"这一位于老爷是外国来的，他是外国人，不懂中国话。"

质夫站起来对荷珠说：

"假的假的，吴老爷说的是谎，你想我若不懂中国话，怎么还要上这里来呢？"

荷珠笑着说：

"你究竟是不是中国人？"

"你难道还在疑信么？"

"你是中国人，你何以要穿外国衣服？"

"我因为没有钱做中国衣服。"

"做外国衣服难道不要钱的么？"

吴风世听了一忽，就叫荷珠说：

"荷珠，你给于老爷荐举一个姑娘吧。"

"于老爷喜欢怎么样的？碧玉好不好？春红？香云？海棠？"

吴风世听了海棠两字，就对质夫说：

"海棠好不好？"

质夫回答说：

"我又不曾见过，怎么知道好不好呢？海棠与我提出的条件合不合？"

风世便大笑说：

"条件悉合，就是海棠吧。"

荷珠对她的假母说：

"去请海棠姑娘过来。"

假母去了一忽来回说：

"海棠姑娘在那里看戏，打发人去叫去了。"

从戏院到那鹿和班来回总有三十分钟，这三十分钟中间，质夫觉得好像是被悬挂在空中的样子，正不知如何的消遣才好。他讲了些闲话，一个人觉得无聊，不知不觉，就把两只手抱起膝来。吴风世看了他这样子，就马上用了英文警告他说：

"不行不行，抱膝的事，在班子里是大忌的。因为这是闲空的象征。"

质夫听了，觉得好笑，便也用了英文问他说：

"另外还有什么礼节没有？请你全对我说了吧，免得被她们姑娘笑我。"

正说到这里，门帘开了，走进了一个年约二十二三，身材矮小的姑娘来。她的青灰色的额角广得很，但是又低得很，头发也不厚，所以一眼看来，觉得她的容貌同动物学上的原始猴类一样。一双鲁钝挂下的眼睛，和一张比较长狭的嘴，一见就可以知道她的性格是忠厚的。她穿的是一件明蓝花缎的夹袄，上面罩着一件雪色大花缎子的背心，底下是一条雪灰的牡丹花缎的短脚裤。她一进来，荷珠就替她介绍说：

"对你的是这一位于老爷，他是新从外国回来的。"

质夫心里想，这一位大约就是海棠了。她的面貌却正合我的三个条件，但是她何以会这样一点儿娇态都没有。海棠听了荷珠的话，也不作声，只呆呆地对质夫看了一眼。荷珠问她今天晚上的戏好不好，她就显出了一副认真的样子，说今晚上的戏不好，但是新上台的小放牛却好得很，可惜只看了半出，没有看完。质夫听了她那慢慢的无娇态的话，心里觉得奇怪得很，以为她不像妓院里的姑娘。吴风世等她讲完了话之后，就叫她说：

"海棠！到你房里去吧，这一位于老爷是外国人，你可要待他格外客气才行。"

质夫风世和荷珠三人都跟了海棠到她房里去。质夫一进海棠的房，就看见一个四十上下的女人，鼻上起了几条皱纹，笑嘻嘻地迎了出来。她的青青的面色，和角上有些吊起的一双眼睛，薄薄的淡白的嘴唇，都使质夫感着一种可怕可恶的印象，她待质夫也很殷勤，但是质夫总觉得她是一个恶人。

在海棠房里坐了一个多钟头，讲了些无边无际的话，质夫和风世都出来了。一出那狭巷,就是大街,那时候街上的店铺都已闭门,四围寂静得很,质夫忽然想起了英文的"Dead City"两个字来,他就幽幽地对风世说:

"风世!我已经成了一个 Living Corpse 了。"

走到十字路口,质夫就和风世分了手。他们两个各听见各人的脚步声渐渐地低了下去,不多一忽,这入人心脾的足音,也被黑暗的夜气吞没下去了。

采石矶

文章憎命达，魑魅喜人过。

——杜甫

一

自小就神经过敏的黄仲则，到了二十三岁的现在，也改不过他的孤傲多疑的性质来。他本来是一个负气殉情的人，每逢兴致激发的时候，不论讲得讲不得的话，都涨红了脸，放大了喉咙，抑留不住的直讲出来。听话的人，若对他的话有些反抗，或是在笑容上，或是在眼光上，表示一些不赞成他的意思的时候，他便要拼命的辩驳，讲到后来他那双黑晶晶的眼睛老会张得很大，好像会有火星飞出来的样子。这时候若有人出来说几句迎合他的话，那他必喜欢得要奋身高跳，他那双黑而且大的眼睛里也必有两泓清水涌漾出来，再进一步，他的清瘦的颊上就会有感激的眼泪流下来了。

像这样的发泄一会之后，他总有三四天守着沉默，无论何人对他说话，他总是噤口不作回答的。在这沉默期间内，他也有一个人关上了房门，在那学使衙门东北边的寿春园西室里兀坐的时候，也有青了脸，一个人上清源门外的深云馆怀古台去独步的时候，也有跑到南门外姑熟溪边上的一家小酒馆去痛饮的时候。不过在这期间内他对人虽不说话，对自家却总一个人老在幽幽的好像讲论什么似的。他一个人，在这中间，无论上什么地方去，有时或轻轻的吟诵着诗或文句，有时或对自家嘻笑嘻笑，有时或望着了天空而作叹惜，竟似忙得不得开交的样子。但是一见着人，他那双呆呆的大眼，举起来看你一眼，他脸上的表情就会变得同毫无感觉的木偶一样，人在这时候遇着他，总没有一个不被他骇退的。

学使朱筒河，虽则非常爱惜他，但因为事务烦忙的缘故，所以当他沉默忧郁的时候，也不能来为他解闷。当这时候，学使左右上下四五十人中间，敢接近他，进到他房里去与他谈几句话的，只有一个他的同乡洪稚存。与他自小同学，又是同乡的洪稚存，很了解他的性格。见他与人论辩，愤激得不堪的时候，每肯出来为他说几句话，所以他对稚存比自家的弟兄还要敬爱。稚存知道他的脾气，当他沉默起头的一两天，故意的不去近他的身。有时偶然同他在出入的要路上遇着的时候，稚存也只装成一副忧郁的样子，不过默默的对他点一点头就过去了。待他沉默过了一两天，暗地里看他好像有几首诗做好，或者看他好像已经在市上酒肆里醉过了一次，或在城外孤冷的山林间痛哭了一场之后，稚存或在半夜或在清早，方敢慢慢地走到他的房里去，与他争诵些《离骚》或批评韩昌黎李太白的杂诗，他的沉默之戒也能因此而破了。

学使衙门里的同事们，背后虽在叫他作黄疯子，但当他的面，却个个怕他得很。一则因为他是学使朱公最钟爱的上客，二则也因为他习气太深，批评人家的文字，不顾人下得起下不起，只晓得顺了自家的性格，直言乱骂的缘故。

他跟提督学政朱笥河公到太平，也有大半年了，但是除了洪稚存朱公二人而外，竟没有一个第三个人能同他讲得上半个钟头的话。凡与他见过一面的人，能了解他的，只说他恃才傲物，不可订交，不能了解他的，简直说他一点儿学问也没有，只仗着了朱公的威势爱发脾气。他的声誉和朋友一年一年的少了下去，他的自小就有的忧郁症反一年一年的深起来了。

二

乾隆三十六年的秋也深了。长江南岸的太平府城里，已吹到了凉冷的北风，学使衙门西面园里的杨柳梧桐榆树等杂树，都带起鹅黄的淡色来。园角上荒草丛中，在秋月皎洁的晚上，凄凄唧唧的候虫的鸣声，也觉得渐渐地幽下去了。

昨天晚上，因为月亮好得很，仲则竟犯了风露，在园里看了一晚的月亮。在疏疏密密的树影下走来走去地走着，看看地上同严霜似的月亮，他忽然感触旧情，想到了他少年时候的一次悲惨的爱情上去。

"唉唉！但愿你能享受你家庭内的和乐！"

这样的叹了一声，远远地向东天一望，他的眼睛，忽然现出了一个十六岁的伶俐的少女来。那时候仲则正在宜兴读书，他同学的陈某龚某都比他有钱，但那少女的一双水盈盈的眼光，却只注视在瘦弱的他的身上。他过年的时候因为要回常州，将别的那一天，又到她家里去看她，不晓是什么缘故，这一天她只是对他暗泣而不多说话。同她痴坐了半个钟头，他已经走到门外了，她又叫他回去，把一条当时流行的淡黄绸的汗巾送给了他。这一回当临去的时候，却是他要哭了，两人又拥抱着痛哭了一场，把他的眼泪，都揩擦在那条汗巾的上面。一直到航船要开的将晚时候，他才把那条汗巾收藏起来，同她别去。这一回别后，他和她就再没有谈话的机会了。他第二回重到宜兴的时候，他的少年的悲哀，只成了几首律诗，流露在抄书的纸上：

大道青楼望不遮，年时系马醉流霞；风前带是同心结，杯底人如解语花。下杜城边南北路，上阑门外去来车。匆匆觉得扬州梦，检点闲愁在鬓华。

唤起窗前尚宿醒，啼鹃催去又声声。丹青旧誓相如札，禅榻经时杜牧情。别后相思空一水，重来回首已三生；云阶月地依然在，细逐空香百遍行。

遮莫临行念我频，竹枝留浣泪痕新。多缘刺史无坚约，岂视萧郎作路人。望里彩云疑冉冉，愁边春水故粼粼。珊瑚百尺珠千斛，难换罗敷未嫁身。

从此音尘各悄然，春山如黛草如烟。泪添吴苑三更雨，恨惹邮亭一夜眠。讵有青鸟缄别句，聊将锦瑟记流年。他时脱便微之过，百转千回只自怜。

后三年，他在扬州城里看城隍会，看见一个少妇，同一年约三十左右，状似富商的男人在街上缓步。他的容貌绝似那宜兴的少女，他晚上回到了江边的客寓里，又做成了四首感旧的杂诗。

风亭月榭记绸缪，梦里听歌醉里愁。牵袂几曾终絮语，掩关从此入离忧。明灯锦幄珊珊骨，细马春山翼翼眸。最忆频行尚回首，此心如水只东流。

而今潘鬓渐成丝，记否羊车并载时；挟弹何心惊共命，抚柯底苦破交枝。如馨风柳伤思曼，别样烟花恼牧之。莫把鹍弦弹昔昔，经秋憔悴为相思。

柘舞平康旧擅名，独将青眼到书生，轻移锦被添晨卧，细酌金卮遣旅情。此日双鱼寄公子，当时一曲怨东平。越王祠外花初放，更共何人缓缓行。

非关惜别为怜才，几度红笺手自裁。湖海有心随颖士，风情近日逼方回。多时掩幔留香住，依旧窥人有燕来。自古同心终不解，罗浮冢树至今哀。

他想想现在的心境，与当时一比，觉得七年前的他，正同阳春暖日下的香草一样，轰轰烈烈，刚在发育。因为当时他新中秀才，眼前尚有无穷的希望，在那里等他。

"到如今还是依人碌碌！"

一想到现在的这身世，他就不知不觉地悲伤起来了。这时候忽有一阵凉冷的西风，吹到了园里。月光里的树影索索落落地颤动了一下，他也打了一个冷痉，不晓得是什么缘故，觉得毛细管都竦竖了起来。

"似此星辰非昨夜，为谁风露立中宵？"

于是他就稍微放大了声音把这两句诗吟了一遍，又走来走去地走了几步，一则原想借此以壮壮自家的胆，二则他也想把今夜所得的这两句诗，凑成一首全诗。但是他的心思，乱得同水淹的蚁巢一样，想来想去怎么也凑不成上下的句子。园外的围墙衖里，打更的声音和灯笼的影子过去之后，月光更洁练得怕人了。好像是秋霜已经下来的样子，他只觉得身上一阵一阵的寒冷了起来。想想穷冬又快到了，他筐里只有几件大布的棉衣，过冬若要去买一件狐皮的袍料，非要有四十两银子不可，并且家里他也许久不寄钱去了，依理而论，正也该寄几十两银子回去，为老母辈添置几件衣服，但是照目前的状态看来，叫他能到何处去弄得这许多银子？他一想到此，心里又添了一层烦闷。呆呆地对西斜的月亮看了一忽，他却顺口念出了几句诗来：

"茫茫来日愁如海，寄语羲和快着鞭。"

回环念了两遍之后，背后的园门里忽而走了一个人出来，轻轻地叫着说：

"好诗好诗，仲则！你到这时候还没有睡么？"

仲则倒骇了一跳，回转头来就问他说：

"稚存！你也还没有睡么？一直到现在在那里干什么？"

"竹君要我为他起两封信稿，我现在刚搁下笔哩！"

"我还有两句好诗，也念给你听吧，似此星辰非昨夜，为谁风露立中宵？"

"诗是好诗，可惜太衰飒了。"

"我想把它们凑成两首律诗来，但是怎么也做不成功。"

"还是不做成的好。"

"何以呢？"

"做成之后，岂不是就没有兴致了么？"

"这话倒也不错，我就不做了吧。"

"仲则，明天有一位大考据家来了，你知道么？"

"谁呀？"

"戴东原。"

"我只闻诸葛的大名，却没有见过这一位小孔子，你听谁说他要来呀？"

"是北京纪老太史给竹君的信里说出的，竹君正预备着迎接他呢！"

"周秦以上并没有考据学，学术反而昌明，近来大名鼎鼎的考据学家很多，伪书却日渐风行，我看那些考据学家都是盗名欺世的。他们今日讲诗学，明日弄训诂，再过几天，又要来谈治国平天下，九九归原，他们的目的，总不外乎一个翰林学士的衔头，我劝他们还是去参注酷吏传的好，将来束带立于朝，由礼部而吏部，或领理藩院，或拜内阁大学士的时候，倒好照样去做。"

"你又要发痴了，你不怕旁人说你在妒忌人家的大名的么？"

"即使我在妒忌人家的大名，我的心地，却比他们的大言欺世，排斥异己，光明得多哩！我究竟不在陷害人家，不在卑污苟贱的迎合世人。"

"仲则，你在哭么？"

"我在发气。"

"气什么？"

"气那些挂羊头卖狗肉的未来的酷吏！"

"戴东原与你有什么仇？"

"戴东原与我虽然没有什么仇，但我是疾恶如仇的。"

"你病刚好，又愤激得这个样子，今晚上可是我害了你了，仲则，我们为了这些无聊的人呕气也犯不着，我房里还有一瓶绍兴酒在，去喝酒去吧。"

他与洪稚存两人，昨晚喝酒喝到鸡叫才睡，所以今朝早晨太阳射照在他窗外的花坛上的时候，他还未曾起来。

门外又是一天清冷的好天气。绀碧的天空，高得渺渺茫茫。窗前飞过的鸟雀的影子，也带有些悲凉的秋意。仲则窗外的几株梧桐树叶，在这浩浩的白日里，虽然无风，也萧索地自在凋落。

一直等太阳射照到他的朝西南的窗下的时候，仲则才醒，从被里伸出了一只手，撩开帐子，向窗上一望，他觉得晴光射目，竟感觉得有些眩晕。仍复放下了帐子，闭了眼睛，在被里睡了一忽，他的昨天晚上的亢奋状态已经过去了，只有秋虫的鸣声，梧桐的疏影和云月的光辉，成了昨夜的记忆，还印在他的今天早晨的脑里。又开了眼睛呆呆地对帐顶看了一回，他就把昨夜追忆少年时候的情绪想了出来。想到这里，他的创作欲已经抬头起来了。从被里坐起，把衣服一披，他拖了鞋就走到书桌边上去。随便拿起了一张桌上的破纸和一支墨笔，他就叉手写出了一首诗来：

络纬啼歇疏梧烟，露华一白凉无边，纤云微荡月沉海，列宿乱摇风满天。谁人一声歌子夜，寻声婉转空台榭，声长声短鸡续鸣，曙色冷光相激射。

三

仲则写完了最后的一句，把笔搁下，自己就摇头反复地吟诵了好几遍。呆着向窗外的晴光一望，他又拿起笔来伏下身去，在诗的前面填了《秋夜》两字，作了诗题。他一边在用仆役拿来的面水洗面，一边眼睛还不能离开刚才写好的诗句，微微地仍在吟着。

他洗完了面，饭也不吃，便一个人走出了学使衙门，慢慢地只向南面的龙津门走去。十月中旬的和煦的阳光，不暖不热地洒满在冷清的太平府城的街上。仲则在蓝苍的高天底下，出了龙津门，渡过姑熟溪，尽沿了细草黄沙的乡间的大道，在向着东南前进。道旁有几处小小的杂树林，也已现出了凋落的衰容，枝头未坠的病叶，都带了黄苍的浊色，尽在秋风里微颤。树梢上有几只乌鸦，好像在那里赞美天晴的样子，"呀呀"地叫了几声。仲则抬起头来一看，见那几只乌鸦，以树林做了中心，却在晴空里飞舞打圈。树下一块草地，颜色也有些微黄了。草地的周围，有许多纵横洁净的白田，因为稻已割尽，只留了点点的稻草根株，静静地在享受阳光。仲则向四面一看，就不知不觉地从官道上，走入了一条衰草丛生的田塍的小路里去。走过了一块干净的白田，到了那树林的草地上，他就在树下坐下了。静静地听了一忽鸦噪的声音，他举头却见了前面的一带秋山，划在晴朗的天空中间。

"相看两不厌，只有敬亭山。"

这样的念了一句，他忽然动了登高望远的心思。立起了身，他就又回到官道上来了。走了半个钟头的样子，他过了一条小桥，在桥头树林里忽然发见了几家泥墙的矮草舍。草舍前空地上一只在太阳里躺着的白花犬，听见了仲则的脚步声，呜呜地叫了起来。半掩的一家草舍门口，有一个五六岁的小孩跑出来窥看他了。仲则因为将近山麓了，想问一声上谢公山是如何走法的，所以就对那跑出来的小孩问了一声。那小孩把小指头含在嘴里，好像怕羞似的一语也不答又跑了进去。白花犬因为仲则站住不走了，所以叫得更加厉害。过了一会儿，草舍门里又走出了一个头上包青布的老农妇来。仲则作了笑容恭恭敬敬地问她说：

"老婆婆，你可知道前面的是谢公山不是？"

老妇摇摇头说：

"前面的是龙山。"

"那么谢公山在哪里呢？"

"不知道，龙山左面的是青山，还有三里多路啦。"

"是青山么？那山上有坟墓没有？"

"坟墓怎么会没有！"

"是的，我问错了，我要问的，是李太白的坟。"

"噢噢，李太白的坟么？就在青山的半脚。"

仲则听了这话，喜欢得很，便告了谢，放轻脚步，从一条狭小的歧路折向东南的谢公山去。谢公山原来就是青山，乡下老妇只晓得李太白的坟，却不晓得青山一名谢公山，仲则一想，心里觉得感激得很，恨不得想拜她一下。他的很易激动的感情，几乎又要使他下泪了。他渐渐地前进，路也渐渐窄了起来，路两旁的杂树矮林，也一处一处的多起来了。又走了半个钟头的样子，他走到青山脚下了。在细草簇生的山坡斜路上，他遇见了两个砍柴的小孩，唱着山歌，挑了两肩短小的柴担，兜头在走下山来。他立住了脚，又恭恭敬敬地问说：

"小兄弟，你们可知道李太白的坟是在哪里的？"

两小孩好像没有听见他的话，尽管在向前的冲来。仲则让在路旁，一面又放声发问了一次。他们因为尽在唱歌，没有注意到仲则；所以仲则第一次问的时候，他们简直不知道路上有一个人在和他们兜头的走来，及走到了仲则的身边，看他好像在发问的样子，他们才歇了歌唱，忽而向仲则惊视了一眼，听了仲则的问话，前面的小孩把手向仲则的背后一指，好像求同意似的，回头来向后面的小孩看着说：

"李太白？是那一个坟吧！"

后面的小孩也争着以手指点说：

"是的，是那一个有一块白石头的坟。"

仲则回转了头，向他们指着的方向一看，看见几十步路外有一堆矮林，矮林边上果然有一穴，前面有一块白石的低坟躺在那里。

"啊，这就是么?"

他的这叹声里，也有惊喜的意思，也有失望的意思，可以听得出来。他走到了坟前，只看见了一个杂草生满的荒冢。并且背后的那两个小孩的歌声，也已渐渐地幽了下去；忽然听不见了，山间的沉默，马上就扩大了开来，包压在他的左右上下。他为这沉默一压，看看这一堆荒冢，又想到了这荒冢底下葬着的是一个他所心爱的薄命诗人，心里的一种悲感，竟同江潮似的涌了起来。

"啊啊，李太白，李太白!"

不知不觉的叫了一声，他的眼泪也同他的声音同时滚下来了。微风吹动了墓草，他的模糊的泪眼，好像看见李太白的坟墓在活起来的样子。他向坟的周围走了一圈，又回到墓门前来跪下了。

他默默地在墓前草上跪坐了好久。看看四围的山间透明的空气，想想诗人的寂寞的生涯，又回想到自家现在被人家虐待的境遇，眼泪只是陆陆续续地流淌下来。看看太阳已经低了下去，坟前的草影长起来了，他方把今天睡到了日中才起来，洗面之后跑出衙门，一直还没有吃过食物的事情想了出来，这时候却一忽儿的觉得饥饿起来了。

四

他挨了饿，慢慢地朝着了斜阳走回来的时候，短促的秋日已经变成了苍茫的白夜。他一面赏玩着日暮的秋郊野景，一面一句一句的尽在那里想诗。敲开了城门，在灯火零星的街上，走回学使衙门去的时候，他的吊李太白的诗也想完成了。

束发读君诗，今来展君墓。清风江上洒然来，我欲因之寄微慕。呜呼，有才如君不免死，我固知君死非死，长星落地三千年，此是昆明劫灰耳。高冠岌岌佩陆离，纵横学剑胸中奇，陶镕屈宋入大雅，挥洒日月成瑰词。当时有君无着处，即今遗躅犹相思。醒时兀兀醉千首，应是鸿蒙借君手，乾坤无事入怀抱，只有求仙与饮酒。一生低首唯宣城，墓门正对青山青。风流辉映今犹昔，更有灞桥驴背客（贾岛墓亦在侧），此间地下真可观，怪底江山总生色。江山终古月明里，醉魄沉沉呼不起，锦袍画舫寂无人，隐隐歌声绕江水，残膏剩粉洒六合，犹作人间万余子。与君同时杜拾遗，空石却在潇湘湄，我昔南行曾访之，衡云惨惨通九疑，即论身后归骨地，俨与诗境同分驰。终嫌此老太愤激，我所师者非公谁？人生百年要行乐，一日千杯苦不足，笑看樵牧语斜阳，死当埋我兹山麓。

仲则走到学使衙门里，只见正厅上灯烛辉煌，好像是在那里张宴。他因为人已疲倦极了，所以便悄悄地回到了他住的寿春园的西室。命仆役搬了菜饭来，在灯下吃了一碗，洗完手面之后，他就想上床去睡。这时候稚存却青了脸，张了鼻孔，作了悲寂的形容，走进他的房来了。

"仲则，你今天上什么地方去了？"

"我倦极了，我上李太白的坟前去了一次。"

"是谢公山么？"

"是的，你的样子何以这样的枯寂，没有一点儿生气？"

"唉，仲则，我们没有一点小名气的人，简直还是不出外面来的好。啊啊，文人的卑污呀！"

"是怎么一回事？"

"昨晚上我不是对你说过了么？那大考据家的事情。"

"哦，原来是戴东原到了。"

"仲则，我真佩服你昨晚上的议论。戴大家这一回出京来，拿了许多名人的荐状，本来是想到各处来弄几个钱的。今晚上竹君办酒替他接风，他在席上听了竹君夸奖你我的话，就冷笑了一脸说'华而不实'。仲则，叫我如何忍受下去呢！这样卑鄙的文人，这样的只知排斥异己的文人，我真想和他拼一条命。"

"竹君对他这话，也不说什么么？"

"竹君自家也在著《十三经文字同异》，当然是与他志同道合的了。并且在盛名的前头，哪一个能不为所屈。啊啊，我恨不能变一个秦始皇，把这些卑鄙的伪儒，杀个干净。"

"伪儒另外还讲些什么？"

"他说你的诗他也见过，太少忠厚之气，并且典故用错的也着实不少。"

"浑蛋，这样的胡说乱道，天下难道还有真是非么？他住在什么地方？去去，我也去问他个明白。"

"仲则，且忍耐着吧，现在我们是闹他不赢的。如今世上盲人多，明眼人少，他们只有耳朵，没有眼睛，看不出究竟谁清谁浊，只信名气大的人，是好的，不错的。我们且待百年后的人来判断吧！"

"但我总觉得忍耐不住，稚存，稚存。"

"…………"

"稚存，我，我……我想……想回家去了。"

"…………"

"稚存，稚存，你……你……你怎么样？"

"仲则，你有钱在身边么？"

"没有了。"

"我也没有了。没有川资，怎么回去呢？"

五

仲则的性格，本来是非常激烈的，对于戴东原的这辱骂自然是忍受不过去的，昨晚上和稚存两人默默地在房间里走来走去走了半夜，打算回常州去，又因为没有路费，不能回去。当半夜过了，学使衙门里的人都睡着之后，仲则和稚存还是默默地背着了手在房里走来走去的走。稚存看看灯下的仲则的清瘦的影子，想叫他睡了，但是看看他的水汪汪地注视着地板的那双眼睛，和他的全身在微颤着的愤激的身体，却终说不出话来，所以稚存举起头来对仲则偷看了好几眼，依旧把头低下去了。到了天将亮的时候，他们两人的愤激已消散了好多，稚存就对仲则说：

　　"仲则，我们的真价，百年后总有知者，还是保重身体要紧。戴东原不是史官，他能改变百年后的历史么？一时的胜利者未必是万世的胜利者，我们还该自重些。"

　　仲则听了这话，就举起他的一双水汪汪的眼睛，对稚存看了一眼。呆了一忽，他才对稚存说：

　　"稚存，我头痛得很。"

　　这样的讲了一句，仍复默默地俯了首，走来走去走了一会儿，他又对稚存说：

　　"稚存，我怕要病了。我今天走了一天，身体已经疲倦极了，回来又被那伪儒这样的辱骂一场，稚存，我若是死了，要你为我复仇的呀！"

　　"你又要说这些话了，我们以后还是务其大者远者，不要在那些小节上消磨我们的志气吧！我现在觉得戴东原那样的人，并不在我的眼中了。你且安睡吧。"

　　"你也去睡吧，时候已经不早了。"

　　稚存去后，仲则一个人还在房里俯了首走来走去的走了好久，后来他觉得实在是头痛不过了，才上床去睡。他从睡梦中哭醒来了好几次。到第二天中午，稚存进他房去看他的时候，他身上发热，两颊绯红，尽在那里讲谵语。稚存到他床边伸手到他头上去一摸，他忽然坐了起来问稚存说：

　　"京师诸名太史说我的诗怎么样？"

　　稚存含了眼泪勉强笑着说：

　　"他们都在称赞你，说你的才在渔洋之上。"

"在渔洋之上？呵呵，呵呵。"

稚存看了他这病状，就止不住地流下眼泪来。本想去通知学史朱笥河，但因为怕与戴东原遇见，所以只好不去。稚存用了湿毛巾把他头脑凉了一凉，他才睡了一忽。不上三十分钟，他又坐起来问稚存说：

"竹君，……竹君怎么不来？竹君怎么这几天没有到我房里来过？难道他果真信了他的话了么？我要回去了，我要回去了，谁愿意住在这里！"

稚存听了这话，也觉得这几天竹君对他们确有些疏远的样子，他心里虽则也感到了非常的悲愤，但对仲则却只能装着笑容说：

"竹君刚才来过，他见你睡着在这里，教我不要惊醒你来，就悄悄地出去了。"

"竹君来过了么？你怎么不讲？你怎么不叫他把那大盗赶出去？"

稚存骗仲则睡着之后，自己也哭了一个爽快。夜阴侵入到仲则的房里来的时候，稚存也在仲则的床沿上睡着了。

六

岁月迁移了。乾隆三十七年的新春带了许多风霜雨雪到太平府城里来，一直到了正月尽头，天气方才晴朗。卧在学使衙门东北边寿春园西室的病夫黄仲则，也同阴暗的天气一样，到了正月尽头却一天一天的强健了起来。本来是清瘦的他，遭了这一场伤寒重症，更清瘦得可怜。但稚存与他的友情，经了这一番患难，倒变得是一天浓厚似一天了。他们二人各对各的天分，也更互相尊敬了起来，每天晚上，各讲自家的抱负，总要讲到三更过后才肯入睡，两个灵魂，在这前后，差不多要化作成一个的样子。

二月以后，天气忽然变暖了。仲则的病体也眼见得强壮了起来。到二月半，仲则已能起来往浮邱山下的广福寺去烧香去了。

他的孤傲多疑的性质，经了这一番大病，并没有什么改变。他总觉得自从去年戴东原来了一次之后，朱竹君对他的态度，不如从前的诚恳了。有一天日长的午后，他一个人在房里翻开旧作的诗稿来看，却又看见去年初见朱竹君学使时候一首《上朱笥河先生》的柏梁古体诗。他想想当时一见如旧的知遇，与现在的无聊的状态一比，觉得人生事事，都无长局。拿起笔来他就又添写了四首律诗到诗稿上去。

抑情无计总飞扬，忽忽行迷坐若忘。遁拟凿坏因骨傲，吟还带索为愁长。听猿讵止三声泪，绕指真成百炼钢。自傲一呕休示客，恐将冰炭置人肠。

岁岁吹箫江上城，西园桃梗托浮生。马因识路真疲路，蝉到吞声尚有声。长铗依人游未已，短衣射虎气难平。剧怜对酒听歌夜，绝似中年以后情。

鸢肩火色负轮囷，臣壮何曾不若人。文倘有光真怪石，足如可析是劳薪。但工饮啖犹能活，尚有琴书且未贫。芳草满江容我采，此生端合付灵均。

似绮年华指一弹，世途惟觉醉乡宽。三生难化心成石，九死空尝胆作丸。出郭病躯愁直视，登高短发愧旁观。升沉不用君平卜，已办秋江一钓竿。

七

天上没有半点浮云，浓蓝的天色受了阳光的蒸染，蒙上了一层淡紫的晴霞，千里的长江，映着几点青螺，同逐梦似的流奔东去。长江腰际，青螺中一个最大的采石山前，太白楼开了八面高窗，倒影在江心牛渚中间；山水，楼阁，和楼阁中的人物，都是似醉似痴的在那里点缀阳春的烟景；这是三月上巳的午后，正是安徽提督学政朱笥河公在太白楼大会宾客的一天。翠螺山的峰前峰后，都来往着与会的高宾，或站在三台阁上，在数水平线上的来帆，或散在牛渚矶头，在寻前朝历史上的遗迹。从太平府到采石山，有二十里的官路。澄江门外的沙郊，平时不见有人行的野道上，今天热闹得差不多路空不过五步的样子。八府的书生，正来当涂应试，听得学使朱公的雅兴，都想来看看朱公药笼里的人才。所以江山好处，蛾眉燃犀诸亭都为游人占领去了。

黄仲则当这青黄互竞的时候，也不改他常时的态度。本来是纤长清瘦的他，又加以久病之余，穿了一件白夹春衫，立在人丛中间，好像是怕被风吹去的样子。清癯的颊上，两点红晕，大约是薄醉的风情。立在他右边的一个肥矮的少年，同他在那里看对岸的青山的，是他的同乡同学洪稚存。他们两人在采石山上下走了一转回到太白楼的时候，柔和肥胖的朱筜河笑问他们说：

"你们的诗作好了没有？"

洪稚存含着了微笑摇头说：

"我是闭门觅句的陈无已。"

万事不肯让人的黄仲则，就抢着笑说：

"我却做好了。"

朱筜河看了他这一种少年好胜的形状，就笑着说：

"你若是做了这样快，我就替你磨墨，你写出来吧。"

黄仲则本来是和朱筜河说说笑话的，但等得朱筜河把墨磨好，横轴摊开来的时候，他也不得不写了。他拿起笔来，往墨池里扫了几扫，就模模糊糊地写了下去：

红霞一片海上来，照我楼上华筵开，倾筋绿酒忽复尽，楼中谪仙安在哉！谪仙之楼楼百尺，筜河夫子文章伯，风流仿佛楼中人，千一百年来此客。是日江上彤云开，天门淡扫双蛾眉，江从慈母矶边转，潮到燃犀亭下回，青山对面客气舞，彼此青莲一抔土。若论七尺归蓬蒿，此楼作客山是主。若论醉月来江

滨，此楼作主山作宾。长星动摇若无色，未必常作人间魂，身
后苍凉尽如此，俯仰悲歌亦徒尔！杯底空余今古愁，眼前忽尽
东南美。高会题诗最上头，姓名未死重山邱，请将诗卷掷江水，
定不与江东向流。

不多几日，这一首太白楼会宴的名诗，就宣传在长江两岸
的士女的口上了。

茑萝行

同居的人全出外去后的这沉寂的午后的空气中独坐着的我，表面上虽则同春天的海面似的平静，然而我胸中的寂廖，我脑里的愁思，什么人能够推想得出来？现在是三点三十分了。外面的马路上大约有和暖的阳光夹着了春风，在那里助长青年男女的游春的兴致。但我这房里的透明的空气，何以会这样的沉重呢？龙华附近的桃林草地上，大约有许多穿着时式花样的轻绸绣缎的恋爱者在那里对着苍空发愉乐的清歌。但我的这从玻璃窗里透过来的半角青天，何以总带着一副嘲弄我的形容呢？啊啊，在这样薄寒轻暖的时候，当这样有作有为的年纪，我的生命力，我的活动力，何以会同冰雪下的草芽一样，一些儿也生长不出来呢？啊啊，我的女人！我的不能爱而又不得不爱的女人！我终觉得对你不起！

计算起来你的列车大约已经好过松江驿了，但你一个人抱了小孩在车窗里呆看陌上行人的景状，我好像在你旁边看守着的样子。可怜你一个弱女子，从来没有单独出过门，你此刻呆坐在车里，大约在那里回忆我们两人同居的时候，我虐待你的一件件的事情了吧！啊啊，我的女人，我的不得不爱的女人，你不要在车中滴下眼泪来，我平时虽则常常虐待你，但我的心中却在哀怜你的，却在痛爱你的；不过我在社会上受来的种种苦楚，压迫，侮辱，若不向你发泄，教我更向谁去发泄呢！啊啊，我的最爱的女人，你若知道我这一层隐衷，你就该饶恕我了。

唉，今天是旧历的二月二十一日，今天正是清明节呀！大约各处的男女都出到郊外去踏青的，你在车窗里见了火车路线两旁郊野里在那里游行的夫妇，你能不怨我的么？你怨我也罢了，你倘能恨我怨我，怨得我望我速死，那就好了。但是办不到的，怎么也办不到的，你一边怨我，一边又必在原谅我的，啊啊，我一想到你这一种优美的灵心，教我如何能忍得过去呢！

细数从前，我同你结婚之后，共享的安乐日子，能有几日？我十七岁去国之后，一直的在无情的异国蛰住了八年。这八年中间就是暑假寒假也不回国来的原因，你知道么？我八年间不回国来的事实，就是我对旧式的，父母主张的婚约的反抗呀！这原不是你的错，也不是我的错，作孽者是你的父母和我的母亲。但我在这八年之中，不该默默地无所表示的。

后来看到了我们乡间的风习的牢不可破，离婚的事情的万不可能，又因你家父母的日日的催促，我的母亲的含泪的规劝，大前年的夏天，我才勉强应承了与你结婚。但当时我提出的种种苛刻的条件，想起来我在此刻还觉得心痛。我们也没有结婚的种种仪式，也没有证婚的媒人，也没有请亲朋来喝酒，也没有点一对蜡烛，放几声花炮。你在将夜的时候，坐了一乘小轿从去城六十里的你的家乡到了县城里的我的家里；我的母亲陪你吃了一碗晚饭，你就一个人摸上楼上我的房里去睡了。那时候听说你正患疟疾，我到夜半拿了一支蜡烛上床来睡的时候，只见你穿了一件白纺绸的单衫，在暗黑中朝里床睡在那里。你听见了我上床来的声音，却朝转来默默地对我看了一眼。啊！那时候的你的憔悴的形容，你的水汪汪的两眼，神经常在那里颤动的你的小小的嘴唇，我就是到死也忘不了的。我现在想起来还要滴泪哩！

在穷乡僻壤生长的你，自幼也不曾进过学校，也不曾呼吸过通都大邑的空气，提了一双纤细缠小了的足，抱了一箱家塾里念过的《列女传》，女四书等旧籍，到了我的家里。既不知女人的娇媚是如何装作，又不知时样的衣裳是如何剪裁，你只奉了柔顺两字，做了你的行动的规范。

结婚之后，因为城中天气暑热的缘故，你就同我同上你家去住了几天，总算过了几天安乐的日子；但无端又遇了你侄儿的暴行，淘了许多说不出来的闲气，滴了许多拭不干净的眼泪，我与你在你侄儿闹事的第二天就匆匆地回到了城里的家中。过了两三天我又害起病来，你也疟疾复发了。我就决定挨着病离开了我那空气沉浊的故乡。将行的前夜，你也不说什么，我也没有什么话好对你说。我从朋友家里喝醉了酒回来，睡在床上，只见你呆呆地坐在灰黄的灯下。可怜你一直到第二天的早晨我将要上船的时候止，终没有横到我床边上来睡一忽儿，也没有讲一句话；第二天天刚亮的时候，母亲就来催我起身，说轮船已到鹿山脚下了。

从此一别，又同你远隔了两年。你常常写信来说家里的老祖母在那里想念我，暑假寒假若有空闲，叫我回家来探望探望祖母母亲，但我因为异乡的花草，和年轻的朋友挽留我的缘故，终究没有回来。

唉唉！那两年中间的我的生活！红灯绿酒的沉湎，荒妄的邪游，不义的淫乐。在中宵酒醒的时候，在秋风凉冷的月下，我也曾想念及你，我也曾痛哭过几次。但灵魂丧失了的那一群妩媚的游女，和她们的娇艳动人的假笑伴啼，终究把我的天良迷住了。

前年秋天我虽回国了一次，但因为朋友邀我上 A 地去了，我又没有回到故乡来看你。在 A 地住了三个月，回到上海来过了旧历的除夕，我又回东京去了。直到了去年的暑假前，我提出了卒业论文，将我的放浪生活做了个结束，方才拖了许多饥不能食寒不能衣的破书旧籍回到了中国。一踏了上海的岸，生计问题就逼紧到我眼前来，缚在我周围的运命的铁锁圈，就一天一天地扎紧起来了。

留学的时候，多谢我们孱弱无能的政府，和没有进步的同胞，像我这样的一个生则于世无补，死亦于人无损的零余者，也考得了一个官费生的资格。虽则每月所得不能敷用，是租了屋没有食，买了食没有衣的状态，但究竟每月还有几十块钱的出息，调度得好也能勉强免于死亡。并且又可进了病院向家里勒索几个医药费，拿了书店的发票向哥哥乞取几块买书钱。所以在繁华的新兴国的首都里，我却过了几年放纵的生活。如今一定的年限已经到了，学校里因为要收受后进的学生，再也不能容我在那绿树阴森的图书馆里，做白昼的痴梦了。并且我们国家的金库，也受了几个磁石心肠的将军和大官的吮吸，把供养我们一班不会作乱的割势者的能力伤失了。所以我在去年的六月就失了我的维持生命的根据，那时候我的每月的进款已经没有了。以年纪讲起来，像我这样二十六七的青年，正好到社会去奋斗。况且又在外国国立大学里卒业了的我，谁更有这样厚的面皮，再去向家中年老的母亲，或狷洁自爱的哥哥，乞求养生的资料。我去年暑假里一到上海流寓了一个多月没有回家来的原因，你知道了么？我现在索性对你讲明了吧，一则虽因为一天一天的挨过了几天，把回家的旅费用完了，其他我更有这一段不能回家的苦衷在的呀，你可能了解？

啊啊，去年六月在灯火繁华的上海市外，在车马喧嚷的黄浦江边，我一边念着 Housman 的 A Shropshire Lad 里的

> Come you home a hero
> Or come not home at all,
> The lads you leave will mind you
> Till Ludlow tower shall fall,

几句清诗，一边呆呆地看着江中黝黑混浊的流水，曾经发了几多的叹声，滴了几多的眼泪。你若知道我那时候的绝望的情怀，我想你去年的那几封微有怨意的信也不至于发给我了——啊，我想起了，你是不懂英文的，这几句诗我顺便替你译出吧。

> "汝当衣锦归，
> 否则永莫回，

令汝别后之儿童

望到拉德罗塔毁。"

平常责任心很重，并且在不必要的地方，反而非常隐忍持重的我，当留学的时候，也不曾著过一书，立过一说。天性胆怯，从小就害着自卑狂的我，在新闻杂志或稠人广众之中，从不敢自家吹一点小小的气焰。不在图书馆内，便在咖啡店里山水怀中过活的我，当那些现代的青年当作科场看的群众运动起来的时候，绝不曾去慷慨悲歌地演说一次，出点无意义的风头。赋性愚鲁，不善交游，不善钻营的我，平心讲起来，在生活竞争剧烈，到处有陷阱设伏的现在的中国社会里，当然是没有生存的资格的。去年六月间，寻了几处职业失败之后，我心里想我自家若想逃出这恶浊的空气，想解决这生计困难的问题，最好唯有一死。但我若要自杀，我必须先弄几个钱来，痛饮饱吃一场，大醉之后，用了我的无用的武器，至少也要击杀一二个世间的人类——若他是比我富裕的时候，我就算替社会除了一个恶。若他是和我一样或比我更苦的时候，我就算解决了他的困难，救了他的灵魂——然后从容就死。我因为有这一种想头，所以去年夏天在睡不着的晚上，拖了沉重的脚，上黄浦江边去了好几次，仍复没有自杀。到了现在我可以老实地对你说了，我在那时候，我并不曾想到我死后的你将如何的生活过去。我的八十五岁的祖母，和六十来岁的母亲，在我死后又当如何的种种问题，当然更不在我的脑里了，你读到这里，或者要骂我没有责任心，丢下了你，自家一个去走干净的路。但我想这责任不应该推给我负的，第一我们的国家社会，不能用我去作他们的工，使我有了气力不能卖钱来养活我自家和你，所以现代的社会，就应该负这责任。即使退一步讲，第二你的父母不能教育你，使你独立营生。便是你父母的坏处，所以你的父母也应该负这责任。第三我的母亲戚族，知道我没有养活你的能力，要苦苦的劝我结婚，他们也应该负这责任。这不过是现在我写到这里想出来的话，当时原是没有想到的。

上海的 T 书局和我有些关系，是你所知道的。你今天午后不是从这 T 书局编辑所出发的么？去年六月经理的 T 君看我可怜不过，却为我关说了几处，但那几处不是说我没有声望，就嫌我脾气太大，不善趋奉他们的旨意，不愿意用我。我当初把我身边的衣服金银器具一件一件的典当之后，在烈日蒸照，灰土很多的上海市街中，整日的空跑了半个多月，几个有职业的先辈，和在东京曾经受过我的照拂的朋友的地方，我都去访问了。他们有的时候，也约我上菜馆去吃一次饭；有的时候，知道我的意思便也陪我作了一副忧郁的形容，且为我筹了许多没有实效的计划。我于这样的晚上，不是往黄埔江边去徘徊，便是一个人跑上法国公园的草地上去呆坐。在那时候，我一个人看看天上悠久的星河，听听远远从那公园的跳舞室里飞过来的舞曲的琴音，老有放声痛哭的时候，幸亏在黄昏的时节，公园的四周没有人来往，所以我得尽情的哭泣；有时候哭得倦了，我也曾在那公园的草地上露宿过的。

阳历六月十八的晚上——是我忘不了的一晚——T 君拿了一封 A 地的朋友寄来的信到我住的地方来。平常只有我去找他，没有他来找我的，T君一进我的门，我就知道一定有什么机会了。他在我用的一张破桌子前坐下之后，果然把信里的事情对我讲了。他说：

"A地仍复想请你去教书，你愿不愿意去？"

教书是有识无产阶级的最苦的职业，你和我已经住过半年，我的如何不愿意教书，教书的如何苦法，想是你所知道的，我在此处不必说了。况且A地的这学校里又有许多黑暗的地方，有几个想做校长的野心家，又是忌刻心很重的，像这样的地方的教席，我也不得不承认下去的当时的苦况，大约是你所意想不到的，因为我那时候同在伦敦的屋顶下挨饿的Chatterton一样，一边虽在那里吃苦，一边我写回来的家信上还写得娓娓有致，说什么地方也在请我，什么地方也在聘我哩！

啊啊！同是血肉造成的我，我原是有虚荣心，有自尊心的呀！请你不要骂我作燔间乞食的齐人吧！唉，时运不济，你就是骂我，我也甘心受骂的。

我们结婚后，你给我的一个钻石戒指，我在东京的时候，替你押卖了，这是你当时已经知道的。我当T君将A地某校的聘书交给我的时候，身边值钱的衣服器具已经典当尽了。在东京学校的图书馆里，我记得读过一个德国薄命诗人Grabbe的传记。一病如洗的他想上京去求职业去，同我一样贫穷的他的老母将一副祖传的银的食器交给了他，做他的求职的资斧。他到了孤冷的首都里，今日吃一个银匙，明日吃一把银刀，不上几日，就把他那副祖传的食器吃完了。我记得Heine还嘲笑过他的。去年六月的我的穷状，可是比Grabbe更甚了；最后的一点值钱的物事，就是我在东京买来，预备送你的一个天赏堂制的银的装照相的架子，我在穷急的时候，早曾打算把它去换几个钱用，但一次一次的难关都被我打破，我决心把这一点微物，总要安安全全地送到你的手里；殊不知到了最后，我接到了 A 地某校的聘书之后，仍不得不把它去押在当铺里，换成了几个旅费，走回家来探望年老的祖母母亲，探望怯弱可怜同绵羊一样的你。

去年六月，我于一天晴朗的午后，从杭州坐了小汽船，在风景如画的钱塘江中跑回家来。过了灵桥里山等绿树连天的山峡，将近故乡县城的时候，我心里同时感着了一种可喜可怕的感觉。立在船舷上，呆呆地凝望着春江第一楼前后的山景，我口里虽在微吟"近乡情更怯，不敢问来人"的二句唐诗，我的心里却在这样的默祷：

……天帝有灵，当使埠头一个我的认识的人也不在！要不使他们知道才好，要不使他们知道我今天沦落了回来才好……

船一靠岸，我左右手里提了两只皮箧，在晴日的底下从乱杂的人丛中伏倒了头，同逃也似的走回家来。我一进门看见母亲还在偏间的膳室里喝酒。我想张起喉音来亲亲热热地叫一声母亲的，但一见了亲人，我就把回国以来受的社会的侮辱想了出来，所以我的咽喉便梗住了；我只能把两只皮箧向凳上一抛，马上就匆匆地跑上楼上的你的房里来，好把我的没有丈夫气，到了伤心的时候就要流泪的坏习惯藏藏躲躲；谁知一进你的房，你却流了一脸的汗和眼泪，坐在床前呜咽地暗在啜泣。我动也不动地呆看了一忽，方提起了干燥的喉音，幽幽的问你为什么要哭。你听了我这句问话反哭得更加厉害，暗泣中间却带起几声压不下去的唏嘘声来了。我又问你究竟为什么，你只是摇头不说。本来是伤心的我，又被你这样的引诱了一番，我就不得不抱了你的头同你对哭起来。喝不上一碗热茶的工夫，楼下的母亲就大骂着说：

"……什么的公主娘娘，我说着这几句话，就要上楼去摆架子。……轮船埠头谁对你这小畜生讲了，在上海逛了一个多月，走将家来，一声也不叫，狠命的把皮箧在我面前一丢……这算是什么行为！……你便是封了王回来，也没有这样的行为的呀！……两夫妻暗地里通通信，商量商量……你们好来谋杀我的……"

我听见了母亲的骂声，反而止住不哭了。听到"封了王回来"这一句话，我觉得全身的血流都倒注了上来。在炎热的那盛暑的时候，我却同在寒冬的半夜似的手脚都发了抖。啊啊，那时候若没有你把我止住，我怕已经冒了大不孝的罪名，要永久地和我那年老的母亲诀别了。若那时候我和我母亲吵闹一场，那今年的祖母的死，我也是送不着的，我为了这事，也不得不重重的感谢你的呀。

那一天我的忽而从上海的回来，原是你也不知道，母亲也不知道的。后来母亲的气平了下去，你我的悲感也过去了的时候，我才知道我没有到家之先，母亲因为我久住上海不回家来的原因，在那里发脾气骂你。啊啊，你为了我的缘故，害骂害说的事情大约总也不止这一次了。也难怪你当我告诉你说我将于几日内动身到 A 地去的时候，哀哀地哭得不住的。你那柔顺的性质，是你一生吃苦的根源。同我的对于社会的虐待，丝毫没有反抗能力的性质，却是一样。啊啊！反抗反抗，我对于社会何尝不晓得反抗，你对于加到你身上来的虐待也何尝不晓得反抗，但是怯弱的我们，没有能力的我们，教我们从何处反抗起来呢？

到了痛定之后，我看看你的形容，比前年患疟疾的时候更消瘦了。到了晚上，我捏到你的下腿，竟没有那一段肥突的脚肚，从脚后跟起，到脚弯膝止，完全是一条直线。啊啊！我知道了，我知道白天我对你说我要上Ａ地去的时候你就流眼泪的原因了。

我已经决定带你同往Ａ地，将催Ａ地的学校里速汇二百元旅费来的快信寄出之后，你我还不敢将这计划告诉母亲，怕母亲不赞成我们。到了旅费汇到的那天晚上，你还是疑惑不决地说：

"万一外边去不能支持，仍要回家来的时候，如何是好呢！"

可怜你那被威权压服了的神经，竟好像是希腊的巫女，能预知今天的劫运似的。唉，我早知道有今天的一段悲剧，我当时就不该带你出来了。

我去年暑假郁郁的在家里和你住了几天，竟不料就会种下一个烦恼的种子的。等我们同到了Ａ地将房屋什器安顿好的时候，你的身体已经不是平常的身体了。吃几口饭就要呕吐。每天只是懒懒地在床上躺着。头一个月我因为不知底细，曾经骂过你几次，到了三四个月上，你的身体一天一天的重起来，我的神经受了种种激刺，也一天一天的粗暴起来了。

第一因为学校里的课程干燥无味，我天天去上课就同上刑具被拷问一样，胸中只感着一种压迫。

第二因为我在杂志上发表了一篇旧作的文字，淘了许多无聊的闲气。更有些忌刻我的恶劣分子，就想以此来作我的葬歌，纷纷地攻击我起来。

第三我平时原是挥霍惯了的，一想到辞了教授的职后，就又不得不同六月间一样，尝那失业的苦味。况且现在又有了家室，又有了未来的儿女，万一再同那时候一样的失起业来，岂不要比曩时更苦。

我前面也已经提起过了：在社会上虽是一个懦弱的受难者的我，在家庭内却是一个凶恶的暴君。在社会上受的虐待，欺凌，侮辱，我都要一一回家来向你发泄的。可怜你自从去年十月以来，竟变了一只无罪的羔羊，日日在那里替社会赎罪，作了供我这无能的暴君的牺牲。我在外面受了气回来，不是说你做的菜不好吃，就骂你是害我吃苦的原因。我一想到了将来失业的时候的苦况，神经激动起来的时候每骂着说：

"你去死！你死了我方有出头的日子。我辛辛苦苦，是为什么人在这里作牛马的呀。要只有我一个人，我何处不可去，我何苦要在这死地方做苦工呢！只知道在家里坐食的你这行尸，你究竟是为了什么目的生存在这世上的呀？……"

你被我骂不过，就暗哭起来。我骂你一场之后，把胸中的悲愤发泄完了，大抵总立时痛责我自家，上前来爱抚你一番，并且每用了柔和的声气，细细的把我的发气的原因——社会对我的虐待——讲给你听。你听了反替我抱着不平，每又哀哀地为我痛哭，到后来，终究到了两人相持对泣而后已。像这样的情景，起初不过间几日一次的，到后来将放年假的时候，变了一日一次或一日数次了。

唉唉，这悲剧的出生，不知究竟是结婚的罪恶呢？还是社会的罪恶？若是为结婚错了的原因而起的，那这问题倒还容易解决；若因社会的组织不良，致使我不能得适当的职业，你不能过安乐的日子，因而生出这种家庭的悲剧的，那我们的社会就不得不根本的改革了。

在这样的忧患中间，我与你的悲哀的继承者，竟生了下来，没有足月的这小生命，看来也是一个神经质的薄命的相儿。你看他那哭时的额上的一条青筋，不是神经质的证据么？饥饿的时候，你喂乳若迟一点，他老要哭个不止，像这样的性格，便是将来吃苦的基础。唉唉，我既生到了世上，受这样的社会的煎熬，正在求生不可，求死不得的时候，又何苦多此一举，生这一块肉在人世呢？啊啊！矛盾，惭愧，我是解说不了的了。以后若有人动问，就请你答复吧！

悲剧的收场，是在一个月的前头。那时候你的神经已经昏乱了，大约已记不清楚，但我却牢牢记着的。那天晚上，正下弦的月亮刚从东边升起来的时候。

我自从辞去了教授职后，托哥哥在某银行里谋了一个位置。但不幸的时候，事运不巧，偏偏某银行为了政治上的问题，开不出来。我闲居 A 地，日日在家中喝酒，喝醉之后，便声声的骂你与刚出生的那小孩，说你与小孩是我的脚镣，我大约要为你们的缘故沉水而死的。我硬要你们回故乡去，你们却是不肯。那一晚我骂了一阵，已经是朦胧地想睡了。在半醒半睡中间，我从帐子里看出来，好像见你在与小孩讲话。

"……你要乖些……要乖些……小宝睡了吧……不要讨爸爸的厌……不要讨……娘去之后……要……要……乖些……"

讲了一阵，我好像看见你坐在洋灯影里揩眼泪，这是你的常态，我看得不耐烦了，所以就翻了一转身，面朝着了里床。我在背后觉得你在灯下哭了一忽，又站起来把我的帐子掀开了对我看了一回。我那时候只觉得好睡，所以没有同你讲话。以后我就睡着了。

我们街前的车夫，在我们门外乱打的时候，我才从被里跳了起来。我跌来碰去的走出门来的时候，已经是昏乱得不堪了。我只见你的披散的头发，结成了一块，围在你的项上。正是下弦的月亮从东边升起来的时候，黄灰色的月光射在你的面上；你那本来是灰白的面色，反射出了一道冷光，你的眼睛好好的闭在那里，嘴唇还在微微地动着；你的湿透了的棉袄上，因为有几个扛你回来的车夫的黑影投射着，所以是一块黑一块青的。我把洋灯在地上一放，就抱着你叫了几声，你的眼睛开了一开，马上就闭上了，眼角上却涌了两条眼泪出来。啊啊，我知道你那时候心里并不怨我的，我知道你并不怨我的，我看了你的眼泪，就能辨出你的心事来，但是我哪能不哭，我哪能不哭呢！我还怕什么？我还要维持什么体面？我就当了众人的面前哭出来了。那时候他们已经把你搬进了房。你床上睡着的小孩，听见了嘈杂的人声，也放大了喉咙啼泣了起来。大约是小孩的哭声传到了你的耳膜上了，你才张开眼来，含了许多眼泪对我看了一眼。我一边替你换湿衣裳，一边教你安睡，不要去管那小孩。却好间壁雇在那里的乳母，也听见了这杂噪声起了床，跑了过来；我知道你眷念小孩，所以就教乳母替我把小孩抱了过去。奶妈抱了小孩走过床上你的身边的时候，你又对她看了一眼。同时我却听见长江里的轮船放了一声开船的汽笛声。

在病院里看护你的十五天工夫，是我的心地最纯洁的日子。利己心很重的我，从来没有感觉到这样纯洁的爱情过。可怜你身体热到四十一度的时候，还要忽而从睡梦中坐起来问我：

"龙儿，怎么样了？"

"你要上银行去了么？"

我从 A 地动身的时候，本来打算同你同回家去住的，像这样的社会上，谅来总也没有我的位置了。即使寻着了职业，像我这样愚笨的人，也是没有希望的。我们家里，虽则不是豪富，然而也可算得中产，养养你，养养我，养养我们的龙儿的几颗米是有的。你今年二十七，我今年二十八了。即使你我各有五十岁好活，以后还有几年？我也不想富贵功名了。若为一点毫无价值的浮名，几个不义的金钱，要把良心拿出来去换，要牺牲了他人做我的踏脚板，那也何苦哩。这本来是我从 A 地同你和龙儿动身时候的决心。不是动身的前几晚，我同你拿出了许多建筑的图案来看了么？我们两人不是把我们回家之后，预备到北城近郊的地里，由我们自家的手去造的小茅屋的样子画得好好的么？我们将走的前几天不是到 A 地的可纪念的地方，与你我有关的地方都去逛了么？我在长江轮船上的时候，这决心还是坚固得很的。

我这决心的动摇，在我到上海的第二天。那天白天我同你照了照相，吃了午膳，不是去访问了一位初从日本回来的朋友么？我把我的计划告诉了他，他也不说可，不说否，但只指着他的几位小孩说：

"你看看我，看我是怎么也不愿意逃避的。我的系累，岂不是比你更多么？"

啊啊！好胜的心思，比人一倍强盛的我，到了这兵残垓下的时候，同落水鸡似的逃回乡里去——这一出失意的还乡记，就是比我更怯弱的青年，也不愿意上台去演的呀！我回来之后，晚上一晚不曾睡着。你知道我胸中的愁郁，所以只是默默地不响，因为在这时候，你若说一句话，总难免不被我痛骂。这是我的老脾气，虽从你进病院之后直到那天还没有发过，但你那事件发生以前却是常发的。

像这样的状态，继续了三天。到了昨天晚上，你大约是看得我难受了，所以当我兀兀地坐在床上的时候，你就对我说：

"你不要急得这样，你就一个人住在上海吧。你但须送我上火车，我与龙儿是可以回去的，你可以不必同我们去。我想明天马上就搭午后的车回浙江去。"

本来今天晚上还有一处请我们夫妇吃饭的地方，但你因为怕我昨晚答应你将你和小孩先送回家的事情要变卦，所以你今天就急急地要走。我一边只觉得对你不起，一边心里不知怎么的又在恨你。所以我当你在那里捡东西的时候，眼睛里涌着两泓清泪，只是默默地讲不出话来。直到送你上车之后，在车座里坐了一忽，等车快开了，我才讲了一句："今天天气倒还好。"

你知道我的意思，所以把头朝向了那面的车窗，好像在那里探看天气的样子，许久不回过头来。唉唉，你那时若把你那水汪汪的眼睛朝我看一看，我也许会同你马上就痛哭起来的，也许仍复把你留在上海，不使你一个人回去的。也许我就硬的陪你回浙江去的，至少我也许要陪你到杭州。但你终不回转头来，我也不再说第二句话，就站起来走下车了。我在月台上立了一忽，故意不对你的玻璃窗看。等车开的时候，我赶上了几步，却对你看了一眼，我见你的眼下左颊上有一条痕迹在那里发光。我眼见得车去远了，月台上的人都跑了出去，我一个人落得最后，慢慢地走出车站来。我不晓得是什么原因，心里只觉得是以后不能与你再见的样子，我心酸极了。啊啊！我这不祥之语，是多讲的。我在外边只希望你和龙儿的身体壮健，你和母亲的感情融洽。我是无论如何，不至投水自沉的，请你安心。你到家之后千万要写信来给我的哩！我不接到你平安到家的信，什么决心也不能下，我是在这里等你的信的。

春风沉醉的晚上

—

在沪上闲居了半年，因为失业的结果，我的寓所迁移了三处。最初我住在静安寺路南的一间同鸟笼似的永也没有太阳晒着的自由的监房里。这些自由的监房的住民，除了几个同强盗小窃一样的凶恶裁缝之外，都是些可怜的无名文士，我当时所以送了那地方一个 Yellow Grub Street 的称号。在这 Grub Street 里住了一个月，房租忽涨了价，我就不得不拖了几本破书，搬上跑马厅附近一家相识的栈房里去。后来在这栈房里又受了种种逼迫，不得不搬了，我便在外白渡桥北岸的邓脱路中间，日新里对面的贫民窟里，寻了一间小小的房间，迁移了过去。

邓脱路的这几排房子，从地上量到屋顶，只有一丈几尺高。我住的楼上的那间房间，更是矮小得不堪。若站在楼板上伸一伸懒腰，两只手就要把灰黑的屋顶穿通的。从前面的衖里踱进了那房子的门，便是房主的住房。在破布，洋铁罐，玻璃瓶，旧铁器堆满的中间，侧着身子走进两步，就有一张中间有几根横档跌落的梯子靠墙摆在那里。用了这张梯子往上面的黑黝黝的一个二尺宽的洞里一接，即能走上楼去。黑沉沉的这层楼上，本来只有猫额那样大，房主人却把它隔成了两间小房，外面一间是一个 N 烟公司的工女住在那里，我所租的是梯子口头的那间小房，因为外间的住者要从我的房里出入，所以我的每月的房租要比外间的便宜几角小洋。

我的房主，是一个五十来岁的弯腰老人。他的脸上的青黄色里，映射着一层暗黑的油光。两只眼睛是一只大一只小，颧骨很高，额上颊上的几条皱纹里满砌着煤灰，好像每天早晨洗也洗不掉的样子。他每日于八九点钟的时候起来，咳嗽一阵，便挑了一只竹篮出去，到午后的三四点钟总仍旧是挑了一只空篮回来的，有时挑了满担回来的时候，他的竹篮里便是那些破布，破铁器，玻璃瓶之类。像这样的晚上，他必要去买些酒来喝喝，一个人坐在床沿上瞎骂出许多不可捉摸的话来。

我与间壁的同寓者的第一次相遇，是在搬来的那天午后。春天的急景已经快晚了的五点钟的时候，我点了一支蜡烛，在那里安放几本刚从栈房里搬过来的破书。先把它们叠成了两方堆，一堆小些，一堆大些，然后把两个二尺长的装画的画架覆在大一点的那堆书上。因为我的器具都卖完了，这一堆书和画架白天要当写字台，晚上可当床睡的。摆好了画架的板，我就朝着了这张由书叠成的桌子，坐在小一点的那堆书上吸烟，我的背系朝着梯子的接口的。我一边吸烟，一边在那里呆看放在桌子上蜡烛火，忽而听见梯子口上起了响动。回头一看，我只见了一个自家的扩大的投射影子，此外什么也辨不出来，但我的听觉分明告诉我说："有人上来了。"我向暗中凝视了几秒钟，一个圆形灰白的面貌，半截纤细的女人的身体，方才映到我的眼帘上来。一见了她的容貌，我就知道她是我的间壁的同居者了。因为我来找房子的时候，那房主的老人便告诉我说，这屋里除了他一个人外，楼上只住着一个工女。我一则喜欢房价的便宜，二则喜欢这屋里没有别的女人小孩，所以立刻就租定了的。等她走上了梯子，我才站起来对她点了点头说：

"对不起，我是今朝才搬来的。以后要请你照应。"

她听了我这话，也并不回答，放了一双漆黑的大眼，对我深深地看了一眼，就走上她的门口去开了锁，进房去了。我与她不过这样的见了一面，不晓是什么原因，我只觉得她是一个可怜的女子。她的高高的鼻梁，灰白长圆的面貌，清瘦不高的身体，好像都是表明她是可怜的特征。但是当时正为了生活问题在那里操心的我，也无暇去怜惜这还未曾失业的工女，过了几分钟我又动也不动地坐在那一小堆书上看蜡烛光了。

在这贫民窟里过了一个多礼拜，她每天早晨七点钟去上工和午后六点多钟下工回来，总只见我呆呆地对着了蜡烛和油灯坐在那堆书上。大约她的好奇心被我那痴不痴呆不呆的态度挑动了吧，有一天她下了工走上楼来的时候，我依旧和第一天一样的站起来让她过去。她走到了我的身边忽而停住了脚，看了我一眼，吞吞吐吐好像怕什么似的问我说：

"你天天在这里看的是什么书？"

（她操的是柔和的苏州音，听了这一种声音以后的感觉，是怎么也写不出来的，所以我只能把她的言语译成普通的白话。）

我听了她的话，反而脸上涨红了。因为我天天呆坐在那里，面前虽则有几本外国书摊着，其实我的脑筋昏乱得很，就是一行一句也看不进去。有时候我只用了想象在书的上一行与下一行中间的空白里，填些奇异的模型进去。有时候我只把书里边的插画翻开来看看，就了那些插画演绎些不近人情的幻想出来。我那时候的身体因为失眠与营养不良的结果，实际上已经成了病的状态了。况且又因为我的唯一的财产的一件棉袍子已经破得不堪，白天不能走出外面去散步和房里全没有光线进来，不论白天晚上，都要点着油灯或蜡烛的缘故，非但我的全部健康不如常人，就是我的眼睛和脚力，也局部的非常萎缩了。在这样状态下的我，听了她这一问，如何能够不红起脸来呢？所以我只是含含糊糊地回答说：

"我并不在看书，不过什么也不做呆坐在这里，样子一定不好看，所以把这几本书摊放着的。"她听了这话，又深深地看了我一眼，作了一种不了解的形容，依旧的走到她的房里去了。

那几天里，若说我完全什么事情也不去找，什么事情也不曾干，却是假的。有时候，我的脑筋稍微清新一点下来，也会译过几首英法的小诗，和几篇不满四千字的德国的短篇小说，于晚上大家睡熟的时候，不声不响地出去投邮，寄投给各新开的书局。因为当时我的各方面就职的希望，早已经完全断绝了，只有这一方面，还能靠了我的枯燥的脑筋，想想法子看。万一中了他们编辑先生的意，把我译的东西登了出来，也不难得着几块钱的酬报。所以我自迁移到邓脱路以后，当她第一次同我讲话的时候，这样的译稿已经发出了三四次了。

二

在乱昏昏的上海租界里住着，四季的变迁和日子的过去是不容易觉得的。我搬到了邓脱路的贫民窟之后，只觉得身上穿在那里的那件破棉袍子一天一天的重了起来，热了起来，所以我心里想：

"大约春光也已经老透了吧！"

但是囊中很羞涩的我，也不能上什么地方去旅行一次，日夜只是在那暗室的灯光下呆坐。有一天，大约是午后了，我也是这样的坐在那里，间壁的同住者忽而手里拿了两包用纸包好的物件走了上来，我站起来让她走的时候，她把手里的纸包放了一包在我的书桌上说：

"这一包是葡萄浆的面包，请你收藏着，明天好吃的。另外我还有一包香蕉买在这里，请你到我房里来一道吃吧！"

我替她拿住了纸包，她就开了门邀我进她的房里去。共住了这十几天，她好像已经信用我是一个忠厚的人的样子。我见她初见我的时候脸上流露出来的那一种疑惧的形容完全没有了。我进了她的房里，才知道天还未暗，因为她的房里有一扇朝南的窗，太阳反射的光线从这窗里投射进来，照见了小小的一间房，由二条板铺成的一张床，一张黑漆的半桌，一只板箱和一只圆凳。床上虽则没有帐子，但堆着有二条洁净的青布被褥。半桌上有一只小洋铁箱摆在那里，大约是她的梳头器具，洋铁箱上已经有许多油污的点子了。她一边把堆在圆凳上的几件半旧的洋布棉袄，粗布裤等收在床上，一边就让我坐下。我看了她那殷勤待我的样子，心里倒不好意思起来，所以就对她说：

"我们本来住在一处，何必这样的客气。"

"我并不客气，但是你每天当我回来的时候，总站起来让路，我却觉得对不起得很。"

这样的说着，她就把一包香蕉打开来让我吃。她自家也拿了一只，在床上坐下，一边吃一边问我说：

"你何以只住在家里，不出去打点事情做做？"

"我原是这样的想，但是找来找去总找不着事情。"

"你有朋友么？"

"朋友是有的，但是到了这样的时候，他们都不和我来往了。"

"你进过学堂么？"

"我在外国的学堂里曾经念过几年书。"

"你家在什么地方？何以不回家去？"

她问到了这里，我忽而感觉到我自己的现状了。因为自去年以来，我只是一日一日的萎靡下去，差不多把"我是什么人"，"我现在所处的是怎么一种境遇"，"我的心里还是悲还是喜"这些观念都忘掉了。经她这一问，我重新把半年来困苦的情形一层一层的想了出来。所以听她的问话以后，我只是呆呆地看她，半晌说不出话来。她看了我这个样子，以为我也是一个无家可归的流浪人，脸上就立时起了一种孤寂的表情，微微的叹着说：

"唉！你也是同我一样的么？"

微微的叹了一声之后，她就不说话了。我看她的眼圈上有些潮红起来，所以就想了一个另外的问题问她说：

"你在工厂里做的是什么工作？"

"是包纸烟的。"

"一天作几个钟头工？"

"早晨七点钟起，晚上六点钟止，中上休息一个钟头，每天一共要作十个钟头的工。少作一点钟就要扣钱的。"

"扣多少钱？"

"每月九块钱，所以是三块钱十天，三分大洋一个钟头。"

"饭钱多少？"

"四块钱一月。"

"这样算起来，每月一个钟头也不休息，除了饭钱，可省下五块钱来。够你付房钱买衣服的么？"

"哪里够呢！并且那管理人又……啊啊！……我……我所以非常恨工厂的。你吸烟的么？"

"吸的。"

"我劝你顶好还是不吸。就吸也不要去吸我们工厂的烟。我真恨死它在这里。"

我看看她那一种切齿怨恨的样子，就不愿意再说下去。把手里捏着的半个吃剩的香蕉咬了几口，向四边一看，觉得她的房里也有些灰黑了，我站起来道了谢，就走回到了我自己的房里。她大约作工倦了的缘故，每天回来大概是马上就入睡的，只有这一晚上，她在房里好像是直到半夜还没有就寝。从这一回之后，她每天回来，总和我说几句话。我从她自家的口里听得，知道她姓陈，名叫二妹，是苏州东乡人，从小系在上海乡下长大的。她父亲也是纸烟工厂的工人，但是去年秋天死了。她本来和她父亲同住在那间房里，每天同上工厂去的，现在却只剩了她一个人了。她父亲死后的一个多月，她早晨上工厂去也一路哭了去，晚上回来也一路哭了回来的。她今年十七岁，也无兄弟姊妹，也无近亲的亲戚。她父亲死后的葬殓等事，是他于未死之前把十五块钱交给楼下的老人，托这老人包办的。她说：

"楼下的老人倒是一个好人，对我从来没有起过坏心，所以我得同父亲在日一样的去作工；不过工厂的一个姓李的管理人却坏得很，知道我父亲死了，就天天想戏弄我。"

她自家和她父亲的身世，我差不多全知道了，但她母亲是如何的一个人，死了呢还是活在哪里，假使还活着，住在什么地方等等，她却从来还没有说及过。

三

天气好像变了。几日来我那独有的世界，黑暗的小房里的腐浊的空气，同蒸笼里的蒸汽一样，蒸得人头昏欲晕。我每年在春夏之交要发的神经衰弱的重症，遇了这样的气候，就要使我变成半狂。所以我这几天来，到了晚上，等马路上人静之后，也常常走出去散步去。一个人在马路上从狭隘的深蓝天空里看看群星，慢慢地向前行走，一边做些漫无涯汩涘的空想，倒是于我的身体很有利益。当这样的无可奈何，春风沉醉的晚上，我每要在各处乱走，走到天将明的时候才回家里。我这样的走倦了回去就睡，一睡直可睡到第二天的日中，有几次竟要睡到二妹下工回来的前后方才起来。睡眠一足，我的健康状态也渐渐地回复起来了。平时只能消化半磅面包的我的胃部，自从我的深夜游行的练习开始之后，进步得几乎能容纳面包一磅了。这事在经济上虽则是一大打击，但我的脑筋，受了这些滋养，似乎比从前稍能统一。我于游行回来之后，就睡之前，却做成了几篇 AllanPoe 式的短篇小说，自家看看，也不很坏。我改了几次，抄了几次，一一投邮寄出之后，心里虽然起了些微细的希望，但是想想前几回的译稿的绝无消息，过了几天，也便把它们忘了。

邻住者的二妹，这几天来，当她早晨出去上工的时候，我总在那里醋睡，只有午后下工回来的时候，有几次有见面的机会。但是不晓是什么原因，我觉得她对我的态度，又回到从前初见面的时候的疑惧状态去了。有时候她深深的看我一眼，她的黑晶晶，水汪汪的眼睛里，似乎是满含着责备我规劝我的意思。

我搬到这贫民窟里住后，约莫已经有二十多天的样子。一天午后我正点上蜡烛，在那里看一本从旧书铺里买来的小说的时候，二妹却急急忙忙地走上楼来对我说：

"楼下有一个送信的在那里，要你拿了印子去拿信。"

她对我讲这话的时候，她的疑惧我的态度更表示得明显，她好像在那里说："呵呵，你的事件是发觉了啊！"我对她这种态度，心里非常痛恨，所以就气急了一点，回答她说：

"我有什么信？不是我的！"

她听了我这气愤愤的回答，更好像是得了胜利似的，脸上忽涌出了一种冷笑说：

"你自家去看吧！你的事情，只有你自家知道的！"

同时我听见楼底下门口果真有一个邮差似的人在催着说：

"挂号信！"

我把信取来一看，心里就"突突"地跳了几跳，原来我前回寄去的一篇德文短篇的译稿，已经在某杂志上发表了，信中寄来的是五元钱的一张汇票。我囊里正是将空的时候，有了这五元钱，非但月底要预付的来月的房金可以无忧，并且付过房金以后，还可以维持几天食料。当时这五元钱对我的效用的广大，是谁也不能推想得出来的。

第二天午后，我上邮局去取了钱，在太阳晒着的大街上走了一会儿，忽而觉得身上就淋出了许多汗来。我向我前后左右的行人一看，复向我自家的身上一看，就不知不觉地把头低俯了下去。我颈上头上的汗珠，更同盛雨似的，一颗一颗地钻出来了。因为当我在深夜游行的时候，天上并没有太阳，并且料峭的春寒，于东方微白的残夜，老在静寂的街巷中留着，所以我穿的那件破棉袍子，还觉得不十分与节季违异。如今到了阳和的春日晒着的这日中，我还不能自觉，依旧穿了这件夜游的敝袍，在大街上阔步，与前后左右的和节季同时进行的我的同类一比，我哪得不自惭形秽呢？我一时竟忘了几日后不得不付的房金，忘了囊中本来将尽的些微的积聚，便慢慢地走上了闸路的估衣铺去。好久不在天日之下行走的我，看看街上来往的汽车人力车，车中坐着的华美的少年男女，和马路两边的绸缎铺金银铺窗里的丰丽的陈设，听听四面的同蜂衙似的嘈杂的人声，脚步声，车铃声，一时倒也觉得是身到了大罗天上的样子。我忘记了我自家的存在，也想和我的同胞一样的欢歌欣舞起来，我的嘴里便不知不觉的唱起几句久忘了的京调来了。这一时的涅槃幻境，当我想横越过马路，转入闸路的时候，忽而被一阵铃声惊破了。我抬起头来一看，我的面前正冲来了一乘无轨电车，车头上站着的那肥胖的机器手，伏出了半身，怒目的大声骂我说：

"猪头三！侬（你）艾（眼）睛勿散（生）咯！跌杀时，叫旺（黄）够（狗）抵侬（命）噢！"我呆呆地站住了脚，目送那无轨电车尾后卷起了一道灰尘，向北过去之后，不知是从何处发出来的感情，忽而竟禁不住哈哈哈哈的笑了几声。等得四面的人注视我的时候，我才红了脸慢慢地走向了闸路里去。

我在几家估衣铺里，问了些夹衫的价钱，还了他们一个我所能出的数目。几个估衣铺的店员，好像是一个师父教出的样子，都摆下了脸面，嘲弄着说：

"侬（你）寻萨咯（什么）凯（开）心！马（买）勿起好勿要马（买）咯！"

一直问到五马路边上的一家小铺子里，我看看夹衫是怎么也买不成了，才买定了一件竹布单衫，马上就把它换上。手里拿了一包换下的棉袍子，默默的走回家来。一边我心里却在打算：

"横竖是不够用了，我索性来痛快的用它一下吧。"同时我又想起了那天二妹送我的面包香蕉等物。不等第二次的回想，我就寻着了一家卖糖食的店，进去买了一块钱巧格力，香蕉糖，鸡蛋糕等杂食。站在那店里，等店员在那里替我包好来的时候，我忽而想起我有一月多不洗澡了，今天不如顺便也去洗一个澡吧。

洗好了澡，拿了一包棉袍子和一包糖食，回到邓脱路的时候，马路两旁的店家，已经上电灯了。街上来往的行人也很稀少，一阵从黄浦江上吹来的日暮的凉风，吹得我打了几个冷痉。我回到了我的房里，把蜡烛点上，向二妹的房门一照，知道她还没有回来。那时候我腹中虽则饥饿得很，但我刚买来的那包糖食怎么也不愿意打开来，因为我想等二妹回来同她一道吃。我一边拿出书来看，一边口里尽在咽唾液下去。等了许多时候，二妹终不回来，我的疲倦不知什么时候出来战胜了我，就靠在书堆上睡着了。

四

二妹回来的响动把我惊醒的时候，我见我面前的一支十二盎司一包的洋蜡烛已经点去了二寸的样子，我问她是什么时候了？她说：

"十点的汽管刚刚放过。"

"你何以今天回来得这样迟？"

"厂里因为销路大了，要我们做夜工。工钱是增加的，不过人太累了。"

"那你可以不去做的。"

"但是工人不够，不做是不行的。"

她讲到这里，忽而滚了两粒眼泪出来，我以为她是做工做的倦了，故而动了伤感，一边心里虽在可怜她，但一边看了她这同小孩似的脾气，却也感着了些儿快乐。把糖食包打开，请她吃了几颗之后，我就劝她说：

"初做夜工的时候不惯，所以觉得困倦，做惯了以后，也没有什么的。"

她默默地坐在我的半高的由书叠成的桌上，吃了几颗巧克力，对我看了几眼，好像是有话说不出来的样子。我就催她说：

"你有什么话说?"

她又沉默了一会儿，便断断续续地问我说：

"我……我……早想问你了，这几天晚上，你每晚在外边，可在与坏人做伙友么?"

我听了她这话，倒吃了一惊，她好像在疑我天天晚上在外面与小窃恶棍混在一块儿。她看我呆了不答，便以为我的行为真的被她看破了，所以就柔柔和和地连续着说：

"你何苦要吃这样好的东西，要穿这样好的衣服？你可知道这事情是靠不住的。万一被人家捉了去，你还有什么面目做人。过去的事情不必去说它，以后我请你改过了吧。……"

我尽是张大了眼睛，张大了嘴，呆呆地在看她，因为她的思想太奇突了，使我无从辩解起。她沉默了数秒钟，又接着说：

"就以你吸的烟而论，每天若戒绝了不吸，岂不可省几个铜子。我早就劝你不要吸烟，尤其是不要吸那我所痛恨的 N 工厂的烟，你总是不听。"

她讲到了这里，又忽而落了几滴眼泪。我知道这是她为怨恨 N 工厂而滴的眼泪，但我的心思，怎么也不许我这样的想，我总要把它们当作因规劝我而洒的。我静静地想了一会儿，等她的神经镇静下去之后，就把昨天的那封挂号信的来由说给她听，又把今天的取钱买物事情说过了一遍，最后更将我的神经衰弱症和每晚何以必要出去散步的原因说了。她听了我这一翻辩解，就信用了我，等我说完之后，她颊上忽而起了两点红晕，把眼睛低下去看看桌上，好像是怕羞似的说：

"噢，我错怪你了，我错怪你了。请你不要多心，我本来是没有歹意的。因为你的行为太奇怪了，所以我想到了邪路里去。你若能好好儿的用功，岂不是很好么？你刚才说的那——叫什么的——东西，能够卖五块钱，要是每天能做一个，多么好呢？"

我看了她这种单纯的态度，心里忽而起了一种不可思议的感情，我想把两只手伸出去拥抱她一回，但是我的理性却命令我说：

"你莫再作孽了！你可知道你现在处的是什么境遇！你想把这纯洁的处女毒杀了么？恶魔，恶魔，你现在是没有爱人的资格的呀！"

我当那种感情起来的时候，曾把眼睛闭上了几秒钟，等听了理性的命令以后，才把眼睛开了开来，我觉得我的周围，忽而比前几秒钟更光明了。对她微微的笑了一笑，我就催她说：

"夜也深了，你该去睡了吧！明天你还要上工去的呢！我从今天起，就答应你把纸烟戒下来吧！"

她听了我这话，就站了起来，很喜欢的回到她的房里去睡了。

她去之后，我又换上一支洋蜡烛，静静地想了许多事情：

"我的劳动的结果，第一次得来的这五块钱已经用去了三块了。连我原有的一块多钱合起来，付房钱之后，只能省下二三角小洋来，如何是好呢！

"就把这破棉袍子去当吧！但是当铺里恐怕不要。

"这女孩子真是可怜，但我现在的境遇，可是还赶她不上，她是不想做工而工作要强迫她做，我是想找一点工作，终于找不到。

"就去作筋肉的劳动吧！啊啊。但是我这一双弱腕，怕吃不下一部黄包车的重力。

"自杀！我有勇气，早就干了。现在还能想到这两个字，足证我的志气还没有完全消磨尽哩！

"哈哈哈哈！今天的那无轨电车的机器手！他骂我什么来？

"黄狗，黄狗倒是一个好名词，……"

我想了许多零乱断续的思想，终究没有一个好法子，可以救我出目下的穷状来。听见工厂的汽笛，好像在报十二点钟了，我就站了起来，换上了白天脱下的那件破棉袍子，仍复吹熄了蜡烛，走出外面去散步。

贫民窟里的人已经睡眠静了。对面日新里的一排临邓脱路的洋楼里，还有几家点着了红绿的电灯，在那里弹罢拉拉衣加。

一声二声清脆的歌音，带着哀调，从静寂的深夜的冷空气里传到我的耳膜上来，这大约是俄国的漂泊的少女，在那里卖钱的歌唱。天上罩满了灰白的薄云，同腐烂的尸体似的沉沉的盖在那里。云层破处也能看得出一点两点星来，但星的近处，黝黝看得出来的天色，好像有无限的哀愁蕴藏着的样子。

薄 奠

上

一天晴朗的春天的午后，我因为天气太好，坐在家里觉得闷不过，吃过了较迟的午饭，带了几个零用钱，就跑出外面去逛去。北京的晴空，颜色的确与南方的苍穹不同。在南方无论如何晴快的日子，天上总有一缕薄薄的纤云飞着，并且天空的蓝色，总带着一道很淡很淡的白味。北京的晴空却不是如此，天色一碧到底，你站在地上对天注视一会儿，身上好像能生出两翼翅膀来，就要一扬一摆地飞上空中去的样子。这可是单指不起风的时候而讲，若一起风，则人在天空下眼睛都睁不开，更说不到晴空的颜色如何了。那一天的午后，空气非常澄清，天色真青得可怜。我在街上夹在那些快乐的北京人士中间，披了一身和暖的阳光，不知不觉竟走到了前门外最热闹的一条街上。踏进了一家卖灯笼的店里，买了几张奇妙的小画，重新回上大街缓步的时候，我忽而听出了一阵中国戏园特有的那种原始的锣鼓声音来。我的两只脚就受了这声音的牵引，自然而然的踏了进去。听戏听到了第三出，外面忽而起了"呜呜"的大风，戏园的屋顶也有些儿摇动。戏散之后，推来让去的走出戏园，扑面就来了一阵风沙。我眼睛闭了一忽，走上大街来雇车，车夫都要我七角六角大洋，不肯按照规矩折价。那时候天虽则还没有黑，但因为风沙飞满在空中，所以沉沉的大地上，已经现出了黄昏前的急景。店家的电灯，也都已上火，大街上汽车马车洋车挤塞在一处。一种车铃声叫唤声，并不知从何处来的许多杂音，尽在那里奏错乱的交响乐。大约是因为夜宴的时刻逼近，车上的男子定是去赴宴会，奇装的女子想来是去陪席的。

　　一则因为大风，二则因为正是一天中间北京人士最繁忙的时刻，所以我雇车竟雇不着，一直的走到了前门大街。为了上举的两种原因，洋车夫强索昂价，原是常有的事情，我因零用钱花完，袋里只有四五十枚铜子，不能应他们的要求，所以就下了决心，想一直走到西单牌楼再雇车回家。走下了正阳桥边的步道，被一辆南行的汽车喷满了一身灰土，我的决心，又动摇起来，含含糊糊地向道旁停着的一辆洋车问了一句，"嗳！四十枚拉巡捕厅儿胡同拉不拉？"那车夫竟恭恭敬敬地向我点了点头说：

　　"坐上吧，先生！"

　　坐上了车，被他向北的拉去，那么大的风沙，竟打不上我的脸来，我知道那时候起的是南风了。我不坐洋车则已，若坐洋车的时候，总爱和洋车夫谈闲话，想以我的言语来缓和他的劳动之苦；因为平时我们走路，若有一个朋友和我们闲谈着走，觉得不费力些。我从自己的这种经验着想，老是在实行浅薄的社会主义，一边高踞在车上，一边向前面和牛马一样在奔走的我的同胞攀谈些无头无尾的话。这一天，我本来不想开口的，但看看他的弯曲的背脊，听听他"嘿嘿"的急喘，终觉得心里难受，所以轻轻地对他说：

"我倒不忙，你慢慢地走吧，你是哪儿的车？"

"我是巡捕厅胡同西口儿的车。"

"你在哪儿住家吓？"

"就在那南顺城街的北口，巡捕厅胡同的拐角儿上。"

"老天爷不知怎么的，每天刮这么大的风。"

"是啊！我们拉车的也苦，你们坐车的老爷们也不快活，这样的大风天气，真真是招怪吓！"

这样的一路讲，一路被他拉到我寄住的寓舍门口的时候，天已经快黑了。下车之后，我数铜子给他，他却和我说起客气话来，他一边拿出了一条黑黝黝的手巾来擦头上身上的汗，一边笑着说：

"您带着吧，我们是街坊，还拿钱么？"

被他这样的一说，我倒觉得难为情了，所以虽只应该给他四十枚铜子的，而到这时候却不得不把尽我所有的四十八枚铜子都给了他。他道了谢，拉着空车在灰黑的道上向西边他的家里走去，我呆呆地目送了他一程，心里却在空想他的家庭——他走回家去，他的女人必定远远的闻声就跑出来接他。把车斗里的铜子拿出，将车交还了车行，他回到自己屋里来打一盆水洗洗手脸，吸几口烟，就可在洋灯下和他的妻子享受很健康的夜膳。若他有兴致，大约还要喝一二个铜子的白干。喝了微醉，讲些东西南北的废话，他就可以抱了他的女人小孩，钻进被去酣睡。这种酣睡，大约是他们劳动阶级的唯一的享乐。

"啊啊！……"

空想到了此地，我的伤感病又发。

"啊啊！可怜我两年来没有睡过一个整整的全夜！这倒还可以说是因病所致，但是我的远隔在三千里外的女人小孩，又为了什么，不能和我在一处享乐吃苦呢？难道我们是应该永远隔离的么！难道这也是病么？……总之是我不好，是我没有能力养活妻子。啊啊，你这车夫，你这向我道谢，被我怜悯的车夫，我不如你吓，我不如你！"

我在门口灰暗的空气里呆呆地立了一会儿，忽而想起了自家身世，就不知不觉地心酸起来，红润的眼睛，被我所依赖的主人看见，是不大好的，因此我就复从门口走了下来，远远的跟那洋车夫走了一段。跟它转了弯，看那车夫进了胡同拐角上的一间破旧的矮屋，我又走上平则门大街去跑了一程，等天黑了，才走回家来吃晚饭。

自从这一回后，我和他的洋车竟有缘分，接连地坐了它好几次。他和我也渐渐地熟起来了。

中

平则门外，有一道城河。河道虽比不上朝阳门外的运河那么宽，但春秋雨霁，绿水粼粼，也说可以浮着锦帆，乘风南下。两岸的垂杨古道，倒影入河水中间，也大有板渚随堤的风味。河边隙地，长成一片绿芜，晚来时候，老有闲人在那里调鹰放马。太阳将落未落之际，站在这城河中间的渡船上，往北望去，看得出西直门的城楼，似烟似雾的，溶化成金碧的颜色，飘浮在两岸垂杨夹着的河水高头。春秋佳日，向晚的时候，你若一个人上城河边上来走走，好像是在看后期印象派的风景画，几乎能使你忘记是身在红尘十丈的北京城外。西山数不尽的诸峰，又如笑如眠，带着紫苍的暮色，静躺在绿荫起伏的春野西边；你若叫它一声，好像是这些远山，都能慢慢走上你身边来的样子。西直门外有几处养鹅鸭的庄园，所以每天午后，城河里老有一对一对的白鹅在那里游泳。夕阳最后的残照，从杨柳荫中透出一两条光线来，射在这些浮动的白鹅背上时，愈能显得这幅风景的活泼鲜灵，别饶风致。我一个人渺焉一身，寄住在人海的皇城里，衷心郁郁，老感着无聊。无聊之极，不是从城的西北跑往城南，上戏园茶楼，娼寮酒馆，去夹在许多快乐的同类中间，忘却我自家的存在，和他们一样的学习醉生梦死，便独自一个跑出平则门外，去享受这本地的风光。玉泉山的幽静，大觉寺的深邃，并不是对我没有魔力，不过一年有三百五十九日穷的我，断没有余钱，去领略它们的高尚的清景。五月中旬的有一天午后，我又无端感着了一种悲愤，本想上城南的快乐地方，去寻些安慰的，但袋里连几个车钱也没有了，所以只好走出平则门外，去坐在杨柳荫中，尽量地呼吸呼吸西山的爽气。我守着西天的颜色，从浓蓝变成了淡紫，一忽儿，天的四周围又染得深红了，远远的法国教会堂的屋顶和许多绿树梢头，刹那间返射了一阵赤赭的残光，又一忽儿空气就变得澄苍静肃，视野内召唤我注意的物体，什么也没有了。四周的物影，渐渐散乱起来，我也感着了一种日暮的悲哀，无意识地滴了几滴眼泪，就慢慢地真是非常缓慢，好像在梦里游行似的，走回家来。
进平则门往南一拐，就是南顺城街，南顺城街路东的第一条胡
同便是巡捕厅胡同。我走到胡同的西口，正要进胡同的时候，
忽而从角上的一间破屋里漏出几声大声来。这声音我觉得熟得
很，稍微用了一点心力，回想了一想，我马上就记起那个身材
瘦长，脸色黝黑，常拉我上城南去的车夫来。我站住静听了一
会儿，听得他好像在和人拌嘴。我坐过他许多次数的车，他的
脾气是很好的，所以听到他在和人拌嘴，心里倒很觉得奇怪。
看他的样子，好像有五十多岁的光景，但他自己说今年只有四
十二岁。他平常非常沉默寡言，不过你和他说话的时候，他却
总来回答你一句两句。他身材本来很高，但是不晓是因为社会
的压迫呢，还是因为他天生的病症，背脊却是弯着，看去好像
不十分高。他脸上浮着的一种谨慎的劳动者特有的表情，我怎
么也形容不出来，他好像是在默想他的被社会虐待的存在是应
该的样子，又好像在这沉默地忍苦中间，在表示他的无限的反
抗和不断地挣扎的样子。总之，他那一种沉默忍受的态度，使
人家见了便能生出无际的感慨来。况且是和他社会的地位相去
无几，而受的虐待又比他更甚的我，平常坐他的车，和他谈话
的时候，总要感着一种抑郁不平的气，横上心来；而这种抑郁
不平之气，他也无处去发泄，我也无处去发泄，只好默默地闷
受着，即使闷受不过，最多亦只能向天长啸一声。有一天我在
前门外喝醉了酒，往一家相识的人家去和衣睡了半夜，醒来的
时候，已经是下弦月上升的时刻了。我从韩家潭雇车雇到西单
牌楼，在西单牌楼换车的时候，又遇见了他。半夜酒醒，从灰

白死寂，除了一乘两乘汽车飞过搅起一阵灰来，此外别无动静的长街上，慢慢被拖回家来。这种悲哀的情调，已尽够我消受的了，况又遇着了他，一路上听了他许多不堪再听的话……他说这个年头儿真教人生存不得。他说洋车价涨了一个两个铜子，而煤米油盐，都要各涨一倍。他说洋车出租的东家，真会挑剔，一根骨子弯了一点，一个小钉不见了，就要赔许多钱。他说他一天到晚拉车，拉来的几个钱还不够供洋车租主的绞榨，皮带破了，弓子弯了的时候，更不必说了。他说他的女人不会治家，老要白花钱。他说他的大小孩今年八岁，二小孩今年三岁了。……我默默地坐在车上，看看天上惨澹的星月，经过了几条灰黑静寂的狭巷，细听着他的一条条的诉说，觉得这些苦楚，都不是他一个人的苦楚。我真想跳下车来，同他抱头痛哭一场，但是我着在身上的一件竹布长衫，和盘在脑里的一堆教育的绳矩，把我的真率的情感缚住了。自从那一晚以后，我心里就存了一种怕与他相见的思想，所以和他不见了半个多月。这一天日暮，我自平则门走回家来，听了他在和人吵闹的声音，心里竟起了一种自责的心思，好像是不应该躲避开这个可怜的朋友，至半月之久的样子。我静听了一忽，才知道他吵闹的对手，是他的女人。一时心情被他的悲惨的声音所挑动，我竟不待回思，一脚就踏进了他住的那所破屋。他的住屋，只有一间小屋，小屋的一半，却被一个大炕占据了去。在外边天色虽还没有十分暗黑，但在他那矮小的屋内，却早已黑影沉沉，辨不出物体来了。他一手插在腰里，一手指着炕上缩成一堆，坐在那里的一个妇人，一声两声的在那里数骂。两个小孩爬在炕的里边。我一进去时，只见他自家一个站着的背影，他的女人和小孩都看不出来。后来招呼了他，向他手指着的地方看去，才看出了一个女人，又站了一忽，我的眼睛在黑暗里经惯了，重复看出了他的两个小孩。我进去叫了他一声，问他为什么要这样的动气，他就把手一指，指着炕沿上的那女人说：

"这臭东西把我辛辛苦苦积下来的三块多钱，一下子就花完了。去买了这些捆尸体的布来。……"说着他用脚一踢，地上果然滚了一包白色的布出来。他一边向我问了些寒暄话，一边就蹙紧了眉头说：

"我的心思，她们一点儿也不晓得，我要积这几块钱干什么？我不过想自家去买一辆旧车来拉，可以免掉那车行的租钱呀！天气热了，我们穷人，就是光着脊肋儿，也有什么要紧？她却要去买这些白洋布来做衣服。你说可气不可气啊？"

我听了这一段话，心里虽则也为他难受，但口上只好安慰他说：

"做衣服倒也是要紧的，积几个钱，是很容易的事情，你但须忍耐着，三四块钱是不难再积起来的。"

我说完了话，忽而在沉沉的静寂中，从炕沿上听出了几声暗泣的声音来。这时候我若袋里有钱，一定要全部拿出来给他，请他息怒。但是我身边一摸，却摸不着一个铜银的货币。呆呆地站着，心里打算了一会儿，我觉得终究没有方法好想。正在着恼的时候，我里边小裤袋里"唧唧"响着的一个银表的针步声，忽而敲动了我的耳膜。我知道若在此时，当面把这银表拿出来给他，他是一定不肯受的。迟疑了一会儿，我想出了一个主意，乘他不注意的时候，悄悄地把表拿了出来；和他讲着些慰劝他的话，一边我走上前去了一步，顺手把表搁在一张半破的桌上。随后又和他交换了几句言语，我就走出来了。我出到了门外，走进胡同，心里感得的一种沉闷，比午后上城外去的时候更甚了。我只恨我自家太无能力，太没有勇气。我仰天看看，在深沉的天空里，只看出了几颗星来。

第二天的早晨，我刚起床，正在那里刷牙漱口的时候，听见门外有人打门。出去一看，就看见他拉着车站在门口。他问了我一声好，手向车斗里一摸，就把那个表拿出来，问我说：

"先生，这是你的吧？你昨晚上掉下的吧？"

我听了脸上红了一红。马上就说：

"这不是我的，我并没有掉表。"

他连说了几声奇怪，把那表的来历说了一阵，见我坚不肯认，就也没有方法，收起了表，慢慢地拉着空车向东走了。

下

夏至以后，北京接连下了半个多月的雨。我因为一天晚上，没有盖被睡觉，惹了一场很重的病，直到了二礼拜前才得起床。起床后第三天的午后，我看看久雨新霁，天气很好，就拿了一根手杖踏出门去。因为这是病后第一次的出门，所以出了门就走往西边，依旧想到我平时所爱的平则门外的河边去闲行。走过那胡同角上的破屋的时候，我只看见门口立了一群人，在那里看热闹。屋内有人在低声啜泣。我以为那拉车的又在和他的女人吵闹了，所以也就走了过去，去看热闹，一边我心里却暗暗地想着：

"今天若他们再因金钱而争吵，我却可以解决他们的问题。"

因为那时候我家里寄出来为我作医药费的钱还没有用完，皮包里还有几张五块钱的钞票收藏着在哩。我踏近前去一看，破屋里并没有拉车的影子，只有他的女人坐在炕沿上哭，一个小一点的小孩，坐在地上他母亲的脚跟前，也在陪着她哭。看了一会儿，我终摸不着头脑，不晓得她为什么要哭。和我一块儿站着的人，有的"唧唧"地在那里叹息，有的也拿出手巾来在擦眼泪说："可怜哪，可怜哪！"我向一个立在我旁边的中年妇人问了一番，才知道她的男人，前几天在南上洼的大水里淹死了。死了之后，她还不晓得，直到第二天的傍晚，由拉车的同伴认出了他的相貌，才跑回来告诉她。她和她的两个儿子，得了此信，冒雨走上南横街南边的尸场去一看，就大哭了一阵。后来她自己也跳在附近的一个水池里自尽过一次，经她儿子的呼救，附近的居民，费了许多气力，才把她捞救上来。过了一天，由那地方的慈善家，出了钱把她的男人埋葬完毕，且给了她三十斤面票，八十吊铜子，方送她回来。回来之后，她白天晚上只是哭，已经哭了好几天了。我听了这一番消息，看了这一场光景，心里只是难受。同一两个月前头，半夜从前门回来，坐在她男人的车上，听他的诉说时一样，觉得这些光景，决不是她一个人的。我忽而想起了我的可怜的女人，又想起了我的和那在地上哭的小孩一样大的儿女，也觉得眼睛里热起来痒起来了。

我心里正在难受，忽而从人丛里挤来了一个八九岁的小孩赤足袒胸地跑了进来。他小手里拿了几个铜子蹑手蹑脚地对她说：

"妈，你瞧，这是人家给我的。"

看热闹的人，看了他那小脸上的严肃的表情，和他那小手的滑稽的样子，有几个笑着走了，只有两个以手巾擦着眼泪的老妇人，还站在那里。我看看周围的人数少了，就也踏了进去问她说：

"你还认得我么？"

她举起肿红的眼睛来，对我看了一眼，点了一点头，仍复伏倒头去在哀哀地哭着。我想叫她不哭，但是看看她的情形，觉得是不可能的，所以只好默默地站着，眼睛看见她的瘦削的双肩一起一缩地在抽动。我这样的静立了三五分钟，门外又忽而挤了许多人拢来看我。我觉得被他们看得不耐烦了，就走出了一步对他们说：

"你们看什么热闹？人家死了人在这里哭，你们有什么好看？"

那八岁孩子，看我心里发了恼，就走上门口，把一扇破门关上了。"喀丹"一响，屋里忽而暗了起来，他的哭着的母亲，好像也为这变化所惊动，一时止住哭声，擎起眼来看她的孩子和离门不远呆立着的我。我乘此机会，就劝她说：

"看养孩子要紧，你老是哭也不是道理，我若可以帮你的忙，我总没有不为你出力的。"

她听了这话，一边啜泣，一边断断续续地说：

"我……我……别的都不怪，我……只……只怪他何以死得那么快。也……也不知他……他是自家沉河的呢，还是……"

她说了这一句又哭起来了，我没有方法，就从袋里拿出了皮包，取了一张五块钱的钞票递给她说：

"这虽然不多，你拿着用吧！"

她听了这话，又止住了哭，啜泣着对我说：

"我……我们……是不要钱用，只……只是他……他死得……死得太可怜了。……他……他活着的时候，老……老想自己买一辆车，但是……但是这心愿儿终究没有达到。……前天我，我到冥衣铺去定一辆纸糊的洋车，想烧给他，那一家掌柜的要我六块多钱，我没有定下来。你……你老爷心好，请你，请你老爷去买一辆好，好的纸车来烧给他吧！"

说完她又哭了。我听了这一段话，心里愈觉得难受，呆呆地立了一忽，只好把刚才的那张钞票收起，一边对她说："你别哭了吧！他是我的朋友，那纸糊的洋车，我明天一定去买了来，和你一块去烧到他的坟前去。"

又对两个小孩说了几句话，我就打开门走了出来。我从来没有办过丧事，所以寻来寻去，总寻不出一家冥衣铺来定那纸糊的洋车。后来直到四牌楼附近，找定了一家，付了他钱，要他赶紧为我糊一辆车。

二天之后，那纸洋车糊好了，恰巧天气也不下雨，我早早吃了午饭，就雇了四辆洋车，同她及两个小孩一道去上她男人的坟。车过顺治门内大街的时候，因为我前面的一乘人力车上只载着一辆纸糊的很美丽的洋车和两包锭子，大街上来往的红男绿女只是凝目的在看我和我后面车上的那个眼睛哭得红肿，衣服褴褛的中年妇人。我被众人的目光鞭挞不过，心里起了一种不可抑遏的反抗和诅咒的毒念，只想放大了喉咙向着那些红男绿女和汽车中的贵人狠命的叫骂着说：

"猪狗！畜生！你们看什么？我的朋友，这可怜的拉车者，是为你们所逼死的呀！你们还看什么？"

名家作品精选集

萧红精选集

萧红 著

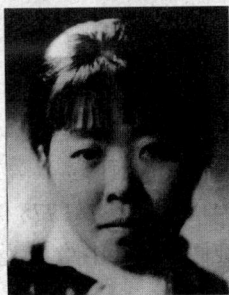

民主与建设出版社

·北京·

© 民主与建设出版社，2021

图书在版编目（CIP）数据

萧红作品精选集 / 萧红著 . -- 北京：民主与建设
出版社，2021.8（2024.1 重印）
（名家作品精选集 / 王茹茹主编；2）
ISBN 978-7-5139-3651-4

Ⅰ.①萧… Ⅱ.①萧… Ⅲ.①散文集—中国—现代
Ⅳ.①I266

中国版本图书馆 CIP 数据核字 (2021) 第 139242 号

萧红作品精选集
XIAOHONG ZUOPIN JINGXUANJI

著　　者	萧　红	
主　　编	王茹茹	
责任编辑	韩增标	
封面设计	玥婷设计	
出版发行	民主与建设出版社有限责任公司	
电　　话	（010）59417747　59419778	
社　　址	北京市海淀区西三环中路 10 号望海楼 E 座 7 层	
邮　　编	100142	
印　　刷	三河市天润建兴印务有限公司	
版　　次	2021 年 8 月第 1 版	
印　　次	2024 年 1 月第 2 次印刷	
开　　本	880 毫米 × 1230 毫米　　1 / 32	
印　　张	6.5	
字　　数	130 千字	
书　　号	ISBN 978-7-5139-3651-4	
定　　价	298.00 元（全 10 册）	

注：如有印、装质量问题，请与出版社联系。

目　录

小　说

散　文

小　说

生死场

一　麦场

一只山羊在大道边啃嚼榆树的根端。

城外一条长长的大道，被榆树荫蒙蔽着。走在大道中，像是走进一个动荡遮天的大伞。

山羊嘴嚼榆树皮，黏沫从山羊的胡子流延着。被刮起的这些黏沫，仿佛是胰子的泡沫，又像粗重浮游着的丝条；黏沫挂满羊腿。榆树显然是生了疮疖，榆树带着偌大的疤痕。山羊却睡在荫中，白囊一样的肚皮起起落落……

菜田里一个小孩慢慢地踱走。在草帽的盖伏下，像是一棵大形的菌类。捕蝴蝶吗？捉蚱虫吗？小孩子在正午的太阳下。

很短时间以内，跌步的农夫也出现在菜田里，一片白菜的颜色有些相近山羊的颜色。

毗连着菜田的南端生着青穗的高粱的林。小孩钻入高粱之群里，许多穗子被撞着，从头顶坠下来。有时也打在脸上。叶子们交结着响，有时刺痛着皮肤。那里是绿色的甜味的世界，显然凉爽一些。时间不久，小孩子争斗着又走出最末的那棵植物。立刻太阳烧着他的头发，机灵的他把帽子扣起来。高空的蓝天，遮覆住菜田上闪耀着的阳光，没有一块行云。一株柳条的短枝，小孩夹在腋下，走路他的两腿膝盖远远地分开，两只脚尖向里勾着，勾得腿在抱着个盆样。跌脚的农夫早已看清是自己的孩子了，他远远地完全用喉音在问着："罗圈腿，哎呀！不能找到？"

这个孩子的名字十分象征着他。他说："没有。"

菜田的边道，小小的地盘，绣着野菜。经过这条短道，前面就是二里半的房窝，他家门前种着一株杨树，杨树翻摆着自己的叶子。每日二里半走在杨树下，总是听一听杨树的叶子怎样响，看一看杨树的叶子怎样摆动。杨树每天这样……他也每天停脚。今天是他第一次破例，什么他都忘记，只见跌脚跌得更深了！每一步像在踏下一个坑去。

土屋周围，树条编做成墙，杨树一半阴影洒落到院中；麻面婆在阴影中洗濯衣裳。正午田圃间只留着寂静，唯有蝴蝶们为着花，远近的翩飞，不怕太阳烧毁它们的翅膀。一切都回藏起来，一只狗也寻着有荫的地方睡了！虫子们也回藏不鸣！

汗水在麻面婆的脸上，如珠如豆，渐渐侵着每个麻痕而下流。麻面婆不是一只蝴蝶，她生不出磷膀来，只有印就的麻痕。

两只蝴蝶飞戏着闪过麻面婆，她用湿的手把飞着的蝴蝶打下来，一个落到盆中溺死了！她的身子向前继续伏动，汗流到嘴了，她舐尝一点儿盐的味，汗流到眼睛的时候，那是非常辣，她急切用湿手揩试一下，但仍不停地洗濯。她的眼睛好像哭过一样，揉擦出脏污可笑的圈子，若远看一点儿，那正合乎戏台上的丑角；眼睛大得那样可怕，比起牛的眼睛来更大，而且脸上也有不定的花纹。

土房的窗子、门，望去那和洞一样。麻面婆踏进门，她去找另一件要洗的衣服，可是在炕上，她抓到了日影，但是不能拿起，她知道她的眼睛是晕花了！好像在光明中忽然走进灭了灯的夜。她休息下来，感到非常凉爽。过了一会儿在席子下面她抽出一条自己的裤子。她用裤子抹着头上的汗，一面走回树荫放着盆的地方，她把裤子也浸进泥浆去。

裤子在盆中大概还没有洗完，可是搭到篱墙上了！也许已经洗完？麻面婆的事是一件跟紧一件，有必要时，她放下一件又去做别的。

邻屋的烟筒，浓烟冲出，被风吹散着，布满全院。烟迷着她的眼睛了！她知道家人要回来吃饭，慌张着心弦，她用泥浆浸过的手去墙角拿茅草，她贴了满手的茅草，就那样，她烧饭，她的手从来没有用清水洗过。她家的烟筒也冒着烟了。过了一会儿，她又出来取柴，茅草在手中，一半拖在地面，另一半在围裙下，她是拥着走。头发飘了满脸，那样，麻面婆是一只母熊了！母熊带着草类进洞。

浓烟遮住太阳，院中一霎幽暗，在空中烟和云似的。

篱墙上的衣裳在滴水滴，蒸着污浊的气。全个村庄在火中窒息。午间的太阳权威着一切了！

"他妈的，给人家偷着走了吧？"

二里半跌脚厉害的时候，都是把屁股向后面斜着，跌出一定的角度来。他去拍一拍山羊睡觉的草棚，可是羊在哪里？

"他妈的，谁偷了羊……混账种子！"

麻面婆听着丈夫骂，她走出来凹着眼睛："饭晚啦吗？看你不回来，我就洗些个衣裳。"

让麻面婆说话，就像让猪说话一样，也许她喉咙组织法和猪相同，她总是发着猪声。

"哎呀！羊丢啦！我骂你那个傻老婆干什么？"

听说羊丢，她去扬翻柴堆，她记得有一次羊是钻过柴堆。但，那是在冬天，羊为着取暖。她没有想一想，六月天气，只有和她一样傻的羊才要钻柴堆取暖。她翻着，她没有想。全头发撒着一些细草，她丈夫想止住她，问她什么理由，她始终不说。她为着要做出一点奇迹，为着从这奇迹，今后要人看重她。表明她不傻，表明她的智慧是在必要的时节出现，于是像狗在柴堆上耍得疲乏了！手在扒着发间的草杆，她坐下来。她意外地感到自己的聪明不够用，她意外地对自己失望。

过了一会儿，邻人们在太阳底下四面出发，四面寻羊；麻面婆的饭锅冒着气，但，她也跟在后面。

二里半走出家门不远，遇见罗圈腿，孩子说："爸爸，我饿！"

二里半说："回家去吃饭吧！"

可是二里半转身时，老婆和一捆稻草似的跟在后面。

"你这老婆，来干什么？领他回家去吃饭。"

他说着不停地向前跌走。

黄色的、近黄色的麦地只留下短短的根苗。远看来麦地使人悲伤。在麦地尽端，井边什么人在汲水。二里半一只手遮在眉上，东西眺望，他忽然决定到那井的地方，在井沿看下去，什么也没有，用井上汲水的桶子向水底深深地探试，什么也没有。最后，绞上水桶，他伏身到井边喝水，水在喉中有声，像是马在喝。

老王婆在门前草场上休息："麦子打得怎样啦？我的羊丢了！"

二里半青色的面孔为了丢羊更青色了！

咩……咩……羊叫？不是羊叫，寻羊的人叫。

林荫一排砖车经过，车夫们哗闹着。山羊的午睡醒转过来，它迷茫着用犄角在周身剔毛。为着树叶绿色的反映，山羊变成浅黄。卖瓜的人在道旁自己吃瓜。那一排砖车扬起浪般的灰尘，从林荫走上进城的大道。

山羊寂寞着，山羊完成了它的午睡，完成了它的树皮餐，而归家去了。山羊没有归家，它经过每棵高树，也听遍了每张叶子的刷鸣，山羊也要进城吗！它奔向进城的大道。

咩……咩……羊叫？不是羊叫，寻羊的人叫，二里半比别人叫出来更大声，那不像是羊叫，像是一条牛了！

最后，二里半和地邻动打，那样，他的帽子，像断了线的风筝，飘摇着下降，从他头上飘摇到远处。

"你踏碎了俺的白菜！你……你……"

那个红脸长人，像是魔王一样，二里半被打得眼睛晕花起来，他去抽拔身边的一棵小树；小树无由地被害了，那家的女人出来，送出一支搅酱缸的耙子，耙子滴着酱。

他看见耙子来了，拔着一棵小树跑回家去，草帽是那般孤独地丢在井边，草帽他不知戴过了多少年头。

二里半骂着妻子："浑蛋，谁吃你的焦饭！"

他的面孔和马脸一样长。麻面婆惊惶着，带着愚蠢的举动，她知道山羊一定没能寻到。

过了一会儿，她到饭盆那里哭了！"我的……羊，我一天一天喂喂……大的，我抚摸着长起来的！"

麻面婆的性情不会抱怨。她一遇到不快时，或是丈夫骂了她，或是邻人与她拌嘴，就连小孩子们扰烦她时，她都是像一摊蜡消融下来。她的性情不好反抗，不好争斗，她的心像永远储藏着悲哀似的，她的心永远像一块衰弱的白棉。她哭抽着，任意走到外面把晒干的衣裳搭进来，但她绝对没有心思注意到羊。

可是会旅行的山羊在草棚不断地搔痒，弄得板房的门扇快要掉落下来，门扇摔摆地响着。

下午了，二里半仍在炕上坐着。

"妈的，羊丢了就丢了吧！留着它不是好兆相。"

但是妻子不晓得养羊会有什么不好的兆相，她说："哼！那么白白地丢了？我一会去找，我想一定在高粱地里。"

“你还去找？你别找啦！丢就丢了吧！”

“我能找到它呢！”

“哎呀！找羊会出别的事哩！”

他脑中回旋着挨打的时候：草帽像断了线的风筝飘摇着下落，酱耙子滴着酱。快抓住小树，快抓住小树。……二里半心中翻着这不好的兆相。

他的妻子不知道这事。她朝向高粱地去了。蝴蝶和别的虫子热闹着，田地上有人工作了。她不和田上的妇女们搭话，经过留着根的麦地时，她像微点的爬虫在那里。阳光比正午钝了些，虫鸣渐多了，渐飞渐多了！

老王婆工作剩余的时间，尽是述说她无穷的命运。她的牙齿为着述说常常切得发响，那样她表示她的愤恨和潜怒。在星光下，她的脸纹绿了些，眼睛发青，她的眼睛是大的圆形。有时她讲到兴奋的话句，她发着嘎而没有曲折的直声。邻居的小孩子们会说她是一头“猫头鹰”，她常常为着小孩子们说她“猫头鹰”而愤激。她想自己怎么会成个那样的怪物呢？像碎着一件什么东西似的，她开始吐痰。

孩子们的妈妈打了他们，孩子跑到一边去哭了！这时王婆她该终止她的讲说，她从窗洞爬进屋去过夜。但有时她并不注意孩子们哭，她不听见似的，她仍说着那一年麦子好；她多买了一条牛，牛又生了小牛，小牛后来又怎样？……她的讲话总是有起有落。关于一条牛，她能有无量的言辞：牛是什么颜色？每天要吃多少水草？甚至要说到牛睡觉是怎样的姿势。

但是今夜院中一个讨厌的孩子也没有，王婆领着两个邻妇，坐在一条喂猪的槽子上，她们的故事便流水一般地在夜空里延展开。

天空一些云忙走，月亮陷进云围时，云和烟样，和煤山样，快要燃烧似的。再过一会儿，月亮埋进云山，四面听不见蛙鸣，只是萤虫闪闪着。

屋里，像是洞里，响起鼾声来，布遍了的声波旋走了满院。天边小的闪光不住地在闪合。王婆的故事对比着天空的云：

"……一个孩子三岁了，我把她摔死了，要小孩子我会成了个废物。……那天早晨……我想一想，……是早晨，我把她坐在草堆上，我去喂牛，草堆是在房后。等我想起孩子来，我跑去抱她，我看见草堆上没孩子；我看见草堆下有铁犁的时候，我知道，这是恶兆，偏偏孩子跌在铁犁一起，我以为她还活着呀！等我抱起来的时候……啊呀！"

一条闪光裂开来，看得清王婆是一个兴奋的幽灵，全麦田，高粱地，菜圃，都在闪光下出现。妇人们被惶惑着，像是有什么冷的东西，扑向她们的脸去。闪光一过，王婆的话声又连续下去：

"……啊呀！……我把她丢到草堆上，血尽是向草堆上流呀！她的小手颤颤着，血在冒着气从鼻子流出，从嘴也流出，好像喉管被切断了。我听一听她的肚子还有响；那和一条小狗给车轮压死一样。我也亲眼看过小狗被车轮轧死，我什么都看过。这庄上的谁家养小孩，一遇到孩子不能养下来，我就去拿着钩子，也许用那个掘菜的刀子，把孩子从娘的肚里硬搅出来。孩子死，不算一回事，你们以为我会暴跳着哭吧？我会号叫吧？起先我心也觉得发颤，可是我一看见麦田在我眼前时，我一点儿都不后悔，我一滴眼泪都没淌下。以后麦子收成很好，麦子是我割倒的，在场上一粒一粒我把麦子拾起来，就是那年我整个秋天没有停脚，没讲闲话，像连口气也没得喘似的，冬天就来了！到冬天我和邻人比着麦粒，我的麦粒是那样大呀！到冬天我的背曲得有些厉害，在手里拿着大的麦粒，可是，邻人的孩子却长起来了！……到那时候，我好像忽然才想起我的小钟。"

王婆推一推邻妇，荡一荡头：

"我的孩子小名叫小钟呀！……我接连着煞苦了几夜没能睡，什么麦粒？从那时候，我连麦粒也不怎样看重了！就是如今，我也不把什么看重。那时我才二十几岁。"

闪光相连起来，能言的幽灵默默坐在闪光中。邻妇互望着，感到有些寒冷。

狗在麦场张狂着咬过来，多云的夜什么也不能告诉人们。忽然一道闪光，看见的黄狗卷着尾巴向二里半叫去，闪光一过，黄狗又回到麦堆，草茎折动出细微的声音。

"三哥不在家里？"

"他睡着哩！"王婆又回到她的默默中，她的答话像是从一个空瓶子或是从什么空的东西发出。猪槽上她一个人化石一般地留着。

"三哥！你又和三嫂闹嘴吗？你常常和她闹嘴，那会败坏了平安的日子的。"

二里半，能宽容妻子，以他的感觉去衡量别人。

赵三点起烟火来，他红色的脸笑了笑："我没和谁闹嘴哩！"

二里半他从腰间解下烟袋，从容着说："我的羊丢了！你不知道吧？它又走了回来。要替我说出买主去，这条羊留着不是什么好兆相。"

赵三用粗嘎的声音大笑，大手和红色脸在闪光中伸现出来："哈……哈，倒不错，听说你的帽子飞到井边团团转呢！"

忽然二里半又看见身边长着一棵小树，快抓住小树，快抓住小树。他幻想终了，他知道被打的消息是传布出来，他捻一捻烟火，解辩着说："那家子不通人情，哪有丢了羊不许找的勾当？她硬说踏了她的白菜，你看，我不能和她动打。"

摇一摇头，受着辱一般地冷没下去，他吸烟管，切心地感到羊不是好兆相，羊会伤着自己的脸面。

来了一道闪光，大手的高大的赵三，从炕沿站起，用手掌擦着眼睛。他忽然响叫："怕是要落雨吧！坏啦！麦子还没打完，在场上堆着！"

赵三感到养牛和种地不足，必须到城里去发展，他每日进城，他渐渐不注意麦子，他梦想着另一桩有望的事业。

"那老婆，怎不去看麦子？麦子一定要给水冲走呢？"

赵三习惯地总以为她会坐在院心，闪光更来了！雷响，风声，一切翻动着黑夜的村庄。

"我在这里呀！到草棚拿席子来，把麦子盖起吧！"

喊声在有闪光的麦场响出，声音像碰着什么似的，好像在水上响出，王婆又震动着喉咙："快些，没有用的，睡觉睡昏啦！你是摸不到门啦！"

赵三为着未来的大雨所恐吓，没有同她拌嘴。

高粱地像要倒折，地端的榆树吹啸起来，有点像金属的声音，为着闪的缘故，全庄忽然裸现，忽然又沉埋下去。全庄像是海上浮着的泡沫。邻家和距离远一点儿的邻家有孩子的哭声，大人嚷吵，什么酱缸没有盖啦！驱赶着鸡雏啦！种麦田的人家嚷着麦子还没有打完啦！农家好比鸡笼，向着鸡笼投下火去，鸡们会翻腾着。

黄狗在草堆开始做窝，用腿扒草，用嘴扯草。王婆一边颤动，一边手里拿着耙子。

"该死的，麦子今天就应该打完，你进城就不见回来，麦子算是可惜啦！"

二里半在电光中走近家门，有雨点打下来，在植物的叶子上稀疏地响着。雨点打在他的头上时，他摸一下头顶而没有了草帽。关于草帽，二里半一边走路一边怨恨山羊。

早晨了，雨还没有落下。东边一道长虹悬起来，感到湿的气味的云掠过人头，东边高粱头上，太阳走在云后，那过于艳明，像红色的水晶，像红色的梦。远看高粱和小树林一般森严着；村家在早晨趁着气候的凉爽，各自在田间忙。

赵三门前，麦场上小孩子牵着马，因为是一条年轻的马，它跳着荡着尾巴跟它的小主人走上场来。小马欢喜用嘴撞一撞停在场上的"石磙"，它的前腿在平滑的地上踩打几下，接着它必然像索求什么似的叫起不很好听的声来。

王婆穿的宽袖的短袄，走上平场。她的头发毛乱而且绞卷着，朝晨的红光照着她，她的头发恰像田上成熟的玉米缨穗，红色并且蔫卷。

马儿把主人呼唤出来，它等待给它装置"石磙"，"石磙"装好的时候，小马摇着尾巴，不断地摇着尾巴，它十分驯顺和愉快。

王婆摸一摸席子潮湿一点儿，席子被拉在一边了；孩子跑过去，帮助她，麦穗布满平场，王婆拿着耙子站到一边。小孩欢跑着立到场子中央，马儿开始转跑。小孩在中心地点也是转着。好像画圆周时用的圆规一样，无论马儿怎样跑，孩子总在圆心的位置。因为小马发疯着，飘扬着跑，它和孩子一般地贪玩，弄得麦穗溅出场处。王婆用耙子打着马，可是走了一会儿它游戏够了，就和厮耍着的小狗需要休息一样，休息下来。王婆着了疯一般地又挥着耙子，马暴跳起来，它跑了两个圈子，把"石磙"带着离开铺着麦穗的平场，并且嘴里咬嚼一些麦穗。系住马勒带的孩子挨着骂：

"呵！你总偷着把它拉上场，你看这样的马能以打麦子吗？死了去吧！别烦我吧！"

小孩子拉马走出平场的门。到马槽子那里，去拉那个老马。

把小马束好在杆子间。老马差不多完全脱了毛，小孩子不爱它，用勒带打着它走，可是它仍和一块石头或是一棵生了根的植物那样不容搬运。老马是小马的妈妈，它停下来，用鼻头偎着小马肚皮间破裂的流着血的伤口。小孩子看见他爱的小马流血，心中惨惨的眼泪要落出来，但是他没能晓得母子之情，因为他还没能看见妈妈，他是私生子。拖着光毛的老动物，催逼着离开小马，鼻头染着一些血，走上麦场。

村前火车经过河桥，看不见火车，听见隆隆的声响。王婆注意着旋上天空的黑烟。前村的人家，驱着白菜车去进城，走过王婆的场子时，从车上抛下几个柿子来，一面说："你们是不种柿子的，这是贱东西，不值钱的东西，麦子是发财之道呀！"

驱着车子的青年结实的汉子过去了，鞭子甩响着。

老马看着墙外的马不叫一声，也不响鼻子。小孩去拿柿子吃，柿子还不十分成熟，半青色的柿子，永远被人们摘取下来。

马静静地停在那里，连尾巴也不甩摆一下，也不去用嘴触一触石磙。就连眼睛它也不远看一下，同时它也不怕什么工作，工作来的时候，它就安心去开始；一些绳锁束上身时，它就跟住主人的鞭子。主人的鞭子很少落到它的皮骨，有时它过分疲惫而不能支持，行走过分缓慢；主人打了它，用鞭子，或是用别的什么，但是它并不暴跳，因为一切过去的年代规定了它。

麦穗在场上渐渐不成形了！

"来呀！在这儿拉一会儿马呀！平儿！"

"我不愿意和老马在一块儿，老马整天像睡着。"平儿囊中带着柿子走到一边去吃，王婆怨怒着：

"好孩子呀！我管不好你，你还有爹哩！"

平儿没有理谁，走出场子，向着东边种着花的地端走去。他看着红花，吃着柿子走。

灰色的老幽灵暴怒了："我去唤你的爹爹来管教你呀！"

她像一只灰色的大鸟走出场去。

清早的叶子们！树的叶子们，花的叶子们，闪着银珠了！太阳不着边际的圆轮在高粱棵的上端，左近的家屋在预备早饭了。

老马自己在滚压麦穗，勒带在嘴下拖着，它不偷食麦粒，它不走脱了轨，转过一个圈，再转过一个，绳子和皮条有次序地向它光皮的身子摩擦，老动物自己无声地动在那里。

种麦的人家，麦草堆得高涨起来了！福发家的草堆也涨过墙头。福发的女人吸起烟管。她健壮而短小，烟管随意冒着烟；手中的耙子，不住地耙在平场。

侄儿打着鞭子行经在前面的林荫，静静悄悄地他唱着寂寞的歌；她为歌声感动了！耙子快要停下来，歌声仍起在林端：

"昨晨落着毛毛雨……小姑娘，披蓑衣……小姑娘……去打鱼。"

二 菜圃

菜圃上寂寞的大红的西红柿，红着了。小姑娘们摘取着柿子，大红大红的柿子，盛满她们的筐篮；也有的在拔青萝卜、红萝卜。

金枝听着鞭子响，听着口哨响，她猛然站起来，提好她的筐子惊惊怕怕地走出菜圃。在菜田东边，柳条墙的那个地方停下，她听一听口笛渐渐远了！鞭子的响声与她隔离着了！她忍耐着等了一会儿，口笛婉转地从背后的方向透过来；她又将与他接近着了！菜田上一些女人望见她，远远地呼唤："你不来摘柿子，干什么站到那儿？"

她摇一摇她成双的辫子，她大声摆着手说："我要回家了！"

姑娘假装着回家，绕过人家的篱墙，躲避一切菜田上的眼睛，朝向河湾去了。筐子挂在腕上，摇摇搭搭。口笛不住地在远方催逼她，仿佛她是一块被引的铁跟住了磁石。

静静的河湾有水湿的气味，男人等在那里。

迷迷荡荡的一些花穗颤在那里，背后的长茎草倒折了！不远的地方打柴的老人在割野草。他们受着惊扰了！发育完强的青年的汉子，带着姑娘，像猎犬带着捕捉物似的，又走下高粱地去……

吹口哨，响着鞭子，他觉得人间是温存而愉快。他的灵魂和肉体完全充实着，婶婶远远地望见他，走近一点儿，婶婶说："你和那个姑娘又遇见吗？她真是个好姑娘。唉……唉！"

婶婶像是烦躁一般紧紧靠住篱墙，侄儿向她说："婶娘你唉唉什么呢？我要娶她哩！"

"唉……唉……"

婶婶完全悲伤下去，她说："等你娶过来，她会变样，她不和原来一样，她的脸是青白色；你也再不把她放在心上，你会打骂她呀！男人们心上放着女人，也就是你这样的年纪吧！"

婶婶表示出她的伤感，用手按住胸膛，她防止着心脏起什么变化，她又说："那姑娘我想该有了孩子吧？你娶她，就快些娶她。"

侄儿回答："她娘还不知道哩！要寻一个做媒的人。"

牵着一条牛，福发回来。婶婶望见了，她急旋着走回院中，假意收拾柴栏。叔叔到井边给牛喝水，他又拉着牛走了！婶婶好像小鼠一般又抬起头来，又和侄儿讲话：

"成业，我对你告诉吧！年轻的时候，姑娘的时候，我也到河边去钓鱼，9月里落着毛毛雨的早晨，我披着蓑衣坐在河沿，没有想到，我也不愿意那样；我知道给男人做老婆是坏事，可是你叔叔，他从河沿把我拉到马房去，在马房里，我什么都完啦！可是我心也不害怕，我欢喜给你叔叔做老婆。这时节你看，我怕男人，男人和石块一般硬，叫我不敢触一触他。"

"你总是唱什么落着毛毛雨，披蓑衣去打鱼……我再也不愿听这曲子，年轻人什么也不可靠，你叔叔也唱这曲子哩！这时他再也不想从前了！那和死过的树一样不能再活。"

年轻的男人不愿意听婶婶的话，转走到屋里，去喝一点儿酒。他为着酒，大胆把一切告诉了叔叔。福发起初只是摇头，后来慢慢地问着："那姑娘是十七岁吗？你是廿岁。小姑娘到咱们家里，会做什么活计？"

争夺着一般的，成业说："她长得好看哩！她有一双亮油油的黑辫子。什么活计她也能做，很有气力呢！"

成业的一些话，叔叔觉得他是喝醉了，往下叔叔没有说什么，坐在那里沉思过一会儿，他笑着望着他的女人。

"啊呀……我们从前也是这样哩！你忘记吗？那些事情，你忘记了吧！……哈……哈，有趣的呢，回想年轻真有趣的哩。"

女人过去拉着福发的臂，去抚媚他。但是没有动，她感到男人的笑脸不是从前的笑脸，她心中被他无数生气的面孔充塞住，她没有动，她笑一下赶忙又把笑脸收了回去。她怕笑的时间长，会要挨骂。男人叫把酒杯拿过去，女人听了这话，听了命令一般把杯子拿给他。于是丈夫也昏沉地睡在炕上。

女人悄悄地蹑着脚走出了，停在门边，她听着纸窗在耳边鸣，她完全无力，完全灰色下去。场院前，蜻蜓们闹着向日葵的花。但这与年轻的妇人绝对隔碍着。

纸窗渐渐地发白，渐渐可以分辨出窗棂来了！进过高粱地的姑娘一边幻想着一边哭，她是那样的低声，还不如窗纸的鸣响。

她的母亲翻转身时，哼着，有时也挫响牙齿。金枝怕要挨打，连在黑暗中把眼泪也拭得干净。老鼠一般地整夜好像睡在猫的尾巴下。通夜都是这样，每次母亲翻动时，像爆裂一般地，向自己的女孩的枕头的地方骂了一句："该死的！"

接着她便要吐痰，通夜是这样，她吐痰，可是她并不把痰吐到地上；她愿意把痰吐到女儿的脸上。这次转身她什么也没有吐，也没骂。

可是清早，当女儿梳好头辫，要走上田的时候，她疯着一般夺下她的筐子：

"你还想摘柿子吗？金枝，你不像摘柿子吧？你把筐子都丢啦！我看你好像一点儿心肠也没有，打柴的人幸好是朱大爷，若是别人拾去还能找出来吗？若是别人拾得了筐子，名声也不能好听哩！福发的媳妇，不就是在河沿坏的事吗？全村就连孩子们也是传说。唉！……那是怎样的人呀？以后婆家也找不出去。她有了孩子，没法做了福发的老婆，她娘为这事羞死了似的，在村子里见人，都不能抬起头来。"

母亲看着金枝的脸色马上苍白起来，脸色变成那样脆弱。母亲以为女儿可怜了，但是她没晓得女儿的手从她自己的衣裳里边偷偷地按着肚子，金枝感到自己有了孩子一般恐怖。母亲说："你去吧！你可再别和小姑娘们到河沿去玩，记住，不许到河边去。"

母亲在门外看着姑娘走，她没立刻转回去，她停住在门前许多时间，眼望着姑娘加入田间的人群，母亲回到屋中一边烧饭，一边叹气，她体内像染着什么病患似的。

农家每天从田间回来才能吃早饭。金枝走回来时，母亲看见她手在按着肚子："你肚子疼吗？"

她被惊着了，手从衣裳里边抽出来，连忙摇着头："肚子不疼。"

"有病吗?"

"没有病。"

于是她们吃饭。金枝什么也没有吃下去，只吃过粥饭就离开饭桌了！母亲自己收拾了桌子说："连一片白菜叶也没吃呢！你是病了吧?"

等金枝出门时，母亲呼唤着："回来，再多穿一件夹袄，你一定是着了寒，才肚子疼。"

母亲加一件衣服给她，并且又说："你不要上地吧? 我去吧!"

金枝一面摇着头走了！披在肩上的母亲的小袄没有扣纽子，被风吹飘着。

金枝家的一片柿地，和一个院宇那样大的一片。走进柿地嗅到辣的气味，刺人而说不定是什么气味。柿秧最高的有两尺高，在枝间挂着金红色的果实。每棵，每棵挂着许多，也挂着绿色或是半绿色的一些。除了另一块柿地和金枝家的柿地接连着，左近全是菜田了！8 月里人们忙着扒"土豆"；也有的砍着白菜，装好车子进城去卖。

二里半就是种菜田的人。麻面婆来回地搬着大头菜，送到地端的车子上。罗圈腿也是来回向地端跑着，有时他抱了两棵大形的圆白菜，走起来两臂像是架着两块石头样。

麻面婆看见身旁别人家的倭瓜红了。她看一下，近处没有人，起始把靠菜地长着的四个大倭瓜都摘落下来了。两个和小西瓜一样大的，她叫孩子抱着。罗圈腿脸累得涨红和倭瓜一般红，他不能再抱动了！两臂像要被什么压掉一般。还没能到地端，刚走过金枝身旁，他大声求救似的："爹呀，西……西瓜快要摔啦，快要摔碎啦！"

他着忙把倭瓜叫西瓜。菜田许多人，看见这个孩子都笑了！凤姐望着金枝说："你看这个孩子，把倭瓜叫成西瓜。"

金枝看了一下，用面孔无心地笑了一下。二里半走过来，踢了孩子一脚；两个大的果实坠地了！孩子没有哭，发愕地站到一边。二里半骂他："浑蛋，狗娘养的，叫你抱白菜，谁叫你摘倭瓜啦？……"

麻面婆在后面走着，她看到儿子遇了事，她巧妙地弯下身去，把两个更大的倭瓜丢进柿秧中。谁都看见她做这种事，只是她自己感到巧妙。二里半问她："你干的吗？糊涂虫！错非你……"

麻面婆哆嗦了一下，口齿比平常更不清楚了："……我没……"

孩子站在一边尖锐地嚷着："不是你摘下来叫我抱着送上车吗？不认账！"

麻面婆她使着眼神，她急得要说出口来："我是偷的呢！该死的……别嚷叫啦，要被人抓住啦！"

平常最没有心肠看热闹的，不管田上发生了什么事，也沉埋在那里的人们，现在也来围住她们了！这里好像唱着武戏，戏台上耍着他们一家三人。二里半骂着孩子："他妈的混账，不能干活，就能败坏，谁叫你摘倭瓜？"

罗圈腿那个孩子，一点儿也不服气地跑过去，从柿秧中把倭瓜滚弄出来了！大家都笑了，笑声超过人头。可是金枝好像患着传染病的小鸡一般，雯着眼睛蹲在柿秧下，她什么也没有理会，她逃出了眼前的世界。

二里半气愤得几乎不能呼吸，等他说出"倭瓜"是自家种的，为着留种子时候，麻面婆站在那里才松了一口气，她以为这没有什么过错，偷摘自己的倭瓜。她仰起头来向大家表白："你们看，我不知道，实在不知道倭瓜是自家的呢！"

麻面婆不管自己说话好笑不好笑，挤过人围，结果把倭瓜抱到车子那里。于是车子走向进城的大道，弯腿的孩子拐拐歪歪地跑在后面。马，车，人渐渐消失在道口了！

田间不断地讲着偷菜棵的事。关于金枝也起着流言：

"那个丫头也算完啦！"

"我早看她起了邪心，看她摘一个柿子要半天工夫；昨天把柿筐都忘在河沿！"

"河沿不是好人去的地方。"

凤姐身后，两个中年的妇人坐在那里扒胡萝卜。可是议论着，有时也说出一些淫污的话，使凤姐不大明白。

金枝的心总是悸动着，时间像蜘蛛缠着丝线那样绵长；心境坏到极点。金枝脸色脆弱朦胧得像罩着一块面纱。她听一听口哨还没有响。辽阔得可以看到福发家的围墙，可是她心中的哥儿却永不见出来。她又继续摘柿子，无论青色的柿子她也摘下。她没能注意到柿子的颜色，并且筐子也满着了！她不把柿子送回家去，一些杂色的柿子，被她散乱地铺了满地。那边又有女人故意大声议论她：

"上河沿去跟男人，没羞的，男人扯开她的裤子？……"

金枝关于眼前的一切景物和声音，她忽略过去；她把肚子按得那样紧，仿佛肚子里面跳动了！忽然口哨传来了！她站起来，一个柿子被踏碎，像是被踏碎的蛤蟆一样，发出水声。她被跌倒了，口哨也跟着消灭了！以后无论她怎样听，口哨也不再响了。

金枝和男人接触过三次：第一次还是在两个月以前，可是那时母亲什么也不知道，直到昨天筐子落到打柴人手里，母亲算是渺渺茫茫地猜度着一些。

金枝过于痛苦了，觉得肚子变成个可怕的怪物，觉得里面有一块硬的地方，手按得紧些，硬的地方更明显。等她确信肚子有了孩子的时候，她的心立刻发呕一般颤索起来，她被恐怖把握着了。奇怪的，两个蝴蝶叠落着贴落在她的膝头。金枝看着这邪恶的一对虫子而不拂去它们。金枝仿佛是米田上的稻草人。

母亲来了，母亲的心远远就系在女儿的身上。可是她安静地走来，远看她的身体几乎呈出一个完整的方形，渐渐可以辨得出她尖形的脚在袋口一般的衣襟下起伏的动作。在全村的老妇人中什么是她的特征呢？她发怒和笑着一般，眼角集着愉悦的多形的纹绉。嘴角也完全愉快着，只是上唇有些差别，在她真正愉快的时候，她的上唇短了一些。在她生气的时候，上唇特别长，而且唇的中央那一小部分尖尖的，完全像鸟雀的嘴。

母亲停住了。她的嘴是显着她的特征，全脸笑着，只是嘴和鸟雀的嘴一般。因为无数青色的柿子惹怒她了！金枝在沉想的深渊中被母亲踢打了："你发傻了吗？啊……你失掉了魂啦？我撕掉你的辫子……"

金枝没有挣扎，倒了下来，母亲和老虎一般捕住自己的女儿。金枝的鼻子立刻流血。

她小声骂她，大怒的时候她的脸色更畅快笑着，慢慢地掀着尖唇，眼角的线条更加多地组织起来。

"小老婆，你真能败毁。摘青柿子。昨夜我骂了你，不服气吗？"

母亲一向是这样，很爱护女儿，可是当女儿败坏了菜棵，母亲便去爱护菜棵了。农家无论是菜棵，或是一株茅草也要超过人的价值。

该睡觉的时候了！火绳从门边挂手巾的铁线上倒垂下来，屋中听不着一个蚊虫飞了！夏夜每家挂着火绳。那绳子缓慢而绵长地燃着。惯常了，那像庙堂中燃着的香火，沉沉的一切使人无所听闻，渐渐地催人入睡。艾蒿的气味渐渐织入一些疲乏的梦魂去。蚊虫被艾蒿烟驱走。金枝同母亲还没有睡的时候，有人来在窗外，轻慢地咳嗽着。

母亲忙点灯火，门响开了！是二里半来了。无论怎样母亲不能把灯点着，灯心处爆着水的炸响，母亲手中举一支火柴，把小灯列得和眉头一般高，她说："一点点油也没有了呢！"

金枝到外房去倒油。这个时间，他们谈说一些突然的事情。母亲关于这事惊恐似的，坚决的，感到羞辱一般地荡着头："那是不行，我的女儿不能配到那家子人家。"

二里半听着姑娘在外房盖好油罐子的声音，他往下没有说什么。金枝站在门限向妈妈问："豆油没有了，装一点儿水吧？"

金枝把小灯装好，摆在炕沿，燃着了！可是二里半到她家来的意义是为着她，她一点儿不知道，二里半为着烟袋向倒悬的火绳取火。

母亲，手在按住枕头，她像是想什么，两条直眉几乎相连起来。女儿在她身边向着小灯垂下头。二里半的烟火每当他吸过了一口便红了一阵。艾蒿烟混加着烟叶的气味，使小屋变作地下的窖子一样黑重！二里半作窘一般地咳嗽了几声。金枝把流血的鼻子换上另一块棉花。因为没有言语，每个人起着微小的潜意识的动作。

就这样坐着，灯火又响了。水上的浮油烧尽的时候，小灯又要灭，二里半沉闷着走了！二里半为人说媒被拒绝，羞辱一般地走了。

中秋节过去，田间变成残败的田间；太阳的光线渐渐从高空忧郁下来，阴湿的气息在田间到处撩走。南部的高粱完全睡倒下来，接接连连地望去，黄豆秧和揉乱的头发一样蓬蓬在地面，也有的地面完全拔秃似的。

早晨和晚间都是一样，田间憔悴起来。只见车子，牛车和马车轮轮滚滚地载满高粱的穗头，和大豆的杆秧。牛们流着口涎愚直地挂下着，发出响动的车子前进。

福发的侄子驱着一条青色的牛，向自家的场院载拖高粱。他故意绕走一条曲道，那里是金枝的家门，她心胀裂一般的惊慌，鞭子于是响来了。

金枝放下手中红色的辣椒，向母亲说："我去一趟茅屋。"

于是老太太自己串辣椒，她串辣椒和纺织一般快。

金枝的辫子毛毛着，脸是完全充了血。但是她患着病的现象，把她变成和纸人似的，像被风飘着似的出现房后的围墙。

你害病吗？倒是为什么呢？但是成业是乡村长大的孩子，他什么也不懂得问。他丢下鞭子，从围墙宛如飞鸟落过墙头，用腕力掳住病的姑娘，把她压在墙角的灰堆上，那样他不是想要接吻她，也不是想要热情地讲些情话，他只是被本能支使着想要动作一切。金枝打厮着一般地说：

"不行啦！娘也许知道啦，怎么媒人还不见来？"

男人回答："嗳，李大叔不是来过吗？你一点儿不知道！他说你娘不愿意。明天他和我叔叔一道来。"

金枝按着肚子给他看，一面摇头："不是呀！……不是呀！你看到这个样子啦！"

男人完全不关心，他小声响起："管他妈的，活该愿意不愿意，反正是干啦！"

他的眼光又失常了，男人仍被本能不停地要求着。

母亲的咳嗽声，轻轻地从薄墙透出来。墙外青牛的角上挂着秋空的游丝。

母亲和女儿在吃晚饭，金枝呕吐起来，母亲问她："你吃了苍蝇吗？"

她摇头，母亲又问："是着了寒吧！怎么你总有病呢？你连饭都咽不下去。不是有痨病啦！？"

母亲说着去按女儿的腹部，手在夹衣上来回地摸了阵。手指四张着在肚子上思索了又思索："你有了痨病吧？肚子里有一块硬呢！有痨病人的肚子才是硬一块。"

女儿的眼泪要垂流一般地挂到眼毛的边缘。最后滚动着从眼毛滴下来了！就是在夜里，金枝也起来到外边去呕吐，母亲迷蒙中听着叫娘的声音。窗上的月光差不多和白昼一般明，看得清金枝的半身拖在炕下，另半身是弯在枕上。头发完全埋没着脸面。等母亲拉她手的时候，她抽扭着说起："娘……把女儿嫁给福发的侄子吧！我肚里不是……病，是……"

到这样时节母亲更要打骂女儿了吧？可不是那样，母亲好像本身有了罪恶，听了这话，立刻麻木着了，很长的时间她像不存在一样。过了一刻母亲用她从不用过温和的声调说："你要嫁过去吗？二里半那天来说媒，我是顶走他的，到如今这事怎么办呢？"

母亲似乎是平息了一下，她又想说，但是泪水塞住了她的嗓子，像是女儿窒息了她的生命似的，好像女儿把她羞辱死了！

三　老马走进屠场

老马走上进城的大道，"私宰场"就在城门的东边。那里的屠刀正张着，在等待这个残老的动物。

老王婆不牵着她的马儿，在后面用一条短枝驱着它前进。

大树林子里有黄叶回旋着，那是些呼叫着的黄叶。望向林子的那端，全林的树棵，仿佛是关落下来的大伞。凄沉的阳光，晒着所有的秃树。田间望遍了远近的人家。深秋的田地好像没有感觉的光了毛的皮革，远近平铺着。夏季埋在植物里的家屋，现在明显得好像突出地面一般，好像新从地面突出。

深秋带来的黄叶，赶走了夏季的蝴蝶。一张叶子落到王婆的头上，叶子是安静地伏贴在那里。王婆驱着她的老马，头上顶着飘落的黄叶；老马，老人，配着一张老的叶子，他们走在进城的大道。

道口渐渐看见人影，渐渐看见那个人吸烟，二里半迎面来了。他长形的脸孔配起摆动的身子来，有点像一个驯顺的猿猴。他说："哎呀！起得太早啦！进城去有事吗？怎么驱着马进城，不装车粮拉着？"

振一振袖子，把耳边的头发向后抚弄一下，王婆的手颤抖着说了："到日子了呢！下汤锅去吧！"王婆什么心情也没有，她看着马在吃道旁的叶子，她用短枝驱着又前进了。

二里半感到非常悲痛。他痉挛着了。过了一个时刻转过身来，他赶上去说："下汤锅是下不得的，……下汤锅是下不得……"但是怎样办呢？二里半连半句语言也没有了！他扭歪着身子跨到前面，用手摸一摸马儿的鬃发。老马立刻响着鼻子了！它的眼睛哭着一般，湿润而模糊。悲伤立刻掠过王婆的心孔。哑着嗓子，王婆说："算了吧！算了吧！不下汤锅，还不是等着饿死吗？"

深秋秃叶的树，为了惨厉的风变，脱去了灵魂一般吹啸着。马行在前面，王婆随在后面，一步一步屠场近着了，一步一步风声送着老马归去。

王婆她自己想着：一个人怎么变得这样厉害？年轻的时候，不是常常为着送老马或是老牛进过屠场吗？她颤寒起来，幻想着屠刀要像穿过自己的背脊，于是，手中的短枝脱落了！她茫然晕昏地停在道旁，头发舞着好像个鬼魂样。等她重新拾起短枝来，老马不见了！它到前面小水沟的地方喝水去了！这是它最末一次饮水吧！老马需要饮水，它也需要休息，在水沟旁倒卧下了！它慢慢呼吸着。王婆用低音，慈和的音调呼唤着："起来吧！走进城去吧，有什么法子呢？"马仍然仰卧着。王婆看一看日午了，还要赶回去烧午饭，但，任她怎样拉缰绳，马仍是没有移动。

王婆恼怒着了！她用短枝打着它起来。虽是起来，老马仍然贪恋着小水沟。王婆因为苦痛的人生，使她易于暴怒，树枝在马儿的脊骨上断成半截。

又安然走在大道上了！经过一些荒凉的家屋，经过几座颓败的小庙。一个小庙前躺着个死了的小孩，那是用一捆谷草束扎着的。孩子小小的头顶露在外面，可怜的小脚从草梢直伸出来；他是谁家的孩子睡在这旷野的小庙前？

屠场近着了，城门就在眼前；王婆的心更翻着不停了。

五年前它也是一匹年轻的马，为了耕种，伤害得只有毛皮蒙遮着骨架。现在它是老了！秋末了！收割完了！没有用处了！只为一张马皮，主人忍心把它送进屠场。就是一张马皮的价值，地主又要从王婆的手里夺去。

王婆的心自己感觉得好像悬起来，好像要掉落一般，当她看见板墙钉着一张牛皮的时候。那一条小街尽是一些要坍落的房屋，女人啦，孩子啦，散集在两旁。地面踏起的灰粉，污没着鞋子，冲上人的鼻孔。孩子们拾起土块，或是垃圾团打击着马儿，王婆骂道：“该死的呀！你们这该死的一群。”

这是一条短短的街。就在短街的尽头，张开两张黑色的门扇。再走近一点儿，可以发见门扇斑斑点点的血印。被血痕所恐吓的老太婆好像自己踏在刑场了！她努力镇压着自己，不让一些年轻时所见到刑场上的回忆翻动。但，那回忆却连续地开始织张：一个小伙子倒下来了，一个老头也倒下来了！挥刀的人又向第三个人做着式子。

仿佛是箭，又像火刺烧着王婆，她看不见那一群孩子在打马，她忘记怎样去骂那一群顽皮的孩子。走着，走着，立在院心了。四面板墙钉住无数张毛皮。靠近房檐立了两条高杆，高杆中央横着横梁；马蹄或是牛蹄折下来用麻绳把两只蹄端扎连在一起，做一个叉形挂在上面，一团一团的肠子也搅在上面；肠子因为日久了，干成黑色不动而僵直的片状的绳索。并且那些折断的腿骨，有的从折断处涔滴着血。

在南面靠墙的地方也立着高杆，杆头晒着在蒸气的肠索。这是说，那个动物是被杀死不久哩！肠子还热着呀！

满院在蒸发腥气，在这腥味的人间，王婆快要变作一块铅了！沉重而没有感觉了！

老马——棕色的马，它孤独地站在板墙下，它借助那张钉好的毛皮在搔痒。此刻它仍是马，过一会儿它将也是一张皮了！

一个大眼睛的恶面孔跑出来，裂着胸襟。说话时，可见他胸膛在起伏："牵来了吗？啊！价钱好说，我好来看一下。"

王婆说："给几个钱我就走了！不要麻烦啦。"

那个人打一打马的尾巴，用脚踢一踢马蹄；这是怎样难忍的一刻呀！

王婆得到三张票子，这可以充纳一亩地租。看着钱比较自慰些，她低着头向大门出去，她想还余下一点儿钱到酒店去买一点儿酒带回去，她已经跨出大门，后面发着响声："不行，不行……马走啦！"

王婆回过头来，马又走在后面；马什么也不知道，仍想回家。屠场中出来一些男人，那些恶面孔们，想要把马抬回去，终于马躺在道旁了！像树根盘结在地中。无法，王婆又走回院中，马也跟回院中。她给马搔着头顶，它渐渐卧在地面了！渐渐想睡着了！忽然王婆站起来向大门奔走，在道口听见一阵关门声。

她哪有心肠买酒？她哭着回家，两只袖子完全湿透。那好像是送葬归来一般。

家中地主的使人早等在门前，地主们就连一块铜板也从不舍弃在贫农们的身上，那个使人取了钱走去。

王婆半日的痛苦没有代价了！王婆一生的痛苦也都是没有代价。

四　荒山

冬天，女人们像松树子那样容易结聚，在王婆家里满炕坐着女人。五姑姑在编麻鞋，她为着笑，弄得一根针丢在席缝里，她寻找针的时候，做出可笑的姿势来，她像一个灵活的小鸽子站起来在炕上跳着走，她说："谁偷了我的针？小狗偷了我的针？"

"不是呀！小姑爷偷了你的针！"

新娶来菱芝嫂嫂，总是爱说这一类的话。五姑姑走过去要打她。

"莫要打，打人将要找一个麻面的姑爷。"

王婆在厨房里这样搭起声来。王婆永久是一阵幽默，一阵欢喜，与乡村中别的老妇们不同。她的声音又从厨房传来："五姑姑编成几双麻鞋了？给小丈夫要多多编几双呀！"五姑姑坐在那里做出表情来她说：

"哪里有你这样的老太婆，快五十岁了，还说这样话！"

王婆又庄严点说：

"你们都年轻，哪里懂得什么，多多编几双吧！小丈夫才会稀罕哩。"

大家哗笑着了！但五姑姑不敢笑，心里笑，垂下头去，假装在席上找针。等菱芝嫂把针还给五姑姑的时候，屋子安然下来，厨房里王婆用刀刮着鱼鳞的声响，和窗外雪擦着窗纸的声响，混杂在一起了。

王婆用冷水洗着冻冰的鱼，两只手像个胡萝卜样。她走到炕沿，在火盆边烘手。生着斑点在鼻子上、新死去丈夫的妇人放下那张小破布，在一堆乱布里去寻更小的一块，她迅速地穿补。她的面孔有点像王婆，腮骨很高，眼睛和琉璃一般深嵌在好像小洞似的眼眶里。并且也和王婆一样，眉峰是突出的。那个女人不喜欢听一些妖艳的词句，她开始追问王婆：

"你的第一家那个丈夫还活着吗？"

两只在烘着的手，有点腥气。一个鱼鳞掉下去，发出小小响声，微微上腾着烟。她用盆边的灰把烟埋住，她慢慢摇着头，没有回答那个问话。鱼鳞烧的烟有点难耐，每个人皱一下鼻头，或是用手揉一揉鼻头。生着斑点的寡妇，有点后悔，觉得不应该问这话。墙角坐着五姑姑的姐姐，她用麻绳穿着鞋底的吵音单调地起落着。

厨房的门，因为结了冰，破裂一般地鸣叫。

"呀！怎么买这些黑鱼?"

大家都知道是打鱼村的李二婶子来了。听了声音，就可以想象她稍长的身子。

"真是快过年了? 真有钱买这些鱼?"

在冷空气中，音波响得很脆；刚踏进里屋，她就看见炕上坐满着人："都在这儿聚堆呢！小老婆们！"

她生得这般瘦。腰，临风就要折断似的；她的奶子那样高，好像两个对立的小岭。斜面看她的肚子似乎有些不平起来。靠着墙给孩子吃奶的中年的妇人，观察着而后问：

"二婶子，不是又有了呵?"

二婶子看一看自己的腰身说：

"像你们呢！怀里抱着，肚子还装着……"

她故意在讲骗话，过了一会儿她坦白地告诉大家：

"那是三个月了呢！你们还看不出?"

菱芝嫂在她肚皮上摸了一下，她邪昵地浅浅地笑了：

"真没出息，整夜尽搂着男人睡吧?"

"谁说? 你们新媳妇，才那样。"

"新媳妇……? 哼！倒不见得！"

"像我们都老了！那不算一回事啦，你们年轻，那才了不得哪！小丈夫才会新鲜哩！"

每个人为了言辞的引诱，都在幻想着自己，每个人都有些心跳；或是每个人的脸发烧。就连没出嫁的五姑姑都感着神秘而不安了！她羞羞迷迷地经过厨房回家去了！只留下妇人们在一起，她们言调更无边际了！王婆也加入这一群妇人的队伍，她却不说什么，只是帮助着笑。

在乡村，永久不晓得，永久体验不到灵魂，只有物质来充实她们。

李二婶子小声问菱芝嫂，其实小声人们听得更清！

菱芝嫂她毕竟是新嫁娘，她猛然羞着了！不能开口。李二婶子的奶子颤动着，用手去推动菱芝嫂：

"说呀！你们年轻，每夜要有那事吧？"

在这样的当儿，二里半的婆子进来了！二婶子推撞菱芝嫂一下：

"你快问问她！"

那个傻婆娘一向说话是有头无尾：

"十多回。"

全屋人都笑得流着眼泪了！孩子从母亲的怀中起来，大声地哭号。

李二婶子静默一会儿，她站起来说：

"月英要吃咸黄瓜，我还忘了，我是来拿黄瓜。"

李二婶子拿了黄瓜走了，王婆去烧晚饭，别人也陆续着回家了。王婆自己在厨房里炸鱼。为了烟，房中也不觉得寂寞。

鱼摆在桌子上，平儿也不回来，平儿的爹爹也不回来，暗色的光中王婆自己吃饭，热气伴着她。

月英是打鱼村最美丽的女人。她家也最贫穷，和李二婶子隔壁住着。她是如此温和，从不听她高声笑过，或是高声吵嚷。生就的一对多情的眼睛，每个人接触她的眼光，好比落到绵绒中那样愉快和温暖。

可是现在那完全消失了！每夜李二婶子听到隔壁惨厉的哭声，12月严寒的夜，隔壁的哼声愈见沉重了！

山上的雪被风吹着像要埋蔽这傍山的小房似的。大树号叫，风雪向小房遮蒙下来。一株山边斜歪着的大树，倒折下来。寒月怕被一切声音扑碎似的，退缩到天边去了！这时候隔壁透出来的声音，更哀楚。

"你……你给我一点儿水吧！我渴死了！"

声音弱得柔肠欲断似的：

"嘴干死了！……把水碗给我呀！"

一个短时间内仍没有回应，于是那屡弱哀楚的小响不再作了！啜泣着，哼着，隔壁像是听到她流泪一般，滴滴点点的。

日间孩子们集聚在山坡，缘着树枝爬上去，顺着结冰的小道滑下来，他们有各样不同的姿势：倒滚着下来，两腿分张着下来，也有冒险的孩子，把头向下，脚伸向空中溜下来。常常他们要跌破流血回家。冬天，对于村中的孩子们，和对于花果同样暴虐。他们每人的耳朵春天要脓胀起来，手或是脚都裂开条口，乡村的母亲们对于孩子们永远和对敌人一般。当孩子把爹爹的棉帽偷着戴起跑出去的时候，妈妈追在后面打骂着夺回来，妈妈们摧残孩子永久疯狂着。

王婆约会五姑姑来探望月英。正走过山坡，平儿在那里。

平儿偷穿着爹爹的大毡靴子；他从山坡奔逃了！靴子好像两只大熊掌样挂在那个孩子的脚上。平儿蹒跚着了！从上坡滚落着了！可怜的孩子带着那样黑大不相称的脚，球一般滚转下来，跌在山根的大树杆上。王婆宛如一阵风落到平儿的身上，那样好像山间的野兽要猎食小兽一般凶暴。终于王婆提了靴子，平儿赤着脚回家，使平儿走在雪上，好像使他走在火上般不能停留。任孩子走得怎样远，王婆仍是说着：

"一双靴子要穿过三冬，踏破了哪里有钱买？你爹进城去都没穿哩！"

月英看见王婆还不及说话，她先哑了嗓子，王婆把靴子放在炕下，手在抹擦鼻涕：

"你好了一点儿？脸孔有一点儿血色了！"

月英把被子推动一下，但被子仍然伏盖在肩上，她说：

"我算完了，你看我连被子都拿不动了！"

月英坐在炕的当心。那幽黑的屋子好像佛龛，月英好像佛龛中坐着的女佛。用枕头四面围住她，就这样过了一年。一年月英没能倒下睡过。她患着瘫病，起初她的丈夫替她请神，烧香，也跑到土地庙前索药。后来就连城里的庙也去烧香；但是奇怪的是月英的病并不为这些香烟和神鬼所治好。以后做丈夫的觉得责任尽到了，并且月英一个月比一个月加病，做丈夫的感着伤心！他嘴里骂：

"娶了你这样老婆，真算不走运气！好像娶个小祖宗来家，供奉着你吧！"

　　起初因为她和他分辩，他还打她。现在不然了，绝望了！晚间他从城里卖完青菜回来，烧饭自己吃，吃完便睡下，一夜睡到天明；坐在一边那个受罪的女人一夜呼唤到天明。宛如一个人和一个鬼安放在一起，彼此不相关联。

　　月英说话只有舌尖在转动。王婆靠近她，同时那一种难忍的气味更强烈了！更强烈地从那一堆污浊的东西，发散出来。月英指点身后说：

　　"你们看看，这是那死鬼给我弄来的砖，他说我快死了！用不着被子了！用砖依住我，我全身一点儿肉都瘦空。那个没有天良的，他想法折磨我呀！"

　　五姑姑觉得男人太残忍，把砖块完全抛下炕去，月英的声音欲断一般又说：

　　"我不行啦！我怎么能行，我快死啦！"

　　她的眼睛，白眼珠完全变绿，整齐的一排前齿也安全变绿，她的头发烧焦了似的，紧贴住头皮。她像一头患病的猫儿，孤独而无望。

　　王婆给月英围好一张被子在腰间，月英说：

　　"看看我的身子，脏污死啦！"

　　王婆下地用条枝笼了盆火，火盆腾着烟放在月英身后。王婆打开她的被子时，看见那一些排泄物淹浸了那座小小的骨盘。五姑姑扶住月英的腰，但是她仍然使人心楚地在呼唤！

　　"哎哟，我的娘！……哎哟疼呀！"

　　她的腿像两双白色的竹竿平行着伸在前面。她的骨架在炕上正确地做成一个直角，这完全用线条组成的人形，只有头阔大些，头在身子上仿佛是一个灯笼挂在杆头。

王婆用麦草揩着她的身子，最后用一块湿布为她擦着。五姑姑在背后把她抱起来，当擦臀下时，王婆觉得有小小白色的东西落到手上，会蠕行似的。借着火盆边的火光去细看，知道那是一些小蛆虫，她知道月英的臀下是腐了，小虫在那里活跃。月英的身体将变成小虫们的洞穴！王婆问月英：

"你的腿觉得有点痛没有？"

月英摇头。王婆用冷水洗她的腿骨，但她没有感觉，整个下体在那个瘫人像是外接的，是另外的一件物体。当给她一杯水喝的时候，王婆问：

"牙怎么绿了？"

终于五姑姑到隔壁借一面镜子来，同时她看了镜子，悲痛沁人心魂的她大哭起来。但面孔上不见一点儿泪珠，仿佛是猫忽然被辗轧，她难忍的声音，没有温情的声音，开始低嘎。

她说："我是个鬼啦！快些死了吧！活埋了我吧！"

她用手来撕头发，脊骨摇扭着，一个长久的时间她忙乱不停。现在停下了，她是那样无力，头是歪斜地横在肩上；她又那样微微地睡去。

王婆提了靴子走出这个傍山的小房。荒寂的山上有行人走在天边，她昏眩了！为着强的光线，为着瘫人的气味，为着生、老、病、死的烦恼，她的思路被一些烦恼的波所遮拦。

五姑姑当走进大门时向王婆打了个招呼。留下一段更长的路途，给那个经验过多样人生的老太婆去走吧！

王婆束紧头上的蓝布巾，加快了速度，雪在脚下也相伴而狂速地呼叫。

三天以后，月英的棺材抬着横过荒山而奔着去埋葬，葬在荒山下。

死人死了！活人计算着怎样活下去。冬天女人们预备夏季的衣裳；男人们计虑着怎样开始明年的耕种。

那天赵三进城回来，他披着两张羊皮回家，王婆问他：

"哪里来的羊皮？你买的吗？……哪来的钱呢……？"

赵三有什么事在心中似的，他什么也没言语。摇闪地经过炉灶，通红的火光立刻鲜明着，他走出去了。

夜深的时候他还没有回来。王婆命令平儿去找他。平儿的脚已是难以行动，于是王婆就到二里半家去，他不在二里半家，他到打鱼村去了。赵三阔大的喉咙从李青山家的窗纸透出，王婆知道他又是喝过了酒。当她推门的时候她就说：

"什么时候了？还不回家去睡？"

这样立刻全屋别的男人们也把嘴角合起来。王婆感到不能意料了。青山的女人也没在家，孩子也不见。赵三说：

"你来干什么？回去睡吧！我就去……去……"

王婆看一看赵三的脸神，看一看周围也没有可坐的地方，她转身出来，她的心徘徊着：

——青山的媳妇怎么不在家呢？这些人是在做什么？

又是一个晚间。赵三穿好新制成的羊皮小袄出去。夜半才回来。披着月亮敲门。王婆知道他又是喝过了酒，但他睡的时候，王婆一点儿酒味也没嗅到。那么出去做些什么呢？总是愤怒地归来。

李二婶子拖了她的孩子来了，她问：

"是地租加了价吗？"

王婆说："我还没听说。"

李二婶子做出一个确定的表情：

"是的呀！你还不知道吗？三哥天天到我家去和他爹商量这事。我看这种情形非出事不可，他们天天夜晚计算着，就连我，他们也躲着。昨夜我站在窗外才听到他们说哩！'打死他吧！那是一块恶祸。'你想他们是要打死谁呢？这不是要出人命吗？"

李二婶子抚着孩子的头顶，有一点儿哀怜的样子：

"你要劝说三哥，他们若是出了事，像我们怎样活？孩子还都小着哩！"

五姑姑和别的村妇们带着她们的小包袱，约会着来的，踏进来的时候，她们是满脸盈笑。可是立刻她们转变了，当她们看见李二婶子和王婆默无言语的时候。也把事件告诉了她们，她们也立刻忧郁起来，一点儿闲情也没有！一点儿笑声也没有，每个人痴呆地想了想，惊恐地探问了几句。五姑姑的姐姐，她是第一个扭着大圆的肚子走出去，就这样一个连着一个寂寞地走去。她们好像群聚的鱼似的，忽然有钓竿投下来，他们四下分行去了！

李二婶子仍没有走，她为的是嘱告王婆怎样破坏这件险事。

赵三这几天常常不在家吃饭；李二婶子一天来过三四次：

"三哥还没回来？他爹爹也没回来。"

一直到第二天下午赵三回来了，当进门的时候，他打了平儿，因为平儿的脚病着，一群孩子集到家来玩。在院心放了一点儿米，一块长板用短条棍架着，条棍上系着根长绳，绳子从门限拉进去，雀子们去啄食谷粮，孩子们蹲在门限守望，什么时候雀子满集成堆时，那时候，孩子们就抽动绳索。许多饥饿的麻雀丧亡在长板下。厨房里充满了雀毛的气味，孩子们在灶膛里烧食过许多雀子。

赵三焦烦着，他看着一只鸡被孩子们打住。他把板子给踢翻了！他坐在炕沿上燃着小烟袋，王婆把早饭从锅里摆出来。他说：

"我吃过了！"

于是，平儿来吃这些残饭。

"你们的事情预备得怎样了？能下手便下手。"

他惊疑，怎么会走漏消息呢？王婆又说：

"我知道的，我还能弄支枪来。"

他无从想象自己的老婆有这样的胆量。王婆真的找来一支老洋炮。可是赵三还从没用过枪。晚上平儿睡了以后，王婆教他怎样装火药，怎样上炮子。

赵三对于他的女人慢慢感着可以敬重！但是更秘密一点儿的事情总不向她说。

忽然从牛棚里发现五个新镰刀，王婆意度这事情是不远了！

李二婶子和别的村妇们挤上门来探听消息的时候，王婆的头沉埋一下，她说：

"没有那回事，他们想到一百里路外去打围，弄得几张兽皮大家分用。"

是在过年的前夜，事情终于发生了！北地端鲜红的血染着雪地；但事情做错了！赵三近些日子有些失常，一条犁木杆打折了小偷的腿骨。他去呼唤二里半，想要把那小偷丢在土坑去，用雪埋起来，二里半说：

"不行，开春时节，土坑发现死尸，传出风声，那是人命哩！"

村中人听着极痛的呼叫，四面出来寻找。赵三拖着独腿人转着弯跑，但他不能把他掩藏起来。在赵三惶恐的心情下，他愿意寻到一个井把他放下去。赵三弄了满手血。

惊动了全村的人，村长进城去报告警所。

于是，赵三去坐监狱，李青山他们的"镰刀会"少了赵三也就衰弱了！消灭了！

正月末，赵三受了主人的帮忙，把他从监狱提放出来。那时他头发很长，脸也灰白了些，他有点苍老。

为着给那个折腿的小偷做赔偿，他牵了那条仅有的牛上市去卖；小羊皮袄也许是卖了？再不见他穿了！

晚间李青山他们来的时候，赵三忏悔一般地说：

"我做错了！也许是我该招的灾祸：那是一个天将黑的时候，我正喝酒，听着平儿大喊有人偷柴。刘二爷前些日子来说要加地租，我不答应，我说我们联合起来不给他加，于是他走了！过了几天他又来，说：非加不可。再不然叫你们滚蛋！我说好啊！等着你吧！那个管事的，他说：你还要造反？不滚蛋，你们的草堆，就要着火！我只当是那个小子来点着我的柴堆呢！拿着杆子跑出去就把腿给打断了！打断了也甘心，谁想那是一个小偷！哈哈！小偷倒霉了！就是治好，那也是跛子了！"

关于"镰刀会"的事情他像忘记了一般，李青山问他：

"我们应该怎样铲锄刘二爷那恶棍？"

是赵三说的话：

"打死他吧！那个恶祸。"

还是从前他说的话，现在他又不那样说了：

"铲锄他又能怎样？我招灾祸，刘二爷也向东家（地主）说了不少好话。从前我是错了！也许现在是受了责罚！"

他说话时不像从前那样英气了！脸上有点带着忏悔的意味，羞惭和不安了。王婆坐在一边，听了这话她后脑上的小发卷也像生着气：

"我没见过这样的汉子，起初看来还像一块铁，后来越看越是一堆泥了！"

赵三笑了："人不能没有良心！"

于是好良心的赵三天天进城，弄一点儿白菜担着给东家送去，弄一点儿地豆也给东家送去。为着送这一类菜，王婆同他激烈地吵打，但他绝对保持着他的良心。

有一天，少东家出来，站在门阶上像训诲着他一般：

"好险！若不为你说一句话，三年大狱你可怎么蹲呢？那个小偷他算没走好运吧！你看我来着手给你办，用不着给他接腿，让他死了就完啦。你把卖牛的钱也好省下，我们是'地东''地户'，哪有看着过去的……"

说话的中间，间断了一会儿，少东家把话尾落到别处去：

"不过今年地租是得加。左近地邻不都是加了价吗？地东地户年头多了，不过得……少加一点儿。"

过不了几天，小偷从医院抬出来，可真的死了就完了！把赵三的牛钱归还一半，另一半少东家说是用作杂费了。

2月了，山上的积雪现出毁灭的色调。但荒山上却有行人来往，渐渐有送粪的人担着担子行过荒凉的山岭。农民们蛰伏的虫子样又醒过来。渐渐送粪的车子也忙着了！只有赵三的车子没有牛挽，平儿冒着汗和爹爹并架着车辕。

地租就这样加成了！

五　羊群

平儿被雇作了牧羊童。他追打群羊跑遍山坡。山顶像是开着小花一般，绿了！又变红了！山顶拾野菜的孩子，平儿不断地戏弄她们，他单独地赶着一只羊去吃她们筐子里拾得的野菜。有时他选一条大身体的羊，像骑马一样地骑着来了！小的女孩们吓得哭着，她们看他像个猴子坐在羊背上。平儿从牧羊时起，他的本领渐渐得以发展。他把羊赶到荒凉的地方去，召集村中所有的孩子练习骑羊。每天那些羊和不喜欢行动的猪一样散遍在旷野。

行在归途上，前面白茫茫的一片，他在最后的一个羊背上，仿佛是大将统治着兵卒一般，他手耍着鞭子，觉得十分得意。

"你吃饱了吗？午饭。"

赵三对儿子温和了许多，从遇事以后他好像是温顺了。

那天平儿正戏耍在羊背上，在进大门的时候，羊疯狂地跑着，使他不能从羊背跳下，那样他像耍着的羊背上张狂的猴子。一个下雨的天气，在羊背上进大门的时候，他把小孩撞倒，主人用拾柴的耙子把他打下羊背来，仍是不停，像打着一块死肉一般。

夜里，平儿不能睡，辗翻着不能睡，爹爹动着他庞大的手掌拍抚他：

"跑了一天！还不困倦，快快睡吧！早早起来好上工！"

平儿在爹爹温顺的手下，感到委屈了！

"我挨打了！屁股疼。"

爹爹起来，在一个纸包里取出一点儿红色的药粉给他涂擦破口的地方。

爹爹是老了！孩子还那样小，赵三感到人活着没有什么意趣了。第二天平儿去上工被辞退回来，赵三坐在厨房用谷草正织鸡笼，他说：

"好啊！明天跟爹爹去卖鸡笼吧！"

天将明，他叫着孩子：

"起来吧！跟爹爹去卖鸡笼。"

王婆把米饭用手打成坚实的团子，进城的父子装进衣袋去，算作午餐。

第一天卖出去的鸡笼很少，晚间又都背着回来。王婆弄着米缸响：

"我说多留些米吃，你偏要卖出去……又吃什么呢？……又吃什么呢？"

老头子把怀中的铜板给她，她说：

"不是今天没有吃的，是明天呀！"

赵三说："明天，那好说，明天多卖出几个笼子就有了！"

一个上午，十个鸡笼卖出去了！只剩三个大些的，堆在那里。爹爹手心上数着票子，平儿在吃饭团。

"一百枚还多着，我们该去喝碗豆腐脑来！"

他们就到不远的那个布棚下，蹲在担子旁吃着冒气的食品。是平儿先吃，爹爹的那碗才正在上面倒醋。平儿对于这食品是怎样新鲜呀！一碗豆腐脑是怎样舒畅着平儿的小肠子呀！他的眼睛圆圆的把一碗豆腐脑吞食完了！

那个叫卖人说："孩子再来一碗吧！"

爹爹惊奇着："吃完了？"

那个叫卖人把勺子放下锅去说："再来一碗算半碗的钱吧！"

平儿的眼睛溜着爹爹把碗给过去。他喝豆腐脑作出大大的抽响来。赵三却不那样，他把眼光放在鸡笼的地方，慢慢吃，慢慢吃终于也吃完了！他说：

"平儿，你吃不下吧？倒给我碗点。"

平儿倒给爹爹很少很少。给过钱爹爹去看守鸡笼。平儿仍在那里，孩子贪恋着一点点最末的汤水，头仰向天，把碗扣在脸上一般。

菜市上买菜的人经过，若注意一下鸡笼，赵三就说：

"买吧！仅是十个铜板。"

终于三个鸡笼没有人买，两个分给爹爹，留下的一个，在平儿的背上突起着。经过牛马市，平儿指嚷着：

"爹爹，咱们的青牛在那儿。"

大鸡笼在背上荡动着，孩子去看青牛。赵三笑了，向那个卖牛人说：

"又出卖吗？"

说着这话，赵三无缘地感到酸心。到家他向王婆说：

"方才看见那条青牛在市上。"

"人家的了，就别提了。"王婆整天地不耐烦。

卖鸡笼渐渐地赵三会说价了；慢慢地坐在墙根他会招呼了！也常常给平儿买一两块红绿的糖球吃。后来连饭团也不用带。

他弄些铜板每天交给王婆，可是她总不喜欢，就像无意之中把钱放起来。

二里半又给说妥一家，叫平儿去做小伙计。孩子听了这话，就生气。

"我不去，我不能去，他们好打我呀！"平儿为了卖鸡笼所迷恋。

"我还是跟爹爹进城。"

王婆绝对主张孩子去做小伙计。她说：

"你爹爹卖鸡笼你跟着做什么？"

赵三说："算了吧，不去就不去吧。"

铜板兴奋着赵三，半夜他也是织鸡笼，他向王婆说：

"你就不好也来学学，一种营生呢！还好多织几个。"

但是王婆仍是去睡，就像对于他织鸡笼，怀着不满似的；就像反对他织鸡笼似的。

平儿同情着父亲，他愿意背鸡笼，多背一个，爹爹说：

"不要背了！够了！"

他又背一个，临出门时他又找个小一点儿的提在手里，爹爹问：

"你能拿动吗？送回两个去吧，卖不完啊！"

有一次从城里割一斤肉回来，吃了一顿像样的晚餐。

村中妇人羡慕王婆：

"三哥真能干哩！把一条牛卖掉，不能再种粮食，可是这比种粮食更好，更能得钱。"

经过二里半门前，平儿把罗圈腿也领进城去。平儿向爹爹要了铜板给小朋友买两片油煎馒头。又走到敲铜锣搭着小棚的地方去挤撞，每人花一个铜板看一看"西洋景"（街头影戏）。那是从一个嵌着小玻璃镜，只容一个眼睛的地方看进去，里面有一张放大的画片活动着。打仗的，拿着枪的，很快又换上一张别样的。耍画片的人一面唱，一面讲：

"这又是一片洋人打仗。你看'老毛子'夺城，那真是哗啦啦！打死的不知多少……"

罗圈腿嚷着看不清，平儿告诉他："你把眼睛闭起一个来！"

可是不久这就完了！从热闹的、孩子热爱着的城里把他们又赶出来。平儿又被装进这睡着一般的乡村。原因，小鸡初生卵的时节已经过去。家家把鸡笼全预备好了。

平儿不愿跟着，赵三自己进城，减价出卖。后来折本卖。最后他也不去了。厨房里鸡笼靠墙高摆起来。这些东西从前会使赵三欢喜，现在会使他生气。

平儿又骑在羊背上去牧羊。但是赵三是受了挫伤！

六　刑罚的日子

房后的草堆上，温暖在那里蒸腾起了。全个农村跳跃着泛滥的阳光。小风开始荡漾田禾，夏天又来到人间，叶子上树了！假使树会开花，那么花也上树了！

房后草堆上，狗在那里生产。大狗四肢在颤动，全身抖擞着。经过一个长时间，小狗生出来。

暖和的季节，全村忙着生产。大猪带着成群的小猪喳喳地跑过，也有的母猪肚子那样大，走路时快要接触着地面，它多数的乳房有什么在充实起来。

那是黄昏时候，五姑姑的姐姐她不能再延迟，她到婆婆屋中去说：

"找个老太太来吧！觉着不好。"

回到房中放下窗帘和幔帐。她开始不能坐稳，她把席子卷起来，就在草上爬行。收生婆来时，她乍望见这房中，她就把头扭着。她说：

"我没见过，像你们这样大户人家，把孩子还要养到草上。'压柴，压柴，不能发财。'"

家中的婆婆把席下的柴草又都卷起来，土炕上扬起着灰尘。光着身子的女人，和一条鱼似的，她爬在那里。

黄昏以后，屋中起着烛光。那女人是快生产了，她小声叫号了一阵，收生婆和一个邻居的老太婆架扶着她，让她坐起来，在炕上微微地移动。可是罪恶的孩子，总不能生产，闹着夜半过去，外面鸡叫的时候，女儿忽然苦痛得脸色灰白，脸色转黄，全家人不能安定。为她开始预备葬衣，在恐怖的烛光里四下翻寻衣裳，全家为了死的黑影所骚动。

赤身的女人，她一点儿不能爬动，她不能为生死再挣扎最后的一刻。天渐亮了。恐怖仿佛是僵尸，直伸在家屋。

五姑姑知道姐姐的消息，来了，正在探询：

"不喝一口水吗？她从什么时候起？"

一个男人撞进来，看形象是一个酒疯子。他的半面脸，红而肿起，走到幔帐的地方，他吼叫：

"快给我的靴子！"

女人没有应声，他用手撕扯幔帐，动着他厚肿的嘴唇：

"装死吗？我看看你还装死不装死！"

说着他拿起身边的长烟袋来投向那个死尸，母亲过来把他拖出去。每年是这样，一看见妻子生产他便反对。

日间苦痛减轻了些，使她清明了！她流着大汗坐在幔帐中，忽然那个红脸鬼，又撞进来，什么也不讲，只见他怕人的手中举起大水盆向着帐子抛来，最后人们拖他出去。

大肚子的女人，仍涨着肚皮，带着满身冷水无言地坐在那里。她几乎一动不敢动，她仿佛是在父权下的孩子一般怕着她的男人。

她又不能再坐住，她受着折磨，产婆给换下她着水的上衣。门响了她又慌张了，要有神经病似的。一点儿声音不许她哼叫，受罪的女人，身边若有洞，她将跳进去！身边若有毒药，她将吞下去，她仇视着一切，窗台要被她踢翻。她愿意把自己的腿弄断，宛如进了蒸笼，全身将被热力所撕碎一般呀！

产婆用手推她的肚子：

"你再刚强一点儿，站起来走走，孩子马上就会下来的，到了时候啦！"

走过一个时间，她的腿颤颤得可怜。患着病的马一般，倒了下来。产婆有些失神色，她说：

"媳妇子怕要闹事，再去找一个老太太来吧！"

五姑姑回家去找妈妈。

这边孩子落产了，孩子当时就死去！用人拖着产妇站起来，立刻孩子掉在炕上，像投一块什么东西在炕上响着。女人横在血光中，用肉体来浸着血。

窗外，阳光洒满窗子，屋内妇人为了生产疲乏着。

田庄上绿色的世界里，人们洒着汗滴。

4月里，鸟雀们也孵雏了！常常看见黄嘴的小雀飞下来，在檐下跳跃着啄食。小猪的队伍逐渐肥起来，只有女人在乡村夏季更贫瘦，和耕种的马一般。

刑罚，眼看降临到金枝的身上，使她短的身材，配着那样大的肚子，十分不相称。金枝还不像个妇人，仍和一个小女孩一般。但是肚子膨胀起了！快做妈妈了！妇人们的刑罚快擒着她。

并且她出嫁还不到四个月，就渐渐会诅咒丈夫，渐渐感到男人是严凉的人类！那正和别的村妇一样。

坐在河边沙滩上，金枝在洗衣服。红日斜照着河水，对岸林子的倒影，随逐着红波模糊下去！

成业在后边，站在远远的地方：

"天黑了呀！你洗衣裳，懒老婆，白天你做什么来？"

天还不明，金枝就摸索着穿起衣裳。在厨房，这大肚子的小女人开始弄得厨房蒸着汽。太阳出来，铲地的工人捐着锄头回来。堂屋挤满着黑黑的人头，吞饭、吞汤的声音，无纪律地在响。

中午又烧饭；晚间烧饭，金枝过于疲乏了！腿子痛得折断一般。天黑下来卧倒休息一刻。在她迷茫中她坐起来，知道成业回来了！努力掀起在睡的眼睛，她问：

"才回来？"

过了几分钟，她没有得到答话。只看男人解脱衣裳，她知道又要挨骂了！正相反，没有骂，金枝感到背后温热一些，男人努力低音向她说话：

"……"

金枝被男人朦胧着了！

立刻，那和灾难一般，跟着快乐而痛苦追来了。金枝不能烧饭。村中的产婆来了！她在炕角苦痛着脸色，她在那里受着刑罚，王婆来帮助她把孩子生下来。王婆摇着她多经验的头颅：

"危险，昨夜你们必定是不安着的。年轻什么也不晓得，肚子大了，是不许那样的。容易丧掉性命！"

十几天以后金枝又行动在院中了！小金枝在屋中哭唤她。

牛或是马在不知觉中忙着栽培自己的痛苦。夜间乘凉的时候，可以听见马或是牛棚做出异样的声音来。牛也许是为了自己的妻子而角斗，从牛棚撞出来了。木杆被撞掉，狂张着，成业去搭了耙子猛打疯牛，于是又安然被赶回棚里。

在乡村，人和动物一起忙着生，忙着死……

二里半的婆子和李二婶子在地端相遇：

"啊呀！你还能弯下腰去？"

"你怎么样？"

"我可不行了呢?"

"你什么时候的日子?"

"就是这几天。"

外面落着毛毛雨。忽然二里半的家屋吵叫起来!傻婆娘一向生孩子是闹惯了的,她大声哭,她怨恨男人:

"我说再不要孩子啦!没有心肝的,这不都是你吗?我算死在你身上!"

惹得老王婆扭着身子闭住嘴笑。过了一会儿,傻婆娘又滚转着高声嚷叫:

"肚子疼死了,拿刀快把我肚子给割开吧!"

吵叫声中看得见孩子的圆头顶。

在这时候,五姑姑变青脸色,走进门来,她似乎不会说话,两手不住地扭绞:

"没有气了!小产了,李二婶子快死了呀!"

王婆就这样丢下麻面婆赶向打鱼村去。另一个产婆来时,麻面婆的孩子已在土炕上哭着。产婆洗着刚会哭的小孩。

等王婆回来时,窗外墙根下,不知谁家的猪也正在生小猪。

七 罪恶的五月节

五月节来临,催逼着两件事情发生:王婆服毒,小金枝惨死。

弯月如同弯刀刺上林端。王婆散开头发，她走向房后柴栏，在那儿她轻开篱门。柴栏外是墨沉沉的静甜的，微风不敢惊动这黑色的夜画；黄瓜爬上架了！玉米响着雄宽的叶子，没有蛙鸣，也少虫声。

王婆披着散发，幽魂一般的，跪在柴草上，手中的杯子放到嘴边。一切涌上心头，一切诱惑她。她平身向草堆倒卧过去。被悲哀汹涌着大哭了。

赵三从睡床上起来，他什么都不清楚，柴栏里，他带点愤怒对待王婆：

"为什么？在发疯！"

他以为她是闷着到柴栏去哭。

赵三撞到草中的杯子了，使他立刻停止一切思维。他跑到屋中，灯光下，发现黑色浓重的液体东西在杯底。他先用手拭一拭，再用舌尖试一试，那是苦味。

"王婆服毒了！"

次晨村中嚷着这样的新闻，村人凄静地断续地来看她。

赵三不在家，他跑出去，乱坟岗子上，给她寻个位置。

乱坟岗子上活人为死人掘着坑子了，坑子深了些，二里半先跌下去。下层的湿土，翻到坑子旁边，坑子更深了！大了！几个人都跳下去，铲子不住地翻着，坑子埋过人腰。外面的土堆涨过人头。

坟场是死的城廓，没有花香，没有虫鸣，即使有花，即使有虫，那都是唱奏着别离歌，陪伴着说不尽的死者永久的寂寞。

乱坟岗子是地主施舍给贫苦农民们死后的住宅。但活着的农民，常常被地主们驱逐，使他们提着包袱，提着小孩，从破房子再走进更破的房子去。有时被逐着在马棚里借宿。孩子们哭闹着马棚里的妈妈。

赵三去进城，突然的事情打击着他，使他怎样柔弱呵！遇见了打鱼村进城卖菜的车子，那个驱车人麻麻烦烦地讲一些：

"菜价低了，钱帖毛荒。粮食也不值钱。"

那个车夫打着鞭子，他又说：

"只有布匹贵，盐贵。慢慢一家子连咸盐都吃不起啦！地租是增加，还叫老庄户活不活呢？"

赵三跳上车，低了头坐在车尾的辕边。两条衰乏的腿子，凄凉地挂下，并且摇荡。车轮在辙道上哐啷地摔响。

城里，大街上拥挤着！菜市过量的纷嚷。围着肉铺，人们吵架一般。忙乱的叫卖童，手中花色的葫芦，随着空气而跳荡，他们为了"五月节"而癫狂。

赵三他什么也没看见，好像街上的人都没有了！好像街是空街。但是一个小孩跟在后面：

"过节了，买回家去，给小孩玩吧！"

赵三听不见这话，那个卖葫芦的孩子，好像自己不是孩子，自己是大人了一般，他追逐。

"过节了！买回家去给小孩玩吧！"

柳条枝上各色花样的葫芦好像一些被系住的蝴蝶，跟住赵三在后面跑。

一家棺材铺，红色的，白色的，门口摆了多多少少，他停在那里，孩子也停止追随。

一切预备好！棺材停在门前，掘坑的铲子停止翻扬了！

窗子打开，使死者见一见最后的阳光。王婆跳突着胸口，微微尚有一点儿呼吸，明亮的光线照拂着她素静的打扮。已经为她换上一件黑色棉裤和一件浅色短单衫。除了脸是紫色，临死她没有什么怪异的现象，人们吵嚷说：

"抬吧！抬她吧！"

她微微尚有一点儿呼吸，嘴里吐出一点点的白沫，这时候她已经被抬起来了。外面平儿急叫：

"冯丫头来啦！冯丫头！"

母女们相逢太迟了！母女永远永远不会再相逢了！那个孩子手中提了小包袱，慢慢慢慢走到妈妈面前。她细看一看，她的脸孔快要接触到妈妈脸孔的时候，一阵清脆的爆裂的声浪嘶叫开来。她的小包袱滚着落地。

四围的人，眼睛和鼻子感到酸楚和湿浸。谁能止住被这小女孩唤起的难忍的酸痛而不哭呢？不相关联的人混同着女孩哭她的母亲。

其中，新死去丈夫的寡妇哭得最厉害，也最哀伤。她几乎完全哭着自己的丈夫，她完全幻想是坐在她丈夫的坟前。

男人们嚷叫："抬呀！该抬了。收拾妥当再哭！"

那个小女孩感到不是自己家，身边没有一个亲人，她不哭了。

服毒的母亲眼睛始终是张着，但她不认识女儿，她什么也不认识了！停在厨房板块上，口吐白沫，她心坎尚有一点儿微微跳动。

赵三坐在炕沿，点上烟袋。女人们找一条白布给女孩包在头上，平儿把白带束在腰间。

赵三不在屋的时候，女人们便开始问那个女孩：

"你姓冯的那个爹爹多咱死的？"

"死两年多。"

"你亲爹呢？"

"早回山东了！"

"为什么不带你们回去？"

"他打娘，娘领着哥哥和我到了冯叔叔家。"

女人们探问王婆旧日的生活，她们为王婆感动，那个寡妇又说：

"你哥怎不来？回家去找他来看看娘吧！"

包白头的女孩，把头转向墙壁，小脸孔又爬着眼泪了！她努力咬住嘴唇，小嘴唇偏张开，她又张着嘴哭了！接受女人们的温情使她大胆一点儿，走到娘的近边，紧紧捏住娘的冰寒的手指，又用手给妈妈抹擦唇上的泡沫。小心孔只为母亲所惊扰，她带来的包袱踏在脚下。女人们又说：

"家去找哥哥来看看你娘吧！"

一听说哥哥，她就要大哭，又勉强止住。那个寡妇又问：

"你哥哥不在家吗？"

她终于用白色的包头布拢络住脸孔大哭起来了。借了哭势，她才敢说到哥哥：

"哥哥前天死了呀！官项捉去枪毙的。"

包头布从头上扯掉，孤独的孩子癫痫着一般用头摇着母亲的心窝哭：

"娘呀……娘呀……"

她再什么也不会哭诉，她还小呢！

女人们彼此说："哥哥多咱死的？怎么没听……"

赵三的烟袋出现在门口，他听清楚她们议论王婆的儿子。赵三晓得那小子是个"红胡子"。怎样死的，王婆服毒不是听说儿子枪毙才自杀吗？这只有赵三晓得。他不愿意叫别人知道，老婆自杀还关联着某个匪案，他觉得当土匪无论如何有些不光明。

摇起他的烟袋来，他僵直的空的声音响起，用烟袋催逼着女孩：

"你走好啦！她已死啦！没有什么看的，你快走回你家去！"

小女孩被爹爹抛弃，哥哥又被枪毙了，带来包袱和妈妈同住，妈妈又死了，妈妈不在，让她和谁生活呢？

她昏迷地忘掉包袱，只顶了一块白布，离开妈妈的门庭。离开妈妈的门庭，那有点像丢开她的心让她远走一般。

赵三因为他年老。他心中裁判着年轻人：

"私姘妇人，有钱可以，无钱怎么也去姘？没见过。到过节，那个淫妇无法过节，使他去抢，年轻人就这样丧掉性命。"

当他看到也要丧掉性命的自己的老婆的时候，他非常仇恨那个枪毙的小子。当他想起去年冬天，王婆借来老洋炮的那回事，他又佩服人了：

"久当胡子哩！不受欺侮哩！"

妇人们燃柴，锅渐渐冒气。赵三捻着烟袋来回踱走。过一会儿，他看看王婆仍稍稍有一点儿气息，气息仍不断绝。他好像为了她的死等待得不耐烦似的，他困倦了，依着墙瞌睡。

长时间死的恐怖，人们不感到恐怖！人们集聚着吃饭，喝酒，这时候王婆在地下作出声音，看起来，她紫色的脸变成淡紫。人们放下杯子，说她又要活了吧？

不是那样，忽然从她的嘴角流出一些黑血，并且她的嘴唇有点像是起动，终于她大吼两声，人们瞪住眼睛说她就要断气了吧！

许多条视线围着她的时候，她活动着想要起来了！人们惊慌了！女人跑在窗外去了！男人跑去拿挑水的扁担。说她是死尸还魂。

喝过酒的赵三勇猛着：

"若让她起来，她会抱住小孩死去，或是抱住树，就是大人她也有力量抱住。"

赵三用他的大红手贪婪着把扁担压过去。扎实地刀一般地切在王婆的腰间。她的肚子和胸膛突然增胀，像是鱼泡似的。她立刻眼睛圆起来，像发着电光。她的黑嘴角也动了起来，好像说话，可是没有说话，血从口腔直喷，射了赵三的满单衫。
赵三命令那个人：

"快轻一点儿压吧！弄得满身血。"

王婆连一点儿气息也没有了！她被装进等在门口的棺材里。

后村的庙前，两个村中无家可归的老头，一个打着红灯笼，一个手提水壶，领着平儿去报庙。绕庙走了三周，他们顺着毛毛的行人小道回来，老人念一套成谱调的话，红灯笼伴了孩子头上的白布，他们回家去。平儿一点也不哭，他只记住那年妈妈死的时候不也是这样报庙吗？

王婆的女儿却没能同来。

王婆的死信传遍全村，女人们坐在棺材边大大地哭！扭着鼻涕，号啕着：哭孩子的，哭丈夫的，哭自己命苦的，总之，无管有什么冤屈都到这里来送了！村中一有年岁大的人死，她们，女人之群，就这样做。

将送棺材上坟场！要钉棺材盖了！

王婆终于没有死，她感到寒凉，感到口渴，她轻轻说：

"我要喝水！"

但她不知道，她是睡在什么地方。

五月节了，家家门上挂起葫芦。二里半那个傻婆子屋里有孩子哭着，她却蹲在门口拿刷马的铁耙子给羊刷毛。

二里半跛着脚。过节，带给他的感觉非常愉快。他在白菜地看见白菜被虫子吃倒几棵。若在平日他会用短句咒骂虫子，或是生气把白菜用脚踢着。但是现在过节了，他一切愉快着，他觉得自己应该愉快。走在地边他看一看柿子还没有红，他想摘几个柿子给孩子吃，过节了！

全村表示着过节，菜田和麦地，无管什地方都是静静的，甜美的。虫子们也仿佛比平日会唱了些。

过节渲染着整个二里半的灵魂。他经过家门没有进去，把柿子扔给孩子又走了！他要趁着这样愉快的日子会一会朋友。

左近邻居的门上都挂了纸葫芦，他经过王婆家，那个门上摆荡着的是绿色的葫芦。再走，就是金枝家。金枝家，门外没有葫芦，门里没有人了！二里半张望好久：孩子的尿布在锅灶旁被风吹着，飘飘的在浮游。

小金枝来到人间才够一月，就被爹爹摔死了：婴儿为什么来到这样的人间！使她带了怨恨回去！仅仅是这样短促呀！仅仅是几天的小生命！

小小的孩子睡在许多死人中，她不觉得害怕吗？妈妈走远了！妈妈啜泣听不见了！

天黑了！月亮也不来为孩子做伴。

五月节的前些日子，成业总是进城跑来跑去。家来和妻子吵打。他说："米价落了！三月里买的米现在卖出去折本一小半。卖了还债也不足，不卖又怎么能过节？"

并且他渐渐不爱小金枝，当孩子夜里把他吵醒的时候，他说："拼命吧！闹死吧！"

过节的前一天，他家什么也没预备，连一斤面粉也没买。烧饭的时候豆油罐子什么也倒流不出。

成业带着怒气回家，看一看还没有烧菜。他厉声嚷叫：

"啊！像我……该饿死啦，连饭也没得吃……我进城……我进城。"

孩子在金枝怀中吃奶。他又说：

"我还有好的日子吗？你们累得我，使我做强盗都没有机会。"

金枝垂了头把饭摆好，孩子在旁边哭。

成业看着桌上的咸菜和粥饭，他想了一刻又不住地说起：

"哭吧！败家鬼，我卖掉你去还债。"

孩子仍哭着，妈妈在厨房里，不知是扫地，还是收拾柴堆。爹爹发火了：

"把你们都一块儿卖掉，要你们这些吵家鬼有什么用……"

厨房里的妈妈和火柴一般被燃着：

"你像个什么？回来吵打，我不是你的冤家，你会卖掉，看你卖吧！"

爹爹飞着饭碗！妈妈暴跳起来。

"我卖！我摔死她吧！……我卖什么！"

就这样小生命被截止了！

王婆听说金枝的孩子死，她要来看看，可是她只扶了杖子立起又倒卧下来。她的腿骨被毒质所侵还不能行走。

年轻的妈妈过了三天到乱坟岗子去看孩子。但那能看到什么呢？被狗扯得什么也没有。

成业看到一堆草染了血，他幻想是捆小金枝的草吧！他俩背向着流过眼泪。

乱坟岗子不知洒干多少悲惨的眼泪？永年悲惨的地带，连个乌鸦也不落下。

成业又看见一个坟窟，头骨在那里重见天日。

走出坟场，一些棺材、坟堆，死寂死寂的印象催迫着他们加快着步子。

八　蚊虫繁忙着

她的女儿来了！王婆的女儿来了！

王婆能够拿着鱼竿坐在河沿钓鱼了！她脸上的纹褶没有什么增多或减少。这证明她依然没有什变动，她还必须活下去。

晚间河边蛙声震耳。蚊子从河边的草丛出发，嗡声喧闹的阵伍，迷漫着每个家庭。日间太阳也炎热起来！太阳烧上人们的皮肤，夏天，田庄上人们怨恨太阳和怨恨一个恶毒的暴力者一般。全个田间，一个大火球在那里滚转。

但是王婆永久欢迎夏天。因为夏天有肥绿的叶子，肥的园林，更有夏夜会唤起王婆诗意的心田，她该开始向着夏夜述说故事。今夏她什么也不说了！她偎在窗下和睡了似的，对向幽邃的天空。

蛙鸣震碎人人的寂寞，蚊虫骚扰着不能停息。

这相同平常的六月，这又是去年割麦的时节。王婆家今年没种麦田。她更忧伤而悄默了！当举着钓竿经过作浪的麦田时，她把竿头的绳线缭绕起来，她仰了头，望着高空，就这样眯也不眯地经过麦田。

王婆的性情更恶劣了！她又酗酒起来。她每天钓鱼。全家人的衣服她不补洗，她只每夜烧鱼，吃酒，吃得醉疯疯的，满院，满屋地旋走。她渐渐要到树林里去旋走。

有时在酒杯中她想起从前的丈夫；她痛心看见在身边孤独的女儿，总之在喝酒以后她更爱烦想。

现在她近于可笑，和石块一般沉在院心，夜里她习惯于院中睡觉。

在院中睡觉被蚊虫迷绕着，正像蚂蚁群拖着已腐的苍蝇。她是再也没有心情了吧！再也没有心情生活！

王婆被蚊虫所食，满脸起着云片，皮肤肿起来。

王婆在酒杯中也回想着女儿初来的那天，女儿横在王婆怀中：

"妈呀！我想你是死了！你的嘴吐着白沫，你的手指都凉了呀！……哥哥死了，妈妈也死了，让我到哪里去讨饭吃呀！……他们把我赶出时，带来的包袱都忘下啦，我哭……哭昏啦……妈妈，他们坏心肠，他们不叫我多看你一刻……"

后来，孩子从妈妈怀中站起来时，她说出更有意义的话：

"我恨死他们了！若是哥哥活着，我一定告诉哥哥把他们打死。"

最后那个女孩，拭干眼泪说：

"我必定要像哥哥……"

说完她咬一下嘴唇。

王婆思想着女孩怎么会这样烈性呢？或者是个中用的孩子？

王婆忽然停止酗酒，她每夜，开始在林中教训女儿，在静的林里，她严峻地说：

"要报仇。要为哥哥报仇，谁杀死你的哥哥？"

女孩子想："官项杀死哥哥的。"她又听妈妈说：

"谁杀死哥哥，你要杀死谁……"

女孩想过十几天以后，她向妈踯躅着：

"是谁杀死哥哥？妈妈明天领我去进城，找到那个仇人，等后来什么时候遇见他我好杀死他。"

孩子说了孩子话，使妈妈笑了！使妈妈心痛。

王婆同赵三吵架的那天晚上，南河的河水涨出了河床。南河沿嚷着：

"涨大水啦！涨大水啦！"

人们来往在河边，赵三在家里也嚷着：

"你快叫她走，她不是我家的孩子，你的崽子我不招留。快——"

第二天，家家的麦子送上麦场。第一场割麦，人们要吃一顿酒来庆祝。赵三第一年不种麦，他家是静悄悄的。有人来请他，他坐到别人欢说着的酒桌前，看见别人欢说，看见别人收麦，他红色的大手在人前窘迫着了！不住地胡乱地扭搅，可是没有人注意他，种麦人和种麦人彼此谈说。

河水落了，却带来众多的蚊虫。夜里蛤蟆的叫声，好像被蚊子的嗡嗡压住似的。日间蚊群也是忙着飞。只有赵三非常哑默。

九　传染病

乱坟岗子，死尸狼藉在那里。无人掩埋，野狗活跃在尸群里。

太阳血一般昏红，从朝至暮蚊虫混同着蒙雾充塞天空。高粱、玉米和一切菜类被人丢弃在田圃，每个家庭是病的家庭，是将要绝灭的家庭。

全村静悄了，植物也没有风摇动它们，一切沉浸在雾中。

赵三坐在南地端出卖五把新镰刀。那是组织"镰刀会"时剩下的。他正看着那伤心的遗留物，村中的老太太来问他：

"我说……天象，这是什么天象？要天崩地陷了。老天爷叫人全死吗？嗳……"

老太婆离去赵三，曲背立即消失在雾中，她的语声也像隔远了似的：

"天要灭人呀！……老天早该灭人啦！人世尽是强盗、打仗、杀害，这是人自己招的罪……"

渐渐远了！远处听见一个驴子在号叫，驴子号叫在山坡吗？驴子号叫在河沟吗？

什么也看不见，只能听闻：那是，二里半的女人作嘎的不愉悦的声音临近赵三。赵三为着镰刀所烦恼，他坐在雾中，他用烦恼的心思在妒恨镰刀，他想：

"青牛是卖掉了！麦田没能种起来。"

那个婆子向他说话，但他没有注意到。那个婆子被脚下的土块跌倒，她起来时慌张着，在雾层中看不清她怎样张皇。她的音波织起了网状的波纹，和老大的蚊音一般：

"三哥，还坐在这里？家怕是有'鬼子'来了，就连小孩子，'鬼子'也要给打针，你看我把孩子抱出来，就是孩子病死也甘心，打针可不甘心。"

麻面婆离开赵三去了！抱着她未死的、连哭也不会哭的孩子沉没在雾中。

太阳变成暗红的放大而无光的圆轮，当在人头。昏茫的村庄埋着天然灾难的种子，渐渐地种子在滋生。

传染病和放大的太阳一般勃发起来，茂盛起来！

赵三踏着死蛤蟆走路；人们抬着棺材在他身边暂时现露而滑过去！一个歪斜面孔的小脚女人跟在后面，她小小的声音哭着。又听到驴子叫，不一会儿驴子闪过去，背上驮着一个重病的老人。

西洋人，人们叫他"洋鬼子"，身穿白外套，第二天雾退时，白衣女人来到赵三的窗外，她嘴上挂着白囊，说起难懂的中国话：

"你的，病人的有？我的治病好，来。快快的。"

那个老的胖一些的，动一动胡子，眼睛胖得和猪眼一般，把头探着窗子望。

赵三着慌说没有病人，可是终于给平儿打针了！

"老鬼子"向那个"小鬼子"说话，嘴上的白囊一动一动的。管子、药瓶和亮刀从提包倾出，赵三去井边提一壶冷水。那个"鬼子"开始擦他通孔的玻璃管。

平儿被停在窗前的一块板上，用白布给他蒙住眼睛。隔院的人们都来看着，因为要晓得"鬼子"怎样治病，"鬼子"治病究竟怎样可怕。

玻璃管从肚脐下一寸的地方插下，五寸长的玻璃管只有半段在肚皮外闪光。于是人们捉紧孩子，使他仰卧不得摇动。"鬼子"开始一个人提起冷水壶，另一个对准那个长长的橡皮管顶端的漏水器。看起来"鬼子"像修理一架机器。四面围观的人好像有叹气的，好像大家一起在缩肩膀。孩子只是作出"呀！呀"地短叫，很快一壶水灌完了！最后在滚胀的肚子上擦一点儿黄色药水，用小剪子剪一块白棉贴住破口。就这样白衣"鬼子"提了提包轻便地走了！又到别人家去。

又是一天晴朗的日子，传染病患到绝顶的时候！女人们抱着半死的小孩子，女人们始终惧怕打针，惧怕白衣的"鬼子"用水壶向小孩肚里灌水。她们不忍看那肿胀起来奇怪的肚子。

恶劣的传闻遍布着：

"李家的全家死了！""城里派人来验查，有病象的都用车子拉进城去，老太婆也拉，孩子也拉，拉去打药针。"

人死了听不见哭声，静悄地抬着草捆或是棺材向着乱坟岗子走去，接接连连的，不断……

过午，二里半的婆子把小孩送到乱坟岗子去！她看到别的几个小孩有的头发蒙住白脸，有的被野狗拖断了四肢，也有几个好好地睡在那里。

野狗在远的地方安然地嚼着碎骨发响。狗感到满足，狗不再为着追求食物而疯狂，也不再猎取活人。

平儿整夜呕着黄色的水、绿色的水，白眼珠满织着红色的丝纹。

赵三喃喃着走出家门，虽然全村的人死了不少，虽然庄稼在那里衰败，镰刀他却总想出卖，镰刀放在家里永久刺着他的心。

十　十年

十年前村中的山，山下的小河，而今依旧似十年前，河水静静地在流，山坡随着季节而更换衣裳；大片的村庄生死轮回着和十年前一样。

屋顶的麻雀仍是那样繁多。太阳也照样暖和。山下有牧童在唱童谣，那是十年前的旧调："秋夜长，秋风凉，谁家的孩儿没有娘，谁家的孩儿没有娘……月亮满西窗。"

什么都和十年前一样，王婆也似没有改变，只是平儿长大了！平儿和罗圈腿都是大人了！

王婆被凉风吹飞着头发，在篱墙外远听从山坡传来的童谣。

十一　年盘转动了

雪天里，村人们永没见过的旗子飘扬起，升上天空！

全村寂静下去，只有日本旗子在山岗临时军营门前，震荡地响着。

村人们在想：这是什么年月？中华民国改了国号吗？

十二　黑色的舌头

宣传"王道"的旗子来了！带着尘烟和骚闹来的。

宽宏的树夹道，汽车闹嚣着了！

田间无际限的浅苗湛着青色。但这不再是静穆的村庄，人们已经失去了心的平衡。草地上汽车突起着飞尘跑过，一些红色绿色的纸片播着种子一般落下来。小茅房屋顶有花色的纸片在起落。附近大道旁的枝头挂住纸片，在飞舞嘶鸣。从城里出发的汽车又追踪着驰来。车上站着威风飘扬的日本人、高丽人，也站着扬威的中国人。车轮突飞的时候，车上每人手中的旗子摆摆有声，车上的人好像生了翅膀齐飞过去。那一些举着日本旗子做出媚笑杂样的人，消失在道口。

那一些"王道"的书篇飞到山腰去，河边去……

王婆立在门前，二里半的山羊垂下它的胡子。老羊轻轻走过正在繁茂的树下。山羊不再寻什么食物，它困倦了！它过于老，全身变成土一般的毛色。它的眼睛模糊好像垂泪似的。山羊完全幽默和可怜起来，拂摆着长胡子走向洼地。

对着前面的洼地，对着山羊，王婆追踪过去痛苦的日子。她想把那些日子捉回，因为今日的日子还不如昨日。洼地没人种，上岗那些往日的麦田荒乱在那里，她在伤心地追想。

日本飞机拖起狂大的嗡鸣飞过，接着天空翻飞着纸片。一张纸片落在王婆头顶的树枝，她取下看了看丢在脚下。飞机又过去时留下更多的纸片。她不再理睬一下那些纸片，丢在脚下来回地乱踏。

过了一会儿，金枝的母亲经过王婆，她手中捉住两只公鸡，她问王婆说：

"日子算是没法过了！可怎么过？就剩两只鸡，还得快快去卖掉！"

王婆问她："你进城去卖吗？"

"不进城谁家肯买！全村也没有几只鸡了！"

她向王婆耳语了一阵：

"日本子恶得很！村子里的姑娘都跑空了！年轻的媳妇也是一样。我听说王家屯一个十三岁的小丫头叫日本子弄去了！半夜三更弄走的。"

"歇一歇腿再走吧！"王婆说。

她俩坐在树下。大地上的虫子并不鸣叫，只是她俩惨淡而忧伤地谈着。

公鸡在手下不时振动着膀子。太阳有点正中了！树影做成圆形。

村中添设出异样的风光，日本旗子，日本兵。人们开始讲究这一些："王道"啦！日"满"亲善啦！快有"真龙天子"啦！

在"王道"之下，村中的废田多起来，人们在广场上忧郁着徘徊。

那老婆说到最后：

"我这些年来，都是养鸡，如今连个鸡毛也不能留，连个'啼明'的公鸡也不让留下。这是什么年头？……"

她振动一下袖子，有点癫狂似的，她立起来，踏过前面一块不耕的废田，废田患着病似的，短草在那婆婆的脚下不愉快地没有弹力地被踏过。

走得很远，仍可辨出两只公鸡是用那个挂下的手提着，另外一只手在面部不住地抹擦。

王婆睡下的时候，她听见远处好像有女人尖叫。打开窗子听一听……

再听一会儿警笛嚣叫起来，枪鸣起来，远处的人家闯入什么魔鬼了吗？

"你家有人没有？"

当夜日本兵、中国警察搜遍全村，这是搜到王婆家。她回答：

"有什么人？没有。"

他们掩住鼻子在屋中转了一个弯出去了。手电灯发青的光线乱闪着，临走出门栏，一个日本兵在铜帽子下面说中国话：

"也带走她。"

王婆完全听见他说的是什么：

"怎么也带女人吗？"她想，"女人也要捉去枪毙吗？"

"谁稀罕她，一个老婆子！"那个中国警察说。

中国人都笑了！日本人也瞎笑。可是他们不晓得这话是什么意思，别人笑，他们也笑。

真的，不知他们牵了谁家的女人，曲背和猪一般被他们牵走。在稀薄乱动的手电灯绿色的光线里面，分辨不出这女人是谁！

还没走出栏门，他们就调笑那个女人。并且王婆看见那个日本"铜帽子"的手在女人的屁股上急忙地抓了一下。

十三　你要死灭吗？

王婆以为又是假装搜查到村中捉女人，于是她不想到什么恶劣的事情上去，安然地睡了！赵三那老头子也非常老了！他回来没有惊动谁也睡了！

过了夜，日本宪兵在门外轻轻敲门，走进来的，看样像个中国人，他的长靴染了湿淋的露水，从口袋取出手巾，摆出泰然的样子坐在炕沿慢慢擦他的靴子，访问就在这时开始：

"你家昨夜没有人来过？不要紧，你要说实话。"

赵三刚起来，意识有点不清，不晓得这是什么事情要发生。于是，那个宪兵把手中的帽子用力抖了一下，不是柔和而不在意的态度了："浑蛋！你怎么不知道？等带去你就知道了！"

说了这样话并没带他去。王婆一面在扣衣纽一面抢说：

"问的是什么人？昨夜来过几个'老总'，搜查没有什么就走了！"

那个军官样的把态度完全是对着王婆，用一种亲昵的声音问：

"老太太请告诉吧！有赏哩！"

王婆的样子仍是没有改变。那人又说：

"我们是捉胡子，有胡子乡民也是同样受害，你没见着昨天汽车来到村子宣传'王道'吗？'王道'叫人诚实。老太太说了吧！有赏呢？"

王婆面对着窗子照上来的红日影，她说：

"我不知道这回事。"

那个军官又想大叫，可是停住了，他的嘴唇困难地又动几下：

"'满洲国'要把害民的胡子扫清，知道胡子不去报告，查出来枪毙！"这时那个长靴人用斜眼神侮辱赵三一下。接着他再不说什么，等待答复，终于他什么答复也没得到。

还不到中午，乱坟岗子多了三个死尸，其中一个是女尸。

人们都知道那个女尸，就是在北村一个寡妇家搜出的那个"女学生"。

赵三听得别人说："女学生"是什么"党"。但是他不晓得什么"党"做什么解释。当夜在喝酒以后把这一切密事告诉了王婆，他也不知道那"女学生"倒有什么密事，到底为什么才死？他只感到不许传说的事情神秘，他也必定要说。

王婆她十分不愿意听，因为这件事情发生，她担心她的女儿，她怕是女儿的命运和那个"女学生"一般样。

赵三的胡子白了！也更稀疏，喝过酒，脸更是发红，他任意把自己摊散在炕角。

平儿担了大捆的绿草回来，晒干可以成柴，在院心他把绿草铺平。进屋他不立刻吃饭，透汗的短衫脱在身边，他好像愤怒似的，用力来拍响他多肉的肩头，嘴里长长地吐着呼吸。过了长时间爹爹说：

"你们年轻人应该有些胆量。这不是叫人死吗？亡国了！麦地不能种了，鸡犬也要死净。"

老头子说话像吵架一般。王婆给平儿缝汗衫上的大口，她感动了，想到亡国，把汗衫缝错了！她把两个袖口完全缝住。

赵三和一个老牛般样，年轻时的气力全都消灭，只回想"镰刀会"，又告诉平儿：

"那时候你还小着哩！我和李青山他们弄了个'镰刀会'。勇得很！可是我受了打击，那一次使我碰壁了，你娘去借支洋

炮来，谁知还没用洋炮，就是一条棍子出了人命，从那时起就
倒霉了！一年不如一年地活到如今。"

"狗，到底不是狼，你爹从出事以后，对'镰刀会'就没
趣了！青牛就是那年卖的。"

她这样抢白着，使赵三感到羞耻和愤恨。同时自己为什么
当时就那样卑小？心脏发燃一刻，他说着使自己满意的话：

"这下子东家也不东家了！有日本子，东家也不好干什
么！"

他为着轻松充血的身子，他向树林那面去散步，那儿有树
林，林梢在青色的天边涂出美丽的和舒卷着的云一样的弧线。
青的天幕在前面直垂下来，曲卷的树梢花边一般地嵌上天幕。
田间往日的蝶儿在飞，一切野花还不曾开。小草房一座一座地
摊落着，有的留下残墙在晒阳光，有的也许是被炸弹带走了屋
盖。房身整整齐齐地摆在那里。

赵三阔大开胸膛，他呼吸田间透明的空气。他不愿意走了，
停脚在一片荒芜的、过去的麦地旁。就这样不多一时，他又感
到烦恼，因为他想起往日自己的麦田而今丧尽在炮火下，在日
本兵的足下必定不能够再长起来，他带着麦田的忧伤又走过一
片瓜田，瓜田也不见了种瓜的人，瓜田尽被一些蒿草充塞，去
年看守瓜地的小房，依然存在；赵三倒在小房下的短草梢头。
他欲睡了！蒙眬中看见一些"高丽"人从大树林穿过。视线从
地平面直发过去，那一些"高丽"人仿佛是走在天边。

假如没有乱插在地面的家屋，那么赵三觉得自己是躺在天

边了！

阳光迷住他的眼睛，使他不能再远看了！听得见村狗在远方无聊地吠叫。

如此荒凉的旷野，野狗也不到这里巡行。独有酒烧胸膛的赵三到这里巡行，但是他无有目的，任意足尖踏到什么地点，走过无数秃田，他觉得过于可惜，点一点头，摆一摆手，不住地叹着气走回家去。

村中的寡妇们多起来，前面是三个寡妇，其中的一个尚拉着她的孩子走。

红脸的老赵三走近家门又转弯了！他是那样信步而无主地走！忧伤在前面招示他，忽然间一个大凹洞，踏下脚去。他未曾注意这个，好像他一心要完成长途似的，继续前进。那里更有炸弹的洞穴，但不能阻碍他的去路，因为喝酒，壮年的血气鼓动他。

在一间破房子里，一只母猫正在哺乳一群小猫。他不愿看这些，他更走，没有一个熟人与他遇见。直到天西烧红着云彩，他滴血的心，垂泪的眼睛竟来到死去的年轻时伙伴们的坟上，不带酒祭奠他们，只是无话坐在朋友们之前。

亡国后的老赵三，蓦然念起那些死去的英勇的伙伴！留下活着的老的，只有悲愤而不能走险了，老赵三不能走险了！

那是个繁星的夜，李青山发着疯了！他的哑喉咙，使他讲话带着神秘而紧张的声色。这是第一次他们大型的集会。在赵三家里，他们像在举行什么盛大的典礼，庄严与静肃。人们感到缺乏空气一般，人们连鼻子也没有一个作响。屋子不燃灯，人们的眼睛和夜里的猫眼一般，闪闪有磷光而发绿。

王婆的尖脚，不住地踏在窗外，她安静的手下提了一只破洋灯罩，她时时准备着把玻璃灯罩摔碎。她是个守夜的老鼠，时时防备猫来。她到篱笆外绕走一趟，站在篱笆外听一听他们的谈论高低，有没有危险性？手中的灯罩她时刻不能忘记。

屋中李青山固执而且浊重的声音继续下去：

"在这半月里，我才真知道人民革命军真是不行，要干人民革命军那就必得倒霉，他们尽是些'洋学生'，上马还得用人抬上去。他们嘴里就会狂喊'退却'。廿八日那夜外面下小雨，我们十个同志正吃饭，饭碗被炸碎了哩！派两个出去寻炸弹的来路。大家来想一想，两个'洋学生'跑出去，唉！丧气，被敌人追着连帽子都跑丢了，'学生'们常常给敌人打死。……"

罗圈腿插嘴了："革命军还不如红胡子有用？"

月光照进窗来太暗了！当时没有人能发见罗圈腿发问时是个什么奇怪的神情。

李青山又在开始：

"革命军纪律可真厉害，你们懂吗？什么叫纪律？那就是规矩。规矩太紧，我们也受不了。比方吧，屯子里年轻轻的姑娘眼望着不准去……哈哈！我吃了一回苦，同志打了我十下枪柄哩！"

他说到这里，自己停下笑起来，但是没敢大声。他继续下去。

二里半对于这些事情始终是缺乏兴致，他在一边瞌睡，老赵三用他的烟袋锅撞一下在睡的缺乏政治思想的二里半，并且赵三大不满意起来：

"听着呀！听着，这是什么年头还睡觉？"

王婆的尖脚乱踏着地面作响一阵，人们听一听，没听到灯罩的响声，知道日本兵没有来，同时人们感到严重的气氛。李青山的计划庄重着发表。

李青山是个农人，他尚分不清该怎样把事弄起来，只说着：

"屯子里的小伙子召集起来，起来救国吧！革命军那一群'学生'是不行。只有红胡子才有胆量。"

老赵三他的烟袋没有燃着，丢在炕上，极快地拍一下手，他说：

"对！召集小伙子们，起名也叫革命军。"

其实赵三完全不能明白，因为他还不曾听说什么叫作革命军，他无由得到安慰，他的大手掌快乐地不停地捋着胡子。对于赵三这完全和十年前组织"镰刀会"同样兴致，也是暗室，也是静悄悄地讲话。

老赵三快乐得终夜不能睡觉，大手掌翻了个终夜。

同时站在二里半的墙外可以数清他鼾声的拍子。

乡间，日本人的毒手努力毒化农民，就说要恢复"大清国"，要做"忠臣""孝子""节妇"；可是另一方面，正相反的势力也增长着。

天一黑下来就有人越墙藏在王婆家中，那个黑胡子的人每夜来，成为王婆的熟人。在王婆家吃夜饭，那人向她说：

"你的女儿能干得很，背着步枪爬山爬得快呢！可是……已经……"

平儿蹲在炕下，他吸爹爹的烟袋。轻微的一点儿妒嫉横过心里面。他有意弄响烟袋在门扇上，他走出去了。外面是阴沉全黑的夜，他在黑夜中消灭了自己。等他忧悒着转回来时，王婆已是在垂泪的境况。

那夜老赵三回来得很晚，那是因为他逢人便讲亡国，救国，义勇军，革命军……这一些出奇的字眼，所以弄得回来这样晚。快鸡叫的时候了！赵三的家没有鸡，全村听不见往日的鸡鸣。只有褪色的月光在窗上，"三星"不见了，知道天快明了。

他把儿子从梦中唤醒，他告诉他得意的宣传工作：东村那个寡妇怎样把孩子送回娘家预备去投义勇军。小伙子们怎样准备集合。老头子好像已在衙门里做了官员一样，摇摇摆摆着他讲话时的姿势，摇摇摆摆着他自己的心情，他整个的灵魂在阔步！

稍微沉静一刻，他问平儿：

"那个人来了没有？那个黑胡子的人？"

平儿仍回到睡中，爹爹正鼓动着生力，他却睡了！爹爹的话在他耳边，像蚊虫嗡叫一般的无意义。赵三立刻动怒起来，他觉得他光荣的事业，不能有人承受下去，感到养了这样的儿子没用，他失望。

王婆一点儿声息也不作出，像是在睡般地。

明朝，黑胡子的人，忽然走来，王婆又问他：

"那孩子死的时候，你到底是亲眼看见她没有？"

他弄着骗术一般：

"老太太你怎么还不明白？不是老早就对你讲么？死了就死了吧！革命就不怕死，那是露脸的死啊……比当日本狗的奴隶活着强得多哪！"

王婆常常听他们这一类人说"死"说"活"……她也想死是应该，于是安静下去，用她昨夜为着泪水所浸蚀的眼睛观察那熟人急转的面孔。终于她接受了！那人从囊中取出来的所有小本子，和像黑点一般小字充满在上面的零散纸张，她全接受了！另外还有发亮的小枪一支也递给王婆。那个人急忙着要走，这时王婆又不自禁地问：

"她也是枪打死的吗？"

那人开门急走出去了！因为急走，那人没有注意到王婆。

王婆往日里，她不知恐怖，常常把那一些别人带来的小本子放在厨房里。有时她竟任意丢在席子下面。今天她却减少了胆量，她想那些东西若被搜查着，日本兵的刺刀会刺通了自己。她好像觉着自己的遭遇要和女儿一样似的，尤其是手掌里的小枪。她被恫吓着慢慢战栗起来。女儿也一定被同样的枪杀死。她终止了想，她知道当前的事情开始紧急。

赵三苍黄着脸回来，王婆没有理他走向后面柴堆那儿。柴草不似每年，那是烧空了！在一片平地上稀疏地生着马蛇菜。她开始掘地洞；听村狗狂咬，她有些心慌意乱，把镰刀头插进土去无力拔出。她好像要倒落一般：全身受着什么压迫要把肉体解散了一般。过了一刻难忍昏迷的时间，她跑去呼唤她的老同伴。可是当走到房门又急转回来，她想起别人的训告：

——重要的事情谁也不能告诉，两口子也不能告诉。

那个黑胡子的人，向她说过的话也使她回想了一遍：

——你不要叫赵三知道，那老头子说不定和小孩子似的。

等她埋好之后，日本兵继续来过十几个。多半只戴了铜帽，连长靴都没穿就来了！人们知道他们又是在弄女人。

王婆什么观察力也失去了！不自觉地退缩在赵三的背后，就连那永久带着笑脸，常来王婆家搜查的日本官长，她也不认识了。临走时那人向王婆说"再见"，她直直迟疑着而不回答一声。

"拔"——"拔"，就是出发的意思，老婆们给男人在搜集衣裳或是鞋袜。

李青山派人到每家去寻个公鸡，没得寻到，有人提议把二里半的老山羊杀了吧！山羊正走在李青山门前，或者是歇凉，或者是它走不动了！它的一只独角塞进篱墙的缝际，小伙子们去抬它，但是无法把独角弄出。

二里半从门口经过，山羊就跟在后面回家去了！二里半说："你们要杀就杀吧！早晚还不是给日本子留着吗！"

李二婶子在一边说：

"日本子可不要它，老得不成样。"

二里半说："日本子不要它，老也老死了！"

人们宣誓的日子到了！没有寻到公鸡，决定拿老山羊来代替。小伙子们把山羊抬着，在杆上四脚倒挂下去，山羊不住哀叫。二里半可笑的悲哀的形色跟着山羊走来。他的跛脚仿佛是一步一步把地面踏陷。波浪状的行走，愈走愈快！他的老婆疯狂地想把他拖回去，然而不能做到，二里半惶惶地走了一路。山羊被抬过一个山腰的小曲道。山羊被升上院心铺好红布的方桌。

东村的寡妇也来了！她在桌前跪下祷告了一阵，又到桌前点着两只红蜡烛，蜡烛一点着，二里半知道快要杀羊了。

院心除了老赵三，那尽是一些年轻的小伙子在走，转。他们袒露胸臂，强壮而且凶横。

赵三总是向那个东村的寡妇说，他一看见她便宣传她。他一遇见事情，就不像往日那样贪婪吸他的烟袋。说话表示出庄严，连胡子也不动荡一下：

"救国的日子就要来到了。有血气的人不肯当亡国奴，甘愿做日本刺刀下的屈死鬼。"

赵三只知道自己是中国人。无论别人对他讲解了多少遍，他总不能明白他在中国人中是站在怎样的阶级。虽然这样，老赵三也是非常进步，他可以代表整个的村人在进步着，那就是他从前不晓得什么叫国家，从前也许忘掉了自己是哪国的国民！

他不开言了！静站在院心，等待宏壮悲愤的典礼来临。

来了三十多人，带来重压的大会，可真的触到赵三了！使他的胡子也感到非常重要而不可挫碰一下。

　　4 月里晴朗的天空从山脊流照下来，房周的大树群在正午垂曲地立在太阳下。畅明的天光与人们共同宣誓。

　　寡妇们和亡家的独身汉在李青山喊过口号之后，完全用膝头曲倒在天光之下。羊的脊背流过天光，桌前的大红蜡烛在沉默的人头前面燃烧。李青山的大个子直立在桌前："弟兄们！今天是什么日子！知道吗？今天……我们去敢死……决定了……就是把我们的脑袋挂满了整个村子所有的树梢也情愿，是不是啊？……是不是？……弟兄们？……"

　　回声先从寡妇们传出："是呀！千刀万剐也愿意！"

　　哭声刺心一般痛，哭声方锥一般落进每个人的胸膛。一阵强烈的悲酸掠过低垂的人头，苍苍然蓝天欲坠了！

　　老赵三立到桌子前面，他不发声，先流泪：

　　"国……国亡了！我……我也……老了！你们还年轻，你们去救国吧！我的老骨头再……再也不中用了！我是个老亡国奴，我不会眼见你们把日本旗撕碎，等着我埋在坟里……也要把中国旗子插在坟顶，我是中国人！……我要中国旗子，我不当亡国奴，生是中国人，死是中国鬼……不……不是亡……亡国奴……"

　　浓重不可分解的悲酸，使树叶垂头。赵三在红蜡烛前用力敲了桌子两下，人们一起哭向苍天了！人们一起向苍天哭泣。大群的人起着号啕！

　　就这样把一只匣枪装好子弹摆在众人前面。每人走到那支枪口就跪倒下去"盟誓"：

"若是心不诚，天杀我，枪杀我，枪子是有灵有圣有眼睛的啊！"

寡妇们也是盟誓。也是把枪口对准心窝说话。只有二里半在人们宣誓之后快要杀羊时他才回来。从什么地方他捉一只公鸡来！只有他没曾宣誓，对于国亡，他似乎没什么伤心，他领着山羊，就回家去。别人的眼睛，尤其是老赵三的眼睛在骂他：

"你个老跛脚的东西，你，你不想活吗？……"

十四 到都市里去

临行的前夜，金枝在水缸沿上磨剪刀，而后用剪刀撕破死去孩子的尿巾。年轻的寡妇是住在妈妈家里的。

"你明天一定走吗？"

睡在身边的妈妈被灯光照醒，带着无限怜惜，在已决定的命运中求得安慰似的。

"我不走，过两天再走。"金枝答她。

又过了不多时老太太醒来，她再不能睡，当她看见女儿不在身边而在地心洗濯什么的时候，她坐起来问着：

"你是明天走吗？再住三两天不能够吧！"

金枝在夜里收拾东西，母亲知道她是要走。金枝说：

"娘，我走两天，就回来，娘……不要着急！"

老太太像在摸索什么，不再发声音。

太阳很高很高了，金枝尚偎在病母亲的身边，母亲说：

"要走吗？金枝！走就走吧！去赚些钱吧！娘不阻碍你。"
母亲的声音有些惨然：

"可是要学好，不许跟着别人学，不许和男人打交道。"

女人再也不怨恨丈夫。她向娘哭着：

"这不都是小日本子吗？挨千刀的小日本子！不走等死吗？"

金枝听老人讲，女人独自行路要扮个老相，或丑相，束上一条腰带，她把油罐子挂在身边，盛米的小桶也挂在腰带上，包着针线和一些碎布的小包袱塞进米桶去，装作讨饭的老婆，用灰尘把脸涂得很脏并有条纹。

临走时妈妈把自己耳上的银环摘下，并且说：

"你把这个带去吧！放在包袱里，别叫人给你抢去，娘一个钱也没有，若饿肚时，你就去卖掉，买个干粮吃吧！"走出门去还听母亲说："遇见日本子，你快伏在蒿子下。"

金枝走得很远，走下斜坡，但是娘的话仍是那样在耳边反复："买个干粮吃。"她心中乱乱地幻想，她不知走了多远，她像从家向外逃跑一般，速步而不回头。小道也尽是生着短草，即便是短草也障碍金枝赶路的脚。

日本兵坐着马车，口里吸烟，从大道跑过。金枝有点颤抖了！她想起母亲的话，很快躺在小道旁的蒿子里。日本兵走过，她心跳着站起，她四面惶惶在望：母亲在哪里？家乡离开她很远，前面又来到一个生疏的村子，使她感觉到走过无数人间。

红日快要落过天边去，人影横倒地面杆子一般瘦长。踏过去一条小河桥，再没有多少路途了！

哈尔滨城渺茫中有工厂的烟囱插入云天。

金枝在河边喝水，她回头望向家乡，家乡遥远而不可见。只是高高的山头，山下辨不清是烟是树，母亲就在烟树荫中。

她对于家乡的山是那般难舍，心脏在胸中飞起了！金枝感到自己的心已被摘掉不知抛向何处！她不愿走了，强行走过河桥又转入小道。前面哈尔滨城在招示她，背后家山向她送别。

小道不生蒿草，日本兵来时，让她躲身到地缝中去吗？她四面寻找，为了心脏不能平衡，脸面过量地流汗，她终于被日本兵寻到：

"你的！……站住。"

金枝好比中了枪弹，滚下小沟去，日本兵走近，看一看她脏污的样子。他们和肥鸭一般，嘴里发响摆动着身子，没有理她走过去了！他们走了许久许久，她仍没起来，以后她哭着，木桶扬翻在那里，小包袱从木桶滚出。她重新走起时，身影在地面越瘦越长起来，和细线似的。

金枝在夜的哈尔滨城，睡在一条小街阴沟板上。那条街是小工人和洋车夫们的街道。有小饭馆，有最下等的妓女，妓女们的大红裤子时时在小土房的门前出现。闲散的人，做出特别姿态，慢慢和大红裤子们说笑，后来走进小房去，过一会儿又走出来。但没有一个人理会破乱的金枝，她好像一个垃圾桶，好像一个病狗似的堆偎在那里。

这条街连警察也没有，讨饭的老婆和小饭馆的伙计吵架。

满天星火，但那都疏远了！那是与金枝绝缘的物体。半夜过后金枝身边来了一条小狗，也许小狗是个受难的小狗？这流浪的狗走进木桶去睡。金枝醒来仍没出太阳，天空被许多星充塞着。

许多街头流浪人，尚挤在小饭馆门前，等候着最后的施舍。

金枝腿骨断了一般酸痛，不敢站起。最后她也挤进要饭人堆去，等了好久，伙计不见送饭出来，4月里露天睡宿打着透心的寒战，别人看她的时候，她觉得这个样子难看，忍了饿又来在原处。

夜的街头，这是怎样的人间？金枝小声喊着娘，身体在阴沟板上不住地抽拍。绝望着，哭着，但是她和木桶里在睡的小狗一般同样不被人注意，人间好像没有他们存在。天明，她不觉得饿，只是空虚，她的头脑空空尽尽了！在街树下，一个缝补的婆子，她遇见对面去问：

"我是新来的，新从乡下来的……"

看她作窘的样子，那个缝婆没理她，面色在清凉的早晨发着淡白走去。

卷尾的小狗偎依着木桶好像偎依妈妈一般，早晨小狗大约感到太寒了。

小饭馆渐渐有人来往。一堆白热的馒头从窗口堆出。

"老婶娘，我新从乡下来……我跟你去，去赚几个钱吧！"

第二次，金枝成功了，那个婆子领她走，一些搅扰的街道，发出浊气的街道，她们走过。金枝好像才明白，这里不是乡间了，这里只是生疏、隔膜、无情感。一路除了饭馆门前的鸡、鱼和香味，其余她都没有看见似的，都没有听闻似的。

"你就这样把袜子缝起来。"

在一个挂金牌的"鸦片专卖所"的门前，金枝打开小包，用剪刀剪了块布角，缝补不认识的男人的破袜。那婆子又在教她：

"你要快缝，不管好坏，缝住，就算。"

金枝一点儿力气也没有，好像愿意赶快死似的，无论怎样努力眼睛也不能张开。一部汽车擦着她的身边驰过，跟着警察来了，指挥她说：

"到那边去！这里也是你们缝穷的地方？"

金枝忙仰头说："老总，我刚从乡下来，还不懂得规矩。"

在乡下叫惯了老总，她叫警察也是老总，因为她看警察也是庄严的样子，也是腰间佩枪。别人都笑她，那个警察也笑了。老缝婆又教说她：

"不要理他，也不必说话，他说你，你躲后一步就完。"

她，金枝立刻觉得自己发羞，看一看自己的衣裳也不和别人同样，她立刻讨厌从乡下带来的破罐子，用脚踢了罐子一下。

袜子补完，肚子空虚的滋味不见终止，假若得法，她要到无论什么地方去偷一点儿东西吃。很长时间她停住针，细看那个立在街头吃饼干的孩子，一直到孩子把饼干的最末一块送进嘴去，她仍在看。

"你快缝，缝完吃午饭，……可是你吃了早饭没有？"

金枝感到过于亲热，好像要哭出来似的，她想说：

"从晚夜就没吃一点儿东西，连水也没喝过。"

中午来到，她们和从"鸦片馆"出来那些游魂似的人们同行着。女工店有一种特别不流通的气息，使金枝想到这又不是乡村，但是那一些停滞的眼睛，黄色脸，直到吃过饭，大家用水盆洗脸时她才注意到，全屋五丈多长，没有隔壁，墙的四周涂满了臭虫血，满墙拖长着黑色紫色的血点。一些污秽发酵的包袱围墙堆集着。这些多样的女人，好像每个患着病似的，就在包袱上枕了头讲话：

"我那家子的太太，待我不错，吃饭都是一样吃，哪怕吃包子我也一样吃包子。"

别人跟住声音去羡慕她。过了一阵又是谁说她被公馆里的听差扭一下嘴巴。她说她气病了一场，接着还是不断地乱说。这一些烦烦乱乱的话金枝尚不能明白，她正在细想什么叫公馆呢？什么是太太？她用遍了思想而后问一个身边在吸烟的剪发的妇人：

"'太太'不就是老太太吗？"

那个妇人没答她，丢下烟袋就去呕吐。她说吃饭吃了苍蝇。可是全屋通长的板炕，那一些城市的女人她们笑得使金枝生厌，她们是前仆后折地笑。她们为着笑这个乡下女人彼此兴奋得拍响着肩膀，笑得过甚的竟流起眼泪来。金枝却静静坐在一边。等夜晚睡觉时，她向初识那个老太太说：

"我看哈尔滨倒不如乡下好，乡下姊妹很和气，你看午间她们笑我拍着掌哩！"

说着她卷紧一点儿包袱，因为包袱里面藏着赚得的两角钱纸票，金枝枕了包袱，在都市里的臭虫堆中开始睡觉。

金枝赚钱赚得很多了！在裤腰间缝了一个小口袋，把两元钱的票子放进去，而后缝住袋口。女工店向她收费用时她同那人说：

"晚几天给不行吗？我还没赚到钱。"她无法又说：

"晚上给吧！我是新从乡下来的。"

终于那个人不走，她的手摆在金枝眼下。女人们也越集越多，把金枝围起来。她好像在耍把戏一般招来这许多观众，其中有一个三十多岁的胖子，头发完全脱掉，粉红色闪光的头皮，独超出人前，她的脖子装好颤丝一般，使闪光的头颅轻便而随意地在转，在颤，她就向金枝说：

"你快给人家，怎么你没有钱？你把钱放在什么地方我都知道。"

金枝生气，当着大众把口袋撕开，她的票子四分之三觉得是损失了！被人夺走了！她只剩五角钱。她想：

"五角钱怎样送给妈妈？两元要多少日子再赚得？"

她到街上去上工很晚。晚间一些臭虫被打破，发出袭人的臭味，金枝坐起来全身搔痒，直到搔出血来为止。

楼上她听着两个女人骂架，后来又听见女人哭，孩子也哭。

母亲病好了没有？母亲自己拾柴烧吗？下雨房子流水吗？

渐渐想得恶化起来：她若死了不就是自己死在炕上无人知道吗？

金枝正在走路，脚踏车响着铃子驶过她，立刻心脏膨胀起来，好像汽车要轧上身体，她终止一切幻想了。

金枝知道怎样赚钱，她去过几次独身汉的房舍，她替人缝被，男人们问她：

"你丈夫多大岁数咧？"

"死啦！"

"你多大岁数？"

"二十七。"

一个男人拖着拖鞋，散着裤口，用他奇怪的眼睛向金枝扫了一下，奇怪的嘴唇跳动着：

"年轻轻的小寡妇哩！"

她不懂这个，缝完，带了钱走了。有一次走出门时有人喊她：

"你回来……你回来。"

给人以奇怪感觉的急切的呼叫，金枝也懂得应该快走，不该回头。晚间睡下时，她向身边的周大娘说：

"为什么缝完，拿钱走时他们叫我？"

周大娘说："你拿人家多少钱？"

"缝一个被子，给我五角钱。"

"怪不得他们叫你！不然为什么给你那么多钱？普通一张被两角。"

周大娘在倦乏中只告诉她一句。

"缝穷婆谁也逃不了他们的手。"

那个全秃的亮头皮的妇人在对面的长炕上类似尖巧地呼叫，她一面走到金枝头顶，好像要去抽拔金枝的头发。弄着她的胖手指：

"哎呀！我说小寡妇，你的好运气来了！那是又来财又开心。"

别人被吵醒开始骂那个秃头：

"你该死的，有本领的野兽，一百个男人也不怕，一百个男人你也不够。"

女人骂着彼此在交谈，有人在大笑，不知谁在一边重复了好几遍：

"还怕！一百个男人还不够哩！"

好像闹着的蜂群静了下去，女人们一点儿嗡声也停住了，她们全体到梦中去。

"还怕！一百个男人还不够哩！"不知谁，她的声音没有人接受，空洞地在屋中走了一周，最后声音消灭在白月的窗纸上。

金枝站在一家俄国点心铺的纱窗外。里面格子上各式各样的油黄色的点心、肠子、猪腿、小鸡，这些吃的东西，在那里发出油亮。最后她发现一个整个的肥胖的小猪，竖起耳朵伏在一个长盘里。小猪四围摆了一些小白菜和红辣椒。她要立刻上去连盘子都抱住，抱回家去快给母亲看。不能那样做，她又恨小日本子，若不是小日本子搅闹乡村，自家的母猪不是早生了小猪吗？"布包"在肘间渐渐脱落，她不自觉地在铺门前站不安定，行人道上人多起来，她碰撞着行人。一个漂亮的俄国女人从点心铺出来，金枝连忙注意到她透孔的鞋子下面染红的脚趾甲；女人走得很快，比男人还快，使她不能再看。

人行道上，克——克——地大响，大队的人经过，金枝一看见铜帽子就知道日本兵，日本兵使她离开点心铺快快跑走。

她遇到周大娘向她说：

"一点儿活计也没有，我穿这一件短衫，再没有替换的，连买几尺布钱也攒不下，十天一交费用，那就是一块五角。又老，眼睛又花，缝得也慢，从没人领我到家里去缝。一个月的饭钱还是欠着，我住的年头多了！若是新来，那就非被赶出去不可。"她走一条横道又说："新来的一个张婆，她有病都被赶走了。"

经过肉铺，金枝对肉铺也很留恋，她想买一斤肉回家也满足，母亲半年多没尝过肉味。

松花江，江水不住地流，早晨还没有游人，舟子在江沿无聊地彼此骂笑。

周大娘坐在江边。怅然了一刻，接着擦她的眼睛，眼泪是为着她末日的命运在流。江水轻轻拍着江岸。

金枝没被感动，因为她刚来到都市，她还不晓得都市。

金枝为着钱，为着生活，她小心地跟了一个独身汉去到他的房舍。刚踏进门，金枝看见那张床，就害怕，她不坐在床边，坐在椅子上先缝被褥。那个男人开始慢慢和她说话，每一句话使她心跳。可是没有什么，金枝觉得那人很同情她。接着就缝一件夹衣的袖口，夹衣是从那个人身上立刻脱下的，等到袖口缝完时，那男人从腰带间一个小口袋取出一元钱给她，那男人一面把钱送过去，一面用他短胡子的嘴向金枝扭了一下，他说：

"寡妇有谁可怜你？"

金枝是乡下女人，她还看不清那人是假意同情，她轻轻受了"可怜"字眼的感动，她心有些波荡，停在门口，想说一句感谢的话，但是她不懂说什么，终于走了！她听道旁大水壶的笛子在耳边叫，面包作坊门前取面包的车子停在道边，俄国老太太花红的头巾驰过她。

"嗳！回来……你来，还有衣裳要缝。"

那个男人涨红了脖子追在后面。等来到房中，没有事可做，那个男人像猿猴一般，袒露出多毛的胸膛，去用厚手掌闩门去了！而后他开始解他的裤子，最后他叫金枝：

"快来呀……小宝贝。"他看一看金枝吓住了，没动："我叫你是缝裤子，你怕什么？"

缝完了，那人给她一元票，可是不把票子放在她的手里，把票子摔到床底，让她弯腰去取，又当她取得票子时夺过来让她再取一次。

金枝完全摆在男人怀中，她不是正音嘶叫：

"对不起娘呀！……对不起娘……"

她无助地嘶狂着，圆眼睛望一望锁住的门不能自开，她不能逃走，事情必然要发生。

女工店吃过晚饭，金枝好像踏着泪痕行走，她的头过分的迷昏，心脏落进污水沟中似的，她的腿骨软了，松懈了，爬上炕取她的旧鞋，和一条手巾，她要回乡，马上躺到娘身上去哭。

炕尾一个病婆，垂死时被店主赶走，她们停下那件事不去议论，金枝把她们的趣味都集中来。

"什么勾当？这样着急？"第一个是周大娘问她。

"她一定进财了！"第二个是秃头胖子猜说。

周大娘也一定知道金枝赚到钱了，因为每个新来的第一次"赚钱"都是过分的羞恨。羞恨摧毁她，忽然患着传染病一般。

"惯了就好了！那怕什么？弄钱是真的，我连金耳环都赚到手里。"

秃胖子用好心劝她，并且手在扯着耳朵。别人骂她：

"不要脸，一天就是你不要脸！"

旁边那些女人看见金枝的痛苦，就是自己的痛苦，人们慢慢四散，去睡觉了，对于这件事情并不表示新奇和注意。

金枝勇敢地走进都市，羞恨又把她赶回了乡村，在村头的大树枝上发现人头。一种感觉通过骨髓麻寒她全身的皮肤，那是怎样可怕，血浸的人头！

母亲拿着金枝的一元票子，她的牙齿在嘴里埋没不住，完全外露。她一面细看票子上的花纹，一面快乐有点不能自制地说：

"来家住一夜明日就走吧！"

金枝在炕沿捶打酸痛的腿骨；母亲不注意女儿为什么不欢喜，她只跟了一张票子想到另一张，在她想，许多票子不都可以到手吗？她必须鼓励女儿。

"你应该洗洗衣裳收拾一下，明天一早必得要行路的，在村子里是没有出头露面之日的。"

为了心切，她好像责备着女儿一般，简直对于女儿没有热情。

一扇窗子立刻打开，拿着枪的黑脸孔的人竟跳进来，踏了金枝的左腿一下。那个黑人向栅顶望了望，他熟悉地爬向栅顶去，王婆也跟着走来，她多日不见金枝而没说一句话，宛如她什么也看不见似的。一直爬上栅顶去。金枝和母亲什么也不晓得，只是爬上去。直到黄昏恶消息仍没传来，他们和爬虫样才从栅顶爬下。王婆说："哈尔滨一定比乡下好，你再去就在那里不要回来。村子里日本子越来越恶，他们捉大肚女人，破开肚子去破'红枪会'（义勇军的一种），活显显的小孩从肚皮流出来。为这事，李青山把两个日本子的脑袋割下挂到树上。"

金枝鼻子作出哼声：

"从前恨男人，现在恨小日本子。"最后她转到伤心的路上去，"我恨中国人呢！除外我什么也不恨。"

王婆的学识有点不如金枝了！

十五　失败的黄色药包

开拔的队伍在南山道转弯时，孩子在母亲怀中向父亲送别。

行过大树道，人们滑过河边。他们的衣装和步伐看起来不像一个队伍，但衣服下藏着猛壮的心。这些心把他们带走，他们的心铜一般凝结着出发。最末一刻大山坡还未曾遮没最后的一个人，一个抱在妈妈怀中的小孩呼叫"爹爹"。孩子的呼叫什么也没得到，父亲连手臂也没摇动一下，孩子好像把声响撞到了岩石。

女人们一进家屋，屋子好像空了；房屋好像修造在天空，素白的阳光在窗上，却不带来一点儿意义。她们不需要男人回来，只需要好消息。消息来时，是五天过后，老赵三赤着他显露筋骨的脚奔向李二婶子去告诉：

"听说青山他们被打散啦！"显然赵三是手足无措，他的胡子也震惊起来，似乎忙着要从他的嘴巴跳下。

"真的有人回来了吗？"

李二婶子的喉咙变作细长的管道，使声音出来做出多角形。

"真的，平儿回来啦！"赵三说。

严重的夜，从天上走下。日本兵团剿打鱼村、白旗屯和三家子……

平儿正在王寡妇家，他休息在情妇的心怀中。外面狗叫，听到日本人说话，平儿越墙逃走；他埋进一片蒿草中，蛤蟆在脚间跳。

"非拿住这小子不可，怕是他们和义勇军接连。"

在蒿草中他听清这是谁在说："走狗们。"

平儿他听清他的情妇被拷打：

"男人哪里去啦？快说，再不说枪毙！"

他们不住骂："你们这些母狗，猪养的。"

平儿完全赤身，他走了很远。他去扯衣襟拭汗，衣襟没有了，在腿上扒了一下，于是才发现自己的身影落在地面和光身的孩子一般。

二里半的麻婆子被杀，罗圈腿被杀，死了两个人，村中安息两天。第三天又是要死人的日子。日本兵满村窜走，平儿到金枝家棚顶去过夜。金枝说：

"不行呀！棚顶方才也来小鬼子翻过。"

平儿于是在田间跑着，枪弹不住向他放射，平儿的眼睛不会转弯，他听有人近处叫：

"拿活的，拿活的……"

他错觉地听到了一切，他遇见一扇门推进去，一个老头在烧饭，平儿快流眼泪了：

"老伯伯，救命，把我藏起来吧！快救命吧！"

老头子说："什么事？"

"日本子捉我。"

平儿鼻了流血，好像他说到日本子才流血。他向全屋四面张望，就像连一条缝也没寻到似的，他转身要跑，老人捉住，出了后门，盛粪的长形的笼子在门旁，掀起粪笼，老人说：

"你就爬进去，轻轻喘气。"

老人用粥饭涂上纸条把后门封起来。他到锅边吃饭。粪笼下的平儿听见来人和老人讲话，接着他便听到有人在弄门闩，门就要开了，自己就要被捉了！他想要从笼子跳出来。但，很快那些人，那些魔鬼去了！

平儿从安全的粪笼出来，满脸粪屑，白脸染着红血条，鼻子仍然流血，他的样子已经很悲惨了。

李青山这次信任"革命军"有用了，逃回村来，不同别人一样带回沮丧的样子，他在王婆家说：

"革命军所好的是他们不胡乱干事，他们有纪律，这回我算相信，红胡子算完蛋，自己纷争，乱撞胡撞。"

这次听众很少，人们不相信青山。村人天生容易失望，每个人容易失望。每个人觉得完了！只有老赵三，他不失望，他说：

"那么再组织起来去当革命军吧！"

王婆觉得赵三说话和孩子一般可笑，但是她没笑他。她的身边坐着戴男人帽子的当过胡子救过国的女英雄说：

"死的就丢下，那么受伤的怎样了？"

"受微伤的不都回来了吗！受重伤那就管不了，死就是啦！"

正这时北村一个老婆婆疯了似的哭着跑来和李青山拼命。她捧住头，像捧住一块石头般地投向墙壁，嘴中发出短句：

"李青山……仇人……我的儿子让你领走去丧命。"

人们拉开她，她有力挣扎，比一条疯牛更有力。

"就这样不行，你把我给小日本子送去吧！我要死，……到应死的时候了！……"

她就这样不住地捉她的头发，慢慢她倒下来，她换不上气来，她轻轻拍着王婆的膝盖：

"老姐姐，你也许知道我的心，十九岁守寡，守了几十年，守这个儿子；……我那些挨饿的日子呀！我跟孩子到山坡去割毛草，大雨来了，雨从山坡把娘儿两个拍滚下来，我的头，在我想是碎了，谁知道？还没死……早死早完事。"

她的眼泪一阵湿热湿透王婆的膝盖，她开始轻轻哭：

"你说我还守什么？……我死了吧！有日本子等着，菱花那丫头也长不大，死了吧！"

果然死了，房梁上吊死的。三岁孩子菱花小脖颈和祖母并排悬着，高挂起正像两条瘦鱼。

死亡率在村中又在开始快速，但是人们不怎样觉察，患着传染病一般地全乡村又在昏迷中挣扎。

"爱国军"从三家子经过，张着黄色旗，旗上有红字"爱国军"。人们有的跟着去了！他们不知道怎样爱国，爱国又有什么用处，只是他们没有饭吃啊！

李青山不去，他说那也是胡子编成的。老赵三为着"爱国军"和儿子吵架：

"我看你是应该去，在家若是传出风声去有人捉拿你。跟去混混，到最末就是杀死一个日本鬼子也上算，也出出气。年轻气壮，出一口气也是好的。"

老赵三一点儿见识也没有，他这样盲动的说话使儿子不佩服，平儿同爹爹讲话总是把眼睛绕着圈子斜视一下，或是不调协地抖一两下肩头，这样对待他，他非常不愿意接受，有时老赵三自己想：

"老赵三怎不是个小赵三呢！"

十六　尼姑

金枝要做尼姑去。

尼姑庵红砖房子就在山尾那端。她去开门没能开，成群的麻雀在院心啄食，石阶生满绿色的苔藓，她问一个邻妇，邻妇说：

"尼姑在事变以后，就不见了，听说跟造房子的木匠跑走的。"

从铁门栏看进去，房子还未上好窗子，一些长短的木块尚在院心，显然可以看见正房里，凄凉的小泥佛在坐着。

金枝看见那个女人肚子大起来，金枝告诉她说：

"这样大的肚子你还敢出来？你没听说小日本子把大肚女人弄去破'红枪会'吧？日本子把女人肚子割开，去带着上阵，他们说红枪会什么也不怕，就怕女人；日本子叫'红枪会'作'铁孩子'呢！"

那个女人立刻哭起来。

"我说不嫁出去，妈妈不许，她说日本子说要姑娘，看看，这回怎么办？孩子的爹爹走就没见回来，他是去当'义勇军'

了。"

有人从庙后爬出来，金枝她们吓得跑。

"你们见了鬼吗？我是鬼吗？……"

往日美丽的年轻的小伙子，和死蛇一般爬回来。五姑姑出来看见自己的男人，她想到往日受伤的马，五姑姑问他："'义勇军'全散了吗？"

"全散啦！全死啦！就连我也死啦！"他用一只胳臂打着草梢：

"养汉老婆，我弄得这个样子，你就一句亲热的话也没有吗？"

五姑姑垂下头，和睡了的向日葵花一般。大肚子的女人回家去了！金枝又走向哪里去？她想出家，庙庵早已空了！

十七 不健全的腿

"'人民革命军'在哪里？"二里半突然问起赵三说。这使赵三想："二里半当了走狗吧？"他没告诉他。二里半又去问青山，青山说：

"你不要问，再等几天跟着我走好了！"

二里半急迫着好像他就要跑到革命军去，青山长声告诉他：

"革命军在磐石，你去得了吗？我看你一点儿胆量也没有，杀一只羊都不能够。"接着他故意羞辱他似的：

"你的山羊还好啊?"

二里半为了生气,他的白眼球立刻多过黑眼球。他的热情立刻在心里结成冰。李青山不与他再多说一句,望向窗外天边的村,小声摇着头,他唱起小调来。二里半临出门,青山的女人流汗在厨房向他说:

"李大叔,吃了饭走吧!"

青山看到二里半可怜的样子,他笑说:

"回家做什么,老婆也没有了,吃了饭再说吧!"

自己没有了家庭,他贪恋别人的家庭。当他拾起筷子时,很快一碗麦饭吃下去了,接连他又吃两大碗,别人还没吃完,他已经在抽烟了!他一点儿汤也没喝,只吃了饭就去抽烟。

"喝些汤,白菜汤很好。"

"不喝,老婆死了三天,三天没吃干饭哩!"二里半摇着头。

青山忙问:"你的山羊吃了干饭没有?"

二里半吃饱饭,好像一切都有希望。他没生气,照例自己笑起来。他感到满意地离开青山家。在小道不断地抽他的烟火。天色茫茫的并不引他悲哀,蛤蟆在小河边一声声地哇叫。河边的小树随了风在骚闹,他踏着往日自己的菜田,他振动着往日的心波。菜田连棵菜也不生长。

那边的人家老太太和小孩子们载起暮色来在田上匍匐。他们相遇在地端,二里半说:

"你们在掘地吗?地下可有宝物?若有我也蹲下掘吧!"

一个很小的孩子发出脆声："拾麦穗呀!"孩子似乎是快乐，老祖母在那边已叹息了：

"有宝物？……我的老天爷？孩子饿得乱叫，领他们来拾几粒麦穗，回家给他们做干粮吃。"

二里半把烟袋给老太太吸，她拿过烟袋，连擦都没有擦，就放进嘴去。显然她是熟悉吸烟，并且十分需要。她把肩膀抬得高高，她紧合了眼睛，浓烟不住从嘴冒出。从鼻孔冒出，那样很危险，好像她的鼻子快要着火了。

"一个月也多了，没得摸到烟袋。"

她像仍不愿意舍弃烟袋，理智勉强了她。二里半接过去把烟袋在地面磕着。

人间已是那般寂寞了！天边的红霞没有鸟儿翻飞，人家的篱墙没有狗儿吠叫。

老太太从腰间慢慢取出一个纸团，纸团慢慢在手下舒展开，而后又折平。

"你回家去看看吧！老婆、孩子都死了！谁能救你，你回家去看看吧！看看就明白啦！"

她指点那张纸，好似指点符咒似的。

天更黑了！黑得和帐幕紧逼住人脸。最小的孩子，走几步，就抱住祖母的大腿，他不住地嚷着：

"奶奶，我的筐满了，我提不动呀！"

祖母为他提筐，拉着他。那几个大一些的孩子卫队似的跑在前面。到家，祖母点灯看时，满筐蒿草，蒿草从筐沿要流出来，而没有麦穗，祖母打着孩子的头笑了：

"这都是你拾得的麦穗吗？"祖母把笑脸转换哀伤的脸，她想："孩子还不能认识麦穗，难为了孩子！"

五月节，虽然是夏天，却像吹起秋风来。二里半熄了灯，凶壮着从屋檐出现，他提起切菜刀，在墙角，在羊栅，就是院外白树下，他也搜遍。他要使自己无牵无挂，好像非立刻杀死老羊不可。

这是二里半临行的前夜：

老羊鸣叫着回来，胡子间挂了野草，在栏棚处擦得栏栅响。二里半手中的刀，举得比头还高，他朝向栏杆走去。

菜刀飞出去，喳啦地砍倒了小树。

老羊走过来，在他的腿间搔痒。二里半许久许久地抚摸羊头，他十分羞愧，好像耶稣教徒一般向羊祷告。

清早他像对羊说话，在羊棚喃喃了一阵，关好羊栏，羊在栏中吃草。

五月节，晴明的青空。老赵三看这不像个五月节样：麦子没长起来，嗅不到麦香，家家门前没挂纸葫芦。他想这一切是变了！变得这样快！去年五月节，清清明明的，就在眼前似的，孩子们不是捕蝴蝶吗？他不是喝酒吗？

他坐在门前一棵倒折的树干上，凭吊这已失去的一切。

李青山的身子经过他，他扮成"小工"模样，赤足卷起裤口，他说给赵三：

"我走了！城里有人候着，我就要去……"

青山没提到五月节。

二里半远远跛脚奔来，他青色马一样的脸孔，好像带着笑容。他说：

"你在这里坐着，我看你快要朽在这根木头上……"

二里半回头看时，被关在栏中的老羊，居然随在身后，立刻他的脸更拖长起来：

"这条老羊……替我养着吧！赵三哥！你活一天替我养一天吧！"

二里半的手，在羊毛上惜别，他流泪的手，最后一刻摸着羊毛。

他快走，跟上前面李青山去。身后老羊不住哀叫，羊的胡子慢慢在摆动……

二里半不健全的腿颠跌着颠跌着，远了！模糊了！山岗和树林，渐去渐遥。羊声在遥远处伴着老赵三茫然地嘶鸣。

1934 年 9 月 9 日

散　文

文档

欧罗巴旅馆

楼梯是那样长，好像让我顺着一条小道爬上天顶。其实只是三层楼，也实在无力了。手扶着楼栏，努力拔着两条颤颤的，不属于我的腿，升上几步，手也开始和腿一般颤。

等我走进那个房间的时候，和受辱的孩子似的偎上床去，用袖口慢慢擦着脸。他——郎华，我的情人，那时候他还是我的情人，他问我了："你哭了吗？"

"为什么哭呢？我擦的是汗呀，不是眼泪呀！"

不知是几分钟过后，我才发现这个房间是如此的白，棚顶是斜坡的棚顶，除了一张床，地下有一张桌子，一围藤椅。离开床沿用不到两步可以摸到桌子和椅子。开门时，那更方便，一张门扇躺在床上可以打开。住在这白色的小室，我好像住在幔帐中一般。我口渴，我说："我应该喝一点儿水吧！"

他要为我倒水时，他非常着慌，两条眉毛好像要连接起来，在鼻子的上端扭动了好几下："怎样喝呢？用什么喝？"

桌子上除了一块洁白的桌布，干净得连灰尘都不存在。

我有点昏迷，躺在床上听他和茶房在过道说了些时，又听到门响，他来到床边。我想他一定举着杯子在床边，却不，他的手两面却分张着：

"用什么喝？可以吧？用脸盆来喝吧！"

他去拿藤椅上放着才带来的脸盆时，毛巾下面刷牙缸被他发现，于是拿着刷牙缸走去。旅馆的过道是那样寂静，我听他踏着地板来了。

正在喝着水，一只手指抵在白床单上，我用发颤的手指抚来抚去。他说：

"你躺下吧！太累了。"

我躺下也是用手指抚来抚去，床单有突起的花纹，并且白得有些闪我的眼睛，心想：不错的，自己正是没有床单。我心想的话他却说出了！

"我想我们是要睡空床板的，现在连枕头都有。"说着，他拍打我枕在头下的枕头

"咯咯——"有人打门，进来一个高大的俄国女茶房，身后又进来一个中国茶房：

"也租铺盖吗？"

"租的。"

"五角钱一天。"

"不租。""不租。"我也说不租，郎华也说不租。

那女人动手去收拾：软枕、床单，就连桌布她也从桌子扯下去。床单夹在她的腋下。一切都夹在她的腋下。一秒钟，这洁白的小室跟随她花色的包头巾一同消失去。

我虽然是腿颤，虽然肚子饿得那样空，我也要站起来，打开柳条箱去拿自己的被子。

小室被劫了一样，床上一张肿胀的草褥赤现在那里，破木桌一些黑点和白圈显露出来，大藤椅也好像跟着变了颜色。

晚饭以前，我们就在草褥上吻着抱着过的。

晚饭就在桌子上摆着，黑"列巴"和白盐。

晚饭以后，事件就开始了：

开门进来三四个人，黑衣裳，挂着枪，挂着刀。进来先拿住郎华的两臂，他正赤着胸膛在洗脸，两手还是湿着。他们那些人，把箱子弄开。翻扬了一阵：

"旅馆报告你带枪，没带吗？"那个挂刀的人问。随后那人在床下扒得了一个长纸卷，里面卷的是一支剑。他打开，抖着剑柄的红穗头：

"你哪里来的这个？"

停在门口那个去报告的俄国管事，挥着手，急得涨红了脸。

警察要带郎华到局子里去。他也预备跟他们去，嘴里不住地说："为什么单独用这种方式检查我？妨碍我？"

最后警察温和下来，他的两臂被放开，可是他忘记了穿衣裳，他湿水的手也干了。

原因日间那白俄来取房钱，一日两元，一月六十元。我们只有五元钱。马车钱来时去掉五角。那白俄说：

"你的房钱，给！"他好像知道我们没有钱似的，他好像是很着忙，怕是我们跑走一样。他拿到手中两元票子又说："六十元一月，明天给！"原来包租一月三十元，为了松花江涨水才有这样的房价。如此，他摇手瞪眼地说："你的明天搬走，你的明天走!"

郎华说:"不走,不走……"

"不走不行,我是经理。"

郎华从床下取出剑来,指着白俄:

"你快给我走开,不然,我宰了你。"

他慌张着跑出去了,去报告警察,说我们带着凶器,其实剑裹在纸里,那人以为是大枪,而不知是一支剑。

结果警察带剑走了,他说:"日本宪兵若是发现你有剑,那你非吃亏不可,了不得的,说你是大刀会。我替你寄存一夜,明天你来取。"

警察走了以后,闭了灯,锁上门,街灯的光亮从小窗口跑下来,凄凄淡淡的,我们睡了。在睡中不住想:警察是中国人,倒比日本宪兵强得多啊!

天明了,是第二天,从朋友处被逐出来是第二天了。

家族以外的人

　　我蹲在树上，渐渐有点害怕，太阳也落下去了，树叶的响声也唰唰的了。墙外街道上走着的行人也都和影子似的黑丛丛的，院里房屋的门窗变成黑洞了，并且野猫在我旁边的墙头上跑着叫着。

　　我从树上溜下来，虽然后门是开着的，但我不敢进去，我要看看母亲睡了还是没有睡？还没经过她的窗口，我就听到了席子的声音：

　　"小死鬼……你还敢回来！"

　　我折回去，就顺着厢房的墙根又溜走了。

　　在院心空场上的草丛里边站了一些时候，连自己也没有注意到我折碎了一些草叶咬在嘴里。白天那些所熟识的虫子，也都停止了鸣叫；在夜里叫的是另外一些虫子，它们的声音沉静，清脆而悠长。那埋着我的高草，和我的头顶一平，它们平滑，它们在我的耳边唱着那么微细的小歌，使我不能相信倒是听到还是没有听到。

　　"去吧……去……跳跳攒攒的……谁喜欢你……"

　　有二伯回来了，那喊狗的声音一直继续到厢房的那面。

　　我听到有二伯那拍响着的失掉了后跟的鞋子的声音，又听到厢房门扇的响声。

"妈睡了没睡呢?"我推着草叶,走出了草丛。

有二伯住着的厢房,纸窗好像闪着火光似的明亮。我推开门,就站在门口。

"还没睡?"

我说:"没睡。"

他在灶口烧着火,火叉的尖端插着玉米。

"你还没有吃饭?"我问他。

"吃什……么……饭?谁给留饭!"

我说:"我也没吃呢!"

"不吃,怎么不吃?你是家里人哪……"他的脖子比平日喝过酒之后更红,并且那脉管和那正在烧着的小树枝差不多。

"去吧……睡睡……觉去吧!"好像不是对我说似的。

"我也没吃饭呢!"我看着已经开始发黄的玉米。

"不吃饭,干什么来的……"

"我妈打我……"

"打你!为什么打你?"

孩子的心上所感到的温暖是和大人不同的,我要哭了,我看着他嘴角上流下来的笑痕。只有他才是偏着我这方面的人,他比妈妈还好。立刻我后悔起来,我觉得我的手在他身旁抓起一些柴草来,抓得很紧,并且许多时候没有把手松开,我的眼睛不敢再看到他的脸上去,只看到他腰带的地方和那脚边的火堆。我想说:

"二伯……再下雨时我不说你'下雨冒泡，王八戴草帽'啦……"

"你妈打你……我看该打……"

"怎么……"我说："你看……她不让我吃饭！"

"不让你吃饭……你这孩子也太好去啦……"

"你看，我在树上蹲着，她拿火叉子往下叉我……你看……把胳臂都给叉破皮啦……"我把手里的柴草放下，一只手卷着袖子给他看。

"叉破皮……为啥叉的呢……还有个缘由没有呢？"

"因为拿了馒头。"

"还说呢——有出息！我没见过七八岁的姑娘还偷东西……还从家里偷东西往外边送！"他把玉米从叉子上拔下来了。

火堆仍没有灭，他的胡子在玉米上，我看得很清楚是扫来扫去的。

"就拿三个……没多拿……"

"嗯！"把眼睛斜着看我一下，想要说什么，但又没有说。只是胡子在玉米上像小刷子似的来往着。

"我也没吃饭呢。"我咬着指甲。

"不吃……你愿意不吃……你是家里人！"好像抛给狗吃的东西一样，他把半段玉米打在我的脚上。有一天，我看到母亲的头发在枕头上已经蓬乱起来，我知道她是睡熟了，我就从木格子下面提着鸡蛋筐子跑了。

那些邻居家的孩子就等在后院的空磨房里边。我顺着墙根走了回来的时候，安全，毫没有意外，我轻轻地招呼他们一声，他们就从窗口把篮子提了进去。其中有一个比我们大一些的，叫他小哥哥的，他一看见鸡蛋就抬一抬肩膀，伸一下舌头。小哑巴姑娘，她还为了特殊的得意啊啊了两声。

"嗳！小点声……花姐她妈剥她的皮呀……"

把窗子关了，就在碾盘上开始烧起火来，树枝和干草的烟围蒸腾了起来；老鼠在碾盘底下跑来跑去；风车站在墙角的地方，那大轮子上边盖着蛛网，罗柜旁边余留下来的谷类的粉末，那上面挂着许多种类虫子的皮壳。

"咱们来分分吧……一人几个，自家烧自家的。"

火苗旺盛起来了，伙伴们的脸孔，完全照红了。

"烧吧！放上去吧……一人三个……"

"可是多一个给谁呢？"

"给哑巴吧！"

她接过去，啊啊的。

"小点声，别吵！别把到肚的东西吵没啦。"

"多吃一个鸡蛋……下回别用手指画着骂人啦！啊！哑巴？"

蛋皮开始发黄的时候，我们为着这心上的满足，几乎要冒险叫喊了。

"哎呀！快要吃啦！"

"预备着吧，说熟就快的……"

"我的鸡蛋比你们的全大……像个大鸭蛋……"

"别叫……别叫。花姐她妈这半天一定睡醒啦……"

窗外有哽哽的声音，我们知道是大白狗在扒着墙皮的泥土。但同时似乎听到了母亲的声音。

母亲终于在叫我了！鸡蛋开始爆裂的时候，母亲的喊声也在尖利地刺着纸窗了。

等她停止了喊声，我才慢慢从窗子跳出去，我走得很慢，好像没有睡醒的样子，等我站到她面前的那一刻，无论如何再也压制不住那种心跳。

"妈！叫我干什么？"我一定惨白了脸。

"等一会儿……"她回身去找什么东西的样子。

我想她一定去拿什么东西来打我，我想要逃，但我又强制着忍耐了一刻。

"去把这孩子也带去玩……"把小妹妹放在我的怀中。

我几乎是抱不动她了，我流了汗。

"去吧！还站在这儿干什么……"其实磨房的声音，一点儿也传不到母亲这里来，她到镜子前面去梳她的头发。

我绕了一个圈子，在磨房的前面，那锁着的门边告诉了他们：

"没有事……不要紧……妈什么也不知道。"

我离开那门前，走了几步，就有一种异样的香味扑了来，并且飘满了院子。等我把小妹妹放在炕上，这种气味就满屋都是了。

"这是谁家炒鸡蛋，炒得这样香……"母亲很高的鼻子在镜子里使我有点害怕。

"不是炒鸡蛋……明明是烧的，哈！这蛋皮味，谁家……呆老婆烧鸡蛋……五里香。"

"许是吴大婶她们家？"我说这话的时候，隔着菜园子看到磨房的窗口冒着烟。

等我跑回了磨房，火完全灭了。我站在他们当中，他们几乎是摸着我的头发。

"我妈说谁家烧鸡蛋呢？谁家烧鸡蛋呢？我就告诉她，许是吴大婶她们家。哈！这是吴大婶？这是一群小鬼……"

我们就开朗地笑着，站在碾盘上往下跳着，甚至于多事起来，他们就在磨房里捉耗子。因为我告诉他们，我妈抱着小妹妹出去串门去了。

"什么人啊！"我们知道是有二伯在敲着窗棂。

"要进来，你就爬上来！还招呼什么？"我们之中有人回答他。

起初，他什么也没有看到，他站在窗口，摆着手。后来他说：

"看吧！"他把鼻子用力抽了两下："一定有点故事……哪来的这种气味？"

他开始爬到窗台上面来，他那短小健康的身子从窗台跳进来时，好像一张磨盘滚了下来似的，土地发着响。他围着磨盘走了两圈，他上唇的红色的小胡子，为着鼻子时时抽动的缘故，像是一条秋天里的毛虫在他的唇上不住地滚动。

"你们烧火吗？看这碾盘上的灰……花子……这又是你领头！我要不告诉你妈的……整天家领一群野孩子来作祸……"他要爬上窗口去了，可是他看到了那只筐子："这是什么人提出来的呢？这不是咱家装鸡蛋的吗？花子……你不定又偷了什么东西……你妈没看见！"

他提着筐子走的时候，我们还嘲笑着他的草帽，"像个小瓦盆……像个小水桶……"

但夜里，我是挨打了。我伏在窗台上用舌尖舐着自己的眼泪。

"有二伯……有老虎……什么东西……坏老头子……"我一边哭着一边诅咒着他。

但过不多久，我又把他忘记了，我和许多孩子们一道去抽开了他的腰带，或是用杆子从后面掀掉了他的没有边沿的草帽。我们嘲笑他和嘲笑院心的大白狗一样。

秋末，我们寂寞了一个长久的时间。

那些空房子里充满了冷风和黑暗；长在空场上的高草，干败了而倒了下来；房后菜园上的各种秧棵完全挂满了白霜；老榆树在墙根边仍旧随风摇摆它那还没有落完的叶子；天空是发灰色的，云彩也失去了形状，有时带来了雨点，有时又带来了细雪。

我为着一种疲倦，也为着一点儿新的发现，我登着箱子和柜子，爬上了装旧东西的屋子的棚顶。

那上面，黑暗，有一种完全不可知的感觉，我摸到了一个小木箱，我捧着它，来到棚顶洞口的地方，借着洞口的光亮，看到木箱是锁着一个发光的小铜锁，我把它在耳边摇了摇，又用手掌拍一拍……那里面咚郎咚郎地响着。

我很失望，因为我打不开这箱子，我又把它送了回去。于是我又往更深和更黑的角落处去探爬。因为我不能站起来走，这黑洞洞的地方一点儿也不规则，走在上面时时有跌倒的可能。所以在爬着的当儿，手指所触到的东西，可以随时把它们摸一摸。当我摸到了一个小玻璃罐，我又回到了亮光的地方……我该多么高兴，那里面完全是黑枣，我一点儿也没有再迟疑，就抱着这宝物下来了，脚尖刚接触到那箱子的盖顶，我又和小蛇一样把自己落下去的身子缩了回来，我又在棚顶蹲了好些时候。

我看着有二伯打开了就是我上来的时候登着的那个箱子。我看着他开了很多时候，他用牙齿咬着他手里的那块小东西——他歪着头，咬得咯啦啦的发响，咬了之后又放在手里扭着它，而后又把它触到箱子上去试一试。最后一次那箱子上的铜锁发着弹响的时候，我才知道他扭着的是一段铁丝。他把帽子脱下来，把那块盘卷的小东西就压在帽顶里面。

他把箱子翻了好几次，红色的椅垫子，蓝色粗布的绣花围裙……女人的绣花鞋子……还有一团滚乱的花色的丝线，在箱子底上还躺着一只湛黄的铜酒壶。

后来他伸出那布满了筋络的两臂，震撼着那箱子。

我想他可不是要把这箱子搬开！搬开我可怎么下去？

他抱起好几次，又放下好几次，我几乎要招呼住他。

等一会儿，他从身上解下腰带来了，他弯下腰去，把腰带横在地上，一张一张地把椅垫子堆起来，压到腰带上去，而后打着结，椅垫子被束起来了。他喘着呼喘，试着去提一提。

他怎么还不快点出去呢？我想到了哑巴，也想到了别人，好像他们就在我的眼前吃着这东西似的使我得意。

"呵哈……这些……这些都是油乌乌的黑枣……"

我要向他们说的话都已想好了。

同时这些枣在我的眼睛里闪光，并且很滑，又好像已经在我的喉咙里上下地跳着。

他并没有把箱子搬开，他是开始锁着它。他把铜酒壶立在箱子的盖上，而后他出去了。

我把身子用力去拖长，使两个脚掌完全牢牢实实地踏到了箱子，因为过于用力抱着那玻璃罐，胸脯感到了发痛。

有二伯又走来了，他先提起门旁的椅垫子，而后又来拿箱盖上的铜酒壶，等他把铜酒壶压在肚子上面，他才看到墙角站着的是我。

他立刻就笑了，我还从来没有看到过他笑得这样过分，把牙齿完全露在外面，嘴唇像是缺少了一个边。

"你不说么？"他的头顶站着无数很大的汗珠。

"说什么……"

"不说，好孩子……"他拍着我的头顶。

"那么，你让我把这个玻璃罐拿出去？"

"拿吧!"

他一点儿也没有看到我,我另外又在门旁的筐子里抓了五个馒头跑了。

等母亲说丢了东西的那天,我也站到她的旁边去。

我说:"那我也不知道。"

"这可怪啦……明明是锁着……可哪儿来的钥匙呢?"母亲的尖尖的下腭是向着家里的别的人说的。

后来那歪脖的年轻的厨夫也说:

"哼!这是谁呢?"

我又说:"那我也不知道。"

可是我脑子上走着的,是有二伯怎样用腰带捆了好些椅垫子,怎样把铜酒壶压在肚子上,并且那酒壶就贴着肉的。并且有二伯好像在我的身体里边咬着那铁丝咖郎郎地响着似的。我的耳朵一阵阵地发烧,我把眼睛闭了一会儿。可是一睁开眼睛,我就向着那敞开的箱子又说:

"那我也不知道。"

后来我竟说出了:"那我可没看见。"

等母亲找来一条铁丝,试着怎样可以做成钥匙,她扭了一些时候,那铁丝并没有扭弯。

"不对的……要用牙咬,就这样……一咬……再一扭……再一咬……"很危险,舌头若一滑转的时候,就要说了出来。我看见我的手已经在做着式子。

我开始把嘴唇咬得很紧,把手臂放在背后在看着他们。

"这可怪啦……这东西，又不是小东西……怎么能从院子走得出？除非是晚上……可是晚上就是来贼也偷不出去的……"母亲很尖的下腭使我害怕，她说的时候，用手推了推旁边的那张窗子：

"是啊！这东西是从前门走的，你们看……这窗子一夏就没有打开过……你们看……这还是去年秋天糊的窗缝子。"

"别绊脚！过去……"她用手推着我。

她又把这屋子的四边都看了看。

"不信……这东西去路也没有几条……我也能摸到一点儿边……不信……看着吧……这也不行啦。春天丢了一个铜火锅……说是放忘了地方啦……说是慢慢找，又是……也许借出去啦！哪有那么一回事……早还了输赢账啦……当他家里人看待……还说不拿他当家里人看待，好哇……慢慢把房梁也拆走啦……"

"啊……啊！"那厨夫抓住了自己的围裙，擦着嘴角。那歪了的脖子和一根蜡签似的，好像就要折断下来。

母亲和别人完全走开了时，我还站在那个地方。

晚饭的桌上，厨夫问着有二伯：

"都说你不吃羊肉，那么羊肠你吃不吃呢？"

"羊肠也是不能吃。"他看着他自己的饭碗说。

"我说，有二爷，这炒辣椒里边，可就有一段羊肠，我可告诉你！"

"怎么早不说，这……这……这……"他把筷子放下来，他运动着又要红起来的脖颈，把头掉转过去，转得很慢，看起来就和用手去转动一只瓦盆那样迟滞。

"有二是个粗人，一辈子……什么都吃……就……是……不吃……这……羊……身上……的……不戴……羊……皮帽……子……不穿……羊……皮……衣裳……"他一个字一个字平板地说下去：

"下回……我说……杨安……你炒什么……不管菜汤里头……若有那羊身上的呀……先告诉我一声……有二不是那嘴馋的人！吃不吃不要紧……就是吃口咸菜……我也不吃那……羊……身……上……的……"

"可是有二爷，我问你一件事……你喝酒用什么酒壶喝呢？非用铜酒壶不可？"杨厨子的下巴举得很高。

"什么酒壶……还不一样……"他又放下了筷子，把旁边的锡酒壶格格地蹲了两下："这不是吗？……锡酒壶……喝的是酒……酒好……就不在壶上……哼！也不……年轻的时候，就总爱……这个……锡酒壶……把它擦得闪光湛亮……"

"我说有二爷……铜酒壶好不好呢？"

"怎么不好……一擦比什么都亮堂……"

"对了，还是铜酒壶好喔……哈……哈哈……"厨子笑了起来，他笑得在给我装饭的时候，几乎是抢掉了我的饭碗。

母亲把下唇拉长着，她的舌头往外边吹一点儿风，有几颗饭粒落在我的手上。

"哼！杨安……你笑我……不吃……羊肉，那真是吃不得。

比方，我三个月就……没有了娘……羊奶把我奶大的……若不是……还活了六十多岁……

杨安拍着膝盖：你真算是个有良心的人，为人没做过昧良心的事，是不是？我说，有二爷……"

"你们年轻人，不信这话……这都不好……人要知道自家的来路……不好反回头去倒咬一口……人要知恩报恩……说书讲古上都说……比方羊……就是我的娘……不是……不是……我可活六十多岁？"他挺直了背脊，把那盘羊肠炒辣椒用筷子推开了一点儿。

吃完了饭，他退了出去，手里拿着那没有边沿的草帽。沿着砖路，他走下去了，那泥污的，好像两块朽木头似的——他的脚后跟随着那挂在脚尖上的鞋片在砖路上拖拖着；而那头顶就完全像个小锅似的冒着气。

母亲跟那厨夫在起着高笑。

"铜酒壶……啊哈……还有椅垫子哪……问问他……他知道不知道？"杨厨夫，他的脖子上的那块疤痕，我看也大了一些。

我有点害怕母亲，她的完全露着骨节的手指，把一条很肥的鸡脚，送到嘴上去，撕着，并且还露着牙齿。

又是一回母亲打我，我又跑到树上去，因为树枝完全没有了叶子，母亲向我飞来的小石子，差不多每颗都像小钻子似的刺痛着我的全身。

"你再往上爬……再往上爬……拿杆子把你绞下来。"

母亲说着的时候，我觉得抱在胸前的那树干有些颤了，因为我已经爬到了顶梢，差不多就要爬到枝子上去了。

"你这小贴树皮，你这小妖精……我可真就算治不了你……"她就在树下徘徊着……许多工夫没有向我打着石子。

许多天，我没有上树，这感觉很新奇，我向四面望着，觉得只有我才比一切高了一点，街道上走着的人，车，附近的房子都在我的下面，就连后街上卖豆芽菜的那家的幌杆，我也和它一般高了。

"小死鬼……你滚下来不滚下来呀……"母亲说着"小死鬼"的时候，就好像叫着我的名字那般平常。

"啊！怎么的？"只要她没有牢牢实实地抓到我，我总不十分怕她。

她一没有留心，我就从树干跑到墙头上去："啊哈……看我站在什么地方？"

"好孩子啊……要站到老爷庙的旗杆上去啦……"回答着我的，不是母亲，是站在墙外的一个人。

"快下来……墙头不都是踏坏了吗？我去叫你妈来打你。"是有二伯。

"我下不来啦，你看，这不是吗？我妈在树根下等着我……"

"等你干什么？"他从墙下的板门走了进来。

"等着打我！"

"为啥打你？"

"尿了裤子。"

"还说呢……还有脸？七八岁的姑娘……尿裤子……滚下

来？墙头踏坏啦！"他好像一只猪在叫唤着。

"把她抓下来……今天我让她认识认识我！"

母亲说着的时候，有二伯就开始卷着裤脚。

我想：这是做什么呢？

"好！小花子，你看着……这还无法无天啦呢……你可等着……"

等我看见他真的爬上了那最低级的树杈，我开始要流出眼泪来，喉管感到特别发胀。

"我要……我要说……我要说……"

母亲好像没有听懂我的话，可是有二伯没有再进一步，他就蹲在那很粗的树杈上：

"下来……好孩子……不碍事的，你妈打不着你，快下来，明天吃完早饭二伯领你上公园……省得在家里她们打你……"

他抱着我，从墙头上把我抱到树上，又从树上把我抱下来。

我一边抹着眼泪一边听着他说：

"好孩子……明天咱们上公园。"

第二天早晨，我就等在大门洞里边，可是等到他走过我的时候，他也并不向我说一声："走吧！"我从身后赶了上去，我拉住他的腰带：

"你不说今天领我上公园吗？"

"上什么公园……去玩去吧！去吧……"只看着前边的道路，他并不看着我。昨天说的话好像不是他。

后来我就挂在他的腰带上，他摇着身子，他好像摆脱着贴在他身上的虫子似的摆脱着我。

"那我要说，我说铜酒壶……"

他向四边看了看，好像是叹着气：

"走吧！绊脚星……"

一路上他也不看我，不管我怎样看中了那商店窗子里摆着的小橡皮人，我也不能多看一会儿，因为一转眼……他就走远了。等走在公园门外的板桥上，我就跑在他的前面。

"到了！到了啊……"我张开了两只胳臂，几乎自己要飞起来那么轻快。

没有叶子的树，公园里面的凉亭，都在我的前边招呼着我。一走进公园去，那跑马戏的锣鼓的声音，就震着我的耳朵，几乎把耳朵震聋了的样子，我有点不辨方向了。我拉着有二伯烟荷包上的小圆葫芦向前走着。经过白色的布棚的时候，我听到里面喊着：

"怕不怕？"

"不怕。"

"敢不敢？"

"敢哪……"

不知道有二伯要走到什么地方去？

蹦蹦戏，西洋景……耍猴的……耍熊瞎子的……唱木偶戏的，这一些我们都走过来了，再往那边去，就什么也看不见了。并且地上的落叶也厚了起来，树叶子完全盖着我们在走着的路径。

"二伯！我们不看跑马戏的？"

我把烟荷包上的小圆葫芦放开，我和他距离开一点儿，我看着他的脸色：

"那里头有老虎……老虎我看过。我还没有看过大象。人家说这伙马戏班子是有三匹象：一匹大的两匹小的，大的……大的……人家说，那鼻子，就只一根鼻子比咱家烧火的叉子还长……"

他的脸色完全没有变动，我从他的左边跑到他的右边，又从右边跑到左边。

"是不是呢？有二伯，你说是不是……你也没看见过？"

因为我是倒退着走，被一条露在地面上的树根绊倒了。

"好好走！"他也并没有拉我。

我自己起来了。

公园的末角上，有一座茶亭，我想他到这个地方来，他是渴了！但他没有走进茶亭去，在茶亭后边，和房子差不多，是席子搭起来的小房。

他把我领进去了，那里边黑洞洞的，最里边站着一个人，比画着，还打着什么竹板。有二伯一进门，就靠边坐在长板凳上，我就站在他的膝盖前，我的腿站得麻木了的时候，我也不能懂得那人是在干什么，他还和姑娘似的带着一条辫子，他把腿伸开了一只，像打拳的样子，又缩了回来，又把一只手往外推着……就这样走了一圈，接着又"叭"打了一下竹板。唱戏不像唱戏，耍猴不像耍猴，好像卖膏药的，可是我也看不见有人买膏药。

后来我就不向前边看，而向四面看，一个小孩也没有。前面的板凳一空下来，有二伯就带着我升到前面去，我也坐下来，但我坐不住，我总想看那大象。

"二伯，咱们看大象去吧，不看这个。"

他说："别闹，别闹，好好听……"

"听什么，那是什么？"

"他说的是关公斩蔡阳……"

"什么关公哇？"

"关老爷，你没去过关老爷庙吗？"

我想起来了，关老爷庙里，关老爷骑着红色的马。

"对吧！关老爷骑着红色……"

"你听着……"他把我的话截断了。

我听了一会儿还是不懂，于是我转过身来，面向后坐着，还有一个瞎子，他的每一个眼球上盖着一个白泡。还有一个一条腿的人，手里还拿着木杖。坐在我旁边的人，那人的手包了起来，那一条布带挂到脖子上去。

等我听到"叭叭叭"地响了一阵竹板之后，有二伯还流了几颗眼泪。

我是一定要看大象的，回来的时候再经过白布棚我就站着不动了。

"要看，吃完晌饭再来看……"有二伯离开我慢慢地走着："回去，回去吃完晌饭再来看。"

"不嘛！饭我不吃，我不饿，看了再回去。"我拉住他的烟荷包。

"人家不让进，要买票的，你没看见……那不是把门的人吗？"

"那咱们不好也买票！"

"哪来的钱……买票两个人要好几十吊钱。"

"我看见啦，你有钱，刚才在那棚子里你不是还给那个人钱来吗？"我贴到他的身上去。

"那才给几个铜钱！多了没有，你二伯多了没有。"

"我不信，我看有一大堆！"我踮着脚尖，掀开了他的衣襟，把手探进他的衣兜里去。

"是吧！多了没有吧！你二伯多了没有，没有进财的道……也就是个月其成的看个小牌，赢两吊……可是输的时候也不少。哼哼。"他看着拿在我手里的五六个铜元。

"信了吧！孩子，你二伯多了没有……不能有……"一边走下了木桥，他一边说着。

那马戏班子的喊声还是那么热烈地在我们的背后反复着。

有二伯在木桥下那围着一群孩子抽签子的地方，也替我抛上两个铜元去。

我一伸手就在铁丝上拉下一张纸条来，纸条在水碗里面立刻变出一个通红的"五"字。

"是个几？"

"那不明明是个五吗？"我用肘部击撞着他。

"我哪认得呀！你二伯一个字也不识，一天书也没念过。"

回来的路上，我就不断地吃着这五个糖球。

第二次，我看到有二伯偷东西，好像是第二年的夏天，因为那马蛇菜的花，开得过于鲜红，院心空场上的高草，长得比我的年龄还快，它超过我了，那草场上的蜂子、蜻蜓，还更来了一些不知名的小虫，也来了一些特殊的草种，它们还会开着花，淡紫色的，一串一串的，站在草场中，它们还特别的高，所以那花穗和小旗子一样动荡在草场上。

吃完了午饭，我是什么也不做，专等着小朋友们来，可是他们一个也不来。于是我就跑到粮食房子去，因为母亲在清早端了一个方盘走进去过。我想那方盘中……哼……一定是有点什么东西。

母亲把方盘藏得很巧妙，也不把它放在米柜上，也不放在粮食仓子上，她把它用绳子吊在房梁上了。我正在看着那奇怪的方盘的时候，我听到板仓里好像有耗子，也或者墙里面有耗子……总之，我是听到了一点儿响动……过了一会儿竟有了喘气的声音，我想不会是黄鼠狼子？我有点害怕，就故意用手拍着板仓，拍了两下，听听就什么也没有了……可是很快又有什么东西在喘气……咝咝的……好像肺管里面起着泡沫。

这次我有点暴躁：

"去！什么东西……"

有二伯的脸部和他红色的脖子从板仓伸出来一段……当时，我疑心我也许是在看着木偶戏！但那顶窗透进来的太阳证明给我，被那金红色的东西染着的正是有二伯尖长的突出的鼻子……他的胸膛在白色的单衫下面不能够再压制得住，好像小波浪似的在雨点里面任意地跳着。

他一点儿声音也没有作，只是站着，站着……他完全和一只受惊的公羊那般愚傻！

我和小朋友们，捉着甲虫，捕着蜻蜓，我们做这种事情，永不会厌倦。野草，野花，野的虫子，它们完全经营在我们的手里，从早晨到黄昏。

假若是个晴好的夜，我就单独留在草丛里边，那里有闪光的甲虫，有虫子低微的吟鸣，有高草摇着的夜影。

有时我竟压倒了高草躺在上面，我爱那天空，我爱那星子……听人说过的海洋，我想也就和这天空差不多了。

晚饭的时候，我抱着一些装满了虫子的盒子，从草丛回来，经过粮食房子的旁边，使我惊奇的是有二伯还站在那里，破了的窗洞口露着他发青的嘴角和灰白的眼圈。

"院子里没有人吗？"好像是生病的人喑哑的喉咙。

"有！我妈在台阶上抽烟。"

"去吧。"

他完全没有笑容，他苍白，那头发好像墙头上跑着的野猫的毛皮。

饭桌上，有二伯的位置，那木凳上蹲着一匹小花狗。它戏耍着的时候，那卷尾巴和那小铜铃真引人爱。

母亲投了一块肉给它。歪脖的厨子从汤锅里取出一块很大的骨头来……花狗跳到地上去，追了那骨头发了狂，那铜铃暴躁起来……

小妹妹笑得用筷子打着碗边，厨夫拉着围裙来擦着眼睛，母亲却把汤碗倒在桌子上了：

"快拿……快拿抹布来，快……流下来啦……"她用手按着嘴，可是总也有些饭粒喷出来。

厨夫收拾桌子的时候，就点起煤油灯来，我面向着菜园坐在门槛上，从门道流出来的黄色的灯光当中，砌着我圆圆的头部和肩膀，我时时举动着手，揩着额头的汗水，每揩了一下，那影子也学着我揩了一下。透过我单衫的晚风，像是青蓝色的河水似的清凉……后街，粮米店的胡琴的声音也响了起来，幽远的回音，东边也在叫着，西边也在叫着……日里黄色的花变成白色的，红色的花，变成黑色的了。

火一样红的马蛇菜的花也变成黑色的了。同时，那盘结着墙根的野马蛇菜的小花，就完全看不见了。

有二伯也许就踏着那些小花走去的，因为他太接近了墙根，我看着他……看着他……他走出了菜园的板门。

他一点儿也不知道，我从后面跟了上去。因为我觉得奇怪，他偷这东西做什么呢？也不好吃，也不好玩。

我追到了板门，他已经过了桥，奔向着东边的高岗。高岗上的去路，宽阔而明亮，两边排着的门楼在月亮下面，我把它们当成庙堂一般想象。

有二伯的背上那圆圆的小袋子我还看得见的时候，远处，在他的前方，就起着狗叫了。

* * *

第三次我看见他偷东西，也许是第四次……但这也就是最后的一次。

他捎了大澡盆从菜园的边上横穿了过去，一些龙头花被他撞掉下来。这次好像他一点儿也不害怕，那白洋铁的澡盆刚郎刚郎地埋没着他的头部在呻吟。并且好像大块的白银似的，那闪光照耀得我很害怕，我靠到墙根上去，我几乎是发呆地站着。

我想：母亲抓到了他，是不是会打他呢？同时我又起了一种佩服他的心情："我将来也敢和他这样偷东西吗？"

但我又想：我是不偷这东西的，偷这东西干什么呢？这样大，放到哪里母亲也会捉到的。

但有二伯却顶着它，像是故事里的大蛇似的走去了。

以后，我就没有看到他再偷过。但我又看到了别样的事情，那更危险，而且又常常发生，比方我在高原中正摄住了蜻蜓的尾巴……咕咚……板墙上有一块大石头似的抛了过来，蜻蜓无疑的是飞了。比方夜里，我就不敢再沿着那道板墙去捉蟋蟀，因为不知什么时候有二伯会从墙顶落下来。

丢了澡盆之后，母亲把三道门都下了锁。

所以小朋友们之中，我的蟋蟀捉得最少。因此我就怨恨有二伯：

"你总是跳墙，跳墙……人家蟋蟀都不能捉了！"

"不跳墙……说得好，有谁给开门呢？"他的脖子挺得很直。

"杨厨子开吧……"

"杨……厨子……哼……你们是家里人……支使得动他……你二伯……"

"你不会喊！叫他……叫他听不着，你就不会打门……"我的两只手，向两边摆着。

"哼……打门……"他的眼睛用力往低处看去。

"打门再听不着，你不会用脚踢……"

"踢……锁上啦……踢他干什么！"

"那你就非跳墙不可，是不是？跳也不轻轻跳，跳得那样吓人？"

"怎么轻轻的？"

"像我跳墙的时候，谁也听不着，落下来的时候，是蹲着……两只膀子张开……"我平地就跳了一个给他看。

"小的时候是行啊……老了，不行啦！骨头都硬啦！你二伯比你大六十岁，哪儿还比得了？"

他嘴角上流下来一点点的笑来。右手抓摸着烟荷包，左手摸着站在旁边的大白狗的耳朵……狗的舌头舐着他。

可是我总也不相信，怎么骨头还会硬与不硬？骨头不就是骨头吗？猪骨头我也咬不动，羊骨头我也咬不动，怎么我的骨头就和有二伯的骨头不一样？

所以，以后我拾到了骨头，就常常彼此把它们磕一磕。遇到同伴比我大几岁的，或是小一岁的，我都要和他们试试，怎样试呢？撞一撞拳头的骨节，倒是软多少硬多少？但总也觉不出来。若用力些就撞得很痛。第一次来撞的是哑巴，管事的女儿。起先她不肯，我就告诉她：

"你比我小一岁，来试试，人小骨头是软的，看看你软不软?"

当时，她的骨节就红了，我想：她的一定比我软。可是，看看自己的也红了。

有一次，二伯从板墙上掉下来，他摔破了鼻子。

"哼！没加小心……一只腿下来……一只腿挂在墙上……哼！闹个大头朝下……"

他好像在嘲笑着他自己，并不用衣襟或是什么揩去那血，看起来，在流血的似乎不是他自己的鼻子，他挺着很直的背脊走向厢房去，血条一面走着一面更多地画着他的前襟。已经染了血的手是垂着，而不去按住鼻子。

厨夫歪着脖子站在院心，他说：

"有二爷，你这血真新鲜……我看你多摔两个也不要紧……"

"哼！小伙子，谁也从年轻过过！就不用挖苦……慢慢就有啦……"他的嘴还在血条里面笑着。

过一会儿，有二伯裸着胸脯和肩头，站在厢房门口，鼻子孔塞着两块小东西，他喊着：

"老杨……杨安……有单褂子借给我穿……明天这件干啦！就把你的脱下来……我那件掉啦膀子。夹的送去做，还没倒出工夫去拿……"他手里抖着那件洗过的衣裳。

"你说什么?"杨安几乎是喊着，"你送去做的夹衣裳还没倒出工夫去拿？有二爷真是忙人！衣服做都做好啦……拿一趟就没有工夫去拿……有二爷真是二爷，将来要用个跟班的啦……"

我爬着梯子，上了厢房的房顶，听着街上是有打架的，上去看一看。房顶上的风很大，我打着颤子下来了。有二伯还赤着臂膀站在檐下。那件湿的衣裳在绳子上啪啪地被风吹着。

点灯的时候，我进屋去加了件衣裳，很例外我看到有二伯单独地坐在饭桌的屋子里喝酒，并且更奇怪的是杨厨子给他盛着汤。

"我自个盛吧！你去歇歇吧……"有二伯和杨安争夺着汤盆里的勺子。

我走去看看，酒壶旁边的小碟子里还有两片肉。

有二伯穿着杨安的小黑马褂，腰带几乎是束到胸脯上去。他从来不穿这样小的衣裳，我看他不像个有二伯，像谁呢？也说不出来！他嘴在嚼着东西，鼻子上的小塞还会动着。

本来只有父亲晚上回来的时候，才单独地坐在洋灯下吃饭。在有二伯，就很新奇，所以我站着看了一会儿。

杨安像个弯腰的瘦甲虫，他跑到客室的门口去……

"快看看……"他歪着脖子："都说他不吃羊肉……不吃羊肉……肚子太小，怕是胀破了……三大碗羊汤喝完啦……完啦……哈哈哈……"他小声地笑着，做着手势，放下了门帘。

又一次，完全不是羊肉汤……而是牛肉汤……可是当有二伯拿起了勺子，杨安就说：

"羊肉汤……"

他就把勺子放了，用筷子夹着盘子里的炒茄子，杨安又告诉他：

"羊肝炒茄子。"

他把筷子去洗了洗，他自己到碗橱去拿出了一碟酱咸菜，他还没有拿到桌子上，杨安又说：

"羊……"他说不下去了。

"羊什么呢……"有二伯看着他。

"羊……羊……唔……是咸菜呀……嗯！咸菜里边说干净也不干净……"

"怎么不干净？"

"用切羊肉的刀切的咸菜。"

"我说杨安，你可不能这样……"有二伯离着桌子很远，就把碟子摔了上去，桌面过于光滑，小碟在上面呱呱地跑着，撞在另一个盘子上才停住。

"你杨安……可不用欺生……姓姜的家里没有你……你和我也是一样，是个外棵秧！年轻人好好学……怪模怪样的……将来还要有个后成……"

"呃呀呀！后成！就算绝后一辈子吧……不吃羊肠……麻花铺子炸面鱼，假腥气……不吃羊肠，可吃羊肉……别装扮着啦……"杨安的脖子因为生气直了一点儿。

"兔羔子……你他妈……阳气什么？"有二伯站起来向前走去。

"有二爷，不要动那样大的气……气大伤身不养家……我说，咱爷俩儿都是跑腿子……说个笑话……开个心……"厨子傻傻地笑着:"哪里有羊肠呢……说着玩……你看你就不得了啦……"

好像站在公园里的石人似的,有二伯站在地心。

"……别的我不生气……闹笑话,也不怕闹……可是我就忌讳这手……这不是好闹笑话的……前年我不知道,吃过一回……后来知道啦,病啦半个多月……后来这脖上生了一块疮算是好啦……吃一回羊肉倒不算什么……就是心里头放不下,总好像背了自己的良心……背良心的事不做……做了那后悔是受不住的。有二伯不吃羊肉也就是为的这个……"喝了一口冷水之后,他还是抽烟。

别人一个一个地开始离开了桌子……

* * *

从此有二伯的鼻子常常塞着小塞,后来又说腰痛,后来又说腿痛。他走过院心,不像从前那么挺直,有时身子向一边歪着,有时用手拉住自己的腰带……大白狗跟着他前后地跳着的时候,他躲闪着它:

"去吧……去吧!"他把手缩在袖子里面,用袖口向后扫摆着。

但,他开始咒骂更小的东西,比方一砖头打在他的脚上,他就坐下来,用手按住那砖头,好像他疑心那砖头会自己走到他脚上来的一样。若当鸟雀们飞着时,有什么脏污的东西落在他的袖子或是什么地方,他就一面抖掉它,一面对着那已经飞过去的小东西讲着话:

"这东西……啊哈！会找地方，往袖子上掉……你也是个瞎眼睛，掉，就往那个穿绸穿缎的身上掉！往我这掉也是白……穷跑腿子……"

他擦净了袖子，又向他头顶上那块天空看了一会儿，才重新走路。

板墙下的蟋蟀没有了，有二伯也好像不再跳板墙了。早晨厨子挑水的时候，他就跟着水桶通过板门去，而后向着井沿走，就坐在井沿旁的空着的碾盘上。差不多每天我拿了钥匙放小朋友们进来时，他总是在碾盘上招呼着：

"花子……等一等你二伯……"我看他像鸭子在走路似的，"你二伯真是不行了……眼看着……眼看着孩子们往这边来，可是你二伯就追不上……"

他一进了板门，又坐在门边的木墩上。他的一只脚穿着袜子，另一只的脚趾捆了一段麻绳，他把麻绳抖开，在小布片下面，那肿胀的脚趾上还腐了一小块。好像茄子似的脚趾，他又把它包扎起来。

"今年的运气十分不好……小毛病紧着添……"他取下来咬在嘴上的麻绳。

以后当我放小朋友进来的时候，不是有二伯招呼着我，而是我招呼着他。因为关了门，他再走到门口，给他开门的人也还是我。

在碾盘上不但坐着，他后来就常常睡觉，他睡得就像完全没有了感觉似的，有一个花鸭子伸着脖颈啄着他的脚心，可是他没有醒，他还是把脚伸在原来的地方。碾盘在太阳下闪着光，他像是睡在圆镜子上边。

我们这些孩子们抛着石子和飞着沙土，我们从板门冲出来，跑到井沿上去，因为井沿上有更多的石子，等我把我的衣袋装满了，就蹲在碾盘后和他们作战，石子在碾盘上"叭"，"叭"，好像还冒着一道烟。

有二伯，闭着眼睛，忽然抓了他的烟袋：

"王八蛋，干什么……还敢来……还敢上……"

他打着他的左边和右边，等我们都集拢来看他的时候，他才坐起来。

"……妈的……做了一个梦……那条道上的狗真多……连小狗崽也上来啦……让我几烟袋锅子就全数打了回去……"他揉一揉手骨节，嘴角上流下笑来："妈的……真是那么个滋味……做梦狗咬啦呢……醒了还有点疼……"

明明是我们打来的石子，他说是小狗崽，我们都为这事吃惊而得意。跑开了，好像散开的鸡群，吵叫着，展着翅膀。

他打着哈欠："呵……呵呵……"在我们背后像小驴子似的叫着。

我们回头看着，他和要吞食什么一样，向着太阳张着嘴。

那下着毛毛雨的早晨，有二伯就坐到碾盘上去。杨安担着水桶从板门来来往往地走了好几回……杨安锁着板门的时候，他就说：

"有二爷子这几天可真变样……那神气，我看几天就得进庙啦……"

我从板缝往西边看看，看不清是有二伯，好像小草堆似的，在雨里边浇着。

"有二伯……吃饭啦!"我试着喊了一声。

回答我的，只是我自己的回响："呜呜"地在我的背后传来。

"有二伯，吃饭啦!"这次把嘴唇对准了板缝。

可是回答我的又是"呜呜"。

下雨的天气永远和夜晚一样，到处好像空瓶子似的，随时被吹着随时发着响。

"不用理他……"母亲在开窗子，"他是找死……你爸爸这几天就想收拾他呢……"

我知道这"收拾"是什么意思，打孩子们叫"打"，打大人就叫"收拾"。

我看到一次，因为看纸牌的事情，有二伯被管事的"收拾"了一回，可是父亲，我还没有看见过，母亲向杨厨子说：

"这几年来，他爸爸不屑理他……总也没在他身上动过手……可是他的骄毛越长越长……贱骨头，非得收拾不可……若不然……他就不自在。"

母亲越说"收拾"我就越有点害怕，在什么地方"收拾"呢？在院心，管事的那回可不是在院心，是在厢房的炕上。那么这回也要在厢房里! 是不是要拿着烧火的叉子？那回管事的可是拿着。我又想起来小哑巴，小哑巴让他们踏了一脚，手指差一点没有踏断，到现在那小手指还不是弯着吗？

有二伯一面敲着门一面说着：

"大白……大白……你是没心肝的……你早晚……"等大白狗从板墙跳出去，他又说："去……去……"

"开门！没有人吗？"

我要跑去的时候，母亲按住了我的头顶："不用你显勤快！让他站一会儿吧，不是吃他饭长的……"

那声音越来越大了，真是好像用脚踢着。

"没有人吗？"每个字的声音完全喊得一半。

"人倒是有，就不是侍候你的……你这份老爷子不中用……"母亲的说话，不知有二伯听到没有听到。

但那板门暴乱起来：

"死绝了吗？人都死绝啦……"

"你可不用假装疯魔……有二，你骂谁呀……对不住你吗？"母亲在厨房里叫着："你的后半辈吃谁的饭来的……你想想，睡不着觉思量思量……有骨头，别吃人家的饭？讨饭吃，还嫌酸……"

并没有回答的声音，板墙隆隆地响着，等我们看到他，他已经是站在墙这边了。

"我……我说……四妹子……你二哥说的是杨安，家里人……我是不说的……你二哥，没能耐不是假的，可是吃这碗饭，你可也不用委屈……"我奇怪要打架的时候，他还笑着："有四兄弟在……算账咱们和四兄弟算……"

"四兄弟……四兄弟屑得跟你算……"母亲向后推着我。

"不屑得跟你二哥算……哼！哪天咱们就算算看……哪天四兄弟不上学堂……咱们就算算看……"他哼哼的，好像刚说过的小瓦盆似的没有边沿的草帽切着他的前额。

他走过的院心上，一个一个地留下了泥窝。

"这死鬼……也不死……脚烂啦！还一样会跳墙……"母亲像是故意让他听到。

"我说四妹子……你们说的是你二哥……哼哼……你们能说出口来？我死……人不好那样，谁都是爹娘养的，吃饭长的……"他拉开了厢房的门扇，就和拉着一片石头似的那样用力，但他并不走进去。"你二哥，在你家住了三十多年……哪一点对不住你们？拍拍良心……一根草棍也没给你们糟蹋过……唉……四妹子……这年头……没处说去……没处说去……人心看不见……"

我拿着满手的柿子，在院心滑着跳着跑到厢房去，有二伯在烤着一个温暖的火堆，他坐得那么刚直，和门旁那只空着的大坛子一样。

"滚……鬼头鬼脑的……干什么事？你们家里头尽是些耗子。"我站在门口还没有进去，他就这样地骂着我。

我想：可真是，不怪杨厨子说，有二伯真有点变了。他骂人也骂得那么奇怪，尽是些我不懂的话，"耗子"，"耗子"与我有什么关系！说它干什么？

我还是站在门边，他又说：

"王八羔子……兔羔子……穷命……狗命……不是人……在人里头缺点什么……"他说的是一套一套的,我一点儿也记不住。

我也学着他,把鞋脱下来,两个鞋底相对起来,坐在下面。

"你这孩子……人家什么样,你也什么样!看着葫芦就画瓢……那好的……新新的鞋子就坐……"他的眼睛就像坛子上没有烧好的小坑似的向着我。

"那你怎么坐呢?"我把手伸到火上去。

"你二伯坐……你看看你二伯这鞋……坐不坐都是一样,不能要啦!穿啦它二年整。"把鞋从身下抽出来,向着火看了许多工夫。他忽然又生起气来……

"你们……这都是天堂的呀……你二伯像你那么大……靡穿过鞋……哪来的鞋呢?放猪去,拿着个小鞭子就走……一天跟着太阳出去……又跟着太阳回来……带着两个饭团就算是晌饭……你看看你们……馒头干粮,满院子滚!我若一扫院子就准能捡着几个……你二伯小时候连馒头边都……都摸不着哇!如今……连大白狗都不去吃啦……"

他的这些话若不去打断他,他就会永久说下去:从幼小说到长大,再说到锅台上的瓦盆……再从瓦盆回到他幼年吃过的那个饭团上去。我知道他又是这一套,很使我起反感,我讨厌他,我就把红柿子放在火上去烧着,看一看烧熟是个什么样。

"去去……哪有你这样的孩子呢?人家烘点火暖暖……你也必得弄灭它……去,上一边去烧去……"他看着火堆喊着。

我穿上鞋就跑了，房门是开着，所以那骂的声音很大：

"鬼头鬼脑的，干些什么事？你们家里……尽是些耗子……"

有二伯和后园里的老茄子一样，是灰白了，然而老茄子一天比一天静默下去，好像完全任凭了命运。可是有二伯从东墙骂到西墙，从扫地的扫帚骂到水桶……而后他骂着他自己的草帽……

"……王八蛋……这是什么东西……去你的吧……没有人心！夏不遮凉冬不抗寒……"

后来他还是把草帽戴上，跟着杨厨子的水桶走到井沿上去，他并不坐到石碾上，跟着水桶又回来了。

"王八蛋……你还算个牲口……你黑心啦……"他看着墙根的猪说。

他一转身又看到了一群鸭子：

"哪天都杀了你们……一天到晚呱呱的……他妈的若是个人，也是个闲人。都杀了你们……别享福……吃得溜溜胖……溜溜肥……"

后园里的葵花子完全成熟了，那过重的头柄几乎折断了它自己的身子。玉米有的只带了叶子站在那里，有的还挂着稀少的玉米棒。黄瓜老在架上了，赫黄色的，麻裂了皮，有的束上了红色的带子，母亲规定了它们：来年作为种子。葵花子也是一样，在它们的颈间也有的是挂了红布条。只有已经发了灰白的老茄子还都自由地吊在枝棵上，因为它们的内面，完全是黑色的子粒。孩子们既然不吃它，厨子也总不采它。只有红柿子，红得更快，一个跟着一个，一堆跟着一堆。

好像捣衣裳的声音，从四面八方传来了一样。有二伯在一个清凉的早晨，和那捣衣裳的声音一道倒在院心了。

我们这些孩子们围绕着他，邻人们也围绕着他。但当他爬起来的时候，邻人们又都向他让开了路。

他跑过去，又倒下来了。父亲好像什么也没做，只在有二伯的头上拍了一下。

照这样做了好几次，有二伯只是和一条卷虫似的滚着。

父亲却和一部机器似的那么灵巧。他读书看报时的眼镜也还戴着，他又叉着腿，有二伯来了的时候，我看见他的白绸衫的襟角很和谐地抖了一下。

"有二……你这小子浑蛋……一天到晚，你骂什么……有吃有喝，你还要挣命……你个祖宗的！"

有二伯什么声音也没有，倒了的时候，他想法子爬起来，爬起来，他就向前走着，走到父亲的地方，他又倒了下来。

等他再倒了下来的时候，邻人们也不去围绕着他。母亲始终是站在台阶上。杨安在柴堆旁边，胸前立着竹帚……邻家的老祖母在板门外被风吹着她头上的蓝色的花。还有管事的……还有小哑巴……还有我不认识的人，他们都靠到墙根上去。

到后来有二伯枕着他自己的血，不再起来了，脚趾上扎着的那块麻绳脱落在旁边，烟荷包上的小圆葫芦，只留了一些片末在他的左近。鸡叫着，但是跑得那么远……只有鸭子来啄食那地上的血液。

我看到一个绿头顶的鸭子和一个花脖子的。

＊　＊　＊

冬天一来了的时候，那榆树的叶子，连一片也不能够存在，因为是一棵孤树，所有从四面来的风，都摇得到它。所以每夜听着火炉盖上茶壶噉噉的声音的时候，我就从后窗看着那棵大树，白的，穿起了鹅毛似的……连那顶小的枝子也胖了一些。太阳来了的时候，榆树也会闪光，和闪光的房顶，闪光的地面一样。

起初，我们是玩着堆雪人，后来就厌倦了，改为拖狗爬犁了，大白狗的脖子上每天束着绳子，杨安给我们做起来的爬犁。起初，大白狗完全不走正路，它往狗窝里面跑，往厨房里面跑，我们打着它，终于使它习惯下来，但也常常兜着圈子，把我们全数扣在雪地上。它每这样做了一次，我们就一天不许它吃东西，嘴上给它挂了笼头。

但这它又受不惯，总是闹着，叫着……用腿抓着雪地，所以我们把它束到马桩子上。

不知为什么，有二伯把它解了下来，他的手又颤颤得那么厉害。

而后他把狗牵到厢房里去，好像牵着一匹小马一样……

过了一会儿出来了，白狗的背上压着不少东西：草帽顶，铜水壶，豆油灯碗，方枕头，团蒲扇……小圆筐……好像一辆搬家的小车。

有二伯则挟着他的棉被。

"二伯！你要回家吗？"

他总常说"走走。"我想"走"就是回家的意思。

"你二伯……嗯……"那被子流下来的棉花一块一块地玷污了雪地，黑灰似的在雪地上滚着。

还没走到板门，白狗就停下了，并且打着坠，他有些牵不住它了。

"你不走吗？你……大白……"

我取来钥匙给他开了门。

在井沿的地方，狗背上的东西，就全部弄翻了。在石碾上摆着小圆筐和铜茶壶这一切。

"有二伯……你回家吗？"若是不回家为什么带着这些东西呢？

"嗯……你二伯……"

白狗跑得很远的了。

"这儿不是你二伯的家，你二伯别处也没有家。"

"来……"他招呼着大白狗，"不让你背东西……就来吧……"

他好像要去抱那狗似的张开了两臂。

"我要等到开春……就不行……"他拿起了铜水壶和别的一切。

我想他是一定要走了。

我看着远处白雪里边的大门。

但他转回身去，又向着板门走了回来，他走动的时候，好像肩上担着水桶的人一样，东边摇着，西边摇着。

"二伯，你是忘下了什么东西？"

他回答着我的，只有水壶盖上的铜环……咯铃铃咯铃铃……

他是去牵大白狗吧？对这件事我很感到趣味，所以我抛弃了小朋友们，跟在有二伯的背后。

走到厢房门口，他就进去了，戴着笼头的白狗，他像没有看见它。

他是忘下了什么东西？

但是什么也不去拿，坐在炕沿上，那所有的全套的零碎完全照样在背上和胸上压着他。

他开始说话的时候，连自己也不能知道我是已经向着他的旁边走去。

"花子！你关上门……来……"他按着从身上退下来的东西……"你来看看！"

我看到的是些什么呢？

掀起席子来，他抓了一把：

"就是这个……"而后他把谷粒抛到地上，"这不明明是往外撵我吗……腰疼……腿疼没有人看见……这炕暖我倒记住啦！说是没有米吃，这谷子又潮湿……垫在这炕暖下炀几天……十几天啦……一寸多厚……烧点火还能热上来……嗳！……想是等到开春……这衣裳不抗风……"

他拿起扫帚来，扫着窗棂上的霜雪，又扫着墙壁：

"这是些什么？吃糖可就不用花钱？"

随后他烧起火来，柴草就着在灶口外边，他的胡子上小白冰溜变成了水，而我的眼睛流着泪……那烟遮没了他和我。

他说他七岁上被狼咬了一口，八岁上被驴子踢掉一个脚趾……我问他：

"老虎，真的，山上的你看见过吗？"

他说："那倒没有。"

我又问他：

"大象你看见过吗？"

而他就不说到这上面来，他说他放牛放了几年，放猪放了几年……

"你二伯三个月没有娘……六个月没有爹……在叔叔家里住到整整七岁，就像你这么大……"

"像我这么大怎么的呢？"他不说到狼和虎我就不愿意听。

"像你那么大就给人家放猪去啦吧……"

"狼咬你就是像我这么大咬的？咬完啦，你还敢再上山不敢啦……"

"不敢，哼……在自家里是孩子……在别人家就当大人看……不敢……不敢回家去……你二伯也是怕呀……为此哭过一些……好打也挨过一些……"

我再问他："狼就咬过一回？"

他就不说狼，而说一些别的：又是那年他给人家当过喂马的……又是我爷爷怎么把他领到家里来的……又是什么5月里樱桃开花啦……又是："你二伯前些年也想给你娶个二大娘……"

　　我知道他又是从前那一套，我冲开了门站在院心去了。被烟所伤痛的眼睛什么也不能看了，只是流着泪……

　　但有二伯瘫在火堆旁边，幽幽地起着哭声……

　　我走向上房去了，太阳晒着我，还有别的白色的闪光，它们都来包围了我，或是在前面迎接着，或是从后面追赶着。我站在台阶上，向四面看看，那么多纯白而闪光的房顶！那么多闪光的树枝！它们好像白石雕成的珊瑚树似的站在一些房子中间。

　　有二伯的哭声更高了的时候，我就对着这眼前的一切更爱：它们多么接近，比方雪地是踏在我的脚下，那些房顶和树枝就是我的邻家！太阳虽然远一点儿，然而也来照在我的头上。

　　春天，我进了附近的小学校。

　　有二伯从此也就不见了。

1936 年 9 月 4 日

初 冬

初冬，我走在清凉的街道上，遇见了我的弟弟。

"莹姐，你走到哪里去？"

"随便走走吧！"

"我们去吃一杯咖啡，好不好，莹姐？"

咖啡店的窗子在帘幕下挂着苍白的霜层。我把领口脱着毛的外衣搭在衣架上。

我们开始搅着杯子铃琅地响了。

"天冷了吧！并且也太孤寂了，你还是回家的好。"弟弟的眼睛是深黑色的。

我摇了头，我说："你们学校的篮球队近来怎么样？还活跃吗？你还很热心吗？"

"我掷筐掷得更进步，可惜你总也没到我们球场上来了。你这样不畅快是不行的。"

我仍搅着杯子，也许漂流久了的心情，就和离了岸的海水一般，若非遇到大风是不会翻起的。我开始弄着手帕。弟弟再向我说什么我已不去听清他，仿佛自己是沉坠在深远的幻想的井里。

我不记得咖啡怎样被我吃干了杯子。茶匙在搅着空的杯子时，弟弟说："再来一杯吧!"

女侍者带着欢笑一般飞起的头发来到我们桌边，她又用很响亮的脚步摇摇地走了去。

也许因为清早或天寒，再没有人走进这咖啡店。在弟弟默默看着我的时候，在我的思想凝静得玻璃一般平的时候，壁间暖气管小小嘶鸣的声音都听得到了。

"天冷了，还是回家好，心情这样不畅快，长久了是无益的。"

"怎么!"

"太坏的心情与你有什么好处呢?"

"为什么要说我的心情不好呢?"

我们又都搅着杯子。有外国人走进来，那响着嗓子的、嘴不住在说的女人，就坐在我们的近边。她离得我越近，我越嗅到她满衣的香气，那使我感到她离得我更辽远，也感到全人类离得我更辽远。也许她那安闲而幸福的态度与我一点儿联系也没有。

我们搅着杯子，杯子不能像起初搅得发响了。街车好像渐渐多了起来，闪在窗子上的人影，迅速而且繁多了。隔着窗子，可以听到喑哑的声音和喑哑的踏在行人道上的鞋子的声音。

"莹姐，"弟弟的眼睛深黑色的。"天冷了，再不能漂流下去，回家去吧!"等他说："你的头发这样长了，怎么不到理发店去一次呢?"我不知道为什么被他这话所激动了。

也许要熄灭的灯火在我心中复燃起来，热力和光明鼓荡着我：

"那样的家我是不想回去的。"

"那么漂流着，就这样漂流着？"弟弟的眼睛是深黑色的。他的杯子留在左手里边，另一只手在桌面上，手心向上翻张了开来，要在空间摸索着什么似的。最后，他是捉住他自己的领巾。我看着他在抖动的嘴唇："莹姐，我真担心你这个女浪人！"他牙齿好像更白了些，更大些，而且有力了，而且充满热情了。为热情而波动，他的嘴唇是那样地退去了颜色。并且他的整个人有些近乎狂人，然而是安静的，完全被热情侵占着的。

出了咖啡店，我们在结着薄碎的冰雪上面踏着脚。

初冬，早晨的红日扑着我们的头发，这样的红光使我感到欣快和寂寞。弟弟不住地在手下摇着帽子，肩头耸起了又落下了；心脏也是高了又低了。

渺小的同情者和被同情者离开了市街。

停在一个荒败的枣树园的前面时，他突然把很厚的手伸给了我，这是我们要告别了。

"我到学校去上课！"他脱开我的手，向着我相反的方向背转过去。可是走了几步，又转回来：

"莹姐，我看你还是回家的好！"

"那样的家我是不能回去的，我不愿意受和我站在两极端的父亲的豢养……"

"那么你要钱用么？"

"不要的。"

"那么，你就这个样子吗？你瘦了！你快要生病了！你的衣服也太薄啊！"弟弟的眼睛是深黑色的，充满着祈祷和愿望。我们又握过手，分别向不同的方向走去。

太阳在我的脸面上闪闪耀耀，仍和未遇见弟弟以前一样，我穿着街头，我无目的地走。寒风，刺着喉头，时时要发作小小的咳嗽。

弟弟留给我的是深黑色的眼睛，这在我散漫与孤独的流浪人的心板上，怎能不微温了一个时刻？

过　夜

　　也许是快近天明了吧！我第一次醒来。街车稀疏地从远处响起，一直到那声音雷鸣一般地震撼着这房子，直到那声音又远地消灭下去，我都听到的。但感到生疏和广大，我就像睡在马路上一样，孤独并且无所凭据。

　　睡在我旁边的是我所不认识的人，那鼾声对于我简直是厌恶和隔膜。我对她并不存着一点儿感激，也像憎恶我所憎恶的人一样憎恶她。虽然在深夜里她给我一个住处，虽然从马路上把我招引到她的家里。

　　那夜寒风逼着我非常严厉，眼泪差不多和哭着一般流下，用手套抹着，揩着，在我敲打姨母家的门的时候，手套几乎是结了冰，在门扇上起着小小的粘结。我一面敲打一面叫着：

　　"姨母！姨母……"她家的人完全睡下了，狗在院子里面叫了几声。我只好背转来走去。脚在下面感到有针在刺着似的痛楚。我是怎样地去羡慕那些临街的我所经过的楼房，对着每个窗子我起着愤恨。那里面一定是温暖和快乐，并且那里面一定设置着很好的眠床。一想到眠床，我就想到了我家乡那边的马房，挂在马房里面不也很安逸吗！甚至于我想到了狗睡觉的地方，那一定有茅草。坐在茅草上面可以使我的脚温暖。

　　积雪在脚下面呼叫："吱……吱……吱……"我的眼毛感到了纠绞，积雪随着风在我的腿部扫打。当我经过那些平日认为可怜的下等妓馆的门前时，我觉得她们也比我幸福。

　　我快走，慌张地走，我忘记了我背脊怎样地弓起，肩头怎样地耸高。

　　"小姐！坐车吧！"经过繁华一点儿的街道，洋车夫们向我说着。

　　都记不得了，那等在路旁的马车的车夫们也许和我开着玩笑。

　　"喂……喂……冻得活像个他妈的……小鸡样……"

　　但我只看见马的蹄子在石路上面跺打。

　　我走上了我熟人的扶梯，我摸索，我寻找电灯，往往一件事情越接近着终点越容易着急和不能忍耐。升到最高级了，几乎从顶上滑了下来。

　　感到自己的力量完全用尽了！再多走半里路也好像是不可能，并且这种寒冷我再不能忍耐，并且脚冻得麻木了，需要休息下来，无论如何它需要一点暖气，无论如何不应该再让它去接触着霜雪。

　　去按电铃，电铃不响了，但是门扇欠了一个缝，用手一触时，它自己开了。一点儿声音也没有，大概人们都睡了。我停在内间的玻璃门外，我招呼那熟人的名字，终没有回答！我还看到墙上那张没有框子的画片。分明房里在开着电灯。再招呼了几声，仍是什么也没有……

"喔……"门扇用铁丝绞了起来，街灯就闪耀在窗子的外面。我踏着过道里搬了家余留下来的碎纸的声音，同时在空屋里我听到了自己苍白的叹息。

"浆汁还热吗？"在一排长街转角的地方，那里还张着卖浆汁的白色的布棚。我坐在小凳上，在集合着铜板……

等我第一次醒来时，只感到我的呼吸里面充满着鱼的气味。

"街上吃东西，那是不行的。您吃吃这鱼看吧，这是黄花鱼，用油炸的……"她的颜面和干了的海藻一样打着波绉。

"小金铃子，你个小死鬼，你给我滚出来……快……"我跟着她的声音才发现墙角蹲着个孩子。

"喝浆汁，要喝热的，我也是爱喝浆汁……哼！不然，你就遇不到我了，那是老主顾，我差不多每夜要喝——偏偏金铃子昨晚上不在家，不然的话，每晚都是金铃子去买浆汁。"

"小死金铃子，你失了魂啦！还等我孝敬你吗？还不自己来装饭！"

那孩子好像猫一样来到桌子旁边。

"还见过吗？这丫头十三岁啦，你看这头发吧！活像个多毛兽！"她在那孩子的头上用筷子打了一下，于是又举起她的酒杯来。她的两只袖口都一起往外脱着棉花。

晚饭她也是喝酒，一直喝到坐着就要睡去了的样子。

我整天没有吃东西，昏沉沉和软弱，我的知觉似乎一半存在着，一半失掉了。在夜里，我听到了女孩的尖叫。

"怎么，你叫什么？"我问。

"不，妈呀！"她惶惑地哭着。

从打开着的房门，老妇人捧着雪球回来了。

"不，妈呀！"她赤着身子站到角落里去。

她把雪块完全打在孩子的身上。

"睡吧！我让你知道我的厉害！"她一面说着，孩子的腿部就流着水的条纹。

我究竟不知道这是为了什么。

第二天，我要走的时候，她向我说：

"你有衣裳吗？留给我一件……"

"你说的是什么衣裳？"

"我要去进当铺，我实在没有好当的了！"于是，她翻着炕上的旧毯片和流着棉花的被子："金铃子这丫头还不中用……也无怪她，年纪还不到哩！五毛钱谁肯要她呢？要长样没有长样，要人才没有人才！花钱看样子吗？前些个年头可行，比方我年轻的时候，我常跟着我的姨姐的班子里去逛逛，一逛就能落几个……多多少少总能落几个……现在不行了！正经的班子不许你进，土窑子是什么油水也没有，老庄哪懂得看样了，花钱让他看样子，他就干了吗？就是凤凰也不行啊！落毛鸡就是不花钱谁又想看呢？"她突然用手指在那孩子的头上点了一下。"摆设，总得像个摆设的样子，看这穿戴……呸呸！"她的嘴和眼睛一致地歪动了一下。"再过两年我就好了。管她长得猫样狗样，可是她到底是中用了！"

她的颜面和一片干了的海蜇一样。我明白一点儿她所说的

"中用"或"不中用"。

"套鞋可以吧?"我打量了我全身的衣裳,一件棉外衣,一件夹袍,一件单衫,一件短绒衣和绒裤,一双皮鞋,一双单袜。

"不用进当铺,把它卖掉,三块钱买的,五角钱总可以卖出。"

我弯下腰在地上寻找套鞋。

"哪里去了呢?"我开始划着一根火柴,屋子里黑暗下来,好像"夜"又要来临了。

"老鼠会把它拖走的吗?不会的吧?"我好像在反复着我的声音,可是她,一点儿也不来帮助我,无所感觉的一样。

我去扒着土炕,扒着碎毡片,碎棉花。但套鞋是不见了。

女孩坐在角落里面咳嗽着,那老妇人简直是喑哑了。

"我拿了你的鞋!你以为?那是金铃子干的事……"借着她抽烟时划着火柴的光亮,我看到她打着绉纹的鼻子的两旁挂下两条发亮的东西。

"昨天她把那套鞋就偷着卖了!她交给我钱的时候我才知道。半夜里我为什么打她?就是为着这桩事。我告诉她偷,是到外面去偷。看见过吗?回家来偷。我说我要用雪把她活埋……不中用的,男人不能看上她的,看那小毛辫子!活像个猪尾巴!"

她回转身去扯着孩子的头发,好像在扯着什么没有知觉的东西似的。

"老的老,小的小……你看我这年纪,不用说是不中用的啦!"

　　两天没有见到太阳,在这屋里,我觉得狭窄和阴暗,好像和老鼠住在一起了。假如走出去,外面又是"夜"。但一点儿也不怕惧,走出去了!

　　我把单衫从身上褪了下来。我说:"去当,去卖,都是不值钱的。"

　　这次我是用夏季里穿的通孔的鞋子去接触着雪地。

他去追求职业

他是一匹受冻受饿的犬呀!

在楼梯尽端,在过道的那边,他着湿的帽子被墙角隔住,他着湿的鞋子踏过发光的地板,一个一个排着脚踵的印泥。

这还是清早,过道的光线还不充足。可是有的房间门上已经挂好"列巴圈"了!

送牛奶的人,轻轻带着白色的、发热的瓶子,排在房间的门外。这非常引诱我,好像我已嗅到"列巴圈"的麦香,好像那成串肥胖的圆形的点心,已经挂在我的鼻头了。几天没有饱食,我是怎样的需要啊!胃口在胸膛里面收缩,没有钱买,让那"列巴圈"们白白在虐待我。

过道渐渐响起来。他们呼唤着茶房,关门开门,倒洗脸水。外国女人清早便高声说笑。可是我的小室,没有光线,连灰尘都看不见飞扬,静得桌子在墙角欲睡了,藤椅在地板上伴着桌子睡,静得棚顶和天空一般高,一切离得我远远的,一切都厌烦我。

下午,郎华还不回来。我在过道口站了好几次。外国女人红色的袜子,蓝色的裙子……一张张耸着的骄傲的脸庞,走下楼梯,她们的高跟鞋打得楼梯清脆发响。圆胖而生着大胡子的男人,那样不相称地捉着长耳环,黑脸的和小鸡一般瘦小的

"吉卜赛"女人上楼来。茶房在前面去给打开一个房间，长时间以后，又上来一群外国孩子，他们嘴上嗑着瓜子儿，多冰的鞋底在过道上噼噼啪啪地留下痕迹过去了。

看遍了这些人，郎华总是不回来。我开始打旋子，经过每个房间，轻轻荡来踱去，别人已当我是个偷儿，或是讨乞的老婆，但我自己并不感觉。仍是带着我苍白的脸，褪了色的蓝布宽大的单衫踱荡着。

忽然楼梯口跑上两个一般高的外国姑娘。

"啊呀！"指点着向我说，"你的……真好看！"

另一个样子像是为了我倒退了一步，并且那两个不住翻着衣襟给我看：

"你的……真好看！"

我没有理她们。心想：她们帽子上有水滴，不是又落雪？

跑回房间，看一看窗子究竟落雪不，郎华是穿着昨晚潮湿的衣裳走的。一开窗，雪花便满窗倒倾下来。

郎华回来，他的帽沿滴着水，我接过来帽子，问他：

"外面上冻了吗？"

他把裤口摆给我看，我用手摸时，半截裤管又凉又硬。他抓住我的摸裤管的手说：

"小孩子，饿坏了吧！"

我说："不饿。"我怎能呢？为了追求食物，他的衣服都结冰了。

过一会儿，他拿出二十元票子给我看。忽然使我痴呆了一刻，这是哪里来的呢？

黑"列巴"和白盐

玻璃窗子又慢慢结起霜来，不管人和狗经过窗前，都辨认不清楚。

"我们不是新婚吗？"他这话说得很响，他唇下的开水杯起一个小圈波浪。他放下杯子，在黑面包上涂一点儿白盐送下喉去。大概是面包已不在喉中，他又说：

"这不正是度蜜月吗！"

"对的，对的。"我笑了。

他连忙又取一片黑面包，涂上一点儿白盐，学着电影上那样度蜜月，把涂盐的"列巴"先送上我的嘴，我咬了一下，而后他才去吃。一定盐太多了，舌尖感到不愉快，他连忙去喝水：

"不行不行，再这样度蜜月，把人咸死了。"

盐毕竟不是奶油，带给人的感觉一点儿也不甜，一点儿也不香。我坐在旁边笑。

光线完全不能透进屋来，四面是墙，窗子已经无用，像封闭了的洞门似的，与外界绝对隔离开。天天就生活在这里边。素食，有时候不食，好像传说上要成仙的人在这地方苦修苦练。很有成绩，修炼得倒是不错了，脸也黄了，骨头也瘦了。我的眼睛越来越扩大，他的颧骨和木块一样突在腮边。这些功夫都做到，只是还没成仙。

　　"借钱"，"借钱"，郎华每日出去"借钱"。他借回来的钱总是很少，三角，五角，借到一元，那是很稀有的事。

　　黑"列巴"和白盐，许多日子成了我们唯一的生命线。

当 铺

"你去当吧！你去当吧，我不去！"

"好，我去，我就愿意进当铺，进当铺我一点儿也不怕，理直气壮。"

新做起来的我的棉袍，一次还没有穿，就跟着我进当铺去了！在当铺门口稍微徘徊了一下，想起出门时郎华要的价目——非两元不当。

包袱送到柜台上，我是仰着脸，伸着腰，用脚尖站起来送上去的，真不晓得当铺为什么摆起这么高的柜台！

那戴帽头的人翻着衣裳看，还不等他问，我就说了：

"两块钱。"

他一定觉得我太不合理，不然怎么连看我一眼也没看，就把东西卷起来，他把包袱仿佛要丢在我的头上，他十分不耐烦的样子。

"两块钱不行，那么，多少钱呢？"

"多少钱不要。"他摇摇像长西瓜形的脑袋，小帽头顶尖的红帽球，也跟着摇了摇。

我伸手去接包袱，我一点儿也不怕，我理直气壮，我明明知道他故意作难，正想把包袱接过来就走。猜得对对的，他并不把包袱真给我。

"五毛钱！这件衣服袖子太瘦，卖不出钱来……"

"不当。"我说。

"那么一块钱……再可不能多了，就是这个数目。"他把腰微微向后弯一点，柜台太高，看不出他突出的肚囊……一只大手指，就比在和他太阳穴一般高低的地方。

带着一元票子和一张当票，我快快地走，走起路来感到很爽快，默认自己是很有钱的人。菜市、米店我都去过，臂上抱了很多东西，感到非常愿意抱这些东西，手冻得很痛，觉得这是应该，对于手一点儿也不感到可惜，本来手就应该给我服务，好像冻掉了也不可惜。走在一家包子铺门前，又买了十个包子，看一看自己带着这些东西，很骄傲，心血时时激动，至于手冻得怎样痛，一点儿也不可惜。路旁遇见一个老叫花子，又停下来给他一个大铜板，我想我有饭吃，他也是应该吃啊！然而没有多给，只给一个大铜板，那些我自己还要用呢！又摸一摸当票也没有丢，这才重新走，手痛得什么心思也没有了，快到家吧！快到家吧！但是，背上流了汗，腿觉得很软，眼睛有些刺痛，走到大门口，才想起来从搬家还没有出过一次街，走路腿也无力，太阳光也怕起来。

又摸一摸当票才走进院去。郎华仍躺在床上，和我出来的时候一样，他还不习惯于进当铺。他是在想什么。拿包子给他看，他跳起来了：

"我都饿啦，等你也不回来。"

十个包子吃去一大半，他才细问："当多少钱？当铺没欺负你？"

把当票给他，他瞧着那样少的数目：

"才一元，太少。"

虽然说当得的钱少，可是又愿意吃包子，那么结果很满足。他在吃包子的嘴，看起来比包子还大，一个跟着一个，包子消失尽了。

借

　　"女子中学"的门前，那是三年前在里边读书的学校。和三年前一样，楼窗，窗前的树；短板墙，墙外的马路，每块石砖我踏过它。墙里墙外的每棵树，尚存着我温馨的记忆；附近的家屋，唤起我往日的情绪。

　　我记不了这一切啊！管它是温馨的，是痛苦的，我记不了这一切啊！我在那楼上，正是我有着青春的时候。

　　现在已经黄昏了，是冬的黄昏。我踏上水门汀的阶石，轻轻地迈着步子。三年前，曾按过的门铃又按在我的手中。出来开门的那个校役，他还认识我。楼梯上下跑走的那一些同学，却咬着耳说："这是找谁的？"

　　一切全不生疏，事务牌，信箱，电话室，就是挂衣架子，三年也没有搬动，仍是摆在传达室的门外。

　　我不能立刻上楼，这对于我是一种侮辱似的。旧同学虽有，怕是教室已经改换了；宿舍，我不知道在楼上还是在楼下。"梁先生——国文梁先生在校吗？"我对校役说。

　　"在校是在校的，正开教务会议。"

　　"什么时候开完？"

　　"那怕到七点钟吧！"

墙上的钟还不到五点，等也是无望，我走出校门来了！这一刻，我完全没有来时的感觉，什么街石，什么树，这对我发生什么关系？

"吟——在这里。"郎华在很远的路灯下打着招呼。

"回去吧！走吧！"我走到他身边，再不说别的。

顺着那条斜坡的直道，走得很远的我才告诉他：

"梁先生开教务会议，开到七点，我们等得了吗？"

"那么你能走吗？肚子还疼不疼？"

"不疼，不疼。"

圆月从东边一小片林梢透过来，暗红色的圆月，很大很混浊的样子，好像老人昏花的眼睛，垂到天边去。脚下的雪不住在滑着，响着，走了许多时候，一个行人没有遇见，来到火车站了！大时钟在暗红色的空中发着光，火车的汽笛震鸣着冰寒的空气，电车，汽车，马车，人力车，车站前忙着这一切。

顺着电车道走，电车响着铃子从我们身边一辆一辆地过去。没有借到钱，电车就上不去。走吧，挨着走，肚痛我也不能说。走在桥上，大概是东行的火车，冒着烟从桥下经过，震得人会耳鸣起来，锁链一般地爬向市街去。从岗上望下来，最远处，商店的红绿电灯不住地闪烁；在夜里的人家，好像在烟里一般；若没有灯光从窗子流出来，那么所有的楼房就该变成幽寂的、没有钟声的大教堂了！站在岗上望下去，"许公路"的电灯，好像扯在太阳下的长串的黄色铜铃，越远，那些铜铃越增加着密度，渐渐数不过来了！

　　挨着走，昏昏茫茫地走，什么夜，什么市街，全是阴沟，我们滚在沟中。携着手吧！相牵着走吧！天气那样冷，道路那样滑，我时时要滑倒的样子，脚下不稳起来，不自主起来，在一家电影院门前，我终于跌倒了，坐在冰上，因为道上无处不是冰。膝盖的关节一定受了伤害，他虽拉着我，走起来也十分困难。"肚子跌痛了没有？你实在不能走了吧?"

　　到家把剩下来的一点儿米煮成稀饭，没有盐，没有油，没有菜，暖一暖肚子算了。吃饭，肚子仍不能暖，饼干盒子盛了热水，盒子漏了。郎华又拿一个空玻璃瓶要盛热水给我暖肚子，瓶底炸掉下来，满地流着水。他拿起没有底的瓶子当号筒来吹。在那呜呜的响声里边，我躺到冰冷的床上。

买皮帽

"破烂市"上打起着阴棚，很大一块地盘全然被阴棚联络起来，不断地摆着摊子：鞋，袜，帽子，面巾，这都是应用的东西。摆出来最多的，是男人的裤子和衬衫。我打量了郎华一下，这裤子他应该买一条。我正想问价钱的时候，忽然又被那些大大小小的皮外套吸引住。仰起头，看那些挂得很高的，一排一排的外套，宽大的领子，黑色毛皮的领子，虽是马夫穿的外套，郎华穿不也很好吗？又正想问价钱，郎华在那边叫我：

"你来，这个帽子怎么样？"他拳头上顶着一个四个耳朵的帽子，正在转着弯看。我一见那和猫头一样的帽子就笑了，我还没有走到他近边，我就说："不行。"

"我小的时候，在家乡尽戴这个样帽子。"他赶快顶在头上试一试。立刻他就变成个小猫样，"这真暖和。"他又把左右的两个耳朵放下来，立刻我又看他像个小狗——因为小时候爷爷给我买过这样"吧狗帽"，爷爷叫它"吧狗帽"。

"这帽子暖和得很！"他又顶在拳头上，转着弯，摇了两下。

脚在阴棚里冻得难忍，在小的行人道跑了几个弯子，许多"飞机帽"，这个，那个，他都试过。黑色的比黄色的价钱便宜两角，他喜欢黄色的，同时又喜欢少花两角钱，于是走遍阴棚，在寻找。

"你的……什么的要?"出摊子的人这样问着。同是中国人，却把中国人当作日本或是高丽人。

我们不能买他的东西，很快地跑了过去。

郎华带上飞机帽了! 两个大皮耳朵上面长两个小耳朵。

"快走啊，快走。"

绕过不少路，才走出阴棚。若不是他喊我，我真被那些衣裳和裤子恋住了，尤其是马车夫们穿的羊皮外套。

重见天日时，我忙慌着跟上郎华去!

"还剩多少钱?"

"五毛。"

走过莱市，从前吃饭那个小饭馆，我想提议进去吃包子，一想到五角钱，只好硬着心肠，背了自己的愿望走过饭馆。五角钱要吃三天，哪能进饭馆子?

街旁许多卖花生，瓜子的。

"有铜板吗?"我拉了他一下。

"没有，一个没有。"

"没有，就完事。"

"你要买什么?"

"不买什么!"

"要买什么这不是有票子吗?"他停下来不走。

"我想买点儿瓜子，没有铜板就不买。"

　　大概他想：爱人要买几个铜板瓜子的愿望都不能满足！于是慷慨地摸着他的衣袋。

　　这不是给爱人买瓜子的时候，吃饭比瓜子更要紧；饿比爱人更要紧。

　　风雪吹着，我们走回家来了，手疼，脚疼，我白白地跟着跑了一趟。

他的上唇挂霜了

　　他夜夜出去在寒月的清光下，到五里路远一条僻街上去教两个人读国文课本。这是新找到的职业，不能说是职业，只能说新找到十五元钱。

　　秃着耳朵，夹外套的领子还不能遮住下巴，就这样夜夜出去，一夜比一夜冷了！听得见人们踏着雪地的响声也更大。他带着雪花回来，裤子下口全是白色，鞋也被雪浸了一半。

　　"又下雪吗？"

　　他一直没有回答，像是同我生气。把袜子脱下来，雪积满他的袜口，我拿他的袜子在门扇上打着，只有一小部分雪星是震落下来，袜子的大部分全是潮湿了。等我在火炉上烘袜子的时候，一种很难忍的气味满屋散布着。

　　"明天早晨晚些吃饭，南岗有一个要学武术的。等我回来吃。"他说这话，完全没有声色，把声音弄得很低很低……或者他想要严肃一点儿，也或者他把这事故意看作平凡的事。总之，我不能猜到了！

　　他赤了脚，穿上"傻鞋"，去到对门上武术课。

　　"你等一等，袜子就要烘干的。"

　　"我不穿。"

　　"怎么不穿，汪家有小姐的。"

"有小姐，管什么?"

"不是不好看吗?"

"什么好看不好看!"他光着脚去，也不怕小姐们看，汪家有两个很漂亮的小姐。

他很忙，早晨起来就跑到南岗去吃过饭，又要给他的小徒弟上国文课。一切忙完了，又跑出去借钱。晚饭后，又是教武术，又是去教中学课本。

夜间，他睡觉醒也不醒转来，我感到非常孤独了! 白昼使我对着一些家具默坐，我虽生着嘴，也不言语;我虽生着腿，也不能走动;我虽生着手，而也没有什么做，和一个废人一般，有多么寂寞! 连视线都被墙壁截止住，连看一看窗前的麻雀也不能够，什么也不能够，玻璃生满厚的和绒毛一般的霜雪。这就是"家"，没有阳光，没有暖，没有声，没有色，寂寞的家，穷的家，不生茅草荒凉的广场。

我站在小过道窗口等郎华，我的肚子很饿。

铁门扇响了一下，我的神经便要震荡一下，铁门响了无数次，来来往往都是和我无关的人，汪林她很大的皮领子和她很响的高跟鞋相配称，她摇摇晃晃，满满足足，她的肚子想来很饱很饱，向我笑了笑，滑稽的样子用手指点我一下:

"啊! 又在等你的郎华……"她快走到门前的木阶，还说着:"他出去，你天天等他，真是怪好的一对!"

她的声音在冷空气里来得很脆，也许是少女们特有的喉咙。对于她，我立刻把她忘记，也许原来就没把她看见，没把她听见。假若我是个男人，怕是也只有这样。肚子响叫起来。

汪家厨房传出来炒酱的气味，隔得很远我也会嗅到，他家吃炸酱面吧！炒酱的铁勺子一响，都像说：炸酱面，炸酱面……

在过道站着，脚冻得很痛，鼻子流着鼻涕。我回到屋里，关好二层门，不知是想什么，默坐了好久。

汪林的二姐到冷屋去取食物，我去倒脏水遇见她，平日不很说话，很生疏，今天她却说：

"没去看电影吗？这个片子不错，胡蝶主演。"她蓝色的大耳环永远吊荡着不能停止。

"没去看。"我的夹袍子冷透骨了！

"这个片很好，煞尾是结了婚，看这片子的人都猜想，假若演下去，那是怎么美满的……"

她热心地来到门缝边，在门缝我也看到她大长的耳环在摆动。

"进来玩玩吧。"

"不进去，要吃饭啦！"

郎华回来了，他的上唇挂霜了！汪二小姐走得很远时，她的耳环和她的话声仍震荡着："和你度蜜月的人回来啦，他来了。"

好寂寞的，好荒凉的家呀！他从口袋取出烧饼来给我吃。他又走了，说有一家招请电影广告员，他要去试试。

"什么时候回来？什么时候回来？"我追赶到门外问他，好像很久捉不到的鸟儿，捉到又飞了！失望和寂寞，虽然吃着烧饼，也好像饿倒下来。

小姐们的耳环，对比着郎华的上唇挂着的霜。对门居着，他家的女儿看电影，戴耳环；我家呢？我家……

"牵牛房"

还不到三天，剧团就完结了！很高的一堆剧本剩在桌子上面。感到这屋子广大了一些，冷了一些。

"他们也来过，我对他们说这个地方常常有一大群人出来进去是不行啊！日本子这几天在道外捕去很多工人。像我们这剧团……不管我们是剧团还是什么，日本子知道那就不好办……"

结果是什么意思呢？就说剧团是完了！我们站起来要走，觉得剧团都完了，再没有什么停留的必要，很伤心似的。后来郎华的胖友人出去买瓜子，我们才坐下来吃着瓜子。

厨房有家具响，大概这是吃夜饭的时候。我们站起来快快地走了。他们说：

"也来吃饭吧！不要走，不要客气。"

我们说："不客气，不客气。"其实，才是客气呢！胖朋友的女人，就是那个我所说的小"蒙古"，她几乎来拉我。

"吃过了，吃过了！"欺骗着自己的肚子跑出来，感到非常空虚，剧团也没有了，走路也无力了。

"真没意思，跑了这些次，我头疼了咧！"

"你快点走，走得这样慢！"郎华说。

使我不耐烦的倒不十分是剧团的事情，因为是饿了！我一定知道家里一点儿什么吃的东西也没有。

因为没有去处，以后常到那地方闲坐，第四次到他家去闲坐，正是新年的前夜，主人约我们到他家过年。其余新识的那一群也都欢迎我们在一起玩玩。有的说：

"'牵牛房'又牵来两条牛！"

有人无理由地大笑起来，"牵牛房"是什么意思，我不能解释。

"夏天窗前满种着牵牛花，种得太多啦！爬满了窗门，因为这个叫'牵牛房'！"主人大声笑着给我们讲了一遍。

"那么把人为什么称作牛呢？"还太生疏，我没有说这话。

不管怎样玩，怎样闹，总是各人有各人的立场。女仆出去买松子，拿着三角钱，这钱好像是我的一样，非常觉得可惜，我急得要战栗了！就像那女仆把钱去丢掉一样。

"多余呀！多余呀！吃松子做什么！不要吃吧！不要吃那样没用的东西吧！"这话我都没有说，我知道说这话还不是地方。等一会儿虽然我也吃着，但我一定不同别人那样感到趣味；别人是吃着玩，我是吃着充饥！所以一个跟着一个咽下它，毫没有留在舌头上尝一尝滋味的时间。

回到家来才把这可笑的话告诉郎华。他也说他不觉得吃了很多松子，他也说他像吃饭一样吃松子。

起先我很奇怪，两人的感觉怎么这样相同呢？其实一点儿也不奇怪，因为饿才把两个人的感觉弄得一致的。

十元钞票

在绿色的灯下，人们跳着舞狂欢着，有的抱着椅子跳。胖朋友他也丢开风琴，从角落扭转出来，他扭到混杂的一堆人去，但并不消失在人中。因为他胖，同时也因为他跳舞做着怪样，他十分不协调地在跳，两腿扭颤得发着疯。他故意妨碍别人，最终他把别人都弄散开去，地板中央只留下一个流汗的胖子。人们怎样大笑，他不管。

"老牛跳得好！"人们向他招呼。

他不听这些，他不是跳舞，他是乱跳瞎跳，他完全胡闹，他蠢得和猪、和蟹子那般。

红灯开起来，扭扭转转的那一些绿色的人变红起来。红灯带来另一种趣味，红灯带给人们更热心的胡闹。瘦高的老桐扮了一个女相，和胖朋友跳舞。女人们笑流泪了！直不起腰了！但是胖朋友仍是一拐一拐。他的"女舞伴"在他的手臂中也是谐和地把头一扭一拐，扭得太丑，太愚蠢，几乎要把头扭掉，要把腰扭断，但是他还扭，好像很不要脸似的，一点儿也不知羞似的，那满脸的红胭脂呵！那满脸丑恶得到妙处的笑容！

第二次老桐又跑去化装出来时，头上包一张红布，脖子后拖着很硬的但有点颤动的棍状的东西，那是用红布扎起来的、扫帚把柄的样子，生在他的脑后。又是跳舞，每跳一下，脑后的小尾巴就随着颤动一下。

跳舞结束了，人们开始吃苹果，吃糖，吃茶。就是吃也没有个吃的样子！有人说：

"我能整吞一个苹果。"

"你不能，你若能整吞个苹果，我就能整吞一头猪！"另一个说。

自然，苹果也没有吞，猪也没有吞。

外面对门那家锁着的大狗，锁链子在响动。腊月开始严寒起来，狗冻得小声吼叫着。

带颜色的灯闭起来，因为没有颜色的刺激，人们暂时安定了一刻。因为过于兴奋的缘故，我感到疲乏，也许人人感到疲乏大家都安定下来，都像恢复了人的本性。

小"电驴子"从马路笃笃地跑过，又是日本宪兵在巡逻吧！可是没有人害怕，人们对于日本宪兵的印象还浅。

"玩呀！乐呀！"第一个站起的人说。

"不乐白不乐，今朝有酒今朝醉……"大个子老桐也说。

胖朋友的女人拿一封信，送到我的手里：

"这信你到家去看好啦！"

郎华来到我的身边。也不知道这是什么意思，我就把信放到衣袋中。

只要一走出屋门，寒风立刻刮到人们的脸，外衣的领子竖起来，显然郎华的夹外套是感到冷，但是他说："不冷。"

一同出来的人，都讲着过旧年时比这更有趣味，那一些趣味早从我们跳开去。我想我有点饿，回家可吃什么？于是别的人再讲什么，我听不到了！郎华也冷了吧，他拉着我走向前面，越走越快了，使我们和那些人远远地分开。

在蜡烛旁忍着脚痛看那封信，信里边十元钞票露出来。

夜是如此静了，小狗在房后吼叫。

第二天，一些朋友来约我们到"牵牛房"去吃夜饭。果然吃得好，这样的饱餐，非常觉得不多得，有鱼，有肉，有很好滋味的汤。又是玩到半夜才回来。这次我走路时很起劲，饿了也不怕，在家有十元票子在等我。我特别充实地迈着大步，寒风不能打击我。"新城大街""中央大街"，行人很稀少了！人走在行人道，好像没有挂掌的马走在冰面，很小心的，然而时时要跌倒。店铺的铁门关得紧紧的，里面无光了，街灯和警察还存在，警察和垃圾箱似的失去了威权，他背上的枪提醒着他的职务，若不然他会依着电线柱睡着的。再走就快到"商市街"了！然而今夜我还没有走够，"马迭尔"旅馆门前的大时钟孤独挂着。向北望去，松花江就是这条街的尽头。

我的勇气一直到"商市街"口还没消灭，脑中，心中，脊背上，腿上，似乎各处有一张十元票子，我被十元票子鼓励得肤浅得可笑了。

是叫花子吧！起着哼声，在街的那边移动。我想他没有十元票子吧！

铁门用钥匙打开，我们走进院去，但，我仍听得到叫花子的哼声……

女教师

一个初中学生，拿着书本来到家里上课，郎华一大声开讲，我就躲到厨房里去。第二天，那个学生又来，就没拿书，他说他父亲不许他读白话文，打算让他做商人，说白话文没有用；读古文他父亲供给学费，读白话文他父亲就不管。

最后，他从口袋摸出一张一元票子给郎华。

"很对不起先生，我读一天书，就给一元钱吧！"那学生很难过的样子，他说他不愿意学买卖。手拿着钱，他要哭似的。

郎华和我同时觉得很不好过，临走时，强迫把他的钱给他装进衣袋。

郎华的两个读中学课本的学生也不读了！他实在不善于这行业，到现在我们的生命线又断尽。胖朋友刚搬过家，我就拿了一张郎华写的条子到他家去。回来时我是带着米、面、木柈，还有几角钱。

我眼睛不住地盯住那马车，怕那车夫拉了木柈跑掉。所以我手下提着用纸盒盛着的米，因为我在快走而震摇着；又怕小面袋从车上翻下来，赶忙跑到车前去弄一弄。

听见马的铃铛响，郎华才出来！这一些东西很使他欢乐，亲切地把小面袋先拿进屋去。他穿着很单的衣裳，就在窗前摆堆着木柈。

"进来暖一暖再出去……冻着!"可是招呼不住他,始终摆完才进来。

"天真够冷。"他用手扯住很红的耳朵。

他又呵着气跑出去,他想把火炉点着,这是他第一次点火。

"柈子真不少,够烧五六天啦!米面也够吃五六天,又不怕啦!"

他弄着火,我就洗米烧饭。他又说了一些看见米面时特有高兴的话,我简直没理他。

米面就这样早饭晚饭的又快不见了,这就到我做女教师的时候了!

我也把桌子上铺了一块报纸,开讲的时候也是很大的声。郎华一看,我就要笑。他也是常常躲到厨房去。我的女学生,她读小学课本,什么猪啦!羊啦,狗啦!这一类字都不用我教她,她抢着自己念:"我认识,我认识!"

不管在什么地方碰到她认识的字,她就先一个一个地念出来,不让她念也不行,因为她比我的岁数还大,我总有点不好意思。她先给我拿五元钱,并说:

"过几天我再交那五元。"

四五天她没有来,以为她不会再来了。那天,我正在烧晚饭,她跑来。她说她这几天生病。我看她不像生病,那么她又来做什么呢?过了好久,她站在我的身边:

"先生,我有点事求求你!"

"什么事？说吧……"我把葱花加到油里去炸。

她的纸单在手心握得很热，交给我；这是药方吗？信吗？都不是。

借着炉台上那个流着油的小蜡烛看，看不清，怕是再点两支蜡烛我也看不清，因为我不认识那样的字。

"这是易经上的字！"郎华看了好些时才说。

"我批了个八字，找了好些人也看不懂，我想先生是很有学问的人，我拿来给先生看看。"

这次她走去，再也没有来，大概她觉得这样的先生教不了她，连个"八字"都说不出所以然来！

几个欢快的日子

人们跳着舞,"牵牛房"那一些人们每夜跳着舞。过旧年那夜,他们就在茶桌上摆起大红蜡烛,他们模仿着供财神,拜祖宗。灵秋穿起紫红绸袍,黄马褂,腰中配着黄腰带,他第一个跑到神桌前。老桐又是他那一套,穿起灵秋太太瘦小的旗袍,长短到膝盖以上,大红的脸,脑后又是用红布包起笤帚把柄样的东西,他跑到灵秋旁边,他们俩是一致的,每磕一下头,口里就自己喊一声口号:一、二、三……不倒翁样不能自主地倒下又起来。后来就在地板上烘起火来,说是过年都是烧纸的……这套把戏玩得熟了,惯了!不是过年,也每天来这一套,人们看得厌了!对于这事冷淡下来,没有人去大笑,于是又变一套把戏:捉迷藏。

客厅是个捉迷藏的地盘,四下窜走,桌子底下蹲着人,椅子倒过来扣在头上顶着跑,电灯泡碎了一个。蒙住眼睛的人受着大家的玩戏,在那昏庸的头上摸一下,在那分张的两手上打一下。有各种各样的叫声,蛤蟆叫,狗叫,猪叫,还有人在装哭。要想捉住一个很不容易,从客厅的四个门会跑到那些小屋去。有时瞎子就摸到小屋去,从门后扯出一个来,也有时误捉了灵秋的小孩。虽然说不准向小屋跑,但总是跑。后一次瞎子摸到王女士的门扇。

"那门不好进去。"有人要告诉他。

"看着，看着不要吵嚷！"又有人说。

全屋静下来，人们觉得有什么奇迹要发生，瞎子的手接触到门扇，他触到门上的铜环响，眼看他就要进去把王女士捉出来，每人心里都想着这个：看他怎样捉啊！

"谁呀！谁？请进来！"跟着很脆的声音开门来迎接客人了！以为她的朋友来访她。

小浪一般冲过去的笑声，使摸门的人脸上的罩布脱掉了，红了脸。王女士笑着关了门。

玩得厌了！大家就坐下喝茶，不知从什么瞎话上又拉到正经问题上。于是"做人"这个问题使大家都兴奋起来。

——怎样是"人"，怎样不是"人"？

"没有感情的人不是人。"

"没有勇气的人不是人。"

"冷血动物不是人。"

"残忍的人不是人。"

"有人性的人才是人。"

"……"

每个人都会规定怎样做人。有的人他要说出两种不同做人的标准。起首是坐着说，后来站起来说，有的也要跳起来说。

"人是情感的动物，没有情感就不能生出同情，没有同情那就是自私，为己……结果是互相杀害，那就不是人。"那人的眼睁睁得很圆，表示他的理由充足，表示他把人的定义下得准确。

"你说的不对，什么同情不同情，就没有同情，中国人就是冷血动物，中国人就不是人。"第一个又站了起来，这个人他不常说话，偶然说一句使人很注意。

说完了，他自己先红了脸，他是山东人，老桐学着他的山东调：

"老猛（孟）你使（是）人不使人？"

许多人爱和老孟开玩笑，因为他老实，人们说他像个大姑娘。

"浪漫诗人"是老桐的绰号。他好喝酒，让他作诗不用笔就能一套连着一套，连想也不用想一下。他看到什么就给什么作个诗，朋友来了他也作诗：

"梆梆梆敲门响，呀！何人来了？"

总之，就是猫和狗打架，你若问他，他也有诗，他不喜欢谈论什么人啦！社会啦！他躲开正在为了"人"而吵叫的茶桌，摸到一本唐诗在读：

"昨日之……日不可留……今日之日……多……烦……忧，"读得有腔有调，他用意就在打搅吵叫的一群。郎华正在高叫着：

"不剥削人，不被人剥削的就是人。"

老桐读诗也感到无味。

"走！走啊！我们喝酒去。"

他看一看只有灵秋同意他，所以他又说：

"走，走，喝酒去。我请客……"

客请完了！差不多都是醉着回来。郎华反反复复地唱着半段歌，是维特别离绿蒂的故事人人喜欢听，也学着唱。

听到哭声了！正像绿蒂一般年轻的姑娘被歌声引动着，哪能不哭？是谁哭？就是王女士。单身的男人在客厅中也被感动了，倒不是被歌声感动，而是被少女的明脆而好听的哭声所感动，在地心不住地打着转。尤其是老桐，他贪婪的耳朵几乎竖起来，脖子一定更长了点儿，他到门边去听，他故意说：

"哭什么？真没意思！"

其实老桐感到很有意思，所以他听了又听，说了又说："没意思。"

不到几天，老桐和那女士恋爱了！那女士也和大家熟识了！也到客厅来和大家一道跳舞。从那时起，老桐的胡闹也是高等的胡闹了！

在王女士面前，他耻于再把红布包在头上，当灵秋叫他去跳滑稽舞的时候，他说：

"我不跳啦！"一点儿兴致也不表示。

等王女士从箱子里把粉红色的面纱取出来：

"谁来当小姑娘，我给他化装。"

"我来，我……我来……"老桐他怎能像个小姑娘？他像个长颈鹿似的跑过去。

他自己觉得很好的样子，虽然是胡闹，也总算是高等的胡闹。头上顶着面纱，规规矩矩地、平平静静地在地板上动着步。

但给人的感觉无异于他脑后的颤动着红扫帚柄的感觉。

别的单身汉，就开始羡慕幸福的老桐。可是老桐的幸福还没十分摸到，那女士已经和别人恋爱了！

所以"浪漫诗人"就开始作诗。正是这时候他失一次盗：丢掉他的毛毯，所以他就作诗"哭毛毯"。哭毛毯的诗作得很多，过几天来一套，过几天又来一套。朋友们看到他就问：

"你的毛毯哭得怎样了？"

门前的黑影

从昨夜，对于震响的铁门更怕起来，铁门扇一响，就跑到过道去看，看过四五次都不是，但愿它不是。清早了，某个学校的学生，他是郎华的朋友，他戴着学生帽，进屋也没有脱，他连坐下也不坐下就说：

"风声很不好，关于你们，我们的同学弄去了一个。"

"什么时候？"

"昨天。学校已经放假了，他要回家还没有定。今天一早又来日本宪兵，把全宿舍检查一遍，每个床铺都翻过，翻出一本《战争与和平》来……"

"《战争与和平》又怎么样？"

"你要小心一点儿，听说有人要给你放黑箭。"

"我又不反满，不抗日，怕什么？"

"别说这一套话，无缘无故就要拿人，你看，把《战争与和平》那本书就带了去，说是调查调查，也不知道调查什么。"

说完他就走了。问他想放黑箭的是什么人，他不说。过一会儿，又来一个人，同样是慌张，也许近些日子看人都是慌张的。

"你们应该躲躲，不好吧！外边都传说剧团不是个好剧团。那个团员出来了没有？"

我们送走了他，就到公园走走。冰池上小孩们在上面滑着冰，日本孩子，俄国孩子，中国孩子……

我们绕着冰池走了一周，心上带着不愉快……所以彼此不讲话，走得很沉闷。

"晚饭吃面吧！"他看到路北那个切面铺才说，我进去买了面条。

回到家里，书也不能看，俄语也不能读，开始慢慢预备晚饭吧！虽然在预备吃的东西也不高兴，好像不高兴吃什么东西。

木格上的盐罐装着满满的白盐，盐缸旁边摆着一包大海米，酱油瓶，醋瓶，香油瓶，还有一缸炸好的肉酱。墙角有米袋，面袋，样子房满堆着木料……这一些并不感到满足，用肉酱拌面条吃，倒不如去年米饭拌着盐吃舒服。

"商市街"口，我看到一个人影，那不是寻常的人影，即像日本宪兵。我继续前走，怕是郎华知道要害怕。

走了十步八步，可是不能再走了！那穿高筒皮靴的人在铁门外盘旋。我停止下，想要细看一看。郎华和我同样，他也早就注意上这人。我们想逃。他是在门口等我们吧！不用猜疑，路南就停着小"电驴子"，并且那日本人又走到路南来，他的姿势表示着他的耳朵也在倾听。

不要家了，我们想逃，但是逃向哪里呢？

那日本人连刀也没有佩，也没有别的武装，我们有点不相信他就会拿人。我们走进路南的洋酒面包店去了，买了一块面包，我并不要买肠子，掌柜的就给切了肠子，因为我是聚精会神地在注意玻璃窗外的事情。那没有佩刀的日本人转着弯子慢慢走掉了。

这真是一场大笑话，我们就在铺子里消费了三角五分钱，……从玻璃门出来，带着三角五分钱的面包和肠子。假若是更多的钱在那当儿就丢在马路上，也不觉得可惜……

"要这东西做什么呢？明天袜子又不能买了。"事件已经过去，我懊悔地说。

"我也不知道，谁叫你进去买的？想怨谁？"

郎华在前面哐哐地开着门，屋中的热气快扑到脸上来。

一个南方的姑娘

郎华告诉我一件新的事情，他去学开汽车回来的第一句话说：

"新认识一个朋友，她从上海来，是中学生。过两天还要到家里来。"

第三天，外面打着门了！我先看到的是她头上扎着漂亮的红带，她说她来访我。老王在前面引着她。大家谈起来，差不多我没有说话，我听着别人说。

"我到此地四十天了！我的北方话还说不好，大概听得懂吧！老王是我到此地才认识的。那天巧得很，我看报上为着戏剧在开着笔战，署名郎华的我同情他……我同朋友们说：这位郎华先生是谁？论文作得很好。因为老王的介绍，上次，见到郎华……"

我点着头，遇到生人，我一向是不会说什么话。她又去拿桌上的报纸，她寻找笔战继续的论文。我慢慢地看着她，大概她也慢慢地看着我吧！她很漂亮，很素净，脸上不涂，头发没有卷起来，只是扎了一条红绸带，这更显得特别风味，又美又净，葡萄灰色的袍子上面，有黄色的花，只是这件袍子我看不很美，但也无损于美。到晚上，这美人似的人就在我们家里吃晚饭。在吃饭以前，汪林也来了！汪林是来约郎华去滑冰，她从小孔窗看了一下：

"郎华不在家吗？"她接着"唔"了一声。

"你怎么到这里来？"汪林进来了。

"我怎么就不许到这里来？"

我看得她们这样很熟的样子，更奇怪，我说：

"你们怎么也认识呢？"

"我们在舞场里认识的。"汪林走了以后她告诉我。

从这句话当然也知道程女士也是常常进舞场的人了！汪林是漂亮的小姐，当然程女士也是，所以我就不再留意程女士了。

环境和我不同的人来和我做朋友，我感不到兴味。

郎华肩着冰鞋回来，汪林大概在院中也看到了他，所以也跟进来。这屋子就热闹了！汪林的胡琴口琴都跑去拿过来。郎华唱："杨延辉坐宫院。"

"哈呀呀，怎么唱这个？这是'奴心未死'！"汪林嘲笑他。

在报纸上就是因为旧剧才开笔战。郎华自己明明写着，唱旧戏是奴心未死。

并且汪林耸起肩来笑得背脊靠住暖墙，她带着西洋少妇的风情。程女士很黑，是个黑姑娘。

又过几天，郎华为我借一双滑冰鞋来，我也到冰场上去。程女士常到我们这里来，她是来借冰鞋，有时我们就一起去，同时新人当然一天比一天熟起来。她渐渐对郎华比对我更熟，她给郎华写信了，虽然常见，但是要写信的。

又过些日子，程女士要在我们这里吃面条，我到厨房去调面条。

"……喳……喳……"等我走进屋，他们又在谈别的了！程女士只吃一小碗面就说："饱了。"

我看她近些日子更黑一点儿，好像她的"愁"更多了！她不仅仅是"愁"，因为愁并不兴奋，可是程女士有点兴奋。

我忙着收拾家具，她走时我没有送她，郎华送她出门。

我听得清清楚楚的是在门口："有信吗？"

或者不是这么说，总之跟着一声"喳喳"之后，郎华很响的："没有。"

又过了些日子，程女士就不常来了，大概是她怕见我。

程女士要回南方，她到我们这里来辞行，有我做障碍，她没有把要诉说出来的"愁"尽量诉说给郎华。她终于带着"愁"回南方去了。

小偷、车夫和老头

木柈车在石路上发着隆隆的重响。出了木柈场，这满车的木柈使老马拉得吃力了！但不能满足我，大木柈堆对于这一车木柈，真像在牛背上拔了一根毛，我好像嫌这柈子太少。

"丢了两块木柈哩！小偷来抢的，没看见？要好好看着，小偷常偷柈子……十块八块木柈也不该丢，木柈对我才恢复了它的重要性。"小偷眼睛发着光又来抢时，车夫在招呼我们：

"来了啊！又来啦！"

郎华招呼一声，那竖着头发的人跑了！

"这些东西顶没有脸，拉两块就得了吧！贪多不厌，把这一车都送给你好不好？……"打着鞭子的车夫，反复地在说那个小偷的坏话，说他贪多不厌。

在院心把木柈一块块推下车来，那还没有推完，车夫就不再动手了！把车钱给了他，他才说："先生，这两块给我吧！拉家去好烘烘火，孩子小，屋子又冷。"

"好吧！你拉走吧！"我看一看那是五块顶大的他留在车上。

这时候他又弯下腰，去弄一些碎的，把一些木皮扬上车去，而后拉起马来走了。但他对他自己并没说贪多不厌，别的坏话也没说，跑出大门道走了。

只要有木柈车进院，铁门栏外就有人向院里看着问："柈子拉（锯）不拉？"

那些人带着锯，有两个老头也扒着门扇。

这些桦子就讲妥归两个老头来锯，老头有了工作在眼前，才对那个伙伴说："吃点儿么？"

我去买给他们面包吃。

桦子拉完又送到桦子房去。整个下午我不能安定下来，好像我从未见过木桦，木桦给我这样的大欢喜，使我坐也坐不定，一会儿跑出去看看。最后老头子把院子扫得干干净净的了！这时候，我给他工钱。

我先用碎木皮来烘着火。夜晚在三月里也是冷一点儿，玻璃窗上挂着蒸气。没有点灯，炉火颗颗星星地发着爆炸，炉门打开着，火光照红我的脸，我感到例外的安宁。

我又到窗外去拾木皮，我吃惊了！老头子的斧子和锯都背好在肩上，另一个背着架桦子的木架，可是他们还没有走。这许多的时候，为什么不走呢？

"太太，多给了钱吧？"

"怎么多给的！不多，七角五分不是吗？"

"太太，吃面包钱没有扣去！"那几角工钱，老头子并没放入衣袋，仍呈在他的手上，他借着离得很远的门灯在考察钱数。

我说："吃面包不要钱，拿着走吧！"

"谢谢，太太。"感恩似的，他们转过身走去了，觉得吃面包是我的恩情。

我愧得立刻心上烧起来，望着那两个背影停了好久，羞恨的眼泪就要流出来。已经是祖父的年纪了，吃块面包还要感恩吗？